GOLDEN AGE

26

Victor-Marie Hugo

Les Misérables

悲慘世界

維克多・雨果——著

李玉民——譯

作者

維克多·雨果（Victor Marie Hugo 1802-1885）

十九世紀法國浪漫主義以及人道主義作家代表人物。作品非常豐富，文體跨越詩歌、小說、劇本以及散文與各式文藝評論與政論文章，他的作品也反映十九世紀時法國社會以及政治的進展與演變。

雨果相當早慧，九歲就開始寫詩，二十歲就出版了第一本詩集《頌詩集》。西元一八二七年，雨果二十五歲時發表了劇本《克倫威爾》以及其序言，其序言被認為是法國浪漫主義戲劇運動的開端，為開啟一個新世代的重要作品，三十歲時發表的劇本《愛那尼》在法國首次公演，確立了浪漫主義在當時法國文壇的主導地位。

之後隨著法國接連發生「七月革命」、「法蘭西第二共和」、「巴黎公社起義」等等內亂，雨果也成為了熱心的共和主義者，用他的行動與創作直接且積極的表達出他對當時政治的不滿，其中最讓人津津樂道的是他在流亡期間寫了一部政治諷刺詩《懲罰集》，每個章節都用拿破崙三世的一則施政綱領搭配，並加以諷刺，還將拿破崙一世的功績和拿破崙三世的惡行互相對比。

西元一八八五年，雨果逝世，法國人民為他舉行了國葬，並將他安葬在法國專門安葬文化名人的「先賢祠」

他的一生，留下了許多經典作品，較著名的有：《克倫威爾》、《巴黎聖母院》（又名：鐘樓怪人）、《悲慘世界》、《九三年》等。

譯者

李玉民

一九六三年畢業於北京大學西方語文學系，曾經留學法國里昂大學兩年，目前擔任首都師範大學教授。從事文學翻譯近三十年，譯著超過六十本，總字數超過兩千萬字，譯作包含雨果、巴爾札克、大仲馬、莫泊桑等知名作家之作品，並曾獲得「思源翻譯獎」以及「傅雷翻譯出版獎」等獎項。

目次
Table Des Matières

譯者序
Préface du traducteur

《悲慘世界》篇幅浩大，卷帙繁多，作者從西元一八二八年起構思，到西元一八四五年動筆創作，直至西元一八六一年才完稿出書，歷時三十餘年。

雨果的創作動機來自一個真實事件：一八○一年，一個名叫彼埃爾·莫的窮苦農民，因飢餓而偷了一塊麵包，被判五年勞役，期滿釋放後，持黃色身分證[1]找活兒幹，又處處碰壁。到了一八二八年，雨果又著手搜集有關米奧利斯主教及其家庭的資料。這樣，他就掌握了這部小說的原始素材，開始醞釀寫一個被釋放的勞役犯受到一位聖徒般主教感化而棄惡從善的故事。繼而，他又想到把勞役犯變成企業家。在一八二九年和一八三○年間，作者還大量搜集有關黑玻璃製造業的材料，這便是尚萬強到海濱蒙特伊，化名為馬德蘭先生，開辦工廠並發跡的由來。

到了一八三二年，這部小說的構思已相當明確，然而，作者還遲遲不動筆，繼續搜集素材，在此基礎上寫了幾部小說；他還參觀了布列斯特和土倫的勞役犯監獄，在街頭目睹了類似芳婷受辱的場面。

這部小說醞釀了二十年之久，到了一八四五年十一月十七日，雨果終於開始創作，同時還繼續增加材料，豐富內容，寫作也順利進行，寫完第一部，定名為《苦難》。書稿已寫出將近五分之四，不料雨果又捲入政治漩渦，於一八四八年二月二十一日停止創作，競選參議員，轉向左派，與右派決裂，結果一八五二年被拿破崙三世政府驅逐，書稿一擱又是十二年。他在蓋納西島流亡期間，於一八六〇年四、五月間，重新審閱《苦難》手稿，花了七個半月的時間深入思考整部作品。接著，又用半年時間修改原稿，增添新內容，續寫完第四部最後一卷和第五部，最後定為現行的書名。

一八六一年十月四日，雨果跟比利時年輕出版商拉克魯瓦簽下合約。一八六二年，這部巨著終於問世，並且立即獲得出乎意料的成功。

這部小說從構思到出版，延宕三十餘年。早在一八三二年，構思就已相當明確，假使雨果當即動筆創作，以他的寫作才能，他一定能履行跟出版商簽訂的合同，按時交稿出書，那麼繼一八三一年發表的《巴黎聖母院》之後，又有一部姊妹作問世了；或者在一八四八年寫出五分之四的時候，再一鼓作氣完成，那麼在雨果的著作表中，便多了一部學院式的懲惡勸善的小說；雖然出自雨果之手，也能算上一部名著，但是在世界文學寶庫裡，就很可能少了一部屈指可數的經典之作了。

這三十餘年，物非人亦非，發生了多大變化啊！如果說一八三〇年，在他的劇本《艾那尼》演出的那場鬥爭中，雨果接受了文學洗禮，那麼一八四八年革命和他在一八五二年開始的流亡，則是他的社會洗禮。流亡，不僅意味著離開祖國，而且離開所有的一切，包括文壇領袖的頭銜、參議員的地位等等。流亡，不僅意味著與他原本的社會階級決裂，而且也與他所信奉的價值觀念、文學主張決裂。流亡，給了他一個孤獨者的自由，從此他再也無所顧忌了，不再顧忌團體精神和黨派之爭，不再顧忌社會、法律、信仰、民主、人權和公民權，甚至不再顧忌自己成功的形象和

①・黃色身分證：帶有前科、案底的假釋證明。

藝術上的追求。流亡使他置身於這一切之外，使他不再顧忌任何禁忌，也就給了他全方位的活動空間、能夠聽到更多想法。

雨果在蓋納西島流亡期間，就是以這種全方位的目光、全方位的思想反思一切，重新審閱《苦難》手稿。他不僅對原稿做了重大修改，增添新內容，並繼續寫完全書，而且整部作品煥然一新，似乎隨著作者一起接受了洗禮，換了個靈魂。這是悲慘世界熔煉出來的靈魂，它不代表哪個階層、哪個黨派，也不代表哪部分人，而是以天公地道、人性良心的名義，反對世間一切扭曲和剝削人類生存的東西，不管是多麼神聖、多麼合法的東西。

世間的一切不幸，雨果統稱為苦難。因飢餓偷麵包而成為勞役犯的尚萬強、因窮困墮落為娼妓的芳婷、童年受苦的珂賽特、老年生活無計的馬伯夫、巴黎流浪兒伽弗洛什，這些生活在社會邊緣、有代表性的人物所遭受的苦難，無論是物質的貧困、還是精神的墮落，全是社會的原因造成的。而且，雨果作為人類命運的思想者，其深刻性正在於，他把這些因果放到社會歷史中去考察，以未來的名義去批判社會的歷史和現狀，以人類生存的名義去批判一切異己力量，從而表現了人類歷史發展中的永恆性矛盾。《悲慘世界》作為人類苦難的「百科全書」，是世界文學的一個里程碑，在世界文學寶庫中佔有無可爭議的不朽地位。

一八八五年五月二十二日，雨果逝世，享年八十三歲。參議院和眾議院立即宣布全國哀悼，並一致通過政府提案，決定為雨果舉行隆重的國葬。五月三十日，雨果的遺體停放在凱旋門下，供熱愛他的民眾瞻仰。六月一日舉行國葬，鳴禮炮二十一響，有二百萬人自發地為他送行。這種葬禮的盛況，是任何帝王臨終時可望而不可得的。尤其意味深長的是，柩車所經之處，人們不斷高呼：「雨果萬歲！」這不是對一代文學大師的最好的哀悼和懷念嗎？

李玉民

二〇一〇年十月

作者序
Préface de l'auteur

在這個文明社會，只要人為的法律與習俗依舊為人類的命運帶來不公與壓迫、使人間化為地獄；只要本世紀的三大問題——男人因窮困而道德敗壞、女人因飢餓而生活墮落、黑暗使孩童身體孱弱——還無法解決；只要某些地區還可能發生社會迫害，廣義的說，只要這個世界還存在著愚昧和窮困，那麼，與本書同一類的作品也將不會是無益於世的。

一八六二年一月一日於上城別墅

TOME - I

FANTINE

第一部

芳婷

第一卷：正義者

Un juste

一．米里艾先生

Monsieur Myriel

一八一五年，迪涅[1]的主教還是查理．弗朗索瓦．卞福汝．米里艾先生。他年事已高，約有七十五歲了。打從一八〇六年起，他就在迪涅城擔任此職務。

這些細節雖然跟本書的主題毫無關係，不過，為求凡事準確，在此提一提他到這個教區就任之初的一些流言蜚語，也不算白費筆墨。一個人的傳聞無論真假，在他的生活中，尤其在他的命運中，往往和他的所作所為佔了同等地位。米里艾先生的父親是艾克斯城法院的推事，即司法界貴族。據說父親打算讓他繼承職位，在他十八、九歲，還不滿二十就早早為他完婚，這也是司法界貴族家庭相當普遍的習俗。查理．米里艾雖已完婚，據說仍引起不少物議。他身材雖然不高，但是生得相貌出眾，風度翩翩，談吐俊雅風趣；他的整個青春也因此便消磨在交際場和情場中。

後來爆發革命[2]，事態急遽變化，司法界的貴族家庭遭到摧殘、驅逐和追捕，而致四處逃散。革命剛一爆發，查理．米里艾先生便流亡到義大利。他那長期患有肺病的妻子客死異鄉，沒有留下一兒半女。此後，米里艾先生命運又如何呢？法國舊社會崩潰了，他的家庭也破敗了，一七九三年[3]發生一系列的悲慘事件，在遠方的流亡者看來，也許倍加恐怖和可怕，凡此種種是否使他萬念俱灰，萌生了出世的念頭呢？一個人在生活或財產上遭逢大難或許還能處變不驚，然而一種神祕可怕的打擊，若突然擊在心上，卻極有可能一蹶不振吧？誰也說不清楚，只知道等他從義大利回國，便已然成為一名教士。

一八〇四年，米里艾先生當上布里尼奧勒的堂區神父。年事已高，整天過著深居簡出的日子。

在皇帝即將登基加冕[4]的時候，也不知道為了堂區的一件什麼小事，他到了巴黎，為他的教徒陳情，見到一些顯要人物，其中就有斐茨紅衣主教。有一天，皇帝來看他舅父，正巧這位可敬的堂區神父在前廳候見，二人不期而遇。拿破崙發覺這個老者頗為好奇地看著他，便轉過身來，突然問道：「這老者是誰，怎會這樣看著我？」

「陛下，」米里艾先生答道，「您正瞧著一名老者，而我正瞧著一位偉人。對我們彼此都算好事。」

當天晚上，皇帝向紅衣主教問了這個堂區神父的姓名。過了不久，米里艾先生便得知主教委任他當迪涅主教的消息，不免深感意外。

此外，關於米里艾先生早年生活的傳聞，有哪些是屬實的呢？誰也不知道。革命之前，很少

①．迪涅（Digne）：法國南部的一個城市，為上普羅旺斯阿爾卑斯省之省會。
②．指西元一七八九年爆發的法國資產階級革命。
③．一七九三年：革命達到高潮的一年。
④．拿破崙於一八〇四年十二月二日稱帝加冕，一八〇五年稱拿破崙一世。

人認識米里艾這家人。

小城市裡嘴雜的人多，動腦筋的人少，初來乍到的人就得容忍，米里艾先生也不例外。他雖然貴為主教，但也正因為是主教就得一忍再忍。其實，把他名字扯進去的那些議論，也許僅僅是議論而已，無非是謠傳、流言、閒話，甚至連閒話都算不上，按照南方人的說法，就是「胡說八道」。

無論如何，他到迪涅擔任神職並居住九年之後，當初小城和老百姓議論的話題，以及所有閒言碎語，全被深深地遺忘了，誰也不敢再提起，甚至不敢回憶了。

米里艾先生到迪涅時，帶了一個老姑娘，名叫巴蒂絲汀，那是一位比他小十歲的妹妹。

他們只有一個傭人，叫做馬格洛太太，與巴蒂絲汀小姐同齡；她先是「堂區神父的女傭」，現在則有兩個頭銜：小姐的貼身女僕和主教的管家。

巴蒂絲汀小姐身材高䠷纖瘦、肌膚蒼白，溫和的性格完美詮釋了「可敬」一詞的含義，然而在世俗之見，一個女人必須作了母親才能受人尊敬。她沒有與生俱來的美貌，但一生做盡善事，使她臨老時渾身散發出一種潔白清亮，年齡越大越有我們所說的那種「慈善之美」。年輕時纖瘦的身軀，到了中老年則變得透明，天使般的通透空靈。與其說她有如貞女，不如說她有最神聖的靈魂。她彷彿一抹影子，只略長一點肉體足以辨識性別，並足以包容她散發的光芒；她的大眼睛始終低垂，像是一顆流落在人間的純淨靈魂。

馬格洛太太是個矮個子的老太婆，白胖臃腫的身體成天忙東忙西。她隨時都氣喘吁吁，不止因為操勞，還因為她的氣喘病。

米里艾先生到任時，被安排住進主教府，並按照帝國法令的規定，接待他的規格僅次於駐軍司令。市長和議長先來拜賀，他也去拜見了將軍和省長。

主教安頓下來之後，全城就等他布道了。

二．米里艾先生改稱卞福汝主教
Monsieur Myriel devient monseigneur Bienvenu

迪涅主教府毗鄰於醫院。

主教府大廈非常氣派，是在上世紀初用石頭建築而成的。興建者亨利．彼惹大人是巴黎神學院博士，曾任西摩爾修道院院長，一七一二年開始擔任迪涅主教。這是一座貴族氣息十足的府邸，處處都顯得華貴：主教寢室、大小客廳、正室偏房，樣樣齊備；正院非常寬敞，有圓拱迴廊，是古典的佛羅倫斯風格，庭園則有參天大樹。樓下朝庭園一側有一條長廊，裝飾得富麗堂皇，亨利．彼惹主教曾於一七一四年七月二十九日，在這條長廊宴請過下列幾位大人：

安白朗親王——大主教查理．勃呂拉．德．讓利斯；

格拉斯主教——嘉布遣會修士安東尼．德．梅格里尼；

法蘭西聖約翰會騎士——勒蘭群島聖奧諾雷修道院院長菲力浦．德．旺多姆；

旺斯主教——弗朗索瓦．德．貝爾東．德．格里翁男爵；

格朗代夫主教——凱撒．德．薩勃朗．德．福卡吉埃大人；

斯奈主教——奧拉托利會修士，御前普通講道師，約翰．索阿南大人。

這七位德高望重的人物的畫像，一直掛在這條長廊大廳裡，而「一七一四年七月二十九日」這個值得紀念的日子，也用金字刻在廳內一張白色大理石桌上。

醫院只有一層樓，既狹窄又低矮，庭園也小得可憐。

主教到任三天後便去醫院視察，之後，他便派人恭請醫院院長到主教府來。

「院長先生，」主教問他，「現在您有多少正在住院的病患？」

「二十六個，主教大人。」

「這正和我數的一樣。」主教說道。

「那些病床，」院長接著說，「一張挨著一張，太擁擠了。」

「這正是我注意到的。」

「病房全都很小間，空氣不易流通。」

「這正是我的感覺。」

「還有，即使出了一點太陽，庭園也太小，復健的病人沒有太大空間可以走動。」

「這正是我心裡想的。」

「還會有傳染病，今年就流行過傷寒，兩年前流行過粟疹熱，有時患者數以百計，我們簡直束手無策。」

「這正是我考慮到的。」

「有什麼辦法呢，主教大人？」院長說道，「只能這樣將就了。」

這場談話，就是在樓下長廊餐廳裡進行的。

主教沉吟片刻，突然轉身，對院長說：「先生，就拿這個廳來說，您看能放多少床位呢？」

「主教大人的餐廳！」院長不禁愕然，高聲說道。

主教環視大廳，彷彿在目測計算。

「足夠容納二十張病床，」他彷彿自言自語，接著提高聲音說道：「院長先生，我要告訴您，這中間顯然出了差錯。你們二十六個人，只有五六間小屋；而我們這裡三個人，卻佔了六十個人的地方，肯定出了差錯。您住了我的房子，而我佔了您的。把我的房子還給我吧，這裡才是您的住所。」

次日，那二十六名可憐的患者都被接到了主教府，主教則搬進醫院去住了。

米里艾先生沒有一點財產，他的家庭早已在革命中破產了。他妹妹每年領取五百法郎的終身年金，住在主教府裡倒也剛好支付她個人的用度。米里艾先生作為主教，每年領取一萬五千法郎的國家俸祿。他搬進醫院裡居住的當天，便決定好這筆錢如何使用。詳細的分配內容，有他親筆寫的一張單子，現抄錄如下：

本府標準開銷清單
小修道院教育費　一千五百利弗爾⑤
傳教會津貼　一百利弗爾
迪迪耶山遣使會修士津貼　一百利弗爾
駐巴黎的外國傳教會津貼　二百利弗爾
聖靈會津貼　一百五十利弗爾
聖地宗教團體津貼　一百利弗爾
慈幼會津貼　三百利弗爾
阿爾勒城慈幼會津貼　五十利弗爾
改善監獄費用　四百利弗爾
改善囚犯待遇和救濟費用　五百利弗爾
解救負債入獄的家長費用　一千利弗爾
本教區窮苦教師補助津貼　兩千利弗爾
為上阿爾卑斯省義倉捐款　一百利弗爾
為迪涅、馬諾斯克和西特等地貧窮女孩免費教育婦女會捐款　一千五百利弗爾

⑤．利弗爾：法國計算收入的貨幣單位，相當於法郎。

窮人救濟款　六千利弗爾
本人用費　一千利弗爾
總計　一萬五千利弗爾

米里艾先生在迪涅擔任神職期間，幾乎沒有改變這種開支的分配辦法。正如我們看到的，他稱之為「本府開銷標準」。

巴蒂絲汀小姐奉命惟謹，接受這樣的開銷方案。在這位聖女的心目中，米里艾先生既是她的兄長，又是她的主教；某種層面他私底下像她的朋友，在教會制度裡又是她的上司。巴蒂絲汀小姐愛他、敬佩他。他說話時，她就俯首恭聽；他做事時，她就追隨左右。

不過女傭馬格洛太太可就有點怨言了，便如我們所知，主教先生僅為自己留下一千法郎，加上巴蒂絲汀小姐的年金，每年一千五百法郎。兩個老嫗和一個老翁，就靠這一千五百法郎度日。

不過，主教先生還能設法招待到迪涅來的鄉村神父，當然多虧了馬格洛太太處處節儉，以及巴蒂絲汀小姐的精打細算。

到迪涅三個月後，有一天，主教說道：

「這樣下去，我也難以維持了！」

「我早說過啦！」馬格洛太太高聲說，「省裡每年應當給的城區車馬費和巡視費，大人連要也不要。從前的主教，都是照例要拿的。」

「對呀！」主教說道，「您說得有理，馬格洛太太。」

於是，他提出申請。

事過不久，省議會審查他的申請書，投票通過每年給他提供三千法郎，款項為：

「主教先生公共馬車費、驛馬車費和教區巡視津貼費。」

這件事引起當地仕紳的非議。其中有一個帝國元老院[6]的元老，為了發洩沖天的怒氣，還給宗教大臣比戈・德・佩雷姆內先生寫了封密函；此公從前就是五百人院[7]的議員，曾投票擁護霧月十八日政變[8]，住在迪涅城附近富麗堂皇的元老府第裡。下面是這封密函原文的節錄：

「車馬津貼費？在一座居民不滿四千的小城裡，有此必要嗎？驛馬車費和教區巡視津貼費？首先要問，何必巡視呢？其次，在這樣的山區，怎麼通驛馬車？根本沒有車道，只能騎馬。阿爾努堡那座杜朗斯河橋，也只能過過牛車。這些神父無不如此，又貪婪又吝嗇。這一位初到任時，還裝出至善聖徒的樣子，現在他的所作所為，跟其他人沒兩樣。他像從前那些主教一般，為了擺闊要配備馬車和驛馬車。哼！這幫臭神父！伯爵先生，只有皇上替我們清除吃白飯的教士，事情才會好轉。打倒教皇！（當時與羅馬的關係非常緊張。）至於我，我只擁護凱撒……」

事情成了，最高興的還是馬格洛太太。

「喏，」她對巴蒂絲汀小姐說，「主教大人先考慮別人，但最後總得顧顧自己。慈善捐款一項項都有了著落，這三千法郎可是我們的了，好耶！」

⑥・元老院：由二十四人所組成，任期為終身。

⑦・五百人院：根據一七九五年由新興階級組成的熱月黨，根據他們所制定的憲法，經由有產階級者投票所成立的，分成了元老院（上議院）以及五百人院（下議院）。

⑧・霧月政變：共和八年霧月十八日（一七九九年十一月九日）西哀士與拿破崙共同策劃的政變，從此之後拿破崙即開始實行獨裁統治。

當天晚上，主教又開了一張單子，交給他妹妹，列出以下幾項：

車馬費與巡視津貼費
供給住院病人肉湯補貼　一千五百利弗爾
艾克斯慈幼會捐款　二百五十利弗爾
德拉吉尼昂慈幼會捐款　二百五十利弗爾
棄兒救濟款　五百利弗爾
孤兒救濟款　五百利弗爾
總計　三千利弗爾

這就是米里艾先生的支出預算表。

主教還有額外收入，諸如婚禮布告費、寬恕費、簡行洗禮費、布道費、教堂及小禮拜堂祝聖費、主持婚禮費等等，但他總是取之於富人，用之於窮人，討得急也去得快。

過了不久，捐款源源而來。富有的和貧窮的都來敲米里艾先生的院門，有的來施捨，有的討施捨。不到一年工夫，主教既成為所有善款的保管者，又成為所有苦難的救濟者。大筆大筆錢經過他的手，但是他絲毫沒有改變自己的生活方式，也沒有增添一點所需之外的東西。

事情遠不止於此。由於下層的窮困總是多於上層的博愛，可以說錢到手之前就全給出去了；恰似水灑在乾旱的土地上，他收到錢等於沒有收到，從來留不住。於是，他又節衣縮食，打起自己的主意。

主教頒布告，發公函，照習慣總在頂頭寫上自己的教名。當地窮人彷彿出於感戴的本能，在這位主教諸多名字中，挑選一個對他們有含義的，只叫他卞福汝[9]大人。必要時，我們也要這樣稱呼他。況且，他喜歡這個稱呼。

「我喜愛這個名字，」他說道，「叫我卞福汝比稱呼我大人好得多。」

我們不敢說這裡描繪的形象多麼逼真，只能說近似而已。

三・好主教遇到苦教區
À bon évêque dur évêché

雖然主教先生的車馬費化為救濟款，他並未因此減少視察。迪涅教區是個累人的地方，平地少，山嶺多，如剛才所說，幾乎沒有道路。總共三十二個堂區，四十一個司鐸區，二百八十五個社區，要想全數巡視絕非易事。然而，主教先生卻辦到了。去近處他就步行，在平坦的路上就坐鄉村馬車，進山裡就乾脆乘驢去。兩位年老的婦人平常會陪著他一起，如果路上太顛簸，他就獨自前往。

有一天，他騎驢到達舊主教城色內茲。當時他囊空如洗，不能雇用別的坐騎，城市長官在主教府邸門前迎候他，直眉瞪眼地看著他從驢背上下來，幾位富紳在他周圍嘿嘿訕笑。

「長官先生、各位富紳先生，」主教說道，「我明白你們為什麼反感，你們認為一個窮教士居然妄自尊大，乘著耶穌基督用過的坐騎。我要明確告訴諸位，我這樣做是迫不得已，並非愛慕虛榮。」

他在巡視中，對人寬容和氣，談心的時候多，說教的時候少。他不把任何美德置於高不可攀

⑨・卞福汝：為法文「受歡迎」一詞的近似音譯。

的境界，講道理和舉範例也從不捨近求遠。面對一鄉居民，他往往要以鄰鄉為榜樣，到了對窮人吝嗇刻薄的鄉鎮，他就說：

「瞧瞧布里昂松的居民吧。他們讓窮人、寡婦和孤兒，有權比別人早三天到他們牧場割草。房子如果倒塌，他們就幫忙重蓋，分文不取。因此，那地方受到上帝的保佑，整整一百年間，沒有發生過一起凶殺案。」

到了爭利搶收的村莊，他就說：「瞧瞧昂布蘭那兒的人吧。在收割的季節，萬一哪個家庭兒子去當兵，女兒進城做工，父親又病倒，不能下田，堂區神父在布道時就把這事提出來。於是，星期天做完彌撒之後，全體村民，男人、女人和孩子，都到那個可憐的人家的田裡，幫忙收割，將麥秸運回，麥子裝進倉裡。」

到了為金錢和遺產而分裂的家庭，他就說：「瞧瞧德沃呂山區的人吧。那裡十分荒涼，五十年也聽不到一回夜鶯的叫聲。可是，家裡父親去世，男兒便出去謀生，把財產留給姊妹，好讓她們嫁出去。」

到了打官司成風、農民因而傾家蕩產的村鎮，他就說：「瞧瞧蓋拉谷的那些善良農民吧。那裡住著三千人，上帝啊！真像一個小小的共和國。他們既沒有法官，也沒有執法官，鄉長處理一切事務：他分派捐稅，每人繳納多少，全憑良心秉公辦事，還義務為人排解糾紛，替人分配遺產而不取酬勞，判案也不收費用。大家都服他，因為他是生活在淳樸平民之中的一個公正之人。」

到了沒請教師的村莊，他又舉蓋拉谷人的例子：「你們知道他們是怎麼做的嗎？一個小地方，只有十幾戶人家，供養一位教師自然困難，於是，大家就公聘幾位教師，讓他們走村串莊，在這村教一週，到那莊又教十天。在集市上我碰見過那些教師，他們帽帶上插著鵝毛管筆，很容易認出他們。教語文的只插一枝，又教語文、又教算術的插兩枝，教語文、算術，又教拉丁文的就插三枝。他們都很有學問，是啊，沒有知識多麼丟臉啊！照蓋拉谷的人那樣做吧。」

他的談話就是這樣，嚴肅而又慈祥。缺少實例時他便以比喻說明，他的言語坦率直接、言簡而意賅，這正是耶穌基督的雄辯，自信而能服人。

四・言行一致

Les oeuvres semblables aux paroles

主教說話和氣且輕鬆，總是用在他身邊生活的兩個老婦人能理解的方式說話。馬格洛太太愛叫他「大人」。有一天，他從座椅上站起來，走向書櫥要找一本書，那本書放在最上方，主教個子偏矮，伸手搆不到。

「馬格洛太太，」他說道，「給我搬張椅子來。本大人還不夠大，搆不到這個格板。」

德・洛伯爵夫人是他一個遠親，總喜歡在他面前羅列她三個兒子的「前程」。她有好幾位長輩親戚，都年事已高，行將就木，繼承人自然是她的幾個兒子。小兒子將從一個姑奶奶那裡得到一筆整整十萬利弗爾的年金；二兒子將繼承她叔父的公爵頭銜；大兒子則必然承襲先祖的爵位和領地。做母親的喜歡這種天真的炫耀情有可原，主教通常只是聽著，不置一詞。然而有一回，德・洛夫人又一一詳細賣弄那些繼承權和「前程」，而主教顯得格外心不在焉。德・洛夫人有點不耐煩，戛然住口，問道：「上帝呀！表哥，您究竟在想什麼呀？」

「我啊，」主教回答，「我在想一句奇特的話，大概是出自聖奧古斯丁之口：『把希望寄託在讓人無可繼承的人身上吧。』」

還有一回，他收到當地一位貴紳的訃告，看見滿滿一張紙不僅列了死者的所有爵位榮銜，還列上他所有親戚的所有封建貴族的尊號，不禁高聲喊道：「死者的腰骨也真夠硬朗的！準備這樣一副沉重的頭銜作為擔子，讓他輕快地將它挑走；人的智慧確實了不得，連進了墳墓也要講求虛榮！」

他一有這種機會，就委婉地諷諫一句，他的弦外之音總是意義深遠。有一次封齋節，一位年輕的助理主教來到迪涅，在大教堂裡講道，他以慈善為題，還相當有口才。他要求富人救濟窮人以便能上天堂，免於下地獄；他把地獄描繪得極其陰森可怕，把天堂描繪成令人渴望的美妙境界。聽眾裡有個傑博朗先生，是個歇了業的富商，偶爾還放放高利貸；從前他製造粗布、嗶嘰、斜紋布和布帽，賺了五十萬，但一生也沒有向窮苦人施捨過。聽了那次講道之後，大家注意到每逢星期天，他就拿一個銅子[10]，施捨給在大教堂門口的六個乞婆，一個銅子要由六個人分享。有一天，主教撞見他正在行善事，便微微一笑，對他妹妹說：「傑博朗先生又在那兒花一個銅子買天堂了。」

只要是行善，哪怕碰釘子他也絕不退縮，總能想出引人深思的話來。有一回，他到城裡一座府邸的客廳為窮人募捐，正巧德・尚特西埃侯爵在座，此人已然年邁，富有但是吝嗇，還有本事既是極端保王黨人，又是極端伏爾泰派分子，世上確實有這種矛盾。主教走上前，拍了拍他的手臂說道：「侯爵先生，您得捐點什麼給我。」侯爵轉過身去，冷淡地回答：「主教大人，我這也有我的窮人呢。」主教立刻又說：「那就把他們給我吧。」

還有一天，他在大教堂這樣講道：「我最親愛的兄弟們、我的好朋友們，法國有一百三十二萬間農舍只有三個通風口；有一百八十一萬七千間農舍只有兩個通風口，就是一門一窗；還有三十四萬六千座木棚，只有一個通風口，也就是一扇門。這種狀況，完全是所謂的門窗稅造成的，把窮人家、老太婆、小孩子，安排住進那些房舍裡看看，一定馬上就得到熱症或其他疾病！唉！上帝把空氣給人，法律卻讓人出錢買空氣，我不想指責法律，但我要頌揚上帝。在伊塞爾省、瓦爾省、上阿爾卑斯和下阿爾卑斯兩省，農民連小推車都沒有，糞肥要用人背著送到田裡，他們沒有蠟燭，只好用含樹脂的樹枝或蘸了樹脂的繩子來代替。多菲內地區整個山區全是這樣，他們要把半年份的麵包做出來，用乾牛糞烤好，到了冬天，麵包要用斧頭劈開，放進水裡浸泡二十四個鐘頭才能吃。我的兄弟們，發發善心吧！瞧一瞧，你們周圍的人生活多困苦啊！」

他生在普羅旺斯省，不難掌握南方的各種方言。他到下朗格多克區就說：「Eh bé！

moussu,sésagé ?」到下阿爾卑斯省就說：「Onté anaras passa ?」到上多菲內地區就說：「Puerte unbouen moutou embe un bouen froumage grase。」他講方言，得到當地人的敬愛，賴此接近所有人。他無論是進入茅草屋、到山裡，都像在自己家一樣，他善於用大眾語言說明大道理，也會講各種語言，因而能深入所有人的心靈。

而且，他對待上流社會和平民百姓，總是一視同仁。

他絕不輕率地譴責任何行為，總要先考慮整個環境的因素。他常說：「讓我們瞧瞧，是什麼原因導致這個錯誤。」

他常常笑呵呵地自稱是「回頭的浪子」，絕不義正詞嚴地唱高調，也不像疾惡如仇的正人君子那樣橫眉豎目，而是朗聲宣傳一種教義，概括起來大致如下：「人有肉體，這對人來說，既是負擔又是誘惑。人拖著肉體，又屈從於肉體。人必須監視、約束、抑制肉體，不到萬不得已，絕不屈從。即使這種屈從，也還是可能有過錯，不過，這種過失是情有可原的。這是一種墮落，但是落下時若雙膝著地，或者還可能成為祈禱的姿勢。只有極其特殊者可能成為聖賢，然而做個正義者，卻是為人的準則。你們大可徘徊、怯懦，大可犯錯，但是要做正義者。盡量少犯錯誤，這也是為人的準繩，不出一點差錯，這是天使的夢想。生在塵世，就難免有錯，過錯就是一種地心引力。」

有時，他見眾人譁然，都氣急敗壞，就微笑著說道：「嘿！嘿！看來，人人都在犯這種大過錯。現在事情一敗露，偽君子就慌了手腳，都急忙為自己開脫，都急忙為自己找掩護。」

他對於最受人類社會壓迫的婦女和窮人，總是非常寬容的。他常說：「女人、孩子、僕役、弱者、窮人和愚昧的人有過失，那就是丈夫、父親、主人、強者、富人和學者的過錯。」

⑩．銅子（SOU）：法國的一種硬幣。一個銅子等於五生丁，一百生丁等於一法郎。

他還說道：「對於沒有知識的人，你們就要多教給他們一些事情。社會不提供免費教育是有罪的，應當為它製造的黑暗負責。一顆靈魂若充滿了黑暗，必會產生罪惡，然而有罪的並不是犯罪的人，而是製造黑暗的人。」

由此可見，他判斷事物有他自己獨特的方式，我猜想他是從《福音》中得來的。

有一天，他在一個客廳聽人說，有一件案子正在調查，不久就要審理。一個窮困潦倒的人，出於對一個女人和他們所生的孩子的愛，實在走投無路，便鑄了偽幣，在那個年頭造假幣是要處死刑的。他造的第一枚假幣，在女人拿去花時便被識破了。雖然能把她抓住，但倘若沒有她作證舉發，就無法糾出她那造假幣的情夫。她於是矢口否認，怎麼逼供她也不肯招。於是，檢察官便想了個辦法，斷章取義的拼湊幾封信件的片段，假造出情夫負心的證據，讓那不幸的女人相信她有個情敵、那男人欺騙了她。她在極度妒恨之下，便舉發了她的情夫，這男人因此不久後將送至艾克斯城一同受審。講述完這件事，大家連聲稱讚那位司法官的機敏，他巧妙利用人性嫉妒的心理執行了司法的威力。主教一聲不吭地聽著，等大家說完了，他就問道：「要在哪兒審判那男人和女人呢？」

「在重罪法庭。」

主教又問道：「那麼，要在哪兒審判檢察官先生呢？」

迪涅發生一樁慘案，一個男人因殺人而被判處死刑。那不幸的人算不上個讀書人，但又不是一點知識都沒有，他在市集上為人代寫書信維生。這件案子引起全城人的關注，行刑的前一天，駐監獄的懺悔師病倒了，必須找個神父幫助死囚度過他最後的時刻。有人去請堂區神父，據說他拒絕了，聲稱：「這不關我的事，我何苦接這個苦差使，何苦管那個跑江湖的，我本人也正生著病。況且，那不是我的職務。」

他這種答覆傳到主教耳中，主教說道：「堂區神父先生說得對，那不是他的職務，而是我的職務。」

於是，主教立刻趕往監獄，走到「跑江湖的」那間牢房，拉住他的手，呼喚他的名字並與他說話，在他身邊待了整整一天一夜，廢寢忘食，祈禱上帝拯救犯人的靈魂，也祈求犯人拯救他自己的靈魂。主教告訴犯人，最完美的真理也是最簡單的真理。他就像個父親、兄長、朋友，只在為他祈禱時才像個真正的主教。他一邊寬慰他的心靈，一邊教他明白這一切。那人原本應該在絕望中受刑而死，把死亡看成萬丈深淵。他站在死亡線上，嚇得魂不附體，恐懼地倒退，他還不是根本不在乎生死的冥頑之徒，死刑判決這樣劇烈的震撼，似乎把他周圍某處的間隔震破了，這種間隔就是我們所說的生命，阻隔我們看不到的事物的神祕性。他從這幽冥之隔的缺口不斷窺探外界，所見惟有一片黑暗。主教卻讓他看到一線光明。

次日，來接這個不幸的人時，主教還在牢房裡，還跟著走到刑場。他披著紫色祭披，頸上懸掛著主教十字架，和五花大綁的刑犯並肩站在大眾面前。

主教和刑犯一同上囚車，一同登上斷頭臺。那個臨刑的人，昨天還那麼委靡頹喪，現在卻容光煥發，他感到自己的靈魂得救了，可以將希望寄託上帝。主教擁抱了他，就在屠刀落下前一刻，對他說道：「被同類所殺的人，上帝能使他復活；被兄弟們趕走的人，能找到天父。祈禱吧，相信吧，到生命中去！天父就在那裡。」他走下斷頭臺時，眼裡有異樣的神色，眾人皆閃避兩側。他臉色蒼白，神態寧靜，不知為什麼那麼令人敬佩。回到他戲稱為「他的宮殿」的簡陋居所，他對妹妹說：「我剛才舉行了一場隆重的祭典。」

最崇高的事物，也往往是最不為人理解的事物。城裡就有人議論著主教這項舉動，說是「故作姿態」，當然，這僅僅是沙龍裡的一種論調。但民眾又感動、又欽佩，他們可不會把聖潔的行為理解為居心叵測。

至於主教，他目睹斷頭臺行刑，受到一次震動，心情久久不能平靜。

斷頭臺豎立在那裡，確實有一種威懾之力，只要沒有親眼目睹過斷頭臺，就可能對死刑抱著不置可否、漠不關心的態度。然而一旦親眼目睹過一次，那劇烈的衝擊卻是迎面而來，非得即刻作出抉擇，是贊成、還是反對。有人讚賞斷頭臺，如德・邁斯特爾約瑟夫⑪在《聖彼德堡晚會》一書中談到劊子手的神聖職責；有人憎惡，如貝卡里亞⑫。斷頭臺是法律的體現，並取名為「制裁」，它不是中立的，也不讓人保持中立態度，看見它的人都會不寒而慄，從內心深處的神祕地帶深深顫慄。斷頭臺是幻象，斷頭臺不是一個空架子，斷頭臺不是一架機器，斷頭臺不是由木頭、鐵件和繩索構成的無生命機械。它彷彿是一種生命體，具有一種無以名狀陰森可怕的進取性；這個架子好像看得見，這架機器好像聽得到，這件機械好像能理解，這木頭、鐵件和繩索好像期盼著什麼。斷頭臺出現，將人的靈魂投入噩夢中，顯得猙獰可駭，並參與了它的所作所為。斷頭臺是劊子手的同謀，它吞噬，它吃人肉、喝人血。斷頭臺是法官和木工合造的鬼怪，與它所製造出的死亡共生，過著一種令人聞風喪膽的生活。

因為這次的印象，到了行刑後的隔日、甚至數日之後，主教依然精神不振。行刑時那種近乎是強制的寧靜神態早已消失。現在，社會司法的鬼魂在困擾著他。往常他做事回來，一向心安理得、春風滿面，這回他卻有些自責。有時他自言自語，低聲喃喃地講一些嚇人的話。下面的一段話，就是某天夜晚他妹妹聽見記下來的：「真沒想到會如此慘不忍睹。專心致力於上天的法則，而忽視人間的法律是錯誤的。生死予奪的大權只屬於上帝，人有什麼權力染指這件陌生的事物？」

隨著歲月的流逝，這些印象也逐漸淡薄，也許消褪了。然而大家注意到，從那之後主教便有意無意的避著那個刑場。

米里艾先生總是隨叫隨到，去探望病人和臨終的人，他總明確表示那是他最主要的職責和最主要的任務。他不用請就會主動去孤兒寡母家，他也會一連幾個小時沒沒地坐在失去愛妻的男子身邊，或者失去孩子的母親身邊。

他善於把握開口說話的時機，也深知應當在什麼時候靜默，令人敬佩的安慰者啊！他無意用忘卻抹去痛苦，反而藉著希望使之偉大而崇高。他常說：「要留意您對死者的看法，別以為屍骨終將腐壞、軀體終將消逝，只要凝神觀看，您會發現穹蒼極盡處有您逝去親人的生命之光。」他知道信仰有益無害。

他極力勸導悲痛欲絕的人，使他們心情平靜；極力扭轉俯瞰一個墓穴的悲傷者，試著讓他仰望天上的星星，以化解悲痛的心情。

五．主教的道袍穿得太久了

Que monseigneur Bienvenu faisait durer trop longtemps ses soutanes

無論在私生活或是社會生活，米里艾先生都抱持相同的信念。有機會就近觀察他的人，就會看到迪涅主教甘於清苦，過著又儉樸、又感人的日子。

如同所有老人和大多數思想家一般，他睡得很少，睡眠時間短，但很深沉。清晨，他要靜修一小時，然後到大教堂，或者在自己的經堂裡誦彌撒經。早餐只有一塊黑麥麵包，蘸著自家產的牛奶食用，吃完便開始工作。

主教是個大忙人，他每天要接見主教區祕書，這個職位通常由議事司鐸擔任，而且幾乎每天要接見他那幾位副主教。他還要掌握宗教團體的活動，頒發特權證書，檢查整個宗教圖書館，清理祈禱書、教理問答手冊、日課經書等等，還要起草訓諭，批示講道手稿，還要調解各地堂區神父和行政長官的關係，還要處理教會方面的函件、行政方面的公函，可謂日理萬機，既對政府又對教會負責。

處理完繁雜的公務，做完日課，剩下的時間，他首先用來探望窮人、患者與因為種種變故而傷心的人；如果再有時間，他就幹活，有時在園子裡挖土，有時看書或寫東西。這兩種活兒，他

⑪．德．邁斯特爾（西元一七五三—西元一八二一）：法國神學家。

⑫．凱撒．德．貝卡里亞（西元一七三八—西元一八九四）：義大利刑法學家，著有《論法令與刑罰》。

統稱為「耕耘」。他常說：「精神就是一塊園地。」

中午用正餐，吃得跟早餐一樣。

將近下午兩點鐘，如果天氣好，他就到田野或城裡散步，路上經常走進陋舍。只見他拄著長手杖獨自行走，目光低垂，陷入冥思苦想，身上穿著暖和的紫色棉袍，腳下穿著紫襪和粗大的鞋子，而頭上則戴著平頂三角帽，由角上墜下三束菠菜籽狀的金黃色流蘇。

他所到之處，就跟節慶一樣，彷彿一路散播著溫暖和光明。孩子和老人站在門口迎候主教，如同迎候太陽，他祝福大家，大家也為他祝福，無論誰有所需求，人們都指向他的住所。

他時走時停，跟小男孩、小姑娘說說話，對著孩子的母親笑笑。他有錢的時候，就去探望窮人；沒錢的時候，便去拜訪富人。

他的教袍穿得太久而破舊了，又不願意讓人看出來，進城時就只好穿著那件紫棉袍。可是到了夏季，穿著棉袍便有些難受。

晚上八點半，他與妹妹共進晚餐，馬格洛太太站在身後伺候。晚餐簡單極了，不過，主教若是留一位堂區神父吃飯，馬格洛太太就趁機為主教大人做點鮮美的湖魚或山裡的野味。任何堂區神父，都是做一頓豐盛飯菜的藉口，主教也聽之、任之。沒有客人的時候，他的晚餐通常只有水煮蔬菜和素油濃湯。因此，城中盛傳這樣的話：「主教不款待堂區神父的時候，就款待苦修會修士了。」

用過晚餐，他就與巴蒂絲汀小姐和馬格洛太太閒聊半小時，然後回到自己的房間繼續寫東西，有時寫在單頁紙上，有時寫在對開大小書本的空白邊上。他是文人，又頗有學識，身後留下五、六種堪稱奇文的手稿，其中有一種論述〈創世紀〉中的一節：「初始，上帝之靈漂浮在水面上」[13]，他用三種文本比較這一節。阿拉伯文譯本上說：「上帝的風吹拂」；弗拉維烏斯．約瑟夫[14]寫道：「上界的風驟降大地」；最後，翁克洛斯[15]的迦勒底文注釋性翻譯則為：「來自上帝的一陣風吹拂在水面上」。在另一篇論述中，他研究了雨果[16]的神學著作，這位雨果是普托勒馬伊斯的主教，也是本書作者的曾祖叔父。他證實了在上個世紀以巴賴庫爾為筆名發表的幾本小冊子，應當是出於那位主教的手筆。

有時在閱讀中，無論手上捧著什麼書，他會突然陷入沉思，從沉思中醒來後，便立刻在頁碼邊寫上幾行字。那幾行字往往跟書的內容毫無關係，例如下面我們看到的幾行批注，就是他寫在一部四開本書的邊頁上的文字，書名為：《日爾曼勳爵與克林頓、柯思華利斯兩將軍，以及與駐美洲海軍將領的往來書信》，由凡爾賽普萬索書館和巴黎奧古斯丁河濱路皮索書館印行。

批注這樣寫道：

「您的存在啊：

〈傳道書〉稱您為萬能之主，馬卡伯家族⑰的人稱您為創世主，〈以弗所書〉稱您為自由，巴魯克⑱稱您為無限，〈詩篇〉稱您為智慧和真理，約翰稱您為光明，〈列王紀〉稱您為天主，〈出埃及記〉呼您主宰，〈利未記〉呼您神聖，〈以斯德拉記〉呼您正義，〈創世紀〉稱您為上帝，人稱您為天父；不過，所羅門稱您為慈悲，這是您諸多名稱中最美的一個。」

⑬．《聖經．創世紀》第一章第二節。
⑭．弗拉維烏斯．約瑟夫（西元三十七年—西元九十五年）：猶太歷史學家。
⑮．翁克洛斯：古代著名猶太法學家。
⑯．查理．路易．雨果（西元一六六七年—西元一七三九年）：曾任古城普托勒馬伊斯的主教，但並不是本書作者的曾祖叔父。
⑰．馬卡伯家族：猶太愛國家族，西元前一六七年曾發動反對希臘化政策的全國起義。
⑱．巴魯克：先知耶利米的門徒兼祕書。

快到九點鐘時，兩位婦人告退，上樓回房間休息，主教獨自留在樓下，直到拂曉。

在此，有必要準確描述一下迪涅主教的住宅。

六・主教託誰看管他的宅邸
Par qui il faisait garder sa maison

上文說過，主教住的是一幢兩層小樓。樓下樓上各三間，頂樓還有一間閣樓，樓後有一座三、四十畝的園子，兩位婦人住在樓上，主教住在樓下。臨街的那間屋當作餐室，另一間是他的臥室，第三間是他的經堂。出入經堂要穿過臥室，出入臥室要穿過餐室。經堂裡端隔出一小間凹室，放了一張床接待留宿的人。有了這張客床後，主教先生時常接待來迪涅辦事，或者為本教區的需要而奔走求告的鄉村神父。

原醫院的藥房建在園子裡，是主建物的附屬小屋，現在改為廚房和貯藏室。

此外，園子裡還有一個牛棚，當初是醫院的廚房，現在主教在裡面餵養兩頭奶牛。不管擠多少奶，每天早晨他總是照例給住院病人送去一半。「這是我納的什一稅。」他常這樣講。

他的房間相當寬大，嚴冬時很難取暖，而迪涅的木柴又特別貴，於是他想了個辦法，雇人在牛棚裡用木板隔出一小間，稱之為「冬齋」，最寒冷的夜晚他就在那裡度過。

冬齋和餐室一樣，除了一張白木方桌和四張草墊椅子，再沒有別的家具。餐室裡還有一個塗了粉紅膠畫顏料的舊碗櫥，主教還將同樣一個碗櫥罩上白布帷和假花邊，作為祭台點綴他的經堂。

迪涅城來懺悔的有錢女人和信女，常常湊錢要給主教大人的經堂購置一個美觀的新祭壇，然而每回他拿了錢，就分給窮人了。

「最好看的祭壇，」他常說，「就是不幸者因得到安慰而感謝上帝的一顆心靈。」

他的經堂裡有兩張草墊祈禱跪椅，臥室裡有一張同樣草墊做的扶手椅。萬一他同時接待七、八位客人，如省長、將軍、駐軍參謀，或者小修道院的幾名學生，那就不得不去牛棚搬來冬齋的椅子，去經堂搬來跪椅，去臥室搬來扶手椅，這樣湊起來就能有十一個座位接待客人。每當有人來訪，總要搬空一間屋子。

有時來了十二個人，碰到這種情況，主教為了掩飾難堪的場面，如在冬天，他就站在壁爐邊；如在夏天，他就提議到園子裡走走。

沒錯，在那小間凹室裡確實還有一張椅子，但是椅面墊子的麥秸脫落了一半，僅有三條腿，要靠牆才能坐人。此外，巴蒂絲汀小姐臥室裡倒是有一張很大的木搖椅，早先漆成金黃色，包了花錦緞椅套，但是樓梯太窄，當初是從窗口吊上樓去的，算不上備用的家具。

巴蒂絲汀小姐有個奢望，就是買一套細長桃花心木家具，並配有長沙發、荷蘭黃絲絨椅套。但是這少說要花五百法郎，她為此省吃儉用，花五年工夫才存了四十二法郎十生丁，她只好放棄這個打算，況且，誰又真能達到自己的理想呢？

想像主教的臥室再容易不過了。一扇落地窗朝向園子，對面是床，一張鐵架病床，掛著綠色嗶嘰天蓋，床鋪暗角的布簾裡，還有能顯露老式貴紳氣派的梳洗用具。臥室有兩扇門，一扇挨著壁爐，通向經堂，另一扇靠近書櫥，連著餐室。那個鑲玻璃的書櫥很大，上面擺滿了書。壁爐通常不生火，木板爐臺描上了大理石花紋，爐裡一對鐵柴架上用兩個花紋瓶做裝飾，凹槽紋從前鑲有銀箔，屬於主教等級的奢侈品。爐臺上方原來掛鏡子的地方，有一塊破舊的黑絲絨，上面釘著褪色黯淡的燙金木框，裡面裝了一個鍍銀已然剝落的耶穌受難銅像。在那扇門窗旁邊擺了一張大桌子，上面有一個墨水瓶，還堆滿了凌亂的紙張和大部頭的書籍，書案前有一張草墊椅，床鋪前的祈禱跪椅則是從經堂搬來的。

床鋪兩側的牆壁上，掛著兩幅鑲有橢圓形木框的肖像。肖像旁邊背景素雅的畫布上，寫著金黃色小字題文，標明一幅像是聖克羅德主教德·查理奧神父，另一幅像是夏特爾教區錫托修會大田修道院院長、曾任阿格德代理主教的圖爾托神父。迪涅主教繼住院患者之後搬進這間屋裡，發現了這兩幅畫像，便保留在原處了。他們是教士，也許也是捐助者，有鑑於此，他尊敬他們。關於這兩個人，他僅僅知道在一七八五年四月二十七日，他們同一天得到國王封賞，一個擔任主教，另一個也被任命有俸聖職。馬格洛太太曾摘下畫像撣灰塵，主教才在大田修道院院長畫像背面發現四角用膠紙粘著的一小張年久發黃的紙，上面有淡淡的墨跡，標明這兩位人物的出身。

窗上掛的粗毛呢簾早已破爛不堪，為了節省買新窗簾的花費，馬格洛太太不得不在正中補了一大塊，補丁恰成一個十字圖案，主教常常叫人看，並且說道：「這有多好啊！」

樓上樓下的所有房間，一無例外刷了白灰，如同兵營和醫院的規矩。

然而，下文會敘述到，近年來馬格洛太太在巴蒂絲汀小姐房間裡，看到白灰下面的壁紙有裝飾畫。這棟房子改為醫院之前，曾是資產家聚會的場所，因而有這種裝飾。每間屋子都是紅磚鋪地，每週刷洗一次，床前都鋪了草席。總之，多虧兩位婦人精心照料，這棟房子從上到下都極為整潔，這是主教允許的惟一的奢侈。他常說：「這不用從窮人那裡拿去任何東西。」

不過，這裡也得承認，他從前擁有的東西，還留下六套銀餐具和一支大號銀湯勺。每天，馬格洛太太都要喜孜孜地瞧瞧白色粗桌布上那閃閃發亮的銀器，在這裡既然要如實描述，我們就應當補充一句，主教不止一次這樣說：「要我放棄用銀器吃飯，恐怕難以做到。」

除了銀餐具，還有兩支粗大的銀燭臺，燭臺上插了兩支蠟燭，通常擺在主教的壁爐臺上。如果晚餐有客人，馬格洛太太就點著蠟燭，將兩支燭臺放到餐桌上。

在主教臥室的床頭有一個小壁櫥，每天晚上，馬格洛太太就把六套銀餐具和大湯勺擺進去。這邊應當說明一下，櫥門的鑰匙從不拿下來。

園子的景致，讓前面所提到的相當醜陋的建築破壞了幾分。園中四條林蔭小道，從一口排污水滲井開始交叉向四面伸展，沿著白圍牆還有一條環形路徑。這幾條小道兩側栽了黃楊，將園子隔成四塊，其中三塊，馬格洛太太種了菜，第四塊則是主教種的花。園中還有幾株果樹零散的生長著。

有一回，馬格洛太太帶著幾分狡黠，甜嘴甜舌地對他說：「主教大人，您什麼都要派上用場，而這塊地卻沒有好好利用，不如種上生菜，總比花兒好。」

「馬格洛太太，」主教答道，「這您就錯了。美，跟能夠食用的植物一樣有用。」他沉吟一下，又補充道：「也許還更有用處。」

這個一小塊地分做三、四個花壇，主教在上面花的工夫，幾乎等於他看書的時間，他樂意待上一、兩個鐘頭，修枝，除草，隨意的在土裡戳洞，將花的種子撒進去。他並不像園藝工人那麼仇視昆蟲，在植物學方面也絕不自命不凡。他不懂分科和病理學說，也絕不想在圖爾納福爾[19]和自然方法之間評斷優劣，既不站在苞果這邊反對子葉，也不站在朱西厄[20]這邊反對利內[21]。他不研究植物，只喜愛花卉。他非常敬重學者，更敬重沒有知識的人，對這兩者從不失禮，因而每個夏季傍晚，他總提著上了綠漆的白鐵噴壺去澆花。

那棟房子沒有一扇門上鎖。前面說過，餐室的門正對著大教堂廣場，從前上了鎖和鐵閂，好似牢門。主教讓人將門鎖拆掉，無論白天黑夜都只用一個小門閂將門扣上，隨便什麼人、什麼時候，都可以推門而入。這扇房門從不上鎖，起初兩個婦人總是擔驚受怕，而迪涅主教卻對她們說：「你們的房門可以安上插銷。」到頭來，她們也認同了，至少她們試著認同而放寬心，盡量不去擔驚。惟獨馬格洛太太有時還是會有些提心吊膽。至於主教這樣做的原因，從他寫在《聖經》邊頁上的三行字中，可以找到答案，至少也可以找到線索：「這裡只有一點點細微的差異：醫生的門永遠不應關閉，教士的門永遠應當敞開。」

在另一本名叫《醫學的哲學》的書上，他還寫了這樣一段話：「我跟他們不都一樣是醫生嗎？

⑲．約瑟夫·彼通·德·圖爾納福爾（西元一六五六—一七〇八）：法國植物學家。
⑳．貝爾納·德·朱西厄（西元一六九九—一七七七）：法國植物學家。
㉑．查理·德·利內（西元一七〇七—一七七八）：瑞典著名植物學家。

我也有病人，首先我有他們的病人，即他們一般稱呼的病人；其次，我也有我的病人，即我稱他們為不幸者的人。」

在另外一處他還寫道：「不要問求宿者的姓名，求宿者對於報上姓名往往覺得特別為難。」

有一天，一位令人尊敬的堂區神父來訪，記不清究竟是庫盧勃魯還是蓬皮埃里的堂區神父，他大概是應馬格洛太太的請求，以試探的口氣問主教大人：「房門日夜敞開，隨便什麼人都可以進來，是否就那麼肯定不是大大的失慎呢？而且住在極少防範的房舍裡，是否全然不擔心發生什麼不幸呢？」主教鄭重而藹然地拍了拍他的肩膀，對他說道：「房舍如無天主守護，人再怎麼看守也徒然。」接著，他就岔開話題了。

他常常愛說：「龍騎兵隊長有龍騎兵隊長的膽量，同樣，教士有教士的膽量。」他又補充一句，「不過，我們的膽量應當是平靜。」

七・克拉瓦特

Cravatte

這裡有一件事實，我們自然不能忽略，透過這件事能看出迪涅主教究竟是怎樣一個人。

加斯帕爾・貝斯匪幫曾在奧利烏勒山口一帶為非作歹，被擊垮之後，一個叫克拉瓦特的二頭目逃進山中。他率領一夥匪徒，即加斯帕爾・貝斯的殘部，在尼斯伯爵領地隱匿了一段時間，繼而流竄到庇埃蒙地區，忽然又在法國境內巴斯洛內特一帶出現，有人先後在若西耶和土伊勒見到他。他躲在鷹軛山洞裡，從那裡出來，取道大小玉貝山谷，竄向村落和鄉鎮，甚至逼近昂布蘭，有天晚上他還闖進大教堂，將聖器室搶劫一空。他的強盜行徑擾得居民無法安生，派憲警追捕也沒用，他屢次逃脫，有時還恃強對抗，他是個膽大包天的匪首。就在人人聞風喪膽時，主教趕來了，要巡視這個地區，鄉長到沙斯特拉見他，勸他原路返回。克拉瓦特佔據山區，其勢力直達阿爾什，乃至更遠，即使有衛隊護送，路上也很危險，三、四名憲警不過是白白去送死。

「那我就不用人護送了。」主教說道。

「你怎麼會有這種想法，主教大人？」鄉長高聲說道。

「我的想法很堅定，絕不帶衛兵，而且過一小時我就動身。」

「動身？」

「動身。」

「獨自一人？」

「獨自一人。」

「主教大人，您可不能這樣做。」

「山裡有個不起眼的小村子，」主教又說道，「就這麼一丁點兒大，我已經有三年沒去探望他們了，那裡住著我的好朋友，是些和氣厚道的牧民，他們放牧的羊群，每三十隻就有一隻是他們自己的。他們打得出五顏六色的羊毛繩，非常好看，還用六孔小笛子吹著各種山歌，他們需要不時聽人談談慈悲的上帝。如果連主教也害怕，他們會怎麼說呢？我若是不去，他們會怎麼說呢？」

「可是，主教大人，有強盜啊！萬一您碰到強盜呢？」

「對呀，」主教說道，「我還在想，您說得有道理。我有可能碰見他們，他們也需要聽人談談慈悲的上帝。」

「主教大人！那是匪幫啊！那是狼群啊！」

「鄉長先生，也許耶穌恰好讓我放牧那一群狼，誰了解天主的道路呢？」

「主教大人，他們會把您的東西搶光的。」

「我一無所有。」

「他們會殺害您的。」

「殺害一個嘴裡唸唸叨叨的過路老教士？算啦！他們圖什麼呢？」

「噢！上帝啊！萬一您碰見他們呢？」

「我就要他們施捨點錢給窮人。」

「大人，看在上天的份上，不要去吧！您會有生命危險。」

「鄉長先生，」主教說道，「你僅僅擔心這一點嗎？我在這世上，不是為了守護自己的生命，而是要守護靈魂。」

只好聽便他動身了，只帶著自願當嚮導的小孩。他這樣一意孤行，在當地引起紛紛議論，也讓人為他提心吊膽。

主教不願帶他妹妹，也不願帶馬格洛太太同行。他騎著騾子翻山越嶺，沒有碰見一個人，平平安安地到達他那些「好朋友」牧民家中。他在那裡逗留半個月，講道，行聖事，傳授知識，開導思想，待離去的日子近了，他決定要以主教的身分做一場感恩彌撒，並跟堂區神父商量。可是怎麼辦呢？主教沒有祭禮的服飾啊！能供他使用的只有從鄉村寒酸的聖器室裡找出的幾件鑲著假飾帶的破舊花緞祭服。

「沒關係！」主教說道：「神父先生，不妨宣告禮拜天做感恩彌撒，到時候就會有辦法。」

於是又到鄰村的教堂去尋找，不過儘管那些窮苦教區已經把最華麗的服飾集中起來，也不夠讓大教堂的唱詩班穿戴得像樣些。

正在為難之時，忽然有兩個騎馬的陌生人，將一口大箱子送給主教先生，放到堂區神父住宅門口隨即離去。打開箱子一看，只見裡面裝有一件金線呢祭披、一頂鑲有鑽石的主教法冠、一個大主教用的十字架、一根精美的法杖、一件件法衣教袍，全是一個月前從昂布蘭聖母教堂的聖器室搶走的，箱子裡還有一張字條，上面寫道：「克拉瓦特送給卞福汝主教。」

「我說過會有辦法的嘛！」主教說道。接著，他又含笑補充一句：「本來穿教士白色法衣的人，上帝卻派人送來大主教的祭披給他。」

「主教大人，」堂區神父微笑著搖了搖頭，咕噥道，「上帝，或者魔鬼。」

主教定睛看著堂區神父，以權威的口氣又說道：「是上帝！」

在返回沙斯特拉的路上，不少人出於好奇來看他，他回到沙斯特拉的堂區神父住宅，和等待他的巴蒂絲汀和馬格洛太太重聚。他對他妹妹說：「怎麼樣，我的想法不錯吧？一個窮苦的教士，空著雙手去探望窮苦的山民，最後卻滿載而歸。我只帶著信仰上帝的一片誠心出發，結果卻帶回來一座大教堂的寶物。」

夜晚臨睡前，他還說道：「永遠也不要害怕盜賊和兇手，那是身外的危險，小危險。還是懼怕我們自身吧。偏見，就是盜賊；惡習，就是兇手。巨大的危險在我們自身，威脅我們的腦袋或者錢袋的危險，何足掛齒！一心考慮威脅我們靈魂的危險吧！」

接著，他又轉身對他妹妹說：「妹妹，教士絕不可提防他人，他人所為，得到上帝允許。我們認為危險臨頭的時候，只應祈禱上帝。祈禱上帝，不是為我們自己，而是要讓我們的兄弟避免因我們而失足。」

不過，他一生極少有重大情況，這裡也僅僅敘述我們所了解到的。其實，在平日，他總是在同樣時刻做同樣事情，他一年的每個月，就像他一天的每個時辰。

至於昂布蘭大教堂的「寶物」的下落，提出這個問題會令我們為難。那些東西的確很好看、很誘人，值得搶去救濟不幸者，況且，這本來就是已經被搶走的物品。危險的行為幹了一半，接下來只要改變搶劫的方向，只要再朝窮人走一小段路就行了。這件事我們絕不斷定如何了結，不過，在主教的舊紙堆中發現一張字條，意思相當模糊，也許跟這事有關，上面這樣寫道：「關鍵在於釐清這東西應當歸還大教堂，還是應當歸還醫院？」

八・酒後哲學

Philosophie après boire

上文提過的那位元老院元老，精明能幹，行事總是勇往直前，毫不顧忌經常遇到的阻礙，即人們所說的良心、信誓、公道、天職。他直趨目的，在他升遷和牟利的路線上，一次也沒有猶豫過。他當過檢察官，官運亨通，為人也漸趨溫和，絕不是心狠手辣的人。他在生活中兢兢業業，總能抓住有利的事物、有利的時機，抓住意外的財運，然後，對於他兒子、女婿、親戚，甚至對他朋友，也能盡量幫些小忙，其餘的事，在他看來無不有些愚蠢。他頗有才智，又粗通文墨，自稱是伊比鳩魯[22]的信徒，也許不過是比戈・勒布朗[23]的門下。他好拿無限和永恆的事情，以及「主教老頭的空論」開玩笑。有幾回，他以和藹而不容置疑的口氣取笑米里艾先生，而米里艾先生就在場洗耳恭聽。

記不清在哪次半官方的聚會上，某某伯爵（即那位元老）和米里艾先生都應邀在省長府參加宴會。到了上甜食的時候，那位元老已有幾分醉意，但仍不失莊重的儀態，他提高聲音說道：

「喂，主教先生，咱們聊聊吧。一名元老和一名主教面面相覷，就難免要擠眉弄眼。咱倆都是占卜官[24]。我要對您講句心裡話：『我有自己的一套哲學。』」

「您說得對，」主教答道，「擺弄哲學，就要躺在床上，何況您還睡在金屋雕床上，元老先生。」元老聽到這話，精神也抖擻起來，又說道：「那咱們就當當老頑童吧。」

「就是當老魔鬼也成啊。」主教答道。

「告訴您吧，」元老又說道，「德・阿爾讓侯爵、皮朗、霍布斯和內戎先生[25]，都不是等閒之輩呀。在我的書房裡，我喜愛的哲學家的書切口都是燙金的。」

「如同您本人一樣，伯爵先生。」主教搶白說道。

元老繼續說道：

「我恨狄德羅，他是個空想理論家，徒託空言，鼓吹革命，骨子裡信仰上帝，比伏爾泰還要篤誠。伏爾泰嘲笑過尼達姆㉖，其實好沒道理。因為，尼達姆舉鰻魚為例，證明上帝是無用的，一匙麵團加上一滴醋，就可以取代『要有光』㉗這句話成為一切偉大發現的格言，從黑夜到白晝，從無到有。假設那一滴要大得多，那一匙也大得多，就構成世界了。人，就是鰻魚，因此，要永恆之父幹什麼呢？主教先生，關於耶和華的假說令我厭煩，那只能塑造出頭腦貧乏的淺薄之輩，打倒令我頭疼的萬物之主！叫我心安的虛無萬歲！虛無才叫我安心！要我把心裡話全倒出來，而且，也理應向我的牧師坦白相告，老實說，我還是能明辨是非的。您那位耶穌到處宣揚忍讓和犧牲，卻迷惑不了我。那無非是吝嗇鬼對窮鬼的勸告。忍讓！為什麼？犧牲！為了什麼？我沒見過一隻狼肯為另一隻狼的幸福獻身。我們生活在自然界，還是講講自然界的話吧。我們處於頂峰，就應有高明的哲學，如果鼠目寸光，何必站那麼高呢？還是尋歡作樂吧！生活，就是一切。若說在別的地方，在天上，在彼岸，在某處，人還有另一種前景，這種鬼話我一句也不相信。哼！教我犧牲，教我忍讓，那麼我一舉一動都要當心，還要為善惡、正邪、吉凶等問題大傷腦筋，為了什麼？只為將來讓我對自己的行為有個交代，什麼時候？等我死後。多美的夢啊！等我死後，我會有個好結果，讓幽靈的手抓一把灰給我看看。我們都是過來人，都曾撩起愛西絲女神㉘的襯裙，實話實說吧！這世上無善無惡，惟有生物。我們要求真，要追根究柢，追本溯源，鬼都明白！要

㉒．伊比鳩魯（西元前三四一—前二七〇）：希臘哲學家，主張享樂主義。
㉓．比戈．勒布朗（一七五三—一八三五）：法國庸俗作家。
㉔．古羅馬宗教官員的一員，可透過觀察並解釋某些信號及預兆來預言事情。
㉕．德．阿爾讓侯爵（一七〇四—一七七一）、雅克．安德列．內戎（一七三八—一八一〇）：法國兩名二流作家，在這裡與大哲學家霍布斯和皮朗並列，以表明這位元老的品味。
㉖．在《哲學辭典》中，伏爾泰曾諷刺尼達姆（一七一三—一七八一）力圖調和自然繁殖理論和對造物主的信仰。
㉗．在〈創世紀〉第一章第三節中，上帝說，「要有光」，於是有了光。
㉘．愛西絲：古埃及神話中司婚姻的女神。

嗅到真理，入地搜尋，把真理抓住。這樣，它才能給您美妙的樂趣。這樣，您就會仰天大笑，不信鬼神了。主教先生，在根本問題上我絕不含糊，人類永生之說，不過是騙小孩子的鬼話。呵！多麼迷人的許諾！您愛信就信吧，亞當能兌現的空頭支票！人有靈魂，能變成天使，從肩胛骨長出藍色翅膀。幫我想一想，是不是泰爾圖林[29]講的，幸運的人將從一個星球遨遊到另一個星球？就算這樣吧，那也無非變成星際間的蝗蟲。還有什麼，能見到上帝？得，得，得。什麼天堂，全是無稽之談。上帝，是荒謬絕倫的鬼話。當然，這種話，我絕不會拿去刊登在《箴言報》上！但不妨在私下裡講講。為了上天堂犧牲人世，無異於丟開獵物去追捕影子。上永生之說的圈套！還不至於那麼愚蠢。我是虛無，我就叫元老院元老，虛無伯爵先生。我生前存在嗎？不存在。我死後還會存在嗎？不會。我是什麼呢？不過是某種有機體聚合的一點塵埃。在這塵世上，我能做什麼呢？倒是可以選擇：『受罪或者享樂。』受罪，能把我引到何處呢？引到虛無，白受了一輩子罪。享樂又能把我引到何處呢？也是虛無，但我畢竟享樂了一生。我已經選定了。要嘛吃，要嘛被吃。我還是吃，當牙齒總比當草料好，這就是我的明智。剩下來的事，就順其自然了，掘墓人守在那裡，即使為我們這些人準備了先賢祠，最後，什麼都要掉進那個大洞裡。完結，蕩然無存，徹底清算，這便是化為烏有的地點。死了，就一了百了，請相信我這話。說什麼那裡有人要跟我談談，我一想就忍俊不禁，媽媽的胡編亂造。編出妖魔鬼怪來嚇唬小孩，還編出耶和華來嚇唬大人。算了，我們的明天是黑夜，在墳墓之後，只有虛無，對誰也不例外。縱然您曾經是薩丹納帕路斯[30]，曾經是萬森·德·保羅[31]，最後都要歸於寂滅，這才是真實的。因此，最重要的是活著，您掌握自我的時候，要充分利用。老實跟您說吧，主教先生，我有自己的一套哲學，我也有自己的同道，絕不會聽信那種無稽之談。至於下等人，那些赤腳漢、窮光蛋、可憐蟲，當然需要點什麼，那就給他們享用傳說、虛幻、靈魂、永生、天堂和星宿，給他們大吃大嚼吧，讓他們塗在乾麵包上吧，一無所有的人還有慈悲的上帝，這是最起碼的了。關於這一點，我絕不提出非難，但為我本人還是保留內戎先生，仁慈的上帝適合平民百姓。」

主教鼓起掌，朗聲說道：「高論，高論！這種惟物主義，確是美妙絕倫的東西！不是誰想要就能得到的。嘿！一旦得到，就大徹大悟了，既不像迦東[32]那樣傻乎乎地任人放逐，也不像聖艾蒂安[33]那樣讓人用石塊擊斃，更不像貞德那樣讓人活活給燒死。凡是獲得惟物主義這個法寶的人，就可以優哉游哉，覺得一身輕，卸去所有責任，以為能放心大膽地吞噬一切地位、俸祿、爵銜、正當或非正當得來的權力、見利忘義、賣友求榮、喪盡天良，這些美味的東西吞下去，等消化完了，就鑽進墳墓裡正寢，多麼舒服啊！我不是指您而言，元老先生。然而，我也不能不向您祝賀。你們這些大老爺，正如您所說的，你們有一套自己的哲學。這套哲學又巧妙、又高明，專門適用於富人，適於各種口味，為生活增添無窮的樂趣。這套哲學深深扎進地下，是由非凡的探求者發掘出來的，信仰仁慈的上帝是老百姓的哲學，正如栗子燉鵝肉是窮人的蘑菇煨火雞，而您認為這沒有什麼不好，你們真不愧是仁慈的王公貴族。」

九·妹妹口中的兄長

Le frère raconté par la soeur

要想說明迪涅主教先生的家庭狀況，也說明兩位聖女一言一行、一思一念，乃至女人易受驚嚇的本性，為什麼能服從主教的習慣和意願？甚至先意承志，無須他開口吩咐。我們最好將手頭掌握的一封信抄錄於此，這封信是巴蒂絲汀小姐寫給她的童年玩伴布瓦舍夫隆子爵夫人的。

㉙·泰爾圖林（一五五—二二二）：基督教衛道士。
㉚·薩丹納帕路斯：約西元前八世紀時，傳說中的亞述的昏君。
㉛·萬森·德·保羅（一五八一—一六六〇）：法國天主教教士。
㉜·迦東（西元前九五—前四六）：羅馬政治家，信奉禁欲主義，先後反對龐貝和凱撒，失敗後自殺。
㉝·聖艾蒂安：基督教第一位殉道士。

親愛的夫人，我們沒有一天不提起您，這固然是我們的習慣，但是還有一個緣故。設想一下，馬格洛太太在撣灰和洗刷天棚和牆壁時，竟發現許多東西。我們這兩間壁紙陳舊並刷了白灰的屋子，現在也無損於類似尊府的一座宅第了。馬格洛太太將壁紙全部揭去，發現下面有東西。我們的客廳有十五尺高，十八尺平方，裡面沒有安放家具，有時用來晾衣物，天棚原來是描金的，與貴府相同，改為醫院時，用布覆蓋住了，還有，所鑲的護壁板，也是我們祖母時代的。不過，我是要讓您看看我的房間，那壁紙少說裱了十層，馬格洛太太發現底層有油畫，雖非傑作，但也還過得去。畫上是密涅瓦[34]封泰雷馬克[35]為騎士；花園圖上也是他，名稱我忘記了。最後，還有羅馬貴族在某一夜去過的地方，還要對您說什麼呢？我這裡有羅馬男人和女人（此處有個詞字跡不清），以及全部隨從。這些壁畫，馬格洛太太全部擦拭乾淨了，有幾處破損，今年夏季她要修復，還要全部重新上色，到那時，我的房間就會變成一個名副其實的畫館了。她在閣樓的角落還找到兩個古董托架，重新描金要花費六利弗爾銀幣，還不如省下錢給窮人，況且樣式很醜，我希望有一張桃花心木的圓桌。

我始終很愉快，我哥哥心腸特別好，錢財都給了窮人和病人，我們的生活十分拮据。這地方冬季非常寒冷，幫助生活困難的人是應該的，我們畢竟還有爐火和燈光，您瞧，這就非常舒服了。

我哥哥有自己一套習慣，他談話時，總說一名主教就應該這樣。您想想，臨街的房門從來不上鎖，誰都可以進來，而且能直接走到我哥哥的房間。他無所畏懼，連黑夜也不怕，拿他的話說，這就是他所特有的勇敢。

他不讓我替他擔心，也不讓馬格洛太太替他擔心，他敢冒各種危險，即使我們察覺了也不能表露出來，必須善於體會他的苦心。

下雨他也出門，走在泥水裡，冬天還要遠行。他不怕黑夜，也不怕路上不安寧和遭遇壞人。

去年，他就獨自前往盜匪聚集的地方，他不肯帶我們去。他在那裡待了兩週，平安返回，我們還以為他身遭不測，而他卻安然無恙。他說：「他們就是這樣搶我的！」說著就打開一只大箱子，裡面滿滿裝著昂布蘭大教堂全部的珍寶，那是盜匪送給他的。

他那次回來時，我和他的幾位朋友迎出去兩里遠，我禁不住責備他幾句，但十分小心，趁車輪隆隆作響時講的，免得別人聽見。

起初，我心裡常想：「什麼危險都擋不住他，真拿他沒辦法。」現在，我習以為常了。我總示意，不讓馬格洛太太阻攔他，由他冒險去吧。我拉著馬格洛太太回房間，為他祈禱，然後睡我的覺。我心裡很坦然，知道他一旦出事，我也活不下去了，隨我哥哥和我的主教去見仁慈的上帝。馬格洛太太更看不慣她口中所說的他的冒失行為，不過現在，習慣已成自然。我們倆一同擔心，一同祈禱，然後睡我們的覺，魔鬼進屋就進屋吧。追根究柢，在這所房子裡我們怕什麼呢？總有最強大的那位和我們同在，魔鬼可以經過這裡，但是仁慈的上帝常駐我們家中。

有這一點就夠了。現在，我哥哥無須開口，不用他講話我就明白：「我們完全把自己交給了天主。」

這就是和心志高遠的人相處之道。

您向我打聽福克斯家族的情況，我問過我哥哥。您知道他全了解，而且記得一清二楚，因為，他始終是一個極忠誠的保王黨人，不錯，那是岡城財政區一個古老的諾曼第世家。五百年前，福克斯家族出了幾個貴紳，一個叫拉烏爾，一個叫若望，還有一個叫湯瑪斯，其

㉞・密涅瓦：羅馬神話中的女神，相當於希臘神話中的雅典娜。
㉟・泰雷馬克：特洛伊戰爭中的英雄人物。

中有一個當了羅什福爾的領主。最後一位名叫居伊・艾蒂安・亞歷山大，當過團長，在布列塔尼輕騎軍也有相當的軍銜。他女兒瑪麗・路易絲嫁給了阿德里安・查理・德・格拉蒙，即元老院元老、法國禁衛軍上校和陸軍中將，路易・德・格拉蒙公爵的公子。他們的姓氏有三種寫法：「Faux、Faug、Faoucq。」

親愛的夫人，請您轉求貴戚紅衣主教先生保佑我們。至於令嫂西爾瓦妮，她在您身邊待的時間很短，當然無暇給我寫信，既然她身體康健，又按照尊意行事，並且始終愛我，我也就心滿意足了。我透過您收到了她的問候，我的身體不算太壞，但是日漸消瘦。再見，信紙已寫滿，不得不就此停筆，萬事如意。

巴蒂絲汀

一八……年一二月一六日，於迪涅

再者：令嫂和她的家庭一直住在此地，令侄孫真是天真可愛。您知道嗎？他很快就滿五歲啦！昨天，他看見纏了護膝的一匹馬走過，就問道：「咦！牠的膝蓋怎麼啦？」這孩子，真是可愛極了！他弟弟在屋裡拖著舊掃把當車拉，嘴裡喊著：「駕！」

透過這封信可以看出，這兩位婦人善於曲意順隨主教的行事方式，理解男人勝過男人自己，表現出女性這種特殊的才能。迪涅主教的儀態始終溫文爾雅，淳樸厚道，有時卻做出果敢、偉大而崇高的事情，又毫不顯出有意為之。兩位婦人為他提心吊膽，但還是由他去做。有幾次，馬格洛太太在事前試圖勸阻，不過在事情進行過程中或事後從不妄置一詞。一旦開始行動，她們從不打擾他，連一點異議都沒有。在某種時候，無須他明講，也許由於淳樸到了極點，連他自己都沒有意識到，而她們卻隱約感到他在盡主教的職責，於是她們在家中就化為兩個影子，不由自主地

伺候他，如果退避就是服從的話，她們就會悄然引退。她們天生擁有一顆靈敏細膩的心，能體會出有些關懷反而會妨礙他。我不是說她們理解他的思想，而是了解他的性情，因此，即使認為他有危險，也不再看護他了，她們把他託付給上帝了。

況且，正如上文所看到的，巴蒂絲汀說，她兄長殞命之時就是她的末日。馬格洛太太沒有這樣講，但她心中自有主張。

十．主教面對鮮為人知的賢哲

L'évêque en présence d'une lumière inconnue

在上面抄錄那封信件所載的日期之後不久，他又有一件驚人之舉，而在全城人看來，比起他上次深入強盜出沒的山區之行，這件事更為冒失。

離迪涅城不遠的鄉下，住著一個與世隔絕的人。直截了當地說吧，那人從前當過國民公會[36]代表。他的姓氏是G。

在迪涅這個小天地裡，一提起國民公會那位G代表，大家都不禁談虎色變。一個國民公會代表，好傢伙！您想像得到嗎？那是以「你」和「公民」相稱呼的年代裡曾經的存在。那人簡直就是個怪物！雖說他沒有投票贊成處死國王，但也相去不遠了。他近乎弒君者，曾是個無比殘暴的人。正統的王室復國之後，為什麼沒有把這人送上重罪法庭呢？不砍他的頭可以，寬宏大量嘛，但是也要讓他好好嘗嘗終生放逐的滋味才是。總之，以儆效尤！如此等等，不一而足。況且，他是個無神論者，跟所有那些人一樣，這無非是鵝群譏笑雄鷹的妄語。

㊱．國民公會：一七九二年九月十二日組建，法國革命時期的議會。

不過，能說G是雄鷹嗎？如果考慮他離群索居的生活所包含的警覺惕厲，就可以這樣說。他沒有投票贊成處死國王，因而沒有列入放逐法令所規定的名單，得以留在法國。

他的居所離城僅有三刻鐘的路程，遠離所有人家，遠離所有道路，不知住在哪個荒山溝裡。據說他那裡有一片地，有一個山洞，有一個巢穴，沒有鄰居，甚至沒有過路的人。自從他在那條山溝落腳之後，通往那裡的小路就被荒草覆沒了。大家提起那地方，就像談起劊子手的家。

然而，主教卻念念不忘，他時常眺望天邊，眺望一簇樹木，那位老代表居住的山溝的標誌，喃喃說道：「那裡有一顆孤獨的靈魂。」

他在內心深處又補充一句：「我應當去探望他。」

不過，老實說，這個念頭乍一出現覺得自然，略微思索一下，又似不妥，進而覺得奇怪和討厭了。須知在內心深處，他還是贊同一般人的印象。他雖然還不明確，但是對那個國民公會代表產生一種近似仇恨的感情，用「厭惡」的字眼來表達就更準確了。

可是，羔羊長了疥癬，牧人就該卻步嗎？不應該。況且，那又是怎樣的一隻羔羊啊！

這位仁慈的主教不知所措。有時，他朝那邊走去，隨即又返身回來。

終於有一天，在巢穴侍候那位G代表的牧羊少年進城來請大夫，說那老魔頭要死了，人已癱瘓，挺不過今晚了。這個消息在城裡傳開，有人就說：「謝天謝地！」

主教立即拿起拐杖，套上外衣，一來教袍太舊，二來要起晚風，他就這樣走了。

他到達那個被人唾棄的地方，太陽快要下山了。眼看巢穴近在咫尺，他不免有點心慌。他跨過一條溝，越過一道籬笆，打開柵門，走進破爛的庭園，仗著膽子朝前走了幾步，突然發現那洞穴就在荒地盡頭的荊叢後面。

那個小木屋低矮簡陋，但相當整潔，正面牆上釘著葡萄架。

門前擺著一張農村扶手椅式的舊輪椅，一位白髮老人坐在上面對著夕陽微笑。

站在老人身邊的男孩就是那個牧童，他正遞給老人一罐奶。

就在主教觀察他的時候，那老人提高嗓門說道：

「謝謝，我不再需要什麼了。」

說著，他那張笑臉就從太陽移到孩子身上。

主教走上前去。坐著的老人聽見腳步聲，便轉過頭來，臉上現出久住空谷忽聞足聲時所能有的全部驚訝。

「自從我住到這裡後，」他說道，「這還是頭一次有人登門。您是誰，先生？」

「我叫卞福汝·米里艾。」主教答道。

「卞福汝·米里艾！聽說過這個名字。當地人稱卞福汝大人，難道就是您嗎？」

「正是我。」

老人微微一笑，又說道：「這麼說，您就是我的主教啦？」

「算是吧。」

「請進，先生。」

國民公會代表朝主教伸過手去，但是主教沒有跟他握手，只說道：「我很高興發現別人騙了我，顯而易見的，您沒有生病。」

「先生，」老人答道，「我會好的。」

他沉吟一下，又說道：「過三個鐘頭，我就死了。」

然後他又接著說：

「我懂點醫術，知道臨終時是什麼情形。昨天，我只是腳涼；今天，已經冷到膝蓋了；現在，我感到寒氣往腰上走，一旦到達心臟，我就停止了。太陽很美，對不對？我叫人把我推到戶外，最後看一眼周圍的景物。您盡可跟我講話，不會耗費我的精神。您趕來探望一個要死的人，做得不錯。臨終時是得有人守在身邊。人人都有點怪癖，我就是想熬到黎明。然而我知道，我挺不了三個鐘頭了。到那時天就黑了。其實，有什麼關係？完結，是一件很簡單的事，這件事不必等到早晨。好啦，我就死在星光下吧。」

老人扭頭對牧童說：「你去睡吧。昨晚守了一夜，你也累了。」

孩子便進木屋去了。

老人目送他進去，彷彿自言自語：

「在他睡覺的時候，我就死了。這兩種睡眠可以和睦相處。」

這話本來能打動主教，可是他並未感動。在這種對待死的態度中，他感覺不到上帝的存在。說穿了，高尚心靈的小小矛盾也應當指出來，在一般場合，他情願嘲笑「大人」這個名字，然而這次，人家沒有稱他主教大人，他卻頗感不快，幾乎要以「公民」回敬。舉凡醫生和教士，都好以粗魯而隨便的態度對待別人，他沒有這種習慣，卻突然產生了這種願望。然而，這條漢子，這個國民公會代表，這位民眾的代表，終究曾是個人傑，主教感到要嚴肅對待，有生以來這也許是頭一回。

那位國民公會代表卻以謙和熱誠的目光打量他，從那神態可以看出人類化為塵埃時展現的謙卑。

主教平素總是抑制好奇心，認為好奇心近乎冒犯別人，但是此刻，他卻禁不住審視這位國民公會代表，而這種專注又不是從友善為出發點，如果對方是別人，他很可能就得接受良心的責備。不過，在他看來，一個國民公會代表可以不受法律保護，甚至不受道德的保護。

G則神態自若，這位八旬老叟身材魁偉，軀幹幾乎保持挺直，說話聲如洪鐘，足令生理學家歎為觀止。大革命有一批這種與時代相稱的人，能體現出千錘百鍊的人。生命眼看就要結束，他還能保有健康的姿態。他那炯炯的目光、鏗鏘的聲調、雙肩有力的動作，無不令死神張皇失措，足令伊斯蘭教的接引天使阿茲拉愛爾望而卻步，以為找錯了門。G看似要死了，但這是由於他的意願，直到臨終還能自主。只是雙腿動不了，黑暗從這個部位抓住他，雙腳死了，變冷了，而腦袋還活著，保持全部的生命力、全部的智慧。在這嚴重的時刻，G好像東方故事中的國王：上半截肉身，下半截石體。

旁邊有塊石頭，主教坐下。對話突然開場了。

「祝賀您啊，」他以譴責的口氣說，「您總算沒有投票贊成處死國王。」

國民公會代表似乎沒有注意「總算」這個詞所暗含的尖銳意味。他收斂起笑容，答道：「不要太過獎了，先生，我投票結束暴君的統治。」

這是莊嚴的口吻回敬嚴厲的口吻。

「您這話是什麼意思？」主教又問道。

「我是說，人也有個暴君，就是蒙昧。我投票結束這個暴君的統治。這個暴君產生的王權是偽權威，而科學才是真權威。人只應當由科學來統治。」

「也由良心統治。」主教補充道。

「這是兩碼事。良心，就是我們天生就有的良知的總和。」

這種論調十分新奇，卞福汝主教聽了頗為詫異。

國民公會代表繼續說道：「至於處決路易十六的提案，我投票反對。我認為自己沒有權利處死一個人；然而我覺得有權利剷除惡。我投票贊成結束暴君的統治，這就意味結束女人賣淫，男人為奴，結束兒童的黑夜。我投票贊成共和制，就是為這一切投了票。我贊成博愛、和諧、曙光！我協助破除成見和謬論。謬論和成見崩潰了，就會現出光明。我們推翻了舊世界，舊世界好似苦難的罐子，從人類頭頂翻落下來，就變成一把歡樂的壺。」

「混雜的歡樂。」主教說道。

「不妨說擾亂的歡樂，自從一八一四年所謂復舊變故之後，歡樂就消失了。唉！我承認，大業沒有完成，我們在事實上摧毀了舊制度，可是在思想領域卻未能徹底把它剷除。除掉惡習並不夠，還必須移風易俗。風車不存在了，而風還在刮呢。」

「你們只管摧毀。摧毀可能有好處，不過，帶著憤怒的摧毀行為，我可不能苟同。」

「有正義就有憤怒，主教先生，而正義的憤怒是一種進步的元素。沒關係，不管怎麼說，自從基督出世以來，法國革命是人類最有力的一步，固然不徹底，但是非常卓越。這場革命引出所有未知的社會革命，它減輕了人們的精神負擔，起了安撫、鎮定和開導的作用，使文明的洪流蕩滌大地。法國革命好得很，它是給人類的加冕禮。」

主教不禁咕噥道：「是嗎？九三年[37]！」

國民公會代表從椅子上挺起來，神態莊嚴，幾乎是悲壯的，他以垂死之人全部的氣力大聲說道：

「啊！您說出來啦！九三年！我就等著這個詞呢。一千五百年間，烏雲密布，十五個世紀之後，烏雲消散了，而您還指責雷霆。」

主教嘴上未必肯承認，心裡卻感到什麼部位被擊中了。然而，他卻不動聲色，答道：「法官以正義的名義說話；教士則以慈悲的名義說話，慈悲不過是更高一層的正義。雷霆劈下來，總不該弄錯地方。」

他逼視著國民公會代表，又補充一句：「路易十七？」

國民公會代表伸手抓住主教的胳臂：

「路易十七！說說看吧，您為誰流淚？為那個無辜的孩子嗎？那好吧，我同您一起灑淚。為那個年幼的王子嗎？我要求您考慮一下。路易十五的孫子是個無辜的孩子，他在神廟鐘樓上遇難，惟一的罪過就是生為路易十五的孫子；而卡爾圖什的兄弟，也是個無辜的孩子，他被吊在河灘廣場的拱腋下，直至氣絕，惟一的罪過就是生為卡爾圖什的兄弟。在我看來，兩人都同樣死得很慘。」

「先生，」主教說道，「我不喜歡將這兩個名字相提並論。」

「卡爾圖什嗎？路易十五嗎？您是為哪個打抱不平呢？」

二人一時默然。主教幾乎後悔來到這裡，不過，他也有異樣的感覺，隱隱為之心動。

國民公會代表又說道：「唔！神父先生，您不愛聽真話，嫌太生硬了，基督卻喜愛。他拿著一條笞鞭，清除神廟的灰塵。他那鞭子電光四射，正是真理的無情代言者。他朗聲說：讓小孩子們……[38]，當時並沒有區別對待那些孩子。他毫不猶豫，同時提起巴拉巴斯[39]的長子和希律[40]的長子。先生，童真就是它的王冠，童真無須殿下的頭銜。無論貴為王孫公子，還是賤為花子乞兒，童真都同樣是崇高的。」

「的確如此。」主教輕聲說道。

「我堅持這一點，」國民公會代表G繼續說道：「您向我提起路易十七。我們得溝通一下。我們是否不管上層還是底層，都要為所有無辜者，為所有死難者，為所有孩子痛哭呢？我會這樣做。因此，我對您說過，必須追溯到九三年以前去，我們應當先為路易十七以前的人痛哭。只要您和我一起為老百姓的孩子哭泣，那我也和您一起為王室的孩子哭泣。」

「我為他們所有人痛哭。」主教說道。

「一視同仁！」G高聲說道，「天平如果傾斜的話，那也應當偏向老百姓那邊。老百姓受苦的時間更久。」

二人又沉默了，這回還是國民公會代表先開口。他用一個臂肘支起身子，用拇指和蜷曲的食指掐著臉蛋，正像人在盤問和判斷事物時無意做出的動作；他那質問主教的目光，充滿臨終時的全部精神。他的話幾乎是爆發出來的：

「是的，先生，老百姓受苦的時間更久。喏，再說，這一切都無法解釋您幹嘛來盤問我，跟

37．一七九三年：法國革命進入高潮，處死國王的一年。
38．原文為拉丁文。是耶穌對不許孩子聽道的門徒講的，全句話為：「讓小孩子們到我這兒來。」
39．巴拉巴斯：煽動者，猶太人要求釋放他而處死耶穌。
40．希律大帝（西元前七三—前一四）：猶太國王。

我談路易十七呢？我並不認識您，自從到這地方後，我就獨自一人生活在這圍牆裡，雙腳從不跨出去，除了扶持我的這個孩子，我不見任何人。不錯，您的大名有時也隱約傳到我耳邊，應當說名聲並不太壞，但是這說明不了什麼問題，精明人詭計多端，總能矇騙老實厚道的老百姓。對了，剛才我沒有聽到您車子的聲響，也許您把車子停在那邊岔道的樹叢後面了。跟您說，我並不認識您，您對我說您是主教，但即使透過這一點，我也根本不能了解您的人格。總之，我要再問您一遍：您是什麼人？您是一位主教，也就是說，一位教門中的王爺，披金戴銀，飾以徽章，吃著年金，享受教士俸祿的那夥人裡的一個，迪涅主教的職位，一萬五千法郎的固定收入、一萬法郎的補貼，總共兩萬五千法郎，餐桌上有美味佳肴，身邊有僕役侍候，天天肥吃肥喝，禮拜五還吃紅冠水雞，出門趾高氣揚，乘坐華麗的馬車，隨從前呼後擁，住的府邸非常氣派，而且，坐在高頭大馬的車上，還打著赤腳走路的耶穌基督的旗號！您是高級神職人員，因而，年金、府邸、駿馬、侍從、宴席，人生的享樂應有盡有，您跟那些人一樣也擁有這些，跟那些人一樣也享受這些，這很好，然而，這既暴露無遺，又不夠明顯，還不能讓我看清您內在的主要價值，而您的前來也許是要讓我明智些。我在對誰講話？您是誰？」

主教垂下頭，答道：「我是一條蟲。㊶」

「好一條乘坐華車的蟲！」國民公會代表咕噥道。

現在輪到國民公會代表趾高氣揚，主教低聲下氣了。

主教溫和地接著說道：

「就算這樣吧，先生。不過，請您向我解釋一下，說我的華車停在不遠的樹木後邊，說我肥吃肥喝，禮拜五還吃紅冠水雞，說我拿兩萬五千法郎年金，還有府邸、僕役，可是這一切怎麼證明慈悲不是一種美德，寬宏大量不是一種天職，而九三年不是傷天害理的？」

國民公會代表舉手拂了拂額頭，彷彿要撥開一片烏雲。

「在回答您之前，我請求您原諒，」他說道，「剛才我失禮了，先生。您到我家來，就是我的客人，我應當以禮相待。您對我的思想觀點提出異議，我也只應限於反駁您的論點。您的富貴和享樂生活，固然向我提供了駁斥您的論據，但還是要講點氣度，我不宜利用。我向您保證不再提了。」

「謝謝您。」主教說道。

G又說道：「還是回到您要求我作出的解釋吧。談到哪兒啦？您剛才對我說什麼？九三年是傷天害理的？」

「對，是傷天害理的，」主教說道，「馬拉[42]對著斷頭臺鼓掌，您是怎麼看的呢？」

「博須埃[43]在龍騎兵殺害新教徒時高唱聖詩，您又是怎麼看呢？」

這句答話毫不留情，像利劍一樣直刺目標。主教不禁渾身一抖，竟想不出一句話來反擊，可他討厭這樣點出博須埃的名字。最聰明的人也有自己的偶像，有時會因為別人不尊重這種邏輯而感到內心受到傷害。

國民公會代表喘息急促了，這是臨終時的倒氣，說話斷斷續續，但是他的眼神說明了他的神志還完全清醒。他接著說道：

「再隨便扯幾句吧，我樂於奉陪。那場革命，總的來說，得到人類廣泛的贊同，只可惜！九三年卻落人口實。您認為九三年傷天害理，那麼整個君主制度呢，先生？卡里埃[44]是個強盜，然而您怎麼稱呼蒙特維爾[45]呢？富吉埃．丹維爾[46]是個無賴，那麼您又怎麼看待拉莫瓦尼翁．巴

㊶．原文為拉丁文。
㊷．馬拉（一七四三—一七九三）：法國大革命時期的群眾領袖，人稱「人民之友」。
㊸．博須埃（一六二七—一七〇四）：大主教，法國教會的實際領袖。
㊹．若望．巴普蒂斯特．卡里埃（一七五六—一七九四）：國民公會代表，在南特曾下令溺死貴族。
㊺．蒙特維爾侯爵（一六三六—一七一六）：曾殘害新教徒。
㊻．富吉埃．丹維爾（一七四六—一七九五）：巴黎革命法庭公訴人。

維爾[47]呢？馬雅爾[48]固然殘忍，可是請問索勒・塔瓦納[49]呢？杜謝納神父[50]固然兇殘，那麼您又怎麼形容勒泰利埃神父[51]呢？砍頭匠儒爾當[52]是個惡魔，然而還趕不上盧烏瓦侯爵[53]。先生，先生，我可憐大公主和王后瑪麗・安東尼，我也可憐那個信奉新教的可憐女人：那是一六八五年，路易十四當國王的時候，先生，那女人上身被扒光綁在木樁上，乳房脹滿了奶水，心裡充滿了恐懼，她孩子被放在一旁，餓得臉色慘白，望著乳頭連哭喊的氣力都沒有了；劊子手卻對餵乳的母親吼道：放棄邪教！讓她選擇，不是捨棄孩子就是捨棄信念。讓一位母親遭受坦塔羅斯[54]那種刑罰，您又怎麼說呢？先生，請記住這一點：法蘭西革命自有它的道理，它的憤怒會得到將來的寬恕，它的結果，便是更好的世界。從它最猛烈的打擊中，產生出一種對人類的愛撫。我只長話短說，不講了，理由太充分了。況且，我就要嚥氣了。」

國民公會代表不再看著主教，平靜地用兩句話表達他的想法：「是啊，進步的野蠻行為叫做革命。這種行為一結束，人們就能認識這一點：人類受到粗暴對待，但是前進了。」

國民公會代表並不知道在這段時間，他接連佔領了主教內心的堡壘，僅剩下一處，那是卞福汝主教最後的防線。突然，從那掩體後面拋出一句話，幾乎重新顯露開始交鋒時的那種激烈口吻：「進步應當信仰上帝，不能由不信教的人來揚善，無神論者是人類最糟糕的帶路人。」

年邁的人民代表沒有回答。他渾身顫抖，仰頭望天，眼裡緩緩漾出一滴淚，脹滿眼眶之後，便順著青灰的面頰流下來。他出神地望著幽邃的蒼穹，低聲吶吶地，幾乎自言自語：「你喲！理想喲！惟獨你存在！」

主教受到難以言傳的震動。

沉吟片刻，老人抬手指天說道：「無限是存在的，就在那裡。如果無限沒有我了，那麼我就是它的止境，它也就不是無限了，換句話說，它就不存在了。然而，它存在，因此，它有一個我。無限的這個我，就是上帝。」

垂死的人朗聲講這幾句話時，彷彿看見什麼人，渾身微微顫慄，進入心醉神迷的狀態。話一講完便闔上眼，氣力耗盡了。顯然在頃刻之間，消耗了他生命僅餘的幾個小時。剛剛講的幾句話，把他與死亡的距離拉近了，最後時刻到了。

主教明白，時間緊迫，原來他是作為神父來到這裡的。他從極度冷淡逐漸轉為極度激動，他注視著那對閉上的雙眼，抓住這隻冰涼而皺巴巴的手，俯身對著臨終的人說：「這是上帝的時刻，如果我們白白相會一場，您不覺得遺憾嗎？」

國民公會代表重新睜開眼睛，臉上呈現籠罩著陰影的莊嚴神態。

「主教先生，」他緩緩地說，這種緩慢的口氣是由於氣力不支，也許更由於心靈的尊嚴，「我一生都在思考、鑽研和觀察。六十歲時，祖國召喚我，命令我參與國事，我服從了。當時有積弊我就消除積弊，有暴政我就摧毀暴政，有人權和法規我就公布和宣傳。國土被侵佔，我就保衛國土；法蘭西受到威脅，我就挺身而出。我從前不富有，現在仍然貧困。那時我是國家當政者之一，國庫的地窖裡裝滿了錢幣，牆壁受不了錢幣的壓力，有坍塌的危險，不得不加柱子撐住。我在枯樹街吃二十二蘇一份的飯，我救助了受壓迫的人，勸慰了受痛苦的人，我撕破了祭壇上的布毯，確有其事，但那是為了包紮祖國的傷口。我始終支持人類走向光明，有時也抵制了那種無情的進步，有機會我也保護過自己的對頭，也就是你們這類人。在佛蘭德勒的彼特格姆，恰好在墨洛維王朝[55]建造夏宮的地方，有一座烏爾班修會寺院，即博利耶的聖克雷爾修道院，一七九三年時多

㊼．拉莫瓦尼翁·巴維爾（一六四八－一七二四）：曾殘害新教徒。

㊽．馬雅爾（一七六三－一七九四）：九月大屠殺事件的參加者。

㊾．索勒·塔瓦納（一五〇九－一五七三）：元帥，屠殺新教徒的策劃者。

㊿．《杜謝納神父》：是極端分子埃伯爾出版的報紙。

51．勒泰利埃神父（一六四八－一七一九）：耶穌教士，路易十四的懺悔師。

52．砍頭匠儒爾當：馬蒂厄·儒夫（一七四九－一七九四）的綽號，因策劃一場屠殺而聞名。

53．盧烏瓦侯爵：路易十四的大臣，曾命令焚燒萊茵伯爵領地。

54．坦塔羅斯：希臘神話中的呂狄亞王，因觸怒天神宙斯，被罰永遠站在水中，頭上有果樹；他口渴想喝水，水就下降，肚子餓想吃果子，樹枝就升高。

55．墨洛維王朝：法蘭克人建立的王朝，約始於四六〇年，終於七五一年。

虧我，它才倖免於難。我不遺餘力地盡了職責，也盡可能做好事。結果，我遭到驅逐、追捕、通緝、迫害，還遭受誣衊、嘲笑、侮辱、詛咒，不得不背井離鄉。我白髮蒼蒼，多年來一直感到許多人自以為有權鄙視我，那些無知的可憐群眾以為我有著青面獠牙的面貌，我離群索居，遠離仇恨，也不怨恨任何人。現在我八十六歲，快死了，您還來向我要求什麼呢？」

「要您的祝福。」主教說道。

主教撲通跪下去。

等他抬起頭來一看，國民公會代表臉色森然，已經嚥氣了。

主教回到家中，便陷入無名的思緒裡。他祈禱了整整一夜，第二天，好奇的人有幾個膽大的，力圖引他談談那個G代表，但他一言不發，僅僅指了指天。從那以後，他對兒童和受苦的人更加和氣熱情了。

只要有人一提到「G老賊」，他就心事重重，神態異常。誰也不能斷言，那人的神智從他的神智前經過，以及那人偉大的良心在他的良心上所引起的反應，對他的精神趨向完善毫無作用。

這次「鄉下拜訪」，對當地小集團來說，當然是一次嚼舌根的機會：

「那種人垂死的病榻，難道是一位主教該去的地方嗎？顯而易見，別指望他改邪歸正，所有革命黨人都是異端。因此，何必去那裡呢？去那裡看什麼呢？主教一定是非常好奇，要看看魔鬼如何攝走那人的靈魂吧？」

有一天，一位有錢的寡婦，就是自作聰明、妄自尊大的那種人，對主教講了這樣一句俏皮話：

「主教大人，有人問起，大人什麼時候會戴上紅帽子[56]。」

「哦！哦！真是一種粗俗的顏色，」主教回答，「幸而藐視帽子上紅色的人，還崇敬著法冠上的紅色。」

十一．保留態度

Une restriction

從上文若是得出結論，認為卞福汝主教是個「有哲學頭腦的主教」，或者是個「愛國的神父」，那就很可能錯了。他和那個國民公會代表的會面，甚至可以說是結合，給他留下一種詫異，使他變得更加和善，僅此而已。

卞福汝主教絕不是個搞政治的人，儘管如此，在這裡也許應當簡短地指出，在當時發生的重大事件中，假如他想過採取一種態度，那麼究竟是什麼態度。

不妨回顧一下幾年前的情況：

米里艾先生就任主教不久後，就和另外幾個主教同時被皇帝封為男爵。眾所周知，教皇是在一八〇九年七月五日至六日被拘捕的，為此拿破崙召開了法蘭西和義大利主教聯席會議，並邀請米里艾先生參加。聯席會議於一八一一年六月一五日在巴黎聖母院召開，首次會議由斐許紅衣主教主持；包括米里艾先生在內共有九十五位主教出席，不過，他只參與了一次大會和三四次專題討論會。他是山區的一位主教，過慣了簡陋貧苦的生活，十分接近大自然，因此到了那些達官貴人中間，似乎帶去了改變會議氣氛的見解。他很快返回迪涅，有人問他為何來去匆匆，他回答說：「我妨礙了他們。外面的空氣是我帶給他們的，我對他們來說就像是一扇敞開的門。」

另外一次，他說道：

「有什麼辦法？那些大人全是王公貴戚，而我不過是一個可憐的農村主教。」

他的確討人嫌，說話做事都很怪，有一天晚上，在一個地位很高的同事府上，他居然脫口講

56・紅帽子：法國革命黨人的一種標誌。

出這樣的話：

「如此漂亮的座鐘！如此華麗的地毯！如此漂亮的華服！這些東西一定很煩人。我可不願意讓這些華而不實的東西整天在我耳邊喊著：有人在挨餓！有人在受凍！還有窮人！還有窮人！」

順便說一句，仇視豪華的物品並不見得明智，這種仇視隱含對藝術的敵意。不過，對神職人員而言，除了顯示身分和舉行儀式之外，就不應該講求排場，那種習慣會暴露出行善濟貧未免徒有虛名而已。身為教士而養尊處優，就是倒行逆施。教士應當靠近窮人。要勞作就必然沾些塵土，而一個人日夜接觸種種苦難、種種不幸、種種貧困，自身怎麼可能毫無聖潔的清寒之色呢？能夠想像一個人站在火堆旁邊而不感到熱嗎？能夠想像一個工人終日在冶爐旁幹活，卻連一根頭髮也沒有燒焦，連一片指甲也沒有熏黑，臉上沒有流下一滴汗、沒有沾上一點爐灰嗎？教士，尤其是主教，他慈悲心懷的首要證據，就是清苦的生活。

自不待言，迪涅主教先生就是這樣考慮的。

同樣，我們也應當相信，在某些敏感點上，他不會附和那種所謂的「時代思潮」。他不大參與當時的神學爭論，在牽涉教會和國家的問題上，他也諱莫如深；不過，有人若是真的打破沙鍋問到底，就會看得出他傾向於羅馬教派，而不大推崇法國教派[57]。我們描寫一個人而又不想隱諱，就不能不補充一句，他對逐漸失勢的拿破崙態度極為冷淡。從一八一三年開始，凡有抗議政府的行動，他不是參加就是贊成，當拿破崙從厄爾巴島捲土重來，經過本地時，他也拒不迎駕；在「百日政變[58]」期間，他還拒不指示本教區為皇帝做彌撒。

除了妹妹巴蒂絲汀小姐之外，他還有兩個親兄弟：一個是將軍，另一個擔任過省督，他時常寫信給他們。有一段時間，他對頭一個兄弟口氣嚴厲，因為在坎城登陸那時候，那個當將軍的兄弟在普羅旺斯地區擔任指揮官，率領一千二百名士卒追擊皇帝時，似乎刻意將皇帝放行。而當過省督的兄弟為人忠厚本分，回到巴黎在珠寶匣街隱居，他寫信給這個兄弟時，語氣就親熱多了。

可見，卞福汝主教也有表示政見的時候，也有心酸的時候，也有陰霾。一時情緒的陰影，還會掠過他這片只容得下永恆事物的溫和而偉大的腦海。當然，這種人還是沒有政治見解的好。請不要誤會我們的意思，我們絕不想把所謂的「政治見解」，混同於對進步的強烈渴望，混同於愛國的、民主的和人道的信念，在這個時代，這種信念應該是任何慷慨心靈的底蘊，僅僅間接涉及本書內容的問題，在此就不深入討論了；一言以蔽之，卞福汝主教如果不是保王黨，在靜穆的瞻仰中，他的目光如果一刻也沒有閃神，那就更加出色了。須知這種靜穆的瞻仰能超越人間的風雲變幻，清晰地望見真理、正義和慈善這三道純潔之光閃耀。

上帝創造出卞福汝主教來，絕不是為了什麼政治作用，儘管如此，卞福汝主教以人權和自由的名義所提出的抗議，他面對不可一世的拿破崙所採取那種高傲的反對態度、甘冒風險而大義凜然的抵抗，這些我們既理解又讚賞。不過，抗拒一個逐漸失勢的人，畢竟不如抗拒一個扶搖直上的人那麼大快人心。我們只喜歡有危險的鬥爭，不管怎麼說，只有最初投入戰鬥的人，才有權清理最後的戰場。在這個政權如日中天的時候，誰沒有百折不撓地控告它，那麼當這個政權日暮途窮的時候，他就應當緘口，只有揭發稱王的勝者，才有權審判為囚的敗者。至於我們，只能看著老天睜眼，降禍懲罰了。一八一二年他們開始解除我們的武裝，到了一八一三年，一向噤若寒蟬的立法院，在國難當頭之際，膽量陡增，居然大放厥詞，那種行徑只能令人氣憤，如果為之鼓掌那就是大錯特錯了。在一八一四年，那些元帥紛紛賣主求榮，參議院從一個泥淖跨進另一個泥淖，起初奉王子為神明，這時又大肆侮辱。還有那種狂熱崇拜，隨後又改弦更張，唾棄自己的偶像，凡此種種不堪入目之惡行，我們理應扭過頭去。及至一八一五年，已有大災大難降臨的徵兆，法蘭西因感到禍患逼近而不寒而慄，張開臂膀等待拿破崙的滑鐵盧也隱約可見了，當此之際，軍隊

㊼．法國天主教中主張獨立的稱法國教派，主張依附教皇的稱羅馬教派。

㊽．拿破崙於一八一四年四月六日被迫遜位，流放到厄爾巴島。一八一五年三月初他在南方坎城登陸，重返巴黎，至六月下旬再次遜位，史稱「百日政變」。

和人民痛苦地歡呼氣數已盡的獨裁者，就絲毫也不可笑了。姑且不論這個獨裁者如何，但是一個偉大的民族和一個偉大的人，在深淵的邊緣緊緊摟在一起，這其中的悲壯意味，像迪涅主教那樣的心靈，也許不應當視而不見。

除此之外，在任何事情上，他都一貫仗義、率直、公道、既精明又謙和，總不失身分。他樂善好施，又善目迎人，而善目迎人也是一種行善。他是一名教士、一位智者，也是一個人。我們剛剛責備了他的政治見解，還準備相當嚴厲地評論這一點，不過我們也應當指出，他還是很寬容和平易近人的，而且比起我們這些在此議論的人，也許更為寬容和平易近人。且說市政廳有個門房，當初還是皇帝安置在那裡的，他原是舊朝御林軍的下級軍官，在奧斯特里茲戰役中榮獲勳章，是一名像老鷹般堅定的波拿巴分子[59]。這個可憐的傢伙常常信口胡言亂語，而根據當時的法律，那便是「叛逆言論」。自從皇帝的側面像在榮譽團勳章上消失之後，他就不再穿「制服」了，如他所說，這樣就不用佩帶他的軍功章了。他虔誠地親手將皇帝的側影，從拿破崙授予他的十字章上取下來，這樣就會留下一個洞，但他不願意用別的飾物代替。他常說：「我就是豁出去這條命，也不在我胸前掛上那三隻癩蛤蟆！」他也明目張膽地嘲笑路易十八，說他是：「紮著英國綁腿的老風濕！快拖著他的辮子滾到普魯士去吧！」他十分得意，能把他最恨的兩樣東西——「普魯士和英格蘭」用一句話就罵完了。罵得痛快是痛快，可也丟了工作。他和妻子、兒女流落街頭，衣食無著，主教讓人把他找來，口氣溫和地責備他幾句後，就任命他為教堂侍衛。

米里艾先生在他的教區裡，是個名副其實的牧師，是大家的朋友。

這九年中，卞福汝主教一向行為聖潔，態度和藹，結果使得迪涅全城都洋溢著互敬互讓的家庭式溫和氣氛。就連他對拿破崙的態度也為老百姓所接受，彷彿是默許了。老百姓真是又善良、又軟弱的羊群，他們崇拜他們的皇帝，也熱愛他們的主教。

十二・卞福汝主教的孤寂

Solitude de monseigneur Bienvenu

將軍身邊總簇擁著一群年輕軍官，同樣的，主教周圍也總有一幫小教士，如可愛的聖弗郎奈瓦・德・薩勒所說的「黃口小兒教士」。哪一行都有追求者圍著功成名就的人，世間哪種勢力不擁有徒眾？世間哪種榮華不擁有幕賓？追求前程的人，總要蜂擁纏著現時的赫赫顯名。任何宗主國都有從屬國圍繞著，任何稍有影響的主教，身邊都會圍著一群小修士，他們在主教府巡邏、維持秩序、小心伺候，以博得主教大人的一笑。能討主教的歡心，就是晉升的機會，有望當上副助祭。人總應當不斷進取，而教會也絕不會虧待神職人員的。

世上有人戴峨冠，教堂同樣也有巍峨的法冠。得寵於朝廷的主教也同樣富有，坐吃年息，他們老於世故，出入於上流社會，不但懂得祈禱，也懂得祈求，不大講究手段，促使全教會的人都來登門拜謁，充當教會和社交界之間的樞紐，身為教士更像神父，身為主教更像教會大員，能接近他們的人都深感榮幸。他們利用自己的名望，向周圍的人普施盡澤，把富足教區的肥缺、有豐厚俸祿的神職、主教代理的頭銜、隨軍教士的職務和大教堂裡的差事，都賞給那些趨奉的人和親信，賞給那些善於討得歡心的一幫年輕人，以便將來還要將他們提拔為主教。他們本人升遷，就能帶動衛星升天，真的是整個太陽星系都在運行著，他們的光芒照得隨從都紅得發紫。只要他們一人發跡，隨從都能得到油水。老闆管轄的教區越大，寵信分掌的地盤也就越大，況且，還有羅馬在。一名主教汲汲營營於晉升為大主教，一名大主教汲汲營營於晉升為紅衣主教，這樣一來，就可能進而當上教皇選舉團的祕書，就可能躋身於教會最高法庭，佩帶表明身分的繡黑十字架的

---

(59)・波拿巴是為拿破崙二世之名，波拿巴分子一開始是用來稱呼支持拿破崙二世之人，後來引申為歐洲軍國主義分子。

白呢披帶，當上陪審官，再進而成為教皇侍從，再進而成為教廷官員，只需跨一步，就能從大主教升為紅衣主教，而從紅衣主教到教皇，只要把紅衣主教的選票集中燒毀就好了[60]，凡是戴著圓帽的教士，都可以幻想戴上教皇的三重冠。如今，神父是惟一能一步一步成為國王的人，又是何等尊貴的國王！那可是至高無上的國王。因此，一所神學院，是何等有效地培植野心的苗圃！多少見人就臉紅的唱詩班孩子，多少年輕的神父，頭上都頂著佩萊特[61]的牛奶罐！野心又多麼容易化為使命，誰知道呢？也許誠心誠意，但卻是錯而不覺，還沉溺其中！

卞福汝主教又樸實、又窮困，與眾不同，不屬於頭戴大法冠之列。這情況一目了然，因為他身邊根本沒有年輕教士。大家都知道，在巴黎「他吃不開」，沒有一個年輕人想把自己的前程寄託在這個孤獨的老人身上，沒有任何待發幼苗的野心會如此愚蠢，期盼在他的蔭庇下生長。他的那些議事司鐸和副主教，全是和善的老頭兒，跟他一樣有些土氣，和他一樣困守在這個教區裡，無路通往紅衣主教的職位；他們很像他們的主教，惟有一點不同：他們是完事的人，而他是成事的人。剛出神學院校門的青年，分到卞福汝主教手下任職時，都明顯感到不可能成長壯大，於是紛紛找門路盡快離開，投向艾克斯或歐什的大主教。因為，我們再重複一次，人人都想要發跡高升，陪伴一個過著清心寡欲生活的聖徒，是相當危險的。他可能把無可救藥的窮困症傳染給你，讓你的腿關節僵硬，難以往前行進，總之，你不得不更加克制自己。有鑑於此，大家都逃避這種疥癩似的德行，這就是為什麼卞福汝主教的周圍冷冷清清。我們生活在陰暗的社會裡，要飛黃騰達，這就是從上貫徹下來的慢性腐蝕教育。

順便提一句，飛黃騰達，是一件相當醜惡的東西。它貌似才能，實為欺世盜名的冒牌貨，在大眾的眼裡，成功和出人頭地幾乎是同一件事。成功，這個才能的假象，有一個上當者：歷史。惟獨尤維納利斯[62]和塔西佗[63]對此有些微詞。在這個時代，有一種幾乎是正宗的哲學，到成功者的門下甘為僕役，穿上成功的號服，卑躬屈膝地效命。飛黃騰達吧！這就是學說。風雲得意就意味著本事與才幹。你中了彩票，就被視為一個精明的人，誰得勢，誰就受人尊敬，生來命好，什麼都不成問題，擁有好運氣，其餘的也就順理成章了，只要萬事亨通，就能身價百倍。除了要延續上百年才能得到回響的五、六個重大例外，當今推崇的僅僅是短視。鍍金即真金，運氣好沒關係，只要飛黃騰達就是好傢伙，俗物猶如一個老那喀索斯[64]，自我欣賞而又為俗物鼓掌。無論什麼人，無論在什麼方面，只要達到目的，就能夠立刻贏得眾人的喝采，被誇為曠世奇才，被譽為摩西、埃斯庫勒斯、但丁、米開朗基羅，或者拿破崙。一個公證人搖身一變而成議員；一個假高乃依[65]寫了一部假的《提里達特》；一名太監居然掌握整個後宮；一個從軍的小市民偶爾打了一個劃時代的大勝仗；一名藥劑師發明了紙板鞋底，當成皮底鞋賣給桑布林．默茲軍區，掙了四十萬利弗爾年金；一個商人娶了放高利貸的，這一公一母生下了七八百萬；一名傳教士因為搖脣鼓舌而當上主教；一個大戶人家的總管退職時成為巨富，被擢用為財政大臣。上述種種，世人都稱做天才，如同說穆斯克東[66]的嘴臉非常俊美，克洛狄烏斯[67]的儀表十分莊嚴。他們把爛泥巴中鴨子的爪印跟蒼穹上的星辰混為一談。

60．指紅衣主教聯席會選舉教皇的投票過程。

61．佩萊特：拉封丹寓言〈賣牛奶的女人和牛奶罐〉中的人物。她幻想賣了牛奶買一百個雞蛋，孵出雞養大，賣了錢買豬，賣了豬再買牛，牛生小牛，綿延不絕。想得高興，一不小心卻將牛奶罐摔到地上。

62．尤維納利斯（約六〇—約一三〇）：拉丁文詩人。

63．塔西佗（約五五—約一二〇）：拉丁文歷史學家。

64．那喀索斯：希臘神話中的美少年，他迷戀自己，愛上自己在水中的影子，憔悴而死，變為水仙花。

65．高乃依：十七世紀前期法國古典主義悲劇的代表作家，法國古典主義悲劇的奠基人，與莫里哀（一六二二—一六七三）、拉辛（一六三九—一六九九）並稱法國古典戲劇三傑。

66．穆斯克東：大仲馬小說《三劍客》中波爾托斯的僕人，相貌粗俗。

67．克洛狄烏斯（西元前一〇—西元五四）：羅馬帝國皇帝。

十三・他所信仰的
Ce qu'il croyait

在宗教觀念上，我們對迪涅主教先生無須探詢，我們面對這樣一顆心靈，只能油然而生敬佩。正義者的良心憑其言語就應當相信，況且我們也認為，只要具備了某些特性，人就可能在不同的信仰中發展各種美德。

那麼，他如何看待教條之中那種種的奧義呢？那些隱藏在內心深處的祕密，只有接納赤裸裸靈魂的墳墓才會一清二楚。但是有一點我們能夠肯定，即當信仰上碰到難題時，他從不採取口是心非的解決辦法。鑽石絕不可能腐爛，他是竭誠篤信的，他常說：「相信天父。」而且，他行善所得的種種滿足，既無愧於良心，又能喃喃說道：「你和上帝同在。」

我們認為應當指出的是，不妨說在他的信念之外，在他信念的界線之外，還存著極多的愛心。正因為如此，正因為深深愛過，他才被那些「持重的人」、「嚴肅的人」和「理智的人」看作是脆弱的。在這個可悲的世界上，每個人都打著博雅的旗號，最喜歡賣弄「持重」、「嚴肅」、「理智」這類字眼。極度的愛心是什麼呢？這是一種平靜的善意，正如我們在前面指出的，他不僅愛及所有人，有時還愛及所有生物。他待人接物毫無鄙夷之態，對上帝的創造物一向寬容，任何人，甚至最善良的人，身上總是不自覺地存著一分對動物的狠毒，這也是許多教士所特有的，然而，迪涅主教卻絕無這種心地。他固然沒有達到婆羅門教的那種境界，但似乎深思過〈傳道書〉上的這句話：「誰知道動物靈魂的歸宿在何處？」外形的醜陋、本性的扭曲，都不會引起他的惶惑和氣憤，他只是非常感慨，往往油然而生憐憫之心。他那沉思默想的神態，彷彿要超越表象，進一步探究生命的前因後果。還有時，他彷彿請求上帝減輕罪罰，他常以語言學家研讀一本古籍的眼光，心平氣和地觀察自然界還存在的大量混亂現象。遐想中，他嘴裡時常冒出怪誕的話。有天早晨他在園子裡散步，以為獨自一人，沒有瞧見跟在他身後的妹妹。他突然停下腳步，注視地上的什麼東西——那是一隻黑色大蜘蛛，毛茸茸的，樣子很嚇人。他的妹妹聽見他說：「可憐的昆蟲！這不是牠的過錯。」

這種充滿善意到近乎神聖的孩子話，有什麼不可以講的呢？就算幼稚吧，可是這種崇高的幼稚，正是亞西西的聖方濟各以及馬可．奧里略之類的聖人所特有的。有一天，他生怕踩死一隻螞蟻，還因此扭傷了腳踝。

這位正義者就是這樣生活的。有幾次，他就在園子裡睡著了，那情景真是令人無限敬仰。

據說，在青年乃至壯年時期，卞福汝主教是個衝動的，也許帶點粗暴的人。他這種普施萬物的仁慈，與其說是本性，不如說是一種偉大的信念在生活過程中，一個念頭、一個念頭，在他心中點滴積澱而成的。須知滴水穿石，人心亦然。滴穿的洞不會消失，心中的積澱也磨滅不了。

我們好像已經說過，到了一八一五年，他已經七十五歲了，但是看上去卻像是不超過六十歲的人。他個頭兒不太高，身體有點肥胖；為了減肥，他喜歡走遠路，而且步履矯健，脊背只是略顯彎曲，我們舉出這種細節，並不是想要歸納出任何結論，格列高利十六世[68]到了八十歲高齡，身子還挺得直直的，笑容可掬，但他仍不免是一個壞主教。卞福汝主教有一副人們所說的「英俊的相貌」，但是他為人十分和藹可親，讓人忽視了他的英俊相貌。

與人交談時，他像孩子一樣快活，我們已經說過，這是他的一種神采。別人在他身邊毫無拘束感，覺得他周身都施放著快樂；他的肌膚紅潤，滿口潔白的牙齒完好無損；他的笑容十分爽朗，顯出一副坦蕩而平易近人的神態。這種神態在一個青年身上，人見了就會說：這是個好小子；在一個老者身上，人見了就會說：這是個慈祥的老人。我們還記得當年他給拿破崙的印象就是這樣。初次見面給人的印象，的確像個慈祥的老人，然而，如果跟他一起待上幾小時，只要稍稍留意他

[68]．格列高利十六世（一七六五—一八四六）：一八三一年至一八四六年為羅馬教皇。

那若有所思的神態，慈祥的老人就會逐漸變樣，呈現出一種難以描繪的威嚴之態。他那寬寬帶著嚴肅的額頭，本來就因白髮蒼蒼而顯得莊嚴，沉思時就顯得更加莊嚴了。慈祥中顯示出來的威嚴，並不妨礙慈祥繼續發光，我們目睹一位含笑的天使緩緩張開翅膀，同時笑容不斂，就會產生類似激動的心情。敬意，一種難以言傳的敬意，逐漸侵入你的肌體，升到你的心田，你會感到面對一顆久經磨練的、寬厚而堅強的靈魂，其思想無比宏大，因而只能是溫柔的了。

正如我們看到的，祈禱、祭祀、施捨、安慰傷心的人、種植一塊園地、廣施友愛、節儉生活、熱情接待、克己為人、保持信心、研究、工作，這些事充滿了他生命的每一天。「充滿」一詞十分恰當，自不待言，主教的這一天非常充實，滿滿裝著善良的念頭、善良的言語和善良的行為。然而，到了夜晚，等兩位婦人回房休息之後，他睡覺前如果由於天氣寒冷或者下雨，未能到園子裡待個一、兩小時，那麼這一天還不算完整。仰望夜空的壯觀景象，透過靜思準備入睡，這對他來說，似乎成為一種儀式了。有時，夜已很深了，兩位老婦人如果尚未入眠，就能聽見他走在小徑上緩慢的腳步聲。他在園子裡，單獨面對自己，聚精會神、心情平靜，惟有崇拜之意，他對照內心的恬靜和太空的靜謐，在黑暗中感慨星辰中可見的光輝和上帝不可見的光輝，心靈敞開接受從「未知」降落下來的思想。在這種時刻，夜間開放的鮮花奉獻芳香，他也獻上自己的心，這顆心在夜空的繁星中，就像點亮的一盞燈，忘情地放射光芒，融入整個大自然的輝光中。也許他本人也說不清思想裡發生了什麼，僅僅感到有什麼東西從他體內飛升，又有什麼東西降到他身上，靈魂的冥奧淵深和宇宙的冥奧淵深，兩者神祕的交流。

他想到上帝的偉大和存在，想到無窮的未來這種奇異的神祕，也想到無窮的過去這種更為奇異的神祕，還想到他眼前朝各個方向延展的所有無限，但是並不想理解，只是觀察這種不可理解的現象。他並不研究上帝，只覺得上帝光輝耀眼。他考慮原子的奇妙結合，賦予物質以形貌，確認並顯示力量，在統一中創造出個體，在空間創造出比例，在無限中創造出無窮數，並且透過光製造美。不斷結合、又不斷分解，這便是生和死。

他背靠衰朽的葡萄架，坐在一條木凳上，透過果木瘦枝曲蔓的暗影，仰望著繁星。這一角園地，被木棚倉房佔據，草木少得可憐，但是對他來說，這已經十分寶貴而足夠了。

這位老人還希求什麼呢？他生活中極少閒暇，那一點閒暇時間，也是在白天用來侍弄園子，在夜晚用來靜觀冥想。園地雖然狹小，但是上有天空，不正是足以用來崇拜上帝，輪番觀賞他那最美妙的作品和最卓絕的作品嗎？的確，這不是應有盡有，此外還渴求什麼呢？小小的園地足供散步，無際的天空足供遐想。腳下，可供培植和採摘；頭上，可供探究和思索。地上幾朵鮮花，天空所有星辰。

十四・他所思考的
Ce qu'il pensait

最後再說幾句。

這種詳細敘述的方式，尤其在我們所處的時代，如果借一個時髦的字眼來說，很可能把迪涅的這位主教描繪成「泛神論者」，還會讓人相信，對他無論或褒或貶，他身上都能體現我們時代所特有的一種個人哲學。這類個人哲學思想，往往在孤獨者的頭腦裡萌發，扎根長大，在那裡取代宗教。我們要強調指出，凡是認識卞福汝主教的人，絕不會無端產生這種看法，指導這個人的是心靈，他的智慧是由心靈放射的光構成的。

毫無系統，卻有許多善事，探賾索隱，往往令人迷惑。沒有任何跡象表明他費神去探求世界末日的情景，使徒可以勇往直前，而主教則必須謹慎從事。也許他有自知之明，不去過分探究應由大智大勇之人考慮的問題，奧祕的大門，能引起神聖的恐懼。那些幽暗的門大敞四開，然而卻有一種聲音，對你這生命的過客說：「不要進去。闖進去就要大禍臨頭！」而那些天才，可以說超越了教義，在抽象概念和純思辨方面又沉到聞所未聞的深度，他們就向上帝提出自己的見解。

他們在大膽的祈禱挑起爭論，也在崇拜中提出質疑，他們直截了當的面對宗教，對於試圖往上攀登的人來說，則步步皆是驚險和責任。

人的遐思絕無止境，而且冒著危險，分析並深入探究自己想像的奇妙境界。由於這種行為近似於反光，幾乎可以說，這種遐思也會令大自然炫目，我們周圍的世界彼此反射著，瞻仰者很可能也被瞻仰。不管怎樣，世上的確有一些人，如果真的是人的話。他們在夢想的幽邃視野中，清楚望見絕對存在者的高峻，在怵目驚心的幻象中望見無極山峰。卞福汝主教根本不是這類人，他不是天才，他還頗為懼怕那些絕頂聰明的人，他們中間有幾個大名鼎鼎，如斯威登堡[69]和帕斯加爾[70]，反被聰明所誤，精神逐漸失常了。那種宏偉的夢想，當然有其精神上的功效，通過艱險的道路，就能接近理想的完美境界。然而，卞福汝主教卻走了一條捷徑：「福音書。」

卞福汝主教無意將自己的法衣弄出以利亞[71]袍的紋褶，他不投射一線未來之光，卻照亮黑暗世界的滄桑，也不想把事物的微光聚成火焰。他一點也沒有先知的氣味，一點也沒有占星術士的氣味。這顆質樸的心惟有愛，僅此而已。

說他把祈禱推向一種超乎常情的渴望，這是有可能的，然而，只有超常的愛，才可能做出超常的祈禱。如果說離開經文的祈禱就是異端，那麼，聖女泰蕾絲和聖徒哲羅姆全成為異端了。

他經常關心痛苦呻吟和奄奄一息的人，在他看來，整個寰宇就是無邊的病痛。他感到無處不發燒，無處不是痛苦的脈搏，但他並不想猜透這個謎，只是勉力包紮傷口，萬物慘不忍睹的景象，在他身上激發出一顆悲天憫人的心。他全部的心思都用來尋求同情和安慰的最好辦法，既為他自己，也為了啟發別人，對這位世間少有的善良神父來說，一切生存的物體永遠都是他力圖安慰悲傷的標的。

多少人奮力挖掘黃金，而他則奮力挖掘憐憫，普天下的悲慘就是他的礦藏，隨處可見的痛苦，無不是他行善的機會。「你們彼此相愛吧」，他說誠能如此，也就滿足了，再也無所祈願，這就是他的全部學說。那個以「哲學家」自詡，前面提過姓名的元老院元老，有一天對主教說：「瞧瞧這世上的情景吧：人人紛爭，混戰一場，誰最強大，誰就最聰明。你那句『你們彼此相愛吧』，簡直就是蠢話。」「嗯，」卞福汝主教並不跟他爭論，只答道，「如果這是蠢話，那麼靈魂應當隱藏在裡面，就像珍珠隱藏在牡蠣中那樣。」他本人就隱藏在那句話裡，在那裡面生活，並感到完全心滿意足，置而不顧那些既誘人又駭人的重大問題、空而論道的那種不著邊際的遠景、形而上學的那種危岩絕壁。總而言之，命運、善與惡、生靈之間的爭戰、人的意識、動物若有所思的昏昧、死後的轉世、墳墓所容納的生存回顧、難以理解的移情，相繼不斷的愛移向今生今世的我、本質、實體、虛無和存在、靈魂、本性、自由、必然等等，所有那些深奧的焦點問題，都留給上帝的使徒和不信上帝的虛無論者。絕高遙深的問題，由人類中最有智慧的大天使們去探索；萬丈深淵，由盧克萊修[72]、摩奴[73]、聖保羅和但丁觀望，他們的目光如雷電，凝神注視，彷彿要讓星辰躍現在無限中。

卞福汝主教是個普普通通的人，他看到神祕問題的表象，並不想深究，也不推波助瀾，以免擾亂自己的思想，只是在心靈裡，對虛無縹緲的東西懷著深深的敬意。

---

⑲・斯威登堡（一六六八－一七七二）：瑞典神智學家。
⑳・帕斯加爾（一六二三－一六六二）：法國哲學家、作家和科學家。
㉑・以利亞：猶太先知，其故事在《舊約聖經》可見。
㉒・盧克萊修（約西元前九八－前五五）：拉丁文詩人。
㉓・摩奴：印度神話中的人類始祖，據說有十四世。古印度著名的《摩奴法典》，即是假託其名而成。

第二卷：沉淪
La chute

一・一天行程的傍晚
Le soir d'un jour de marche

一八一五年一〇月初，大約日落前一個小時，有個旅客走進小小的迪涅城。在這種時分，只有寥寥無幾的居民還站在窗邊或門口，他們望見這個旅客，心中隱隱感到不安。很難遇見比他衣衫更襤褸的行人了。此人身高不高，身體粗壯，正當壯年，看樣子有四十六歲至四十八歲。頭戴一頂皮簷鴨舌帽，遮去因流汗、風吹日曬而變得黝黑的半張臉。身穿黃色粗布衫，領口搭了一個小銀錨扣，露出毛茸茸的胸膛，領帶皺巴巴的像根繩子；藍色棉褲已無比陳舊，一個膝頭磨白，另一個膝頭磨出窟窿；外罩灰色外套也十分破舊，一個袖肘上用粗線補了一塊綠呢布；背上有一個嶄新的軍用袋，裝得滿滿的，袋口緊緊紮住；手裡拿一根多節的粗棍，腳下沒有襪子，直接穿一雙底部貼了鐵皮的鞋；頭髮短短的，鬍鬚長得很長。

渾身破爛不堪，再加上汗水、熱氣、風塵僕僕，使他散發出一種說不出來的骯髒。

他推成平頭，但是頭髮又開始長了，都豎起來，彷彿有一段時間沒理了。

誰也不認識他，顯然只是一個過路人，他是從哪裡來的呢？是從南邊來的，可能是從海邊來的。因為，他進迪涅城所走的街道，正是七個月前拿破崙皇帝從坎城前往巴黎的路線。這個人肯定走了一整天，樣子十分疲憊。城南老鎮的一些婦女，看見他停在加桑迪大街的樹下，並在林蔭道盡頭的水泉喝水。他一定渴極了，因為在後面跟著他的那些孩子，看見他走了二百步遠，到了集市廣場又停下來，喝著水泉的水。

他走到普瓦什維街口，便朝左手拐去，徑直走向市政廳，進去之後，過了一刻鐘又出來。一名憲警坐在門旁的石凳上，三月四日，德魯奧將軍正是站在那個石凳上，向驚惶失措的迪涅居民宣讀儒昂海灣宣言[①]。那漢子摘下帽子，對著憲警恭敬的行禮。

那憲警沒有回禮，只是定睛注視他，目送他一程，便走進市政廳。

當時，迪涅城有一家華麗的旅館，叫做「柯耳巴十字架」。旅館老闆名叫雅甘．拉巴爾，他有另一個叫做拉巴爾的親戚，在本城很受尊敬。另外那個拉巴爾，當年曾在精銳騎兵隊服過役，後來就在格勒諾布爾開了間「三太子」旅館，在皇帝登陸期間，有許多關於那家「三太子」旅館的傳聞。據說一月份時，貝爾特朗將軍裝扮成趕車老闆，在那一帶頻繁來往，向一些士兵頒發十字勳章，大把大把向市民發送拿破崙金幣。其實，皇帝進入格勒諾布爾城時，曾拒絕下榻在市府公館，他謝絕時對市長說：「我要到我認識的一個好漢那裡去。」於是他去了「三太子」旅館。就這樣，拉巴爾「三太子」旅館的美名，便傳到方圓二十五法里[②]之外，一直光耀了「柯耳巴十字架」的這個拉巴爾。本城人提起他就說：「他是格勒諾布爾那個拉巴爾的堂兄弟。」

①．儒昂海灣位於坎城附近，拿破崙登陸時曾發表宣言。

②．約一百公里。

且說那漢子走向當地最好的這家旅館，進入臨街的廚房，只見所有爐灶都生了火，壁爐裡的火很旺。老闆同時也是掌勺的廚師，他正在爐灶和炒鍋之間忙碌，給車老闆準備豐盛的晚餐，隔壁傳來那些車老闆談笑的喧譁聲。凡是旅行過的人都知道，誰也沒有車老闆吃得好，一根長鐵叉上插著幾隻白竹雞和雄山雉，中間插著一隻肥肥的土撥鼠，正在火上轉動燒烤；爐子上則燉著兩條洛澤湖的大鯉魚和一條阿洛茲湖的鱒魚。

店主聽到門打開，走進一位新客，沒有從爐灶抬起眼睛就問道：「先生要什麼？」

「吃飯睡覺。」那人答道。

「再容易不過了。」店主又說道。這時，他回過頭來，從頭到腳打量一下旅客，便補充一句：「……得付現才行。」

那人從外套兜裡掏出一個大皮錢包，答道：「我有錢。」

「那好，這就伺候您。」

那人把錢包放回兜裡，卸下行囊，撂在靠門的地上，手裡還拿著棍子，走到爐火旁，坐到一張矮凳上。迪涅城位於山區，十月的夜晚很冷。

這一會兒，店主來回走動，總是打量著旅客的一舉一動。

「很快就能吃到東西嗎？」那人問道。

「稍等一會兒。」店主答道。

這時，新來的客人轉過背去烤火，可敬的店主雅甘·拉巴爾則從兜裡掏出一支鉛筆，又從靠窗那張小桌上的舊報紙上撕下一角，在白邊上寫了一兩行字，再折起來，但是沒有封上，交給一個看樣子給他又當廚役、又當跑腿的孩子，還對著他耳朵吩咐了一句，於是，那孩子便朝市政廳的方向跑去。

那旅客完全沒有看見這場面。

他又問了一聲：「很快就能吃到東西嗎？」

「稍等一會兒。」店主答道。

那孩子回來，又帶回那張字條，店主急忙打開，就好像等候回音似的。他彷彿仔細看了一遍，接著搖了搖頭，沉吟了片刻。那旅客心神不寧，似乎在想事情。店主終於跨上前一步，說道：「先生，我不能接待您。」

那人在座位上猛然一挺身子。

「怎麼！您怕我不付錢嗎？您要我先付錢嗎？跟您說，我有錢。」

「不是這個緣故。」

「那是為什麼？」

「您有錢……」

「不錯。」那人答道。

「可是我，」店主卻說，「我沒有客房了。」

那人又平靜地說道：「那就把我安頓在馬棚裡吧。」

「不行。」

「為什麼？」

「地方全讓馬匹佔了。」

「好吧，」那人又說，「閣樓有個角落也行，放上一捆草。這件事等吃完飯再說吧。」

「我也不能伺候您吃的。」

這句話，雖然說得慢條斯理，但是語氣很堅定，那旅客感到事情嚴重了，立刻站起身。

「哼，算啦！我可是餓得要死，太陽一出來我就開始趕路，走了十二法里。我有錢付，我要吃飯！」

「什麼吃的也沒有。」店主說道。

那人放聲大笑，身子轉向壁爐和爐灶。

「什麼也沒有！那這些食物呢？」

「這些全被預訂了。」

「誰訂的？」

「那些車老闆先生。」

「他們有多少人？」

「十二個人。」

「這裡的食物夠二十個人吃了。」

「他們全訂下了，預先付了錢。」

那人重新坐下，以原來的聲調說：「我進來旅店，肚子餓了，我不走。」

這時，店主俯下身，對著他耳朵，用一種令他驚抖的口吻說：「走開！」

那旅客正彎下腰，用他棍子的包鐵頭往火裡撥弄幾塊炭，他聽見這話，猛地轉過身，正要開口反駁，而店主卻盯著看他，始終低聲地又說道：

「喂，別廢話了。要我說出您的姓名嗎？您叫尚萬強。現在，要我說您是什麼人嗎？我看見您進來，就覺得有點不對勁，於是派人去市政廳問一問，這就是給我的回答。您識字嗎？」

店主說著，就把打開的字條遞給旅客，那張字條剛從旅館傳到市政廳，又從市政廳傳回旅館了。那人朝字條上瞥了一眼。

店主沉默片刻，接著又說道：「我一向對所有人都客客氣氣。走開！」

那人低下頭，拾起擱在地上的行囊，便離去了。

他上了大街，漫無目的地走去，沿著牆角，如同一個因為丟臉而傷心的人。他一次也沒有回頭，他若是回頭，就會看見「柯耳巴十字架」旅館老闆站在門口，和他店裡所有旅客與街上行人圍著，正用手指著他高聲談話，而且，從那眾人驚疑的眼神裡，他就能猜出他才剛到達就鬧得滿城風雨了。

整個場面，他完全沒有看見。失魂落魄的人不朝身後看，他們十分清楚，追隨他們的是厄運。他就這樣走了一陣，一直信步向前走，穿過一條條他不認識的街道，忘記了疲勞，正像人在傷心時常有的那樣，突然，他感到飢腸轆轆。天快黑了，他四下張望，看看能否發現一處可以過夜的地方。

那家華麗的旅館拒絕接待他，那麼，他就找一家大眾酒館，找一家下等酒吧。

正巧街道那端亮著一盞燈，懸掛在直角形鐵架上的一根松枝，映現在暮晚的白色天空上。於是，他朝那裡走去。

那的確是一家酒館。在沙佛街開的一家酒館。

那旅客停了一會兒，隔著玻璃窗朝裡望，只見頂棚低矮的餐廳，由桌上一盞小燈和壁爐裡的旺火照明。有幾個人正在喝酒，老闆在烤火。一口掛在吊鉤上的鐵鍋在火上燒得嘩嘩作響。

這家酒館也兼客店，有兩個出入口。一扇門臨街，另一扇門對著滿是糞土的小院。

那旅客不敢從臨街前門進去，溜到院子裡，又停了一會兒，這才小心翼翼地拉起門閂，將門推開。

「誰在那兒？」老闆問道。

「一個要吃飯和過夜的人。」

「好哇，這裡可以吃飯過夜。」

於是，他走進來。喝酒的人全都扭頭看，他一側有燈光，另一側有火光照著。在他卸下行囊時，大家打量了他好一會兒。

老闆對他說：「這兒有火，鍋裡煮著晚飯。過來烤烤火吧，夥計。」

他走過去，坐到爐灶旁邊，將走遠路磨破的雙腳伸到火前，聞到鍋裡飄出的香味。他的帽子仍然壓得低低的，露出半張臉，從臉上隱約能看出一種舒適的表情，但是摻雜著飽受苦難後具有的淒然神態。

不過，他的側影顯得堅強有力，也顯得憂傷。他這相貌的組合非常奇特：乍看低下謙卑，最後又呈現出一副凜然正色。眼睛在眉毛下炯炯發亮，猶如荊叢裡的火堆。

且說圍著餐桌喝酒的人中間，有一個馬販子，他先去將馬拴到拉巴爾的馬棚裡，然後才進沙佛街這家酒館。也是碰巧，當天早晨，從布拉．達斯村到……，地名我忘了，想必是埃庫布龍的路上，他遇見這個一副狼狽不堪的旅客。遇見他時，這人看來已經疲憊不堪，還求讓他坐到馬後臀，送他一程。馬販子的回答，就是催馬加快腳步。半小時之前，這個馬販子也在圍著雅甘．拉巴爾的那堆人中間，他還跟「柯耳巴十字架」旅館的那幫顧客親口敘述了他早上那次不愉快的相遇。現在，他從座位上偷偷向店主使了個眼色。店主走過去，二人低聲交談了幾句。剛來的旅客重新陷入沉思。

老闆回到壁爐前，一隻手突然按在那人肩上，對他說道：

「你給我從這兒走開！」

陌生人轉過身來，口氣溫和地回答：「唔！您知道啦？」

「是的。」

「另一家旅館把我趕出來了。」

「我也同樣要把你從這裡趕走。」

「您要我去哪兒呢？」

「別的地方。」

那人拾起他的棍子和行囊便離去了。

幾個孩童從「柯耳巴十字架」跟來，好像是守在這兒等著他，見他出了酒館，就朝他扔石頭。他氣憤地回身走幾步，舉起棍子威脅他們，嚇得孩子像群小鳥一樣逃散了。

他從監獄門前經過，看見門上垂著一條鐵鏈，便上前拉響門鈴。

一扇小窗戶打開了。

「看守先生，」他恭恭敬敬摘下帽子，說道，「您能打開門，留我住一夜嗎？」

一個聲音回答：

「監獄不是旅店。您得設法讓人抓起來，我才能幫您開門。」

小窗戶又關上了。

他走上一條小街，只見兩側有許多花園，其中幾座只用籬笆圍著，給街道增添歡快的氣氛，只見花園和籬笆之間有一間小平房，窗子裡有燈光，他像到那家酒館那樣，先隔著玻璃窗朝裡張望，房間很大，牆壁刷了白灰，一張床上鋪著印花布床單，角落裡放著搖籃，地上還擺了幾張木椅子，牆上掛著一支雙響獵槍。房間正中的桌子上擺了飯食；一盞銅碗燈映照著粗麻布白色臺布，上面盛滿酒的錫壺像銀器一樣閃亮，棕褐色湯盆熱氣騰騰。餐桌旁邊坐著一位四十來歲的男子，他喜笑顏開，把小孩放在膝蓋上逗弄著。他身邊坐著一位很年輕的女子，正給另一個孩子餵奶。父親歡笑，孩子歡笑，母親微笑。

面對這溫馨寧靜的家庭場景，那個外鄉人出了一會兒神。他心中想些什麼呢？惟獨他本人才可能說清楚。也許他想到，這個愉快的家庭很可能好客，他看見洋溢幸福的地方，也許能找到一點憐憫之心。

他極輕地敲了一下窗玻璃。

裡面的人沒有聽見。

他又敲第二下。

他聽見女人說：「當家的，好像有人敲門。」

「沒有。」丈夫答道。

他再敲第三下。

這回，丈夫站起來，端上油燈，走過去開門。

這人身材高大，半務農、半工匠。他紮了一條肥大的皮圍裙，一直搭到左肩上，腹部鼓起來，皮裙裡裝著一把錘子、一塊紅手帕、一個火藥壺，以及各種各樣的工具，像裝在口袋裡一樣，由一條腰帶兜住。他朝後仰著頭，襯衣大敞著口，露出近似公牛的白淨脖頸。他長著兩道濃眉、一臉很重的黑髯鬚、一對金魚眼睛，下頦兒尖尖的，整個相貌上，還有一種難以描繪的在自家家中的神態。

「先生，」那旅客說道，「打擾了。我付錢，您能給我喝點菜湯，讓我在園中那個棚子角落裡睡一夜嗎？請告訴我，可以嗎？我付錢行嗎？」

「您是什麼人？」房舍主人問道。

那人答道：「我從皮・穆瓦松村來，走了一整天，走了十二法里。您能接待我嗎？我付錢行嗎？」

「我不會拒絕一個正經人花錢投宿的，」農夫說道，「不過，為什麼您不去旅館呢？」

「旅館沒地方了。」

「噯！不可能。又不是廟會趕集的日子。拉巴爾那兒您去過了嗎？」

「去過了。」

「怎麼樣？」

那旅客有點尷尬地回答：「我不清楚，他沒有接待我。」

「沙佛街那家叫什麼來著，您去過了嗎？」

那外鄉人更加尷尬了，結結巴巴地回答：「他也沒有接待我。」

農夫的臉上露出懷疑的表情，他又從頭到腳打量不速之客，突然提高嗓門，聲音有些顫抖地說：「莫非您就是那個人？……」

他又瞥了外鄉人一眼，倒退三步，將油燈撂在桌上，從牆上取下獵槍。

就在農夫說「莫非您就是那個人？……」的工夫，那女人已經站起身，將兩個孩子抱在懷裡，慌忙躲到丈夫的身後，還敞著胸口，瞪大眼睛，驚恐地望著那外鄉人，嘴裡咕噥著：「錯馬羅德

③。」

以上種種，只是一眨眼的工夫。房主就像觀察毒蛇一樣，打量一陣那人之後，又來到門口，說了一聲：「滾！」

「行行好吧，」那人又說，「給碗水喝。」

「給你一槍！」農夫答道。

他啪的一聲又把門關上，求宿人聽見插了兩道門閂的聲響。過了一會兒，又傳來上窗板和別上鐵杆的聲音。

天色越來越黑了，阿爾卑斯山區的冷風颼颼刮了起來。那外鄉人藉著蒼茫暮色，望見臨街一個園子裡有一個草棚，彷彿是用草皮疊起來的。他把心一橫，跨過一道木柵欄，溜進園子裡，走進草棚，看到它的門就是又窄又矮的洞口：這類草棚，很像修路工人在路邊搭的窩棚。他認為這一定是一名修路工人的窩棚，而且他飢寒交迫，飢餓只好忍了，但這至少是個避寒的場所，一般來說，這類窩棚夜晚沒人住。於是他趴下來，匍匐著爬進去。裡面相當暖和，地上還鋪了厚厚一層麥秸。他實在太累了，一動不動，就這樣躺了一會兒。繼而，他覺得背上壓著行囊不舒服，卸下來就是現成的枕頭，於是他動手解皮背帶。正在這時，旁邊響起嚇人的吼聲。他抬頭一看，只見黑暗中草棚洞口映現出一條大狗的腦袋。

原來這是個狗窩。

他本人身強力壯，樣子又兇猛，還有棍子當武器，拿行囊當盾牌，掙扎著退出狗窩，只是破衣爛衫的破洞更大了。

他揮舞棍子，且戰且退，不得不用劍術師所說的「玫瑰護身劍法」，逼使惡犬不敢近前，終

③・錯馬羅德：法國境內阿爾卑斯山區方言，意為「偷東西的野貓」。

於退出園子。

他費了好大勁才重新跨過柵欄，回到大街上，孤苦伶仃、無家可歸，連個躲風避寒的地方都找不到，連鑽進破爛狗窩裡，躺在鋪地的麥秸上也被趕出來。他看見一塊石頭，不是坐下，而是一屁股跌落在上面；一個過路人彷彿聽見他恨恨說道：「我連一條狗都不如！」

過了一會兒，他又站起來往前走，出了城，希望在田野上找到樹木或者草堆，也好避避風寒。

他始終低著頭，走了一段時間，直到覺得遠離了所有住戶人家，他才舉目四望。他來到一片田地中間，前面有一個矮丘，覆蓋著收割後的麥茬兒，就像剃光了的腦袋。

天已經完全黑了，那不僅僅是夜色，還是低沉沉的烏雲：烏雲彷彿壓著山丘，又漸漸升起，漸漸布滿整個天空。然而，月亮要升起來了，蒼穹還飄浮著暮色的餘光，而雲彩在高空形成淡白色的圓頂，上面的微光落到大地上。

因此，大地比天空還要亮一些，這就顯得格外陰森可怕，荒涼的矮丘光禿禿的，由黝黑的天邊襯出灰色模糊的輪廓，整個形象又醜、又陋、又卑瑣，又淒慘、又狹小。無論田野還是矮丘上，都空蕩蕩的，只有一棵歪七扭八的樹，在離這旅客幾步遠的地方瑟瑟發抖。

顯而易見，在智慧和精神方面，這個人遠遠沒有養成細膩敏銳的習慣，對事物的神祕現象麻木不仁。然而，在這天空中，在這座丘崗上，在這片平野裡，在這棵樹木枝葉中，有一種無限悽惶的意味，他呆立在那裡出了一會兒神之後，就猛然沿原路折回去了。有些時候，大自然也會顯現敵意。

他原路返回，不過迪涅城門已經關閉，在宗教戰爭中，迪涅城屢遭圍困，直到一八一五年，老城牆兩側還有不少方形堡壘，後來才拆毀，他便從城牆缺口回到城裡。

約莫晚上八點鐘了，他不熟悉街道，又開始漫無目的地遊蕩。

走著走著，又來到市政廳，繼而又到神學院，經過大教堂廣場時，他朝天主教堂舉起拳頭。

廣場一角有一家印刷廠。在厄爾巴島由拿破崙口授的皇帝詔書，以及《羽林軍告全軍書》傳回大陸時，頭一版就是這家印刷廠印製的。

他筋疲力竭，再也不抱任何希望，便躺在印刷廠門前的石椅上。

這時恰好有位老婦人從教堂裡走出來，她發現黑暗中躺著一個人，便問道：「您在那兒幹什麼呢，朋友？」

他粗暴而氣憤地回答：「您瞧見了，老太婆，我在睡覺！」

老太婆，就是R侯爵夫人，她的確受得起這種稱呼。

「睡在這石椅上？」她又問道。

「我拿木板當床鋪，已經睡了十九年，」那人答道，「今天，我又要拿石頭當床鋪了。」

「您當過兵吧？」

「不錯，老太婆，當過兵。」

「為什麼您不去住旅店呢？」

「因為我沒錢。」

「唉！」R侯爵夫人說，「我的錢袋裡只剩四蘇了。」

「給我就是了。」

那人接過四個蘇銅錢。R夫人繼續說道：

「您拿這點錢不夠住旅店。您就沒有去試一試嗎？您這樣過夜怎麼行呢？您一定又冷又餓，總有人發善心，留您住一夜的。」

「每扇門我都敲過了。」

「怎麼樣呢？」

「每個地方都把我趕走。」

「老太婆」捅了捅那漢子的胳臂，指了指廣場對面挨著主教府的一所矮小房子。

「每扇門您都敲過了嗎？」她重複說道。

「不錯。」
「那扇門敲過了嗎？」
「沒有。」
「去敲敲那扇門吧。」

二・向明智建議的謹慎
La prudence conseillée à la sagesse

這天傍晚，迪涅的主教先生上街散步回來後，便關在自己房間裡待到很晚。他正潛心著述，寫一本大部頭的《論義務》，可惜後來沒有完稿。他細心查閱神父和神學博士就這一重大問題所發表的各種言論。他的書分兩部分：第一部分是全體的義務，第二部分是從屬各個階級的個人義務。全體義務為大義務，共有四種。聖馬太指明四種義務：對上帝的義務（〈馬太福音〉第六章）、對自己的義務（〈馬太福音〉第五章第二十九節和三十節）、對他人的義務（〈馬太福音〉第七章第十二節）、對眾生的義務（〈馬太福音〉第六章第二十節和二十五節）。對於其他各種義務，主教在別處也找到了指示和規定。在〈羅馬人書〉中，有君主和臣民的義務；聖彼得則規定了法官、妻子、母親和青年男子各自的義務；〈以弗所書〉中有丈夫、父親、子女和僕人各自的義務；〈希伯來書〉中規定了信徒的義務；而〈哥林多書〉中有處女的義務。主教勤奮地編輯，要把所有這些規定匯總成和諧的一部分，以供世人學習。

八點鐘時他還在工作，一大厚本書攤在雙膝上，在小方塊紙上做摘錄，姿勢很彆扭。這時，馬格洛太太照習慣進來，從床邊的壁櫥裡取出銀餐具。過了一會兒，主教思忖餐桌約莫擺好了，妹妹也許在等他，他這才闔上書，離開書案，走進餐室。

餐室是個長方形的屋子，有壁爐，房門臨街（之前已經提過了），窗戶對著園子。

馬格洛太太果然擺好餐具了。

她一邊忙碌，一邊還跟巴蒂絲汀小姐聊天。靠近壁爐的餐桌上放了一盞燈。壁爐裡的火燃得挺旺。

不難想像，兩位婦人都已年過六旬：馬格洛太太又矮又胖，性情活潑；巴蒂絲汀細弱瘦長，性情溫和，比她哥哥稍高一點兒，穿一件棕褐色綢袍，那還是一八〇六年的流行色，當年她在巴黎買的，一直穿到現在。有時寫上一頁也不足以表達一種想法，但用一句俗話就能說清楚。我們這裡也借用一下較俗氣的字眼：馬格洛太太的樣子像個「村婦」，而巴蒂絲汀小姐的神態像個「貴婦」。馬格洛太太頭戴卷管邊的白色軟帽，頸上掛著小小的金色十字架，這是全家惟一的女人首飾了。她穿一條黑色粗呢袍，袖子又肥又短，領口露出雪白的圍巾，腰上用綠帶子繫著紅綠方格布圍裙，還有同樣布料的胸巾，上面兩角用別針別住，腳上像馬賽婦女那樣穿著粗大的鞋和黃襪子。巴蒂絲汀小姐的衣袍是一八〇六年的剪裁，半短緊身式的，加了墊肩、鑲了暗扣。她戴一頂「孩童式」鬈曲假髮，扣住自己的花白頭髮。馬格洛太太看起來聰明伶俐，心地善良，兩邊嘴角一高一低，上嘴唇比下嘴唇厚實，這就給她添了一兩分暴躁專橫的神氣。只要主教大人沉默不語，她就喋喋不休，態度既恭敬又有點放任。可是，只要主教一開口說話，她就跟老小姐一樣服服貼貼，奉命惟謹了，這情景大家都見過。巴蒂絲汀小姐甚至連話都不講，只是一味地服從和迎合。即使在年輕時，她的相貌也不漂亮，一對藍色大眼睛鼓出來，鼻子長而彎曲；不過，我們一開頭就說過了，她整個臉龐、整個人，都透出一種難以形容的和善，她生性寬厚仁慈，而且，溫暖心靈的三德——信仰、慈悲和熱望，又漸漸使這種寬厚昇華為聖德了。大自然只是把她造就成為羔羊，而宗教卻使她成為天使，可憐的聖女！甜美的記憶風流雲散啦！巴蒂絲汀小姐後來不厭其煩地講述這天晚上主教住宅裡發生的情況，有好幾個現在還活著的人，連細節都還可以敘述得栩栩如生。

主教先生進來的時候，馬格洛太太說得正起勁呢。她正跟小姐談一個熟悉且主教也聽慣了的話題，就是臨街房門的門閂。

馬格洛太太聽說有情況，她去為晚餐買食材時，在好幾處聽見別人說，城裡來了個形跡可疑的流浪漢，樣子很兇，到處遊蕩，這天晚上想晚點回家的人都有可能遭劫。再說，警察局辦事不力，局長先生和市長先生又合不來，都巴不得出些事端嫁禍給對方。因此，明智的人就會自己擔起警察的職責，小心提防，必須仔細關門閉戶，上好門閂，插得牢牢的，總之，要關緊自己的房門。

馬格洛太太特別強調最後這句話。可是，主教從他待著發冷的房間過來，就坐到壁爐前取暖，接著另有所思，並沒有注意馬格洛太太特地拋出來的這句話。她又重複了一遍。這時，巴蒂絲汀小姐既要讓馬格洛太太滿意，又不想惹兄長不快，就硬著頭皮膽怯地說：

「哥哥，您聽見馬格洛太太說的話了嗎？」

「恍恍惚惚聽到一點兒。」主教答道。接著，他半轉過椅子，雙手放在膝蓋上，抬起由爐火照亮下頦兒的那張誠懇而喜氣洋洋的臉，望著老女僕，問道：「說說看，出了什麼事？出了什麼事啦？我們面臨到什麼巨大的危險嗎？」

於是，馬格洛太太又把整件事從頭至尾講了一遍，無意中未免誇大了幾分。據說有一個流浪漢，一個無業遊民，一個危險的乞丐，這時候正在城裡。他到雅甘·拉巴爾那裡要投宿，可是人家不肯接待。有人看見他從加桑迪大街進城，在模糊不清的街道裡遊蕩。那個人背著行囊，領帶像繩子，一副兇惡的面孔。

「真的嗎？」主教問道。

他肯發問，就讓馬格洛太太多了些勇氣：這似乎表示，主教快要警醒了。於是，她得意洋洋地繼續說道：

「是真的，大人，事情就是這樣。今晚，城裡要出事了，大家都這麼說。再加上警察又不管事（重複這點不會沒有作用）。生活在山區，夜晚街上連路燈都沒有！出了門，哼！黑鴉鴉的，伸手不見五指！跟您說，大人，喏，小姐在那兒，也是這麼說……」

「我嘛，」妹妹插話道，「我什麼也沒有說，我哥哥怎麼做怎麼好。」

馬格洛太太還是說下去，就好像沒人反駁似的：

「我們說，這房子一點也不保險，如果大人允許的話，我這就去找鎖匠保蘭·穆斯布瓦，請他把原來的鐵門閂重新安上，鐵門還在，幾句話的工夫就裝好了。我還要說，大人，哪怕只為了這一夜，也應當安上門閂。要知道，只有撞鎖的一扇門，隨便什麼人都可以推開進來，沒有什麼比這更可怕的了。此外，平日大人總是讓人隨便出入，甚至夜裡也一樣，噢，上帝啊！要進就進，連問都不用問一聲……」

恰好這時，有人重重地敲了一下門。

「請進。」主教應了一聲。

三・盲目服從的英勇氣概
Héroïsme de l'obéissance passive

房門推開了。

房門猛地大敞四開，就好像有人下定決心用力推門似的。

一個漢子走進來。

這人我們已經認識了，正是剛才我們看見到處投宿的那個旅客。

他走進屋，往前跨了一步，又站住了，還讓身後的門敞著。他肩上扛著行囊，手中拿根棍子，眼神裡有一種粗魯、放肆、疲憊而狂暴的表情。在壁爐的火光中，他那樣子十分醜惡，就好像魔鬼顯形。

馬格洛太太連驚叫一聲的氣力都沒有了，她渾身顫抖，在原地目瞪口呆。

巴蒂絲汀小姐轉過頭，瞧見進屋的漢子，嚇得站起來，繼而，頭又慢慢轉向壁爐，瞧瞧她哥哥，於是，她的臉色又恢復沉靜安詳了。

主教目光平靜地注視來客。

那人雙手扶住棍子，眼睛來回打量老人和兩位婦人，未待主教開口問他有什麼事，他就高聲說道：

「是這樣。我叫尚萬強，我是個勞役犯。我在勞役場待了十九年，四天前刑滿釋放，要去蓬塔利埃，我從土倫動身，走了四天路。我今天走了十二法里，傍晚到達這地方。我持黃紙通行證去市政廳受驗了，這是法律規定的，結果再去旅店，就被人趕出來了。我又去另一家旅店投宿，他們對我說：滾開！無論到哪家也沒人肯接待我。我到監獄去，看守不給我開門；我鑽進一個狗窩裡，那條狗咬了我，也把我趕走，就好像牠是人似的，就好像牠知道我是什麼人；我又跑到田野裡，打算睡在星光下，可是天空沒有星星，我以為要下雨了，又沒有仁慈的上帝阻止天空下雨，只好回城來，找個門洞避一避。在那邊廣場上，我躺到石板上準備睡覺，一位老太婆指著您的房子對我說：去敲敲那扇門吧。於是我敲了門，這是什麼地方？是客店嗎？我有錢，我有積蓄，總共一百〇九法郎十五蘇，是我在勞役場做了十九年工賺的。我付錢，這有什麼關係？我有錢，我累極了，走了十二法里，我餓得很，您能讓我留下嗎？」

「馬格洛太太，」主教說道，「請您再加一副餐具。」

那人走了三步，靠近放在桌子上的那盞燈，「聽我說，」他好像沒怎麼聽明白，又說道，「不是這個意思。您聽見了嗎？我是個勞役犯，罰做勞役的罪犯，我剛從勞役場出來。」他從兜裡掏出一大張黃紙，打開來，說道：「這是我的通行證。您瞧，是黃色的，拿著這東西，我走到哪兒都被人趕。您要念念嗎？我也識字，是在勞役場裡學的。那裡有一所學校，願意學的就能進去。喏，通行證上就是這樣寫的：『尚萬強，勞役犯，刑滿釋放，原籍……』這對您無所謂，『在勞役場關了十九年。因破壞性盜竊判五年，企圖越獄四次，加判十四年，此人非常危險。』就是這樣。人人都把我趕到外面。您呢，您願意接待我嗎？這是旅店嗎？您願意給我吃的，給我住處嗎？

您有馬棚嗎？」

「馬格洛太太，」主教說道，「請您去裡間鋪上白床單。」

我們已經解釋過，這兩位婦人的服從是什麼性質。

馬格洛太太照吩咐去辦了。

主教轉向那漢子，說道：「先生，您請坐，烤烤火。過一會兒我們就吃晚飯，就在您吃飯的時候，會給您收拾好床鋪的。」

至此，那人才恍然大悟，他臉上表情變了。剛才一直陰沉冷峻，現在則顯出驚愕、懷疑、快樂，變得異乎尋常了。他就像發了瘋，說話結巴起來：

「真的嗎？什麼？您留下我？您不趕我走！一個勞役犯！您稱我『先生』！您不用『你』稱呼我！你給我滾，狗東西！別人總是這麼對我說，我原以為您一定也會趕我走。因此，我就先說明我是什麼人。啊！那位好婆婆，指點我來這！我有晚飯吃啦！還有床鋪！有被子和床單的床鋪！跟別人一樣！我有十九年沒有睡在床鋪上啦！您當真不讓我走啊！你們真是大好人。再說，我有錢，我會付錢的。對不起，店主先生，怎麼稱呼您？您要多少錢我都照付，您是大好人、您是旅店老闆，對吧？」

「我是住在這的神父。」主教答道。

「一位神父！」那人又說道，「啊！善心的神父！這麼說，您不要我的錢啊？是堂區神父，對吧？這座大教堂的堂區神父？對呀！真的，我真蠢，我沒有瞧見您這頂圓帽！」

他邊說邊把行囊和棍子放在角落，又把通行證揣進兜裡，這才坐下。巴蒂絲汀小姐和藹地看著他。他接著又說道：

「您有人性，堂區神父先生。您不嫌棄人。做一個善良的神父真好。這麼說來，您不要我付錢嗎？」

「不用付錢，」主教答道，「錢您留著吧，您有多少錢？您對我說過您有一百〇九法郎吧？」

「十五蘇。」那人補充說。

「一百〇九法郎十五蘇。您用了多少年掙了這些錢？」

「十九年。」

「十九年！」

主教深深歎了一口氣。

那人接著說道：「這筆錢我還一點沒花呢，這四天我只用了二十五蘇，還是我在格拉斯幫人卸車賺來的。既然您是神父，我就要告訴您，我們勞役場那兒有個宣教神父。還有一天，我見到一位主教，別人都叫他大人，那是馬賽的德．拉馬若爾主教，他是一般堂區神父頭上的堂區神父。請原諒，我不會說話，要知道對我來說，他們跟我離得太遠啦！您明白，我們是什麼人！他做過彌撒，站在勞役犯監獄的祭臺上，頭上戴著一頂金子做的尖玩意兒，被中午的太陽一照，整個閃閃發光。我們排成佇列，佔了三面，在我們對面是一排大炮，火繩都點著了。我們看不大清楚，他對我們說話，但是站得太裡面了，我們聽不見，原來主教就是那樣子。」

在他說話的時候，主教過去把敞開的房門關上。

馬格洛太太拿著一套餐具回來，擺到餐桌上。

「馬格洛太太，」主教吩咐道，「請您把這套餐具擺在靠火最近的座位上。」然後轉過身對客人說：「阿爾卑斯山區的晚風很厲害，您一定冷了吧，先生？」

他每次說「先生」這個詞時，聲音又和藹、又嚴肅，就像跟好夥伴說話，那人聽了總是喜形於色。稱一名勞役犯為「先生」，就等於給美狄斯號船的遇難者一杯水，蒙受恥辱者往往渴望得到尊重。

「這盞燈照明太差了。」主教又說道。

馬格洛太太會意，便去主教的臥室，從壁爐臺上取來兩支銀燭臺，點著放到餐桌上。

「堂區神父先生，」那人又說，「您真好，您沒有瞧不起我，讓我住在您家裡，還為我點上蠟燭。即使我沒有向您隱瞞，我是從哪兒來的，我是一個多麼不幸的人。」

主教在他身邊坐下，輕輕地按住他的手。

「您不必對我說您是誰，這裡也不是我的家，而是耶穌基督的家。這扇門並不問進來的人有沒有姓名，而要問他有沒有痛苦。您現在受苦，又冷又餓，這裡歡迎您。不要感謝我，也不要對我說我讓您住在我家裡，除了需要棲身之所的人外，這裡不是任何人的家，我要告訴您這位過路人，這裡是我的家，倒不如說是您的家。這裡的東西全是您的。我有什麼必要知道您的姓名呢？況且，您在向我道出姓名之前，您有個名字我早就知道了。」

那人驚奇地瞪大了眼睛。

「真的嗎？您早就知道我叫什麼？」

「對，」主教答道，「您就叫『我的兄弟』。」

「喏，堂區神父先生！」那人提高聲音說，「我進來時很餓，可是您對我這麼好，也不知道怎麼回事，現在我不餓了。」

主教注視他，說道：「您受了不少苦吧？」

「唔！穿上紅色囚衣，腳上拖著鐵球，睡在一塊木板上，忍受酷暑、嚴寒，要幹活，做勞役，挨棍子！動不動就加鐐銬，說句話就下地牢，就算病倒了也得戴著鎖鏈。不如狗，狗的生活要好得多！十九年啊！我已經四十六歲了。現在，又拿著黃紙通行證，就是這樣。」

「是啊，」主教接著說，「您從一個悲慘的地方出來。請聽我說，比起一百個善人所穿的白袍，一個懺悔的罪人流淚的臉，在上天能贏得更多的快樂。您離開那個痛苦的地方，如果對人懷著仇恨和激憤的念頭，那麼您是值得可憐的；如果懷著慈善、溫良與平和的念頭，那麼您就勝過我們任何人。」

這段時間，馬格洛太太已經擺好了晚餐。有一盆湯，是用水、油、麵包和鹽做的，還有一點鹹肉、一塊羊肉、一些無花果、鮮乳酪和一個大黑麵包。除了主教日常的餐點外，她還主動加了一瓶陳年莫福酒。

主教的臉豁然開朗，換上熱情好客者所特有的快活神情，爽快地說：「入座！」他像往常晚餐有外客那樣，讓來客坐在他右側。巴蒂絲汀小姐坐在他左側，她的神態完全平靜而自然。

主教按照習慣先禱告，再親手分湯。那人狼吞虎嚥地吃起來。

主教突然說道：「咦，桌上好像缺點什麼東西？」

的確，馬格洛太太只擺上三套必要的餐具，然而按照這裡的習慣，主教留客吃飯時，要把六套銀餐具全擺在臺布上。這是一種天真的陳列。在這個溫馨而嚴肅的家庭裡，這種類似奢華的雅致，顯得有幾分幼稚，但極富情趣，提升了清貧者的尊嚴。

一點就明白，馬格洛太太一聲不響出去了。過了一會兒，主教要的那三套餐具，就與三位進餐的人對應整齊地擺出來，在臺布上閃閃發亮。

四．蓬塔利埃乳酪廠的詳情

Détails sur les fromageries de Pontarlier

現在，要概述一下這餐飯的情況，最好的辦法莫過於抄錄一段巴蒂絲汀小姐的一封信。在寫給波瓦舍夫隆夫人這封信中，她以細膩而天真的筆調，敘述了勞役犯和主教的對話：

……那人根本不注意別人，他貪婪地吃著，跟餓鬼似的。然而，喝完湯之後，他卻說：「仁慈上帝的堂區神父先生，對我來說，這些食品還是太好了；不過，我得說一句，不肯讓我跟他們一道吃飯的那些車伕，吃得比您講究。」

說句實話：他這種指責我聽起來有些刺耳。我哥哥答道：「他們比我累呀。」

「不對，」那人又說道，「他們比您有錢，看得出來，您真夠窮的。也許您連堂區神父都不是，但您總歸是個普通神父吧？哼！不像話，如果仁慈的上帝是公正的，您就應該當上堂區神父。」

「仁慈的上帝豈止公正。」我哥哥說道。

他停了一下，又補充說：「尚萬強先生，您是去蓬塔利埃吧？」

「要走規定的路線。」

我想那人是這樣講的。然後他繼續說道：「明天天一亮，我就得上路，趕路實在困難啊。夜晚很冷，白天卻挺暖和的。」

「您去的地點是個好地方。」我哥哥又說道，「大革命時期，我的家破產了，我先逃往弗朗什．孔泰地區，靠兩條胳膊工作生活了一段時間。我為人誠懇，總能找到事做，還能挑工作呢。那裡有造紙廠、製革廠、蒸餾廠、榨油廠、大型鐘表廠、煉鋼廠、煉銅廠、鐵工廠，少說有二十家，其中四家分別建在洛德、夏蒂擁、歐丹庫爾和勃爾，規模都很大。」

我想我沒有記錯，這正是我哥哥說的地名，接著他中斷談話，又對我說：「親愛的妹妹，我們有些親戚不就是住在那地方嗎？」

我答道：「從前有些親戚住在那兒，其中有德．呂司內先生，他在舊朝擔任蓬塔利埃的衛戍司令。」

「不錯，」我哥哥接著說，「可是到了一七九三年，我們在那兒就沒有親戚，只有自己的手臂了。我做過工，尚萬強先生，您要前往的蓬塔利埃，有的產業歷史悠久，而且很有意思。妹妹，他們那裡的乳酪廠叫做果品廠。」

我哥哥一邊勸那人吃，一邊詳細向他介紹蓬塔利埃果品廠的情況。果品廠分兩種：「大倉」是有錢人的，養了四、五十頭奶牛，每年夏季能生產七八千個乳酪餅；「合作果品廠」是窮人的，主要是住在半山腰的農民合夥養牛，均分產品。他們雇用一名製乳酪的工匠，稱做「格呂蘭」。那個格呂蘭每三天向會員收一次奶，將數量記在雙合板上，接近四月底乳酪廠開工，到六月中旬，製乳酪工匠就把牛趕進山裡了。

那人吃著飯，精神就振作了起來。我哥哥讓他喝那瓶莫福好酒，但自己卻不喝，說是那酒太貴。我哥哥向他介紹這些情況，那種開心的神情您是了解的，談話間還不忘殷勤照顧我。他一再強調格呂蘭那種好行業，就好像希望不用他直截了當地建議，那人就能明白那是個安身的好地方。有件事令我吃驚，我對您講了他是什麼人。然而，在用晚餐的整個過程中，甚至整個晚上，除了那人剛進門時，我哥哥提了提耶穌，後來就再也沒有講一句讓那人意識到自己是什麼人的話，也沒有講一句向那人表明我哥哥是什麼人的話。在這種場合，似乎應當勸誡幾句，拿主教壓一壓勞役犯，給他留下難忘的印象。換了別人接待了這個不幸者，讓他吃飽肚子的同時，很可能要充實他的靈魂，責備他幾句，並教訓開導一番，或講幾句憐憫的話，勉勵他將來好好做人，我哥哥卻連他的籍貫和身世都沒問。因為，在他的經歷中有過錯，但我哥哥似乎迴避一切能喚起他回憶的字眼。有一陣子，我哥哥正談論到蓬塔利埃的山民，說他們「接近上天，快活地勞動」，還說「他們清清白白，所以生活很幸福」，正是說到這一點時，他戛然住口，怕他無心講出的話有什麼可能觸犯那人。我仔細想了想，洞察到我哥哥的思緒。他一定想到這個叫尚萬強的人受苦太多、思想負擔太重，最好轉移他的注意力，讓他相信自己跟別人一樣，對他來說一切都平平常常，哪怕只是這一刻也好。實際上，這不正是深刻領會了慈善嗎？仁慈的夫人，這種不用說教和規勸來體貼人心的態度，不是正符合福音精神嗎？一個人有了痛處，對他最好的憐憫，不就是絕不觸碰嗎？我覺得我哥哥心中可能就是這樣想的。不管怎樣，可以這麼說吧，他心中即使正是這樣思考，也絲毫沒有向我流露，他跟平常一樣，從頭到尾都是老樣子。他和這個尚萬強一起吃晚飯，神態舉止就跟他和傑德翁・勒普雷沃先生，或者同區的神父先生一起吃晚飯一樣。

晚飯尾聲吃無花果的時候，有人敲門，是傑搏大媽抱著孩子來了。我哥哥吻了孩子的額頭，向我借了我身上的十五蘇，給了傑搏大媽。這段時間，那人沒有怎麼留意，他不再講話，似乎十分疲倦。等可憐的老傑搏家走後，我哥哥就念了〈飯後經〉，隨後又轉身對那人說：「您一定需要上床休息了。」馬格洛太太急忙收拾好桌子。我明白我們必須離開，好讓這旅客睡覺，於是我們二人上樓去了。不過，等了一會兒，我又派馬格洛太太把我房裡那張黑森林麃子皮送到那人的床上。夜晚很冷，這東西可以禦寒，只可惜年代久遠，毛都脫落了，那還是我哥哥在德國時，從多瑙河發源地附近的托特林根買的，同時還買了我吃飯時用的象牙柄小餐刀。

馬格洛太太馬上就上樓來了，我們在晾床單的屋裡祈禱，然後什麼也沒有講，就各自回房安歇了。

五・寧靜

Tranquillité

卞福汝主教向妹妹道過晚安後，便從桌上拿起一支銀燭臺，並把另一支銀燭臺交給客人，對他說：「先生，我來帶您去睡覺的房間。」

那人便跟著他走。

從上文敘述中可以看出這棟房子的布局，要出入凹室所在的祈禱室，必須穿過主教的臥室。他們穿過主教房間時，馬格洛太太正在床頭壁櫥裡收拾銀器，這是她每天晚上睡覺前要做的最後一件事。

主教將客人安頓在凹室裡，床上新鋪了白床單，那人將燭臺放在小桌上。

「好了，」主教說道，「好好睡一晚吧，明天早晨動身前，您再喝一杯我們這兒的熱牛奶。」

「謝謝，神父先生。」那人說道。

這句平靜的話剛一出口，他沒有什麼準備動作，就突然來了個奇異的舉動，如果讓兩位聖女瞧見，她們準會嚇得魂不附體。直到今天，我們還弄不清楚當時究竟是什麼促使他這麼做。難道他要給個警告，或者發出個威脅嗎？難道他只是順從連他自己都懵然無知而出自本能的衝動嗎？他猛然轉向老人，叉起胳臂，用野蠻的目光注視著房主，粗聲粗氣地說：

「哼，您真的說話算話！讓我睡在離您這麼近的地方！」

他頓了一頓，嘿嘿獰笑了一下，又補充說道：

「您真的確定嗎？您怎麼知道我沒有殺過人呢？」

主教舉目望著天花板，回答說：「這是仁慈上帝的事。」

接著，他斂容正色，蠕動著嘴唇，那好像在祈禱或者自言自語。他舉起右手，用兩根指頭為那人祝福，那人接受祝福時連頭也不低一低，然後他也不回頭，就逕自往房間移動。

凹室裡有人住的時候，就拉起一大塊嗶嘰布簾，把神像完全遮住。主教從簾布前經過時，就跪下簡短祈禱一陣子。

過了一會兒，他來到園中散步，沉思遐想，凝視觀望，心神完全投入偉大的神祕事物中。這些偉大神祕的事物，是夜晚上帝指給仍然睜著的眼睛看的。

至於那人，他實在太困倦了，連舒適的潔白床單都沒有享用，他照勞役犯的做法，用鼻孔吹滅了蠟燭，往床上一倒，和衣而眠，立刻呼呼大睡。

敲午夜十二點的時候，主教從園子回屋。

過了幾分鐘，這間小房子裡的人就全部入眠了。

六・尚萬強
Jean Valjean

睡到半夜，尚萬強醒了。

尚萬強生在布里地區的貧苦農家裡，童年時沒有機會上學。成年後，他在法夫羅勒當樹枝剪修工。他母親叫尚馬狄，父親叫尚萬強，或者吾萬強，大概是外號，也是「我是萬強」的簡稱。

尚萬強生性沉靜，但並不憂鬱，這是天生富有情感之輩的特點。總之，尚萬強整個人顯得昏頭昏腦，碌碌無能，至少表面看來是這樣。幼年時父母就雙雙過世，母親患了乳腺炎，因診治不當而死，父親和他一樣，也是樹枝剪修工，不幸從樹上掉下來摔死了。尚萬強只剩下帶著七個子女孀居的姊姊，正是這個姊姊把尚萬強撫養成人。丈夫在世時，她一直負擔著弟弟的食宿，丈夫死的時候，最大的孩子才八歲，最小的一歲。尚萬強剛滿二十五歲，他代行父職，協助支撐家庭，回報姊姊的養育之恩。這事做起來自然而然，就跟天職一樣，即使尚萬強有時顯得稍嫌粗暴。他的青春就消耗在收入微薄的重活當中，當地人從來沒有聽說他有過「女朋友」，他根本沒有時間去談情說愛。

傍晚回家，累得要命，他一聲不吭，悶頭喝菜湯。就在他吃飯的時候，他的姊姊尚媽媽時常從她那湯盤裡取出最好的東西：一塊瘦肉、一片肥肉、一塊菜心，給她其中一個孩子吃。尚萬強呢，卻總是伏在桌上，腦袋差點浸到湯裡，長頭髮垂落在盤邊，遮住他眼睛，任憑姊姊怎麼做，就好像什麼也沒有看見。在法夫羅勒，住著一個叫瑪麗·克洛德的農婦，離尚萬強的茅屋不遠，就在小街的斜對面。萬強家的孩子餓肚子是常事，有時他們假冒母親的名義，到瑪麗·克洛德那兒借一品脫④牛奶，躲到籬笆後面或者小路的角落裡喝起來，可是你爭我搶，小女孩又喝得急，奶往往灑到罩衣上，流進脖子裡。母親若是知道了這種欺騙行為，肯定要嚴厲懲罰這些小騙子。尚萬強好發火、又好嘟囔，但是他卻背著孩子的母親，把牛奶錢照付給瑪麗·克洛德，幾個孩子

④・品脫：法國舊制容量單位，一品脫合〇・九三升。

才沒有受懲罰。

在修剪樹枝的季節裡，他每天能掙二十五蘇。其他時間他就打零工，幫人收割小麥、做粗活、放牛、當苦力。力所能及的工作他都做，他姊姊也幹活，然而有七個小孩拖累，又能幹什麼呢？這是一家愁苦的人，被窮困包圍，漸漸圍緊。果然，有一年冬季特別艱困，尚萬強找不到工作。家中沒有麵包，一點兒麵包渣都沒有，只有七個孩子！

法夫羅勒的教堂廣場旁邊有家麵包店，一個星期天晚上，老闆莫貝爾．伊紮博正要睡覺，忽然聽見店門口上了鐵條的玻璃櫥窗鏗鏘響了一聲。他即時出來察看，只見一條胳膊探進鐵條，從用拳頭打破的玻璃櫥窗裡抓起一個麵包。伊紮博急忙趕出來，那小偷撒腿就逃，他追上去，把那人抓住。小偷已經把麵包丟下了，但是胳膊還在流血，那正是尚萬強。

事情發生在一七九五年，尚萬強被指控「夜闖民宅行竊」罪，送上當時的法庭。他有一枝槍，而且比世上任何槍手都射得準，不過，他喜歡私獵，這對他相當不利。大家早有一種合情合理的成見，反對私獵者。私獵者跟走私者一樣，都和盜匪相去不遠。然而，我們順便指出一點，這類人和城裡那些兇惡的劊子手相比，還是有天壤之別。私獵者生活在森林，走私者生活在山裡或海上。城市腐化人，因而使人變得兇殘，山林和海洋使人變得粗野，激發野性但一般來說不會摧毀人性。

尚萬強被判有罪，法典上只有冰冷的條文。在我們的文明裡，有些時刻的確叫人膽顫心寒，這就是《刑法》置人於死地的時刻，這是何等淒慘的時刻。社會逐斥並無可挽回地遺棄一個有思想的生靈！於是尚萬強被判處五年勞役。

一七九六年四月二十二日，巴黎正歡呼義大利軍團總指揮在蒙特諾特所獲之勝利，共和四年花月二日，督政府呈給五百人院的諮文中，稱那位總指揮為波拿巴⑤；就在同一天，在比塞特監獄裡，他們幫押解過來的罪犯扣上了長鎖鏈，尚萬強就是上了鎖鏈的罪犯之一。當年其中一名監獄看守，如今年近九旬，他還記得清清楚楚。那天，那個不幸的人在院子北角，鎖在第四條鐵鏈的末端。他和其他犯人一樣坐在地上，彷彿糊里糊塗，只知道自己的處境很可怕。這個蒙昧無知的可憐人在模糊的思想裡，也許覺得遭受這樣的對待實在太過分了。有人在他腦後用大錘往他的鎖鏈上打鉚釘，他忽然哭了起來，泣不成聲，只能斷斷續續地說：「我是法夫羅勒的樹枝剪修工。」接著，他邊哭邊抬起右手，逐漸往下比劃了七下，彷彿依次摸到七個不同高度的頭，讓人從這動作上猜出，他無論做了什麼事，都是為了供七個孩子穿衣吃飯。

他被押解到土倫，脖子上鎖著鐵鏈，乘坐大板車，顛簸了二十七天才到達，到了土倫，他就換上紅色囚衣。他從前的生活，甚至他的名字全都一筆勾銷了。他不再是尚萬強，而是二四六〇一號。他姊姊怎麼樣了？七個孩子怎麼樣了？誰照顧那一大家人？一棵年輕的樹被齊根鋸斷，上面的樹葉怎麼樣了呢？

總是千篇一律的故事。那些活在世上的可憐人，上帝的創造物，從此以後無依無靠、無人指引，也無棲身之所，到處漂流，誰說得準呢？也許四分五裂，各奔西東，逐漸隱沒在淒冷的迷霧中，那正是孤獨命運的葬身之地，多少不幸的人加入人類的悲慘行列，陸續消失在那幽冥之中。他們背井離鄉，村莊裡的鐘樓把他們忘卻，田地邊的界石也把他們忘卻了，尚萬強在監獄關了幾年，也同樣把鐘樓和界石忘記了。他這顆心上有過一條傷口，便留下一道傷疤，如此而已。他在土倫的那段時間，只有一次聽人說起他姊姊。大約是在他服刑快滿第四年的時候，我不記得他是從什麼途徑得到的訊息。有個認識他們的當地人在巴黎遇見過他姊姊，他姊姊到了巴黎，住在揉麵工街，那是聖緒爾皮斯教堂附近的一條窮街，她身邊只剩下一個孩子了，是最晚生的小男孩。另外六個孩子在哪兒？也許連她本人都不知道。她當了裝訂工，每天清晨去木鞋街三號一家印刷廠上班，早上六點鐘必須趕到，如果是冬季，那時候離天亮還早呢。印刷廠裡有一所小學校，她

⑤・拿破崙生於科西嘉島，該島原屬義大利，波拿巴的姓按義大利文寫法為布奧拿巴。

每天早晨帶著七歲的孩子上學，只是她六點鐘要到工廠，而學校七點鐘才開門，孩子只好在院子裡待一小時，等學校開門，到了冬季，就要露天在黑暗中待一小時。印刷廠不准孩子進去，說是妨礙工作。大清早，工人經過院子時，就看見可憐的小傢伙坐在石頭地上打瞌睡，總是看見他蜷縮在黑暗的角落裡，伏在他的籃子上睡著了。下雨的時候，看門的一位老婆婆可憐他，讓他進屋，那破屋裡只有一張簡陋的床、一架紡線車和兩張木椅，孩子就在角落裡睡一覺，懷裡摟著貓，好讓身體暖和些，七點鐘學校一開門，他就跑進去了，這就是他們說給尚萬強聽的情況。有一天，有人把這些情況告訴他，此時，就像一道閃電，一扇窗戶突然打開，顯現那些他從前深愛之人的命運，隨即又完全關閉了。他再也沒有聽人提起，音訊永遠斷絕，他再也沒有得到他們一點消息，再也沒有見到他們，再也沒有碰見他們，在這悲慘故事接下來的部分，我們再也見不到他們了。

刑期快滿四年的時候，輪到尚萬強越獄了。獄友幫他越獄，在那暗無天日的地方，大家都這麼做。他逃走了，在田野裡自由地遊蕩了兩天，如果說被追捕也算自由的話。他時時要回頭看，聽見一點動靜就心驚肉跳，什麼都怕，怕冒煙的屋頂，怕過路的行人，怕汪汪叫的狗，怕奔跑的馬，怕報時的鐘鳴，怕看得見東西的白天，怕看不見東西的黑夜，怕上大路，怕走小道，怕鑽樹叢，還怕打瞌睡。越獄第二天晚上，他被抓回去了，三十六小時沒吃沒睡，由於這次越獄行為，海港法庭判處他延長三年刑期，一共八年。到第六個年頭，又輪到他越獄了，他利用了這次機會，可是未能逃脫。點名時發現他不見了，就放了警炮，到了晚上，巡夜的人發現他躲在一艘建造中船舶的龍骨裡，他拒捕，但還是被監獄看守抓回去了。越獄又拒捕，根據特別法典的條文，要加判五年刑期，戴兩年雙腳鐐，總共十三年。到了第十個年頭，再次輪到他越獄，他又抓住機會，但是同樣沒有成功。由於這次新的企圖，他又被加判三年勞役，到末了，我想是第十三年的時候，他最後一次試圖越獄，只逃了四個鐘頭就被抓回去了。逃出去四小時，加刑三年，總共十九年。一八一五年十月，他刑滿獲釋，他是一七九六年入獄的，只因為打碎一塊玻璃，拿了一個麵包。

在此不妨講一句題外話。本書作者在研究《刑法》和依法判罪的問題時，這是第二次遇見因偷一個麵包而毀了一生的慘案。克洛德·格偷了一個麵包，尚萬強也偷了一個麵包，一項英國統計表示，在倫敦，五件盜竊案中，有四件是因為飢餓引起的。

尚萬強入獄時戰戰兢兢，痛哭流涕，出獄時卻神情冷漠。他入獄時艱苦絕望，出獄時神色黯然。

這個心靈發生了什麼變化呢？

七・絕望的內涵
Le dedans du désespoir

讓我們試著說明一下。

這類事情，社會既已作出，就應當正視。

我們已經說過，尚萬強是個無知的人，但並不是愚蠢的人。性靈之光在他心中點亮。不幸的遭遇也有其亮光，能增強他思想中的微光。在棍棒下、在鐵鏈下、在地牢裡、在勞累中、在勞役場的烈日下、在勞役犯的木板床上，他用良心反思，反躬自省。

他為自己組成法庭。

他開始審判自己。

他承認自己並不是無辜受害，判罪並不冤枉。他也承認他做了極端的行為，應當受到譴責，假如他向人家討那個麵包，也許人家不會不給，不管怎樣，最好應當等待，或者透過憐憫，或者透過勞動得到那個麵包。有人說，肚子餓了能等待嗎？這並不完全是一種無可辯駁的理由。首先，真正餓死人的事是罕見的，其次，不管不幸還是幸運，人天生在精神上和肉體上就能在長時間忍受很多痛苦，而不至於喪命，因此必須忍耐，甚至為了那些可憐的孩子，最好也應當忍耐。像他這樣一個微不足道的不幸者，居然鋌而走險，抓住整個社會的衣領，以為透過盜竊就能脫離貧困，這簡直是一種瘋狂的舉動。不管怎麼說，走出貧困而又進入卑鄙，這就是一道惡門，總而言之，他承認自己錯了。

然後他又提出疑問：

在他毀掉一生的經歷中，難道惟獨他錯了嗎？首先，他這個勞動者沒有活兒幹，他這勤勞的人缺少麵包，如果這還不算一件嚴重的事情的話，那麼後來，有了過錯又承認了，懲罰是不是太殘忍、是不是太過火呢？執法方面是不是比有罪者的過錯更大呢？天秤的兩個盤子，懲罰的一端放的砝碼是不是太重了呢？加重懲罰是不是根本不能消除犯罪，是不是會達到這種結果，即扭轉情勢，以懲罰的過錯取代犯罪者的過錯，把犯罪者轉化為受害者，將債務人轉化為債權人，最終把權利賦予侵犯人權的一方了？這種懲罰又因企圖越獄而屢屢加重，結果是不是構成了最強者對最弱者的侵害，以及社會對個人的犯罪，而這種罪行天天重犯，一直延續十九年呢？

他還想到，人類社會對其成員是否有這種權利，在某種情況下，毫無道理也缺乏預見，在另一種情況下，又冷酷無情、富於預見，從而把一個可憐的人永遠置於缺少和過分的境地，即缺少工作和過分懲罰。財富分配往往是偶然造成的，因此，最窮的人最應該受到照顧，而社會偏偏又那樣對待他們，是不是太過分了呢？

他提出並解決這些問題之後，就審判社會並判了它的罪。

他判處社會接受他的仇恨。

他認為社會應為他的遭遇負責，心想有朝一日，也許他會毫不猶豫地要跟這個社會算賬。他向自己申明，他造成的損害和別人給他造成的損失，兩者並不平衡，最後他得出結論，其實，對他的懲罰並非不正義，但肯定是極不公道的。

發怒可能是失常和荒唐的，而惱火也可能不對。但是，一個人的內心必定有某種理由才會感到憤慨，此時尚萬強就感到憤慨萬分。

再說，人類社會對他只有殘害。他所見到的社會，總是一副自稱正義的怒容，怒視它所要打擊的人。別人跟他接觸，只是為了傷害他，他跟別人接觸，對他也是一次次打擊。從童年起、從失去母親、失去姊姊時起，他從來沒有聽到一句友好的話，沒有見到一個善意的目光。從痛苦到痛苦，他逐漸確信這一點：人生就是一場戰爭，而且他在這場戰爭中是戰敗者。他只有仇恨這一件武器了，他下定決心在獄中把這件武器磨利，帶著它出獄。

在土倫，無知兄弟會⑥辦了一所囚犯學校，向那些有誠意學習的不幸者傳授最基本的知識，尚萬強就是有誠意學習的一個人。他四十歲入學，學習認字、寫字、計算，他覺得強化他的智力，就是強化他的仇恨，有時候，教育和智慧能夠助紂為虐。

說起來令人傷心，他審判了造成他不幸的社會之後，又審判了創造社會的天主。

他也判了天主的罪。

在酷刑和奴役的十九年過程中，他的靈魂就這樣同時昇華和墮落。他一方面進入光明，另一方面又進入黑暗。

我們已經發現，尚萬強並不是生性頑劣的人，他入獄時還是善良的。他在獄中判了社會的罪，因此感到自己的心變狠了；他在獄中判了天主的罪，因此感到自己變成不信教的人。

這不能不引人深思。

人性真能這樣完全徹底地改變嗎？由上帝創造的性善之人，人能使之變惡嗎？只因遇到厄運，靈魂就能整個被命運重新塑造，轉而變惡嗎？難道人心像久住矮屋的脊背那樣，在巨大痛苦的重壓下，也要蜷曲變形而醜陋，造成無法醫治的殘疾嗎？在每個人的靈魂裡，尤其在尚萬強的靈魂裡，難道就沒有一點原始的火花，沒有一點神性的素質嗎？這種原始的火花、神性的素質，在世間不朽，在上天永生，能由善發展、激揚、點燃並燃燒，放射奇光異彩，永遠也不會被惡完

⑥・一六八〇年在法國創建的基督教團體。

全撲滅。

這是嚴肅而深奧的問題。任何一個生理學家，如果在土倫看見尚萬強將拖曳的鎖鏈裝在口袋裡，叉著雙臂，坐在絞盤的鐵杆上休息，並利用休息的時間遐想，如果看見這名勞役犯神情沉鬱、嚴肅，沒沒地思索，看見這個被法律懲罰的人憤怒地注視別人，這個被文明判處的人嚴厲地注視天空，那麼，他對上面問題的最後一個很可能回答：「沒有」。

我們並不想隱瞞，善於觀察的生理學家在那種場合，當然會看出一種無可挽救的絕境，他也許會可憐這個法律上的病人，然而，他甚至不肯試著給予治療。他會移開目光，不去注視這個靈魂中的空洞，他也會像但丁轉頭不看地獄之門那樣，將上帝寫在每人前額上的「希望」兩字從這個生靈的身上抹除！

我們試著分析他這種心態，對尚萬強本人來說，是否像我們為讀者試作的分析這樣一目了然呢？他精神失落的各種因素形成之後，乃至於形成過程中，尚萬強是否看得清清楚楚呢？這個不識字的粗鄙之人是否明確地掌握了這一系列的思想，帶著他逐漸上升，並且下降到多少年來在他頭腦的空間形成的慘景呢？他是否完全意識到自己思想的起伏變化呢？這一點我們不敢講，甚至也不相信。尚萬強實在是愚味無知，即使飽受苦難之後，是不是仍然糊里糊塗呢？有時候，他甚至弄不清楚自己的感覺。尚萬強陷入黑暗中，他在黑暗中受罪，在黑暗中仇恨，真可以說他無所不仇視。他已經習慣於在這暗無天日中生活，像瞎子或夢遊者一樣摸索。不過，由於內因或外因，他時而會突然產生一股怒火，感到一陣難忍的痛苦，彷彿一道淡淡迅疾的閃光，照亮他整個靈魂，而他命途上可怕的深淵和黯淡的遠景，在淒慘恐怖的光裡，突然在他四周一齊顯現出來。

閃光熄滅了，還是沉沉黑夜，他身在何處？連他自己也茫然不知了。

這種性質的懲罰，核心是殘酷無情和愚化，旨在透過愚化逐漸把人變成野獸，有時還變成猛獸。尚萬強頑固地屢次企圖越獄，就足以證明法律在人心上所起的扭曲行為。儘管企圖越獄是完全徒勞而愚蠢的，但是尚萬強一有機會總要試一試，根本不考慮後果，也不考慮前車之鑑。他像一條狼，看見籠門打開就必定逃跑。本能對他說：快逃啊！理智對他說：留下！然而，面對強烈的誘惑，理智便銷聲匿跡，只剩下本能了，惟獨野獸的行動。他被抓回去之後，新的嚴厲懲罰，只能使人更加驚恐萬分。

有一個細節我們不應漏掉，就是他體魄強健，監獄裡沒人能比。論體力、放纜繩、推絞盤，尚萬強一人可頂四人。他能抬起或用後背扛起極大的重物，有時還可代替千斤頂，那種工具從前叫「驕子」，順便說一句，巴黎菜市場附近的驕子山街，就是由此得名的。獄友送給他一個綽號，叫尚千斤。有一次，土倫市政廳正在整修陽臺，陽臺下有幾根普杰⑦雕的精美女像柱，其中一根脫了榫，險些傾倒，正巧尚萬強在場，他用肩膀扛住，直到其他工人趕來。

他的身體不但力氣大，而且非常敏捷。有些勞役犯整天夢想越獄，最終巧妙地結合力量和技巧，掌握一門真正的科學，就是運用肌肉的科學。囚徒們無時不羨慕飛蠅和飛鳥，天天練習，想掌握一整套神祕的飛行姿態，攀登陡壁，在不易發現凸處的地方找到支撐點，這對尚萬強來說如同兒戲。假如在牆角，他用脊背和膝彎的張力，同時用臂肘和腳跟卡住石頭的凸凹處，就能像變魔術似地登上四樓，甚至爬上監獄的房頂。

他寡言少語，也不愛笑，一年難得有一兩回，他特別激動，才會笑一笑。不過，勞役犯的笑是陰慘的，好似魔鬼笑的影像，他笑的時候，彷彿正在凝視著什麼可怕的東西。

他確實在凝神專注。

他的稟賦不健全，智力又受到摧殘，感受能力不佳，他總隱約感到一種怪物附體。他匍匐在慘白幽暗的地方，每次扭轉脖頸，想抬眼望一望，就感到一陣恐怖和憤怒，只見頭頂層層疊疊，危乎高懸，一眼望不到頂端，如山堆積著各種事物、法律、偏見、人和事件，看不到周邊，龐大

⑦．普杰（一六二〇—一六九四）：法國雕塑家、畫家和建築師。

得令人恐怖，這種巨大的金字塔不是別的東西，正是我們所說的人類文明。他在這麇集蠕動、時遠時近的怪形體中，在高不可攀的高原上，時而看出一群東西，看出強烈光線照見的一個部位，這兒是拿著棍棒的勞役犯看守者、手持戰刀的警察，那邊是戴著峨冠的大主教，在最高處則是頭戴皇冠的皇帝，彷彿罩著陽光，令人目眩。在他看來，那遠處的光輝，非但不能驅除他的黑夜，反而使他的黑夜更加陰慘幽暗了。法律、偏見、事件、人、事物，這一切在他頭上來來往往，遵循著上帝賦予人類文明複雜而神祕的運動，在他頭上行走踐踏，殘酷中顯示著一種無法形容的平靜，漠然中顯示著一種無法形容的狠毒。墮入不幸深淵的靈魂、掉進無人敢窺探之地獄底層的不幸者、被法律摒棄的人，無不感到人類社會的全部重量壓在他們頭上。這個社會對於在它之外的人無比巨大，對於在它下面的人無比可怕。

尚萬強就是在這種境地思考，他的遐想能是什麼性質呢？

如果磨盤下面的黍粒有思想的話，那麼它所想的無疑就是尚萬強所想的。

這些所有的事物，充滿鬼影的現實和充滿現實的鬼域，終於造成他心中一種難以描摹的心態。他在勞役場幹活時，有時會忽然住手，開始走神兒了，他的理智比從前更成熟也更混亂，現在起而抗爭了。他覺得自己全部遭遇都是荒唐的，他覺得周圍的一切是不合理的。他常常想：這是一場夢！他看著站在幾步遠的看守，彷彿是個鬼魂，可是，那鬼魂突然給了他一棍子。

可見的自然界，對他來說幾乎不存在，可以說，對尚萬強來說根本沒有太陽、根本沒有美好的夏天、根本沒有明媚的天空，也根本沒有四月清爽的早晨。真不知道平時是什麼光透過氣孔照亮他的靈魂。

最後，就我們上面所指出的盡量總結一下，用明確的結論表述，就可以這樣講，尚萬強，法夫羅勒安分守己的樹枝剪修工，土倫的兇悍的勞役犯，十九年間，由於勞役監牢的逆塑造，已經具備兩種負面行為的能力：第一種負面行為是急切的，不假思索，冒冒失失，完全出於本能，是對他所受痛苦的一種報復；第二種負面行為是嚴肅認真的，經過反覆思考，思考時還帶著這樣不幸遭遇所能產生的錯誤念頭。他的預謀通常連續經過三個階段：推理、決心、執著。要有一定毅力的人，才可能這樣思考。他的動機是日常的憤慨、心靈的苦痛，遭受不公的深切感受、反擊，甚至反擊善良、無辜和公正的人，如果世上還有這幾種人的話。他所有思想的出發點和目的，就是對人類法律的仇恨，這種仇恨在發展過程中，如果沒有上天制止，到了一定時機，就會變成仇恨社會，進而仇恨人類，再而仇恨天地萬物，展現出一種模糊的、持續不斷和兇殘的欲望，要危害，不管什麼人，逢人便危害。正如我們所見，通行證上稱尚萬強是「非常危險的人」，不是沒有道理的。

年復一年，這個心靈逐漸乾涸，緩慢地，卻是無可避免。心靈乾涸，眼睛也乾涸。直到出獄，十九年來他沒有流過一滴眼淚。

八・波濤與亡魂
L'onde et l'ombre

一個人掉進大海！

有什麼要緊？帆船不會因此停下來。風繼續刮著，這艘可悲的船沿著規定的航線繼續行駛，帆船駛過去了。

那人沉下去，又浮起來，他沉沒消失，又浮上水面，他伸出雙臂呼救，但是人們聽不見。船在大風浪裡搖盪，正在全力行駛，水手和乘客們，甚至沒有再看一眼落水的人。那人可憐的頭，在無邊無際的波濤中只是一個小點。

在茫茫的大海中，他絕望地呼救。那行駛遠去的帆船，簡直是遊魂鬼影！他望著那艘船，瘋狂地望著它，它駛遠了，帆影漸淡，越來越小了。剛才他還在船上，還是一名船員，他和其他人在甲板上往來忙碌，他有自己那份呼吸和陽光，他是個活生生的人。現在，究竟發生了什麼事？

他腳下一滑，落水了，也就完蛋了。

他陷入驚濤駭浪中，腳下踏空，只有分開流走的海水。狂風撕裂的浪濤兇險地圍住他，深淵的激流攜裹他，所有浪花在他的頭周圍飛濺，一排惡浪唾他，模糊的大口吞下他半個身子。每次下沉，他都隱約看見黑夜籠罩的深淵，陌生的可怕植物抓住他，纏住他的雙腳，要把他拉過去。他感到自身變成苦海，變成浪花飛沫，波濤將他拋來拋去，他喝著苦汁，卑鄙的海洋極力要把他淹沒，浩瀚的大海在拿他的垂死取樂，整片海水似乎都懷著仇恨。

然而，他還在掙扎，奮力自衛，極力堅持，拚命游泳。他這可憐的力量很快就耗盡，他在與無窮的力量搏鬥。

船駛到哪去了？在那邊，影影綽綽，在幽暗的水天之間。

狂風陣陣，浪濤向他猛撲，他舉目張望，只見烏雲慘澹，他在垂死中，領略浩瀚大海的瘋狂。他受這瘋狂的無情折磨，他聽見聞所未聞的喧囂，彷彿來自世外，不知來自什麼恐怖的國度。

雲中有飛鳥，同樣的，人世間的苦難之上有天使，可是對他有什麼用呢？只是飛舞，鳴叫並盤旋，而他卻聲嘶力竭。

他感到自身同時被兩種無限埋葬：大海和天空。一個是墓穴，一個是殮衣。

黑夜降臨，他已經游了幾小時，氣力已盡。那艘船，那個載人的東西在遠方消失了，在暮色蒼茫的無底深淵裡，他孤立無援，他往下沉，全身繃緊，扭動掙扎，感到身下有著無數模模糊糊看不見的怪物，他呼叫。

周圍沒有一個人影，上帝何在？

他呼叫！有人嗎？有人嗎？他一直呼叫。

水上什麼也沒有，天上什麼也沒有。

他哀求大海、波濤、海藻、礁石，天聾地啞。他哀求風暴，堅定不移的風暴只服從無限。

他周圍是夜色、霧氣、孤寂、沒有意識的暴風狂浪喧囂、無邊無際起伏的驚濤駭浪。他身上惟有恐懼和疲憊，他身下惟有沉淪，沒有支撐點。他聯想到屍體在無邊的幽冥裡飄蕩，極度的寒冷把他凍僵，他的雙手拘攣，握緊，抓住的卻是虛無。風、雲、漩渦、氣流、無用的星辰！怎麼辦啊！絕望的人氣餒了，氣餒的人只有等死，聽天由命、順其自然。他放棄了，他就這樣沉淪下去，永生捲入陰慘慘的深淵裡。

啊，人類社會恆久不變的行程！途中要喪失多少人和靈魂！法律任憑多少人跌進葬身的海洋！陰森可怖而毫無救助！噢，精神的死亡！

大海，就是無情社會的黑夜，受刑人一個個被拋下去。大海，就是無邊的苦難。

靈魂，在這深淵裡漂流，可能變成一具殭屍，誰能使靈魂復活呢？

九・新的傷害

Nouveaux griefs

快出獄時，尚萬強聽人在耳邊講了這樣一句奇特的話：「你自由啦！」那一刻不像真的，而且聞所未聞，一道強烈的光線，一道人世間真正的光芒，突然射入他的心田。然而不久後，這道光線就漸漸黯淡了。起初想到自由，尚萬強不禁目眩神搖，他以為要開始新的生活。但是，他很快就明白，一張黃紙通行證，究竟通向了什麼自由。

圍繞著這一點，許多事有苦難言。他算過自己的積蓄，根據服勞役的時間，應當達到一百七十一法郎。不過要指出，他忘記十九年來星期天和節日都強迫休息，而他全算進去了，大約少了約二十四法郎。不管怎麼說，這筆積蓄經過七折八扣，最後只剩一百零九法郎十五蘇，他出獄時就領到這個數字。

他根本弄不明白，認為自己受了苛刻，說穿了，就是受人掠奪。

出獄的第二天，他走到格拉斯，看見一家橙花香精提煉廠門前有人正在卸貨，就上前找工作。

正巧要趕工，就雇用了他。他便開始上工，他身體強壯，人又聰明伶俐，幹活又賣力，老闆很滿意。就在他工作的時候，一名警察經過，注意到他，要他出示證件，他只好拿出黃紙通行證。檢查完之後，尚萬強又接著幹活。先前他問過一個工友，幹這種活兒一天掙多少錢，那人回答說：「三十蘇。」第二天早晨他還要趕路，於是當天晚上去見老闆，請求付工錢，老闆一句話沒講，給了他二十五蘇，他要求如數付給，老闆就回答說：「給你這些就夠意思了。」他堅持要補足。老闆一瞪眼，盯著他說：「小心進監獄。」

這次，他又感到自己受人掠奪了。

社會，政府，苛刻他的積蓄，就是大筆掠奪他。現在，又輪到這傢伙小筆掠奪他。

釋放並不等於解放。他脫離監獄，卻沒有擺脫罪名。

這就是他在格拉斯的遭遇。至於到了迪涅，別人如何接待他，我們已經看到了。

十・人醒來

L'homme réveillé

大教堂的鐘敲淩晨兩點鐘的時候，尚萬強醒來了。

他早早醒來的原因，是床鋪太舒服了。將近二十年，他沒有在床上睡覺，這次雖然和衣而臥，但是感覺太新奇，反而打擾了睡眠。

他睡了四個多小時，已經歇過乏來。他早已習慣不在睡眠上多花時間了。

他睜開眼睛，在黑暗中向四周望了一陣，又闔上眼睛，想重新入睡。

如果白天感觸太多，思慮重重，那麼可以入睡，但是醒來就再難入睡了。睡意初來容易，再來就難了。尚萬強就是這種情況。他再也睡不著了，就開始想事兒。

他正處於思想混亂的時候，頭腦裡思緒亂紛紛的。往事和剛剛經歷的事一齊湧上心頭，混雜交錯，亂作一團，喪失各自的形狀，又無限膨脹起來，繼而又倏忽消失，彷彿沉入洶湧的濁流中。他想到許多事情，其中有一個念頭揮之又來，反覆出現，驅逐其他所有念頭。這個念頭，我們這就點明：他注意了馬格洛太太擺到餐桌上的六副銀餐具和大湯勺。

六副銀餐具纏住他的思想。——東西就放在那兒——只有幾步遠。——他經過隔壁房間來這屋睡覺的時候，就瞧見老女僕將餐具放進靠床頭的小壁櫥裡。——他特別注意看了那個壁櫥。——從餐廳進來。靠右前。——餐具很粗大。——都是舊銀器。——再加上大湯勺，少說能賣二百法郎。——是他十九年所掙的錢的兩倍。——當然，官府若不掠奪，他本可以多拿到一些。

他的思想起伏動盪，猶豫不決，鬥爭了足足一小時。三點鐘敲響了。他又睜開眼睛，一屁股坐起來，伸手摸了摸他放在屋角的旅行袋，然後，他垂下雙腿，兩腳沾地，不知道怎麼就這樣坐在床上了。

他保持這種姿勢，發了一陣呆。整所房子都在沉睡中，獨有他醒著，坐在黑暗裡，有人若是看見，肯定會毛骨悚然。忽然，他彎下腰，脫掉鞋子，輕輕放到床前的席子上，繼而又恢復原來發呆的姿態，一動不動了。

在這種邪惡的思考中，我們所指出的念頭，在他的腦海不停地折騰，進進出出，給他造成一種壓力。繼而，不知為什麼，他還想起一個人，而且這個念頭像夢想那樣不由自主而又固執：他想到一個叫布列衛的勞役犯，是在勞役場認識的；那人穿的褲子只有一根用線繩編織的背帶。那根背帶上的棋盤圖案，就不斷地出現在尚萬強的腦海裡。

他保持這種姿勢，一直待下去，如果不是掛鐘敲了一下——是報一刻或者半點，也許會待到天亮。一聲鐘響彷彿對他說：走吧！

他站起來，又遲疑了片刻，側耳聽了聽，房子裡一點動靜也沒有；於是，他小步徑直走向隱約可見的窗戶。夜色還不算太暗，正是望月，但風吹大片大片烏雲飛馳，時時遮掩。月亮時隱時現，因此窗外時暗時明，而屋內也有點微光，足夠給屋裡人照亮走動；不過，由於雲影的關係，屋裡的微光也斷斷續續，就好像憑氣窗透光的地下室，因過往行人而室內忽明忽暗。尚萬強走到窗前，便察看窗戶。窗戶對著園子，沒有裝鐵欄，只按當地習慣，用一個小插銷關著。他打開窗戶，但是一股冷空氣突然湧進屋，他又趕緊關上。他觀察園子的眼神那麼專注，不像觀察而像研究了。園子有一道白色圍牆，牆頭相當低，容易翻越。園子盡頭那邊，均勻排列的樹冠依稀可辨，表明牆外是一條林蔭路或者栽有樹木的小街。

他觀察一下之後，便做了一個決心已定的動作，返身回來，拿起並打開旅行袋，伸手進去摸索，掏出一樣東西撂到床上，又將自己的鞋裝進袋中一個隔兜裡，再把整個口袋紮好，放到肩上，齊眉戴上鴨舌帽，摸到他的棍子，拿過去放到窗戶一角，回到床邊，毅然決然地抓起剛才撂在床上的東西。那好像是一根短鐵棍，一端磨尖，就跟標槍一樣。

黑暗中看不清楚，難說鐵棍磨成那樣是幹什麼用的。也許是一根撬杠吧？也許是一根衝子吧？

如果在白天，就能認出那不過是一支礦工用的蠟燭針。當時常派勞役犯去土倫周圍的山上採石頭，因此，他們有礦工的器械也是常見的。礦工蠟燭針真是用粗鐵條做的，下端呈尖錐狀，可以插進岩石縫裡。

他右手操起燭台，屏住呼吸，放輕腳步，朝隔壁的房門走去，我們知道那是主教的房間。到了門口，他發現房門虛掩著。主教根本就沒有插上門閂。

十一・他幹的事
Ce qu'il fait

尚萬強側耳傾聽，沒有一點動靜。

於是他推門。

他用手指尖推門，輕輕地，就像要進屋的貓那樣，悄悄地又怯怯地推門。

門被推動了，沒有發出一點聲響，不易覺察地開大了一點縫。

他等了一下，接著又推一次門，這次膽子大些了。

房門無聲地繼續開啟，現在能夠容人通過了。然而，門旁有一張小桌子，和門形成礙事的角度，擋住去路。

尚萬強發現這樣難以通過，無論如何還要把門開大些。

他打定主意，第三次推門，這次比前兩次用勁更大了。這回，因為門扇很久沒上潤滑油，在黑暗中突然發出一聲嘶啞的長音。

尚萬強渾身一抖。門扇的響聲傳到他耳中，彷彿比平常還要響亮，猶如最後審判的號角。

一開始由於幻覺的擴大，他幾乎想像這扇門活了起來，突然有了巨大的生命力，像狗一樣狂吠，要向大家警示，要把睡覺的人叫醒。

他停止動作，渾身發抖、不知所措，踮起的腳跟也落了地。他聽見太陽穴的脈搏砰砰作響，就像打鐵的大錘子，只覺得胸中呼出的氣息像空穴的風聲。憤怒的門扇這聲斷喝，好似地震一般，他認為這個震盪毫無可能不傳至整棟房子。他推開的門發出警報、發出呼號，那老人要起來了、那兩個老太婆將開始喊叫、鄰人也會趕來幫忙，用不了多久就會鬧得滿城風雨，警察也會出動。當下他以為自己完蛋了。

他站在原地呆若木雞，一動也不敢動。

幾分鐘過去了，房門完全敞開，他壯著膽子朝房間裡看一眼，裡面什麼動靜也沒有。他側耳細聽，這棟房子也沒有一點動靜。生鏽門扇所發出的聲響沒有驚醒任何人。

最初的危機過去了，但他內心仍然驚恐萬分。然而，他並不退卻，甚至在他以為自己即將完蛋的時候，他也沒有後退。他只有一個念頭：趕快了結。他往前跨了一步，進入隔壁房間。

房間裡寂靜無聲，只見散亂著一些模糊不清的形狀，如果在白天就能看出來那是放在桌上的零散紙張、展開的對開本書、堆在凳子上的書籍、掛著衣服的一把安樂椅、一張祈禱凳，此時此刻，這些東西都成為黑糊糊的一片和白濛濛的輪廓。尚萬強小心翼翼地往前走，避免碰到家具，他聽見主教在房間裡睡覺，發出均勻平靜的呼吸。

他猛地站住，已經到了床前，沒想到這麼快就走到了。

大自然有時以各種姿態和景象參與我們的行為，顯示出一種深沉而聰明的契合，就好像要促使我們思考似的。大約半個鐘頭以來，一大片烏雲遮住天空。正當尚萬強站到床前時，烏雲忽然散開，好像特意讓一束月光射進長窗，忽然照亮主教那張蒼白的臉。他睡得十分安穩，在床上幾乎和衣而眠，因為下阿爾卑斯地區的夜晚很冷。他穿著一件長袖棕褐色毛衣，頭仰在枕頭上，是一種完全放鬆休息的姿勢，戴著主教指環的手垂在床外，而這隻手不知成就了多少善事和聖事。他臉上表情隱隱顯示滿足、期望和至福至樂，那不僅是一種笑容，幾乎是神采奕奕，那額頭難以描摹，反射著肉眼看不見的靈光。正義者的靈魂在睡眠中，正瞻仰著神祕的天空。

這天空的一束反光射在主教身上。

這額頭同時也是通明透亮的，因為這天空也在他心中。這天空，就是他的良心。

可以這麼說，當月光射進來，與主教內心的明光重合時，他的睡容就好像罩在靈光中。不過，這靈光始終非常柔和，而周圍半明半暗，形成一種難以形容的氛圍。天空的月亮、沉睡的自然姿態、紋絲不動的園子、十分寧靜的房舍，此時此刻，萬籟俱寂，給這聖賢可敬的睡容增添一種說不出來的莊嚴，並以一種崇高安詳的光環，罩住這頭白髮和閉著的雙眼，罩住這張惟有期望與信賴的面孔，罩住這老人的頭與他如同孩童般的睡相。

在這如此聖潔而不自知的人身上，可以說是散發出一種神性。

尚萬強站在暗處，手裡拿著鐵燭台，一動也不動，畏懼地看著這光明的老人。他從未見過這種情景，這種信賴令他驚慌失措，在道德世界中沒有比這更偉大的場面了：一個心神不寧、即將作惡的人，瞻仰著一個聖人的睡眠。

這種睡眠，在這種孤獨中，旁邊站著他這樣的人，確實有某種崇高的意味，雖不明顯，但他卻強烈地感受到那種滋味。

誰也無法清楚說明他內心的悸動，連他自己也不清楚。要想領會，就必須能夠想像最狂暴的東西面對最溫和的東西時的情景，即使看著他的臉，也根本分辨不出是什麼神色，這是一種惶恐的驚奇。他看著眼前的情景，僅此而已。但是他在思考什麼呢？這是無從猜測的。但有一點是顯而易見的，就是他很激動、又驚慌不安。然而，他為何如此激動呢？

他目不轉睛地注視老人。他那姿態和臉部表情惟一明顯流露出的，是一種古怪的猶豫不決，就好像徘徊在兩個深淵之間，即自絕和自救。他彷彿準備好擊碎這個頭顱，或者親吻這隻手。

過了半晌，他緩緩地把左手舉到額頭，摘下帽子，又同樣緩慢地放下手臂。尚萬強重新陷入冥思，他左手拿著帽子，右手拿著鐵燭台，蓬亂的頭上毛髮倒豎。

在這可怕目光的注視下，主教繼續安然酣睡。

一縷月光讓人依稀可見壁爐上的耶穌受難像，耶穌似乎向他們二人張開雙臂，為其中一個賜福，又為另一個赦罪。

突然間，尚萬強又戴上帽子，不再看主教，順著床快步走去，徑直走到挨著床頭那隱約可見的壁櫥。他舉起鐵燭台，像是要把鎖撬開，可是鑰匙就放在上面，他打開櫥門，看見的頭一樣東西就是盛銀器的籃子。他抓起籃子，快速大步地穿過房間，不再小心翼翼，也不怕弄出聲響了。他走到房門，又回到祈禱室，打開窗戶，操起棍子，跨過窗臺，將銀器倒進旅行袋裡，扔掉籃子，穿過園子，像隻猛虎似的跳過圍牆，逃之夭夭了。

十二・主教的工作
L'évêque travaille

第二天迎著日出，卞福汝主教在園中散步。馬格洛太太慌慌張張朝他跑來。

「大人！大人！」她嚷道，「您可知道盛銀器的籃子在哪嗎？」

「知道。」主教回答。

「謝天謝地！」她又說道，「我不知道哪去了。」

主教從花壇中拾起籃子，遞給馬格洛太太。

「給您。」

「啊？」她說道，「裡面空啦！銀器呢？」

「唔！」主教又說道，「原來您在找銀器呀？我也不知道哪去了。」

「上帝老天爺呀！銀器給人偷啦！就是昨晚來的那個人偷走的！」

於是，動作敏捷的老太婆急急忙忙的，一轉眼工夫就跑到祈禱室，進入內室，又回到主教跟前。主教則彎下腰，惋惜籃子落到花壇壓折了一株吉永特產辣根菜。他聽見馬格洛太太的驚叫聲，又站起身來。

「大人，那人走啦！銀器被偷走啦！」

她一邊驚叫，一邊查看，目光落到園子的一角，只見那裡有翻牆的痕跡，牆頭被掀掉了一塊。

「瞧！他就是從那逃走的。他跳牆到船網巷！噢！真該死！他偷走了我們的銀器！」

主教默然半晌，繼而抬起嚴肅的目光，和顏悅色地對馬格洛太太說：「首先，那些銀器是我們的嗎？」

馬格洛太太一時語塞。主教又沉默一會兒才繼續說道：「馬格洛太太，我不該佔用那些銀器這麼久，那本來就是窮人的，那個人是什麼人呢？顯然是個窮人了。」

「唉，耶穌啊！」馬格洛太太又說道，「這不是為我，也不是為小姐，我們都無所謂，這可是為大人啊。現在，大人用什麼餐具吃飯呢？」

主教驚訝地看著她：「嗳！怎麼這麼說！不是有錫製餐具嗎？」

馬格洛太太聳聳肩膀。「錫餐具總有一股怪味兒。」

「那就用鐵盤吧。」

馬格洛太太不屑地做了個鬼臉。「鐵盤子有一股鏽味兒。」

「那好，」主教說，「就用木製餐具吧。」

過了一會兒開始用早餐，還是昨晚尚萬強就座的餐桌。卞福汝主教一邊用餐，一邊讓一言不發的妹妹和咕咕唧唧的馬格洛太太注意到他直接在牛奶杯裡泡麵包，根本用不著勺子，也不用叉子，連木製的也不用。

「怎麼想得到啊！」馬格洛太太走來走去，一邊自言自語，「就這樣隨便接待一個人，還讓他睡在身旁！幸好他只偷了東西！上帝啊！一想起來就叫人心驚膽顫！」

兄妹二人正要離開餐桌的時候，有人敲門。

「請進。」主教說道。

房門打開了，門口出現幾個怪模怪樣、來勢洶洶的人。三個人揪住另一個人的衣領。那三人是警察，另一個人是尚萬強。

一個像是帶隊的小隊長站在房門旁邊，他進了屋，走過去朝主教行了軍禮。

「主教大人……」他說道。

尚萬強一直垂頭喪氣，好像十分沮喪，一聽這個稱呼，立刻愕然地抬起頭。

「主教大人！」他嘟噥道，「這麼說，他不是堂區神父？」

「住口！」一名警察喝道，「這是主教大人。」

卞福汝主教儘管年事已高，這時也盡量快步迎上去。

「哦！是您啊！」他看著尚萬強，高聲說道，「很高興看見您。怎麼回事兒！燭臺我也送給您了，還有其他幾件銀器，您可以賣上二百法郎。為什麼您沒有把燭臺連同餐具一起帶走呢？」

尚萬強睜大眼睛，注視著年高德劭的主教，臉上的表情用任何人類的語言都難以描述。

「主教大人，」警察小隊長說道，「這人講的是真話？我們遇見他，看他急匆匆的樣子像是在逃跑，就把他叫住檢查一下，發現他帶著這些銀器……」

「於是他就對你們說，」主教笑呵呵地接著說道，「這是一個老神父送給他的，他還在那神父家住了一宿？所以你們就把他帶過來啦？我明白了，這是一場誤會。」

「既然這樣，我們就可以放他走了嗎？」小隊長又說道。

「當然。」主教回答。

警察放開尚萬強，而尚萬強退了兩步。

「真的要放我走嗎？」他含糊不清地問道，彷彿是在說夢話。

「對，放你走，你沒聽見嗎？」一名警察說。

「我的朋友，」主教又說道，「這是您的燭臺，走之前拿著吧。」

他走到壁爐前，拿起兩支銀燭臺交給尚萬強。兩位婦人看著他這麼做，沒講一句話、沒有動一下，也沒使眼色阻撓主教。

尚萬強四肢顫抖，他神態怔怔的，身體僵硬地接過兩支燭臺。

「現在，」主教說道，「您可以放心走了。對了，我的朋友，下次您再來時，不必穿過園子。您隨時都可以從臨街的房門進出。無論白天晚上，這扇門只搭上一根活閂。」

他轉身對警察說：「先生們，你們可以走了。」

幾名警察便離去了。

尚萬強這時的樣子，就好像要昏倒的人。

主教走到跟前，低聲對他說：「不要忘記，永遠也不要忘記您向我做的保證：您用這錢是為了當個誠實的人。」

尚萬強瞠目結舌，他根本不記得做過什麼保證。主教講這話時還加重了語氣。他又鄭重地說道：「尚萬強，我的兄弟，您不再屬於惡的一方，而屬於善的一方了。我買下了您的靈魂，我把您的靈魂從邪惡的念頭和沉淪的思想中贖回後，交給上帝了。」

十三・小傑爾衛
Petit-Gervais

尚萬強像逃竄似的出了城。他腳步匆急、慌不擇路，也不管大道小徑，遇到便走，根本沒有發覺他一直在田野裡原地兜圈子。整個上午，他就是這樣遊蕩，沒有吃飯，也不覺得餓。亂紛紛的新感觸縈繞心頭。他感到無名火起，卻又不知道往誰發，很難說他究竟是覺得感動還是覺得被侮辱了。不時萌生一股奇異的柔情，每次他都想將這股情感壓下去，用他近二十年來的冷酷無情與之對抗，這種狀態令他疲憊。他不安地看到，不公正的懲罰毀了他一生，在他內心所形成那兇狠的冷靜漸漸動搖了。他不禁想到，能用什麼取而代之呢？有時，他真希望事情不是這樣，還不如讓警察押進監獄，也免得被這件事攪得意亂心煩。儘管已是晚秋，綠籬間不時有晚開的野花，他走過時聞到清香，便憶起童年往事。那些往事很久沒有憶起，現在幾乎不堪回首了。

難以表述的思緒，就這樣整整一天在他心頭堆積起來。

太陽西沉了，照得地面上最小的石子也拉長了影子。尚萬強坐在一片荊叢的後面，這是一大片紅土平原，渺無人跡，只有遠處的阿爾卑斯山，連遠村的鐘樓也看不見，估計離迪涅有三法里。離荊叢幾步遠處，有一條小路橫貫原野。

若是有人撞見他，看他思索的神態，再看他那身襤褸的衣服，一定會感到格外可怕。他正思索的時候，忽然聽見歡快的聲音。

他扭頭望去，只見從小路走來一個十歲左右的小男孩，看似薩瓦人，斜背著一把手搖弦琴，背著套箱，褲子破洞裡露出膝蓋，是一個走村串鄉看起來相當快活的乖孩子。

那孩子哼哼唱唱，時而停下腳步，拋著幾枚銅錢做「抓子兒」的遊戲。那幾枚銅錢大概就是他全部的財產，其中有一枚銀幣，面值四十蘇。

孩子停到荊叢旁邊，沒有看見尚萬強，他相當靈巧，拋起幾枚銅錢，總能用手背全部接住。可是這回失了手，四十蘇的錢幣掉下去，朝荊叢滾去，滾到了尚萬強的腳邊。

尚萬強一腳踩住。

可是，孩子的目光盯著錢幣，看見他的動作了。

他一點兒也不驚訝，徑直朝那人走去。

這地方寂無一人。舉目四望，平原和小路上不見一個人影，只聽見一群飛鳥掠過高空的微弱鳴聲。孩子背對著夕陽，在日光中，他的頭髮變成縷縷金絲，而尚萬強野蠻的面孔上充斥著血紅。

「先生，」薩瓦小孩說，帶著兒童那種又無知、又天真的自信口吻，「我的錢呢？」

「你叫什麼名字？」尚萬強問他。

「小傑爾衛，先生。」

「走開。」尚萬強說。

「先生，」孩子又說，「把錢還給我。」

尚萬強低下頭，不再搭理他。

孩子又說：「我的錢，先生！」

尚萬強的目光仍然盯著地上。

「我的錢！」孩子嚷道，「我的白幣！我的銀幣！」

尚萬強好像根本沒聽見。孩子抓住他的外衣領搖晃著，同時用力要推開踩著他那寶貝銀幣的鐵掌大鞋。

「我要我的錢！我的四十蘇錢！」

孩子哭了。尚萬強又抬起頭。他一直坐著，現在眼神有點慌亂。他有點驚奇地打量著小孩，接著伸手去抓棍子，厲聲喊道：「誰在這？」

「是我，先生。」孩子答道，「小傑爾衛！是我！是我！請把四十蘇錢還給我！請您把腳挪開，先生！」

他惱火了，雖然人小，口氣變了，幾乎威脅地說：「哼！您的腳挪開不挪開？噯，挪開您的腳。」

「啊！又是你！」尚萬強霍地站起來，但是那隻腳始終踩著銀幣，他又補充說，「不要命啦，還不快逃！」

孩子嚇壞了，看著他，接著就開始從頭到腳打哆嗦，怔住幾秒鐘，這才撒腿拚命逃掉，沒敢回頭，也沒有叫一聲。

不過，他跑了一段距離後喘不過氣，不得不停下來。尚萬強在胡思亂想中，卻聽見他哭泣的聲音。

又過了一會後，孩子不見了。

太陽也落下了。

尚萬強的四周漸漸昏暗，他一整天沒吃東西，也許他正發著高燒。

他始終站在原地，自從那孩子逃掉之後他就沒有換過姿勢。他的胸膛起伏，呼吸不均匀，間歇很長。他的目光投向十幾公尺遠，彷彿在專心研究掉在雜草中的一塊藍色舊瓷片的形狀。突然，他打了個寒顫，感受到夜晚的寒冷。

他壓低鴨舌帽，遮住額頭，還僵硬地抿了抿外套並扣上，走了一步，彎腰拾起地上的棍子。

就在這時，他瞧見有半截四十蘇的銀幣被他的腳踩進土裡，在石子中間閃閃發亮。

他就像觸了電似的，低聲嘟噥一句：「這是什麼東西？」接著倒退三步，站住，但是目光卻無法移開，仍然盯住他剛才腳踏的那一點，彷彿那閃光的東西，像是在黑暗中一雙瞪著他的眼睛。

過了幾分鐘，他痙攣般地撲向銀幣，一把抓起它，又直起身，開始向平原四周遠眺，目光投向天邊的每一點，他站在那兒瑟瑟發抖，就好像一隻受驚的野獸要尋找藏身之所。

他什麼也沒有看見。夜幕降臨，大片的紫霧從暮色中升起，平原寒氣襲人，一片蒼茫。

他「啊！」了一聲，便急忙朝那孩子消失的地方走去。走出百十來步遠，他又站住，用目光搜尋，卻什麼也沒有看見。

於是，他全力呼喊：「小傑爾衛！小傑爾衛！」

他停止呼喊，等待。

沒人應答。

平野荒涼淒迷。四周一片空曠，只有望不穿的黑暗和叫不應的空寂。

一陣寒風吹來，賦予周圍的景物一種陰森可怕的活力。幾棵矮樹搖動短小枯瘦的手臂，顯示出一種不可思議的憤怒，就好像在威脅並追趕什麼人一樣。

他又往前走，繼而跑起來，但是跑跑停停，在荒野中呼喊時，聲音往往特別淒慘又特別嚇人：「小傑爾衛！小傑爾衛！」

不用說，那孩子若能聽見，一定也嚇得要命，不敢露面。不過，那孩子無疑是走遠了。

他遇見一個騎馬的教士，便走上前去打聽：「神父先生，您有看見一個孩子走過去嗎？」

「一個叫小傑爾衛的孩子？」

「一個人影也沒看見。」

「沒看見。」教士答道。

他從錢袋裡掏出兩枚五法郎的硬幣，送給教士。

「堂區神父先生，這是給您的窮人的。那孩子大約十歲，我想是背著套箱和一把手搖弦琴。他朝那邊去了，是薩瓦地方的人，您知道嗎？」

「我根本就沒看見。」

「小傑爾衛？他不是這一帶村莊的人嗎？您能告訴我嗎？」

「照您這麼說，我的朋友，那他就是個外鄉的孩子。他們只是經過這地方，不會有人認識。」

尚萬強猛然又掏出兩枚五法郎的銀幣，給了教士。

「給您的窮人。」他說道。

接著，他又昏頭昏腦地補充道：「堂區神父先生，請您找人把我抓起來吧，我是個竊賊。」

教士嚇得魂不附體，雙腿一夾鐙，立即催馬逃跑。

尚萬強繼續朝他認定的方向跑去。

他跑了好長一段路，左右張望，連聲呼喚喊叫，可是再也沒有碰見一個人。他在原野上，有兩三回望見像是臥著或蹲著的東西便跑過去，近前一看卻是一簇荊草，或是露出地面的一塊石頭。最後，他來到一個三岔路口，便停下腳步。月亮升起來了，他向遠處眺望，最後又喊了一次：「小傑爾衛！小傑爾衛！小傑爾衛！」他的呼叫消失在迷霧中，沒有喚起一點回音。他又喃喃說了一句：「小傑爾衛！」但是聲音很微弱，有些含糊不清，這是他最後的努力。他的雙膝忽然一彎，他心中的業障就好像一種無形的壓力，一下就將他壓垮了，他頹然倒在一塊大石頭上，十指插進頭髮裡，臉埋在雙膝之間，他喊道：「我是個無賴！」

這時，他的心碎了，失聲痛哭。十九年來，這是他第一次流淚。

看得出來，尚萬強離開主教家時，也擺脫了他一貫的思想，但一時還不明白自己的內心發生了什麼變化。他還故意與那老人天使般的行為和溫柔的話語對抗。「您向我保證要當個誠實的人，我買下了您的靈魂，我把您的靈魂從邪惡的思想中贖出來，交給仁慈的上帝了。」這話縈繞在他的腦際，他以傲氣對抗這種上天的寬宥，而傲氣在人身上好似惡的堡壘。他隱約感覺到那個主教的寬恕是最強大的攻勢、最猛烈的衝擊，給予他極大的震撼。如果他頂住了這種寬恕，那麼他就會頑劣到底、至死不悟了；如果他退讓了，那麼他就必須放棄仇恨，放棄多年來別人的行為在他心中積淤的、他也自鳴得意的那種仇恨。這一戰，非勝即敗，這是一場大決戰，在他的兇惡和那人的仁慈之間展開。

他頭腦裡充斥著種種閃念，像醉漢一樣搖搖晃晃地往前走。他眼神怔忡，這樣行走的時候，他是否明確地領悟到，他在迪涅的奇遇可能給他帶來的後果嗎？他是否聽到在人生的某些時候，警告或打亂思想這種神祕的嗡鳴嗎？是否有個聲音在他耳邊說，他正在經歷命運的莊嚴時刻，他再也沒有中庸之道可行，從今以後，他不是做最高尚的人，就是成為最卑鄙的人，可以說，現在他必須升得比主教還要高，否則就會跌得比勞役犯還要低；如果他願意向善，他就得成為天使，如果執意為惡，他就得化為魔鬼，是否有個聲音在他耳邊這樣說呢？

在這裡，我們還要提出在別處已經提過的問題：對這一切，他在思想上是否已隱約抓住些影子了呢？誠如我們講過的，不幸的遭遇是一種教育，使人增長智慧；然而，他能否釐清我們在此所指出的種種疑問，還是值得懷疑的。即使他能想到這些，也不能洞悉，只能像霧裡看花，結果他只能陷入難以忍受、幾乎是痛苦的困惑中。剛從被稱為勞役場的那種畸形而黑暗的地方離開，主教就觸痛了他的靈魂，正如眼睛剛離開黑暗時會被強烈的光線刺痛一樣。向他提供從此可能的未來生活，可能實現的那種完全純潔、光輝與燦爛，反而使他心驚肉跳，惴惴不安。他確實再也無法釐清自己可以做到什麼地步。正如一隻貓頭鷹突然看見日出一樣，這個勞役犯也像是被美德的光芒閃到眼睛，一時目眩神搖。

有一點可以肯定，而他卻沒有意識到的是，他已不再是同一個人了，他身上一切都變了，他再怎麼做，也消除不了主教對他講過的話，並觸動了他的事實。

就在這種思想狀態中，他遇見了小傑爾衛，搶了那四十蘇錢。為什麼呢？他自己肯定也解釋不了，難道這是他從獄中帶出來的惡念餘威？彷彿是最後掙扎，是衝動的餘力，就像靜力學所說的「制動力」的效果吧？雖然下了這樣的結論，但也許問題比想像中簡單些。一言以蔽之，搶錢的並不是他，並不是他這個人，而是這隻野獸，正是這隻野獸憑著習慣和本能，愚蠢地把腳踏在銀幣上，儘管當時他心有千千結，內心還在搏鬥著。等心智清醒了，才看到這種獸性的行為。於是，尚萬強惶恐地退卻，並驚叫起來。

他搶了那孩子的錢，幹了一件他已經幹不出來的事情，這種怪現象，只有處於他那時思想狀態裡，才有可能發生。

無論如何，這最後一次惡劣的行為，對他產生了決定性的效果。這次行為突然穿越心智，廓清混亂，將灰暗混濁排到一邊，將光明清亮排到另一邊，而且作用於他那種狀態的心靈，就像催化劑作用於一種混濁液體那樣，使一種物質沉澱，使另一種物質變清澈了。

事情一發生，他還來不及自省和思考，就先像要逃命的人那樣驚慌失措，他企圖找到那孩子，把錢還給人家，等他明白這是徒勞而不可能時他才停了下來，悲痛欲絕。他喊出：「我是個無賴！」的時候，開始看清他自己的模樣了，在相當程度上，他的心靈和肉體分離了，覺得他不過是個鬼魂，面對著一個血肉之軀，那正是兇相畢露的勞役犯尚萬強。手裡拿著木棍，身上穿著破罩衫，身後背著裝滿偷來之物的行囊，臉上一副毅然決然的陰沉相，頭腦裡裝滿了為非作歹的想法。

我們已經注意到，過分深重的苦難，在一定程度上使他產生了幻覺。他眼前恰似一種幻景，他確確實實看見了這個尚萬強，面對著這副猙獰的面孔，他幾乎產生疑問：此人是誰，而且他看起來面目異常猙獰。

他的頭腦正處於洶洶紛擾又極度平靜的時刻，幻想深不可測，吞噬了現實。再也看不見周圍的實物，卻恍若看見心中的影像在體外活動。

可以說，他的精神與軀體面面相覷，與此同時，他穿過這種幻視，望見內心深處有一個神祕的幽深之處隱隱閃著亮光，起初他以為是火炬，再仔細觀察那個亮光，便看出那火炬現出人的輪廓，而且正是主教。

他的良心輪番打量佇立在面前的兩個人——主教和尚萬強。少了前面那個，後面那個是不可能被消滅的。這種凝望往往會產生特別的效果，他幻想的時間越久，在他眼裡，主教的形象就更加高大，更加光彩，而尚萬強卻越來越小，越來越模糊了。慢慢地，尚萬強便成為一個影子，繼而倏然消失，只剩下主教一人了。

他使這個無賴整個靈魂充滿燦爛的光輝。

尚萬強哭了很久，熱淚滿面，泣不成聲，哭得比女人還脆弱，比孩子還驚慌。

就在他哭泣的時候，他的頭腦漸漸敞亮了，這是一種異乎尋常的光，既迷人又可怕的光。他以往的生活、頭一個過失、長期的贖罪，以及他的外表如何變得粗野，內心如何變得殘忍，打算出獄後如何大肆報復，他在主教家裡做了什麼事，而他最後做的這件事，如何搶了一個孩子的四十蘇錢，還是在得到主教寬恕之後做的，罪行就更加卑鄙，更加可惡，這一切都重新浮現在腦海，顯得十分清晰，而且籠罩在他從未見過的明光裡。他看著自己的生活，覺得十分可惡；他看著自己的靈魂，覺得十分醜惡。然而，在這種生活和這顆靈魂上面，卻有一片柔和的光。他彷彿藉著天堂的光看到了撒旦。

他究竟哭了多久呢？哭過之後他又做了什麼呢？他去了哪裡？從來沒有人知道。只有一個情況似乎得到了證實，就在那天夜晚，格勒諾布爾的驛馬車大約凌晨三點到達迪涅城，在穿過主教府街時，在黑暗中，車夫看見有個人跪在馬路上，好像對著卞福汝主教家的門在祈禱。

第三卷：一八一七年
En l'année 1817

一．一八一七年
L'année 1817

一八一七這一年，路易十八以君王的堅定口吻，不無自豪地宣布他在位二十二年[1]了。這一年，布呂吉爾．德．索蘇姆[2]先生開始出名了。所有假髮店老闆都希望重新興起御鳥髮髻和撲粉，把門面漆成天藍色，畫上百合花。這是天真的時期，藍克伯爵身穿法蘭西元老院的元老服，掛著紅綬帶，拖著大鼻子，以堂區董事的名義，每個禮拜天都坐在聖日爾曼草地教堂的公凳上，那與眾不同的側影，具有做過驚天動地大事的威嚴。藍克伯爵所做那驚天動地的大事是：他擔任波爾多市長期間，一八一四年三月十二日那天，過早地把城池獻給了昂古萊姆公爵。一八一四年三月，反法同盟的英國軍隊從西班牙入侵法國，路易十八的侄兒昂古萊姆公爵隨英軍進入波爾多城，於是，他進入元老院。一八一七年，四歲到六歲的男孩時興戴著仿摩洛哥皮製的大帽子，兩邊有帽耳，類似愛斯基摩人戴的高筒皮帽。法國軍隊也模仿奧地利軍的樣式，換上了白色軍服；團隊改稱為聯隊，取消番號，統一用所在省份命名。拿破崙還在聖赫勒拿島，由於英國人不肯向他供應藍呢布，他就叫人把他的舊服翻新。一八一七年時，佩勒格里尼還在唱歌，比戈蒂尼小姐還在跳舞，波蒂埃還是臺柱，奧德里尚未出道。③薩基夫人取代法里奧索。④法國還有普魯士佔領軍。德拉洛⑤先生成了名人。正統王朝在剁了普列尼埃、加爾保諾和托勒隆的手後，又砍了他們的頭⑥，統治才算穩固了。內侍長塔列朗王爺和欽命財政大臣路易神父，像兩個巫師那樣相視而笑，正是他們二位於一七九〇年七月十四日在演武場舉行了聯盟⑦彌撒：塔列朗以主教身分主祭，路易以副主教身分助祭。一八一七年，就在演武場兩側的路上，還能發現幾截粗圓木躺在雨中雜草裡腐爛，當初的藍色油漆和金鷹金蜂圖案都褪了色，只剩下斑駁殘跡了。那些圓柱，正是兩年前五月集會⑧場支撐皇帝檢閱台用的，後來讓篝火燒得遍體焦黑，那是駐紮在巨石教堂附近的奧地利軍所生的篝火，而有兩三根已經燒成灰燼，烤暖了那些德國大兵的巨掌。五月集會有這樣特點：是六月份在三月廣場⑨舉行的。一八一七這一年，有兩件事盡人皆知：《伏爾泰·圖蓋》⑩和憲章鼻菸壺。最近轟動巴黎的消息是杜丹的罪案，他將自己兄弟的腦袋丟進花市的水池裡。海軍部開

①．路易十八是被處死的國王路易十六的兄弟，於一八一四年拿破崙遜位時登上王位。他不承認法國革命和帝國時期，認為他的統治應從一七九五年路易十七死於獄中時算起，故曰「二十二年」。
②．布呂吉爾·德·索蘇姆（一七七三—一八二三）：因翻譯莎士比亞的戲劇而聞名，但他的著作真正出名時已是一八二六年了。
③．佩勒格里尼當時還在那不勒斯，一八一九年才到巴黎唱歌。比戈蒂尼小姐在巴黎歌劇院跳舞。波蒂埃是巴黎雜耍劇院的演員，後來跟奧德里同台演出。
④．薩基夫人和法里奧索都是走鋼絲的特技演員。
⑤．查理·弗朗索瓦·路易·德拉洛（一七七二—一八四二）：法國法學家，於一八一四年發表《論法蘭西君主制憲法和基本法》。
⑥．普列尼埃等被指控為作亂犯上，因而被處以刑罰。
⑦．一七八九年法國資產階級革命，各城市建立聯盟，一七九〇年七月一四日為聯盟節。
⑧．五月集會實際是一八一五年六月一日舉行的，是拿破崙「百日政變」時的一次軍民大集會。
⑨．即演武場，法文中的「三月」和「戰神」是同個詞。
⑩．《伏爾泰·圖蓋》：即圖蓋上校於一八二一年出版的伏爾泰選集。這位上校在一八二〇年還出售刻有憲章的鼻菸壺。

始調查美狄斯號戰艦沉毀[11]的事件，這個事件使壽馬雷蒙羞，給傑里科添彩。傑里科以沉船為題的繪畫於一八一九年展出。塞爾夫上校赴埃及，成為蘇里曼．巴沙[12]。豎琴街的浴宮改成桶匠鋪。在克呂尼公館的八角樓露臺上，還能看到一小間木製房屋，那是路易十六時期海軍天文官梅西埃[13]的天文臺。杜拉斯公爵夫人[14]在陳設天藍緞面的X形家具的小客廳裡，朗誦她那還未發表的作品〈烏里卡〉給三四位朋友聽。羅浮宮正努力地將N字母[15]刮下來。奧斯特里茲橋遜位，改名為御花園橋：一語雙關，既隱含奧斯特里茲橋，又影射植物園。路易十八又讀起賀拉斯的作品，用指甲尖畫出重點。他特別注意當上皇帝的英雄和做了王子的鞋匠，尤其擔心兩個人——拿破崙和馬圖蘭．布魯諾[16]。法蘭西學士院有獎徵文的題目是：「學習的樂趣」。貝拉爾先生公認辯才無礙，在他的蔭庇之下，我們彷彿可以看見未來的代理檢察長德．勃羅初露鋒芒，一定會有犀利的公訴狀，壓倒保羅．路易．庫里埃[17]。這一年，有個冒牌的夏多布里盎[18]，名叫馬尚吉，後來又出個冒牌的馬尚吉，名叫阿蘭庫爾[19]。《克萊珥．達爾伯》和《馬萊克．阿代爾》被捧為傑作，科坦夫人[20]被譽為當代首屈一指的作家。法蘭西學士院擅自將拿破崙．波拿巴從院士名單上抹去。一道諭旨要人在昂古萊姆設立海軍學校，因為昂古萊姆公爵是海軍元帥，自不待言，內陸城市昂古萊姆必然得具備海港一切優越條件，否則君主政體就殘缺不全了。內閣會議激烈辯論的一個問題，就是應否允許弗朗克尼廣告上吸引流浪兒的那種雜技圖像。《阿涅絲》的作者帕埃爾[21]先生，那位方臉上長了個肉瘤的傢伙，時常去主教城街的薩斯奈侯爵夫人府指揮小型家庭音樂會。所有少女都愛唱艾德蒙．傑羅作詞的〈聖阿維勒的隱修士〉。《黃侏儒報》變成了《鏡報》。擁護皇帝的朗布蘭咖啡館對抗擁護波旁王室的瓦盧瓦咖啡館。被盧威爾暗中盯住的貝里公爵[22]，剛剛娶了西西里島的一位公主。斯達爾夫人[23]去世已有一年了。禁衛軍給馬爾斯小姐[24]喝了倒采。各家大報都只有一點點大，篇幅雖然縮減，但自由卻有巨大的馳騁空間。《憲政報》是擁護憲政的、《密涅瓦報》[25]把夏多布里盎寫成夏多布里昂。資產家便借題發揮，對這位大作家好一陣嘲笑。在一些被人收買的報紙上，那些形同妓女的記者大肆辱罵在一八一五年被清算的人：大衛[26]沒有才華了；阿爾諾㉗文思枯竭了；加爾諾㉘不再廉潔了；蘇爾特㉙從來沒有打過勝仗；拿破崙也確實沒有天賦了。很難透過驛站把信件寄到被放逐的人手中，警察將截留信件視為一種神聖的職責，這種情況人盡皆知，這也不是什麼新鮮事了，被放逐的笛卡兒㉚就抱怨過。大衛因為收不到別人寫給他的信件，在一家比利時報紙上發了幾句牢騷，保王黨報紙認為這相當可笑，乘機對這名放逐者冷嘲熱諷。稱他們為「弒君者」或者「投票者」；「敵人」或者「盟友」；「拿破崙」或者「波拿巴」，如此種種在人與人之間造成一道鴻溝。凡是有點頭腦的人都認為，綽號為「憲章的不朽

⑪．美狄斯號戰艦於一八一六年七月二日沉沒，船長壽馬雷是率先逃命的人。
⑫．塞爾夫上校是帝國舊軍官，一八一六年定居埃及，改信伊斯蘭教，當上將軍，人稱蘇里曼·巴沙。
⑬．梅西埃（一七三〇—一八一七）：法國天文學家，其成就在於率先編製系統化的星雲星團表。
⑭．杜拉斯公爵夫人（一七七八—一八二八）：她的作品〈烏里卡〉於一八二四年發表。
⑮．拿破崙名字的第一個字母，也是他徽章上的標誌。
⑯．馬圖蘭·布魯諾是鞋匠，曾冒充路易十七，在局部地區一時得逞。
⑰．貝拉爾在波旁王朝復辟時期擔任巴黎檢察長。雅克·尼古拉·德·勃羅（一七九〇—一八四〇）於一八一八年任代理檢察長，一八二一年宣讀指控保羅·路易·庫里埃的公訴狀。
⑱．夏多布里盎（一七六八—一八四八）：法國著名浪漫主義作家。
⑲．馬尚吉是研究法國詩歌的作者，發表過《詩情的高盧》等作品。阿蘭庫爾則是一個庸俗的作家。
⑳．科坦夫人（一七七〇—一八〇七）：一七九九年發表小說《克萊珥·達爾伯》。馬萊克·阿代爾是《瑪蒂爾德—取自十字軍東征史的回憶錄》中的人物。
㉑．菲爾南·帕埃爾（一七七一—一八三九）：歌劇與喜劇作家。
㉒．路易·皮埃爾·盧威爾（一七八三—一八二〇）：製作馬鞍的工匠。他在一八二〇年刺殺了路易十八的侄兒貝里公爵，被處以絞刑。
㉓．斯達爾夫人（一七六六—一八一七）：法國浪漫主義作家，於一八一七年七月十四日去世。
㉔．馬爾斯小姐（一七七九—一八四七）：原名安娜·布代，法國演員，以扮演羅馬貴婦著稱，因在「百日政變」時公開擁護拿破崙，於一八一五年七月十日演出時被人喝倒采。
㉕．《密涅瓦報》，即《智慧女神報》。
㉖．雅克·路易·大衛（一七四八—一八二五）：法國著名畫家。
㉗．阿爾諾：帝國時期官方的劇作家。
㉘．加爾諾：「百日政變」時期擔任內政大臣。
㉙．蘇爾特（一七六九—一八五一）：法蘭西元帥，屢建戰功。
㉚．其實笛卡兒並沒有被放逐，他主動到荷蘭住了二十年。

作者」的國王路易十八將革命世紀的大門永遠關閉了。在新橋的馬道上，有人在準備安放亨利四世雕像的基座上刻了「再生」。皮埃[31]先生在泰蕾絲街四號，正醞釀召開祕密會議，以圖鞏固君主政權。右翼的首領們一到嚴重關頭就說：「應當給巴柯[32]寫封信。」卡努埃勒、奧馬奧尼和沙普德萊諸人策劃稍後的「河濱陰謀」，多少也是得到御弟[33]首肯的。「黑別針社[34]」也在緊鑼密鼓地活動。德拉維德里和特羅果夫互相勾結。不過，控制局面的，還是具有一定自由思想的德卡茲公爵[35]。夏多布里盎住在聖多明尼克街二十七號，每天早上他站在窗前，穿著長褲和拖鞋，白花花的頭髮裹著馬德拉斯彩巾，眼睛盯著一面鏡子，面前敞著裝有全套牙科手術器械的醫療箱，他一邊修著他那漂亮的牙齒，一邊向他的祕書皮洛日先生口述《依照憲章的君主制》[36]的不同詮釋。權威批評捧拉封而貶塔爾馬。德．菲勒茨先生用A字母簽名，而霍夫曼則用Z字母。查理．諾迪埃[37]正在寫《泰蕾絲．歐貝爾》。《離婚法》廢止了。公立中學改稱中學堂。中學生的衣領上佩帶一枚金質百合花，他們因為羅馬王[38]而相互攻訐。宮廷偵探向王妃殿下[39]報告說，奧爾良公爵的畫像被陳列在各處，穿著輕騎兵將軍服，比身穿龍騎兵將軍服的貝里公爵還有精神，這是極為不妥的。巴黎市政廳撥款為殘廢軍人院的圓頂重新鍍金。大家都在猜測在這種種情形下，德．特蘭克拉格[40]先生會如何行動；克洛塞爾．德．蒙塔爾先生在許多方面都跟克洛塞爾．德．庫塞格先生分道揚鑣；德．薩拉貝里先生很不滿意。喜劇作家皮卡爾，選上了連喜劇作家莫里哀都未能當選的學士院院士，並在奧德翁劇院公演他的劇作：《兩個菲力貝爾》[41]，而劇院門楣上剛剛揭去的牌子字跡還清晰可辨，上面寫著：皇后劇院。對待庫涅．德．蒙塔洛[42]，有人擁護有人反對。法布維埃[43]是亂黨；巴武[44]是革命黨。佩利西埃書局印行一套伏爾泰文集，書名為《法蘭西學士院院士伏爾泰作品集》。這位天真的出版商說：「這樣能吸引讀者的目光。」輿論普遍認為，查理．盧瓦宗是本世紀的天才，已經有人嫉妒他了，這是出名的象徵，有人為他寫了這樣一行詩：

小鵝[45]縱飛翔，也感其有掌。

紅衣主教斐茨既然不肯辭職，阿馬西大主教德．潘先生就只好掌管里昂教區。瑞士和法國開始爭論達普山谷㊻的歸屬，這是由後來晉升為將軍的杜富爾上尉發表之文章所引起。不知名的聖西門㊼正在構思著空想的美夢。科學院有一個大名鼎鼎的傅立葉，卻被後世遺忘；不知從哪個角落鑽出來一個沒沒無聞的傅立葉㊽，卻流芳百世。拜倫勳爵開始嶄露頭角，米勒烏瓦在一首詩的注釋中，這樣子把他介紹到法國：「有個叫拜倫勳爵的人……」昂熱的大衛㊾正試著調整大理石的位置。在沸楊丁死巷，加隆神父向一群青年教士稱讚一個不知名的教士，那人名叫菲利西特．羅貝爾，即後來的拉梅內㊿。有個東西在塞納河上冒著濃煙，嘟嘟作響，猶如泅水的狗，從士伊勒里宮的窗戶下經過，來往於王宮橋和路易十五橋之間，那是一件沒有多大用處的機器、一樣玩

㉛．讓．皮埃爾．皮埃（一七六三－一八六四）：右翼議員，他曾糾集二百來人密謀。
㉜．巴柯男爵是極端派議員。
㉝．路易十八的兄弟阿爾圖瓦伯爵。
㉞．黑別針社是波拿巴派的祕密結社。
㉟．德卡茲公爵：從一八一五年起為警務大臣，而到一八一八年德索勒組閣時，他才真正控制局面。
㊱．《依照憲章的君主制》於一八一六年發表。
㊲．查理．諾迪埃（一七八〇－一八四四）：法國作家，他的小說《泰蕾絲．歐貝爾》於一八一九年出版。
㊳．拿破崙一世和瑪麗．路易絲所生的兒子拿破崙二世（一八一一－一八三二），他一出生就被任命為羅馬王。
㊳．指阿爾圖瓦伯爵夫人，貝里公爵的母親，她正防範著王室旁支奧爾良公爵。
㊵．德．特蘭克拉格作為右翼代表，於一八一六和一八一七年兩度競選議會議長而失敗。
㊶．《兩個菲力貝爾》於一八一六年在奧德翁劇院首演。皮卡爾是個平庸的劇作家。
㊷．庫涅．德．蒙塔洛：「睡獅社」祕密集團的成員。
㊸．法布維埃上校因參與極右翼陰謀而於一八一九年被判決。
㊹．巴武是巴黎法學院講師，因講課不合當局要求而被辭退。
㊺．法語中盧瓦宗與小鵝同音。
㊻．這是汝拉山脈的一條山谷，一八一五年由維也納議會決定劃歸瑞士，爭端持續到一八六三年，瑞法兩國簽訂《伯爾尼條約》，分管這條山谷。
㊼．空想社會主義者聖西門「在世時幾乎鮮為人知」。
㊽．傅立葉男爵（一七六八－一八三〇）：一八一七年選入科學院。查理．傅立葉（一七七二－一八三七）：空想社會主義理論家，當時沒沒無聞。
㊾．皮埃爾．讓．大衛（一七八八－一八五六）：法國雕塑家，生於昂熱。當時他已非新手。
㊿．加隆神父（一七六〇－一八二五）：於「百日政變」期間在英國遇見拉梅內。拉梅內（一七八二－一八五四）：法國作家。

具，是發明者異想天開的一種夢幻、一個烏托邦，一艘汽船[51]。對於那無用的東西，巴黎人都等閒視之。德．沃布朗[52]先生以政變、法令和拉幫結夥的手段，改組了法蘭西學院，安插了好幾個人當院士，真是翻手為雲，覆手為雨，可是到最後他自己卻當不上院士。聖日爾曼區和馬爾桑公館[53]都認為德拉沃先生虔誠，盼望他出任警察署長。杜比特林和雷加米埃[54]在醫學院的階梯教室裡，就耶穌基督的神性問題爭論起來，討論到激烈處甚至以拳腳相向。居維葉[55]一隻眼盯著《創世紀》，另一隻眼盯著大自然，極力調和化石和經文來討好信教的反動勢力，用古生物乳齒象討好摩西。弗朗索瓦．德．訥夏多[56]先生是帕芒蒂埃[57]的一個可敬的繼承者，他不遺餘力地要人把馬鈴薯改稱為「帕芒蒂埃薯」，但毫無成效。格列高利神父，前主教，前國民公會代表，前元老院元老，在保王黨的宣傳手冊裡，竟成了「無恥的格列高利」；這裡用的「竟成了」，被羅葉．柯拉爾先生說成是新造的片語。在耶納橋的第三個橋洞下方，我們可以從石頭的白潔程度上看出那是用來填補兩年前布呂歇為炸橋而鑿開的洞所用的新石頭。有個人看見阿爾圖瓦伯爵走進聖母院，就高聲說：「見他媽的鬼！記得從前曾看過波拿巴和塔爾馬挽著手臂同赴野蠻舞會，我真懷念那個時期。」於是法庭傳訊那人，說他發表煽動性言論，判處六個月監禁。一些賣國賊明目張膽地拋頭露面；大戰前夕投敵的人，也毫不掩飾他們所得的獎賞，恬不知恥地走在光天化日之下，炫耀他們的富貴榮華。在利尼和四臂村那裡的一些逃兵，完全是一副賣國求榮的嘴臉，赤裸裸地展示對國王的忠心，竟然忘記英國公廁內牆上所寫的話：「請整理好衣服再出去。」

這些雜亂無章，就是一八一七年還依稀殘存的事情，就連那一年如今也被人遺忘了。歷史一向忽視所有這類有特色的事情，這也在所難免，畢竟歷史終將被無窮無盡所侵佔。然而，這些細節還是有用處的，人們總是不恰當地把這些稱為小事，其實人類並無小事，正如植物沒有小葉一樣。世世代代的面貌，正是由歲歲年年的表情組合而成的。

一八一七那年，四個巴黎青年搞了一齣「惡作劇」。

二・兩夥四人幫

Double quatuor

這夥巴黎青年中，一個是土魯茲人，第二個是里摩日人，第三個是卡奧爾人，第四個是蒙托邦人。他們都是大學生，是大學生就是巴黎人，在巴黎上學，就算是生在巴黎。

這幾個青年個個微不足道，這類面孔人人都見過。就是普通人的四個樣板，既不善，也不惡，既不博學，也不無知，既不是天才，也不是蠢蛋，但是都青春貌美，年方二十，如驕陽般美好。這是隨便湊起來的四個奧斯卡[58]，因為當時亞瑟[59]還沒出生。歌謠唱道：「龍涎香，為他而點燃，奧斯卡走上前，奧斯卡，我要去看他！」人們剛剛走出莪相[60]，這歌具有斯堪地納維亞式和加勒多尼亞[61]式的優美，純粹的英格蘭體後來才開始風行，而且，亞瑟派的頭號人物威靈頓，也才剛剛在滑鐵盧打了勝仗。

這幾個奧斯卡，土魯茲城來的叫菲利克斯・托洛米埃，卡奧爾城來的叫李斯托利埃，里摩日城來的叫法梅伊，最後這個從蒙托邦城來的叫布拉什維爾。自不待言，他們每人都有一個情人。

---

⑤¹・一八一六年八月二〇日，儒夫魯瓦·達邦侯爵在塞納河試驗一艘汽船，後因籌款失敗因而無疾而終。

⑤²・德·沃布朗伯爵（一七五六—一八四五）：任內政大臣，於一八一六年三月重組法蘭西學士院。

⑤³・馬爾桑公館是阿爾圖瓦伯爵府邸。德拉沃於一八二一年出任警察署長。

⑤⁴・雷加米埃和杜比特林屬於當時著名的外科醫生。雷加米埃是生機論者，而杜比特林並沒有提出任何理論，作者可能把他和惟物主義論者醫生布魯塞弄混了。

⑤⁵・居維葉男爵（一七六九—一八三二）：法國動物學家和古生物學家。

⑤⁶・弗朗索瓦·德·訥夏多（一七五〇—一八二八）：政治家，詩人，農學家，法蘭西學士院院士。

⑤⁷・帕芒蒂埃：第一位在法國種植馬鈴薯的人。

⑤⁸・奧斯卡（一七九九—一八五九）：瑞典和挪威國王，生於巴黎。

⑤⁹・亞瑟（一八三〇—一八八六）：美國政治家，曾任美國總統（一八八一—一八八五）。

⑥⁰・莪相：西元三世紀愛爾蘭說唱詩人。莪相歌謠對歐洲浪漫派文學影響極大。其影響的高峰到一八一五年才結束，故曰「走出莪相」。

⑥¹・加勒多尼亞：蘇格蘭的古稱。

布拉什維爾愛的人叫寵姬，因為她去過英國；李斯托利埃鍾情於以花為名的大麗；法梅伊視瑟芬為天仙，這名字是約瑟芬的簡化；托洛米埃則有芳婷，號稱金髮美人，只因她那頭美髮比太陽的光輝更加美好。

寵姬、大麗、瑟芬和芳婷，是四個秀色可餐的少女，一個個香氣襲人，神采飛揚，尚未脫盡女工的樣貌，也沒有徹底放下針線，儘管是偷情幽會，但是臉上還殘留兩分勞作的莊重之色，而靈魂裡還開著貞潔之花，這朵花在女人身上，並未因初次失身而立即凋落。四人中年齡最輕的叫小妹，還有一個叫大姊，年齡也不過二十三歲。不必諱言，在人生的塵囂之中，頭三人閱歷多些，放得開些，浪相也更加明顯，而金髮美人芳婷，還沉迷於初次的幻想中。

大麗、瑟芬，尤其是寵姬，都談不上這種癡情了。她們的浪漫曲剛開始不久，就不止出現一次插曲了。情人在第一章叫阿道爾夫，到第二章變成阿爾封斯，到第三章又變成古斯塔夫。貧窮和賣俏是兩個要命的參謀：一個責備，一個奉承，舉凡普通人家的漂亮姑娘，耳朵兩旁都有這兩個參謀在嘀咕著，這些疏於防範的心靈，也就言聽計從。她們落井、別人下石，原因都在於此，別人總拿白璧無瑕、高不可攀的貞婦烈女作為光輝榜樣，對她們求全責備。唉！如果少女峰[62]也不勝飢寒之苦呢？

寵姬去過英國，因此深得瑟芬和大麗的仰慕。她很早就有個家，父親是個數學老師，性情粗暴、又愛吹牛，一輩子沒結婚，上了年紀還到處奔波，做家教度日。這位教師年輕的時候，有一天看見清潔女工的裙襬掛到爐遮上，偶然一顧便動了春心，結果有了寵姬。她有時還能遇見父親，父親總是客客氣氣地跟她打招呼。有一天早晨，家裡來了一個怪模怪樣的老太婆，進門就問她：「您不認識我吧，小姐？」「不認識。」「我是你媽呀。」說罷，老婆子就打開食物櫃，又吃又喝，接著把自己的床鋪搬來，從此住了下來。這個母親是位虔誠的信徒，整天叨叨咕咕，從不跟寵姬說話，一連幾小時也不吭一聲，一日三餐，食量抵得上四個人，吃完飯就下樓到門房那裡閒聊，講女兒的壞話。

將大麗推向李斯托利埃，也許還推向別人，推向遊手好閒生活的，就是她那粉紅色的指甲。這雙指甲太美了，怎麼忍心用它來做工呢？誰若想保持貞潔，誰就不能吝惜自己的雙手。至於瑟芬，她迷住法梅伊，全憑她那種嬌羞作態的應答：「是，先生。」

小夥子是同學，姑娘們是好友，這類愛情總是多出一份友情。

檢點和達觀是兩回事，這裡有例證，拋開他們不合規矩的苟合不談，寵姬、瑟芬和大麗都是達觀的姑娘，而芳婷則是檢點的姑娘。

能說檢點嗎？那麼托洛米埃又怎麼樣呢？所羅門可能這樣回答：「愛情是一件審慎檢點的事情。」我們只能說，芳婷的愛情是初戀，是惟一的愛，忠貞不二的愛。

她們四人中，惟獨她只許一個人以「你」相稱呼。

芳婷這個姑娘，可以說是在社會底層長大的。她從深不可測的社會黑暗中脫穎而出，額頭卻毫無表明家庭身世的特點。她生在海濱蒙特伊。父母是什麼人呢？誰又知道呢？誰也沒有見過她的父母。她叫芳婷，為什麼叫芳婷呢？別人根本不知道她還有沒有其他的名字。她出生那年，正是督政府掌權的時候。她沒有家，也就沒有姓，當時那裡沒有教會了，她也就沒有教名。她很小的時候，赤著腳走在街上，隨便一個過路人突然這麼叫她，她就有了名字。她接受這個名字，就像雨天時頭頂承受烏雲灑下來的水一樣。大家叫她小芳婷，除此之外，誰也不清楚她的背景，這個人就是這樣來到人間的。十歲時，芳婷離開城市到周圍的農戶人家找活幹；十五歲時，她來到巴黎「碰碰運氣」。芳婷長得美，又盡量維持身體的貞潔，頭髮金黃，牙齒雪白，有黃金和珍珠當嫁妝，不過，她的黃金長在臉上，珍珠含在嘴裡。

她為生活而勞動，後來，她愛上一個人，還是為了生活，因為心也會飢渴。

⑫・少女峰：瑞士境內的阿爾卑斯山脈的一座山峰，海拔四一六六米。雨果把少女峰當作純潔的象徵。

她愛上托洛米埃。

他只是逢場作戲，她卻是一片癡情。充斥於拉丁區街巷的大學生和青年女工，目睹了這場夢幻的開場。在先賢祠所在的山丘一帶迷宮裡，發生了多少悲歡離合的故事。而芳婷長時間逃避托洛米埃，但是逃避的方式又總是為了遇見他，有一種躲避的方式，跟追求極為相似，總而言之，一幕浪漫的戲劇開場了。

布拉什維爾、李斯托利埃和法梅伊，組成以托洛米埃為首的小團體，他是最有辦法的。

托洛米埃是個資深無比的大學生，他有錢，有四千法郎的年息。在聖日內維埃芙山[63]，有四千法郎的年息已經可以隨心所欲了。托洛米埃活了三十個年頭，沒有很愛惜身體，所以他臉上起了皺紋，牙齒也掉了幾顆，連頭都開始禿了，他倒是滿不在乎地說：「三十禿了頂，四十雙膝硬。」他的消化能力不強，有一隻眼睛時常流淚。然而，隨著他的青春漸漸熄滅，他卻點燃了尋歡作樂的蠟燭。他用插科打諢代替牙齒，用歡樂代替頭髮，用嘲諷代替健康，他那隻淚汪汪的眼睛也總是笑迷迷的。他的身體衰微破敗，但還保有完整的花心。他的青春未到年限就消逝了，但他沒有因此潰不成軍，反倒還能保持隊形、敞聲大笑，在別人看來簡直是一團火焰。他寫了一齣戲，卻被雜耍劇院拒絕了，有時他也隨便謅幾句詩。此外，他目無下塵，質疑一切事物，在弱者的眼裡，他真是個偉丈夫，他善嘲諷、又是禿頭，因而當了首領。英文 Iron 這個詞是「鐵」的意思，難道 Ironie（嘲諷）是從這個英文字來的嗎？

有一天，托洛米埃將其他三人拉到一邊，打了個手勢，以權威的口氣對他們說：

「芳婷、大麗、瑟芬和寵姬要我們給她們一個驚喜，這句話已經說了快一年了，那時候我們鄭重其事地答應了她們。她們已經提了好多次了，尤其是對著我說。就像那不勒斯城老太婆向聖讓維埃嚷著：『黃臉皮，快顯靈！』那樣，我們的美人也不斷地對我說：『托洛米埃，你那讓人驚喜的事，什麼時候才能分娩出來呀？』與此同時，我們父母也來信。真是兩面夾攻。我看時候差不多了，咱們來商量一下。」

說到此處，托洛米埃壓低聲音，面授機宜，講的話一定十分有趣，只見四張口同時發出一陣狂笑，布拉什維爾還高聲說：「這主意太妙啦！」

他們走到一家煙霧騰騰的小咖啡館，便蜂擁而入，他們密談的下文就消失在那昏暗中了。

在幽暗中密談的結果，卻是一次耀眼的郊遊：安排在星期天，四名青年邀請四位姑娘。

三・四對四
Quatre à quatre

如今已經很難想像四十五年前大學生和年輕女工郊遊的情景。巴黎郊區已非當年的模樣，所謂市郊的生活面貌，半個世紀以來已經完全變了。當年有布穀鳥，如今有火車；當年有遊船，如今有汽艇；當年談起聖克盧，如今就像談起費岡[64]一樣。一八六二年的巴黎城，是把整個法國都當作郊區的。

這四對情人盡情嬉戲，把當時郊外所有的遊樂場所都玩遍了。已經開始放暑假了，這是一個溫暖晴朗的夏日。寵姬是幾位姑娘中惟一會寫字的，在郊遊前一天，她以四個人的名義，給托洛米埃寫了這樣一句話：「活早出門好快清[65]。」寵姬識字不多，因此，他們五點鐘就起床，乘公共馬車去聖克盧，看了一會兒乾涸的瀑布，大家嚷道：「若是有水一定會非常好看！」接著到加斯丹還沒有去過的黑頭餐館用午餐；再到大水池梅花形的樹林裡花錢玩了一場騎木馬摘環的遊戲，又登上狄奧根尼燈塔，在塞夫爾橋拿杏仁餅去賭轉盤，經過普陀採幾束野花，在納伊買幾支

⑥③・聖日內維埃芙山：意指拉丁區，巴黎大學所在地。
⑥④・費岡是諾曼第地區的港口，瀕臨英吉利海峽。
⑥⑤・原文中將清早和快活兩詞用反，用來表示寵姬識字不多。

蘆笛，每到一處都吃蘋果餡餅，真是其樂無窮。

幾個姑娘嘰嘰喳喳，不停地喧鬧，好似逃出籠子的幾隻鶯鳥，使勁揮灑歡樂。她們不時對這幾個青年調情，拍拍打打。這是對年輕生命的陶醉！美妙的歲月！蜻蜓的翅膀震顫著。啊！無論你是誰，應該都忘不了那段時光吧？你曾經穿行過荊叢，為跟在身後那可愛的人兒撥開樹枝吧？你曾經跟心愛的女人相視、嬉笑著一起從被雨水沾濕的坡地上往下滑吧？那女子拉著你的手，高聲說道：「哎呀！瞧我這雙新鞋！弄成什麼樣子啦！」

讓我打開天窗說亮話吧，這夥快活的遊人倒希望天氣搗搗亂，增添點情趣，可就是沒有來一場陣雨，儘管在出發的時候，寵姬拿著權威的、如同母親般的腔調說過：「孩子們，蝸牛在小路上爬呢，這可是下雨的前兆。」

這四位姑娘簡直美極了。一位名噪一時的古典派老詩人，也是曾擁有一位心上美人的騎士，德．拉布伊斯先生，這天在聖克盧的栗樹林中散步，上午十點鐘時看見她們從那裡經過，不禁讚道：「只是多出一個。」心中想的是美惠三女神[66]。布拉什維爾的情人寵姬，那位二十三歲的大姊，在蒼翠的粗樹枝下帶頭跑起來，跳過水溝，拚命跨越一簇簇荊棘，以農牧女神那年輕貌美的奔放來主持這種樂趣。瑟芬和大麗在一起，正巧相得益彰，彼此增色，她們倆形影不離，照英國人的姿態相互偎依，與其說是出自友誼，倒不如說由於她們賣俏的本能。當時，頭一批《時尚手冊》問世不久後，女子漸漸崇尚憂鬱的神態，就如同後來男人效仿拜倫那樣，女子的髮型也開始將頭髮披散開來，瑟芬和大麗便梳成滾筒式髮型。李斯托利埃和法梅伊正議論著他們的教師，向芳婷解釋戴萬庫爾和布隆多兩位先生的差異。

布拉什維爾活在世上的任務，彷彿就是為了在星期天替寵姬拿披肩的，將那條特爾諾廠產的只有一端鑲邊的披肩搭在胳臂上。

托洛米埃殿後。他非常快活，可是讓人感到是他在統管全局：他的快活情緒中有專制的意味。他最講究的服裝，是一條南京布褲，大象腿式褲筒，褲腳用銅絲帶紮在腳下。他拿著一根價值二百法郎的粗藤手杖，而且，他一向我行我素，嘴上叼著名叫雪茄的怪物，在他眼裡沒有神聖的東西，因此吸著菸也滿不在乎。

「這個托洛米埃，真是不同凡響。」別人肅然起敬地說，「穿那樣的褲子！魄力多大啊！」

至於芳婷，她就像快樂女神，那兩排光燦燦的牙齒，顯然從上帝那裡接受了一種笑的使命。她那頂白色長帶的精美小草帽，戴在頭上的時候少，拿在手上的時候多。她那頭厚厚的金髮，動不動就飄舞，披散開來，不時要攏一攏，彷彿垂柳一般，為了掩護逃匿的加拉蒂雅[67]。她那粉紅色嘴唇嚦嚦鶯聲；兩邊嘴角往上翹，極為性感，如同古代的埃拉戈涅[68]雕像，一副挑逗的情態。但是，她那滿是陰影的長長睫毛，卻謹慎地低垂著，好像要制止臉上的喧鬧歡笑。她的打扮透出難以描摹的歡悅和光彩，下身穿著一條淡紫色巴勒吉紗裙，足蹬一雙金褐色小巧玲瓏的厚底鞋，由彩帶交叉繫在兩側挑花的細紗白襪上；上身一件薄紗短衫，是馬賽的新產品，起名為「加納佐[69]」，由加納比埃爾大街上的人念「八月十五」的發音而來，意謂晴朗的天氣、炎熱和南方。另外三位姑娘，我們說過，就不是如此的羞怯，都乾脆袒胸露肩，這種裝束，在夏天又戴著綴滿鮮花的帽子，就顯得格外嬌豔而妖媚。然而，在這種大膽的裝束旁邊，卻有金髮芳婷的「加納佐」透明薄紗衫，若隱還現，欲蓋彌彰，好似一種又端莊、又富於撩撥的奇裝，如果出現在有著海綠色眼珠的塞特子爵夫人主持的那個著名情宮裡，也許因其以貞潔作為挑逗的手段而獲得子爵夫人頒發的最佳服裝獎。最天真有時也最高明，這種情況時常發生。

那臉蛋光豔照人，倩影娉婷，眼珠呈深藍色，眼皮如凝脂，雙足嬌小而翹起，手腕和腳腕都

[66]：指希臘神話中嫵媚、優雅和美麗三位女神，是主神宙斯的女兒。
[67]：加拉蒂雅：希臘神話中的海中女神，愛上一個青年牧人，在山洞幽會，被獨眼巨怪發現，用石頭將牧人砸死。她把牧人變成河流，又順流回歸大海。
[68]：埃拉戈涅：羅馬神話中酒神巴克斯的情人。
[69]：加納佐：原文為「canezou」，和法文的八月十五（quinzeaout）發音相近。

穠纖合度，肌膚白皙，隱約顯現天藍色的脈絡，面頰稚嫩而鮮豔，脖頸肥碩賽似埃伊納島出土的朱諾[70]塑像，後頸既健壯又柔美，兩肩看似由庫斯圖[71]塑造出來的，透過薄紗依稀可見中間有一個迷人的淺窩；快樂的神情因幻想而凝結，既如雕塑又美妙天成。這便是芳婷，樸素的衣裙裡面，可以想見是一尊雕像，而在這尊雕像裡面，可以看見一顆靈魂。

芳婷很美，但她本人卻不大清楚這件事。屈指可數的沉思者，那些審視美的神祕教士，總是沒沒地以十全十美的標準來衡量一切事物，他們若是遇見這個小小的女工，就可能從這種巴黎式的風采中，看出古代神像的和諧美。這位來自幽暗底層的姑娘是純粹的，她從兩方面體現出美來，即風度和容止，風度是理想的形象，容止則是理想的動靜。

我們說過，芳婷是快樂女神，她同時也是貞潔的化身。

一個善於觀察的人，如果仔細打量過她，就會明白她雖然完全陶醉在青春年華、美好季節和愛戀之中，但卻同時散發出一種含蓄莊重且凜然難犯的神態。她本人也頗為驚奇，正是區分賽姬[72]與維納斯的細微差異。芳婷白白的手指又細又長，宛若拿著金針撥弄聖火灰燼的貞女。儘管她對托洛米埃有求必應，這一點以後會看得十分清楚，但靜下來時，她的表情卻完全是處女的神態，在某些時刻，她會突然換上一種莊重嚴肅，近乎莊嚴的神情，看到她臉上的快樂倏然消失，沒有過渡，就從喜氣洋洋轉入沉思冥想，世間再也沒有比這更奇特，更令人心跳的變化了。這種突然轉換的嚴肅，有時顯得過分嚴厲，宛如女神顯露出鄙夷的表情。她的額頭、鼻子和下頦，具有線條上的平衡，而這明顯不是比例上的平衡，這就是為什麼她的面容看上去很勻稱。從鼻尖到上唇的間距極有特色，這道細微難辨的紋路十分迷人，是神祕的貞潔標誌，正是由於這一點，紅鬍子愛上了從聖像堆中發現的一幅黛安娜像。

愛情是一種過失，就算這樣吧。芳婷卻是浮游在過失上的天真。

四．托洛米埃唱起西班牙歌謠

Tholomyès est si joyeux qu'il chante une chanson espagnole

這一天從早到晚都布滿朝霞。整個大自然彷彿在慶祝節日、在盡情歡笑。聖克盧的花壇芬芳撲鼻，從塞納河吹來的清風拂動樹葉，樹枝在風中輕搖，蜜蜂正在採嘗茉莉花粉，一群流浪的蝴蝶撲向蓍草、三葉草和野燕麥。在法蘭西國王森嚴的御花園中，還有一幫流浪漢，即一群鳥雀。

四對歡快的情侶，投入陽光、田野、鮮花和樹木之中，一個個容光煥發。

她們這群天上來的仙客，又說又唱，又跑又跳，忽而追撲蝴蝶，忽而採摘田旋花，在深草中沾濕了粉紅挑花襪，她們都那麼鮮豔、都那麼放情嬉戲，隨時接受每個男人的親吻，惟獨芳婷還似乎留著戒心，一副沉思而易受驚嚇的樣子，但是她已動了春心。

「妳呀，」寵姬對她說，「總是這樣，放不開手腳。」

他們正展現著歡愉的姿態。幾對快樂的情侶所經之處，無不向生命和自然發出深沉的呼喚，從天地萬物呼喚出愛和光明。從前有一位仙女，她特意為戀人創造出草地和樹林。從此以後，只要世上還存在樹林和學生，癡情的男女就總是蹺課出外遊樂，而且周而復始，永無絕期。從那以後，思想家也無不看重春天。貴族和磨刀匠，王公大臣和鄉巴佬，朝廷命臣和市井小民，大家都成了那位仙女的臣民。大家歡笑，相互追求，空氣中洋溢著神靈的彩光，有了愛情，人的面貌發生了多大變化啊！連公證處的官樣文書都成了神仙。輕聲的叫喊、草叢裡的追逐、奔跑中順手摟

---

(70)：埃伊納島是希臘的島嶼，一八一一年出土大批雕像，其中有多尊朱諾像。朱諾是羅馬神話中的天后，主神朱比特的妻子。

(71)：庫斯圖（一六五八—一七三三）：法國著名雕塑家。

(72)：賽姬：希臘神話中人類靈魂的化身，以少女的形象出現。她和愛神愛洛斯相愛，後來幾經磨難而結為夫妻。

著的纖腰，這類不受規範的動作與言語就是優美的旋律，這種愛慕只用一個音節就完全迸發出來，這些櫻桃從一張嘴傳到另一張嘴，這一切都熊熊的燃燒著，匯入上天的光輝裡。美麗的姑娘都在輕柔地浪擲她們的身體，大家認為這永遠也不會終止。哲學家、詩人、畫家，觀察這一幕幕忘情的場面，不知道如何處理，直看得眼花繚亂。瓦托⑬嚷道：到西泰爾島去！平民畫家朗克雷⑭望著這些市民在藍天飛舞。狄德羅把手臂伸向所有這類輕浮的愛情。杜爾菲⑮則把古代的祭司拉進去。

吃過午飯，四對情侶又去當時所謂的國王方城，觀賞剛從印度移植來的一株植物，名稱現在我忘了，它把當時的巴黎人全都引到了聖克盧。那是一棵奇特而悅目的灌木，主幹挺拔，無數枝條細如絲縷，紛披下來，沒有葉子，卻盛開著千百萬朵小白花，好似一頭插滿花的長髮。一群群遊人不斷前去觀賞。

觀賞完了奇樹，托洛米埃說了一句：「我請你們騎毛驢！」於是跟一個趕驢的人講好價錢，他們便從汪弗和伊西回來，到伊西還有意外收穫。當時由軍需官布林幹佔用的一座國有公園，門口正巧大敞四開。他們從鐵柵門進去，參觀了在洞穴裡的那個隱修士模擬像，到著名的鏡廳試了神祕的小效果，那是色情的陷阱，適合一個成為百萬富翁的好色之徒，或是變成普里阿普斯⑯的杜卡萊⑰。由貝爾尼⑱神父讚美過的兩棵栗樹上吊了一個大鞦韆，他們用力盪了一陣，幾個美人輪流上去，裙子飛舞，惹得大家格格大笑。格勒茲⑲若是看到裙子飛舞的模樣，定能受到很大啟發，而土魯茲人托洛米埃，倒有兩分西班牙人的氣質，因為土魯茲和托洛薩是姊妹城，他用憂傷單調的旋律，唱起一首西班牙的老歌，也許是看著兩棵樹之間的鞦韆盪著一個美麗的姑娘而興致大發吧：

我來自巴達霍斯，
受到愛情的召喚。
我所擁有的靈魂，

匯集在雙眼之中。
不知為何又為何，
妳要將雙腿露出？

惟獨芳婷不肯盪鞦韆。

「我不喜歡有人這樣忸怩作態。」寵姬頗為尖酸地嘟噥道。

還了毛驢，他們又開始尋找新的樂子：他們乘船渡過塞納河，從帕西步行，一直走到星形廣場城的關口。我們還記得，他們五點鐘就起床了，不過，沒什麼！「禮拜天，沒有疲倦這種事，」寵姬說道，「禮拜天，疲倦是不上工的。」約莫下午三點鐘，這四對樂不可支的情侶，竟然爬上了遊藝場的滑車道，那是一個奇特的建築，坐落於伯戎高地，從香榭大道的樹梢能望見那起伏不平的線條。

寵姬不時就嚷一句：「讓人驚喜的事呢？我要那件讓人驚喜的事。」

「別急呀。」托洛米埃答道。

---

⑬·瓦托（一六八四—一七二一）：法國畫家。
⑭·朗克雷（一六九〇—一七四三）：法國畫家。
⑮·杜爾菲（一五六七—一六二五）：法國小說家。
⑯·普里阿普斯：希臘羅馬神話中男性生殖力和陽具之神。
⑰·杜卡萊：十八世紀法國作家勒薩日同名喜劇中的人物，原為僕人，以欺詐手段而成為富翁。
⑱·貝爾尼（一七一五—一七九四）：詩人，外交家，歷任大主教和紅衣主教。他讚美過的栗樹在孔蒂親王府的園中。
⑲·格勒茲（一七二五—一八〇五）：法國畫家。

五．繃吧達酒館 Chez Bombarda

他們走完滑車道，便想到晚餐的事，快活的八仙畢竟有點累了，就在繃吧達酒館稍作歇息。這家咖啡館，是著名的繃吧達飯店在香榭大道的分店，從這邊就看得到在德洛姆巷旁里沃利大街上總店的招牌。

這間大屋雖然寬敞，但很醜陋，內間有放了床鋪的壁廂（星期天酒樓客滿，也只好將就了）；兩扇窗戶，憑窗透過榆樹，看得到堤岸和河流，一束燦爛的八月陽光映照在窗櫺上；兩張桌子，一張擺著堆積如山的一束束鮮花，還摻雜著男帽女帽；另一張圍坐著四對朋友，上面放滿了盤碟、酒杯和酒瓶，一片歡宴的氣氛，只見啤酒罐和葡萄酒瓶錯雜，沒有什麼秩序，而餐桌下面就有點混亂了。

他們的腳在桌下忙著，
你踢我我踢你鬧得一片喧響。

莫里哀如是說。

清晨五點鐘開始的郊遊，到了下午四點半就是這樣情景。太陽偏西了，食欲也減退了。香榭大道上充滿陽光和人群，只見明亮和灰塵，即構成榮耀的兩樣東西。馬爾利雕刻的大理石馬群，在金黃色的雲霧中豎起前蹄嘶鳴。馬車川流不息，一隊軍服華麗的近衛軍，由軍號開道，沿訥伊林蔭路走下來。土伊勒利宮的圓頂上飄著一面白旗，在夕陽的霞光中染上淡粉色。又恢復路易十五廣場舊名的和諧廣場上熙熙攘攘，盡是興致勃勃的散步者。許多人佩帶著銀質百合花，並吊在波紋閃光的白緞帶上：一八一七年的時候，那東西還沒有完全從胸前絕跡。有幾處小姑娘們跳起輪舞，贏得圍觀者的掌聲，她們迎風唱著一首波旁王朝的頌歌。那首歌當時很流行，旨在反對百日帝政，其中有這樣的疊句：

把父親從根特送還給我們⑧，
送還給我們的父親。

一群群近郊的居民，都穿著節日的盛裝，有些還模仿城裡的市民佩帶百合花，他們分散在大方場和馬里尼方場上，玩著套環遊戲，騎在木馬上旋轉；還有一些人在喝酒；幾名印刷廠學徒戴著紙帽，可以清楚地聽見他們的笑聲，一片光輝燦爛。無可否認，這個時期國泰民安，王權十分鞏固；當時，警察總監昂格萊斯就特地呈給國王一份密折，報告巴黎近郊的局勢，結尾這樣寫道：「陛下，根據整體的觀察看出，我們絲毫不必擔心這些人，他們像貓兒一樣，無憂無慮又麻木不仁。外省的平民百姓不安分，巴黎的百姓則不然，他們全是微不足道的小民，陛下，這種人，要兩個疊起來才抵得上您麾下的一名士兵，京城民眾毫不足慮。顯而易見的是，五十年來，民眾的身形更加萎縮了，巴黎城郊的居民比革命之前矮小了，他們沒有絲毫威脅性。總而言之，他們都是賤民，但是很馴良。」

警察總監們不會相信貓咪可能會變成獅子，然而事實如此，這就是巴黎人民的奇蹟。即使是貓兒，雖然受到昂格萊斯伯爵的極端鄙視，在古代共和國卻極受敬重，被視為自由的化身。在科林斯城廣場上就有一隻巨型的銅貓，彷彿是為了襯托庇雷港那尊無翅的智慧女神像般。復辟時期

⑧・指流亡在比利時根特城的路易十八。

的警察實在天真，把巴黎人民看得太「好」了。他們絕非警察所認為的「馴良的賤民」，巴黎對於法蘭西人，正如雅典人對於希臘人。任何人也沒有巴黎人睡得安穩，任何人也沒有巴黎人那樣明顯的輕浮而懶惰；任何人也不像巴黎人那樣健忘。然而，不要相信這一切，巴黎人雖然表現出十足的無精打采，但是一旦前方有榮耀的事情，巴黎人就無所不為。如果給他一支長矛，巴黎人就會有八月十日[81]的舉動；如果給他一支槍，巴黎人就會給你一場奧斯特里茲那樣的勝仗。巴黎人是拿破崙的支柱，是丹東的後盾。祖國有危難嗎？他們就應徵入伍；要爭取自由嗎？他們就拆路石堆起街壘。當心啊！他們的怒髮譜寫過史詩；他們的外套貌似古希臘人的短披風。當心啊！他們會把隨便一條格列內塔街變成卡夫丁峽谷[82]。時機一到，郊區的人民就會長高，這矮個兒就會站起來，就會以可怕的方式觀看，他們的氣息就會變成風暴，就會從這可憐孱弱的胸膛裡呼出強風，吹動阿爾卑斯山脈的褶皺。革命掌握了軍隊，也多虧巴黎郊區人才能征服歐洲，他們唱歌，那就是他們的快樂。要讓他們的歌符合他們的性格，那您就看吧！如果唱來唱去只有〈卡馬尼奧拉〉[83]一首歌，他們就只能推翻路易十六；如果讓他們唱起〈馬賽曲〉，他們就會拯救世界。

我們在昂格萊斯奏摺的邊上寫了這段注釋之後，再回到我們的四對情人身上。我們說過，晚飯快吃完了。

六・相愛篇

Chapitre où l'on s'adore

餐桌上的交談和情話，都同樣難以捉摸：情話是雲霞，餐桌上的交談是煙霧。

法梅伊和大麗哼唱著歌謠，托洛米埃喝著酒，瑟芬笑著，芳婷微笑著。李斯托利埃試著吹奏在聖克盧買的木管號。寵姬則溫情脈脈地望著布拉什維爾，說道：「布拉什維爾，我真愛你。」

這話引起布拉什維爾的一個疑問：「寵姬，假如我不愛妳了，妳要怎麼辦呢？」

「問我嗎？」寵姬提高嗓門兒，「哼！不要講這種話，連這種玩笑也不要開！假如你不愛我了，我就揪住你不放，抓破你的臉，撕爛你的皮，我往你身上潑水，讓你進監獄去！」

布拉什維爾自鳴得意，淫蕩地微微一笑，就像虛榮心得到極大滿足的人那樣。寵姬又說道：「對，我要叫警察！哼！什麼事我幹不出來！壞東西！」

布拉什維爾心醉神迷，身子往椅背上一仰，得意地闔上雙眼。

大麗還不住嘴地吃，她在喧鬧中小聲對寵姬說：「看來，妳對你的布拉什維爾可是一片癡情啊！」

「我嘛，我討厭他，」寵姬又拿起叉子，用同樣語調答道，「他是個吝嗇鬼。我倒喜歡住在我對面的那個小夥子。那個青年人很好，妳認識他嗎？看樣子他像個演員，我喜歡演員。他一回到家，他母親就說：『噢！上帝呀！我又不得安寧了，他又要大喊大叫了。喂，我的朋友，你要把我的腦袋吵到炸開嗎？』是的，他一回到家，回到那老鼠窩般的閣樓上，回到黑洞裡，能爬多高就爬多高，一到家又是唱、又是朗誦，我怎麼知道他在搞什麼鬼？反正樓下都聽得見！他在一個公證人那裡寫狀子，每天能掙上二十蘇了。他的父親原來是聖雅克教堂唱詩班的，嘿！他人非常好，他愛我愛得發狂，有一天看到我在揉麵烙薄餅，就對我說：『小姐呀，您的手套裏上麵粉做成餐點我也會吃下去的。』只有藝術家才會這樣說話。他人非常好，那小夥子要把我弄得神魂顛倒了。沒關係，我還是照樣對布拉什維爾說我愛你。我多會說謊！嗯？我多會說謊！」

寵姬頓了頓，接著說道：「大麗，妳看見了吧，我很傷心。整個夏天都在下雨，風也叫我惱火，風也消不了我的火氣，布拉什維爾太小氣了，到了市場連豌豆都有點捨不得買，真不知道他能吃

---

⑧¹．一七九二年八月十日，巴黎人攻入王宮，逮捕國王。

⑧²．西元前三二一年，薩姆尼特人在卡夫丁峽谷擊敗羅馬軍隊，迫使他們通過侮辱性的軛形門。一八三九年，巴貝斯和布朗基在格列內塔街起義。

⑧³．〈卡馬尼奧拉〉：法國大革命時代歌曲，諷刺路易十六和王后。

什麼？正如英國人講的，讓人看了都要得憂鬱症了。還嚷嚷著黃油貴極啦！妳瞧，真讓人看不下去，咱們吃飯的地方還有一張床鋪，太殺風景了，真叫我倒胃口。」

七・托洛米埃的高見

Sagesse de Tholomyès

這會兒有幾個人唱歌，其他人七嘴八舌地說著話，所有的人攪在一起，就是一片喧鬧了。托洛米埃開口制止大家，高聲說道：「我們絕不要信口開河，也不要說得太快。我們要想語出驚人，就得思考。總是這樣胡言亂語，頭腦就會空虛，這是再蠢不過了，流淌的啤酒攏不起泡沫。先生們，不要操之過急。我們宴飲，就應當拿出宴飲的派頭，讓我們聚精會神地吃喝，細嚼慢嚥，不要狼吞虎嚥。看看春天吧，它若是來得太急，就會完蛋，也就是說會凍僵。過分熱情能毀掉桃樹和杏樹、也會扼殺盛宴的雅興和快樂。先生們，不要狂熱！格里莫・德・拉雷尼埃[84]跟塔列朗[85]都抱持著相同的見解。」

這群人之中響起一陣低沉的抗議聲：

「托洛米埃，讓我們安靜點吧。」布拉什維爾說道。

「打倒暴君！」法梅伊說道。

「繃吧達、繃邦斯和邦博斯[86]！」李斯托利埃嚷道。

「禮拜天還存在呢。」法梅伊又說道。

「我們非常有節制。」李斯托利埃補充說。

「托洛米埃，」布拉什維爾說道，「瞧瞧我的平靜態度。」

「你是名副其實的侯爵嘛。」托洛米埃答道。

這種並不高明的文字遊戲所產生的效果，就好比往水塘裡扔了一塊石頭，平靜山侯爵[87]是保王黨人，當時名氣很大，所有青蛙都不叫了。

「朋友們，」托洛米埃高聲說道，聲調像是想要重新控制局面般，「大家都安靜下來。這句從天而降的文字遊戲，聽了不必大驚小怪。從天而降的東西，不見得都能讓人興高采烈、讓人欽佩。文字遊戲是飛翔的精神所排泄之廢物。插科打諢的話，沒有任何目的可言，而精神排泄出一句蠢話之後，又直衝雲霄了，岩石上落了一攤灰白色的污物，並不妨礙大兀鷹飛翔。我毫無褻瀆文字遊戲的意思！我只是按其價值給予讚許，僅此而已。在人類之中，也許擴及人類之外，無論多麼莊重，多麼崇高，多麼可愛的人事物，全都拿文字做過遊戲。耶穌用聖彼得的名字玩過文字遊戲[88]。摩西用以撒的名字，埃斯庫羅斯用波呂尼刻斯[89]的名字，埃及豔后用屋大維的名字，都玩過文字遊戲。要注意，埃及豔后的那句玩笑，是在亞克辛戰役之前講的，沒有那句玩笑話，誰也不會記得托里尼城，這個希臘名稱意思是湯勺。交代過這個情況之後，我們再回頭來談我的告誡，弟兄們，我再講一遍，不要狂熱，不要鼓譟，不要過分，即使講諷刺話、俏皮話，講笑話，即使玩文字遊戲，聽我說，我有安菲阿拉俄斯[90]的謹慎和凱撒的禿頂。即使猜字謎，也要有個限度。『任何事物都有分寸[91]』，即使是飲食，也要有節制。女士們，你們愛吃蘋果醬餡餅，但也不能吃個沒完。即使吃餡餅，也要有點理性，講究點藝術。貪饕罪[92]就是用來懲罰暴飲暴食的人；嘴要懲罰肚子；消化不良，是仁慈的上帝派來教訓胃的。請記住這一點：我們心中的每一種激情，

[84]．格里莫．德．拉雷尼埃：法國烹調名家，著有《美食家年鑑》。
[85]．塔列朗：拿破崙時代的外交部長。
[86]．繃吧達是酒家，繃邦斯是盛宴的意思，邦博斯是歡宴的意思。
[87]．文字遊戲，在法文中，「我的平靜」與「平靜山」同音。
[88]．「我呢，對你說你是石頭（彼得），在這石頭上，我將建起我的教堂……」〈馬太福音〉第十五章。
[89]．古希臘悲劇作家埃斯庫羅斯（西元前五二五－前四五六）劇作《七軍聯攻底比斯》中的人物，波呂尼刻斯意味「極好爭吵的人」。
[90]．安菲阿拉俄斯：古希臘傳說中阿爾戈斯城的先知，他預言攻打底比斯必遭失敗。戰事果真如他的預言。
[91]．原文為拉丁文，引自賀拉斯（西元前六五－前八）的《諷刺詩集》。

即使是愛情，各自都有胃口，不能撐得過飽。在任何事物上，都必須及時寫上『終止』這個詞，必須自行約束，到了緊要關頭，要將自己的胃門插上門閂，將自己的妄念囚禁起來，要畫地為牢。聰明人，就是能在適當時候主動罷手，請你們多少相信我一點，畢竟我也學了點法律，有我的考試成績為證，我知道動機問題和懸而未決的問題之間的差異，因為我用拉丁文寫過一篇論文，論述穆納修斯．德門斯擔任凶殺案初審法官時，在羅馬所使用的酷刑，看來我要成為博士了，但我不見得就會變蠢。我勸告你們要節欲，我講的是好話，千真萬確，就像我叫菲利克斯．托洛米埃一樣。真正快樂的人，乃是時候一到就能毅然引退的人，如同蘇拉[93]或者奧利金[94]。」

寵姬聚精會神聽他說話。

「菲利克斯！」她說道，「多美麗的名詞！我喜歡這個名字。這是拉丁文，是『興盛』的意思。」

托洛米埃接著說道：「市民們、紳士們、騎士們、朋友們！你們想摒棄床笫之歡，面對愛情而毫不衝動嗎？再容易不過了。這就是藥方，多喝檸檬水、接受高強度的鍛鍊、高度體力勞動，採取疲勞戰術、拖重物、不睡覺、熬夜，多喝含硝的飲料和睡蓮湯、嘗一嘗罌粟膏和牝荊膏，同時還要嚴格節食、餓肚子，再洗冷水澡、用草繩紮腰、綁上鉛塊、用醋酸鉛擦身子、用醋湯熱敷。」

「我寧願要一個女人。」李斯托利埃說道。

「女人！」托洛米埃又說，「你們可得當心。誰信了女人那顆水性楊花的心，誰就要倒楣！女人有心計，薄情寡義。她們憎恨蛇，是出於同行的嫉妒。蛇，就是開在對街跟妳打對臺的那間店鋪。」

「托洛米埃，」布拉什維爾嚷道，「你喝醉啦！」

「可不是！」托洛米埃答道。

「那就來開心一下吧。」布拉什維爾又說。

「好哇！」托洛米埃答道。

他斟滿酒杯，站起來：

「光榮屬於美酒！『現在，巴克科斯，我要歌頌你！[95]』對不起，各位小姐，我講的是西班牙文。要證據嗎？西孀拉（女士們），什麼樣的民族，就有什麼樣的酒桶。卡斯蒂利亞的拉羅伯能盛十六公升，阿利坎特的康塔羅能盛十二公升，加那利群島的阿爾木德能盛二十五公升，巴厘阿里群島的庫亞丹能盛二十六公升，沙皇彼得的靴子能盛三十公升。[96]這個比沙皇大帝更偉大的靴子萬歲！各位女士，作為朋友我奉勸一句：妳們若是高興，就騙騙周圍的人，愛情的特點，就是騙來騙去。情愛無須像英國的女僕那樣，總是傻乎乎地匍匐在一個地方，膝蓋都磨出老繭了。甜美的情愛，絕不能這樣安排，情愛要朝三暮四，要歡欣愉快！有人說過：出錯是人之常情；我要說：出錯是愛之常情。各位女士，我癡情地深愛妳們每一位。啊，瑟芬、啊，約瑟芬，五官稍欠端正，但是很可愛，如果嘴眼不是有點歪，那就更迷人了。看您的模樣，這張臉就好像讓人無意間用屁股坐上去一樣。至於寵姬，啊，妳就像林中的仙女和繆斯一般！有一天，布拉什維爾在蓋蘭．布瓦索街走過水溝，看見一個美麗的姑娘，拉得緊緊的白襪顯露出雙腿的線條。一見就喜歡，布拉什維爾就這樣愛上她了。他愛上的那個姑娘正是寵姬。寵姬啊！妳有愛奧尼亞的嘴唇。從前希臘有個畫家，名叫厄弗羅尼奧斯，綽號叫嘴唇畫家。惟獨那個希臘人才配畫妳的嘴。聽我說！在妳之前，沒有一個人配得上這個名稱。妳跟維納斯一樣，是為得到蘋果而生的，或者跟夏娃一樣，是為了啃食那蘋果而生的，美是從妳身上開始存在的。我剛提到夏娃，那是妳造出來的。妳應當獲頒『發明美女』的證書。寵姬啊！我不以『您』相稱呼，因為我從詩歌轉入散文。剛才妳提到

---

[92]・七原罪之一。
[93]・蘇拉（西元前一三八－前七八）：羅馬將軍、政治家。他曾擔任執政官，在權力達到極盛時，突然宣布引退。
[94]・奧利金（約一八五－二五二或二五四）：神學家、《聖經》注釋者、希臘教會神父，據傳他自宮了。
[95]・原文為拉丁文，引自古羅馬詩人維吉爾（西元前七〇－前十九）的《農事詩》。巴克科斯是酒神。
[96]・卡斯蒂利亞、阿利坎特、加那利群島、巴厘阿里群島，都是西班牙的地區名。拉羅伯等都是西班牙、葡萄牙曾用過或沿用至今的容器名稱。

我的名字，這著實令我感動。然而，無論我們之中的任何人，都不要相信名字，那很可能名不副實。我叫菲利克斯，但是並不幸福。文字是騙人的，不要盲目接受詞語將我們標示的含義。寫信到列日[97]城去買軟木塞，寫信到波城[98]去買皮手套，那就大錯特錯了。大麗小姐，我若是您，就起名叫玫瑰，花兒要有香味，女子要有智慧。至於芳婷，我沒有什麼可說的，她好沉思，好幻想，好思考，非常敏感；她是個幽靈，具有仙女的形體、信女的貞潔；她誤入風塵，卻躲藏在幻想中，她又唱歌，又祈禱，她望著藍天，卻不大清楚看見了什麼，也不大清楚自己在做什麼；她望眼天空，在花園裡遊蕩，而園中並沒有那麼多花鳥。芳婷啊，要明白這一點：我，托洛米埃，我也是一種幻象。唉，虛無縹緲之鄉的金髮姑娘，我的話她甚至都沒聽見！此外，她整個人都體現著鮮豔、美妙、青春、清晨的明媚。芳婷啊！您是個配叫菊花或明珠的姑娘，您是光豔照人、無與倫比的女子。各位女士，我有第二個忠告：千萬不要嫁人，結婚猶如嫁接，好壞難說，要逃避這種危險。嗳！算啦，我在這兒胡說些什麼呀？簡直不知所云。在嫁人方面，姑娘們是不可救藥的。我們這些明白人，就是磨破嘴皮，也阻擋不了做背心做鞋的姑娘夢想，夢想嫁個滿身珠光寶氣的丈夫，算啦，就由它去吧。不過，幾位美人兒，請記住這一點：妳們糖吃得太多了。女人啊！妳們只有一個過錯，就是喜歡嚼糖。齧齒類女性啊，妳們潔白美麗的細牙特別喜歡糖。然而，聽清楚了：糖也是一種鹽，凡是鹽就吸收水分。在各種鹽中，糖吸收水分的能力最強，它通過血管，將血液中的水分吸出來，這樣一來，血液就會凝結，進而凝固，這樣就會引發肺結核，就會導致死亡。這就是為什麼糖尿病往往跟肺癆一起併發。因此，妳們想長壽，就不要總是嚼著糖！現在，我轉向男人。先生們，你們要獵豔，要彼此搶奪心愛的女人，不要有絲毫顧忌。獵豔並相互交換，情場上沒有朋友。哪裡有漂亮女人，哪裡就有公開敵對，沒有範圍，殊死搏鬥！一位漂亮女人，就是一場戰爭的導火線；一位漂亮女人，就是一起現行罪案。歷史上所有的侵略行動，無不是由裙子引起的。女人是男人的權力。羅慕路斯[99]掠奪過薩賓的婦女，威廉[100]掠奪過撒克遜婦女，凱撒掠奪過羅馬婦女。男人如果沒有女人的愛，就會像一隻老鷹，盤旋在別人情婦的頭上。至於我，我要向所有無家無業的人，發出波拿巴〈告義大利軍隊書〉：『士卒們，你們什麼都缺少，而敵軍什麼都有。』」

托洛米埃的話中斷了。

「喘口氣吧，托洛米埃。」布拉什維爾回了一句。

接著，由李斯托利埃和法梅伊附和，布拉什維爾唱起一支詠歎調。這種歌在車間裡可以隨口填詞，音韻彷彿很豐富，但其實毫無韻味，同時也空洞無物，如同風聲和樹枝搖動，是從菸斗冒出來的煙中產生的，並隨著煙霧飄飛消散。下面一節歌詞就是合唱組對托洛米埃演說詞的答覆：

幾個蠢如火雞的教士，
交給聯絡員一些銀兩。
好讓我的克萊蒙霹靂，
聖約翰節時當上教皇；
然而克萊蒙不是教士，
所以連教皇也未當上；
於是聯絡員暴跳如雷，
又把那銀兩如數帶回。

這種歌還不足以平息托洛米埃隨機應變的好口才，他一口乾掉杯中酒，重新斟滿，接著又講

⑰・列日是比利時的城市，意為「軟木」。
⑱・波城是法國西南部城市，與「皮」同音。
⑲・羅慕路斯：傳說中羅馬城的創建者。
⑳・威廉一世（一〇二八—一〇八七）：又稱為「征服者威廉」，曾擔任諾曼第公爵與英國國王。

起來：「打倒智慧！把我講的話全忘掉吧。既不要規矩，也不要謹慎，不要做規矩謹慎的人。我要為歡快乾一杯，我們要歡快！讓我們的法律課補充些放蕩和酒肉的內容。消化不良，也容易消化[101]。讓查士丁尼[102]當雄的，讓盛宴當雌的！快樂抵達深淵！萬物啊，生活吧！世界是一顆巨大的鑽石！我真快活。鳥兒叫人驚訝！到處都是歡宴！夜鶯是不收費的埃勒維烏[103]。夏天，我向你致敬。盧森堡公園啊，夫人街和天文臺路的農事詩啊！沉思默想的年輕步兵啊！所有這些可愛的保母，一面照看孩子，一面以孕育孩子為樂！如果沒有奧德翁劇院的柱廊，也許我會喜歡美洲的大草原！我的靈魂飛入原始森林和大草原，一切都是美的。蒼蠅在日光中嗡嗡飛舞，太陽一個噴嚏打出了蜂鳥，跟我擁抱親吻吧，芳婷！」

他抓錯了人，親了寵姬。

八・一匹馬倒下
Mort d'un cheval

「愛東餐館要比這綳吧達酒家好。」瑟芬嚷道。

「我喜歡綳吧達勝過愛東，」布拉什維爾明確表示，「這裡更氣派些，更有亞洲的情調。看看樓下餐廳，牆上鑲了面大鏡子。」

「我還是喜歡餐盤裡的東西。」寵姬說道。

布拉什維爾堅持道：「瞧瞧這裡的餐刀。綳吧達酒家餐刀柄是銀的，愛東那裡的餐刀是骨製的，銀子當然比骨頭貴重嘍。」

「對那些裝了銀下巴的人來說，這就不對了。」托洛米埃指出。

此刻，他從綳吧達窗口看著殘廢軍人院的圓頂。

大家沉默了片刻。

「托洛米埃，」法梅伊嚷道，「剛才李斯托利埃和我有一場爭論。」

「爭論好啊，」托洛米埃答道，「爭吵就更好了。」

「我們在爭論哲學問題。」

「唔？」

「你喜歡笛卡兒還是斯賓諾莎？」

「我喜歡戴索吉埃[104]。」托洛米埃答道。

他宣布了這個判決，又舉杯喝酒，接著說道：「我還同意我們還活在這世上。這片大地還沒有全部完蛋，總還可以胡說八道。我要感謝神靈，大家說謊，可是大家還可以歡笑。人一面肯定，一面又懷疑，三段論常出現意外的情況，這很有趣。這世上還有人懂得快活地打開並關上悖論的潘朵拉盒。各位女士，妳們平常喝的是馬代爾葡萄酒，告訴你們，這是海拔三百一十七圖瓦茲[105]的庫拉爾·達弗列拉產的葡萄釀製的！而緔吧達先生，出色的餐館老闆，只要花費四法郎五十生丁就可供應海拔三百一十七圖瓦茲的產品！」

法梅伊重新打斷他的話：「托洛米埃，你的見解就是法律。你最喜愛的作家是哪一位？」

「貝爾……」

「貝爾甘[106]？」

「不對。貝爾舒[107]。」

101.「容易消化」和《學說匯纂》兩詞拼法相同。
102. 查士丁尼（四八二—五六五）：拜占庭皇帝，著有《查士丁尼法典》、《學說匯纂》等。
103. 埃勒維烏（一七六九—一八四二）：法國著名歌喜劇演員。
104. 馬克·安東尧·戴索吉埃（一七七二—一八二七）：法國民謠歌手。
105. 圖瓦茲：法國舊長度單位，一圖瓦茲約等於一點九四九公尺。
106. 貝爾甘（一七四七—一七九一）：法國作家。
107. 貝爾舒：一九世紀法國著名食譜的作者。

托洛米埃繼續說道：

「光榮屬於繃吧達！他若是能給我弄來一名埃及舞女，就可以和穆莫菲斯．戴勒芳達相媲美；他若是能給我弄來一名希臘名妓，就可以和蒂傑利翁．德．謝羅內相媲美！因為，女士們啊，希臘和埃及，也曾有過繃吧達這種人物。這一點，阿普累[108]告訴我們了，在造物主的創造中，再也拿不出什麼新東西啦！所羅門就說：『陽光下沒有任何新東西。』維吉爾也說：「愛情對所有人都是一樣的。』如今，醫科女生和醫科男生一同登上聖克盧的帆船，正像從前阿斯帕茜和伯里克利[109]一同登上往薩莫斯島的戰艦。最後一句話，各位女士，你們知道阿斯帕茜是什麼人嗎？儘管她生活在女人還沒有靈魂的時代，她卻是一顆靈魂，是一顆發紫的粉紅色靈魂，比火焰更明亮，比朝霞更清新。阿斯帕茜是個兼有女人兩個極端性格的人：她是神仙妓女，是蘇格拉底加上瑪儂．列斯戈[110]。阿斯帕茜是應普羅米修斯的需要而創造出來的婊子。」

托洛米埃一高談闊論起來，如果此刻不是有一匹馬倒在堤岸上，他的話是很難停下來的。那輛大車和這位演說家都戛然而止，那是博斯地區產的牝馬，又老又瘦，只配送給屠夫了。那頭牲口拉著沉重的車子，到繃吧達酒家門口時已累得筋疲力竭，再也不肯往前走了。這場面吸引了不少人看熱鬧。車夫非常惱火，一邊咒罵、一邊揚起鞭子，扯著嗓子罵了一聲：「賤骨頭！」鞭子才剛狠狠抽下去，那老馬便倒下去，再也起不來了。圍觀的行人一陣喧譁，托洛米埃的愉快聽眾就都紛紛轉過頭去，托洛米埃便趁機朗誦一節憂傷的詩來結束他的演說：

這個世界上，
大車和小車，
命運都一樣。
牠是匹駑馬，
活得像條狗，

駑馬都一樣！

「這馬真可憐！」芳婷歎道。

大麗卻叫起來：「瞧瞧芳婷，還要可憐起馬來！還能找到像這樣難看的牲口嗎？」

這時，寵姬叉起胳臂，頭往後一仰，凝視托洛米埃，說道：「算啦！那件意外的事兒呢？」

「對呀，時候已到。」托洛米埃答道，「先生們，要讓這些女士大吃一驚的時刻已經到了。各位女士，請稍候片刻。」

「先得親一下。」布拉什維爾說道。

「親一下額頭。」托洛米埃補充一句。

於是，他們都一本正經地親了各自情婦的額頭。接著，四個男人將一根指頭放在嘴邊，魚貫走出去了。

寵姬鼓掌送行。

「已經有點意思了。」她說道。

「別去太久，」芳婷輕聲說道，「我們等著你們呢。」

---

⑩⑧．阿普羅（一二二五—約一八〇）：拉丁文作家，他的作品《金驢》中有古代美食學的資料。

⑩⑨．伯里克利（西元前四九五—前四二五）：雅典著名政治家。阿斯帕茜是他的伴侶，以美貌和智慧著稱。

⑪⓪．《瑪儂．列斯戈》中的主人公。這部小說是法國作家普萊服神父（一六九七—一七六三）的作品《一個貴族的回憶》中的第七卷，後來獨立成書。

九・一場歡樂的歡樂結局
Fin joyeuse de la joie

姑娘單獨留下來，兩兩俯在一個窗口閒聊，伸出頭去，跟另一個窗口的人說話。她們瞧見那幾個青年挽著手臂走出繃吧達酒館，幾個青年還回過頭來，笑著向她們揮手，隨即消失在香榭大道那每個星期天都充斥著的喧囂之中。

「別去太久了！」芳婷嚷道。

「他們要帶什麼東西回來給我們呢？」瑟芬問道。

「肯定是好看的東西。」大麗也說。

「要我說，」寵姬接著說道，「我倒希望是黃金做的。」

她們透過大樹的枝杈，看見河邊的熱鬧景象，覺得很有趣，注意力很快就被吸引過去了。現在正是驛馬車和驛馬車啟程的之時，當時駛往南部和西部的客貨車，幾乎全都得經過香榭大道。大部分的車輛沿著河濱路，從帕西門出城。每隔一會兒，就有一輛漆成黃色和黑色的大車經過，馬匹嘶鳴，車上滿載著大小包裹、籃子和箱子，堆得奇形怪狀，車窗露出一個個腦袋，車輪輾著路面，將每塊路石都變成打火石，像鐵匠爐一樣火花四濺，煙塵滾滾，在人群中橫衝直撞、飛馳而去。這種喧囂令姑娘們開心，寵姬感歎道：「發出這麼大聲響！就好像一堆堆鐵鏈拋到空中。」

有一次，一輛馬車停了一會兒，然後又疾駛而去，但是由於茂密的榆樹枝葉遮著，她們看不大清楚。芳婷覺得很奇怪。

「真奇怪！」她說道，「我還以為驛馬車中途從來不停呢。」

寵姬聳了聳肩膀。

「這個芳婷，真叫人吃驚。我出於好奇觀察她，她連見到最普通的事情都要大驚小怪。假設有種情況：我是旅客，事先跟驛馬車車夫說，我先走一步，您經過河濱的時候，就把我捎上。驛馬車過來了，看見我就停下來讓我上去。這種事天天都有，妳不知道什麼是生活，親愛的。」

幾個人就這樣消磨了一段時間，寵姬彷彿像剛清醒過來，突然說道：「咦！要讓我們驚喜的事呢？」

「對了，真的，讓人深深企盼的驚喜呢？」

「他們去得可夠久了！」芳婷說道。

芳婷剛歎了一口氣。伺候晚餐的那個夥計就走了進來，手裡拿著什麼東西，看起來像封信。

「這是什麼？」寵姬問道。

夥計回答：「是那幾位先生留給幾位夫人的字條。」

「為什麼沒有立刻送來？」

「因為幾位先生吩咐過，」夥計又說道，「要過一個鐘頭才能交給夫人。」

寵姬一把將字條從夥計手中奪過來，果然是一封信。

「咦！」她說道，「沒有地址。」但是上面有這樣一行字：

這就是出人意料的事。

她急忙拆開信，打開念著（她識字）：

啊，我們的情婦！

要知道，我們在家有雙親。雙親，妳們可能不大了解那是什麼。在天真和公正的民法中，雙親叫做父親和母親，然而，那些父母總是哀歎，那些老人總召喚我們，那些老頭和老太婆叫我們浪子，盼望我們回去，要為我們殺豬宰牛。我們是講道德的人，就要服從他們。在妳們看這封信的時間，五匹俊馬就送我們去見爸爸媽媽了。正如博須講的，我們滾蛋了，我們動身，我們走了。我們在拉菲特驛馬車的懷抱，插上卡雅爾驛馬車的翅膀逃走了。駛往土魯茲的驛馬車，把我們從深淵中拉出來，而深淵，正是你們呀，我們美麗的姑娘！我們以每小時三法里的速度，飛快回到社會中，回到職責和秩序中去。根據祖國的需要，我們跟別人一樣，必須去當省督、家長、鄉吏和政府顧問。尊重我們吧，我們這是作出了犧牲，快快為我們痛哭一場，快快找人代替我們吧。如果這封信撕碎妳們的心，那麼就以牙還牙，將這封信撕碎。永別了。

在將近兩年期間，我們讓妳們得到了幸福。千萬不要怨恨我們。

布拉什維爾

法梅伊

李斯托利埃

菲利克斯．托洛米埃

（簽字）

附注：餐費已付。

四位姑娘面面相覷。

寵姬首先打破沉默，高聲說道：「好啊，這個玩笑開得還真夠意思。」

「非常有趣。」瑟芬說道。

「這主意，肯定是布拉什維爾想出來的，」寵姬又說道，「這倒讓我愛上他了。人一走，愛不夠。人總是這樣。」

「不對，」大麗說道，「是托洛米埃的主意，一眼就能看出來。」

「如果是這樣，」寵姬接著說道，「布拉什維爾該死，托洛米埃萬歲！」

「托洛米埃萬歲！」大麗和瑟芬嚷道。

接著，她們敞聲大笑。

芳婷也隨著其他人大笑。

一小時之後，芳婷回到自己的房間，卻開始失聲痛哭。前面說過，這是她的初戀，她已經委身給托洛米埃，把他看成丈夫了；而且，這可憐的姑娘已經懷有身孕。

第四卷：寄放，有時便是斷送
Confier, c'est quelquefois livrer

一・一位母親遇見另一位母親
Une mère qui en rencontre une autre

本世紀頭二十五年間，在巴黎附近叫蒙菲郿的地方，有一家類似大眾飯館的客棧，如今已不復存在了。這家客棧是德納第夫婦開的，位於麵包師巷。店門楣牆上橫釘著一塊木板，上面畫的圖案像是一個人背著一個人，背上那人佩帶著有幾顆大銀星的金黃色將軍大肩章；畫面上有些紅點，表示血跡，其餘部分則是硝煙，大概表明那是戰場。木板下端有一行字：「滑鐵盧中士客棧」。

客棧門前停著一輛敞篷車或者運貨大車，原是極平常的事。然而，一八一八年春季的那天傍晚，停在滑鐵盧中士客棧門前堵塞街巷的那輛車，準確地說，是那輛車的殘骸，肯定能吸引經過那裡的畫家注意。

殘存的前半截車身是林區用來運送厚木板和圓木的載重大車。有兩個巨大的車輪，是用一根粗重的原木嵌在輪中間的鐵軸組成的。車輪、輪邊、輪心、車軸和轅木都被路上的泥巴噴滿了難看的屎黃色泥漿，就像是教堂裡喜歡刷的那種灰漿。泥漿裹住了車身的木料，鐵鏽也裹住了車身的鐵料。車軸橫吊著粗鐵鏈，適合用來鎖住勞役犯歌利亞①，令人聯想到的不是它所捆起運送的木材，而是可能套著拉車的乳齒象和猛獁。鐵鏈的樣子，就像從勞役犯監獄，而且是從囚禁獨眼巨人和超人的監獄中弄來的，又像從哪個妖怪身上解下來的。荷馬可能用它鎖過波呂斐摩斯②，莎士比亞可能用它鎖過卡利班③。

一輛載重大車的前半截為什麼停在街上呢？首先是為了堵塞街道，其次是讓它徹底鏽掉。在舊社會秩序中，就有許許多多這類機構，明目張膽的堵在路上，沒有別的存在理由。

吊在車軸上那條鐵鏈的中段，離地面很近，在這黃昏時分，有兩個小女孩並排坐在鐵鏈的彎處，如同坐在鞦韆的繩索上。大的約兩歲半，小的約一歲半，大的摟著小的，兩個人親親熱熱。她們被一條手帕巧妙地繫住，不會摔下來。有位母親一看到這條可怕的鐵鏈，就說：「嘿！這正好當我孩子的玩具。」

兩個女孩風采眩人，打扮得很可愛，但也過分得有點可笑，顯然得到了精心照料，在廢鐵中像兩朵玫瑰；她們的眼睛神氣十足，鮮嫩的臉蛋笑開了花。一個女孩留著栗色的頭髮，另一個則是棕褐色的，她們天真的臉上呈現又驚又喜的表情，附近有一叢野花飄散著香氣，行人還以為香味是從她們身上發出來的。一歲半那個露出可愛的小肚皮，顯示孩童那種毫無顧忌的純真。兩顆嬌小玲瓏的頭沉溺在幸福中，沐浴在陽光裡，而在頭頂和周圍是那龐然大物，鏽得發黑、頗為駭人的半截車身，滿是交錯的猙獰曲線和稜角，但在此刻，巨大車身的線條似乎變得柔和，看起來

①．歌利亞：《聖經》中的菲利士勇士，身材高大，所向無敵，後被大衛王所殺。
②．希臘神話中的獨眼巨神。
③．莎士比亞劇作《暴風雨》中的妖怪。

就像是圓拱石洞口一般。母親蹲在幾步遠的客棧門口，那女人的面貌並不和善，不過在此刻，她用長繩拉著搖擺兩個孩子，眼睛緊緊盯著她們，惟恐孩子有個閃失，完全是一副母性所特有的野獸加天使的神情，倒顯得令人感動了。那難看的鐵環每擺動一下，就發出刺耳的聲響，如同氣惱的叫聲，但兩個小女孩卻樂不可支，夕陽也照過來助興。一條綁縛巨魔的鎖鏈，變成了小天使的鞦韆，世間沒有比這種莫測的變化更有趣的事了。

母親一面搖動著兩個小女孩，一面用假音哼唱著一首流行的抒情歌曲：

必須如此，一名武士……

她只顧著唱歌和注意兩個女兒，也就聽不到也看不見街上所發生的事情。

就在她開始唱歌的時候，有人走到她身邊，她猛然聽見有人在她耳邊說：「太太，您這兩個孩子真漂亮。」

……對美麗溫柔的伊默琴說。

那母親又唱了一句表示回答，這才轉過頭來。

一位婦人站在她前面幾步遠的地方，懷裡也抱著一個孩子。

此外，她還拎一個相當大的旅行袋，裝滿衣物，顯得沉甸甸的。

她那孩子就是降世的小仙女，約莫兩三歲，衣著打扮可以跟另外兩個孩子相媲美。小女孩戴著一頂鑲瓦朗西納花邊的細布帽，穿一件飾飄帶的花衣；裙襬撩起來，露出白胖胖結實的大腿根。她的身體很健康，臉蛋紅撲撲的，很像蘋果，好看極了，叫人見了恨不得咬上一口。她的眼睛一定非常大，睫毛十分秀美，接下來我們停下形容的話語，因為她正沉沉的睡著。

她睡得極為香甜，只有這種年齡的孩子，才有這樣絕對安穩的睡眠。母親的手臂是柔情構成的，孩子在裡面可以酣然大睡。

至於母親，那樣子既窮苦又憂傷。她打扮得像個工人，卻又有意圖重做農婦的跡象。她還年輕，長得美嗎？也許吧，但是這身打扮顯不出她的美貌。一綹金髮散落下來，顯示出她有一頭濃髮，可惜讓紮在下頦那一條醜陋的頭巾緊緊包住了。人在展現笑容時可以顯露出美麗的牙齒，而她卻毫無笑意，看她那雙眼睛，不久前似乎還哭過。她的臉色蒼白，樣子十分疲憊，有幾分病容。她瞧著睡在懷抱裡的女兒，那神態也是親自哺乳的母親所特有的。一條傷兵用來擤鼻涕的那種藍粗布大毛巾，對角折起來，圍在她腰上，看來很蠢笨。她的雙手發黑，布滿斑點，食指皮變硬，盡是針痕；肩上披一條棕褐色粗羊毛斗篷，穿一條粗布衣裙，腳上蹬一雙粗大鞋子，她就是芳婷。

她是芳婷，跟以前大不相同，然而仔細端詳後，發現她還是那麼美。右臉上有一道憂傷的橫紋，彷彿是嘲諷的表徵。至於她的裝束，從前那身彷彿由快樂、輕狂和音樂織就、綴滿響鈴和飄散著丁香味的錦帶羅紗衣裙，就像在陽光下看起來好似鑽石般美麗耀眼的霜花一般，早已融化消失，霜化了，露出黝黑的樹枝。

那次「惡作劇」之後，已經過了十個月。

這十個月期間，發生了什麼情況呢？可想而知。

遭到遺棄之後，便是困苦。芳婷再也沒看過寵姬、瑟芬和大麗了，這種關係，男生那邊的線斷了，女生這邊也就解體了。半個月之後，如果有人說她們是朋友，她們還會覺得十分詫異，再也沒有做朋友的理由了，只剩下芳婷孤零零一個人。孩子的父親走了，唉！這種關係一斷絕，就不可能挽回了，她孑然一身，只是少了勞動的習慣，多了享樂的愛好。她跟托洛米埃發生關係之後，受其影響，漸漸輕視她學到的小手藝，忽視了自己的生活出路，出路一堵塞，就走投無路了。芳婷識不了幾個字，又不會寫字，她小時候只學會簽名。於是，她請擺寫字攤的先生代寫一封書信，寄給托洛米埃，隨後又寄第二封、第三封。托洛米埃一封信也沒有回覆。有一天，芳婷聽見一些嚼舌根的女人看著她的女兒說：「誰會認這種孩子呢？看到這種孩子，只能聳聳肩膀！」於是芳婷就想像起托洛米埃對著她的孩子聳聳肩，不認這無辜小生靈的景象。對於這個男人，她心灰意冷了，然而怎麼辦呢？她不知該投靠誰了。她是犯了一個錯誤，但在本質上我們卻還記得，她是貞潔賢淑的。她隱約感到，自己很快就要過著貧窮的生活，就要墮入悲慘的境地。要拿出勇氣來，勇氣是有的，她自然就繃足了勁。她靈機一動，想回家鄉濱海的蒙特伊城去，回到家鄉碰見個熟人，也許會給她工作。這主意不錯，不過，必須隱瞞自己的錯誤，這樣，她又隱約看到自己很可能會面臨比第一次更為痛苦的離別。她感到一陣揪心，但還是毅然作出決定。後面我們會看到，芳婷在生活中表現出多麼非凡的勇氣。

她已經毅然決然地卸去了裝飾，又穿上了粗布衣裙，而她所有的絲綢、服飾、緞帶和花邊，全用到女兒身上了。她所有東西都變賣了，共得到二百法郎，再還些零星債務，大約只剩下一百八十法郎。在春天的一個晴朗的早晨，二十二歲妙齡的她背著孩子離開巴黎。誰若是看見這母女倆經過，一定會覺得可憐，這女人在世間只有這個孩子，而這孩子在世間也只有這女人。芳婷哺乳過，胸脯耗損，現在有點咳嗽。

以後，我們沒有機會談到菲利克斯．托洛米埃先生了。這裡只交代一句，二十年後，在路易．菲力浦國王當政時期，他在外省當上大法官，有錢有勢，既是個明智的選民，又是個嚴厲的審判官，而且，始終不忘尋歡作樂。

芳婷趕路，有時要歇歇腳，搭乘當時所謂的郊區小馬車，每法里花三、四蘇的車資，這樣一來，過了中午就達到達蒙菲郿，走進麵包師巷。

她從德納第客棧門前經過，看見兩個小女孩在怪形鞦韆上玩得那麼開心，一時看呆了，不自覺的在這歡樂景象前站住。

世上確實存在著有魅力的東西，從這位母親的角度來看，這兩個小女孩就是個好例子。

她心情激動地望著兩個小女孩，看見天使，就好像身處天堂般。在這家客棧的上方，她似乎看見「上帝在此」的神祕布告。兩個小女孩的幸福是一目了然的！她注視她們，嘖嘖稱奇，觸景生情，心裡十分激動，就在那位母親唱歌換氣的工夫，她禁不住稱讚了一句，即我們在前面看到的那句話：

「太太，您這兩個孩子真漂亮。」

再兇猛的禽獸，看見有人愛撫牠們的孩子，也會變得溫順起來。那母親抬起頭，道了謝，請過路的女子坐到門旁的條凳上，而她仍蹲在門口，兩個女人攀談起來。

「我叫德納第太太，」兩個女孩的母親說道，「這間客棧是我們開的。」

隨後，她又低聲哼唱那支抒情歌曲：

必須如此，我是騎士，
我得往巴勒斯坦走去。

這位德納第太太有一頭棕髮，身體肥胖，是個性情暴躁的女人，毫無風韻，外型就像是女大兵。不過，說來也怪，她看了幾部香豔小說，就有一種沉思的情態，女不女，男不男，一副忸怩作態的樣子。頁面破損的舊小說，對小客棧老闆娘的想像力，往往會產生這種影響。她還年輕，才剛三十歲。當時，這個女人若不是蹲著，而是直直站著，她那貌似街頭流浪藝人，有如鐵塔般的身形，也許會立刻嚇退這個趕路的女人，打消旁人的信任感，而我們要敘述的故事也就化為烏有了。一個人坐著而不是站立，有時就能決定一些人的命運。

過路的女人傾訴了自己的身世，不過稍微扭曲了一點事實：

她是個工人，丈夫死了，而巴黎又找不到工作，她只好到外地謀生，要回家鄉。當天早上她離開巴黎，帶著孩子走累了，路上遇見去蒙勃勒的大車，便搭到那裡，接著，她又從蒙勃勒走到蒙菲郿，小傢伙能走幾步路？到底還是個小孩，沒走多遠就得讓人抱著，小寶寶在懷裡睡著了。

她說到這裡，就親吻一下女兒，將女兒弄醒了。孩子睜開眼睛，藍色的大眼睛跟母親的一樣，她看著，看什麼呢？什麼都看，什麼也不看，那副認真的，有時還很嚴肅的孩子神態，是她們通明透亮的天真面對我們道德衰敗所顯示出的一種神祕。她們彷彿知道自己是天使，也明瞭我們是凡人。繼而，孩子笑起來，掙脫母親的懷抱，滑到地上，拉也拉不住，表現出那種用生命奔跑且無從約束的力道。她猛然瞧見鞦韆上的兩個孩子，立刻站住，伸出舌頭，顯得十分羨慕。

德納第太太將兩個女兒解開，扶下鞦韆，說道：

「你們三個一塊兒玩吧。」

這種年齡的孩子一起相處，馬上就熟了，一分鐘之後，德納第家的兩個女孩就和新來的孩子玩起來，一起在地上挖洞，其樂無窮。

新來的孩子非常開心，母親的善良就刻在孩子的快樂中。她撿了一個小木片當鏟子，用力掘了一個能埋一隻蒼蠅的小坑，掘墓工人所做的事，一旦出自孩子的手，就變為嬉笑了。

兩個女人繼續聊天。

「您這小傢伙叫什麼？」

「珂賽特。」

珂賽特，應當叫歐福拉吉，小姑娘本來叫歐福拉吉，但是，做母親的把歐福拉吉改成珂賽特。平民階層的母親就是這樣，出於溫柔可愛的本能，把約書亞改成佩比塔，把方斯沃斯改成西萊特。這種文字的假借法，不但打亂了整個字源學，而且令字源學家驚詫不已。我們認識一位元老祖母，她竟能把特奧道爾改成格儂。

「她幾歲啦？」

「快三歲了。」

「跟我的大女兒一樣。」

沒多久的時間，三個小姑娘就聚在一堆，顯得極度不安又樂不可支，原來是出了一件大事：

一條大蚯蚓從地裡鑽出來，她們見了又害怕，又看得出神。

三個容光煥發的額頭相互挨著，就好像三個頭罩在一個光環裡。

「孩子就是這樣，」德納第太太高聲說道，「一見面就熟啦！真讓人以為是三姊妹！」

這句話大概就是另一位母親所期待的火花吧？她一把抓住德納第家的手，定睛看著她，說道：「您肯照顧我的孩子嗎？」

德納第太太不禁吃了一驚，那種表情既非同意也非拒絕。

珂賽特的母親接著又說道：「您明白，我不能帶著孩子回家鄉。帶著孩子沒法兒工作，也找不到工作，那地方的人特別古怪與可笑。是仁慈的上帝讓我從您的客棧門前經過，我一看見您的女兒這麼漂亮、這麼潔淨，又這麼高興，就動心了，心裡說道：這才是個好母親。不錯，她們真像三姊妹，再說，不用多久，我還要回來的。您肯照顧我的孩子嗎？」

「我得想想。」德納第太太說道。

「我每月可以付六法郎。」

說到這裡，一個男人的聲音從店裡傳出來：「少於七法郎不行。還要先交六個月的錢。」

「六七四十二。」德納第太太說道。

「我照付就是。」那位母親答道。

「另外，還要付十五法郎，作為初來的花費。」那男人的聲音又補充道。

「總共五十七法郎。」德納第太太說道。她在計算時，還隨意哼唱著：

必須如此，一名武士說。

「我照付就是，」那位母親答道，「我有八十法郎。剩下的夠我回家鄉了，當然要走回去。到了那裡，我能掙錢，存到錢後，就回來接我的心肝。」

男人的聲音又說：「小丫頭有衣服穿吧？」

「他是我丈夫。」德納第太太說道。

「可憐的寶貝，她當然有一包衣服了。我得看出來他是您丈夫。這裡是一大包衣服！衣服多得叫人難以相信，全都是成套的，有些跟貴婦人的綢緞衣裙一樣。全在這旅行袋裡。」

「您得全交出來。」那男人的聲音又說道。

「這還用說，我全交出來！」那母親回答，「我怎麼能讓自己的女兒打赤膊，那不是笑話嗎！」

這時，男主人才露面。

「好吧。」他說道。

買賣成交了。那母親在客棧過夜，付了錢，留下女兒，取出孩子衣物，重新紮上輕了許多的旅行袋，第二天早上就走了，一心打算很快回來。人們總是從容地啟程，殊不知往往是生離死別。

德納第的一個鄰婦在路上遇見那位母親，回來就說道：「剛才在街上我見到一個女人，她哭得好傷心啊。」

等珂賽特的母親一走，那男的就對老婆說：「這樣一來，我就可以付明天到期的支票了，要一百一十法郎，本來還差五十法郎。妳知道嗎？到時候法院執法官會拿著拒付證書來找我。妳靠兩個孩子作誘餌，巧妙地安放了一個捕鼠器。」

「我也沒有想到。」那婆娘說道。

二・兩副賊面孔的素描

Première esquisse de deux figures louches

逮住的老鼠非常瘦小，不過，再瘦小的老鼠，貓兒逮住後也覺得高興。

那麼，德納第夫婦究竟是什麼東西？

現在就先一語道破，以後再詳細描繪。

這類人所屬的階級是龍蛇混雜的，有發跡的粗人，也有落魄的聰明人，介於所謂的中產階級和下層階級之間，既有下層階級的某些缺點，又有中產階級絕大部分的惡習，既不像工人那樣見義勇為，也不像資產階級那樣安分守己。

這類小人，一旦受到邪念的煽動，很容易變得窮兇惡極。這個女人具有悍婦的本質，這個男人是個無賴的材料。兩個人都有可能盡其所能地作惡。世界上就是有一種人像蝦子一樣，不停地退向黑暗，他們不思前進，只是回頭看生活，閱歷只用來增加他們的扭曲心態，而且越變越壞，心腸越來越污黑醜惡，這一對男女就是這種人。

尤其德納第，善於相面的人見了會覺得十分反感。有些人，你只要看上一眼，立刻就會產生戒懼之心，就會感受到他們在兩個極端都隱晦幽暗。他們在人前氣勢洶洶，在人後卻惶惶不安。他們全身上下都埋著不可告人的祕密。你無從知道他們幹過什麼，也無從知道他們要幹什麼，然而，他們眼神中閃避的陰影，卻能揭露他們。只要聽他們講一句話，只要看他們動一下，你就能隱約看出他們過去的隱私和將來的密謀。

照德納第自己說的，他當過兵，是中士，可能參加了一八一五年的那場戰役，似乎還表現得相當勇敢。將來我們就會明白他究竟是什麼樣的人，他那店鋪的招牌，就是他在戰場上一次表現的寫照。那是他自己畫的，要知道他什麼事都會一點，但又做得不好。

那個時期，古典主義舊小說除了《克萊莉》之後，就只有《洛道伊斯卡④》了，開始還算高

④．《洛道伊斯卡》：一七九一年演出的歌劇名字。

尚，往後就越來越庸俗，從斯居德黎小姐[5]到巴特勒米．哈陀[6]夫人，從拉法耶特夫人[7]到布林農．馬拉姆夫人[8]，這類小說點燃了巴黎女門房的欲火，甚至殃及郊區。德納第太太恰好有足夠的智力看這類小說，從中汲取養分，從中浸潤自己那點腦子，因而，她很年輕的時候，甚至到年紀大點時，在丈夫身邊往往擺出一副若有所思的情態。她丈夫是個城府頗深的無賴，粗通文墨的流氓，既粗鄙又精明，在言情方面愛看比戈．勒布朗[9]的作品，「在性的問題上（這是她的口頭禪）」，他卻又是個守規矩的好粗漢。妻子比他小十二歲到十五歲，後來，她那垂柳式浪漫髮型漸漸變白了，佳麗變成悍婦，德納第太太開始變得肥胖，成了一個讀過愚蠢小說的母老虎了。可見，讀蠢書必受壞影響，還進而影響到孩子的名字，大女兒叫愛波妮，而可憐的小女兒差點兒叫菊娜兒，幸而受杜克雷．杜米尼勒[10]一部小說莫名其妙的吸引，乾脆取名為阿茲瑪。

此外，這裡順便交代一句，我們剛談到亂給孩子取名的那個奇怪時代，也並不是什麼都淺薄且可笑。除了剛提到追求浪漫的因素，還有社會風氣的影響。如今，牧牛童叫亞瑟、阿弗雷德，或者叫阿爾封斯的人並不少見；而子爵，如果還有子爵的話，就叫湯瑪斯、彼得或者雅克。平民取「高雅」的名字，而貴族取村野鄉夫的名字，這種偏移不過是平等思潮的一種反饋。新風不可抗拒，無孔不入，取名字僅是一例，其他方面無不如此。這種不協調的表面現象，卻掩蓋著一個偉大而深刻的事件：法蘭西革命。

三．雲雀
L'Alouette

一味惡狠並不能發財致富。這家客棧的生意就很清淡。

幸虧那個過路的女人拿出五十七法郎，德納第才能如期付款，免去法院的追討。可是下個月，他還是缺一筆錢，他的女人便帶著珂賽特的衣物去巴黎，到虔誠山當鋪當了六十法郎。這筆錢用完之後，德納第夫婦就把小姑娘看成是好心收養的孩子，並以收養者的態度對待她，而且習以為常了。小女孩的衣物被典當了，就給她穿德納第家孩子的舊衣裙，也就是破爛的衣裙。還讓她吃殘羹剩飯，比狗食好點兒，比貓食差些。而且，貓狗往往與她共進晚餐，珂賽特跟貓狗用同樣的木盆，一起在餐桌底下吃飯。

珂賽特的母親在海濱蒙特伊落腳了，那邊的情況以後會談到。她常寫信，準確地說，她每月都讓人代寫書信，打聽女兒的消息。德納第夫婦回信也總是千篇一律：珂賽特十分安好。

六個月過去了，到了第七個月，珂賽特的母親寄了七法郎，以後每月都按時寄錢。一年還沒過完，德納第就說：「她給了我們好大面子啊！她這七法郎能做什麼用呢？」於是，他寫信去要求增加到十二法郎，他們在信中一再強調孩子很快樂，「一切均好」，孩子的母親也就相信了，只好遷就，照寄十二法郎。

有些人生性不會喜歡一面而不憎恨另一面。德納第太太寵愛自己的兩個女兒，因此也厭惡那個外來的孩子。一位母親居然有這樣醜惡的一面，想想真叫人寒心。珂賽特在她家所佔據的位置再小，她也覺得是剝奪她家人的空間，甚至認為那女孩搶了她女兒呼吸的空氣。這個女人跟她許多同類型的女人一樣，每天要有兩種等量的發洩：愛撫和打罵。如果沒有珂賽特，那麼，她的女兒再怎麼受溺愛，也肯定要將她的兩種發洩照單全收，可是，外來的孩子卻幫了大忙，代替她們挨打，而她們只需接受愛撫即可。珂賽特只要動一下，蠻橫兇狠的懲罰就會像冰雹一般打在她身

⑤．瑪德琳．斯居德黎（一六〇七－一七〇一）：法國著名才女，出版過不少小說，《克萊莉》即是其中一本。
⑥．巴特勒米．哈陀夫人（一七六三－一八二一）：法國作家，出版許多以歷史為題材的小說。
⑦．拉法耶特夫人（一六二五－一六九七）：法國作家，著有《克萊芙王妃》。
⑧．布林農．馬拉姆夫人（一七五三－一八三〇）：法國作家，發表過三十多本小說。
⑨．比戈．勒布朗（一七五三－一八三五）：法國庸俗作家。
⑩．杜克雷．杜米尼勒（一七六一－一八一九）：法國作家，著有小說《維克托，森林的孩子》。

上。一個柔弱的孩子，不斷受懲罰、挨訓斥、受虐待並挨打，卻看到身邊兩個像她一樣的小女孩生活在無比的幸福中，她簡直無法理解這世界，也無法理解上帝。

德納第太太對珂賽特兇狠，愛波妮和阿茲瑪也跟著對她兇狠。這種年齡的孩子，不過是母親的複製品，僅僅尺碼小些罷了。

一年過去了，接著又一年。

村裡人都說：「德納第那家人真好。他們並不富裕，卻撫養一個丟給他們的窮孩子！」村裡人都以為珂賽特被母親忘記了。

這段期間，德納第不知透過什麼祕密途徑打聽到那孩子可能是私生女，母親不便承認，他便要求對方每月付十五法郎，說那丫頭長大了，是個浪費糧食的人，威脅要把她打發走。「她可別把我惹火啦！」德納第吼道，「我不管她怎麼想，過去把孩子往她懷裡一丟，她不想加錢也不行。」那孩子的母親只得照寄十五法郎。

一年又一年，孩子長大了，苦難也隨之增長。

珂賽特年紀小的時候，她就是另外兩個孩子的出氣筒。稍微長大一點後，也就是說還不到五歲，她又成為這家人的奴僕。

五歲，有人會說不大可能。然而，唉，確有其事，社會的痛苦開始不限年齡了。最近我們不是看到一個叫杜莫拉爾的案件嗎？那是一個孤兒，後來當了強盜，根據官方文件，他從五歲起就孤零零的活在世上，「工作餬口，經常偷竊」。

他們讓珂賽特做些雜務，打掃房間、院子和街道，洗餐具，甚至搬運重物。況且，她母親一直住在海濱蒙特伊，寄錢也不像從前那麼準時了，甚至有幾個月沒寄錢來的紀錄，德納第夫婦就認為他們更有理由這樣對待珂賽特了。

過了這三年，那位母親若是回到蒙菲郿一看，肯定認不出她的孩子。珂賽特剛到這家的時候，又美麗、又紅潤，現在則是又枯瘦、又蒼白，難以形容她的樣子，總是侷促不安。「鬼頭鬼腦！」

德納第夫婦如是說。

不公正的待遇使她性格暴躁，困苦的生活也使她變醜了。只剩下那雙美麗的眼睛，顯得那麼大，似乎有無限的愁苦，看著令人難受。

可憐的孩子還不到六歲，冬天衣不蔽體，天未亮就抱著一個大掃把掃街，凍得小手通紅，渾身發抖，大眼睛裡閃著淚花，這情景見了確實令人揪心。

當地人叫她雲雀。小姑娘比鳥兒本來也大不了多少，總是戰戰兢兢，神色惶恐，在全家乃至全村，每天早晨總是頭一個醒來，天不亮就在街上或田裡，而村裡喜歡比喻的人就幫她取了這個名字。

不過，這隻可憐的雲雀從來不唱歌。

第五卷：下坡路
La descente

一・黑玻璃製造業的一大進步
Histoire d'un progrès dans les verroteries noires

蒙菲郿村的人都說那位母親已經拋棄了她的孩子，然而，她究竟怎麼樣啦？她在哪裡，又在幹什麼呢？

她把小珂賽特交給德納第夫婦之後，又繼續趕路，到了海濱蒙特伊城。

大家記得，那是在一八一八年。

芳婷離開家鄉已經十年了。海濱蒙特伊城已經改變了面貌。這期間，芳婷一步步走下坡路，漸漸陷入窮困的境地，而她的家鄉卻繁榮起來。

近兩年這座城市工業有了一項成就，這在小地方就是重大事件。

這件事關係重大，我們認為有必要詳細敘述，幾乎可以說應當著重介紹一下。

不知道從什麼時候開始，海濱蒙特伊有了一種特殊的工業，就是仿造英國的墨玉和德國的黑玻璃，這項工業發展始終非常緩慢，因為原料昂貴，從而影響工人的收入。芳婷回到海濱蒙特伊城的時候，「黑玻璃飾品」製造業正在進行一項空前的改革。一八一五年底，一個陌生男子來到這裡落腳，在生產中提出用漆膠代替樹脂，尤其在製作手鐲方面，提出用接頭靠近的活扣環代替焊死的方法。這一個小小的改變卻演變成一場大變革。

這個極小的改變，的確大幅度降低了原料的成本，這樣，首先可以提高工資，給地方帶來實質利益，其次可以改進製作品質，有利於消費者，三是可以降低售價，而利潤又增加兩倍，廠主也有利可圖。

因此，一個主意產生三種效果。

不到三年工夫，這種方法的發明人就發財了，這是好事，他也使周圍的人全都富裕起來了，這就是大好事了。他不是本省人。他的籍貫無人知曉，前一段經歷也鮮為人知。

據說，他剛到本城時，所帶的錢很少，頂多就幾百法郎。

他就是用這微薄的資本來實行那種巧妙的主意，再加上管理有方，考慮周全，終於賺了大錢，也給當地帶來了收益。

他初到海濱蒙特伊城時，衣著、舉止和談吐都還是個道道地地的工人。

情況像是這樣：十二月某日傍晚，他背著行囊，手裡拿著荊棍，悄悄地走進海濱蒙特伊這座小城，碰巧市政廳失火，火勢很猛，但這個人不顧生命危險跳進火中救出兩個兒童，救出的正巧又是警察隊長的孩子，因此也就沒有檢查他的通行證。從那時起，大家知道他名叫馬德蘭老爹。

二・馬德蘭 M. Madeleine

此人五十歲上下，總是心事重重，但對人十分和善。城裡人知道的也只有這些。

幸虧這項工業經過他出色的改造後，發展迅速，海濱蒙特伊城才成為重要的貿易中心。西班牙是重要的墨玉消費國，每年都有大量訂單。在這項生意上，海濱蒙特伊幾乎能跟倫敦和柏林競爭。馬德蘭老爹獲利極高，第二年就蓋了一個大工廠，有男女兩個車間。任何一個沒工作的人都可以去報名，一定有工作做、有麵包吃。馬德蘭老爹要求男人要善良，女人要正經，無論男女都要誠實。他把男工女工分在兩個車間，就是要讓少女和少婦能夠安分，在這一點他的態度十分堅決，可以說惟獨這一點他是毫不寬容的。他這種嚴格規定還基於一種特殊的考量：海濱蒙特伊城有駐軍，女人墮落的機會多得很。再說，他來到這裡是件好事，他留在這裡更是一種天佑。他來之前，這地方一片死氣沉沉，現在這裡人人都安居樂業。好比強勁的血液迴圈，不但溫暖全身，而且滲透到肌體的各個部分。失業和窮困不見了，再不起眼的衣袋，多少也有些錢；再窮苦的人家，多少也有些歡樂。

馬德蘭老爹雇用所有的人，他只要求一點：做誠實的男人！做誠實的姑娘！

馬德蘭老爹是這項經濟活動的動力和中樞，前面說過，他發了財，然而頗為奇怪的是，作為一個普通的商人，他主要關注的似乎根本不是錢財。他好像多半在考慮別人，很少想到自己。到了一八二〇年，他以個人名義，在拉斐特銀行存了六十三萬法郎，不過，他在為自己存下這六十三萬法郎之前，已為了這座城市和窮人花了一百多萬。

看到醫院設備不足，他就捐了十個床位，海濱蒙特伊分上下兩城，他居住的下城只有一所學校，校舍也是破爛不堪的危樓，於是，他又另建了兩所：一所男子學校，一所女子學校，他還發津貼給兩名教員，數目是他們微薄薪金的兩倍。有一天，他對一個感到奇怪的人說：「政府公務員中最重要的兩種，就是乳母和小學教師。」他還出錢建了一個托兒所，當時在法國還是新鮮事，另外還為老弱殘廢工人創辦了救濟基金。很快地，以他的工廠為中心形成了一個新的社區，窮苦人家紛紛搬過來，所以他在這個社區設了一間免費藥房。

當初看到他創辦工廠，好心腸的人就說：這傢伙想發財。可是，看到他發財之前先讓這個地區富起來，那些好心腸的人又說：他是個野心家。這很有可能，因為這人信教，甚至在一定程度上還參加了宗教活動，這在當時是備受讚揚的行為。每逢禮拜天，他都按時去做小彌撒，當地的議員到處嗅著是否有人跟他競爭，不久後他就開始擔心起馬德蘭的信仰。那議員在帝國時期當過立法院成員，他的宗教思想和奧特朗特公爵，一位以富歇之名著稱的奧拉托利會神父相同，他也是那神父的弟子和朋友。關起門來，他時有微詞譏笑上帝，然而，他看到富有的廠主馬德蘭去做七點鐘的小彌撒，就認為那可能是角逐議員的敵手，決心要超過對方，於是找了一個耶穌會教士當他的懺悔師，還去做大彌撒和晚禱。野心在那時候，說穿了，就是以鐘樓為目標的越野賽跑。窮人倒能得益，便把這種野心的角逐視為仁慈的上帝，因為，可敬的議員也為醫院設了兩個床位，這樣就增設了十二個床位。

然而到了一八一九年，有一天早晨，城裡忽然傳說馬德蘭老爹由省督舉薦，考慮到他對地方的貢獻，不久就要被國王任命為海濱蒙特伊的市長。那些斷言這個外來者是個「野心家」的人，聽到這個消息便如同正中下懷，立刻抓住機會，激憤地吼叫著：「怎麼樣，讓我們說中了吧？」這事在海濱蒙特伊鬧得滿城風雨，而傳聞也是有根據的，幾天過後，委任令果然在《公報》上刊登出來了，不料第二天，馬德蘭老爹卻辭謝不受。

就在一八一九這一年，由馬德蘭發明的新方法製造出來的產品，在工業展覽會上展出了。國王根據評委會的報告，將榮譽團勳章授予這位發明者。小城裡又議論開了。哦！原來他是想要勳章！不料，馬德蘭老爹連勳章也拒不接受。

毫無疑問，這個人是個謎。那些好心腸的人只好用這話搪塞：「不管怎麼說，他是個冒險家。」

他為這地方帶來很多好處，為窮人帶來一切，這是有目共睹的。這個人對此地的幫助實在太大了，到頭來大家都不能不尊敬他，這個人也太和善了，到頭來大家都不能不喜愛他，尤其是那些工人，對他更是敬佩得五體投地。然而，他接受這種敬佩時，卻是一副憂鬱而嚴肅的神情。一旦確認他是富翁，「上流社會人士」見到他時就會跟他打招呼了，在城裡大家稱他馬德蘭先生。可是，他那些工人和一般兒童仍舊叫他馬德蘭老爹，這是最能令他釋懷的事。他的地位越來越高，請柬也就像雪片一樣飛來。「上流社會」需要他，海濱蒙特伊那些裝腔作勢的小客廳，當初對這名工匠自然閉門不納，如今面對這位百萬富翁卻敞門歡迎了。他們一再的殷勤邀請，而他都一一謝絕。

即使如此，還是堵不住那些好心腸的人的嘴。「他是個愚昧無知、沒受過什麼教育的人。不知道他是從哪兒來的。到交際場上，他會不知所措。他識不識字還很難說呢。」

那些人啊，看到他賺錢，就說他是個商人；看到他往外撒錢，就說他是個野心家；看到他謝絕榮譽，就說他是個冒險家；看到他謝絕社交活動，又說他是個野蠻人。

到了一八二〇年，這是他來到海濱蒙特伊的第五個年頭，由於他對當地的貢獻太突出了，大家的願望完全一致，國王再次任命他為市長，他又辭謝，但是這次省督堅持成命，當地所有名流也都來說項，老百姓也聚集在街頭請願，敦請的場面十分熱烈，最終他不得不接受。有人注意到，促使他下此決定的，似乎主要是一個平民老太婆的話。那老嫗站在家門口，幾乎是氣沖沖地對他喊道：「一個好市長，是有用的。要做好事怎麼能往後退呢？」

這是他升遷的第三階段。馬德蘭老爹成為馬德蘭先生，馬德蘭先生又成為市長先生。

三·在拉斐特銀行的存款
Sommes déposées chez Laffitte

雖然他已身為市長，卻仍然那麼樸實，一如初到的那天。他頭髮花白，眼神嚴肅，面孔還像工人那樣呈褐色，若有所思的神態像個哲學家。他常戴一頂寬沿帽，穿一件粗呢長禮服，一直扣到領口。他履行市長的職責，下班之後便獨來獨往。他不大跟人說話，總躲避寒暄虛禮，遇見人就側身略一施禮即匆忙避開。他微笑是要避免交談，他給錢是要避免微笑。婦女都說他是：「多麼善良的一隻熊！」他的興趣就是在田野間散步。

他總是獨自用餐，眼前攤開一本書，邊吃邊看。他有一個做工精美的小書櫥。他喜歡書：書籍是冷淡卻又可靠的朋友。隨著財富增加，空閒時間也多了，他似乎把時間都用來學習、提高智慧。別人注意到他來到海濱蒙特伊之後，談吐一年比一年更謙和、更文雅、更平易近人了。

他到田野散步時喜歡帶著一枝槍，但是極少使用，偶爾開一槍，也是彈無虛發，令人驚歎。他從不殺死無害的野獸，也從不射一隻小鳥。

他雖然不年輕了，但是據說力大無比，必要時往往能助人一臂之力，例如控制一匹馬，推動一個陷入泥坑的車輪，捉住兩隻角制服受到驚嚇的公牛。他出門時，衣兜裡總是裝滿了錢幣，回來時就全空了。他從一個村莊走過，穿著破衣爛衫的一群孩子都興高采烈，從後面追上來，像一群小飛蟲似的圍住他。

別人從中看出，他從前幹過農活，因而有各種各樣有效的竅門教給農民。他告訴他們，用普通鹽水噴灑糧倉並沖洗地板縫隙，就能消滅麥衣蛾；要驅逐穀象蟲，就在牆壁屋頂，在間壁牆和房子各處掛上開花的奧維奧草。他有不少「祕訣」，根除野鳩豆草、麥仙翁、野豌豆、山澗草、狐尾草等侵害小麥的各種寄生雜草。兔子窩裡只要放一隻北非種的豬，老鼠聞到豬臭味就不敢傷害兔子了。

有一天，他看見當地人正忙著拔除蕁麻。他停下來看著一大堆連根拔出而枯萎的蕁麻，說道：「這下糟了。若是懂得利用，這可是好東西。蕁麻幼嫩的時候，葉子是很好吃的蔬菜。老蕁麻有纖維，跟亞麻和苧麻一樣。蕁麻布能比得上亞麻布。蕁麻剁一剁可以餵雞鴨，攪碎了可以餵牛羊。蕁麻籽攙在飼料裡，能讓牲口的皮毛光亮；蕁麻根汁用鹽調和，便成為一種非常好看的黃色顏料。此外，這也是極好的草料，每年能收割兩次。可是，蕁麻生長需要什麼呢？只要一點點土地，不用管理，也不用種植。只是它的籽邊熟邊落，不容易收穫罷了。稍微花點力氣，蕁麻就成為有用的東西；放著不管，它就變成有害的東西，於是就被剷除。多少人類就跟蕁麻一樣！」他沉吟一下，又補充說，「朋友們，記住這一點：世上既沒有莠草，也沒有壞人。只有糟糕的莊稼人。」

孩子們喜愛他，還因為他手很巧，能用麥秸和椰子殼作出各種好看的小玩意兒。

他一看見教堂的門掛了黑紗，就走進去弔唁，如同別人前來祝賀洗禮。他為人特別慈善，非常關心別人喪偶和不幸，加入喪禮的行列，陪同弔唁的朋友、服喪的家庭，以及圍著靈柩歎息的神父。他彷彿樂於用憧憬彼界的誄辭表達自己的思想。他仰視天空，聆聽在死亡的幽冥深淵邊上的悲歌，心中嚮往著那無極世界的各種神祕。

他暗暗地做了大量的善舉，如同有人偷偷做壞事一樣。夜晚，他溜進民宅，偷偷摸摸爬上樓梯。一個窮鬼回到他在頂樓的破屋，發現他不在時房門被打開了，有時甚至是被撬開的，他就連聲嚷道：「有壞蛋來過啦！」不料，他進門看見的頭一樣東西，就是丟在家具上的一枚金幣。來過的「壞蛋」，正是馬德蘭老爹。

他善氣迎人又神情憂鬱。老百姓都說：「這個人富有，態度卻不傲慢。這個人幸福，神情卻不快活。」

也有人認為他是個神祕人物，斷言從來沒人進入他的房間，那是一間名副其實的隱修士密室，裡面擺著幾個帶翅膀的沙時計，還裝飾著交叉放置的死人骨頭和骷髏頭。流言在海濱蒙特伊到處流傳著，結果有一天，幾個好事的年輕漂亮女子闖到他那裡，向他提出請求：「市長先生，帶我們瞧瞧您的臥室吧，據說是個石洞。」他微微一笑，立刻領著她們進入「石洞」。她們見了大失所望，房間裡不過擺了幾件桃花心木家具，跟所有這類家具一樣難看，牆上糊了廉價的壁紙。沒有什麼值得她們一看的東西，只有壁爐上的兩支舊燭臺好像是銀的，「因為上面有官廳的印記」。這就是小地方人充滿智慧的見識。

儘管如此，別人還是照樣流傳說沒人進去過那間屋子，那是隱修的石窟、夢遊之地，那是個洞穴，是座墳墓。

有人還竊竊私議說他有「鉅款」，存在拉斐特銀行，可以隨時提取，甚至還補充說，沒準哪天上午，馬德蘭先生跑到拉斐特銀行，簽一張收據，只用十分鐘，就能提走他的兩、三百萬法郎。其實，那「兩、三百萬」要大大的打折，我們說過，只有六十三萬。

四・馬德蘭先生服喪

M. Madeleine en deuil

一八二一年初，報紙刊登了一則訃告：「迪涅主教米里艾先生，『別號卞福汝主教大人』入聖了，享年八十二歲。」

我們在此補充報紙略去的一點：迪涅主教幾年前就已雙目失明，不過有他胞妹守在身邊，雙目失明也樂得其所。

順便講一句，雙目失明並有人愛，在這絕無圓滿之事的人世間，的確算得上幸福人生裡一種最奇妙的形式。自己身邊總守著一個女人、一個姑娘、一個姊妹、一個可愛的人兒，她守在身邊只因你需要她，而她也不能離開你，知道自己需要的人也離不開自己，能以她前來陪伴的頻繁次數不斷地衡量她的感情，並能對自己說：「她把全部時間都用在我身上，足見我擁有她完整的心。」看不見面孔，卻能洞悉思想，在整個世界都遁隱時，確認一個人的忠誠，感受到衣裙的搖曳，就像鳥兒鼓翅的聲音一般，聽見她走來走去，出出進進，說話唱歌，想到自己是這些腳步、這些話和這首歌的中心，時時刻刻表現自己的吸引力，感到自己越殘廢反而越強大。在黑暗中，而且正由於這種黑暗，自己成為這個天使圍繞運行的星球，世上很少幸福能與這種幸福相比。人生至福，就是確信有人愛你，有人為你的現狀而愛你，說得更準確些，就是有人無論你現狀如何都愛著你，這種信念，就存在於這個盲人身邊。身陷苦境時，有人服侍，就是有人愛撫。他還缺少什麼呢？什麼也不缺了。擁有愛，就根本不算失明，而且這是何等的愛啊！完全是由美德構成的愛。在確信無疑的地方，也就根本不存在失明了。靈魂摸索著尋找靈魂，而且找到了。找到並得到確證的這顆靈魂，還是一位婦人。一隻手扶著你，那是她的手；嘴唇拂著你的額頭，那是她的嘴唇；你聽見緊挨在身邊的呼吸，那就是她。得到她的一切，從她的崇拜，直到她的同情，而且從不離開，得到這種溫柔纖弱力量的救助，依靠這根不折不彎的蘆葦，雙手就能觸摸到天主，並且摟在懷裡，身邊有個能摸得到的上帝，多麼叫人欣喜啊！這顆心，這朵沒沒的仙花，神妙莫測地開放了。哪怕用全部光明來換取，你也不會捨棄這花影。天使靈魂就在身邊，總守在身邊，不會離開太久；像夢一般消失，又像實物一樣重現。你感到一股溫暖靠近，那就是她來了，周圍洋溢著恬靜、愉悅和陶醉，自身就是這黑夜中的光輝。還有千百種無微不至的關懷，細微的瑣事，在這空虛中卻無比重大。那難以描摹的溫柔音調，能催你安睡，又能為你取代消失的宇宙。你受到的是靈魂的愛撫，什麼也看不見，但是卻感受到寵愛。這是黑暗中的天堂。

卞福汝主教就是從這個天堂擺渡到另一個天堂。

海濱蒙特伊地方報轉載了他去世的訃告。第二天，馬德蘭先生就全身換上黑服，帽子上也纏了黑紗。

城裡人看見他服裝，便紛紛議論。這似乎多少顯出一點馬德蘭先生的來歷。有人從而斷言，他跟那位德高望重的主教有親緣關係。沙龍裡的人說：「他為迪涅主教服喪。」這樣一來，馬德蘭先生的身分就大大提高了，當即贏得海濱蒙特伊上流社會的幾分敬重。鑑於馬德蘭先生可能是主教的親戚，這地方性的一個小型聖日爾曼區①便想取消對他的歧視。馬德蘭先生也發現自己升格了，能得到老婦人的更大尊敬、年輕女子的更多微笑。一天晚上，這個上流社會的一位小小夫人，自以為年序最長，資格最老，有權垂問，便貿然問他：

「市長先生一定是已故迪涅主教的表親啦？」

「不是，夫人。」馬德蘭先生回答。

「那您為什麼給他服喪呢？」老婦人又問道。

「因為我年輕的時候，在他家裡當過僕人。」他又答道。

大家還注意到一個情況：幫人通煙囪四處遊歷的薩瓦少年只要經過本城，市長先生就要派人請他過來，問清楚姓名，施予他金錢。這消息一傳十，十傳百，許多薩瓦少年都要經過這地方。

五．天邊隱約的閃電

Vagues éclairs à l'horizon

各種各樣的敵意，隨著時間都逐漸化解了。馬德蘭先生首先碰到的是險惡人心和造謠中傷：這也是一種規律，凡是在往上升的人都有這種遭遇，接著就是碰到缺德惡意，再過後就只剩下調侃戲弄，最後這一切統統都會煙消雲散，化為完全的、一致而由衷的尊敬了。而且有一陣子，即一八二一年前後，海濱蒙特伊人叫他「市長先生」，跟迪涅人在一八一五年時稱呼「主教大人」幾乎是同樣聲調，方圓十法里的人，都來向馬德蘭先生求教。他排解糾紛，勸他們不要打官司，說服敵對雙方和解，人人都把他視為擁有正當權利的仲裁者，他的靈魂彷彿裝了一部自然法典，

①．貴族居住的區域。

崇敬似乎也有感染性，在這六、七年中，逐漸蔓延而遍及到整個地區。

全城與全區只有一個人絕對不受這種感染，不管馬德蘭老爹如何行善，他總是拒不就範，彷彿有一種不可腐蝕又不可動搖的本能，時刻令他警醒，令他快快不安。的確，有些人身上好似存在著真正的獸性本能，跟任何本能一樣既純潔又正直。這種本能會產生惡感和好感，而且不可避免地將這種本性和另一種本性區別開來，這種本能既不猶豫又不慌亂、既不緘默又不反悔，身處幽暗卻能明察，既準確又果斷，用來抵制智慧的各種勸告與化解任何有條理的勸告。無論命運如何安排，這種本能總是悄悄地對大家作出警示，向貓警示狗的出現，向狐狸警示獅子的出現。

馬德蘭先生走在街上，神態平靜而親熱，被眾人感恩的話所包圍。他時常遇見一個高個子的人，那人穿一身鐵灰色禮服，拿一根粗手杖，頭戴一頂垂邊帽，和馬德蘭先生擦肩而過，又猛地轉過身，目送他直到看不見為止。那人又著雙臂站在那裡，緩緩地搖著頭，上下嘴唇噘到鼻子下，那副怪相分明是說：「這個人究竟是幹什麼的呢？……我一定在什麼地方見過。……不管怎樣，我是不會被他騙過去的。」

他神態嚴肅，帶幾分威嚴，屬於哪怕匆匆一瞥也令人惶惶不安的那種人。

他叫沙威，在警察局工作。

他在海濱蒙特伊任探長，履行困難而有用的職責。沙威沒有目睹馬德蘭起步的階段。多虧夏布葉先生的推薦他才得到這個職位。夏布葉先生是當時的巴黎警署署長，後來升任內閣大臣昂格萊斯伯爵的祕書。沙威到海濱蒙特伊上任時，這位大廠主已經發跡了，馬德蘭老爹已經變成了馬德蘭先生。

有些警官相貌天生特殊，由卑鄙和威嚴兩種神態構成。沙威有這種相貌，卻沒有卑鄙的神態。

我們深信，假若靈魂能用肉眼看見，我們就能清晰地看到這樣怪事：每個人都對應了一種動物。我們還不難認識這種連思想家也不甚明瞭的真理。從牡蠣到鷹隼，從豬到老虎，一切禽獸的個性，在人身上無不具備，每種動物對應一個人。有時甚至是好幾種動物同時對應一個人。

禽獸不過是我們的美德與邪惡的形象化，在我們眼前遊蕩，猶如我們靈魂的顯形。上帝讓我們看見禽獸，就是要啟發我們思考。不過，既然禽獸只是虛影，從嚴格意義上講，上帝造出的禽獸就是不可教育的，何必教育禽獸呢？反之，靈魂既是實際的存在，既有特定的目的，上帝就賦予智慧，也就是說賦予可教育性。有良好的社會教育，任何類型的靈魂都能發揮蘊涵的作用。

當然，這是僅就狹義的表象塵世而言，並不判斷非人的生靈與前世後世的深奧問題。有形的我絕不允許思想家否認無形的我。有了這個定義後我們才可以繼續往下談。

現在，假如大家都像我們這樣，暫時承認每人身上都有一種獸性，我們就可以很容易地說明治安警官沙威的情況。

阿斯圖里亞斯的農民都確信，在一窩小狼裡，必有一隻狗，母狼一定要咬死牠，否則牠長大後會吃掉其他小狼。

這條狼生的小狗，加上一副人的面孔，就是沙威了。

沙威生在監獄，母親是用紙牌算命的人，父親是個勞役犯。他長大之後，就想到自己處於社會之外，無望回到社會中了。他注意到社會注定會將兩類人排斥在外：攻擊社會的人和保衛社會的人。他只能在這兩類人之間作出選擇，同時卻覺得，自己身上有一種說不出來的刻板、規矩而廉正的特質，而對於他出身的遊民階層，卻懷著一種難以言喻的仇恨。於是，他當了警察。

他幹得出色，在四十歲時升任探長。

他年輕時在南方的監獄裡任職過。

往下深談之前，我們先來釐清剛才賦予沙威「人臉」的說法。

沙威的臉上長著一個塌鼻子，鼻孔很深，鼻孔邊往外延伸出兩大片落腮鬍，乍看像是兩片森林和兩個石窟，讓人感到不自在。沙威難得一笑，但是笑起來的樣子猙獰可怕：兩片薄嘴唇張開，不但露出牙齒，還露出牙床，鼻子四周像猛獸的嘴那樣，也會泛起扁圓野性的皺紋。沙威表情嚴肅時是獵犬，笑起來時是隻猛虎。此外，他的顎骨寬闊，頭蓋骨扁平，頭髮遮住前額，垂至眉睫，雙眼之間常皺起一個疙瘩，猶如一顆怒星，目光陰沉，嘴脣閉得緊緊的，令人生畏，總而言之，是一副惡面凶相。

這個人由兩種情感構成：尊敬官府、仇視反叛。這兩種情感本來很樸實，也相當好，然而他做得太過分，就幾乎變成壞事了。在他眼中，偷盜、殺人害命等所有犯罪都是反叛的形式。凡是在官府任職的人，上自內閣大臣，下至鄉村巡警，他都盲目地深深地信賴。而曾經犯過法的人，他則一概予以鄙視、憎恨和厭惡，他事事走極端，不承認例外。另一方面，他說：「官吏不可能失誤，司法官永遠不會出錯。」另一方面，他又說：「這些罪犯不可救藥，絕對幹不出什麼好事來。」他完全同意思想極端之人的見解，要賦予人類法律一種什麼權力，能指定，也可以說能確認該下地獄的人；而且，他們將一個斯提克斯[2]安放在社會底層。沙威清心寡欲，認真嚴厲，有一副若有所思的憂傷神態，像狂熱信徒那樣又恭順、又倨傲。他的目光就是一根鋼鑽，閃著寒光，透人心脾。他的一生只包含在兩個詞語中：警戒和監視。他將筆直的線引入極為曲折的人世間，清醒地認識自己的作用，虔誠地熱愛自己的職務，作為便衣警探就像別人當神父一樣，誰落到他手裡誰倒楣！他父親越獄，他也照樣把他抓回來；母親違反法令潛逃，他也照樣告發。他幹得出來，還會因大義滅親而自鳴得意。不過，他的一生也過著十分清苦，孤單一人，無私無欲，從來沒有消遣娛樂過。他體現了鐵面無私的職責，體現了像斯巴達人理解斯巴達那樣來扮演一名警察，體現了毫不留情的監視、一絲不苟的誠實，他是個大理石般的密探，布魯圖斯[3]轉世的維道克[4]。

沙威全身無處不表明他是躲在暗處窺探的人。以約瑟夫·德·梅斯特[5]為代表的神祕學派，一定會說沙威是一種象徵。要知道，當時那個學派用高深的天體演化論點綴所謂的極端報紙。別人看不見他遮在帽子下面的額頭，看不見他埋在眉毛下面的眼睛，看不見縮入領巾裡面的下巴，也看不見他插進長禮服裡面的手杖。然而時機一到，他那瘦削的扁額頭、陰森森的目光、咄咄逼人的下巴、粗大的雙手和巨型的手杖，就像伏兵一樣，突然從暗處衝出來。

他厭惡書籍，但是偶然得閒也會翻一翻，因而他不完全是個文盲，從他說話愛咬文嚼字上就能看出這一點。

前面說過，他沒有一點惡習。他對自己滿意的時候，就聞一聞鼻菸。這是他還通點人性的地方。

因此不難理解，司法部統計年表上標明的「無業遊民」，無不懼怕沙威。他們一聽到沙威的名字，就望風而逃；他們一看見沙威的面孔，就嚇掉了魂。

這個可怕的人就是以這副形象活在世上。

沙威就像始終盯著馬德蘭先生的一雙眼睛，一雙充滿懷疑和猜測的眼睛。後來，馬德蘭先生也察覺了，但是他毫不在意，甚至沒有詢問過沙威，既不接近也不躲避他，承受這種令人發窘而幾乎無法忍受的目光，又顯得並沒有特別注意。他對待沙威，就像對所有人那樣又自然、又和善。

從沙威流露出來的話語中，可以猜出他帶著他那種人所特有的好奇心，半出於本能、半出於有意，暗中調查過馬德蘭老爹從前在別處可能留下的痕跡。他似乎查出了底細，有時還用隱晦的話，說是某人去某個地方，了解某個消失的家庭的某些情況。有一回，他還自言自語地說：「我知道我逮到他啦！」繼而，一連想了三天，沒講一句話，彷彿他以為自己掌握到的線索中斷了。

此外，在此有必要糾正一些詞語可能表現出的絕對意義。一個人不可能真正做到萬無一失，而本能的特點，恰恰容易受干擾，容易迷失方向並誤入歧途。否則的話，本能就高於智慧，禽獸就比人聰明了。

顯而易見的，沙威看到馬德蘭先生衣著那麼自然，神態那麼安詳，不免有些困惑不解。

②．斯提克斯：希臘神話中的冥河女神。
③．布魯圖斯（西元前八五－前四二）：羅馬政治家，密謀刺殺了凱撒。
④．維道克：當時的著名警探，曾因行騙入獄，後來當上警察隊長。
⑤．梅斯特（一七五三－一八二一）：法國作家，反對革命的極端神學家。

然而有一天，他那怪異的行為，似乎震動了馬德蘭先生。當時的情況是這樣的。

六・割風老爹

Le père Fauchelevent

有天早晨，馬德蘭先生經過海濱蒙特伊城一條未鋪石頭的小路，聽見呼救聲，看見遠處有一堆人。他趕過去，只見馬倒車翻，一位名叫割風老爹的老頭壓在車底下了。

割風這個人，是當時少數幾個還跟馬德蘭先生作對的一個冤家。他是農民出身，粗通文墨，當過鄉間小吏，在馬德蘭初到這地方的時候，他的生意正在走下坡路。割風眼睜睜看著這個普通工人日漸富有，而自己這個老闆卻瀕臨破產了。因此，他嫉妒得要命，一有機會就竭力毀損馬德蘭。後來他破產了，又上了年紀，只剩下一輛馬車和一匹馬，沒有家室也沒有兒女，為了生計只好靠駕車賺錢。

那匹馬兩條後腿骨折了，爬不起來，而老頭正卡在兩個輪子中間，他一跤跌在車下，不巧被整輛車壓住胸膛，割風老爹喘不過氣，連聲慘叫。有人試著要把他拉出來，但只是徒勞，用力不得當，救助又不得法，車子一傾斜，就可能斷送他的性命。只能從下面把車頂起來，否則救不了他。沙威在出車禍時也突然趕到，他叫人去找一個千斤頂。

馬德蘭先生來到。圍觀的人都恭敬地讓開一條路。

「救命啊！」割風老頭兒呼叫，「哪個好心的孩子，救救我這個老頭啊？」

馬德蘭先生轉身，問圍觀的人：「有千斤頂嗎？」

「有人去拿了。」一個農民答道。

「要多長時間才能拿來？」

「最近的地方要到弗拉紹去了，那兒有個鐵匠，但不管怎樣，也得足足等上一刻鐘。」

「一刻鐘！」馬德蘭高聲說。

前一天下過雨，地上濕透了，車子不斷往下沉，把那個老車夫的胸膛越壓越緊了。顯而易見的，過不了五分鐘，他的肋骨就會被壓斷。

「我們可等不了一刻鐘。」馬德蘭對瞪眼看著的農民說。

「就得等著。」

「那就來不及啦！你們沒有瞧見車子正往下陷嗎？」

「當然看見啦！」

「大家聽著，」馬德蘭又說道，「車下面有空間，能讓一個人爬進去用背把車頂起來。只要半分鐘就能把這個可憐的人救出來。這裡有沒有人既有力又有膽量？他能得到五個金路易！」

人堆裡誰也沒有動彈。

「十個路易。」馬德蘭又說。

在場的人紛紛垂下目光，其中一個嘟噥道：

「那得大力士來才行。再說，弄不好自己也會被壓死！」

「來吧！」馬德蘭又說道，「二十路易！」

還是沒人應聲。

「不是大家不肯幫忙。」一個聲音說。

馬德蘭轉身一看，原來是沙威，他剛到時並沒有看見他。

沙威接著說道：「只是沒有那麼大的力氣。要用背把大車拱起來，可得是力大無比的人才做得到。」

說罷，他凝視著馬德蘭先生，又一字字加重語氣說道：「馬德蘭先生，我只認識一個人能夠按照您的要求做。」

馬德蘭不禁一抖。

沙威的眼睛始終盯著馬德蘭，又不經意地加了一句：「他從前是勞役犯。」

「唔！」馬德蘭應了一聲。

「在土倫的勞役犯監獄裡。」

馬德蘭的臉色刷地變白了。

這會兒工夫，大車還在慢慢地往下陷，割風老爹倒著氣嚎叫：「我要憋死啦！肋骨要壓斷啦！千金頂！快找點什麼東西來！噢！」

馬德蘭掃視一周：「沒人肯賺這二十路易，並救救這個可憐的老人嗎？」

在場的沒人動彈。沙威又說道：「我只認識一個人能夠代替千斤頂，就是那個勞役犯。」

「噢！我就要被壓死啦！」老人叫喊著。

馬德蘭抬起頭，又遇見沙威死盯住他的那對鷹眼，瞧了瞧佇立不動的農民，苦笑了一下，然後，他一言未發，雙膝跪下，未待圍觀的人驚叫，就鑽進車下。

這一刻等待驚心動魄，大家都斂聲屏息。

只見馬德蘭幾乎趴在這駭人的重擔之下，收攏雙肘和雙膝，兩次往上用力卻都是徒然。有人對著他喊：「馬德蘭老爹！快從下面出來吧！」割風老頭兒也對他說：「馬德蘭先生！出去吧！喏，我的命就到這啦！丟下我吧！您別跟著壓死在下面！」馬德蘭沒有應聲。

圍觀的人都屏住呼吸。車輪還繼續往下陷，馬德蘭再想從車下爬出來已經不可能了。

突然，大家看見那龐然大物移動了，貨車慢慢升起來，車輪也從轍溝裡出來半截了，只聽一個快要窒息的聲音喊道：「快，快！幫幫忙！」那正是馬德蘭，他使出了最後一絲力氣。

大家一擁而上。一個人奮不顧身，激發了所有人的力量和勇氣，大車被眾多的手臂抬起來，割風老頭兒得救了。

馬德蘭也站起來，他大汗淋漓，卻臉色鐵青，衣服撕破了，沾滿了泥水。眾人都流下眼淚。老人吻著他的雙膝，稱呼他是仁慈的上帝。然而，他臉上的表情卻難以描摹，那是一種透出快意的深沉傷悲，他的眼神平靜，注視著一直死盯著他的沙威。

七・割風在巴黎當園丁

Fauchelevent devient jardinier à Paris

割風從車上摔下去，膝骨脫臼了。馬德蘭老爹派人把他送進醫療室。那醫療室是為本廠工人設置的，就在工廠大樓裡，由兩名修女照料著。次日早晨，割風老頭發現床頭櫃上有一張一千法郎的支票，附了馬德蘭老爹親筆寫的一句話：「我買下您的車和馬。」其實，車已經散了架，馬也死了。割風醫好了傷，膝蓋卻僵直了，馬德蘭先生透過兩位修女和堂區神父的介紹，將老頭安置到巴黎聖安東尼區的女修道院當園丁。

不久後，馬德蘭先生被任命為市長，掛上掌管全城大權的綬帶。沙威第一次看見他披掛綬帶後，不禁膽顫心驚，如同狗隔著主人的衣服嗅出狼的氣息。從那以後，他盡量躲避，如因公務萬不得已去見市長，就恭恭敬敬地講話。

馬德蘭老爹為海濱蒙特伊創造了繁榮，除了我們曾提出那些明顯的事實外，還有一種看不見的，但是同樣重要的象徵，這一點絕對錯不了。因為就業困難，生意凋敝而民不聊生時，納稅人就會因拮据而拖欠稅款，過期不交，政府催繳稅款就要耗費巨大的開支。反之，如果充分就業，地方富裕，百姓安居樂業，稅款就容易收上來，政府也可以節省費用。可以說，收稅費用大小，是民眾貧富準確無誤的氣溫表。七年之中，海濱蒙特伊地區的收稅費用縮減了四分之三，當時的財政大臣德・維萊勒先生就經常表彰這個地區。

芳婷回鄉時，地方就是這種情景。已經沒人記得她了，幸好馬德蘭先生工廠的大門就像友人的面孔，她去報名做工，被分派到婦女車間。芳婷完全是個大外行，手腳不可能太純熟，一天下來工錢有限，但也過得去，衣食總算有了著落，問題解決了。

八・維克圖尼安太太為道德花了三十五法郎
Madame Victurnien dépense trente-cinq francs pour la morale

芳婷看到自己能謀生了，一時便雀躍起來。正正經經地自食其力，這是上天賜予的大恩惠啊！她真的恢復了勞動的樂趣。她買了一面鏡子，欣賞自己的青春、欣賞美麗的頭髮和美麗的牙齒，從而忘卻許多事，只想著珂賽特和可能的未來，還真感到了幾分幸福。她租了一間小屋，又以將來的工資為擔保，賒賬買了些家具，這是她浮浪習慣的遺跡。

她不能說自己已經結了婚，也就絕口不提自己的小女兒，這一點在前面已經透露過了。

我們也已看到，一開始她總能按時付款給德納第家。她只會簽名，就不得不讓擺攤的先生代寫書信。

她時常寄信，就引起了他人的注意。婦女車間裡，有人開始悄悄議論著，說芳婷「常寫信」、「行為有點怪」。

窺視別人的行為，最起勁的莫過於跟事情毫無關係的人。「為什麼那位先生總是黃昏時分才來？」、「為什麼每逢星期四，他總是不把鑰匙掛在釘子上呢？為什麼他總走小巷呢？為什麼那位太太總在到家之前下公共馬車呢？她的信箋匣裡滿是信箋，為什麼還派人去買一本呢？……」諸如此類，不一而足。有些人與這些事毫不相干，卻總想了解謎底，不惜花費做十件善事也用不了的金錢、時間和精力，而且不取報酬，只圖一時開心，完全是為了好奇而好奇。他們可以從早到晚，一連幾天跟蹤這個男人或那個女人，在街頭巷尾，在林蔭路兩側住宅的門洞裡，冒雨在寒冷的夜裡監視幾個鐘頭，賄賂辦事的人，灌醉車夫和僕役、買通女僕、籠絡看門人。為了什麼呢？毫無目的，只是一味渴望窺探，了解並洞悉別人的隱私，只是一味想賣弄。一旦隱私暴露出來，祕密公之於眾，謎團完全揭開，接踵而來的就是災禍、決鬥，弄得兩敗俱傷，家破人亡，揭發那一切的人卻拍手稱快，其實他們這麼做並沒有得利，純粹出於本能。這情況多麼可悲。

有些人很壞，僅僅壞在得說三道四。他們不斷談話，在沙龍裡談心，在門廳裡閒聊，就像壁爐一樣，很快就把木柴燒光，他們需要大量燃料，而燃料就是周圍的人。

因此，有人持續觀察芳婷。

除此之外，也有不少女人嫉妒她那金黃色的頭髮、雪白的牙齒。

有人發現，她跟大家一起在車間的時候，時常轉過身去擦一擦眼淚。那正是她在想念孩子，也許還想念著她愛過的那個男人。

割斷宿怨舊恨，的確是個痛苦的過程。

有人觀察到，每月她至少寫兩封信，總是同一個地址，而且親自貼郵票寄出。有人終於弄到了地址：「蒙菲郿客棧主德納第先生收」。

代寫書信的老先生，是個肚子裡不灌滿紅酒，就不會把祕密倒出來的老東西，把他請到酒館裡一灌，他就全說出來了。總之，他們現在知道芳婷有一個孩子。「大概是個丫頭。」有一個好事的老婆子，還真往蒙菲郿走了一趟，跟德納第夫婦談了話，回來就說：「我花了三十五法郎買到了真相，我見到那孩子啦！」

做這件事的老婆子是個母夜叉，名叫維克圖尼安太太，自詡為所有人節操的守護和衛士。維克圖尼安太太有五十六歲，醜陋的面孔變本加厲，又罩上老朽的面孔；說話聲音顫顫巍巍，思想乖戾。若說這老婆子還有過青春，那真是令人嘖嘖稱奇。她年輕時正趕上一七九三年，嫁給了一個從隱修道院逃出來的修士，那是聖貝爾納教派修士，戴上紅帽子，搖身一變而為雅各賓黨人，治得她服服貼貼。她守寡之後，雖然思念亡者，但也漸漸變得冷酷無情、尖酸刻薄、脾氣暴躁，幾乎變成一個狠毒的人。可見，她是一棵被修士服拂過的蕁麻。波旁王朝復辟之後，她成為一個虔誠的教徒，而且極度熱誠，神父也就寬恕了她和修士的那段姻緣。她有一小筆財產，她敲鑼打鼓地捐贈給了一個宗教團體，也因此她在阿拉斯的主教區相當受人尊敬。就是這個維克圖尼安太太往蒙菲郿跑了一趟，回來說：「我見到那孩子了。」

發生了這些事情，也就過去了一段時間。芳婷已經在工廠工作一年多了，一天早晨，車間女管理員按照市長先生的吩咐，交給她五十法郎，說她不算工廠的人了，而且市長先生要求她離開本地。

恰巧在這個月，德納第夫婦將費用從六法郎漲到十二法郎之後，進而又要求付十五法郎。

芳婷驚呆了。她不能離開這個地方，她還欠了房租和買家具的錢，五十法郎不夠清債的。她結結巴巴哀求了幾句，但那管理員卻叫她立刻從車間離開。芳婷畢竟只是個極普通的工人，她非常痛苦，更受不了這種侮辱，便離開車間，回到自己的住處。她的過失，現在已是人盡皆知啦！她覺得沒有勇氣再說什麼了。有人勸她去見見市長，她不敢前往，市長先生給她五十法郎是因為心地善良，趕她離開是因為辦事公正。這樣的決定，她只好屈從。

九・維克圖尼安太太得逞了

Succès de Madame Victurnien

那名修士的孀婦，還真起了點作用。

不過，馬德蘭先生根本不知道這件事。人生就是充滿了這類陰差陽錯的事件。馬德蘭先生已養成習慣，幾乎從來不進入婦女車間。他把車間委託給堂區神父介紹來的一個老姑娘，完全信賴那個管理員。那個老姑娘也確實可敬，做事果斷，公正廉潔，有一副慈悲心腸。不過，她的慈悲僅限於施捨，並沒有達到理解並寬恕別人的境界。馬德蘭先生把一切事務都交給她，世上最善良的人，也往往不得不委派別人行使權力。那個管理員既能全權處理事務，又確信自己做得對，她也調查了這個案子，作出判決，定了芳婷的罪，並立即執行。

至於那五十法郎，是她從女工救濟款中撥出來的。馬德蘭先生將那筆款交給她支配，無須報帳。

芳婷在當地挨門挨戶自薦當傭人，但是沒人雇用她，她又不能離開這座城市。賣家具給她的那個舊貨商對她說：「您若是走了，我就叫人把您當賊抓起來。」討房租的房東對她說：「您又年輕、又漂亮，一定有辦法付錢的。」芳婷把五十法郎分給房東和舊貨商，又把四分之三的家具退還了，只留下必不可少的。從此之後，她沒有工作又無依無靠，家徒四壁，僅有一張床鋪，還欠著約一百法郎的債務。

她開始為衛戍部隊士兵做粗布襯衫，每天可以賺十二蘇，但女兒要用去十蘇。正是這時候，她開始無法按時寄錢給德納第夫婦了。

這段期間，平時芳婷晚上回家，一個為她點亮蠟燭的老太婆教導她過苦日子的藝術。在貧苦生活的後面，還有一無所有的生活。就像是兩間接鄰的屋子：第一間昏暗，第二間則漆黑一片。

芳婷學會了如何在嚴冬不生火；如何捨棄一隻每兩天才吃一文錢粟子的小鳥；如何把裙子改做被子，再把被子改成裙子；如何借對面窗戶的亮光吃飯而省蠟燭。一些弱者到了老年時往往一貧如洗，但他們安分守己，對於他們能用一文錢辦多少事，我們根本無法想像，久而久之，這便成為一種才能。芳婷一旦掌握了這種精妙的才能，也就恢復了一點勇氣。

那陣子她常對一個鄰婦說：「哼，怕什麼！我心想：每天只睡五個鐘頭，其餘時間全用來做衣服的話，我總可以掙口麵包吃，湊合著活。再說，人傷心的時候，飯量也會減少。喏！受苦、擔心，我有點麵包，又有些憂愁，加起來就能填飽我的肚子了。」

在這種苦境中，有小女兒在身邊，自然是莫大的幸福。她真想把女兒接來，可是接來幹什麼？跟她一起受苦嗎？再說，她還欠德納第家一筆錢！如何還清呢？還有旅費！怎麼付呢？

教她所謂安貧法的那個老太婆，是一位聖女，名叫瑪格麗特，她虔誠信奉，一心向善，貧窮而樂施，不僅幫窮人，甚至幫富人，雖不會寫字，只能簽個「瑪格麗特」，但信仰上帝也是學問。世間有許多這種德行的人，有朝一日他們會到天堂。這種生活擁有未來。

有好一陣子，芳婷深感羞愧，不敢出門。

她走在街上，也能猜出身後準有人回過頭來用手指她，大家都看著她，卻沒人跟她打招呼。行人那種冷酷的輕蔑態度，如同寒風般刺入她的骨肉和靈魂。

一個不幸的女人在小城市裡，就像赤身裸體暴露在眾人的嘲笑和好奇的目光之下。在巴黎，至少誰也不認識她，這種素味平生也是一件遮體的衣裳。唉！她多麼希望去巴黎啊！然而這不可能實現。

如同過慣了清貧生活一樣，她也必須習慣別人的蔑視。兩、三個月之後，她就克服了羞恥心，若無其事地出門上街了。

「這對我無所謂。」她說道。

她在街上往來，頭高高揚起，臉上帶著一絲苦笑，感到自己成為不知羞恥的人了。

維克圖尼安太太有時看見她從窗下經過，注意到「這個壞女人」遇難了，不禁自鳴得意，心想多虧了她，這女人才「回到原來的地位上」。惡人自有邪惡的樂趣。

芳婷工作得過度勞累，乾咳越來越厲害了。有幾次，她對鄰居瑪格麗特說：「摸摸我的手，有多燙啊！」

然而，每天早晨，她還是用半截舊梳子，梳理她那滑溜如絲的厚厚美髮，從而產生一陣愛美的快感。

十・得逞的後果
Suite du succès

芳婷是在冬末時節被辭退的，夏季過去，冬季又來了。白天短，能做的工作也少了。冬天，沒有溫暖，沒有陽光，也沒有中午，早晨連著晚上，終日昏黑，煙霧瀰漫，窗外灰濛濛的，看不清楚。天空成了一個氣窗，整個白晝成了地窖，太陽就是一副窮人的模樣。多麼惡劣的季節！冬季將天上的水和人心化為石頭，債主則不斷向她逼債。

芳婷掙得太少，入不敷出，債越背越重。德納第夫婦未能按時收到足額的錢，就不斷寫信過來，信中內容令她傷心，信中的要求會讓她破產。有一天，他們寫信來，說她的小珂賽特在冷天裡一件衣裳也沒有，孩子需要一條羊毛裙，母親至少得寄十法郎才能買一條。芳婷收到信，拿在手中揉搓了一整天。到了晚上，她走進街角的一個理髮館，取下梳子，一頭令人讚歎的金髮一直垂到腰上。

「這頭髮真美！」理髮匠高聲讚道。

「您肯出多少錢？」芳婷問。

「十法郎？」

「剪吧。」

德納第收到裙子後，立刻火冒三丈，他們要的是錢！於是他把裙子給愛波妮穿了，可憐的雲雀繼續凍得發抖。

芳婷心想：「我的孩子不再受凍了。我讓她穿上我的頭髮了。」她自己則戴上小圓帽，蓋住光頭，這樣看上去還是很美。

芳婷心中越來越黯淡了，她看到自己不能再梳頭髮，就開始怨恨周圍的一切。很長一段時間裡，她跟所有的人一樣敬重馬德蘭老爹，然而，她心裡一個勁地重複著，是他把她趕走的，是他造成她的不幸，重複到後來也恨起他了，還尤其恨他。她在工人聚在工廠門口的時候經過那裡，故意又笑又唱。

有一次，一個年老的女工瞧見她又唱又笑的樣子，就說道：「這姑娘將來一定會很慘的。」

她找了一個漢子，是隨便碰到的一個人，她並不愛，只想胡來，發發心中的憤懣。那是個窮鬼，靠拉點曲子乞討，好吃懶做，還動手打她，然後分開了：相遇又分手，無不是厭惡的情緒引起的。

她只愛自己的孩子。

她越往下滑，周圍的一切就越黑暗，那溫柔的小天使在她心底就越發光彩。她常說：「等我發了財，我的珂賽特就會到我身邊。」說著又大笑起來。她始終咳嗽，後背還直冒虛汗。

有一天，她收到德納第夫婦一封信，信中這樣寫道：

「珂賽特病了，患了一種當地的流行病，叫粟疹熱。必須服用昂貴的藥，這下子把我們家給毀了，我們付不起藥費，一週之內您若不寄來四十法郎，小姑娘就死定了。」

看完信，芳婷哈哈大笑，對鄰居老太婆說：

「哈！他們心腸真好！四十法郎！只要這麼點錢！就是兩個金路易！我到哪兒去拿呢？這些鄉巴佬，都沒長腦子！」

然而，她走到樓梯，還湊近天窗又看一遍。

接著，她衝下樓梯，跑出去，邊跑邊跳，還笑個不停。

有個人碰見她，問道：「您遇到什麼事這麼高興？」

她答道：「有兩個鄉巴佬剛剛寄給我一封信，說了天大的蠢話。他們向我要四十法郎！鄉巴佬，算了吧！」

她經過廣場時，看見許多人圍著一輛造型很怪的馬車。一個穿紅衣服的男子站在車頂上，正在搖脣鼓舌，那是個走江湖的牙醫，正在兜售整套假牙、牙膏、牙粉和藥酒。

芳婷擠進人群，邊聽邊跟大家一起大笑。那拔牙的郎中胡吹胡侃，既講下層人熟悉的江湖話，又講體面人能懂的俗語，他看見這個咧嘴大笑的漂亮姑娘，就突然高聲說：「站在那邊笑的姑娘，您的牙齒真漂亮。您若是肯賣您那兩個門牌，每個我出一個金路易。」

「我的門牌，是指什麼呀？」芳婷問道。

「門牌嘛，」牙科醫生回答，「就是上排前頭的兩顆門牙。」

「真殘忍！」芳婷高聲說。

「兩枚拿破崙金幣啊！」在場的一個沒牙的老太婆嘟噥道，「這個女人真有福氣！」

芳婷逃開，捂住耳朵不聽，可是，那人沙啞的聲音卻向她喊道：「想想吧，美人！兩枚拿破崙金幣，能做不少事了。您若是同意，今晚就到『銀甲板』客棧，在那能找到我。」

芳婷回到住所，還發著火，也把事情講給好心腸的鄰居瑪格麗特聽：「這種事您能理解嗎？那個人不是無恥透頂了嗎？怎麼能讓那種人到處亂竄呢？把我前面的兩顆牙拔掉！那我不難看死了嗎？頭髮還能長出來，可是牙齒拔掉不是完啦！哼！那人真是魔鬼！我寧願頭朝下從六層樓上跳下去！他對我說，今晚他就住在銀甲板客棧。」

「他出多少錢？」瑪格麗特問道。

「兩枚拿破崙金幣。」

「這就是四十法郎。」

「是啊，」芳婷說，「整整四十法郎。」

她愣了一會兒，就開始工作。過了一刻鐘，她丟下工作，又跑到樓道去看德納第夫婦的那封信。

她回到屋裡，又向在她身邊工作的瑪格麗特說：

「粟疹熱是怎麼回事？您知道嗎？」

「知道，是一種病。」那老姑娘回答。

「那種病要吃很多藥嗎？」

「嗯！要吃猛藥。」

「那種病是怎麼得的？」

「不知怎麼就得到了。」

「孩子也會得那種病嗎？」

「孩子最容易得。」

「會死嗎？」

「很容易死。」瑪格麗特答道。

芳婷走出屋子，再次到樓梯上看信。

到了晚上，她下了樓，只見她朝客棧集中的巴黎街走去。

次日清晨，天沒亮瑪格麗特就來了，平時她倆總是一起工作，只點一支蠟燭就夠了，老太婆這次走到芳婷的房間，看見她坐在床上，臉色慘白，渾身凍僵了。她沒有睡覺，布帽落在雙膝上，蠟燭點了個通宵，差不多燒完了。

瑪格麗特走到門口，就被這異常混亂的景象驚呆了，高聲說道：「天主啊！蠟燭全燒完啦！出什麼事啦！」

然後，她打量芳婷，而芳婷也把沒了頭髮的腦袋轉過來。

一夜的時間，芳婷就老了十歲。

「耶穌啊！」瑪格麗特問道，「您怎麼啦，芳婷？」

「我沒什麼，」芳婷回答，「倒是我的孩子有救了：那種病真可怕，不治就沒命了。現在我放心了。」

她說著，就指給老姑娘看在桌子上閃閃發亮的兩枚金幣。

「啊，耶穌上帝呀！」

瑪格麗特歎道：「這不是發財啦！這些金幣您是從哪兒弄來的？」

「反正我弄到手了。」芳婷答道。

她邊說邊微笑。燭光照亮她的臉。這是流血的微笑，淡紅的涎水弄髒嘴角，口中有個黑洞。兩顆門牙拔掉了。

她把四十法郎寄往蒙菲郿。

但那不過是德納第夫婦騙錢的一個計謀，其實珂賽特並沒有生病。

芳婷把鏡子從窗戶扔出去了。她早已從三樓的單間搬上只有木門栓的閣樓：這類閣樓屋頂和地板構成斜角，稍一走動就會撞到頭。窮苦人要逐漸彎腰，才能走到屋子的盡頭，如同走到命運的盡頭。床鋪沒了，只留下她稱之為被子的一大塊破布、一張鋪在地下的睡墊以及一把坐墊露出麥秸的破椅子。一盆枯萎的小玫瑰，被遺忘在角落。另一個角落有一個奶油盆，現在用來盛水，冬天結了冰，一圈圈高低不等的冰痕長時間標示著水面的高低。她早已丟掉廉恥，現在又丟掉修飾，這是最後的標誌，戴著髒帽子就這樣出門去。不知是沒時間，還是滿不在乎，衣裙破了，她也不再縫補了，襪跟磨破，就往鞋裡褪一截，這從襪子的幾條豎紋上就能看出來。她那件胸衣又舊又破，用零碎布頭補了又補，稍一動彈就會綳開。債主們總跟她吵鬧，不讓她休息片刻，她在街上常碰見他們，在樓梯上也常碰見他們。她往往整夜啜泣，整夜冥思苦想，她的眼睛非常明亮，左肋靠上一點疼痛不止，咳嗽也很厲害。她恨透了馬德蘭老爹，但她不發怨言。她每天做衣服十七個鐘頭，但是一個監獄包工雇用女囚犯工作壓低了工錢，自由女工每天就只能賺九蘇了。一天工作十七個鐘頭，只掙九蘇！逼債的人越發冷酷無情，那個舊貨商幾乎把她的全部家具搬走了，見面時還不斷對她說：「妳什麼時候付我錢？臭娘兒們。」仁慈的上帝啊，別人還要把她逼到什麼份上？她感到自己被人追捕，產生了困獸的心理。就在這個時候，德納第又寫信來，說他已經仁至義盡，拖欠的一百法郎必須馬上付清，否則就把小珂賽特趕出門，不管她病剛好，在大冷天裡往哪兒走，凍死餓死隨她便。「一百法郎！」芳婷心想，「可是，到哪兒去找工作，一天才能掙五法郎呢？」

「豁出去啦！全賣了吧！」她說道。

這個苦命人做了公娼。

十一・基督解救我們
Christus nos liberavit

芳婷的身世說明了什麼呢？說明這個社會購買了一個女奴。

向誰買的？向貧困買的。

向飢餓、寒冷、孤獨、遺棄、貧苦買的。痛苦的交易，一顆靈魂換一塊麵包。貧困賣出，社會買進。

耶穌基督的神聖法規統治我們的文明，但是並沒有滲透到我們的文明裡。大家說奴隸制度從歐洲文明中消失了，這種說法不對。奴隸制始終存在，但只是壓在婦女頭上了，稱之為娼妓制度。

這種制度壓迫婦女，也就是壓迫優雅、纖弱、美貌和母性。對男人來說，這也絕非微不足道的恥辱。

慘劇發展到這一地步，芳婷已不復存在，根本不是從前那個人了。她變成污泥的同時，也化為石頭了。觸摸她的人感到寒氣逼人。她以身事人，卻不問你是什麼人，完全是一尊受屈辱而又冷峻的雕像。生活和社會秩序已經幫她下了最後的評語，該發生的事情都發生了。她感受過一切、忍受過一切、遭受過一切、吃過一切的苦、也失去了一切、為一切遭遇哭泣過。她逆來順受，而這種逆來順受類似無動於衷，正如死亡類似睡眠。她再也不躲避什麼了，再也不怕什麼了，滿天大雨都澆在頭上，全部海洋都傾瀉在身上，又有什麼關係！她是一塊浸飽水的海綿了。

至少她是這麼想的，不過，想像自己窮盡了命運，接觸到了什麼東西的底端，那就大錯特錯了。

唉！這種種命運，受到驅使的紛亂，究竟是怎麼回事呢？要走向何處呢？為什麼會這樣呢？

了解這些情況的，就是洞悉全部黑暗的人。

他是獨一無二的。他叫上帝。

十二・巴馬塔林先生的無聊
Le désoeuvrement de M. Bamatabois

在一般小城市，尤其是海濱蒙特伊，總有一幫青年，他們在外省蠶食一千五百法郎的年金，如同其他青年在巴黎每年吞掉二十萬法郎一樣。他們就是一群不上不下的人，是去了勢的、寄生的、一無所長的人。他們有一點田產，有一點愚蠢，又有一點小聰明，在沙龍裡顯得土裡土氣，在茶樓酒肆又以紳士自居。他們嘴邊常掛的話是：我的牧場、我的樹林、我的莊戶；他們在劇院裡給女演員喝倒采，以便表明他們有欣賞的眼光；他們向衛戍部隊軍官尋釁吵架，以便表明他們也是軍人；他們打獵、抽菸、打呵欠、酗酒、嗅鼻菸、打撞球、看旅客下驛馬車、泡咖啡館、到鄉村飯館吃飯、養一條狗好在桌下啃骨頭、有個情婦好往桌上端菜，而且一毛不拔，過分追求時髦的裝束，喜歡幸災樂禍、蔑視婦女，舊皮鞋不穿、破了不扔掉，透過巴黎模仿倫敦的時尚，又透過木松橋模仿巴黎的時尚，終生不工作，冥頑到老，一無用處但也無礙大局。

菲利克斯・托洛米埃先生若是待在外省，從未見識過巴黎，就會是這種人。

他們再富有一些，別人就會說：這些公子哥兒；他們再窮一點，別人就會說：這些三流公子。他們無非是些遊手好閒的人。在這些遊手好閒的人當中，有討人嫌的、有了無生趣地、有胡思亂想的，還有一些怪裡怪氣的人。

那個時期，所謂公子哥兒的打扮，就是大高領、一條大領帶、一隻鏈子帶飾物的懷表、三件顏色不同的套背心，藍色和紅色的穿在裡面，外面穿一件橄欖色的短燕尾服，燕尾服上兩排緊緊相連的銀鈕扣，一直排列到肩頭；下身穿一條淺橄欖色褲子，兩側褲線綴飾有數量不等的條帶，但總是奇數，從一條到十一條，從不超過十一的限度。除此之外，還要穿一雙後跟釘了鐵掌的短筒皮靴，戴一頂高筒窄沿帽，頭髮要蓬鬆下垂；要拿一根粗手杖，談話中常用雜耍演員波蒂埃式的文字遊戲。最突出的，還是鞋跟上的馬刺，嘴脣上的髭鬚。那個時期，髭鬚代表有產階級，馬刺代表有閒階層。

外省公子哥兒的馬刺更長些，髭鬚也更粗獷些。

那個時期，正是南美洲一些共和國展開反對西班牙國王的鬥爭，玻利瓦爾省⑥跟莫里洛⑦正較量著。保王黨人戴窄沿帽，叫做莫里洛帽；自由黨人戴大簷帽，稱做玻利瓦爾省帽。

上面敘述的事情發生之後八個月或十個月，約莫一八二三年一月的上旬，下雪後的某天晚上，一個那種公子哥兒，一個那種無所事事的人，一個戴著莫里洛帽，因而「思想正統的人」，身上暖暖地穿著一件冷天用來權充時裝的大衣，正在調戲一個女人，那女人穿著舞裙，上身開領很低，頭上插著花，在坐滿軍官的咖啡館玻璃窗前走來走去。那公子哥兒吸著菸，不用說，那很時髦。

那女人每次從他面前經過，他就噴她一口菸，同時甩一句自以為詼諧有趣的風涼話，諸如：「妳可真醜啊！」、「妳還不快躲起來！」、「妳沒牙啦！」如此等等，不一而足。那個先生叫巴馬塔林。那個愁眉苦臉、打扮得妖裡妖氣的女人，在雪地上走來走去，並不答理他，連瞧都不瞧一眼，照樣沒沒地徜徉。她的腳步均勻而沉鬱，每隔五分鐘就受一次嘲弄，如同受罰的士兵按時來受鞭笞一樣。那個閒得無聊的人見他的嘲笑沒什麼效果，不免惱火，就趁她轉過身去的工夫，憋住笑，躡手躡腳地跟上去，彎腰從地上抓起一把雪，猛地從她赤裸的肩膀中間塞進後背裡。那妓女吼叫一聲，轉過身來，像豹子似地一躍，撲到那男人身上，用指甲抓破他的臉，同時臭罵他，罵的話十分下流，不堪入耳，從她口裡傾瀉出來，嗓音因酒精中毒而嘶啞，而口裡又缺兩顆門牙，的確非常醜惡，她便是芳婷。

那些軍官聽見打鬥的喧鬧聲，都蜂擁著從咖啡館裡出來，行人也聚攏過來，他們旁邊圍了一個大圈，又笑又叫，還為之鼓掌，而圈裡那兩個人扭作一團，很難看出是男女相鬥。那男人只有招架之力，帽子掉在地上；那女的拳打腳踢，帽子也丟了，只見她豁牙露齒，又沒有頭髮，臉色氣得發青，扯著嗓子喊叫，真是可怕極了。

突然，一條大漢從人群裡衝進去，一把揪住那女人沾滿泥水的緞衫，對她說了一聲：「跟我走！」

那女人抬頭一看，她那咆哮聲戛然止息，眼睛也沒神了，臉色由鐵青轉為死灰，而且嚇得魂不附體。她認出那人是沙威。

而那個公子哥兒乘機溜掉了。

十三・警察局將問題解決

Solution de quelques questions de police municipale

沙威分開圍觀的人，拖著那個不幸的女人，大步走向廣場另一邊的警察局。那女人僵硬地邁動腳步，聽任他將她拉走，他們二人誰也沒有說一句話。一大群觀眾欣喜若狂，鬧哄哄地跟在後面，極端不幸的事件，卻是大講猥褻話的機會。

警察局辦公室是樓下一間大廳，生著爐火，臨街上了鐵條的玻璃門口有警衛站崗。沙威帶芳婷過來，推門進去，隨手把門關上，那些好奇的人大失所望，但仍舊簇擁在門口，踮起腳伸長脖子張望，想透過門口那面髒污玻璃看個究竟。好奇是一種食慾，觀看則是進食。

芳婷一進來，便走到角落裡，頹然縮成一團，一動不動，一聲不吭，如同一條害怕的狗。

一名士官拿來一枝點燃的蠟燭，放到辦公桌上，沙威坐下，從衣袋裡掏出一張公文紙，開始寫起來。

這類女人由法律完全交給警察處置了。警察可以為所欲為，任意懲罰她們，剝奪她們所謂的

---

⑥・玻利瓦爾省（一七八三－一八三〇）：委內瑞拉、哥倫比亞和玻利維亞的解放者。

⑦・莫里洛：西班牙將軍，當時率殖民軍同玻利瓦爾省作戰。

職業和自由這兩樣可悲的東西。沙威神態冷漠，嚴肅的面孔毫不動容。然而，他正殫精竭慮，此刻他要自由地運用生殺予奪的可怕權力，態度十分認真而縝密，他認為警察的辦公桌就是法庭，他審判，並且判罪。他圍繞著自己所辦的大事，盡量使用他所有的心神，他越審查這個妓女的所為，就越感到氣憤。他剛才目睹的情景，顯然是場犯罪。剛才在大街上，他看到一個資產家選民所代表的社會，受到一個最下賤的人侮辱和攻擊，一名娼妓居然冒犯一位資產者。他，沙威，親眼目睹這件事，他一聲不響，只管做著筆錄。

他寫完了簽上名，將紙折起來，交給值勤的士官，對他說道：「帶三個人，將這個婊子押進牢裡。」他轉身又對芳婷說：「妳要被關上六個月。」

那不幸的女人渾身顫慄，嚎叫起來：「六個月！關在牢裡六個月！六個月！每天只能掙七蘇！我的珂賽特可怎麼辦啊！我的女兒！我的女兒！我還欠德納第家一百多法郎，探長先生，這情況您知道嗎？」

她合攏雙手，跪在被所有男人的泥靴踏濕了的石板上，用雙膝大步往前爬行。

「沙威先生，」她說道，「求您開開恩吧。我敢保證我沒有過錯。您若是看到開頭的情況，就會明白啦！我向仁慈的上帝發誓，我沒有過錯。我並不認識那位有錢的先生，是他往我後背塞雪團。我老老實實地走路，沒有招惹任何人，難道誰就有權往我後背塞雪團嗎？突然搞了我這麼一下。您瞧見了，本來我就有點病！再說，他已經挖苦我好一陣子了。妳真醜！妳沒有牙！我完全明白我沒有門牙了。可是，我什麼也沒幹呀！我心裡想：『這位先生在尋我開心。』我在他面前規規矩矩，沒有跟他說話，正是在這個時候，他把雪團塞進我後背。沙威先生，善良的探長先生！難道這裡沒有人當場看見，能對您說這是千真萬確的嗎？也許我不該發火，您也知道，人碰到事情，開頭總是控制不住自己，發起火來。何況，乘人不注意的時候，把那麼涼的東西塞進後背！我不該把那位先生的帽子弄得不成樣子。他為什麼走了呢？我可以請求他原諒。噢！天主啊，我不在乎，我可以請求他原諒。今天就饒了我這一回吧，沙威先生。喏，您不了解這種情況，坐牢每天只能掙七蘇，這不能怪政府。但是請您想一想吧，我必須付一百法郎，否則，人家就把我孩子打發回來。上帝啊，我不能讓孩子跟我在一起，我幹的事太可恥啦！我的珂賽特呀，我慈悲聖母的小天使，可憐的小寶寶，她怎麼辦呢？告訴您吧，德納第那家人，是開客店的，是鄉下人，不講什麼道理，他們只要錢。不要把我投入監獄！請想一想，一個小女孩讓人丟在大路上，又是天寒地凍，到處流浪，善良的沙威先生，這種情況怎能不讓人可憐！她大一點的話，還可以自己養活自己，可是，她那小小年齡是不可能的！其實，我並不是壞女人，我落到這一步，並不是因為好吃懶做。我喝酒不假，但那是因為窮困潦倒的緣故。我不喜歡酒，但是酒能醉人，從前我比較快活的時候，別人只要看看我的衣櫃就會明白，我不是那種淫蕩的妖豔女人。那時候我有衣裙，有很多衣裙。沙威先生，可憐可憐我吧！」

她身子彎成兩折，不住地抽動，淚水模糊了眼睛，胸口裸露，雙手絞來絞去，就這樣哭訴，結結巴巴，低聲下氣，還不斷地乾咳，似乎快要斷氣了。極痛深悲是一道神威之光，能改變悲慘之人的形象。這一刻，芳婷又變美了。她時而收聲，深情地親吻這名警探的下襬，她能打動一顆花崗岩的心，然而一顆木頭是不會心軟的。

「好啦！」沙威說道，「我聽完妳的陳述了，全講完了吧？現在走吧！妳得關上六個月，永恆的天父親自來這也無能為力了。」

「永恆的天父也無能為力了」，她聽見這句莊嚴的話，就明白判決宣布了，於是癱在地上，有氣無力地說：「饒了我吧！」

沙威轉過身去。

幾名警察扭住芳婷的胳膊。

幾分鐘之前進來一個人，誰也沒有注意。他關上門，靠在上面，聽見了芳婷苦苦的哀告。

警察上前扭住這個不肯起來的不幸女人，這時，他跨了一步，從暗地走出來，說了一聲：「請等一下！」

沙威抬頭一看，認出是馬德蘭先生，他脫下帽子，不自然而又有點惱怒地向他敬禮：「對不起，市長先生……」

這一聲「市長先生」，在芳婷身上產生奇異的效果。她就像從地下鑽出的殭屍，忽地站起來，兩臂推開警察，未待他們阻攔，就直接走向馬德蘭先生，眼睛直愣愣地瞪著他，喊道：「哼！市長先生，原來就是你呀！」

接著，她放聲大笑，朝他臉啐了一口。

馬德蘭先生揩了揩臉，又說道：「沙威探長，把這女人放了。」

這時候，沙威感到自己要發瘋了。此刻，他接連感受到有生以來最強烈的，幾乎同時混雜而來的震撼。目擊一個公娼啐一位市長的臉，這件事簡直荒謬到了極點，無論怎樣大膽設想，哪怕相信會發生這種事，他也認為是一種褻瀆。另一方面，他在思想深處卻隱約而醜惡地拉近這兩者，拉近這個女人的狀況和這位市長可能的身分，於是，他在這種大不韙的冒犯中，恐懼地看出一點極為簡單的情由。等到這位市長，這位行政官平靜地擦臉，並且說出「把這女人放了」後，沙威見了不禁愕然，彷彿一時目眩，不能思考也說不出話來，這種驚愕超出了他可能承受的限度。他呆若木雞。

這句話給芳婷的震動也同樣怪異。她抬起赤裸的胳臂，抓住爐門的扳手，好像站立不穩似的。同時，她四面張望，又彷彿自言自語，低聲說道：「放啦？放我走？我不去坐六個月牢啦？這話是誰講的？誰也不可能這麼說。我聽錯了，這個魔鬼市長不可能講這話。是您吧，善良的沙威先生，是您說的放了我吧？唔！看吧！我對您說明白了，您便放我走了。這個魔鬼市長，這老混蛋市長，他是整個事情的禍根。您想想看，沙威先生，是他把我從工廠裡趕出來的！就因為他聽信了工廠裡那些臭女人的胡說八道。一個可憐的女人，老老實實地工作，卻被開除啦！這不是非常殘忍嗎？這樣，我掙的錢就不夠用了，厄運也就來了。首先，警察局這些先生應當改善一點，就是禁止監獄那些包工來坑害窮人。喏，這事我一說您就明白，我做衣服每天掙十二蘇，可是一下子減到九蘇，就沒法活了。這樣一來，要活下去就什麼都得幹。我呢，我還有個孩子珂賽特，迫於無奈我才成為壞女人。現在您明白了，我的不幸，完全是這個混蛋市長造成的。還有這次，我在軍官咖啡館門前用腳踏壞了那位市民先生的帽子。可是他也用雪把我的衣裙給毀了。我們這種人只有一件綢子衣裙，晚上才穿出來。您明白，我從來沒有故意傷害過人，真的，沙威先生，到處都可以看見比我壞得多的女人，但生活卻比我快活得多。沙威先生啊，把我放出去，這話是您說的吧？您去打聽打聽，去問問我的房東，現在我按時付房租了，別人會告訴您我是個老實人。啊！上帝，請您原諒，我不小心碰到了爐門扳手，弄得冒出煙來了。」

馬德蘭先生聚精會神地聽她說，邊聽邊摸向自己的西服背心，從口袋裡掏出一個錢包，打開一看是空的，又放回兜裡，他對芳婷說道：「您剛才說欠人家多少錢？」

芳婷眼裡只有沙威，這時轉身對著他說：「我跟你有什麼話可說！」

接著，她對警察說：「諸位，說說看，我怎麼啐他的臉，你們都看見了吧？哼！市長老魔頭，你來這裡是要嚇唬我的，可是我不怕你。我害怕沙威先生，我害怕這善良的沙威先生！」

她這樣說著，又轉向探長：「喏，您明白，探長先生，這情況講白了，就應當公正些。我知道您是公正的，探長先生，老實說，這件事非常簡單，一個男人尋開心，往一個女人後背裡塞點雪，好逗那些軍官發笑。人嘛，總得尋點樂子，我們這些女人，本來就是給人取樂的，有什麼奇怪？接著，您來了，您不得不維持秩序，帶走有過錯的女人，可是您心腸好，經過考慮，您就說放了我，是為了孩子，因為如果我坐了六個月的牢，就沒辦法撫養孩子。只不過，賤女人妳不許再鬧事啦！哦！沙威先生，我絕不再鬧事啦。現在，隨便大家怎麼戲弄我，我都會一動不動，只是今天，您明白，弄得我太難受，我叫喊起來，根本沒料到那位先生往我衣裳裡塞雪，而且我跟您說過，我身體不太好，總是咳嗽，胃裡好像有什麼東西滾燙滾燙的，大夫吩咐過：『我要好好保養。』來，您摸摸，把手給我。不要怕，就在這兒。」

她不哭了，聲音悅耳動聽，她把沙威粗大的手按在她那白嫩的胸口上，笑嘻嘻看著他。

突然，她急忙整理弄亂了的衣衫，往膝下拉拉裙子，拉平她剛才匍匐時弄出的皺褶，然後朝門口走去，友好地向警察點點頭，輕聲說道：「孩子們，探長先生說放了我，我走了。」她伸手拉開門閂，再走一步就到街上了。

沙威一直佇立不動，目光垂視地面，彷彿一尊雕像放在這個場合，極不適當，等待搬到別處去。

拉門閂的聲響把他驚醒，他抬起頭，神態極其威嚴。職權越低，表情越嚴厲，表現在猛獸的臉上是兇猛，表現在小人臉上是兇殘。

「警察！」他喊道，「您沒看見那壞女人要走嗎！誰跟您說可以放她走的？」

「我。」馬德蘭說道。

芳婷聽見沙威的聲音，渾身不禁顫抖，放下門閂，就像被捉住的小偷丟下偷竊的物品。聽見馬德蘭的聲音，她又轉過身來，從這時候起，她不吭一聲，甚至不敢喘氣，目光來回轉移，從馬德蘭到沙威，又從沙威到馬德蘭，端看哪位正在說話。

顯而易見，沙威的心境已經達到了「怒不可遏」的程度，才敢在市長要求釋放芳婷之後，還頤指氣使地申斥警察。居然到了無視市長在場的程度嗎？難道他還是認為一位「行政官」不可能發出這種命令，市長先生肯定無意中說走嘴了嗎？抑或這兩個小時，他目睹了駭人聽聞的事情，心想必須採取決斷，要來個小蝦米吃大鯨魚，由警探扮演行政官，警察變成法官嗎？而且在這種緊急關頭，秩序、法律、道德、政府、整個社會，要在他沙威身上體現出來嗎？

不管怎麼說，馬德蘭先生講的「我」字一出口，沙威探長便轉向市長，只見他臉色蒼白，表情冷峻，嘴唇發青，目光凶頑，渾身不易覺察地微微顫抖，而且前所未見的是，他說話時眼睛垂視，但口氣堅決：「市長先生，不行這樣處理。」

「什麼？」馬德蘭先生問道。

「這個瘋女人侮辱了一位紳士。」

「沙威探長，」馬德蘭先生聲調委婉平和，又說道，「聽我說。您是個正直的人，不難向您解釋。事實是這樣，您帶走這個女人的時候，我剛巧經過廣場，圍觀的人還沒有全散，經過調查，我全了解了，是怪那位紳士，好警察應當逮捕他。」

沙威又說道：「這個賤貨又侮辱了市長先生。」

「這是我的事，」馬德蘭先生答道，「對我的侮辱是屬於我的，我願意怎麼處理都行。」

「請原諒我，市長先生。對市長的侮辱不屬於市長，而屬於法律。」

「沙威探長，」馬德蘭先生反駁，「司法的第一步，是良心。我聽了這個女人的陳述，我明白我所做的事。」

「可是，市長先生。我不明白我看到的事。」

「那麼，您只管服從就是了。」

「我服從自己的職責，我的職責就是要把這個女人關押六個月。」

馬德蘭先生和顏悅色地回答：「聽清楚一點：她一天也不會被關。」

沙威聽了這句堅決的話後，依然堅定地注視市長並申辯，但是聲調始終恭恭敬敬：「對於抵制市長先生，我感到十分遺憾，這是我平生第一次這樣做。不過，請市長先生允許我提出，我正是在職權範圍之內行事。既然市長先生要這樣，我就再來談談那位紳士的事實。當時我在場，是這個婊子撲到巴馬塔林先生的身上。那位先生是選民，在公園旁邊擁有漂亮的公館，是一座石砌帶陽臺的四層樓房，在這世界上，有些東西我們不能無視它。不管怎麼說，市長先生，這件事發生在街上，關係到我身為警察的職責，因此，我要收押芳婷這個女人。」

這時，馬德蘭先生叉起胳臂，拿出全城還沒人聽過的嚴厲聲調說道：「您講的這種犯罪行為應該由市政警察處理。根據《刑事訴訟法》第九、第十一、第十五和第六十六條，我是審判官，我命令釋放這個女人。」

沙威還要最後爭一下：「可是，市長先生……」

「我提醒您注意一七九九年十二月十三日頒布的法律，關於擅自拘捕問題的第八十一條。」

「市長先生，請允許……」

「不要講了。」

「然而……」

「出去！」馬德蘭先生說道。

沙威像個俄國士兵，挺立著迎面接受這一擊。他向市長先生一躬到地，便往外走。

芳婷連忙讓路，驚愕地看著他從面前走過。

這一刻，她也受到震撼，感到無以名狀的惶恐，她看見在某種程度上，自己成為兩種相反力量的爭奪對象。兩個人在她眼前搏鬥，他們掌握著她的自由、生命、靈魂和她的孩子，一個人要把她拖向黑暗，一個人要把她拉向光明。這場搏鬥透過她惶恐的視線擴大了，這二人好似兩個巨人，一個講話的口氣像是她的惡魔，另一個講話的口氣就像她的守護天使，而天使戰勝了惡魔。然而，這個情況卻令她從頭到腳顫慄著：這個天使，這個救星，恰好是她深惡痛絕的人，恰恰好這位市長——她長期視為造成她全部苦難的罪魁禍首，恰恰是這個馬德蘭！就在她無恥地辱罵了他之後，他卻救了她！難道她弄錯了嗎？難道她應該改變整個靈魂嗎？她毫無頭緒，只是渾身顫抖。她越聽越不知所措，越看越心驚膽顫，馬德蘭先生每講一句話，芳婷都感到仇恨的可怕黑影在她身上融化並消散，同時內心不知萌生什麼感覺，既溫暖又不可言喻，似欣喜、似信心，又似愛。

等沙威一出去，馬德蘭先生就轉向她，聲音緩慢地，就像不易動感情的男人忍住眼淚那樣吃力地說：「我聽到了您的敘述，您講的情況我一無所知。我相信這是真的，我也感覺到這是真的，我甚至不知道您離開了工廠。當初為什麼您不找我呢？這樣吧！我替您還債，再派人把您的孩子接來，或者您自己去找她。今後，您要在這裡，到巴黎或別的地方，由您自己決定。您和孩子的生活費用全由我負擔。您要是願意，就不必工作了，需要多少錢我都給您，您重獲幸福生活，也就重新成為正派的人了。甚而，請聽清楚，如果您的話句句屬實，當然我並不懷疑這一點，那麼現在我就明確的告訴您，在上帝面前，您始終是個聖潔的女人。噢！可憐的女人！」

可憐的芳婷再也忍不住了。接回珂賽特！脫離這種可恥下賤的生活！跟珂賽特一起過上自由的、富裕的、快活而又體面的日子！在悲慘的絕境，眼前忽然展現所有這些天堂般的現實美景！她彷彿癡呆了，看著對她講話的這個男人，她只能「噢！噢！噢！」發出聲音後抽泣。她雙膝彎下來，跪到馬德蘭先生的面前，未待他制止，就拉起他的手，嘴脣貼在上面。

她隨即昏了過去。

第六卷：沙威
Javert

一・開始休息
Commencement du repos

馬德蘭先生讓人把芳婷抬到他工廠的診所，交給修女護理。她發了高燒，在病床上昏迷中高聲的胡亂說話，鬧了大半夜才睡著。

次日近午時分，芳婷醒來，聽見旁邊有人呼吸的聲息，便拉開床帷，看見馬德蘭先生站在那裡，注視著她頭頂，那祈禱的眼神滿含憐憫和不安。她順著那視線看去，才明白他正注視著釘在牆上的一個耶穌受難像。

在芳婷的心目中，馬德蘭先生的形象從此完全變了，覺得他罩在光環裡。他正在潛心祈禱，芳婷觀望許久，沒敢驚動他，後來，她才怯生生地問道：「您在這兒做什麼呢？」

馬德蘭先生站在那兒有一個小時了，等待芳婷醒來。他拉起芳婷的手，把了把脈，反問道：

「您覺得怎麼樣？」

「挺好，我睡了一覺，」芳婷說道，「我想是好了些。不會有什麼事的。」

這回，馬德蘭先生才回答她剛剛的問題，彷彿現在才聽到似的：「剛才我在祈禱上天那位殉難者。」

他在心中還補充一句：「也為人間的殉難者祈禱。」

馬德蘭先生調查了一個通宵和一個上午，現在他全知道了，了解到芳婷身世中所有揪心的細節。他接著說道：

「您吃了很多苦啊，可憐的母親。噢！您不要抱怨，現在您有資格當上帝的選民了。人就是透過這種方式變成天使的，這絕非人的過錯，他們知道除此之外別無選擇。要知道，您脫離的那個地獄，就是天堂的雛形，必須從那裡起步。」

他深深歎了一口氣。然而，芳婷微張缺了兩顆牙的口，卻粲然而笑。

當天晚上，沙威寫了一封信。次日早晨，他親自送到海濱蒙特伊驛站。信寄往巴黎，收信人是這樣寫的：「警察總督先生的祕書夏布葉先生親啟」。由於警察局裡發生的事傳出來了，驛站的女局長和另外幾個人看到了要寄的信，從地址上認出沙威的筆跡，都以為他寄的是辭職信。

馬德蘭先生趕緊寫信給德納第夫婦。芳婷欠他們一百二十法郎，馬德蘭先生寄去三百法郎，告訴他們扣除欠款，餘下的作為旅費，立刻把孩子送到海濱蒙特伊城，因為母親生了病，想看孩子。

德納第喜出望外，他對老婆說：「見鬼啦！這孩子不能放手。真的，這隻小雲雀要變成奶牛了。我猜出來了，可能是哪個冤大頭看上她媽了。」

他寄回了五百多法郎的帳單。帳單做得很精細，附上無可挑剔的兩張收據，總共三百多法郎：一張是大夫開的；一張是藥劑師開的，是他們給孩子治療和開藥的費用，但生了兩場大病的是愛波妮和阿茲瑪。前面交代過，珂賽特並沒有生病。這不過是一個冒名頂替的小伎倆。德納第在帳單下端寫道：「已收到分期付的三百法郎。」

馬德蘭先生立刻又寄去三百法郎，並附言：「趕緊把珂賽特送來。」

「老天爺！」德納第說，「這孩子不能放走。」

這期間，芳婷的病情毫無起色，她一直住在診所。

起初，修女以厭惡的心情接收並看護「這個妓女」。凡是見過蘭斯城大教堂浮雕的人，都會記得規矩的處女看著輕佻女人時撇嘴的表情。貞女對蕩婦的這種鄙夷自古皆然，這是女性尊嚴中一種最深遠的本能。修女所感到的鄙夷，又因宗教信仰而變本加厲，然而沒過多久，芳婷就消除了她們的敵意。她使用各式各樣謙卑溫和的話語，又有一副慈母心腸，足能打動別人。有一天，修女聽見她在高燒中說的夢話：「我曾是個充滿罪孽的女人，不過，等到孩子回到我身邊，這就表明上帝寬恕了我。我陷入罪惡的時候，就不願意讓珂賽特在我身邊，我受不了她那又驚奇、又傷心的眼神。可是，我是為了她才作惡的，就是這一點促使上帝寬恕我。等珂賽特來到這裡，我就會感到仁慈上帝的祝福。我要端詳孩子，看見這天真的孩子，我就會覺得舒服。她什麼也不知道，修女，要知道，她是個天使，在她這年齡，翅膀還沒有掉呢。」

馬德蘭先生每天來探望她兩次，每次她都問：

「我很快就能見到我的珂賽特了吧？」

他就答道：「也許明天早晨就能見到。她隨時都可能到達，我正等著她呢。」

於是，母親那蒼白的臉開朗了。

「啊！」她說道，「我該多麼愉悅呀！」

剛才講過，她的病沒有好。非但沒有起色，病情似乎一週比一週嚴重了。那一團雪塞到她的兩塊肩胛骨中間，突然一冰，便破壞了她發汗的機能，結果多年潛伏在身體中的病症，就猛然爆發了。當時，在研究和治療肺病方面，大家開始採納拉埃內克①的傑出論斷。大夫對芳婷的肺病聽診之後，搖了搖頭。

馬德蘭先生問大夫：「怎麼樣？」

「她不是想看看那個孩子嗎？」大夫反問道。

「對。」

「那好，趕緊把孩子接來吧。」

馬德蘭先生不禁一抖。

芳婷問他：「大夫說什麼？」

馬德蘭先生強裝鎮定笑了笑說：「他說快點兒把您的孩子接來，這樣您就好得快了。」

「嗯！」芳婷又說，「他說得對！怪了，德納第他們留住我的珂賽特幹什麼？哦！她會來的。我總算看到幸福近在眼前了。」

然而，德納第不肯「放那孩子」，還找出各種各樣拙劣的藉口，說什麼珂賽特有點不舒服，冬天不宜出遠門，說什麼當地還有幾小筆急待付清的債務，他要收斂發票，等等。

「我派個人去接珂賽特，」馬德蘭老爹說，「真的不行，我就親自去一趟。」

他照芳婷的口述寫了信，並讓她簽了名。信中這樣寫道：

德納第先生：

請將珂賽特交給持信人。

各筆小債務，去的人會為您全部付清。

此致

敬禮

芳婷

①．拉埃內克（一七八一—一八二六）：法國醫生，發明肺病聽診法。

就在這種時候，出了一個嚴重的意外事件。構成人生的神祕的厚塊，就算我們極力想鑿透也是枉然，命運的黑脈總是在那其中反覆再現。

二．「尚萬強」如何變成「尚馬狄」

Comment Jean peut devenir Champ

一天早晨，馬德蘭先生在辦公室裡，正忙著提前處理市政府的幾件緊急公務，以便一旦需要就能隨時去蒙菲郿。這時有人通報，探長沙威求見。馬德蘭先生聽到這個名字，不免產生反感。在警察局發生爭執之後，沙威想盡辦法躲避他，馬德蘭先生也就再也沒有見過沙威。

「請他進來。」他說道。

馬德蘭先生靠近壁爐坐著，手中握著筆，眼睛凝視著一個卷宗，那是交通警察呈送的幾起違章的筆錄。他一邊翻閱、一邊批示，根本不理睬沙威。他禁不住想到可憐的芳婷，因此對待沙威不妨冷淡些。

沙威恭恭敬敬地向背對他的市長先生鞠了一躬。市長先生沒有看他，還在繼續批閱公文。

沙威在辦公室裡走了兩三步，又停下來，但是沒有打破沉默。

假如一個看相的先生熟悉沙威的本性，長期研究過這個為文明效力的野蠻人，這個由羅馬人、斯巴達人、修士和小軍官組合而成的怪物，這個不會弄虛作假的密探，這個純而又純的警探，假如這個看相先生了解他對馬德蘭先生心懷的夙怨，了解他在芳婷的事上跟市長的衝突，那麼此刻他再觀察沙威，就必然產生疑問：「發生了什麼事？」誰認識這個正直、爽朗、坦誠、廉潔、嚴峻而又兇殘的人，就會看出沙威內心顯然經歷了一場激烈的鬥爭。沙威的內心活動，無一不表露在臉上，他跟狂暴的人一樣，很容易突然來個一百八十度的大轉變。他臉上的神情，比以往任何時候都更奇特、更出人意料。他走進來，便對馬德蘭先生鞠了一躬，目光裡毫無怨恨、惱怒和戒懼。他離市長座椅幾步遠的地方站住，現在筆直地立在那裡，近乎立正的姿勢，一副粗野的樣子，既天真又冷淡，顯然是個從來沒有和氣過的人，始終耐心地等待，一聲不吭，一動不動，手裡拿著帽子，目光低垂，那表情介乎於士兵見了長官和罪犯見了法官之間，顯出由衷的恭順和平靜的屈從，既坦然又嚴肅，等待市長先生回過身來。別人所能推想的情緒和故態，在他身上消失殆盡，他那張花崗岩一般的面孔毫無表情，只是黯然神傷，他那人從上到下都體現出馴順和堅定，是一種說不出來的一種勇於受罰的神態。

市長先生終於放下筆，半轉過身來：

「說吧！什麼事？有什麼話要說，沙威？」

沙威半晌沒吭聲，就好像要集中心思，接著提高聲音，憂鬱而莊嚴地，仍不失樸直地說道：

「是這樣，市長先生，我要跟您報告一項犯罪的行為。」

「他是做什麼維生的？」

「一名下級警察，對一位行政長官做了極為嚴重的失禮。我來向您報告，因為這是我的職責。」

「那警官是誰？」馬德蘭先生問道。

「是我。」沙威回答。

「您？」

「我。」

「要控告警官的那位長官，又是誰呢？」

「是您，市長先生。」

馬德蘭先生從扶手椅上站起來。沙威神態嚴肅，眼睛始終低垂，繼續說道：「市長先生，我來請求您建議上級免我的職。」

馬德蘭先生不勝驚訝，開口剛要說話，沙威卻搶著說：「也許您要說，我本可以辭職，可是這樣還不夠。辭職是體面的行為。我有了過失，就應當受懲罰。應當把我免職。」

他停了一下，又補充說道：「市長先生，那天，您對我的嚴厲有失公正，不過今天您嚴厲處理我卻是公正的。」

「哦！為什麼？」馬德蘭先生提高聲音說，「亂七八糟說的什麼呀？這是什麼意思？您對我有什麼犯罪行為？您幹了什麼？有什麼對不起我的地方？您來自責，要求替換……」

「免職。」沙威說。

「就算免職吧。這很好，可是我不明白。」

「您馬上就會明白，市長先生。」

沙威深深地歎了口氣，始終冷靜而憂傷，又說道：「市長先生，六個星期以前，為了那個女人發生爭執之後，我非常惱火，就告發了您。」

「告發？」

「向巴黎警察總署告發您。」

馬德蘭先生不見得比沙威愛笑，這回也不免笑起來。

「告發我以市長身分干涉警務嗎？」

「告發您從前是勞役犯。」

市長的臉刷地變白了。

沙威沒有抬眼睛，繼續說道：

「當初我是那樣想的。我早就有想法了。相貌一樣，您派人去法夫羅勒打聽過情況，在割風老頭發生車禍那次，您顯示了那麼大力氣，您的槍法又那麼準，還有，您走路時腿腳有點拖，我還找到很多其他線索！我真笨！總而言之，我把您當成一個叫尚萬強的人了。」

「叫什麼？……您說的是什麼名字？」

「尚萬強。那是個勞役犯，二十年前，我在土倫當副典獄長時見過他。那個尚萬強出了獄，好像在一位主教家中偷了東西，後來又在大道上，手持兇器，搶走一個通煙筒的孩子的錢。八年來，他躲藏起來，不知道在什麼地方，還在通緝中。當時，我就想像……總之，我幹了這件事！一氣之下作出了決定，我向警察總署告發了您。」

馬德蘭先生剛才又拿起卷宗，他以十分坦然的聲調又問道：「那麼，總署是怎麼答覆您的呢？」

「說我胡鬧。」

「是嗎？」

「是啊，說得對。」

「您承認這一點很好啊！」

「只得承認，因為真的尚萬強已經被逮捕了。」

馬德蘭先生手上的卷宗掉到地上，他抬起頭來，定睛看著沙威，以難以捉摸的聲調「啊！」了一聲。

沙威則往下說：「事情是這樣的，市長先生。據說在本地，靠近埃利高鐘樓處，有一個叫尚馬狄的老傢伙，是個窮鬼，沒有人注意。那種人，不知道他們靠什麼活著。最近，就在今年秋天，尚馬狄被逮住了，因為偷了人家釀酒用的蘋果，做案地點是在……不討論這個了，反正是盜竊行為——翻牆進去，折斷了樹枝。尚馬狄被抓住了，他手裡還拿著蘋果樹枝，那傢伙被收押了。事情到了這裡，還僅僅是個普通的刑事案件，也是老天有眼，那裡的牢房殘破不堪，初審法官認為阿拉斯有省級監獄，將尚馬狄押送阿拉斯為宜。阿拉斯這座監獄裡，有個人從前做過勞役犯，名叫勃列維，他為什麼被捕我不知道，但因為他表現好，於是當上了那座監獄的獄卒。市長先生，尚馬狄剛到那裡，勃列維就大聲嚷嚷道：『怪了！這人我認識，他是乾柴[②]。唉，老兄，看著我！

②．乾柴：指從前的勞役犯。——作者注

您是尚萬強！』，『尚萬強！誰是尚萬強？』那個尚馬狄還在裝糊塗。『別裝了，』勃列維說，『你是尚萬強！你在土倫勞役犯監獄裡蹲過。那是二十年前的事了，我們在一起在那蹲過。』那個尚馬狄否認這件事，當然啦！您應該能夠明白原因。於是他們開始深入調查，這件怪事追到最後，結果查出，大約三十年前，那個尚馬狄在好幾個地方，尤其在法夫羅勒當過樹枝修剪工，從那以後，線索就斷了。過了很久，他又在奧弗涅，接著又在巴黎露面，他在巴黎當造車工匠，身邊還有個洗衣女，不過這一點還沒有得到證實，最後，就是到了這個地方。在他犯有加重情節的盜竊罪入獄之前，尚萬強在做什麼呢？是樹枝修剪工。在什麼地方？在法夫羅勒。還有別的事實。這個萬強的名字沿用他的洗禮名『強』，而他母親姓馬狄，所以他出獄後，就用了母親的姓，以便隱姓埋名，因此叫強馬狄，這不是理所當然的事嗎？他到了奧弗涅，那地方人發音不同，把『強』說成『尚』，大家都叫他尚馬狄，這傢伙也就順其自然，變成尚馬狄了。您聽明白了，是吧？有人到法夫羅勒調查過，尚萬強的家人已經搬走了，不知道搬到什麼地方。您也清楚，那種階層，一家人死絕是常有的事，後來又試著再找過幾次，也沒有任何發現。那類人如果不是入土為安，就是化作塵埃了，再說，由於距今已有三十年的光景，法夫羅勒那裡認識尚萬強的人都不在了。於是又去土倫調查。除了勃列維，只有兩名勞役犯見過尚萬強，一個叫克什帕伊，一個叫舍尼帝，是兩個判了無期徒刑的囚犯。兩犯提監押到這裡，跟改名換姓的尚馬狄對質。他們都毫不猶豫，跟勃列維一樣，認定那人就是尚萬強。年齡相同，五十六歲，身型相同，神態也相同，總之是同一個人，就是他了。也正是在那個時候，我向巴黎警察總署發函告發您。他們回信說我昏頭了，尚萬強已被收押在阿拉斯。您可以想像得出來，這情況多麼令我詫異，我還以為在這裡抓住了尚萬強本人呢！我寫信給那位初審法官，他允許我過去，並把那個尚馬狄帶到我面前……」

「怎麼樣呢？」馬德蘭先生打斷他的話。

沙威臉上還是那副廉正而憂傷的表情，答道：「市長先生，事實就是事實。我很遺憾，那個人就是尚萬強，我也認出他了。」

馬德蘭先生聲音壓得很低，又問道：「您有把握嗎？」

沙威笑起來，那是深信不疑時所發出的慘笑。

「哈！有把握！」

他沉吟了一下，下意識地從桌上一隻木缽裡，捏出些吸墨用的木屑，繼而補充說道：「就算現在我已經見到了真的尚萬強，我還是不明白我以前怎麼會有這種想法。我請求您的原諒，市長先生。」

眼前這個人，在六週前曾當著許多警察的面侮辱過他，對他喊著：「出去！」。這個傲慢的沙威，卻能講出這樣由衷哀求的話，他不知道此刻他充分體現了樸直和崇高。馬德蘭先生沒有回答他的請示，而是突然地問道：「那人怎麼說？」

「哦，當然！市長先生，這案件可不簡單。若他真是尚萬強，就是累犯。翻牆盜竊、折斷樹枝，偷走幾個蘋果，如果是小孩幹的，就是淘氣的行為；如果是成年人幹的，就是過失；如果是一個勞役犯幹的，就是犯罪。翻牆和盜竊，這就構成了犯罪，不再由警察局處理，而由刑事法庭審判，也不再是拘留幾天，而要判終身勞役了。而且，還有通煙筒的孩子那件事，希望到時他也能出庭作證。好傢伙！真夠受的，對不對？如果不是尚萬強，換了別人一定受不了。然而，尚萬強是個陰險的傢伙，從這一點我也看得出是他。換了別人就會感到事情嚴重，忍不住鬧起來，大喊大叫，就像爐火上的開水壺，說他絕不是尚萬強等等。但他呢，卻是一副莫名其妙的樣子，他說：我是尚馬狄，我不是從那裡出來的！他擺出驚訝的樣子，裝糊塗，這一招更高，嘿！那傢伙真狡猾。可是沒關係，證據擺在那兒。有四個人認出他了，那老混蛋肯定會被判刑，被押上阿拉斯的刑事法庭。我要上庭作證，已經確定了。」

馬德蘭先生已經重新伏案工作，平靜地翻卷宗，時而念念，時而寫寫，像個大忙人。他扭頭對沙威說：「好了，沙威。詳細情況我不大感興趣。我們這是浪費時間，還有緊急公務要處理呢。沙威，您立刻去聖索夫街口，到賣草的布索比老修女家裡，協助她控告那個車夫皮埃爾．舍內龍。

那人太粗魯，趕車時險些壓死他們母子，他應當受罰。然後，您再去橡皮泥表街，到夏塞萊先生家，他抱怨鄰家簷槽中的雨水灌到他家，沖壞了他房子的地基。接下來，您再到吉布街多利斯寡婦家、伽羅布朗街的勒內勒保塞夫人家，查一下有人向我投訴的違法行為，做好筆錄。哦，一下子讓您辦這麼多事，您不是要外出嗎？您不是對我說過，八、九天之後，您要為那個案子去阿拉斯嗎？」

「得早一點出發，市長先生。」

「哪天呢？」

「我好像對市長先生說過，明天就開庭審理，今天夜晚，我就得搭乘驛馬車啟程了。」

馬德蘭先生動了一下，但不易覺察。

「那案子要審理多久？」

「頂多一天工夫，最遲明天夜晚就宣判。肯定會判有罪，但是我不會等到最後，一作證完就立刻趕回來。」

「很好。」馬德蘭先生說道。

他擺了擺手，讓沙威退下。

沙威卻不走。

「對不起，市長先生。」他說道。

「還有什麼事？」馬德蘭先生問道。

「市長先生，還有一件事需要我提醒您。」

「哪件事？」

「就是應當免我的職。」

馬德蘭先生站起。

「沙威，您是正派的人，令我敬佩。您誇大了自己的過錯，況且，您那次冒犯的不是我。沙威，您應該晉升，而不應該降級，我看您還是保留原職就好。」

沙威注視著馬德蘭先生，他那天真的眸子深處的意識，看似不夠清澈，但是既耿直又純潔，他以平靜的聲音說道：「市長先生，我不能同意您這樣處理。」

「我再向您說一遍，」馬德蘭先生反駁道，「這是我的事。」

然而，沙威只注意自己的想法，他繼續說道：「要說誇大，我可是一點也沒有誇大。我是這樣理解的，我毫無理由地懷疑您，這一點還沒什麼，幹我們這行的有權懷疑，儘管懷疑上級是越權行為。但您是可敬的人，是市長，行政長官，我卻毫無證據，只因一時氣憤，企圖報復，就告發您是勞役犯！這就嚴重了，非常嚴重。我不過是政府的一個警務人員，冒犯您就如同冒犯政府。我的下屬若是這樣做，我就會宣布他不稱職，將他辭退。」

「講完了嗎？」

「喏，市長先生，還有一句話。我這一生都很嚴格。對別人跟對自己都用同一個標準，我認為做了正確的事。現在，我對自己若是不嚴格，那麼從前我做對的事就全都不對了。難道我對待自己，就應當比對待別人寬容一些嗎？不應當。怎麼！我只會懲罰別人，而不懲罰自己嗎？那我就成了無恥之徒！那些人說：『沙威這個壞蛋！』就說對啦！市長先生，我不希望您以仁慈心腸對待我。您對別人仁慈的時候，就讓我不痛快，我不要您這樣仁慈的對待我。仁慈就是縱容妓女冒犯紳士、縱容警察冒犯市長、縱容下級冒犯上級，這就是我所說的好心辦壞事。推行這種仁慈，社會就會開始渙散。上帝啊！做好心人還不容易，辦事公道才難呢。哼！假如您真是我懷疑的那個人，我對您絕不會有些許仁慈！您一定會領教到的！市長先生，我對待自己，應該像對待任何人那樣。我制裁那些壞蛋的時候，嚴懲那些不法之徒的時候，就一再告誡自己：『你呀，如果出了差錯，你一旦讓我抓住把柄，就有你好受的！』──我出了差錯，抓住了自己的把柄，活該！好吧，辭退、免職、開除！這樣很好。我有胳膊有腿，可以種田，幹什麼還不一樣？市長先生，做個榜樣，這對公務部門有好處。我僅要求撤除沙威探長的職務而已。」

他講這番話的聲調既謙卑又自負，既沉痛又自信，讓這個誠實的怪人增添了一種說不出來的奇特且偉大氣概。

「以後再說吧。」馬德蘭先生說道。

說著，他朝沙威伸出手。

沙威退避，還以粗野的口氣說：「對不起，市長先生，這可使不得。一位市長不能把手伸給一個密探。」

他又嘟囔著補充一句：「密探，對，我濫用了警權，就蛻變成密探了。」

接著，他深施一禮，便朝門口走去。

走到門口，他又轉過身來，眼睛始終低垂，說道：「市長先生，我繼續執行公務，直到有人替換我。」

沙威走了。馬德蘭先生出了一回神，傾聽那穩健的腳步踏著長廊的石板地漸漸走遠。

第七卷：尚馬狄案件
L'affaire Champmathieu

一・辛朴利思修女
La soeur Simplice

下面敘述的事件，在海濱蒙特伊並未全部曝光，但是透露出來的一些狀況，在這城中留下極深的印象，若不詳細記述，就會給本書造成重大遺漏。

讀者看到這些詳細情況，會覺得有兩三個地方不大真實，為了尊重事實，我們只照實抄錄。

那天，馬德蘭先生接見了沙威之後，下午還是照常去探視芳婷。他走進芳婷的病房之前，派人叫辛朴利思修女過來一下。照看醫務所的兩位修女，佩爾珮蒂和辛朴利思，跟慈善機構的所有修女一樣，都是遣使會的修女。

佩爾珮蒂修女是極為普通的村姑，形貌粗俗，皈依上帝就跟找工作一樣，她當修女，就跟別人當廚娘一般。這種類型的人並不少見，各個修會都樂於接收這種粗笨的村民，而且不費吹灰之力，就使之成為嘉布遣使會或聖于爾絮勒會的修士。這類粗人正好用來幹粗活，一個牧童搖身一變而成為加爾默羅會修士，過渡毫無障礙，不用花多大氣力，就能從這一個變成那一個。鄉村和寺院都同樣愚昧，這就是目前人員的組成基礎了，因此鄉民和寺僧都半斤八兩，罩衫裁寬一點，就是修士袍了。佩爾珮蒂修女是個健壯的修女，來自蓬圖瓦茲附近的馬里納村，一口鄉音，說話很單調，好嘟囔，往往看病人是真信教、還是假偽善，來決定往湯藥裡放糖的分量，對患者態度粗暴，跟要死的人賭氣，幾乎是把上帝摔到臨終的人臉上，氣沖沖地作臨終禱告。她又魯莽、又誠實，那張臉總是紅紅的。

辛朴利思修女的臉卻像白蠟一樣白淨。她在佩爾珮蒂身邊，就像細白蠟燭挨著大紅蠟燭。文生．德．保羅妙筆生花，既放肆又拘束，活靈活現地刻畫出這些從事慈善事業修女的形象：「病院就是她們的修道院，靜修室就是一間租來的房子，本教區的教堂就是她們的聖殿，街道或醫院的廳室就是修道院的迴廊，馴順就是修道院的圍牆，敬畏上帝就是鐵柵欄，謙卑就是面紗。」辛朴利思修女就是這種理想的實際形象。誰也說不準她的年紀：她從未有過青春，似乎永遠也不會老。這個人，我們不敢說是個女人，這個人沉靜、嚴肅、冷淡，但又是個好伴侶，從未說過謊話。她柔和到極點，未免顯得脆弱，但是比花崗岩還要堅硬。她用曼妙純淨的纖指接觸患者。她的話語在一定程度上包含緘默，只講必要的話，而那聲調能夠建起一個懺悔座，也足能迷住一座沙龍。這種纖弱的資質跟身上的粗呢衣裙相得益彰，有了這種粗糙的接觸，就能時時想起上天和上帝。這邊還要強調一個細節，她從不說謊，無論為了任何利益，甚至也不會隨口說出違背事實、違背神聖事實的話，這就是辛朴利思修女的特性，是她品德的特質。正因為這種不可動搖的誠信，她在教會中相當有名氣。西伽爾神父在給聾啞人馬西厄的信中，就提到辛朴利思修女。我們再怎麼坦率、誠實而純潔，在這種坦誠之心上，無不有無害小謊造成的裂紋，而她則絲毫沒有。小小的謊言，無關緊要的謊言，總還是有的吧？說謊，就是絕對的惡。只說一點謊，是不可能的，說一句謊就等於全部說謊，說謊，這就是魔鬼的原貌，撒旦有兩個名字，既叫撒旦又叫撒謊，辛朴利思修女就是這樣想的，她怎樣想就怎樣做。因此，她的肌膚有我們所說的白色，那晶瑩的白光甚至籠罩在她的嘴唇和眼睛上。她的微笑是白的，目光是白的；在那顆名為良心的玻璃上，沒有一粒灰塵，也沒有一絲蜘蛛網。她皈依聖文生．德．保羅時，特意選擇了辛朴利思這名字。眾所周知，西西里的辛朴利思是位聖女，生於錫拉古斯，她若是謊稱生於塞格斯特，就能保住一條命，卻寧肯讓人拔掉雙乳也不願說謊。這位聖女正合乎她的靈魂。

辛朴利思修女信教之前有兩個缺點，後來逐漸克服了：從前她愛吃甜食，喜歡別人寄信給她。她只看一本書，是大字版的拉丁文祈禱經，她不懂拉丁文，但是能看懂這本書。

這位虔誠的修女在芳婷身上，也許感到了潛在的美德，因而喜歡上她了，盡心盡力，幾乎只顧著照顧她。

馬德蘭先生一到，就把辛朴利思修女拉到一旁，囑託她好好照料芳婷，後來她才發覺，馬德蘭先生這次說話的聲調很奇特。

他離開修女，走到芳婷的身邊。

芳婷天天等待馬德蘭先生來探視，如同等待一束溫暖快樂的陽光。她常對兩位修女說：「市長先生在我身邊時，我才有精神。」

這天，她正發著高燒。她一看見馬德蘭先生，就問他：「珂賽特呢？」

他含笑答道：「快來了。」

馬德蘭先生對芳婷還是跟平時一樣，不過這次待了一小時，而不是半小時，讓芳婷著實雀躍了一陣子。他對所有人千囑咐、萬叮嚀，不要讓病人缺了什麼。大家注意到有一小段時間他的臉色變得十分陰沉，但是後來聽說大夫曾對著他耳朵講了一句：「她更加衰弱了！」，他那種神色也就不言自明。

探視完芳婷後，他回到市政廳。辦公室的夥計看見他在自己辦公室裡，仔細察看掛在牆上的法國公路圖，還看見他用鉛筆往一張紙上寫了幾個數字。

二・斯科弗賴爾師傅的洞察力

Perspicacité de maître Scaufflaire

馬德蘭先生從市政廳出來，又去城另一頭一個佛蘭德人的家中。那人叫斯科弗拉愛，變成法文就是斯科弗賴爾，他出租馬匹，馬車也可以隨意租用。

要去斯科弗賴爾家，最近的路是走一條僻靜的街道，堂區神父和馬德蘭先生都住在那條街上。據說，堂區神父高尚可敬，善於為人排憂解難。馬德蘭先生快要走到那位神父的住宅時，街上只有一個行人。那行人看到這樣的情景：市長先生已經走過了神父的住宅，忽然停下腳步，站了一會兒，又原路返回，一直走到神父的門前。那是獨扇小門，吊了個鐵門錘，他急忙抓起門錘，但是又停下不動，彷彿在考慮，過了幾秒鐘，他沒有重重地敲門，而是輕輕地放下門錘，又繼續趕路，腳步比原來匆忙許多。

馬德蘭先生到了斯科弗賴爾師傅家，看見他正在修補鞍具。

「斯科弗賴爾師傅，」他問道，「您有一匹好馬嗎？」

「市長先生，」佛蘭德人答道，「我的馬全是好馬。您說的好馬是指什麼呢？」

「就是指一天能跑二十法里的馬。」

「見鬼！」佛蘭德人說，「二十法里！」

「對。」

「拉著輕便馬車嗎？」

「對。」

「到目的地後可以休息多少時間？」

「必要的話，第二天還要趕路。」

「原路返回？」

「對。」

「見鬼！見鬼！是二十法里嗎？」

馬德蘭先生從兜裡掏出寫了數字的那張紙，遞給佛蘭德人看，只見上面寫著五，六，八點五。

「您瞧，」他說道，「總共十九點五，也就等於二十法里啦。」

「市長先生，」佛蘭德人又說，「這事兒我包了。就用我那匹小白馬，您肯定看過牠拉車。那是下布洛內的小型牲口，性情火爆。起初想把牠訓練成坐騎。唉！牠狂奔亂跳，誰騎上去都會被摔到地上。大家以為牠難以馴服，不知如何使用。於是，我買下來，套上車子。先生，這才是牠願意幹的活兒呢，簡直像姑娘一樣溫順，跑起來如同一陣風。嘿！真的，不應當騎在牠背上，牠不願意當坐騎。各有各的志向嘛。拉車，可以；被騎，不成。相信牠心裡應該是這樣說的。」

「牠可以跑這段路程？」

「您那二十法里，一路小跑，用不了八個鐘頭就到了。不過有幾個條件。」

「說吧。」

「第一，跑一半路程，您讓牠歇一個鐘頭，餵點草料，餵草料時要有人看著，以防客棧夥計偷牠的燕麥，我曾發現過，在客棧餵馬時如果餵燕麥飼料，馬往往吃不到一半的份量，多半讓馬廄夥計私吞了。」

「會有人照料。」

「第二……馬車是給市長先生乘坐的嗎？」

「對。」

「市長先生會駕車嗎？」

「會。」

「那好，市長先生要一個人走，也不要帶行李，以免車子太重，把馬累著了。」

「可以。」

「不過，市長先生，您不帶著人，就得親自費神監視燕麥了。」

「說到做到。」

「每天收費三十法郎，休息的時間也照算。少一個銅板也不行，牲口的飼料由市長先生負擔。」

馬德蘭先生從錢袋裡掏出三枚金幣放到桌子上。

「先付兩天的。」

「第四，路程這麼遠，帶篷馬車太沉，馬吃不消，市長先生必須接受我那輛兩輪馬車。」

「我接受。」

「那輛輕便是輕便，可是敞篷啊……」

「我不在乎。」

「市長先生想過嗎，現在是冬天？……」

馬德蘭先生沒有應聲，佛蘭德人又說：「想過天氣很冷嗎？」

馬德蘭先生仍然沉默不語。斯科弗賴爾師傅接著說：「想過可能下雨嗎？」

馬德蘭先生抬起頭說道：「這輛輕便馬車套好馬，明天凌晨四點半鐘，準時在我門口等候。」

「一言為定，市長先生。」斯科弗賴爾答道，他用大拇指的指甲摳去木桌上一個污痕，拿出佛蘭德人掩飾精明的那種漫不經心的神情，又說道：「對了，現在我才想到！市長先生還沒有告訴我去什麼地方。市長先生要去哪兒呢？」

一開始交談，他就沒想到別的事，卻不知道為什麼沒敢提出這個問題。

「您那匹馬前腿有力嗎？」馬德蘭先生問道。

「有力，市長先生。下坡路您得稍微把轡繩勒緊一點。從這兒到您去的地方，有許多下坡路嗎？」

「不要忘記，明天凌晨四點半鐘，準時在我門口等候。」馬德蘭先生說罷便走了。

佛蘭德人，正如過了一會兒他自己說的，「傻愣」在那兒了。

市長先生走了兩三分鐘後。房門重新打開，進來的還是市長先生。

他始終是那副心事重重而又無動於衷的樣子。

「斯科弗賴爾先生，」他說道，「您要租給我的那匹馬和那輛車，連車帶馬，估計值多少錢？」

「馬帶車子，市長先生？」佛蘭德人說著哈哈大笑。

「行啊，多少錢？」

「市長先生是想買下我的車和馬嗎？」

「不是，以防萬一出事，我想把擔保金交給您。等我回來，您再如數還給我，車和馬您估價多少？」

「五百法郎，市長先生。」

「給您。」

馬德蘭先生把鈔票放在桌子上，這回出去就沒有再回來了。

斯科弗賴爾後悔死了，真應該說一千法郎，其實，車和馬加在一起，只值一百銀幣。

佛蘭德人叫來老婆，向她敘述了這件事。市長先生要去什麼鬼地方呢？夫婦二人開始猜起來。「他要去巴黎。」妻子說道。「我不信。」丈夫卻說。馬德蘭先生把寫了幾個數字的那張紙遺忘在壁爐上。佛蘭德人拿起紙來琢磨：「五，六，八點五，估計標明是驛站之間的里程。」他回身對老婆說，「我明白了。」「怎麼樣？」「從這兒到埃斯丹有五法里，從埃斯丹到聖波爾有六法里，從聖波爾到阿拉斯則是八法里半。他是去阿拉斯。」

過了不久，馬德蘭先生回到家裡。

他從斯科弗賴爾師傅家返回，走了最遠的路線，就好像堂區神父住宅的門對他是一種誘惑，要避開似的。他上樓到自己的臥室，關上房門，這是完全正常的，他喜歡早睡。馬德蘭先生惟一的女僕就是工廠的看門人，她看到八點半他就熄了蠟燭，就把這情況告訴剛回來的出納員，還說了一句：「市長先生病了嗎？我覺得他的樣子不太正常。」

出納員的臥室恰巧在馬德蘭房間的下方，他對女門房的話毫不在意，上床就睡著了。睡到半夜猛然驚醒，在睡夢中聽見了頭上有響動，他側耳傾聽，原來是來回踱步的聲音，好像樓上的房間裡有人在走動。再仔細一聽，就辨認出是馬德蘭先生的腳步，他不禁覺得奇怪：平常在起床之前，馬德蘭先生的臥室是一點動靜也沒有。過了一會兒，他又聽見類似開櫥門又關上的聲響，接著，有人搬動一件家具。寂靜了一會兒，重新響起腳步聲。出納員忽地坐起來，他完全醒了，睜眼四處瞧瞧，透過玻璃窗，看見對面牆上映出一扇亮燈窗戶的紅光。從光照的方向來看，只能是從馬德蘭先生臥室的窗戶投射出來的。牆上的反光不斷顫動，彷彿是火光而不像燈光，沒有窗格的影子，表示窗戶是完全敞開的。天氣這麼冷，卻打開窗戶，實在令人吃驚。出納員又睡著了，一兩個鐘頭之後，他又醒來，頭上始終有來回走動、同樣緩慢而均勻的腳步聲。

牆上也始終有反光，不過黯淡平穩了，好像是一盞燈或一枝蠟燭映射的影子，窗戶始終敞開著。

要知道馬德蘭先生臥室裡發生的事情，且看下回分解。

三・腦海中的風暴

Une tempête sous un crâne

自不待言，讀者想必早已猜出馬德蘭先生不是別人，正是尚萬強。

我們已經探視過那顆良心的深處，此刻又可以再次探視一番了。我們不能不又激動、又惶恐，因為觀望到的情景，比任何事情都更怵目驚心。在精神的眼睛看來，人心比任何地方都更炫目，也更黑暗；精神的眼睛所注視的任何東西，也沒有人心這樣可怕，這樣複雜，這樣神祕，這樣無邊無際。有一種比海洋更宏大的景象，那就是天空；還有一種比天空更宏大的景象，那就是人的內心世界。

以人心為題作詩，那怕只描述一個人，那怕只描述一個最微賤的人，那也會將所有史詩匯入一部更高的終極史詩。人心是妄念、貪婪和圖謀的混雜，是夢想的熔爐，是可恥意念的淵藪，也是詭詐的魔窟、欲望的戰場。在某種時刻，透過一個思索之人蒼白的臉，觀其身後，觀其內心，觀其隱晦。沉默的外表下，卻有荷馬史詩中那種巨人的搏鬥，有彌爾頓詩中那種神龍蛇怪的混雜、成群成群的鬼魂，有但丁詩中那種螺旋形的幻視。每人負載的這種無限，雖然幽深莫測，但總是用來衡量自己頭腦中意願和生活的行為，而且總是大失所望。

有一天，但丁碰見一道陰森可怕的門，站在那道門前，他也不免猶豫不決。現在，我們也正面對著一道門，站在門口猶豫。不過還是讓我們進去吧。

小傑爾衛事件後尚萬強遭遇到的狀況，讀者已全都明白了，這裡稍微補充一點也就夠了。我們看到，從那時起，尚萬強變了一個人。那位主教期望他做什麼樣的人，他完全照辦了。這不僅僅是改變，而是脫胎換骨。

他做到銷聲匿跡了，賣掉主教的銀器，只保存兩支燭臺作為留念，從一座城市溜到另一座城市，穿越法國，來到海濱蒙特伊，發明了前面講過的新方法，完成了前面敘述的事業，自己也成功地變成了不可捉摸、又難以接近的人；他在海濱蒙特伊定居，欣慰的是既追悔前半生，又用後半生來彌補缺憾，生活安定，有了保障和希望，心中只有兩個念頭：隱姓埋名而修成聖徒，逃避世人而皈依上帝。

在他的頭腦裡，這兩個念頭緊密相連，已經形成一種意願了。兩個念頭都同樣強烈、同樣具有吸引力，控制他的一舉一動。平時，兩者並行不悖，指導他的行為，把他拉向隱居的生活，讓他成為平易和善的人，兩者都提醒他做同樣事情。然而，也有發生衝突的時候。大家還記得，一旦出現這種情況，海濱蒙特伊所有人都稱為馬德蘭先生的這個人，就毫不猶豫取捨，肯為後者犧牲前者，能捨身求義。因此，儘管他有所顧忌，儘管小心謹慎，還是保存了主教的燭臺，為主教服喪，把所有過路的通煙筒少年叫來詢問，打聽在法夫羅勒的家庭情況，而且不理會沙威含沙射影的威脅，救了割風老爹的命，我們已經注意到，他似乎效法所有聖賢忠義之士，認為他首要的天職不是為了自身。

不過，應當指出，類似的情況還從來沒有發生過。我們敘述這個不幸者所遭受的痛苦，但是支配他的兩種念頭，從來沒有展開如此嚴重鬥爭的紀錄。沙威走進他的辦公室，剛了說幾句話，他內心就隱隱約約明白了。他深深埋藏的名字，又如此離奇地聽人提起，他當即大為駭然，彷彿為自己命運的奇異惡兆所震懾。他在驚愕中不禁悸動，這預示著巨大的打擊。他俯下身子，宛如暴風雨逼近的一棵橡樹，又如同快要衝鋒的一名士兵。他感到烏雲壓頂，就要雷電交加。他聽沙威講的時候，頭一個念頭就是立刻過去，跑去自首，將那個尚馬狄救出牢房，自己入獄受罰。這樣想就跟剜肉一般鑽心疼痛，繼而，這種念頭過去，他心中暗道：「再看看吧！再看看吧！」他壓下慷慨之心最初的衝動，在英勇行為面前退卻了。

這個人聽了主教的聖言之後，多年來痛改前非，以苦修、苦行來贖罪，有了極好的開端，即使面臨兇險的境況，也能臉不變色、心不跳，仍以同樣的步伐，繼續走向天國所在的深淵，這當然是一種壯舉。不過，壯舉是壯舉，他卻沒有這麼做。我們必須釐清這顆心靈裡發生的事情，但也只能如實講述。最初佔上風的，是保存自身的本能，他急忙收攏心思，抑制衝動，正視沙威這個巨大威脅，在恐懼中毅然推辭任何決定，集中考慮該怎麼辦，重新鎮定下來，就像一名武士重新拾起盾牌。

事後，他一整天都處於這種狀態：內心思潮翻騰，外表沉靜安詳。他僅僅採取了所謂「安全措施」。頭腦裡還是一片衝突和混亂，亂成一團，看不到任何實際的想法，連自己都說不清自己是怎麼了，只知道剛剛受了一次重重的打擊。他還是照常到芳婷的病榻旁邊，並出於善良的本能，延長了探視的時間，心想應當這樣做，應當把她託付給修女，以防萬一他出外遠行。他隱約感到也許要去一趟阿拉斯，雖然還沒有決定，但是心想他既然絲毫沒有受到懷疑，倒不妨親自去看看那件案子審判的情況，於是訂了斯科弗賴爾的馬車，以備不時之需。

晚餐，他的胃口不錯。

回到臥室，他開始靜心思考。

細想自己的處境，覺得聞所未聞，離奇到了極點，以致在胡思亂想當中，不知受到什麼莫名其妙不安情緒的推動，他突然從椅子上跳起來，跑去插上房門，怕有什麼東西闖進來，森嚴壁壘，以防萬一。

過了一會兒，他吹滅了蠟燭：燭光讓他覺得不太自在。

好像有人能看見他。

有人，誰呢？

唉！他要關在門外的人已經進來了，他不想讓他看見的人卻看著他。此人就是他的良心。

不過，起初他還抱有幻想，以為獨自一人待在房間裡就安全了，插上了門閂，就誰也闖不進來；吹滅了蠟燭，就誰也看不見他了。於是，他就完全掌握得自己的狀況，雙肘支在桌子上，用手托著頭，在黑暗中開始思考。

「我現在走到哪一步了？」、「我不是在做夢吧？」、「別人對我說了什麼呢？」、「我真的跟沙威見過面，他真的對我那樣說的嗎？」、「那個尚馬狄究竟是什麼人呢？」、「他長得像我嗎？」、「怎麼可能呢？」、「昨天我還那麼平靜，萬萬沒有想到會出事！」、「昨天這個時候，我在做什麼？」、「這件事有什麼隱情呢？」、「最後要如何收場呢？」、「怎麼辦啊？」

他就這樣陷入困惑中，頭腦什麼也留不住，種種念頭像波濤一樣流走，他雙手抱住額頭想攔住思緒。

他的意志和理智也給攪亂了，想理出個頭緒，找出個解決辦法，結果一無所獲，惟有惶恐不安。

他的腦袋發燙，於是走過去打開窗戶，天上不見一點星光，他又返身坐到桌子旁。

頭一個小時就這樣過去了。

這段時間，一些模糊的思路，在他頭腦中漸漸成形、漸漸確定，全局雖然還看不清楚，但一些局部情況卻像實物一樣清晰了。

他開始認清，這種局面再怎麼特殊，再怎麼危急，他也能完全掌握主動權。

但這只會使他更加驚慌失措。

時至今日，他的所作所為，無非是挖了一個洞，埋藏他的姓名，與他期望中苦修的宗教目的並不相干。在他獨處自省的時刻，輾轉難眠的夜晚，他始終最擔心的情況，就是忽然聽人提起這個名字，心想那便是他一切的終結，這個名字重新出現之日，就是他的新生活在他周圍毀滅之時，誰曉得呢？也許是他的新靈魂在他內心毀滅之時。只要一想有可能出現這種情況，他就不寒而慄。在這種時刻，如果有人對他說，時候一到，這個名字就會在他耳邊震響，尚萬強這個醜惡的名字，就會突然從黑夜裡跳出來，矗立在他面前，而強烈的光就會在他頭上閃耀，驅散包圍著他的神祕。不過那人同時又說，這個名字不會威脅他，這道光只能製造更加濃厚的幽暗，這道光撕開的紗幕還會增加神祕，這場地震會加固他的建築，而且他若是願意，這次非常事件的後果，只能使他的一生更加清楚、又更難以參透，這位和善可敬的紳士馬德蘭先生，在跟尚萬強的幽靈對質之後，就會更加體面，更加安寧，更受尊敬了……如果有人對他這樣說，他肯定會搖頭，認為這全是無稽之談。然而，這一切恰恰發生了，這一堆不可能的事情已成事實，上帝允許這些荒唐事變成真實！

他繼續胡思亂想，但是思路越來越明朗，自己的處境也看得越來越清楚了。

他彷彿莫名其妙睡了一覺，忽然醒來，發現在深夜裡，站在下滑的深淵邊上，渾身顫慄發抖，已經退不回去了。在昏暗中，他看見一個陌生人，一個素不相識的人，而命運把那人當作他將之推下深淵。是他或是那人，有一個人必須墜落下去，深淵才能重新彌合。

他只好聽其自然。

事情完全清楚了，他默認這一點：他在勞役場監獄的位置還空著，一直等著他，躲也沒用，他搶了小傑爾衛的錢，就要被逮捕歸案，那個空位始終在等待著他，直到他進去為止，這是命中注定、不可避免的事情。繼而他又想到：在這個時候，他有一個替身，看來有一個叫做尚馬狄的傢伙走了厄運，從今以後，他就附在尚馬狄的身上去坐牢，冒馬德蘭先生之名來處世，再也無須擔心了，只要他不阻止別人，這塊罪惡之石就像墓石一樣，一旦壓到尚馬狄的頭上，就永遠再也掀不起來了。

這種念頭十分強烈，又十分奇異，以致他心中忽然萌發一陣難以描摹的衝動；這種良心上的攣動，人類終其一生只能經歷兩三次。心中由諷刺、喜悅和失落所構成的曖昧情緒，全部攪動起來，可以稱之為內心的一陣狂笑。

他又突然點亮蠟燭。

「這是怎麼啦！」他自言自語，「我究竟怕什麼呢？我又何必這樣想呢？我現在得救了，一切都結束了。原先只有一扇虛掩的門，我的過去還能通過門縫，猛地闖進我的生活。現在，這扇門堵死了，永遠堵死了！沙威那個可怕的東西，那條兇惡的獵犬，多年來一直攪得我坐臥不安，他彷彿識破了我，天啊！真的識破了我，到處跟蹤我，時刻窺伺我，現在他失去線索，跑到別的地方，完全走上歧途啦！他抓到了他的尚萬強，從此心滿意足了，可以讓我安生啦！說不定他還要離開這座城市呢！何況，發生這種事情，我根本沒有插手！沒有起任何作用！然而，這是怎麼說呢！這其中有什麼不妙的情況呢？老實說，此刻有人若是瞧見我，還以為我碰到什麼倒楣事呢！說到底，真有什麼人遭殃的話，也絕怪不到我的頭上。這完全是上天安排的。看來這就是無心插柳柳成蔭啊！難道我有權打亂上天的安排嗎？現在我還企求什麼呢？我管那個閒事幹什麼？這與我無關。怎麼搞的！我高興不起來！我還需要什麼呢？多少年來我追求的目的，我夜以繼日的夢想著、祈禱上蒼的心願，就是安定，現在我得到啦！這是上帝的意願。我絲毫沒有違背上帝的意志，祂為什麼要這樣呢？為了讓我繼續我的事業、讓我行善，有朝一日成為一個鼓舞人心的偉大榜樣，也為表明我苦修贖罪、棄惡從善後，竟能得到一點幸福！我實在不明白，我到底在怕什麼？為何不敢走進那位厚道的堂區神父家中，像面對懺悔師那樣，原原本本地告訴他，向他求教，顯然他也會跟我這樣講。就這樣定了，聽其自然！聽憑仁慈上帝的安排！」

他在心靈深處這樣自言自語，可以說同時也俯視他本人的深淵。他從椅子上站起來，開始在屋裡踱步。「好啦，」他說道，「不想這件事了。就這麼決定啦！」然而，他絲毫也不覺得快活。恰恰相反。

人類無法阻止自己重新思考原有的想法，就像海水流回岸邊。對水手來說，這叫作潮流；對罪人來說，這叫悔恨。人的靈魂經過上帝擾動後，就好似洶湧澎湃的海洋。

無可奈何，過了一會兒，他接著又進行這種可悲的對話，自己講給自己聽，講他不想說的事，聽他不願聽的話，屈從於一種神祕的力量。這種力量對他說：想吧！正如兩千年前對另一個判刑的人說：走吧！

話題先不要扯得太遠，為了講得明明白白，就要強加一種必不可少的觀察。

人自言自語，確有其事，凡是有思維的人無不有這種體驗。甚至可以說，言語只有在人的內心裡，從思想到意識，再從意識回到思想，才具有無與倫比的神祕性。本章時常使用的「他說」、「他喊道」這些字眼，也只能用這種方式來解讀。人在心中自言自語、在心中高喊，卻不打破表面的沉默，心中一陣喧鬧，除了嘴以外，全身都在講話。靈魂的存在，並不因其無形無體而減其真實性。

就這樣，他心中問自己現在究竟是怎麼回事？他問自己「這樣決定」怎麼樣？他向自己承認，他在頭腦裡所做的安排非常殘忍，「聽其自然，聽憑仁慈上帝的安排」，這簡直可怕極了。任由命運和人的這種謬誤進行，不加以阻攔，保持沉默，總之什麼也不做，就是做了一切！這是極端無恥而虛偽的！這是犯罪，既卑劣又陰險，既無恥又醜惡！

這個不幸的人，八年來第一次嘗到壞思想和壞行為的苦味。

他厭惡地吐了出來。

他繼續捫心自問，嚴厲責問自己，所謂「我的目的達到啦！」究竟是什麼意思？他向自己表明這一生確實是有目的的。然而目的是什麼呢？隱姓埋名嗎？矇騙警察局嗎？他所做的一切，難道就是為了這樣一點區區小事嗎？難道另外沒有一個遠大的、真正的目的嗎？拯救靈魂，而不是拯救軀體。恢復誠實和善良，做一個有天良的人！難道這不是他終生最主要的、惟一的追求嗎？難道這不是主教對他最主要的、惟一的囑咐嗎？關上門，隔斷自己的過去？然而，老天爺！這扇門關若未關，他做一件卑劣的事，就又重新打開這扇門！他就是重做盜賊，而且是最醜惡的盜賊！竊取另一個人的生存、生活和安寧，竊取另一個人在陽光下的位置！他變成了兇手！他行兇，在精神上殺害一個可憐的人，置那人於死地，而且是活受罪的死亡，是人稱勞役場酷刑的死亡！反之，去自首，去救那個蒙了不白之冤的人，盡自己的天職，恢復真名實姓，重做勞役犯尚萬強，那才是真正實現復活，永遠關閉能夠讓他抽身的地獄之門！看似重墮地獄，實則脫離地獄！應該這樣做！他不這樣做，就等於什麼也沒有做！他就虛度一生，白白苦行贖罪了，他就只能說：活著幹什麼？他感到主教就在眼前，感到主教正因為故去而看得更加清楚，感到主教正盯著看他，從今以後，他會覺得德高望重的馬德蘭先生面目可憎，反倒是勞役犯尚萬強變得純潔而令人敬佩了。他感到，世人只看見他的面具，而主教卻看見他的面孔；世人只看見他的生活，而主教卻看見他的良心。因此，他必須去阿拉斯，解救假尚萬強，告發真尚萬強。唉！這可是一種最大的犧牲、最慘痛的勝利，也是要跨越的最後一步，但是必須如此。痛苦的命運！只有回到世人眼中的屈辱地位，他才能進入上天眼中的聖潔境界！

「好吧，」他說，「就這麼辦！要盡天職！搭救那個人！」

他高聲講出這樣的話，卻渾然不覺高聲說話了。

他抓起書，查看一下，便把書放置整齊。他將小商人因為拮据而向他借貸的票據全扔進爐火裡燒掉。接著，他又寫了一封信，封上之後，當時房間裡若是有人，就會看見他在信封上這樣寫道：「巴黎阿圖瓦街，銀行行長拉斐特先生收」。

他從寫字臺的格子裡取出一個皮夾，裡面裝有幾張鈔票和同年參加選舉的身分證。

他一面極為深沉地思索，一面處理這些雜事，現場若是有人看到他，絕猜不出他內心在想些什麼。只能看出有時他嘴脣翕動，有時他抬起頭，凝視牆上某一點，就好像那剛好是他要弄清楚或詢問的東西。

寫給拉斐特先生的信完成了，他就將信連同皮夾放進衣兜裡，重新開始踱步。

他遐想的思路分毫未變。他仍然清晰地看見他的職責：「去吧！報出你的姓名！自首吧！」這是用發光的文字寫就，在他眼前閃閃發亮，並隨著他的視線而轉移。

同樣，他也看見他生活一直遵循不悖的雙重規則：隱姓埋名，為靈魂贖罪，這兩個念頭彷彿化為有形之物，顯現在他面前，而且涇渭分明。他看出兩者的差異，看出一個念頭必然向善，另一個念頭則可能作惡，一個利人，另一個為私；一個說：「別人」，而另一個則說：「我自己」；一個來自光明，另一個來自黑暗。

兩者相互爭鬥，他也看見兩者在搏鬥。隨著他的思索，兩個念頭也在他心智的雙眼之前慢慢擴大，現在已經長成了巨大的身軀；他彷彿看見在他的內心，在我們前面所說的這個無邊無際的天地裡，在幽暗和微光之間，有一位女神和一個女魔正在酣戰。

他的內心充滿恐懼，但是他感到善念能夠得勝。

他感到他良心和命運的另一個決定時刻開始靠近了：主教代表了他新生的第一階段，尚馬狄則代表了第二階段。巨大的恐慌過後，又面臨巨大的考驗。

剛才平靜了一會兒，現在又漸漸衝動起來。頭腦裡思緒萬千，但是他的決心卻越來越堅定。

有一陣子，他對自己說，也許他在處理這件事上有點太性急了，其實，那個尚馬狄算不了什麼，那傢伙畢竟偷了東西。

他又這樣回答自己：那人就算真的偷了幾個蘋果，也就是坐一個月的牢罷了，離勞役場還差得遠呢。況且，誰知道他到底有沒有偷呢？有證據嗎？尚萬強這個名字壓到他頭上，似乎就無須證據了。檢察官通常不都是這麼做的嗎？大家一旦知道他是勞役犯，也就會認為他是竊賊。

過了一會兒，他又這樣想：一旦他去自首，當別人考慮到他的英勇行為，他七年來的誠實生活，以及他為當地所做的事情時，也許會赦免他。

不過，這種假設很快就被否決了，他苦笑了一下想道，他搶了小傑爾衛的四十蘇，這就構成了累犯罪，這案子肯定會被判刑，而法律有明文規定，他會被判處終身勞役。

他丟開一切幻想，漸漸脫離塵世，要從別處尋求安慰和力量。他對自己說必須盡天職，盡了天職，未必就比逃避天職更痛苦；如果他「聽其自然」，留在海濱蒙特伊，那麼他所贏得的德望和美名、欽佩和敬重、他的善舉和仁愛之心、他的財富、他的人望、他的品德，都要被一樁罪行所玷污了；這些聖潔的事物跟這件醜事糾纏在一起，會是什麼味道呢？反之，他若是在勞役場，在絞刑架下，戴著行枷，戴著綠色刑徒帽，在不間斷的勞役中，在無情的屈辱中完成自我犧牲，那麼他就會為自己增添一個聖潔的思想！

最後，他對自己說，這是必經之路，命中注定，他不能做主改變上天的安排，無論如何都得作出選擇，或許是外君子而內小人，也或許是外表污穢而內在聖潔。

萬千愁緒，翻騰不已，但是他的勇氣並沒有減退，惟有頭腦疲憊了，便不由自主地去想別的事，開始想一些不相干的事情。

太陽穴的脈搏劇烈跳動，他還是不停地走來走去。午夜鐘聲先後在教堂和市政廳敲響了。兩口鐘，他各數了十二下，並比較聲音。這時他聯想起幾天前，他在廢銅爛鐵商店看見一口古鐘在出售，鐘上鑄有這樣的名字：羅曼城的安東尼・阿爾班。

他全身發抖，就生起一點火，卻沒想到要關上窗戶。

這樣一來，他又重新陷入怔忡狀態，竟想不起午夜鐘聲之前在思考什麼，費了好大勁兒才想起來。

「哦，對啦！」他自言自語，「我決定自首。」

繼而，他忽然想起芳婷。

「噢！」他歎道，「還有那個可憐的女人！」

想到這裡，又爆發一場新的危機。

芳婷突然出現在他的冥想中，宛如意外射進來一束光線。他立刻覺得周圍全變了，不禁喊道：「哎呀，糟糕！直到現在，我還只考慮自己，只為自己著想！想自己最好隱瞞還是自首；最好隱藏自身還是拯救靈魂；最好做一個受人尊敬而可鄙的官吏，還是當一個受人景仰而下賤的勞役犯，想的是我，總想我自己，只想我自己！可是，上帝啊，這完全是自私自利！這是把自私自利用不同的形式表現出來，但總歸就是自私自利！我若是稍微替別人想一想呢？聖德最首要的一點就是替別人著想。喏，斟酌、斟酌吧。把我排除，把我抹掉，將我置於腦後，那麼又會如何呢？假如我自首呢？他們就逮捕我，釋放那個尚馬狄，重新把我押往勞役場，這很好。然後怎麼樣呢？這裡會出什麼事呢？噢！這裡，這裡是一個地區，有一座城市，有工廠，有工業，有工人，有男人，有女人，有老爺爺，有小孩子，有窮人！我創造了這一切，養活了這一切；只要有煙囪在冒煙，就有我往火裡添的柴、往鍋裡放的肉；我帶來富裕、流通和信貸；在我之前，什麼也沒有，是在我的推動下，整個地方才開始復甦，有了生機，才活躍、繁榮、富足起來；失去我，便失去靈魂。我一撤掉，就全死了。還有那個女人，受了多少苦難，在沉淪中表現出多高的品德，她的整個不幸是我無意中造成的！還有那個孩子，我本來想去接來，讓她們母女團聚！我害了那女人受苦，難道不應該補償她嗎？如果我一走，情況會怎麼樣呢？那母親要死掉，孩子要流離失所。如果我自首，就會產生這種後果。如果我不自首呢？想想看，如果我不自首呢？」

他向自己提出這個問題，就停了一下，一時彷彿猶豫並為之顫慄，不過時間很短，他又平靜地回答自己：

「那麼，那個人就要去勞役場，這倒是真的，管他呢！反正他偷了東西！我對自己說他不是賊也沒用，他偷了東西！我呢？我還留在這裡，繼續我的事業。再過十年，我就能賺一千萬，把錢撒給這地方，自己分文不留，我留錢幹什麼呢？我賺錢不是為自己！大家都越來越富裕，工業興起並繼續發展，加工廠和大工廠越建越多，家家戶戶，千百個家庭都會幸福！這地方人丁興旺；只有幾戶農家的地方會慢慢變成村莊；沒有人煙的地方也會有人落戶開荒種田；窮困消失了，同時，放蕩、賣淫、盜竊、殺人，各種邪惡、各種犯罪，也都隨之絕跡！而那位可憐的母親也能夠撫養她的孩子！這個地方，人人都富有，都過著體面的生活！想想這些，剛才我瘋啦，昏了頭，說什麼要去自首？真應該當心，絕不能操之過急。怎麼！就因為我要做個偉大而慷慨的人，說穿了，這不過是欺世盜名的把戲！就因為我只考慮自己，只考慮我個人，怎麼！為了救一個人免遭懲罰？誰知道他是什麼人？也許有點誇大他的冤情，但其實他就是個賊，顯然也是個壞蛋，為了救這樣的一個人，整個地方就要遭殃！一個可憐的女人就要死在醫院裡！一個可憐的小姑娘就要死在路上！就跟狗一樣！哼！真是慘無人道！母親就連再看孩子一眼都不可能！孩子就連認認母親都不可能啦！而這一切，僅僅是為了救一個偷蘋果的老無賴，他沒有這個案子，也會因為別的事被押往勞役場！堂而皇之的顧慮，為了救一個罪犯，竟要犧牲無辜的人，為了救一個沒有幾年好活，坐牢不見得比住在破屋裡更苦的老乞丐，竟要犧牲這地方全體民眾，犧牲那母親、妻子和孩子！還有那可憐的小珂賽特，她在這世上只有我了，此刻，她在德納第家的破倉房裡，一定凍得皮膚發青啦！那家人也不是好東西！對所有這些可憐的人，我就不盡職責啦！我只顧去自首！去幹那種糊塗透頂的蠢事！乾脆作最壞的打算吧！假如我在這件事上做錯了，有朝一日受到良心的譴責，那麼為了別人的利益，接受只牽涉我本人的這種譴責，接受只讓我的靈魂墮落的這個壞行為，那才是真正獻身，那才是真正美德。」

他站起身，又開始踱步。這回他感到頗為滿意了。

只有在黑暗的地下才能發現鑽石，也只有在深沉的思想裡才能發現真理。他在最黑暗的地方摸索了許久，終於得到一粒鑽石、一個真理，他握在手中看著，只覺得眼花繚亂。

「對，」他想道，「正是如此。這樣才正確，我有了辦法。最後總得堅持點什麼東西。我已經決定了。由它去吧！再也不能猶豫了，再也不能退縮了。這符合所有人的利益，只對我不利。我是馬德蘭，今後仍然是馬德蘭，誰成了尚萬強誰就倒楣！那不再是我了。我不認識那個人，也弄不清怎麼回事了。此刻如果誰成了尚萬強，那他自己想法子去吧，不關我的事，那個厄運的名字在黑夜裡飄蕩，如果停下來，落到誰的頭上，那就算他倒楣！」

他對著壁爐上的一面小鏡子照了照，說道：

「咦！拿定了主意，心就放寬啦！現在我完全變了一個人。」

他又走了幾步，接著戛然站住：

「好啦！」他說道，「既然拿定主意，不管有什麼後果也不能猶豫了。還有些線連接我和尚萬強，應該把它們統統割斷。在這裡，就在這間屋子裡，還有一些物品能暴露我，有一些不會說話的物品可以作證，乾脆把它們統統毀掉吧！」

他摸摸口袋，掏出錢包並打開，拿出一把小鑰匙。

在壁紙花紋顏色最深的部位，有一個幾乎看不見的鎖孔。他把鑰匙插進鎖孔，打開一個暗櫥，暗櫥正好安裝在牆角和壁爐台之間，裡面藏了幾件破衣爛衫，有一件藍粗布罩衫、一條舊褲、一條舊布袋，還有一根兩端鐵頭的荊棍。一八一五年十月間，尚萬強通過迪涅城時，那些看見他的人，不難認出這套襤褸裝束的衣物。

他保存這些衣物，就像保存那兩支銀燭臺一樣，是為了永遠記住他的起點而留。不過，從勞役監獄裡帶出的東西藏起來，而從主教家拿走的兩支燭臺卻展示給人看。

他朝房門瞥了一眼，彷彿害怕插上的門還是會自動打開似的。繼而，他一把抱起所有東西，動作又急促、又突然，這些破衣爛衫、木棍和布袋，不知道他冒著危險，珍視地收藏了多少年，現在卻連看都不看一眼，全部丟進爐火中了。

他又關上暗櫥，裡面空了，此後沒用了，卻要加倍小心，他推過去一件大家具，遮住了暗櫥門。

幾秒鐘後，一片顫動的紅光照亮房間和對面的牆壁。全燒了，荊棍燒得劈啪作響，火星射到了屋子中央。

那個行囊和裡面裝的破衣爛衫化為灰燼，卻現出一個亮晶晶的東西。毫無疑問，那正是從通煙筒少年那兒搶來的四十蘇銀幣。

他不去注意焚燒的狀況，只管以同樣步伐走來走去。

他的目光忽然落到爐臺上那兩支反射亮光的銀燭臺。

「對啦！」他想到，「尚萬強的所作所為，全在那裡面。那東西也應當燒毀。」

他拿起兩支燭臺。

爐火還很旺，燭臺一扔進去，很快就能將它燒熔變形，化為難以辨識的條塊。

他俯下身，烤了一會兒火，身子著實感到舒服。「好暖和呀！」他說道。

他用一支燭臺撥火。

再過一分鐘，兩支燭臺就要融化了。

這時，他彷彿聽見心裡一個聲音喊叫：「尚萬強！尚萬強！」

他毛髮倒豎，就像聽見可怖的聲音。

「對，就這樣，要做就做到底！」那聲音說道，「把你做的事都抹除吧！焚毀這兩支燭臺！銷毀這個紀念品！忘掉主教！忘掉一切！毀掉那個尚馬狄！做吧，很好啊，為你自己喝采吧！就這樣定了，打定主意，定死了，至於那個人，那個老頭兒，還不知道別人在打他的主意，也許他毫無過錯，並沒有罪，整個禍端就是你的名字，你的名字作為罪名壓在他頭上，他要被人當作你抓起來，判罪，在卑辱和淒慘中結束餘生！這很好。你呢？還當你的正人君子、當你的市長先生，繼續受人尊敬，有口皆碑，繁榮你的城市、救濟窮人、撫養孤兒，過你快活、清白而受人稱讚的日子。與此同時，你在這裡沐浴在歡樂的光明之中時，卻有個人穿上你的紅色囚衣，頂替你的名字忍受恥辱，拖著你的鎖鏈服勞役！是啊！這樣安排很妙！哼！你這個無賴！」

他的額頭淌下汗來，眼睛直瞪瞪地盯著燭臺，他內心的聲音還沒說完，繼續說道：「尚萬強！你的周圍會有許多人，一片喧鬧，高聲說話，為你祝福，但是，有一個聲音誰也聽不見，將在黑暗中詛咒你。好吧！你聽著，無恥的東西！所有祝福還沒到天上就會跌落下來，只有詛咒的聲音才能直達上帝！」

這個聲音發自他內心最幽暗之處，起初十分微弱，逐漸升高，現在變得非常響亮，他聽著就在耳邊，就好像從他體內出來，到他體外講話了。最後幾句話，他聽得十分真切，不禁毛骨悚然，四面張望一下房間。

「這兒有人嗎？」他神態失常，高聲問道。

接著，他傻笑一下，又說道：「我真糊塗！這裡不可能有人。」

這裡確實有個人，不過，這個人，是肉眼看不見的。

他將燭臺放到壁爐上。

於是，他又走起來，單調而沉鬱的腳步，把睡在他下面房間那個人從夢中驚醒。

他這樣踱步，心情既輕鬆些，但也更煩躁了。人在束手無策的時候，往往要走動、走動，以便向可能碰到的東西討主意。走了一會兒，他又搞不清自己思考到哪兒了。

面對他先後採取的兩種決定，他現在因為發覺兩者都同樣恐怖而開始退卻了。兩種念頭左右著他，他覺得都同樣糟糕。真是造化弄人！偏偏碰到被人當作他的那個尚馬狄！上天給他的選擇初看似乎旨在鞏固他的地位，實則恰恰把他推上絕路！

有時候，他放眼未來。自首，上帝啊！自投羅網！想到一切要捨棄的東西，一切要恢復的舊狀，他憂心慘切。必須告別如此美好、純潔而燦爛的生活、告別大眾的尊敬、告別聲譽和自由！再也不能去田野散步，再也聽不到五月時節的鳥鳴，再也不能向小孩子施捨錢啦！再也感受不到注視他那種感激而愛戴的溫和目光！他要離開他所建造的這座房子、這個房間，這個小小的房間！此刻，他看什麼都悅目可愛。他再也不能看這些書，再也不能伏在這張小小的白木桌上寫字啦！他惟一的女僕，那個看門的老嫗，再也不會每天早晨上樓幫他送咖啡了。老天啊！代替這一切的是勞役，是行枷，是紅色囚衣，是腳鐐，是疲勞，是黑牢，是行軍床，是眾所周知的那些殘暴！到了他這種年紀，又有了他這樣的身分！若是年輕時也還好，而現在年老了，卻讓隨便什麼人不客氣地稱呼「你」，讓獄卒搜身，挨小獄吏的棍子！赤腳穿著鐵鞋，每天早晚都伸腿給人檢驗腳鐐的環扣！還要忍受外國人的好奇心，有人會向他們介紹說：「這一位，就是大名鼎鼎的尚萬強，當過海濱蒙特伊的市長！」一到了晚上，滿身臭汗，疲憊不堪，綠色囚帽扣到眼睛上，兩人一排從警察的鞭子下通過，由軟梯爬到水上的牢房！噢！多悲慘啊！難道命運也能像聰明人那樣陰險，也能像人心那樣殘暴嗎？

無論他怎樣做，總逃不脫他遐想深處的這種揪心的兩難：留在天堂變成魔鬼！或者回到地獄變成天使！

老天爺！怎麼辦，怎麼辦啊？

他不知費了多大的勁才從煩惱中解脫出來，現在煩惱重新在他內心肆虐。心潮重新翻騰，思緒處於說不出來的狀態，又迷亂、又不由自主，就像人在絕望時那樣。羅曼城這個名稱反覆出現在腦海之中，並伴隨他從前聽過的一首歌其中兩句歌詞。他想，所謂羅曼城是巴黎附近的一片小樹林，每逢四月，青年戀人紛紛去那裡採丁香花。

他的外形也像內心一樣，搖搖晃晃，踱步的樣子，如同大人讓其單獨走路的幼兒。

有時，他強打精神跟疲倦搏鬥。應當自首呢？還是應當緘口不言？這個問題，可以說他絞盡了腦汁，現在又最後一次明確的提出來。結果，他還是什麼也看不清楚。他胡思亂想所萌生的各種推理，模模糊糊，又搖曳不定，並且接連化做雲煙。他只不過感到無論作出什麼決定，他身上的一部分都必然死掉，不可能倖免，感到無論他向左、還是向右，總要走進墳墓；並感到自己苟延殘喘，不是他的幸福就是他的德行即將死去。

唉！他又陷入彷徨不決之中，從開頭到現在毫無進展。

這顆不幸的靈魂，就這樣在惶恐中苦苦掙扎。距這個不幸的人一千八百年之前，那個把人類全部聖潔和苦難集於一身的神祕者，也曾經在疾風中抖瑟的橄欖樹下，推開那個可怕的杯子，覺得那杯底布滿星辰，而杯沿則流溢著陰影和黑暗，且久久不能自已。

四・睡夢中的苦狀

Formes que prend la souffrance pendant le sommeil

凌晨三點的鐘聲敲響了，他就這樣走了五個小時，幾乎沒有停步，終於倒在椅子上。

他在椅子上睡著了，做了一個夢。

這場夢跟大多數的夢一樣，只有莫名的悽惶符合實際的情境，但是也讓他留下了深刻的印象。這場噩夢給了他極大的衝擊，後來他記述下來。這張紙就是他留下的記載，我們認為有必要原原本本地複錄於此。

不管這場夢如何，如果省略過去，那麼這一夜的情景便不完整了。這是靈魂染病後迷惘的經歷。

夢境如下，在我們找到的信封上，寫了這樣一行字：「那天夜晚我做的夢」。

我在曠野裡。一大片淒涼的曠野，寸草不生。分不清是白天還是夜晚。

我和哥哥一起散步，那是我童年時的哥哥，應該說是我從不想念，幾乎完全遺忘的哥哥。

我們邊走邊聊，遇見一些行人。我們提起從前的一位鄰婦，她搬到我們那條街上之後，總是敞著窗戶工作。我們聊著聊著，卻因為那扇敞開的窗戶覺得冷了。

曠野上也沒有樹。

我們看見一個人從我們面前經過。那人一絲不掛，渾身青灰色，騎一匹土灰色的馬。那人沒有頭髮，看得見腦殼和腦殼上的血管。他拿的那根棍子，像葡萄藤那樣柔軟，又像鐵那樣沉重。騎馬的人過去，一句話也沒有跟我們說。

我哥哥對我說：「咱們走那條窪路吧。」

那條窪路上，看不到一簇荊棘，也踩不到一點青苔，一片土灰色，連天空也一樣。走了幾步之後，我說話卻無人應聲，這才發現我哥哥已經不在身邊了。

我望見一個村莊，走了進去，心想這大概就是羅曼城（為什麼是羅曼城呢？[①]）

我走進的第一條街闃寂無聲，又拐進第二條街，只見有個人在轉角處靠牆站著。我問那人：「這是什麼地方？我到什麼地方啦？」那人沒理我。我看見一扇房門敞著，便走進去。頭一間屋子空蕩無人，我又走進第二間屋子，只見有個人在門後靠牆站著。我問那人：「這是誰的房子，我到什麼地方啦？」那人沒理我。房子外有座小花園。

我走出房屋，進入園子，園內相當荒涼。我發現第一棵樹後面站著一個人。我問那人：「這是什麼園子？我到什麼地方啦？」那人沒理我。

我在村子裡遊蕩，發覺這是一座城市。大街小巷都空蕩蕩的。每扇門都敞開著。街上沒有一個行人，房間裡沒有一個人走動，園子裡也沒有一個人散步。不過，每個牆角、每扇門後、每棵樹後，都站著一個緘默的人，但每次只能見到一個。那些人看著我走過去。

我出了城，走在田野上。

我走了一會兒，回頭看看，看見一大群人跟在後面，我認出那全是我在城裡見過的人。他們長得奇形怪狀，似乎並不匆忙，但是走得比我快，而且沒有一點聲響。轉眼間，那群人就追上來，將我圍住。他們的面孔都是土灰色。

我進城後最先看見並問話的那個人，這時卻問我：「您去什麼地方？難道您不知道您早就死了嗎？」

我張口正要回答，忽又發現周圍一個人也沒有了。

他醒來，渾身都凍僵了。晨風很冷，吹得敞開著的窗板來回擺動。爐火熄了，蠟燭也快燒完了，窗外仍然夜色瀰漫。

他起身走到窗前，天上始終沒有星光。

從窗口能看到院子和街道。地面上忽然發出清脆而堅硬的聲響，他便往下看。只看到下面有兩顆紅星，奇怪的是，那星光在黑暗中忽而伸延，忽而縮短。

他還在睡眼惺忪，有五分神智流連在迷離的夢境中，心中暗道：「咦！星星不在天上，怎麼掉到地上了？」

這樣一來，他的睡意漸消，又聽見類似頭一次的聲響，就完全醒來了。他仔細一瞧，才辨認出那兩顆星星原來是一輛車上的吊燈。藉著燈光，他才能看出那輛車的形狀。那是一輛兩輪輕便車，套了一匹小白馬。他一開始聽到的是鋪石路面上的馬蹄聲。

「這輛馬車是怎麼回事？」他心中詫異，「大清早的是誰來了呢？」

這時，有人輕輕敲了一下他的房門。

他從頭到腳打了個寒顫，厲聲喊道：「誰呀？」

有人回答：「是我，市長先生。」

他聽出是他門房老婦人的聲音。

「什麼事啊？」他又問道。

①·括弧裡這句話是尚萬強加的。——作者注

「市長先生，剛才打五點的鐘了。」

「告訴我這個幹什麼？」

「市長先生，馬車來了。」

「什麼馬車？」

「輕便馬車。」

「什麼輕便馬車？」

「市長先生不是訂了一輛輕便馬車嗎？」

「沒有。」他答道。

「車夫說他來找市長先生。」

「哪個車夫？」

「斯科弗賴爾先生的車夫。」

「斯科弗賴爾先生？」

他聽到這個名字，抖了一下，就好像一道閃電從他面前掠過。

「哦！對！」他又說，「斯科弗賴爾先生。」

此刻，那老婦人若是看到他，一定會嚇壞的。

有好一會兒他沒有吭聲，呆呆地望著燭火，將燭心周圍的滾燙蠟油抓起來，用手指搓著。老婦人等了一陣，才貿然提高嗓門兒：「市長先生，我該怎麼答覆呢？」

「就說好吧，我這就下去。」

五．車輪中間的棍子

Bâtons dans les roues

當時，從阿拉斯到海濱蒙特伊的驛站，還使用帝國時期的小驛馬車。那種雙輪馬車，車廂裡鑲著淺黃褐色皮革，車身懸在保螺旋式的彈簧上，只有兩個座位，一個是郵差專用座，另一個則是給旅客乘坐的。車輪兩側裝有長轂，猶如武器，能讓別的車輛保持距離，如今在德國的道路上還能看到。郵件箱極大，呈長方形，裝在車尾，跟車身連成一體。郵件箱漆成黑色，車子漆成黃色。

那種馬車，佝僂畸形之狀難以描摹，如今沒有類似的馬車了。那種車子行駛的時候，遠遠望去，就像那種細腰拖著大身子的昆蟲，我想那叫做白蟻吧？不過，行駛的速度很快。等巴黎的驛馬車到達之後，每天半夜一點就有一輛驛馬車從阿拉斯出發，將近凌晨五點鐘就駛到海濱蒙特伊了。

那天夜晚，阿拉斯的驛馬車從埃斯丹方向進城，在海濱蒙特伊某條街的拐角，拐到對面駛來一輛套白馬的雙輪車。那馬車的輪子被重重撞了一下，車上只坐著一個裹著斗篷的人，他根本不聽郵差喊叫他停車，仍然快速駛去。

「這個人，跟鬼一樣急著趕路！」郵差說道。

這樣急著趕路的人，正是我們剛才目睹在思慮中苦苦掙扎、確實值得同情的那個人。

他去什麼地方？恐怕連他自己也說不清楚。為何如此匆忙？他也不知道。他任由馬車向前行駛。駛往哪裡？當然是阿拉斯，不過，也許他還會去別的地方。他時而感到這一點，便不寒而慄。

他衝入夜色，彷彿墮入深淵。有什麼推著他，又有什麼東西拉著他。他心中是怎麼想的，誰也說不出來，但是將來大家都會理解。誰在一生中沒有那麼一次，走進這種陌生的黑暗中呢？

何況，他根本沒有打定任何主意，沒有作出任何決定，沒有確定任何事，也沒有任何行動。他內心的任何想法都不是最終決定。他折騰了一番，又完全回到最初的狀態。

為什麼去阿拉斯呢？

他心裡一再重複跟斯科弗賴爾訂車時所想的：不管結果如何，去親眼看看，親自判斷一下事情，絕沒有什麼壞處；即使為了謹慎起見，也應當去了解情況；不經過觀察探詢，就談不上任何決定；事情隔得太遠，芝麻也會想成西瓜；追根究柢，一旦看見那個尚馬狄，看到那個無賴的模樣，也許他就能心安理得，讓那傢伙替他去服勞役吧；誠然，沙威會在那，還有勃列維、舍尼帝、克什帕伊，那些認識他的老勞役犯，然而現在，他們肯定認不出他了；唉！沙威還完全被矇在鼓裡呢；所有猜疑和推測，全都集中在那個尚馬狄身上，而且猜疑和推測比什麼都頑固；因此，去一趟沒有任何危險。

當然，那一刻很難熬，但是他會安然無恙的；追根究柢，不管命運多麼兇險，他還是要將它掌握在自己手中，由自己做主。他緊緊抓住這個念頭不放。

其實，說穿了，他根本就不願意去阿拉斯。

然而，他去了。

他一面想一面揮鞭催馬。那馬步伐穩健，一路小跑，每小時能趕兩法里半的路。

雖然馬車往前行駛，但他卻感到自身有什麼東西向後退去。

破曉時已經駛到曠野，海濱蒙特伊城被遠遠的拋在身後。他看了看發白的天邊，然而，他卻看不見從他眼前掠過的那片冬季清晨蕭瑟的景物。清晨和傍晚一樣，也有自己的幽靈。雖然他看不見樹木和丘崗的黑影，但那些黑影似乎有穿透肌膚的作用，在不知不覺中將他極度緊張的心靈增添了一種莫名的黯淡和淒慘。

每次經過坐落在路旁的孤單房舍，他心裡總念叨一句：「那裡面肯定有人還在睡覺。」馬蹄聲、轡頭的鈴聲和車輪聲，一路融匯成柔和單調的聲響，快活的人聽來非常悅耳，傷心的人聽來卻倍覺淒涼。

行駛到埃斯丹時，天已大亮，他在一家客棧門前停車，讓馬喘口氣，並餵些燕麥飼料。

那馬正如斯科弗賴爾說的，是布洛內種的小型馬，頭大腹大，脖頸短，但是前胸開闊，後臀寬大，腿又乾又細，腿力堅強。這種馬其貌不揚，但體魄強健，確實很出色，兩小時跑了五法里，臀部卻沒有冒出一顆汗珠。

他沒有下車。馬房夥計送來飼料後，忽然蹲下去檢查左車輪。

「您馬上就要出發嗎，還要走很遠的路嗎？」那人問道。

他似乎還沒從夢中清醒，答道：「怎麼了？」

「您是從遠處來的嗎？」夥計又問道。

「離這兒五法里。」

「啊！」

「您驚訝什麼？」

那夥計又彎下腰，眼睛盯著車輪，半晌沒說話，然後站起來說道：「這樣不行，這個輪子是有可能已經走了五法里，但它現在肯定連四分之一法里都走不了。」

他從車子上跳下來。

「您說什麼，朋友？」

「我說您走了五法里，卻沒有連人帶馬摔到路邊的溝裡，真是個奇蹟，您瞧瞧吧。」

果然，車輪已經嚴重損毀。兩根輪輻被那輛驛馬車撞斷，輪轂也撞破一塊，螺母已經鎖不住了。

「朋友，」他對馬房夥計說，「這兒有車匠嗎？」

「當然有，先生。」

「請幫個忙，去叫他來一趟。」

「他就住在那兒，只有兩步路。喂，布伽雅爾師傅！」

車匠布伽雅爾師傅正站在家門口。他過來檢查輪子，就像檢查小腿骨折的外科醫生那樣皺了皺眉。

「您能馬上修理這個車輪嗎？」

「行，先生。」

「我什麼時候可以走？」

「明天。」

「明天？」

「這活兒得花整整一天。先生很急嗎？」

「非常急。頂多等一個鐘頭我就得重新上路。」

「不可能，先生。」

「要多少錢我都照付。」

布伽雅爾師傅沉默不語。

「那好！兩個鐘頭。」

「今天不可能，這得新做兩根輪輻和一個輪轂。明天之前先生是走不成了。」

「我的事情等不到明天。這樣吧，車輪不修了，另換一個好嗎？」

「怎麼換？」

「您不是車匠嗎？」

「當然，先生。」

「難道您沒有辦法賣給我一個輪子嗎？我就能立刻上路了。」

「一個備用的車輪？」

「對呀。」

「我沒有現成的一個輪子可以配您的車。輪子總是成對的。兩個輪子不是隨便就能裝在一起的。」

「既然這樣，那就賣給我一對吧。」

「先生，輪子也不是跟任何車軸都能合的。」

「不妨試試。」

「試也是白試，先生，我只賣大板車的輪子。我們這兒是小地方。」

「您有旅車可以租給我嗎？」

車匠師傅一眼就看出這是一輛出租馬車，他聳聳肩，說道：「您這輛租來的車，照顧得可真好啊！我有車也不會租給您。」

「那就賣給我好嗎？」

「我沒車。」

「什麼！連一輛簡陋的車也沒有？您看得出來，我是不挑剔的。」

「這裡是個小地方。不過，那邊車棚裡，」車匠又說道，「倒是有一輛敞篷四輪舊馬車，是城裡一位財主託我保管的，每月三十日才用一次，那輛車倒是可以租給您，這對我又有什麼壞處呢？但是，經過時不要讓那位財主看見，還有，那是四輪車，要套兩匹馬。」

「我用驛站的馬。」

「先生去哪？」

「阿拉斯。」

「今天就要趕到嗎？」

「是啊。」

「用驛站的馬？」

「有何不可？」

「先生晚上出發，清晨四點鐘到，這樣行不行呢？」

「當然不行。」

「不過，要知道，有個問題要先跟您說，用驛站的馬……不知道先生有通行證嗎？」

「有。」

「哦，先生，就算是用驛站的馬，明天之前也趕不到阿拉斯。我們位於一條支線上，驛站的條件不好，馬都趕到田裡工作去了。冬耕開始了，要用壯馬，到處找，到驛站也到別的地方租馬。先生到了每個換馬站，至少也要等上三、四個鐘頭。而且有不少上坡路，車子也走不快。」

「算了，我乾脆騎馬過去。把馬上的裝備卸下好了，這地方總能賣給我一副鞍具吧？」

「當然。可是，這匹馬肯上鞍具嗎？」

「真的，您提醒了我。這馬不接受鞍具。」

「那就……」

「在這村子裡，總可以租到一匹馬吧？」

「要一氣兒跑到阿拉斯的馬？」

「對。」

「您要的馬，我們這地方沒有。首先，您得買下來，因為我們不認識您。但是，您租不到也買不到，花五百法郎不行，花一千法郎也不行，因為根本就沒人出租或出售！」

「那怎麼辦？」

「老實人說老實話，最好的辦法，車輪我來修，明天您再走。」

「明天就太晚啦！」

「天吶！」

「沒有去阿拉斯的驛馬車嗎？什麼時候經過這裡？」

「今天夜裡。兩邊的驛馬車對開，都在半夜趕路。」

「怎麼！修理一個輪子，您要花一天工夫？」

「一天，要整整一天！」

「用兩名工人呢？」

「用十名也沒辦法！」

「若是用繩子把兩根輻條綁起來呢？」

「輻條還可以綁；輪轂就沒法綁了。再說，輪輞的狀況也不妙。」

「城裡有租車行嗎？」

「沒有。」

「還有別的車匠嗎？」

馬房夥計和車匠師傅都搖了搖頭，異口同聲地回答：「沒有。」

他感到喜出望外。

顯然，這是上天的安排。車輪損壞，中途停車，這都是天意。這種昭示，起初他還不明白，千方百計地想繼續趕路，盡心盡力、一絲不苟地試了各種辦法。不管是季節寒冷、旅途勞頓，還是費用問題，他絕沒有退縮，沒有一點可以譴責自己的地方。如果說不能再往前趕路了，就不是他的事，也怪不到他的頭上了。這不再是他良心的問題，而是天意的問題了。

他鬆了一口氣。自從沙威來訪後，他這是第一次能夠暢快地深呼吸。他覺得二十個小時以來，那隻一直握住他心臟的鐵手，終於鬆開了。

現在他感到上帝保護著他，並表明了旨意。

他心中暗道，他盡了力，現在只能老老實實地從原路返回。

他跟車匠的這場談話，如果是在旅店的一間客房裡進行，沒人在場，也沒人聽到的話，那麼事情可能就到此為止，我們也就無從敘述下面要讀到的任何事件了。然而，他們是在街上交談的，街上談話總不免引來人圍觀，有些人就想看熱鬧。就在他問車匠的時候，有些來往的行人停下腳步圍上來。其中有個少年聽了幾分鐘，就離開人群跑了，誰也沒有注意他。

我們這位旅客在心裡盤算了一會兒後，決定原路返回。就在這時候，那少年回來了，還帶來一個老太婆。

「先生，」老太婆說，「我的孩子跟我說，您想租一輛馬車。」

這樣一句簡單的話，出自由孩子領來的一位老婦人之口，立刻令他汗流浹背。他彷彿看見那隻鬆開的手又在他背後出現，隨時準備再抓住他。

他答道：「沒錯，大姊，我要租一輛車。」

他又連忙補充一句：「不過，這地方租不到。」

「租得到。」老太婆說。

「哪有啊？」車匠截口問道。

「我家有。」老太婆答道。

他渾身一抖，追命的手又抓住他了。

老太婆家的棚子裡，果然有一輛柳條車。到手的買賣就要溜掉了，車匠和客棧夥計老大不高興，便從中攪和：「這輛破車，太嚇人了」、「這是直接裝在軸上的」、「裡面的坐凳還是用皮帶吊著的」、「裡面會漏雨」、「輪子受潮了，已經腐蝕生鏽了」、「這車能走多遠？比那輛馬車強不到哪兒去」、「道道地地的破爛貨！」、「這位先生真的要駕駛這玩意的話，那可就麻煩了。」如此等等，不一而足。

這些話全對。然而，這破車，這破爛貨，這玩意兒，不管是什麼樣子，畢竟還能靠兩個輪子滾動，還能滾到阿拉斯。

他付了人家要的租金後，把輕便馬車留給車匠修理，等回來再取，叫人套上小白馬，上了小車重新上路，繼續他從凌晨開始的行程。

等小車一搖晃啟動，他的內心便承認，對於剛才知道根本去不了那地方後，他感到幾分欣慰。他帶著幾分氣憤來審查，覺得這種欣慰是荒唐的，為什麼因為返回而欣慰呢？說到底，他這趟旅行是自由的，沒人強迫他。自不待言什麼事都是在他情願之下發生的。

他要駛出埃斯丹的時候，忽然聽見有人喊他：「停下！停下！」他猛然勒馬停車，這種動作，還表露出一種類似希望但其實是急躁與驚悸的情緒。

原來是那老太婆的孩子。

「先生，」他說道，「是我給您弄到這輛車的。」

「怎麼了？」

「您沒有給我點什麼。」

他平時誰都施捨，出手極為大方，這次卻覺得這種要求太過分，甚至是討厭了。

「哦，是你嗎，小怪物？」他說道，「你什麼也得不到！」

他揮鞭策馬，飛馳而去。

在埃斯丹耽擱許久，他想把時間搶回來。小馬倒很得力，拉力可當兩匹馬來用，但現在正是二月天，下過雨，路很難走。而且，駕駛的已不是那輛輕便馬車了。這輛車又笨又重，還有不少上坡。

從埃斯丹到聖波爾，走了將近四小時，四小時走了五法里。

駛進聖波爾，碰到頭一家客棧便把馬卸下，讓人把馬牽到馬棚裡。既然他答應過斯科弗賴爾，也就守在馬槽旁邊，看著馬吃飼料。他站在那裡，想些模糊的傷心事。

客棧老闆娘走進馬棚。

「先生不想用餐嗎？」

「哦，對了，」他答道，「現在我還真有點胃口了。」

那女子肌膚鮮豔，滿面春風，帶他走進一間矮廳。廳裡擺了幾張餐桌，桌上鋪了漆布。

「請快點，」他又說道，「我急著趕路。」

一名佛蘭德胖女僕連忙擺上餐具。他頗為愜意地瞧著那姑娘。

「原來我會覺得不舒服是有原因的，」他心想，「我還沒有吃早飯呢。」

食物端上來了。他立刻抓起麵包，咬了一口，然後又緩緩地撂在桌上，再也不動了。

另一張桌上有個車夫在用餐，他就對那人說：「他們這兒的麵包為什麼這麼苦呢？」

那車夫是德國人，沒有聽懂。

他回到馬棚，守在馬旁邊。

一小時過後，他離開聖波爾向丹克駛去，從丹克到阿拉斯就只剩五法里了。

他一路上在幹什麼、想什麼呢？就像清晨時那樣，看著樹木、茅屋頂、翻耕的田地從兩邊過去，每拐一個彎，剛剛的景物就化為烏有了。這樣的觀景，有時也足以引人馳心旁騖，不用多想什麼了。人生第一次，也是最後一次觀看萬物，還有什麼比這感觸更深、更黯然銷魂的呢？旅行，就是旋即生，旋即死。在他思想最朦朧的區域，也許他會用變幻不定的景物來比擬人生，人生萬事萬物，持續不斷地從我們的眼前消逝。晦暗和光亮相交替，忽而金光燦爛，忽而又天暝地晦，人們觀看著，行色匆匆，伸手想抓住擦肩而過的東西。每個事件都是一處彎道，轉瞬之間，人已衰老，驀然感到周圍一片黑暗，只能辨識出一扇幽暗的門，旅途上拉著你的那匹暗灰色生命之馬戛然停下，只見一個陌生的朦朧身影，在黑暗中將馬的轡頭卸下。

黃昏時分，放學的孩子看見這個旅客駛入丹克。要知道，這個時節白晝還很短。他在丹克不作停留，車子正要駛出去，一名鋪路石的工人抬起頭說了一句：「這匹馬可真是夠累的了。」的確，可憐的牲口只能慢慢行走了。

「您去阿拉斯嗎？」那修路工又問道。

「對。」

「照您這種走法，走到早上也到不了。」

他勒住馬，問那工人：「這兒離阿拉斯還有多遠？」

「差不多足足有七法里。」

「怎麼會呢？驛站手冊的標示只有五法里多。」

「噯！」那工人又說，「您還不知道前面在修路吧？從這兒走出去一刻鐘，您就會發現路被截斷了，沒辦法往前走了。」

「真的呀！」

「您要拐進左邊去伽朗西的路，過了河，到康伯蘭再往右前方拐，那條路從聖埃盧瓦山直達阿拉斯。」

「天要黑了，我會迷路的。」

「您不是本地人吧？」

「不是。」

「不是本地人，一路又淨是岔道……這樣吧，先生，」修路工又說道，「您想聽聽我的主意嗎？您這匹馬累了，還是回丹克。有一家很好的客棧，到那裡住一夜，明天再去阿拉斯。」

「我今晚必須趕到。」

「這又是另外一件事了。不過，您還是得去那家客棧，加套一匹馬。馬房夥計還可以帶你抄近路。」

他接受了修路工的建議，又退回去。半小時之後，他又經過那裡，但是這回添了一匹好馬，拉著車往前飛馳。馬房的一名夥計充當車夫，坐在車轅上。

然而，他覺得時間被耽誤了。

天已經完全黑了。

他們拐上了近路，路糟糕極了，車子從一條轍溝掉進另一條轍溝。他對車夫說：「保持一開始的速度，賞錢加倍。」

在一次顛簸中，車的前橫木折斷了。

「先生，」車夫說道，「橫木斷了，沒法兒套我這匹馬了。夜間這條路太難走了，您若是肯回丹克過夜，明天一早就能到阿拉斯。」

他回答：「你有繩子和刀嗎？」

「有哇，先生。」

他砍了一段樹枝，權當橫木。

為此又耽誤二十分鐘，不過，他們繼續上路了。

平野一片昏黑。夜霧低垂著，斷斷續續的匍匐在丘崗上，就像炊煙般浮起，雲隙間還有淡白的光亮。強勁的海風吹來，將天空各個角落都清掃乾淨，並發出如同搬動家具一般的嘈雜聲。一切隱約可見的景物，都擺出駭人的姿勢，在浩蕩的夜風中，多少魂靈在瑟瑟發抖呢？

寒風刺骨，從昨夜起他就沒有吃東西。他隱約想起在迪涅城外曠野夜行的情景，那已是八年前的事了，回想起來恍若隔世。

他聽見遠處的鐘聲，便問那夥計：「幾點啦？」

「七點，先生。八點鐘就能到阿拉斯，只剩下三法里了。」

直到這時，他才第一次考慮這種情況，心中暗暗奇怪為什麼沒有早點想到：他這樣千辛萬苦，也許只是徒勞，畢竟他連開庭審案的時間都不知道，起碼這件事那時候應該問清楚，就這樣糊里糊塗地往前走，也不知道有用還是沒用，也實在太荒謬了。繼而，他又在心裡計算一下：法庭往往在早晨九點鐘開始審案，審理這件案子也無須多少時間。偷蘋果的事很快就能結案，剩下的問題就只有證明他的真實身分了！四、五個人作證，律師也就沒有什麼好說的了，等他到場，恐怕完全結案了！

車夫快馬加鞭，他們過了河，將聖埃盧瓦山拋在後面。

夜色越來越深沉了。

六・辛朴利思修女受考驗

La soeur Simplice mise à l'épreuve

然而，就在這時候芳婷卻滿心歡喜。

她折騰了一夜，咳嗽得厲害，發高燒，不斷做夢。早上大夫來會診時她還在胡說八道。大夫的神色有些驚慌，吩咐說等馬德蘭先生一回來就通知他。

整個上午，芳婷一直處於精神委頓、不愛說話的狀態。用手把被單掐出一條條摺痕，嘴裡嘟噥著數字，彷彿在估計里程。深陷的眼睛直勾勾的，幾乎黯淡無光，有時閃亮一下，猶如燦爛的星光。彷彿在迎接某種淒慘的時刻時，突然沐浴在光明飽滿的上帝之光下那種神之子民。

每次辛朴利思修女問她感覺如何，她總是千篇一律的回答：「很好，我想見馬德蘭先生。」

幾個月前，芳婷喪失最後的廉恥心，喪失最後的羞恥和最後的歡樂，那時她還算是自己的影子，可是現在，她變成了自己的幽靈。生理疾病彌補了精神疾病的效力。這個二十五歲的女子，額頭已生滿皺紋，臉頰鬆弛，鼻孔攣縮，牙齒鬆動，臉色呈鉛灰色，頸骨嶙峋、鎖骨突兀、四肢羸弱、肌膚呈土灰色，新長出來的金髮也雜有花白的髮絲了。唉！真是病痛催人老啊！

中午，大夫又來了，他開了藥方，並詢問市長先生是否來過醫務室，接著連連搖頭。

平時，馬德蘭先生總是三點鐘來探視。由於守時也是一種仁慈，他總是準時來訪。

將近兩點半鐘時，芳婷就急不可待了。在二十分鐘之內，她問那位修女有十幾次：「修女，幾點鐘啦？」

三點的鐘聲敲響了。敲到第三下時，平時在床上翻身都困難的芳婷，卻忽地坐起來，兩隻枯瘦蠟黃的手緊緊抱在一起。修女聽見從她胸中發出的一聲長歎，就好像要掀起一種重負。接著，芳婷轉過頭，眼睛直盯房門。

沒人進來，房門根本沒有打開。

她眼睛盯著門，就這樣盯了一刻鐘，一動也不動，似乎連呼吸都停止了，修女不敢跟她說話。教堂鐘聲報了三點一刻，芳婷一仰身，重新倒在枕頭上。

她一聲不吭，又開始捏起被單。

半小時過去，隨後一小時也過去了，誰也沒來。每次敲鐘，芳婷都坐起來，望望門口，繼而又倒下。

她的心事很明顯，不過，她不提任何人的名字，既不怨天也不尤人，只是咳得很慘，就好像鬼魂附體，臉色灰白，嘴唇發青，有時還露出淡淡的微笑。

五點的鐘聲敲響了。修女聽見她慢聲細語的說道：「既然我明天就要走了，今天他不該不來呀！」

馬德蘭先生遲遲不來，辛朴利思修女也深感詫異。

這時，芳婷望著床幃的天蓋，那神態就像要回想什麼事情。忽然她唱起歌來，聲音微弱如氣息。修女在一旁聆聽。下面就是芳婷唱的歌：

我們在城外郊區嬉戲，
還要買些最美麗的東西。
矢車菊朵朵藍，玫瑰朵朵紅又香，
矢車菊朵朵藍，我愛我的小心肝。

童貞聖母瑪利亞，
昨天穿著繡花袍，來到爐邊對我提：
那天你向我乞討，
面紗裡是你要的小兒郎。
快進城裡買紗巾，
再買針和線，還要買頂針。

我們在城外郊區嬉戲，
還要買些最美麗的東西。

童貞聖母最慈悲
爐旁搖籃上，彩帶全備齊
我愛天賜小兒郎，
天上星辰也不換。

「夫人，這塊紗巾做何用？」
「給我的寶寶做衣衫。」

矢車菊朵朵藍，玫瑰朵朵紅又香，
矢車菊朵朵藍，我愛我的小心肝。

「洗洗把布洗乾淨。」
「哪裡洗？」
「河裡洗。」

「漂亮衣裙用布做，別弄破也別弄髒，嬌花繡在衣裙上。」
「夫人，孩子沒有了怎麼辦？」
「幫我做條裹屍單。」

我們在城外郊區嬉戲，
還要買些最美麗的東西。

矢車菊朵朵藍，玫瑰朵朵紅又香，
矢車菊朵朵藍，我愛我的小心肝。

這是一首古老的搖籃曲，從前她唱著這首歌哄小珂賽特睡覺，可是離開孩子之後，就再也沒有唱過。如此柔和的曲調，她卻以幽怨之聲唱出來，真是催人淚下，連修女也不例外。即使修女見慣了肅穆的場面，也忍不住要流淚了。

鐘敲了六響。芳婷彷彿沒有聽見。她似乎不再留意周圍的事物了。

辛朴利思修女派一名侍女去工廠，問女門房市長先生是否回來了，是否能盡快趕來醫務室一趟，幾分鐘之後，侍女回來了。

芳婷始終一動不動，彷彿專注在自己的世界中。

侍女低聲對辛朴利思說，市長先生今早不到六點鐘就出門了，不顧這樣的冷天，也沒有車夫，獨自一人趕著一輛白馬拉的雙輪車，不知朝哪個方向去了。有人說看見馬車拐上去阿拉斯的大道，另一些人則說在去巴黎的路上肯定碰見過他，他走的時候跟平常一樣，非常和藹，只對女門房說晚上不要等他了。

兩個女人背對著芳婷的病床，修女問話，侍女回答，正這樣悄悄說著，芳婷卻爬起來，跪到床上，雙手緊握，撐在長枕上，頭探在帳子縫裡傾聽，她像死人一般枯瘦得嚇人，動作卻像健康人一樣靈活，顯出肌體某種病症所引起的焦灼不安。她突然喊道：「你們在那兒談馬德蘭先生呢！說話為什麼這樣小聲？他在做什麼？為什麼不來？」

她的聲音突如其來，十分粗暴，兩個女人以為聽到男人叫喊，都驚慌地回過身來。

「回答呀！」芳婷喊道。

侍女結結巴巴地說：「門房對我說，今天他回不來了。」

「我的孩子，」修女說，「安靜點，妳還是躺下吧。」

芳婷沒有改變姿勢，她又提高聲音，用一種又急切、又淒慘的語調說：「他回不來啦？為什麼回不來？你們知道原因，剛才你們倆還小聲交談。我要知道！」

侍女急忙對著修女耳語：「就說他在市政廳開會，走不開。」

辛朴利思修女的臉微微一紅：侍女這是叫她說謊。但是從另一方面考慮，講了實話，就會給病人一個嚴重打擊，而芳婷病情相當嚴重，一定遭受不住的。臉紅持續的時間很短，修女抬起平靜而憂傷的目光，看看芳婷說：「市長先生外出了。」

芳婷又挺起身，坐到自己的腳跟上，兩眼閃閃發光，痛苦的面容上綻開從來未有的喜悅。

「外出啦！」她高聲說，「他是去接珂賽特啦！」

接著，她雙手舉向天空，那張臉的表情難以描繪：她嘴唇翕動，在低聲祈禱。

她祈禱完了，又說道：「修女，我很願意重新躺下，要我怎樣我就怎樣。剛才我太兇了，那樣喊叫，請您原諒我。那樣喊叫非常不好，我完全明白。喏，我的善良的修女，看到了吧，我非常高興。仁慈的上帝確實仁慈，馬德蘭先生也是仁慈的，想一想吧，他必定是去蒙菲郿，是去接我的小珂賽特了。」

她重新躺下，幫修女擺好枕頭，吻了吻辛朴利思修女幫她掛在脖子上的小銀十字架。

芳婷汗濕的雙手抓住修女的手，修女感受到這種汗濕，心中非常難過。

「今天早晨，他動身去巴黎了，其實，也用不著經過巴黎。蒙菲郿，就在來的路上偏左一點。昨天我跟他提起珂賽特，您還記得他是怎麼說的吧？他說：快了，快了。他是想給我一個驚喜。您知道吧？他讓我簽了一封信，好去德納第家把孩子接回來。他們沒有什麼可說的，不是嗎？他們得交出珂賽特。他們的賬全清了，清了賬還扣留孩子，政府是不允許的。修女，不要打手勢表示我不該說話，我高興極了，感覺也非常好，一點也不疼了，我又能見到珂賽特了，我甚至覺得餓極了。快有五年沒見面了。您想像不出來孩子是多麼叫人牽腸掛肚！而且，您會看到她，她可愛極啦！您哪會知道呢？她那粉紅的小手指特別好看。一歲時，她那小手很可笑，就是這樣！……

現在，她該長大了，有七歲了，長成大小姐了。我叫她珂賽特，其實她的名字叫歐福拉吉。對了，今天早上，我望著壁爐上的灰塵，就忽然產生一個念頭：很快就能見到珂賽特了。上帝啊！真不該一連幾年見不到孩子！是應當好好想一想，人不是永遠不死的！唔！市長先生走了真好！天氣很冷了，對不對？他至少披上斗篷了吧？明天他就能回到這兒，對吧？明天就是大喜日子。修女，明天早上提醒我，好戴上我那頂花邊小帽子。蒙菲郿，那是個好地方，當年，我是步行走過那條大道的。對我來說路途很遠，不過，馬車跑得飛快！明天，他就會把珂賽特帶到這兒。這裡離蒙菲郿有多遠？」

修女對距離毫無概念，答道：「哦！我認為他明天就能回來了。」

「明天！明天！」芳婷說，「明天我能看見珂賽特啦！您瞧見了，仁慈上帝的仁慈修女，我沒有病了，我樂瘋了！妳們若是允許的話，我還可以跳舞呢！」

誰在一刻鐘之前見過她，一定會覺得莫名其妙。現在她臉色紅潤，說話的聲音又自然、又有生氣，整個人兒都化成微笑。她自言自語，有時就笑起來。母親的快樂，就跟孩子的快樂差不多。

「好了，」修女又說，「現在您這麼快樂，就該聽我的話，別再講了。」

芳婷把頭放到枕頭上，輕聲說：「對，躺下睡吧，要聽話，既然孩子就要回到你身邊了。辛朴利思修女說得對。這裡的人說得都對。」

於是，她不動了，連頭也不轉動，只是睜大了雙眼，四處張望，一副快活的樣子，但不再說話了。

修女放下床帷，希望她睡一會兒。

七、八點左右，大夫來了。病房靜悄悄的，他以為芳婷睡著了，就躡手躡腳地走進來，踮著腳尖湊到床邊，微微掀開床帷，藉著微弱的燈光，他看見芳婷那雙平靜的大眼睛正注視著他。

她對大夫說：「先生，你們讓她睡我旁邊的小床上，對吧？」

大夫以為她在說夢話。她又說：「您自己瞧瞧，這個空位正好可以放得下她。」

大夫把辛朴利思修女拉到一旁，修女便把來龍去脈跟他說一遍：馬德蘭先生外出一、兩天，病人以為市長先生去了蒙菲郿，我們沒有把事情說破，況且她有可能猜對了。大夫也深以為然。

大夫走到床邊，芳婷又說道：「喏，要知道，等她早上醒來，我就會向這可憐的小貓問好；晚上，我不睡，可以聽她睡覺的聲音。她那極為柔和的呼吸，讓我聽著不知會有多舒服。」

「請您把手伸給我。」大夫說。

她伸出胳臂，笑著高聲說：「哦！對了！真的，您還不知道！其實我的病已經好了。珂賽特明天就到了。」

大夫十分驚訝。病情的確好轉，胸悶減輕了，脈搏也變強了。一種突如其來的生機，使這個垂危的可憐人又有了活力。

「大夫先生，」她又說，「市長先生去接小寶寶了，這位修女告訴您了吧？」

大夫囑咐要安靜，避免任何刺激。他還開了藥方：服用金雞納樹皮純汁，如果夜裡體溫再升高，就服用鎮靜劑。臨走時他對修女說：「好轉了！托上天之福，明天市長先生若是真的帶孩子回來，誰知道呢？有些病特別出人意料，我們遇過一個病例：大喜之事會突然抑制疾病。我很清楚，她是生理上的疾病，病情非常嚴重，但是有時候事情就是神祕難測！也許我們能救活她。」

七・到達後就馬上返回的旅客

Le voyageur arrivé prend ses précautions pour repartir

那輛我們晾在一旁讓它自己趕路的馬車，將近晚上八點鐘時，駛進了阿拉斯驛站客棧的大門。我們一直注目的那個人下了車，漫不經心地回應客棧夥計的殷勤問候，打發走後來增加的那匹馬，親自將小白馬牽到馬棚。然後，他推開樓下撞球間的門，走進去坐下，雙肘支在桌子上。他本想用六小時走完這段路程，結果竟用了十四小時。他捫心自問並無過錯，不過，他也沒有因此而惱火。

老闆娘進來。

「先生過夜嗎？先生用晚餐嗎？」

他搖搖頭。

「馬房的夥計說，先生的馬非常疲勞！」

這時他才打破緘默。

「那匹馬明天早晨可以動身嗎？」

「噯，先生！牠起碼得歇兩天。」

他又問道：「這裡不是驛站嗎？」

「是這裡，先生。」

老闆娘帶他到驛站。他掏出身分證，詢問當天晚上能否乘驛馬車回海濱蒙特伊。郵差身旁的座位恰好空著，他便付錢訂了下來。

「先生，」驛站職員說，「不要遲到了，半夜一點鐘準時從這裡出發。」

事情安排好之後，他出了客棧，到街上走走。

他不熟悉阿拉斯城，街道又昏暗，只好信步走去。而且，他似乎打定主意不向行人問路，過了小克蘭松河，闖入縱橫交錯的窄巷中，如同陷入迷宮一樣迷失方向，恰巧有位紳士提著燈籠走過來。他頗為躊躇，終於決定上前打聽，但首先還是前顧後盼，就好像怕人聽見他要問什麼事似的。

「先生，」他說道，「請問，去法院怎麼走？」

「您不是本城人吧，先生？」那位年長的紳士答道，「那就隨我來吧。我正巧要往法院那邊去，也就是說往省政廳那邊去。要知道，法院現在正在修繕，暫時改在省政廳審案。」

「刑事案件也在那邊審理嗎？」他又問道。

「當然了，先生。要知道，如今的省政廳，革命前原是主教府。一七八二年，德．孔吉埃先生擔任主教，他在那裡建造一個大廳，就是在那個大廳裡審案。」

紳士邊走邊對他說：「先生若是想看審理案子，時間恐怕晚了點。平時，六點鐘就休庭了。」

說著說著，他們走到大廣場，紳士指給他看一座黑黝黝的大樓，只見正面有四扇長窗還透出燈光。

「真的，先生，您運氣真好，正好趕上。您瞧見那四扇窗戶了嗎？那就是刑事法庭。裡面有燈光，看來案子還沒有審完，一定是拖了時間，晚上繼續開庭。您對那案子感興趣嗎？那是一樁刑事案件嗎？您要出庭作證嗎？」

他答道：「我來這兒不是為了什麼案子，只是想跟一名律師談談。」

「這就不同了，」紳士說，「喏，先生，那就是正門。警衛在那呢，您往大樓梯走就是了。」

他按照那位紳士的指點，幾分鐘之後就來到大廳，只見裡面有許多人，還聚了幾堆，並夾雜著穿長袍的律師，都在小聲交談。

穿黑袍的人，三五成群地聚在法庭門口，這樣竊竊私語，見了總讓人心驚膽顫。這種人說的話，極少含有善意和惻隱之心，多半是事先作出的判決。這一群群的人，在從旁經過並充滿遐想的人看來，就好像幽暗的蜂窩，而嗡嗡喧擾的各種精靈，在裡面共同營造著各式各樣名為險惡的建築物。

這個寬闊的大廳只點著一盞燈，從前是主教府的前廳，現在則充當法院的休息廳。一道兩扇的門緊閉著，隔開設為刑事法庭的大廳。

休息廳十分昏暗，他無須擔心，碰到一位律師便問道：「先生，案子審到什麼程度了？」

「審完了。」那律師答道。

「審完啦？」

他重複這句話聲調異常，以致那律師轉過身來，問道：「對不起，先生，您也許是被告的親戚吧？」

「不是。這裡我誰也不認識。判刑了嗎？」

「當然。不可能不判刑。」

「判了勞役？……」

「終身勞役。」

他又問道，但聲音微弱得幾乎聽不見：「驗明正身了嗎？」

「什麼正身？」律師答道，「無須驗明正身。案子很簡單。那女人害死了自己的孩子。殺害嬰兒的罪證也得到證實了，陪審團排除了蓄意犯罪，於是判了她無期徒刑。」

「是個女人啊？」他問道。

「當然啦，是李墨杉家的姑娘。您跟我談的是哪件案子？」

「隨便問問。案子既然審完了，大廳裡怎麼還亮著燈？」

「那是另一件案子，開庭審理了快兩個小時了。」

「另一件什麼案子？」

「哦！這件案子也是一目了然。被告是個無賴，是個累犯，是個勞役犯，又作案偷竊了。名字我記不大清楚，看那長相就像個盜匪。單看那副長相，我就要把他送進勞役場。」

「先生，」他又問道，「怎樣才能進入審判大廳呢？」

「我想實在進不去了，裡面人太多了。不過，現在休庭，有人走了，等再開庭的時候，您不妨試試。」

「從哪兒進去？」

「走這扇大門。」

律師離開了。他站在原地，一時千頭萬緒幾乎一齊湧上心頭。這個不相干的人所說的話，像一根根冰針，像一條條火舌，輪番鑽透了他的心。他發現案子根本沒有審理完，便鬆了一口氣，但他也說不清楚自己的感受，不知是滿意還是痛苦。

他湊近幾堆人，聽他們說些什麼。這一輪要審理的案件特別多，今天庭長安排了兩件簡單的案子。先審理殺害嬰兒案，現在正在審理這個勞役犯、這個累犯，也就是「回頭馬」。這個人偷了蘋果，不過似乎沒有足夠的證據，但證實了他從前在土倫勞役場服過刑，這樣一來，這個案子就嚴重了。對他的審問和證人作證倒是結束了，但是律師還要辯護，檢察官還要提起公訴，恐怕午夜之前無法完結。看來這人會被判刑，檢察官很出色，他控告的人無一「倖免」，他還頗具才情，有時會寫寫詩。

一名執法官守在進入法庭的門旁。他問執法官：「先生，快開門了吧？」

「門不會打開了。」執法官說道。

「什麼？重新開庭門也不開嗎？現在不是休庭嗎？」

「剛剛重新開庭，」執法官答道，「但是門不會再開了。」

「為什麼？」

「因為大廳已經坐滿了。」

「什麼？一個座位也沒有啦？」

「一個座位也沒有了。門關上了，不讓任何人進去了。」

執法官沉吟一下，又補充道：「庭長身後倒有兩三、個座位，但他只允許官員坐。」

執法官說罷，就轉過身去。

他低著頭在外走著，穿過前廳，緩步走下樓梯，彷彿下每一級都遲疑似的。他很可能在內心裡盤算著吧，從昨天起在他內心展開的激烈鬥爭並未結束，他無時無刻不經歷曲折。他走到樓梯轉角便停下來，背靠欄杆叉著雙臂站著。忽然，他解開禮服，掏出皮夾，抽出一支鉛筆，撕下一張紙，藉著反射的光亮匆匆寫下這樣一行字：「海濱蒙特伊市長馬德蘭先生」。然後，他又大步登上樓梯，分開人群，直接朝執法官走過去，把紙條交給他，以不容置疑的口氣說：「把這張紙條送給庭長先生。」

執法官接過紙條，看了一眼，就照辦了。

八・貴賓席
Entrée de faveur

海濱蒙特伊市長聲望如此卓著，連他本人都沒有料到。七年來，他的盛名傳遍了下布洛內全區，後來又越過這小小的地區，傳至相鄰的兩三個省。他創建墨玉製造工業，為繁榮首府作出了重大貢獻，除此而外，海濱蒙特伊地區一百八十一鄉，無不得到他的恩惠。而且在必要時，他還資助其他城市發展工業。例如，他透過信貸和基金的方式，及時支援了布洛涅的羅紗丁、弗雷旺的機械紡麻紗廠，以及康什河畔布貝的水力織布廠。無論什麼地方，一提到馬德蘭先生這個名字，大家都肅然起敬。阿拉斯和杜埃兩城，都羨慕幸運小城海濱蒙特伊有這樣的市長。

阿拉斯刑事法庭的這位審判庭長，是杜埃的御前諮議，他跟所有人一樣，也知道這個深深受到普遍崇敬的名字。執法官輕輕打開會議廳通法庭的門，走到庭長的扶手椅後面，躬身呈上我們剛才看到寫了那行字的紙條，他還補充一句：「這位先生希望旁聽。」庭長一見立刻肅然動容，急忙抓起筆，在紙條下端寫了幾個字，又交給執法官，對他說道：「請他進來。」

我們敘述他身世的這位不幸之人，直到執法官回來，還站在原地，保持原來的姿勢。他在胡思亂想中聽見一個人對他說：「先生肯賞光隨我走嗎？」同一個執法官，剛才轉過身去不理睬他，現在卻向他一躬到地了，同時把紙條遞給他。當時正巧離燈不遠，他打開紙條讀道：

「刑事庭長謹向馬德蘭先生致敬。」

他雙手握著紙條，就彷彿這些字給他留下一種奇特的苦味。

幾分鐘之後，他獨自站在一間會議室裡，只見四周鑲了護壁板，氣象森嚴，一張綠臺布的桌子上點著兩支蠟燭。他耳邊還回響著執法官剛才走時說的話：「先生，您來到會議室，只須扭動門上這個銅把手，您就會進入法庭，到達庭長先生的扶手椅後面。」這些話跟他剛才走過狹窄走廊和黑暗樓梯的模糊記憶，在他的頭腦裡攪在一起了。

執法官留下他一個人。最後時刻到了。他試圖收攏心思，卻是徒勞。思索許久的一條條線索，就在人最需要將其繫在生活慘痛的現實上時，卻偏偏在頭腦裡全部中斷了。他正好來到法官辯論並判刑的地方，平靜而又癡呆地觀看這個寧靜而可怕的廳室：多少生命在此斷送，等一會兒，他的名字也要在這裡回響，此刻，他的命運正通過這裡。他四處瞧瞧，又看看自己，心中暗暗稱奇，竟然是這間大廳室，竟然是他自己。

他已經超過二十四小時沒吃東西了，乘車顛簸更是疲憊不堪，然而他並不覺得有什麼不對勁，他似乎對什麼都沒有感覺了。

他走近牆上掛的一個黑鏡框，只見鏡框的玻璃後面壓著一封陳舊的信，是巴黎市長兼部長若望・尼古拉・巴什親筆寫的，時間是二年六月九日②，這日期一定寫錯了，在這封信裡向這個鎮通告了在家被捕的大臣和議員名單。此刻誰若是能看見並觀察他的話，一定會以為他對這封信很感興趣，因為他眼睛盯著那封信，一連念了兩三遍。但他並未留意，沒有覺得是在念信，心中只想著芳婷和珂賽特。

他一邊遐想，一邊轉過身子，目光碰到這扇通往法庭，門上的銅把手。他幾乎忘記了這扇門，平靜的目光落到門上，注視銅把手，接著變得愕然而失神，又漸漸恐慌起來，豆大的汗珠從髮間冒出來，流到鬢角上。

有一陣子，他打了個手勢，這動作難以形容，有幾分專橫和抗爭，但分明在表示：「見鬼了！難道有誰在逼我不成？」他猛地轉過身，看見前面就是他剛才進來的那扇門，隨即走過去，打開

②・法國革命時期日曆，共和二年即一七九四年。

門跨出去了。他離開那間屋子，到了外面，來到走廊，這是一條狹窄的長廊，中間有高低不等的臺階，有些小窗口，還拐來拐去，依稀是裝了幾盞照明燈，類似病房裡的守夜小油燈，這是他進來時經過的走廊。他長長吐出一口氣，側耳細聽，背後毫無動靜，前面也毫無動靜——他開始逃跑，就好像有人追趕似的。

他在長廊裡轉了好幾個彎，又聽聽周圍，還是同樣寂靜，同樣昏暗。他氣喘吁吁，腳步踉踉蹌蹌，只好扶住牆。石牆冰涼，他額頭上的汗也冰涼，他打了個寒顫，又挺起身子。

他就這樣獨自站在黑暗中，渾身發抖，是因為冷，也許還有別的緣故。他又冥思苦索。

但冥思苦索了一整夜，冥思苦索了一整天，卻只能聽見他內心裡的一個聲音：唉！

一刻鐘就這樣過去了。最後，他低下頭，惶恐不安地歎息一聲，雙臂垂下，又往回走。他腳步遲緩，彷彿筋疲力竭，就好像他在潛逃時被人追上，又被拖回去。

他又回到會議室，看到的第一件東西便是門的把手。這個門把手是銅製的，又圓又光滑，在他看來，像一顆可怕的星星一樣閃閃發亮。他望著門把手，好似羔羊望著老虎的眼睛。

他的目光難以移開。

他不時往前挪一步，湊近這扇門。

他若是傾聽，就會聽見隔壁大廳有聲音，好似低聲耳語的嗡嗡聲。不過他沒有聽，也就聽不見。

突然，他到了門口，連他自己也不清楚是如何走上前的。他神經質地抓住門把手，將門打開。

他進入審判庭。

九・罪證拼湊所

Un lieu où des convictions sont en train de se former

他向前跨一步，下意識地反手帶上門，站在原地觀察眼前的場面。

這是一個相當寬敞的圓廳，燈光昏暗，時而滿堂喧譁，時而鴉雀無聲；一整套審理刑事罪案的機器，正以庸俗而陰森的鄭重姿態，在人群中間運轉。

在他置身的大廳這端，一些身穿舊袍的陪審官，心不在焉，正啃著手指甲或是闔上眼皮。另一端則是衣衫襤褸的聽眾、姿勢各異的律師、相貌老實但兇狠的士兵。再看廳壁那髒兮兮的護板，還有髒兮兮的天棚；桌子上鋪的綠色嗶嘰臺布已經發黃了，那幾扇門也被手摸得污暗；壁板的釘子上，掛著幾盞小咖啡館常用的油罐燈，光冒煙而不亮；桌上還有幾個燃著蠟燭的銅燭臺。總之，廳裡又昏暗、又醜陋、又淒慘，然而整個場面卻具有威嚴的氣象，只因人們在其中感受到人的威力和神的威力，也就是法律與正義。

大廳裡的人誰也沒有注意他，目光全射向惟一的點上，那就是在庭長左首，牆邊一扇小門旁的一張白木條凳，由幾支蠟燭照亮，上面坐著一個人，左右各有一名法警。

凳上坐的就是那個人了。

他沒有尋找，卻見到了。他的視線自然而然地移過去，好像事先就知道那人在哪。

他彷彿看到自己，不過比自己老一些，但並非相貌上的相同，而是神態外表跟他一模一樣——頭髮亂蓬蓬地豎起，一對眸子粗野而惶惑，身穿外套，正像他進迪涅城那天的模樣，怨恨沖天，十九年間在牢獄石地上收藏了那股亟欲洩憤的惡念，全部珍藏在心裡。

他打了個寒顫，心中暗道：「天主啊！難道我要恢復老樣子嗎？」

那人看上去少說有六十歲，有一種說不出來的粗魯、愚鈍和惶遽的神色。

大家聽到門的響聲，便側身讓個位置給他。庭長回頭望去，明白進來的人物就是海濱蒙特伊市長，便向他點頭致意。檢察官因公務到過海濱蒙特伊城幾次，早已認識馬德蘭先生，現在見他到來，同樣也向他致敬，而他卻沒留意，只是呆望著，眼前呈現一種幻覺。

這些審判官、書記、法警，這群幸災樂禍來看熱鬧的人，這個場面，他曾經見過一次，二十七年前見過。這些害人精，如今他又看到了，就在眼前，在眼前晃動：他們確實存在，不再是他回憶出來的景象，也不是他腦海中的幻影，而是真正的法警、真正的審判官、真正的聽眾，都是有血有肉的人。大勢已去，他從前經歷過的，那駭人聽聞的場面，現在又在他周圍出現，活生生的，因其現實存在而尤為可怖。

這一切在他眼前張牙舞爪。

他嚇得魂不附體，閉上眼睛，在心靈深處叫喊：「決不！」

他的另一個自我就在那，這真是命運的一場惡作劇，他的思想一片混亂，幾乎要發瘋了！受審的那個人，大家都叫他尚萬強。

全部齊備了。同樣的排場，深夜同一時間，審判官、法警和聽眾，也幾乎是同樣的面孔。只不過，庭長腦袋上方有個耶穌受難像，這是他受審那年代法庭所沒有的。審判他的時候，上帝缺席了。

他背後有一張椅子，便頹然坐下，惟恐別人看見。他坐下之後，臉正好躲在審判官公案的一堆案卷後面，全廳的人都看不見他了。現在，他可以躲在暗處看別人了。他逐漸鎮定下來，也完全恢復了現實感，達到心情平靜而能夠傾聽的程度。

巴馬塔林先生是陪審團成員。

他用目光尋找沙威，但是沒有看見。證人席被書記員的桌子遮住了。而且，前面也說過，廳裡的燈光很暗。

他進門的時候，被告的律師剛宣讀完辯詞。大家的注意力達到頂點，案子已經審了三個小時。在這三小時裡，大家注視著一個人，一個陌生人，一個極其愚蠢，或極其狡猾的無賴，看著他被似是而非的可怕罪狀漸漸壓彎。我們已經知道，這人是個流浪漢，他拿著一根有熟蘋果的樹枝，在田野裡被人發現，那是從附近皮紅園中的蘋果樹上折下的。這人究竟是幹什麼的？已經調查過，然後剛才又聽了幾個人的證詞，眾口一詞，透過辯論也讓真相更加清楚了。起訴狀指出：「我們抓住的這個人，不僅僅是偷果實的賊、偷農作物的賊，而且還是個匪徒，是一個潛逃的罪犯、一個從前的勞役犯、是危險的暴徒、一個緝拿已久名叫尚萬強的壞蛋：八年前，他被土倫勞役場監獄放出來，在大路上又手持兇器，搶劫了一個叫小傑爾衛的通煙囪孩童，觸犯刑律第三百八十三條，一俟證實該犯身分，則另外追究搶劫罪。最近，他又犯了偷竊罪，這是罪上加罪。先判處他的新案，再算他的老賬。」被告面對這種指控，面對證人異口同聲的肯定，他顯得莫名其妙。他又搖頭又擺手，一味否認，再不就兩眼望著天棚，他說話吞吞吐吐，回答問話也是猶疑不決，不過他整個人，從頭到腳都在否認。他像個傻瓜一樣，面對在他周圍列成陣勢的這些聰明人，又像個外來人，陷入這群人的圍攻，然而，這確實是他最可怕的未來，指控越來越真實，這種充滿誣陷的判詞向他步步進逼，大家見此情景，比他本人還要不安。一旦證實他確實是尚萬強，接著就要判處他對小傑爾衛的搶劫罪，那就不止是終身勞役，還有可能被處死。他究竟是什麼人？他這樣冥頑不化究竟是什麼原因？是愚蠢還是狡猾呢？他完全明白，還是根本不懂呢？對這些問題，眾說紛紜，陪審團似乎也有分歧。這件案子既駭人聽聞，又令人稱奇；案情不但模糊不清，而且幽邈難測。

律師辯護得相當出色，他使用的外省語言，從前不但是巴黎的律師，甚至連羅莫朗丹或蒙布里宗的律師也無不採用，早已成為雄辯訟師必學的工具，但如今已成為古董，除法庭外，其他場所已經不太使用了，因其音調洪亮、語勢莊嚴、適於訟師如簧的巧舌。講這種語言時，夫妻稱為「配偶」、巴黎稱為「文明和藝術中心」、國王稱為「君主」、主教大人稱為「高級神職人員」、檢察官稱為「復仇的才辯無雙的代言人」、律師的辯護詞稱為「剛剛聆聽的高論」、路易十四世紀稱為「大世紀」、劇院稱為「墨爾波墨涅[③]聖殿」、當政的王族稱為「列王的高貴血統」、音樂會稱為「音樂大典」、一省的統領將軍稱為「威名遠震的武士某某」、神學院的學生稱為「幼

③．墨爾波墨涅：希臘神話中的繆斯之一，主管悲劇。

嫩的長禮服」、推給報紙的謬誤稱為「在刊物欄中散布毒素的欺詐行為」等等。律師首先解釋偷蘋果事件，說得文雅些，就是一件棘手的問題。不過，貝尼涅・博須埃[4]他曾在安娜・德・貢查格的悼詞中提到過「一隻變為母親的母雞」，結果他在悼詞中，不得不為了一隻母雞而發表一通宏論，但最後他居然能自圓其說。律師斷言，偷蘋果的行為，並沒有被證明是事實。他以辯護人的身分，堅稱他的委託人為尚馬狄，並說誰也沒有看見尚馬狄翻牆或折斷樹枝。他拿著這根樹枝，被人抓住了（這位律師更願意將樹枝稱做「枝椏」），但其實他只是看見樹枝被丟在地上，才拾起來的。反證又在哪裡呢？很顯然的，有個賊他爬過牆，偷折了這根樹枝，後來就匆忙的將它丟棄在地上，然而，何以證明那賊就是尚馬狄呢？只有一個憑證，就是他當過勞役犯。律師也不否認，不幸的，這個身分已經被證實了。被告在法夫羅勒住過，當過樹枝修剪工，尚馬狄這個名字也可能是從強馬狄轉化而來，這一切都是事實。而且，四名證人都毫不遲疑，一眼就認出尚馬狄是勞役犯尚萬強，對於這些指控，對於這些證詞，律師只能拿出委託人的否認、當事人的否認來反駁：就算他是勞役犯尚萬強，這就能證明他是偷蘋果的賊嗎？充其量這也是一種推測，毫無證據。不錯，被告確實採用了「一種拙劣的辯護方式」，而他的辯護人「本著誠意」，也應當承認這一點。被告執意否認一切，否認偷竊和他的勞役犯身分。他若是承認第二點，肯定要好多了，很可能贏得各位陪審官的寬宥，律師也曾勸他這樣做，但是被告執意不肯，他顯然以為什麼也不承認就能保全自己。這是錯誤的。然而，沒人從中看出他的智力有缺陷嗎？這人顯然有點癡呆，在監獄中長期受罪，出獄後又長期受窮，他已經變得遲鈍了，如此等等，不一而足。被告申辯得很糟，難道這就成了判他罪的理由嗎？至於小傑爾衛事件，律師無須爭論，這與本案毫無關係。最後，律師懇請陪審團和法庭，如果他們認為被告顯然就是尚萬強，那也請按擅離監視地點罪論處，不要按勞役犯累犯罪嚴懲。

檢察官反駁律師，他像所有檢察官通常表現的那樣，言辭激烈，妙語連珠。

他祝賀辯方律師的「忠誠」，並巧妙地利用這種忠誠。他從律師讓步的幾個方面直取被告。

律師似乎同意被告就是尚萬強。他記下了這一點。那麼，此人確是尚萬強了，這一點在控詞中已經確認，就不容置疑了。檢察官再從這一點出發，以指桑罵槐的巧妙手法追溯罪惡的根源和起因，抨擊浪漫派的不道德，把尚馬狄，更確切地說，把尚萬強的犯罪行為，歸咎於這種邪惡文學的影響，說得煞有介事。須知當時浪漫派剛剛興起，就被《金焰》和《天天報》兩家報紙的評論家斥為「撒旦派」。他談得淋漓盡致，這才轉到尚萬強本人身上。尚萬強是個什麼東西呢？於是又描繪一番，說尚萬強是個狗彘不食的怪物，等等。這種描繪的範例取自德拉門⑤的語錄，雖然對悲劇創作毫無助益，但是天天向法庭大量提供舌戰的炮彈。聽眾和陪審團都為之「顫慄」。檢察官描述完了，又巧鼓舌簧，以期博得次日《省府公報》的高度讚揚：「就是這樣的一個人，等等，等等，等等，流浪漢，乞丐，貧無立錐之地，等等，等等……一貫為非作歹，罰做勞役也不知悔改，搶劫小傑爾衛的罪行就是明證，等等，等等……就是這樣一個人，公然行竊，在大道上被人當場抓獲，只離他偷偷翻過的圍牆幾步遠，手中還拿著偷竊之物，人贓俱在，還矢口否認，行竊，爬牆，全部抵賴，連自己的名字都抵賴，甚至連身分都抵賴！且不說有那麼多證據，就是四名證人，沙威，正直的警探沙威，以及三個犯了罪的夥計，勞役犯勃列維、舍尼帝和克什帕伊，全都認出他來。眾口一詞，鐵證如山，他怎麼能抵賴得了呢？他還矢口否認，多麼冥頑不化！諸位陪審員先生，請你們主持正義，等等，等等。」檢察官演講的過程中，被告張開大嘴聽著，驚奇的神態中摻雜著幾分讚賞。顯然他十分驚詫，一個人竟然如此能言善辯，就在指控最有力的時候，檢察官口若懸河，無法遏止，刻薄的話如疾風暴雨，將被告團團圍住。可是被告卻不時搖搖頭，緩緩地從右到左，再從左到右，而且從一開始辯論，他就只以這種默然的憂傷動作來抗議。

離他最近的聽眾，有兩三次都聽見他嘟噥：「沒有問問巴盧先生，就只能這樣胡說八道！」

④．貝尼涅·博須埃（一六二七—一七〇四）：法國大主教。

⑤．德拉門（西元前四五〇—前四〇四）：古希臘雅典政治家。

檢察官提請陪審團注意，這種裝瘋賣傻的態度，顯然是處心積慮的，非但不能表明他的愚蠢，反而表明了他的機靈、狡猾、慣於欺騙法庭，並將這人的「劣根性」暴露無遺。最後，他保留在小傑爾衛案件上的指控，並要求嚴厲懲處。

大家還記得，這就意味暫時判處終身勞役。

被告律師站起來，首先祝賀「檢察官先生」的「高論」，接著又極力反駁，但已綿軟無力，顯然他已站不住腳了。

十．否認的方式

Le système de dénégations

該是結束辯論的時刻了。庭長讓被告起立，向他提出例常的問題：「您為自己的辯護還有話要補充嗎？」

這個人站起來，雙手揉搓著破爛不堪的帽子，彷彿沒有聽見。

庭長重複問一遍。

這人總算聽見了，似乎聽懂了，如夢初醒一般動了動，抬眼環視周圍，瞥見聽眾、法警、他的律師、陪審團、司法官員，再把他那巨大的拳頭往坐凳前的木欄杆上一擱，又環視一遍，目光突然盯住檢察官，開口講話了。就好像決堤一樣。那些話毫不連貫，猛烈躁急，雜亂無章又相互撞擊，擁擠著要同時從嘴裡衝出來。他說：

「我有話要說。早先我在巴黎當過大車匠，就是替巴盧先生工作，這工作很苦。當車匠，積年累月的在外面工作，在院子裡，在像樣的東家那裡還算有個棚子，但是從來沒有在裝了門窗的車間裡工作過，因為這工作很佔空間，明白吧？冬天冷極了，就拍打自己的胳膊取暖；可是東家不願意，說這樣耽誤工夫。鋪石地上凍了冰，用手擺弄鐵器，真夠人受的。一個人很快就給折騰完了。做這行年齡不大，人就老了，活到四十歲就算活到頭了。我呢，有五十三歲了，受了不少罪。還有，那些工匠，都特別尖酸刻薄！年齡稍微大一點就叫人家老傻瓜、老畜生！工錢也減了，每天我只能掙三十蘇了，東家拿我的年齡當藉口，盡量少給我錢。此外，我還有個女兒，在河邊給人洗衣服，也能掙點錢，我們父女二人日子還過得去。她也夠受罪的。半截身子整天泡在洗衣桶裡，不管下雨、下雪，也不管那割臉的寒風，凍傷了也一樣，還是得洗，有些人沒有多少衣裳，等著換洗，你不洗，工作就丟了。洗衣板也全是縫，到處往下漏水，淋了你一身，裙子和襯裙全濕了，還是繼續滴。她也在紅娃娃洗衣場作過，那裡使用自來水，不用站在洗衣桶裡，對著水龍頭洗就行了，在身後的水池裡漂淨。那是在房子裡工作，身上就不那麼冷了。不過，裡面的水蒸氣實在太強了，能把你的眼睛熏壞。她晚上七點鐘回來，就趕緊上床睡覺，實在太累了。她的丈夫常打她，她已經死了。我們沒有過上快活的日子。她是個守本分的姑娘，不去跳舞，總是安靜地待著。記得有一次狂歡節，晚上八點鐘她就睡覺了。就這樣，我講的句句都是實話，打聽一下就知道了。唔，是啊，打聽打聽！我真笨！巴黎，那是個無底洞，誰認識尚馬狄老頭呢？可是，我把巴盧先生告訴你們了，去巴盧先生家裡瞧瞧。說完這些，我不知道我還能說什麼。」

這人住了口，但仍舊站著。他說話的時候，聲音又高又急，惡狠狠的，天真的口氣帶著幾分火氣和粗野。中間他停下一次，跟聽眾席上某個人打招呼。他說明的情況，好像隨意拋出來的，如同打出的一聲聲飽嗝，還伴隨樵夫劈柴那樣的動作。他講完了，聽眾哄堂大笑，他注視大家，看見大家笑了，不禁莫名其妙，自己也跟著笑起來。

這情景實在淒慘。

庭長態度和藹，又注意聽人講話，現在他高聲發言。

他提請「各位陪審員先生」注意巴盧先生，「被告聲稱從前雇他工作的那個車匠，在法庭上援引無效。那人破產了，現在下落不明」。接著，他轉向被告，要他注意下面說的話，並且補充說：「您現在這種處境，必須認真的思考，您有重大的嫌疑，這可能會為你帶來嚴重後果。被告，為了您自身的利益，我最後一次督促您，要明確解釋這兩件事實：第一，您有沒有越過皮紅園的圍牆，有沒有折斷樹枝並偷竊蘋果，也就是說，有沒有犯越牆盜竊罪呢？第二，您是不是那個被釋放的勞役犯尚萬強？」

被告擺出一副游刃有餘的樣子，搖了搖頭，就好像他完全明白，要怎麼回答也胸有成竹似的。他張開口，轉向庭長，說道：「首先……」

他隨即看了看帽子，又望了望天棚，戛然住口。

「被告，」檢察官聲色俱厲地說，「您要注意。您總是答非所問。您這樣語無倫次，就等於不打自招。您明明不叫尚馬狄，而是勞役犯尚萬強，隱姓埋名，先用母姓改為強馬狄，去了奧弗涅，又改為尚馬狄；其實您生在法夫羅勒，在那裡當樹枝剪修工。您明明跳牆進入皮紅園，偷了熟蘋果。陪審員先生們會作出判斷的。」

被告本已坐下，等檢察官講完，他忽地站起來，高喊道：「您這人，太壞啦！這就是我剛才要說的意思，只是剛剛沒有想到合適的詞罷了。我什麼也沒有偷，要知道我不是天天都有飯吃的人。那天我從埃利過來，經過一個地方，剛下過大雨，田地一片黃泥漿，沼澤都漫出水來，路邊的沙子裡只鑽出小草莖。我看見地上有一根樹枝，上面有蘋果，就撿起來，沒曾想惹起這麼大麻煩。我已經坐了三個月的牢，現在又被人押來押去，除了這些，我沒辦法說什麼，別人指控我，對我說：『回答吧！』這位警察比較和氣，小聲對我說，『回答吧。』我不知道該怎麼解釋才好，我是個窮人，沒有念過書。你們瞪眼睛看不見，真不應該。我沒有偷，東西本來在地上，是我撿起來的。你們說什麼尚萬強、強馬狄！那些人我不認識，他們都是鄉下人。我一直在濟貧院大街幫巴盧先生工作，我叫尚馬狄。找得到我生在什麼地方，就算你們有本事，連我自己都不知道。不是人人來到世上就有房子住，有房子住就太舒服了，我想我父親和母親是四處流浪的人，再說，我也不知道我父母是誰。我小時候，別人叫我小傢伙，現在，別人叫我老傢伙。這些就是我洗禮的名字，隨便你們叫哪個。我到過奧弗涅，我到過法夫羅勒，見鬼！那又怎麼樣？難道沒有在勞役場關押過，就不能去過奧弗涅，就不能去過法夫羅勒嗎？告訴你們，我沒有偷東西，我是尚馬狄老頭，我在巴盧先生那裡工作，就住在他家。你們這樣胡說八道，真讓我煩透啦！你們這幫人，幹嘛纏住我不放呢？」

檢察官仍站在那裡，他向庭長說：「庭長先生，被告語無倫次，但十分狡猾，無非是要裝瘋賣傻，極力抵賴，可是我們有言在先，他絕不會得逞。我們面對這種狡賴，只能請庭長先生和法庭再次傳訊囚犯勃列維、克什帕伊和舍尼帝，以及探長沙威，最後一次讓他們證明，被告就是勞役犯尚萬強。」

「我請檢察官注意，」庭長說，「探長沙威因有公務，作證之後便離開法庭，甚至離開本城，到鄰縣去了。我們在徵得檢察官先生和辯方律師的同意後，准許他離去。」

「不錯，庭長先生，」檢察官又說道，「沙威先生既然離去，我認為有必要請各位陪審員先生回想一下剛才他在這裡所說的話。沙威是個受人尊敬的人，他在完成下層但又重要的職守方面，表現出色，一向正直廉潔，不徇私情。他是這樣作證的：『我甚至不需要精神上的推定和物質上的證據，就能戳破被告的否認。我完全認得他，這個人不叫尚馬狄，而叫尚萬強，從前是個非常兇狠、非常可怕的勞役犯。萬分遺憾，服刑期滿後我們不得不釋放他。他因重大盜竊罪而判了十九年勞役，他企圖越獄達五、六次之多。除了小傑爾衛和皮紅園兩樁竊案之外，我還懷疑他在已故迪涅主教大人家中行竊。我在土倫勞役場監獄當副典獄長時期，經常見到他。再重複一遍，我完全認得他。』」

這種十分精確的證詞，似乎引起聽眾和陪審團強烈的反應。最後，檢察官堅持說，雖然沙威缺席，還是要再次傳訊另外三名證人，鄭重聽取勃列維、舍尼帝和克什帕伊的證詞。

庭長將一張傳票交給執法官。沒多久的時間，證人室的門就開了，執法官由一名法警保護，將囚犯勃列維帶進來。聽眾都非常緊張，所有胸膛都一齊跳動，彷彿只有一顆心臟。

老勞役犯勃列維身穿黑灰兩色囚衣，六十幾歲，一副企業家的長相，卻有一副無賴的神態，有時這兩者並行不悖。他壞事做盡，結果鋃鐺入獄，在獄中當上了類似守衛的職位。監獄頭頭對他這樣評價：他總想效犬馬之勞。獄中的懺悔師也證明他有良好的宗教習慣。不要忘記這是發生在復辟時期的事。

「勃列維，」庭長說，「您受過一種終生恥辱的刑罰，不能宣誓……」

勃列維垂下目光。

「然而，」庭長又說道，「一個人受到法律的貶黜，只要上帝憐憫並恩准，還會有榮譽和公道的意識。在這種決定性的時刻，我就是要喚起他這種意識。如果這種意識在您身上還存在，我希望如此，那麼在回答我之前，要仔細考慮，要想到您的一句話，一方面可以斷送這個人，另一方面可以讓法庭了解真相。這是莊嚴的時刻，您若是認為自己先前證詞有誤，現在改口還來得及。被告，起立。勃列維，仔細瞧瞧被告，好好回憶一下，再憑著良心告訴我們，您是否堅持認為，這個人就是您從前的獄友尚萬強？」

勃列維打量一下被告，轉身對法庭說：

「不錯，庭長先生，我是頭一個認出他的，現在我也不改口。這個人就是尚萬強。一七九六年進入土倫監獄，一八一五年出獄。我晚他一年出獄。現在，他樣子有點癡呆，大概是老年癡呆症吧！在獄中他可陰陽怪氣了。沒錯，我認得他。」

「您去坐下吧，」庭長說，「被告，站著別動。」

舍尼帝又押上來，他身穿紅囚衣，頭戴綠帽子，一看便知是終身勞役犯。他在土倫勞役場監獄服刑，是為這件案子被借提出來的。大概五十歲左右，個頭矮小，滿臉皺紋，皮膚蠟黃，一副厚顏無恥的樣子，性情急躁，好衝動，四肢和全身都顯示出一種病態的羸弱，而眼神卻蘊含無窮的力量。獄友遂給他一個綽號，叫做「否上帝」。

庭長大致向他重複了對勃列維說過的話，提醒他因喪失名譽而無權宣誓。舍尼帝聽到這兒便抬起頭，面對面注視聽眾。庭長讓他收攏心思，又像剛才問勃列維那樣，問他是否堅持說認得被告。

舍尼帝放聲大笑：「見鬼！我是否認得他！我們有五年鎖在同一條鐵鏈上。怎麼，老兄，你在賭氣嗎？」

「去坐下吧。」庭長說道。

執法官又帶上來克什帕伊。他也被判了終身勞役，跟舍尼帝一樣從獄中被借提出來，身穿紅色囚衣。他原是盧德地區的農民，幾乎跟熊一樣的居住在庇里牛斯山裡。從前，他在山裡放牧，又從牧人淪為強盜。跟被告相比，克什帕伊同樣粗野，而且顯得更加愚癡。這類不幸的人，總是由自然將他塑造成野獸，最後則由社會將他塑造成勞役犯。

庭長說了幾句深沉而感人的話想打動他，又像問另外兩名證人那樣，問他是否毫不猶豫，也毫不含混地堅持說他認得眼前這個人。

「他是尚萬強，」克什帕伊說，「他特別有勁，我們都叫他千斤頂。」

這三個人的指證顯然是老實誠懇的，也讓聽眾間渲染著對被告不利的議論，每多一個證詞，這種議論聲就越高，持續的時間也越長。被告聽了他們作證，總是滿臉驚訝，據起訴書中的敘述，這是他主要的自衛辦法。聽一個證人講完時，看守他的法警就聽見他嘟噥一句：「嘿！一個亮相啦！」聽了第二個證人，他幾乎帶著滿意的神情，稍微提高點嗓門又說道：「好哇！」聽完第三個證人，他就嚷了一聲：「精采！」

庭長問他：「被告，您聽見了，還有什麼話要講嗎？」

他回答：「我要說：精采！」

聽眾哄起來，幾乎波及陪審團。顯而易見，這人完蛋了。

「執法官，」庭長說，「請大家肅靜。我要宣布辯論結束。」

這時，庭長那邊有人活動，只聽一個聲音喊道：「勃列維、舍尼帝、克什帕伊！你們看這裡。」

這聲音十分淒厲駭人，全場人聽了無不毛髮倒豎，目光一齊投向那一邊。坐在庭長身邊貴賓席上的一個人剛站起來，他推開審判席和法庭之間的欄柵門，走到大廳中央站定。庭長、檢察官、巴馬塔林先生，以及不少人都認出他來，異口同聲地喊道：「馬德蘭先生！」

十一・尚馬狄更加驚訝了
Champmathieu de plus en plus étonné

正是他。書記員的燈光正好照見他的臉。他把帽子拿在手上，衣著很整齊，禮服也扣得緊緊的。他臉色十分蒼白，渾身微微發抖。剛到阿拉斯時，他的頭髮還是斑白的，現在卻全白了。到這兒才一個小時的工夫，頭髮就全然變白了。

大家都抬起頭。引起的轟動是難以描繪的，旁聽者一時全愣住了。那聲音十分淒慘，而站在那兒的人卻十分平靜，起初大家都莫名其妙，心中納罕著是誰喊了那一聲，難以相信那可怕的叫喊，會是這個神態自若的人發出來的。

這種驚疑僅僅持續了幾秒鐘，未待庭長和檢察官開口講句話，未待法警和執法官動一下，此刻還被大家稱為馬德蘭先生的這個人，已經走向證人克什帕伊、勃列維和舍尼帝。

「你們認不出我來了嗎？」他問道。

他們三人目瞪口呆，只是搖搖頭，表示根本不認識他。克什帕伊膽怯地打了個軍禮。馬德蘭先生轉向陪審團和法庭，聲音和婉地說道：「各位陪審員先生，把被告放了吧。庭長先生，逮捕我吧。你們追捕的人不是他，而是我，我叫尚萬強。」

人人都斂聲屏息。一陣驚愕之後，又是一陣死一般的沉默，感到大廳裡瀰漫著宗教的敬畏氣氛：當某種崇高之舉要實現的時候，眾人就會被這種敬畏氣氛所震懾。

這時，庭長臉上現出又同情、又感傷的表情，他跟檢察官迅速交換了一下眼色，又同陪審員低語幾句，這才以大家都明瞭的聲調問聽眾：「這裡有醫生嗎？」

檢察官也發言了：「陪審員先生們，這個事件實在離奇，實在意外，打擾了審判，使我們也同樣使你們產生了無須言明的感覺？諸位都認識海濱蒙特伊市市長，尊敬的馬德蘭先生，至少也知道他的大名。聽眾之間如果有醫生，我們也跟庭長先生一起懇請他出來，照顧一下馬德蘭先生，並護送他回去。」

馬德蘭先生不讓檢察官講完，他口氣十分溫和，但又斷然地搶過話頭。下面就是他講的一番話，這是一位旁聽者在退堂後，立刻原原本本記錄下來的。將近四十年前聽到的人，如今還感到這些話在耳邊回響。

「我感謝您，檢察官先生，不過，我沒有瘋癲，您馬上就會明白。您險些鑄成大錯，快釋放這個人吧，我要盡一項義務，我才是這個不幸的罪犯。這裡惟獨我看得清楚，我來告訴你們真相。此刻我的所作所為，在天上的上帝在注視著，這也就足夠了。既然我來了，您就可以逮捕我。然而，我曾經盡力向善，更名改姓，隱藏身分，發了財，又當上市長，就是要回到善良人的行列裡。看來是行不通了。總之，許多事情我還不能講，不能向你們敘述我的一生，有朝一日大家會知道的。我偷了主教大人的東西，這是真的；我搶了小傑爾衛的錢，這也是真的。別人告訴你們，尚萬強是個窮兇極惡的人，說得有道理。這也許不是他一個人的過錯，各位審判官先生，請聽我說，像我這樣一個墮落的人，不應當指責上天，也不應當告誡社會。不過，要知道，我極力擺脫的那種侮辱，那實在是害人的東西。勞役場製造勞役犯，你們若是願意，請想一想這個問題。入獄之前，我是一個可憐的鄉下人，智力很低，像個傻瓜。牢獄改造了我，原先愚蠢，後來變得兇惡了；原先是塊劈柴，後來變成了焦木。嚴厲懲罰毀了我，後來寬厚和仁慈又救了我。哦，對不起，你們還聽不懂我說的這些話。你們在我家壁爐的灰燼裡，能找見七年前我搶小傑爾衛的那枚四十蘇銀幣。我不用再說什麼了，把我抓起來吧。上帝啊！檢察官先生還搖頭，您說：『馬德蘭先生瘋了。』您不相信我。這實在叫人難過。至少，千萬不要判處這個人！怎麼！這些人都認不出我啦。我真希望沙威在場，他一定能認出我來。」

講這番話的聲調所包含寬厚的憂傷、悽愴的意味，是絕難描繪出來的。

他轉向三名勞役犯：「喂，我可還認得出你們！勃列維，您還記得吧？……」

他住了口，猶豫一下，又說道：「你在獄中用的花格條紋背帶，你還記得吧？」

勃烈維驚抖了一下，神色惶惑地從頭到腳打量他。他繼續說道：「舍尼帝，你的綽號叫『否上帝』。你整個右肩是很深的燒傷疤，因為你想去掉 TFP 三個字母的烙印，有一天就把肩膀伸進一盆炭火裡，然而字母還是看得見。你回答，對不對？」

「對。」舍尼帝答道。

他又對克什帕伊說：「克什帕伊，你左臂肘彎旁邊，用燒粉紋了藍色字母，是皇帝在坎城登陸的日子，即一八一五年三月一日。你把衣袖摟起來。」

克什帕伊將袖子摟起來。他周圍所有的目光都投向他赤露的手臂。一名法警拿來一盞燈：胳臂上果然有這個日期。

這個不幸的人轉向聽眾和法官，臉上那副笑容，當年目睹的人至今想起來還難受。那是勝利的微笑，也是絕望的微笑。「現在你們明白了，我就是尚萬強。」他說道。

在這法庭上，再也沒有審判官，沒有控告方，沒有法警了，只有凝視的眼睛和感動的心。誰也不記得自己要扮演的角色：檢察官忘記他在那裡是為了起訴，庭長忘記他在那裡是為了主持審判，被告律師忘記他在那裡是為了辯護。令人驚訝的是，誰也沒有提出問題，誰也沒有行使職權干預。這種景象最奇妙之處，就在於抓住了每一顆心靈，並把所有見證人變為觀賞者。也許誰也不明白自己的感受。毫無疑問，誰也沒有考慮自己看見的是燦爛的光輝在照耀，不過，所有人內心都感到通明透亮。

顯然，大家眼前看到的是尚萬強。他全身散出耀眼的光芒，這個人一出現，就足以照亮剛才還十分模糊的案子。此後無須任何解釋，這群人彷彿受到啟示而豁然開朗，一眼就看清楚這件事既簡單又壯美，是一個人捨身阻止另一個人當他的替罪羊。原先的種種小動作、種種遲疑、種種可能的小小抵制，都在這光明磊落的壯舉中化解了。

這種印象雖然轉瞬即逝，但當時是無法抵抗的。

「我不願意再打擾法庭了，」尚萬強又說道，「既然不逮捕我，那我就走了，還要去辦好幾件事。檢察官先生知道我是誰，也知道我要去什麼地方，他隨時都可以派人逮捕我歸案。」

他朝門口走去，誰也沒有吭一聲，誰也沒有伸手阻攔，大家都讓開一條路。當時，他似乎具有某種神威，逼使眾人在一個人面前退避，紛紛閃到兩側。他緩步穿過人群。後來始終沒有弄清楚到底是誰打開的門，但有一點是肯定的，他走到門口時，門已經打開了。他走到門口，又轉身說道：「檢察官先生，我聽候您的處理。」

然後，他又對聽眾說：「你們所有的人，你們在場的每個人，都覺得我值得憐憫，對不對？上帝啊！我一想到自己差點兒幹出來的事，就認為自己值得羨慕。不過，我更希望沒有發生這一切。」

他走了出去，又有人把門關上了，如同剛才有人打開一樣。要知道，做出壯舉的人，總能在群眾裡找到肯為他效力的人。

過了不到一小時，陪審團就決定撤銷對尚馬狄的全部指控，並立即釋放他，尚馬狄走了，他心中不勝驚詫，認為所有的人都瘋了，一點兒也不能理解他目睹的場面。

第八卷：禍及
Contre-coup

一・馬德蘭先生在什麼鏡子之中看見自己的頭髮
Dans quel miroir M. Madeleine regarde ses cheveux

天剛剛破曉。芳婷發高燒，徹夜未眠，但是這一夜卻充滿幸福的幻影；直到凌晨，她才睡著。一直守護她的辛朴利思修女趁她打瞌睡的時候，去藥房準備了一劑金雞納湯藥。天色微明，看什麼東西都灰濛濛的，可敬的修女俯著身，仔細辨認藥水和藥瓶，在藥房裡耽誤了一下。她倒好藥，急忙回身，被突然出現在面前的馬德蘭先生嚇得輕輕叫了一聲，他是悄悄進來的。

「是您啊，市長先生！」她高聲說。

他壓低嗓音問道：「那可憐的女人怎麼樣啦？」

「現在還好。不過，有一段時間真叫人擔心！」

修女向他講述了昨天的情況：芳婷病情加重，只因以為市長先生去蒙菲郿接她的孩子，她現在才好些。修女不敢問市長先生，但是看他那神色表情，就能知道市長並不是從那裡回來的。

「這樣很好，」他說道，「您做得對，不能向她說破。」

「是啊，」修女又說，「可是現在呢，市長先生，我們要怎麼對她解釋您並沒有把她孩子帶來？」

他沉吟了一下，又說道：「讓上帝啟發我們吧。」

「總不能對她說謊啊。」修女低聲說道。

屋裡已經整個明亮了，陽光直射到馬德蘭先生的臉上；正巧這時，修女抬起頭來，驚歎道：「老天啊！先生，發生了什麼事啦？您的頭髮全白啦！」

「白啦？」他重複道。

辛朴利思修女根本沒有鏡子，她搜索藥箱，取出一面小鏡子，那是醫務室大夫用來檢驗患者是否嚥氣的。馬德蘭先生接過鏡子，照了照頭髮，說了一聲：「奇怪了！」

他說這話時漫不經心的，彷彿在想別的事情。

修女的心涼了半截，覺得這一連串表現有一種說不出來的陌生感。

他問道：「我能看看她嗎？」

「市長先生不是要幫她把孩子接回來嗎？」修女說道，她小心翼翼地幾乎不敢問這件事。

「當然要接了，不過，那至少要兩三天的時間。」

「在那之前，她若是沒見到市長先生，就不知道市長先生回來了，」修女怯聲怯氣地又說道，「這樣就容易讓她耐心等待。等市長一到，她自然會以為孩子是和市長先生一起回來了。我們可無法說謊啊。」

馬德蘭先生沉吟片刻，彷彿在考慮，然後，他平靜而嚴肅地說道：「不行，我的修女，我應當看看她，我的時間也許很緊迫。」

「也許」這個字眼，將市長先生說的話增添了一種隱晦而奇特的意味，但是，這位修女好像沒有注意，她垂下目光，壓低聲音，恭恭敬敬地回答：「既然這樣，她在休息，市長先生可以進去。」

他見一扇門未全然闔上，便先提醒說響聲會驚醒病人，然後才進入芳婷的房間，走到床前，掀起床帷。她正睡著，從胸膛傳出的呼喚聲慘不忍聞，也是母親守護患了不治之症的孩子睡覺時，聽著會心痛欲碎的聲音。然而，這種困難的呼吸，一點都無法打擾到她臉上那種安詳的神態。這種安詳神態難以描摹，改變了她的睡容：慘白的臉色變得潔白，兩頰也略顯緋紅；金黃色長睫毛，是她少女和青春留下的惟一美色，現在雖然低垂而閉合，卻不斷地顫動。她全身也在顫抖，好像有雙翅膀要展開，攜她而去，不過，只是讓人感到顫動，眼睛卻看不出來。見她這般模樣，很難相信是個生命垂危的病人。她不像要死去，倒像要展翅飛走。

有人伸手折花時，枝梗會顫慄，彷彿半迎半避；同樣的，死亡的神祕手指要攝走靈魂時，人的軀體也會顫慄。

馬德蘭先生在床前站了一會兒，瞧瞧病人，又望望耶穌受難像，跟兩個月前他初次來到病房探視的情景一樣，他們二人，一個睡著，一個祈禱，各自還是原來的姿勢，然而時過兩月，她的頭髮由白變灰，他卻白髮蒼蒼了。

修女沒有跟進屋子。

他站在床前，一根手指放在嘴脣上，彷彿要叫屋裡什麼人不要出聲似的。

她睜開眼睛，看見他。微微一笑，平靜地問道：「珂賽特呢？」

二・芳婷幸福了

Fantine heureuse

她既沒有表示驚奇，也沒有表示快樂；她本身已經化為快樂了。「珂賽特呢？」這句簡單的問話，基於深深的信賴，講得十分肯定，毫無疑慮，倒讓馬德蘭先生無言以對。她接著說道：

「我知道您在這。我在睡覺，但是看見您了，早就看見您了。我的眼睛整夜都在注視您。您罩在光環中，周圍全是神仙。」

馬德蘭先生舉目望著耶穌受難像。

「可是，」芳婷又說道，「快告訴我，珂賽特在哪呢？為什麼不把她放在我床上，好等我醒來呢？」

馬德蘭先生機械地回答了一句什麼話，但是事後怎麼也回想不起來了。

還好醫生聞訊趕來救人。

「我的孩子，」醫生說，「要安靜下來。您的孩子就在那呢。」

芳婷的雙眼頓時亮起來，那張臉也豁然開朗。她雙手合十，那神態具有祈禱所能包含的最強烈而又最溫柔的情感。

「噢！」她高聲說，「快給我抱來呀！」

做母親的感人幻想！在她的心目中，珂賽特始終是個小孩子，可以抱過來。

「還不行，」醫生又說道，「現在還不行。您的高燒還沒有完全退，一看見您的孩子就會激動，對病情不利。先得把病治好！」

她急切地打斷醫生的話：

「我的病已經治好啦！跟您說我已經好啦！這個大夫，怎麼跟驢一樣固執！哼！我要看我的孩子呀！」

「您看看您，又激動起來了，」醫生說道，「只要您還這樣，我就不能讓您見孩子。光見她還不夠，必須好好為她活著。等您明白這個道理後，我就親自幫您把孩子帶來。」

可憐的母親耷拉著腦袋。

「大夫先生，我請您原諒，我真的請您務必原諒我。從前，我講話也不是像剛才那樣；我的遭遇太慘了，有時就信口胡說了。我明白，您怕我衝動，您讓我等多久都行，不過我向您保證，見見我女兒，對我不會有什麼壞處。我見到她了，從昨天晚上起，我的眼睛就沒有離開她。您知道嗎？現在要是把她帶來，我一定能跟她輕聲細語地說話。這一切都很合理呀。人家特意去蒙菲郿把孩子接回來，我想見面不是很自然的事嗎？我不會發火，我完全明白我就要幸福了。這一整夜，我一直看見潔白的東西、向我微笑的人。大夫先生什麼時候願意，就請幫我把我的珂賽特帶來。我不發燒了，病治好了；我真的覺得一點也不難受了；不過，我還得裝作有病的樣子，躺著不動，好討這裡的女士喜歡。別人看到我很安靜，就會幫我說話：應該把孩子抱給她看了。」

馬德蘭先生坐在床邊的一張椅子上。芳婷轉向他，顯然在極力顯得平靜和「聽話」的樣子，如同她在帶著稚氣的病態中所敘述，好讓別人看見她完全平靜了，就不再為難她，把珂賽特為她領來。然而，她再怎麼控制，也忍不住問東問西，要馬德蘭先生回答。

「您一路很順利吧，市長先生？哦！您心腸太好了，為我去接她！先跟我說說她怎麼樣了。這一路上她還受得了吧？唉！她一定認不出我了！可憐的心肝，這麼多年了，她一定把我給忘啦！小孩子記不得事呀；就跟小鳥一樣，今天看見一樣東西，明天又看見另一樣東西，結果什麼也都記不得了。至少，她的衣衫還白淨吧？德納第那家人有給她穿乾淨衣衫吧。她吃得怎麼樣呢？噢！您怎麼會知道！我在受難的那段時間，想到這些問題，心裡是多麼痛苦啊！現在全過去了。我高興了。啊！我真希望見到她！市長先生，您覺得她長得好看嗎？我女兒的外表很漂亮，不是嗎？你們乘坐那種驛馬車，一定很冷！不能帶她來嗎，哪怕待一會就好呢？只要見一面就可以馬上帶走。您說吧！這事讓您判斷，您若是願意就行！」

馬德蘭先生握住她的手，說道：

「珂賽特長得很美，也很健康。很快您就能見到她，不過，您還是安靜下來吧。您的話太多了，胳臂也露在外面，這會著涼引起咳嗽。」

芳婷的嘴咳得厲害，說話斷斷續續。

她並不抱怨，本來是要讓人相信她，擔心說得過多反而搞砸了，於是就講些不相干的話。

「蒙菲郿那地方，還挺好看的，對吧？夏天，有人到那兒去遊玩。德納第他們生意不錯吧？他們那裡過往行人不多。那家旅館，就跟車馬店差不多。」

馬德蘭先生一直拉著她的手，惴惴不安地注視著她；他來探視，顯然是要告訴她一些情況，現在卻猶豫了。醫生診斷完已經離去了，只有辛朴利思修女留在他們身邊。

就在這靜默中，芳婷忽然喊道：

「我聽見她啦！上帝呀！我聽見她啦！」

她伸出手臂，要旁邊的人安靜，她則摒住呼吸，興匆匆地傾聽。

有個孩子在院子玩耍，可能是門房或哪個女工的孩子。這正是常常發生的機緣巧合，冥冥中有一種神祕的安排。那孩子是個小姑娘，她為了取暖，在院子裡跑來跑去，同時大聲笑，高聲唱歌。唉！總是在什麼情況下都會有兒童的嬉戲攙和進來呀！芳婷聽見的，正只是那個小姑娘的歌聲。

「哦！」她又說道，「是我的珂賽特！我聽出她的聲音啦！」

那孩子來得突然，走得也意外，她的聲音漸漸消失；芳婷又聽了一會兒，忽然，她的臉色陰沉下來，馬德蘭先生聽見她咕噥道：「這個醫師心真狠，不讓我看看女兒！看他那人長相就不是個好人！」

不過，她又恢復了潛意識中的歡樂情緒，腦袋枕在枕頭上，繼續自言自語：「我們會多麼幸福啊！首先，我們要有個小花園！馬德蘭先生答應過。我女兒就在花園裡玩耍。現在，她應該認識字母了。我教她拼寫。她在草地上追逐蝴蝶。我在一旁看她玩。以後，她要去教堂第一次領聖體。哦，是呀！她什麼時候初領聖體呢？」

她開始數手指頭：

「……一、二、三、四……她七歲了。再過五年。她要有一條白色頭紗，穿上挑花襪子，像個大姑娘了。噢！我好心的修女，您不知道我有多傻，現在就想到我女兒初領聖體啦！」

她笑起來。

馬德蘭先生已經放下芳婷的手。他眼睛看著她，聽這些話就彷彿是傾聽颳起的風聲，精神沉入無底的思索中。戛然，芳婷停止說話，這使他下意識地抬起頭。芳婷大驚失色。

她不說話了，也不再喘氣了，用臂肘半支起身子，瘦削的肩膀從睡衣裡露出來，剛才還喜悅的面孔忽然變得慘白，眼睛驚恐地張大，望著前方，直盯著屋子另一端彷彿那裡有什麼可怕的東西。

「上帝啊！」馬德蘭先生高聲說，「您怎麼啦，芳婷？」

她不回答，目不轉睛地盯著她看見但不敢相信她真看見了的東西，她用手碰了碰他的胳臂，另一隻手示意他朝後看。

他轉身望去，看見沙威。

三・沙威得意

Javert content

事情的經過是這樣。

馬德蘭先生從阿拉斯的重罪法庭出來後，已經是午夜十二點半了。我們記得，他訂了驛馬車的座位。他回到旅館，正好趕上驛馬車，將近淩晨六點鐘時回到海濱蒙特伊，第一件事就是把他給拉斐特先生的信投到驛站，然後到醫務室來看芳婷。

他剛離開法庭，檢察官就從最初的驚愕中醒來，對惋惜可敬的海濱蒙特伊市長所做荒唐行為提出發言，聲稱這件意外的怪事日後會查明清楚，而他絲毫不改變指控，堅信尚馬狄就是真正的尚萬強，要求先判他的罪。檢察官堅持起訴，顯然違背聽眾、審判官和陪審團所有人的感情。被告律師沒費什麼力氣就駁斥了這種論調，指出由於馬德蘭先生，即真正的尚萬強披露了真相，案情就徹底改變了，在陪審團面前的這個人根本無罪。律師還就審判程序的謬誤發表一陣感慨，雖然只是老套……庭長在總結中同意律師的見解，陪審團只用了幾分鐘，就決定對尚馬狄免予起訴。

然而，檢察官需要一個尚萬強，抓不住尚馬狄，那就抓住馬德蘭。

釋放了尚馬狄，檢察官立即和庭長密談，商議了「逮捕海濱蒙特伊的市長先生的本人的必要性」。這句話有許多「的」字，完全出自檢察官的手稿，寫在他呈給向檢察長報告的底稿上。庭長一陣激動之後，也沒有提出什麼異議。司法必須運行。再者，說到底，庭長雖然是相當聰明的好人，但同時也是堅定的，而且相當激進的保王黨人；海濱蒙特伊市長提到坎城登陸的事件時，使用「皇帝」的字眼，沒有說「波拿巴」，他聽了覺得很刺耳。

就這樣，簽發了逮捕令。檢察官派了專騎，連夜兼程送往海濱蒙特伊，責成沙威探長執行。

大家知道，沙威作證之後，立刻趕回海濱蒙特伊。

沙威才剛起床，專差就把逮捕令和傳票交給他了。

那專差也是個幹練的警吏，幾句話就向沙威交代清楚阿拉斯所發生的情況。由檢察官簽發的逮捕令這樣寫道：沙威探長，速將海濱蒙特伊市長馬德蘭先生逮捕歸案，在今日的法庭上，已經確認他就是刑滿釋放的勞役犯尚萬強。

一個不認識沙威的人，如果看見他走進醫務室的門廳，絕猜不出發生了什麼事情，會覺得他的神態再正常不過了。他的神態冷漠、平靜而嚴肅，花白頭髮光溜溜地貼在兩鬢，上樓梯的步伐也跟平時一樣從容不迫。一個深知沙威的人，如果仔細觀察他，就會不寒而慄。他皮領的帶扣沒有搭在頸後，而是搭在左耳上面，這表明他異常激動。

沙威是個完人，無論職務還是衣著，不留一點皺褶；他對兇手有條不紊，對衣服的鈕扣也一絲不苟。

這次，他竟然把衣領的鈕扣搭歪，那種激動程度，一定像人們所說般內心產生了大地震。

他從附近派出所要了一名下士和四名士兵，布置在院子裡，讓門房說明了一下芳婷的病房，便隻身前來了。那看門的女人毫不懷疑，早已習慣武裝人員求見市長先生的情況。

沙威走到芳婷的病房，扭動門把手，用護士或密探那樣輕輕的動作，推開房門，走了進來。

確切地說，他並沒有進屋，而是站在半開的門口，沒有摘下帽子，左手插在一直扣到脖領的禮服裡，粗手杖則隱在身後，手肘彎曲處只露出鉛頭手柄。

他在門口站了約有一分鐘，沒人發覺。忽然，芳婷抬起眼睛，瞧見他，並叫馬德蘭先生轉過身去。

馬德蘭的目光和沙威的目光相遇之際，沙威一動不動，並不走上前去，但是他立刻變得十分兇狠可怕。是一種人的任何情感全不如得意時，會顯露出那樣可怕的神色。

魔鬼重新捉到他要投入地獄的人，正是那副面孔。

他確信終於能捉住尚萬強，內心的感覺就完全流露在臉上了。沉底的東西一攪動，又浮上水面，有一陣他失去線索，又有幾分鐘錯認了尚馬狄，他不禁感到恥辱，然而他當初就已經識破尚萬強，並且長時間保持準確的直覺，想想又覺得十分得意；這樣一來，恥辱的感覺也就消失了。沙威的欣喜，展現在他那不可一世的姿態中。他那狹窄的額頭，因煥發了勝利而變為畸形。一副沾沾自喜的面孔，猙獰醜惡到了無以復加的程度。

此刻，沙威簡直飄飄欲仙。他雖然沒有明確意識到，但直覺中隱隱約約地感到他此等職務不可或缺和建立的功績，他，沙威，恰恰體現了法律、光明和真理，替天行道，剷除罪惡。他身後和周圍，無邊無際，那是政權、理性、既決的案件、合法意識、輿論、滿天星斗；他維護這種秩序，讓法律發出雷霆，為社會伸張正義，為專制效力；他挺立在光環中；他穩操勝券，還有餘勇可賈，雄赳赳、氣昂昂地屹立在那裡，向整個宇宙展示一個惡魔如超人般的獸性；在他行動的可怕陰影中，社會利劍的寒光在他緊握的拳頭上隱約可見；他又興奮、又氣憤，要踏平犯罪、醜行、叛逆、墮落、地獄，他光芒四射，除惡務盡，而臉上卻掛著笑容；毋庸置疑，這個執法大天神的身上具有偉大氣概。

沙威兇猛，但絕不卑鄙。

正直、坦率、誠實、自信、忠於職守，這些品質一旦誤入歧途，就會變得醜惡，但即使醜惡，也不失其偉大；這些品質的莊嚴性是人類良知所特有的，因而能在醜惡中延續。這是有瑕疵的美德，錯了。一個狂熱分子在肆虐中所表現的誠實而無情的快樂，含有難以名狀、令人敬畏的慘光。沙威在欣喜若狂的時候，也變得像得志的小人那樣令人可憐。他那張面孔顯露善中的萬惡，比什麼都更可怕，更令人痛心。

四・重新行使權力

L'autorité reprend ses droits

芳婷被市長先生從沙威手中救出之後，再也沒有見到沙威。她在病中，頭腦還不明白什麼，不過，她並不懷疑，沙威是來抓她的。她看到那副兇相，就嚇得魂不附體，覺得自己要斷氣了，用雙手捂住臉，惶恐地喊叫：

「馬德蘭先生，救救我！」

尚萬強——此後我們不再用別的名字稱呼他——站起來，他用極溫柔極平靜的聲調說：「放心吧，他不是衝著您來的。」

接著，他又對沙威說：「我知道您的來意。」

沙威回答：「喂，快走！」

沙威講這句話時聲音都變了，有一種說不出來的野蠻和瘋狂的意味。他不是講：「喂，快走！」而是講：「喂寇！」任何文字都難以表示這種聲調；這已不是人的語言，而是野獸的吼叫了。

他並不照例行事，並不說明情況，也不出示傳票。在他的心目中，尚萬強是一個捉不住的神祕對手，是他摟住五年而未能摔倒的陰險角鬥士。這次逮捕不是開始，而是結束戰鬥。因此，他僅僅說了一句：「喂，快走！」

他這麼說，卻沒有向前跨一步，只是向尚萬強拋去鐵鉤似的目光；他就是用這種目光硬把窮苦的人勾過去。

兩個月前，芳婷也就是感到這種目光刺入骨髓。

芳婷聽見沙威的吼叫，又睜開眼睛。但是市長先生就在面前，她怕什麼呢？

沙威走到屋子中間，嚷道：「嘿！你走不走？」

不幸的女人看看周圍：屋裡只有修女和市長先生。對誰這樣輕蔑地稱呼「你」呢？只可能對她。她不寒而慄。

這時，她看見一件怪事，前所未見，即使是在發高燒做噩夢中，也沒有見過。

她看見警探揪住市長先生的衣領，看見市長先生低下頭。她覺得世界要消逝了。

的確，沙威揪住尚萬強的衣領。

「市長先生！」芳婷喊道。

沙威哈哈大笑，在獰笑中露出所有牙齒。

「這裡沒有市長先生啦！」

尚萬強並不想掙脫揪住他禮服領的手。他說道：「沙威……」

沙威截口說道：「叫我探長先生。」

「先生，」尚萬強又說道，「我想單獨跟您說句話。」

「大聲說！你得大聲說！」沙威答道，「跟我講話要大聲！」

尚萬強壓低嗓門繼續說道：「我對您有個請求……」

「我跟你說了，要大聲講話。」

「可是，這件事只能說給您一個人聽……」

「這又怎麼樣？我不聽！」

尚萬強轉向他，聲音很低又很快地對他說：

「請您給我三天時間！用三天去接這個可憐女人的孩子，費用由我來付。您若是願意，可以陪我去。」

「開什麼玩笑！」沙威喊道，「來這套！我沒想到你這麼蠢！要我給你三天好溜走！你說是去接這個婊子的孩子！哈！哈！好啊！好極啦！」

芳婷渾身一抖。

「我的孩子！」她高聲說，「去接我的孩子！原來她不在這裡！修女，回答我，珂賽特在哪裡？我要我的孩子！馬德蘭先生！市長先生！」

沙威跺跺腳。

「現在，又摻和進來一個！還不閉嘴，賤貨！這個髒地方，勞役犯當行政長官，妓女像伯爵夫人一樣被人侍候！真邪門！這一切都要改變，時候到啦！」

他又揪住尚萬強的領帶、襯衫和衣領，眼睛盯著芳婷，又說道：

「告訴你，這兒根本沒有馬德蘭先生，也根本沒有市長先生，只有一個賊，一個強盜，一個叫尚萬強的勞役犯！我抓住的就是他！就是這回事！」

芳婷突然一下坐起身，僵直的手臂支撐住身子，她瞧瞧尚萬強，瞧瞧沙威，又瞧瞧修女，張嘴好像要說話，可是嗓子裡只發出一聲咕嚕，她的牙齒打顫，惶恐地伸出雙臂，痙攣地張開手指，就像溺水的人那樣向周圍亂抓，接著，她頹然倒在枕頭上。她的腦袋撞在床頭，彈回到胸前，嘴張著，眼睛也睜著，但是黯淡無光了。

她死了。

尚萬強把手放在沙威揪他的那隻手上，如同掰孩子的手般輕而易舉地將它掰開，然後對沙威說：「您害死了這個女人。」

「還有完沒完！」沙威氣沖沖地嚷道，「我來這裡不是聽人說教的。廢話少說。軍警就在下面。馬上走，要不然，就給你上手指銬啦！」

屋子一角有一張破鐵床，是給守夜的修女歇息用的。尚萬強走過去，一眨眼就把已經破損的床頭抓下來：有他這樣的臂力，這是輕而易舉的事，他拿起粗鐵條，凝視沙威。沙威退向房門。

尚萬強手持鐵條，緩步朝芳婷的床鋪走去，到了床前，又轉過身去，以別人幾乎聽不見的聲音對沙威說：「奉勸您這段時間不要打擾我。」

有一點是確切的，就是沙威發抖了。

他想去叫軍警，但又怕尚萬強乘機跑掉，只好守著，手握住手杖的尖端，背靠著門框，目不轉睛地注視尚萬強。

尚萬強臂肘倚在床頭的圓球上，手托著額頭，開始凝望躺著不動的芳婷。他這樣靜默地待著，心中想著顯然不是這世間的事了。他臉色和神態，只表現一種難以名狀的痛惜。他這樣冥想一會兒之後，又俯過身去，低聲對芳婷說話。

他對她說什麼呢？這個被社會排斥的男人，對這個已死的女人能說什麼呢？講的究竟是些什麼話呢？世間上任何人也沒有聽見。這個死去的女人聽見了嗎？有些動人的幻想，也許是最高的現實。有一點是毫無疑問的，當時的惟一見證人辛朴利思修女，常常講起在尚萬強對著芳婷的耳朵說話時，她清楚地看到在那灰白的嘴脣上，在那對如墳墓充滿驚奇之色的茫然眸子裡，都浮現出一絲難以描摹的微笑。

尚萬強像母親對孩子那樣，雙手捧起芳婷的頭，端正地放在枕頭上，把她睡衣的帶子繫好，再把她的頭髮塞進睡帽裡。然後，他閉上眼睛。

一時間，芳婷的臉龐彷彿出奇的明亮。

死亡，就是跨進大光明的境界。

芳婷的手往下拉到床外。尚萬強跪到這隻手前，輕輕把它拉起來，吻了一下。

然後，他站起來，轉身對沙威說：「現在，我跟您走。」

五・合適的墳墓
Tombeau convenable

沙威將尚萬強送進市監獄。

馬德蘭先生被捕的消息，在海濱蒙特伊引起轟動，準確地說，引起異常的震動。我們十分遺憾，不能掩飾這樣一個事實，只因「他當過勞役犯」這一句話，幾乎所有的人就把他拋棄了。他做過的好事，不到兩小時就被人遺忘，而他不過是一個「勞役犯」了。應當指出，當時大家還不知道阿拉斯事件的詳情。這一整天，全城各處都能聽到這樣的議論：

「您還不知道？原來他是個刑滿釋放的勞役犯！」「誰呀！」「市長唄。」「啊！馬德蘭先生！」「對呀！」「真的嗎？」「他不叫馬德蘭，真名很難聽，叫什麼貝尚，保尚，布尚。」「哦，上帝啊！」「他被抓起來了。」「抓起來啦！」「關押在市監獄裡，等著押走。」「等著押走！要把他押走！押到哪裡去呀？」「要送到重罪法庭，審判他從前所犯的搶劫罪。」「這就對啦！我就覺得不對勁。這個人心太善，太完美，太虔誠了。他謝絕授予的勳章，遇見那些流浪兒就給錢。我一直想，那行為的背後一定有些見不得人的事。」

「沙龍」裡，這種議論尤為豐富多彩。

一位訂閱《白旗報》的老夫人，提出這樣一種幾乎深不可測的見解：

「我看不足為惜，這倒是給波拿巴的黨徒一個教訓！」

一度稱為馬德蘭先生的幽靈，就這樣在海濱蒙特伊城消逝了。全城只有三、四個人還懷念他。服侍過他的那個守門的老太婆就是其中一個。

當天傍晚，可敬的老太婆還坐在門房裡，滿心愁苦，無限悽惶。工廠停了一整天，大門緊閉，街上行人寥寥。樓裡只有兩名修女，佩爾珮蒂和辛朴利思修女，為芳婷守靈。

快到平日馬德蘭先生回來的時刻，忠實的門房機械地站起來，從抽屜裡取出馬德蘭先生房間的鑰匙，掛在他習慣自取的釘子上，又拿起他每晚上樓回房用來照亮的燭臺，放在身邊，就好像她還在等候他。然後，她重新坐到椅子上，又陷入沉思。可憐的老太婆下意識地做這些事。

過了兩個鐘頭，她才如夢初醒，高聲說道：

「咦！仁慈的上帝耶穌！我還把鑰匙掛在釘子上！」

恰好這時，門房的玻璃窗開了，一隻手伸進來，摘下鑰匙，拿起燭臺，湊到一支燃著的蠟燭點著。

門房老太婆抬頭一看，不禁目瞪口呆，差點叫出聲來。

她熟悉這隻手，這條胳臂，這禮服的袖子。

正是馬德蘭先生。

過了幾秒鐘，她才說出話來，「嚇呆了」，正如後來她講述這件意外事時常說的。

「上帝呀，市長先生，」她終於高聲說，「我還以為您……」

她戛然住口，這後半句話會抵消開頭的敬意。在她心目中，尚萬強始終是市長先生。

他替她把話說完。

「……進監牢了。」他說道，「我是進去了。不過，我折斷窗戶的鐵條，從房頂跳下來，又回到這裡。我要上樓回房間，您去替我叫一下辛朴利思修女。她一定守在那位可憐女人的旁邊。」

老太婆遵命，急忙趕去了。

他一句也沒有囑咐，確信她保護他會比他保護自己還要可靠。

我們一直沒有搞懂，他沒叫人開門，是怎麼進入院子裡的？確實，他有一把小角門的鑰匙，始終帶在身上；不過，獄警一定搜過他的身，把鑰匙搜走了。這一點沒有被證實。

他登上通往他房間的樓梯，到了樓上，就把燭臺放在樓梯的最上一級，輕輕地打開門，摸黑走去關上窗戶和窗板，再返身拿起燭臺，回到房間。

這種小心是必要的，不要忘記，從街上能看見他的窗戶。

他掃視一下周圍，瞧瞧桌子、椅子，以及三天沒有動過的床鋪。前天夜晚的慌亂沒有留下絲毫痕跡。看門老太婆「整理過房間了」。不過，她也從灰燼裡拾起他那根棍子的兩個鐵頭，以及燒黑了的那枚四十蘇銀幣，擦乾淨了放在桌子上。

他拿過一張紙，在上面寫道：「這是我在法庭上提到那根棍子的兩個鐵頭、從小傑爾衛搶來的四十蘇銀幣。」他又把銀幣和兩個鐵頭放在紙上，好讓進屋的人一眼就能看見。他從衣櫃裡取出一件舊襯衫，撕出幾條布條，用來包那兩支銀燭臺。他既不慌忙，也不急躁，一面包主教的兩支燭臺，一面吃黑麵包。大概是獄中的麵包，他越獄時帶出來的。

事後，法庭來檢查，在地板上發現麵包屑，證明他吃的確是監獄的麵包。

有人輕輕敲了兩下房門。

「請進。」他說道。

進來的是辛朴利思修女。

她臉色蒼白，眼睛發紅，手中拿的蠟燭直搖晃。命運的劇變有這樣一種特點，無論我們怎麼完善或者怎麼冷靜，這種劇變也會從我們五臟六腑裡掏出人性，並迫使其重現在外面。這位修女經過一天的激動，又變回女人。她痛哭過，進屋時還在發抖。

尚萬強剛在一張紙上寫了幾行字，將這張紙遞給修女，同時說道：「修女，請將這個交給堂區神父。」

這張紙沒有折起來，修女望了一眼。

「您可以看看。」他說道。

修女念道：「我請堂區神父先生處理我留在這裡的一切。請他用我留下的錢支付我的訴訟費和這個今天去世的女人的喪葬費。餘款捐贈給窮人。」

修女想說什麼。但是結結巴巴，語不成句，最後才勉強說道：「市長先生不想最後再看一眼那可憐的女人嗎？」

「不看了，」他答道，「有人在追捕，如果在她的房間抓住我，就會攪擾她的安寧。」

他的話音未落，樓梯就響成一片，那是上樓時會發出嘈雜的腳步聲，以及看門老太婆極力尖叫的聲音：

「我的好先生，我以仁慈的上帝向您發誓，今天整個白天，整個晚上，沒有一個人進來，我也沒有離開過這個門！」

一個男人回答：「可是，那屋裡有燈光。」

他們聽出是沙威的聲音。

這個房間的門一開，便遮住左邊的牆角。尚萬強吹滅蠟燭，立刻躲到那個牆角裡。

辛朴利思修女跪到桌子旁邊。

房門打開了。

沙威走進來。

樓道裡傳來好幾個人的私議聲和門房的爭辯聲。

修女眼睛不抬，繼續祈禱。

放在壁爐臺上的蠟燭火焰微弱。

沙威看見修女，愕然止步。

不要忘記，沙威的本性、他的氣質、他呼吸的中心，就是對一切權威的崇敬。他完全是死板的，不允許任何質疑，也不允許打絲毫的折扣。在他看來，教會的權威當然高於一切。他是信徒，在這點上就像在其他方面一樣，他既淺薄又規矩。在他眼中，神父是不會出錯的神靈，修女是不會作孽的人。他們都是超塵拔俗的靈魂，只有一扇門與塵世相通，而且也只為讓實話通行。

他一見修女，頭一個反應就是要退出去。

然而，另一種職責拉住他，猛力朝相反的方向推他。他的第二個反應就是留下來，至少冒昧地問一句。

這位辛朴利思修女一生沒有說過謊。沙威了解這一點，因此特別尊敬她。

「修女，」他問道，「這屋裡只有您一個人嗎？」

一時間，可憐的女門房嚇得魂不附體。

修女抬起眼睛，回答說：「是的。」

「既然這樣，」沙威又說道，「請原諒我再多問一句，這是我的職責，今天晚上，您沒有看見一個人，一個男人嗎？他越獄了，我們正在追捕——他叫尚萬強，您沒有看見他嗎？」

修女回答：「沒有。」

她說了謊。接連兩次，毫不遲疑，兩句謊話脫口而出，就像效忠的人那樣。

「對不起。」沙威說道。他深施一禮，退出去了。

聖女啊！多少年來，您已經脫離了塵世，歸入貞女姊妹們、天使兄弟們的光輝行列，但願這次謊言能夠計入您上天堂的善舉。

沙威覺得修女的回答十分乾脆，即使看見剛吹滅的蠟燭在桌上冒煙，也不覺得奇怪。

一小時之後，一個大漢匆遽離開海濱蒙特伊，穿過樹林和夜霧，朝巴黎方向走去。那人就是尚萬強。據調查，有兩、三個趕車的遇見他，說他背了個包裹，穿一件布罩衫。他是從哪裡弄到的那件罩衫？無從知曉。不過，在工廠的醫務室裡，前幾天死了一名老工人，只留下一件工作服。也許就是那件。

關於芳婷，最後再交代幾句。

我們所有的人有同一個母親：大地。芳婷回到慈母的懷抱裡。

堂區神父認為尚萬強留下的錢應當盡量留給窮人，也許他做得不錯。說到底，這事牽涉到誰呢？只牽涉到一名勞役犯和一名妓女。因此，他簡化葬禮，將費用減到最低限度，把芳婷埋葬在公墓。

就這樣，芳婷葬在公墓裡：那一角地方屬於大家，而不屬於任何人，窮人就是在那裡湮沒無聞了。幸而上帝知道在什麼地方招魂。他們讓芳婷在黑暗中，伴隨亂骨長眠，讓她躺在男女混雜的骨灰上。她被拋進公墓。她的墳墓如同她生前的床鋪。

TOME - II

COSETTE

第二部

珂賽特

第一卷：滑鐵盧
Waterloo

一・從尼維勒來時所見
Ce qu'on rencontre en venant de Nivelles

去年，即一八六一年，在五月的一個晴朗的上午，一位旅客，本故事的敘述者，從尼維勒前往拉羽泊。他徒步，沿著兩排樹木夾護的一條鋪石大道行進。一路丘崗連綿，時起時伏，猶如巨大的浪濤。他已經走過利盧瓦和我主伊薩克樹林，望見西邊勃蘭拉勒的那座形若覆甕的青石鐘樓。他過了高岡的一片樹林，到一條岔路口，看見一根蟲蛀斑斑的立柱，上面寫著：「古關卡四號」，旁邊有一家酒店，門前招牌上寫著：「愛煞伯四面風獨家咖啡館」。

從那家酒店往前走八分之一法里，便進入一個小山谷；谷底一條小溪，流經土石填高後道路下的涵洞。樹木青翠而疏朗，覆蓋道路的一側，在另一側散布而悅目，朝勃蘭拉勒方向延展。一家客棧坐落在這條路的右邊，門前停著一輛輕便四輪車，戳著一大捆啤酒花桿，一把犁，靠綠籬處有一堆乾荊柴，一個方坑裡的石灰正冒著熱氣，一架梯子橫放在用麥秸當作分隔牆破棚子的牆腳。一個大姑娘在田裡鋤草，田上隨風飄動著一張大幅黃色廣告，大概是什麼市集上的野台戲。在客棧的斜角，靠近一群鴨子戲水的水塘一側，有一條糟糕的石徑沒入荊叢。那旅客走上石徑。

他沿著一道花磚尖脊的十五世紀院牆，走了一百來步，便來到一扇拱形的大石門前。大門的拱墩筆直，兩側飾有圓形浮雕，表現出路易十四時期莊重的建築風格。大門上方，赫然顯現樓房十分古樸的正面；一道與樓房正面垂直的牆，幾乎伸延到門口，卻突然折個直角。門前的草地上放著三把釘耙，耙齒中間，五月的各種野花混雜開放。大門關著，雙合門扇已然破舊，上面的舊門錘也生了鏽。

陽光明媚，樹枝五月間的這種微顫，彷彿由鳥巢傳來，而不是風吹的。一隻勇敢的小鳥，也許由於發情，在一棵大樹上放聲鳴唱。

旅客俯下身，仔細觀察門右下角左邊這塊石頭，只見上面有一個類似洞穴的大圓坑。這時，兩個門扇打開，走出一個村姑。

她看見旅客，看到他觀察的東西。

「這是法國用一顆炮彈炸的。」她對旅客說道。

她又補充說：「您再往高看一看，大門上面，在一顆釘子旁邊，有一個大火槍打的洞。大火槍沒有把門板打穿。」

「這地方叫什麼？」旅客問道。

「烏果蒙。」村姑答道。

旅客站起身，走了幾步，又看了看綠籬上面，目光越過樹梢，看見一個土丘。土丘上有個東西，遠遠望去像頭獅子。

他來到滑鐵盧戰場。

二．烏果蒙 Hougomont

烏果蒙，傷心怵目的地方，是那個叫拿破崙的歐洲大樵夫在滑鐵盧遇到的第一道障礙，遇到的初次抵抗；是大斧劈下時遇到的第一個樹節。

這裡原是一座古堡，現在變成普通農舍了。對於好古者來說，烏果蒙應是「雨果蒙」，這座莊園，是索墨雷的鄉紳雨果建造的。正是他資助維持修道院的第六任院長。

旅客推開門，擦過停在門洞裡的一輛四輪馬車旁邊，走進庭院。

首先映入眼簾的是一道十六世紀的門，仿造圓拱形，但四周已經坍塌了。宏偉的景象往往產生於廢墟。在圓拱門不遠的牆上另開了一個角門，門楣是亨利四世時代的拱頂石，從門裡望出去是一個果園的樹木。角門旁邊有一個肥料坑，還放著幾把鍬和鎬、幾輛小車，還有一口石沿和鐵轆轤的古井；庭院裡一匹馬在蹦跳，一隻火雞在開屏，還有一座帶小鐘樓的禮拜堂，貼著禮拜堂牆角長出一棵開花的梨樹。就是這座庭院，當年拿破崙夢想攻佔此地。這一隅之地，若真讓他佔領了，也許全世界就屬於他了。一群母雞覓食啄起塵土。忽然一陣狗叫，那是代替英國人兇相畢露的一條大狗。

當年看守此地的英國人值得稱讚。庫克的四連守軍堅持七個小時，頂住大軍的猛攻。

烏果蒙，包括房舍和園子，看地圖上的幾何圖形，是一個缺了一角的不規則長方形。南門就在這缺角上，緊貼著這道護牆。烏果蒙有兩道門：南門是古堡正門，北門是農舍的門。當年，拿破崙派他兄弟傑羅姆攻打烏果蒙。吉勒米諾、伏瓦和巴什呂等各師受阻，雷伊投入全部兵力仍舊失敗，凱勒曼的炮彈在那堵英雄牆上消耗殆盡。搏端的軍旅增援攻打烏果蒙北面，也佔不到便宜；索亞旅攻打南面，只能打個缺口而無法佔領。

農舍的幾間房子從南側圍住庭院。北門被法軍打破一塊，至今還掛在牆上，那是由兩條橫木釘在一起的四塊木板，上面還看得到彈痕。

北門曾一度被法軍攻破，後來補了一塊門板，代替掛在牆上的那一塊；這道虛掩著的門對著庭院，是在院子的北牆中間開的一道門，而圍牆下半截用石頭，上半截用磚砌成的。每戶莊稼院都有這種能通馬車的便門，兩扇門是粗木板做成的，門外則是草地。當年爭奪這個入口時，戰況十分激烈；門上斑斑血跡手印歷久不褪，搏端就是在這裡陣亡的。

這庭院尚存戰鬥的腥風血雨，慘狀歷歷，橫屍喋血之跡化入景物。生死存亡，恍若昨日。牆垣垂危，磚石跌落，缺口慘叫，彈洞涔涔流血，樹木傾斜抖瑟，彷彿竭力逃災避難。

這座庭院是在一八一五年的建築，如今已多不見。當年的工法、凸角堡、地道犬牙交錯，戰後也都拆毀了。

英軍在這裡設防，法軍即使攻破也難以立足。古堡的一翼，還屹立在禮拜堂旁邊，這是烏果蒙古宅僅存的遺跡，但也傾坍，徒留四壁，彷彿剖膛破腹了。戰時，古堡充作指揮部，禮拜堂當作掩避所，兩軍廝殺，傷亡慘重。法軍受到各個方向火砲的襲擊：從院牆後面，閣樓上面，地窖裡，從每個窗口，每個通氣窗，從每個石縫都射出子彈；於是，他們就搬來一捆捆柴草，點上燒圍牆和裡邊的人：以火攻回應槍擊。

古堡的這一翼被戰火毀了，從窗戶的鐵條望進去，還能看見牆磚塌了的房間：英國守軍就埋伏在這些房間裡；一條旋梯，從樓下到樓上完全破損，好像海螺被打破了殼而顯露出的內臟。樓梯有兩層，英國受到攻擊，聚在二樓的梯級上，拆毀了下面的樓梯。大塊、大塊的青石板，在蕁麻叢中堆得像座小山。還有十來個梯級掛在二樓的牆上，猶如三齒叉戳進牆裡。這些懸空而無法攀登的石級牢牢嵌在牆壁裡，而下面則像脫了齒的牙床。這裡有兩棵古樹，一棵枯死，另一棵下部受傷，但到了四月份仍舊發青，一八一五年之後，樹枝漸漸穿過樓梯。

禮拜堂裡也有過拚殺，現在復歸寂靜，但裡面景象很奇特。那次殺戮之後，這裡再也沒有做過彌撒。不過，祭壇還在，那是靠著粗石壁的粗木祭壇。四壁粉刷了白灰，門對著祭壇，有兩扇拱頂小窗。門上方有一個巨大木雕的耶穌受難像，雕像上面有一個方形通風洞，用乾草堵住了。一個玻璃全打碎的舊窗框，躺在牆角的地上。禮拜堂就是這種景象了。在祭壇旁邊的牆上，還釘著一個十五世紀的聖安娜木雕像，懷中聖嬰耶穌的頭也被火炮打飛了。法軍曾一度佔領禮拜堂，又被趕走，走時放了一把火。這座破損的建築烈火熊熊，成為一個火爐，門燒著了，地板燒著了，然而，基督木雕卻沒有燒著。火舌舔到腳，繼而熄滅，留下兩隻焦黑的殘肢。據當地人說，這是顯靈。童年耶穌丟掉腦袋，就沒有基督幸運了。

牆壁布滿字跡。在基督像的腳旁，能看到這個名字：亨吉內茲。還有其他名字：德．里約．馬約爾伯爵、德．阿馬格羅（阿巴納）侯爵及侯爵夫人。也有一些法國人的名字，加了驚歎號，表示憤怒。那道牆於一八四九年重新粉刷過，因為各國在上面相互辱罵。

當時，一個手握板斧的屍體，就是在這禮拜堂門口收殮的。那是勒格羅少尉的遺骸。

從禮拜堂出來，朝左便看見一口井。院內有兩口井。我們不禁要問：為什麼那口井沒有吊桶和滑車呢？因為不再從井裡汲水了。為什麼不再汲水了呢？因為裡面填滿了枯骨。

最後一個從這口井打水的人，名叫吉約姆．馮．庫爾松。他是農民，在烏果蒙當園丁。一八一五年六月十八日，他全家逃進樹林避難。

在那幾天幾夜當中，那些不幸的居民全分散躲進維賴修道院附近的林中。如今還有些遺跡可辨，例如一些燒焦的古樹幹，便標示出那些膽顫心驚的可憐難民在密林中宿營的地點。

吉約姆．馮．庫爾松住在烏果蒙，是「看守古堡」的，當時蜷縮在地窖裡。英軍發現他，並把這個嚇破膽的人從躲藏處拖出來，用刀背打他，使喚他侍候士兵。那些士兵渴了，吉約姆就給他們端水喝。他就是從這口井打的水。許多人都是這樣喝了最後一口水。喝了井水的許多人都死了，這口井隨後也死去。

戰爭之後，大家匆忙掩埋屍體。死神自有騷擾勝利的辦法，讓瘟疫緊隨在光榮之後。傷寒是戰功的副產品。這口井很深，成了萬人墓，丟進去三百具屍體。也許太匆忙了。丟下去的人果真全死了嗎？據說沒有全死。埋葬的當天夜晚，有人聽見井裡發出微弱的呼救聲。

這口井孤零零在庭院中央，三面圍著半石半磚的牆，好似折著的屏風，看上去彷彿是一個小方塔。第四面敞開，是打水的地方。中間的牆上有個奇怪形狀的牛眼洞，估計是個彈洞。這個小塔原先有頂，現在只剩下木架了。右面的撐鐵呈十字形。俯身望下去，只見磚壁圓洞黑黝黝的，深不見底。井四周長了蕁麻，遮住了圍牆腳。

比利時的水井，一般前沿都鋪有大塊青石板，而這口井前只架了一根橫木，橫木上釘了五、六塊類似粗大如枯骨、多節而畸形的木頭。井口既沒有吊桶，也沒有繩索和滑車；但是石頭水槽還在，裡面積了雨水，附近樹林不時飛來一隻鳥兒，喝了水又飛走。

這片廢墟中，有一所房子，即那排農舍，還住著人。農舍的門對著院子，上面鑲著歌德式精緻的鎖板，還有一個安斜了的梅花頭鐵門鈕。當年，漢諾威的維樂達中尉抓住門鈕，想躲進農舍裡，卻被一名法國士兵一斧頭把手砍掉了。

住在這裡的一家人，是那個早已逝去園丁馮．庫爾松的孫子輩。一位頭髮花白的婦人會告訴您：「當年我就在這裡，那時只有三歲。我姊姊歲數較大，嚇得直哭。家裡人把我們送進樹林，母親抱著我。大人把耳朵貼在地上傾聽。我呢，就學大炮聲：轟，轟。」

我們說過，靠左邊，院子有個角門通園子。

園子慘不忍睹。

園子分三部分，幾乎可以說分三幕。第一部分是花園，第二部分是果園，第三部分是樹林。三部分有一道總圍牆，靠正門一側，是古堡和農舍的建築，左側是一道綠籬，右側有一道牆，正面的另一端也有一道牆。右側是一道磚牆，底端是一道石牆。從角門先進入花園。花園地勢較低，長了一些醋栗，雜草叢生，到一座石砌平臺為止；那石頭平臺相當高大，欄杆呈雙弧形。這是一座貴族花園，在勒諾特爾[①]之前，顯示法蘭西早期的園林風格，如今已經荒廢，遍地雜草荊棘。欄杆柱頂端呈渾圓狀，好似石球。數一數，還有四十三根欄杆立著，其餘都臥在雜草叢了。幾乎每根欄杆都有彈痕。一根折斷的欄杆橫在平臺前，看上去像一條斷腿。

在那場戰役中，第一輕步兵團的六名士兵，闖進這座比果園地勢低的花園，就好像幾頭熊落入陷阱，再也逃不出去了，只好跟漢諾威的兩連兵力搏鬥。其中一連還裝備了卡賓槍，他們憑著石欄杆，往下射擊。那些輕步兵則在低處還擊，六個對付三百，英勇頑強，只有醋栗作為掩體，對峙了一刻鐘，終於全部陣亡。

登上幾級臺階，便從花園來到真正的果園。這幾圖瓦茲②見方的彈丸之地，不到一小時的工夫，就有一千五百人倒下了。那堵牆似乎還要迎接戰鬥。英軍在牆上鑿出三十八個高低不等的槍眼，至今還存在。對著第十六個槍眼，有兩座英式花崗岩墳墓。只有南面這道牆設了槍眼，看得出來這是主攻的方向。牆外面還有一道綠籬作為掩護，法軍攻來，以為只有一道籬障，殊不知跨越過去，卻有一道設了埋伏的高牆擋住去路。英國守軍躲在牆裡，三十八個槍眼一起射擊，子彈好似暴風雨；索瓦伊旅就在這裡覆滅。滑鐵盧戰役也就這樣開始。

果園還是被佔領了。法軍沒有梯子，就用指甲抓住牆往上爬。在樹下展開了肉搏戰。這片草地全染上鮮血。納索營七百士兵在這裡被殲滅。凱勒曼的兩個炮兵連從外面轟擊，牆上布滿霰彈的創痕。

這座果園跟其他果園一樣，對五月十分敏感：無莨和雛菊開了花，草長起來了，耕馬在啃草；樹木之間拉了毛繩，晾著衣衫，遊人不得不低頭通過，走在這片荒地上，腳時常陷入田鼠洞裡，一棵連根拔起的樹幹，躺在亂草中又發綠了。布拉克曼少校就是靠著這棵樹死去的。而德國將軍杜普拉則死在旁邊一棵大樹下，他原是法國人，在廢止南特敕令的時候，他全家才遷往德國。在往近一點的前面，斜長著一棵患病的老蘋果樹，樹身纏了草，塗了黏泥。幾乎所有蘋果樹都老化乾枯。而且無不有槍傷彈痕。園中到處是枯樹的遺骸。烏鴉在枝頭亂飛。稍遠一點還有一片樹林，下面開滿了蝴蝶花。

搏端戰死，伏瓦受傷，戰火，屠殺，血流成河；英國人、德國人和法國人的鮮血匯成激流，一口井裡填滿了屍體，納索團和勃蘭維克團被殲。杜普拉戰死，布拉克曼戰死，英國遭受重創。雷伊所部四十營法軍損失二十營，在烏果蒙這個殘破的宅院裡，三千將士死於非命，刀砍，斧劈，扼殺，槍擊，火燒，凡此種種，只為了今天讓一個農夫對一個旅客說：「先生，給我三法郎，您若是想聽，我就跟您說說滑鐵盧的事。」

三・一八一五年六月十八日
Le 18 juin 1815

再往前追溯，是講故事者的一種權利，讓我們回到一八一五年，甚至比本書第一部分開場的時間還要早一點。

一八一五年六月十七日至十八日的夜晚假如不下雨，歐洲的未來就會改變。多幾滴雨或少幾滴雨，就決定了拿破崙的成敗。上天只需灑一點雨，就讓滑鐵盧成為奧斯特里茲的收場，只要一片烏雲違反時令穿越天空，就足以讓一個世界崩潰。

滑鐵盧戰役，直到十一點半才打響，這就讓布呂歇及時趕到。為什麼？就因為地面潮濕，法軍炮隊要等地面硬實一點才好行動。

拿破崙當過炮兵軍官，他很喜歡使用大炮。他在呈給督政府阿布吉戰況的報告中寫道「我們的某顆炮彈炸死六個人」，這足以說明這位天才將領的特質。他的全部作戰方案都建立在炮擊上。將炮火集中於確定的一點，這便是他取勝的祕訣。他把敵軍將領的戰略視為一個堡壘，一定要打破缺口。他用霰彈猛擊敵軍薄弱部分，以大炮開戰，也以大炮結束戰鬥。他的天才在於用炮。攻

①・勒諾特爾（一六一三—一七〇〇）：法國建築師和園林學家，創造法蘭西園林風格。
②・圖瓦茲：法國舊長度單位，一圖瓦茲等於一・九四九公尺。

破方陣，殲滅營團，突破防線，粉碎並驅散集結的部隊，全用這種打法，炮擊、炮擊、不停地炮擊，把攻擊的任務交給炮彈。運用這種令人膽顫心驚的打法，再加上天才，這個城府極深的鬥士，在戰場上馳騁十五年，總是所向披靡。

一八一五年六月十八日，他的大炮數量佔優勢，就更有恃無恐：威靈頓只有一百五十九門，而拿破崙有二百四十門。

假如地面是乾的，適於炮隊移動，早晨六點鐘就開火，那麼這場戰役就能取勝，下午兩點鐘結束戰鬥，比普魯士軍隊突然來增援還早三個小時。

這場戰役失勢，拿破崙有幾分過錯呢？沉船遇難總要怪舵手嗎？

那個時期，拿破崙體力明顯削弱，難道精力也減退了嗎？征戰二十年，難道像磨損劍鞘一樣也磨損了劍鋒，像消耗身體一樣也消耗了心靈嗎？這位將領難道遺憾地感到自己垂垂老矣？一言以蔽之，如同許多著名歷史學家所認為的那樣，這位天才也才盡智窮了嗎？難道他也進入瘋狂狀態，以掩飾自己的虛弱嗎？他也開始輕舉妄動了嗎？他也犯了將帥的大忌，面對危險變得不清醒了嗎？這類人稱行動巨人的偉大肉體，難道也有天才近視的年齡嗎？高齡對典型的天才來說，不會造成任何影響，例如但丁和米開朗基羅這類人，年事愈高，才氣愈大；對漢尼拔和波拿巴一類人來說，難道才氣會消減嗎？難道拿破崙已經喪失打勝仗的直覺嗎？他再也辨認不出礁石，再也測不出陷阱，再也看不清楚懸崖的滑坡了嗎？他已經喪失對災難的嗅覺了嗎？從前，他熟諳勝利的所有道路，在閃電般的戰車上，指揮若定，難道現在他昏庸到如此地步，將他亂哄哄的人馬帶入深淵嗎？他到了四十六歲，真的瘋狂到了無以復加的程度？這個掌握命運的巨靈神，難道成了一個道道地地的莽漢嗎？

我們絕不這樣想。

他的作戰計畫公認是一個傑作。直搗聯軍防線的中心，在敵人營壘打出一個洞，將敵軍切斷，半截將英國趕到阿爾，半截將普魯士驅逐到通格爾，讓威靈頓和布呂歇首尾無法相應，佔領聖約翰山，攻克布魯塞爾，將德國人扔進萊茵河，將英國人拋進大海。在拿破崙看來，這些都可以在這場戰鬥中解決。以後的事就再說了。

當然，我們無意在這裡撰寫滑鐵盧戰役史。我們所講述的故事中，一個有伏線的場面與這場戰役緊密相關；而這段歷史並不是我們的主題；況且，這段歷史已經撰寫完了，洋洋灑灑，鴻篇巨制，一方面，由拿破崙本人的作為，另一方面，出自史界七賢③的手筆。至於我們，還是讓歷史學家聚訟去吧，我們不過是事後的見證人，是這片原野的過客，是在這曾經血肉橫飛的土地上俯身尋覓者，也許把表面現象當作事實；我既沒有軍事實踐，也沒有戰略眼光，不能提出一套方略，因而無權以科學的名義，視而不見一系列帶有幻影的史實。在我們看來，滑鐵盧的雙方將領，都受到一系列偶然事件的支配；而對命運這個神祕的被告，我們也像天真的審判官——民眾那樣進行審判。

四．A

A

誰要想了解滑鐵盧戰役，只須想像在地上寫個A字就行了。A字的左撇表示尼維勒公路，右捺表示格納普公路，一橫表示從奧安到勃蘭拉勒的一條凹路。A字的尖端即為聖約翰山，是威靈頓雄踞的地方。左下角是烏果蒙，是雷伊和傑羅姆·波拿巴爭奪之點；右下角為佳盟，是拿破崙大營所在的地方。橫線與右捺相交點稍下一點是聖籬；橫線的中心點，則是戰役結束時，最後拋出那句話④的地方，而象徵帝國羽林軍那隻最英勇的獅子，就是在無意間被安排在這一點上。

③．即瓦爾特·司各特、拉馬丁、伏拉貝勒、沙拉、基內、梯也爾（雨果原注僅此六人）。
④．見本卷第十四、十五章。

A字上半部分的三角，正是聖約翰山高地。爭奪那塊高地，便是戰役的全部過程。

兩軍的側翼，在格納普和尼維勒兩條公路上，向左右展開，德爾戈與皮克東對陣，雷伊和希爾對陣。

在A字頂端的後面，即在聖約翰山高地的後面，是索瓦涅森林。

至於那片平川，可以想像為波浪起伏的曠野，一浪高過一浪，湧向聖約翰山，直到那片森林。

戰場上兩軍對陣，恰似二人角鬥，彼此摟抱，力圖摔倒對方。抓住什麼都不放鬆，一片荊叢就是一個支撐點，一個牆角就是一處掩護；缺少一點依靠，一團人馬就站不住腳；平野上的一片窪地、一個土岡、一條斜插的捷徑、一片樹林、一條山溝，都可以撐住大軍的腳跟，免其後退。退出戰場就是失敗。因此，率軍的將領必須觀察地形，仔細察看每一處極小的樹叢、極輕微起伏的地段。

兩軍將領都仔細研究過聖約翰山平原，如今改稱為滑鐵盧平原。威靈頓早有遠見，去年就調查過這一帶，做了大戰的事前準備。六月十八日決戰那天，他佔據了有利地形，拿破崙處於劣勢。英國居高，法軍臨下。

在此臨摹拿破崙於一八一五年六月十八日拂曉時，手拿望遠鏡，騎馬立在羅索姆高地上的姿態，可以說多此一舉。在展示他的素描像之前，所有人都看到了。這副鎮靜自若的形象，頭戴布里埃納學校小帽，身穿綠色軍衣，白色翻領遮住勳章，灰色禮服遮住肩章，背心下面露出紅色綬帶的一角，下身穿著皮短褲，足蹬絲襪和銀馬刺的馬靴，騎著白馬，馬背披著角上繡有帶皇冠的N和鷹的紫絨被，佩著馬倫哥劍，這副最後一個凱撒的形象，挺立在人們的想像中，受到一些人的歡迎，也受到另一些人的敵視。

這副形象久已處於光輝之中；這是由於大部分英雄人物，在傳說中都模糊朦朧，有相當長的時間難見真相。不過時至今日，歷史和事件都真相大白了。

歷史是冷酷無情的，這種明朗具有奇異和神妙的特點，雖為光明，正因為是光明，就往往在人們看到光芒的地方投下陰影，把同一個人化為兩個不同的鬼魂，相互攻擊，彼此懲罰：專制者的黑暗和統帥的光輝搏鬥。民眾在下定論時，從而掌握了比較準確的尺度。巴比倫遭蹂躪，損害亞歷山大的聲譽；羅馬受奴役，損害凱撒的聲譽；耶路撒冷遭屠戮，則損害提圖斯的聲譽。暴政繼暴君而興。一個人身後留下類似他形體的黑暗，這對他來說是一種不幸。

五・戰役的煙雲模糊處

Le quid obscurum des batailles

大家都了解這場戰役的最初階段：開始的形勢模糊不清，難以把握，猶豫不決，兩軍都面臨危險，而英軍更甚於法軍。

雨下了一夜，地面一片泥濘，曠野低窪處像盆子一樣，都積了水，有些地方，積水淹到車軸，馬的肚帶也滴著泥漿。如果小麥和黑麥不是被大量車輪壓倒，填滿了轍溝，幫車輛墊平道路，那麼任何軍事行動，尤其在巴普洛特一帶的山谷行動，都是不可能順利的。

進攻開始遲了。我們說過，拿破崙有個習慣，總是親自掌握全部炮兵部隊，如同親自握著手槍，在戰役中，時而瞄向這一點，時而瞄向那一點，因此，他要等待套好馬的炮車能夠自由馳騁，這就要等太陽出來，曬乾地面。然而，遲遲不出太陽，這次，太陽不像在奧斯特里茲那樣守信了。等到射出第一發炮彈的時候，英國柯威爾將軍看了看表，正是十一點三十五分。

開始攻勢很猛，法軍左翼進攻烏果蒙的猛烈程度，也許超過了拿破崙的預期。同時，拿破崙進攻中路，將吉奧旅壓向聖籬，而內依則指揮法軍右翼，衝擊據守巴普洛特的英軍左翼。

進攻烏果蒙有幾分誘敵作用，想把威靈頓吸引過去，使其偏重左面，這就是作戰方案。如果四連英軍和佩蓬歇爾師英勇的比利時士兵真能牢牢守住陣地，那麼這項作戰方案就奏效了。然而，威靈頓並沒有向烏果蒙集結兵力，僅僅派去四連近衛軍和勃蘭維克營馳援。

法軍右翼攻佔巴普洛特，擊潰英國左翼，切斷通往布魯塞爾的道路，狙擊可能來援的普魯士部隊，強行奪取聖約翰山，逼使威靈頓退守烏果蒙，再退至勃蘭拉勒，再退至阿爾，這種戰事進程再清楚不過了。如果不出點意外情況，這種進攻就會成功。奪取了巴普洛特，也攻佔了聖籬。

要交代一個情況。英國步兵，尤其坎普特旅，招收了許多新兵。那些年輕士兵，面對我們勇猛的步兵，表現十分英勇；他們頑強作戰的精神，彌補了經驗的不足，尤其充當了出色的狙擊手；狙擊手士兵，稍微有自主性，就可以成為自己的將軍；這批新兵有幾分法軍那種獨立作戰和奮不顧身的特點。這支新軍極有活力，但威靈頓卻為之不悅。

奪取聖籬之後，戰事變幻不定。

那天，從中午到下午四點鐘，是一個形勢不明朗的階段；這場戰役的中間階段幾乎模糊不清；陷入一場混戰，而暮色更加渲染了這種景象。只見暮靄中，千軍萬馬往來飄忽，構成一幅令人目眩神搖的奇觀；當年的戰場陣容，如今幾乎生疏了：紅纓軍盔、掛在刀旁飄動的扁皮袋、錯綜複雜的馬革、榴彈袋囊、輕騎兵肋狀盤花紐的軍服、千褶紅馬靴、瓔珞紛披著沉重的筒狀軍帽，勃蘭維克所部幾乎一色黑軍裝的步兵，配上以白色大圓環代替肩章的紅軍裝英國兵種混雜，漢諾威輕騎兵頭戴紅纓銅箍長方形皮軍帽，蘇格蘭兵赤裸雙膝，身穿方格花呢軍服，而我國榴彈兵則纏著白色長綁腿；這些圖景色彩斑駁，不成其為戰陣佇列，正是薩爾瓦托·羅查[5]所追求，而不是格里博瓦爾[6]所需要。

一場戰役，總要有一場暴風雨來干預。「撲朔迷離，必有天意。」這種混亂的場面，每個歷史學家都可以取其所好，描寫幾筆。不管統軍將領如何籌畫，兩軍一旦交鋒，曲折變幻就層出不窮。雙方計畫一投入實戰，就要相互穿插，相互牽扯而變形。戰場的這一處比另一處吞沒更多的兵卒，就像地面鬆軟程度不同，吸進潑下的水也有快有慢一樣。率軍將領迫不得已，要投進去更多的兵力。出乎意料的耗損。戰線猶如浮絲，蜿蜒飄動；鮮血毫無道理地匯成溪流，兩軍前鋒來回動盪，雙方部隊你進我退，犬牙交錯，形成岬角海灣之勢，所有這些對峙的礁石還不斷蠕動；

哪裡有步兵，炮隊就趕到；哪裡有炮隊，騎兵就追去；各種部隊好似一片片雲煙。那裡明明有刀光劍影，仔細尋覓又不見了。疏朗之處時時轉移，濃密之處進退無常；陰風陣陣，吹得人群或進或退，或聚或散，演出血肉橫飛的慘劇。一場混戰是怎樣的情景呢？就是變幻不定。周密的作戰方案是一種靜態，只規畫一分鐘，而不能確定一整天。若描繪一場戰役，非得是氣度恢弘、筆勢雄渾的畫家不可。倫勃朗就勝過馮·德·默倫⑦，馮·德·默倫畫中午準確，畫下午三點鐘就虛假了。幾何會給人假象，惟獨颶風才是真實的。因此，佛拉爾⑧有理由駁斥波利伯⑨。應該再補充一點：戰役進行到某一時刻，往往轉為混戰，一個對一個拚殺，分散為無數的搏鬥場面，借用拿破崙的說法，這類搏鬥「屬於各團隊的傳記，而不是全軍的戰史」。在這種情況下，歷史學家顯然有權概述，只抓戰事的大輪廓；任何敘述者，再怎麼力求寫實，也絕不可能把猙獰的戰雲固定成形。

不過，到了下午的某一刻，戰局明朗了。

六·下午四點鐘

Quatre heures de l'après-midi

將近四點鐘，英軍形勢嚴峻。威靈頓·德·奧朗奇親王指揮中軍，希爾在右翼，皮克東在左

⑤·薩爾瓦托·羅查（一六一五—一六七三）：義大利畫家。
⑥·格里博瓦爾（一七一五—一七八九）：法國將軍，炮兵指揮。
⑦·馮·德·默倫（一六三四—一六九〇）：佛蘭德畫家。
⑧·佛拉爾（一六六九—一七五二）：法國軍事作家。
⑨·利伯：西元前二世紀希臘歷史學家。

翼。英勇無畏的親王打得眼紅，對著荷比聯軍叫喊：「納索！勃蘭維克！絕不准後退！」希爾受到重創，向威靈頓靠近。皮克東戰死了。就在英國奪取了法軍一〇五團軍旗的時候，法軍一顆子彈打穿腦袋，擊斃了英國將軍皮克東。這場戰役，威靈頓有兩個據點：烏果蒙和聖籬。烏果蒙還在死守，但是著了火；聖籬已經失守。守聖籬的德軍一營只活下來四十二人；所有軍官，不是戰死就是被俘，只有五名倖免。在這座糧倉裡，有三千士卒喪命。英國近衛軍的一個中士，在英國是第一拳擊好手，被他的夥伴讚為無懈可擊，卻被法軍一個小小鼓手給幹掉了。巴林丟了陣地。阿爾坦死於刀下。好幾面軍旗被奪走，其中有阿爾坦師軍旗，有雙橋家族一個王子舉著的呂內堡營的一面軍旗。蘇格蘭灰裝部隊死傷殆盡。龐森比龍騎兵被刀斧手砍殺。驍勇的龍騎兵嚴重受挫，敵不過勃羅的長矛隊和特拉維爾的鐵甲軍，一千二百騎僅餘六百；三名中校有兩名倒在地上：哈密頓受傷，馬特戰死。龐森比落了馬，身上被長矛戳了七個洞。戈登死了，馬爾什死了。兩個師，第五師和第六師被殲滅。

烏果蒙被突破，聖籬失守，只剩中路一個結了。那個結一直打不開。威靈頓不斷增援，從梅伯勃蘭調來希爾部，從勃蘭拉勒調來沙塞部。

英軍大營所處地勢略凹，地形十分有利，兵力又極其密集。它橫跨聖約翰山高地，背靠村莊，前有相當陡的斜坡；據守的石樓是尼維勒鄉的公產，標誌道路的岔口，建於十六世紀，非常厚實堅固，炮彈打上去會彈回來，根本毀壞不了。英軍還在高地周圍處處設障。山楂林裡設了炮兵陣地，炮口從枝椏中探出，以荊叢作掩護。他們的炮兵埋伏在樹叢裡。戰爭中當然允許設陷阱，用詐術；英軍的這一詐術十分巧妙；就連皇帝在早晨九點派去偵察敵軍炮位的哈克索，什麼也沒有發現，回來向拿破崙報告說沒有障礙，只有尼維勒和格納普兩條大道上設了路障，那個季節，麥子長高了，而坎普特旅的卡賓槍營，就埋伏在高地邊緣的麥田裡。

英荷聯軍大營有這些掩護和據點，處境當然有利。

這個營地的危險在於索瓦涅森林：那片森林連著戰場，中間只隔著格羅南達耳和博瓦弗沼澤。軍隊一旦撤向那裡，必然覆滅，各團隊會立刻潰散，炮車也會陷入泥淖。不少行家認為，往那裡撤退，就意味各自逃命。對此也有人提出異議。

威靈頓加強中心的兵力，從右翼調來沙塞旅，從左翼調來維克旅，再加上克林頓師。他還派了勃蘭維克的步兵、納索部隊、琪爾芒塞格所部的漢諾威部隊和翁普達的德軍，支援他的英國部隊：哈凱特各團、米切耳旅、麥朗德的近衛軍。這時，他就掌握了二十六個營。正如沙拉斯[10]所說：「右翼折回到中路的後面。」在今天所謂「滑鐵盧陳列館」的地點，當年就有一大隊炮兵隱蔽在沙袋的後面。此外，威靈頓還把索姆塞的龍騎兵，一千四百騎，布置在一長條窪地裡。那是另外一半名不虛傳的英國騎兵。龐森比部被殲滅，只剩下索姆塞部了。

這個炮兵陣地布置在園子一道矮牆後面，還有匆忙疊的沙袋和一道土坡作為掩體，如果布置完成，就能發揮極大威力。然而，這個工作沒有完成，周圍還來不及設置一圈障礙。

威靈頓惴惴不安，卻不動聲色，隨即在聖約翰山老磨坊靠前一點的榆樹下，終日保持同一姿勢。那座磨坊如今還在，但是那棵榆樹，被一個熱心摧殘古蹟的英國人花二百法郎買去，鋸斷運走了。威靈頓站在那裡，英勇無畏又鎮靜自若。炮彈如雨點一般，副官戈爾登炸死在他身旁。希爾勳爵指著一顆炸開的炮彈問他：「將軍，萬一您身遭不測，您給我們留下什麼指示，留下什麼命令呢？」，「像我們這樣做。」威靈頓答道。他還簡潔地對克林頓說：「守住這裡，直到最後一個人。」那一天，形勢明顯惡化。威靈頓對著他在塔拉韋拉、薩拉曼卡和維克多利亞[11]的老戰友喊道：「孩子們！難道你們想後退了嗎？想一想古老的英格蘭吧！」

將近四點鐘，英軍防線動搖後退了。高地上只剩下炮兵和狙擊手，其餘部隊忽然不見了，各

⑩．沙拉斯著有《一八一五年戰史》。

⑪．塔拉韋拉、德拉雷納、薩拉曼卡和維克多利亞，都是西班牙城市，威靈頓率軍先後於一八〇八年、一八一二年、一八一三年在此三地戰勝法軍，並將法軍驅逐出西班牙。

營隊遭受法軍霰彈和炮彈的轟擊，都退縮到後面去了：聖約翰山農莊的便道，如今仍然穿過那裡，出現了退卻之勢，英軍的前鋒迴避了，威靈頓後退了。——「開始撤退啦！」拿破崙喊道。

七・拿破崙心緒極佳
Napoléon de belle humeur

那天，皇帝雖然有病，又因騎馬而局部肢體不舒服，但是心情從來沒有那樣好過。從早晨起，他那張無人看得透的臉上，卻露出了笑容。他那顆掩飾在大理石後面的深沉靈魂，在一八一五年六月十八日那天，卻盲目地煥發光彩。在奧斯特里茲臉色陰沉的那個人，在滑鐵盧卻心情愉快。天生負有大任的人，都會有這種反常的表現，我們的欣喜未能脫離陰影。最終一笑屬於上帝。

「凱撒笑，龐貝哭。」帝國第十二軍團號稱雷霆軍團。雷霆軍團的外籍軍人如是說。這次，龐貝未必哭，但凱撒確實笑了。

從夜裡一點鐘起，拿破崙就冒著狂風暴雨，跟貝特朗騎馬察看羅索姆一帶的山丘，看到英軍營地長長一線火光，從弗里什蒙延至勃蘭拉勒，照亮了天邊，他頗為滿意，彷彿覺得在指定的日期，由他確定滑鐵盧戰場的命運，是確切無疑的。他勒住馬，站立片刻，眼望閃電，耳聽驚雷，有人聽見這個宿命論者在黑暗中拋出這樣一句神祕的話：「我們想法一致。」拿破崙錯了，他們想法不一致了。

那一夜他沒有闔眼，時時刻刻都流露出一種快樂。他巡視了整個前沿陣地，不時停下來跟哨兵說話。約莫兩點半鐘，在烏果蒙樹林附近，他聽見行軍的腳步聲，一時以為威靈頓後撤了，就對貝特朗說：「那是英軍後隊拔營移動了。剛剛到達奧斯坦德城的六千英軍，我要全部俘獲。」他興致勃勃地交談，又恢復了三月一日登陸時的那種豪情：登陸那天，他指著茹安灣那個欣喜若狂的農民，高聲對大元帥說：「喂，瞧啊，貝特朗，增援部隊到啦！」六月十七日到十八日那個夜晚，他不斷嘲笑威靈頓。——「那個小小的英國佬，就得受點教訓。」拿破崙說。雨越下越大，皇帝說話總伴隨著雷聲。

凌晨三點半，他的幻想破滅了：派去偵察的軍官回來向他報告說，敵軍毫無行動。根本沒有移動營地，一處營火也沒有熄滅。英軍們正就寢。大地寂靜無聲，只有天空在喧囂。到了四點鐘，巡邏隊帶來一個為英國騎兵旅當過嚮導的農民，那可能是維衛安旅，要去左端奧安村紮營。到了五點鐘，兩名比利時逃兵對他說，他們剛離開部隊，英軍正等著開戰。

「好極啦！」拿破崙高聲說，「現在我不是只要把他們擊退，而是要擊垮。」

早晨，他來到普朗努瓦路拐彎的高坡上，下了馬，站在泥中，命令人從羅索姆農舍搬來一張桌子和一把鄉下椅子，坐下來，又叫人鋪了一捆乾草當地毯，在桌上展開軍事地圖，對蘇爾說：「多好看的棋盤！」

由於下了一夜雨，輜重車輛在泥濘的路上被困住，無法在早晨趕到；士兵全身淋濕了，沒有睡覺，還餓著肚子。儘管如此，拿破崙還快活地高聲對內依說：「我們有百分之九十的把握。」八點鐘，皇上的早餐送來了。他邀請了好幾位將軍一起用餐，餐桌上談到前晚，威靈頓在布魯塞爾，參加了里什蒙公爵夫人的舞會；蘇爾是一個貌如大主教的粗魯武夫，他說：「舞會，就是今天。」內依則說：「威靈頓不至於那麼簡單，等待陛下的聖駕吧。」拿破崙也跟著取笑，這是他的一貫作風。弗勒里．德．夏布隆就說：「他喜歡戲謔。」古爾戈也說：「他天生一副詼諧的性情。」邦雅曼．貢斯當則說：「他動輒取笑，但是怪話多而妙語少。」這個偉人的玩笑話值得被記載。正是他稱他的羽林精兵為「老兵痞」；他揪他們的耳朵，扯他們的鬍鬚。「皇上就愛捉弄我們。」他們當中有人就這麼說。二月二十七日，拿破崙神不知鬼不覺從厄爾巴島回法國的途中，乘坐的「無常號」在海上遇到「和風號」，和風號上的人打聽拿破崙的消息，當時他躲在船上，還藏著他在島上所使用的繡蜜蜂紅白徽章帽子，他笑著拿起傳話筒，親自回答說：「皇上身體健康。」能這樣談笑的人，自然能掌握局面。拿破崙在滑鐵盧早餐過程中，就有好幾次這樣放聲大笑。吃過飯，他靜坐了一刻鐘，然後，坐在乾草上的兩名將軍拿起筆，將紙墊在膝上，開始記錄皇上口授的作戰命令。

到了九點鐘，法軍排成五列縱隊，展開陣式，開始行進，左右師各分兩列，炮隊居中，軍樂隊排在隊伍前面，鼓聲雷動，軍號齊鳴，頭盔、戰刀和槍刺匯成海洋，顯示出強大、壯闊而歡樂的陣容，皇帝見了非常激動，連聲高喊：「壯觀！壯觀！」

從九點鐘到十點鐘，真令人難以置信，整個大軍都排好陣列，分為六列縱隊，照皇帝的說法，組成「六個V形」。陣列排好之後，在大戰之前一段時間，戰場如暴風雨來臨之前一樣寂靜，皇帝望著三隊重炮行進，拍了拍阿克索的肩膀，對他說：「將軍，瞧那二十四個美麗的姑娘。」那三隊重炮是從埃爾龍、雷伊和洛博各部抽調出來的，準備用來轟擊尼維勒和格納普兩條交叉口的聖約翰山。

他胸有成竹，看見第一軍工兵連從面前經過，便以微笑鼓勵他們；他們奉命一旦奪取村莊，就在聖約翰山構築工事設防。在整個檢閱的肅穆過程中，他只講了一句高傲而悲憫的話：他轉向左面，望見如今有一座大墳墓的地方，聚集騎著駿馬的蘇格蘭灰裝騎兵隊，不禁說道：「真可惜。」

接著，他跨上馬，跑到羅索姆的前端，在格納普通布魯塞爾的大道右側，選了一塊小草坪作為觀察所。這是他的第二個駐足點。第三個駐足點非常險惡，那是如今還在一處頗高的土丘，位於佳盟和聖籬之間；土丘後面平川的一個斜坡上，集結著羽林軍；周圍石頭路面紛紛彈起彈片，有的直飛到拿破崙身邊。還像在布里埃納那樣，他的頭上槍子霰彈呼嘯。後來，幾乎就在他立馬之處，有人拾得枯爛的炮彈、舊戰刀和變形的槍彈，全都鏽透了。「鏽跡斑斑[⑫]」。就在幾年前，還在那裡挖出一顆未爆的重磅炮彈，信管貼著彈殼斷了。也正是在這最後的駐足點，他的嚮導，一個名為拉科斯特，抱著敵意的農民，被拴在一名輕騎兵的馬鞍上，嚇得要命，每當榴霰彈爆炸，就轉過身去，想躲到那騎兵的後面，皇帝見了就申斥：「蠢貨！真不要臉，你要被人從背後打死你嗎！」記述這話的人，在那土丘坡上鬆軟的砂土裡，也挖出了一顆鏽了四十六年的炮彈彈頭，還挖出一塊塊像接骨木那樣一捏就碎的爛鐵。

眾所周知，拿破崙和威靈頓交戰的那片原野，起伏不平的形貌，已非一八一五年六月十八日的情景了。在這片淒慘的戰場上建起紀念碑，卻削平了原來的地勢，歷史一旦遭到竄改，也就面目全非了。旨在頌揚，反而毀了它的原貌。戰後過了兩年，威靈頓重遊滑鐵盧，驚歎道：「別人把我的戰場給改變了。」如今用土堆起頂著石獅的金字塔，那地方當初是一條山脊，向尼維勒大道一側，地勢漸低，但還不難走；可是朝格納普大道那邊，卻是一個陡坡。如今，格納普到布魯塞爾兩側大道的兩座大土塚，還能測出那陡坡的高度；道左側為英軍塚，道右側為德軍塚。法軍沒有墳墓，不過，那整片平原，全是法軍的墓塚。那座高一百五十英尺、底基周長半英里的紀念塔，用了成千上萬車砂土，因此，聖約翰山高地的坡度，如今平緩多了；而在大戰那天，尤其是聖籬那一面，地勢非常陡峭，英國大炮都瞄不到下面山谷作為戰場中心的農舍。一八一五年六月十八日那天，大雨把陡坡沖出一道道溝渠，滿坡泥漿，更難攀登，不僅是上坡，而且還得踏著泥濘溜滑的陡坡登上去。沿著山脊原有一條深溝，這是在遠處觀察的人難以預測到的。

那條深溝是怎麼回事呢？需要說明一下。勃蘭拉勒和奧安都是比利時村莊，都隱藏在低窪地段。一條長約一法里半的道路連接兩座村莊，它通過起伏不平的川地，往往深入丘巒之間，切開彷彿耕出一條犁溝，因而有幾段路形成溝壑細谷。那條路位於格納普和尼維勒兩條路之間，聖約翰山的山脊，如今還像一八一五年一樣，只不過當初是凹路，現在與兩旁地面齊平了。路兩旁高坡的砂土被挖走去建紀念墩了。那條路其他地段，大部分還像從前一樣，仍然是一條溝，有時深達十二尺，而且路坡陡峭，不少地方塌陷了，很多是冬季下暴雨後造成的。路上發生過傷亡

⑫．原文為拉丁文。引自維吉爾的《農事詩》。

事故。進入勃蘭拉勒處路面特別狹窄，一個過路人就被馬車壓死，有石頭十字架為證。那個十字架立在墓地旁邊，上面有死者的姓名，「貝納爾·德·勃里先生，布魯塞爾商人」，車禍發生在一六三七年二月。碑文如下：

不幸喪生。
在此遇到車禍，
貝納爾·德·勃里
布魯塞爾商人

一六三七年二月（日期字跡不清）在聖約翰山高地那段路基極深，一個名叫馬西厄·尼蓋斯的農民，因為路坡坍塌，於一七八三年被壓死在那裡，這裡也有一個石頭十字架作證。那十字架上半截沒入田中，但是翻倒的石座，今天仍然看得到，在聖籬和聖約翰山之間那條路的左側草坡上。

大戰那天，沿著聖約翰山脊的那條凹路不露形跡，到達山頂那段所形成的深溝，就像被浮土掩飾的轍溝，根本看不見，也就是說非常兇險。

八·皇帝問嚮導一句話

L'empereur fait une question au guide Lacoste

可見，滑鐵盧那天早上，拿破崙很高興。

他有理由高興，他醞釀的作戰方案，我們已經看到，的確令人讚歎。

然而，一旦交戰，形勢變化就十分曲折複雜。烏果蒙頑抗，聖籬固守，搏端陣亡，伏瓦喪失戰鬥力；那道意想不到的圍牆使索亞旅受到重創，吉勒米諾因疏忽沒帶炸藥包而造成慘重的傷亡；炮隊陷在泥淖中，沒有護衛隊的十五門大炮被余克伯里奇掀翻在凹路上，轟炸英軍陣地的效果甚微，炮彈落進雨水浸透的泥土裡，只高高濺起泥漿，結果炸彈開花變成了爛泥炮；皮雷部進擊勃蘭拉勒不見功效，十五連騎兵幾乎全部覆滅；英軍右翼觸動不大，左翼也傷亡較輕；內依莫名其妙地誤解命令，沒有把第一軍的四個師人馬排成縱隊，反而聚成一堆，橫列二百人，接連二十七列，齊頭並進，去迎擊榴霰彈，讓炮彈在人群中引爆，瓦解進攻的佇列；斜插的炮隊側翼突然暴露目標，布儒瓦、東茲洛和杜呂特各隊受到攻擊；齊奧部被擊退，而維厄中尉，那個巴黎綜合工科大學畢業的大力士，冒著防守格納普通布魯塞爾大路彎道的英軍從工事俯射的槍彈，正用大斧砍開聖籬大門的時候中彈受傷；馬科涅師受到步兵和騎兵的兩面夾擊，又受到埋伏在麥田裡貝斯特和派克部隊的迎面射擊，以及龐森比部隊戰刀的砍殺，他所屬炮隊七門大炮的炮口被堵死；薩克斯・魏瑪親王死守弗里什蒙和斯莫安，頂住德・埃爾龍伯爵部隊的衝擊，奪了一〇五聯隊軍旗，又奪了四十五聯隊軍旗；那個黑軍裝的普魯士輕騎兵，被在瓦夫爾和普朗努瓦之間偵察的三百飛騎兵隊俘獲，他說出了令人不安的情況；格魯奇的援軍遲遲不到，而不到一小時，在烏果蒙果園裡就損失一千五百名士卒，在聖籬周圍倒下一千八百人，用的時間還要短；所有這些風雲變幻，如戰硝煙，在拿破崙的眼前掠過，他的眼神幾乎沒露驚色，堅信不疑的龍顏也絲毫沒有黯淡。他習慣直接面對戰爭，從不一筆一筆計算令人痛心的局部損失；在他看來，數字並不重要，只要最後總數是勝利就行了；他自信能控制和掌握結局，開頭失誤絲毫也不驚慌；他善於等待，置身事外進行思考，以平等的身分對待命運，彷彿對命運說：諒你也不敢。

拿破崙自身半明半暗，也就感到在善中受到護佑，在惡中得到寬容，他與種種變化有一種，或者自認為有一種默契，幾乎可以說一種合謀的關係，類似古代所說的金剛不壞之身。

然而，經過了貝雷西納、萊比錫和楓丹白露[13]的人，對滑鐵盧恐怕也得稍存戒心。天空深邃之處，一種諱莫如深的皺眉神色，已經隱約可見了。

威靈頓後撤的時候，拿破崙不禁暗暗吃驚。他突然發現聖約翰高地兵力空虛，前沿陣地的英軍不見了。英軍在重新集結，但又逃避。皇帝在坐騎上半立起身子，眼裡掠過勝利的閃電。

威靈頓一旦退至索瓦涅森林，全軍覆滅，那麼，英國就要永遠被法國壓垮，克雷西、普瓦圖、馬普拉凱和拉米利[14]之恥全部可雪。馬倫哥的英雄就抹去了阿金庫爾[15]戰役之恥。

於是，皇帝考慮著這種可怕的突發狀況，同時舉起望遠鏡，最後一次掃視戰場的每一點。他身後的衛士將武器放下，以一種虔誠的神態仰視他。他正在思考，正在觀察山坡，衡量斜坡，測度樹叢、方塊黑麥田、小道，彷彿在計算每一簇灌木。他花了一點時間凝視兩條大道上的英國防禦工事：那兩處寬寬的鹿砦，一處設在聖籬上面一點的格納普大道上，裝備兩門大炮，是英軍瞄向縱深戰場的惟一炮隊；另一處設在尼維勒大道上，荷蘭軍沙塞旅的槍刺在那裡閃閃發亮。他還注意到，荷軍防禦工事附近那座古老的、粉刷成白色的聖尼古拉小教堂，坐落在通向勃蘭拉勒的岔道口上。他俯身對嚮導拉科斯特說了一句話。嚮導搖了搖頭，可能存心隱瞞。

皇帝挺起身，又默想了片刻。

威靈頓退卻了。法軍只要壓上去，就會使他潰不成軍。

拿破崙猛地回過身，派了一名騎差，火速趕往巴黎報捷。

拿破崙是個雷厲風行的天才。

他已經找到迅雷不及掩耳可打擊的要害。

他命令米樓的鐵甲騎兵奪取聖約翰山高地。

九・意料之外

L'inattendu

鐵甲騎兵共三千五百名，排成四分之一法里寬的陣列，個個彪形大漢，騎著高頭大馬。

他們分二十六隊，後援部隊則有勒費夫爾・德努埃特師、一百六十名精銳騎警、羽林軍的一千一百九十七名輕騎兵和八百八十名長矛手。他們頭戴無纓鐵盔，身穿鐵甲，掛著帶槍囊的短槍和長刀。一早，他們已受到全軍的讚賞，九點鐘，軍號吹響，各部隊軍樂隊一齊奏起〈保衛帝國〉曲，他們列隊走過來，浩浩蕩蕩，一個炮隊在側翼，一個炮隊在中路，在格納普和弗里什蒙之間的大路上分兩列展開，在第二條強大的戰線上列好陣式。這第二條戰線是由拿破崙布成的，十分巧妙，左翼有凱勒曼的鐵甲騎軍，右翼有米樓的鐵甲騎軍，可以說是裝上了兩隻鐵翅膀。

副官貝納爾傳達御旨。內依拔出劍，一馬當先。大隊人馬開始進攻。

那場面十分壯觀，聲勢足能奪人心魄。

整個騎軍高舉馬刀，旌旗迎風飄揚，軍號激蕩，由一師縱隊殿後，步伐整齊猶如一人，動作準確又像攻城的一個銅羊頭撞錘，從佳盟丘崗上衝下來，深入橫屍遍野的險谷，消失在硝煙之中，然後又走出那幽暗之地，出現在山谷的另一邊，隊形始終密集緊湊，冒著槍林彈雨，衝上那令人畏懼的聖約翰山高地泥坡。他們往上衝，軍容嚴整，兇猛而又沉穩，在槍炮聲間歇的剎那，可以聽見大軍行進踏地的聲響。這支騎軍分兩個師，因而排成兩列縱隊，華蒂耶師居右，德洛爾師居左，遠遠望去，就像兩條鋼鐵巨蟒爬向高地的山脊。這種長蛇陣穿越戰場，真是一種奇觀。

自從用大隊騎兵奪取莫斯科河大炮臺之後，再也沒有見到類似的戰爭場面。這次繆拉不在，但是有內依。這一大隊人馬彷彿變成一個巨怪，而且只有一顆心靈。每支騎兵隊起伏伸縮，宛如爬行動物的一個環節。通過濃密硝煙的縫隙可以望見他們：頭盔攢動，喊聲陣陣，馬刀揮舞，而

---

⑬・貝雷西納是俄國的河名，一八一二年拿破崙出征，在此受挫。一八一三年，拿破崙與同盟軍會戰萊比錫失利。一八一四年，拿破崙在巴黎郊區楓丹白露宮被迫遜位。

⑭・法軍在這些戰役都曾敗北。

⑮・西元一八〇〇年在馬倫哥，拿破崙大敗奧軍。阿金庫爾是加萊海峽省的一個鄉，在英法百年戰爭中，一四一五年，英方亨利五世戰勝法國軍隊。

在大炮和軍號聲中，駿騎騰躍，勢如暴風驟雨，一片奔騰，又整齊、又威猛，那馬上的鐵甲彷彿巨蟒鱗片。

敘述的這些場景好像發生在另一個時代。類似的情景，當然出現在古代誌異的詩篇裡，那種半人半馬、人面馬身的巨怪，蔓延而上奧林匹斯山，兇猛可怕，英勇無敵，顯示出一種神威：既是神也是獸。

數字也是天緣巧合：二十六營步兵迎擊二十六隊騎兵。在高地的背面，英國步兵在隱蔽的炮隊掩護下，每兩營組成一個方陣，共有十三個方陣，又分成兩列，前列七個方陣，後列六個方陣，他們肩托抵著肩膀，對準要衝過來的敵人：一動不動，沉默平靜地等待著。他們看不見鐵甲騎兵，鐵甲騎兵也看不見他們。他們傾聽這股人潮上漲，聽見三千騎的聲音越來越大：飛奔的鐵蹄產生有節奏的聲響、鐵甲的摩擦聲、戰刀的撞擊聲，以及粗聲大氣的喘息。有一陣驚心動魄的寂靜，接著，山脊上突然出現一長列高舉戰刀的手臂，出現頭盔、號角和旌旗，三千蓄著灰鬍子的腦袋齊聲高呼：「皇帝萬歲！」鐵騎全軍衝上高地，就好像開始一場大地震。

突然，又出現慘不忍睹的場面，英軍的左翼，即我軍的右翼，鐵騎縱隊的前排戰馬豎起前蹄，並伴隨驚叫的喧譁。他們一氣衝上山頂，銳不可當，正要衝下去殲滅方陣和炮隊，卻猛然發現他們和英軍之間有一條溝，一條深溝。那正是奧安的凹路。

那一刻真是鬼神皆驚。一條細谷，出乎意外地在那裡顯現，張著大口，直懸在馬蹄之下，兩壁之間深達兩圖瓦茲；第二排推動第一排，第三排又簇擁第二排，戰馬豎起，仰天倒下去，四蹄朝天往下滑，衝撞並打亂騎軍陣列，根本無法往後撤退，整個縱隊成為一顆炮彈，用以摧毀英軍的衝力，卻反彈回來摧毀法軍；這無法規避的細谷，只有填滿才肯甘休，騎兵和戰馬，亂紛紛滾下去，相互擠壓，在這深淵裡成為一堆血肉，等深溝被活人填滿，後面人馬才能從他們身上踏過去。杜布瓦旅將近三分之一人馬葬入這個深淵。

這場戰役從此開始失利。

當地有一種傳說，無疑言過其實，說是奧安凹路裡葬送了兩千匹戰馬和一千五百人。若是把大戰次日拋進去的屍體全計算在內，這個數字還差不多。

順便交代一句，傷亡慘重的杜布瓦旅，一小時前才剛單獨作戰，奪取了呂內堡營的軍旗。

拿破崙在命令米樓鐵甲軍衝鋒之前，也曾仔細觀察過地形，但是凹路在高地上連一點皺褶也沒有顯露，他無法看到。不過，他注意到那座白色小教堂和尼維勒大路所形成的角度，便警覺起來，估計可能有障礙，於是問了嚮導拉科斯特。嚮導回答沒有。幾乎可以這麼說，正是一個農民搖了搖頭，造成了拿破崙的慘敗。

其他的敗象也開始顯露了。

拿破崙可能贏得這場大戰嗎？我們回答不可能。為什麼呢？是威靈頓的緣故嗎？是布呂歇的緣故嗎？都不是，天意使然。

拿破崙在滑鐵盧獲勝，這不再符合十九世紀的發展規律。一系列變故正在醞釀中，沒有拿破崙的位置了。形勢不祥的徵兆，早已顯露出來了。

時候已到，這個巨人該倒下了。

這個人的份量太重，打破了人類命運的平衡。他獨自一人所佔的比重，竟然超過全人類。人類過剩的精力集中在一顆頭腦中，全世界都昇華到一人的腦子裡，這種情況如果持續過久，就會給人類文明帶來致命的打擊。至高無上而又永不腐蝕的公正，到了曉諭公眾的時候了。決定精神和物質均衡的各種原則和因素，大概忿忿不平了。冒著熱氣的鮮血、人滿為患的公墓、母親的眼淚，這些全是驚天地、泣鬼神的控訴。大地苦難到了不勝負荷的時候，冥冥中就會發出神祕的怨艾，上達天聽。

拿破崙在無限中受到控告，他注定要垮臺。

他妨礙了上帝。

滑鐵盧絕非一場戰役，而是世界面貌的煥然一新。

十・聖約翰山高地
Le plateau de Mont Saint-Jean

凹路顯現，炮隊也同時卸下偽裝。

六十門大炮和十三個方陣，迎面同時向鐵騎軍開火。無畏將軍德洛爾向英國炮隊致以軍禮。

英軍輕炮隊全數飛馳回到方陣中。鐵甲騎軍一刻不停。凹路所造成慘禍傷了他們的元氣，卻未能稍挫他們的勇氣。他們人員減少，勇氣卻倍增。

只有華西厄縱隊慘遭橫禍，德洛爾縱隊則全員到達，因為內依彷彿預感到陷阱，讓他們從左面斜插過去。

鐵甲騎軍猛烈地衝向英軍方陣。

他們伏在鞍上，放開轡繩，牙齒咬住戰馬，手握著短槍，這就是當時衝殺的姿勢。

在戰鬥中，人心有時變硬了，乃至把士兵變成石雕，整個肉體變成花崗岩。英軍營陣受到瘋狂的衝擊，卻巋然不動。

那場面叫人膽顫心寒。

英軍方陣每一面都同時受到衝擊。狂暴的旋風將他們團團裹住。但是，英軍步兵毫不動搖，沉著應戰。第一排一條腿跪在地上，用刺刀迎擊鐵甲騎兵，第二排一起射擊，炮兵在第二排後面則裝炮彈；接著方陣正面敞開，讓排炮射擊，隨即又閉合。鐵騎軍則以鐵蹄踐踏回擊，他們的高頭大馬豎起前蹄，跨越排列，從刺刀上面飛躍過去，重重地砸在四堵人牆的中間。炮彈在鐵騎兵隊中炸出空洞，鐵騎軍則把方陣衝出缺口。一排排人被鐵蹄踏得血肉模糊，刺刀也深深戳進這些神騎的肚腹。因此，這裡的創傷奇形怪狀，恐怕是在別處戰場見不到。方陣被這瘋狂的騎兵隊啃噬，逐漸縮減，但仍不後退半步。排炮霰彈也射不完，在進攻的騎兵隊中不停爆破。這場戰鬥的場面十分猙獰可怕。方陣已不再是營隊，而成為火山口；鐵騎軍也不再是騎兵隊，而成為暴風雨。

每個方陣都是受到烏雲襲擊的火山，熔岩與雷霆大戰。

右翼角上的方陣最為暴露，毫無憑依，經過第一陣衝擊，就幾乎被殲滅了。這個方陣由蘇格蘭高地兵七十五團組成。方陣正中有個吹風笛的士兵，坐在一面軍鼓上，胳臂下夾著風笛，就在四周廝殺的時候，他仍吹奏山歌，出神的眼睛低垂著，憂鬱的目光裡映現出森林和湖泊。那些蘇格蘭士兵臨死前還想念著他們的家鄉，正如希臘人臨死還惦記阿爾戈斯城。一名鐵甲騎兵一刀將風笛連同那條胳臂砍掉，殺死歌手，山歌也就戛然而止。

鐵騎軍的數量相對少些，在凹路上又慘遭傷亡，現在幾乎是與全部英軍作戰，但是他們以一當十，人數倍增了。在那段時間，幾營漢諾威兵開始後退了。威靈頓見此情景，便想到他的騎兵。當時，拿破崙若是想到他的步兵，就可能贏得這場戰役。這一疏忽鑄成他無法彌補的大錯。

橫衝直撞的鐵騎軍，忽然感到遭受襲擊：英軍騎兵從背後攻來。對面是方陣，後面是索姆塞；索姆塞部有一千四百名龍騎兵，右側有道恩堡的德國輕騎兵，左側有特里普的比利時火槍隊。這樣，鐵騎軍正面側面，前後左右受到步兵和騎兵的攻擊，不得不四面應敵。這對他們又有什麼關係呢？他們是旋風，那種勇猛已經無法形容。

此外，大炮還始終從背後轟擊他們。不如此，不足以傷他們的後背。鐵騎軍有一副左肩胛穿了彈孔的鐵甲，就陳列在所謂滑鐵盧紀念館裡。

必須有這樣的英國人，才能對付這樣的法國人。

這不再是一場混戰，而化為一片陰影、一種瘋狂，化為令人目眩的心靈的奮勇、寒光閃閃的刀劍的風暴。剎那之間，英軍一千四百名龍騎兵，僅剩下八百了，富勒中校也落馬而死。內依率領勒費夫爾．德努埃特的長矛隊和輕騎兵趕來。攻佔了聖約翰山高地，丟掉，重新又攻佔下來。鐵騎軍丟下龍騎兵，回身對付步兵，更確切地說，千軍萬馬扭作一團，殺得難分難解。方陣始終固守，頂住十二次衝擊。內依胯下連死四匹戰馬。鐵騎軍半數死在高地上。這場惡戰持續兩小時。

英軍根基動搖。毫無疑問，鐵騎軍開始衝鋒時，如果不是在凹路突遭橫禍，那就會突破英軍中路防線，決定戰役的勝利。在塔拉維拉和巴達若茲見過大場面的克林頓，望著這種異乎尋常的鐵騎軍，也嚇得呆若木雞。威靈頓十有七八要添上敗績，但仍不失英雄氣概，低聲讚道：「真是出色！」

鐵騎軍殲滅了十三個當中的七個方陣，奪取或堵塞六十門大炮，奪得英軍團隊的六面軍旗，由羽林軍的三名鐵騎兵和三名輕騎兵送至佳盟莊，獻給皇帝。

威靈頓處境惡化。這場奇特的戰役，彷彿兩個負傷者的激烈決鬥，彼此流盡了鮮血，仍在堅死地拚搏。兩方都在看誰會先倒下。

高地爭奪戰仍然繼續。

這些鐵騎軍會衝到什麼地方呢？誰也說不準，但有一點是確切無疑的：就在大戰的次日，在尼維勒、格納普、拉羽泊和布魯塞爾四條大路的交叉口，有人發現一名鐵騎兵，連人帶馬死在聖約翰山車輛過磅的磅秤架上。那名鐵騎兵穿越了英軍的防線。抬過那屍體的人之中，有一個還在世，住在聖約翰山。他名叫德阿茲，當年十八歲。

威靈頓感到要傾覆了。危機的時刻臨近了。

沒能突破英軍中部防線，在這個意義上，鐵騎軍根本沒有成功。兩軍都擁有高地，因此誰也沒有佔領誰，總之，大部分優勢都還在英軍手裡。威靈頓掌握村莊和最高的山坪，內依僅僅奪取山脊和山坡。雙方都好像在這傷心慘目的土地上扎了根。

不過，英軍似乎無法補充損失的兵員了。這支軍隊傷亡慘重。左翼坎普特部求援。「沒有援軍，」威靈頓回答，「讓他們死拚吧！」事情也是奇巧，兩支軍隊戰鬥力幾乎同時衰竭。內依也請求拿破崙派步兵增援，拿破崙則喊道：「步兵！他要我到哪裡找？是要我現在變出來嗎？」

然而，英軍卻已病入膏肓。那些鐵甲鋼盔的大隊人馬瘋狂地衝擊，已經把步兵踏成肉醬。寥寥可數的人圍著一杆旗幟，就標誌一個團隊方陣的位置，營隊的軍官，只剩下一名上尉或中尉指揮了。阿爾坦師在聖籬已受重創，高地這一役就幾乎全軍覆滅了；馮・克呂茲旅的頑強比利時兵，全部倒在尼維勒大路旁的黑麥田裡；一八一一年混在我軍中去攻打威靈頓的荷蘭榴彈兵，一八一五年又和英軍聯合攻了拿破崙，這次幾乎無人倖免。陣亡軍官的數字也很驚人。余克伯里奇勳爵膝骨折斷，次日便埋葬自己的斷肢。鐵騎軍一戰，法軍方面，德洛爾、勒里蒂埃、克貝爾、德諾普、特拉維爾和勃朗卡爾，固然都或傷或亡，退出戰陣，但英軍方面，阿爾坦受傷了，巴恩受傷了，德蘭塞陣亡，馮・默倫陣亡，歐姆特達陣亡，威靈頓的參謀部死傷大半，在這場兩敗俱傷的惡戰中，英軍傷亡更為慘重。近衛軍步兵第二團失去五名中校、四名上尉和三面軍旗；步兵三十團第一營，損失二十四名軍官和一百一十二名士兵；第七十九山地團，則有二十四名軍官受傷，十八名軍官和四百五十名士兵喪命。坎貝蘭德部的漢諾威輕騎兵有一整團人馬，在哈克上校率領下，看到混戰的場面，竟然掉轉馬頭，全部逃進索瓦涅森林，致使布魯塞爾都人心惶惶，後來，哈克上校受到審判，免去了軍職。當時，他們望見法軍步步推進，要逼近森林，就趕著炮兵運輸車、輜重車、行李車、滿載傷患的篷車，慌忙躲進森林。荷蘭兵遭到法國騎兵的砍殺，紛紛高呼：「不好啦！」據還在世的目擊者說，從綠布谷到格羅南達爾，在通往布魯塞爾方向近兩法里的路段上，擠滿了逃難的人。就連流亡在馬利納的孔德親王、流亡在根特的路易十八，也都驚慌失措。威靈頓的騎軍，只剩下少量後備騎兵，分布於設在聖約翰山農場的戰地醫院後面，以及左翼的維衛安和汪德勒旅。許多毀壞的大炮躺在地上。西博恩承認了這些事實；普林格爾則過於渲染，甚至說英荷聯軍銳減到三萬四千人。那位鐵公爵還保持鎮靜，但是他的嘴唇都白了。派到英軍作戰參謀部的奧地利特派員萬森、西班牙特派員阿拉瓦，都認為公爵大勢已去。到了五點鐘，威靈頓掏出懷表，低聲說了這樣一句淒慘的話：「布呂歇不來，就是黑夜！」

大約就在這種時候，弗里什蒙那邊高崗上，遠遠出現一排明晃晃的刺刀。

從此，這場惡戰發生劇變。

十一・拿破崙的壞嚮導，布呂歇的好嚮導
Mauvais guide à Napoléon, bon guide à Bülow

大家知道拿破崙痛心疾首的錯誤估計：盼格魯奇，卻來了布呂歇，救星不來、死神到。命運就是有這類轉折突變；本來期望登上統治世界的寶座，卻望見聖赫勒拿島[16]。

布呂歇的副將布洛，身旁那個當作嚮導的牧童，假如建議他從弗里什蒙上攻，而不是普朗努瓦下方走出森林，那麼十九世紀也許就是另個模樣。拿破崙就會取得滑鐵盧戰役的勝利。普魯士軍不走普朗努瓦下方，而走任何別的路，炮隊就會陷在谷中，布洛也就無法到達了。

普魯士軍將軍穆福林也明確地說，如果布呂歇軍再遲到一小時，就看不到還站著的威靈頓了：「這一仗就會輸掉了。」

可見，刻不容緩，布洛適時趕到。況且，他已經大大遲到了。他在狄翁山宿營，天一亮就拔營起寨，但是道路難走，部隊在泥淖中跋涉，轍溝很深，抵達炮車的軸。此外，要過狄耳河，還必須走狹窄的瓦伏爾橋，而通向窄橋的街道被法軍放了火，兩邊房舍火勢正旺。炮隊彈藥車和輜車只能等大火熄了才通過。直到中午，布洛的前鋒還沒有到達聖朗貝爾禮拜堂。

如果進攻提前兩小時，到四點鐘戰鬥就會結束，等布呂歇軍趕到，拿破崙已經獲勝了。總之，這類偶然無窮無盡，非人力所能預測。

皇帝用望遠鏡觀察，在中午時刻就第一個注意到地平線上有動靜。他說：「我看見那邊有一塊烏雲，好像是軍隊。」接著，他又問達爾馬梯公爵：「蘇爾，聖朗貝爾禮拜堂那邊，您有看見什麼嗎？」那位元帥舉起望遠鏡望了望，答道：「有四、五千人馬吧，陛下。顯然是格魯奇部了。」然而，那片人影卻在霧靄中停滯不動。參謀部所有人都舉起望遠鏡，研究皇上指出的「雲影」。有人說：「那是中途休息的部隊。」大部分人卻說：「那是樹木。」只有一點是確實的，那片烏雲並沒有移動。皇上派道蒙的輕騎兵師去偵察那點黑影。

布洛的確駐足未動。他率領的先頭部隊力量太弱，上陣於事無補，必須等待大部隊，而且，他也接到命令，先集結兵力再投入戰鬥。可是，到了五點鐘，布呂歇見威靈頓形勢危急，就命令布洛出擊，並且說了這樣一句出色的話：「應該送點空氣給英軍了。」

時過不久，洛辛、希勒、哈克和里塞爾各師人馬，全在洛博部隊的前面展開陣式；普魯士吉約姆親王的騎兵也從巴黎樹林衝出來。普朗努瓦大火熊熊，普魯士軍的炮彈像雨點一樣射來，一直落到留守在拿破崙身後的羽林軍佇列中。

十二・御林軍

La garde

後來的情況大家知道了：第三支軍隊又突然投入，戰場四分五裂，八十門大炮齊鳴，布洛率領的皮爾茨第一團、布呂歇親自率領的澤坦騎兵突襲過來，法軍被壓下去，馬科涅師被逐出奧安高地，杜呂特被趕出帕普洛特，東茲洛和齊奧部也且戰且退，洛博側翼遭到襲擊，暮色中，一場新的戰鬥向我們傷亡慘重的部隊逼來，英軍全線反攻，猛衝猛打，法國首尾難顧，英普兩軍的炮火競相逞兇，大量殺傷，法軍前方慘敗，側翼慘敗，正是在這種全線崩潰的情況下，羽林軍投入戰鬥了。

羽林軍士感到必死無疑，於是高呼：「皇帝萬歲！」歷史上，再也沒有比這種歡呼著誓死赴難更動人的場面了。

那天，天空一直陰沉沉的，恰好在那時候，到了傍晚八點鐘，天邊忽然放晴，雲隙中露出夕

⑯・聖赫勒拿島：拿破崙戰敗後被囚禁之地。

陽，赤色血紅的，透過尼維勒大路邊榆樹的枝葉。在奧斯特里茲戰場上，他們看到是初升的朝日。

羽林軍義無反顧，每營都由一名將軍指揮。弗里昂、蜜雪兒、羅蓋、阿爾萊、馬萊、波雷．德．莫爾旺都在戰場上。羽林軍士戴著雄鷹徽的高高軍帽，佇列整肅鎮定，軍容威武軒昂，在戰火硝煙中出現，連敵軍也對法蘭西肅然起敬，以為看到二十位勝利女神展翼飛臨戰場，他們這些勝利者反倒以為自己已經戰敗，紛紛後退了。可是，威靈頓卻高喊：「近衛軍，起立！瞄準！」趴在綠籬後面的英國紅裝近衛團站起來，一排子彈射出去，打穿了在我們雄鷹周圍飄動的三色旗，大家一起衝擊，開始最後的血戰。羽林軍在黑暗中感到周圍軍心動搖，要全線潰退了，他們聽見逃命的喊聲代替了皇帝萬歲的呼聲，儘管大部隊在身後潰逃，他們卻繼續前進，每走一步就遭到更大的打擊，也更加接近死亡。可絕無一人猶豫，也無一人膽怯，在這支軍隊裡，士兵跟將軍一樣，個個是英雄，沒有一人不為國捐軀。

內依拚命了，他決心一死，勇氣能與死神並肩，在混戰中奮不顧身；胯下坐騎死了五匹，他大汗淋漓，兩眼冒火，嘴冒白沫，軍服鈕扣解開，一個肩章被敵騎砍掉一半，大鷹徽章也被子彈打了個坑，他渾身血污，滿身泥漿，高舉一把斷劍，顯得英勇絕倫，大吼道：「過來試試看吧，看一個法蘭西元帥是怎樣死在戰場上的！」然而事與願違，他求死不得，於是又驚奇、又憤怒。他對德魯埃．德．埃爾龍拋出這樣的問題：「喂！難道你不想死嗎？」大炮從四面轟擊這一小堆人，他在中間大吼：「怎麼不往我身上打！哼！我真希望英軍炮彈全打進我的肚子裡！」不幸的人啊！你的生命可是為了要被法國的子彈奪去而留下的[17]！

十三．大難

La catastrophe

羽林軍後面，大潰敗慘不忍睹。

大軍各個方位：烏果蒙、聖籬、帕普洛特、普朗努瓦，都突然同時退卻。「叛國！」的吼聲剛落，又響起「趕快逃命！」的喊聲。一支軍隊瓦解，猶如江河解凍。無不彎曲，折裂，崩斷，無不飄蕩，席捲，跌落，相互撞擊，相互推擠，倉皇失措。真的是空前的大潰散。內依借了一匹馬，跨上去，他沒了軍帽，沒了領帶，沒了指揮劍，卻橫在通向布魯塞爾的大道上，同時攔擋英國兵和法國兵。他還想力挽狂瀾，召喚軍卒、斥罵他們，力圖阻止大軍潰退。然而，他獨力難支。軍卒見了他紛紛逃避，同時高呼：「內依元帥萬歲！」杜呂特的兩團人馬驚慌失措，往來奔突，左右失據，忽而投向騎兵隊的馬刀，忽而撞上坎普特、貝斯特、派克和里蘭德各旅的排槍。大混戰最糟的就是潰退，為爭奪逃路，友軍相互屠殺；騎兵隊步兵營相互踐踏，全被衝散，在戰場上湧起驚濤駭浪。洛博和雷伊各守兩翼的一端，也被狂瀾捲走。拿破崙用僅餘的羽林衛隊組成人牆堵截，甚至跳上親隨的馬隊，做最後的努力，卻是徒勞。齊奧部在維衛安面前退卻，凱爾曼部在旺德勒面前退卻，洛博部在布洛面前退卻，莫朗部在皮爾茨面前退卻，道蒙和蘇伯維克部在普魯士親王吉約姆面前退卻，吉奧率領皇帝馬隊前去衝鋒，卻落到英國龍騎兵的鐵蹄下。拿破崙策馬在逃兵面前來回阻止，又是訓話，又是催促，又是威脅，又是懇求。所有這些人的嘴，早晨還高呼皇帝萬歲，現在卻啞然無聲了；他們幾乎不認識皇上了。普魯士騎兵是剛到的生力軍，他們揮舞馬刀，飛奔衝殺，大肆砍伐屠戮。馬匹拖著炮車奔逃，亂衝亂闖；輜重兵丟掉彈藥車，騎上馬逃跑；撞翻的車輛四輪朝天，阻礙道路，造成屠殺的機會。人員馬匹擠壓踐踏，從死人和活人身上踏過去。胳膊亂揮亂打。呼叫，悲嚎，軍包和槍枝，丟到黑麥田裡，用刀劍開路，不管什麼戰友，不管什麼軍官，也不管什麼將軍，倉皇逃命的情景難以形容。澤坦部隊大殺大砍法蘭西，獅子變成了麋鹿。這便是這次大潰敗的結局。

⑰．內依被元老院判處死刑，於一八一五年十月七日執行槍決。

在格納普。法軍還試圖調轉槍口，準備阻擊。洛博收攏了三百人，在村口建了防禦工事。然而，普魯士軍一陣槍炮，守軍又全都逃散，結果洛博被俘。那一排射擊在一座破磚房山牆上留的彈痕，如今還能見到，那座磚房在大道右側，離格納普村有十分鐘的路。普魯士軍衝進村裡，他們一上陣就獲勝，自然還沒有殺過癮。追殺的場面十分殘忍，布呂歇命令趕盡殺絕。羅蓋已經開了惡劣的先例：凡是帶給他一名被普魯士士兵俘虜的法國羽林軍士，他便就地將法軍處死。比起羅蓋，布呂歇有過之而無不及。青年羽林軍將軍杜埃斯姆退到格納普客棧門口，交出劍束手就俘，卻被死神的騎兵用他的劍刺死了。屠殺戰敗者，勝利才算圓滿，既然我們代表歷史，那就懲罰吧：布呂歇老頭的名譽掃地。這種殘酷的殺戮，更使潰敗混亂到極點。潰軍爭相逃命，穿過格納普村，穿過四臂村，穿過戈斯利村，穿過弗拉斯恩村，穿過查理王村，穿過特溫，直到邊境才停止。唉！是什麼人這樣逃竄？是法國大軍啊。

歷史為之驚歎的那種勇武精神，忽然這樣張皇失措，驚恐萬狀，完全崩潰，這其中難道沒有原因嗎？當然有。一隻巨大的右手在滑鐵盧蓋下的陰影。那是決定命運的一天，一種超人的力量指定了那個日子，因此，萬眾都驚慌逃竄，因此，那些勇武絕倫的人交劍就擒。那些人一度征服歐洲，這次卻一敗塗地，再也沒有什麼可說，再也無能為力，只覺得冥冥中有一種可怕的東西——「天命使然」。那天，人類的前景起了變化，滑鐵盧，就是十九世紀的關鍵。那個偉人必須退出歷史舞臺，歷史才能進入偉大世紀。最高主宰作出了安排，英雄們驚惶失措，則必事出有因。在滑鐵盧戰場上空，不僅僅有烏雲，還有一種奇象：上帝經過了那裡。

天要黑下來的時候，在格納普村附近的田野裡，貝納爾和貝特朗扯住衣襟，攔住一個人。那人眼睛怔忡，神色淒然，一副沉思的樣子，被潰軍的潮流捲到那裡，他剛剛下馬，挽著韁繩，精神迷離恍惚，獨自一人轉向滑鐵盧，他就是拿破崙，夢遊的巨人，還要走向已然崩壞的夢境。

十四・最後一個方陣
Le dernier carré

羽林軍的幾個方陣，就像是江流中的岩石，在潰軍的洪水中屹立不動，一直堅持到夜晚。夜色與死亡一同降臨，他們毫不動搖，等待這雙重的黑影，任其將自己團團裹住。每個團隊都孤立作戰，與四處潰散的大軍也失去聯繫，只待以身殉難。他們排開陣式，準備最後一搏，有的在羅索姆高地，有的在聖約翰山的平川。那些孤立無援的方陣，明知戰敗也英勇不屈，準備壯烈犧牲。烏勒姆、瓦格拉姆、耶拿、弗里蘭各戰役的勝利，也附在他們身上死去。

大約晚上九點鐘，在聖約翰山高地腳下，夜色中還剩下一個方陣。這個方陣，在山坡腳下陰慘的谷中，還繼續戰鬥著；谷上的這面山坡，鐵騎軍曾經躍馬衝鋒，現在英軍卻如潮湧來，敵軍勝利的炮火也集中瘋狂地轟擊。這個方陣由一個不知名的軍官康伯倫指揮，每遭受一次轟擊，就縮小一圈，但是仍然持續還擊，以排槍對抗炮火，四面人牆逐漸消滅。逃遠的潰兵有時停下喘口氣，在黑暗中傾聽這漸小的沉雷聲。

等到這隊人馬只剩下一小堆，等到他們的戰旗只剩下一小片，等到子彈打完，他們的步槍只能當棍子使用，等到死屍堆超過活人堆的時候，勝利者對這些英勇卓絕奄奄待斃的人，也油然產生一種敬畏，就連英軍炮火也停止射擊，一時靜默下來。這只是一小段間歇。這些戰士覺得周圍鬼影憧憧，紛紛湧動：騎馬的人影、炮身的黑影、從車輪和炮架之間窺見的白色天空。從一開始，這些英雄就隱約望見遠處硝煙中的死神，只見死神的巨大頭顱漸漸逼近，並且死死盯著他們。暮色中，他們還能聽見敵人裝上炮彈的聲響，點燃的導火線好似黑夜中猛虎的眼睛，在他們頭的上方圍了一圈，英軍炮隊的點火棒也一起湊近炮身，就在這千鈞一髮的時候，有個英國將軍，有人說是柯維耳，有人說是麥蘭德，他似乎心有所感，抓住最後一秒鐘，對他們喊道：「勇敢的法國人，投降吧！」康伯倫則回答：「狗屎！」

十五・康伯倫 Cambronne

這也許是法國講過最美妙的話，但是法國讀者喜歡受到尊重，不願聽人重複，不准別人將振聾發聵的妙語寫進歷史。

我們甘願冒著大不韙，破此禁忌。

須知在所有這些英豪中，有個巨人，名叫康伯倫。

說出這句話，然後就義。還有比這更偉大的嗎？他務求一死。此人在槍林彈雨中倖存，不是他的過錯。

贏得滑鐵盧戰役的人，不是潰不成軍的拿破崙，也不是四點鐘退卻、五點鐘絕望的威靈頓，更不是不打就勝的布呂歇，贏得滑鐵盧戰役的人是康伯倫。

這樣一句話如一聲霹靂，回擊要劈死你的雷霆，這就是勝利。

這樣回答大災大難，這樣回答有如命運，給未來的獅子[18]提供這樣的基座，以此駁斥那一夜的大雨，駁斥烏果蒙險惡的圍牆，駁斥奧安的凹路，駁斥格魯奇的姍姍來遲，駁斥布呂歇的趕來援敵，進入墳墓還要嘲諷，縱然倒下也不失為挺立的錚錚鐵漢，將歐洲聯盟淹沒在這兩個字裡，把凱撒們領教過的這類穢物貢獻給各國君主，給這最粗鄙的話攙上法蘭西的光芒，合成一個最輝煌的字眼，用嬉笑怒罵來給滑鐵盧收場，用拉伯雷補充勒歐尼達斯[19]，以這句最難啟齒的話來總結這場勝利，丟掉陣地而保全歷史，在這場大屠殺之後，讓敵方成為嘲笑的對象，這就是氣壯山河。

這就咒罵雷霆。這就與埃斯庫勒斯[20]同樣偉大。

康伯倫的話產生了撕裂般的巨大成效。一個胸膛因鄙夷而撕裂，因憤懣漲滿而爆破。誰戰勝啦？是威靈頓嗎？不是。沒有布呂歇，他就完蛋了。難道是布呂歇嗎？也不是。如果沒有威靈頓打頭陣，布呂歇怎能收拾殘局？這個康伯倫，不過是最後一刻的過客，一個無名小卒，在大戰中微不足道，然而他卻感到荒唐，這次慘敗太荒唐，因而倍加痛心，他滿腔怒火要發洩的時候，恰好有人送來這樣可笑的東西：逃生！他怎能不暴跳如雷呢？

他們全到場了，歐洲各國的君主、得意洋洋的將軍們、大顯神威的朱庇特們，他們有十萬勝利大軍，後面還有數十萬、上百萬大軍，還有點燃導火線的大炮，張著大口。他們恣意踐踏羽林軍和法蘭西大軍，壓垮了拿破崙，只剩下康伯倫了，只剩下這條小蟲來抗爭。他決心抗爭。於是他尋找一句話，如同尋找一把劍。這句話發自嘴角的唾沫，唾沫就是這句話。面對這種奇異而又平庸的勝利，面對這種沒有勝利者的勝利，他這悲痛欲絕的人挺身而出，他承認這場勝利的重大，卻又看到它的空虛。他不止唾棄它，既然在數量、力量和物質方面相差懸殊，他就在心靈裡找出一種表達方式，也就是糞便。我們在此實錄下來。他這樣說，這樣做，想出這個字眼，就成了勝利者。

就在這種決定命運的時刻，從偉大日子建立出一種精神即將進入這個沒沒無聞的人的心靈。康伯倫找到滑鐵盧的說法，正如魯傑・德・李勒想出〈馬賽曲〉，都是受到上天的啟迪。一股神風離開寰宇，下來穿過這兩個人的身心，於是，他們有所感悟，一個唱出至高無上的戰歌，另一個發出驚世駭俗的怒吼。這句極端蔑視的話，康伯倫不僅以帝國的名義拋向歐洲，這樣的分量太輕，而且還以革命的名義拋向過去。我們聽見康伯倫的怒吼，聽出他的聲音有先烈精魂的遺韻，彷彿是丹東的演說，又像克萊伯[21]的獅吼。

---

⑱・指滑鐵盧紀念墩上的鐵獅子。
⑲・勒歐尼達斯：西元前五世紀時的斯巴達王，與波斯作戰時陣亡。
⑳・埃斯庫勒斯：希臘悲劇之父。
㉑・克萊伯（一七五三—一八〇〇）：法國將軍，曾屢建戰功。

康伯倫的話一拋出來，英國人就回敬一句：開火！大炮頓時火光連天，一個個青銅大口噴出最後一批霰彈，聲震山嶽，硝煙遍野，滾滾升騰，被初升的月亮微微映成白色，等到硝煙飄散，陣地上什麼也沒有了。這一點頂天立地的殘留全殲了，羽林軍死掉了。那座活人堡壘的四堵牆坍倒，地上的屍體堆裡只是偶有一些還在抽動。比羅馬大軍還雄壯的法蘭西大軍，就這樣死在聖約翰山上，倒在那片雨水血水浸透的土地上，倒在陰慘的麥田裡。如今，那是約瑟夫每天凌晨四點鐘必經之地，他輕快地吹著口哨，揮鞭催馬，趕著尼維勒的驛馬車駛過。

十六・將軍的分量
Quot libras in duce?

滑鐵盧戰役是個謎，無論對贏家還是輸家，都同樣模糊不清。在拿破崙看來，這是一場恐慌，布呂歇只見炮火；威靈頓則莫名其妙。看看那些報告吧。戰報雜亂無章，評論自相矛盾。這些人結結巴巴，那些人吞吞吐吐。約迷尼將滑鐵盧戰役分成四個階段；穆弗林則劃為三次轉折；惟有沙拉獨具慧眼，看出一點門道，認為這是人類智慧與天意較量的一場災難，儘管在某些方面我們和他見解不同。其他所有歷史學家，都程度不同地眼花繚亂，在眩惑中摸索。那一天真是電閃雷鳴，軍事專制政體崩潰，波及所有王國，強權政治衰落，黷武主義潰敗，令各國君主驚詫不已。

這一事件具有天意難違的色彩，人力是微不足道的。

從威靈頓和布呂歇手中拿掉滑鐵盧，難道就剝奪英國和德國什麼東西了嗎？不然。無論顯赫的英國、還是神聖的德國，都與滑鐵盧的問題毫無關係。感謝上天，人民之所以偉大，並不牽涉窮兵黷武。無論德國、英國，還是法國，都不是區區一個劍鞘所能容下的。在這個時期，滑鐵盧不過是刀劍的一陣撞擊聲，在布呂歇之上，德國有歌德，在威靈頓之上，英國有拜倫。思想普遍興旺昌盛是本世紀的特點，而在這曙光中，英國和德國也都各自放射出燦爛的光芒，因其思想而顯得崇高，以其內在的東西提高人類文明的水準；這種貢獻絕非偶然之舉，而是來自它們的本身。在十九世紀，兩國壯大的根源不是滑鐵盧。惟有野蠻民族，才是僅憑一役之功而突然強盛起來，那是旋生即滅的虛榮，如同一陣風暴掀起的浪濤。文明的民族，尤其處於我們這個時代，不會只因為一個將領的勝負，民族地位就提高或者降低。他們在人類中的特殊分量，來自比一場戰事更深的東西。謝天謝地，他們的榮譽、他們的尊嚴、他們的智慧、他們的才能，都不是什麼籌碼，不可能讓那些賭徒式的英雄和征服者投入戰場去賭輸贏。戰敗了，往往取得進步。少些光榮，卻多些自由。戰鼓聲止，理性就發言了。這是輸贏顛倒的遊戲。雙方還是心平氣和地談論滑鐵盧吧。是偶然就歸於偶然，是上帝就歸於上帝。那麼，滑鐵盧是怎麼回事呢？是一場勝利嗎？不是。那是擲骰子擲出個雙五。

擲出雙五，歐洲贏了，法國輸了。

在那裡立起一個獅子並不過分。

況且，滑鐵盧是歷史上最奇特的一巧遇合。拿破崙和威靈頓。他們並不是仇敵，而是截然相反的人。上帝最喜歡對比反襯，但是還從來沒有製造出如此驚人的對比，如此出色的反襯。一方面是精確縝密，深謀遠慮，行止合度，謹慎從事，撤退有方，留有餘力，鎮定而又堅忍不拔，既有堅定不移的作風，又有因地制宜的方略，部署兵力不失均衡，殺戮務合準繩，作戰分秒不差，毫無僥倖的心理，總之，老謀深算，絕對合乎規矩，一副傳統型將帥的風範；而另一方面，則全憑直覺，全憑靈感，是軍事上的奇才，具有特異的本能，目光如炬，像鷹一樣注視，像霹靂一樣打擊，恃才傲世，常以迅雷不及掩耳之勢出奇制勝，心曲高深莫測，能與命運聯手，號令以至能脅迫江河、平野、森林和丘巒服從，甚至戰場也玩於股掌之中的專制者，既相信星相又相信戰略學，既誇大又擾亂這種信念。威靈頓是戰爭的巴雷姆，拿破崙是戰爭的米開朗基羅；然而這次，天才敗在攻心計之下。

雙方都在等待一個人。這樣一來，計算精確的人就得手了。拿破崙等待格魯奇而未得。威靈頓等待布呂歇卻等來了。

威靈頓為戰，是後發制人的傳統型。拿破崙初露頭角的時期，在義大利與他遭遇，把他打得落花流水。老梟在雛鷹面前望風而逃。傳統的戰術不僅一敗塗地，而且聲譽掃地。這個二十六歲的科西嘉人是幹什麼的？這個意氣風發的無知青年究竟是怎麼回事？他身孤力單，以寡敵眾，既沒有糧草，沒有彈藥，又沒有大炮，連鞋都沒有，幾乎沒有軍隊，只帶領一小撮人，對抗萬眾，衝向勾結起來的歐洲，在根本不可能的情況下，竟然連連取勝，簡直荒唐到了極點！這個摧枯拉朽的狂人是從哪裡來的呢？他手中只掌握那點兵力，幾乎沒有喘息，一口氣接連粉碎德皇的五個軍團，把博利葉摔到阿文澤身上，把烏姆塞摔到博利葉身上，把梅拉斯摔到烏姆塞身上，又把馬克摔到梅拉斯身上！這個傲岸一切的戰場新手，究竟是什麼人呢？學院派軍事家縱然敗退，也把他視為異端。正因為如此，老凱撒主義對新凱撒主義，規定刀法對閃光花劍，方正棋盤對上非凡天才，就懷有一種刻骨的仇恨，一八一五年六月十八日，這種仇恨有了結論。在洛迪、蒙貝洛、蒙諾特、芒圖、馬倫哥、阿科爾的下面，又添上了滑鐵盧。庸人得勝，多數人寬慰。命運同意了這種嘲諷。拿破崙到了衰退的晚年，又撞見了年輕的烏姆塞。

的確如此，要目睹烏姆塞的風貌，只需染白威靈頓的頭髮就行了。

滑鐵盧，是二流將領贏得的頭等大戰役。

在滑鐵盧戰役中，值得讚賞的是英格蘭，是英國式的堅定、英國式的決心、英國的血統；值得讚賞是英格蘭的精華，請別見怪，也正是英國本身，值得讚賞的不是它的統帥，而是它的軍隊。

威靈頓也很奇怪，竟然忘恩負義，在給巴圖斯特勳爵的信中，說他在一八一五年六月十八日作戰的軍隊，是一支「糟糕的軍隊」。埋在滑鐵盧壟溝下的幽幽白骨，又作何感想呢？

英格蘭在威靈頓面前，也太過分謙抑了。把威靈頓捧得多麼偉大，就是把英格蘭貶得多麼渺小。威靈頓不過是一個普通的英雄。那些灰軍裝的蘇格蘭士卒、那些近衛騎兵、梅蘭德和米切耳的團隊、派克和坎普特的步兵、龐森比和索姆塞的騎兵隊、在槍林彈雨中吹風笛的蘇格蘭高地兵、里蘭德的營隊，所有那些新兵，敢於與埃斯蘭和里沃利的老營對抗，這才是偉大的。威靈頓表現出頑強的精神，這是他的長處，我們並不想貶低；然而，他軍隊中有的是普通步卒和騎兵，也都跟他一樣堅忍不拔。鐵軍配得上鐵公爵。而我們的全部敬意，要獻給英國士兵、英國軍隊、英國人民。如果有戰功的話，那也應當歸屬於英格蘭。滑鐵盧的紀念柱，如果不是把一個人的形象，而是把舉國人民的雕像高舉入雲，那就更加公允了。

然而，聽到我們在這裡講的話，偉大的英格蘭就要惱怒發火了。英格蘭經過它的一六八八年和我國的一七八九年之後，仍然對封建制抱有幻想，還信奉世襲制度和等級制度。那國人民，如果要論強盛和光榮，是誰也比不上，他們卻自認為是民族而不是人民。他們作為人民甘居人下，奉一個勳爵為首領。做工的人，任人蔑視；當兵的人，也任人鞭笞。大家還記得，在印克門那場戰役中，據說有一名中士救了大軍脫險，但是，雷格蘭勳爵卻未能論功行賞，因為英國軍隊的等級制度不准許在戰報中表彰非軍官階銜的任何英雄。

在滑鐵盧這種類型的會戰中，我們最欣賞還是偶然且出乎意料的巧合。一夜大雨，烏果蒙堅固的圍牆，奧安的凹路，格魯奇對炮聲充耳不聞，拿破崙受嚮導的欺騙，布洛得到嚮導的指引，這一系列天災人禍都安排得極其巧妙。

總括來說，在滑鐵盧，屠殺超過戰鬥。

在所有陣列戰中，滑鐵盧是戰線最短而兵力最多的一次。戰線的長度，拿破崙拉開四分之三法里，威靈頓布局了二分之一法里，而雙方各投入七萬兩千名官兵。這種密集導致了屠殺。

有人作過統計，列出這樣的比例數字。陣亡人數：奧斯特里茲戰役，法軍百分之十四，俄軍百分之三十，奧軍百分之四十四；瓦格拉姆戰役，法軍百分之十三，奧軍百分之十四；莫斯科河戰役，法軍百分之三十七，俄軍百分之四十四；包岑戰役，法軍百分之十三，俄普聯軍百分之十四；而滑鐵盧戰役，法軍百分之五十七，聯軍百分之三十一。滑鐵盧戰役陣亡人數，總計百分之四十一。十四萬四千官兵，陣亡六萬人！

滑鐵盧戰場，如今平靜了，仍屬於大地——這是人類始終如一的寄託，又與所有平野一樣了。

然而，到了夜晚，一種夢幻的薄霧自大地升起，一位旅人若是經過那裡，若是觀察，若是傾聽，若是像維吉爾經過淒慘的腓力斯平野那樣幻想，就會怵然產生幻覺，看見那一幕刀兵之災。可怕的六月十八日場景又會再次重新顯現，虛假的紀念墩隱沒了，那隻俗不可耐的獅子也消失了，戰場又恢復原狀：一隊隊步兵像波浪般在平野上推進，騎兵在天邊狂奔飛馳！沉思者魂驚魄動，看見刀光劍影，炮彈火光紛飛，雷電交加；他聽見鬼魂交戰的吶喊，彷彿從墳墓傳出的呻吟；那些黑影，正是羽林軍士；那片瑩光，正是鐵騎軍；那副枯骨，則是拿破崙；而另一副枯骨，便是威靈頓；那一切已不復存在，但是還在較量，還在搏鬥；丘谷染成殷紅色，樹木為之抖瑟，殺氣直達雲霄，而聖約翰山、烏果蒙、弗里什蒙、帕普洛特、普朗努瓦，所有那些兇險的丘巒在黑暗中顯現，都隱隱籠罩著幽魂廝殺的一團團陰氣。

十七・滑鐵盧是好事嗎？

Faut-il trouver bon Waterloo?

有一個非常可敬的自由派，根本不憎惡滑鐵盧。我們卻不能苟同。在我們看來，滑鐵盧不過是自由的一個凶日。那樣一個卵孵化誕生出那樣一隻鷹，當然出人意料。

如果高瞻遠矚地看待這個問題，那麼滑鐵盧則是處心積慮反革命派的勝利。那是歐洲反對法蘭西，是彼得堡、柏林和維也納聯手反對巴黎，是守舊反對創新，是透過一八一五年三月二十日打擊一七八九年七月十四日，是惶惶不可終日的各個王國反對不可遏制的法蘭西騷動。總之是一種夢想：撲滅這個博大的人民二十六年來突起的氣焰。那也是勃倫維克、納索、羅曼諾夫、霍亨索倫、哈布斯堡等王室和波旁王室的聯盟。滑鐵盧背負著神權。的確，由於事物的自然反應，既然帝國是專制的，那麼王國就必然是自由的了；同樣，事與願違，從滑鐵盧產生出了立憲體制，令那些勝利者無比遺憾。這是因為：革命不可能真正被戰勝，它將順應天理，必然大行其道，總能複製體現出來，在滑鐵盧之前，展現在推翻舊王朝的波拿巴身上，在滑鐵盧之後，則展現在接受憲章的路易十八身上。波拿巴還把一個驛站車夫[22]安插在那不勒斯王位上，把一名中士[23]安插在瑞典王位上，以不平等來體現平等。路易十八在聖都安簽署了《人權宣言》。您要想了解革命是什麼，那就稱它為「進步」吧；您要想了解進步是什麼，那就稱它為「明天」吧。明天勢不可當，必行其道，而且從今天就開始，說來還是奇怪，它總能達到目的。它利用威靈頓，將區區一個士兵身分的伏瓦[24]造就成演說家。伏瓦在烏果蒙倒下，又在講壇上站起來。進步就是這樣進行。這個工人用什麼工具都得心應手。它從容不迫，調動跨越阿爾卑斯山的那個人和愛麗舍神父[25]那個虛弱而善良的老病夫，一同為它神聖的工作效力。它既利用那個足痛風患者，也利用那個征服者；外用征服者，內用足痛風患者。滑鐵盧制止武力毀滅歐洲各王朝，只產生一種效果，就是從另一方面推動革命進程。征伐者退位，輪到思想家上場了，滑鐵盧要阻止時代前進，時代卻從上面跨過去，繼續它的行程。這次險惡的勝利，又被自由戰勝了。

總之，毋庸置疑，在滑鐵盧得勝者，站在威靈頓身後微笑者，把全歐洲，據說也把法蘭西大元帥令杖送去者，歡快地推車運送滿是白骨的砂土建築獅子紀念墩者，在紀念墩基座得意地刻上一八一五年六月十八日這個日期者，鼓勵布呂歇屠戮潰兵者，站在聖約翰山上就像盯著獵物一樣俯視法蘭西者，正是反革命。正是反革命竊竊說出這樣無恥的話：分割支解。然而到達巴黎，它就靠近觀察了火山口，感到這片火山灰燙腳，只好改變初衷，又回過頭來結結巴巴地談論憲章。

㉒・指繆拉。但他是鄉村客棧老闆的兒子，並沒有當過驛站車夫。一八〇八年封他當那不勒斯王時，他已經是元帥了。
㉓・指貝納道特。一七八九年他是上士，一八一〇年被瑞典國提選為王權繼承人。一八一八年才成為瑞典和挪威國王。
㉔・伏瓦（一七七五—一八二五）：法國將軍，在滑鐵盧戰役中是第十五次負傷。一八一九年進入議會，成為自由派的主要發言人。
㉕・指路易十八。「愛麗舍神父」是他私人外科醫生的綽號。

在滑鐵盧中應該只看其內涵。有意擁護自由嗎？絕不是。反革命無意中成為自由派，而且無獨有偶，拿破崙也同樣在無意中成為革命者。一八一五年六月十八日，羅伯斯庇爾從馬上摔下來了。

十八・神權東山再起
Recrudescence du droit divin

獨裁制壽終正寢。歐洲一整套體制瓦解了。

帝國沉淪了，如同垂死的羅馬帝國，隱沒在黑影中。就像回到野蠻時代，人們又經歷一場大劫難。一八一五年的蠻族，如果稱其乳名，就叫做反革命。不過，這個蠻族氣數太短，很快就氣息奄奄而夭折了。應該承認，人們悼念帝國，而且灑下英雄的眼淚。如果說武功的榮耀造成了霸權，那麼帝國本身就是榮耀；它將專制所能放射的光，全部散射到大地上。但這是黯淡的光，說得更白一點，是昏暗的光，比起名副其實的白晝來，它簡直就是黑夜。然而，這個黑夜消盡後，卻產生了日蝕的效果。

路易十八返回巴黎。七月八日㉖的圓舞曲氣氛沖淡了三月二日的狂熱。那個科西嘉人和那個貝阿內人㉗形成鮮明的對照。土伊勒里宮圓頂上的旗幟換成白色。亡命之君重登寶座。路易十八百合雕花的座椅前，又放上哈威勒杉木桌。大家談論布維訥和封特努瓦，彷彿是昨天發生的事，奧斯特里茲已經是老皇曆了。神壇和王座親如手足，彈冠相慶。在十九世紀法國和歐洲大陸，確立了社會安全中最無可爭議的一種形式。歐洲佩戴上白色徽章，特大容在尼姆城製造白色恐怖的雅克・杜蓬的綽號，名聲大噪。在蓋道塞兵營正門太陽形的拱石上，又出現「高於萬眾㉘」的箴言。凡是羽林軍駐紮過的地方，就有一間紅房子。卡魯塞耀武門滿是病懨懨的勝利女神，來了這些新客，它倒產生落魄異鄉之感，也許還對馬倫哥和阿科爾的勝利頗感羞愧，只好立了個昂古萊姆公爵的雕像來撐撐門面。馬德蘭墓地，是九三年慘不忍睹的萬人塚，因為那片土裡有路易十六和瑪麗．安東妮的枯骨，這次地面上就鋪了大理石和燧石板。在萬森墓地上，土中露出一截墓碑，令人想起昂菲安公爵就死於拿破崙加冕的那個月。教皇庇護七世在公爵被處決後不久，主持了那次加冕大典；他就像當初祝福拿破崙登基那樣，現在又坦然地祝賀他的傾覆了。是啊，這些事情全實現了，這些國王又重登寶座，歐洲的霸主被關進囚籠，舊朝又變成了新朝，大地的黑暗和光明完全顛倒了位置，只因在夏天的一個下午，一個牧童在樹林裡對一個普魯士人說：「請走這邊，不要走那邊！」

一八一五年就像陰沉的四月天。各式各樣有害有毒的舊東西，表面上都煥然一新。謊言也緊緊抓住一七八九年，神權戴上一副憲章的假面具，虛假的東西也都可幫助立憲，那些成見、迷信和私欲，嘴邊掛上憲章第十四條，紛紛稱起自由主義了。那不過是蛇蛻皮而已。

人透過拿破崙，既變得偉大，又變得渺小了。在這金玉其外、浮誇成風的時代，理想也得了一個怪名：空論。嘲笑未來，是一個偉大的嚴重疏失。然而，作為炮灰的人民，無比愛戴著槍炮手，還舉目四望尋找他。他在哪裡？他在做什麼？「拿破崙已經死了。」一個行人對一個參加過馬倫哥和滑鐵盧戰役的傷兵說。「他，還會死啊？」那士兵嚷道，「你也太了解他啦！」在想像中，那個垮臺的人已經神化了。滑鐵盧之後，歐洲天昏地暗。拿破崙一消失，很長一段時間留下了巨大的空虛。

各國君主來填充這種空虛。舊歐洲趁機改頭換面。他們拼湊了一個神聖同盟。決定命運的滑鐵盧戰場，早就稱為佳盟了。

㉖．一八一五年七月八日，路易十八第二次返回巴黎。
㉗．指路易十八。
㉘．原文為拉丁文。作者把路易十八的箴言稍作改動，原文是：「不平凡」。

面對喬裝打扮過的舊歐洲，一個新法蘭西初具規模了。受皇帝嘲笑過的未來，也已破門而入。它的額頭有顆自由之星。年輕一代的熱切目光共同轉向未來。事情奇怪的地方就在，他們同時熱愛自由這個未來和拿破崙這個過去。敗仗反而使敗者更加偉大。倒下的波拿巴比站立的拿破崙還要顯得高大些。得勝者卻惶惶不可終日。英國派了哈德遜・洛維去看守他，法國派了蒙什奴去監視他。他叉起的手臂，也成為那些王位的憂患。亞歷山大稱他為：我的失眠症。這種恐懼來自他身上所負載著革命的分量。這樣，波拿巴信徒的自由主義就可以被解釋，也值得諒解了。這個幽靈讓舊世界顫慄。當政的國王都坐臥不安，總望見天邊的聖赫勒拿岩島。

拿破崙在龍塢奄奄待斃的時候，倒在滑鐵盧戰場上的六萬人的屍骨也靜靜地腐朽了，他們的靜謐擴散到人間。維也納會議簽訂了一八一五年協定，而歐洲稱這為復辟。

這就是所謂的滑鐵盧。

然而，對於時空的無限來說，這又算什麼呢？整個這場暴風雨、整個這陣烏雲、這場戰爭，繼而這種和平、整個這片陰影，絲毫也沒能擾亂無限慧眼的光芒。在這慧眼裡，像從一根草莖跳到另一根草莖的蚜蟲，跟在聖母院上從一個鐘樓飛到另一個鐘樓的鷹，並沒有什麼差別。

十九・戰場夜景

Le champ de bataille la nuit

言歸正傳，再來敘述這片淒慘的戰場。

一八一五年六月十八日正是望月。月光讓布呂歇的殘酷追殺更加方便了，照出逃兵的蹤跡，將潰散的烏合之眾交給瘋狂的普魯士騎兵，從而協助了這場大屠殺。在這類天災人禍中，黑夜往往引發可悲的作用。

最後一發炮彈射出之後，聖約翰山平野便是一片空蕩蕩。

英軍佔據了法軍的營地，這是確認勝利的通例：在敗軍的榻上高臥。他們越過羅索姆安營紮寨。普軍則勇追窮寇，大力向前推進。威靈頓回到滑鐵盧村，草擬給巴圖斯特勳爵的捷報。

如果說「這當然不是指您[29]」這句話若真的要實際使用，那麼用在滑鐵盧村上肯定最貼切了。滑鐵盧離戰場半法里遠，毫無作為。聖約翰山遭受炮擊，烏果蒙焚毀，帕普洛特焚毀，普朗努瓦焚毀，聖籬受到猛攻，佳盟目睹兩個勝利者擁抱。然而，這些名字鮮為人知，滑鐵盧毫無戰功，卻盡享榮譽。

我們不是那種頌揚戰爭的人，但是有了機會，就要講一講戰爭的真情實況。毋庸隱諱，戰爭有一種淒美，可是當然也要承認，戰爭有其醜惡的方面。其中最令人吃驚的一醜，便是勝利後立即剝奪死者的衣物。戰後第二天的晨光，總是照在赤條條的屍體上。

是誰幹的呢？是誰這樣子玷污勝利？是什麼醜惡的手偷偷摸進勝利的衣兜？是什麼樣的扒手在光榮後面幹出這種勾當？有些哲學家，伏爾泰就是其中一個，他們斷言會做出這種事的人恰恰是勝利者。他們說那全是一丘之貉，並無二致；仍然站立的人洗劫倒下的人。白天的英雄，夜晚變成吸血鬼。況且，連人都殺了，再順手撈點油水，也是合乎情理的。至於我們，卻不敢苟同，既摘了勝利的桂冠，又扒竊死者的鞋子，我們覺得不可能是同一隻手。

不過，有一點倒是確切無疑：勝利者的後面往往跟著竊賊。我們還是排除士兵，尤其是現代士兵。

但凡大軍都有一隻尾巴，那才是應當譴責的。那是蝙蝠似的東西，半土匪、半僕役，是從所謂戰爭的這種暮晚產生出各種飛鼠，是穿軍裝不上陣的假兵，是裝病和假裝傷患而心黑手辣的傢伙，是走私的食品販子，有時還帶著女人，坐著小馬車，賣出去、再偷回來，還有主動給軍官

㉙・原文為拉丁文，是維吉爾一首諷喻詩的起句。

當嚮導的乞丐、隨軍僕役、扒手竊賊，我們先不提當代，從前部隊行軍，總拖著這批貨色，以致有專門語言稱為「收容隊」。這幫傢伙，不屬於任何軍隊，也不屬於任何民族，他們講義大利語卻隨著德國軍隊，講法語卻追隨英國部隊。切里索勒斯戰役勝利的那天夜晚，德．費瓦克侯爵就是被這樣一個壞蛋給害死了：侯爵遇見那個講法語的西班牙收容隊員，聽他講著蹩腳的庇卡底方言，就當成是本國人，結果性命和財物全丟了。盜竊生賊，這句可鄙的格言：靠敵人吃飯，產生了這種痳瘋病，只有嚴懲才能治癒。有些人欺世盜名，但我們有時就是無從得知，一些大名鼎鼎的將軍為什麼那樣深孚眾望。圖雷納[30]顯然不會參與一六九三年帕拉蒂納城的燒殺行為，但他縱容部下搶掠佔領的地方卻是事實。受到部下的愛戴，就因為他縱容掠奪，縱容的惡也成為善了。圖雷納太善良了，聽任部下在帕拉蒂納城燒殺搶掠。跟隨部隊的竊賊多寡，因率軍的將領而異。賀什和馬爾索[31]的軍隊就根本沒有收容隊，我們也說句公道話，威靈頓的軍隊有，但不多。

不過，六月十八日夜晚到十九日凌晨，仍有人盜屍。威靈頓紀律嚴明，下令如果當場抓獲，格殺勿論。然而，盜竊是頑症，戰場這邊槍決盜匪，那邊照樣行竊。

月光慘澹，照著這片平野。

將近半夜，奧安凹路那邊，有個人在徘徊，確切地說，他在匍匐爬行。一看那個樣子，就知道他正是我們剛剛描述的那類人，既不是英國人，也不是法國人，既不是農民，也不是士兵，三分像人七分像鬼，被死屍的氣味吸引過去，以盜竊為榮，要搶劫滑鐵盧。他穿一件帶風帽的罩衣，鬼頭鬼腦，又賊膽包天，向前走又不時往後看。他是什麼人？關於他的來歷，也許黑夜比白晝還要清楚些。他沒有行囊，但是顯而易見，他罩衣的口袋又肥又大。他走走停停，四下張望，看看是否有人暗中注意，有時他突然彎下腰，翻動地上靜止不動的什麼東西，然後直起身，又悄悄溜走。他那樣悄聲遊蕩，那副鬼鬼祟祟的樣子、那種偷偷摸摸的急促動作，就像黃昏時出沒在廢墟中的野鬼，也就是諾爾曼人古代傳說中所說的遊魂。

夜間水澤裡的某些涉禽，就有這種鬼影。

有人若是注意觀察，就會透過那片迷霧，看見不遠處有一輛小貨車，彷彿躲在尼維勒大道邊的一座破房子後面，恰好在聖約翰山到勃蘭拉勒那條路的拐彎處，那輛車柳條編的車篷塗了柏油，駕著一匹餓得戴嚼子吃蕁麻的駑馬，車上有個女人模樣的人，坐在箱匣和包裹上。那輛貨車和這個遊蕩者之間，也許有點關係。

夜晚寧靜，天空沒有一絲雲彩，大地染紅，而月光依然皎潔。正所謂老天無情。牧場上，被霰彈打折的樹枝，有些還垂在樹上，在晚風中輕輕搖曳。荊叢微動，好像發出氣息，幾乎像在呼吸。青草抖瑟，又彷彿靈魂離去。

遠處隱隱傳來英軍營盤巡邏隊往來、軍士查哨的聲響。

烏果蒙和聖籬，一東一西，還在燃燒。兩片大火，又由丘崗上拉成巨大半圓的英軍營帳篝火連起來，遠遠望去，好似解下來的紅寶石項鏈，兩端各綴一大塊光彩奪目的深紅色寶石。

上文談過奧安凹路的慘禍。多少勇士死於非命，一想起來就膽顫心寒。

若說慘事不止是想像，果真存在的話，那就是這種情景：活在世上，看見太陽，全身有一種活力，又健康、又快活，敞聲大笑，奔向錦繡前程，感到胸中的肺暢快地呼吸，心臟有力地跳動，也感到有一個明辨是非的意志，能講話，能思考，能希望，能愛，還有母親，有愛妻，有子女，有光明；不料陡然一下，還不到一分鐘，僅僅一聲驚叫的時間，就墜入深淵，身不由己地跌落，翻滾，砸別人，也受擠壓，瞪眼看見麥穗、鮮花、葉莖和枝椏，卻什麼也抓不到，只覺得戰刀無用了，身下人壓人，身上是戰馬，徒然掙扎，黑暗中遭到馬蹄踐踏，骨斷筋折，感覺到自己的眼珠被鞋跟蹬出來，發狂地咬著馬蹄鐵，窒息，嚎叫，渾身攣縮，壓在下面，心裡還會念叨一句：「剛才我還是活生生的！」

㉛．圖雷納：法國元帥，死於一六七五年。

㉜．賀什和馬爾索：均為法國革命時期的將領。

慘禍發生的地點，一片呻吟的喘息，現在全歸寂滅了。凹路填滿了戰馬和騎兵，橫七豎八地堆在一起。亂屍堆慘不忍睹。兩側的路坡消失了。屍體堆到邊緣，將道路和曠野填得齊平了，真像量得平準的一兜大麥。上層屍體成堆，下層血流成河。這條路在一八一五年六月十八日夜晚就是這種情景。血一直流到尼維勒大道上，在一堆砍掉樹木的路障受阻，積成一個大血泊：這地點如今還供人憑弔。大家記得，鐵騎軍遇險的地點在對面，靠近格納普大道那邊。屍體堆積的厚薄，跟凹路的深淺成正比。這條路的中段逐漸平緩，正是德洛爾師通過的地方，屍體層就變薄了。

剛才我們讓讀者窺見的那個夜遊鬼，正朝這段路走來。他嗅著這座無比巨大的墳墓，仔細觀看，不知在檢閱一支什麼可怕的死人隊伍，他踏著血泊往前走。

突然，他站住了。

前面幾步遠的地方，凹路中屍堆那一端，從人和馬屍堆裡伸出一隻張開的手，被月光照得一清二楚。

那隻手的指頭上，戴著閃閃發亮的東西，那是一隻金戒指。

那人俯下身，蹲了片刻，等到站起來的時候，那隻手上的戒指不見了。

他並沒有真正站起來，那姿勢像一隻驚恐的野獸，背對著死屍堆，雙膝著地，兩根食指著地撐住身子，頭探出凹路邊，眼睛窺視遠處。豺狼的四隻爪子，正適於做出這種動作。

繼而，他打定主意，站了起來。

這時，他猛然一驚，發現身後有人拉他。

他回頭一看，原來是那隻手合攏了，抓住他的衣襟。

換個老實人一定嚇壞了，但這傢伙卻笑起來。

「嘿，」他說道，「原來是個死人，我寧願撞到鬼，也不想碰見憲兵。」

他說話的時間，那隻手因力氣衰竭而鬆開了，在墳墓裡，氣力總是很快就用盡了。

「咦，怪啦！」夜遊鬼又說道，「這死人還活著嗎？讓我來看看。」

他重新又俯下身，搜索死屍堆，把礙事的搬開，抓住那隻手，再拉胳膊，拉出腦袋，又拉出身子，不用太多時間，他就把一個像死了的，至少是昏過去的人拖到凹路的暗地。那是鐵騎軍的一名軍官，還是個級別相當高的軍官，鐵甲下露出大肩章，不過頭盔沒有了。他臉上狠狠挨了一刀，血跡模糊。除了臉上的刀傷，他的肢體似乎沒有骨折的地方；完全是僥倖，如果這裡可以用這個詞的話，屍體交叉成為拱形，撐在上面，沒有壓死他。他的雙眼緊閉著。

鐵甲上掛著銀質的榮譽團勳章。

夜遊鬼一把扯下勳章，裝進他那罩衣的無底洞裡。

接著，他又摸軍官的口袋，感到有一隻懷表，就掏了去。隨後他又搜索背心，找到一個錢包，也裝進自己的口袋裡。

他正是這樣搶救這個垂死的人，軍官的眼睛睜開了。

「謝謝。」他聲音微弱地說。

他被這樣急促地翻動，又有清爽的晚風，暢快地呼吸到新鮮空氣，也就從昏迷中醒來了。

夜遊鬼沒有應聲。他抬起頭。平野上傳來腳步聲，大概是巡邏隊走過來。

軍官還處於氣息奄奄的狀態，聲音微弱地問道：「是誰打贏啦？」

「英國人。」夜遊鬼答道。

軍官又說：「翻翻我的口袋吧，您能找到一個錢包和一隻表，全拿去吧。」

他早就拿去了。

夜遊鬼假裝翻了翻，說道：「什麼也沒有。」

「被人偷走了，」軍官又說道，「實在遺憾。不然就送給您了。」

巡邏隊的腳步聲越來越清晰了。

「有人來了。」夜遊鬼說著就要走。

軍官艱難地抬起胳臂拉住他：「您救了我的命。您是誰？」

夜遊鬼慌忙低聲回答：「我跟您一樣，是法國軍隊的。我得離開您了。若是讓人抓住，我就得被槍斃。我救了您的命。現在您自己想辦法吧。」

「您是什麼軍銜？」

「中士。」

「您叫什麼名字？」

「德納第。」

「我不會忘記這個名字，」軍官說道，「您也記住我的名字，我叫彭邁西。」

第二卷：洛里翁戰艦
Le vaisseau L'Orion

一・二四六〇一號變成九四三〇號
Le numéro 24601 devient le numéro 9430

尚萬強又重新被捕。

那種慘痛的經過被一筆帶過，想必大家能夠見諒。我們只想轉錄兩則小新聞，是在海濱蒙特伊轟動的事件發生之後幾個月，由當時的報紙登載的。

兩則新聞相當簡略。要知道，當時還沒有《法院公報》。

第一則節錄自一八二二年七月二十五日的《白旗報》：

加萊海峽省的某一個縣剛剛發生罕見的事件。一個名叫馬德蘭的外地人，利用新方法生

產人造墨玉，幾年間振興了地方舊工業。他發財致富了，也應當說，地方也因而富裕起來。為了表彰他的業績，他被任命為市長。不料警方發現，這個馬德蘭先生真名叫尚萬強，原是勞役犯，一七九六年因盜案判刑，刑滿釋放，又違禁私遷，因此又重新被逮捕入獄。據說他在被捕前，從拉斐特銀行提取存款五十多萬，不過一般人認為，那是他在經營中所取得非常合法的利潤。尚萬強又重新被押回土倫勞役犯監獄，但是他那筆款藏在何處卻不得而知。

第二則新聞略為詳細，是同一天《巴黎日報》的摘錄：

一個名叫尚萬強的刑滿釋放勞役犯，最近又在瓦爾刑事法院受審。案情頗引人注目。該犯曾更名改姓，騙過警方的監控，居然在諾爾省的一座小城混上市長的職位。他在該城經營的企業規模相當大。多虧警方工作勤奮，不辭勞苦，他才終於暴露原形，被捕歸案。他的姘婦是個妓女，在他被捕時因驚嚇而死。該犯臂力驚人，尋機越獄，三、四天後潛逃至巴黎，正要跳上來往於京城和蒙菲郿村（塞納．瓦茲省）之間的一輛小馬車時，又被警方抓獲。據說他利用那三、四天的時間，從我國一間大銀行提取大宗存款；又據起訴書稱，那筆錢款隱藏的地點只有他一人知道，因而無法查獲。總之，那個尚萬強已被押到瓦爾省高等法院受審，審判他約八年前手持兇器攔路搶劫案，受害者正是費爾內族長千古流傳的詩句中所說的那種誠實孩子。

……

歲歲都從薩瓦來，

輕輕妙手善拂拭，
拂去長突厚煙灰。①

該盜匪放棄申辯。由於司法機構妙審雄辯，已確定是團夥搶劫案，尚萬強屬於南方一個匪團的成員。因此，尚萬強被判有罪，處以死刑，不過該犯卻拒不上訴。但國王寬大無邊，減判為終身勞役。尚萬強隨即被押赴土倫勞役犯監獄。

他們也沒有忘記，尚萬強在海濱蒙特伊謹守教規，包括《立憲報》在內的幾種報紙，還稱這次減刑是修士派的勝利。

尚萬強到勞役犯監獄後換了號碼，他叫九四三〇號。

此外，有個情況交代一下，此後就不再贅述了。海濱蒙特伊的繁榮，跟著馬德蘭先生一起消失了。那天夜晚他左右為難，憂心如焚，所預見的一切後來都成了事實：的確，少了他便「失去靈魂」。他一垮臺，就像霸業之主倒臺那樣，在海濱蒙特伊就出現了群雄分割的局面，興旺事業分崩離析的這種悲劇，在人類社會中，天天都在暗自進行，而歷史上只有一次最顯著，因為那是在亞歷山大死後發生的。部將們紛紛稱王；工頭們也紛紛充當企業主。於是，彼此猜忌競爭。馬德蘭先生的各個大車間全關了門，廠房坍毀；工人走散了，有的背井離鄉，有的改了行。從此以後，一改大型生產，全都小規模進行；一改為了公益，全都爭取高利。沒有中心了，競爭四起，而且十分激烈。當初，一切事務全由馬德蘭先生控制和指揮，他一垮臺，人人爭搶一己之利，傾軋的思想取代了協作的精神，刻毒貪婪取代了團結友愛，相互仇視取代了創辦者對所有人的關懷；由馬德蘭先生所織結的關係，全部打亂並中斷了。生產偷工減料，產品低劣，喪失信譽，銷路減少，訂貨銳減。這樣一來，就得降低工資，工廠停工，終至破產了。結果，窮人再也沒有指望，一切煙消雲散了。

連政府也發覺到，什麼地方折斷了一根棟梁。高等刑事法院確認馬德蘭先生和尚萬強是同一個人，並判處他終身苦勞之後不過四年，海濱蒙特伊地區的徵稅就少了一倍，一八二七年二月時，德・維萊勒先生就在議會裡談到這一點。

二・或許是兩句鬼詩

Où on lira deux vers qui sont peut-être du diable

往下敘述之前，不妨稍微詳細地談一件奇事，事情發生在蒙菲郿，大約在同一時期，跟司法機構的推測有些巧合。

蒙菲郿那一帶有一種迷信，由來已久，應是巴黎附近的一種民間迷信，也就跟西伯利亞長出蘆薈一樣希奇了。我們就是這種人，看重一切像奇花異草那樣的東西，這就談談蒙菲郿的迷信。那裡人相信，從久遠難考的年代起，魔鬼就選定森林埋藏財寶。老太婆都肯定地說，在天要黑下來的時候，走在林中僻靜的地方，時常能碰見一身黑的人，看那模樣像個車夫或者樵夫。他穿著一雙木底鞋，穿一身粗布衣服，但有一點很好辨認，他不戴帽子，頭上卻長了兩枝大角。的確，一看腦袋就能認出他來，那個人往往在忙著挖坑，碰到這樣情況，有三種處理辦法。第一種就是上前跟那人搭話，這時才發現他不過是個農民，因為是在暮色中，他看起來才顯得全身是黑色的。他並沒有挖什麼坑，而是在割草要帶回去給乳牛吃，原來看成角的東西，也不過是他背上的一把糞叉，在暮色中望去，就像頭上長出兩枝角。你回到家裡後，會在一週之內死去。第二種辦法，就是在一旁觀察，等他挖好坑再埋上，走了之後，就趕緊跑過去，將坑扒開，取走那黑衣人必然

①・引自伏爾泰的詩〈可憐鬼〉（一七五八），前一句為：「誠實孩子更可愛」。

放在裡面的財寶。這樣的話，你會在一個月之內死去。還有第三種辦法，就是既不跟那黑衣人說話，也不看他，而是趕緊逃掉。雖然這樣，一年之內也還是要死去。

三種辦法都有不妥之處，但是第二種至少還有些好處，好處之一是擁有財寶，哪怕僅僅一個月，因此，一般人都採取這種辦法。那些吃了豹子膽、圖財不要命的人，據說大多都會扒開黑衣人挖的坑，要偷竊魔鬼的財寶，收穫似乎並不可觀。如果有人相信這個傳說，通常都是因為相信有人用蹩腳的拉丁文寫出兩句關於這件事，且讓人費解的詩，情況至少是這樣。詩的作者名叫特里風，是個諾曼第的花和尚，喜歡弄點邪門歪道，死後葬在盧昂附近博舍維爾的聖喬治修道院，那墳上竟生出癩蛤蟆。

那些坑通常挖得很深，重新挖開，要費極大的氣力，要流汗，要搜尋，要做一個通宵，須知那種事總是在夜晚做的，總之，衣衫濕透了，蠟燭燃盡了，鎬頭磨鈍了，終於挖到坑底，要伸手取「寶」的時候，會發現什麼呢？魔鬼的財寶是什麼呢？一個銅板，或是一個銀元、一塊石頭、一具骷髏、一具血淋淋的屍體，又或許是一個幽靈，一折為四，就像折起來放在公事包裡的一張紙，有時空無一物。這似乎就是特里風寫著詩句裡冒失的好奇者所宣示的含義。

他挖出深坑，埋藏起財寶：
銅板、銀元、石塊、屍體、雕像，空無一物。

據說，如今還能從坑裡挖出東西，有時是一個火藥壺和子彈，有時是一副顯然是群魔用過後油污發黃的舊紙牌。這兩種奇物，特里風的詩根本沒有提到，因為他生在十二世紀，當時魔鬼好像根本沒有想到，要趕在羅傑．培根[2]之前發明火藥，趕在查理六世之前發明紙牌。

再說，若是用這種紙牌賭博，那一定會輸得精光；至於火藥壺，也只能使你的槍筒爆炸，炸得你滿臉開花。

當時司法機關就猜測，刑滿釋放勞役犯尚萬強，在潛逃的那幾天裡，就曾在蒙菲郿一帶轉悠；在那之後不久，那村子又有人注意到，有個叫布拉驢的老養路工，就在樹林裡有「那種舉動」。當地人都似乎聽說，布拉驢進過勞役犯監獄，他在一定程度上，還受到警察監視，由於到哪裡也找不到工作，就由當地政府廉價僱傭，在加尼到拉尼那段路上當養路工。

那個布拉驢，當地人都不用正眼看他。他客氣謙卑得過分，遇見任何人都急忙摘帽，在警察面前更是戰戰兢兢，滿臉堆笑，據說他跟匪幫有聯繫，懷疑他天黑時總埋伏在樹叢打劫。此外，他還是個酒鬼，這樣，他就是個完人了。

別人似乎注意到他的行為有點異常：

近來，布拉驢早早離開鋪石補路的工作，扛著鎬鑽進樹林去。黃昏時分，有人見到他在林中最僻靜的空地上，在最茂密的樹叢裡，彷彿在尋找什麼，有時在挖坑。老太婆經過那裡，乍一看以為是鬼王，繼而才認出是布拉驢，但是仍然提心吊膽。布拉驢似乎特別討厭讓人撞見，顯然他有意躲躲藏藏，在做什麼不可告人的事情。

村裡人議論說：「事情擺明著，魔鬼露面了，布拉驢看見它，就到處尋找。老實說，他若真抓住魔鬼的尾巴，那就完蛋了。」愛開玩笑的人則說：「說不定喔，究竟是布拉驢追魔鬼，還是魔鬼追布拉驢呢？」老太婆連連著畫十字。

後來，布拉驢不再去林中搞鬼，重新老老實實幹他養路的工作了。大家也就換了話題。

不過，有幾個人好奇心未減，他們認為這裡面不見得是傳說中的財寶，而是比魔鬼銀行的鈔票更實在、看得見摸得著的大筆意外之財，其中的祕密，那個養路工一定發現了一半。最「技癢動心」的人，要算鄉村教師和客棧老闆德納第，德納第跟誰都能交朋友，甚至能跟布拉驢套交情。

②．羅傑．培根（一二一四—一二九四）：英國神學家和哲學家，在聲學和光學上很有建樹。

「他在勞役犯監獄關過嗎？」德納第說，「哼！天主啊！真不知道今天誰坐牢，明天誰入獄！」

有一天晚上，鄉村教師肯定地說：「若是從前，法庭早就傳訊布拉驢，問清楚樹林中的事，他不得不供出來，必要時就施刑，比方說用水刑逼供，布拉驢就一定頂不住。」

「那麼，咱們就給他用酒刑逼供。」德納第說道。

於是，他們極力給老路工灌酒。布拉驢酒喝得很多，話卻說得極少。他技巧高超，手法老練，把醉鬼的酒量和法官的慎言結合起來，相得益彰。然而，他們輪番進攻，反覆盤問，終於從他口中套出了幾句含糊不清的話，德納第和小學教師是這樣理解的：

有一天早晨，天剛亮的時候，布拉驢去上工，走到樹林中的一個角落，驚奇地發現荊叢下有一把鍬和一把鎬，好像是藏在那裡的。不過，他想那可能是挑水夫六福爹的鍬和鎬，也就把這事情丟在腦後了。可是當天傍晚，他看見一個人從大路朝密林深處走去，而他站在一棵大樹後面，不會被人瞧見，他看出來「那根本不是本鄉人，而且是他布拉驢的老熟人」。德納第解釋為：「苦勞監獄的一個獄友。」布拉驢就是不肯說出那人的姓名。那人有個包裹，方方的，像個大匣子或者小箱子。當時布拉驢十分詫異。過了七、八分鐘，他才猛然想到應該跟蹤上去。可是太遲了，那人已經鑽進密林深處，天又黑了，布拉驢未能找到「那個人」。於是，他打定主意守在樹林邊上。「月亮出來了。」過了兩、三個鐘頭，布拉驢看見那人走出樹叢，但不是拿著小箱子，而是扛著一把鎬和一把鍬。他讓那人走過去，並不想上前搭話，心中估計那人力氣比他大三倍，又拿著傢伙，一發覺被他認出來，很可能一鎬要了他的命。故友重逢，兩情相知，真令人感歎。不過，看到那把鍬和鎬，布拉驢靈機一動，趕緊跑到早上那片荊棘叢邊，藏在那裡的鍬和鎬都不見了。從而他得出結論，那人鑽進樹林，用鎬挖了坑，埋了箱子，又用鍬鏟土，把坑填平。看那箱子很小，裝不下屍體，裝的肯定是錢財。因此，他就尋找。布拉驢搜尋、探索，整片樹林都找遍了，凡是發現哪兒有新動土的跡象，就挖一挖瞧瞧。然而，徒勞無益。

他什麼也沒有「挖出來」。蒙菲郿村也沒人再想這件事了。只有幾個天真的老太婆還念叨著：加尼的那個養路工，絕不會無緣無故那麼折騰，肯定是魔鬼來過了。

三・只有事先準備好才能一錘斷腳鐐

Qu'il fallait que la chaîne de la manille eut subit un certain travail préparatoire pour être ainsi brisée d'un coup de marteau

同一年，一八二三年大約十月底，土倫居民看見奧里翁號戰艦回港。奧里翁號編在地中海艦隊，在海上遇到大風浪，有些毀損，返港修理，後來派往布列斯特充當訓練艦。

那艘艦遭到海浪風暴的襲擊，進港時頗為隆重。記不得當時艦上掛的是什麼旗，但是得到十一響禮炮的歡迎，它也一響回報一響，總共二十二響禮炮。禮炮，是王室和軍隊的禮儀，互致敬意的轟鳴，也是等級的標誌、港灣和要塞的例規，每天日出日落、開城閉城等等，諸如此類事情，所有要塞和所有戰艦都要鳴炮。有人計算過，在整個地球上，文明世界為此虛禮，每二十四小時要鳴放十五萬發炮。按每發六法郎計算，每天耗費九十萬法郎，每年就是三億，全化作硝煙了。這不過是一筆小帳。而在鳴放禮炮的同時，窮人卻餓死了。

一八二三年，是復辟王朝所稱的「西班牙戰爭時期」這是俄奧普法四國王室進行武裝干涉西班牙的戰爭，旨在打擊掌握政權的自由派力量，恢復西班牙的專制制度和天主教統治。當時，赴西班牙的法軍統帥是路易十八的侄兒，昂古萊姆公爵。

那次戰爭，在單一個事件中就包含了許多事件，而且有許多奇特之處。對於波旁王室來說，那是一件重要的家事：法蘭西這支救援並保護馬德里那支，也就是說行使長房權，在表面上恢復我們的民族傳統，恢復隸屬於北方王朝的關係；自由派報刊稱為「安杜雅爾英雄」的昂古萊姆公爵，一反往常的安詳之態，露出得意之色，以「赤臂漢」稱號復活的長褲黨[3]，令那些富有的孀婦恐慌萬狀，君主主義稱社會進步為無政府主義而橫加阻礙，一七八九年的各種理論遭到顛覆破壞而突然中斷，一致對付法蘭西思想的口號在歐洲風行起來。卡里尼安王子④，正像當初他作為自願軍人，戴上紅呢肩章，參加帝國羽林軍那樣，現在又改名為查理阿勒貝，參加反對人民的這種君主十字軍，與大軍統帥法蘭西的兒子並肩作戰。帝國士兵休息了八年，已然衰老，委靡不振，現在戴上白色徽章，重赴戰場，正像三十年前，白旗曾在科布倫茨普魯士城市上空飄揚一樣，一七九二年，法國逃亡貴族在那裡組織反革命軍隊。一小部分英勇的法國人也在外國搖過三色旗，僧侶也混在我們大兵的隊伍裡，自由和革新的精神被刺刀鎮壓下去，各種原則被大炮轟得粉碎。法蘭西濫用武力摧毀了以她的精神所取得的成就，而且，敵軍將領被收買，士兵無所適從，城池受到不計其數的金錢圍攻，毫無軍事危險，卻有爆炸的可能，如同突然闖進彈藥庫裡，流血不多，也沒有贏得什麼榮譽，少數人引為恥辱，沒有人感到光榮。這就是西班牙戰爭，由路易十四的龍子龍孫發動，拿破崙當年麾下的將領指揮的一場戰爭，其可悲的命運，恰恰在於不倫不類，既不像大規模的戰爭，又不像大規模的政治。

還有幾件戰事值得一提，其中奪取特羅卡德羅，就是一次出色的軍事行動。但是總括來說，我們再重複一遍，這次戰爭的號角聲聽著有些嘶啞，整個局面令人疑惑，歷史也證實法蘭西絕難接受這種虛假的勝利。顯而易見，指揮著抵抗的一些西班牙軍官，那麼輕易就退卻了，讓人想到這種勝利是賄賂的結果：贏得的彷彿不是戰役，而是將軍們，因而讓凱旋歸來的士兵感到羞恥。確實是一次丟人的戰爭，在飄揚的旗幟上，還能看到「法蘭西銀行」的字樣。

在一八〇八年，攻陷堅城薩拉戈斯的士兵，到了一八二三年，看見要塞輕易開城投降，都不禁皺起眉頭，紛紛遺憾沒有碰到巴拉弗斯克⑤那樣的對手。這就是法蘭西的性格，寧肯碰到勁敵羅斯托普金，也不願面對草包巴萊斯特羅⑥。

再從一個角度看尤為嚴重，也值得強調一下。這次戰爭在法國損害了尚武精神，也激怒了民主精神。這是推行奴役的一次行動。法蘭西士兵、民主的兒子，在這場戰鬥中，目的卻是為別人爭取枷鎖，多麼醜惡的反常。法蘭西的天職，就是喚醒，而不是壓抑人民的靈魂，自從一七九二年以來，歐洲的所有革命，都是法蘭西革命。自由閃爍著法蘭西的光芒。這是太陽一般的事實，只有瞎子才看不見！這是拿破崙講的。

一八二三年的戰爭，既然殘害了善良的西班牙人民，也就同時殘害了法蘭西革命。這種殘忍的暴行，卻是法蘭西犯下的，但是被迫的。因為，除了解放戰爭以外，軍隊無論做什麼，都是被迫的，「被動服從」的說法，就表達了這一點。一支軍隊是一件奇特的傑作：由大量軟弱無力的成分組合成強大力量。這就可以說明，戰爭是人類不由自主地反對人類的行為。

對於波旁家族來說，一八二三年戰爭也是致命的。他們以為是一次勝利，卻根本無視以強令扼殺一種思想所帶來的危險。他們天真到了極點，竟錯誤地把大大削弱自己力量的一次犯罪，當成確立自己力量的因素。他們把陰謀詭計那一套納入政治。一八三〇年的革命[7]在一八二三年就發芽了。在內閣會議上，西班牙戰爭成為他們使用武力，為神權而冒險的一種論據。法蘭西既然在西班牙扶起「純粹的國王」，那麼也完全能在國內恢復專制的君主。他們陷入後果不堪設想的謬誤中，把士兵的服從當作全民族的認同。這種自信毀了王位。無論在芒齊涅拉毒樹還是在軍隊的陰影下，都不是高枕無憂的地方。

言歸正傳，再回到奧里翁號戰艦。

就在親王統帥率軍征戰的時候，一支艦隊正橫渡地中海。上文講過，奧里翁號屬於這支艦隊，遇到風暴遭受損壞後，便駛回土倫港。

③．長褲黨是法國一七八九年革命中的平民派；「赤臂漢」則是指在一八二〇年發動西班牙革命的自由派。
④．卡里尼安王子曾參加拿破崙的羽林軍，也許為了求得寬諒，一八二三年又參加法軍赴西班牙作戰，一八三一年他當上庇埃蒙國王。
⑤．一八〇八年，拿破崙率軍攻打西班牙，在薩拉戈斯城遇阻。守將巴拉弗斯克堅守七個月之久。
⑥．一八一二年拿破崙攻打俄國時，羅斯托普金任莫斯科總督。巴萊斯特羅是一八二三年西班牙將領。
⑦．一八三〇年七月革命推翻了波旁王朝。

一艘戰艦進入港口，不知為什麼吸引了那麼多人圍觀。大概因為那是龐然大物，民眾喜歡巨大的東西。

一艘戰艦，是人的智慧和自然力量所構成一種最巧妙的結合。

一艘戰艦同時由最重和最輕的東西構成，同時和固體、液體、氣體三種狀態的物質發生關係，又必須跟這三種狀態的物質抗爭。它有十一個鐵爪，能抓住海底的岩石，還有比飛蟲多得多的翅膀和觸鬚，能在空中抓住風。它用一百二十門大炮喘息，彷彿吹響了巨大的軍號，能自豪地回應雷鳴。海洋企圖讓它在無邊而相似的驚濤駭浪中迷失方向，但是戰艦有靈魂，有始終指向北方並引導航行的羅盤。在漆黑的夜裡，它有舷燈代替星光。這樣一來，它有帆和索對付風，有木板對付水，有銅鐵鉛對付礁岩，有燈光對付黑暗，有一根指針對付茫茫大海。

若想了解戰艦的巨大結構，只需走進布列斯特或土倫港的一個船塢。建造中的戰艦在船塢裡就好像被罩起來。這根巨木是一條桅杆，這根躺在地上的巨柱，一眼望不到另一端，是主桅杆，根部直徑有三尺，若是豎起來，從底座到插入雲中的頂端，高達一百二十尺。英國大戰艦的主桅杆，從水面算起，高達二百一十七尺。我們前輩的海船用纜繩，如今則用鐵鏈。一般安裝百門大炮的戰艦，僅僅把錨鏈盤起來，就有四尺高，二十尺長，八尺寬。建造這樣一艘艦需要多少木料呢？三千立方公尺。這是漂在海上的一整片森林！

此外，我們還應注意，這裡談的只是四十年前的戰艦，僅僅是帆船。當時，蒸汽機還處於幼稚時期，後來才把這種新的奇蹟裝配在所謂戰艦這種奇物。例如現在，一艘帶螺旋槳的機帆船，就是一部駭人的機器，它的帆面有三千平方公尺，汽鍋達到兩千五百馬力。

且不說這些新的奇蹟，單講克里斯托夫．哥倫布和呂特伊爾[8]所乘的那種古船，就是人類的一件偉大傑作。它的力量用之不竭，如同太虛永不衰竭的氣息，它用帆兜住風，乘風破浪，在浩瀚的波濤中自由航行。

然而，有時也會狂風驟起，六十尺長的帆桁像麥秸一般被折斷，四百尺高的主桅杆就像蘆葦似彎曲；萬斤重的大錨也在驚濤巨口裡扭曲，如同白斑大狗魚咬住漁人的釣鉤；大炮則哀叫悲鳴，但是水天空廓，黑夜沉沉，炮聲消失在颶風中，大船的全部威力、整個雄姿，淹沒在另一種更加巨大雄偉的威力中了。

一種威力展現出來，曾幾何時，卻又衰弱到了極點，這種現象每每引人深思。因此，港口總有無數閒人，觀看那些作戰和航行的奇妙機器，連他們自己也不完全清楚為什麼要圍觀。

土倫港也一樣，在碼頭、防波堤和突堤堤首，從早到晚都有大批閒人，照巴黎人的說法就是看熱鬧的人，這次他們要做的事便是觀看奧里翁號。

奧里翁號艦早就有了毛病。在以往航行期間，船底結了一層層厚厚的貝殼，結果影響航行，速度降低一半，去年便把它拖出水面，除掉貝殼，然後重新下水。但是，那次除貝殼時損傷了船底的螺栓，行駛到巴厘阿里群島時，船殼板承受不住而裂開，當時船體沒有鐵皮護板，於是進了水。不巧又遇到風暴，船首左舷和一扇舷窗破損，前桅的側支架也損壞，因此，奧里翁號駛回土倫港。

奧里翁號停泊在海軍兵工廠附近，一面檢修，一面補充彈藥。右舷船殼沒有受傷，但是按照慣例拆下幾塊舷板，以便讓船底艙的空氣流通。

有一天早上，圍觀的人目睹了一個事故。

船員正忙著起帆，負責大方帆右上角的那個海員忽然失去平衡，只見他身子搖晃不穩，頭朝下，身體轉過帆桁，雙手就伸向深淵了，碼頭上圍觀的人都驚叫起來。他跌下去時，幸好一手抓住了一條軟踏繩索，接著另一隻手也抓住，整個人就懸在半空，下面是深深的大海，叫人頭暈目眩。而且，他跌落時帶動軟索，就像鞦韆一樣猛烈搖盪。那人吊在繩索上蕩來蕩去，就像拋石兜

⑧・呂特伊爾（一六〇七—一六七六）：荷蘭海軍司令。

上的一塊石子。

要去救他就得冒生命危險。船上的海員，大多是新近招募的漁民，誰也不敢冒險去救人。那個不幸的帆工力量漸漸不支，只見他臉上露出驚恐的神情，肢體也顯然無力了。他的胳臂拉得極長，他每次用力要上去，只會使軟索擺得更厲害。他怕空耗力氣，不敢喊叫。已經無望了，大家只等著他放開繩索的那一瞬間，不時扭過頭去，不忍看他掉下去的慘景。有時，人的生命完全繫在一段繩子、一根木竿、一根樹枝上，而一個活生生的人，忽然脫手離開抓的東西，像一個熟果似的掉下去，那真是慘不忍睹。

突然，大家看見一個人敏捷如貓虎，攀沿著邊緣直上帆索。他身穿紅囚衣，顯然是勞役犯，頭戴綠帽子，無疑是終身勞役犯了。他到達桅樓那樣高時，一陣風刮走了帽子，露出滿頭白髮，原來他不是個年輕人。

不錯，他是個勞役犯，在船上服勞役。事故一發生，船上人員一片慌亂，猶豫不決，所有水手都嚇得發抖，紛紛退縮，而他卻立刻跑去見值勤軍官，請求允許他豁出命來去救那個帆工。軍官只點了一下頭，他一錘就砸斷腳鐐，抓起一根繩子，飛身跳上了側支索。當時，誰也沒有留意腳鐐那麼容易就砸開了，事後有人才想起來。

一眨眼工夫，他就登上了帆桁，停了幾秒鐘，彷彿在目測距離。那個帆工在繩索末端隨風搖盪，對圍觀的人來說，這幾秒鐘竟像過了幾世紀。那勞役犯終於抬頭望著天空，向前跨了一步，眾人這才鬆了一口氣。只見他踏著帆桁跑過去，到了末端，把他帶的粗繩一端繫在杠上，雙手抓住垂下的繩子溜下去。這時，眾人擔心到了極點：深淵上懸著的又多了一人。

那情景，就像一隻蜘蛛捉住一隻蒼蠅；不過，那是救命而不是害命的蜘蛛。萬目齊一注視那兩個人，誰也不喊一聲，不講一句話，全皺著眉頭，全都不寒而慄。人人都屏住呼吸，惟恐稍一喘氣，就會幫助風搖晃那兩個不幸者似的。

這時間，那勞役犯已經順著繩索滑到那海員身邊。正是時候，再拖延一分鐘，那人力竭絕望，就要脫手掉進深淵了。勞役犯一手抓住繩索，另一隻手把繩索牢牢繫在那人身上。然後，只見他重新爬上帆桁，將海員提上去，扶住那人停了一下，讓他緩一緩力氣，接著抱住他，沿著帆桁一直走到上下主桅連木，再從那裡到桅樓，將他交給他的夥伴。

這時，觀眾鼓掌喝采；有些老獄卒還流下眼淚，碼頭上的女人都相互擁抱，眾人感動極了，齊聲狂呼：「赦免那個人！」

突然，那人又準備立刻下去，歸隊去做勞役。他要盡快趕回去，便順著帆索滑下，又踏著下桅杆跑起來。所有的眼睛都跟著他，有一陣大家都擔心，不知是他累了還是頭暈，只見他腳步遲疑，身子搖晃了。突然，大家驚叫一聲：那勞役犯掉下海去了。

他摔下去的地方很危險。阿爾西拉號巡洋艦就停泊在奧里翁號旁邊，可憐的勞役犯掉在了兩艘艦的夾縫中，很可能被捲進哪艘艦下面去了。四個人急忙跳上小艇，眾人也都給他們打氣，每顆心重新焦慮起來。那人沒有浮上水面，沉入海裡，沒有激起一絲波紋，就彷彿掉進油桶裡。艇上的人探測海面，還泅到水下尋找，結果還是不見蹤影。一直找到傍晚，連屍體也沒有見到。

次日，土倫報紙刊載這樣幾行消息：「一八二三年十一月十七日。——昨天，在奧里翁號艦上工作的一名勞役犯，在搭救一名海員之後歸隊時，不慎墜海溺死。沒有找見他的屍體，推測他可能捲入海軍修船廠入海尖端的樁基下面了。他在獄中的號碼是九四三〇，名叫尚萬強。」

第三卷：履行對死者的諾言
Accomplissement de la promesse faite à la morte

一・蒙菲郿的用水問題
La question de l'eau à Montfermeil

蒙菲郿位於利夫里和謝爾之間，坐落在分開烏爾克運河和馬恩河的高地南麓邊緣。如今，那裡已經成為相當大的市鎮，一座一座白牆別墅是終年的點綴，星期日更是添上了興高采烈前來遊玩的仕紳。一八二三年那時候，蒙菲郿還沒有這麼多白房子，也沒有這麼多喜氣洋洋的仕紳，那不過是一個林木環繞的村莊，只有零星幾座別墅，從那氣派，從那盤繞著花的鐵欄杆陽臺，從那小塊玻璃在緊閉白窗板上映出深淺不同綠色的長窗，可以看出那是上個世紀遺留下來的建築。然而，蒙菲郿仍舊還是個村子，還沒有被歇業的商賈和遊憩的雅士們發現。但那的確是一片景色宜人的幽境，遠離交通要道，物價低廉，人們過著豐衣足食的鄉野生活，惟一不足之處是地勢較高，缺乏水源。

取水要走很長一段路。靠近加尼那邊的村頭，要到樹林中優美的水塘取水；以教堂為中心的村子另一端靠近謝爾，要走一刻鐘，到離謝爾大路不遠的半山腰一處小泉取水。

因此，對每家來說，打水是一件苦差事。大戶人家，包括開客棧的德納第在內的貴族階層，往往以每桶一文錢買水，在蒙菲郿村以挑水為業的老漢，每天大約可以賺八蘇錢。不過，夏季到傍晚七點鐘，冬季到傍晚五點，他就收工了，天黑之後，樓下的窗板都關上之後，誰家沒有水喝，自己不去打水就得等著口渴。

那正是小珂賽特最怕的事情。讀者也許沒有忘記那個可憐的小姑娘，記得珂賽特對德納第夫婦有雙重用處：既能向孩子的母親要錢，又能使喚孩子做事。因此，在母親完全停止寄錢之後——在前面幾章已經看到她不再寄錢的原因——德納第夫婦仍然將珂賽特扣留下來：她在那裡可以當成一個女工。既然是這種身分，只要沒水她就得趕緊去提。孩子一想到天黑要去山泉提水，就膽顫心驚，因此，她特別留意，從不讓客棧裡缺水。

一八二三年過耶誕節，蒙菲郿格外熱鬧。初冬天氣和暖，既沒有太冷，也沒有下雪，從巴黎來了一幫要把戲的人，得到村長先生的許可，在村子的主街道上搭起棚子，同時又來了一幫流動商販，同樣得到允許，在教堂前廣場上搭起攤棚，一直排到麵包師巷，大家也許還記得，德納第客棧就在那條巷裡。這樣一來，客棧和酒店都客滿了，這個清靜的小地方一時籠罩在熱鬧歡樂的氣氛中。我們要忠實地敘述歷史，就應該提到一個情況。在廣場上陳列著希奇古怪的東西中，還有一個動物展覽棚，裡面有幾個穿著破衣爛衫的小丑，不知是從哪裡來的。他們在一八二三年，就拿一隻巴西出產的兇猛禿鷲給蒙菲郿村民觀賞，而國家博物館直到一八四五年才弄到一隻一樣的品種。那種禿鷲的眼睛恰似三色徽章，我想自然科學家稱為卡拉[1]。村裡住著幾個和善的退役老軍人，是波拿巴的老部下，他們懷著虔敬的心情前去看那隻禿鷲。幾個要把戲的人聲稱，三色

①．卡拉·波利包魯斯，屬於鷹類的鷲族。

徽章式的眼睛是獨一無二的奇相，是仁慈的上帝特意造出來讓他們展示的。

耶誕節那天晚上，在德納第客棧的樓下餐廳裡聚集了不少人，有賣車老闆和兜賣雜貨的人，圍著餐桌四、五支蠟燭坐著喝酒。那間餐廳與所有酒館餐廳一樣，有餐桌，有錫酒罐、玻璃酒瓶，有人喝酒，有人抽菸，燭光昏暗，人聲嘈雜。不過，一八二三年這個日期卻有一個標誌，餐桌上放著兩件有產階級的時髦物品：一個萬花筒和一盞亮晶晶的白鐵燈。德納第太太正對著明亮的炊火，在上面料裡著晚餐；德納第老公正陪客人飲酒，談論政治。

主要的政治話題是西班牙戰爭和昂古萊姆公爵，此外，在喧囂聲中，也能聽到純粹地方問題的議論。例如：

「在南泰爾和蘇雷納一帶，酒產量很高，原指望產十桶的，卻有十二桶。榨出來的葡萄汁特別多。」、「葡萄恐怕沒有熟吧？」、「那地方，葡萄不能等熟了再收。等熟了才收，釀出的酒一打樁就變黏稠了。」、「這麼說，那是很淡的酒了？」、「比這地方的酒還淡呢。葡萄還青的時候就收。」

等等……。

接著，一個磨坊主嚷道：

「口袋裡的東西，我們能管得了嗎？裡面淨是雜質，我們哪有閒工夫挑出去？不管什麼黑麥草籽、空殼、麥仙翁籽、大麻籽、加食草籽、野豌豆籽、山蘿花籽，也不管許多別的什麼雜草籽，全都倒進磨裡。這還不算，有些地方的小麥，尤其布列塔尼產的麥子，摻進大量石頭。我可不愛磨布列塔尼小麥，就像鋸工不願鋸有釘子的木頭一樣。您想想，磨出來的是什麼灰渣子，等到吃的時候，都說麵粉不好。不合理啊。產出那種麵粉，不是我們的過錯。」

在兩個窗戶之間，有個割草工跟一個農場主人坐在一起，正在估算來年春天農場的工作，割草工說：

「草濕一點絕對沒有壞處，反而好割，露水有好處。先生，沒關係，您那草還嫩著呢，不好割，刀一下去，草就打彎了。」

等等……。

珂賽特待在老地方，坐在爐灶旁邊切菜桌子下面的橫木上。她的衣衫破爛，光腳穿著木鞋，藉著爐火光在幫德納第女兒織襪子。一隻貓仔在椅子下玩耍，隔壁房間傳出兩個孩子清脆的說笑聲：那是愛波妮和阿茲瑪。

爐角的釘子上掛著撣衣鞭。

從這座房子的什麼地方，不時傳來一個小小孩子的哭叫聲，衝破餐廳裡的喧鬧。那是前兩年冬天，德納第婆娘生的一個男孩，她常說：「莫名其妙，可能是天冷的緣故。」那男孩有三歲多一點，母親餵他奶，卻不喜歡他。等小傢伙不斷哭鬧、叫人受不了的時候，德納第就說：「妳那兒子又在鬼哭狼嚎了，去看看他要幹什麼。」孩子的母親卻回答：「管他呢！煩死我了！」而那孩子丟在黑屋子沒人管，就不停地嚎叫。

二・相得益彰的兩副肖像
Deux portraits complétés

在本書中，還只見德納第夫婦的側影，現在應該圍著他們轉一轉，從各個角度好好打量觀察一下。

德納第剛過五十歲；德納第太太將近四十，不過，女人到這個年紀，就跟五十歲一樣，因此，這對夫婦在年齡上保持平衡。

德納第婆娘一露臉，想必就給讀者留下一點印象，記得這個女人身材高大，一頭黃髮，肌膚紅赤赤的，膀大腰圓，滿身肥肉，塊頭雖大但動作敏捷。我們說過，她屬於蠻婆那一類，人高馬大，頭髮上綴著幾個鋪路的石子，常常昂首挺胸逛市集。她操持全部家務：收拾床鋪，打掃房間，洗衣服，做飯。在家裡耀武揚威，橫衝直撞。她惟一的僕人就是珂賽特，一個服侍大象的小老鼠。她一開口，家裡的一切，窗戶玻璃、家具和家裡的人，無不顫抖。她那張寬臉滿是雀斑，看上去就像一個漏勺。她還長了鬍鬚，是菜市場男扮女裝的搬運工最理想形象。她罵起人來特別精采，常誇耀自己能一拳打碎一個核桃。說來也奇怪，這個母夜叉竟從小說中學了些嬌聲媚態，否則，誰也不會想到她是個女人。德納第婆娘就像多情女人嫁接在悍婦身上的產物。別人聽到她講話，就會說：那是個警察；別人看到她喝酒，就會說：那是個開大車的；別人見到她擺布珂賽特，就會說：那是個劊子手。她歇著的時候，嘴裡齜出一顆獠牙。

德納第相反，是個矮小瘦弱的男人，臉色蒼白，瘦骨嶙峋，一副多病多災的樣子，但其實身體十分健康，他的狡詐就是從這點開始的。他出於謹慎，總是面帶笑容，幾乎對所有人都客客氣氣，就是對向他討不到一文錢的乞丐也不例外。他的眼神像櫸貂一樣柔和，形貌像文人一樣溫雅，酷似德利勒神父的肖像。他的殷勤態度體現在陪賣車的老闆喝酒，從來沒有人能灌醉他。他用一枝大菸斗抽菸，上身穿一件粗布罩衣，下身穿一條舊黑褲。他雅好文學，標榜信奉惟物主義，嘴邊常掛著一些人的名字，用來證明他講的話，諸如伏爾泰、雷納爾[2]、帕爾尼[3]，這不太合理，還有聖奧古斯丁[4]。他聲稱自有「一套理論」。當然是騙人的一套，完全是個賊學家。確有賊和學結合而成為一家的人。我們記得，他聲稱在軍隊中效力過，常常得意地敘述在滑鐵盧戰役中，他是什麼第六或第九輕騎團的中士，獨自抵擋過一隊死神騎兵的衝殺，冒著槍林彈雨，捨身遮護並救了「一位受了重傷的將軍」。因此，他的門口牆上掛了一塊火紅的招牌，他的客棧在當地稱為「滑鐵盧中士酒家」。他是自由派，又是傳統派和波拿巴派，曾簽名支持流亡營[5]。村裡人說他受過教育，可以當傳教士。

我們認為，他僅僅在荷蘭受過當客棧老闆的教育。這個雜種無賴，到什麼地方、就說什麼話，到佛蘭德稱自己為里爾的佛蘭德人，到巴黎稱自己為法國人，到布魯塞爾稱自己為比利時人，跨在國境線上觀望，去哪裡都方便。大家了解他在滑鐵盧的英勇行為。顯而易見，他有點誇大其詞。

他生活的要素就是起伏、曲折和冒險，破裂的良心拖著飄零的身世。在一八一五年六月十八日那個狂風暴雨的日子，德納第很可能屬於我們介紹過的那種隨軍小販，一路窺探，向這些人兜售，又向那些人偷竊，男人、女人和孩子，全家坐在破車上，追隨部隊，而且憑著本能，始終追隨著打勝仗的軍隊。那次戰役之後，拿他自己的話來說，他撈了點「油水」，便到蒙菲郿來開了客棧。

那些油水，無非是錢包和懷表，金戒指和銀獎章，是收穫季節時從播滿屍體的田壟中收穫來的，但總數並不多，沒有讓這個當上客棧老闆的隨軍小販維持多久。

在德納第的言談舉止中，有一種說不出來直線條的意味：聽他講一句粗話，就會想到兵營；看到他畫個十字，就會想到神學院。他能言善道，總讓人相信他很有學問。然而，小學教師卻注意到他說話露了馬腳。他賣弄學問，常幫旅客開帳單，但是明眼人時常看出上面有錯字。德納第為人狡詐，好吃懶做，但能見機行事。他絕不討厭女傭人，因此之故，他老婆不願再僱傭。這個女人是個大醋缸，她誤以為這個面黃肌瘦的矮男人，是天下女人垂涎的對象。

德納第的最大特點，就是既奸詐又沉穩，是一個極有節制的惡棍。這種人最壞，因其虛偽險詐。

並不是說，德納第不會發火，連他老婆都不如，但是這種情況很少見。他一旦發火，那樣子會嚇死人，因為他仇視全人類，燃燒著滿腔仇恨的烈火，因為他這類人一輩子都想報復，總指責眼前發生的一切，自己遭遇的一切，無時無刻就準備抓個人出氣洩憤，他一旦發火，生活中的全部失意、破產和災難，就會在他心中膨脹，脹到從口眼滿溢出來，化做沖天的怨氣，在他發作的時候，誰遇到誰倒楣。

②．雷納爾（一七一三－一七九六）：法國歷史學家和哲學家。
③．帕爾尼（一七五三－一八一四）：法國詩人。
④．聖奧古斯丁（三五四－四三〇）：拉丁教會博士。
⑤．一八一八年，在法國開展簽名活動，支持法國流亡者——那些自由派和波拿巴派流亡到美國，在德克薩斯州創建一塊殖民地，稱為「流亡營」。

德納第還有許多長處，其中一點就是處處留心，洞察事物，根據情況保持沉默或者信口開河，總能體現出絕頂的聰明。他瞇著眼睛的那種神色，就像看慣了望遠鏡的船員，德納第是個政治家。

初來客棧的人，見了德納第婆娘，心裡就會想：家裡一定是她做主。錯了，她連主婦都算不上，主人和主婦，全是丈夫一個人，漢子出主意，婆娘動手。他以一種無形的磁力不斷地指揮一切。他講一句話就夠了，有時只要使個眼色，大塊頭女人總是惟命是從。德納第婆娘並沒有完全意識到，其實她跟丈夫就像老百姓和君主的關係。她自有做人的道德標準，就是在一件小事上，也從不與「德納第先生」爭執，連思考跟他爭執的可能性都不曾有過，無論什麼事情，她絕不當著外人的面說丈夫的不是。她從未犯過婦女常犯那種「家醜外揚」的錯誤，用議會中的說法，就是「揭王冠」的錯誤。夫婦和睦的結果，雖然只是為非作歹，但是德納第婆娘對丈夫的恭順中，卻有虔敬仰慕的成分。這座虎嘯狼嚎的肉山，竟讓一個羸弱的專制君主動一下小手指就隨意驅使。以庸人的粗俗之見，這是天地間的一件大事：物質崇拜精神。必須知道，有些醜惡的東西，在永恆之美的極點也有其存在理由。德納第有讓人捉摸不透的地方，因此，這個男人對這個女人就擁有絕對權力。有時候，她把丈夫視為一支明燭，有時候她又覺得他是一隻魔掌。

這個女人也是個奇葩，她只愛自己的孩子，只怕自己的丈夫。她只因是哺乳動物才當了母親，而且，她的母愛也只限於對兩個女兒，沒有男孩的份，這情況以後我們會看到。至於他，作為男人，只有一個念頭：發財。

但事與願違，根本沒有發起來。這個聰明人沒有用武之地。德納第在蒙菲郿破產了，如果說一文不值還能破產的話。這個一文不值的人若是到了瑞士或者庇里牛斯地區，也許成為百萬富翁了。然而，這個旅館老闆被命運拋在哪裡，就得在哪裡吃草。

要知道，所謂「旅館老闆」，在這裡當然是狹義，並非泛指整個階層。

就在一八二三這一年，德納第欠了債款一千五百法郎，因而坐臥不安。

無論命運對他多麼不公道，德納第卻能以最現代的方式，極深刻極透徹地理解待客之道：這件事在野蠻人那裡是一件美德，在現代人這裡則是一種商品。此外，他還是一個出色的偷獵者，槍法常常受人稱讚。他有一種平靜的冷笑，那是最陰險莫測的。

他經營旅館的理論，時常像電光石火，從他頭腦中閃現，他把這種職業訣竅灌輸到他老婆的頭腦裡。有一天，他咬牙切齒地低聲對老婆說：「客店老闆的職責，就是客人一來，要趕緊賣給他燴肉、歇息、燭光、爐火、髒被單、女傭人、跳蚤、笑臉。要拉住客人，掏空他們的小錢包，客客氣氣地減輕他們大錢包的分量，恭恭敬敬地招待旅行的人家住宿，剝男人的肉，拔女人的毛，剝孩子的皮，什麼都要開出價：敞開的窗戶、關起來的窗戶、壁爐周圍、扶手椅、普通座椅、圓凳、矮凳、鴨絨被、褥子和草墊，都要收錢。要知道沒有光亮，鏡子多麼容易發污，這也得收費，總之，要出五十萬個鬼主意，什麼都要旅客出錢，就連他們的狗吃蒼蠅也不能免去費用！」

這一對男女結合起來，一個唱白臉，一個唱紅臉，演出又醜惡、又可怕的一場戲。

丈夫總是挖空心思，運籌帷幄，而那婆娘卻不考慮要登門的債主，既不愁昨天，也不愁明天，天天歡歡喜喜，一心過當下的日子。

這兩口子就是這樣，珂賽特夾在中間，受到雙重的壓力，猶如一個小動物，既受磨盤的輾磨，又受鐵鉗的撕裂，這一男一女各有懲治的辦法。珂賽特的遍體鞭痕，是那婆娘的手藝；小姑娘冬天光腳出門，卻是那漢子的高招。

珂賽特上樓下樓，忙裡忙外，洗洗涮涮，擦擦掃掃，連跑帶顛，忙得喘不上來氣，那樣羸弱的身子，要搬重東西，要幹粗活。得不到一點兒憐憫：女主人是個母老虎，主人是隻毒蠍。德納第旅館就像一面蜘蛛網，珂賽特被縛在上面發抖。理想的壓迫，由這種做牛做馬的可悲方式體現出來，這情景頗似蒼蠅服侍蜘蛛。

可憐的孩子，逆來順受，總是不聲不響。

小小的生靈，赤身露體，從拂曉時就這樣落到人世間，那顆剛剛離開上帝的靈魂裡會產生什麼呢？

三．人要喝酒，馬要飲水

Il faut du vin aux hommes et de l'eau aux chevaux

又新來四位旅客。

珂賽特暗自發愁，要知道，她雖然只有八歲，但已經飽受苦難，那愁苦的樣子像個老太婆了。她有個眼眶發黑，是被德納第婆娘打的，而那婆娘還時常說：「這丫頭真難看，一個眼眶是青的！」

珂賽特心想天黑了，已經很黑了，突然到來的客人房裡水罐和水瓶得裝水，而水槽裡的水用完了。

幸好德納第旅館的人不大喝水，這使她稍微心安一點。當然，有人口渴，但是他們還是願意飲酒，而不想喝水。在這交杯換盞中，誰若是要一杯水，他在眾人看來無異於一個蠻人。然而有一陣子，小姑娘卻擔心得發抖：爐灶上的一口鍋滾開，德納第婆娘揭開鍋蓋，拿起杯子急忙走向蓄水池，擰開水龍頭。小姑娘早就抬起頭，盯著她每一個動作。從龍頭裡流出一線細水，勉強灌了半杯。「哦，」她說道，「沒水啦！」

接著她沉吟一下，小姑娘也屏住了呼吸。

「算啦，」她看著半杯水說道，「這點水也差不多夠了。」

珂賽特重新做她的工作，但是有一刻多鐘，她感到心怦怦狂跳，彷彿要跳出胸口。

她一分一秒計數過去的時間，恨不能一下子就天亮。

有的酒客不時望望街上，嚷一聲：「天黑得像鍋底！」或者感歎一句：「這種時候，不點燈上街，只有夜貓子才行！」珂賽特聽了心驚肉跳。

突然，有個住店的客商走進來，粗聲粗氣地說：

「你們沒有給我的馬喝水。」

「你說那什麼話，喝過了。」德納第婆娘答道。

「我說沒喝就沒喝，大媽。」客商又說道。

珂賽特從桌子底下鑽出來。

「噯！不對，先生！」她說道，「馬喝過水了，是在桶裡喝的，喝了滿滿一桶，還是我給馬拎的水，我還跟牠說話了。」

事情不是這樣，珂賽特說了謊。

「這小丫頭，還只有拳頭大，就能撒天大的謊。」客商嚷道，「小妖精，告訴妳，馬沒有喝水！我非常清楚，牠沒喝水，喘氣聲不一樣。」

珂賽特還要爭辯，因惶恐而說話聲都嘶啞了，幾乎聽不見：

「牠甚至喝了很多！」

「好啦，」客商發了火，又說道，「這些全是廢話，少囉嗦，快給我的馬喝水！」

珂賽特重新鑽到桌子下面去了。

「好吧，這話實在，」德納第婆娘說，「牲口若是沒喝，那就應該給牠水喝。」

接著，她環視周圍：

「咦，人哪兒去啦？」

她彎下腰，發現珂賽特縮成一團，躲到桌下另一端，幾乎躲到酒客的腳下去了。

「妳出不出來？」德納第婆娘吼道。

珂賽特從藏身洞裡鑽出來。德納第婆娘又說道：

「沒名姓的狗小姐，去弄水給馬喝。」

「可是，太太，」珂賽特怯聲怯氣地說，「水池裡沒水了。」

德納第婆娘敞開臨街的店門：

「那就去提水！」

珂賽特垂下頭，走到壁爐角落，拎了一隻空桶。

這個桶子比她的人還大，她坐到裡面肯定還很有餘裕。德納第婆娘又回到爐灶，拿木勺盛點鍋裡的湯嘗嘗，嘴裡還嘟囔著：

「山泉那裡有水。這有什麼難的呢？唔，我想該放蔥頭了。」

她回身翻一個抽屜，只見裡面有零錢、胡椒和蔥頭。

「拿著，癩蛤蟆小姐，」她又說道，「回來路過麵包店時，買一個大麵包，錢在這，十五蘇的硬幣。」

珂賽特罩衫側面有個小口袋，她一聲不響地接過錢幣，塞進口袋裡。

房門在面前大敞四開，她拎著水桶，卻一動不動，彷彿等待有人來搭救。

「快去呀！」德納第婆娘喊道。

珂賽特出去了。房門重新關上。

四・娃娃上場
Entrée en scène d'une poupée

大家還記得，露天攤棚從教室一直延伸到德納第旅館。由於資產家要去做午夜彌撒，即將經過那裡，攤鋪都點亮了蠟燭，放在漏斗形的紙罩裡，根據在德納第店裡喝酒的小學教師說，蠟燭放在這種紙罩裡有「魔力」。反之，天上卻不見一顆星星。

最後一個攤位正好對著德納第店門口，是賣小擺飾的，有金屬箔飾物、玻璃製品和白鐵的精巧玩意，都閃閃發亮。客商把一個大娃娃擺在貨攤第一排，娃娃下面墊著一條白毛巾，有兩尺來高，身穿粉紅縐紗裙，頭上圍著一圈金麥穗，頭髮是真的，眼珠則是琺瑯質的。這件奇物擺了一整天，十歲以下的孩子經過這裡都看呆了，但是蒙菲郿全村還沒有一個孩子的母親那麼有錢，或者那麼闊氣肯買下來。愛波妮和阿茲瑪傻看了幾小時不肯離開，就連珂賽特，老實說，也只敢偷偷看上幾眼。

珂賽特拎著水桶出門來，不管多麼愁苦和沮喪，也難免要抬眼望望那奇異的娃娃，望望她稱之為「貴婦人」的娃娃。可憐的孩子站在那裡看呆了。她還沒有走到這麼近前來看過，覺得整個貨棚是座宮殿，而她看到的也不是布娃娃，而是從天上下凡的仙子。苦命的孩子深深陷入淒寒悲慘的境地，從這種虛幻的光彩中，恍若看到了歡樂、榮華、富有和幸福。珂賽特以孩子那種天真而憂鬱的智慧，測量著把她與這個娃娃隔開的深淵，心想只有王后，至少是公主，才能得到這樣一個「玩意兒」。她端詳著這件漂亮的粉紅衣裙、光滑美麗的頭髮，不禁想道：「這個布娃娃，該有多麼幸福啊！」她的眼睛簡直離不開這奇妙的店鋪，越看越眼花繚亂，真以為見到天堂。大娃娃後面還有不少小娃娃，在她眼裡都像仙女、仙童。商販在攤鋪後面走來走去，在她看來也像天父。

她只顧觀賞，把什麼都丟在腦後，甚至忘記派給她的工作。突然，德納第婆娘惡狠狠的聲音，又把她拉回到現實中來：

「怎麼，蠢丫頭，妳還沒走？等著吧！看我去跟妳算賬！真叫人納悶，她待在那幹什麼！小妖精，快去！」

剛才，德納第婆娘朝街上望了一眼，發現珂賽特站在那裡出神。

珂賽特拎著水桶，盡量放大步伐逃走了。

五・孤苦伶仃的小姑娘

La petite toute seule

德納第客棧在村子裡的位置，由於靠近教堂，珂賽特就得到謝爾大道旁的林中山泉打水。

她不再看任何攤鋪陳列的東西了。只要走在麵包師巷和教堂附近，就有店鋪的燭光照著路，可是不需多長的時間，最後一個鋪子的最後一點光亮也不見了。可憐的孩子走進黑暗，還要往黑暗的深處走去，她心情很緊張，就邊走、邊用力搖動水桶，弄出聲響為自己做伴。

越走越黑，街上一個人也沒有了。不過，她還是遇見一個婦人，那婦人停下腳步，回頭看她走過去，嘴裡咕噥道：「這孩子要去哪裡啊？這是個小狼孩還是什麼呀？」然後，她認出是珂賽特，又說道，「唔，是雲雀啊！」

珂賽特就這樣穿過蒙菲郿村靠謝爾這邊迷宮似的、彎曲而空無一人的街道。只要還有房屋，哪怕路兩旁還有牆壁，她就能大著膽子往前走。她不時看見窗板縫透出一點燭光，那就是光明，就是生命，那裡就有人，她的心也就踏實一點。可是，她走著走著，不自覺腳步就慢了下來。走過最後一座房子的牆角時，珂賽特站住了。越過最後一個店鋪，就很難前進了，過了最後一座房子再往遠處走，幾乎可說是不可能。她把水桶撂在地上，手插進頭髮裡慢慢搔著，這是兒童害怕而拿不定主意時常有的動作。這裡不是蒙菲郿村，而是田野了。眼前黑糊糊一片，空無一人，她絕望地注視這片黑暗，這裡沒人了，只有野獸、昆蟲，也許還有鬼魂。她仔細觀看，聽見野獸、昆蟲在草裡行走，清晰地望見鬼魂在樹林裡移動。她一害怕，前方的種種鬼魂膽子就更大了，於是她又拎起水桶，說了一句：「哼！管她呢！我就說沒水啦！」於是，她堅決返身回蒙菲郿。

她剛走一百來步，忽又站住了，重新搔起頭來。現在，站在她眼前的是德納第那婆娘：面目猙獰，眼睛冒著怒火。孩子前顧後盼，目光淒然。怎麼辦？會怎麼樣呢？往哪走呢？前面是德納第婆娘的魔影，後面是黑夜樹林的鬼魂，她還是在德納第婆娘面前退卻了，又走上去水泉的路，而且跑了起來，跑出村子，跑進樹林，什麼也不看，什麼也不聽了，直到喘不上氣來才不跑，但並沒有停下腳步，還是不顧一切地往前走。

她一路跑，一路想哭。

黑夜抖瑟的樹林整個把她包圍，她什麼也不想，什麼也看不見了。這個小小的生命面對無邊的黑夜。一邊是昏天黑地，一邊是一粒原子。

從樹林邊到泉邊，只需走七、八分鐘。這條路珂賽特很熟，她白天常走。說來也怪，她沒有迷路，殘存的本能隱約在指引著，雖然她不朝左看，也不朝右看，惟恐看見樹枝間荊叢裡有什麼東西，但這樣還是能走到水泉。

這是一個狹窄的天然水潭，由泉水在黏土地上冒出來的，深約兩尺，周圍長滿青苔和人稱「亨利四世皺領」有凸凹紋的高草，還墊了大塊石頭，潭口潺潺流出一條小溪。

珂賽特也不停下喘口氣。周圍一片漆黑，不過，她常來泉邊，伸左手摸黑尋找一株斜在水面上的小橡樹，這是她平日打水時的把手，她抓住一根樹枝，胳膊吊在下面，彎腰把桶子沉到水中。此刻她心情異常緊張，力量倍增。她彎腰打水時，沒有注意罩衫兜裡的東西落水，那枚十五蘇銅幣掉進水泉，珂賽特沒有看見，也沒有聽到聲響。她提起幾乎滿滿一桶水，擱在草地上。

這時她才發覺，自己一點力氣也沒有了。她本想立刻回去，可是，一滿桶水提上來，力氣用盡，一步也走不動，只好坐下歇一歇，身子就往下一癱，蜷縮在草地上。

她閉上眼睛，隨即又睜開，不知為什麼，反正非睜開不可。

身邊桶裡的水蕩起一圈圈波紋，彷彿白色的火蛇。

頭上天空布滿大塊烏雲，彷彿滾滾黑煙。黑暗的悲慘面孔，依稀俯視這個孩子。

天神朱庇特睡在那幽邃的黑暗中。

孩子直愣愣地望著那顆巨星，她不認識，就不禁害怕。此刻，那顆巨星接近地平線，從濃霧出來，顯得紅紅的，確實有點嚇人。夜霧呈現出慘澹的紫紅色，把那顆星晃大了，看似一處發光的傷口。

曠野刮著冷風。然而，樹林裡一片漆黑，枝葉沒有一點聲響，也絕無夏夜那種清亮的波動。巨大的枝杈張牙舞爪，低矮怪狀的荊叢則在林間空地嘶嘶作響。長草在寒風中偃伏，好似鰻魚一般游動。荊枝扭曲彎折，彷彿長臂，伸出利爪捕捉獵物。幾株乾枯的歐石南被風捲走，就好像倉皇逃難。四面八方，都是陰森可怕的曠野。

黑暗叫人目眩神搖。人需要光亮，誰從陽光下走進黑暗的地方，立刻會感到心情緊張，眼睛一看到黑暗，思想就看到混亂。每逢日蝕、月蝕，在黑夜裡，在漆黑一團的地方，連最堅強的人也不免惶惶不安。黑夜獨自在森林裡行走，無不感到心驚肉跳。黑影和樹木，這是雙重可怕而又深不可測的東西。一種虛幻的現實，在深邃幽微中出現，不可思議的東西，就在離你幾步遠的地方，像幽靈一樣清晰地顯形。在空間或在自己的頭腦裡，有時會看到莫名其妙的東西在遊動，既朦朧又難以捕捉，猶如鮮花的夢境。天邊時常出現詭譎的形影，我們還能嗅到黑暗的太虛散發著氣息，我們既恐懼又想回頭看，黑夜的空曠、變得兇險的景物、走近看便化為烏有的暗影、錯雜紛披的朦朧之影、灰白的水窪、陰慘慘反射的幽光、墓地般無邊的寂靜、可能存在的陌生生靈、神祕樹枝的垂拂、古怪可怕的樹幹、抖瑟的一簇簇長草，這一切，人都無法抵禦。多麼大膽的人都要顫慄，感到惶恐近在咫尺，就好像靈魂與幽暗結為一體，成為怪異可怕的東西。黑暗的這種侵襲，在一個孩子身上，則陰森恐怖到了難以描摹的地步。

森林就是閻王殿，在這陰森森的穹隆下面，一顆小小心靈的鼓翅聲就像在垂死掙扎。

珂賽特並不明白自己的感受，只覺得自身被寰宇的無邊黑暗所震懾。震懾她的不僅僅是恐怖，而是比恐怖還要可怕的東西。她渾身顫慄，一直冷到心頭的這種寒噤，有一種難以言傳的奇特意味。她的眼神變得驚慌失措，彷彿感到明天此刻，恐怕還要來到此地。

於是，她出於本能，要擺脫這種她又不理解、又驚恐的境況，就開始高聲數一、二、三、四，一直數到十，然後再從頭數起。她這樣做，是要真實地感到周圍的事物。首先，她感到手冷，那是打水時弄濕了。她站起來，重新萌生了恐懼，是一種既自然又難以克制的恐懼。現在只剩下一個念頭：逃離，拚命跑出樹林，跑過田野，跑到有人家、有窗戶、有燭光的地方。但是，她也被德納第婆娘嚇壞了，不敢丟下水桶逃跑，於是雙手抓住桶梁，使出全身力氣才提起來。

她提桶走出十來步，但是一桶水太滿太沉，她不得不又擱在地上，喘了口氣，再提起來往前走，這次堅持的時間稍長些。然而，她還得停一停，歇息幾秒鐘，接著再走，現在她低著頭，弓著腰，好像個老太婆，兩條瘦胳臂讓沉重的桶給拉長，變得僵直了；一雙濕手握著桶梁也凍壞了，她不得不走走停停，每停一下，桶裡的水就潑到兩條光腿上。這樣悲慘的事情發生在冬天的黑夜，發生在密林中，發生在一個八歲的孩子身上，無人知曉，此刻惟有上帝看見了。

唉！當然，她母親也看見了。

要知道，有些事情能讓墳墓中的死者睜開眼睛。

珂賽特痛苦地吸著氣，陣陣飲泣梗塞喉嚨，然而她不敢哭出聲來，甚至遠遠離開德納第那婆娘，她也怕得要命，總想像那婆娘就在身邊，這已經成為她習慣的思考模式。

然而，她這樣是無法走太遠的，越走越慢了，心想非得花一個多鐘頭才能回到蒙菲郿，准得挨那婆娘一頓狠打，不禁焦急萬分，要縮短每次停歇的時間，多走一點路，可是辦不到。焦灼的情緒，又加上黑夜在樹林裡獨行的恐懼心情，因而累得筋疲力竭，也沒有走出樹林。她走到一棵熟識的老栗樹下，就最後停一次，歇的時間長一些，好緩過勁來，然後集中全身力氣，再提起水桶，鼓足勇氣往前走。不過，可憐的孩子心中絕望，禁不住叫出聲來：「天主啊！天主啊！」

聲音未落，她突然感到水桶一點分量也沒有了。有一隻在她看來無比粗大的手，剛剛抓住桶梁，有力地提起來。她抬頭一看，有一個高大直立的身影，在黑暗中貼著她往前走。這彪形大漢是從後面趕上來的，她沒有聽見。這人一聲不吭，只管抓過她提的水桶。

人一生各種際遇，都有本能的反應。這孩子並不害怕。

六．或許能證明布拉驢的聰明

Qui peut-être prouve l'intelligence de Boulatruelle

正是一八二三年耶誕節那天下午，在巴黎濟貧院大街最僻靜的路段，有一個大漢徘徊了好久。

他好像要找個住處，而且挑選聖馬爾索城郊路邊的破爛街區，特意停下來看最簡陋的房舍。

看下文就可以知道，此人確實在這偏僻的街區租了一間房子。

這個人的衣著和整個舉止神態，顯得極為窮困、又極為整潔，體現一種典型人物的特質，可以稱為有教養的乞丐。這種混合類型相當罕見，能讓明慧的人油然而生雙重敬意：既敬佩其清貧，又敬佩其莊重。他頭戴一頂刷得十分乾淨的舊圓帽，上身穿一件快磨破了的赭黃色粗呢禮服，這種顏色在當時並不奇特，裡面套一件老式帶著口袋的大外套，下身穿一條膝部變成灰色的黑褲，腳上穿著黑毛線襪和鑲銅扣絆的厚鞋。他很像在大戶人家當過家庭教師並流亡歸國的人。他滿頭白髮，額頭有皺紋，嘴唇蒼白，臉上看樣子飽經風霜，年紀六十左右。然而，看他穩健的步法，一舉一動所顯示的特殊力量，又覺得他還不到五十歲。他額頭的皺紋生得勻稱，能讓仔細端詳他的人產生好感；嘴唇則聚了一條奇特的線條，顯得又冷峻又謙和；眼神深處透出一種難以描摹、淒然而恬靜的神情。他左手拎一個用手絹紮的小包，右手拿一根木棍，好像是從樹籬砍的，仔細修削過，樣子並不難看，每個節都巧加利用，上端用紅蜂蠟鑲了一個珊瑚圓頭，說是棍棒，但是很像手杖。

這條大街行人一向很少，尤其冬天。此人不想接觸行人，但也不顯出有意迴避的樣子。

當時，國王路易十八幾乎天天去舒瓦西王苑，那是他愛去遊憩之地。因此，幾乎每天二時左右，都能看到王駕和扈從沿濟貧院大街飛馳而過。

這成為這個街區窮苦婦女的鐘表，她們說：「兩點鐘了，他又回土伊勒里宮了。」

於是，許多人跑出來，行人也排列路兩旁，國王經過，總是件熱鬧的事。何況路易十八忽現忽隱，在巴黎街頭總要引起一點轟動。車駕飛馳而過，但是非常氣派，這位殘廢的國王卻愛好乘車馳騁。他不能走路，卻喜歡奔跑；他雙腿患了殘疾，卻情願被拖著來感受風馳電掣。他在亮晃晃的刀槍中間，卻要顯得平和而莊嚴。他那輛大轎車全身漆成金黃色，廂壁繪有大朵的百合花，在街道上隆隆駛過。人們剛望一眼就過去了，只見裡座右角的白緞軟墊上坐著一個人，他紫紅寬寬的臉膛顯得很堅毅，剛撲過粉的額頭上戴著御鳥式羽冠，眼神驕橫而銳利，有一副文雅的笑容，一身紳士打扮，戴著流蘇飄動的大肩章、金羊毛騎士勳章、聖路易十字勳章、榮譽團十字勳章、聖靈銀牌、聖靈騎士章，挺著大肚子，那便是國王了。車駕一駛出巴黎城，他就摘下白羽冠，放到了裹了英國綁腿的膝上；返回城時，他又戴上羽冠，但不大向民眾致意。他冷冷地望著民眾，民眾也這樣回敬他。他初次在聖馬爾索街區亮相時，所得到的讚譽就是郊區一個居民對同伴講的一句話：「那個胖傢伙就是國王嗎？」

國王在同一時間經過，這在濟貧院大街是每天轟動的事件。

那個穿黃色粗呢禮服的行人，顯然不是本區人，也許不是巴黎人，因為他不了解這個情況。王室隊伍在一隊身穿銀飾帶軍裝的騎衛簇擁著，兩點鐘時從硝石庫拐上濟貧院大街時，他露出驚奇之色，幾乎有點驚恐。當時側道上只有他一人，他慌忙躲到一道院牆的角落後面，但還是被這天值勤的衛隊長哈弗雷公爵瞧見了。哈弗雷公爵坐在國王的對面，對國王說：「那個人看起來不是好東西。」為國王開道的警察也注意到他了，其中一個便奉命跟蹤察看。但是，那人鑽進僻靜的小街曲巷裡，而天又黑下來，警察也就失掉了目標。這個情況，記錄在當晚呈給國務大臣兼警察總署署長安格萊斯伯爵的報告之中。

那個身穿黃禮服的人甩掉了跟蹤的警察，更加快了腳步，但仍頻頻回首，看看是否還有人跟蹤。到了四點一刻，天完全黑下來了，他經過聖馬丁劇院，門口路燈照亮當天演出的劇告：《兩名勞役犯》，引起他的注意；當時他雖然走得很快，還是停下腳步瞧了一瞧。過了一會，他走進小板巷，再拐入錫盤巷的拉尼車行辦事處。這趟車四點半出發，馬已經套好，旅客聽見車夫招呼，都急忙登著高高的鐵踏板上車。

那人問道：

「還有座位嗎？」

「只剩下一個，就在我趕車的座位旁邊。」車夫答道。

「我要了。」

「請上來吧。」

不過，啟程之前，車夫打量旅客一眼，見他穿戴寒酸，包裹又小，就要他先付錢。

「您直到拉尼嗎？」車夫問道。

「對。」那人回答。

於是，他付了直到拉尼的車費。

馬車啟程了，駛出柵門之後，車夫就與他聊天，但是這位旅客總是哼哼哈哈，愛答不理。車夫也就作罷，只好吹口哨，喝罵一下馬匹。

車夫裹上大衣，天氣很冷，但那人好像並不這樣覺得。馬車就這樣駛過古爾奈和馬恩河畔納伊。

將近六點鐘，車行駛到謝爾。車夫讓馬喘口氣，把車停到王家修道院老房改的大車店門前。

「我就在這裡下車了。」那人拿起小包和木棍，跳下車去。

轉眼之間，他就不知去向了。

他沒有進客棧。

過了幾分鐘，旅行車接著往拉尼行駛，在謝爾大街沿路沒有遇見他。

車夫回頭，對車廂裡的旅客說：

「那個人我不認識，顯然不是本地人。他那樣子不像個有錢的主子，可是他並不在乎錢，付車費去拉尼，到謝爾就中途下車了。天都黑了，家家戶戶都關了門，他又沒進客棧，人就不見了，難道是鑽進地裡啦？」

那人沒有鑽進地裡，而是沿著謝爾大街，摸黑快步走去，在教堂前面拐上通向蒙菲郿的鄉間小道，就好像他來過此地，對這裡很熟悉似的。

他疾走在小道上，走到那條從加尼到拉尼之間林蔭老路的交叉口，忽然聽見有行人，就急忙躲進溝裡，要等人走過去。其實，大可不必這樣小心：我們已經說過，這是一、二月份的夜晚，天色一片漆黑，空中只有兩、三點星光隱約可見。

從岔道口開始就登山坡了。那人沒有回到去蒙菲郿的路，而是朝右拐去，穿越田野，大步疾行如流星般走向樹林。

他走進樹林，才放慢腳步，開始仔細察看每棵樹木，一步一步往前走，彷彿在尋找什麼，沿著一條惟獨他知道的神祕路線，有時好像迷失方向，踟躕不前，然後邊走邊摸索，終於走到一片林間空地，只見有一堆灰白色的大石頭。他急忙朝石堆走去，透過黑夜的迷霧仔細察看每塊石頭，好如同檢閱一般。離石堆幾步遠有一棵長滿樹瘤的大樹。他走到那棵樹下，用手摸主幹的樹皮，好像要摸出並數清那些樹瘤。

這是一棵樹，對面有一棵有染病且脫皮的栗樹，上面釘了一塊鉛皮護住瘡疤。他踮起腳，就摸到了鉛皮。

接著，他在那棵樹和石堆之間的地面踏了一陣，彷彿要試出這裡是否新動過土。

他踏完之後，再辨明方向，又穿過樹林。

剛才正是這個人遇見了珂賽特。

他沿著一片矮林朝蒙菲郿走去，瞧見一個小黑影邊移動、邊呻吟，把一件重物放下，接著又提起來，繼續往前走。他走近一看，才知道是一個小孩拎一大桶水。於是，他走到孩子身邊，一聲不響，抓起了桶梁。

七・珂賽特與陌生人並排走在黑夜中

Cosette côte à côte dans l'ombre avec l'inconnu

我們說過，珂賽特並不害怕。

那人跟她說話，聲音粗壯，幾乎是低沉的。

「我的孩子，妳提這東西，也太重了。」

珂賽特抬起頭，答道：「是的，先生。」

「給我，」那人又說，「我替妳拎著。」

珂賽特鬆開手，那人拎著水桶走在她身邊。

「這確實很重。」他喃喃說道，接著他又問道：

「小姑娘，妳幾歲啦？」

「八歲了，先生。」

「這水是從很遠的地方打來的吧？」

「從樹林裡的水泉打來的。」

「妳要去的地方還很遠嗎？」

「從這裡還要足足走一刻鐘。」

那人沉默了片刻，隨後又突然問道：「妳母親呢？」

「不知道。」孩子回答。

不等那人再張口，她又補充道：

「我不相信我有母親。別的孩子都有，可我沒有。」

她停了一下，又說道：「我想我就從來沒有過。」

那人站住，放下水桶，俯下身去，雙手放到孩子的肩上，在黑暗中極力想看清孩子的面孔。

天光慘澹，只隱約照見珂賽特那張瘦削的小臉。

「妳叫什麼名字？」那人問道。

「珂賽特。」

那人彷彿觸了電。他又細細端詳，接著把雙手從珂賽特的肩上抽回來，提起水桶，繼續往前走。

走了一會兒，他又問道：「小姑娘，妳住在哪裡？」

「住在蒙菲郿村，也許您知道那地方。」

「我們就是去那裡嗎？」

「對，先生。」

他又沉吟一下，然後問道：「這麼晚了，是誰讓妳到樹林裡打水的？」

「是德納第太太。」

那人再說話時，想竭力保持無動於衷的口氣，但是聲音還是抖得出奇：「妳那德納第太太，她是做什麼的？」

「是我的老闆，」孩子答道，「她開旅館。」

「旅館？」那人又說道，「那好，今晚我就去那裡住一晚。帶我去吧。」

「我們正往那裡走呢。」孩子說道。

那人走得相當快。珂賽特跟著也不費勁，她不覺得累。她不時抬眼看看那人，臉上顯出一種難以描摹平靜和信賴的神態。從來沒有人教她面向上帝並祈禱，然而，她心中生出了某種感覺，類似飛向天空的希望和歡樂。

過了幾分鐘，那人又問道：「德納第太太沒有雇女傭人嗎？」

「沒有，先生。」

「就妳一個人嗎？」

「是的，先生。」

談話又中斷了。珂賽特提高聲音說：「對了，還有兩個小姑娘。」

「什麼小姑娘？」

「波妮和茲瑪。」

孩子簡化了德納第婆娘心愛的浪漫名字。

「波妮和茲瑪是誰？」

「是德納第太太的小姐，也就是她的女兒。」

「那兩個人做什麼呢？」

「唔！」孩子答道，「她們有漂亮的布娃娃，有帶金子的東西，玩的東西非常多。她們就是玩遊戲。」

「整天玩嗎？」

「對，先生。」

「那麼妳呢？」

「我？我得工作。」

「整天工作？」

孩子抬起一雙大眼睛，滾動的淚珠由於天黑而看不見，她輕聲回答：「是的，先生。」

她沉默了一下，繼續說道：「有時候，我把工作做完了，要是被允許，我也玩一玩。」

「妳玩什麼？」

「有什麼玩什麼，沒人管我。但是，我沒有多少玩具，波妮和茲瑪不讓我玩她們的布娃娃。我只有一把小鉛刀，就這麼長。」

孩子伸出小指頭。

「切不了東西？」

「能切，先生，」孩子說道，「能切生菜和蒼蠅腦袋。」

他們到了村頭，珂賽特領著陌生人走在街上，經過麵包鋪，她也沒有想起買麵包的事。那人也沉悶下來，不再問她什麼話了。過了教堂，那人看見那麼多露天攤棚，就問珂賽特：

「這裡有集市啊？」

「不是，先生，是過耶誕節。」

快走到旅館的時候，珂賽特輕輕地捅了捅他的胳膊。

「先生？」

「什麼事，孩子？」

「就要到家了。」

「要到家又怎麼樣？」

「現在，能不能讓我提水桶？」

「為什麼？」

「太太要是看見別人替我提水，就會揍我。」

那人把水桶交還給她。一會兒，他們就到了旅館門口。

八・接待一個可能富有的窮人的麻煩
Désagrément de recevoir chez soi un pauvre qui est peut-être un riche

那個大布娃娃還擺在玩具攤上，珂賽特禁不住扭頭望了一眼，這才敲門。店門打開，德納第婆娘舉著蠟燭出現在門口。

「唔，是妳呀，小賤貨！謝天謝地，用了這麼長時間！肯定是去哪玩了，鬼東西！」

「太太，」珂賽特渾身發抖地說，「這裡有位先生要住宿。」

德納第婆娘那副怒容立刻換成奸笑，用眼睛貪婪地尋找新來的客人，這種瞬間變臉術是旅店老闆的特長。

「就是這位先生？」她問道。

「對，太太。」那人口答，同時手舉到帽簷上。

有錢的客商不會這麼客氣。德納第婆娘看到陌生人這一舉止，又迅速打量一眼他的衣著和行囊，就立刻收起奸笑，重顯怒容，她冷淡地說了一句：「進來吧，夥計。」

「夥計」進門了。德納第婆娘又瞥了他一眼，特別注意他那件快磨破了的外衣、有了洞的帽子，然後點了點頭，緊了緊鼻子，眨了眨眼睛，向她一直陪車夫喝酒的丈夫討點主意。她丈夫微微搖了搖手指，同時抿了抿嘴唇，這種情況則表示：十足的窮光蛋。於是，德納第婆娘提高嗓門說：

「喂！老頭，對不起，店裡沒床位了。」

「隨便給我安排個地方吧，」那人說道，「閣樓、馬棚都行。我還是付一間客房錢。」

「四十蘇。」

「四十蘇，行啊。」

「好吧。」

「四十蘇！」一名車夫低聲對德納第婆娘說，「不是只要二十蘇嗎？」

「他住店就得四十蘇，」德納第婆娘也同樣低聲說，「我讓窮鬼住店，少給一塊錢也不行。」

「這話不錯，」她丈夫輕聲補充道，「店裡接待這種人，總是不好看。」

這段時間，那人已經把包裹和木棍放在板凳上，撿一張餐桌坐下來，珂賽特急忙送上一瓶葡萄酒和一隻玻璃杯。之前要水的那位客商親自提桶去餵馬。珂賽特又鑽到菜案下面，回到老地方打毛線。

那人倒了一杯酒，舉杯抿了一小口，便開始好奇地注視那孩子。

珂賽特相貌挺醜，她若是快樂，或許會好看些。她那張愁苦的小臉，我們已經勾畫過。她長得面黃肌瘦，雖然快滿八歲，但看起來只有六歲。那雙大眼睛由於經常流淚的緣故，深深陷入陰影中，幾乎喪失了神采。那嘴角弧線是經常惶恐不安的結果，在被判刑的犯人和不治之症的患者臉上就能看到。那雙手正如她母親猜想的，「滿是凍瘡」。此刻，爐火突顯她骨骼的稜角，更顯得枯瘦如柴了。她總是發抖，因此養成緊緊併攏雙膝的習慣。她的全套衣裳就是一身破布片，夏天見了叫人可憐，冬天見了叫人心疼：全身沒有一片毛織品，粗布衫也全是破洞，皮膚都露了出來，看得到德納第婆娘打出來的紫塊青斑。那兩條細腿光著，凍得紅紅的，那鎖骨窩叫人見了也心酸落淚。那孩子舉止神態、嗓音語調、遲鈍的話語、看人的眼神、無言的沉默，總之，她的一舉一動，整個人，只表達和顯露一種心情：恐懼。

恐懼散布全身，可以說將她籠罩住，恐懼使她將雙肘緊貼在胯上，腳跟緊縮在裙子裡，使她盡量少佔地方，盡量少喘氣。也可以說，恐懼成為她軀體的習慣，而且有增無減，不可能改變。眸子裡有驚詫的一角，那便是恐懼之所在。

珂賽特這種恐懼達到極點，她打水回來全身濕漉漉的，也不敢湊近爐火烤乾，而是一聲不吭，又去幹活了。

這個八歲的孩子眼神總是那麼黯淡，往往還顯得那麼淒然，有時她真的好像要變成了白癡或妖怪。

前面說過，她從來不知道什麼是祈禱，也從來沒有踏進過教堂。「我還有那閒工夫嗎？」德納第婆娘常說。

那個身穿黃衣裳的人目不轉睛地注視珂賽特。

德納第婆娘突然嚷道：「哦，對啦！麵包呢？」

每次德納第婆娘一提高嗓門，珂賽特就會從桌子下面鑽出來。

買麵包的事，她忘得一乾二淨，就採取終日戰戰兢兢的孩子惟一會使用的那種辦法：撒謊。

「太太，麵包鋪關門了。」

「那就敲門。」

「敲過了，太太。」

「敲了怎麼樣？」

「不開門。」

「明天我就能弄清楚這話是不是真的，」德納第婆娘說道，「妳如果撒謊，看我不好好收拾妳一頓。那十五蘇先還給我。」

珂賽特把手伸進罩衫口袋裡去摸，小臉蛋刷地變青了。十五蘇銅子沒有了。

「怎麼！」德納第婆娘又說，「聽見沒有？」

珂賽特把口袋翻出來看，什麼也沒有。錢哪去了呢？倒楣的孩子啞口無言，完全嚇傻了。

「那十五蘇銅子，妳弄丟了吧？」德納第婆娘暴跳如雷，「還是妳想騙我錢？」

說著，她伸手去摘掛在壁爐旁的撣衣鞭。

一見這可怕的動作，珂賽特情急中喊道：

「饒了我吧，太太！太太！下次不敢了。」

德納第婆娘摘下撣衣鞭。

這時，那個黃衣人伸手摸外套的口袋，但是這個動作沒有引起任何人注意。況且，其他客商都在喝酒打牌，根本不管周圍的情況。

珂賽特恐慌萬狀，蜷縮到壁爐的角落，竭力收攏並藏起半裸的可憐四肢。德納第婆娘揚起胳膊。

「對不起，太太，」那人說道，「剛才，我看見有什麼東西從這孩子罩衫口袋裡掉出來，滾到地上，也許就是那枚硬幣吧。」

他說著就俯下身，好像在地上摸了一陣。

「沒錯，在這裡呢。」他直起身來說道。

他把一枚銀幣遞給德納第婆娘。

「對，正是它。」她說道。

其實不是，因為，這是二十蘇的銀幣。不過，德納第婆娘佔了便宜，把錢裝進口袋裡，就瞪了孩子一眼，說了一句：「永遠記住，別再給我出這種事。」

珂賽特又回到德納第婆娘所說的「她的窩」，大眼直直盯住那個陌生的旅客，臉上開始顯現她從未有過的表情。現在還只是一種天真的驚異之色，不過已經從中透出一種略帶愕然的信賴。

「喂，您要用晚餐嗎？」德納第婆娘問這客人。

他沒有應聲，似乎陷入沉思。

「這是個什麼人呢？」德納第婆娘咕噥道，「肯定是個窮光蛋，連吃飯的錢都沒有。我的房錢他付得起嗎？幸好他從地上撿了錢，沒有想到放進自己的腰包。」

這時，旁邊一扇門開了，愛波妮和阿茲瑪走進來。

她們的確是兩個美麗的小姑娘，不那麼土氣，倒像城裡孩子，非常可愛。一個挽著光亮的褐色髮髻，另一個背後拖著長長的黑髮辮。二人都特別活潑、整潔，長得胖呼呼的，皮膚鮮豔、健康，惹人喜歡。她們都穿得很暖和，而且由於母親做工精巧，衣料雖厚卻毫不減色，整身搭配得很漂亮。真所謂冬寒可禦、春光不減。兩個小姑娘都光彩照人，而且，身上頗有點做主人的派頭。她們的服飾、快活的神情、高聲的嬉笑，都顯得隨心所欲。德納第婆娘一看見她們進來，就以充滿慈愛的責備口氣說：「哼！你們倆現在才回來！」

接著，她把兩個女兒先後拉到膝上，幫她們梳頭髮，又紮好綢帶，再以母親所特有的方式，輕輕地搖了一陣，才放開她們，同時高聲說了一句：「她們打扮得夠整齊的！」

小姐倆走到火爐旁坐下，將一個布娃娃放在膝上翻來翻去，同時快活地嘰嘰喳喳。珂賽特的眼睛不時離開毛線活，悲傷地看看她們玩耍。

愛波妮和阿茲瑪一眼也不看珂賽特：在她們眼裡，她就像一條狗。這三個小姑娘年齡加在一起也不到二十四歲，可是她們已經代表人類的整個社會：一方面是羨慕，另一方面是蔑視。

德納第姊妹倆的布娃娃已經玩得很舊很破，也褪色了。儘管如此，珂賽特照樣覺得可愛，她從來就沒有得到一個娃娃，拿孩子們都懂的話來說：「一個真的娃娃。」

德納第婆娘在廳堂裡走來走去，忽然發現珂賽特發愣恍神，不工作卻只顧看玩耍的小姊妹。

「哼！這下讓我抓到啦！」她吼道，「妳就是這樣工作的呀！我來抽妳鞭子，教妳怎麼專心工作！」

那陌生客沒有離座，轉身對德納第婆娘。

「太太，」他神色幾近畏怯地微笑著說，「算啦！讓她玩玩吧！」

這種願望，如果是一個晚餐吃一大塊羊腿、喝兩瓶葡萄酒的客人表示，而不是出自「一個窮鬼」模樣的人之口，那就成為命令了。然而，戴這樣帽子的一個人還敢表達希望，穿這樣衣裳的一個人還敢表達意願，德納第婆娘覺得不能容忍。她口氣尖酸刻薄地答道：

「她要吃飯就得工作，我可不能白養她。」

「她在做什麼工作呢？」那外鄉客又問道。他那柔和的聲調，跟他那乞丐般的衣衫和腳夫般的肩膀，形成異常奇特的對照。

德納第婆娘賞臉答道：

「你自己看啊，在織襪子，給我的兩個小女兒，她們沒得穿了，這樣說還差不多，過一會就要光腳走路了。」

那人瞧了瞧珂賽特兩隻紅紅的可憐的腳，接著說道：

「這雙襪子她什麼時候能織完？」

「她這個懶蟲，至少還得三、四個整天。」

「這雙襪子織出來，能值多少錢？」

德納第婆娘不屑地瞥了他一眼。

「至少三十蘇。」

「出五法郎您肯賣嗎？」那人又問道。

「老天！」一個車夫聽在耳裡，哈哈笑著說，「五法郎？這價錢我可想不到！五法郎！」

這下子，德納第漢子認為是時候開口了。

「行啊，先生，如果您有這種興致，這雙襪子就用五法郎賣給您。我們對客人有求必應。」

「要馬上付錢。」德納第婆娘斷然地說道。

「這雙襪子我買下了，」那人回答，他從口袋裡掏出一枚五法郎硬幣，放到桌子上，「我付錢。」

接著，他轉向珂賽特。

「現在，妳的工作歸我了，玩吧，孩子。」

那車夫見了五法郎，非常衝動，放下酒杯就跑過來。

「這可是貨真價實的硬幣！」他邊檢查錢幣邊嚷道，「一枚真正的後輪幣！一點不假！」

德納第漢子走過來，一聲不響將錢幣放進口袋裡。

德納第婆娘無話可說，她咬著嘴唇，臉上現出一副仇恨的表情。

這時，珂賽特還在發抖，她大著膽子問：

「太太，是真的嗎？我能玩了嗎？」

「玩吧！」德納第婆娘大吼一聲。

「謝謝，太太。」珂賽特說道。

她嘴上謝德納第婆娘，整個小小的心靈卻在感激那位旅客。

德納第漢子又去喝酒，他老婆對著他的耳朵問：

「那個黃衣人會是幹什麼的？」

「我見過，」德納第以權威的口氣答道，「有些百萬富翁就穿這樣的禮服。」

珂賽特放下手中的工作，但是沒有從她待的地方鑽出來。她總是盡量少動，這時從身後一個盒子裡取出破布片和那把小鉛刀。

愛波妮和阿茲瑪有一個重大行動，一點也沒有留意周圍發生的情況。她們捉住了貓，把布娃娃丟在地上；愛波妮是姊姊，她用許多舊衣裳，用紅色和藍色破布片往貓身上纏，也不管牠怎麼叫，怎麼掙扎。她一面做這項嚴肅而艱鉅的工作，一面對妹妹說，兒童這種溫柔美妙的話語，好似彩蝶，想要捉住卻飛走了：

「妳看，妹妹，這個娃娃比那個好玩多了。牠會動，會叫，還熱呼呼的。快看啊，妹妹，咱們玩這個吧。這就是我的寶貝女兒。我是一個闊太太。我來看妳，妳就盯著看牠，看見牠的鬍鬚，嚇了妳一跳。接著，妳又看見牠的耳朵，又看見牠的尾巴，又嚇了妳一跳。妳就會對我說：哎呀！老天爺！我就會對妳說：對，太太，我的寶貝女兒就是這樣，如今的小姑娘全是這樣子。」

阿茲瑪聽愛波妮講，心中非常佩服。

這時，那些喝酒的人唱起一支淫穢的小調，邊唱邊狂笑，震得天棚不停顫動。德納第為他們喝采，伴隨他們。

鳥兒做窩不擇泥草，孩子用什麼也都能做娃娃。愛波妮和阿茲瑪這邊往貓身上纏布，珂賽特那邊也往小鉛刀上纏破布片，她纏好了，就抱在懷裡，輕輕唱起催眠曲。

布娃娃是女童一種最迫切的需要，也是一種最可愛的本能。把東西想像成孩子，又是照顧，又是穿衣，又是打扮，穿了又脫，脫了又穿，還教它學習，有時責備幾句，又是搖、又是親，哄它睡覺，這便是做女人的全部未來。正是在幻想和饒舌中，在做小襁褓和嬰兒用品中，在縫小裙子和小內衣中，幼兒長成小姑娘，小姑娘長成大姑娘，大姑娘又長成少婦。然後生個孩子來接替最後一個布娃娃。

一個小女孩沒有布娃娃，幾乎跟一個女人沒有孩子一樣痛苦，都是絕難忍受的。

因此，珂賽特用小鉛刀給自己做了一個娃娃。

這段時間，德納第婆娘湊到那「黃衣客」跟前，她心想，「我老公說得對，他也許是拉斐特先生。有些富翁特別愛搞這種鬼名堂！」

她走過來，臂肘支在他的桌子上。

「先生……」她叫了一聲。

聽到「先生」這兩個字，那人扭過頭來。從投宿之後，德納第婆娘都只叫他「夥計」或「老頭。」

「喏，先生，」她接著說道，同時換上一副諂媚之態，比她的兇相還讓人受不了，「我也很願意讓孩子玩，這事我不反對，不過，偶爾玩一次還成，因為您慷慨。您想想，她什麼也沒有，總得工作呀。」

「這孩子，不是您的嗎？」那人問道。

「噢，天哪！不是，先生！她是個窮苦人家的孩子，我們好心收養她。她是一個非常笨的孩子，腦袋裡一定有水。您瞧見了，腦袋殼那麼大，我們也是盡量拉拔她長大。要知道，我們不是有錢的人，我們寫信去她的家鄉也沒用，半年了也沒個回音，看來她媽媽一定死了。」

「唔！」那人應了一聲，重新陷入遐想。

「那個媽媽也是個沒出息的東西。」德納第婆娘又說道，「就這麼拋下孩子不管了。」

在這場談話過程中，珂賽特彷彿受本能的暗示，別人在談論她，眼睛就盯著德納第婆娘，模模糊糊地聽著，也零星聽到幾句話。

那些酒客全有七八分醉意了。他們反覆唱著那支淫曲，越唱越起勁。他們唱的是一支趣味高尚的風流小曲，裡面提到聖母和聖嬰耶穌。德納第婆娘也跟著一起大笑，珂賽特在菜桌子下面呆呆地望著爐火，眸子裡反射著亮光，她也搖起剛才做的小襁褓，邊搖邊低聲唱道：「我母親死啦！我母親死啦！我母親死啦！」

經過老闆娘再三勸說，黃衣客也就是「那個百萬富翁」，終於肯吃頓晚飯。

「先生要點什麼？」

「麵包和乳酪。」那人答道。

「這人肯定是個窮鬼。」德納第婆娘想道。

那些醉漢還是一直在唱歌，珂賽特也在桌子下面唱她的歌。

珂賽特忽然不唱了，她剛才扭頭，看見德納第小姐倆玩貓時扔在菜案旁邊的布娃娃。

於是，她丟下那隻將就用布包著小鉛刀纏成的娃娃，眼睛慢慢掃視整個廳堂。德納第婆娘跟丈夫竊竊私語，一邊數著零錢，波妮和茲瑪在玩貓，旅客都在吃飯喝酒或者唱歌，沒人注意她。機不可失，她從菜案下爬出來，又看了看，確實沒人窺視她，就趕緊溜過去，抓起布娃娃。過了一會，她回到原來位置，坐著一動不動，只是轉身有意讓自己的影子遮住懷裡的布娃娃。對她來說，玩一個布娃娃的快樂實在難得，竟達到一種情慾的強烈程度。

除了慢慢吃便飯的那個客人之外，誰也沒有看見她。

這種快樂持續了將近一刻鐘。

然而，珂賽特再怎麼小心，也沒有發現娃娃的一隻腳「伸出去了」，被爐火照得明晃晃的。這隻鮮亮的粉紅腳從暗影中露出來，突然映入阿茲瑪的眼簾，她對愛波妮說：「妳看呀，姊姊！」

小姐倆愣住了：珂賽特竟敢動她們的布娃娃！

愛波妮站起來，抱著貓走到母親身邊，扯了扯她的裙子。

「別來鬧我！」母親說，「妳要幹什麼呀？」

「媽，妳看呀！」孩子說道。

她說著，一邊用手指了指珂賽特。

珂賽特擁有娃娃後，已經完全陶醉了，她什麼也看不見，什麼也聽不到了。

德納第婆娘勃然變色，露出動輒大驚小怪，因而得名為悍婦的那副兇相。

這下子，尊嚴受到挫傷，她更加火冒三丈。珂賽特太不像話了，居然冒犯「小姐們」的娃娃。就算是俄羅斯女皇看見農奴偷試皇太子的大綬帶，也不一定會有這樣大的反應。

她大吼一聲，因盛怒導致嗓音都嘶啞了：「珂賽特！」

珂賽特猛一驚抖，就好像腳下發生了地震。她扭過頭來。

「珂賽特！」德納第婆娘又喊一聲。

珂賽特拿起娃娃，輕輕放在地上，她那虔敬的神態中透出絕望，眼睛還盯著娃娃，十根手指交叉起來，而且絞來絞去，一個小小年齡的孩子有這種動作，真的很慘。接著，她哭了，受了一天的折磨，無論是夜晚時去樹林，提重重的一桶水，還丟了錢，無論是看見舉到頭上的鞭子，還是聽到德納第婆娘拋出來傷人的話，她都沒有流淚，現在卻哭了，而且泣不成聲。

這時，那位旅客已經站起來。

「怎麼回事？」他問德納第婆娘。

「您沒有看到嗎？」德納第婆娘說著，指了指臥在珂賽特腳旁邊的罪證。

「那怎麼啦？」那人又問道。

「這個賤丫頭，竟敢動我孩子的娃娃！」德納第婆娘答道。

「只為這點小事就大嚷大叫！」那人說道，「讓她玩玩這個布娃娃又怎麼樣呢？」

「還敢拿娃娃，瞧她那雙髒手，那雙討厭的手！」

聽到這話，珂賽特哭得更厲害了。

「妳還不閉嘴！」德納第婆娘喝道。

那人逕自直直地朝臨街的店門走去，開門出去了。

那人剛一出門，德納第婆娘就趁機朝桌下狠狠一腳，踢得珂賽特高聲嚎叫。

店門重新打開，那人回來了，雙手抱著我們講過的，全村孩子的眼睛被迷惑一整天的那個神奇娃娃，放到珂賽特面前，說道：

「拿著，這是給妳的。」

從他投宿至此刻有一個多小時，在沉思默想中，大概透過玻璃窗，隱約注意到燭火輝煌的玩具攤，彷彿受到啟示。

珂賽特抬起眼睛，看見那人捧著娃娃朝她走來，就好像看見來了太陽，她聽見這句聞所未聞的話：「這是給妳的」，就瞧瞧那人，又瞧瞧娃娃，然後慢慢往後退，躲到案子下的牆角裡。

她不哭也不叫了，好像連氣也不敢喘了。

德納第婆娘、愛波妮、阿茲瑪，全都呆若木雞。那些喝酒的人也都停下來。整個店裡一片肅靜。

德納第婆娘愣在那裡，一句話也說不出來，心中又開始猜測：「這個老傢伙究竟是什麼人？是窮鬼、還是百萬富翁？也許兩樣都是，也就是說，是個強盜。」

德納第先生臉上堆起皺紋，那是本能以全部獸性力量控制人臉時所浮現的表情。這個客棧老闆輪番打量布娃娃和那個客商，嗅那個人彷彿嗅到了錢袋，這只是一剎那的事。他走到老婆眼前，低聲對她說：「那玩意兒至少值三十法郎。別犯傻，在那人面前妳得服服貼貼的。」

粗俗和天真這兩種天性有一個共同點，都沒有過渡階段。

「怎麼了呀，珂賽特？怎麼不拿妳的娃娃呢？」德納第婆娘說道，她極力試圖讓聲音溫柔一點，但散發出的完全是惡婦那種蜂蜜發酸後的味道。

珂賽特壯著膽子從洞裡鑽出來。

「我的小珂賽特，」德納第婆娘拿出憐愛的樣子又說道，「這位先生送給妳一個娃娃。拿著吧，娃娃是妳的了。」

珂賽特恐懼地注視著娃娃，她還是滿面淚痕，但是眼睛像拂曉的晴空，開始充滿喜悅的奇異光芒。她此刻的感受，猶如有人突然對她說：「孩子，您是法蘭西王后。」

她好像覺得一碰這娃娃，就會從裡面打出響雷。

她這種念頭在一定程度上是對的，因為她想到德納第婆娘會訓斥她，還會打她。

然而，誘惑力佔了上風，她終於湊上來，轉向德納第婆娘，怯聲怯氣地問道：「我能拿嗎，太太？」

任何言語都難以描摹這種又絕望、又恐懼、又狂喜的神態。

「當然啦！」德納第婆娘說道，「既然先生給了妳，這就是妳的了。」

「真的嗎，先生？」珂賽特又問道，「真的嗎？這貴婦人，就是我的啦？」

那外鄉客好像淚水盈眶，他激動到了極點，一張口就難免要流淚，只好對著珂賽特點了點頭，把「貴婦人」的手放到她的小手上。

珂賽特急忙把手縮回來，就好像被「貴婦人」的手燙著似的，她又開始注視地面。我們要補充一句：這時，她的舌頭耷拉出來老長。突然，她轉過身，欣喜若狂地抓住布娃娃。

「我就叫她卡特琳。」她說道。

這一時刻頗為怪誕：珂賽特的破衣爛衫，跟娃娃的彩帶和鮮豔的粉紅羅裙緊緊貼在一起。

「太太，」她又問道，「我能把她放在椅子上嗎？」

「可以，我的孩子。」德納第婆娘回答。

現在，輪到愛波妮和阿茲瑪眼紅地望著珂賽特了。

珂賽特把卡特琳放到椅子上，然後在對面坐到地上，待著一動不動，一聲不吭，一副景仰的神態。

「玩吧，珂賽特。」那外鄉人說道。

「哦！我是在玩呀。」孩子回答。

這個素不相識的外鄉客，好像是上天派來探望珂賽特的，但此刻卻成為德納第婆娘最恨的人，然而，她必須克制自己。在平日，一舉一動她都極力模仿丈夫，習慣於虛偽那套，可是這次她太衝動了，簡直嚥不下這口氣。她急忙打發女兒去睡覺，又請求黃衣客「准許」，也讓珂賽特睡覺去，還像慈母似的補充一句：「今天她夠累的了。」珂賽特抱著卡特琳去睡覺了。

德納第婆娘不時走到餐廳另一端，到她丈夫待的地方，如她所說「安慰安慰靈魂」。她跟丈夫交談了幾句，因是惱火的話而不敢大聲說出來：

「老畜生！他到底打什麼壞主意？到這兒來跟我們搗亂！要讓這個小鬼玩耍！給她娃娃！把值四十法郎的娃娃，給一條四十蘇我就賣的小狗！差一點他就要像對待貝里公爵夫人那樣稱她陛下啦！這像話嗎？這個裝神弄鬼的老傢伙，大概瘋了吧？」

「為什麼？這很簡單，」德納第答道，「只要他開心！妳呢，讓孩子工作，妳覺得開心；而他，讓孩子玩，他覺得開心，他有這種權利。一位客商，只要付錢，幹什麼事都行。那老頭若是個慈善家，關妳什麼事呢？他若是個傻瓜，又關妳屁事。妳管什麼閒事，反正他有錢！」

一家之主的言論和旅館老闆的推理，兩者都不容置疑。

那人雙肘撐著餐桌，又恢復冥思遐想的姿態。其他所有客人，商販和馬車老闆都稍微遠離他一點，也不再唱歌了。他們懷著敬畏的心情，遠遠地打量他。這個人穿得如此寒酸，卻這麼容易地從口袋裡往外掏銀幣，把那麼大的布娃娃，隨便送給穿木鞋幹粗活的小姑娘，這樣一個人肯定不簡單、肯定不好惹。

幾個小時過去了，午夜彌撒已經做完，喝酒的人都散去，酒店關門了，樓下的廳堂空蕩蕩的，爐火也已熄滅，可是，那外鄉人始終坐在原地，保持原來的姿勢，只是時而換一下著力的臂肘。自從珂賽特離去後，他也沒有再講一句話。

只有德納第夫婦出於禮貌和好奇，還留在廳堂裡。「他就要這樣過夜嗎？」德納第婆娘咕噥一句。凌晨兩點的鐘聲響過，她聲稱她實在支撐不住了，對她丈夫說：「我去睡了，怎麼對付隨你的便。」她丈夫坐在角落的一張餐桌旁，點了一支蠟燭，開始看《法蘭西郵報》。

這樣又足足過了一小時。可敬的旅館老闆把《法蘭西郵報》至少看了三遍，從這期的日期一直看到印刷廠的名稱。那位外鄉人都沒有動彈。

德納第又是晃動、又是咳嗽、又是吐痰、又是擤鼻涕，弄得椅子咯咯直響。那人卻紋絲不動。「難道他睡著了？」德納第想道。那人沒有睡著，但是又無法將他喚醒。

德納第終於摘下便帽，躡手躡腳走過去，試探著說：

「先生不想去就寢嗎？」

他覺得若是說「不去睡覺」，就顯得唐突和過分親熱。「就寢」則給人以款待之感，包含恭敬之意。這兩個字還具有妙不可言的功能，使次日的帳單數目膨脹起來。一間「睡覺」的客房要你二十蘇，一間「就寢」的客房則要你二十法郎。

「咦！」那外鄉人說道，「您說得對。您的馬棚在哪兒？」

「先生，」德納第微微一笑，說道，「我帶您去，先生。」

他端起蠟燭，那人則拿起小包和木棍，兩人一前一後走進二樓的一間屋子。這個房間的陳設異常華麗，全套紅木家具，一張船式大床，掛著紅布帷帳。

「這是什麼地方？」客人問道。

「這是我們結婚時的洞房，」客棧老闆回答，「我和妻子現在住另一間房子，一年只來這裡三四次。」

「我還是願意睡在馬棚裡。」那人口氣生硬地說道。

德納第裝作沒聽見這種不太客氣的想法。

他點燃壁爐上兩支新蠟燭，爐火也著得很旺。

壁爐上的玻璃罩裡有一頂銀絲橘花女帽。

「這個，又是什麼呢？」那人又問道。

「先生，」德納第答道，「這是我妻子的婚禮帽。」

客人看著這件物品，那眼神似乎在說：那個魔鬼也有過當處女的時候！

其實，德納第說了謊。他租這所破房開店時，這間屋就如此陳設了，只是買了這幾件家具，將橘花冠罩起來，認為這可以給「他妻子」罩上曼妙的陰影，也如英國人所說的，幫自家門庭增添體面。

等到客人回過頭來時，店主已經不見了。德納第悄悄溜走了，沒敢向他道晚安，他要等次日早晨狠狠敲上一筆，就不想以不恭的親熱態度對待人家。

旅館老闆回到房間後，他老婆已經躺下了，但是還沒有睡著，她一聽到丈夫的腳步聲，就翻過身來對他說：

「告訴你，明天我就把珂賽特趕出大門。」

德納第冷冷地答了一句：「別瞎忙這件事！」

他們再沒有說別的話，過了幾分鐘就吹滅了蠟燭。

那客人則把小包和木棍放在角落裡，等主人走了，他就坐到扶手椅上，若有所思地待了片刻。然後，他脫下鞋子，端起一支蠟燭，吹滅了另一支，推門走出房間，四下望了望，彷彿在尋找什麼。接著，他穿過走廊，來到樓梯口，聽見類似孩子喘息的極輕微聲響，便順著聲音找去，走到一個三角形的凹室，也就是樓梯底下構成的空間。那裡面堆滿了舊筐、破瓶爛罐，淨是灰塵和蜘蛛網，中間放了一張床。所謂床，不過是一條破洞露出草來的墊子，以及一條破洞露出草來的被子。沒有床單，就直接鋪在方磚地上，珂賽特正在這床鋪上睡覺。

那人走近前端詳她。

珂賽特睡得很香。她穿著衣裳，冬天這樣睡覺可以稍微禦寒。她緊緊摟著的娃娃睜著一雙大眼睛，在黑暗中閃閃發亮。她不時長出一口氣，好像要醒來似的，手臂又用力摟住娃娃。她床邊只有一隻木鞋。

在珂賽特的陋室附近，有一扇敞開的房門，看得出是一個相當大的昏暗房間。那外鄉人走進去。裡端又有一扇玻璃門，透過玻璃門能看見一對潔白的小床，上面睡著阿茲瑪和愛波妮。兩張床後面露出半截沒掛帳子的柳條搖籃，裡面睡著哭了一晚上的小男孩。

外鄉人猜想這間屋子一定跟德納第夫婦的臥室相連。他正要抽身回去，忽然看到一個壁爐，正是客棧裡總有一點小火而看著又發冷的大壁爐。這個壁爐裡沒有火，連爐灰也沒有，但是卻有一樣東西引起那旅客的注意，那是大小不一兩隻豔麗的童鞋，他這才想起久遠不可考的這種美好習俗：每逢耶誕節這天，兒童總把鞋放進壁爐，好讓善良的仙女趁黑夜把金光閃閃的禮物放在鞋裡。愛波妮和阿茲瑪自然不會錯過機會，各自把一隻鞋放進壁爐。

那旅客俯下身。

仙女，也就是她們的母親，已經光顧過了，只見每隻鞋裡都有一枚十蘇的亮晶晶硬幣。

那人直起身要走，忽又看見爐膛裡最隱蔽的角落還有一樣東西，仔細一看，才認出是一隻木鞋，那是最粗製的木鞋，已經裂開了，沾滿灰渣和乾泥巴，正是珂賽特穿的。珂賽特懷著兒童那種感人的信心，年年落空而永不氣餒，她也把木鞋放到爐膛裡。

一個孩子屢屢失望，卻仍懷著希望，這真是一件絕妙的事情。

這隻木鞋裡什麼也沒有。

那外鄉人摸了摸外套的口袋，彎下腰，將一枚金幣放在珂賽特的木鞋裡。

然後，他輕手輕腳回到客房。

九・德納第耍手段

Thénardier à la manoeuvre

第二天清晨，離天亮至少還有兩小時，德納第就來到酒店的廳堂，點了一支蠟燭，在桌子上為那黃衣客製造帳單。

那婆娘彎著腰，站在旁邊看他寫。他們沒有交換一句話，一方面是深思熟慮，另一方面則佩服得五體投地。一個人抱著這種虔敬的態度，就能看到一種奇蹟從人類精神中產生並發展。房子裡能聽見響動，那是雲雀在打掃樓梯。

幾經塗改，用了足足一刻鐘，德納第才製造出這樣的傑作：

一號客房帳單
晚餐三法郎
客房十法郎
蠟燭五法郎
爐火四法郎
服物一法郎
共計二十三法郎

服務寫成了「服物」。

「二十三法郎！」那婆娘又興奮、又略微遲疑地嚷道。

德納第跟所有大藝術家一樣，並不滿意，他說了一聲：「呸！」

這正是在維也納會議上，卡斯特萊⑥反法同盟戰敗拿破崙之後，在維也納開會制定法國賠款條例。開列法國賠款清單時的聲調。

「德納第先生，你做得對，他應該付這麼多錢。」那婆娘咕噥道，她想起那人當著她女兒們的面把布娃娃送給珂賽特的情景，「這樣合情合理。不過，要得太多，恐怕他不肯付錢。」

德納第冷笑一聲，說道：「他一定得付。」

這種冷笑是堅信和權威的最高表現，事情這樣一講，就是板上釘釘了，那婆娘不再提出任何異議。她開始收拾桌子，丈夫則在廳堂裡走來走去。過了一陣子，他又補充一句：

「我呢，還欠人家一千五百法郎啊！」

他走到壁爐角，坐下來思索，雙腳踏在熱灰上。

「哦，對了！」那婆娘又說，「今天我要把珂賽特趕出門，你沒有忘記吧？這個妖魔！她拿著那娃娃，就是吃我的心！我寧願嫁給路易十八，也不肯多留她在家裡一天！」

德納第點著菸斗，吐了一口煙說道：「你把帳單交給那人。」

說罷，他就出去了。

他前腳出廳堂，那位旅客後腳就進來了。

德納第又立即返身跟回來，走到半開的房門口站住不動了，但是只有他老婆看得見。

那黃衣客手中拿著木棍和小包。

「起得這麼早啊！」德納第婆娘說道，「先生要離開客店啦？」

她嘴上這麼說著，手裡卻擺弄著帳單，用指甲折了又折，一副尷尬的神態。她那張兇狠的臉一改常態，隱隱露出膽怯和遲疑的神色。

這樣一張帳單，交給一個十足「窮鬼」模樣的人，這事她實在覺得為難。

那旅客彷彿心事重重，心不在焉，隨口應了一聲：

「對，太太，我要走了。」

「先生，在蒙菲郿沒有事情要辦嗎？」

「沒有，我只是路過這裡，太太，」他又說道，「我該付多少錢？」

德納第婆娘沒有回答，只把折起來的帳單遞給他。

那人將帳單打開，瞧了一眼，但是，他的注意力顯然在別處。

「太太，」他又說道，「你們在蒙菲郿這裡生意算不錯吧？」

「還過得去吧，先生。」德納第婆娘答道，她見客人並沒發作，心中不免詫異。

她以哀傷的聲調繼續說道：

「唉！先生，這年頭可夠艱難的！再說，我們這地方有錢人家太少！要知道，全是小家小戶的。如果不時常來些像先生這樣，又慷慨、又有錢的客人，那就更糟啦！我們的開銷太大。喏，

⑥．卡斯特萊（一七六〇—一八二二）：勳爵，英國全權代表。

就說這個小丫頭，不知道要我們賠上多少錢？」

「哪個小丫頭？」

「您知道，就是那個小丫頭啊！珂賽特！這邊的人叫她雲雀！」

「唔！」那人應了一聲。

她接著說道：

「這幫鄉下佬，都這麼蠢，取這種綽號！她那樣子，叫蝙蝠還差不多，哪像什麼雲雀？您瞧，先生，我們不求人施捨，但也無力施捨給別人。我們賺不了什麼錢，卻要付大量費用，什麼營業稅、人口稅、門窗稅、什一稅！先生知道，政府要錢太狠啦！再說，我自己有女兒，沒必要養別人的孩子。」

那人平靜地說道：「若是有人替您養呢？」他說話的聲音盡量顯得平淡，但還是有點顫抖。

「養活誰？養活珂賽特？」

「對。」

這店婆的臉立刻漲成紫紅色，因喜逐顏開，卻更加醜惡了。

「唔，先生！行善積德的先生！領她走吧，留著她吧，帶她去吧，帶她去吧，拿她去沾糖，配上塊菰，做好了喝掉她、吃掉她，您會得慈悲的聖母和天國所有聖徒的保佑！」

「說定了。」

「真的嗎？您要把她帶走？」

「我把她帶走。」

「馬上帶走？」

「馬上帶走。把孩子叫來吧。」

「珂賽特！」德納第婆娘喊道。

「等著這時間，我先付店錢吧，」那人繼續說道，「一共多少錢？」

他瞧了一眼帳單，不禁吃了一驚：「二十三法郎！」
他注視店婆子，又說了一遍：「二十三法郎？」
他重複這句話的聲調，將驚歎號同疑問號區別開來。
德納第婆娘已從容準備招架，便沉著地回答：「當然了，先生！二十三法郎。」
外鄉客將五枚五法郎銀幣放在桌上。
「去叫孩子吧。」他說道。
這時，德納第走到廳堂中央，說道：「先生應付二十六蘇。」
「二十六蘇！」那婆娘嚷道。
「客房二十蘇，」德納第又冷靜地說道，「晚餐六蘇。至於那孩子，我得跟先生稍談談。老婆，你走開一下。」
德納第婆娘心頭豁然一亮，彷彿意外照進智慧的光芒。她感到大角色登場了，便一聲不吭出去了。
等到只剩下兩個人了，德納第便搬了一把椅子，請客人坐下。客人坐下，德納第卻站著，臉上換了一種和善而誠樸的特殊表情。
「先生，」他說道，「喏，我要告訴您，那孩子，我非常喜愛。」
外鄉客眼睛盯著他，問道：「哪個孩子？」
德納第繼續說道：
「真怪啦！就是心連著心。這麼多錢放在這幹什麼？您這一百蘇的銀幣收起來吧。我非常喜愛那孩子。」
「誰呀？」外鄉客問道。
「嗳，我們的小珂賽特呀！您不是要從我們身邊把她帶走嗎？那好，我就實話實說，我不能同意，這是實在話，就跟您是正派人一樣。那孩子走了，我會想念她的。我是眼看著她從小長大的。不錯，她害我花了許多錢，不錯，她有不少缺點，不錯，我們不是有錢人家，不錯，她得過幾場病，單單一場病的藥錢我就花了四百多法郎！然而，總得為慈悲的上帝做點事啊。小傢伙沒爹沒娘，我把她拉拔長大。我掙了麵包，給她和我吃，這孩子，我實在捨不得。您也理解，人在一起就有了感情，我是個老好人，頭腦簡單，不會想什麼道理。這孩子，我很喜歡；我老婆性子急，但是她也喜歡。您看見了，她就像我們親生的孩子。我需要她待在家裡，嘰嘰喳喳，說說笑笑。」

外鄉客一直盯著看他，他繼續說道：

「對不起，請原諒我，先生，自己的孩子，總不能隨便給一個過路人吧？我這話說得不對嗎？有了這層原因，我就不好說了，您有錢，看樣子您也是個正派人，這是不是為了她的幸福呢？總得弄清楚啊。您理解吧？假如我割捨了，放她走，我也得知道她去哪裡，我不願意失去她的音訊，要知道她住在什麼人家，能時常去看看她，讓她知道她的好養父還在這裡，還一直關心她。總而言之，有些事是不行的。我連您的尊姓大名都不知道！您把她帶走了，我就要說：咦，雲雀呢？她到哪去啦？不管什麼爛證，一張小小的通行證，也總得瞧一眼啊！」

那外鄉客一直凝視著他，可以說目光直透他的心靈，這時以嚴肅而堅定的口氣回答：

「德納第先生，來到離巴黎五法里的地方，並不需要通行證。我要帶走珂賽特就帶走，沒什麼好囉嗦的。您不知道我的姓名，不知道我的住址，也不知道她去哪了，而我的意圖，就是讓她今生今世再也見不到你。我要割斷拴住她雙腳的繩子，讓她離開。您覺得合適嗎？行還是不行？」

妖魔鬼怪看到某些跡象，就能認出一尊更高的神降臨，同樣，德納第也明白他遇到一個非常厲害的對手。他就好像憑直覺一下子恍然大悟了。昨天夜晚，他陪車夫喝酒，抽菸，唱下流小調，同時也觀察這個外鄉客，像貓那樣窺視，像數學家那樣研究人家。他這樣窺察既出於興趣和本能，也為自己打算，卻好像被人買通來暗中監視似的。這個黃衣客的一舉一動，都沒有逃過他的眼睛。早在這個來歷不明的人對珂賽特如此明確表現出關切之前，德納第就已經看出來了。他捕捉到這老人深沉的目光總圍著那孩子打轉。為什麼這麼感興趣？他究竟是什麼人？為什麼穿戴如此寒酸，而錢袋裡卻有那麼多錢？他心中提出這些疑問，卻得不到答案，不禁十分惱火，而且想了整整一夜。這人不可能是珂賽特的父親。難道是祖父輩的人嗎？那麼，為什麼不立刻相認呢？有了某種權利，就要顯示出來。顯而易見，此人對珂賽特並無權利。那又是怎麼回事呢？德納第在種種假設中轉不出來。他隱約望見一切，但什麼也沒有看清楚。不管怎樣，他開始與這人談話時，就確信這其中必有祕密，確信此人不想暴露身分，因而感到自己理直氣壯，可是一聽這外鄉客明確乾脆的口答，便看出這個神祕的人物又神祕到如此單純的程度，因而他又感到自己軟弱無力了，他絕沒有料到這種情況，他的種種推測全部瓦解了，於是又理了理思緒，在一瞬間權衡這一切。德納第這個人，一眼就能認清形勢，他認為該是單刀直入的時候了。他像所有善於當機立斷的偉大統帥那樣，在這關鍵的時刻，突然亮出他的底牌。

「先生，」他說道，「您必須給我一千五百法郎。」

這外鄉客從側兜掏出一個舊的黑皮夾，打開來，抽出三張現鈔，放在桌上，又用粗壯的拇指按住，對店主說：

「把珂賽特叫來。」

在發生這種情況的時候，珂賽特幹什麼呢？

珂賽特一醒來，就去找她的木鞋，在裡面發現那枚金幣。那不是拿破崙幣，而是復辟王朝發行的面值二十法郎的新幣，上面的圖案是普魯士小尾巴，代替了原來的桂冠。珂賽特眼睛都看花了，她的命運開始令她激動，她還不知道什麼是金幣，從未見過。她急忙把這枚金幣藏在懷裡，就好像是偷來的。然而，她感到這確實屬於她了，而且猜得出是從哪來的，不過，她所感到的歡喜卻充滿懼怕。她雖然高興，但尤為驚詫。這樣華麗的東西，在她看來不像真的。布娃娃令她害怕，金幣也令她害怕。面對這些華麗的東西，她渾身隱隱發抖。她惟獨不怕那個外鄉客，非但不怕，還十分放心。從昨天晚上起，她在驚喜中，在睡夢中，那顆小小孩子的頭腦一直想這個人：

這人的樣子又老又窮，神色那麼憂傷，卻又那麼富有，那麼善良。自從在林中遇見這位老人，周圍一切似乎都變了。珂賽特，還不如天上一隻小燕子幸福，生來始終不知道躲在母親的卵翼之下是什麼滋味。五年以來，也就是從她最早能記憶事情的時候起，可憐的孩子就在抖瑟顫慄中度日。在不幸的刺骨寒風中，她總是袒身露體，現在覺得穿上衣裳了。她的心靈從前發冷，現在暖和了。她也不再那麼怕德納第婆娘了。她身邊有了一個人，不再孤苦伶仃了。

她趕快去做每天清晨的工作。她身上的那枚金幣，就放在昨晚丟掉十五蘇錢幣的罩衫口袋裡，時時分散她的注意力。她不敢摸，但是每隔五分鐘就要觀賞一下，應該說觀賞的時候還伸出舌頭。她打掃樓梯不時停下來，愣在那兒不動，將掃把和整個世界都丟在腦後，一心望著兜裡這顆閃著亮光的明星。

她正在愣神瞻仰的時候，德納第婆娘來找她了。

她奉丈夫之命來找這孩子，但是沒有搧她耳光，也沒有罵她一句，這真是聞所未聞的事。

「珂賽特，」她幾乎是溫和地說，「馬上過來一下。」

然後，珂賽特就走進樓下的大廳。

外鄉客拿起帶來的包裹打開，只見裡面包著一件毛線小衣裙、一件罩衫、一件毛絨內衣、一條襯裙、一條方圍巾、長統毛襪、皮鞋，是八歲小姑娘的一整套穿戴。全是黑色的。

「孩子，」那人說，「拿去趕快穿上吧。」

天色漸漸亮了，蒙菲郿居民有的起來開門，看見通往巴黎城的街上走過兩個人，朝利弗里方向走去：一個窮苦打扮的老頭，手拉著一個全身孝服、抱著一個粉紅大布娃娃的小姑娘。

誰也不認識那個人，而珂賽特換掉了破衣爛衫後，許多人也就認不得她了。

珂賽特走了。跟誰走呢？她不清楚。去哪裡呢？她也不知道。她僅僅明白她丟下德納第旅館走了，誰也沒有想到要跟她告別，同樣的，她也沒有想到要跟任何人告別。她走出了她恨的人家，而人家又恨她的那個家。

可憐的小嬌娃，一顆心始終受壓抑。

珂賽特板著臉往前走，她睜著一對大眼睛望著天空。那枚金幣已經被她放進新罩衫兜裡了，她不時低頭瞧一眼，再瞧一眼這老人。她就覺得是慈悲的上帝走在身邊。

十・弄巧成拙

Qui cherche le mieux peut trouver le pire

德納第婆娘一如既往，一切由她丈夫處理。她期待著重大事件。那人和珂賽特走後，德納第沉住氣，足足過了一刻鐘，才把老婆拉到一邊，給她看看那一千五百法郎。

「就這樣呀？」她說了一句。

自從他們結為夫婦以來，她這是頭一次敢於批評一家之主的舉動。

一句話擊中要害。

「真的，妳說得對，」他說道，「我是個笨蛋。把帽子給我。」

他將三張鈔票折起來，揣進口袋裡，匆匆出門去了，可是一開始賭錯了路，先往右邊走去。他問了幾個鄰居，才找對了去向，有人看見雲雀和那人往利弗里去了。他大步流星，朝別人指的方向走去，邊走邊自言自語：

「這個身穿黃衣的人，顯然是個百萬富翁，而我呢，是個蠢貨。他一開始給二十蘇，接著給五法郎，然後給五十法郎，最後又給一千五百法郎，出手總是那麼容易。也許他給得出一萬五千法郎。我一定得追上他。」

還有，他事先就幫小丫頭準備好了一包衣裳，這一切怪得很，其中必有不少奧祕。抓到祕密就不能放手。富人的祕密是吸滿金子的海綿，必須善於擠出來。所有這些念頭在他的腦子裡不停的盤旋。「我是個蠢貨。」他說道。

走出蒙菲郿村，就到了通往利弗里的岔道口，可以望見那條路在高地上延展至遠方。德納第趕到岔道口，心裡盤算著應當看得見那人和小丫頭。他極目遠望，卻什麼也沒有看到，他又打聽，這就耽誤了時間。有幾個過路人告訴他，他尋找的那個人和孩子朝加尼方向的樹林走去了。他又趕緊奔向那裡。

他們把他落下很遠，可是，小孩子走路慢，而他卻走得很快。再說，他非常熟悉這地方。

他猛地站住了，拍了拍腦門，彷彿忘了重要的事，要折回去似的。

「我應該把那支槍帶來呀！」他想道。

德納第這種人具有雙重個性，有時他們從我們中間經過，我們卻不了解，他們直到消失了，也不為人所知，因為命運只顯示他們的一個側面。許多人的命運，就是這樣在半掩蔽中生活。在平凡安定的環境中，德納第完全可以做一個——我們不說「是」一個——稱得上誠實的商人，善良的仕紳。同時，如果某些動盪將他掩蔽在下面的天性激發起來，他也完全可能成為一個惡人。這個小店主身上附著魔鬼。有時撒旦大概就蹲在德納第居住的破房角落裡，對著這個醜惡的傑作做美夢。

他猶豫了片刻，轉念又一想：「算啦！都這個時間了，再回去他們就溜掉了！」

於是，他繼續趕路，飛快往前奔，一副近乎胸有成竹的樣子，就像嗅到一群山鶉的狐狸那樣精明。

他經過了水塘，從美觀林蔭路右側的大片曠地斜插過去，走到幾乎環繞丘崗一周、覆蓋謝爾修道院古渠涵洞的草徑，果然望見一片荊叢上露出一頂引起他種種猜測的帽子，正是那人的帽子。荊叢不高，德納第認出坐在那裡的正是那人和珂賽特。孩子太小，還看不到，但是他看見了那個布娃娃的頭。

德納第沒有弄錯。正是那人坐下來，讓珂賽特歇一歇。小店主繞過荊叢，突然出現在他尋找的兩個人眼前。

「對不起，請原諒，先生，」他氣喘吁吁地說，「這是您的一千五百法郎。」

他說著，就把三張鈔票朝那外鄉人遞過去。

那人抬起眼睛。

「這是什麼意思？」

德納第恭恭敬敬地回答：「先生，這就是說，我要把珂賽特領回去。」

珂賽特打了個寒噤，緊緊偎在老人身上。

那人目光直透德納第的眼底，一字一頓地回答：

「您—要—把—珂—賽—特—領—回—去？」

「對，先生。我要把她領回去。我來向您說一聲。我考慮過了。其實，我沒有權利把她交給您。要知道，我是個誠實的人。這孩子不是我的，而是她母親的。她母親把她託付給我，我就只能把她交還給她母親。您會對我說：可是，她母親去世了。好。在這種情況下，我只能交給拿著她母親簽字的信來接孩子的那個人，這是顯而易見的。」

那人並不回答，伸手往兜裡掏，德納第看見裝鈔票的那個皮夾又出現在眼前。

小店主一見心喜，渾身都顫動了。

「好啦！」他心想，「要穩住神，他要來收買我啦！」

那旅客先遊目四望，只見周圍渺無人跡，樹林和山谷絕無人影，這才打開皮夾，但從裡面抽出來的，不是德納第期待的大把鈔票，而僅僅是一小張紙，他把紙展開，遞給小店主，說道：「您說得對。念一念吧。」

德納第接過紙條，念道：

德納第先生：

請將珂賽特交給持信人。他會付給您所有零星欠款。

即頌

近安。

芳婷

一八二三年三月二五日

於海濱蒙特伊

「您認識這簽字吧？」那人又問道。

這正是芳婷的簽字，德納第也認得。

無可反駁。德納第感到兩種強烈的惱恨：惱恨必須放棄他所期望的賄賂，也惱恨自己被擊敗。

那人又說：

「這封信您可以留著，好交卸責任。」

德納第退卻也步步為營。

「這個簽字模仿得很像，」他咕噥道，「行啊，就算是吧！」

接著，他還試圖最後掙扎一下，說道：

「先生，這樣行啊。您既然就是指定的人。不過，還應當付給我『所有零星欠款』。那可是欠我大筆錢啊。」

那人站起來，用手指彈了彈破衣袖沾的灰塵，說道：

「德納第先生，一月份，她母親算過，共欠您一百二十法郎；二月間，您寄給她五百法郎的帳單；您在二月底收到三百法郎，三月初收到三百法郎。此外又過了九個月，按講好的價錢每月十五法郎，共計一百五十法郎。先頭您多收了一百法郎，現在也就欠您三十五法郎的尾數。剛才我給了您一千五百法郎。」

德納第此刻的感受，就像狼被捕獸夾的鋼齒咬住時的感覺。

「這人是什麼鬼東西？」他心中暗道。

他的舉動也跟狼一樣，抖了抖身子。他已經嘗過一次膽大妄為的甜頭。

「我－不－知－尊－姓－大－名的先生，」他這回拋掉恭敬的姿態，毅然說道，「要嘛我把珂賽特領回去，要嘛您給我一千埃居銀幣。」

那外鄉客平靜地說：「走，珂賽特。」

他左手拉住珂賽特，右手拾起他放在地上的木棍。

德納第注意到棍子很粗，這裡很僻靜。

那人領著孩子走進樹林，丟下愣在原地不動的小店主。

眼看他們越走越遠，德納第注視著那人有點駝的寬肩膀和兩隻大拳頭。

接著，他的目光又移到自身，垂到自己細弱的胳膊和枯瘦的雙手上，心中又念道：「出來打獵，卻沒有帶槍，我真是個十足的笨蛋！」

然而，小店主還不願意善罷甘休。

「我要弄清楚他去哪。」他咕噥一句。於是，他遠遠的跟蹤他們。他手上還留下兩樣東西：一樣是嘲弄，芳婷簽了字的破紙條；另一樣是安慰，那一千五百法郎。

那人帶珂賽特朝利弗里和朋地走去，他低著頭，腳步很慢，一副愁思苦索的姿態。入冬後木葉凋零，林木間顯得透亮，因此，德納第雖然遠遠跟隨，也不會失去目標。那人不時回頭，看看是否有人跟蹤，他突然發現德納第，就急忙和珂賽特鑽進灌木叢中不見了。「見鬼！」德納第罵了一句，就加快了腳步。

灌木叢稠密，德納第不得不拉近距離。那人走到最密實的地方時，又轉過身來。德納第這回無處躲藏，樹枝遮不住，不免被那人看見。那人戒忌地瞥了他一眼，隨即搖了搖頭，又繼續往前走。小店主還是緊追不捨。他們又走了兩、三百步。那人又猛地轉過身來，這回臉色十分陰沉，德納第這才認為「沒必要」再跟下去，於是折回去了。

十一・九四三〇號再現，珂賽特中獎了！

Le numéro 9430 reparaît et Cosette le gagne à la loterie

尚萬強沒有死。

他掉進海裡，應該說他跳進海裡的時候，正如人們所見的，已經卸掉了腳鐐。他潛水游到一艘停泊的海船底下，旁邊正巧有一隻駁船，就爬上去躲起來，直到天黑。天黑之後，他又跳下水，游向離勃蘭岬不遠的海岸，上岸後弄了一身衣服。他身上有錢，在巴拉吉埃附近有一家小咖啡館專門提供逃犯衣物，這是賺錢的特殊生意。然後，尚萬強像所有狼狽的逃亡者那樣，極力躲避法網和社會厄運，走上一條隱蔽而曲折的道路。他在博塞附近的普拉多，找到第一個避難所。繼而，他又進入上阿爾卑斯省，奔向勃里昂松附近的大維拉爾。那是惶惶不安而時時探索的逃竄，走的路線就像鼴鼠的地道，淨是摸不清的岔路。後來在許多地方，例如在安省西夫里厄地區，在庇里牛斯省的阿貢斯，在沙瓦伊村附近，在佩里格附近戈納蓋教堂地區的勃里尼鎮，都發現了他的足跡。後來，他到達巴黎。我們在上文看見他到過蒙菲郿。

他到達巴黎要做的頭一件事，就是為一個七、八歲的小姑娘買一身孝服，然後找了一個住所。辦完這兩件事，他就前往蒙菲郿。

大家記得，他上次越獄後，就曾到過那地方，或者到過那附近，那次詭祕的旅行，司法人員也查出了一些蛛絲馬跡。可這次不同，大家以為他死了，這樣，他的情況就更加隱晦難測了。他到巴黎，偶然看到一份登載這條消息的報紙，也就放下心來，心神幾乎恬然，就好像真的死了。

尚萬強從德納第夫婦的魔爪中救出珂賽特後，當天晚上便回到巴黎。他帶著孩子，在天黑的時候從蒙梭門進城，上了馬車，到觀象臺廣場下來，付了車錢，便拉著珂賽特的手，二人在黑夜中，沿著烏爾辛和冰庫附近的僻靜街道，朝濟貧院路走去。

對珂賽特來說，這一天十分離奇，充滿令人激動的事情。路上，他們在籬笆後面，吃了從偏僻客棧買來的麵包和乳酪，換了幾次馬車，步行幾段路，她並不叫苦，但是太累了，尚萬強也發覺她越走越用力牽他的手了。於是，他背起孩子走，珂賽特仍然抱著卡特琳，頭枕著尚萬強的肩膀睡著了。

第四卷：戈爾博老屋
La masure Gorbeau

一・戈爾博先生
Maître Gorbeau

四十年前，有個孤獨的行人，偶爾闖到婦女救濟院的僻靜地段，從濟貧院大道沿上坡路朝義大利門走去，走到我們可以說是巴黎消失的地點。那裡並不是杳無人煙，還是有過往行人；也不是曠野，還有房屋和街道。但是算不上城市，街道跟大路一樣，有轍溝，長了荒草；也算不上鄉村，房舍都很高。那是什麼地方呢？那是個無人居住的住宅區，是個還有人的荒僻之地，是大都市的一條大道，巴黎的一條街，夜晚比森林還荒蠻，白天比墓地還悽愴。

那就是馬市老街區。

那行人若是信步走過馬市的四堵老牆，將右首圍著高牆的花園丟在腦後，穿過小銀行家街，經過一片牧場，只見場上聳立著一垛垛鞣料樹皮，好像巨大的水獺窩，再往前走，又見一片圍著的空地，裡面堆滿了木料、樹根、鋸末和刨花，頂端有一條大狗汪汪狂吠，接著便是長長的一道矮牆，已經頹塌，上面長滿青苔，春天還開花，旁邊有一扇服喪似的黑色小角門，又經過最荒僻的地段，只見一座破舊建築的牆上寫著「禁止張貼」的大字，他就走到聖馬塞爾葡萄園街的拐角，那是很少人知道的地方。在那一座工廠附近，當時還能看到花園兩堵牆之間有一所破房子，乍看之下像一棟茅屋，而其實有主教堂那麼大，因為山牆對著公路而顯得狹小。整座房子幾乎被遮住了，只能看見房門和一扇窗戶。

那所破房子只有兩層。

仔細觀察一下，最顯眼的是那扇門，只配安裝在破窯子上，而那扇窗戶，如果不是裝在碎石牆上，而是開在方石牆裡，就像一座公館的窗戶了。

房門是用幾塊蟲蛀的木板和幾條粗製的橫木條胡亂拼湊的。一進門便是很陡的高臺階樓梯，和門一樣寬，滿是污泥、灰漿和塵土，從街上看好似一架直立的梯子，隱沒在兩面牆的暗影裡。在畸形的門框上方有一塊窄木板，中間鋸出一個三角洞，那便是關門時的天窗和氣窗。門背後用毛筆蘸墨水兩下子塗寫出數字五十二，而在門楣上，用同一支筆塗寫了五十一，因而叫人游移不決，究竟是幾號？門楣說是五十一號，而門則反駁說：不對，是五十二號。三角氣窗上充當簾子的，不知是什麼灰不溜丟的破布片。

窗戶又寬又高，裝有百葉窗和大格玻璃框。不過，那些大塊玻璃有不同程度的破損，雖然巧妙地糊上紙，卻更明顯暴露了破損處；兩扇百葉窗已經支離脫節，保護室內居住者不足，威脅窗下行人則有餘。遮光的橫板條有些脫落，便天真地釘上幾塊豎板條代替，結果，原來的百葉窗變成窗板了。

房門呈現一副邪惡的形象，而窗戶雖破，卻還顯得正派，兩者同在一所房屋，看上去就像兩個不相配的乞丐並肩而行，雖然同樣穿著破衣爛衫，卻是兩副截然不同的神態：一個始終是個窮鬼，另一個則曾經是個貴紳。

樓上的建築構造極其寬闊，彷彿是由倉庫改建的房子，中間有一條長廊作為通道，兩側是大小不等的隔門，必要時可以住人，但是更像小攤鋪而不像單人房。這些房間好像在這周圍空地上聚會，全都這麼昏暗、醜陋、淒慘、憂傷、陰森可怕；而且屋頂或房門有縫隙，能透進寒光或冷風。這種住宅還有一種有趣的特色，就是蜘蛛的個頭大得出奇。

房門左側臨街的牆上，離地面約一人高處有一個堵死的方形小窗，成為壁龕，裡面堆滿了過路孩子扔的石子。

這所房子不久前拆除了一部分，如今所餘的部分仍能讓人想見當初的全貌。整體建築也就有一百來年。活到一百歲，對於一座教堂還算年輕，但對於一所住房卻嫌老邁了。看來，人的居所隨人而壽短，上帝的居所隨上帝而永生。

郵差稱這所破房為五十一、五十二號，但是在本街區則以戈爾博老屋而聞名。

讓我們來談談這個名稱的來歷。

愛搜集奇聞軼事並製成標本的人，總把易忘的日期用別針別在記憶上，他們都知道上個世紀，在一七七〇年前後，巴黎沙特萊法院有兩個檢察官，一個人稱烏鴉的柯爾博，一個人稱狐狸的列納。這兩個名字，拉封丹早有預見，兩個人有這種大好機會，自然要巧鼓舌簧。不久，法院的長廊就開始傳誦這樣一首打油詩：

烏鴉柯爾博高棲在案卷上，
嘴裡叼著一張拘捕狀；
狐狸列納嗅到味道跑來，
大致這樣巧鼓舌簧：
「喂，早安！……」①

這兩位有教養的實業家忍受不了這種戲謔，他們昂首走過時聽到背後狂笑，不禁氣急敗壞，決意更名改姓，便呈請國王恩賜。申請書呈給路易十八的那天，正巧教皇的使臣和拉羅什・艾蒙紅衣主教，一邊一個，手拿拖鞋跪在地上，當著陛下的面，要幫下床的杜巴麗夫人穿上。國王笑聲不止，興致勃勃地將話題從兩位元主教轉到兩位檢察官身上，要賜姓或者近乎賜姓給兩個法官。國王恩准，柯爾博頭一個字變動一下，改稱戈爾博；列納的運氣差點，只在前面加一個「普」字，改稱普列納，結果新改的姓跟原來的差不多，都同樣名副其實。

根據當地傳說，戈爾博先生曾是濟貧院大街五十一、五十二號的房主。甚至那扇大窗戶，也是他雇人安裝的。

這就是戈爾博老屋名稱的來歷。

大道旁的樹木中，有一棵死了四分之三的大榆樹，正對著五十一、五十二號；戈布蘭城門街口也幾乎是正對著它，當年那條街沒有鋪石，兩旁沒有房屋，只有發育不良的樹木，一直通到巴黎城牆腳下，隨著季節不同，有時綠樹成蔭，有時滿是污泥。附近一家工廠的房頂冒出一股股硫酸化合物的氣味。

那座城門離得很近，一八二三年時城牆還在。

那座城門令人想起淒慘的景象。那是通往比塞特的道路。在帝國時代和波旁王朝復辟時代，死囚押回巴黎就刑那天就經過那裡，一八二九年那樁神祕的凶殺案，所謂「楓丹白露城門案」，也是在那裡發生的，至今仍是個無頭公案，沒有抓到兇犯，真相不明，沒有揭開可怕的謎團。再往前走幾步，便是不祥的落須街：當年在隆隆的雷聲中，烏巴克一刀刺死伊弗里的一個牧羊女，就像舞臺上的一幕場景。再走幾步，就到了聖雅克門，看見那幾棵不堪入目的斷頭榆樹，是慈善家用來遮掩斷頭臺的權宜之計，那正是小店主和有錢市民階層和平庸而可恥的格雷沃廣場：他們

①・這是根據法國詩人拉封丹（一六二一—一六九五）的寓言詩〈烏鴉和狐狸〉改編的。

在死刑面前退縮，既不敢大刀闊斧地廢除，也不敢專橫跋扈地維持。

按下那片彷彿命定始終恐怖的聖雅克廣場不表，三十七年前，這條肅殺大道最肅殺之處，也許就是這五十一、五十二號破房，至今這裡也還是缺乏吸引人之處。

二十五年後，有錢市民才開始在這裡修建住宅。這地方滿目淒涼，置身其間，心情就會抑鬱悽惶，感到自己夾在看得見圓頂的婦女救濟院，以及離城門近在咫尺的比塞特之間，也就是說，夾在婦女的瘋癲和男人的瘋癲②之間。極目望去，所見只有屠宰場、城垣和寥寥幾處類似兵營或修道院的工廠門牆；到處都是破房子和剝落的灰泥，老牆黑得像裹屍布，新牆白得像殮單；到處都是平行排列的樹木、整齊劃一的房舍、平庸單調的建築，都是長長的冷線條和淒慘的直角。地勢毫無起伏，建築毫無奇處，毫無迂迴。這是一個冷冰冰的、齊整而醜惡的群體。什麼也不如對稱叫人揪心，因為，對稱就是厭倦，而厭倦又是哀傷的基調。失意者愛打呵欠，人如果可能幻想出比受罪的地獄還可怕的東西，那就是百無聊賴的地獄。如果存在這種地獄，那麼濟貧院大街這一段，就可能是它的林蔭路。

每當天光消逝，夜幕降臨的時候，尤其是在冬季，凜冽的晚風吹落榆樹上橘黃的殘葉，天空黑沉沉的，不見星光，或者狂風撕開烏雲，露出月亮，這條大道就驟然變得陰森可怕了。那些直線條隱沒在黑暗中，好似無限空間的一段段絲縷。行人不禁想到當地無數兇險的傳說。這地方偏僻冷寂，發生許多命案，總叫人膽顫心驚。走在這黑洞洞的地方，總覺得處處有陷阱，看到影影綽綽的各種物體也無不可疑，而樹木之間隱約可見的幽深方洞，就像一個個墓穴。這地方，白天醜陋不堪，傍晚蕭索淒涼，夜晚則陰森可怕。

夏季黃昏時分，零星有幾個老太婆，坐在榆樹下因雨淋而發黴的椅子上，向過往行人乞討。

此外，這個街區的外觀，與其說是古老，還不如說是陳舊，當時就有改變面貌的趨勢了。從那時起，要一睹原貌的人就得盡快趕來，因為這裡每天都有一些細節部分在消失中。二十年來至今，奧爾良火車站在此落成，緊挨著老郊區就發揮其火車站的作用了。一條鐵路的起點站，無論建在一個大都市邊緣的哪一點，都意味一片郊區的死亡和一座城市的誕生。在各族人民聚散的大中心周圍，強勁有力的機車隆隆奔馳著，吃煤炭吞煙火的文明巨馬氣喘吁吁，而布滿幼芽的大地則隨之震動、裂開，吞沒舊住宅，讓新住宅冒出來。舊房屋倒塌，新房屋升起。

奧爾良火車站侵入婦女救濟院地盤之後，聖維克托城壕和植物園附近的小街古巷都動搖了，驛馬車、出租馬車和公共馬車匯成長流，橫衝直撞，每天穿行三、四趟，時過不久，就把房舍推向左右兩側，有些事雖怪卻千真萬確，值得一提。同樣的，我們說大城市的陽光吸引樓房朝南生長，車輛過往頻繁就拓寬街道，也都是千真萬確的，新生的跡象有目共睹。在這鄉野的老街區，即使最荒僻的角落，也出現了鋪石路面，即使尚無行人，人行道也開始伸延。一八四五年七月，一天早晨，值得紀念的一天早晨，人們看見一些煮瀝青的黑鍋滾滾冒煙；這一天可以說文明到達盧辛街，巴黎進入聖馬爾索郊區了。

二・梟和鶯的巢
Nid pour hibou et fauvette

尚萬強走到戈爾博老屋，便停下腳步。如同猛禽一樣，他挑選最荒僻的地方做窩。

他摸摸外套的口袋，掏出一把萬能鑰匙，開了門進去，又小心關上，一直背著珂賽特登上樓梯。

到了樓上，他又從兜裡掏出另一把鑰匙，打開另一道門，走進房間，又立刻關上門。這間破屋相當寬敞，就地鋪了床褥墊，有一張桌子和幾把椅子。靠角落有個生火的爐子，看得見爐火。路燈朦朦朧朧照見這清貧的屋內。最裡面有一小間房間，擺了一張帆布床，尚萬強就把孩子抱上

②・婦女救濟院也收容精神病人；比塞特當時是巴黎南市郊的村子，有一個救濟院，收容老年和患精神病的男子。

床，小心翼翼地沒有把她弄醒。

他用打火石點著一支蠟燭，兩樣東西都是事先準備好的，擱在桌上，然後，他又像昨晚那樣，開始端詳珂賽特，凝視的眼神中充滿慈愛和溫情，簡直達到心醉神迷的程度。至於小姑娘，不知跟誰在一起就睡著了，也不知身在何處還繼續安睡，這樣坦然的信心，只有最強者和最弱者身上才會看到。

尚萬強俯下身，吻了吻孩子的手。

九個月前，他也吻過剛剛入睡孩子她母親的手。

他心裡充滿了同樣沉痛、虔敬、慘苦的情感。

他跪到珂賽特的床旁邊。

天已大亮，孩子還在睡覺。時值一、二月份，一線慘白的陽光從窗口射進破屋，在天花板上拖出長條的陰暗和光線。一輛滿載的採石車，突然從大街上駛過，真像雷雨大作，震得房子從上到下直搖晃。

「是，太太！」珂賽特一下驚醒，連聲喊道，「來啦！來啦！」

她跳下床，惺忪睡眼還半閉著，就伸手去摸牆角。

「哎呀！上帝呀！我的掃把呢！」她說道。

她完全睜開眼睛，看見尚萬強那張笑臉。

「哦！原來是真的！」孩子說，「早安，先生。」

兒童接受快樂和幸福最快，也最隨便，因為他們就是幸福和快樂的化身。

珂賽特看見卡特琳在床腳下，急忙摟住，她一邊玩，一邊問個沒完，要尚萬強告訴她。——她在什麼地方？巴黎是不是很大？德納第太太離得遠不遠？她還會不會再來？等等，等等。她突然高聲說：「這屋子真好看！」

其實，這是個破爛不堪的房子，但是，她感到自由了。

「我不用掃地了嗎？」她最後又問道。

「玩吧。」尚萬強回答。

一天就這樣過去了。珂賽特根本不想弄明白，她在這個布娃娃和這個老人之間，有一種說不出來的幸福。

三・兩種不幸連成幸福

Deux malheurs mêlés font du bonheur

次日拂曉，尚萬強還在珂賽特的床邊，站在那裡不動，看著她醒來。

一種新的感受進入他的心扉。

尚萬強從來沒有愛過什麼。二十五年來，他在世上孑然一身，從未當過父親、情人、丈夫、朋友。在勞役犯監獄裡，他顯得兇惡、憂鬱、潔身自好、無知而又粗野。這個老勞役犯的心充滿童真。他姊姊及其子女給他留下的印象，已然模糊而遙遠，最後幾乎完全消逝了。他千方百計地尋找他們，未能找到，也就把他們忘了，這就是人的天性。

他一看見珂賽特，就抓住不放，把她帶走並解救出來，當時他感到五臟六腑都攪動起來，他身上的深情和愛心一起甦醒，衝向這個孩子。他走到孩子睡覺的床前，高興得渾身顫抖，就像一位母親似的感到一陣陣激動，卻不明白是怎麼回事，因為，一顆心產生愛時，那種偉大而奇異的悸動，是一件難以捉摸而又十分甜美的事情。

可憐老人的心從此煥然一新！

然而，他已經五十五歲，而珂賽特才八歲，他畢生所能產生的愛，全部化為一種難以描摹的光亮了。

這是他遇到的第二顆啟明星。從前多虧了主教，他的天際升起美德的曙光；現在多虧了珂賽特，他的天際又升起愛的曙光。

頭幾天就在這種陶醉的心情中過去了。

珂賽特這方面，她不知不覺也變成另外一個人，可憐的小東西！母親離開時，她還太小，已經不記得了。孩子都像葡萄藤的幼枝，遇到什麼都攀附，珂賽特也同樣試圖愛過，但是未能成功。德納第夫婦、他們的孩子、別人家的孩子，全都排斥她。她曾經愛過一條狗，那條狗死了之後，再也沒有什麼東西或者什麼人喜歡她了。說起來真慘，我們提過，她八歲就寒了心。這並不是她的過錯，她絕不缺乏愛的動機，唉！她缺少的是愛的可能性。因此，從第一天起，她心中所感所想，無不是開始愛上這個老人了。她體會到一種從未有過的感覺，一種心花怒放的感覺。

這位老人，在她看來甚至不老也不窮了。她覺得尚萬強挺美，正如覺得這破屋漂亮一樣。這是曙光、童年、青春、歡樂所產生的效果。照在陋室的幸福彩光，比什麼都美好。在過去的經歷中，我們每人都有過這樣一間藍色的陋室。

相差五十歲，這就是一道天然的鴻溝，將尚萬強和珂賽特隔開，然而，命運卻將鴻溝填平了。命運以其不可抗拒的力量，驟然將這兩個無家可歸的人結合在一起：他們雖然年齡不同，卻經歷同樣的苦難，正好相輔相成。出於本能，珂賽特要找一個父親，而尚萬強也要找一個孩子。相遇即相得。在那神祕的時刻，他們的手一經接觸，便連在一起了。這兩顆心靈一見如故，正好相濡以沫，因而緊緊抱在一起。

從詞義絕對的涵意來看，可以說尚萬強是個鰥夫，珂賽特是個孤女，兩者都因墓壁而與世間隔絕。這樣一來，尚萬強成為珂賽特的父親，就跟天造地設一樣。

前此，在謝爾的密林中，尚萬強在黑暗裡抓住珂賽特的手，給她造成的神祕印象，確非幻覺，而是現實。這個人走進這孩子的命運中，就是上帝降臨。

而且，尚萬強早已選好了避難所，住在這裡可以高枕無憂了。

他跟珂賽特住的是帶個小套房的屋子，有一扇臨街的窗戶。這是樓裡惟一的窗戶，因此不必擔心鄰居從旁邊或對面窺視。

五十一、五十二號樓下是一大間破舊的棚屋，作為菜農的倉庫，跟樓上完全隔絕，中間隔了一層木板，就像橫膈膜，既沒有翻板活門，也沒有樓梯。前面說過，樓上有好幾間屋和閣樓，只有一間由一位給尚萬強收拾房間的老太婆居住，其餘的房間都空著。

老太婆的頭銜是「二房東」，實際上是照看門戶的，就在耶誕節那天，她把房子租給了尚萬強。尚萬強來找她時，自稱是靠年息生活的人，因為買了西班牙債券而破產，要帶小孫女住到這裡。他預交半年的房租，請老太婆幫大小房間添設好家具，正如我們所看到的陳設。他們到達的那天晚上，也是老太婆生著爐火，全收拾妥當。

一週一週過去了，這兩個人在鄙陋的居所過著幸福的日子。

天一亮，珂賽特就又說又笑，唱個沒完，兒童跟鳥兒一樣有晨曲。

有時，尚萬強拉起她凍裂的紅紅小手親一下。可憐的孩子挨慣了打，不懂這是什麼意思，十分羞愧地走開了。

有時，珂賽特神情變得嚴肅，打量自己這身黑衣裙。她脫下破衣爛衫，換上一身孝服。她脫離苦難，走進生活。

尚萬強教她識字，有時一邊教孩子拼讀，心中一邊想，當初在勞役犯牢房時，他讀書是要做惡。原來的打算變了，現在教起孩子念書，老勞役犯想到這裡，若有所思的臉上不由露出天使般的微笑。

他感到這是上蒼的一種安排，是超乎人的一種意志，於是陷入沉思。善的思想和惡的思想一樣，都是深不可測的。

教珂賽特念書，讓她玩耍，這幾乎是尚萬強生活的全部內容。後來，他跟孩子講了她母親的事，讓她祈禱。

孩子都叫他父親，不知道還有其他的稱呼。

有時一連幾小時，他觀賞孩子給娃娃穿衣、脫衣，聆聽她喃喃自語。從今以後，他覺得生活充滿了情趣，認為世人是善良公道的，內心不再譴責任何人，現在有了這孩子的愛，他沒有任何理由不活到很老，享受天年。在他看來，珂賽特宛如一盞美好的明燈，照亮了他整個未來。最善良的人也不免要替自己打算，有時他欣慰地想到，這孩子將來一定是個醜姑娘。

這只是個人的一種見解，不過，要說明我們的全部想法，在尚萬強愛上珂賽特時的當下，並無法向我們證明他不需要這種養分也可以在善的路上前進。不久前，他又看到人的殘忍和社會卑劣的新表現——固然，這種現象並不完整，不可避免地只表明真相的一個側面。他也看到芳婷身上所體現那種女人的命運、沙威所代表的政權。這次，他因做了好事而重新入獄，又茹飲了新的苦汁，重新產生厭惡和頹喪之感，就連主教的形象有時都在記憶中消逝，雖然過後重現時仍舊光輝燦爛，但是這一神聖的記憶畢竟越來越淡薄了。誰能肯定地說，尚萬強不是處於氣餒和重新墮落的前夕呢？他有了愛，就重新堅強了起來。唉！他搖擺不穩，並不比珂賽特強多少。他保護這孩子，這孩子也使他堅強。多虧了他，孩子才能走上人生之路；也多虧了孩子，他才能繼續走上道德之路。他是這孩子的支柱，這孩子也是他的支點。天命的這種平衡，真是神祕莫測啊！

四・二房東的發現

Les remarques de la principale locataire

尚萬強很謹慎，白天從不出門，每天傍晚時分，他才出去一、兩個小時，有時獨自散步，多數情況帶著珂賽特，總走大道兩側最僻靜的小街，或者在天黑的時候走進教堂，他愛去最近的聖美達教堂。他不帶珂賽特時，就把她交給老太婆，不過，孩子還是喜歡跟他出去玩。珂賽特覺得，跟卡特琳廝守固然很有趣，但還不如跟他走上一小時。他拉著她的手，邊走邊對她說些開心的事。

有時候，珂賽特樂不可支。

收拾房間，做飯買東西，都是老太婆的事。

他們生活很儉樸，爐子裡總有點火，但是像生計窘迫的人家那樣。第一天擺上的家具，尚萬強一樣也沒有換，只是雇人把珂賽特小屋門的玻璃換成木板。

他一直穿著那件黃禮服、黑褲子，戴那頂舊帽子。走在街上，別人把他當成窮人。有幾次好心腸的女人回過身來，給他一蘇錢。尚萬強收下錢，深施一禮。有時候，他遇見乞求施捨的窮人，便回頭瞧瞧是否有人看見，再悄悄溜過去，也把一枚硬幣放進那人手裡，又急忙走開，而他給的往往是一枚銀幣。這種舉動也會招來麻煩。這個街區的人開始認識他，稱他是「施捨的乞丐」。

那個「二房東」老太婆，是個看什麼都不順眼的人，總是以嫉妒的眼光注視別人，也特別觀察尚萬強，但是沒有讓他察覺出來。她耳朵有點背，因此愛嘮叨。從前滿口的牙到現在只剩下兩顆，一顆在上，一顆在下，還總愛叩齒。她問了珂賽特好多話，而珂賽特什麼也不知道，什麼也說不上來，只說她是從蒙菲郿來的。一天早晨，這個總在窺伺的老太婆發現，尚萬強走進破樓裡沒人住的一間屋，神色有點不對頭，於是她像老貓一樣悄悄跟過去，對著門縫觀察，好不會被對方瞧見。尚萬強也一定多加了一分小心，背對著房門。老太婆瞧見他從衣兜裡掏出一個針盒、一把剪子和一團線，接著拆開上衣下襟的襯裡，從拆開的縫裡抽出一張發黃的紙片，將紙片打開。老太婆大吃一驚，她認出那是一千法郎的鈔票，這是她有生以來看到的第二張或第三張，嚇得她倉皇逃開了。

過了一會兒，尚萬強來找老太婆，求她把一千法郎換成小面額的錢，並說他昨天領到了這個季度的利息。「到哪裡取的呢？」老太婆心下暗道，「他昨天傍晚六點鐘才出去的，那時國家銀行肯定不會還開著門。」她去換了錢，同時也作了各種猜測。這一千法郎的鈔票，經過評論和誇大，在聖馬賽爾葡萄園街道，引起那些婆娘紛紛議論，大驚小怪。

過了幾天，尚萬強只穿著襯衣，在走廊上鋸木頭，珂賽特在一旁看得出神。屋裡只有老太婆一個人收拾東西，她一眼就瞧見掛在釘子上的外衣，便上前察看：襯裡又縫好了。她仔細摸了一陣，覺出衣襟和袖子的夾層裡有厚厚的紙，一定是一疊一千法郎的鈔票啦！

此外，她還注意到衣兜裡有各種各樣的東西，不僅有她見過的針線和剪刀，還有一個大皮夾子、一把長刀，以及可疑的東西：幾頂顏色不同的假髮套。這件外衣的每個兜裡，彷彿都裝有應付意外情況的物品。

住在這座破樓裡的人，就這樣挨到了冬季的最後幾天。

五・一枚五法郎銀幣的落地聲

Une pièce de cinq francs qui tombe à terre fait du bruit

有一個窮人，經常蹲在聖美達教堂旁邊一口填平的古井臺上；尚萬強總愛向他施捨，從他面前走過時總要給幾個錢，有時還跟他說說話。眼紅的人就說那乞丐是「警察的眼線」。那老頭有七十五歲，從前當過教堂執事，因而口裡總念念有詞。

有一天傍晚，尚萬強又經過那裡，這回沒帶珂賽特，路燈剛剛點上，他看見那乞丐還在老地方，跟平時一樣，佝僂著身子彷彿在祈禱。尚萬強走過去，像往常那樣把錢放到他手上。那乞丐猛地抬起頭，注視尚萬強，又迅速低下頭去。這動作猶如一道閃電，尚萬強心頭一驚，剛才藉著路燈的昏光，看到的彷彿不是老執事那張平靜呆呆的臉，而是一張可怕而熟悉的面孔。當時的感覺，就像黑夜中突然撞見猛虎。他不勝駭然，嚇得倒退一步，既不敢喘氣也不敢說話，既不敢停留也不敢逃走，只是愣愣地看著那乞丐。那乞丐腦袋罩一塊破布，低著頭，似乎不知道他還站在那裡。在這奇特的時刻，一種本能，也許是自衛的神祕的本能，使得尚萬強一句話沒說。那乞丐的個頭、破衣爛衫和相貌，還是跟平時一樣。「咦！」尚萬強說道，「我瘋啦！簡直在做夢！不可能啊！」他回到家裡，心中惴惴不安。

他幾乎不敢承認，看到的彷彿是沙威的面孔。

到了夜晚，他還在想這件事，後悔沒有問問那人，好迫使他再抬一下頭。

次日快天黑的時候，他又去那裡，乞丐還在老地方。「您好，老夥計。」尚萬強給了一蘇錢，毅然問道。那乞丐抬起頭，以憂傷的聲調答道：「謝謝，我的好心的先生。」沒錯，正是那老執事。尚萬強完全放下心來。他嘿嘿一笑，心中想道：「見鬼，我在哪看到沙威啦？怎麼，我的眼睛要花啦？」於是，他不再想這件事了。

又過了幾天，約莫晚上八點鐘，他在房間裡，正在讓珂賽特高聲拼讀，忽然聽見打開並關上樓門的聲響，心中詫異。這破樓裡除了他，只住著那個老太婆，她為了省蠟燭，總是天一黑就上床睡覺。尚萬強示意珂賽特不要出聲。他聽見有人上樓。沒什麼大不了的，只能是老太婆病了，出去抓藥回來了。尚萬強側耳細聽，腳步很重，那聲響像個男人走路；不過，那老太婆總穿一雙大鞋，而一位老太太的腳步聲，聽起來比誰都更像一個大漢。接著，尚萬強吹滅了蠟燭。

他打發珂賽特去睡覺，悄聲對她說：「去睡吧，別弄出動靜。」就在他親孩子的腦門時，那腳步停下來了。他背對著房門，坐在椅子上沒有動靜，不動也不出聲響，在黑暗裡屏住呼吸。過了好一陣，聽不見動靜了，他才無聲無息地回過身，抬眼望望房門，只見鎖眼透進亮光。在黑糊糊的房門和牆壁上，這點亮光真像一顆災星。顯然，門外有人舉著蠟燭在偷聽。

又過了幾分鐘，那光亮移走了。不過，一點腳步聲也沒聽見，這表明來到門口偷聽的那個人脫掉了鞋子。

尚萬強和衣躺下，一夜無眠。

天濛濛亮的時候，他因疲倦昏昏睡去，忽然被開門的聲響驚醒：聲音是從走廊裡端一間閣樓傳來的；接著，他又聽見跟昨夜上樓同樣的男人腳步聲。腳步聲越來越近。他急忙跳下床，一隻眼對著鎖孔窺視，鎖孔相當大，可看清楚昨夜曾潛入樓裡到他門口偷聽的那個人究竟是誰。從尚萬強門外走過去的的確是個男人，這次他沒有停留。樓道裡還太昏暗，看不清楚那人的面孔；不過，那人走到樓梯口時，外面射進來的一束陽光，正好鮮明地襯出他的身影，尚萬強看到了他的整個背影。那人身材高大，穿一件長禮服，腋下夾一根短棍，正是沙威那副兇相。

尚萬強本可以再從臨街的窗戶看一看，但是，那必須打開窗戶，他不敢妄動。

顯然，那人有鑰匙，進樓就像進自己家一樣。那把鑰匙是誰給他的呢？究竟是怎麼回事呢？

早晨七點鐘，老太婆來打掃房間。尚萬強犀利的目光瞧了她一眼，但是沒有盤問，老太婆的神色跟往常一樣。

她一邊掃地，一邊對他說：「昨夜，先生也許聽見有人進樓來吧？」

那年頭，在那條大道上，晚上八點鐘，就是漆黑的夜晚了。

「哦，對了，是聽見了。」他以最自然的口氣回答，「那是誰呀？」

「是新來的房客，」老太婆說，「住到這樓裡了。」

「叫什麼名字？」

「弄不清楚。叫杜蒙或者道蒙先生。差不多是這種名字。」

「那位杜蒙先生，是幹什麼的？」

老太婆擠著一對狡猾的眼睛注視他，答道：「靠年息維生的，跟您一樣。」

說者也許無意，但尚萬強卻多心了。

等老太婆一走，他就把放在壁櫥裡的一百來法郎銀幣捲起來，揣進衣兜裡。他收錢時儘管十分小心，怕人聽見聲響，但還是有一枚五法郎的銀幣，叮鈴鈴滾在方磚地上。

黃昏時分，他下樓到街上，注意察看周圍，沒有看見一個人。這條大道似乎杳無人跡。當然，樹木後面也許有人躲著。

他又上樓去。

「走。」他對珂賽特說。

他拉起孩子的手，二人一道出門去了。

第五卷：夜獵狗群寂無聲
À chasse noire, meute muette

一・曲線戰略
Les zigzags de la stratégie

在此要說明一點，這對於下面幾頁和以後的篇章都是必不可少的。

本書作者——非常抱歉，不能不談及他本人，已經離開巴黎多年。自從他離去之後，巴黎發生了變化，變得煥然一新，在一定程度上，已經成為他所陌生的城市。他無須描述他有多麼熱愛巴黎，巴黎是他精神的故鄉。由於許多建築物的拆毀或改建，他青年時代的巴黎，他虔誠地銘刻在心的巴黎，如今已是昔日的巴黎。請允許我談談那時的巴黎，就當它依然如故似的。作者帶著讀者到一個地方，介紹說「在某條街上，有某所房子」，很可能今天那裡早已既沒有房子也沒有街道了。讀者若肯勞神，可以去查證一下。至於作者，他對新巴黎一無所知，眼前只有舊巴黎，抱著他所珍視的幻想來寫作，夢想當年他在法國所見的事物並沒有蕩然無存，有的還存留下來，這對他來說是非常愜意的事。一個人只要在故鄉來來往往，就總以為那些街道與自己無關，那些窗戶、那些屋頂和那些門都不算什麼，那些牆壁非常生疏，那些樹木也無足輕重，沒有踏進去的房舍則毫無用處，腳下所踏的路石也不過是石塊而已。後來一旦背井離鄉，就會發覺自己珍視那些街道，懷念那些屋頂和門窗，離不開那些牆壁，熱愛那些樹木，沒有踏進去的房舍天天要出入，而且，自己的五臟六腑、血液和心臟，都留在那些鋪路的石塊之間了。所有那些地點都見不到了，也許此生再也見不到了，但是形象卻保留在你的記憶中，而且產生了一種令人心碎的魅力，帶著幻象的憂傷重現在你的眼前，成為你見得到的聖地，也可以說，化為法蘭西的本相，於是你愛上了，你極力回想那本來的樣子，那舊時的模樣，而且樂此不疲，不願意那模樣發生絲毫變化，因為，你珍視祖國的形象，如同珍視母親的容貌一樣。

因此，我們請求允許在現在談談過去，交代這一點之後，請讀者記下來，我們再往下敘述。

尚萬強立刻離開那條大道，拐進小街，盡可能轉彎抹角，有時甚至突然折回去，看看是否有人跟蹤。

這種招數，正是受圍獵的麋鹿喜歡採用的，在容易留下足跡的地段有許多好處，錯雜的印跡能誤導獵人和獵犬。這在狗群圍獵中叫做「假遁樹林」。

這天夜晚正是望月，尚萬強倒不氣惱。當時，月亮還貼近地平線，將街道割成大塊大塊的陰影和亮地。尚萬強可以躲在陰影裡，沿著房舍和牆壁遊走，觀察明亮的一邊。也許他沒有充分意識到忽視了陰影的一側，不過，他確信波利沃街附近每條僻靜的小巷裡，都沒有人跟在後面。

珂賽特只管跟著走，並不問什麼。她來到世上不久，就經歷了六年苦難，天性中潛入了某種被動性。還有一點，今後我們還要不止一次地提到，她在不知不覺中，早已習慣這老人的怪異行為以及命運的離奇變化。再說，跟他在一起，讓她有安全感。

其實，尚萬強不見得比珂賽特清楚要去什麼地方。他依賴上帝，就像孩子依賴他一樣。他感到自己拉著一個比他更高大的人之手，覺得有一個無形的人在指引他。此外，他根本沒有主意，毫無計畫，也毫無打算。他甚至不能確定究竟是不是沙威，即使是沙威，沙威也不能認定就是他尚萬強。他不是喬裝打扮了嗎？別人不是以為他死了嗎？然而，近日來，有些情況很怪，這就足以令他警覺起來。他決定不再回戈爾博老屋。如同一隻被逐出巢穴的野獸，他要找一個洞穴藏身，然後再找一處安身之地。

尚萬強在穆夫塔爾街區擺迷魂陣，兜了許多圈子。這一帶居民都已安歇，就好像還恪守中世紀的法度和宵禁的限制。他在貢吏街和刨花街，在聖維克托木杵街和隱士井街，兜來轉去，巧妙地周旋。這裡有些小客棧，但是他一步也不跨進去，沒有看到合適的。其實他並不懷疑，萬一有人追蹤，也早已失掉目標了。

聖艾蒂安．杜蒙教堂敲了十一點的鐘，他正穿越蓬圖瓦茲街，從四十一號的警察派出所門前走過。過了一陣子，他出於上文所指出的本能，又轉過身來，藉著派出所門前的路燈，清清楚楚地看見三個緊緊跟隨的人，靠街道昏暗的一側魚貫從那盞路燈下走過。其中一個走進派出所的甬道，帶頭的那個人十分可疑。

「過來，孩子。」尚萬強對珂賽特說了一聲，就急忙離開蓬圖瓦茲街。

他繞了個彎子，轉過此時已關門的族長巷通道，大步走上木劍街和弩弓街，又拐進驛站街。

前面是十字路口，正是今天羅蘭學校所在地，也是連接聖日內維埃芙新街的地點。

（自不待言，聖日內維埃芙新街是一條老街，而驛站街十年也不見有一輛驛馬車駛過。早在十三世紀時，驛站街的居民是製陶工，而這條街真正的名字是陶器街。）

一輪皓月照在十字路口上。尚萬強藏在一個門洞裡，心裡打算那三人若是還跟著，就得通過那片明亮地巷道，他也就必定看得一清二楚。

沒過三分鐘，那些人果然出現了。現在他們一共四人，個個人高馬大，身穿棕色長禮服，頭戴圓頂帽，手持粗棍。他們在黑夜中的行跡就夠陰森可怕的，那大塊頭和大拳頭也同樣令人膽顫心驚，看上去真像化身為仕紳的四個鬼魂。

他們走到十字街頭中央便站住了，聚成一堆，似乎要商量事情，那樣子顯得猶豫不決。像是領頭的那個人轉過身來，氣沖沖地抬起右手，指著尚萬強所走的方向，另一個人好像固執地指著相反的方向。前者轉身的時候，正巧月光照在他臉上。尚萬強完全認出來了，他正是沙威。

二・奧斯特里茲橋上幸而行車

Il est heureux que le pont d'Austerlitz porte voitures

尚萬強疑團頓消，幸而那些人還舉棋不定，他便加以利用：他們耽誤的時間，就是他贏得的時間。於是，他從潛伏的門洞裡出去，衝進驛站街，朝植物園街區走去。珂賽特開始疲倦了，他就抱著她走。街上不見一個行人，因是月夜，也沒有點路燈。

他加快腳步。

他大步流星，幾下就跨到葛伯萊陶器店，月光照在老招牌上，字跡清晰可見：

祖傳老店葛伯萊，
水罐酒壺全都賣，
花盆磚管樣樣有，
憑心出售方磚塊。

他連續把鑰匙街、聖維克托水泉拋在身後，走下坡街，順著植物園走到河邊。他再回頭看看，河濱路闃無一人，其他街道也空蕩蕩的。後面沒人跟隨，他長出了一口氣。

接著，他走上奧斯特里茲橋。

當時還要付過橋費。

他走到收費處，給了一蘇錢。

「應該付兩個蘇，」守橋的收費員說，「您還抱了一個能走路的孩子。要付兩個人的錢。」

尚萬強照付了，但心中不快，怕有人窺見他過橋。凡是逃匿就應當潛行，要神不知鬼不覺才好。

恰好有一輛大車跟他同時過河去右岸，這對他很有利。橋上這段路，他可以在大車的影子裡隱身了。

走到橋中間，珂賽特說腿麻了，要下來走走。於是，他就放下孩子，又拉著她的手往前走。過了橋，他望見前面偏右一點有一片工地，便朝那裡走去。必須冒險穿過一大片明亮的空地，才能到那裡。他並不遲疑，追捕他的那些人顯然被甩掉了，尚萬強認為脫險了。追蹤，沒錯；跟蹤，辦不到。

在兩個有圍牆的工地之間，出現一條小街，即聖安東尼綠徑街，街道又窄又暗，彷彿是專門為他修建的。鑽進去之前，他又回頭張望一下。

他從自己所處的地點，能看見整座奧斯特里茲橋身。

有四個人影剛上橋頭。

那些人背對著植物園，直奔右岸而來。

尚萬強不寒而慄，如同重陷圍獵的野獸。

他尚存一線希望，但願他拉著珂賽特穿過這一大片明亮的空地時，那些人還未上橋，沒有看見。

情況若是如他預想的這樣，之後他鑽進小街，潛入工地、沼澤、農田和空地便能逃脫了。

他覺得這條寂靜的小街靠得住，於是鑽了進去。

三・看看一七二七年巴黎市區圖

Voir le plan de Paris de 1727

尚萬強走了三百來步，到了小街的岔口，分出左右兩條斜街，展現在他面前的是 Y 字的兩根枝杈。選哪一條好呢？

他毫不猶豫，拐往左邊那條。

為什麼？

因為，左邊那條通往城郊，也就是說有人住的地方，而右邊那條通往郊外，也就是荒僻無人的地方。

不過，他不像先前走得那麼快了，珂賽特慢下來，拖住他的腳步。

於是，尚萬強又抱起珂賽特。孩子頭枕在老人的肩上，一聲也不吭。

他不時回頭望望，而且留意著一直靠街道昏暗的一側，身後的街道筆直，他回頭望了兩三次，什麼也沒有看見，一片寂靜，也就稍放寬心，繼續往前走。過了一會兒，他又猛一回頭，彷彿看見他剛走過的那段街上，遠遠的黑地裡有東西在移動。

現在他的步伐不是走，而是往前飛奔了，只希望找到一條側巷，趕緊逃避，再次甩掉跟蹤的尾巴。

他撞見一道圍牆。

那道牆並沒有擋住去路，而是貼著與尚萬強所走的那條街連接的一條橫巷。

到了街口，又得作出決定，是往右還是往左走。

往右邊一望，只見小巷延伸，兩側全是板棚和倉庫之類的建築物，巷尾是死的，橫著一堵白色高牆，清晰可辨。

再往左邊一看，只見巷子二百來步遠處，與另一條街相通，那才是生路。

尚萬強正要拐進左邊巷口，打算逃向隱約望見與巷尾相連的那條街上，忽然發現一尊黑糊糊的雕像，一動不動立在街巷的拐角。

那是一個人，分明是剛剛派去守住巷口的。

尚萬強慌忙後退。

當時他所在的聖安東尼街和拉佩街之間，正是巴黎徹底翻建的一個地段。這種翻建工程，有人斥為醜化，有人譽為改觀。農田、工地和老建築物統統消失了，如今這裡是新建的大街、競技場、馬戲場、跑馬場，還有一座馬紮斯監獄，足見進步少不了刑罰。

半個世紀前，民眾的傳統用語還堅持把法蘭西學院稱做「四國」，把歌喜劇院稱作「費陀」，同樣，也把尚萬強站立的地點稱作「小皮克普斯」。聖雅克門、巴黎門、中士便門、小門廊村、迦利奧特街、則勒司定會修士街、嘉布遣會修士街、槌球場林蔭道、淤泥路、克拉克夫樹街、小波蘭街，這些全是在新巴黎浮游的舊名稱。民眾的記憶附在這些過去的漂浮物上。

其實，小皮克普斯作為街區只具雛形，存在時間極短，面貌酷似西班牙一座城市的修道之地，街道多半沒有鋪石塊，兩側房舍稀少，除了我們要講的兩三條街道之外，各處全是圍牆和空地。沒有一家店鋪，沒有一輛馬車，只有零星幾點燭光從窗戶透出，一過十點鐘就全熄了。這裡全是園圃、修道院、工地、沼澤、寥寥幾座低矮的房舍以及跟房屋一樣高的圍牆。

這就是這個街區在上個世紀的面貌。那場革命帶給它嚴重的損害，共和國市政官對它又是拆毀、又是開鑿、又是穿透，因此到處是一堆堆的瓦礫。三十年前，一群新建築將這個街區一筆勾銷。如今，小皮克普斯已不復存在，市區圖上沒有它一點痕跡了，可是在一七二七年出版的巴黎市區圖上，標示得相當清楚，當年印行巴黎市區圖的有兩家出版商，一是巴黎的德尼・蒂埃里書局，位於石膏街對面的聖雅克街，一是里昂的若望・吉蘭書局，位於天主廣場的服裝店街。小皮克普斯這裡有我們所說的Y形街道，是由安東尼綠徑街劈叉而成的。兩條枝杈，左邊一條叫皮克普斯小街，右邊一條叫波龍索街，頂端由一條橫槓連起來，那橫槓叫直壁街。波龍索街到橫槓為止，皮克普斯小街則穿過去，上坡通到勒努瓦集市場。從塞納河邊來的人，走到波龍索街盡頭，左首便是直壁街，來個九十度的急拐彎，就沿著這條街的圍牆往前走了；右首則是直壁街的尾段，是條死路，叫做洋羅死胡同。

尚萬強就是到了這裡。

上文說過，他看見一個黑影守在直壁街和皮克普斯小街的拐角，就慌忙後退。再也沒有疑問了，那鬼影在窺伺他。

怎麼辦？

走回頭路已來不及了。先前他回頭張望，看見遠處暗地裡有活動的影子，那一定是沙威和他的小隊。尚萬強走到街尾的時候，沙威很可能已經進入街口。看來，沙威非常熟悉這一小塊迷宮似的地段，早就有所防備，派他手下一個人守住出口。這種種猜測顯然都是事實，在尚萬強傷透的腦子裡立刻亂紛紛飛旋起來，就像一把灰塵被一陣風吹飛一樣。他仔細張望洋羅死胡同，那裡無路可通。他再仔細看看皮克普斯小街，那裡有人把守。他看見明亮月光映白的鋪石街道，突兀地襯出那個黑黝黝的身影。往前走，必然撞到那個人；往後退，又要落入沙威的魔掌中。尚萬強感到陷入羅網，感到羅網漸漸收緊了。他悲痛欲絕地仰望蒼天。

四．探索逃路

Les tâtonnements de l'évasion

為了看懂下文，就必須準確地想像出直壁小街，尤其從波龍索街拐進直壁街時拋在左前方的街角。沿直壁街直到皮克普斯小街，右側幾乎一座連一座，全是外觀貧寒的房舍。左側只有一座形貌肅穆的建築，是由連成一體的幾棟房子構成的，而且往皮克普斯小街方向一棟比一棟高出一兩層，因此，這座建築靠皮克普斯小街那面非常高，靠波龍索街那面又相當矮，到我們提過的那個拐角處，建築就低到僅有一堵牆了。不過，這道牆並不直趨波龍索街，而是縮回去一塊，由左右兩角遮掩，無論站在波龍索街還是站在直壁街的人都看不見。

這堵牆從斜壁的兩角，往波龍索街方向延伸到四十五號住宅，往直壁街方向延伸的一段極短，連到我們提過的那座黑糊糊的樓房，斜切著樓房的山牆，在直壁街又形成一個縮角。這面山牆灰土土的，只有一扇窗戶，說得更準確點，只有終日關著的兩塊包了鋅皮的窗板。

我們在此描繪出來的這一街區形貌，完全符合實際狀況，在老住戶的心中，一定能喚起種種真切的記憶。

斜壁完全被一樣東西所佔據，看似一扇門，無比高大又破爛不堪，是用豎條木板胡亂拼湊起來的，上面比下面的板條要寬些，橫向又用長條鐵皮連接固定。旁邊還有一道大車門，大小正常，看樣子蓋建的時間不長，頂多只有五十年。

一棵椴樹的枝杈從斜壁上探出來，靠波龍索街的這面牆上爬滿了常青藤。

情勢兇險，在這千鈞一髮之際，尚萬強見這座房子孤零零，好像沒有住人，就想試一試。他疾速用眼睛掃了一遍，心想若能進去，也許就能逃命。他這才有了一個主意，有了一線希望。

這樓房正面中間部分臨直壁街，各層的每個窗戶都裝有破舊的鉛皮漏斗。從一根總管道分出粗細不同的排水管，接在各個漏斗上，整個看上去，就像畫在樓房正面的一棵樹。那些支管彎彎曲曲，又像盤曲攀附在老農舍前面的枯藤。

那些鉛管鐵管條條枝杈，貼在牆上十分奇特，首先引起尚萬強的注目。他讓珂賽特靠著一個石樁坐下，叫她不要出聲，然後跑到排水管接觸路面的地方。也許能設法順著管道爬上去，潛入樓內。然而，管道年久失修，已經朽爛，勉強附著在牆上。而且，這座樓房直到閣樓，每扇窗戶都鑲了粗鐵條。再說，月光正照在這一面，尚萬強若是爬上去，就會讓守在街口的那個人發現，況且，珂賽特又怎麼辦呢？怎麼把她帶上四層樓呢？

於是，他放棄攀緣排水管的打算，又順著牆角爬回波龍索街。

他回到他讓珂賽特留在那兒的斜壁，發現誰也看不見這裡。前面說過，這個角落避開了從任何方向射來的目光，而且處在暗地裡。這裡還有兩扇門，也許能撬開吧。牆頭探出的椴樹枝和爬著的常青藤，顯然表明裡面是座園子，儘管樹葉落光了，但至少可以藏身，度過下半夜。

時間流逝，要趕緊行動。

他試試那扇大門，立刻明白裡外都釘死了。

他抱著更大的希望，湊近另一扇大門。這扇門已經破舊不堪，而且又高又寬，就更不牢固了，木板都朽爛，橫連的長條鐵皮只有三條，也全生鏽了。這蟲蛀朽爛的木柵，也許能打穿個洞。

他仔細一看才發現，這並不是門，既沒有鉸鏈，也沒有合頁，既沒有鎖，也沒有中縫。只有鐵皮條橫貫在上面，但是並不銜接。從木板縫往裡瞧，能隱約看見三合土中的粗砂石：十年前，行人經過這裡都還能看到。尚萬強不禁愕然，只好承認這扇徒具虛表的門，只不過是一所房子後山的護牆板。撬開板子容易，但還是要碰壁。

五・有煤氣路燈便不可能

Qui serait impossible avec l'éclairage au gaz

這時，遠處傳來低沉而有節奏的聲響。尚萬強冒險探出頭，從街角向外張望一眼，只見七、八名士兵列隊走進波龍索街口，槍刺閃著寒光，正朝他走來。

他辨認出走在排頭的大個子就是沙威。他們謹慎地緩緩行進，時常停下，顯然是搜索每一處牆角、每一個門洞和每一條小道。

見此情景，不會猜錯，那支巡邏隊是沙威半路遇見並調用來的。

沙威的兩名助手也走在佇列中。

根據他們行進的速度和停頓的情況，可以計算出他們還得一刻鐘才能到達尚萬強所在的地點。這一刻鐘可說是萬分危急，他第三次面臨可怕的深淵，再過幾分鐘就墜落下去。這次若被判處勞役，就不單純是服勞役的問題了，還意味著珂賽特必定斷送一生，成為孤魂野鬼了。

只有一個辦法可行了。

尚萬強有這樣一個特點，可以說他身上有個褡褳，一個包包裝著聖徒的思想，另一個包包裝著勞役犯的驚人才能。要掏哪個包包，得視情況而定。

從前他在土倫服勞役，曾多次企圖越獄，練就一整套本領，其中攀登一技堪稱高手，令人難以置信，我們還記得，他不用梯子，不用扣釘，僅憑自身肌肉的力量，運用後頸、肩頭、臀部和雙膝，稍稍撐一下砌石偶然的突起部分，就能順著兩面牆構成的直角一直登上七層樓。二十年前，囚犯巴特摩勒就是運用這種技巧，從巴黎裁判所附屬監獄逃走，致使那處牆角既令人驚恐，又大名鼎鼎。

尚萬強看著探出椴樹枝的牆頭，目測一下高度，約有十八法尺。這堵牆和那座大樓的山牆的切角裡，砌了一個三角形磚石墩，大概是要防範人稱行人的那些糞蟲到這異常隱密的角落方便，這類牆角防護墩在巴黎相當普遍。

這個磚石墩約五尺高。墩頂距牆頭，頂多有十四尺。

牆頭蓋了石板，沒有披簷。

事情難在珂賽特，她不會爬牆。丟下她嗎？尚萬強連想也不會想。馱她上去又不可能。這種奇特的攀登，需要他使出全身的力氣，哪怕一點點累贅，也能讓他失去重心而栽下去。

需要一條繩子，尚萬強身上沒帶。大半夜的，在波龍索街，到哪裡找繩子呢？此刻，尚萬強若是擁有個王國，也會拿去換一條繩子。

危難關頭總有閃光，有時令我們頭暈目眩，有時叫我們心明眼亮。

尚萬強絕望的目光碰到洋羅死胡同的路燈杆。

當時巴黎街頭還沒有煤氣路燈，只有帶反射鏡的油燈，每隔一段距離設一盞，天要黑時點亮，用繩子拉起或放下；那燈繩從空中橫拉過街道，裝在杆子的槽裡，收放燈繩的絞盤裝在燈下面一個鐵盒裡，鑰匙由點燈工保管，燈繩下半段則用金屬管保護。

尚萬強拿出殊死鬥爭的勁道，一個箭步躥過街道，衝進死胡同，用刀尖撬開小鐵盒的梢閂，轉瞬間又回到珂賽特身邊。他有了繩子。這些不幸的人，跟命運搏鬥時總能急中生智，行動乾脆俐落。

前面交代過，這天晚上沒有點路燈。洋羅死胡同和別處一樣，路燈是黑著的，就是有人從旁邊走過，也不會注意那盞燈不在原來位置上了。

然而，那麼晚的時間，在那種地方，周圍那麼黑暗，尚萬強又神色惶遽，行為怪異，忽來忽往，這一切開始讓珂賽特感到不安了。換了別的孩子，早就驚叫起來了，而她只是扯扯尚萬強的衣襟。一直都聽得見巡邏隊走近的腳步聲，而且越來越清晰了。

「爸爸，」她小聲說，「我怕。那是誰來啦？」

「別出聲！」不幸的人回答，「那是德納第婆娘。」

珂賽特打了個寒噤。尚萬強又說道：「別說話，讓我來對付。妳若是喊叫，若是哭，那麼德納第婆娘就會追過來，把妳抓回去。」

接著，他解下領帶，紮在孩子的腋下，注意鬆緊適度，再把領帶跟繩子一端繫住，打了個海員所說的燕子結，咬住繩子另一端，脫下鞋襪扔過牆頭，這一系列動作，不慌不忙，又乾淨利索，絕不重複，在巡邏隊和沙威隨時可能突然出現的這種時刻，尤為顯得出色。然後，他跳上那磚石墩，身子貼住牆壁和山牆的切角往上升，動作十分沉穩，就好像腳跟和臂肘下有梯級似的。只用半分鐘，他就跪在牆頭上了。

珂賽特驚呆了，一聲不響地望著他。尚萬強的叮囑，以及德納第婆娘的名字，早把她嚇呆了。

忽然，她聽見尚萬強輕聲喊她：「背靠在牆上。」

她照辦了。

「不要出聲，也不要害怕。」尚萬強又說道。

珂賽特感到雙腳離了地。

她還沒弄清楚是怎麼回事，就被拉上牆頭了。

尚萬強抓住她，放到自己背上，用左手拉住她的兩隻小手，匍伏爬到斜壁上。他判斷得不錯，果然有一間小房，房頂與那木牆頭相連，拂著椴樹枝，坡度也平緩，披簷離地面不高。來到這裡讓他很開心，因為牆裡比臨街一面高得多。尚萬強往下看，地面相當幽深。

他爬到斜屋頂，手還沒放開牆脊，就聽見一片喧擾，這表示巡邏隊趕到了，又聽見沙威如雷的聲音說道：「搜索這個死胡同！直壁街有人把守，皮克普斯小街也守住了。我敢打包票，他一定在這個死胡同裡！」

士兵衝進洋羅死胡同。

尚萬強背著珂賽特，順著屋頂滑下去，碰到椴樹，便跳下地。也許由於恐懼，也許由於勇敢，珂賽特一聲未出，她雙手擦破了點皮。

六・謎的開端

Commencement d'une énigme

尚萬強發現了一座園子。園子很大，但形貌奇特，景色淒涼，彷彿建來專供人在冬夜觀賞。園地呈長方形，裡側有一條林蔭道，長著兩排高大的楊樹，角落還有一片高樹，園中央是一片沒有陰影的空地，只有一棵大樹挺立著，另有幾棵果樹，枝幹蜷曲，支稜八翹，就像是大叢荊棘。此外，還有幾畦菜地、一塊瓜田，只見瓜秧培育罩在月光下閃閃發亮，旁邊有一口排污水古井。幾條石凳散布在各處，黑糊糊的，好像長了苔蘚。一條小徑兩旁都栽有挺直幽暗的小樹，路徑半邊雜草侵佔，半邊青苔覆蓋。

尚萬強身旁有一間房子，他正是從那房頂滑下來的，還有一個柴堆，柴堆後面靠牆有一尊石像，面部損壞，成為一副畸形面具，在黑暗中若隱若現。

房子破爛不堪，只見幾間屋門窗都被拆毀了，只有一間被改作倉房，裡面堆滿雜物。

臨直壁街延伸至皮克普斯小街高起來的那座大樓，有兩面對著園子，呈直角突進來。園內這兩面比臨街那兩面顯得淒慘，窗戶全裝上了鐵欄，沒有一點燈光，樓上幾層還裝有窗門，跟監獄的窗戶一樣。一面牆投在另一面牆上的陰影，又落到園地上，猶如巨幅黑布。

再也看不到別的房舍。園子盡頭隱沒在夜霧中。不過，有些縱橫交錯的牆頭還依稀可見，彷彿園外還有園子，波龍索街的低矮房頂也依稀可見。

想像不出還能有比這裡更荒僻更冷清的園子了。園中一個人也沒有，這很簡單，時間太晚，可是這地方，即使在中午，好像也不適合人來散步。

尚萬強要做的頭一件事，就是找到鞋子，重新穿上，然後帶珂賽特走進倉房。逃跑的人，總覺得自己藏匿的地點不夠隱蔽。孩子還一直想著德納第婆娘，她出於同樣的本能，也盡量蜷伏起來。

珂賽特渾身顫慄，緊緊靠著他。他們聽見巡邏隊搜索死胡同的喧鬧聲、槍托碰到石頭的聲響、沙威招呼他布哨警察的喊聲，以及他那摻雜著無法聽清楚的話語和咒罵聲。

過了一刻鐘，那種狂吼的風暴漸漸離去。尚萬強斂聲屏息。

他的手一直輕輕按著珂賽特的嘴。

不過，他置身的荒僻之地幽靜得出奇，外面的喧囂那麼兇猛，又那麼近，卻絲毫也沒有驚擾這裡面。這裡的牆壁，就像是用《聖經》裡所說的啞石砌成的。

然而，在這一片沉寂中，忽然響起一種新的聲音，是來自上天的無比美妙的仙音，跟剛才那陣可怕的喧鬧，恰成鮮明的對照。這是從黑暗中傳出來的天主頌歌，是在朦朧夜色和可怕寂靜中由祈禱與和聲匯成的炫目之光。這是婦女的聲音，由貞女純潔的聲調和女孩天真的聲調組合，這不是人間的聲音，而像新生嬰兒還聽得到、垂死之人已經聽到的聲音。這歌聲從屹立在園中的灰暗大樓裡傳出來。在魔鬼的喧囂離去的時刻，從夜色中繼之而來的彷彿是天使的合唱。

珂賽特和尚萬強同時跪下。

他們並不知道這是什麼，也不知道身在何處，但是這老少二人，一個贖罪者和一個無罪者，都感到應當下跪。

這聲音的奇特之處，就是並不妨礙大樓給人空蕩蕩的印象。聽來就像空樓傳出的超自然歌聲。尚萬強聽著歌聲，什麼也不想了。他眼前不再是漆黑的夜，而是蔚藍的天空，他感到我們每人心中都有的翅膀要展開了。

歌聲止息。這歌聲也許持續很久，尚萬強說不準，陶醉忘情的時間，從來就像一剎那。

周圍又沉寂下來。街上悄無聲息，園內也悄無聲息了。兇險恐怖的、給人慰藉的，所有聲響都消失了。只有牆頭上的幾株枯草在風中抖瑟，微微發出悽惶的聲響。

七・謎的續篇

Suite de l'énigme

夜晚的寒風刮起來了，表明已是凌晨一、兩點鐘。可憐的珂賽特一聲不吭，挨著尚萬強坐在地上，頭靠著他的身子。尚萬強以為她睡著了，就低頭瞧了瞧，看見她睜大眼睛，一副沉思的樣子，心中不禁一陣難過。

她渾身一直發抖。

「想睡覺嗎？」尚萬強問道。

「我冷。」孩子答道。

過了一會兒，她又說：「她還在那兒嗎？」

「誰呀？」尚萬強反問道。

「德納第太太呀。」

尚萬強已經忘了讓珂賽特噤聲的辦法。

「唔！」他說道，「她走了，不用怕了。」

孩子歎了一口氣，好像一塊石頭從胸口拿掉了。

地面潮濕，破棚四處透風，而晚風也越來越冷了。老人脫下外衣，幫珂賽特裹上。

「這樣暖和一點了吧？」他問道。

「嗯，爸爸！」

「那好，妳等我一會兒，我馬上回來。」

他走出破棚，開始順著大樓察看，想找個更好的避身之所。他看到好幾扇門，但是都關著的，樓下的窗戶也都裝了鐵欄。

他繞過大樓的裡角，發現幾扇圓拱窗透出點亮光，於是在一扇窗前踮腳往裡張望，這些窗戶全開在一座相當寬敞的廳堂，廳堂地面鋪了寬幅石板，由有拱廊石柱間隔開，只看到一點微光和巨大的陰影，什麼也看不清楚。光亮來自掛在牆角的一盞長明燈。大廳空蕩蕩的，沒有一點動靜。不過，他極力凝望，似乎看見石板地上有什麼東西，好像一個人體的形狀，蓋著一塊裹屍布。那東西面朝下，直挺挺地趴在石板地上，兩臂平伸，全身構成一個十字，但紋絲不動，就跟死了一般。看著石板上伏著一條蛇似的東西，真以為那駭人的形體脖子上被套了根繩索。

整個大廳灰濛濛的，燈光幽暗，平添了幾分恐怖的氣氛。

後來尚萬強常說，他一生也見過不少怖怪的景象，但還沒有比這形體更令人膽顫心寒的：這謎一樣的形體，僵臥在這陰森的地方，在夜色中隱約可見，該是多麼神祕莫測啊。設想那東西可能是死的，就夠嚇人了；設想那可能是活的，就更嚇人了。

尚萬強還算有膽量，腦門貼著玻璃窗，窺視那東西動不動，這樣徒然地待了一會兒，覺得過了很長時間，那僵臥的形體始終紋絲不動，突然，他感到被一種無名的恐懼所震懾，就慌忙逃開了。他跑回倉棚，一路不敢回頭望一望，覺得一回頭，就會看見那殭屍晃動手臂，大步地跟在後面。

他氣喘吁吁回到破棚，雙膝發軟，腰間出了汗。

他到了什麼地方？誰能想像得出來呢？在巴黎市區，竟有這種鬼域？那奇異的樓房是什麼場所？充滿黑夜神祕的建築，在黑暗中以天使的歌聲招引靈魂，等招來靈魂，又赫然展示這種可怖的景象，本來許諾打開光輝燦爛的天國大門，卻打開了陰森恐怖的墓穴之門！而這確確實實，是一座建築，一座樓房，臨街的，有門牌號碼！這絕非夢幻！他要摸一摸牆上的石頭才相信。

寒冷、惶恐、憂慮，這一夜的驚擾，真把他弄得渾身燥熱，千頭萬緒，在他頭腦裡亂成一團麻。

他走近珂賽特，看到她睡著了。

八・謎上加謎

L'énigme redouble

孩子枕著石頭睡著了。

尚萬強在她身邊坐下，開始端詳她的睡容。在端詳的同時，他的情緒也漸漸平靜下來，又能重新拿回自由意志的所有權了。

他清楚地認識這樣一個現實，也就是他餘生的底蘊：只要這孩子還在，只要在他身邊，除非是為了她，否則他什麼也不需要，除非是因為她，否則他什麼也不害怕。他脫掉外衣蓋在孩子身上，甚至沒有感到自己身子很冷。

這段時間，他在冥思遐想中，聽見一種奇特的聲響，好像搖動的鈴鐺聲。聲音來自園內，雖然微弱，但是聽得很真切，如同夜間牧場上牲口頸下小鈴鐺發出的幽微的音樂。

尚萬強聞聲回頭張望。

他定睛一看，發現園裡有一個人。

像是一名男子，走在瓜田的秧苗培育罩之間，不時停下，彎下腰又直起來，彷彿在地上拖著或者展開什麼東西。那人走路好像一瘸一拐。

尚萬強渾身一哆嗦，不幸的人就是這樣，動輒驚悸，看什麼都可疑，都有敵意。他們提防白天，因為白天容易被人看見；他們也提防夜晚，因為夜晚容易被人突襲。剛才因為園子闃無一人，他心驚肉跳，現在園裡有了人，他也心驚肉跳。

他從虛無縹緲的恐懼，又跌入實有真切的恐懼，心想沙威和警探也許沒有離開，必定留人在街上守望，這個人萬一發現他在園內，就要大喊捉賊，把他交出去。於是，他輕輕抱起熟睡的珂賽特，移到倉棚最裡面的角落，放在一堆擱置不用的舊家具後面。珂賽特一動也不動。

他從裡面觀察瓜田上那個人的行跡。奇怪的是，鈴聲完全隨著那人的動作而變異。人近聲近，人遠聲遠；他動作急促，鈴聲也急促，他停下不動，鈴聲也止息。顯然，鈴鐺繫在那人身上。可是，這其中有什麼奧妙呢？那究竟是什麼人，得像牛羊一樣繫著鈴鐺呢？

他一面在心中提出這些疑問，一面伸手摸摸珂賽特的手，感到她的小手冰涼。

「上帝啊！」他歎道。

接著，他就低聲喚她：「珂賽特！」

珂賽特不睜眼。

他又用力推她。

她也不醒來。

「她不會是死了吧！」他說著，就霍地站起，從頭到腳渾身顫慄。

他驚慌失措，一陣胡思亂想。有時候，可怕的想像如同一群瘋魔，猛烈襲擊我們，要衝破我們的腦顱。一涉及我們所愛的人，我們就慎而又慎，憑空想出各種荒唐的情況。他忽然想到，寒冷的冬夜，露天睡覺會喪命。

珂賽特面無血色，一動不動，癱在他腳下的地上。

尚萬強傾聽她的呼吸，感到她還喘氣，但氣息微弱，快要斷了。

怎麼讓她暖和過來呢？怎樣把她叫醒呢？與此無關的念頭，全從他頭腦裡消失了。他發狂似地衝出破屋。

刻不容緩，一刻鐘之內，必須把珂賽特放到火前和床上。

九・佩帶鈴鐺的人

L'homme au grelot

尚萬強徑直朝園裡那人走去，手裡攥著從外套兜裡掏出來的一卷錢。

那人低著頭，沒有瞧見他走近。尚萬強幾步就跨到他跟前。

他開口就喊道：「一百法郎！」

那人嚇了一跳，抬起眼睛。

「一百法郎給您賺，」尚萬強又說道，「只要您給我一個過夜的地方！」

月亮迎面照著尚萬強那驚慌的臉。

「咦，是您啊，馬德蘭老爹！」那人說道。

這名字，在黑夜的這一時辰，在這陌生之地，由這陌生人叫出來，使尚萬強連連後退。

他準備好應付任何局面，就是沒有料到這一點。跟他說話的是位老者，背駝腿瘸，身上的穿戴跟農民差不多，左膝綁條皮帶，掛一個挺大的鈴鐺。他的臉背著月光，看不清楚。

這時，那老人摘下帽子，提高嗓門顫抖地說：

「天主啊！您怎麼在這裡，馬德蘭老爹！耶穌上帝啊，您是從哪進來的？是從天上掉下來的吧？這不難猜，您若是真的掉下來，那只能是從天上。您怎麼這身打扮！沒紮領帶，沒戴帽子，也沒穿外衣！不認識您的人見了會嚇著的，您知道嗎？天主上帝啊，如今的聖徒全瘋了嗎？真的，您是怎麼進來的？」

一句緊接一句，老人像鄉下人那樣爽快，說起話來滔滔不絕，但絕不讓人下不了台。語氣中既流露出驚訝，又顯得天真而淳樸。

「您是誰？這裡是什麼宅院？」尚萬強問道。

「嘿，老天爺，太過分啦！」老人高聲說，「我就是您安置在這的呀，這個宅院，就是安置我的地方啊。怎麼！您認不出我來啦？」

「不認識，」尚萬強說，「我怎麼會認識您呢？」

「您救過我的命啊。」那人又說。

他轉過身，一束月光照見他的側面，這下尚萬強認出是割風老頭。

「哦！」尚萬強說，「是您嗎？對，我認出您了。」

「還真行啊！」老人帶著責備的口氣說。

「您在這裡幹什麼？」尚萬強又問道。

「還用問！我在蓋瓜秧苗呀！」

剛才尚萬強上前搭話時，割風老頭確實提著一片草席，正要蓋在瓜田上。而且，他到園子裡來已有個把鐘頭，蓋了很大一片了。尚萬強在破屋觀察到的，正是他這種奇特的動作。

他繼續說道：

「出來之前我心想，天氣冷了，趁著月光亮，幹嘛不給瓜秧披上大衣呢？」他看著尚萬強，哈哈大笑，又補充說道，「真的，您也應該披上一件啊！對了，您怎麼在這呢？」

尚萬強心中暗道，這人既然認識他，至少知道他叫馬德蘭，那麼自己就要謹慎從事，於是一連串提了許多問題。事情也真怪，雙方似乎調換了角色，他這個不速之客，反倒盤問起人家來了。

「您膝上掛個鈴鐺幹什麼？」

「這個？」割風回答，「這是讓別人避開我呀。」

「什麼？讓別人避開您？」

割風老頭兒詭祕的樣子，擠眉弄眼地說：

「當然嘍！這大樓裡住的全是女的，還有不少年輕姑娘，好像撞見我就會有危險。鈴聲警告她們回避。我一來，她們就紛紛走開。」

「這是什麼宅院啊？」

「噯！您還不知道？」

「我真的不知道。」

「是您安置我到這兒來當園丁的呀！」

「回答我的話，就當我根本不知道。」

「好吧，這就是小皮克普斯修道院呀！」

尚萬強想起來了。兩年前，割風老頭出了車禍，成了殘廢，便由他介紹到聖安東尼區修道院來，而他恰恰闖到這裡，真是巧遇，也是上天的安排。他自言自語似的重複道：

「小皮克普斯修道院！」

「是啊，不過，」割風又說，「您，馬德蘭老爹，真是見鬼了，您是怎麼進來的？您是個聖徒也沒用，總歸是個男人，是男人就不許進來這裡。」

「您不是能在這嗎？」

「只有我一個例外。」

「不管怎麼說，我得留在這。」尚萬強又說道。

「上帝啊！」割風歎了一聲。

尚萬強湊到老人面前，嚴肅地說：「割風老爹，我救過您的命。」

「這還是我先想起來的。」割風回答。

「那好，從前我為您做的事，今天您也能為我做了。」

割風兩隻皺巴巴的老手，顫抖著拉住尚萬強兩隻結實的大手掌，好一陣說不出話來，最後才高聲說道：

「我若能報答您一丁點，那真是慈悲上帝的恩惠！我！救您的命！市長先生，用得到我這個老頭，您就吩咐吧！」

這老人一陣喜悅，連容貌都變了，臉上似乎煥發出光彩。

「您要讓我做什麼呢？」他又說道。

「等一下我再向您解釋。您有一間屋子嗎？」

「有一所破板房，在老修道院破房後面，孤零零地待在一個隱蔽的角落，誰也看不見。有三個房間。」

果然，破棚在老樓後面，被遮住了，十分隱蔽，誰也看不見，尚萬強也沒有發現。

「很好，」尚萬強說，「現在，我要求您兩件事。」

「什麼事，市長先生？」

「頭一件事，關於我的情況，您不要跟任何人說。第二件，我的事您不要多問。」

「聽您的。我知道您只能幹正當的事，您始終是慈悲上帝的人。再說，是您把我安置在這的。這是您的事，我聽您的。」

「一言為定。現在隨我來，一道去找孩子。」

「啊！還有孩子！」割風說道。

他不再多說一句話，像狗追隨主人一樣跟著尚萬強。

沒過半小時，珂賽特睡在老園丁的床上，烤著旺旺的爐火，臉蛋就又變紅了。尚萬強重新打上領帶，穿上外衣，也找到了從牆頭扔過來的帽子。尚萬強這邊穿上外衣時，割風那邊也解下繫鈴帶，掛到背簍旁邊一根釘子上，算是牆壁的點綴。割風往桌子上放一塊乳酪、黑麵包、一瓶葡萄酒和兩隻杯子。二人臂肘撐著桌子烤火，老頭一隻手按住尚萬強的膝蓋，說道：

「唉！馬德蘭老爹！您沒有一下子認出我來！您救了人家的命，卻把人家給忘啦！噢！真不夠意思！人家還總惦記著您！您這人真沒良心！」

十・沙威如何撲空

Où il est expliqué comment Javert a fait buisson creux

這一系列事件，我們可以說看到了反面，其實發生的經過極其自然。

尚萬強在芳婷去世的床邊，被沙威逮捕，當天夜裡，他就逃出了海濱蒙特伊市監獄，警方推測，這個越獄的勞役犯必定前往巴黎。巴黎是吞沒一切的大漩渦，如同大海的漩流一樣，任何東西進入這人世的漩流都會消失。巴黎藏匿一個人蹤跡的能耐勝過任何森林，各色各樣的亡命之徒都深知這一點。他們奔向巴黎，就像鑽進無底洞，而有些無底洞確是避難之所。警方也深知這一點，因此在別處喪失了線索，就到巴黎去尋覓。警方的確在巴黎察訪海濱蒙特伊的前市長，沙威也調到巴黎協同破案，他在重新逮捕尚萬強歸案過程中，的確費了很大力氣。安格萊斯伯爵主管警察總署時，祕書夏布葉先生注意到在這件案子中，沙威表現出的忠勇和智慧，而且，當初他就提拔過沙威，趁這次機會，就把這個警探從海濱蒙特伊調到巴黎總署任職。沙威調到巴黎之後，屢次立功，其表現——還是明說吧，儘管這個字眼用於這種職業上未免出人意料——忠勤可嘉。

天天出獵的狗追捕今天的狼，就會忘掉昨天的狼，同樣的，沙威也不再想尚萬強了，直到一八二三年十二月，他這從不看報的人忽然看了一份報紙，作為保王黨徒，他要了解「親王大元帥[1]」凱旋而歸，進入巴約訥城的詳細報導。他看完感興趣的一篇報導後，在版面下端一個名字突然吸引了他的注意，是尚萬強。報紙報導勞役犯尚萬強死了，發布了正式消息。沙威看了深信不疑，隨口說了一句：「那真是個好下場。」他扔了報紙，就不再想這事了。

不久，賽納．瓦茲省警察廳轉給巴黎警察總署一份報單，是發生在蒙菲郿鄉的拐帶兒童案，情節相當離奇。一個七、八歲的小姑娘，由母親託付給當地一個小客店主撫養，被一個陌生人拐走。小姑娘名叫珂賽特，是一個名叫芳婷的女子之女，那女子已死在醫院中，時間地點不詳。沙威看到這份報單，便又想起舊事。

芳婷這名字，他很熟悉，還記得尚萬強曾請求寬限三天，去領那賤人的孩子，當時引起他沙威哈哈大笑。他又想起，尚萬強是要上蒙菲郿的驛馬車時被捕的。有些跡象表明，當時他是第二次搭那趟車了，前一天他到過那村子附近，只是沒人看到他進村子。他到蒙菲郿那地方去幹什麼？當時令人費解，現在沙威則恍然大悟。芳婷的女兒在那裡，尚萬強要去接她，而現在，那孩子被一個陌生人拐走。那陌生人究竟是誰呢？不會是尚萬強吧？可是尚萬強死了啊。沙威沒有對任何人提起這件事，就到木板死胡同錫盤車行租了一輛單人馬車，前往蒙菲郿。

他滿以為到了那裡，就能弄個水落石出，詎料又墜入五里霧中。

出了那事的最初幾天，德納第夫婦心中懊惱，不免張揚了一陣。雲雀失蹤的消息在村子裡傳開了，而且立刻出現幾種說法，最後總結為拐帶兒童案，這就是警局報單的由來。然而，德納第氣過一陣之後，憑他那靈敏的本能，很快就意識到驚動檢察官先生，絕不會有什麼好事，他就「拐走」珂賽特之事告官，產生的頭一個後果，就是把司法那炯炯的目光引到他德納第身上，引到他所幹的許多不清白案件上。貓頭鷹最忌諱的事，就是有人把一支點燃的蠟燭拿到牠面前。首先，他收了一千五百法郎，又怎能脫離關係呢？於是，他來個緊急剎車，又把他老婆的嘴堵上，再有人向他提「拐走的孩子」，他就故作驚訝，表示莫名其妙，說他捨不得那寶貝孩子，出於感情想多留她兩三天，可是人家不由分說把孩子「搶走」，當時他固然抱怨了幾句，但來領孩子的人是

①．指昂古萊姆公爵，一八二三年四月，他率法軍進入西班牙，鎮壓那裡的資產階級革命。回國第一站便是臨西班牙邊境的小城巴約訥。

她祖父，這是天經地義的事。他編出個祖父來，效果極佳。沙威來到蒙菲郿，聽說的就是這個故事。出來個祖父，尚萬強就化為烏有了。

不過，沙威還是追問了幾句，想探探德納第那套話的虛實。

「那祖父是個什麼樣的人？他叫什麼名字？」

德納第爽快地回答：「是個有錢的莊稼人。我看了他的通行證，記得他叫吉約姆・朗貝爾先生。」

朗貝爾是個善良的名字，聽了叫人放心，沙威又回巴黎去了。

「尚萬強那傢伙明明死了，」沙威心想，「我這是犯什麼糊塗啊？」

這件事他又丟在腦後了，到了一八二四年三月間，他聽說聖美達教區住著一個怪人，人稱「好施捨的乞丐」。據說那人靠年息度日，真名實姓卻無人知曉，他獨自帶一個八歲的小女孩生活。眾人對那女孩也是一無所知，僅僅知道她是從蒙菲郿來的。蒙菲郿！這個地名總是反覆出現，這次又讓沙威豎起耳朵。有一個老乞丐，從前在教堂當過執事，後來幫警察當眼線，他就常得到那怪人的施捨，他還提供一些情況：「那個吃年息的人特別怕跟人來往……總是天黑才出門……跟誰也不說話……只是偶爾跟窮人說兩句……也不讓任何人接近。他穿一件黃色舊禮服，破爛不堪，但裡邊縫滿了鈔票，價值幾百萬。」這些話引起沙威極大的好奇心。他想接觸一下，瞧瞧那個奇怪的息爺，又不打草驚蛇，有一天就向當過教堂執事的老眼線借了那身破衣裳，到他每天傍晚邊念禱文、邊偵察的老地方。

「那可疑的人」果然來了，走到化了裝的沙威面前，施捨了錢。沙威趁機抬頭看一眼，以為見到了尚萬強，而尚萬強也以為見到了沙威，二人都同樣一驚。

然而天太黑，可能認錯人，尚萬強的死訊已經正式公布了。因此，沙威還心存疑慮，而且是重大的疑問。沙威是個一絲不苟的人，在犯疑的時候絕不亂抓人。

他跟蹤那人，一直跟到戈爾博老屋，向「老太婆」了解情況，這不費什麼周折。老太婆向他證實了那外衣襯裡有好幾百萬，還講了兌換那張一千法郎鈔票的例子。她親眼看到！她親手摸到！於是，沙威租下一間房間，當天晚上住進去，還到那神祕的房客門口偷聽，可望聽到他的嗓音，然而，尚萬強從鎖眼發現了燭光，就不出聲了，挫敗了警探的計謀。

次日，尚萬強準備溜之大吉，可是，那枚五法郎銀幣落地的聲響，引起了老太婆的注意，她心想那房客要遷走，就急忙通知了沙威，到了夜晚，尚萬強出去的時候，沙威帶兩個人已經守候在大道旁的樹後了。

沙威又到警署要了幫手，但是沒有透露他要抓的那人姓名。這是他的祕密，他謹守祕密有三條理由：首先，稍有不慎，就可能引起尚萬強的警覺；其次，追捕一個公認死了的老逃犯，追捕一個法院案底曾列入「最危險的匪徒」之類的一個罪犯，如能逮捕歸案，就是大功一件，這樣一個案子，巴黎警署的老人絕不會讓沙威這樣一個新來乍到的人去辦；最後，沙威是個講究技藝的人，喜歡出奇制勝，他討厭那種老早就宣布、談得乏了味才得到的功績。他要暗中準備傑作，然後赫然展示出來。

沙威從一棵樹到另一棵樹，跟蹤尚萬強，再從一個街角到另一個街角，一刻也沒有失掉目標。即使在尚萬強自以為十分安全的時候，沙威的眼睛也盯著他。

為什麼沙威不逮捕尚萬強呢？那是因為他仍有疑慮。

回想一下，那時候警察不能為所欲為，還受自由言論的約束。報紙曾揭露幾起武斷的逮捕事件，在議會裡引起反響，致使警署畏首畏尾了。侵犯人身自由是嚴重的事件。警察害怕錯抓了人，署長責怪下來，一個過錯就砸了飯碗。設想一下，二十種報紙同時刊登一則短訊，會在巴黎引起什麼後果吧：昨天，一位可敬的老息爺領著八歲的孫女散步，被警察認作在逃的勞役犯逮捕，押進警署大牢！

此外，我們還要重複一遍，沙威本人也有顧慮：上級叮囑，內心也百般叮囑，他確確實實沒有絕對的把握。

尚萬強背對著他，一直走在暗處。

往日的憂傷、不安、焦慮、沮喪，今天又遭不幸，不得不連夜潛逃，在巴黎臨時為珂賽特和自己找個藏身之所，走路又必須適應這孩子的步伐，這一切，在尚萬強不知不覺中，改變了他走路的姿勢，還給他軀體的習慣動作增添了龍鍾的老態，這就勢必讓沙威所代表的警方產生錯覺，而且他確也產生錯覺了。沙威本來就沒有把握，跟蹤又不能靠得太近，看那人一身落魄學究的打扮，想起德納第把他說成祖父的證詞，尤其公認為他已死在服刑期間，因此，這個警探就覺得更是疑慮重重了。

有一陣子，他真想突然上前檢查那人證件。可是轉念又一想，即使那人不是尚萬強，也不是安分守己的老息爺，那他也不是個善類，很可能跟巴黎的犯罪團夥有深入而密切的關係，他很可能是匪幫的危險盜首，平日施捨點錢財，以掩飾他其他的本領，這是掩人耳目的老伎倆了。他一定有黨羽、有同夥、有應急的巢穴。他在街上所走的迂迴曲折的路線表明，那傢伙絕不那麼簡單。下手太快，無異於「殺雞取卵」。再等一等，又有何不可呢？沙威確信他跑不掉。

直到相當晚的時候，在蓬圖瓦茲街，他才藉著一家酒館的明亮燈光，確認那是尚萬強。

世上有兩種生靈能在心靈深處顫慄：一是尋回孩子的母親，一是抓到獵物的猛虎。沙威就在內心深處顫慄起來。

他一確認了可怕的勞役犯尚萬強，就發覺他們只有三個人，於是到蓬圖瓦茲街派出所請求幫手。

先要戴上手套，才能去抓帶刺的木棍。

這樣一耽擱，他又在羅蘭十字路口跟警探商量一下，就險些失去目標的蹤跡。不過，他很快就斷定，尚萬強必定是過了河，以便甩掉追蹤的人。他低頭想了想，就好像獵犬鼻子貼著地面要辨準蹤跡似的。沙威憑著本能的精確判斷，徑直走向奧斯特里茲橋，一句話就問明了情況。「您有看見一個男人帶著一個小姑娘嗎？」他問過橋收費員。「我讓他交了兩蘇錢。」收費員答道。

沙威一上橋，恰好望見尚萬強在河對岸，拉著珂賽特走過月光照亮的一片空場，還望見他走進聖安東尼綠徑街；他想到洋羅死胡同在那裡好似陷阱，只有直壁街通往皮克普斯小街的惟一出口。正如獵人所說的，他要「趕到前面堵截」，急忙派了一個人繞道去守住那個出口。一個巡邏隊正要返回兵工廠營房，正巧經過那裡，沙威就調用來協同追捕。在這類較量中，大兵就是王牌。再說，要獵獲野豬，獵人用智，獵犬用力，這也是原則。這樣布置完畢，沙威感到尚萬強已然入彀，右有洋羅死胡同，左有埋伏，後有他沙威追趕，想到此處，他不禁取出一撮鼻菸嗅嗅。

接著，他開始耍戲了。一時間，他心懷殺機，樂不可支，明知對手跑不掉了，還故意讓他在前面奔逃，盡量推遲下手的時間，品味已捉住對手又看著他自由行動的快感，如同蜘蛛讓蒼蠅翻飛，貓兒讓老鼠逃竄，拿眼睛盯著時所感到的樂趣。猛禽猛獸的利爪都有一種兇殘的肉欲：爪下獵物的心驚肉跳。這種生殺予奪，該有多麼快活！

沙威好不開心。他的網結得十分牢固，勝券在握，只需合攏手指了。

他的人手這麼多，尚萬強再怎麼健壯，再怎麼兇猛，再怎麼拚命，也抗拒不了啦。

沙威穩步前進，一路搜索街頭的每個角落，如同搜查竊賊的每個衣兜。

到了他結的蜘蛛網中心，蒼蠅卻不見了。

不難想像他該多麼氣急敗壞！

他盤問布置在直壁街和皮克普斯小街路口的崗哨，那警察堅守哨位，根本沒看見那人過去。

獵犬圍住的鹿，有時會矇混出去，也就是逃脫出去，再老的獵人遇到這種情況，也只好啞口無言。杜維維埃、利尼維爾和德斯普雷茲也都會不知所措。阿爾東日碰到了這種倒楣事，則不禁嚷道：「那不是鹿，而是個巫師。」

沙威也真想這樣大吼一聲。

他那種失望，一時近乎絕望和盛怒。

毫無疑問，拿破崙在俄國征戰中犯了錯誤，亞歷山大在印度征戰中犯了錯誤，凱撒在非洲征戰中犯了錯誤，居魯士②在西亞征戰中犯了錯誤，同樣的，沙威在征討尚萬強之戰中也犯了錯誤。他也許錯在猶豫不決，沒有確認這個老勞役犯的身分，本來他看一眼就行了。他錯在到那破樓房裡，沒有直截了當地去抓他。他也錯在既然在蓬圖瓦茲街認定了，卻沒有立刻下手。他還錯在到了羅蘭十字路口，站在月亮地裡跟助手商量，主意多固然有用，了解和徵詢忠犬的意見也是好的。然而，獵人追捕多疑的野獸，例如追捕豺狼和勞役犯時，就不應該過於審慎。沙威考慮太多，一路讓狗群辨認蹤跡，反而打草驚蛇，把野獸嚇跑了。他尤其錯在既然在奧斯特里茲橋上重新發現蹤影，卻還要搞那種奇特而天真的遊戲，用一根線遙控那樣一個人。他過於高估了自己，以為能跟一頭獅子玩捉老鼠的遊戲。同時，他又過低估計了自己，認為必須請求增援。延誤了寶貴的時間，坐失良機。沙威犯了這一系列錯誤，仍不失為一個歷來最精明、最標準的警探。他完全稱得上在圍獵的術語中所說的「一條乖狗」。況且，誰又能十全十美呢？

最偉大的戰略家也有失算的時候。

重大的蠢事，也跟粗繩索一樣，是由許多股擰成的。把繩索一股一股拆開，把具有牽力的一絲一縷分開，然後一根根拉斷，你就會說：「不過如此！」再把那一根根編織起來，擰在一起，那就非同小可了。那就是東征馬西安還是西討瓦倫提尼安，游移不決的阿提拉③；那就是在加普亞流連忘返的漢尼拔④；那就是在奧布河畔阿爾西酣睡的丹東。

不管怎樣，沙威發現尚萬強逃脫後，並沒有張皇失措。他確信在逃的勞役犯不會走遠，便布置暗哨，設置陷阱和埋伏，在這個街區搜索了一整夜。他首先看到路燈錯了位，燈繩也被剪斷了。這個線索很寶貴，卻把他引入歧途，使他搜索的重點轉向洋羅死胡同。死胡同裡有幾處圍牆相當矮，裡面的園子隔著圍籬就是大片荒地。尚萬強顯然從那裡逃跑了。其實，當時尚萬強若是往洋羅死胡同裡多走幾步，就很可能那樣做，那麼他就完了。沙威像找一根針似的，搜遍了那些園子和荒地。

黎明時分，他留下兩個精幹的人繼續觀察，而他返回警署，自覺汗顏，無地自容，就像是被小偷耍弄了的一名警探。

②・居魯士大帝二世：西元前五五〇—前五三〇年在位，波斯皇帝。
③・阿提拉（三九五—四五三）：匈奴王，曾攻打東羅馬帝國皇帝馬西安、西羅馬帝國皇帝瓦倫提尼安。
④・漢尼拔（西元前二四七—前一八三）：迦太基將領，曾率軍攻陷羅馬，曾在羅馬東南的加普亞沉溺於酒色。

第六卷：小皮克普斯
Livre sixième: Le Petit-Picpus

一．皮克普斯小街六十二號
Petite rue Picpus, numéro 62

皮克普斯小街六十二號那道大車門，在半個世紀前是再普通不過了。平日，那道門總是半掩著，特別引人好奇，門縫中透出兩樣還不算太慘不忍睹的景物：一座圍牆爬滿青藤的院落，一張門房因無所事事而無神的臉龐。對面的牆頭探出幾棵大樹。每當一束陽光給院子帶來歡快的氣氛，每當一杯酒給門房增添歡喜的神氣時，那麼，從皮克普斯小街六十二號門前經過的人，就很難不受到感染，不帶走一分愉快的心情。然而，那地方看上去相當淒黯。

門扇咧開微笑，而樓房卻在祈禱並哭泣。

假如我們能通過門房那一關，但那絕非易事，幾乎沒人辦得到，因為，必須知道「芝麻，開門！」那樣一句咒語才行。假如過了門房那一關，再走進右首的一個小門廳，就可看見兩堵牆之間只能容一人通過的窄樓梯。假如我們沒讓牆上的鵝黃色和沿樓梯牆腳的巧克力色嚇住，壯著膽子登上樓梯的一層平臺，再登上二層平臺，就到達二樓的樓道，會發現牆上的鵝黃色和牆腳的巧克力色緊追不捨，悄悄跟上了二樓，而光線從兩扇美麗的窗戶透進來，照亮了樓梯和樓道。不過，樓道拐了個彎就昏暗了。假如我們也拐過彎，再往前走幾步，便到了一扇門前，因它沒有關閉而尤覺神祕；推門進去，是一間小屋，約六尺見方，方瓷磚地被擦洗過，牆上糊了十五蘇一卷的小綠花南京壁紙，整個屋子顯得潔淨而清冷。一大扇小格玻璃窗占了整個左首一面牆，透進黯淡的白光。掃視周圍，不見一人；側耳細聽，毫無動靜，既聽不見腳步，也聽不見人語。牆壁光禿禿的，房間沒有家具，連一把椅子也沒有。

再仔細瞧瞧，就會看見房門對面的牆上有個一尺見方的洞，洞口安裝了鐵網，牢固的黑鐵條交叉打結，構成小方孔，而方孔的對角可以說不到一寸半。南京壁紙的小綠花平靜而整齊，一直排列到鐵網，並不因為接觸陰森可怖的東西就驚慌失措，四處逃散。無論腰身多麼纖細的人，若想從小方洞出入也絕無可能；那鐵網不會放過軀體，只能放過眼睛，也就是說放過精神。這一點似乎早就有人想到，因此鐵網靠裡一點的牆洞裡，還鑲嵌了一塊白鐵皮，白鐵皮上有無數小孔，比漏勺眼還小。鐵皮下方開了一個長口，跟信箱口一樣。還有一根鈴繩帶子，從鐵網右邊洞裡垂下來。

如果你拉一拉那條帶子，就會叮噹響起鈴聲，還會聽見一個人的聲音，近在咫尺，能嚇你一哆嗦。

「誰呀？」那聲音問道。

那是一個女子的聲音，十分輕柔，輕柔得有點悲切了。

到了這一步，還有一句咒語必須掌握。如果不知道，那聲音就沉默了，牆壁重新喑啞，就好像墳墓裡的黑暗愕然噤聲一樣。

假如你知道那句咒語，那聲音就會應道：「請從右邊進來。」

右邊正好對著窗戶，你會看到一扇漆成灰色的玻璃門，門上還鑲了一個玻璃框。你拉起門閂，跨進門去，當即產生的感覺，完全像到了劇院，在鐵欄還未放下、吊燈還未點亮的時候進入池座包廂。所到之處，的確像劇院的包廂，只從玻璃門透進一點微光，裡面很狹窄，有兩把舊椅子、一塊散了的草墊，正面齊肘高處掛著一塊黑色木板，真像名副其實的包廂。這包廂也有欄杆，但不是歌劇院的那種漆金木柵欄，而是一排奇形怪狀、鐵條錯亂的鐵欄，而嵌在牆中的榫頭就跟拳頭一樣。

過了幾分鐘，眼睛開始適應這種地窖的昏暗，目光就要越過欄杆了，但也只能看到欄杆以外六寸遠。視線到那裡，又遇到一道黑色窗板；窗板由果醬麵包色的橫木加固，是用幾條能開合的長薄板片連成的，遮住整個鐵欄，而且始終緊閉著。

過了一會兒，你會聽見窗板裡面有聲音叫你，並對你說：「我在這裡。您找我有什麼事？」

那是一個親愛的聲音，有時是一個被愛慕的聲音。但是你看不見人，幾乎聽不見氣息，彷彿是幽靈隔著墓壁跟你說話。

假如你符合某些必備的條件——這種情況極為少見，那麼窗板的一個窄木條就會在你面前打開，幽靈便顯形了。你會隔著鐵欄和窗板，勉強看見一個人頭的嘴和下頦，其餘部位則由黑紗遮住。那塊黑色頭巾、蓋著黑色裹屍布的模糊形體，只是隱約可見。那個人頭對你說話，但是不看你，也絕不對你笑。

光從你背後照過來，這樣，你看她光亮，她看你黑暗。這種光照具有象徵意義。

這一會兒，你的眼睛透過這條開口，極力搜索這個完全避人耳目的地方。幽深的空間籠罩著那個服喪的形體。你的眼睛探索那空間，想分辨那形體的周圍。不久你就會明白，你什麼也瞧不見。你只看到黑夜、空濛、幽暗，只看到摻雜暮氣的冬霧，那是一種駭人的靜謐、一種沉寂，絕無聲息，連歎息都沒有的沉寂，那是一片陰影，是什麼也分辨不清，連鬼魂也不清的陰影。

你所見到的，是一座修道院的內幕。

這就是這座陰森肅穆的樓房的內幕，當時稱為永敬聖貝爾納會修女院。你所在的包廂，就是接待室。頭一個跟你講話的聲音，是聯絡修女，她一直坐在牆裡面，一動不動，一聲不吭，正對著有鐵網和千孔板雙重臉甲保護的方洞。

帶鐵欄的修室之所以昏暗，是因為接待室有一扇窗戶連接塵世，靠修道院一側卻沒有窗戶。絕不能讓世俗的眼睛窺探這聖潔之地。

然而，這種幽暗之外，仍有光明；這種死寂中仍有生意。儘管這座修道院壁壘森嚴，非別個修道院可比，我們仍要進去，並帶讀者進去瞧瞧，還要講講別人從未見過，因此也從未敘述過的故事，當然我們不會忘記分寸。

二・馬爾丹・維爾加分支
L'obédience de Martin Verga

這座修道院到一八二四年，存在在皮克普斯小街已經有許多年了，是馬爾丹・維爾加分支的聖貝爾納會一座修女院。

因此，這些聖貝爾納會修女與本會的修士不同，並不屬於克雷爾伏聖貝爾納修會[①]，而像本篤會修士那樣屬於錫托。換句話說，她們並不隸屬於聖貝爾納，而隸屬於聖伯努瓦[②]。

稍微翻過書的人都知道，馬爾丹・維爾加於一四二五年創建一個聖貝爾納本篤修女會，總會設在薩拉曼卡，分會設在阿爾卡拉[③]。

①・是十二世紀時由聖貝爾納（一〇九一—一一五三）在法國北部小鎮克雷爾伏創建的。
②・聖伯努瓦於六世紀創建本篤會。一〇九八年在錫托創建的修道院信奉聖伯努瓦的教條。
③・薩拉曼卡和阿爾卡拉是西班牙城市。聖貝爾納・本篤修女會是雨果杜撰的，並不存在。

這個修會的分支就這樣發展到歐洲所有天主教國家。

一個修會嫁接到另一個修會上，在拉丁教會中並不罕見。就拿這裡所談的聖伯努瓦創建的修會而言，分支除了馬爾丹．維爾加一系，還有四個修會團體：義大利有兩個，卡辛山和帕多瓦的聖朱絲丁，法國有兩個，克呂尼和聖摩爾；還有九種修會：瓦隆布羅薩、格拉蒙、則肋司定會、聖羅米阿爾會、查爾特勒會、受辱修會、橄欖山會、西爾維斯特會，以及錫托修會；須知錫托修會雖然是另外一些修會的主幹，對於聖伯努瓦來說卻是分支的分支了。錫托修會始於聖羅伯爾，在一〇九八年，他在朗格爾主教區任摩菜姆修道院院長。而魔鬼是在五二九年被逐出阿波羅古廟，退隱在蘇比亞哥沙漠（他老了，難道他當了隱士？）；當初，他正是透過十七歲的聖伯努瓦住進古廟裡的。

加爾默羅會修女要赤腳走路，胸前掛一根柳枝，絕不能坐下，除了她們的教規，最嚴的要算馬爾丹．維爾加的聖貝爾納本篤修女會的教規了。她們穿一身黑色修袍，並按照聖伯努瓦的特殊規定，頭巾要一直包住下頦。一件寬袖嗶嘰修女袍、一條毛紡的大面罩，要包住下頦，在胸前折得方方正正的頭巾一直壓到眼睛的紮額中，這就是她們的裝束。除了紮額中是白色的，其餘的全是黑色。初學修女同樣裝束，但是全身白色。已經發願的修女，側身則掛著一串念珠。

馬爾丹．維爾加的聖貝爾納本篤會修女，跟所謂聖事修女的本篤會修女一樣，都躬行永敬規訓；本世紀初，本篤會在巴黎有兩所修女院：一所在神廟，一所在聖日內維埃芙新街。不過，我們所講的小皮克普斯聖貝爾納本篤會修女，和聖日內維埃芙新街與神廟的所謂聖事修女，屬於完全不同的修會，教規有許多不同，服飾也不一樣。小皮克普斯的聖貝爾納本篤會修女戴黑頭巾，而聖事修女和聖日內維埃芙新街的修女戴白頭巾，胸前還佩帶銀質鍍金或銅質鍍金的三寸來高聖體像，小皮克普斯的修女從不佩帶聖體像。小皮克普斯和神廟兩座修女院都躬行永敬規訓，但絕不能因此把兩者混為一談。聖事修女和馬爾丹．維爾加的聖貝爾納會修女，奉行這種規訓僅僅貌似而已，正如在研究和頌揚有關耶穌基督的童年、生活和死亡，以及有關聖母的所有神跡方面，菲力普·德·內里在佛羅倫斯創建的義大利經院，和皮埃爾·德·貝呂埃勒在巴黎創建的法蘭西經院，雖然有相似之處，但是兩個會派截然不同，有時甚至相互敵對。巴黎的經院以老大自居：菲力普·德·內里不過是個聖徒，而貝呂埃勒則是紅衣主教。

回到我們的話題，再來看看馬爾丹·維爾加的西班牙式嚴厲教規。

這一派系的聖貝爾納本篤會修女得終年素餐，在封齋節和特定的日子，她們還要齋戒，夜晚睡一下就得起來。從凌晨一點至三點，要念《日課經》，唱《晨經》；一年四季睡在草墊上，鋪蓋全是嗶嘰布單，從來不洗澡，也從來不生火，每星期五受苦鞭，要遵守沉默不語的條規，只能在課間休息時說說話，而休息時間又很短；每年從九月十四日聖十字架瞻禮節，穿上粗毛呢襯衣，一直到復活節脫下，穿六個月還是酌情減短了，按戒規要整年都穿著，可是到了炎熱的夏天，那種粗毛呢襯衣悶得受不了，常常引發熱症和神經性痙攣。因此，必須縮短穿戴的時間，即使這樣優待了，到了九月十四日，修女們穿上粗毛呢襯衣後，總還是有三四天發燒。順從、清苦、貞潔、安心待在修道院，這就是她們的誓願，卻由教規大大地加重了。

院長任期三年，由有發言權的「參事修女」推舉產生。院長只能再連任兩屆，因此，一個院長任期最長為九年。

她們從來看不到主祭神父，中間總用一道七尺高的嗶嘰簾子隔開。宣道師來到小教堂講經的時候，她們就放下面紗遮住臉孔。她們說話必須小聲，走路必須低頭，眼睛看地面。只有一個男人可以出入這座修道院，那就是本教區的大主教。

修道院裡當然還有一個男人，那就是園丁，但必須是個老年人，好讓他始終獨自一個住在園子裡，膝上還掛個鈴鐺，好讓修女聞聲迴避。

她們絕對服從院長。那正是按照教規，完全忘我的馴順，如同聽到基督的聲音，一看到手勢和示意，立即奉命，表現出欣悅、堅定，盲目地順從，好似工人手中的銼刀，而且未經特殊准許，不能閱讀也不能寫任何文字。[4]

修女要輪流做她們所稱的「大贖罪」。大贖罪就是祈禱赦免世人一切罪孽、一切過失、一切放蕩行為、一切暴行、一切不義之舉、一切罪惡。進行「大贖罪」的修女，要一連十二小時，從傍晚四點到凌晨四點，或者從凌晨四點到傍晚四點，對著聖體像跪在石板上，合攏手掌，頸上吊著一根繩子。她累得實在撐不住的時候，就臉朝下趴在地上，雙臂伸開，跟身體一起呈十字狀。這是惟一的放鬆。她以這種姿勢為全宇宙的罪人祈禱。這種行為偉大到了崇高的程度。

這種祈禱始終對著頂端有一支蠟燭的柱子，因此「大贖罪」和「縛柱子」兩種說法混同。而修女們出於卑躬心理，更喜歡後一種說法，認為其中包涵受刑和受辱的意義⑤。

進行「大贖罪」時，必須全身心貫注，跪柱子的修女，身後即使落下響雷，也不能回頭瞧一瞧。

再者，聖體像前總跪著一名修女，每班一小時，就像士兵換崗一樣。這就是所謂的永敬。

院長和修女所取的名稱，幾乎都有重大的含義，並不是令人聯想起聖徒和殉道士，而是特指耶穌基督一生的階段，如聖誕修女、聖孕修女、獻堂修女、受難修女。不過，也可以襲用聖徒的名字。

外人看她們，只能看見一張嘴。她們的牙齒全是黃的，這座修道院從未見過一把牙刷。刷牙，是屬於斷送靈魂的過錯中，最高級的。

她們講什麼東西都不說「我的」，她們一無所有，也不應當留戀任何東西。無論什麼她們都說「我們的」，例如說我們的面兜、我們的念珠。就算是提起自己的襯衫，也說「我們的襯衫」。有時候，她們喜愛上某樣小東西，如一本《日課經》、一件聖物、一枚祝福過的紀念章；可是，她們一旦發覺自己開始珍視這個物品，就必須送給別人。她們念念不忘聖泰蕾絲說的一段話：一位貴婦請求入她的修會時說：「我的修女，我非常珍視一本《聖經》，請允許我派人去取來。」她回答說：「哦！您還有捨不得的東西！既然如此，您就不要進入我們的修會了。」

任何人都不准關起門來，不准有「自己的家」，「自己的房間」。她們住的修女室總開著門。她們見面時，一個說：「願祭台最崇高的聖體受到歌頌和崇拜！」另一個就回答：「永遠如此。」

敲別人房門時也是同樣儀式。手指剛剛碰一下門，就能聽見屋裡輕柔的聲音急忙說出：「永遠如此！」就像所有宗教儀式那樣，這種儀式習以為常，也變成一種機械行為了。有時，還沒等到對方說完「願祭台最崇高的聖體受到歌頌和崇拜！」這句稍長的話，這邊已經脫口說出：「永遠如此！」

朝拜聖母會的修女，進屋的一個說：「聖母經」，屋裡的那個就說：「雅哉聖寵」。這種問候的方式，的確夠「雅哉聖寵」的。

每到整點，這所修道院禮拜堂的鐘要多敲三下。聽到這種信號，院長、參事修女、發願修女、雜務修女、初學生、備修生，全都中斷自己所說、所做和所想的事，一齊說出祈禱文，例如敲五點鐘，就一起說道：「五點鐘，以及每時每刻，願祭台最崇高的聖體受到歌頌和崇拜！」如果敲八點鐘，就說：「八點鐘，以及每時每刻……」依此類推，隨鐘點不同而稍變。

這種禮俗旨在打斷人的思路，隨時將人的思想引向上帝。許多修會都有這種禮俗，只是套語各異。例如，在聖嬰耶穌會，修者就說：「在此時，以及每時每刻，願對耶穌的愛燃燒我們的心！」

五十年前，小皮克普斯的馬爾丹．維爾加的聖貝爾納本篤會修女，都以純粹素歌的低沉聲調唱聖歌，自始至終都以飽滿的嗓音歌唱。凡是唱到彌撒經上有星號的地方，她們就停頓一下，低聲念道：「耶穌——瑪利亞——約瑟夫。」在追思祭禮上，她們的聲調極低，降到女聲再也降不下去的音域，那效果的確悲慘感人。

小皮克普斯修道院在主祭壇下面建了地下室，以便安葬本院的修女，然而照她們的說法，「政府」不准許將棺木放在地下室。這樣，她們死後還得離開修道院，為此又痛心又驚愕，認為這違反天理。

④．原文中從「聽到基督的聲音」始，以下各分句，大多是拉丁文，只有「未經特殊准許」，原作法文譯文不夠準確，應為「未經院長特殊准許。」
⑤．因其暗指耶穌在刑架上受難。

不過聊以自慰的是，她們死後可以在特定時間，埋葬在伏吉拉爾公墓的特定地點：那一角墓地原就屬於這所修道院的。

星期四跟星期日一樣，她們要做大彌撒、晚禱和全部日課。此外，她們還恪守所有小節日的規定。那些小節日鮮為人知，從前在法國盛行，如今在西班牙和義大利仍盛行不衰。她們在禮拜堂的祈禱數不勝數。我們只要引用修女一句天真的話，就能極為貼切地說明她們祈禱的次數和時間。那位修女說：「備修生的祈禱多得嚇人，初修生的祈禱多得嚇壞人，發願修女的祈禱多得嚇死人。」

修道院每週召開一次全體會議，由院長主持，參事修女都要參加。修女依次跪在石地上，當眾高聲交代她在這週所犯的大小過失。參事修女聽完一名修女的懺悔，便商議一下，再高聲宣布給予的懲處。

稍微嚴重的過失才高聲懺悔，此外，她們所犯的輕過，要行所謂服罪禮。行服罪禮，就是在做日課的時候，五體投地，匍匐在院長面前，直到她們只稱為「我們的修女」的院長示意，在禱告席的木頭上輕輕敲一下，那修女才能起來。為了極小的事也要行服罪禮，如打破一隻玻璃杯，撕破一塊面紗，該做日課時不覺遲到幾秒鐘，在禮拜堂裡唱錯了一個音等等，就足以讓人們行服罪禮。行服罪禮完全是自發的行為，是罪人——從詞源學上講，此處用這個詞正合適——自我審判，自我懲罰的。每逢節日和禮拜天，唱經臺上四個樂譜架前，有四位唱經修女隨著日課唱聖詩。有一天，一位修女唱聖詩時，本應以「看呀」起始，卻大聲唱出「do、si、so」三個音符，為了這個疏忽，她的服罪禮持續了整場日課，這引起全場大笑，因而過錯尤為嚴重。

一位修女被召到接待室，即使是院長，也要放下面罩，我們還記得，只能露出一張嘴。

惟獨院長能跟外界打交道。其他人只能見見最親近的家人，而且見面的機會很少。萬一有人求見當初在社交中認識或喜歡的一位修女，那就必須經過一連串的交涉。求見者若是個女子，那麼有時還可能允許；修女前來，隔著窗板跟來訪者說話；只有母女或姊妹相見，窗板才能打開。

自不待言，男人求見一概拒絕。

這就是聖伯努瓦定下的教規，由馬爾丹．維爾加改得更加嚴厲。

這裡的修女了無樂趣，臉色也不像其他修會的姑娘那樣紅潤鮮豔。她們臉色蒼白，神態沉肅。從一八二五年至一八三〇年，就有三名修女瘋了。

三．嚴厲
Sévérités

備修至少得兩年，往往要四年，初修也要有四年。二十三、四歲之前發願終身修道的人極為罕見。馬爾丹．維爾加的聖貝爾納本篤會修道院也絕不接收寡婦入會。她們夜修室中的苦行種類繁多，難以名狀，而且絕不能跟外人講。

在初修生發願的日子，大家要將她盛裝打扮，給她戴上白玫瑰花，幫她做頭髮，梳起光滑的髮髻。然後，她跪伏在地，身上蓋一大幅黑布，大家唱起〈悼亡曲〉，舉行追思祭禮。修女分成兩列，一列從她身邊走過，以哀怨的聲調說：「我們的姊妹死了。」另一行則以洪亮的聲音回答：「但活在耶穌基督的心中！」

在本書所講的故事發生的年代，有一所寄宿學校附屬於這座修道院，學員全是大家閨秀，多為有錢人家，其中有德．聖奧賴爾小姐、德．貝利桑小姐，還有一個英國姑娘，名叫德．托爾伯特，是天主教中的名門大姓。這些少女圍在四堵牆裡，接受修女的教育，在憎惡人世和這個世紀中成長。有一天，她們當中一個人對我們這樣說：「我一見到街道的石塊路面，就從頭到腳顫慄。」她們身穿藍衣裙，頭戴白帽，胸前佩戴一枚銀質鍍金或銅質的聖靈章。每逢重大的節日，尤其是聖瑪爾特節時，特許她們一整天穿上修女服，按照聖伯努瓦的規定做彌撒，使她們樂不可支。當初，修女常把自己的黑道袍借給她們穿。後來院長明令禁止，認為這有瀆聖服，只有初修生還可以借著穿一穿。在修道院裡，這種試裝無疑得到容忍和鼓勵，暗暗符合勸人入教的精神，讓這些孩子事先品味一下聖衣，而值得注意的是，寄宿生還真把這當成一件樂事，當成一種消遣。她們不過覺得好玩而已，「這是新鮮玩意兒，讓她們改變一下。」真是孩子的天真理由，不足以讓我們這些世俗之人明白，手拿聖水刷，站在樂譜架前一連高唱幾小時究竟有什麼樂趣。

除了苦行，她們大致能遵守修道院的所有教規。有一位少婦還俗結婚數年之後，還未能擺脫修道院的一些習慣，每次聽見敲門就脫口說一句：「永遠如此！」寄宿生跟修女一樣，只能在接待室和家人見面。甚至連她們的母親也不准擁抱她們，可見戒規嚴厲到何等程度。有一天，一位少女跟來探望的母親見面，很想親親母親帶來的三歲小妹妹，因未能獲准而哭泣，但就是不准。她請求至少讓妹妹把小手伸進鐵欄讓她親一下，這也遭到拒絕，幾乎是遭到憤怒的拒絕。

四・樂事
Gaîtés

儘管如此，這些少女還是使得這所肅穆的修道院充滿美好的記憶。

有些時刻，這所修道院也散發出童稚之氣。休息的鐘聲一響，園門就大敞四開，鳥兒嘰喳說道：「嘿！孩子們來啦！」一群姑娘隨即蜂擁而入，擠進像殮單一樣被一座十字形建築切開的園子。那一張張煥發青春的臉孔、一個個白皙的額頭、一雙雙喜氣洋洋的天真大眼，好似一朵朵朝霞，在這黑暗中散開來。繼唱聖詩聲、鐘聲、鈴聲、喪鐘聲、祈禱聲之後，突然響起小姑娘的喧鬧聲，聽起來比蜜蜂的嗡鳴還悅耳。歡樂的蜂巢開放了，每個都帶來一份蜜。有的嬉戲，有的相互召喚，有的聚在一起，有的奔跑；有的在角落裡嘰喳說話，露出美麗的小白牙；那些面罩遠遠地監視這些嬉笑，黑暗窺視著光彩，但是這又有什麼關係！她們照樣興高采烈，照樣歡聲笑語。那四堵陰森森的圍牆也有陶醉的時刻，目睹蜂群紛飛的美妙景象，受到歡天喜地的情緒感染，也隱隱變白，喜形於色了。這情景就像一場玫瑰雨灑在這種悲哀的氛圍中。小姑娘在修女的注視下瘋玩瘋跑，嚴厲的目光並不妨礙天真的性情。幸而有些孩子，在連續嚴峻肅殺的時辰裡，還有天真的時刻。小姑娘蹦蹦跳跳，大姑娘翩翩起舞。在這所修道院裡，遊戲時有藍天的參與。這些歡快而純潔的靈魂，真是無比可愛，無比莊嚴。要是荷馬在世，一定會來這裡跟佩羅⑥一起歡笑，這黑糊糊的庭園裡有青春，有健康，有歡聲笑語，有冒失憨態，有歡樂幸福，足令老嫗眉頭舒展，所有老嫗，無論史詩中還是童話裡的，無論是王座上還是茅舍中的，從赫卡柏⑦到老奶奶，都會眉頭舒展。

這所修道院裡講的「童言童語」，也許比任何地方都多，童言童語總是那麼美妙，令人發笑而又沉長思之。在這四面陰森森的牆壁中，有一天，一個五歲的孩子就這樣嚷道：「修女呀！一個大姊姊剛才告訴我，我在這裡待的時間只剩下九年零八個月了。多叫人高興呀！」

下面這段難忘的對話，也是在這裡進行的：

一位參事修女：「妳為什麼哭呀，我的孩子？」

孩子（六歲）抽抽嗒嗒地說：「我跟阿莉克絲說我知道法蘭西的歷史。她跟我說我不知道，可是我知道。」

阿莉克絲（大孩子，九歲）：「不對，她不知道。」

修女：「是怎麼回事呢，我的孩子？」

阿莉克絲：「她跟我說，隨便翻開書，問她那上面隨便一個問題，她都能回答。」

「問了之後呢？」

「她沒能回答出來。」

⑥．佩羅（一六二八－一七〇三）：法國作家，開創法國童話文體。
⑦．赫卡柏：希臘神話傳說中特洛伊城王后。

「哦。妳問她什麼？」

「我照她說的隨便翻開書，看到一個問題就向她提出來。」

「什麼問題？」

「那問題是：後來發生了什麼情況？」

一個靠年金生活的太太的女兒有點貪吃，也是在這裡得到這樣深刻的評價：「她真可愛！她愛吃麵包片上面抹的果醬，就跟大人一樣！」

在這所修道院的石板地上，撿到一份懺悔詞，是一個七歲犯罪的女孩怕忘記事先寫的：

「主啊，我控告自己吝嗇。」

「主啊，我控告自己淫亂。」

「主啊，我控告自己抬起頭看過男人。」

下面這則童話，是一個嘴唇紅潤的六歲女孩在園中草坪上編造的，講給四五歲的藍眼睛女孩聽：

「從前有三隻小公雞，住的地方開著許多花。牠們採了花，放進衣兜裡。然後又採了葉子，放進牠們的玩具裡。那地方有一隻狼，還有不少樹林。狼在樹林裡，吃了那些小公雞。」

還有這樣一首詩：

不知從哪來了一棍。
是波利希奈勒[8]在打貓。
那對貓沒有好處，只有疼痛，
一位太太就把他關到牢裡。

有一個遭遺棄的女孩，被這所修道院慈悲的收養，她講了一句又美妙又惱人的話。她聽見別人談論自己的母親，就在角落裡咕噥一句：「我呀，出生的時候，我媽不在身邊！」

修道院有個負責跑腿的胖修女，名叫阿加德，她經常帶著一大串鑰匙，在樓道裡往來匆匆。那些「太太姑娘」，即十歲以上的，都叫她「阿加多鑰匙」⑨。

食堂是個長方形的大廳，僅從與園子同高的圓拱迴廊透進點陽光，因而又昏暗又潮濕，用孩子們的話說就是：到處是昆蟲。周圍每一處都能提供一大堆蟲子，四面牆角的每一角，都按照寄宿生的特徵，取了鮮明的特殊名字。有蜘蛛角、毛蟲角、鼠婦甲蟲角和蛐蛐角。蛐蛐角靠近廚房，受到特別對待，那裡不像別處那樣陰冷。食堂這些名字又用到寄宿學校，用以區別四夥學生，如同從前馬紮然學院那樣。每個學生在食堂用餐所坐的方位，就屬於哪一夥。有一天，大主教前來巡視，瞧見一個金髮朱唇的美麗小姑娘，就問身邊一個褐髮桃腮的可愛姑娘：

「那一個是誰？」

「是個蜘蛛，大人。」

「哦！另外那個呢？」

「那是個蛐蛐。」

「還有那個呢？」

「是個毛毛蟲。」

「是嘛，那麼妳自己呢？」

「我是鼠婦甲蟲，大人。」

⑧．波利希奈勒：法國木偶戲中雞胸駝背的丑角。

⑨．阿加多鑰匙：音近阿加多萊斯（約西元前三六一—前二八九），錫拉庫薩的暴君。

凡是這類修道院都有自己的獨特之處。本世紀初，艾古安就是這樣一個又美妙又肅穆的地方，姑娘的童年是在近乎莊嚴的昏暗中度過的。在艾古安，參加聖體列隊式，可以區分為童貞女和獻花女。還有「華蓋隊」和「香爐隊」，前者拉著華蓋的挽帶，後者捧香爐熏聖體。鮮花自然由獻花女捧持。四名「童貞女」走在前面，在這隆重節日的早晨，常聽見寢室裡這樣問道：

「誰是童貞女？」

康邦夫人援引了一個七歲「小姑娘」的一句話：走在隊尾的小姑娘，對著在列隊中帶頭的一個十六歲「大姑娘」說：「妳哪，是童貞女，而我不是。」

五・弛心

Distractions

食堂的門楣上，用黑色大字寫了一篇祈禱文，稱做〈白色祈主文〉，據說能把人直接引入天堂。

「小小的白色祈主文，上帝所創，上帝所講，上帝在天堂展示。夜晚我去安歇，看見我的床上躺著三個天使，一個在床腳，兩個在床頭，仁慈的聖母瑪利亞在中間，她讓我睡下，切莫遲疑。仁慈的上帝是我的父親，仁慈的聖母是我的母親，那三位使徒是我的兄弟，三位童貞女是我的姊妹。天主降世穿的襯衣，如今裹在我的身上，聖瑪格麗特十字劃在我胸前；聖母夫人去田野，正為天主掉眼淚，遇見聖約翰先生。聖約翰先生，您從哪裡來？我從祝禱永生來。您沒有看見仁慈的上帝嗎？一定看見了。他在十字架的樹木裡，雙腳垂下，雙手釘住，頭上戴著一頂小小的白荊冠。誰在晚上念三遍，早晨念三遍，最後一定能上天堂。」

一八二七年，這篇獨特的祈主文蓋了三層灰漿，已從牆上消失了。到如今，也要從當年的幾位年輕姑娘、今天的老太婆的記憶中抹掉了。

我們似乎提過，食堂只有一扇門，對著園子，廳裡牆上掛著一副大型受難十字架，全部裝飾也就這樣。兩張長長的窄桌子平行擺著，從食堂一端延至另一端，每張桌子兩邊各擺一長條凳。白色牆壁、黑色桌子，這兩種喪禮的顏色，是修道院裡惟一可以相互替換的。飯食很粗劣，孩子的食品也十分單調。只有一盤菜，肉和菜混在一起，或者鹹魚，這就算開葷了。然而，這種專門為孩子們準備的便餐，不過是個例外。孩子們不聲不響地吃飯，值班修女在一旁監視，如果一隻蒼蠅膽敢違反院規，前來飛旋嗡鳴，她就打開並合上一本板書，弄出啪啪的聲響。受難十字架腳下有個斜面小講臺，有人站在那裡宣讀聖徒傳記，作為這種寂靜餐飯的調味品。值班宣讀先是一個較大的學生。在光禿禿的餐桌上，每隔一段距離放一個上了釉的瓦盆，供學生自己洗金屬杯和餐具，難以下嚥的東西，如嚼不動的肉或臭魚，有時也丟在裡面，但是這樣做要受罰。學生把那水盆叫做圓水池。

吃飯說話的孩子，要用舌頭畫十字。畫在哪裡？畫在地上。讓她舐地。塵埃，這人間一切歡樂的殘渣，又是用來懲罰因竊竊私語而獲罪的這些玫瑰花瓣。

這座修道院有一本書，每版都是「孤本」，禁止閱讀。這是《聖伯努瓦教規》，俗眼不得探其奧祕。「我們的教規，或者我們的體制，不得外傳。」

有一天，寄宿生得手了，偷出這本書，貪婪地看著，但是看看停停，惟恐被發現，時常慌忙地把書合上。她們冒了極大的風險，所得樂趣卻微不足道。「最有趣的」幾頁，是一些關於男孩犯罪的部分，她們看不太懂。

園中小徑兩邊長了幾株瘦弱的果樹，她們常在小徑上玩耍，不顧嚴密的監視和嚴厲的懲罰，有時偷偷拾起大風刮下來的青蘋果、爛杏或蟲蛀的梨。現在，我讓放在面前的一封信講話吧。二十五年前寫這封信的寄宿生，今日成為某某公爵夫人，是巴黎最風雅的一位貴婦。原文抄錄於此：「我們千方百計藏起梨或蘋果，趁晚飯前上樓放面罩的時間，塞到枕頭下面，好等夜晚在床上吃，實在不行，就躲在廁所裡吃。」這是她們最快活的一件事。

有一回，還是在大主教先生視察這所修道院的時候，一名少女，跟世族蒙莫朗西沾點親的布夏爾小姐打賭說她有辦法請一天假，在這種戒規森嚴的修道院裡，這簡直是妄想。不少人跟她打賭，但誰也不相信有這種可能性。時機到了，大主教從寄宿生的佇列前經過，布夏爾小姐突然出列，引起同學們難以名狀的驚恐，她說道：「大人，請一天假。」布夏爾小姐秀美挺拔，有一副佳妙無雙的粉紅小臉蛋兒。德．凱朗先生笑迷迷地答道：「怎麼，我親愛的孩子？才請一天假！還是請三天假吧。我准三天假。」大主教發話了，院長無可奈何。修女無不氣憤，而寄宿生無不快活。想一想這事的效果吧。

這所壁壘森嚴的修道院也並非密不透風，圍牆擋不住外界狂熱的生活、人世的風波，乃至小說鑽進來。我們在此僅僅簡短地指出並講述一件無可辯駁的事實，就足以證明這一點。這件事本身跟我們敘述的故事毫無關聯，我們列舉出來，是要讓讀者瞭解這所修道院的全貌。

大約就在這個時期，修道院裡有一個神祕的人物，稱做阿爾貝汀夫人，她不是修女，但極受尊敬。她的身世不甚了了，只知道她瘋了，而世人則以為她已死去。據說其中有隱情，為了一樁重大婚姻的財產問題，必須作出這種安排。

這婦人將近三十歲，褐色頭髮，容貌相當美，黑色大眼睛看什麼都沒有精神。她看見了嗎？這實在是個疑問。她走路就像滑動，也從不說話，連有沒有喘氣都很難說。她的鼻孔緊縮而蒼白，就像剛斷了氣似的。碰到她的手，彷彿接觸冰雪。她有一種幽靈般奇特的風韻。所到之處，寒風襲人。有一天，一位修女看見她走過去，就對另一位修女說：「大家都以為她死了呢。」另一個回答說：「也許她真的死了。」

關於阿爾貝汀夫人有種種傳說。寄宿生在這上面的好奇心始終不減。禮拜堂裡有個看臺，叫做「牛眼台」，因為看臺只有一個小圓窗，故得此名。阿爾貝汀夫人就在那看臺上參加日課，通常總是獨自一人，因為從這二樓的看臺上，能看見講道神父或主祭神父，這對於修女是禁止的。一天，站在講壇上的是一位年輕的高級神父。德．羅安公爵，法蘭西元老院元老，一八一五年他還是萊翁親王時，擔任過宮廷騎衛紅隊軍官，一八三〇年在貝桑松任紅衣主教和大主教，後來去世。這是德．羅安路易．弗朗索瓦．奧古斯特[10]先生首次來小皮克普斯修道院講道。阿爾貝汀夫人平日聽道和參加日課，一向沉靜，絲紋不動。那天，她一看見德．羅安先生，便探起身子，在禮拜堂的肅靜中高聲叫道：「咦！奧古斯特！」全場愕然，都轉過頭去，宣道士也抬起眼睛，可是，阿爾貝汀夫人又恢復靜止的狀態了。外界的一陣微風、生命的一點光亮，一時從這毫無生氣而冰冷的臉上拂過去，隨即又化為烏有，瘋子重新變成殭屍。

然而，這兩個詞引起紛紛議論，這所修道院裡能講的閒話全講了。「咦！奧古斯特！」這一聲叫喊有多少含義，泄漏多少隱情！德．羅安先生確實叫奧古斯特。阿爾貝汀夫人認識德．羅安先生，顯然她出身上層社會；她以如此親熱的口氣跟一個大貴族講話，顯然她身分很高貴，同他有關係，也許是親戚關係，但肯定非常密切，既然她直呼他「小名」。

兩位十分莊嚴的公爵夫人，舒瓦瑟和塞朗夫人，常來探訪這所修道院。自不待言，她們以「貴婦人」的特殊身分進入修道院，讓寄宿生們心驚膽顫。當兩位老夫人走過時，這些可憐的姑娘無不渾身發抖，垂下眼睛。

此外，德．羅安先生還不知道，他已經成了寄宿生注意的對象。當時，他剛剛就任巴黎大主教的副大主教，可望升任主教。他有一種習慣：常來小皮克普斯修女院禮拜堂參加日課唱詩會。由於隔著嗶嘰布帷幕，年輕的修女誰也看不見他，但是，她們最終能分辨出他那柔和的、有點細弱的嗓音。從前他當過宮廷騎衛，而且，別人說他極愛打扮，一頭美麗的栗色頭髮打成卷兒，圍著頭梳理得整整齊齊，腰間紮的黑色寬腰帶十分華美，黑色教袍剪裁得也無比講究。他的形象縈繞在這些十六歲少女的想像中。

---

[10]．德．羅安（一七八八—一八三三）：一八一五年德萊翁親王的名號，一八一六年繼承父號德．羅安公爵，一八二九年成為貝桑松的大主教，一八三〇年升任紅衣主教。

世間的喧聲絕對傳不進這所修道院。然而有一年，一支笛聲卻飛進來了。這是件大事，當年的寄宿生還記憶猶新。

附近有個人吹笛子，總吹同一支曲調，那曲調距今已相當久遠：〈我的澤吐貝姑娘，來主宰我的靈魂吧！〉，每天總能聽他吹上兩三回。

那些少女一連幾小時聆聽，參事修女都驚慌失措，動腦筋想辦法，懲罰好似雨點落到那些少女頭上。這情形持續了好幾個月，寄宿生都或多或少愛上了那個吹奏的陌生人，每人都幻想自己就是澤吐貝。笛聲是從直壁街方向傳來的，她們情願不惜一切代價，不惜冒任何風險，但求看一看，哪怕瞧上一眼，瞧一下笛子吹得如此美妙的「小夥子」，瞧一下吹笛子的同時，無意中也吹動了這些少女心的那個「小夥子」。有幾個從便門溜出去，爬上臨直壁街的四樓上，想從釘死的視窗往外張望。可是徒勞。有一個還把手臂舉過頭，從鐵柵探出去搖動白手帕。還有兩個更為大膽，她們設法爬上房頂，冒著生命危險，終於望見那個「小夥子」。那是個老邁的流亡貴族，眼睛瞎了，又破產，在閣樓上吹笛子消遣解悶。

六．小修道院

Le petit couvent

小皮克普斯的圍牆裡，有三座截然分明的建築：修女居住的大修道院，寄宿生居住的寄宿學校，以及所謂的「小修道院」。小修道院是帶園子的一組房舍，由形形色色的老修女合用居住；那些老修女屬於不同的修會，是修道院被革命毀了之後苟活下來的。那是黑色、灰色和白色相混的雜色，是各式各樣修會團體彙聚的雜體，如果能這樣搭配字詞的話，那就叫它什錦修道院吧。

帝國開創之初，就允許所有那些流離失所的修女前來，躲到聖貝爾納本篤會修女院的羽翼之下。政府付給她們一小筆津貼，小皮克普斯的修女熱情地接待了她們。她們組成了奇特的大雜燴，各守各的教規，寄宿學校的學生有時獲准去拜訪她們，這是姑娘們最開心的時候，在她們記憶中留下了聖巴齊爾、聖斯柯拉蒂克和雅各以及其他修會的修女形象。

那些避難的修女們，有一個人覺得她幾乎像是回到老家，她是聖奧爾修會的修女，整個修道院只有她一人倖存。聖奧爾修女院舊址，從十八世紀初起，恰恰就是小皮克普斯修道院，後來才轉交給馬爾丹．維爾加的本篤修會。那位聖女太窮，穿不起本會華美的服裝：白修袍和朱紅聖衣，就虔誠地給一個小人偶穿上，喜歡拿出來給人看，臨終時捐贈給修道院。到一八二四年，那個修會只剩下一名修女，如今則只剩下一個玩偶了。

除了這些可敬的修女，還有幾位上流社會的老婦人，像阿爾貝汀夫人那樣，得到院長的准許，來到小修道院隱居，其中有博福特．德．歐普勒夫人和杜弗雷訥侯爵夫人。還有一位，在小修道院僅以擤鼻涕聲音洪亮而著名，學生都叫她噗嗒嘩啦夫人。

大約一八二〇年或一八二一年，德．讓利斯夫人編了一本小期刊，名為《無畏》，她申請進入小修道院帶髮修行。奧爾良公爵寫了薦舉信。這一下捅了馬蜂窩，參事修女都膽顫心驚，知道德．讓利斯夫人寫過小說[11]。然而她明確表示，她比誰都憎惡小說，而且，她也到了非修行不可的階段。上帝相助，親王也相助，她終於進了修道院。但是，六個月或八個月之後，她又離開了，走的理由是嫌園子沒有樹蔭。修女們都為之慶幸。她雖然年事已高，還能彈豎琴，而且彈得很好。

她走的時候，在修室裡留下了記號。德．讓利斯夫人頗為迷信，也是拉丁文學者。這兩點就能相當清楚地勾畫出她的形象。她的修室有一個小五斗櫥，收藏她的金銀首飾，裡面貼了一張黃紙，由她親筆用紅墨水寫了五行拉丁文詩，在她看來具有避盜的法力，前幾年還能見到那張詩箋：

⑪．德．讓利斯夫人（一七四六—一八三〇）：教過奧爾良公爵，即後來的法國國王路易．菲力浦，她的小說創作極豐，也很成功。

三具品德不一的屍體被吊在木架上，
上帝的兩旁是狄馬斯和蓋馬斯；
狄馬斯可升天，蓋馬斯倒楣下地獄。
萬能的天主請保佑我們和財產。
念念這首詩，財產不失保平安。

這幾句詩是用十六世紀的拉丁文寫的，這裡就得提出一個問題，地上那兩具強盜的骷髏，究竟像我們看到的那樣，叫做狄馬斯和蓋馬斯，還是叫做狄斯馬斯和蓋塔斯呢？上個世紀，德．蓋馬斯子爵自稱是那名壞強盜的後裔，他若是見了這種寫法，準要大為惱火。此外，這幾句詩的法力，修女們都深信不疑。

這所修道院的禮拜堂，從建造格局上看，是要隔開大修道院和寄宿學校，自然歸寄宿學校和大小修道院共有。臨街甚至還開了一道門，專供公眾出入，不過整個布置有方，修道院中的任何女子都見不到外人的臉孔。想像一下，一座禮拜堂的唱詩室被一隻巨手抓得錯了位，不像一般禮拜堂那樣從祭台後面延伸一段，而是扭到主祭神父的右側，成為一間廳室或者昏暗的石洞。再想像一下，這間廳室由一道七尺高的嗶嘰布帷幕封住，帷幕裡昏暗中有一排排的禱告坐板椅，讓唱詩班修女擠在左面，寄宿生擠在右面，而把雜務修女和初修生堆在後面，那麼，你對小皮克普斯修女如何參加祭祀，就會有一點概念了。這個石洞，即所謂的唱詩室，由一條走廊通入修道院。禮拜堂的光線是從園子照射進去的。修女們參加日課，照規矩要斂聲屏息；公眾聽見坐板起落碰撞的聲響，才知道她們在場。

七・昏暗中幾個身影

Quelques silhouettes de cette ombre

從一八一九至一八二五年的六年間，小皮克普斯修道院院長是德・勃勒默爾小姐，在教中稱純潔修女。她和《聖伯努瓦會聖徒傳》的作者瑪格麗特・德・勃勒默爾同屬一個家族。她連任一屆，有六十來歲，又矮又胖，「唱聖詩就像破罐發出的聲音」，這是前文引用的那封信上說的。除此而外，她那人倒極好，整個修道院惟獨她喜氣洋洋，因而深受愛戴。

純潔修女有先人瑪格麗特——修會那個達西埃⑫的遺風。她有文才，學識淵博，精通事理，熟諳歷史，滿腹拉丁文、希臘文和希伯來文，在本篤會雖為修女，卻有修士的氣魄。

副院長西內雷斯修女，是個幾乎失明的西班牙籍老修女。

參事中的要員有司庫聖奧諾琳修女、初修生主任導師聖傑特呂德修女、副主任導師聖安琪修女、聖器室管理員聖母領報修女、護士聖奧古斯丁修女（是全院惟一的惡人）；還有聖麥什蒂德（戈萬小姐），她非常年輕，嗓音十分美妙；聖安琪修女（德魯埃小姐），曾先後在聖女修道院、吉卓爾和馬尼之間的寶藏修道院；聖約瑟夫修女（德・科戈呂道小姐）、聖阿代拉伊德修女（德・歐維奈小姐）；慈悲修女（德・西福安特小姐，她受不了苦修）；憐憫修女（德・拉米蒂埃小姐，六十歲破例出家，非常富有）；天意修女（德・洛迪尼埃小姐）；獻堂修女（德・西康紮小姐），一八四七年成為院長；最後，聖賽利涅修女（雕塑家賽拉奇的姊妹），後來瘋了；聖香塔爾修女（德・蘇宗小姐），後來也瘋了。

容貌最美的人當中，還有一個二十三歲的妙麗姑娘，生於波旁島，是羅茲騎士的後裔，她在

⑫・達西埃夫人（一六五一—一七二〇）：荷馬史詩《伊利亞特》和《奧德賽》的譯者。

塵世叫羅茲小姐，出家後則稱升天修女。

聖麥什蒂德修女負責歌唱和聖詩班，樂於選用寄宿生。她往往把她們排成一個完整的音階，也就是說七個人，從十歲到十六歲各一人，並有相應的嗓音和個頭，讓她們按年齡排列，由最小到最大，站成一排歌唱，看上去好似少女做成的蘆笛、天使做成的排簫。

在雜務修女中，寄宿生最喜歡的有聖歐伏拉吉修女、聖瑪格麗特修女、老天真聖瑪特修女、令人發笑的長鼻子聖蜜雪兒修女。

這幾位婦人對孩子都非常溫和。修女們僅僅嚴於律己，只有寄讀學校才生爐火，比起修道院來，學生伙食也算精細了；此外，還有無微不至的照顧。不過，孩子碰見修女時，修女從來不答話。

保持肅靜的院規導致這種後果，全院裡，言語從人身上撤離，轉到無生命的物品上。時而是禮拜堂的大鐘說話，時而是園丁的小鈴說話。傳達修女旁邊掛著一口非常洪亮的小鐘，全院都能聽到，像有聲電報一樣，用不同的敲法表示物質生活中安排的活動，必要的時候，還能把修道院中這個或那個人召到會客室。每個人和每樣物品都有其響聲。院長是一聲接一聲，副院長是一聲接兩聲。六聲接五聲表示上課，因此，學生從不說回教室上課，而是說去六五。四聲接四聲是德．讓利斯夫人的響聲，經常能聽到毫無善心的人說：這是四聲魔鬼。十聲接九聲是宣告重大事件，即打開「修道院的大門」。那道鐵板門十分嚇人，有好幾道門槓，只有迎接大主教時才會打開。

我們說過，除了大主教和園丁外，任何男人不得進入修道院。寄宿生倒是還能見到兩個：她們在唱詩室隔著柵欄，能望見又老又醜的教義導師巴奈斯神父；另一個是繪畫教師安西奧先生，在前面已經看到幾行的那封信中稱「安細腰」，別號「駝背老妖」。

可見每個男人都是經過挑選的。

這所怪修道院就是如此。

八・人心在前石在後

Post corda lapides

勾畫出這所修道院的精神面貌之後，再介紹一下建築外形也不是無益的。讀者對此已經有了一點概念了。

小皮克普斯聖安東尼修道院，四周有波龍索街、直壁街、小皮克普斯街，以及在老地圖上叫歐馬雷街的死巷幾乎佔了整個不等邊四邊形土地。四條街相交，像城壕一樣圍住這個四邊形。修道院由好幾座建築和一個園子組成，主建築是幾座不同的樓房連綴起來的，從空中望上去，好似放倒在地上的一根折尺。折尺的長臂從小皮克普斯街到波龍索街，佔了整條直壁街的一側；短臂是一座高樓，臨小皮克普斯街，正面灰暗而肅穆，門窗都安有鐵欄，六十二號大門則標誌這排樓房的盡頭。這排樓房正中有一道老式圓拱矮門，門板因掛滿塵土而發白，門洞拉了不少蜘蛛網，只是禮拜天開一兩個小時，或者修女的靈柩出院才偶然開一下，那是公眾進禮拜堂的入口。折尺形建築的折角是一個方廳，用於配膳，修女稱作「食品儲藏室」。折角樓長臂為修女的修室和初修道院。短臂中有廚房、帶迴廊的食堂和禮拜堂。六十二號大門和歐馬雷死巷之間是寄宿學校，但從外面卻看不見。不等邊四邊形的其餘部分便是園子，園地比波龍索街面要低，因此，圍牆裡側比外側高一些。園地中央微微隆起，形成一個小土丘，上面挺立一棵圓錐形秀麗的樅樹，宛如圓盾中心的突刺；四條路徑從中心向四面伸展，每一條路徑都是雙道，如果圍牆是圓形的，八條小道所構成的幾何圖形，就像車輪上的十字輻條了。每條路徑都通到牆角，而園子圍牆又極不規則，路徑也就長短不一，路兩旁栽了醋栗樹。有一條白楊林蔭路，從直壁街角的老修道院廢墟，一直通到歐馬雷死巷的小修道院建築，小修道院前面是所謂的小園子。在這整體上再添加一座院落、內部建築體所形成的各種各樣稜角、監獄似的圍牆，以及作為全部視野和毗鄰的波龍索街另一側屋頂的黑色長線條，那麼對於四十五年前小皮克普斯的聖貝爾納修女院，就會有個完整概念了。從十四世紀到十六世紀，這地方原是一個著名網球場，叫做「一萬一千個魔鬼的俱樂部」，後來在舊址上建起這所聖潔的修道院。

此外，這裡全是巴黎最老的街道。直壁和歐馬雷，這些名字都很古老，以此為名的街道還要更古老。歐馬雷巷從前叫摩古街，直壁街從前叫野薔薇街，須知上帝讓鮮花盛開，早在人鑿石之前。

九．修女巾下的一個世紀

Un siècle sous une guimpe

我們既然詳細描繪小皮克普斯修道院從前的面貌，敢於打開一扇窗戶窺探這幽祕之地，想必讀者能允許我們再談一件離題的小事。這件事雖與本書無關，但是很有特色，有助於讓人瞭解修道院本身有它的奇人奇事。

小修道院裡有位百歲老婦，是從封特伏羅修道院來的，在一七八九年革命之前，她甚至還是社交場中人。她常談起路易十六的掌璽官德．米羅梅尼先生，談起她十分熟識的法院院長杜普拉夫人。她動不動就提起這兩個姓名，既出於樂趣，也出於虛榮，她也常把封特伏羅修道院說得天花亂墜，說修道院跟城市差不多，裡面還有街道。

她說話的方式像庇卡底人，讓寄宿學生特別開心。每年她都要莊嚴地發一回誓願，發願時對神父說：「聖弗郎奈瓦大人向聖俞連大人發過這種誓願，聖俞連大人向聖歐賽伯大人發過這種誓願，聖歐賽伯大人向聖普羅柯泊大人發過這種誓願，如此等等。因此，神父，我也向您發一回誓願……」寄宿生聽著偷偷地笑，那不是暗笑，而是竊笑，是壓抑不住的吃吃的可愛笑聲，惹得參事修女直皺眉頭。

還有一回，那位百歲老人講故事，她說在她年輕的時候，聖貝爾納會修士絕不亞於宮廷騎衛。

這是一個世紀在講話，不過，這是十八世紀。她講述香檳地區和勃艮第地區敬四種酒的風俗。革命前，一個大人物，法蘭西元帥、親王、公爵或者元老院元老，經過勃艮第或香檳的一座城市，市府官員致詞歡迎，並用舟形銀盃敬獻四種不同的葡萄酒。第一隻銀盃上刻著「猴酒」，第二隻銀盃上刻著「獅酒」，第三隻銀盃上刻著「羊酒」，第四隻銀盃上刻著「豬酒」。這四種銘文表示醉酒的四種程度：第一種薄醉快活，第二種半醉惱怒，第三種大醉愚鈍，第四種爛醉成一攤泥。

她有一件隱祕的物品，寶貝似的鎖在櫃子裡。她這樣做並不違反封特伏羅會教規。那件物品，她不肯出示給任何人，每回自己要觀賞時，就關起門來躲在屋子裡，這也是她的教規所允許的。她一聽見走廊有腳步聲，那雙老手就盡快關上櫃門。她平時很愛講話，但一聽人提起這事，就沉默不語了。無論好奇心多麼強的人，在她的緘默面前也得敗退；多麼善纏能磨的人，在她的執拗面前也得敗退。這也成為全院閒得無聊的人議論的話題：百歲老人如此珍視、如此保密的究竟是什麼寶貝？莫非是一本聖書？莫非是獨一無二的念珠？莫非是經過考證的遺物？猜測紛紜，卻不知所以。等可憐的老婦人一死，大家就急不可耐，跑去打開櫃子，找出包了三層布好似聖盤的東西。那是法昂紮窯的瓷盤，圖案是一群起飛的小愛神，後面有幾個藥鋪學徒手拿大針管追逐著。追逐的場面充滿怪相和滑稽的姿態。一個可愛的小愛神已經被針頭刺穿，但仍在掙扎，鼓動小翅膀想飛走，可是小魔頭卻在怪笑。圖案的寓意是：愛神敗在痛疾手下了。那個盤子確為希有之物，也許不同凡響，曾引發過莫里哀的創作動機。直到一八四五年九月，此盤還存在，擺在博馬舍大街一家舊貨店裡等待出售。

那位善良的老婦人不肯接見世間任何來訪的客人，她說「會客室太陰暗淒慘了」。

十・永敬修會的起源

Origine de l'Adoration Perpétuelle

不過，我們剛才說的那間墳墓般的會客室，只是單一事件，其他修道院並非如此嚴厲。尤其神廟街屬於另一教派的修道院，黑色窗板由棕褐色窗簾所取代，會客室像客廳一樣，也鑲了地板，掛著悅目的白紗窗簾，牆上掛著各種鏡框，其中有一幅本篤會修女露出臉孔的畫像，幾幅花卉畫，甚至還有一個土耳其人的頭像。

此外，全法蘭西帝國最大、最美，並且在十八世紀時被那些善良人們譽為「王國栗樹之父」的印度栗樹，正是種植在神廟街修道院的園子裡。

我們說過，神廟街修道院中為永敬本篤會修女，根本不同於錫托教派的本篤會修女，永敬修會創建並不久，不超過二百年。一六四九年時，在巴黎聖緒爾皮斯和河灘廣場聖約翰兩座教堂，聖體受到兩次褻瀆，先後僅隔數日，那種瀆神的彌天大罪實屬罕見，震動全城百姓。聖日爾曼草地教堂副大主教兼院長先生決定，全體神職人員共同舉行一次隆重的列隊遊行，並由羅馬教皇使臣主祭。然而，兩位尊貴的婦人，庫爾丹夫人，即德・布克侯爵夫人和德・夏托維厄伯爵夫人，卻認為這樣還不足以贖罪。褻瀆「神壇上極崇高的聖體」的罪行，雖是偶然事件，但兩位聖女繫念於心，認為只有在一所修女院進行「永敬」，才能夠贖罪。於是，她們二人，一個在一六五二年，一個在一六五三年，將大筆錢財捐給卡德琳・德・巴爾修女，即本篤會修女聖體修女，以實現虔誠的心願，創建一所聖伯努瓦會的修道院。第一份建院批准書，由聖日爾曼修道院院長德・麥茨先生交給卡德琳・德・巴爾修女，「規定入院的修女必須年繳三百利弗爾年金，加上本金一共六千利弗爾」。繼聖日爾曼修道院院長之後，國王也簽發了批准書。到了一六五四年，修道院批准書和國王批准書，一併由審計院和高等法院核實通過。

這就是巴黎聖體永敬本篤修女會創建的緣起和法律依據。她們用德・布克和德・夏托維厄兩位夫人的捐款，「新建」的第一所修道院，就坐落在珠寶匣街。可見，這一修會和所謂錫托的本篤修女會不能混為一談。它隸屬於聖日爾曼草地修道院院長，正如聖心會修女們隸屬於耶穌會會長，慈善會修女們隸屬於遣使會會長。

這個修會，和我們剛描述了內部的小皮克普斯聖貝爾納修女院，也完全不同。一六五七年，教皇亞歷山大七世特諭，小皮克普斯聖貝爾納會修女，跟聖體本篤會修女一樣，也奉行永敬規誡。儘管如此，這兩個修會仍然毫無相涉。

十一．小皮克普斯的結局
Fin du Petit-Picpus

剛進入波旁王朝復辟時期，小皮克普斯修道院就開始衰敗了，那是整個修會衰亡的一個環節，如同所有宗教會派經過了十八世紀那樣的趨勢。靜修跟祈禱一樣，是人類的一種需要；然而，它跟所有受到革命觸動的事物一樣，也要發生變化，從敵視轉而有利於社會進步了。

小皮克普斯修道院人員銳減。到了一八四〇年，小修道院就消失了，寄宿學校也消失了。既沒有老婦人，也沒有少女了。老的離世，少的離去——飛走了。

永敬修會的戒律極嚴，令人生畏。有意願入會的人，往往也望而卻步，因此招募不到新人。到了一八四五年，還有幾個雜務修女，而唱詩班修女卻一個也沒有了。四十年前，修女的人數將近百名；十五年前，只剩下二十八名了。今天還有多少呢？一八四七年時，院長滿年輕的，還不到四十歲。這表示選擇的範圍縮小了。人員越減少，負擔就越重，每個人的任務也就越加繁重了。當時就能預見到，過不了多久，就只會剩下十一、二副佝僂痛苦的肩背，來扛著聖伯努瓦那套沉重教規了。重擔一成不變，人多人少都一樣。重擔壓下去，把人壓垮了，因此，修女們死了。本書作者還住在巴黎的時候，就死了兩個，一個二十五歲，一個二十三歲。後者很可以效仿朱麗亞．

阿勒庇奴拉的墓誌銘：「我葬在此地，享年二十三歲。」正因為修道院如此衰敗，女子寄宿學校才辦不下去了。

這所幽暗的修道院非同尋常，又鮮為人知，我們從門前經過，就不能不進去瞧瞧，也不能不帶領陪伴我們、聽我們講述尚萬強悲慘故事的人進去，這對一些人也許是有益的。我們已經朝這宗教團體望了一眼，這會派層出不窮的儀式和修行十分古老，如今看來卻極為新奇，這是個「禁閉的園地」。我們已經將這奇特的地方介紹完畢，既詳盡而又恭敬，至少盡量保持在恭敬和詳盡兩者可以調和的限度內。我們並非什麼都理解，但是我們什麼也不侮辱。我們保持對等的距離，處於約瑟夫·德·邁斯特爾和伏爾泰之間：「前者歌功頌德到連劊子手都歌頌，後者冷嘲熱諷到連耶穌受難像都嘲諷。」

順便說一句，伏爾泰不合邏輯，他會像為卡拉斯[13]辯護那樣地為耶穌辯護；而對於那些否認神靈降世的人來說，耶穌受難像又能表示什麼呢？不過是一個被殺害的賢哲而已。

進入十九世紀時，宗教思想經歷一場危機。人們忘掉一些事情，這樣也好，只要忘記這個又學會那個就好。畢竟人的心裡不能空空如也，有些東西應當破除，但破除之後隨即建設就是好的。

當前，還是研究一下不復存在的事物吧。認識那些事物，是的，哪怕只是為了避免消失。人們為效仿過去取了個假名，自然而然地將之稱做「未來」。「過去」這個幽靈，善於偽造護照，我們應當瞭解陷阱在哪，要特別當心。「過去」，有一個真面目，就是迷信，還有一副面具，就是虛偽。我們應揭示它的真面目，揭掉它的假面具。

至於修道院，那是個很複雜的問題。它是文明問題，文明卻譴責它；它是自由問題，自由又保護它。

⑬．卡拉斯（一六九八—一七六二）：法國新教商人，被誣告殺害要脫離新教的兒子而處以輪刑。死後三年，伏爾泰等為之昭雪，改判無罪。

第七卷：題外話
Parenthèse

一．修道院，抽象意念
Le couvent, idée abstraite

本書是齣戲劇，主角是無限。

人是配角。

既然如此，假使我們在路上遇見一所修道院，就應該走進去看看。為什麼呢？須知修道院，東西方都有，古今都有，基督教有，異教、佛教、伊斯蘭教也都有，修道院是人類觀望無限的一件光學儀器。

這裡不是淋漓盡致闡述某些思想的地方；不過，我們盡可有所保留，有所抑制，甚至有所憤恨，但還是應當說，每當我們在人身上遇見無限，不管理解不理解，我們總要肅然起敬。猶太教聖殿上、清真寺中、佛塔裡、北美印第安人的茅舍中，都有我們所唾棄的醜惡面，也有我們所崇敬的高尚面。這是何等精神上的沉思，又是何等無止境的夢幻！這正是上帝在人牆上的反光輝映！

二・修道院，歷史事實

Le couvent, fait historique

從歷史、理性和真理的角度來看，修道院制度已經判決定案了。

在一個國家，修道院繁衍過盛，就成為交通的癥結、設施的阻礙、懶惰的中心，而不是那裡所需要的勞動中心。對於社會體系來說，修道團體恰似橡樹上的寄生物、人體上的腫瘤。修道院興旺和肥碩，則意味著地方貧困。修道院制度在文明初期還有益處，能用精神力量抑制野蠻行為，但是到了人民成熟的時期就有害了。況且，修道制，在純潔時期成為有益的種種因素，到了衰朽腐敗的階段，就轉為種種有害的榜樣了。

入院修道已然過時，修道院從有利於現代文明的初期教育，轉而妨礙並危害文明的發展而日漸壯大了。修道院作為培養人的學堂和方式，在十世紀是好的，到十五世紀就成了問題，進入十九世紀則十分可鄙。義大利和西班牙這兩個出色的國家，在多少世紀中，一個是歐洲的光明，一個是歐洲的榮耀，可是受到修道院這種痲瘋病的侵害，現在僅剩下兩副骨架了。多虧一七八九年那次有力的保健治療，那兩個傑出的民族才開始好轉。

修道院，尤其古代修女院，正如本世紀初還出現在義大利、奧地利、西班牙的那種，確實是中世紀一種最可悲的產物。那類修道院，集各種恐怖之大成。道地的天主教修道院，籠罩著死亡的黑色之光。

西班牙修道院尤為陰森可怖。那裡的拱頂煙霧瀰漫，穹窿因濃重的陰影而朦朦朧朧；下面巨大的神壇，在黑暗中高高聳立，貌似主教堂；在那裡的黑暗中，用鐵鏈吊著高大的白色耶穌受難像；那裡的烏木架上，陳列著魁偉的基督裸體象牙雕像；那些雕像不僅血跡斑斑，還血肉模糊，既醜陋又富麗堂皇，臂肘露出白骨，膝骨露了皮肉，創傷翻開血肉，頭戴銀製的荊冠，用黃金釘子釘在十字架上，額頭流的血是鑲嵌的紅寶石，眼裡流的淚是鑲嵌的鑽石。鑽石和紅寶石彷彿濕漉漉的，引來多少戴面紗的婦女匍匐在下面哭泣。那些女人滿身被苦衣和鐵針鞭刺破，乳房被柳條兜緊束，雙膝因祈禱而磨破，她們自以為許配給了上帝，一個個全是以天使自居的幽魂。那些女人有思想嗎？沒有。她們有願望嗎？沒有。她們愛嗎？不愛。她們活著嗎？沒有。她們的神經變成了骨頭；她們的骨頭變成了石頭。她們的面紗是夜幕做成的。她們在面紗裡的呼吸，彷彿死神那種莫名淒慘的氣息。修女院院長是個惡魔，既聖化又威嚇她們。潔白無瑕的形象擺在那裡，顯得野蠻而兇殘。這便是西班牙的古老修道院，殘忍修行的巢穴，處女的火坑，暴虐的場所。

西班牙信奉天主教，更甚於羅馬。西班牙修道院是典型的天主教修道院，有東方味。大主教就是天國的總管，嚴密監視並緊緊鎖住上帝備用的後宮。修女是嬪妃，神父是太監。最癡迷的修女在夢中被選中，得到基督的寵幸。到了夜晚，那個美少年從十字架赤條條走下來，成為銷魂的對象。妃子以受難的耶穌為蘇丹，幽居祕院，由高牆隔斷人間的一切歡樂，往外窺探一眼就是不忠。「地牢」代替皮袋，在東方是投進海裡，在西方是投進土中。東西方女人都呼天搶地，東方的沒入波濤，西方的打入地下；那邊的溺死，這邊的埋葬。慘絕人寰的同工異曲。

如今，那些熱中復古的人也不能否認這種事實，只好一笑置之。還流行一種竅門：乾脆抹殺歷史的揭露，支解哲學的評說，再省略一切礙眼的事實和模糊的問題。「這是亂彈琴的好材料」，乖巧的人如是說。「亂彈琴」，傻子隨聲附和。這樣一來，讓·雅克·盧梭亂彈琴；狄德羅亂彈琴；在卡拉斯、拉巴爾和西爾旺的案件[1]上，伏爾泰也是亂彈琴。不知道是哪位智者，最近發現塔西陀[2]也是個亂彈琴的人，而尼祿則是受害者，而且毫無疑問，應當同情「那個可憐的霍洛菲爾納」[3]。

然而，事實不會輕易給嚇退，仍舊堅定不移。本書作者在離布魯塞爾八公里處，就親眼見過那種遺忘洞。那是如今人所共見的中世紀縮影，在維賴爾修道院舊址，現為牧場的中間，靠迪爾河邊，有四個一半在地下、一半在水中的石室，那便是「地牢」。每座地牢都殘留一扇鐵門、一個糞坑、一個上了鐵條的通風孔；洞口外高出水面兩尺，裡面離地面六尺。四尺深的河水擦牆而過。牢裡的地面終年潮濕，幽禁的人就以這濕土為臥榻。有一間地牢裡，牆上還嵌著一段枷鎖；另一間裡還有一個方匣，是用四塊花崗岩石板所砌成，臥不夠長，立不夠高，把一個人硬塞進石匣裡，上面再蓋上石板。實物俱在，眼睛看得見，手摸得著。那些地牢、那些囚室、那些鐵門、那些枷鎖，還有那高高的氣窗，河水齊著窗沿流過，沒有那蓋著花崗岩石板的石匣，就像一座墳墓，惟一的區別就是裡面埋葬的是活人，還有那糞坑、那泥濘的地面、那滲水的牆壁，全是亂彈琴！

三．什麼情況下可尊重過去
À quelle condition on peut respecter le passé

出家修行的體制——像在西班牙存在的，也像在西藏存在的那樣——，對文明來說，無異於是一種肺癆，能讓生命猝然終止。簡言之，這種體制使人口銳減，進修道院，就成為閹人。這種情況在歐洲氾濫成災。此外，還有對精神施暴司空見慣，強迫許願獻身。封建制度依靠修道院，長子制將家族過剩的成員投入修道院，上面我們也談了殘酷的戒規、地牢，將人的嘴巴堵住，將頭腦封死，多少聰明才智終生許願，穿上修袍，不幸幽禁在地牢裡，活活地埋葬了。還應指出個

①．拉巴爾和西爾旺，跟卡拉斯一樣，都因觸犯天主教而被處死，伏爾泰為之申冤。
②．塔西陀（五五—一二〇）：拉丁文歷史學家，直書羅馬暴君尼祿（五四—六八年在位）事。
③．猶滴是古代猶太俠烈女子，為拯救一城百姓，誘殺了敵將霍洛菲爾納。見《聖經．舊約》中的〈猶滴傳〉。

人所受的折磨伴隨民族的墮落，無論你是誰，面對人類發明的修袍和面紗這兩種殮裝，你總要不寒而慄。

然而，已經到了十九世紀，在某些角落和某些地方，出家修行的思想仍然頑抗著哲學和社會進步，繼續招募苦修者的怪現象，著實令文明世界感到震驚。陳舊過時的機構還要執意存在下去，那種頑固就像把變質的髮油硬是往頭髮上抹，那種妄想就像是硬要讓人把臭魚吃進肚子裡，那種暴虐就像是硬要把孩子的衣裳穿在大人身上，那種溫柔就像是一具殭屍回家來跟活人擁抱一樣的弔詭。

「忘恩負義！」衣裳說，「在天氣惡劣的時候，我保護過你。為什麼你不要我了呢？」「我來自大海。」魚說。「我曾經是玫瑰花。」髮油說。「我愛過你們。」屍體說。「我教養過你們。」修道院也這樣說。

對此只需回答一句：「一切都過去了。」

夢想死去的東西無限延續下去，在人的遺體塗上香料以防腐爛，修復殘破的教條，在聖徒的遺棺上重新塗一層金漆，將修道院粉刷一新，重新聖化聖骨盒，重新粉飾各種迷信，幫宗教狂熱鼓勁打氣，幫聖水刷和馬刀換上新柄，重新確立修道制度和黷武主義，堅信社會的保障在於大力繁衍寄生蟲，把過去強加給現在，這實在怪得很。然而，確有主張這些理論的理論家。那些理論家也有真才實學，掌握一套極為簡便的方法，他們將過去塗上一層釉彩，即所謂社會秩序、神權、道德、家庭、尊老、古代權威、神聖傳統、合法性、宗教；他們還高聲叫賣：「瞧一瞧！誠實的人，請要這個吧！」這種邏輯，古人早已知曉。古羅馬腸卜僧[4]就運用過。他們將一頭黑色牛犢全身撲上石灰，說道：「牛犢是白色的。」至於我們，該尊重的就尊重，而且處處寬容，只要過去肯承認它已經死了就好。如果它還想繼續活著，我們就打擊它，將它打死。

迷信、虔誠、偽善、成見，這些鬼魂，雖已成鬼，卻怎麼也不肯離世，鬼氣中還有牙齒和利爪；必須向它們開戰，展開肉搏，永不停歇地跟它們拚殺；要知道，永生永世跟鬼影搏鬥，這也是人類的一種命運。既為鬼影，就很難扼其喉嚨而置其於死地。

在十九世紀中時，法國的一所修道院，就是對著陽光的一窩貓頭鷹。在一七八九年、一八三〇年和一八四八年革命的聖地，修道院明目張膽地鼓吹出家苦修，讓羅馬在巴黎大展雄威，這是一種時間的舛錯。在尋常時期，要消除時間的舛錯，只要看看日曆就行了。然而，我們絕非處於尋常時期。

我們戰鬥吧。

戰鬥，但是要有所區別。真理的特點，就是從不過分。真理有什麼必要誇張呢？有的事物必須消滅，還有的事物，只須辨識清楚就行了。善意而嚴肅的審查，具有何等力量啊！有光就足夠的地方，我們就根本不必送去火焰。

因此，既已是十九世紀，那麼各國人民，無論亞洲還是歐洲，無論在印度還是土耳其，一般來說，我們都反對出家修行的制度。提起修道院，就讓人聯想到沼澤。沼澤顯然易於腐臭，淤泥死水有害健康，發酵的物質傳染病症，使居民減少數量。出家修行的人數成倍增長，成為埃及的傷痛。那些國家的僧徒、和尚、苦行僧、隱修士、隱修女、行者、苦修士，滋生繁衍，如蟻如蛆，想想怎不叫我們心驚膽顫。

話雖如此，宗教問題卻依然存在。這個問題有幾個地方很神祕，幾乎可說是很可怕，請允許我們凝神觀察一下吧。

四・從本質看修道院

Le couvent au point de vue des principes

④・古羅馬依據牲畜的內臟進行占卜的僧人。

一些人聚集而同居。憑什麼呢？就憑結社的權利。

他們閉門幽居。憑什麼呢？就憑人人在家都有開門關門的權利。

他們足不出戶。憑什麼呢？就憑行動自由的權利，其中包含守在家中的權利。

他們待在家裡，幹什麼呢？

他們低聲說話，低垂著眼睛；他們工作。他們放棄社交、城市，放棄聲色享樂，放棄虛榮、自尊和利益。他們身穿粗呢或粗布衣袍，誰也不擁有任何財物。原本有錢的人，一進入那裡就成為窮人，財物全分給大家。原來人稱貴族、紳士和大老爺的人，就跟原來的農民一律平等。所有人的修室都一樣。所有人都同樣剃度，都穿同樣的修袍，吃同樣的黑麵包，睡在同樣的草鋪上，死在同樣的灰堆上。身後背著同樣的口袋，腰上紮著同樣的繩子。如果決定赤腳走路，大家就同樣赤腳。那中間也許有個王子，但王子也同樣是一個影子。頭銜沒了。甚至連姓氏也消失了，只叫名字。洗禮的名是平等的，大家都得遵從。他們從骨肉的家庭解脫了，在團體裡組成了精神的家庭。除了全人類，他們別無親人。他們救助窮人，護理病人。他們服從共同選舉出來的人。他們彼此以弟兄相稱。

你會截口高聲說：「真的，那正是理想的修道院！」

只要可能有那樣的修道院，就足以引起我的重視了。

因此，在本書上一卷中，我以尊敬的口吻談了一所修道院。除開中世紀，除開亞洲，姑且不談歷史和政治問題，從純哲學觀點出發，擺脫宗教論戰的手段，只要修道院絕對自願，只關著情願的人，我就始終以嚴肅認真的態度，甚至在有些方面還可以以尊敬的態度對待修道團體。有團體的地方，就有村社；有村社的地方，就有權利。修道院是平等博愛這種公式的產物。啊！自由多麼偉大！轉變多麼壯麗！自由足以將修道院變為共和國。

接著談下去。

那些男人，或者那些女人，在四堵高牆裡面，穿著棕色粗呢袍，大家平等，以兄弟姊妹相稱；

這很好，可是，他們還幹別的事情嗎？

是的。

幹什麼呢？

他們注視影子，雙膝跪下，合攏手掌。

那是什麼意思呢？

五・祈禱
La prière

他們祈禱。

祈禱誰？

上帝。

祈禱上帝，這話是什麼意思？

我們的身外還有個無限嗎？那個無限是否為一體的、內在的、永恆的呢？既是無限，就必然是物質的，那麼一旦沒有物質便是止境了嗎？既是無限，就必然有智力，那麼一旦沒有智力便到終點了嗎？我們只能賦予自身以存在的觀念，那個無限是否在我們身上喚起本體的觀念呢？換言之，難道它不是我們作為相對體所屬的絕對嗎？

我們身外有無限，難道身上沒有同時存在個無限嗎？這兩個無限（這種複數多麼駭人！）難道不是相互重疊的嗎？第二個無限難道不是頭一個無限的內裡嗎？難道它不是另一個無限的鏡子、反光和回聲，共有一個中心點嗎？第二個無限是否也有智力呢？它在思考嗎？它愛嗎？它有願望嗎？假如兩個無限都有智力，那麼各有一個能產生意願的本質，在上方那個無限中有個我，同樣，在下方這個無限中也有個我。下方這個我就是靈魂，上方那個我就是上帝。

透過思想，讓下方這個無限接觸上方那個無限，這就叫做祈禱。

從人的意識中絕不要抽掉任何東西，取消即壞事，應當變革。人的某些特性，思考、幻想、祈禱，都指向未知世界，未知世界是浩瀚的大海。意識是什麼呢？是未知世界的羅盤。思考、幻想、祈禱，都是巨大而神祕的輻射。我們應當尊重。靈魂這種壯麗的光輝射向哪裡？射向黑暗，也就是射向光明。

民主的偉大，就在於對人類什麼也不否定，什麼也不否認。在人權旁邊，至少在人權之外，還有靈魂的權利。

摧垮狂熱，崇敬無限，這才是正道。我們不能僅僅匍匐在造物主這棵大樹之下，瞻仰那綴滿星辰的巨大枝椏。我們還有一種職責：為人的靈魂而工作，維護神祕而反對奇蹟，崇拜未知而鄙棄荒謬，在不可解釋的事物方面只接受必然的東西，淨化信仰，掃除宗教上面的迷信，清掉上帝周圍的丑類。

六・祈禱的絕對善

Bonté absolue de la prière

只要誠摯，任何祈禱方式都是好的。把你的書反扣過去，置身無限中。

我們知道，有一種哲學否認無限。還有一種哲學否認太陽，按病理分類，這種哲學叫盲論。

杜撰出一種我們實所未有的感覺，這是盲人的一種大膽創造。

奇怪的是，這種瞎摸哲學，對待看見上帝的哲學，採取了高傲、妄自尊大而又垂憐的態度。人們彷彿聽見鼴鼠叫嚷：「他們那個叫做太陽的什麼東西，真叫我可憐！」

我們知道，有的無神論者既傑出又能幹。其實，他們恰由自身的能力拉回到真實上來，難以肯定自己就是無神論者，對他們來說，這僅僅是一個定義問題，不管怎樣，即使他們不信上帝，但作為大智大慧者卻證實了上帝。

我們尊他們為哲學家，同時毫不留情地對待他們的哲學。

讓我們接著談下去。

也有令人歎服的，那就是玩弄字眼的才幹。北方有一個形而上學的學派，有點雲山霧罩的，以為用意志一詞取代力量一詞，就在人的智力上進行了一場革命。

不說「植物生長」，而說「植物想要」；如果再加一句：「宇宙想要」，那就確實會有極大的繁殖力。為什麼？因為從中可以得出這樣的結論：植物想要，於是它就有了一個我；宇宙想要，於是宇宙就有了一個上帝。

我們和那個學派不同，絕不先行否定任何觀點，在我們看來，那個學派採取植物有意志的說法，比起他們所否認的宇宙有意志的說法來，更難令人接受。

否認無限的意志，也就是說否認上帝，這只有在否認無限的前提下才有可能。這一點我們已經闡明了。

否定無限直接導致虛無主義，一切都變成「思想的概念」。

跟虛無主義沒有任何爭論可言，因為講邏輯的虛無主義者懷疑跟他爭論的對方是否存在，因而也難以確定他本身是否存在。

以他的觀點論，他自身也可能只是「他思想的一個概念」。

然而，他絲毫沒有覺察，只要一說出「思想」這個詞，他就一股腦接受了他所否認的一切。

總之，一種哲學，將一切都歸納為一個「無」字，在思想上是無路可走的。

對於「無」，只有一個回答：「有」。

虛無主義毫無意義。

沒有所謂虛無。「零」並不存在。無並非無，一切無不為物。

人賴以生存的東西，「肯定」比麵包還重要。

觀察和說明，僅此已然不夠了。哲學應當成為一種能量，應當努力並卓有成效地改善人。蘇格拉底應當進入亞當的體內，生育出馬爾庫斯．歐雷利烏斯⑤，換言之，就是把享樂的人變為明智的人，把伊甸園變為學苑。科學應當是一種強身增智的補藥。享樂，多麼可悲的目的，多麼微不足道的志向！愚昧的人才會享樂。思考，這才是靈魂的真正勝利。用思想供人解渴，將上帝的概念當作瓊漿供大家暢飲，讓心靈和科學在他們身上結為兄弟，透過這種神祕的會晤使他們成為正義的人，這就是哲學真正的功能。靜觀沉思導致身體力行，絕對，應當是實用的。理想，對人的精神來說，也應當是可呼吸、可飲並可食的。理想有權這麼講：「請用吧，這是我的肉，這是我的血。」智慧是一種聖餐。智慧只有在這種情況下，才不再是對科學貧瘠的愛，而變成人類惟一至上的聯絡方式，並從哲學昇華為宗教。

哲學不應當是建築在神祕上的看臺，僅僅便於觀賞、便於滿足好奇心，除此之外別無功用。以後有機會再闡發我們的思想，現在我們只想說，如果沒有相信和愛這兩種動力，我們就無從理解如何以人作為出發點，也無從理解如何將進步當作目的。

進步是目的；理想是象徵。

理想是什麼？是上帝。

理想、絕對、完美、無限，全是同義詞。

七．慎於責備

Précautions à prendre dans le blâme

歷史和哲學負有的責任，既永恆又簡單：打擊大祭司該亞法⑥、法官德拉孔⑦、立法官特里馬西翁⑧、皇帝尼祿⑨，這是清楚、直接而明白的，毫無疑義。然而，離群索居的權利，即使有其種種缺陷和弊端，也要予以確認和寬待。群居苦修則是人類的一個重大問題。

修道院那種地方，既荒唐謬誤，又清靜純潔；既導向迷途，又有良好願望；既讓人愚昧無知，又充滿獻身精神；既苦修折磨，又殉難得道。因此一提起修道院，幾乎總是有褒有貶。

一所修道院就是一大矛盾。目的，是永福；方式，是犧牲。修道院，是以極端克己為結果的極端自私。

以放棄為進取，這似乎是修道生活的格言。

在修道院中，受苦是為了享樂。開了一張到死神那裡兌付的期票。拿塵世的黑夜貼現上天的光明。在修道院中，是鑑於許諾贈與天堂才接受地獄生活的。

戴上面紗或穿上修袍，是支付永生的一種自殺。

這樣一個話題，我們覺得不容嘲笑。是好是壞，一概是嚴肅的。

正義的人只能皺眉頭，絕不會嘿嘿訕笑。我們理解憤怒，但不能理解惡意。

八・信仰，法則

Foi, loi

再說幾句。

我們譴責陰謀詭計猖獗的教會，蔑視熱中於俗權的教權；但是，我們處處敬佩思考的人。

我們向跪著的人致敬。

---

⑤・馬爾庫斯・歐雷利烏斯（一二一—一八〇）羅馬皇帝，也是哲學家，信奉禁欲主義，著有《論思想》傳世。

⑥・該亞法：判處耶穌死刑的大祭司。

⑦・德拉孔：雅典立法官，西元前七世紀時改革了司法。

⑧・特里馬西翁：西元一世紀拉丁作家彼特羅尼烏斯的作品《薩特里孔》中的人物。

⑨・尼祿（約西元前四二—西元三七）：羅馬皇帝，暴君。

信仰，人所必需。毫無信仰的人實在不幸！

凝神靜思不是無所事事。有有形的勞動，也有無形的勞動。

沉思靜觀，就是勞作；思考玄想，就是行動。交叉的胳臂在幹活，合攏的手掌在工作。舉目望天也是一種事業。

泰勒斯[10]靜坐四年，創建了哲學。

在我們看來，靜修者不是好逸惡勞的人，避世隱修者，也不是懶惰成性的人。

遐想幽冥世界，是一件嚴肅的事情。

我們認為，活著的人應當念念不忘墳墓，這樣講絲毫無損於我們上述的話。在這一點上，神父和哲學家達成共識。「總要死的。」拉特拉普修道院院長這樣反駁賀拉斯。

生活中常念叨著墳墓，這是智者的法則，也是苦行僧的法則。在這方面，苦行僧和智者見解一致。

物質繁榮，我們需要；精神宏大，我們堅持。

性急的人不假思索，問道：「那些木然不動的偶像神神祕祕的，究竟有什麼必要呢？他們有什麼用呢？他們究竟在幹什麼呢？」

唉！身處於圍住並等待我們的黑暗，不知道這無邊的瀰散要把我們怎麼樣，我們只能這樣回答：那些人所為，也許是無比崇高的事業。我們還要補充一句：也許沒有更為有用的工作了。

從不祈禱的人，確實需要總在祈禱的人。

在我們看來，全部問題就在於摻雜在祈禱中的大量思想。

萊布尼茨祈禱，那很偉大；伏爾泰崇拜，那很美好。「這是伏爾泰為上帝建造的。」[11]

我們擁護宗教，但反對五花八門的宗教。

我們認為禱文空乏而祈禱崇高。

再說，我們所經歷的時刻——幸好在十九世紀中不會留下影像——就在這種時刻，多少人垂下頭，意志消沉，而周圍那麼多人追求享樂，沉溺於短暫而醜惡的物質生活，無論誰能退隱修道，在我們看來都是可敬的。修道院就是引退的地方。犧牲就算是失當，總還是犧牲。將重大的謬誤當作天職，也不失為偉大。

就事情本身而論，並圍繞真理檢視，直到公正而毫無遺漏地審視了所有方面，那麼修道院、尤其修女院最為理想，因為在我們的社會中，婦女受苦最深，隱居修道院就是對社會的抗議，可以說修女院無可爭辯地有幾分莊嚴。

修道院生活極為清苦、極為慘澹，上文粗略地談及，那不是人生，因為沒有自由；那也不是墳墓，因為尚不完滿；那是個奇特的地方，猶如高山的山脊，從那裡往這邊可見我們身處的深淵，往那邊可見我們將去的深淵；那是隔開幽明兩界的狹長地帶，明不明，暗不暗，煙霧迷茫，生命的衰弱之光和死亡的朦朧之光，交相輝映，正是墓穴中的那種晦明。

當然，我們並不相信那些女人所信的東西，但是和她們一樣生活在信仰中。那些心誠的女人，戰戰兢兢又信心百倍，她們心靈又卑微、又崇高，敢於生活在神祕世界的邊緣，在已經閉合的塵世和尚未開放的天堂之間等待，面向世人看不見的光亮，僅有一種幸福，就是想到自己知道光亮在哪裡，一心嚮往幽冥和未知，目光凝望悄然不動的黑暗，跪在那裡不能自持，渾身抖瑟，有時受太虛深邃氣息的吹拂，身子又飄飄欲起；我們只要一觀察她們，就不免動情，產生一種宗教式的恐懼、一種滿懷欽羡的憐憫。

⑩・泰勒斯（約西元前六二五—約前五四七）：希臘數學家，哲學家，米利都學派的奠基者。

⑪・原文為拉丁文，刻在菲爾奈教堂的門上。那座教堂是伏爾泰於一七七〇年出資建造的。

第八卷：墓地來者不拒

Les cimetières prennent ce qu’on leur donne

一・如何進入修道院

Où il est traité de la manière d’entrer au couvent

按照割風的說法，尚萬強「從天而降」，正是掉進這所修道院裡。他從波龍索街的拐角翻牆進入園子。他所聽見的午夜仙樂，正是修女們唱的早晨彌撒；他在黑暗中窺探的那座大廳，正是小禮拜堂；他瞧見趴在地上的那個幽靈，正是行大贖禮的修女；他覺得十分怪異的鈴聲，正是繫在園丁割風膝上的鈴鐺。

珂賽特睡下之後，正如我們見到的那樣，尚萬強與割風對著一爐木柴的旺火，喝了一杯葡萄酒，吃了一塊乳酪。過後，他們就分頭躺在就地鋪的乾草上，因為破房裡只有一張床，讓珂賽特佔用了。尚萬強闔眼之前說了一句：「從今往後，我得留在這裡了。」

這句話在割風頭腦裡鬧騰了一夜。

老實說，他們二人誰也沒有睡著。

尚萬強覺得自己被發現了，沙威窮追不捨，他知道他和珂賽特一回到巴黎街頭就會消失了。狂風驟起，既然把他吹到這所修道院裡，他就只有一個念頭：留在這裡。然而，對於落到他這種境地的不幸者來說，這所修道院既是最危險又是最安全的地方。說最危險，是因為此地男人不得入內，違犯者一經發現，就以現行罪犯論處，而尚萬強只有一步之差，就得從修道院進入監獄；說最安全，是因為一旦獲准留在這裡後，還有誰會來此處尋找他呢？住在一個絕無可能的地方，倒是萬全之計。

割風那邊卻傷透了腦筋，心中開始承認他全然摸不著頭緒。圍牆那麼高，馬德蘭先生是怎麼進來的呢？沒人敢翻越修道院的圍牆，還帶了個孩子，怎麼進來的呢？懷裡抱個孩子，不可能翻越陡立的牆壁。那是誰的孩子？兩個人從何處來？割風來到修道院之後，從未聽人提過海濱蒙特伊，根本不知道那裡發生了什麼事。看馬德蘭老爹那副神態，割風也不敢開口多問，況且他心中暗道：絕不能盤問一個聖徒。在他的心目中，馬德蘭先生始終保持全然的威信。尚萬強倒是透露了幾句話，園丁覺得可以這樣推斷，也許由於世道艱困，馬德蘭先生破產了，並遭受到債主的追逼；也許他牽連到一個政治案件中，不得不躲起來。要是這種情況的話，割風決不掃興，他跟許多北方農民一樣，內心裡還是波拿巴分子。馬德蘭先生要藏身，選中修道院當避難所，要留下來是自然的事情。然而，割風百思不得其解的是，馬德蘭先生到了這裡，還帶來一個小姑娘。割風看得見他們，摸得到他們，還跟他們說話，可就是不相信這是真的。割風的破屋裡出了不可理解的怪事。他胡猜了一通，仍不得要領，只確定一點：馬德蘭先生救過我的命，光這一點就足以令他下定決心。他心裡暗道：現在該輪到我了。他在頭腦裡還補充一句：當初要鑽到車下才能救我時，馬德蘭先生可沒有想這麼多。於是，他決定搭救馬德蘭先生。

然而，他心中還是提出種種疑問，並給予回答：「他對我有了恩情之後，若是成了盜匪，我該不該救他呢？還是要救的。他若是成了殺人兇手，我該不該救呢？既然他是個聖徒，我該不該救，還是要救的。」

不過，要讓他留在修道院裡，這是多大的難題啊！面對這種近乎虛幻的企圖，割風決不退縮，這個來自庇卡底的可憐農民，只有一顆忠心、一個良好願望，還有這次用來見義勇為的鄉下老頭的那點精明，除了這些以外，他沒有任何憑藉，但還是要攀登修道院那無法逾越的障礙，翻越聖伯努瓦教規所構成的懸崖峭壁。割風這個老頭，自私了一輩子，到了晚年，腿也瘸了，身體也殘廢了，這世上再也沒有什麼好期盼的，倒覺得感恩圖報還有點意思，看到一件義舉可為，就衝上去，就好像一個人臨終時，伸手摸到一杯從未飲過的美酒，便貪婪地喝下去。還應該補充一點，多年來他在修道院呼吸的空氣，已然磨滅了他的個性，讓他感覺到，無論如何要做一件好事。

因此，他下了決心：全心全意地為馬德蘭先生效勞。

剛才我們稱他為「來自庇卡底的可憐農民」，稱呼雖然恰當，但是不完全。故事敘述到這裡，有必要略微描繪一下割風的相貌。他原是農民，務農之前在公證事務所工作過，這就為他的精明增添了詭辯，為他的天真增添了敏銳。由於種種原因，他在職業生涯中失意，丟掉事務所的差使，淪為車夫和苦力。他趕車時雖然揮鞭子隨口亂罵，對牲口似乎必須如此，但他在內心裡始終是個公證事務員。他的腦袋瓜天生就挺靈活，說話不像「俺哪」、「咱哪」那麼土氣，說起來一套一套的，這在鄉村中極為罕見。其他農民提起他來都說：他講話就跟戴禮帽的先生差不多。割風這種人，的確是上世紀的挖苦話所稱的：「半城品，半鄉坯」；或是達官貴人用來形容平民而非賤民的隱喻，將他貼上這樣的標籤：「有點鄉巴，有點市井；就像胡椒和鹽巴」。割風這個可憐的老傢伙，盡管命不好，多災多難，最終走到了窮途末路，但他還是個直性子，做事十分痛快；一個人有了這種可貴的品格，就絕不會變壞。他從前也有過缺點和惡習，但那只是表面現象。總之，他的面相能讓仔細觀察他的人，對他投以好感。老人的額頭上，沒有一條顯示殘忍或愚蠢的凶紋。

割風琢磨了一整夜，天亮的時候睜開眼睛，看見馬德蘭先生坐在草鋪上，正注視著珂賽特熟睡的模樣。割風翻身起來，說道：「既然現在您人在這兒了，您打算怎麼說明您闖進來的事情呢？」

一句話概括了當時的處境，把尚萬強從沉思中喚醒。

兩個老人開始商量。

「首先，」割風說，「您就不能從這房中跨出一步。您和小丫頭都一樣。跨進園子一步，我們就全完蛋了。」

「不錯。」

「馬德蘭先生，」割風又說，「您來的時機太好了。我是說太不好了，有一位修女病得厲害，這樣一來，別人就不會注意我們這邊的事了。看樣子她快死了。她們正在做四十小時的祈禱，整個修道院一片混亂，大家都在忙這件事。要走的那位修女是一位聖女，其實呢，我們這兒的人全是聖徒，那些修女和我們只有一個差別：她們說『我們的修室』，而我說『我的窩』。要為快斷氣的人祈禱，等人死了還要祈禱。今天一整天這裡算是安穩了，不過明天就說不準了。」

「可是，」尚萬強指出，「這間房子縮在牆角裡，前面有廢墟遮著，還有樹木，修道院那邊的人根本看不見。」

「我還可以補充一點，修女從不過來這邊。」

「那還有什麼好說的？」尚萬強說道。

加重語氣的這句問話表示：「我覺得可以躲在這裡。」割風回答這個疑問：「還有小的。」

「什麼小的？」尚萬強又問道。

割風正要開口解釋時，一口鐘響了一聲。

「那修女死了，」他說，「這是喪鐘。」

他示意要尚萬強仔細聽。

鐘又敲響第二聲。

「這是喪鐘，馬德蘭先生。那鐘要一分鐘一分鐘敲下去，持續二十四小時，直到出殯，遺體運出禮拜堂。喏，又敲了。在課間休息的時候，只要有一個皮球滾過來，她們就不管什麼禁令，全跑過來，到處亂翻亂找。就是那些小鬼頭，那些小天使。」

「誰呀？」尚萬強問道。

「那些小丫頭。哼，她們很快就會發現您，會叫起來：咦！有個男人！不過，今天不會有危險，她們沒有課間休息，要祈禱一整天。您聽鐘聲，我不是跟您說過，一分鐘敲一下。這是喪鐘。」

「我明白了，割風。這裡有寄宿學生。」同時，尚萬強心中暗道：「這樣，珂賽特的教育也沒問題了。」

割風高聲歎道：「唉！有那些小姑娘！她們會圍住您吵吵嚷嚷！她們會逃開！男人在這裡，就等於瘟疫。您也看到了，她們對我就像對待猛獸，還在我腿上繫了個鈴鐺。」

尚萬強越來越陷入沉思。「這所修道院能救我們！」他自言自語。接著，他提高聲音：「是啊，難就難在怎樣才能留下。」

「不，」割風說，「難在怎麼出去。」

尚萬強立刻感到周身血液湧進心房。

「出去！」

「對，馬德蘭先生，您得先出去，才好重新進來。」

割風等著一聲喪鐘敲過，才接著說：「不能就這樣讓人發現您。您是從哪來的？在我看來，您是從天而降，因為我認識您；可是那些修女可是有規矩的，只讓人從門口進來。」

突然，另外一口鐘敲出相當複雜的聲響。

「哦，」割風說，「這是召集參事修女的。她們要開會。每次有人死了就要開會。她是天剛亮時死的。天亮死人是常見的事，真的，您從哪兒進來的，為什麼就不能從哪兒出去呢？嗯，倒不是追問您，但您是從哪兒進來的呢？」

尚萬強臉刷地白了。一想到要再翻牆跳回那條可怕的街道，他就不寒而慄。一旦逃出虎嘯狼啼的森林，又有朋友勸你回林子裡，你想想是什麼感覺。尚萬強想像得到，這個街區還布滿警察，到處明崗暗哨，一個個可怕的拳頭伸向他的衣領，也許沙威就在街口的拐角上。

「不行！」他說道，「割風，就當我是從天上掉下來的。」

「這我相信，這我相信。」割風又說，「這話不用您對我講。慈悲的上帝大概把您抓在手掌上，仔細瞧了之後，又把您放下來了。不過，上帝本來要把您投進修士院，不料投錯了。喏，又是幾聲鐘響，是讓門房去市政廳登記，好讓人去通知法醫來檢驗死者。這些，就是人死後要搞的儀式。那些善良的修女，不喜歡接待那種人。一名醫生，什麼也不信。他要掀開面紗，有時甚至還掀開別的什麼。這一次她們這麼快就通知醫生啦！這裡面有什麼奧妙呢？您這小丫頭還在呼呼大睡。她叫什麼名字來著？」

「珂賽特。」

「是您的閨女？看樣子，您大概是她爺爺吧？」

「對。」

「對她來說，從這裡出去好辦，我有一道便門通往大院。我一敲門，門房就開門。我背上背簍，小丫頭就躲在簍子裡，然後就跟我出門了。割風老頭背著簍子出門，這是極平常的事。您囑咐小丫頭一句，在簍子裡老實待著別吭氣。在她頭上蓋一塊油布，不用多大工夫，我就到綠道街，把她放在一個好朋友家；那是個開水果店的老太婆，耳朵聾，家裡有張小床。我會對著那賣水果的婆子耳朵喊：小丫頭是我的侄女，要她幫忙照顧到明天。接著，您再帶小丫頭回來。可是您呢，您要怎麼出去呢？」

尚萬強點了點頭。

「還不能讓人看見我，關鍵就在這兒，割風。您讓珂賽特躲進背簍裡，蓋上油布，也給我想個辦法出去吧。」

割風用左手中指搔了搔耳根，表示十分為難。

第三陣鐘聲轉移了他們的注意力。

「驗屍醫生要走了，」割風說，「他檢查過了，說一句：她死了，沒錯。等醫生簽發了上天國的通行證，殯儀館就會派車送一口棺木來。死的是修女，就由修女入殮。然後，由我去釘上棺木。這也是我做園工的職責，園工也是個掘墓工人。屍體停放在臨街禮拜堂的一間矮廳裡，除了驗屍的醫生，別的男人一概不准進去。我和殯儀館的送葬工都不算男人，我就到那間矮廳裡釘上棺木。殯儀館的送葬工前來抬走，車夫鞭子一揮！人就這樣上天國去。送來一口空箱子，裝進點東西再運走，這就是所謂的埋葬。『出自深處』①。」

一束橫射進來的陽光拂著珂賽特的臉，她還在睡夢中，微微張開口，彷彿一個天使在飲著陽光……，尚萬強轉而凝視她，不再聽割風講什麼了。

沒人聽，也不是住口的理由，厚道的老園工還滔滔不絕，平靜地講下去：

「在伏吉拉爾墓地上挖個坑。聽說，要取消伏吉拉爾墓地了。那是塊古老的墓地，不合規格，外形不一致，該退休了。真可惜，那塊墓地很方便。那兒有我一個朋友，梅斯天老頭，是個掘墓工。這裡的修女受到優惠待遇，得以在天黑的時候將棺木送到那塊墓地。這是警察局專門為她們作出的一項決定。真的，從昨天起，發生了多少事啊！受難修女死了，而馬德蘭老爹……」

「埋葬了。」尚萬強苦笑著說。

割風接過這句話：「嘿！您若是在這兒待下去，那真的就埋葬了。」

第四陣鐘聲響了，割風連忙從釘子上取下拴鈴鐺的皮帶，又繫在膝上。

「這次叫我了。院長修女叫我去。好傢伙，皮帶扣針扎了我一下。馬德蘭先生，您別隨便走動，等著我。那邊有什麼事了。您若是餓了，這兒有葡萄酒、麵包和乳酪。」

他走出房門時還連聲說：「來啦！來啦！」

尚萬強目送他拐著腿盡快穿過園子，邊走邊看著兩旁的瓜田。

割風一路鈴聲不斷，嚇得修女們紛紛逃竄，不到十分鐘，他就輕輕敲了一下門。有人柔聲答道：「永遠如此，永遠如此。」表示：「請進」。

那是接待室的門，是指派工作時專門接待園工的，隔壁便是會議室。院長坐在接待室惟一的一把椅子上，正等著割風。

二．割風為難

Fauchelevent en présence de la difficulté

具有某種性格和從事某種職業的人，尤其是神父和修士、修女，一遇到緊急情況，神情就顯得十分緊張和嚴肅，這是相當特別的現象。割風進門時，就看見院長臉上有這兩種表情。院長純潔修女，原是才貌雙全的德．勃勒默爾小姐，平時總是一副快活的神態。

園工敬畏地施了個禮，站在門口。院長正撥弄念珠，抬起眼睛，說道：「唔，您來了，割伯。」

修道院裡都用這種簡稱叫慣了。

割風又施了個禮。

「割伯，是我叫您來的。」

「我來了，尊敬的修女，」

「我要跟您談談。」

「我也有點事，要跟十分尊敬的修女談談。」割風壯著膽子說，而心裡卻忐忑不安。

院長注視著他：「哦！您要向我反映什麼情況。」

「有個請求。」

「那好，您說吧。」

①．原文為拉丁文成語。

割風老頭從前當過公證事務員，是沉得住氣的那種鄉下人。幾分無知加上幾分機靈，就形成一股力量，別人稍不防備，不覺就上了圈套。割風住進修道院兩年多，給人的印象不錯。他一直獨來獨往，除了忙著整理園子，幾乎沒有別的事可做，不免產生好奇心。他遠遠望著那些戴著面紗的女人，在他眼前像影子似的來往忙碌。他注意凝望和洞察，久而久之，終於看到那些鬼影又恢復血肉之身，那些死者又全活了。他就像聾子而眼睛得以越看越遠，又像瞎子而聽力越發敏銳。他極力識辨各種鐘聲的含義，現在終於可以完全掌握了，結果這所謎一般沉悶的修道院，什麼事也瞞不過他了，這個斯芬克斯把全部祕密都灌進他的耳朵裡。割風無所不知，卻隻字不提，這就是他乖巧之處。全修道院的人都以為他非常愚笨，這在宗教上是一大優點。參事修女都很器重割風，他是個難得的啞巴，能贏得別人的信賴。而且，他很守規矩，除非為了果園菜地非辦不可的事外，平時不輕易出門。他謹慎的作風也是公認的，但他還是能向兩個人套出話來：修道院裡的門房，瞭解接待室裡發生的奇事；墓地裡的掘墓工，瞭解喪葬中的怪事。因此，他就像架了兩盞燈照著那些修女：一盞照生，一盞照死。然而，他絕不胡來。修道院的人無不看重他，年邁，腿瘸，眼睛不好，耳朵可能還有點背，這麼多長處！很難找到替代他的人。

老頭子感受到人重視，便信心十足，對尊敬的院長講了一大套話。這套話有鮮明的鄉村特點，相當含混，又極為深刻，拉拉雜雜地談到他的年紀、身體的殘疾，談到歲月不饒人，此後加倍成為他的負擔，而要做的工作不斷增加，園子又很大，有時晚上還得工作，例如昨天夜晚，他就趁著月光足以照亮地上時，幫瓜秧蓋上草墊，繞來繞去引出這句話：他有個兄弟，——（院長動了一下）——那兄弟年紀可不輕了，——（院長又動了一下，卻是放心的表示）——如果這裡願意要的話，他那兄弟可以來跟他住在一起，幫忙工作，那兄弟是個出色的園藝工人，能幫修道院出很多力氣，能做的事比他多得多；否則的話，如果修道院不要他兄弟，他作為兄長，感到身體垮了，工作時力不從心了，就得說句對不起的話，只好離開了，——他兄弟身邊有個小姑娘，也想一起帶來，在修道院裡培養她信奉上帝，也許有一天，誰說得準呢？她會當修女的。

等他講完，院長就停止數念珠，對他說道：「今天晚上之前，您能弄來一根粗鐵棍嗎？」

「做什麼用？」

「當撬棍。」

「好吧，尊敬的修女。」割風回答。

院長沒有再講什麼，起身走進隔壁房間。隔壁是會議室，參事修女可能聚在那裡了。割風獨自留在接待室。

三・純潔修女 Mère Innocente

大約過了一刻鐘，院長回來，又坐到那張椅子上。

這兩個對話的人似乎各有心思。我們盡量記錄下來二人的對話。

「割伯？」

「尊敬的修女？」

「您熟悉禮拜堂吧？」

「我在那兒有個小隔間，能聽彌撒和日課。」

「您在唱詩室裡工作過吧？」

「去過兩三次。」

「這次要掀起一塊石板。」

「重嗎？」

「就是祭壇旁邊的鋪地石板。」

「蓋地窖的那塊石板？」

「對。」

「這種時候，最好有兩個男人。」

「修女會來幫您，她跟男人一樣強壯。」

「一個女人怎樣也不如男人。」

「只能有一個女人幫您，各盡所能吧。唐．馬畢雍②發表聖貝爾納的四百一十七封書信，而梅洛努斯．荷爾梯烏斯只發表三百六十七封，我不能因此就鄙視梅洛努斯．荷爾梯烏斯。」

「我也不會。」

「可貴的是各盡其力。一所修道院不是一個工廠。」

「一個女人也不是一個男人。我那兄弟非常強壯！」

「您還得弄一根撬棍。」

「那種門，只能用那種鑰匙。」

「石板上有個鐵環。」

「我把撬棍插進去。」

「那石板是可以轉動的。」

「很好，尊敬的修女。我會打開地窖。」

「另外還有四名唱詩修女協助您。」

「地窖打開之後呢？」

「還要重新蓋上。」

「這樣就完工啦？」

「不。」

「指示我怎麼做吧，極為尊敬的修女。」

「割伯，我們非常信賴您。」

「我在這兒，讓我做什麼我就做什麼。」

「而且什麼也不講。」

「是的，尊敬的修女。」

「等地窖打開……」

「我再重新蓋上。」

「不過，蓋上之前……」

「怎麼樣呢，尊敬的修女？」

「要放進去一點東西。」

雙方默然半晌。院長咬了咬下嘴脣，彷彿猶豫，終於打破冷場。

「割伯？」

「尊敬的修女？」

「您知道，今天早上有一位修女去世了。」

「不知道。」

「難道您沒有聽見敲鐘？」

「在園子最裡面，什麼也聽不見。」

「真的嗎？」

「召喚我的鐘聲，我也就勉強聽見。」

「她是天剛亮時去世的。」

「難怪，今天早晨，風不是往我那邊刮。」

②・唐・馬畢雍（一六六二—一七〇七）：法國本篤會修女。她致力於搜集手跡，發表了聖貝爾納的著作。

「是那位受難修女。一個得福的人。」

院長住聲了，嘴脣嚅動了一會兒，彷彿默念一段禱文，然後又說道：「三年前，一個冉森派教徒，德．貝圖納夫人，僅僅看見受難修女祈禱，就皈依了正宗。」

「不錯，現在我聽見喪鐘了，尊敬的修女。」

「修女們把遺體抬到連著禮拜堂的太平間裡。」

「我知道。」

「除了您，任何男人都不許，也不應該進那間屋。您要好好看著。太平間裡若是放進一個男人，那可就熱鬧啦！」

「更是常事兒！」

「啊？」

「更是常事兒！」

「我說更是常事兒。」

「您說什麼？」

「比起什麼更是常事兒？」

「尊敬的修女，我沒說比起什麼更是常事兒，我只說更是常事兒。」

「我不明白您的意思。為什麼您說更是常事兒？」

「是按照您的說法，尊敬的修女。」

「可是，我沒有講更是常事兒。」

「您沒有講出來，但是我講出來了，是按照您的說法。」

這時，鐘報九點。

「早上九點鐘，每時每刻都要讚美和崇拜祭壇上最神聖的聖體。」院長說道。

「阿門。」割風說。

報時鐘響得正是時候，打斷「更是常事兒」的討論。報時鐘不響的話，院長和割風恐怕永遠也理不清這團亂麻。

割風擦了擦額頭。

院長又默念了一小會兒，大概是聖禱，繼而提高聲音說：

「受難修女生前感化了不少人，死後還會顯靈的。」

「她肯定能顯靈！」割風答道，同時挪動一下瘸腿，運了運勁兒，免得再出差錯。

「割伯，多虧了受難修女，整個修道院都得到祝聖。當然，並不是人人都像貝呂勒紅衣主教那樣，在做聖彌撒時咽了氣，口中念著『以此祭獻……』③時靈魂升天。不過，受難修女盡管沒有達到那麼大程度的幸福，她的死也是彌足珍貴的。直到最後的時刻，她的神智還是十分清晰。她跟我們說話，繼而又跟天使說話。最後，她把遺言留給我們。假如您更虔誠一點，假如您能進入她的修室，她摸一摸就會治好您的腿。她面帶笑容，讓別人感到她在上帝身上復活了。她的亡逝中有天堂的影子。」

割風以為講完了一段悼詞，便說了一句：「阿門。」

「割伯，應當實現死者的遺願。」

院長撥動了幾個念珠。割風沉默不語。她接著說道：

「就這個問題，我請教了好幾位神職人員，他們為耶穌基督效力，撰寫教士生平，而且成績卓著。」

「尊敬的修女，在這裡聽喪鐘，比在園子裡清楚多了。」

「況且，她不止是個死者，而是個聖徒。」

③・祝聖禱詞開頭語，原文為拉丁文。

「跟您一樣，尊敬的修女。」

「她在自己的棺木裡睡了二十年，那是我們的聖父庇護七世特許的。」

「正是他給皇……波拿巴特加冕。」

割風這樣一個機靈的人，實在不太適合回憶起這件事。幸好院長凝神思索，沒有聽見。她繼續說道：「割伯？」

「尊敬的修女？」

「卡帕多基亞④的大主教聖第奧多爾，要求在他的墓上只寫：Acarus⑤，這詞的意思是蚯蚓，別人照辦了。這可是真的？」

「是真的，尊敬的修女。」

「阿奎拉⑥修道院院長，那位幸福的梅佐卡納，要求把他埋葬在絞刑架下，這事照辦了。」

「是的。」

「台伯河入海口的港口主教聖特倫梯烏斯，要求在他的墓碑刻上弒君父者墳塚上的標誌，以期過往行人唾棄他的墳墓，那也照辦了。應當遵從死者的遺願。」

「但願如此。」

「貝納爾·吉道尼，出生在法國的蜂岩附近，到西班牙的圖伊當主教，可是人們不顧卡斯蒂利亞⑦國王的禁令，還是按照他的遺命，把他的遺體運到里摩日城的多明我會教堂。能說這樣不對嗎？」

「當然不能，尊敬的修女。」

「這件事，普朗塔維·德·拉弗斯證實了。」

院長又默然撥了幾個念珠，才接著說道：「割伯，受難修女在那棺木裡睡了二十年，要裝殮在那裡面。」

「這是理所當然的。」

「在那裡接著長眠。」
「要我把她釘在那口棺木裡嗎？」
「對。」
「把殯儀館的那口棺木撂在一邊？」
「正是。」
「我遵從非常可敬的修道院的命令。」
「四名唱詩修女會協助您的。」
「釘棺木嗎？用不著她們當幫手。」
「不。是要幫您把棺木放下去。」
「放哪兒去？」
「放進地窖。」
「什麼地窖？」
「祭壇下面的。」
割風不禁一抖。
「祭壇下面的地窖！」
「祭壇下面的地窖。」
「可是……」

④・卡帕多基亞：土耳其地區名，六世紀末成為基督教的一個中心。
⑤・拉丁文，意為蟎屬類，如疥蟲，寄生在人或動物體內。
⑥・阿奎拉：義大利城市名。
⑦・西班牙地區名，歷史上曾為王國。

「您弄來一根鐵棍。」

「嗯，可是……」

「您把撬棍插進鐵環裡，掀起石板。」

「可是……」

「應當遵從死者的遺願。葬在禮拜堂祭壇下的地窖裡，絕不送到凡塵去，死後留在她生前祈禱過的地方，這就是受難修女最後的遺願。她向我們提出請求，也就是說發出命令。」

「可這是禁止的。」

「禁止的是人，但這卻是上帝的命令。」

「萬一走漏風聲呢？」

「我們信賴您。」

「唔，我呀，我是你們牆壁上的一塊石頭。」

「已經召開了會議，我剛才還徵詢了參事修女的意見；她們經過辯論，決定按受難修女的遺願，把她裝殮在她的棺木裡，埋葬在祭壇下面。您想一想，割伯，這裡會顯靈的！對我們修道院來說，多麼為上帝增光啊！顯靈，往往是從墳墓裡發生的。」

「可是，尊敬的修女，萬一衛生委員會的人員……」

「聖伯努瓦二世，在喪葬問題上，就抵制了君士坦丁·波戈納圖斯[8]。」

「然而，警察分局局長……」

「科諾德麥爾，君士坦斯帝國時期進入高盧的德意志七王之一，特諭承認修士葬在修道院的權利，也就是說可以葬在祭壇下面。」

「可是，警察局的探長……」

「在十字架面前，人世無足掛齒。查爾特勒修會第十一任會長馬爾丹，為他的修會選定這句箴言：『天翻地覆，而十字架獨立』[9]。」

「阿門。」割風說了一句，每次他聽人講拉丁語，就以這種辦法應付。

沉默良久，無論遇到什麼物件都足以宣洩一番。古代雄辯術大師吉姆納托拉斯出獄那天，體內積滿了兩難推理和三段論法，碰見一棵大樹便停下來高談闊論，極力說服那棵大樹。同樣的，院長平時深受沉默堤壩的遏制，水庫中積蓄過滿，也像開了閘門似的，起身滔滔不絕地講起來。

「我的右邊有伯努瓦，左邊有貝爾納。貝爾納是何許人？是克雷爾伏修道院的第一任院長。勃艮第地區的方丹見他出生而成為福地。他父親叫特斯蘭，母親叫阿萊特。他到錫托創業，到克雷爾伏發展，由索恩河畔沙隆的主教，紀堯姆．德．香波任命為修道院院長。他有過七百名初修生，創建一百六十所修道院；一一四〇年在桑斯的主教會議上，他駁倒了阿貝拉爾，還駁倒了皮埃爾．勃呂伊及其門徒亨利，以及所謂使徒派的另一夥旁門左道；他駁得阿爾諾．德．勃雷斯啞口無言，痛斥屠殺猶太人的和尚拉烏爾；一一四八年，他控制了在蘭斯舉行的主教會議。他提議懲處了普瓦捷的主教吉勒貝爾．德．拉波雷，懲處了艾翁．德．萊圖瓦勒，調解了王公之間的糾紛，開導過國王青年路易[10]，輔助過教皇歐仁三世，整頓過聖殿，宣導過十字軍，一生中有二百五十次顯聖，甚至有一天連續顯聖三十九次。伯努瓦是何許人呢？是蒙迦散的長老，是聖修道院的第二創建者；他是西方的巴西勒[11]。他創立的修會，培養出四十名教皇、二百名紅衣主教、五十名長老、一千六百名大主教、四千六百名主教、四位皇帝、十二位皇后、四十六位國王、四十一位王后、三千六百名敕封的聖徒，這個修會延續至今，已有一千四百年[12]。一邊是聖貝納

---

⑧．即君士坦丁四世（六五四—六八五），拜占庭皇帝。

⑨．原文為拉丁文。

⑩．即路易十二（一一二〇—一一八〇）：法蘭西國王。

⑪．聖巴西勒（三二九—三七九）：希臘教會主教，他大大的促進了修會的發展。

⑫．以上數字全誇大了。修會創建於六世紀初，至一九世紀初，僅有一千三百年的歷史。

爾，另一邊又是什麼衛生委員會的人員！一邊是聖伯努瓦，另一邊是什麼路政檢查員！國家、路政、殯儀館、規章、行政機構，難道我們管那一套？沒有一個行人看見他們如何對待我們會不氣憤，我們連化作塵埃獻給耶穌基督的權利都沒有！你們那衛生委員會，是革命黨的發明。上帝還要受警察的管制，這是什麼世道？別說了，割伯！」

割風挨了這陣連珠炮，覺得不大自在。院長繼續說道：

「修道院處理喪葬的權利，不容任何人懷疑。惟獨極端派和信仰不定者，才懷疑這種權利。我們生活在一片混亂的時候，該知道的事全然不知，不該知道的事又全知道。卑鄙下流，褻瀆宗教。今天，許多人分不清楚兩個貝爾納：一個是無比偉大的聖貝爾納，另一個則是所謂窮苦天主教徒派的貝爾納，即生活在十三世紀的一個善良教士。還有些人，居然褻瀆天主，將路易十六的斷頭臺和耶穌基督的十字架相提並論。路易十六不過是個國王。我們可要留意我們的天主啊！現在也不管公道不公道了。伏爾泰的名字眾所周知，而凱撒・德・布斯⑬的名字卻無人知曉。殊不知凱撒・德・布斯得了真福，伏爾泰則是個不幸者。前任大主教，佩里戈爾的紅衣主教，竟然不知道查理・德・孔德朗繼承了貝呂勒，弗朗索瓦・布林果安繼承了孔德朗，讓・弗朗索瓦・色諾繼承了布林果安，而聖瑪爾特的父親又繼承了讓・弗朗索瓦・色諾。貝呂勒、查理・德・孔德朗、弗朗索瓦・布林果安、讓・弗朗索瓦・色諾、聖瑪爾特，是奧拉托利會自創建起直到十七世紀末的歷屆會長。大家知道，戈東神父這個名字，並非因為他是奧拉托利會的三個宣導者之一，而是因為那名字成為信奉新教的國王亨利四世罵人的話⑭。聖弗郎奈瓦・德・撒勒能得到上流社會的青睞，是因為他賭博善於作弊。再者，還有人攻擊宗教。為什麼呢？因為有過壞神父，因為迦普的主教薩吉泰爾和昂勃蘭的主教薩洛訥是兄弟，二人都曾追隨摩莫勒。那又怎麼樣呢？圖爾的馬爾丹還不照樣是個聖徒，照樣把他半件袍子送給窮人嗎？有人迫害聖徒，他們閉眼不看真理，對於黑暗習以為常了，最兇殘的野獸是瞎了眼的野獸。誰也不肯認真想想地獄。唉！討厭的世人啊！國王的旨令，今天就意謂著奉革命之令。現在，無論對活人還是對死人所負的責任，全都置之腦後，竟然禁止以聖潔的方式死去。喪葬成了一件民事，這真叫人寒心。聖列翁二世寫過兩封信，一封信給皮埃爾．諾泰爾，另一封給西哥德人國王，專就死者的問題，痛斥並拒絕總督的跋扈和皇帝的專斷。在這方面，沙隆的主教戈蒂埃也抵制勃艮第公爵奧通。舊朝的司法官員倒是同意過。當年，甚至在俗事上，我們也有發言權。錫托修道院院長，本修會會長，是勃艮第高級法院的顧問。我們得以按照自己的意願料理死者。聖伯努瓦雖然於一五四三年三月二十一日星期六死在義大利的蒙迦散，但是，他的遺體不是還運回法國，葬在弗勒里修道院，即盧瓦爾河畔聖伯努瓦那裡嗎？這一切都是不容置疑的。我憎惡那些哼唱著詩歌的人，痛恨那些修道院院長，憎恨異端分子，但是我尤其鄙視任何跟我唱反調的人。只要讀一讀阿爾努．維翁、迦伯里埃爾．布斯蘭、特里泰姆、摩羅利庫斯，以及唐．呂克．達什里⑮的著作，就全明白了。」

院長喘了口氣，繼而轉身，對割風說：「割伯，說定了吧？」

「說定了，尊敬的修女。」

「可以指望您吧？」

「我聽從吩咐。」

「很好。」

「我對修道院忠心耿耿。」

「就這麼辦。您釘上棺木。幾位修女將棺木抬進禮拜堂。大家做追悼彌撒，然後再回到修道院。在夜晚十一點和十二點之間，您帶著鐵棍來。這件事從頭至尾都要極其祕密地進行。禮拜堂

⑬．凱撒．德．布斯（一五四四—一六〇七）：法國傳教士，將天主教兄弟會引入法國。

⑭．法王亨利四世罵人時常說「我否認天主」，後來接受懺悔師戈東的建議，改說「我否認戈東」。戈東因此出名。

⑮．迦伯里埃爾．布斯蘭：十七世紀本篤會作者。若望．特里泰姆（一四六二—一五一六）：德國本篤會修士。摩羅利庫斯：十六世紀學者。唐．呂克．達什里：十七世紀本篤會作者。

裡只有四名唱詩修女，升天修女，還有您。」

「還有跪柱子行大贖禮的修女呢。」

「她不會扭頭看的。」

「可是她聽得見。」

「她不會聽的。再說，在修道院裡知道的事，不會被傳出去。」

談話又停頓一下。院長繼續說：

「到時候您解下鈴鐺。沒必要讓跪柱子的修女知道您在場。」

「尊敬的修女？」

「什麼事兒，割伯？」

「驗屍醫生來驗過了嗎？」

「今天四點鐘時他來驗屍。我們敲過鐘，派人去找驗屍醫生。怎麼，什麼鐘聲您也聽不見？」

「我只注意召喚我的鐘聲。」

「這樣很好，割伯。」

「尊敬的修女，撬棍至少得有六尺長才行。」

「您去哪兒找呢？」

「有鐵柵欄的地方，就有鐵棍。在園子後頭，有我一大堆破銅爛鐵。」

「午夜前三刻鐘左右，不要忘了。」

「尊敬的修女？」

「什麼事？」

「往後再有這類工作，就用我那兄弟，他力氣大，像個土耳其人！」

「到時候，您得盡快把事情了結了。」

「想快也快不到哪裡，我是個殘廢。正是這個緣故，我需要個幫手，我腿瘸。」

「腿瘸不是過錯，也許是一種福氣。打倒偽教皇格列高利，重立伯努瓦八世的皇帝亨利二世，就有兩個綽號：聖徒和瘸子。」

「那真不錯，有兩件外套。」割風自言自語，其實，他的耳朵有點背。

「割伯，我想啊，還是留個一個鐘頭吧。一個鐘頭也不寬裕。十一點鐘，您拿著鐵棍到主祭壇旁邊。追悼祭禮午夜十二點開始。在那之前全弄妥當，必須留足一刻鐘。」

「我竭盡全力表達我對修道院的熱忱與忠誠。就這樣說定了。我釘上棺材，一點鐘，我準時到禮拜堂。唱詩修女同時到那裡，升天修女也到那裡。若有兩個男人，就更好了。行啊，沒關係！我有撬棍。我們打開地窖口，將棺材放下去，事後不留一點兒痕跡。政府肯定毫無覺察。尊敬的修女，事情就這樣妥善安排啦？」

「不行。」

「還有什麼？」

「還有那口空棺材呢。」

說到這裡，二人一時住了口。割風在想，院長也在考慮。

「割伯，那口棺木怎麼辦呢？」

「抬去埋掉。」

「空著埋掉？」

又是一陣沉默，割風揮了揮左手，彷彿揮去了一個令人不安的問題。

「尊敬的修女，那口棺材停放在教堂的矮廳裡，由我去釘上，除了我，誰也不能進去，我用殮布將棺材蓋上就行了。」

「行啊，不過，那些搬運工要抬上靈車，放到墓穴裡，他們會感到棺木裡什麼也沒有。」

「噢！見了……」割風嚷起來。

院長立刻畫了個十字，凝視著園工。「鬼」字梗在他喉嚨裡了。

割風情急之下，臨時抓來一個辦法搪塞，好把他這句褻瀆話掩飾過去。

「尊敬的修女，我弄點泥土放進棺材裡，就跟裡面有人一樣了。」

「這話有道理。泥土和人是同樣的東西。您就這樣處理那口空棺吧！」

「這事包在我身上。」

院長的臉一直陰沉著，隱有憂色，現在才開朗了。她擺了擺手，做了個上級要下級退下的手勢。割風便朝門口走去，就要出門時，院長微微提高聲音說：

「割伯，我對您很滿意。明天出殯之後，就把您那兄弟帶來，告訴他把小姑娘也領來。」

四．尚萬強儼然讀過歐斯丹．卡斯提約[16]

Où Jean Valjean a tout à fait l'air d'avoir lu Austin Castillejo

瘸子跨步，如同獨眼人送秋波，都不能迅速抵達目標。此外，割風正心煩意亂。他幾乎花了一刻鐘，才回到園角的破屋。此時，珂賽特已經醒來。尚萬強讓她坐到火爐前。當割風進屋時，尚萬強正指著園丁掛在牆上的背簍，對她說：

「好好聽我說，我的小珂賽特。我們必須離開這房子，不過我們還要回來，就能安穩住在這裡了。這裡的老爺爺要把妳放在那裡面背出去。妳在一位太太那裡等我，我好去接妳。妳若是不想讓德納第那婆娘抓回去，就千萬聽話，一聲也別吭！」

珂賽特一本正經地點了點頭。

尚萬強聽到割風推門聲，便轉過身去：「怎麼樣？」

「全安排好了，又一點也沒安排好。」割風答道，「我得到允許讓您進來，可是，先得帶您出去，才能領你進來。就是這點讓人傷腦筋。小丫頭的事倒好辦。」

「您背她出去嗎？」

「她答應不出聲嗎？」

「這我敢擔保。」

「可是您呢，馬德蘭老爹？」

在焦慮不安的氣氛中，二人沉默片刻，然後割風嚷道：

「您從哪進來，再從哪出去不就得啦！」

尚萬強還是像上次那樣，只回答一句：「不可能。」

割風咕噥著，倒像自言自語：

「還有一件事叫我不放心。我說了往裡面裝泥土，可是我想，不裝屍體而放泥土，那不一樣，這辦法不成，泥土在裡面會移動，會亂竄。那些人能感覺出來。您明白，馬德蘭老爹，政府會發現的。」

尚萬強定睛注視他，以為他說起胡話了。

割風又說道：「真見……鬼，您怎麼出去呢？要知道，明天全都得辦妥！明天我要帶您來。院長等著見您。」

於是，他向尚萬強解釋，這是他，割風，為修道院辦這件事所獲得的報酬。協助辦理喪事是他分內的事，他要釘上棺木，幫忙掘墓工葬到墓地。可是，今天早晨去世的那位修女要求，要把她裝殮在她平日睡覺的棺木裡，葬在禮拜堂的祭壇下面，這是違反警察條例的；而對她那樣一位死者，別人什麼也不能拒絕。院長和參事修女決定執行死者的遺願，管他政府不政府呢。他，割風，要到太平間去釘上棺木，到禮拜堂去撬起石板，將死者下葬到地窖裡。院長為了酬謝他，同意他帶兄弟進修道院當園工，帶侄女來寄讀。他的兄弟就是馬德蘭先生，他的侄女就是珂賽特。

⑯．這多半是作者杜撰出來的人。

院長對他說，等明天完成到墓地的假安葬之後，傍晚把他的兄弟帶來，然而馬德蘭先生不先在外面的話，他就沒辦法把人從外面帶進來。這是頭一個難題，還有一個難題，就是那口空棺材。

「什麼空棺材？」尚萬強問。

割風答道：「政府部門的棺材。」

「什麼棺材？什麼政府部門？」

「一名修女死了。市政廳的醫生來檢查，然後說：有一名修女已死。政府就送來一口棺材。第二天，再派一輛靈車和幾個掘墓工，將棺材抬走，運到墓地。那些掘墓工要來，要抬起棺材，可是裡面什麼也沒有。」

「放進去點東西呢？」

「放個死人進去？我沒有啊。」

「不是。」

「那放什麼？」

「放個活人。」

「什麼活人？」

「我呀。」尚萬強說道。

割風本來坐著，聽了這話，就好像椅子下面有個爆竹爆炸了般，霍地站起來。

「您！」

「怎麼不行呢？」

尚萬強臉上露出難得的笑容，宛如冬季天空透出一束陽光。

「您不是說了嗎？割風，受難修女死了，我再補充一句：馬德蘭老爹埋葬了。事情就這麼辦了。」

「哦，好哇，您開玩笑。您講的不是正經話。」

「非常正經。不是得從這裡出去嗎？」

「當然了。」

「我不是跟您說過，也幫我找一個背簍和一塊油布來。」

「那又怎樣呢？」

「背簍將是松木做的，油布是一塊黑布。」

「首先，那是塊白布，埋葬修女用白色殮布。」

「白色殮布也成。」

「您真不是一般人，馬德蘭老爹。」

這種奇思異想，無非是苦牢裡粗野而狂妄的創見，而割風生活在寧靜的事物當中。現在他忽然看見這種奇思異想從寧靜事物中出現，即將參與他所說的「修道院裡婆婆媽媽的事」，所感到的驚愕，就好比一個行人看見海鷗在聖德尼街的水溝裡捕魚。

尚萬強繼續說：「關鍵是從這裡出去，又不讓人看見。這就是個辦法。不過，您得先把情況告訴我，事情是怎麼安排的？那口棺材停放在哪？」

「那口空的嗎？」

「對。」

「在樓下，我們所說的太平間裡，停放在兩個木架上，上面蓋著殮布。」

「那口棺材有多長？」

「六尺。」

「那太平間是什麼樣子？」

「那是底層的一間屋子，面對園子有一扇上了鐵條的窗戶，窗板要從外面開合；有兩扇門，一扇通修道院，一扇通教堂。」

「什麼教堂？」

「臨街的教堂，大家都能進去的教堂。」

「您有那兩扇門的鑰匙嗎？」

「沒有。我只有連修道院那扇門的鑰匙，通教堂那扇門的鑰匙掌握在門房手裡。」

「門房什麼時候開那扇門？」

「殯儀館的人來抬棺木的時候，才開門放進去。棺木一抬走，門又重新關上。」

「誰釘棺木？」

「我釘。」

「誰蓋殮布？」

「我蓋。」

「您一個人做嗎？」

「除了法醫之外，男人一概不准進入太平間。這一點甚至還寫在牆上。」

「今天晚上，等修道院所有人都睡著的時候，您能把我藏在那屋裡嗎？」

「不能。不過，我可以把您藏到通太平間的一間小黑屋裡，我在那裡放下葬工具，鑰匙在我手上。」

「明天靈車幾點來運棺木？」

「約莫下午三點。天快黑的時候，在伏吉拉爾公墓下葬。那地方可不近。」

「我要在工具房裡躲一整夜和一上午。那麼吃飯呢？我會餓的。」

「我給您送吃的來。」

「下午兩點鐘，您就來把我釘在棺材裡。」

割風退了一步，將手指骨節掰得嘎嘎響。

「這可不行！」

「嗳！拿個錘子，將幾根釘子往木板上一釘就行啦！」

我們再說一遍，在尚萬強看來很普通的事，割風就覺得聞所未聞。尚萬強一生經過了艱難險阻，當過囚犯的人，都有一套技巧，能按照越獄管道的尺寸縮小自己的軀體。囚犯要逃跑，就像患者的病徵要發作了，生死繫於一線。越了獄，就等於治好病，要治癒病症，有什麼藥方不能接受呢？被人釘在木箱裡，像包裹一樣運走，在箱子裡盡量延長生命，缺少空氣也要找到空氣，連續幾小時節省呼吸，善於閉氣而不至於死去，這是尚萬強特有的一種可悲才能。

其實，活人躲進棺木裡，這種勞役犯的應急辦法，帝王也用過。假如歐斯丹・卡斯提約修士的記載屬實，那麼查理五世[17]遜位之後，為了見卜隆白那女子一面，就用這種辦法將她抬進聖茹斯特修道院，事後又抬出去。

割風稍微定下神兒來，高聲說道：「可是，您怎麼呼吸呢？」

「我能呼吸。」

「就在那箱子裡！我呀，只要想一想，就喘不上氣來。」

「您一定有螺旋鑽吧。在靠近我嘴的地方鑽幾個小洞，您釘蓋板時，也不要釘得太死。」

「好吧！可是，萬一您咳嗽或者打噴嚏呢？」

「要逃命的人不會咳嗽，也不會打噴嚏。」

尚萬強還補充說：「割風，要快點決定：要嘛在這裡被人逮住，要嘛接受由靈車帶出去的辦法。」

大家都注意到一種現象，貓愛在虛掩的門前徘徊。誰沒有對貓說過：你倒是進來呀！同樣，有人碰到兩難的事情，也容易舉棋不定，左右為難，不惜讓陡然截斷冒險之路的命運給砸死。那些過分謹慎的人，完全屬貓性，也正因為如此，才比敢作敢為的人冒更大的風險。割風生性就是

⑰・查理五世（一五〇〇—一五五八）：德國皇帝。

這種首鼠兩端的人，但是他見尚萬強如此鎮定，也就不由自主地信服了，嘴裡咕噥一句：「老實說，還真沒有別的辦法。」

尚萬強又說道：

「我惟一擔心的事，就是到墓地會發生什麼狀況。」

「這一點我倒不擔心，」割風高聲說，「您有把握出得了棺材，我就有把握讓您出得了墓穴。那個埋葬工人是我的朋友，又是個酒鬼，叫麥斯天老爹，那老傢伙見酒沒命。埋葬工把死人放進墓穴裡，而我把埋葬工放進我兜裡。那裡會發生什麼情況，讓我跟您說吧。我們在天黑之前，離關門還有三刻鐘到達墓地。靈車一直駛到墓穴旁邊。我跟到那裡，那是我分內的工作。我的兜裡帶著錘子、鑿子和鉗子。靈車停住，殯儀館的人用繩索套住棺材，將您放下去。神父念了悼詞，畫個十字，灑了聖水，然後就溜了，只有我留下來陪麥斯天老爹。跟您說吧，他是我的朋友。他不是醉了，就是還沒有醉。如果他還沒醉，我就對他說：趁木瓜酒館還開著門，去喝一杯吧。我帶他去，把他灌醉，麥斯天老爹灌不了幾下就要醉倒，他每次開始喝酒就有幾分醉意了，我替你把他撂倒在餐桌底下，拿著他的工卡回到墓地，拋下他，一個人回去。這樣，您就只跟我打交道了。如果他已經醉了，我就對他說：你走吧，這工作我替你做了。他一走，我就從坑裡把你拉出來。」

尚萬強伸過手去，割風撲上來，以鄉下人那種感人的熱忱緊緊握住。

「就這樣決定了，割風。肯定會非常順利。」

「但願別發生意外，」割風心想，「萬一出了點差錯，那就不堪設想啦！」

五・酒鬼不足以長生不死

Il ne suffit pas d'être ivrogne pour être immortel

次日，太陽偏西的時候，一輛老式靈車行駛在曼恩大道上，寥寥的過往行人摘下帽子。靈車上畫了骷髏、脛骨和眼淚，裡面裝一口棺木，蓋著一塊白殮布；殮布上平放著一個黑色大型十字架，好像一個高大的死人，垂著兩條胳膊。後面跟隨一輛布篷四輪馬車，只見裡面坐著兩個人：身穿白色袍子的神父和頭戴紅色瓜皮小帽的唱詩童子。兩名殯儀館的人走在靈車左右，他們身穿黑色鑲邊的灰制服，最後跟著一個身穿工作服的瘸腿老人。這一佇列正朝伏吉拉爾公墓行進。

那老人衣兜裡露出一個錘子柄、一根冷淬鋼鑿刃，以及一把鐵鉗的兩個把手。

在巴黎的公墓中，伏吉拉爾公墓算是十分獨特，還保存特殊的習慣，正如這個區的老人還只用古字，把墓地的大門和側門稱做跑馬門和人行門一樣。我們已經提過，小皮克普斯的聖貝爾納本篤會修女得到許可，單獨劃出一塊墓地，並在傍晚下葬，那塊地從前就屬於修道院。正因為如此，那個墓地的埋葬工，在夏天黃昏和冬天夜晚還要工作時，就必須遵守一條特殊紀律。當年，巴黎各公墓都在日落時關門，這是市政府的一項規定，伏吉拉爾公墓也不例外。跑馬門和人行門是並排的兩道鐵柵門，旁邊的亭子是建築師佩羅奈建造的，裡面住著墓地的看門人。一到太陽在殘廢軍人院的圓頂後面消失的時候，那兩道鐵柵門就刻不容緩地關閉。假如哪個埋葬工耽擱了，關門時還在墓地裡，那他只能憑殯儀管理處發給的埋葬工卡方可出去。門房窗板上掛一個類似信箱的木箱，埋葬工將工卡投入箱裡，門房聽見工卡落下的響聲，便拉動繩子，人行門就開了。埋葬工沒帶工卡，就得報出姓名，門房有時上床入睡了，還不得不起來，等認清了埋葬工，才拿鑰匙開門，讓埋葬工出去，但是要收十五法郎罰金。

這個公墓不合規定的舊政策，妨礙了統一管理，因此過了一八三〇年不久便取消了。蒙巴納斯公墓，也稱東墓地，取代了伏吉拉爾公墓，也接收了它那位於幽明兩界之間的著名酒館：酒館在轉角處，一面對著酒客的餐桌，另一面對著墳墓，上面有一塊木瓜圖案的木板，便是「好木瓜」的招牌。

可以說，伏吉拉爾公墓是一塊凋敝的墓地，漸漸廢棄不用了，裡面處處發霉，將花卉擠走了。

市民都不大考慮葬在伏吉拉爾，那陰宅顯得太寒酸了。拉雪茲神父公墓，那好極啦！葬在拉雪茲神父公墓，那就像配置了紅木家具，一看就有華貴的氣派。伏吉拉爾公墓是一座古老的園子，樹木是按照法國舊式園林栽植的。一條條筆直的林蔭小道，夾護著黃楊、側柏和冬青；野草芊綿，古老的紫杉蔭下一座座古老墳塚。夜晚一片淒涼，景物的輪廓陰森可怖。

那輛白殮布黑十字架的靈車，駛進伏吉拉爾公墓林蔭路時，太陽還沒有落下去。跟在車後的那個瘸腿老人便是割風。

受難修女安葬到祭壇下面的地窖裡，珂賽特轉移出去，尚萬強潛入太平間，這一切毫無阻礙，進行得十分順利。

附帶說一句，受難修女葬在修道院的祭壇下面，在我們看來是完全可以寬恕的事，這種過錯也近乎一種天職。修女們這樣做，不僅理得，而且心安。在修道院裡，所謂「政府」，無非當局的一種干預，而且總是令人置疑的一種干預。第一順位是遵循教規，至於法規，那就看情況了。世人啊，隨便你們高興訂多少條法律，不過，還是留給你們自己用吧。給天主的貢稅，向來有剩餘才給人主。比起一條教規，一位王公無足掛齒。

割風一瘸一拐高高興興地跟在靈車後面。他的兩件祕事，兩個孿生的陰謀詭計，一個與修女合謀，一個與馬德蘭先生合謀，一個助修道院，一個背修道院，卻相輔相成。剩下來要做的事就易如反掌了。兩年來，他灌醉不下十次那個埋葬工，那個肥胖的老傢伙，忠厚的麥斯天老爹。他擺弄麥斯天老爹，怎麼擺弄怎麼是，怎麼別出心裁，隨意給他戴什麼帽子都行。麥斯天的腦袋瓜，扣上割風的便帽。這樣，割風就萬無一失了。

車隊駛入通往公墓的林蔭路，割風喜孜孜的，瞧了瞧靈車，搓著兩隻大手，自言自語：「這真是一場惡作劇！」

靈車戛然停下，到了鐵柵門了。要出示埋葬許可證，殯儀館的人和公墓看門人交涉。交涉總要耽誤個兩分鐘，這段時間，有個陌生人走到靈車後面，挨著割風站住。他是個工人模樣的人，穿一件大口袋的外套，腋下夾著一把鎬頭。

割風看了看陌生人，問道：「您是幹什麼的？」

那人回答：「掘墓工。」

如果有人胸口挨了一發炮彈還能倖存的話，看上去一定就是割風這副模樣。

「掘墓工！」

「對。」

「是您？」

「是我。」

「掘墓工，是麥斯天老爹呀！」

「原來是他。」

「什麼？原來是他？」

「他死了。」

一名掘墓工還會死，割風想得十分周到，但就是沒料到這一點。然而事實就是：掘墓工也會死。他總幫別人挖墓穴，也就得幫自己掘開一個。

割風呆若木雞，結結巴巴幾乎說不出話來：「這不可能呀！」

「事實如此。」

「可是，」他怯聲怯氣地又說，「掘墓工，是麥斯天老爹呀！」

「拿破崙之後，有路易十八。麥斯天之後，有格里比埃。鄉巴佬，我叫格里比埃。」

割風面無血色，打量著這個格里比埃。

這個人又瘦又長，臉色蒼白，一副十足的哭喪臉孔。那樣子就像沒做成醫生，反而當了掘墓工。

割風猛然放聲大哭。

「哈！真出了怪事兒啦！麥斯天老爹死了。麥斯天小老頭死了，那麼勒努瓦小老兒萬歲！勒努瓦小老兒是什麼，您知道嗎？那是櫃檯上六法郎一小罐的紅葡萄酒。棒極了，那是蘇雷納罐裝酒！名副其實的巴黎蘇雷納酒。哈！他死了，麥斯天老夥計！真叫我不痛快！他是多麼快活的傢伙。其實您也一樣，是個快活的傢伙，對吧，夥計？等一會兒，我們一塊去喝一杯。」

那人回答：「我念過書，念到初中二年級。我從不喝酒。」

靈車走了，駛入公墓的林蔭大道。

割風放慢了腳步，他一瘸一拐，固然是腿有毛病，更主要是六神無主。

那掘墓工走在他前面。

割風再次打量突然冒出來的格里比埃。

他這種類型的人，年紀不大卻老氣橫秋，肢體乾瘦卻很有力氣。

「夥計！」割風高聲說。

那人回過頭來。

「我是修道院的埋葬工。」

「同行啊。」那人說了一句。

割風沒文化，但很精明，他心裡明白，他碰到一個不好對付的老闆，嘴皮子厲害的傢伙。他咕噥道：「這麼說，麥斯天老爹死了。」

那人應道：「一點不錯。慈悲的上帝查了他的生死簿，麥斯天老爹期限到了。於是，麥斯天老爹就死了。」

割風機械地附和道：「慈悲的上帝……」

「慈悲的上帝，」那人斷言說道，「哲學家稱為永恆之父；雅各賓黨人稱為最高主宰。」

「我們彼此認識認識吧？」割風結結巴巴地說。

「已經認識了。您是鄉巴佬，我是巴黎人。」

「不喝酒，交情不深。乾了酒杯，才肝膽相照。您得跟我去喝一杯，這可不能拒絕。」

「先幹活兒。」

割風心想：這下我完了。

車輪在林蔭小道上再轉幾圈，就到達修女那角墓地了。掘墓工又說：「鄉巴佬，我有七個小傢伙要養。他們得吃飯，所以我不能喝酒。」

他像嚴肅的人那樣，以心滿意足的口氣，又拋出一句格言：

「他們的飢腹與我的乾渴為敵。」

靈車繞過一棵參天的古柏，離開林蔭大道，駛上小路，進入泥地和草叢，表明馬上就到墓穴了。割風放慢腳步，卻不能放慢靈車的速度。幸而冬季雨多，地面鬆軟泥濘，粘住並阻礙車輪的轉速。

割風又湊近掘墓工。

「還有，阿讓特伊酒，味道好極了。」割風低聲說道。

「村裡人，」那人又說，「本來我不應該當掘墓工。家父在會堂當傳達，他要我從事文學創作。可是，也因為他倒楣，在交易所裡蝕了本。我就不得不放棄當作家的打算。不過，我還是個擺攤代寫書信的先生。」

「這麼說，您不是掘墓工啦？」割風抓住這根細細的稻草，急忙問道。

「這個不妨礙那個。我兼職。」

割風不聽後面這個詞。

「去喝一杯。」他說道。

這裡應當指出一點。割風盡管心急如焚，邀人家喝酒，還是沒有說明：誰付錢？往常，割風邀請，麥斯天老爹付賬。要請人喝酒，顯然是新掘墓工造成的新局面引起的，這次應當請喝酒，可是老園丁還是有意將拉伯雷的那著名的時刻⑱置之不顧。割風急歸急，還是根本不想付酒錢。

掘墓工高傲地笑了笑，接著說道：「要餬口啊。我同意接麥斯天老爹的班。一個人差不多完成學業，就有哲學頭腦了。我既動手，又動胳膊，在塞夫爾街集市上擺了個字攤。您知道嗎？那是雨傘市場。紅十字會的那些廚娘全來找我。我要替她們編寫寄給大兵的情書。上午，我寫一些溫情脈脈的書信，傍晚就給人挖墓穴。這就是生活，土包子！」

靈車往前行駛，割風不安到了極點，眼睛四處張望，額頭淌下大顆大顆的汗珠。

「然而，」掘墓工繼續說道，「總不能侍候兩個女主人，我得選擇，要嘛筆，要嘛鎬。鎬會把我的手弄粗糙的。」

靈車停下了。

唱詩童子和神父先後從篷車下來。

靈車的一個小前輪稍微壓上土堆邊，再往前就是敞口的墓穴了。

「這真是一場鬧劇！」割風不勝驚愕，反覆念叨。

六・在棺木裡

Entre quatre planches

誰裝在棺木裡？大家知道是尚萬強。

尚萬強設法在裡面存活，保持細微的呼吸。

這的確是件奇事，內心的安全感，在這麼相當程度上保證了一切安全。尚萬強的整個安排，從昨夜起按步驟進行，而且順利進行。他跟割風一樣，把寶押在麥斯天老爹的身上。對於結局他毫不懷疑，形勢無比嚴峻，而心情又無比平靜。

四塊棺材板透出一種可怕的寧靜。尚萬強的恬靜，似乎注入了死者長眠的某種特點。

這是他跟死亡玩的一場遊戲，他在棺材裡能做到，也注視著進行的每個階段。

割風釘上棺材蓋板之後不久，尚萬強就感覺到被抬走，繼而放在車上行駛。從顛簸減輕的感覺來判斷，馬車從鋪石路駛上碎石路，也就是說從小街道駛上大馬路。有一陣子發出低沉而空洞的聲響，他猜到是過奧斯特里茲橋。第一次停車的時候，他知道要進入公墓了；第二次停車的時候，他心想：「到墓穴了。」

忽然，他感到不少人的手抓住棺材，繼而是粗暴地摩擦板壁的聲響，他明白是在棺材上捆繩子好下葬。

接著，他感到一陣眩暈。

殯儀館職工和掘墓工在下葬時，棺木大概懸空搖晃，並且大頭先下去。等到接觸穴底，平穩不動了，他的感覺才完全恢復正常。

他感到一股寒氣。

從他上方響起冷冰冰而嚴肅的聲音。他聽見拉丁語詞一個一個傳來，極其緩慢，能抓得住，但是全然不懂：

「睡在塵土中的人將醒來。一些人獲得永生，另一些人蒙受恥辱，以便讓他們永遠看見……」

一個孩子的聲音說：「出自深處。」

那嚴肅的聲音又說：「主啊，讓她永世長眠吧。」

那孩子的聲音回答：「讓永恆的光為她照耀吧。」

尚萬強聽見棺材蓋上輕輕敲擊，彷彿落下幾滴雨。那大概是灑落的聖水。

他心中暗道：「儀式就要結束了。再忍耐一會兒。神父快走了。然後，割風獨自回來，我就出去了。恐怕還得足足一小時。」

---

⑱．拉伯雷的那個著名時刻，指困境。當年拉伯雷去巴黎，到里昂身無分文，便弄了三個小包，分別寫明給國王、王后和太子的毒藥，放在住所旁邊。密探發現，把他押到巴黎，呈報國王。國王弗朗索瓦一世聽了大笑，立即釋放拉伯雷。

那嚴肅的聲音又說：「但願她安眠。」

孩子的聲音回答：「阿門。」

尚萬強豎起耳朵，聽見點動靜，彷彿越走越遠的腳步聲。

「他們走了，」他想道，「只剩下我一人了。」

突然，他聽見頭上轟隆一聲，好似遭到雷擊。

那是落到棺材上的第一鍬土。第二鍬土又落下來。

他的一個氣孔堵住了。

第三鍬土落下來。

接著，第四鍬土。

有些事情，連最堅強的人也受不了。尚萬強失去知覺。

七・「別遺失工卡」⑲

Où l'on trouvera l'origine du mot: ne pas perdre la carte

在尚萬強躺著的棺材上方，發生了這種情況。

靈車已經駛遠，神父和唱詩童子也上車走了，割風目不轉睛地盯著掘墓工，這時看見他彎腰拿起插在土堆裡的鐵鍬。

於是，割風拿出最大的決心。

他走到墓穴和掘墓工之間，叉起胳膊，說道：「我付錢！」

掘墓工驚奇地看著他，反問道：「什麼，鄉巴佬？」

割風重複道：「我付錢！」

「什麼錢？」

「酒錢。」

「什麼酒錢？」

「阿讓特伊。」

「在哪兒，阿讓特伊？」

「好木瓜。」

「見你的鬼去吧！」掘墓工說道。

他隨即鏟一鍬土揚在棺材上。

棺木咚的響了一聲。割風只覺得頭重腳輕，幾乎要跌進墓穴裡。他叫喊起來，聲氣開始有幾分梗塞了。

「夥計，趁好木瓜還沒關門！」

掘墓工又鏟了一鍬土。割風繼續說：「我付錢！」

說著，他抓住掘墓工的胳膊。

「聽我說，夥計。我是修道院的掘墓工，我是來幫你忙的。這種活兒，晚上幹也可以。還是先去喝一杯吧。」

他嘴上這麼講，而且死纏活纏，心裡卻愁苦地考慮：「他就算是去喝酒了，也不知道會不會醉呢？」

「外地人啊，」掘墓工說道，「您若是非請不可，那我就接受。我們一道去喝。幹完活兒再去，絕不能撂下活兒。」

他又鏟土。割風拉住他。

⑲．「遺失工卡」或「遺失證件」都可，意為不知所措。

「那可是六法郎一瓶的阿讓特伊酒！」

「還是這套，」掘墓工說，「您簡直是敲鐘的，叮噹，叮噹，只會說這個。您是想讓人給趕走啊。」

他揚下第二鏟土。

到了這種時候，割風不知所云了。

「倒是去喝酒啊，」他嚷道，「我付錢嘛！」

「先把孩子哄睡了再去。」掘墓工說道。

他揚下第三鏟土。

接著，他又把鏟子插進土裡，補充說道：「您瞧，今晚會很冷，如果我們不幫她蓋上被，就把這個死女人丟在這兒，她會在我們身後叫喊的。」

這時，掘墓工彎腰鏟土，外套的兜口就張開了。

割風失神的目光機械地移入那衣兜，在裡面停留。

太陽尚未沒入地平線，天色還挺亮，看得見那敞口的兜裡有個白色東西。

割風的眸子裡，放射出一個庇卡底鄉下人眼中所能有的全部光芒。他靈機一動，有了主意。

他趁掘墓工鏟土不注意的時候，從背後伸過去，從那兜裡掏出白色的東西。

掘墓工往墓穴裡抛下第四鍬土。

在他回身鏟第五鍬土的時候，割風異常平靜地注視他，問道：「對了，新來的，您有工卡嗎？」

掘墓工停下手，反問道。

「什麼工卡？」

「太陽要落下了。」

「好啊，讓他戴上睡帽吧。」

「公墓的鐵柵門要關了。」

「關了又怎麼樣?」

「您有工卡嗎?」

「哦,我的工卡!」掘墓工說了一句。

他隨即摸摸衣兜。

他搜了一個兜,又搜另一個兜,進而摸外套口袋,掏了第一個,又翻過來第二個。

「沒有,」他說道,「我沒帶工卡,忘記了。」

「罰款十五法郎。」割風說道。

掘墓工的臉刷地綠了。臉色蒼白的人一失態就變綠了。

「唉呀—耶穌—我的—彎腿—上帝—月亮—完蛋啦!」他嚷道,「罰十五法郎!」

「三枚一百蘇的銀幣。」割風又說。

掘墓工的鍬脫了手。

割風這下得逞了,他說道:「嗳,小夥子,別痛不欲生嘛。別在這墳坑就便尋短見嘛。十五法郎,就是十五法郎,再說,您也不是非付不可。我是老手,您還是新手。我懂得竅門、妙法、奇計、絕招。看在我們的交情上,我給您出個主意。有一件事很清楚,太陽落了,已經碰到那圓頂,再過五分鐘,墓地就要關門了。」

「這話不錯。」掘墓工應聲道。

「這跟鬼坑一樣,真夠深的,五分鐘之內,您填不滿墓穴,在關門之前也來不及出去了。」

「一點也沒錯。」

「那就難免要罰十五法郎。」

「十五法郎。」

「不過,您還來得及……您住在哪兒?」

「離城關只有兩步路。從這兒走一刻鐘就到。伏吉拉爾街八十七號。」

「您拔腿飛跑，還來得及趕出大門。」

「沒錯。」

「您一出了鐵柵門，就跑回家，拿了工卡再返回，讓公墓的門房給您開門。有工卡，一文錢也不花。到那時，您再埋葬死者。我先替您看著，不讓死者逃掉。」

「您救了我一命，鄉下人！」

「快點給我滾開吧。」割風說道。

掘墓工感激涕零，抓住他的手拚命搖晃，然後撒腿跑了。

等掘墓工一消失在樹叢裡，腳步聲也聽不見了，割風才往墓穴探下身子，低聲呼喚：「馬德蘭老爹！」

沒人應聲。

割風打了個寒顫。他連滾帶爬下到墓穴，撲在棺材頭上，喊叫：「您在裡面嗎？」棺木裡毫無動靜。

割風渾身抖得厲害，連呼吸都停止了，他拿出鑿子和鐵錘，撬開棺材板。在朦朧的暮色中，尚萬強的臉顯得慘白，雙目緊閉。

割風頭髮都豎起來，他直起身，背靠墓壁，又頹然癱倒，幾欲癱在棺材上。他注視著尚萬強。

尚萬強躺在那裡，面色青灰，紋絲不動。

割風像吹氣似的低聲說道：「他死啦！」

他又站起身，猛一使勁叉起胳膊，兩隻拳頭擊在雙肩上，同時嚷道：「哼！我就是這樣救他的呀！」

這時，可憐的老人失聲痛哭，邊哭邊自言自語。認為天地間不會有自言自語就大錯特錯了，強烈的情緒往往化為語言，高聲表達出來。

「這是麥斯天老爹的過錯。這個蠢貨，幹嘛死了呢？何必在出乎人意料的時候，一命嗚呼呢？是他要了馬德蘭先生的命。馬德蘭老爹！他躺在棺材裡。他歸天了，這下全結束了。——可是，這種事情，有什麼情理嗎？噢！上帝啊！他死啦！好嘛，扔下小丫頭，讓我怎麼安置她呢？那賣水果的老婆子會怎麼說呢？一個大活人，就這麼死了，上帝呀，還會有這種事！一想起當年他鑽到我的車底下！馬德蘭老爹呀！馬德蘭老爹！老天爺，他憋死了，我早就說過，他就是不聽。這回可好，鬧出個天大的笑話！這個大好人死了，他是好上帝的好人中最好的人。還有他那小丫頭！噢！我乾脆也不回那兒了，就留在這兒算了。幹出了這種事！兩個老傢伙，活了這麼大年紀，還成了兩個老糊塗。真的，他是怎麼進修道院的呢？開頭就不妙。不應該那麼做。馬德蘭老爹！馬德蘭老爹！馬德蘭老爹！馬德蘭！馬德蘭先生！市長先生！叫他也聽不見。現在，快點醒過來吧！」

他揪起自己的頭髮。

遠處樹木之間傳來尖銳的吱呀的聲音；那是墓地的鐵柵門關閉了。

割風朝尚萬強伏下身子，又突然往後一躥，直抵墓壁。尚萬強睜著眼睛，還看著他。

看見一個死人很可怕，看見一個死而復生的人幾乎同樣可怕。割風變成一尊石像，面如死灰，眼睛怔忡，他驚愕到了極點，一時懵了頭，不知要跟活人還是死人打交道，和尚萬強四目相對。

「我睡著了。」尚萬強說。

他隨即坐起來。

割風卻跪了下去。

「公正仁慈的聖母啊！您可把我嚇壞啦！」

他又站起來，高聲說：「謝謝，馬德蘭老爹！」

尚萬強只是昏過去一陣，一有了新鮮空氣，他就甦醒過來了。

喜悅是恐懼的逆反。割風幾乎要跟尚萬強費同樣的勁兒，才能回過神兒來。

「看來您沒有死啊！唔！您這個人，可真會開玩笑！我這麼呼喚，才把您叫醒。我看見您緊閉著雙眼，就說：『好嘛！他憋死了。』我非得發瘋不可，會真瘋，成為狂暴的瘋子，要捆起來才行，也許要關進比塞特瘋人院裡。您若是死了，叫我怎麼辦呢？還有您那個小丫頭！那個開水果店的婆子也會莫名其妙！把孩子丟到她懷裡，老爺爺一甩手不管就死啦！真是天大的怪事！天堂那些善良的聖徒啊，真是天大的怪事！哦！您還活著，這才是天大的喜事兒。」

「我冷。」尚萬強說。

一句話把割風完全拉回緊迫的現實來。兩個人雖然甦醒了，卻沒有意識到神志還不太清，還顯得失態，是這種陰森地方所引起的精神恍惚。

「趕快從這裡出去。」割風高聲說。

他摸了摸衣兜，掏出自備的酒葫蘆。

「先喝一口吧！」他說道。

酒葫蘆讓新鮮空氣起的作用更加完整：尚萬強喝了一口酒，神智就完全恢復了。

他從棺材裡出來，幫助割風重新釘上棺材蓋。

三分鐘之後，他們從墓穴裡爬出來。

割風既然安了心，也就從容不迫了。墓地關了門，不必擔心那掘墓工會突然闖來。格里比埃那個「新手」在家裡，正忙著尋找工卡，他絕不會在他住所找到，因為工卡正在割風的口袋裡。沒有工卡，他就不能回墓地了。

割風操起鍬，尚萬強操起鎬，二人合力掩埋那口空棺材。

等到墳坑填滿，割風對尚萬強說道：

「咱們走吧。我扛著鍬，您帶著鎬。」

天色黑下來。

尚萬強抬腿行走有點費勁。他躺棺材裡時，肢體完全僵了，程度上也變成了屍體。活人釘在四塊棺材板裡，就會像死屍一樣僵硬了。可以說，他必須擺脫墳墓中的狀態。

「您凍僵了，」割風說，「可惜我是個瘸子，要不咱們就跑一段路。」

「沒事！」尚萬強回答，「走幾步，我的腿腳就活動開了。」

他們先沿著靈車駛過的林蔭小道往前走，到了關閉的鐵柵門和門亭，割風就把拿在手上的掘墓工卡投進木箱，門房於是拉門繩，將門打開，放他們出去了。

「這事兒真順利！」割風說道，「您這主意太好啦，馬德蘭老爹！」

他們過城關十分容易。在墓地附近，一把鍬和一把鎬就是兩張通行證。

伏吉拉爾街上闃無一人。

「馬德蘭老爹，」割風望著路邊的房舍，邊走邊說，「您的眼力比我好，告訴我八十七號在哪兒。」

「碰巧就是這兒。」尚萬強答道。

「街上一個人也沒有，」割風又說，「把鎬給我，等我兩分鐘。」

割風走進八十七號，他受到總把窮人引向閣樓的那種本能的驅使，一直登到最高層，摸黑敲了一間頂樓的房門。有人應聲回答：「請進。」

那是格里比埃的聲音。

割風推開門。掘墓工跟所有窮苦人一樣，住在堆滿破爛家具的陋室裡。一隻舊貨箱——也許是一口棺材——當櫃櫥使用，一個黃油罐用來盛水，一張草墊當床，方磚當桌椅。屋角鋪著一塊破地毯片，上面擠著一堆人：瘦弱的女人和許多孩子。這窮苦的家看樣子翻得亂七八糟，就好像發生了一場「獨家」地震。各種蓋子都被移開，破衣爛衫扔得到處都是，瓦罐打碎了；孩子的母親剛哭過，孩子也許還挨了打；那是強行搜查所留下的痕跡。顯而易見，那個掘墓工丟了工卡，拚命尋找，氣急敗壞，怪罪家裡的一切，從瓦罐到他老婆無一倖免。他一副垂頭喪氣的樣子。

不過，割風急於要結束這場冒險，無心觀察他的成功有這種可悲的一面。

他進門便說：「我把鎬和鍬給您送來了。」

格里比埃驚愕地看了看割風。

「是您啊，鄉巴佬？」

「明天早晨，您到公墓門房那兒，就能拿到工卡。」

割風說著，把鍬鎬撂在方磚地上。

「這是怎麼回事？」格里比埃問道。

「就是這麼回事：您的工卡從兜裡掉出來了，您走後我在地上拾到，於是我埋葬死者，把坑填滿，替您把活兒幹完，門房會把工卡還給您，您也不用付十五法郎。就是這樣，新手。」

「謝謝，老鄉！」格里比埃喜笑顏開，高聲說道，「下回喝酒我付錢。」

八・答問成功

Interrogatoire réussi

一個鐘頭過後，在漆黑的夜晚，兩個漢子和一個孩子走進皮克普斯小街六十二號，其中年齡最大的漢子拉起門錘敲門。

他們正是割風、尚萬強和珂賽特。

兩位老人去過綠徑街，接回昨天割風寄放在水果店老太婆家的珂賽特。珂賽特在那裡度過二十四小時，根本不明白怎麼回事，她一聲不吭，只是渾身發抖，連哭都哭不出來，既不吃東西，也不睡覺。可敬的水果店老闆娘問了她多少話，什麼也問不出來，面對的總是那雙毫無神采的眼睛。這兩天所見所聞，珂賽特一點也沒有透露。她猜出他們正度過一個難關。她深深感到必須「聽話」。一個嚇得要命的孩子的耳邊，聽見以某種聲調說出「別吱聲」這三個字，就覺得有無比的威力，這一點誰沒有體驗過呢？恐懼是個啞巴。況且，誰也不比孩子能夠保密。

不過，熬過這可怕的二十四小時之後，她又見到尚萬強，立刻歡叫一聲，一個善於思考的人就能聽出這是脫離深淵的歡叫。

割風是修道院的人，知道各種口令。一道道門全開了。

一出一進這雙重可怕的問題，就這樣解決了。

門房已得到指示，打開由庭院通往園子的便門，那道便門開在裡側的院牆上，正對著大門，二十年前從街上還能望得見。他們三人由門房帶領，由便門進去，到了內部專用接待室，而前一天，割風正是在那裡接受院長的命令。

院長手上拿著念珠，正等著他們。一名戴著面紗的參事修女站在她身邊。一燭熒然，幾乎可以說那幽光恍若照著接待室。

院長審視尚萬強。再也沒有比低垂的眼睛觀察得更仔細的了。

接著，她發問了：「這就是您兄弟？」

「對，尊敬的修女。」割風回答。

「您叫什麼名字？」

割風回答：「於爾梯姆．割風。」

他有個死去的兄弟，確實叫於爾梯姆。

「您是什麼地方人？」

「庇奇尼人，離亞眠不遠。」

「您多大年紀？」

割風回答。

「五十歲。」

「您是幹哪行的？」

割風回答：「園藝工人。」

「您是虔誠的基督教徒嗎？」

割風回答：「一家全是。」

「這小姑娘是您的嗎？」

割風回答：「對，尊敬的修女。」

「您是她父親？」

割風回答：「是她祖父。」

參事修女低聲對院長說：「他答得挺好。」

可是，尚萬強一句話未講。

院長又仔細端詳珂賽特，然後低聲對參事修女說：

「她會是個醜姑娘。」

兩個修女在接待室一角小聲商量幾分鐘，接著，院長返身回來，說道：「割伯，您再弄一副鈴鐺膝帶，現在需要兩副了。」

第二天，大家果然聽見園子裡有兩個鈴鐺聲了，修女們都忍不住撩起一角面紗，望見遠處樹下兩個男人並肩翻地，割伯和另外一個。這是一件轟動的大事。她們打破沉默，相互轉告：「那是園工助手。」

參事修女們則補充說：「他是割伯的兄弟。」

不錯，尚萬強正式安頓下來了，膝上繫了皮帶鈴鐺，從此成為修道院的人員了。他叫於爾梯姆．割風。

修道院接收他們的決定性因素，還是院長對珂賽特的那句評語：「她會是個醜姑娘。」

院長說了這預言後，也善待珂賽特，讓她作為免費生入學念書。

這種做法完全合乎邏輯。修道院裡沒有鏡子，因為那完全是徒然之舉。女人都會意識到自己的容貌；那些覺得自己漂亮的姑娘，都不會甘心當修女；出家修行的意願跟美貌成反比，貌醜比貌美的人更有希望。因此，她們對醜姑娘懷有濃厚的興趣。

這一場風波提高了割風老頭的身價，一舉三得：他救了尚萬強，幫他安置了藏身之處；掘墓工格里比埃念念不忘：多虧了他，我才免交罰金；修道院也多虧了他，將裝殮受難修女的靈柩葬在祭壇底下，騙了凱撒，滿足了天主。一口有屍的棺木留在小皮克普斯，一口無屍的棺木葬到伏吉拉爾墓地。社會秩序無疑受到嚴重干擾，卻沒有人覺察到。修道院對割風尤為感激。割風一舉成為最出色的僕人、最難得的園丁。後來大主教前來視察修道院，院長敘述了這件事的經過，既有懺悔的成分，又有點炫耀的意味。大主教離開修道院，又以讚賞的口氣，悄悄把這事告訴了德·拉梯先生。德·拉梯先生是御弟懺悔師，後來又就任蘭斯大主教和紅衣主教。對割風的敬佩不脛而走，一直傳到羅馬。我們手頭有一封信，是當時的教皇萊昂十二世寫給他的族人的；他那族人和他同名，也叫德·拉讓迦，是教廷駐巴黎的使臣。信中寫道：「據說巴黎一所修道院裡有一個出色的園丁，是個聖人，名叫割風。」名聲遠揚，卻沒有傳到割風這座破房裡。他還是繼續嫁接、薅草、蓋瓜秧，根本不知道自己那麼出色，那麼聖潔。《倫敦新聞畫報》刊登一頭牛的照片，並注明「這頭牛獲得有角動物競賽大獎」，可是牛對牠那份光榮卻一無所知，就不識己身的光榮這方面來說，割風也不比特勒姆或隆里的公牛強多少。

九．隱修
Clôture

珂賽特到修道院，仍然少言寡語。

珂賽特自然而然以為自己是尚萬強的女兒，再說，她什麼也不知道，也不可能講出什麼去，不管瞭解不瞭解情況，她也絕不會透露。剛才我們指出過，不幸的遭遇，最能培養孩子緘口慎言的習慣了。珂賽特受盡了苦難，什麼都怕，就連說話、連喘氣都不敢。她常常因為說一句話，就招來一頓毒打！自從跟了尚萬強，她才稍微放了點心。她相當快就習慣了修道院的生活，不過還是想念卡特琳，但是不敢講。只有一次，她對尚萬強說：「爹，早知道我就把她帶著。」

珂賽特成為修道院的寄宿生，便換上修道院的學生服。尚萬強獲准收回孩子換下的衣服，那還是要離開德納第客棧時讓她穿的一身孝服，還不太舊。這些舊衣服，連同毛線襪和鞋子，都放在尚萬強設法弄到的一隻小提箱裡，還大量塞進修道院備足的樟腦和各種香料。他把手提箱放在自己床邊的一張椅子上，鑰匙總隨身帶著。「爹，」珂賽特有一天問他，「這是什麼箱子，這麼香呀？」

割風這種好行為，除了我們講到連他自己都不知道的光榮名譽之外，還得到好報：首先，他做了好事心裡高興；其次，工作有人分擔，就輕鬆多了；最後，他愛抽菸葉，自從有馬德蘭先生陪伴，菸量比過去增加兩倍，而且越抽越過癮，因為菸葉是馬德蘭先生花錢買的。

修女們根本不接受於爾梯姆這個名字，就把尚萬強叫做「割二伯」。

假如修女們有幾分沙威那種目光，久而久之，她們會發現，侍弄園子缺什麼東西要外出購置時，每次總是那個又老又殘疾的瘸腿割大伯，而不是割二伯出去；不過，她們根本沒有注意這一點，也許是她們眼睛總盯著上帝，不善於窺視，也許是她們更喜歡相互窺探。

尚萬強潛伏不動，的確很明智。沙威監視這一帶街道長達一個多月。

對尚萬強來說，這所修道院好比一個四面絕壁處在深水中的孤島。從今以後，這四面圍牆之內就是他的世界。能望見天空，這足以令他心情恬靜；能看到珂賽特，這足以令他快樂。

對他來說，又開始了另一種甜美的生活。

他跟老割風住在園子後面的破房裡。那房子是用殘磚破瓦建造的，到一八四五年還存在，共有三間屋，裡面只有光禿禿的牆壁。那間大屋，割風硬是讓給了馬德蘭先生，怎麼推辭也不行；屋裡牆上，除了掛膝帶和背簍的兩個釘子外，壁爐上方還有一樣裝飾：一七九三年發行的一張保王黨紙鈔，原樣複製如下票面上文字為：

天主教軍隊
奉國王聖旨
拾利弗爾商業債券
專購軍用物資
和平時期兌現。

這張旺岱軍用債券，是上一個園丁釘在牆上的，那個園丁是老朱安黨徒[20]，死在修道院，差事由割風接替。

尚萬強整天在園子裡幹活，而且十分得心應手。從前他當過樹枝剪修工，這次又當上園丁正合心意。大家記得，在栽植方面，他掌握各種妙法和竅門，現在正好用上。果園裡的樹幾乎全是野生的，由他施行芽接，便結出豐美的果實了。

珂賽特獲准每天回到他身邊待一小時。修女個個愁眉苦臉，而他卻和顏悅色，兩相比較，孩子就更熱愛他了。每天一到時間，她就跑來，一跨進門，就將這所破房變成天堂。尚萬強立刻喜笑顏開，他感到自己的幸福隨著他給珂賽特的幸福而增長。我們給人帶來的歡樂有這樣一種妙處：這種歡樂不像反光那樣漸趨削弱，而是反彈回來後更加光輝燦爛。課間休息時，珂賽特嬉戲奔跑，尚萬強遠遠望著，能從笑聲中分辨出她的笑聲來。

要知道，現在珂賽特愛笑了。

---

⑳・法國革命時期，保王黨在旺岱地區組織力量頑抗，稱為朱安黨。

甚至珂賽特的相貌也發生了一定程度的變化，抑鬱的神色消失了。笑，就是陽光，就不難從臉上驅走冬色。

珂賽特長得還是不美，但是變得招人喜愛了，她那童稚的聲音很甜，講起生活小事來頭頭是道。課間休息過後，珂賽特又回去上課，尚萬強就望著她那教室的窗戶，半夜他還起來，望著她寢室的窗戶。

這自然是上帝指引的路，修道院和珂賽特起了同樣作用，要透過尚萬強保持並完成那位主教的功業。自不待言，好品德也有引人走向驕傲的一面，那是魔鬼建造的一座橋梁。尚萬強因天意投入小皮克普斯修道院，也許不知不覺中，接近了那一面和那座橋梁。他只要一拿自己跟主教相比，就覺得自己很差勁，總保持謙卑的態度。然而近來，他開始跟人比較，就滋長了驕傲情緒。誰說得準呢？到頭來，他也許會又輕輕地滑回到仇恨上去。

在這面滑坡上，是修道院把他攔住了。

這是他看過第二個囚禁人的地方。他年輕時，在他的人生開端時，以及後來，直到最近，他看過另外一個囚禁人的地方，那地方駭人聽聞，十分恐怖，而他總覺得，那種嚴酷的懲罰是司法的不公和法律的罪惡。闖過勞役牢之後，今天，他看到了修道院，心想他從前是勞役牢囚犯，現在可以說成為修道院的旁觀者。他懷著惶恐的心情，暗暗比較兩種地方。

有時，他臂肘倚著鋤把，神思沿著旋梯，緩緩走下無底的玄想。

他憶起早年的夥伴，想到那些人太苦了，天一亮就得起來幹活，一直幹到天黑，連睡覺的時間都所剩無幾，而且睡在行軍床上，只准鋪兩寸厚的褥墊，那麼大的工棚，一年之中只有最寒冷的兩個月才生點火，只有在最炎熱的日子，才發善心准許他們穿上粗布褲子，只有「幹重活」時才給點酒喝，給點肉吃。他們在生活中無名無姓了，僅用號碼表示，可以說變成數字了；他們走路低垂著眼睛，說話壓低聲音，頭髮被剃光，在棍棒下忍辱苟活。

繼而，他的思緒重新移到他眼前這些人身上。

這些人同樣剃光了頭，同樣低垂著眼睛，壓低聲音，雖不是忍辱偷生，卻受世人的嘲笑，背上雖無棒傷，肩頭的皮肉卻被戒律撕破了。這些人的姓名，也同樣在世間消失，僅僅有尊號了。她們從不吃肉，也絕不喝酒，時常一天到晚不進食；身上雖然不穿紅囚衣，但是終年披著黑呢裹屍布，夏天太厚，冬天又太薄，既不能加也不能減，想隨季節換上布衫或毛外套也不成，一年有六個月嗶嘰衣衫，結果時常生熱病。她們還住不到只在最寒冷的日子才生火的大房間，而是住在從不生火的修室裡；她們也睡不到兩寸厚褥墊，而是躺在麥秸上。更有甚者，就連個安穩覺也不讓她們睡：勞累一整天之後，每天夜晚剛休息，正困憊不堪，剛剛入睡，被窩裡剛有點熱氣的時候，她們又被喚醒，不得不起來，去冰冷昏暗的祭壇裡，雙膝跪在石地上祈禱。

在規定的日子裡，她們還輪流跪石板，或者匍匐在地，張開雙臂呈十字架形。連續待上十二個小時。

那些是男人，這些是女人。

那些男人做了什麼呢？他們姦淫搶掠，殺人害命。他們是強盜、騙子、下毒犯、縱火犯、殺人犯、弒親犯。這些女人又做了什麼呢？她們什麼也沒有做。

一方面是搶劫、走私、欺詐、暴力、姦淫、殘殺、形形色色的邪惡、五花八門的罪行。而另一方面，只有一件事：清白。

盡善盡美的清白，這種昇華，近乎一種神祕的聖母升天，以其美德還依戀著塵世，又以其聖潔已經連著上天了。

一方面是低聲陳述罪惡，另一方面高聲懺悔過失。而那是什麼罪惡！這又算什麼過失呢！

一方面是烏煙瘴氣，另一方面則是清芬異香。一方面是精神瘟疫，要嚴密監視，用槍口控制，卻還慢慢吞噬染上瘟疫的人；另一方面則是所有靈魂熔於一爐的純潔的火焰。那邊一片黑暗；這裡則一片幽冥，不過，幽冥中卻充滿亮點，而亮點又光芒四射。

兩處同是奴役人的地方，但是第一處還有可能解放，還有一個法定的期限可盼，還可以越獄。

第二處則永無盡期，只是在未來的遙遠的盡頭，有一點自由的微光，即人們所說的死亡。

在前一個地方，那些人只是用鎖鏈鎖住，在後一個地方，這些人則用信仰鎖住。

前一個地方散發出什麼呢？散發出大量的詛咒、咬牙切齒的咯咯聲，散發出仇恨、窮兇極惡、反對人類社會的怒吼，以及對上蒼的嘲笑。

第二個地方散發出什麼呢？散發出祝福和愛。

在這兩種極其相似而又迥異的地方，兩類截然不同的人正完成同一種事業：贖罪。

尚萬強十分瞭解前一類人的贖罪，那是個人贖罪，為自己贖罪。然而，他不理解另一類人的贖罪，那些無可指責、沒有污點的人的贖罪，因此，他心驚膽顫，暗自問道：那些人贖什麼罪？什麼贖罪？

他內心的一個聲音回答：人類最神聖的慷慨，是為別人贖罪。

在這裡，我們只是作為敘述者，將個人的見解完全拋開，站在尚萬強的角度表述他的印象。

他看到克己為人的最高境界、美德所能達到的頂峰：清白的心，恕人之過，並代人贖罪，沒有過失的心靈，甘為墮落的心靈受奴役、受折磨和受刑罰；以人類的愛沉浸到對上帝的愛中，但又不混同，始終保持祈求的姿態；一些溫和柔弱的人承受被懲罰者的苦難，同時面帶受獎賞者的微笑。

於是，尚萬強想到，自己從前竟敢抱怨！

睡到半夜，他時常爬起來，聆聽那些備受戒規折磨的清純修女的感恩歌聲，想到受懲罰的人卻抬高嗓門一味褻瀆上天，而他本人也是個無恥之徒，竟然朝上帝揮過拳頭，轉念至此，不禁感到膽顫心寒。

他逃脫追捕，翻過修道院的圍牆，冒死脫險，向上奮進雖十分艱難，卻竭盡全力脫離另一個贖罪之地，只為了進入這個贖罪之地，這次經歷確實驚心動魄，也令他深思，彷彿這是上蒼低聲向他提出的警告。難道這是他命運的徵兆嗎？

這所修道院也是一座監獄，很像他逃離的那個地方，同樣陰慘慘的，然而，他早先從來沒有這樣想過。

他又看到了鐵柵門、鐵門閂、鐵窗欄，可是要關誰呢？關天使。

這四面高牆，他從前看過用來圈著猛虎，現在卻看到用來圈著羔羊。

這是贖罪，而不是懲罰的地方，不過比起另一個地方來，這裡更加嚴厲，更加肅穆，更加殘酷無情。這些貞女不堪重負，腰彎得比那些勞役犯還厲害。這種凜冽的寒風，從前凍僵了他的青春，後來穿過緊鎖禿鷲的鐵欄坑穴。如今，一股更加冷峭刺骨的朔風，吹襲關著鴿子的牢籠。

這是為什麼？

他一想到這種事情，就覺得自身的一切，在這崇高的奧祕面前傾覆了。

在這種沉思默想中，傲氣消失了。他反躬自省，感到自己多麼渺小，因而多次潸然淚下。這六個月以來，珂賽特用她對他的熱愛，修道院用它的謙卑，所有進入他生活的人和事物，無不指引他重新奉行那主教的神聖指令。

黃昏時分，等園子寂靜無人了，有時能看見他跪在小禮拜堂旁邊的小路中間，面對著他初到的那天夜晚窺探過的窗戶，他知道進行大贖罪的修女，正匍匐在裡面祈禱。他就是朝向那位修女，這樣跪著祈禱。

他似乎不敢直接跪到上帝面前。

他周圍的一切：這靜謐的園子、芬芳的花朵、這些歡叫的孩子、這些嚴肅而樸實的女人、這寂靜的修道院，都慢慢進入他的心扉；他的心境逐漸變化，也像這修道院一樣寂靜，像這些鮮花一樣芬芳，像這園子一樣靜謐，像這些女人一樣樸實，像這些孩子一樣歡樂了。繼而，他又想到，生命中兩次危急關頭，都是兩處上帝的住宅相繼收容了他；頭一次是所有大門都關閉，人類社會拒絕他；第二次是勞役的牢門重新打開，人類社會重新追捕他。沒有頭一處接納，他就會再次墮入犯罪的道路；沒有第二處接納，他就會再次陷入牢獄之災。

他的一顆心感恩戴德，越來越變為一顆愛心了。

一連幾年就這樣過去，珂賽特漸漸長大了。

TOME - III

MARIUS

第三部

馬呂斯

第一卷：從其原子看巴黎

Paris étudié dans son atome

一．小不點兒

Parvulus

巴黎有個小孩，而森林有隻小鳥；小鳥叫麻雀，而小孩叫流浪兒。

這兩個概念，一個包含整個大火爐，一個包含全部的曙光，兩個概念結合起來，巴黎和童年這兩粒火星相撞，就會迸射出一個小傢伙。若按普勞圖斯[1]的說法，就是小不點兒。

這小不點兒是快樂的。他不一定每天都能吃飽，可是他只要願意，每天晚上就去看表演。他身上沒穿襯衫，腳下沒穿鞋子，頭上沒有屋頂，一樣沒有，就好似空中的飛蟲。他的年齡，在七歲至十三歲之間，跟著大家一起生活，終日在街上遊蕩，露宿街頭，穿著父親的一條舊褲，褲腳拖在鞋後跟，頭戴著另一個父親的一頂破帽，長度一直壓到了耳朵，只挎著一條黃邊背帶，總是跑來跑去，東瞧瞧，西望望，到處耗時間，菸斗抽得掛滿煙灰，滿嘴髒話，打擾各家酒館，和小偷做朋友，調戲窯姐，講黑話，哼唱淫蕩的小曲，而心地卻沒有一絲邪惡。這是因為他心靈裡有一顆珍珠：天真，珍珠不會融化在污泥裡。人只要處於童年，就天真無邪，這是天意。

假如有人問這大城市：「他們是誰？」就會得到這樣的回答：「那是我的孩子。」

二・他的一些特徵

Quelques-uns de ses signes particuliers

巴黎的流浪兒，就是女巨人生的小兔崽子。

並非誇張，這個在水溝邊長大的小鬼，有時也穿襯衫，但只有一件；有時他也穿鞋，但是沒有鞋底；有時他也有住處，而且滿喜歡的，因為到那裡能見到母親；但是他更喜歡街頭，因為在街頭能找到自由。他有自己的一套把戲，有自己的一套詭計，而那套詭計是基於對資產者的仇恨；他也有自己的一套隱喻，人死不說死了，而叫做「吃蒲公英的根」；同樣的，他有自己的一套生存法則，替人叫馬車，幫人放下車踏板，在滂沱大雨中收取過路費，他稱作「藝術犒賞」，大聲宣揚當局對法蘭西人民有利的言詞，剔鋪路石塊的縫；他也有自己的一套貨幣，是從街上拾來的各種各樣的小銅片。那種奇特的貨幣叫做「破布片」，在這群流浪兒中一直流通，有著固定的面額。

最後，他還有自己的一套動物學，並在各個角落細心觀察：聖體蟲、骷髏頭蚜蟲、盲蛛、「鬼蟲」，即扭動雙尾嚇人的黑蟲子。他有自己的傳奇怪物：腹下有鱗片又不是蜥蜴，背上長疣卻不是蟾蜍，住在舊石灰窯洞或乾涸的污水坑裡，黑不溜丟，毛烘烘、黏糊糊，爬行時慢時快，不會

①・普勞圖斯（約西元前二五四—前一八四）：拉丁喜劇詩人。

叫，但是瞪著眼，樣子十分可怕，誰也沒有見過，他幫那怪物取名叫「聾子」。到石頭縫裡找聾子，是一件非常嚇人的開心事。另外一件開心事，就是猛地掀起一塊石頭，瞧瞧躲在裡面叫鼠婦的甲蟲。巴黎每個區都有點故事，都能發現有趣的玩意。在聖于爾絮勒修會的那些場地裡有鑽耳蟲，先賢祠有千足蟲，馬爾斯廣場的水溝裡有蝌蚪。

至於辭令，那孩子所做所為比得上塔列朗②。他同樣厚顏無恥，卻比較誠實。他天生就有一種無法形容又出人意料的風趣性格；突如其來的一陣狂笑，總弄得店鋪老闆目瞪口呆。他開的玩笑從高級喜劇到鬧劇，始終能表現各種不同的風格。

出殯的行列經過，其中有一名醫生，一個流浪兒就嚷道：「嘿！什麼時候開始醫生還要把自己處理的東西護送回去！」

另一個流浪兒混在隊伍裡。一個戴眼鏡、身上掛著小飾物的嚴肅男人，突然回過身，氣沖沖地說：「流氓，你摟了我女人的腰！」

「我！先生！那你搜我的身好啦。」

三．他有趣

Il est agréable

這「小不點兒」。總有辦法弄到幾個銅板，晚上就可以去看戲。一跨進那道神奇的門，他就變了一副模樣：從流浪兒一變而為「弟弟③」。戲院猶如翻了船，而船艙底朝上的空間。弟弟就擠在底艙裡，弟弟之於流浪兒，恰如飛蛾之於幼蟲，雖然同是飛翔的生物，但只要他在場就會洋溢著一片喜氣，有他那熱烈歡快的活力，有他那鼓翅般熱烈的鼓掌，這個狹窄、惡臭、昏暗、骯髒不堪、污穢醜陋、令人作嘔的底艙，就能稱得上天堂了。

把無用的東西給一個人，再從他身上將必需的東西剝奪，你就有了一個流浪兒。

流浪兒對於文學並不是一點感受能力也沒有。不過，我們相當遺憾地必須點出，他對古典主義毫無興趣天分，他生來就沾惹不到學院的氣質。舉個例子來說吧，在這群能鬧翻天的孩子中間，馬爾斯小姐④擁有的響亮名氣簡直具有諷刺意味。這名氣讓野孩子都戲謔她叫「妙小姐」。

小不點兒總是吵鬧，嘲笑，戲弄，打架，穿著破俗像個孩童，衣衫襤褸又像個哲人，在污水溝裡捕魚，在垃圾場裡打獵，從骯髒污穢的東西中尋樂子，在街頭巷尾找激情，冷嘲熱諷，又吹口哨、又唱歌，又是喝采、又是叫罵，用淫調浪曲來沖淡天主頌歌，而且從「從深淵的底裡」到「狗上床」，什麼節律音調都能唱，無論什麼，不用花費力氣就得到他不需尋找的東西，不刻意瞭解也總會知道些什麼，頑強到了不擇手段，瘋狂到了冷靜機智，多情到了追腥逐臭，上能蹲在奧林匹斯神山頂，下能滾在糞堆裡，而出來卻滿身星辰。巴黎的野孩子，就是小時候的拉伯雷。

他不滿意自己的褲子，除非褲子上有個表袋。

他不輕易大驚小怪，更不至於到驚慌失措，用歌謠諷刺迷信的東西，戳破妄言誑語，嘲笑神祕怪異，對著鬼魂做鬼臉，拆掉誇張不實的空架子，破壞浮誇虛飾的醜相。這並不是說他缺乏詩意，遠非如此，而是他以滑稽的怪誕代替過於嚴肅的幻象。假如巨人阿達馬托爾出現在面前，流浪兒也要說：「哼！嚇唬小孩子的妖怪！」

四．他可能有用

Il peut être utile

②．塔列朗（一七五四－一八三八）：法國政治家，當過拿破崙和路易十八的外交部長。
③．俗語，指巴黎街頭的頑童。
④．馬爾斯小姐（一七七九－一八四七）：法國喜劇院著名演員。

巴黎以無所事事的人開始，流浪兒殿後，這兩類人是任何別的城市所難具備的：前者是滿足於觀望的被動接受，後者表現出無窮無盡的主動性；一個是普呂多姆所創作的喜劇人物，一種關注時事而又自以為是的市民典型。一個是伏義烏[5]。惟有巴黎在自然發展史中，擁有這兩種人物。整個君主制表現在無所事事身上。流浪兒卻是一個完整的無政府主義。

巴黎城郊的這個孩子臉色灰白，在苦難中生活並成長，面對社會現實和人間事物，他看在眼裡，並若有所思。他自以為無憂無慮，其實不然。不管你是誰，不管你叫成見也好，叫流弊也罷，叫厚顏無恥也好，叫壓迫、不公道、專制也罷，叫不義、狂熱也好，叫暴政都好，你可得提防這愣頭愣腦的流浪兒。

小不點兒是會長大的。

他是用什麼材料做成的呢？隨便一點污泥。一搓泥土，吹一口氣，就有了亞當，只須哪位神仙經過。而流浪兒身上總有神仙經過的痕跡。命運在塑造這個小傢伙。我們這裡所說的命運，有點偶然僥倖的意思。這個用普通泥土捏出來的小不點兒，既無知又不識字，既傻裡傻氣，又鄙俗低下，等著瞧吧，將來他能成為英才，還是只是個蠢蛋呢？「周回陶鈞[6]」，巴黎的精神，老天憑偶然製造孩童，憑命運製造成人，他與拉丁陶土不同，他能化腐朽為神奇。

五・他的疆界
Ses frontières

流浪兒愛城市，也愛荒野，他身上有賢哲的影子。像伏斯庫斯[7]那樣是「城市的情人」；也像弗拉庫斯[8]那樣是「鄉野的情人」。

舉凡哲人，總喜歡邊走邊想，即信步遊蕩，這是消磨時間的好辦法；尤其某些大城市，特別是巴黎周圍的郊野，由兩種景物合成，類似雜種，既醜陋又怪異。觀賞城市與郊區，如與觀賞兩棲動物。樹木的邊界即屋頂的開始，荒草的盡頭順接著碎石路的開端，壟溝的盡頭，店鋪的興起，車轍的尾聲，欲望的前奏，天籟的終止，塵囂的先聲，因此特別令人興味盎然。

也正因為如此，思考者特別喜愛到這種缺乏魅力、又被過路人冠以「淒涼」那永久別號的地方，進行漫無目標的散步。

寫下這一行行文字的人，就曾在巴黎城郊久久徘徊，至今這還是他深長回憶的源泉。那淺草地、那石子小徑、白堊土、泥灰石、灰牆、單調刺眼的荒地和休耕地、突然瞧見的窪地中栽種的時鮮蔬菜，還有那野趣和市井味交融的混雜景物、大片荒僻的角落、軍營中利用戰鼓當作樂鼓咚咚敲響的地方、白天是一望無際曠野而夜晚打劫的兇險之地、那笨拙旋轉的磨坊風車、採石場上的輪盤、墓地角落的酒館，還有燦爛的陽光被黝暗的高牆大面積的切擋、蝴蝶紛飛的無人場域具有的神奇魅力，無一處不吸引他。

世上幾乎沒人瞭解這些奇特的地方：冰窖村、排水溝城關、格雷奈勒街區彈痕累累而難看的牆壁，帕納斯山、豺狼坑街區、馬爾納河畔的歐比埃鎮、蒙蘇里村、伊索瓦墳、夏蒂榮石台：那裡有個早已廢棄不用的舊採石場，改種蘑菇了，切齊地面的井口蓋了一道腐朽的活板門。羅馬周圍的鄉村是一種景象，巴黎的郊區是另一種景象；舉目眺望，如果只見田野、房舍和樹木，那只是表象；須知事物的各種面貌都體現上帝的思想。原野和城郭的結合處，會有一種令人銷魂的莫名的惆悵。在那交接處，也就因為那裡會與時感受到大自然和人類對著你細語；也因此就顯現極其珍貴的地方特色。

⑤．伏羲烏：法國文學中流浪兒的形象。
⑥．原文為拉丁文。意指造就人才。
⑦．原文為拉丁文。語出拉丁詩人賀拉斯的《書簡集》。伏斯庫斯即賀拉斯。
⑧．西元一世紀時的拉丁詩人。

我們四周的郊野，可以稱為巴黎的邊緣；誰和與我們一樣在那裡遊蕩過，就會在最偏僻的地方，最意想不到的時候，撞見一群面黃肌瘦、頭髮蓬亂、衣衫襤褸、滿身灰塵的野孩子，聚在一起吵吵嚷嚷，一個個頭戴矢車菊花冠，躲在一道稀疏的樹籬後面，或在一個陰森的牆角進行賭博遊戲。他們是窮苦人家跑出來的孩子，在城外他們擁有自由，郊野是他們的地盤。

那是他們永久蹺課的地方。

他們在那裡天真地唱著一首接著一首的低俗歌曲。

待在那裡，更確切地說，他們在那裡生存，遠離別人的視線，沐浴著五六月明媚的陽光，跪在地上，圍著小坑彈球，只是賭幾塊錢的輸贏，大家其實不放在心上，無拘無束，快活極了。可是，他們一瞧見你，就想起自己是有正當職業，得掙錢餬口，於是向你兜售一隻爬滿金龜子的舊毛襪，或者一把丁香花。碰見這些怪孩子，是遊晃巴黎郊區中一件特別有趣又令人痛心的事。

在男孩堆裡，也時有女孩，那是不是他們的姊妹呢？幾乎是大姑娘了，瘦瘦的，顯得急躁不安，兩手黝黑，臉上有雀斑，頭上插著黑麥穗和虞美人，光著腳，又天真、又粗野。還有的在麥田裡吃櫻桃。夜晚，能聽見他們的笑聲。那一夥夥孩子在中午的太陽下被曬得暖烘烘的，或者躲藏在暮色中隱約可見，沉思的漫步者不禁會被這樣的景象吸引，與他的遐想交織起來。

巴黎，市中心，城郊，環繞城市的周遭，那就是那些孩子的整個世界。他們從不貿然踏出界線。魚兒離不開水，同樣的，他們也離不開巴黎的空氣。對他們來說，城市以外兩法里，那兒什麼也沒有。伊弗里、讓蒂伊、阿爾克伊、美麗城、歐貝維利埃、梅尼蒙唐、蘇瓦西王、比揚庫爾、默東、鴿城、羅曼城、夏圖、阿尼埃爾、布吉瓦勒、南地、昂菲安、努瓦西旱地、諾讓、古爾奈、德朗西、戈奈斯⑨，那便是天空的盡頭。

六．一點歷史

Un peu d'histoire

本書敘述的故事所發生的時期，幾乎是現代了，但還不像今日這樣，巴黎每個街口都有個警察（這是善政，但還不是討論的時候），那時，到處都是流浪兒。據統計，警察巡邏隊在沒有圍牆的空地上、仍建造中的房屋裡和橋墩下，平均每年要收容二百六十名孩子。他們有一處巢穴是非常有名的，養育了「阿爾科勒橋的燕子」。當然，那是社會最嚴重的病兆。人類的全部罪惡，都是從兒童的流浪生活開始的。

不過，巴黎另當別論。盡管我們提起那種往事，但是在一定程度上，將巴黎列為例外還是對的。可以說在任何一個大城市裡，放任兒童自我生長，就要不可避免地染上社會的種種惡習，喪失天生的誠實和良心，一個流浪兒可預見是一個被毀掉的成人，幾乎無處不是如此。然而，我們還要強調指出，巴黎的流浪兒，表面上再怎麼粗野，再怎麼卑劣，可是內心卻幾乎完好無損。這種現象確實壯觀，是因為在我們經歷過數次民眾革命後，內心的光明磊落特別顯得大放異彩。巴黎空氣的氛圍，就像海水中的鹽一樣，能產生拒腐蝕性。呼吸巴黎的空氣，能保持心靈的純潔。

我們這樣講，絕不表示當我們遇見那樣一個孩子時不會感到揪心：在他們周圍，似乎飄浮著離開家時所拉扯出的遊絲。現代文明還遠非完善，一些家庭拋棄親骨肉，將子女丟進黑暗，丟在大馬路上，從此不過問他們最終變成怎麼樣子，這種可悲的事竟還形成固定的禮俗，叫做「扔在巴黎石頭路上」。

附帶說一句，舊時君主制絕不禁止丟兒棄女的現象。城郊底層百姓的行為有點像埃及和吉卜賽，很受城裡上層人的歡迎和認同，幫那些有權有勢的人解決問題。仇視平民百姓孩子的教育，原本就是一種信條。「一知半解」有什麼用呢？這就是當年的口號。因此，無知兒童必然成為流

⑨．全是巴黎城郊地名。

浪兒。

況且，君主制有時需要兒童，於是就在大街上搜羅。

不必追溯得太遠，就說路易十四在位的時候，國王要建一支艦隊，自有其道理。主意雖不錯，但我們再來看看辦法為何。帆船是風的玩物，必要時還得牽引，如果僅有帆船，而沒有以槳或蒸汽為動力，隨意航行的戰船，就談不上艦隊。當年海軍的槳帆船，就相當於今天的蒸汽艦。因此，必須造槳帆船，而槳帆船航行要靠槳手，也就需要當槳手的勞役犯了。柯爾柏授意各省總督和高等法院盡多製造勞役犯。司法官員都積極配合。在宗教儀式行列走過時，一個人不脫帽，就表明是新教徒，就要送去當槳手。兒童只要到十五歲還在街頭閒晃，在街上被看到就被送去當槳手。偉大的國王、偉大的朝代啊。

在路易十五統治時期，巴黎街頭的孩子消失了，被警察帶走，沒有人知道警察把孩子帶去哪裡了，誰都不說出這個祕密。老百姓恐怖萬分，竊竊私議，推論著國王洗紅水浴那種駭人聽聞的事。巴爾比埃[10]也直接記載了這件事。有時，孩子供不應求，軍警就抓那些有父親的孩子。父親悲痛欲絕，跑去向軍警討還。於是法院出面干涉，判處絞刑。絞死誰呢？絞死軍警嗎？不是，要絞死的是那些父親。

七・在印度等級制度中，也許有流浪兒的地位
Le gamin aurait sa place dans les classifications de l'Inde

巴黎流浪兒差不多能構成一個階層。應該這樣說：誰都不要他們。

流浪兒「gamin」這個詞，到一八三四年才初次印成文字，從大眾語言進入文學詞彙。那是出現在題名為《無賴漢克羅德[11]》的大書裡，立即引起轟動。這個詞也這樣被認可了。

流浪兒之間要如何贏得敬重是有各種方法的。我們認識並與之交往的流浪兒，有的特別受到

尊敬和欽佩。其中一個是因為見過有人從聖母院的鐘樓頂摔下來，另一個是因為鑽進殘廢軍人院的後院，從暫時存放在那兒的大圓頂的塑像身上「摳」了一塊鉛，第三個是因為見過一輛驛馬車翻車，還有一個是因為「認識」一個險些打瞎一位紳士眼睛的士兵。

這就是為什麼巴黎流浪兒動不動就嚷一句：「上帝的上帝！我真倒楣！都沒見過有人從六樓摔下來！」（「我真」說成「我整」，「六樓」說成「流樓」。）這種含義深刻的感歎，那些俗物聽不懂，只能笑一笑。

當然，鄉下人也能語出驚人：「我說老伯伯，您老婆生病死了，為什麼不去請醫生呢？」「有什麼辦法呢，先生，我們這些窮人，自己死自己的也就夠了。」如果說這句話完全表明了鄉下人那種揶揄的消極態度，那麼下面這句話則完全包含郊區孩子自由思想的無政府狀態。一名死犯在囚車裡聽懺悔師說教，巴黎的孩子就嚷道：「他還跟狗教士說話！哼！這個孬種！」

若在宗教相關的事務上表現膽大妄為，能提高流浪兒的身價。意志堅強是非常重要的特質。

去看處決犯人是流浪兒的一種天職。他們指著斷頭臺，又說又笑，幫那個東西取了各種各樣的綽號：喝光的菜湯、咕噥鬼、藍天（升天）媽媽、最後一口等等。那種熱鬧場面，他們怎麼可能漏掉？搶上牆頭，上陽臺，上樹，鉤住鐵柵欄，摟住煙囪，僅是為了找到好位置觀看。流浪兒天生是水手，也天生是蓋瓦匠。在他們看來，上房頂並不比爬桅杆可怕。什麼節日也不如河灘廣場熱鬧。桑松和蒙泰斯神父的名字的確婦孺皆知。對於要處決的犯人，他們用噓聲當作喝采，有時也發出讚美聲。拉斯奈爾⑫，當年就是流浪兒，曾勇敢地目睹悍匪就刑，說過這樣一句預示他

⑩．巴爾比埃（一八〇五—一八八二）：法國詩人。見他的《日記》（一八四七—一八五六年發表）。
⑪．其實，這個詞早就見於印刷文字。《無賴漢克羅德》是雨果的小說，一八三四年刊載在《巴黎雜誌》上。
⑫．拉斯奈爾（一八〇〇—一八三五）：法國詩人，是竊賊和殺人犯。一八一五年三月二八日處決都屯時，他正是流浪兒。
⑬．巴巴烏瓦（一七九四—一八二五）：殺害兩名兒童的兇手。

自身未來下場的話：「看著真叫我妒忌呀。」流浪兒不知道伏爾泰是誰，卻都瞭解巴巴烏瓦⑬。他們把「政客」和殺人犯混為一談。所有死刑犯臨刑的服裝，大家都口耳相傳。他們知道，托勒龍頭戴一頂爐工帽，阿夫里爾戴的是水獺鴨舌帽，盧威爾戴圓帽，老德拉波特是個禿頭，沒戴帽子，卡斯坦皮膚鮮紅，非常好看，博里斯留著浪漫派的山羊鬍，若望．馬爾丹還穿著有吊帶的褲子，勒庫弗勒還與母親吵嘴。「別再相互埋怨啦！」有個流浪兒對著他們嚷了一句。另外一個人為了要看德巴克經過，因為個子太矮只好爬上河邊的路燈桿，一名站崗的警察看著他皺起眉頭。「讓我上去吧，警察先生！」那孩子說，為了打動那執法官，他又趕緊補充一句：「我不會摔下來的。」「我管你摔不摔下來呢。」那警察回答。

在流浪兒中間，一件難忘的意外事特別受到重視。一個人的傷口如果深至見骨，那麼他將極度受人尊敬。

拳頭也是一個令人敬畏、不可忽視的因素。流浪兒的口頭禪就是：「哼，我這拳頭可夠硬的！」左撇子特別受人羨慕。敢與人四目相對也會得到高度的評價。

八．末代國王的妙語
Où on lira un mot charmant du dernier roi

到了夏天，流浪兒就變成青蛙。黃昏時分，夜幕降臨的時候，流浪兒不顧任何廉恥和治安條例，在奧斯特里茲橋和耶拿橋的前方，腦袋朝下，從煤炭船隊和洗衣女工船的上方跳進塞納河。然而，城區警察總在監視著，有時就發生戲劇化的情況，例如，約莫在一八三〇年時，出現了那十分出名、情同手足的呼喊，是流浪兒向流浪兒宣告戰略性的警告，那節奏跟荷馬的詩句一樣鏗鏘有力，那韻味幾乎跟雅典娜節日上埃萊夫西斯人的朗誦一樣難以描摹，頗有祭酒神歡呼聲的古調。

那聲呼喊是這樣：「噢唉，弟弟，噢唉！惡鬼來啦！警棍來啦！小心點兒，快溜啊，溜進陰溝裡去！」

流浪兒自稱小鬼，小鬼有時還識字，還會寫字，總能胡亂寫些什麼來。不知道是什麼相互教學的祕法，他們能掌握各種各樣的本領，有利於公益事業：從一八一五年到一八三〇年，他們都模仿火雞叫；從一八三〇年到一八四八年，他們在牆壁上畫梨。一個夏天的傍晚，路易．菲力浦步行回宮時，看見一個小不點兒，踮著腳在訥伊鐵柵門的一根柱子上畫一個巨型的梨，累得滿頭大汗，國王繼承了亨利四世的和善性情，幫孩子把梨畫完，又給他一枚路易金幣，說了一句：「這上面也有一個梨。」火雞和梨，都有「蠢蛋」的意思，諷刺當時的國王路易十八、查理十世。國王的臉型像個梨，而用畫梨子諷刺國王變成了一種風潮。流浪兒愛起哄，愛採取激烈的態度。他們痛恨「神父」。有一天在大學街，那樣一個小鬼對著六十九號大門，右拇指頂著鼻尖並搖動其餘四指[14]。一個過路人問道：「你幹嘛對著這道門這樣做？」孩子回答：「裡面住一個堂區神父。」那裡確實住著教廷的使臣。然而，只要有機會當唱詩童子，不管信奉什麼伏爾泰主義，流浪兒都有可能會接受，而且會規規矩矩地做彌撒。有兩件事，對他們來說總是可期而不可及：推翻政府和補好自己的褲子。

流浪兒熟知所有治安警察，見到臉就能叫出名字。他們能掐著手指一一將他們點出來，還研究他們的脾氣與各自的評價。他們就像翻書一樣，瞭解警察的內心，能一口氣流暢地告訴你：「某某人陰險；某某人非常兇狠；某某人偉大；某某人可笑……」（陰險、兇狠、偉大、可笑，所有這些詞，在他們嘴裡都有特殊意義）。「這傢伙自以為新橋是他的，不准人家到欄杆外的邊橋上

⑭．表示鄙視的動作。

散步；那傢伙有個怪癖，『愛揪別人的耳朵』等等。」

九・高盧古風
La vieille âme de la Gaule

菜市場的兒子波克蘭[15]的作品中，有這種孩子，博馬舍的戲劇中也有這種孩子。這種調皮有著高盧精神的餘韻。調皮攙入良知，有時能給良知增添力量，如與葡萄酒攙了酒精一樣。有時，這種調皮是缺點。荷馬總是翻來覆去，不錯！伏爾泰，則可以說是調皮。加米爾・德穆蘭[16]是郊區人。尚皮奧奈[17]出身巴黎街頭，對神跡毫不客氣，他在很小的時候，就隨人潮到聖約翰・博維和聖艾蒂安・德・蒙兩座教堂，企圖跟人潮一起「淹沒那裡的迴廊」；他對聖日內維埃芙[18]的聖體盒相當不敬，還向聖讓維埃[19]的聖血瓶發號施令。

巴黎流浪兒既彬彬有禮，又喜愛嘲弄，又特別放肆。他們的牙齒難看，因為營養不良，腸胃有病；他們的眼睛美麗，因為他們有智慧。他們能當著耶和華的面單腳跳上天堂的臺階。他們的拳腳功夫很棒，無論什麼情況都能抵抗。他們在水溝裡嬉戲，一遇到騷亂就挺身而出，面對槍林彈雨也狂放不羈，既是頑童，又是英雄，就像底比斯城的孩子，敢於揪住獅子的皮毛搖晃。軍鼓手巴拉[20]，當初就是巴黎流浪兒，他高呼：前進！正如《聖經》中的馬叫一聲，嘩！一眨眼的工夫，他就從小兔崽子變成了巨人。

污泥中的孩子也是理想的孩子。衡量一下從莫里哀到巴拉所包容的範圍吧。

總之，簡單來說，流浪兒因為受苦，才會到處尋開心。

十・瞧這巴黎，瞧這人
Ecce Paris, ecce homo

再簡而言之，今天巴黎的流浪兒，就是昔日羅馬社會中的希臘小癟三，即額頭刻著古國皺紋的人民孩子㉑。

流浪兒是民族的一顆美痣，抑或是一種病症。是病就得醫治，如何醫治呢？透過光明。

光明能消災除病。

光明能開智啟蒙。

社會上一切善行義舉，都是科學、文學、藝術和教育放射的光芒。培養人開啟他們的心智，好讓他們給你溫暖。遲早，全民教育的光榮會成為一種不可力抗的絕對真理，迸發出威力來。到了那時，在法蘭西思想監督下統治國家的人，就必須作出選擇：要法蘭西的兒女，還是巴黎的流浪兒；要光明中的烈焰，還是黑暗中的鬼火。

流浪兒代表巴黎，而巴黎代表世界。

因為，巴黎是個總和，巴黎是人類的頂棚。這座奇異的城市，是已逝和現存各種習俗的縮影。誰看到巴黎，就以為看到全部歷史的內幕，以及縫隙間的天空和星辰。巴黎有座卡皮托利山㉒，就是市政廳；有座巴特農神廟，就是聖母院；有座阿文蒂諾山㉓，就是聖安東尼城郊；阿西納驢

---

⑮．波克蘭：法國著名戲劇作家莫里哀的姓氏。

⑯．加米爾．德穆蘭（一七六〇—一七九四）：法國政治家，一七八九年參加法國革命，持溫和態度，被革命法庭逮捕並處以絞刑。

⑰．尚皮奧奈（一七六二—一八〇〇）：法國革命時期的將軍。

⑱．聖日內維埃芙：巴黎城的保護神。

⑲．聖讓維埃：那不勒斯城的保護神，他殉教時留下的聖血裝在瓶裡，據說每年三次沸騰顯聖。尚皮奧奈率法軍到達時，聽說不再顯聖，他怕此事激起人民反對法軍，就威脅神職人員，不顯聖就轟炸城市。結果他的威脅收到效果。

⑳．約瑟夫．巴拉（一七七九—一七九三）：參加共和軍時中埋伏被俘，十四歲時即英勇從軍。

㉑．雨果在手稿上是這樣解釋的：人民與孩子表達同一個意思：即孩子。

㉒．卡皮托利山：羅馬周圍的七個山丘之一，古羅馬發祥地，宗教中心。

㉓．阿文蒂諾山：羅馬周圍的七個山丘之一，位於城南。

路[24]，就是索爾邦[25]；有座潘提翁神殿[26]，就是先賢祠；有一條神聖大路，就是義大利大街；有座風塔[27]，就是輿論。巴黎還將罪犯曝屍示眾場[28]徹底的醜化。巴黎的馬若叫法羅[29]、河對岸的人[30]叫郊區人、哈馬爾[31]是菜市場的壯丁、它的拉雜羅尼[32]叫盜賊、它的柯克內[33]叫花花公子。別處有的，巴黎無不俱備。杜馬爾塞的賣魚婦可以反駁歐里庇得斯的賣草婦；踩繩人弗雅努斯[34]轉世為繩技演員；士兵特拉朋戈努斯挽著羽林軍士瓦德朋克爾[35]的胳臂；古董收藏家達馬西普斯[36]肯定喜歡逛巴黎的舊貨店；萬森會抓住蘇格拉底，正如阿戈拉[37]能囚禁狄德羅；格里莫·德·拉雷尼埃爾發現羊脂牛排，正如庫爾提盧斯發明了烤刺蝟[38]。我們看見星門的氣球下面又出現普勞圖斯劇中的高空雜技，阿普列烏斯在坡西勒遇見的吞劍人[39]，就是新橋上的吞刀人，拉摩的侄兒和寄生蟲庫爾庫利翁[40]是孿生兄弟，埃爾加西勒斯經由埃格爾費伊介紹，來到康巴塞雷斯[41]家做客；羅馬四大公子：阿勒塞西馬庫斯、佛德羅穆斯、狄亞博盧斯和阿爾格里普[42]，乘坐拉巴突的郵車，從庫爾蒂勒[43]駛過來；歐呂·惹勒在孔格里奧[44]面前停留的時間，並不比查理·諾蒂埃在波利希奈勒面前停留的時間長；馬爾通不是母老虎，但帕爾達利斯卡普勞圖斯作品《凱西納》中的奴隸。也絕非一條猛龍；龐托拉布斯那個滑稽傢伙，在英國咖啡館嘲弄享樂的諾門塔努斯[45]，赫爾摩熱努斯[46]是香榭大道的男高音歌唱家，而且，在他周圍，乞丐特拉西烏斯裝扮成博貝什[47]行乞；你走在土伊勒里公園，被一個討厭鬼揪住衣袖，不得不停下腳步，又重複兩千年前臺斯普里翁的驚呼：「我正有急事，是誰拉住我的衣襟？[48]」蘇雷納酒滑稽地模仿阿爾伯酒，德索吉埃的紅滾邊正配巴拉特龍[49]的大禮服，拉雪茲神父公墓在夜雨中發出埃斯琪利公墓那種磷光，為期五年的窮人墓穴，比得上奴隸租用的棺材。

找找看巴黎沒有的東西吧。特羅弗尼烏斯的桶子裡所裝的，無一不在梅斯邁[50]的小木桶裡。埃爾伽菲拉斯在加格利奧斯特羅身上還魂；婆羅門僧人梵隆方塔轉世為聖日爾曼伯爵；聖梅達爾公墓[51]與大馬士革烏姆密埃清真寺一樣顯靈。

巴黎也有個伊索，名叫馬耶[52]，也有個卡妮狄，名叫勒諾爾芒[53]小姐。巴黎與德爾菲[54]一樣，

㉔·阿西納驢路：雨果杜撰的地名。
㉕·索爾邦神學院：巴黎大學前身。
㉖·潘提翁神殿：古羅馬的萬神殿。
㉗·風塔：西元前一世紀在雅典所造的建築。
㉘·羅馬卡皮托利山坡的曝屍臺階。
㉙·馬若是西班牙語，法羅是法語，均有愛打扮的自命不凡的男人之意。
㉚·指隔著台伯河與羅馬城相望的地區人。
㉛·哈馬爾：阿拉伯國家的搬運工。
㉜·拉雜羅尼：那不勒斯的乞丐。
㉝·柯克內：倫敦市中心的時髦青年。
㉞·弗里奧索弗雅努斯：拉丁詩人賀拉斯書信中提到的鬥士。弗里奧索是巴黎的著名雜技演員。
㉟·士兵特拉朋戈努斯：拉丁喜劇詩人普勞圖斯（西元前二五四—前一八四）的劇中人物。瓦德朋克爾：十八世紀勇敢士兵的化身。
㊱·達馬西普斯：賀拉斯在諷喻詩中的對話者。
㊲·萬森：巴黎東部萬森樹林，有萬森城堡。阿戈拉不是監獄，而是廣場。
㊳·庫爾提盧斯發明的不是烤刺蝟，而是烤小熊。
㊴·阿普列烏斯（約一二五—一七〇之後）：拉丁作家，他的著名小說《金驢》的開頭，就寫到吞劍人。
㊵·拉摩的侄兒：狄德羅的著名小說。庫爾庫利翁：普勞圖斯一部小說中的主人公。
㊶·埃爾加西勒斯也是寄生蟲；康巴塞雷斯十分好客。
㊷·這四人全是普勞圖斯作品中的人物。
㊸·庫爾蒂勒：巴黎東部的一個舊區名，封齋前的星期二狂歡節，戴假面具的人，就從美麗城經過庫爾蒂勒進城。
㊹·孔格里奧：普勞圖斯作品中的廚師，歐呂·惹勒在《雅典之夜》中討論過這個人物。諾蒂埃：一九世紀初的法國作家。波利希奈勒：文學作品中的滑稽人物。
㊺·兩個人都是賀拉斯在《諷喻詩》中嘲笑的人物。
㊻·賀拉斯在《諷喻詩》中提到的歌手。
㊼·博貝什：巴黎神廟大街的小丑，在帝國時期和王朝復辟時期很出名。至於特拉西烏斯，雨果可能搞混了：在奧維德的著作中，有一個叫這個名字的預言者，但不是乞丐。
㊽·原文為拉丁文。見普勞圖斯《埃皮狄克》的第一句。
㊾·巴拉特龍：是說大話之人的通用名，見賀拉斯的《諷喻詩》。德索吉埃（一七七二—一八二七）：滑稽歌舞劇作家。
㊿·特羅弗尼烏斯：希臘古地區被俄提亞人信奉的神，住在地下，預言人間事。梅斯邁（一七三四—一八一五）：德國醫生，他自稱發現動物磁性，從而找到包治百病的藥方。
51·聖梅達爾公墓：影射一八世紀冉森派新教徒。
52·馬耶：漫畫家特拉維埃創造的人物，與伊索一樣是駝子。
53·勒諾爾芒小姐（一七七二—一八四三）：著名的算命先生，連大人物都向她問卦。
54·德爾菲：希臘古城市名。

在虛幻的耀眼現實前，驚慌失措；它轉動桌子，正像多多納[55]轉動三腳架一樣。它讓輕佻的年輕女工坐上寶座，如同羅馬讓妓女坐上寶座；總而言之，如果說路易十五比克勞狄還差勁，那麼杜巴麗夫人卻比梅薩山琳[56]要好些。巴黎將希臘的裸體、希伯來的膿瘡和加斯科涅的嘲笑結合起來，造就出一個前所未聞的東西，一個確曾存在並與我們擦肩而過的人。巴黎將第歐根尼[57]、約伯和帕雅斯[58]糅雜一起，用《立憲報》的舊報紙做衣裳，給一個幽靈穿上，將它裝扮成肖德呂克·杜克洛[59]。

普盧塔克盡管說過：「暴君不易老」，但是羅馬在蘇拉統治下，正如在多米蒂安統治下一樣，最能忍氣吞聲，寧願往酒中摻水。台伯河是一條迷津，假如我們相信瓦魯斯·維畢斯庫有點空泛的讚揚：「在格拉克庫斯前面，我們有一條台伯河。喝了台伯河水，就會忘記反叛。[60]」巴黎每天要喝一百萬公升水，盡管如此，時機一到，它總要吹號緊急集合，敲鐘進入備戰狀態。

撇開這一點，巴黎是個好孩子，豁達大度，什麼都能容下，在維納斯的問題上也從不挑剔，把霍屯都[61]女郎奉為美神；巴黎只要情緒好，就能寬諒一切，醜陋使它愉悅，畸形使它發笑，惡行使它忘憂；你的行為怪誕嗎？那就去當一個怪人吧；即使遇見虛偽這類極端的無恥，巴黎也不會反感；它酷愛文學，見到巴西爾[62]不會捂上鼻子，見到達爾丟夫[63]的祈禱，也不會比賀拉斯聽見普里阿普斯的「嗝逆[64]」更為憎惡。全世界面貌的線條，巴黎的身上一根也不少。馬比勒舞會跳的舞不是雅尼古盧姆山上的波呂許尼亞[65]舞，不過，賣化妝品的婦人，眼睛盯著漂亮而輕佻的女人，恰似媒婆斯塔菲拉瞟著處女普拉內修姆[66]。搏鬥城關不比羅馬競技場，但是這裡的人十分兇狠，就好像凱撒在觀賞一般。敘利亞老闆娘比薩蓋大媽[67]更為風流，然而，如果說維吉爾光顧羅馬酒館，那麼大衛·德·昂熱、巴爾扎克和夏爾萊則愛窩在巴黎小酒館。巴黎無論如何都是王呀！。

在巴黎，天才俊士大放異彩，紅尾小丑眾多。阿多納伊[68]乘坐十二輪雷鳴閃電車經過巴黎；

西勒諾斯[69]騎著母驢進城。西勒諾斯，就是指朗波諾[70]。

巴黎是宇宙的同義詞。巴黎是雅典、羅馬、西巴利斯、耶路撒冷、龐坦[71]。這裡有全部文明的縮影，也有全部野蠻的縮影。巴黎若是沒有斷頭臺，就會讓人感到美中不足了。

來一點河灘廣場好了。當時如果沒有這種調味，這一桌永不散的筵席會變成什麼樣子呢？我們的法律高明而齊備；多虧了法律，這支大把的斷頭斧就能在狂歡節上滴血了。

十一．嘲笑，統治

Railler, régner

在巴黎，根本沒有邊界。任何城市都無法像巴黎一樣，不但統治，還往往嘲弄自己所控制的

55．多多納：希臘伊庇魯斯著名的宙斯神殿，但以鳥兒、橡樹和神泉顯靈，而不像德爾菲那樣以三腳架顯靈。
56．克勞狄（西元前一〇—西元五十四）：羅馬皇帝。梅薩山琳（死於西元四十八年）：克勞狄的皇后，生活淫蕩，甚至充當妓女。
57．第歐根尼：希臘作家，西元三世紀初的人。
58．帕雅斯：鬧劇中的丑角，愚蠢而可笑。
59．肖德呂克．杜克洛：王朝復辟時期的一個怪人，穿著奇裝異服在王宮花園露面。
60．原文為拉丁文。格拉克庫斯指羅馬一個平民家族，這裡泛指平民百姓。
61．霍屯都：非洲西部的部族。
62．巴西爾：博馬舍劇本《塞維利亞的理髮師》中的偽君子。
63．達爾丟夫：莫里哀劇本《偽君子》中的主人公。
64．引自賀拉斯的《諷喻詩》。
65．馬比勒舞會是香榭大道公共跳舞的場所。雅尼古盧姆山是羅馬周圍的七山丘之一。波呂許尼亞：希臘神話中主管頌歌的繆斯。
66．斯塔菲拉、昔拉內修姆都是普勞圖斯作品中的人物。
67．薩蓋大媽：在巴黎蒙巴納斯開飯館。
68．阿多納伊：希伯來語「天父」，上帝的另一稱呼。
69．西勒諾斯：酒神狄俄尼索斯的撫養者和夥伴。
70．朗波諾：巴黎著名酒館老闆。
71．錫巴里斯：義大利古地名。龐坦：巴黎街區名。

人。「要贏得你們的歡心，雅典人啊！」亞歷山大歡道。巴黎不止制定法律，還製造風尚，也不止製造風尚，還製造常規。巴黎若是願意，有時它可以任性奢侈地當一下傻瓜；於是全世界都跟著它傻了；繼而，巴黎清醒過來，揉揉眼睛，說道：「我可真愚蠢！」並且當著人類的面哈哈大笑。這樣一座城市實在絕妙。事情怪就怪在，雄偉壯麗和荒唐可笑並行，卻不讓人感到相悖，而這種滑稽模仿毫不妨害崇高的尊嚴，同一張嘴，今天能吹響末日審判的號角，明天又能吹奏蔥管笛子！巴黎有一種帝王式的快活。它的歡欣如同霹靂，它的戲謔持著權杖。它的風暴有時起於一個鬼臉。巴黎的發怒、它的紀念日、它的傑作、它創造的奇蹟、它立下的豐功偉業，一直波及至天涯海角，它的胡言亂語也傳到天涯海角。巴黎的笑就是火山口，熔漿飛濺全球。它的譏弄就是火花，除了巴黎以外的所有國家人民，也都同樣被它的誇張諷刺和美好理想強壓著。人類文明的最高豐碑也都接受它的玩弄，任由它戲弄自己的永世盛名。巴黎的確出色：它有一個能解放全球的七月十四日；它促使所有民族都像網球廳[72]那樣宣誓；它在八月四日晚上僅用了三小時就廢除了一千年的封建制；它將自己的邏輯變成萬眾一心的力量；它擁有各式各樣崇高形象的分身；它的光輝普照華盛頓、柯斯丘什科[73]、玻利瓦爾省[74]、博察里斯[75]、里格[76]、貝姆[77]、馬寧[78]、洛佩斯[79]、約翰．布朗[80]、加里波底[81]；凡是點亮未來的地方都有它的參與，一七七九年在波士頓[82]，一八二〇年在萊翁島，一八四八年在佩斯，一八六〇年在巴勒莫；它對著聚在哈佩渡口渡船上的美國廢奴運動者的耳朵，對著聚在海邊戈茲客棧門前阿爾齊暗地裡的安科納愛國者的耳朵，輕聲傳播這有威力的口號：自由，它創造出卡納里斯[83]，創造出基羅加[84]，創造出比薩卡納[85]；它的偉大光輝發射到全球，正是受它靈氣的吹拂，拜倫去邁索隆吉翁，馬澤[86]去巴賽隆納獻出生命；它在米拉博腳下是講壇，在羅伯斯庇爾腳下是火山口；它的書籍、戲劇、藝術、科學、文學、哲學，都是人類的教科書；它有巴斯卡、雷尼埃、高乃依、笛卡兒、盧梭、伏爾泰，這些都是每分鐘都不能少的人物，而莫里哀則是每個世紀都不能少的人物。巴黎讓全世界都講它的語言，這種語言成為聖言；它讓每人的頭腦都建立起進步的思想；它鑄造的解放信條，是世代人的床頭劍。而一七八九年以來各國人民的所有英雄，都是由它所孕育出眾多思想家和詩人的靈魂陶冶出來的。儘管如此，它還是照樣頑皮。人稱巴黎的這個偉大天才，在用它的光明改變世界，同時，還去忒修斯神廟，將牆上布吉尼埃的鼻子抹黑，更在金字塔上塗寫著：「克雷德維爾是小偷」。

巴黎總露出牙齒：它不是吼叫，就是咧嘴大笑。

這個巴黎就是如此，它房頂的炊煙是整個世界的思想。若說這是一堆爛泥和石頭也未嘗不可，但是，它主要有一種精神，不僅偉大，而且還無邊無際。為什麼呢？就因為它敢作敢為。

敢作敢為，是進步的代價。

任何卓越的成就功績，多少都取決於膽識。要革命，單憑孟德斯鳩預測，狄德羅宣揚，博馬舍宣布，孔多塞測算，阿魯埃籌備，盧梭策劃是不夠的，必須有丹東的敢作敢為。

喊一聲「要有膽量！」就等同於一句「要有光」。人類要前進，就必須高瞻遠矚，不斷進行

---

⑫・一七八九年六月二十日，第三等級代表在巴黎網球廳宣誓，不完成憲法不解散。
⑬・柯斯丘什科（一七四六—一八一七）：波蘭軍官和愛國者，反抗俄國和奧地利佔領軍，為國家獨立而戰。
⑭・玻利瓦爾省（一七八三—一八三〇）：南美洲將軍和政治家，反對西班牙殖民者，為南美獨立而戰。
⑮・博察里斯（一七八八—一八二三）：希臘獨立戰爭中的英雄。
⑯・里格（一七八五—一八二三）：西班牙將軍和政治家，曾率軍反對拿破崙一世和波旁王朝。
⑰・貝姆（一七九五—一八五〇）：匈牙利將軍，一八四九年率軍起義反抗奧地利軍。
⑱・馬寧（一八〇四—一八五七）：義大利政治家，為反對奧地利佔領軍而鼓動共和議會，又參加一八四八年革命，驅逐奧地利軍。
⑲・洛佩斯（一八二七—一八七〇）：巴拉圭總統，曾反抗阿根廷和巴西的干涉。
⑳・約翰・布朗（一八〇〇—一八五九）：美國農民起義領袖。
㉑・加里波底（一八〇七—一八八二）：義大利政治家，一八五九年率軍打敗奧地利軍。
㉒・波士頓：在一七七三年爆發起義，很快蔓延北美英國殖民地。
㉓・卡納里斯（一七九〇—一八七七）：希臘獨立戰爭的領袖人物。
㉔・基羅加（一七八四—一八四一）：一八二〇年西班牙自由運動的首領之一。
㉕・比薩卡納（一八一八—一八五七）：義大利革命者。
㉖・詩人拜倫前往希臘，投入希臘人民反抗土耳其統治的獨立戰爭，一八二四年死於邁索隆吉翁。法國醫生馬澤（一七九三—一八二一），一八二一年前往巴賽隆納研究鼠疫，染病而死。

關於勇氣的自豪教育。只要保持大無畏行為，那將會是人類彪炳千古的一束強光。

當晨曦升起，就得勇於衝破黑暗。嘗試，闖蕩，堅忍不拔，鍥而不捨，矢志不移，與命運肉搏，以處變不驚的姿態來令災難感到驚訝。時而抗拒不公不義的勢力，時而羞辱欣喜若狂的勝利，站得穩，頂得穩，這就是人民所需要的榜樣，這就是激勵他們的電光。正是這神奇的電光，從普羅米修斯的火炬傳到康伯倫[87]的菸斗。

十二．人民潛在的未來

L'avenir latent dans le peuple

至於巴黎民眾，雖已成年，但始終是個頑童，描繪這個孩子，就等於可描繪出這座城市。正因為如此，我們才透過這隻無拘無束的麻雀來研究這隻雄鷹。

應當慎重指出，出現在城郊的巴黎人才是純種，是真正巴黎人的相貌。巴黎人在那裡勞動和受苦，而苦難和勞動則是人的兩副臉孔。那裡眾生芸芸，沒沒無聞，從拉培的卸貨工到鷹山的屠夫，匯集著形形色色的奇人怪客。「城市的渣滓。」西塞羅叫嚷著。「賤民。」柏爾克咬牙切齒地補充。群氓、烏合之眾、賤民，這些字眼，隨口就說出來。就算如此，那又如何呢？他們赤腳走路又怎麼樣呢？他們不識字，那也只好認倒楣。難道因此就要丟棄他們嗎？難道還要詛咒受了苦難的人們嗎？難道光明就不能透進這密集的人群嗎？我們仍要再次高呼：光明！我們堅持追求光明！光明！光明！誰敢說有朝一日，這重重黑暗不會變得通明透亮呢？革命不就是改變觀念嗎？去做吧，哲學家們，要教導、要啟發、要點燃、要把想法表達出來、要大聲講話、要歡欣鼓舞奔向大太陽，去熟悉廣場，不惜苦口婆心地宣布好消息吧；要宣揚人權，高唱《馬賽曲》，折下橡樹的枝枒來散播熱情吧。要把思想變成旋風，這樣民眾就可以昇華。我們要善於利用原則和美德的烈火，到了一定時候，這烈火就劈啪作響、抖動跳躍，勢必足可燎原。這些打赤腳的、這些裸露著臂膀的、這些破衣爛衫、種種愚昧無知、種種卑賤下流、重重黑暗，都可以利用來爭取實現理想。你深入民眾裡觀察，就會發現真理。看似毫無價值且任人踐踏的沙子，如果投進爐裡熔化沸騰，將會淬鍊出光彩奪目的水晶，而伽利略和牛頓正是藉助這種水晶，才發現了那些星球。

十三・小伽弗洛什
Le petit Gavroche

這個故事第二部分所敘述的事件之發生後的八九年間，在神廟大街和水塔一帶，時常能看見一個十一、二歲的男孩，正是前面勾畫的典型流浪兒的化身，嘴角掛著屬於他年齡所常有的笑容，相當準確，只是他的心靈完全淒苦而空虛。那孩子確實也穿著一條成人的長褲，但不是他父親留給他的；他確實也穿一件女性的上衣，但不是他母親的。一些普通人救濟他，讓他穿上了破衣爛衫。然而，他卻有父有母。不過，成為一個父親不去想他，母親根本不愛他的孤兒，這種孩子非常值得憐憫。

他總是覺得，待在街上最自在。鋪路的石塊也不如他母親的心腸硬。

他父母早就一腳將他踢進人生。於是他乾脆獨自起飛了。

這孩子臉色發青，愛吵鬧，也愛嘲笑人，他又敏捷又機警，一副病態而又快活的樣子。他來來往往，哼唱歌曲，玩賭銅板，掏水溝，有時還偷點東西，但是就跟貪吃的貓和鳥雀一樣，只是為了一種樂趣，聽人叫他淘氣鬼，他就嘻嘻笑，聽人叫他流氓，他就惱火。他沒有住處，沒有麵包，沒有愛，但是他很快活，因為他自由自在。

87・康伯倫在滑鐵盧戰場上，面對英軍寧死不降，見本書第二部第一卷。

這些可憐的孩子一旦長大成人，幾乎總要滾進社會秩序的磨盤，被磨碎了；不過，只要他們還是孩子，因為小就能逃脫。有一點點小洞就能拯救他們。

這個孩子，盡管完全被拋棄，但每隔兩三個月，他還是會說一句：「咦，我得去瞧瞧媽媽！」於是，他離開大街，離開馬戲場、聖馬爾丹門，來到河濱馬路，過了橋，往郊區走去，到了硝石庫，到了什麼地方呢？恰恰是我們所熟悉的戈爾博老屋五十一、五十二號。

當時，五十一、五十二號老屋常年空著，總掛著「房屋出租」的牌子。有時裡面也住了幾個人，但這種情況是罕見的。那些人之間毫無關係，也不來往，這是在巴黎常有的事。他們全屬於窮困潦倒的階層，原本是生活艱難的小市民，在社會底層越混越悲慘，最終淪為清淤泥的水溝工和收破爛的小販：這兩類人接收著人類文明所有物質的最後殘渣。

尚萬強居住時的那個「二房東」已經死了，接替的人也一模一樣。不知哪位哲學家說過：無論何時也不缺老太婆。

新來的老太婆叫布林貢太太，她一生中沒有任何值得一提的事，惟有三隻鸚鵡的王朝，曾相繼統治她的心靈。

老屋住戶裡最窮困的是一個四口之家：父母帶領著兩個已經長大的女兒，四人擠在一間我們早已介紹過的破屋子裡。

第一眼望去，這家人除了一貧如洗，並沒有什麼特別之處。租房子時，戶主自稱容德雷特。他搬家的情形，二房東惟妙惟肖地講了一句令人難忘的話來形容：「什麼也沒搬進來。」二房東可以當他的長輩，既看門，又打掃樓梯。容德雷特住了不久，就對老太婆說：「我說大媽，萬一有人來找一個波蘭人，或者義大利人，又或是西班牙人，那就是找我。」

這個家就有一個打著赤腳的快活小孩。他到了家裡，看到的是窮困、愁苦，更可悲的是看不到一絲笑容。爐上是冷的，親人的心也是冷的。一進門，家裡人就問他：「你是從哪來的？」他回答：「從大街上來。」當要離開時，家裡人又問他：「你要到哪去？」他回答：「到大街上去。」

母親甚至對他說：「你到這裡做什麼呢？」

這孩子就生活在這種缺乏親情的環境裡，就像地窖裡長出蒼白的小草那般。這樣的他並不感到難過，也不埋怨任何人。他還弄不清楚父母應該是什麼樣子。

況且，他的母親愛他姊姊。

我們忘記說了，在神廟大街上，大家都叫這孩子小伽弗洛什。為什麼叫伽弗洛什呢？大概是因為他父親叫容德雷特吧。

輕易的割斷骨肉關係，似乎是一些窮苦家庭的本能。

容德雷特住的那間屋子，位於戈爾博破房走廊的最裡面。隔壁間住一個很窮的小夥子，名叫馬呂斯。

下面談談馬呂斯先生是何許人。

第二卷：大紳士
Le grand bourgeois

一．九十歲和三十二顆牙
Quatrevingt-dix ans et trente-deux dents

還住在布希拉街、諾曼第街和桑東日街的幾個老邁住戶，都記得一個叫吉諾曼先生的老人，提起他來都還津津樂道。在他們年輕的時候，那老人就年事已高。對於惆悵地回顧所謂昔日那朦朧憧憧黑影的人來說，那老人的身影，還沒有完全消失在神廟一帶如迷宮般的街道裡。在路易十四時代，那些街是用全國的行省來命名，正如今天，蒂沃利新區[1]街道以歐洲各國首都命名一樣。特別說明，從這樣的進展可以明顯地看見其中的進步。

在一八三一年，那位吉諾曼先生活得十分健朗，他僅僅因為活得長久而成為引人注目的奇人，也因為從前像所有人而現今不像任何人則成為老怪物。那老人確實特別，是另一個時代的人，是個十足沾染了十八世紀傲慢的紳士，還一成不變地保持那老紳士應有的派頭，猶如侯爵保持爵位和領地。他過了九旬高齡，走路都還挺直腰桿，說話時聲音洪亮，眼睛看得清楚，能喝酒，也吃得多，睡得好，睡覺還打呼。他的三十二顆牙齒完好無損，看書不用戴老花眼鏡。而且，他還有香豔的情懷，不過他說，十年來，他已經毅然決然放棄了女人。他說他再也不能討人歡心了，還補充一句：「我太窮，」而不是：「我太老了。」他還常說：「假如我的家道沒有衰敗的話……哼，哼！」的確，他只剩下大約一千五百利弗爾年金了。他夢想著繼承一筆遺產，能有十萬法郎年金，好找幾個情婦。可以看出，他絕不是像伏爾泰先生那種一輩子半死不活、病懨懨、又枯瘦的八十老翁，也不像滿身殘疾、風燭之年的老壽星，這位頑健的老人身子骨始終硬朗。他簡單看待事情，情緒可是風風火火，容易動怒，動輒大發雷霆，卻往往違拗情理。誰反駁他的話，他就舉起手杖。他時常打人，就好像還生活在偉大的世紀[2]。他有個五十出頭的女兒，沒結過婚，他發火時就痛打女兒，恨不能用鞭子狠抽，把她當八歲的孩子。他還時常惡狠狠地罵傭人：「哼！爛貨！」他有一句罵人的話是：「蠢貨中的蠢東西！」有時候他又沉靜得出奇。他天天讓人刮臉，那理髮匠罹患過瘋癲症，非常討厭吉諾曼先生，有點吃醋，因為他的女人，理髮店老闆娘又漂亮、又風騷。吉諾曼先生特別欣賞自己對一切事物的分辨力，自認明察秋毫，他曾說過：「老實講，我還有些洞察力，我能說出叮我的跳蚤，是從哪個女人跳到我身上來的。」他常掛在口頭上的字眼是：「敏感的男人」和「天性」。他所說的「天性」，沒有我們時代所賦予的主要含義，而是按照他自己的意思，將這個詞用在他的俏皮話裡。「天性，」他說，「就是讓文明什麼都表現一點，甚至被製作成有趣又原始的標本。歐洲有亞洲和非洲的一些樣品，只是尺寸偏小；貓是放在沙龍裡的老虎；壁虎是袖珍鱷魚；歌劇院的舞女是玫瑰色的野蠻女，她們不吃男人，只是榨取男人。也可以說，她們是巫婆，將男人變成牡蠣，再把他們活吞下去。加勒比蠻婆吃人只剩下骨頭，而她們只

①．蒂沃利新區，如今改為「歐洲」街區。

②．偉大的世紀：法國人認為的十七世紀。

剩下貝殼。這就是我們說的風尚。我們不吞食，只是啃噬；我們不屠戮，只是撕抓。」

二．有其主，必有其屋
Tel maître, tel logis

他住在瑪黑區受難會修女街六號，房子是他的。那間房子後來拆毀重建，為了順應巴黎街道大排號的潮流，門牌號可能也被改了。他在二樓佔用一大間老式套房，一面臨街，一面靠花園，牆壁直到屋頂，全鑲了戈伯蘭和博維所生產大幅牧羊圖案的壁毯；天棚和鑲壁的圖案，又縮成微幅出現在扶手椅上。一扇九折的柯羅曼德爾[3]漆畫長屏圍住床鋪。對外窗掛著修長的垂簾，幾折幾彎的大褶紋顯得十分美觀。窗外便是花園，從角落的一扇落地窗外的臺階連接起來，那十二至十五級臺階，老人每天都上上下下地健走著。臥室隔壁是書房，此外還有一間小客廳，非常雅致，是他最喜歡的，牆壁圍上了麥黃色的壁布顯得十分華美，上面有百合花和其他花卉圖案，是路易十四時代帆槳戰艦上的產品，由德．維沃納先生為他情婦向勞役犯訂做的。這東西是吉諾曼先生從一個脾氣古怪、活了百歲的姨祖母那繼承來的。他結過兩次婚，他的舉止介乎於朝臣和法官之間，但他從未做過朝臣，本來可以卻也沒有當成法官。他終日興致勃勃，願意的時候對人很熱情。他年輕時，屬於總受妻子欺騙而從不受情婦欺騙的那種男人，因為他們既是最討厭的丈夫，又是最可愛的情夫。在繪畫方面他是行家，他臥室裡掛一幅約爾丹斯[4]的作品，不知是何人的肖像畫，筆勢放縱恣意，搭配著無數細膩的處理，看似雜亂，彷彿隨意塗抹的。吉諾曼的衣著不是路易十五時期，甚至也不是路易十六時期的樣式，而是督政府時期新潮青年的奇裝異服。到了這個年頭，他還自以為非常年輕，仍在趕時髦。他的薄呢禮服有肥大的翻領、長長的燕尾和大號鋼扣。下身穿禮服短褲，腳上穿著帶金扣的皮鞋。他的雙手總插在口袋裡。他時常武斷地說：「法蘭西革命是一堆無賴。」

三・聰慧

Luc-Esprit

他十六歲那年，有天晚上在歌劇院，有幸被兩個成年美人用觀劇鏡注視；處於伏爾泰歌頌過的兩位著名女伶卡瑪戈和薩萊⑤兩面火力的夾擊，他勇敢地退下陣來，去找一個他愛上的跳舞小姑娘。那個姑娘名叫娜安麗，和他一樣正當二八妙齡，也像貓兒一樣沒沒無聞。往事歷歷，回憶不盡。他時常高聲說道：「她真美啊，那個吉瑪爾⑥—吉瑪爾狄妮—吉瑪爾狄乃特，最後一次我在龍尚跑馬場看見她，那一往情深式的捲髮、那吸睛般的綠寶石首飾、新穎的花衣裙，還有那急不可待的手提包！」他總是津津樂道他在青少年時，穿過一件倫敦矮子呢的外衣。他常說：「那年頭，我打扮得像一個日出在東方的土耳其人。」二十歲那年，德・布弗萊夫人偶然看見他，稱他是「瘋狂的美少年」。他看到政界和當權人物的所有名字，都認為又卑賤、又庸俗。他看報紙，所謂的「新聞」、「小報」，每每忍俊不住，放聲大笑。「哈！」他說道，「這都是些什麼人！科比埃爾！于曼！凱西米爾・佩里埃⑦！這些東西也叫大臣！我這樣設想，要是報上刊登吉諾曼先生，大臣！這可能被看成是惡作劇。好哇！他們愚蠢透頂，才會出現這種情況。」他不管任何事物的名稱是否好聽悅耳，他都直呼出來，有女士在場也毫無顧忌。他談論各種粗俗、淫蕩和污

③・柯羅曼德爾：印度地名。
④・約爾丹斯（一五九三—一六七八）：佛蘭德著名畫家。
⑤・卡瑪戈（一七一〇—一七七〇）、薩萊（一七四三—一八一六）：巴黎歌劇院的舞蹈演員。
⑥・吉瑪爾（一七四三—一八一六）：巴黎歌劇院著名舞蹈演員。
⑦・科比埃爾：波旁王朝復辟時期的內政大臣。於曼：路易・菲利浦在位時的財政大臣。凱西米爾・佩里埃：七月王朝初期的議會議長。

穢的事情，卻還那麼泰然自若，不以為怪，有一種說不出來的文雅姿態。這是他那時代不拘小節的作風，應當這麼說，那個時代詩歌迂迴隱晦，散文也粗糙生澀。他的教父就曾預言：將來他能成為才華橫溢的人，並用這樣兩個含義雋永的字替他取名：聰慧。

四．長命百歲
Aspirant centenaire

他生於穆蘭城，小時在穆蘭中學得過幾項獎，是他稱為納韋爾公爵的尼韋泰公爵親自授予他的。任何重大的歷史事件，無論是國民公會、處死路易十六、拿破崙，還是波旁王朝復辟，都絲毫未能從他的記憶中抹掉那次授獎儀式。在他的心目中「納韋爾公爵」才是那個世紀的偉人。他常說：「多麼和藹可親的大老爺，佩帶著聖靈勳章如此神氣！」在吉諾曼先生的眼裡，卡特琳二世花了三千盧布，向貝圖切夫買了金酒的祕方，就算補贖了瓜分波蘭的罪惡。他提起這個話題時非常興奮，抬高嗓門說：「金酒，那是貝圖切夫的黃酊，是拉莫特將軍的瓊漿，在十八世紀，兩瓶裝的金酒，售價是一個路易金幣，那是醫治情場失意的靈丹妙藥，是對付愛神維納斯的萬靈藥方。路易十五就曾贈送給教皇二百瓶。」假如有人對他說，金酒不過是過氯化鐵，他一定會怒不可遏，暴跳如雷。吉諾曼先生崇拜波旁王室，憎惡一七八九年。他動不動就敘述一遍，在恐怖時期他是如何逃脫，又如何強顏歡笑，見機行事，才沒有被人砍掉腦袋，假如哪個年輕人膽敢在他面前稱讚共和制度，他會氣得臉色發青，甚至背對身去。有時他會用自己的九十高齡來影射：「但願我不要兩度碰見九十三[8]。」有時他又向人暗示，他打算活到一百歲。

五．巴斯克和妮珂萊特
Basque et Nicolette

他自然有一套理論。舉例來說：「一個男子貪戀女色，並不把自己有妻室的事放在心上，因為妻子長得醜陋，脾氣又糟糕，但有合法地位，享有各種權利，穩坐在法典上，必要時還要爭風吃醋，那麼，當丈夫的要想解脫，要想安寧時，只有一個辦法，就是把財產權交給妻子。拱手讓權，換取自由。於是，太太就有了管錢的事來分心，整天熱中於算錢，手指都染上銅綠，她還用心培養農民，訓練長工，召見訴訟代理人，主持公證人會議，指導公證事務人員，拜訪法官，出席法庭判案，草擬租契，口授合同，感到自己掌家理財，賣出買進，處理問題，發號施令，許諾又收回承諾，與人共事又解除合作，出讓，租讓，轉讓，安排好所有事又打亂所有安排，聚斂資財，揮霍浪費。她幹了不少蠢事，卻又趾高氣揚，自鳴得意，她從中得到安慰。就在丈夫不屑理睬她的時候，她把丈夫搞得破產而心滿意足。」這個理論，在吉諾曼先生的親身實踐下，也就成就了他的一段身世。他的夫人，再娶的那一位，為他管理財產，管到他成為鰥夫那一天，剩下的財產也僅夠他維持生活了，他幾乎將所有東西抵押出去，才能拿到一萬五千法郎的年金，其中四分之三還要隨他離世而注銷。他沒有猶豫，也並不怎麼在乎遺產。況且他見識過遺產遭遇了變故的情況，例如轉變為「公有財產」。他也見識過有保證的公債那種神話，不太相信公債的大帳本，他說：「全是甘康普瓦街[9]的那套把戲！」我們說過，他在受難會修女街住的是自己的房子。他有兩個傭人，「一男一女」。傭人受雇進門的時候，吉諾曼先生總要幫人家更改名字。男傭人，他依照省籍稱呼：「尼姆人、孔泰人、普瓦圖人、庇卡底人。」最後那個男傭人五十五歲，整天氣喘吁吁，顯得疲憊不堪，跑不動二十步，但他生在巴約訥城，吉諾曼先生就叫他巴斯克人。女傭則統統叫妮珂萊特（甚至後文要談的馬儂大媽也是一樣）。有一天來了位很自負的廚娘，是個

⑧．指一七九三年和九三歲。一七九三年是法國革命進入高潮的一年。

⑨．蘇格蘭銀行家約翰．勞（一六七一－一七二九）應法國朝廷的邀請，到法國創建印度公司，一七一六年創建銀行總部，設在巴黎甘康普瓦街，還創建存款貼現銀行。後者改為發行銀行，於一七二〇年宣布破產，使買公債的人遭受損失。

高明的廚師，屬於門房裡的佼佼者。「妳每個月想賺多少工錢？」吉諾曼先生問道。「三十法郎。」「妳叫什麼名字？」「奧林匹。」「妳可以賺五十法郎，但名字要叫妮珂萊特。」

六・略談馬儂及其兩個孩子

Où l'on entrevoit la Magnon et ses deux petits

在吉諾曼身上，苦痛往往表現為憤怒，失望的時候更是火冒三丈。他有各式各樣的偏見，卻又放蕩不羈。正如我們剛剛指出的，老當益壯就是構成他外表特色和內心滿足的一種表現，風流不減，並且極力給人這種印象。他稱這叫「風華卓越」。有時，他那風華卓越會意外地讓他引來奇貨。一天，有人送了一隻裝牡蠣的簍子到他家，裡面裝的卻是一個剛出生的胖娃娃；那男嬰包得嚴嚴實實，大哭大叫，是半年前一個被趕走的女傭送還給他的骨肉。當時，吉諾曼先生已是十足的八十四歲老人了。四鄰都很憤慨，高聲譴責。這個厚顏無恥的壞女人，是誰會相信這種鬼事呢！真是膽大妄為！真是可惡透頂的誣陷！然而，吉諾曼先生卻不氣不惱，他笑呵呵地看著襁褓，就像受誣陷卻開心的老好人，對圍著的一圈人說：「噯！幹什麼？怎麼啦？這有什麼？有什麼大驚小怪的呢？你們這種想法，實在是無知到了極點了。昂古萊姆公爵[10]先生，就是查理九世陛下的私生子，到了八十五歲，還跟一個十五歲的傻大姐結了婚；魏吉納耳先生，德・阿呂伊侯爵，蘇爾迪紅衣主教的兄弟，波爾多的大主教，到了八十三歲時，還與雅甘院長夫人的侍女生了一個兒子，那是名副其實的愛情結晶，後來成為馬爾他騎士和御前軍事參贊。本世紀的一個偉大人物，塔巴羅神父，就是八十七歲老頭所生的兒子，這種事很平常的。《聖經》裡還有更多呢！雖說了這些，但我還是聲明，這個小先生不是我的。大家來照顧他吧，錯不在他身上啊。」這種方式顯得很寬厚。那個女人叫馬儂，隔一年又送一份禮給他，同樣是一個男嬰。這樣一來，吉諾曼先生讓步了，他將兩個孩子交還給那母親，答應每月出八十法郎撫養費，但不許她再故技重施。他還補充說：「我要求那母親要用心照料孩子，我會不時去探望。」他的確去探望過。他有一個當神父的兄弟，三十三歲就當上普瓦捷大學校長，七十九歲去世。吉諾曼先生常說：「他那麼年輕，就丟下我走了。」那個兄弟給人留下的記憶不多，為人平和而吝嗇，認為自己既然是神父，遇到窮人就應當布施，但出手一向只給幾個小錢，或者貶了值的銅板，那是他找到的通過天堂之路卻其實是下地獄的途徑。至於老大吉諾曼先生，他施捨起來並不計較，出手既痛快又大方。他那人性情粗暴，但是心腸好，樂善好施，他若是富有，會做得更加出色。凡是涉及他的事情，哪怕是出自欺騙，他都要求做得有氣派。例如，有一天，在繼承財產一事上，他被代理人用手段拙劣又露骨的方式騙了一筆，就當場鄭重其事地發了感慨：「呸！這事做得太不道地啦！這種鼠竊狗盜的伎倆，真讓我感到羞愧。現代這個時代，什麼都退化，竟連惡棍也退化了。見鬼！向我這種人竊取，絕不該用這種手段。我就像在樹林裡給人搶了，可是幹得太糟糕。『森林總得無愧於一個執政官⑪』！」

我們講過，他一生結過兩次婚，跟第一個妻子生的女兒沒有出嫁，跟續弦也生了個女兒。二女兒在三十歲時嫁了人，不知由於愛情還是偶然，或者別的什麼原因，她嫁給一個走運的軍人。那人在共和國和帝國的軍隊裡效力，在奧斯特里茲戰役中得過勳章，在滑鐵盧戰役中晉升為上校。「這是我的家醜。」老紳士常說。他的鼻菸癮很大，用手背拂一拂帶花邊的胸飾，動作特別文雅，他也不信上帝。

---

⑩．昂古萊姆公爵：即查理．德．瓦盧瓦，奧弗涅伯爵，查理九世和瑪麗．圖什（一五七三—一六五〇）的私生子，他於一六四四年，七十一歲時，與二十三歲的弗朗索瓦絲．德．納爾戈納結婚。

⑪．原文為拉丁文，引自維吉爾的作品。此處只引半句話，前半句為：「如果我們歌頌森林。」

七・規矩：晚上才會客

Règle: Ne recevoir personne que le soir

聰慧，吉諾曼先生就是這樣，他完全沒有掉頭髮，也只是花白而未斑白，總梳成狗耳朵式的髮型。盡管如此，他還是可敬的人。

他繼承了十八世紀的輕浮和高貴。

在波旁王朝復辟時期的頭幾年，吉諾曼先生住在聖日爾曼城郊，聖緒爾皮斯教堂附近的塞旺道尼街，當時還很年輕，一八一四年時才剛滿七十四歲，到了八十出頭後又過了好一陣子，他才退出社交界，到瑪黑區隱居了。

他雖然離開社交界，但仍然恪守老習慣。主要習慣就是白天絕不見客，這條規矩無法撼動，不管什麼人，也不管有什麼事情，只有等到晚上才見人，他在五點鐘時用晚餐，餐後就敞開大門。這是他那個世紀的風尚，他絕不肯放棄。「陽光是惡棍，」他說，「只配吃閉門羹。有教養的人，要等蒼穹點亮星光，才點燃自己的智慧。」他壁壘森嚴。任何人，哪怕是國王也不接待。這是他那時代的古雅之風。

八・兩個不成雙

Les deux ne font pas la paire

我們剛才提到吉諾曼先生的兩個女兒。她們相差十來歲，年輕時長得就不大相像，無論從相貌還是性格上看，簡直不像姊妹。妹妹是個可愛的姑娘，目光總轉向光明的事物，心思總放在鮮花、詩歌和音樂上，整個人翱翔在明亮燦爛的空間，她又熱情、又純潔，童年時就懷著理想，要和一個朦朧的英雄人物共度此生。姊姊也有自己的幻想，她望見藍天上有個商人，是個和善的胖傢伙，富有的軍火商，看見一個傻呼呼的笨丈夫，百萬黃金堆成的一個男人，或者一位省督。她還看見省府的招待會、頸上掛著鏈子的前廳執法官、官方舉辦的舞會、市府裡的演說，以及當「省督夫人」，這些情景在她的想像中縈繞迴旋。兩姊妹在青春年少時各做各的美夢。她們都有翅膀，但是一個像天使，另一個像鵝。

任何期望都不會百分之百地實現，至少在人間是這樣。在這年頭，人世間什麼地方都不可能變成天堂。那妹妹嫁給了意中人，但命卻不長，而姊姊根本沒有嫁出去。

她在我們敘述的故事中登場時，已是一位老處女，一個燒不著的枯木頭疙瘩，那尖鼻子見所未見，那鈍腦袋也聞所未聞。有一個很典型的例子：除了家裡極少的幾個人外，從來沒人知道她的暱稱。大家都叫她吉諾曼大小姐。

在假正經方面，吉諾曼大小姐要勝過一個英國小姐。她一生中有件想起來就不寒而慄的往事：有一天，一個男人看見了她的吊襪帶。

那種無情的羞恥心，只能隨著年歲而增長。她總嫌自己的胸衣不夠厚實，總嫌開領不夠高。衣裙上誰也想不到能看一眼的部位，她也加上了密密麻麻的扣子和別針。假正經的特點，根本就像因為受威脅而忙著設防的堡壘。

這種老嫗貞潔的祕密，誰能解釋呢？然而，她在與長矛騎兵隊裡當軍官的侄孫特奧杜勒親吻時，卻是不無快感的。

盡管有一個心愛的長矛騎兵，為她貼上「假正經」的標籤，還是絕對適合的。吉諾曼大小姐的心靈頗為晦暗。假正經也是五分貞潔，五分邪惡。

假正經加上篤信上帝，恰好互為表裡，相得益彰，她是聖母會的信女，每逢某些節日就戴上白面紗，喃喃念著特定的經文，拜「聖血」，拜「聖心」，待在不對一般信徒開放的小教堂裡，面對洛可可－耶穌式祭壇靜思幾小時，其靈魂飛旋在大理石的小片雲煙之間，穿過漆金柱子的巨大光線。

她在小教堂裡交了一個朋友，也是老處女，名叫伏布瓦小姐，絕對癡呆。吉諾曼小姐與她相處時，能夠嘗到自己成為鷹的樂趣。伏布瓦小姐那一點腦子，除了唸《上帝羔羊經》和《聖母經》之外，就只會幾種做果醬的方法。她是她那類人的完美形象，愚蠢得好像白鼬皮，毫無聰明的斑點。

應該說，吉諾曼小姐漸顯老態時，獲得的多於失去的。這種情況往往發生在天性被動順和的人身上。她對人從無惡念，這就是一種相對的善良。而且，歲月磨平了稜角，久而久之，她也變得溫和了。她一副憂傷的神態，是連她自己都無以名狀的淡淡憂傷，她整個人散發出人生還未開場就已結束的那種驚愕。

她為父親料理家務。正如前文看到的，卞福汝主教身邊有他妹妹，而吉諾曼先生有這樣一個女兒陪伴。由一個老頭子和一個老姑娘組成的家庭並不罕見。兩個年老體弱的人相依為命，那情景總是令人心疼的。

家裡除了老姑娘和老頭之外，還有一個孩子。那小男孩到了吉諾曼先生面前總是發抖，不敢吭聲，吉諾曼先生跟他講話也一向聲色俱厲，有時還揚起手杖：「站起來！孩子！——孽種，淘氣精！到近前來！回答我，小壞蛋！——讓我瞧瞧你，促狹鬼！」等等，全是這類話，可是在心裡，他卻把孩子當寶貝。

孩子是他外孫。下文我們還會見到。

第三卷：外祖父和外孫子
Le grand-père et le petit-fils

一．古老的客廳
Un ancien salon

吉諾曼先生住在塞旺道尼街時，經常出入幾處高雅華貴的沙龍。他是資本主義者，雖非出身貴族，卻受到接待。他有雙倍的智慧，一是與生俱來的，二是別人以為他有而賦予的，因此，有人甚至主動邀請和款待他。而他也只去他能駕馭全場的地方。總是有些人不惜一切代價希望造成些影響力，引起別人的關注，他們所到之處，就算不能語驚四座，也要充當小丑。吉諾曼先生可不是這種性格，他光顧保王黨人的沙龍時，能掌握整個場面，又毫不損及自己的尊嚴。他時時刻刻談鋒甚健，有時還與德．保納爾先生，甚至與班吉．普伊．瓦萊先生分庭抗禮。

約莫一八一七年時，他每週必到家裡附近費魯街的德．T男爵夫人府上，消磨兩個下午，那是位高尚可敬的夫人。她的丈夫德．T男爵在路易十六時期，曾出任法國駐柏林大使。他生前迷戀通靈玄想和幻覺，流亡期間家道破敗而死，留下的財產只有十冊紅色山羊皮、書面切口塗金的精裝手稿，是關於邁斯梅爾及其小木桶珍奇的回憶。男爵夫人考慮到丈夫的尊嚴，沒有發表，只靠不知怎麼殘留下來的一小筆年金度日。她與王室疏遠，說那是「龍蛇混雜的場所」，自己過著孤獨而高尚，清貧而自豪的生活。每週兩次聚到這位遺孀家中的爐火旁，幾個朋友組成一個純粹的保王黨沙龍。大家一起喝茶，隨著世態的風向低沉或激烈，發幾聲哀歎，或者怒斥這個世道，怒斥憲章、波拿巴分子、授勳給資本主義者的出賣行為、路易十八的雅各賓主義，隨後又竊竊私議，寄厚望於後來成為查理十世的胞弟。

他們興高采烈地傳唱將拿破崙稱做尼古拉的粗俗歌曲。一些公爵夫人，世上最文雅、最可愛的女子，也都忘情地高唱，例如唱這首針對「聯盟軍[①]軍人」的歌：

你們別拖襯衣尾，
趕快塞進褲子裡。
免得人說愛國者
已經投降舉白旗！

他們玩弄自以為非常可怕的同音異義詞句，玩弄自以為非常惡毒，實卻無傷大雅的文字遊戲，作四行詩，甚至作對子，例如，以德索勒內閣，有德卡茲和德塞爾[②]參加的溫和內閣為題，作了一個對子：

①．聯盟軍：指一八一五年拿破崙百日政變時組成的軍隊。
②．德索勒將軍於一八一八年十二月至一八一九年十一月出任內閣總理大臣、德卡茲任內政大臣、德塞爾任司法大臣。

要從基礎上鞏固動搖的寶座，
必須更換土壤，更換溫室和隔間[3]。

不然就是當他們覺得「元老院的雅各賓氣味太濃」，就排列起元老名單，巧妙地將名字連成語句[4]。整個排列過程讓他們感到樂趣無窮。

在那種場所，不知懷著什麼鬼胎，他們滑稽地模仿革命的事物，從反方向激發同樣的憤怒。他們將〈一切都會好〉改唱變成自己的小調：

啊！一切都會好啊！一切都會好！
波拿巴分子[5]路燈柱上高高吊！

歌曲好似斷頭臺，今天砍這個腦袋，明天砍那個腦袋，視同兒戲。這可不是一種變異。

弗阿代斯案件[6]發生在一八一六年，正是那個時期，他們都站在巴斯莘德和若西翁這邊，只因弗阿代斯是「波拿巴分子」。他們稱自由派為「兄弟朋友會」，這是最惡毒的侮辱了。

如同一些教堂的鐘樓，德．T男爵夫人的沙龍也有兩隻雄雞：一隻是吉諾曼先生，另一隻是德．拉莫特．華盧瓦伯爵，當他們談論到那位伯爵時，總帶著幾分敬佩，耳語著：「您知道吧？就是項鏈事件[7]的那個拉莫特呀！」朋黨之間，總是特別寬諒。

補充一點：資產階級選擇交往過於輕率時，就會損及自己的聲譽地位。必須注意交往的人物：近低賤者損聲望，近衣物單薄者耗熱量。而上流社會的世族，則超越這條規律和其他一切規律。龐巴度夫人的兄弟馬里尼，是蘇比茲親王府的常客。德．馬里尼侯爵與元老院元老蘇比茲親王（一七一五—一七八七）過從甚密。不管身分？不管，自有原因。伏貝尼埃夫人的教父杜巴里[8]，在黎塞留元帥府上極受歡迎。那個社會，就像是奧林匹亞神山。墨丘利[9]和蓋梅內親王在那裡如在家中。只要是個神，就算他是個竊賊也會被接納。

德．拉莫特伯爵，到了一八一五年時，已是個七十五歲的老人，令人印象深刻的是那副沉默寡言又好訓人的樣子、那張稜角分明的生冷臉孔、那種彬彬有禮的舉止、那件一直扣到領結的禮服，以及總是蹺著的二郎腿。他穿著錫耶納⑩焦土色的寬鬆長褲，一如他的臉色。

拉莫特先生因其「名氣」的緣故被算是這個沙龍圈子裡的人，而且，說來奇怪，卻又千真萬確，這也是由於他的姓氏華盧瓦⑪。

至於吉諾曼先生，他所受到的尊敬完全貨真價實。他有著他的權威，就因為他起得了權威作用，不管表現多麼輕浮，他還是有一種包含著威嚴、高雅而正直的派頭，但這又毫不妨礙他的享受快樂。當然，他的高齡也起了幾分作用，人活了一個世紀，不會沒有烙印。悠悠歲月最終會將一個人的頭罩上可敬的光環。

此外，他一開口說話，馬上會擦出令人欣喜的火花，一如古代堅硬的石塊相碰。例如，普魯士王幫助路易十八復辟之後，又假冒德．呂潘伯爵前來拜訪，路易十四的這名後裔接待他的方式，有點像對待勃蘭登堡侯爵，態度頗為傲慢，又讓人挑不出一點毛病。吉諾曼先生讚賞這種態

③．「更換土壤，更換溫室和間隔」，原文諧音意為：更換德索勒、德塞爾和德卡茲。

④．例如連成這樣一句話：達馬斯、沙白朗、古維雍．聖西爾這三人都是元老院元老。元老院有兩個叫達馬斯的，都曾流亡國外，而古維雍．聖西爾曾是帝國軍人。三個名字連句的意思為：「達馬斯殺掉古維雍．聖西爾。」這是典型極端保王黨人的文字遊戲。

⑤．〈一切都會好〉是法國一七八九年革命時期的革命歌曲，這裡將「達官顯貴」改為「波拿巴分子」。

⑥．弗阿代斯：帝國時期的司法官，因債務被若西翁等人殺害，這個案件在社會上引起極大回響。

⑦．項鏈事件：羅昂紅衣主教想討好王后，在拉莫特．華盧瓦伯爵夫人的慫恿下買了鑽石項鏈，交給伯爵夫人的情夫，冒充王后侍衛官的軍官。事敗後，路易十六將此案交由巴黎高等法院公開審理。結果伯爵夫人被判杖刑和打烙印，關進監獄。王宮奢侈的行徑也引起公憤。

⑧．伏貝尼埃夫人即杜巴里伯爵夫人，路易十五的情婦。她的教父若望．杜巴里也是她的大伯，他和黎塞留元帥共同斡旋，使她成為國王的情婦。

⑨．墨丘利：羅馬神話中的商業神，即希臘神話中的赫耳墨斯，主管商業等，乃至主管盜竊之神。故說神山也能接納竊賊。

⑩．義大利地名。

⑪．華盧瓦：法國卡佩家族的一支，從一三二八年至一五八九年統治法國。

度，他說：「除了法蘭西國王以外，其他所有的王都只能算地方的領導者而已。」還有一天，有人在他面前這樣一問一答：「《法蘭西郵報》的那名編輯，會被判什麼樣的刑罰呢？」「停職（A etre suspendu）。」「sus 是多餘的[12]。」吉諾曼先生指出。這類話就能給人贏得地位。

在慶祝波旁王室復國的週年大彌撒上，他看見塔列朗先生走過，就說「大壞蛋駕到」。

通常陪同吉諾曼先生出門的有兩個人：一個是他女兒，當時，那個瘦高的小姐才年過四十，卻像五十歲的人了；另一個是七歲的小男孩，生得白淨漂亮，臉蛋粉紅鮮豔，一雙眼睛又喜樂、又親近人，小男孩一走進客廳，就聽見周圍的人紛紛議論：「這孩子真俊！多可惜呀！可憐的孩子！這孩子就是我們剛才提到的呀。」他們稱他「可憐的孩子」，只因為他父親是「盧瓦爾河的匪徒[13]」。

那個盧瓦爾河強盜是吉諾曼先生的女婿，前面有提到過，也就是吉諾曼先生所說的「家醜」。

二．當年有一個紅鬼

Un des spectres rouges de ce temps-là

那個時期，有人若是經過小城維爾農，在美麗壯觀的石橋上遊覽——但願不久，那石橋就要被一座醜惡不堪的鐵索橋取代了——在橋上憑欄俯瞰，就會看見一個五十歲左右的男子。他頭戴皮革鴨舌帽，身穿灰色粗呢布外衣和長褲。衣襟上縫著原本是紅綢帶的黃色東西，腳穿木底鞋，皮膚曬成深褐色，臉色幾乎黎黑，但頭髮幾乎全白了，一道寬寬的刀疤從額頭延至臉頰，整個人彎腰駝背，未老先衰。他拿著一把鋤或一把剪枝刀，整天徘徊在小庭園裡。那類小庭園靠近塞納河左岸橋頭，全是由圍牆隔開的土台，像鏈子似地排開，栽植花木，十分悅目。那些庭園再大一點就可以叫花園，若小一點就可以叫花壇。那類庭園全都一側通河邊，一側通房舍。上面提到的那個穿外套和木鞋的人，在一八一七年前後，就住在這種最狹窄的一座庭園，最簡陋的一所房屋裡。他過著孤苦無依、沒沒無言的生活，被一個不老不少、不美不醜、不是農婦也不是市民的女人侍候。他把那一方園地叫做花園，因為他栽植的花卉特別鮮豔所以在小城裡很有名氣。養花是他的生計。

他勤於侍弄，堅持不懈，又特別細心，及時澆灌，終於繼造物主之後，創造出似乎被大自然遺忘的幾種鬱金香和大理花。他心靈手巧，在蘇朗日．博丹[14]之前，就已合成綠肥小土堆，用來培植美洲和中國希有珍貴的木本花卉。夏季天剛亮時，他就在庭園小徑上忙著插苗、修枝、除草、澆水，在花間走動，那副樣子又和善、又憂傷、又溫柔，有時沉入沉思，一連幾個小時窩著不動，傾聽樹上一隻鳥兒鳴叫，傾聽別戶人家一個孩子的咿呀學語，或者凝視草莖尖上被陽光化為寶石的露珠。他每天粗茶淡飯，多喝牛奶、少喝酒，一個小孩子能讓他順從，女傭也常申斥他。他非常膽怯，極少出門好像怕見到人，只見見來敲他家窗戶的窮人和堂區神父，一個和善的老人。不過，本城居民或者外地人，無論是誰，若是想觀賞他的鬱金香和玫瑰，只要前來敲他小房的門，他就開門笑著迎接客人。他就是那個盧瓦爾河匪徒。

在同一時期，若是有人看了軍事回憶錄、各種傳記、《導報》，以及大軍戰報，就可能注意到喬治．彭邁西的名字經常出現而留下深刻印象。這個喬治．彭邁西少年時就從軍，在聖東日團當兵。當革命爆發後，聖東日團編入萊茵軍團。君主制廢除之後許久，舊軍隊還保持各省的命名，直到一七九四年才統一改為旅建制。彭邁西先後在斯皮爾、沃爾姆斯、諾伊斯塔特、蒂克海姆、阿爾蔡、美因茨[15]等地打過仗。在美因茨一役中，他參加了烏沙爾率領的二百人斷後部隊。他們

⑫．Suspendu 去掉 sus，就變成處以「絞刑」的意思。
⑬．一八一五年巴黎淪陷之後，達烏部隊撤到盧瓦爾河彼岸，有半數因不肯歸順波旁王朝而逃散。因此，激進保王黨人稱他們是「盧瓦爾河的匪徒」。
⑭．蘇朗日．博丹（一七七四—一八四六）：法國一個園藝學派的創始人。
⑮．德國地名。

十二人小分隊在安德納赫[16]的古城牆裡面，阻擊赫斯親王所率領的大軍，直到敵軍炮火從牆墩到護牆斜面打破了缺口，他們才撤離，回歸大部隊。他在克萊伯麾下時到過馬謝訥城[17]，在帕利塞爾山的戰鬥中，被火炮打傷一條胳膊。後來，他又調到義大利邊境，和茹貝爾一起，共三十名精壯軍人，守衛坦德山口，戰功卓著，茹貝爾升為准將，彭邁西則升為少尉。在洛迪激戰那天，彭邁西不離貝爾蒂埃左右，冒著炮火東奔西突。拿破崙見到那情景，說道：「貝爾蒂埃當過炮兵、騎兵和榴彈兵。」在諾維，他眼看著他的老長官茹貝爾將軍舉起戰刀，高呼「前進！」的時候倒下去。為了戰事軍需，他率連隊乘快帆船，從熱那亞出發，不知要去哪個小港口，途中逢險，遭遇七八艘英國帆船。熱那亞船長主張將火炮拋進海裡，士兵躲進中艙，扮成商船悄悄混過去。然而，彭邁西卻將三色旗高高升到桅杆上，驕傲地衝過英國艦隊的炮火。行駛二十來海里，他更顯膽大，以他的快帆船攻擊並俘獲英國一艘大型運輸艦。那艘英艦往西西里島運送部隊，裝滿了兵員馬匹，一直擁到艙口圍板。一八〇五年，他隸屬馬勒師，從斐迪南大公手中奪取了金茨堡。在韋廷根[18]，他冒著槍林彈雨，雙手抱住受了致命傷的第九龍騎兵隊隊長莫普蒂上校。在奧斯特里茲戰役中，他立下戰功，參加了迎著敵軍炮火英勇進攻的梯隊。俄皇禁衛軍騎兵隊踐踏第四步兵團的一個營時，彭邁西參加反擊，重創了敵軍騎兵隊。皇上授予他十字勳章。彭邁西先後在曼托瓦[19]俘獲沃爾姆塞，在亞歷山卓[20]擄獲梅拉斯，在烏爾米[21]俘獲馬克。他還參加了莫爾蒂埃指揮的第八軍團，攻佔了漢堡。後來，他調入原佛蘭德團的第五十五團。埃伊洛[22]之役，他在墓地作戰，當時，本書作者的叔父路易．雨果上尉，率領八十三人孤軍死守兩小時，阻擊敵軍大部隊的猛攻。守墓地的法軍僅存活三人，彭邁西即是其中一個。他轉戰弗里德蘭，看見莫斯科，又到別列津諾、呂岑、包岑、德累斯頓、瓦豪、萊比錫[23]，繼而穿越蓋爾恩豪森隘道；繼而又轉戰蒙米賴、蒂耶里堡、克拉翁、馬爾納河畔、埃納河畔，以及拉昂[24]這些可怕的陣地。在阿爾奈勒迪克，他是上尉，揮戰刀砍翻了十名哥薩克騎兵，為的不是營救他的將軍，而是他的下士。在這場戰鬥中，他遍體鱗傷，動手術時僅從左臂就取出二十七塊碎骨。巴黎投降的前一週，他跟一個戰友對調，參加了騎兵。他像舊朝代所說的有「兩手」，也就是說，當兵既會用刀，也能使槍，當官既能指揮騎兵隊，也能指揮步兵營。某些特殊兵種，例如龍騎兵，就有這種才能，並透過軍事教育得到提高，既是騎兵也是步兵。他隨拿破崙去了厄爾巴島。在滑鐵盧戰役中，他是杜布瓦旅的鐵甲騎兵隊長，正是他奪取了月亮堡營的軍旗。他將那面軍旗擲到皇上腳下，渾身是血的站在那，他奪旗時臉頰挨了一刀。君王見了心頭大悅，對著他高聲說：「你是上校，你是男爵，你是榮譽團軍官！」彭邁西回答：「陛下，我代表我的寡妻感謝您。」一小時之後，他掉進奧安的凹路溝裡。現在要問一句：這個喬治．彭邁西是什麼人呢？正是那個盧瓦爾河匪徒。

關於他的經歷，我們已經略知一二，還記得，滑鐵盧戰役之後，彭邁西被人從奧安凹路中救出來，又輾轉回到部隊，從戰地一個急救站轉到另一個急救站，最後到了盧瓦爾河營地。

復辟王朝當局將他編入領半軍餉的人員中，繼而遣送到居住地維爾農，也就是將他監禁起來。百日政變期間的政令決定，國王路易十八認為一概無效，因此既不承認彭邁西的榮譽團軍官稱號，也不承認他的上校軍銜和男爵爵位。然而他卻毫不退讓，總簽署「上校男爵彭邁西」。他只有一套藍色舊軍服，上街總佩帶玫瑰花形榮譽團勳章。當地檢察官派人警告他，再「非法佩帶這枚勳章」，法院就要予以追究。來轉達這個通知的是一個非正式的歷史中間人，彭邁西當下只是苦笑，

⑯．德國地名。
⑰．法國城市。
⑱．瑞士地名。
⑲．義大利城市。
⑳．埃及城市。
㉑．葡萄牙城市。
㉒．俄羅斯的舊地名，今稱巴格拉季奧諾夫斯克。
㉓．除別列津諾屬俄羅斯，其餘均為德國城市。
㉔．以上均為法國地名。

回答說：「我簡直弄不明白，究竟是我聽不懂法語了，還是您不再講法語了，反正我聽不懂您的話。」接著一連八天，他戴著勳章上街溜達。誰也沒敢找他麻煩。國防部和省軍區司令給他寫來兩三封信，他一見信封上寫著「彭邁西少校先生收」，就原封不動地退回去。與此同時，拿破崙在聖赫勒拿島，也以同樣方式對待赫德森．洛[25]爵士寫給「波拿巴將軍」的信件。恕我們直言，到頭來，彭邁西嘴裡的唾液跟皇上的一樣。

同樣的，從前羅馬有一些迦太基士兵俘虜，他們還有點漢尼拔的靈魂，不肯向弗拉米尼努斯[26]致敬。

有天早晨，彭邁西在維爾農街上碰見檢察官，就走過去對他說：「檢察官先生，我臉上帶著這條刀疤是被允許的嗎？」

彭邁西一無所有，僅靠微薄的騎兵隊長半分軍餉過日子。他在維爾農租了所能找到最小的房子，獨自生活，我們看到了他過的是什麼日子。在帝國時期，他抓住戰爭的間歇，與吉諾曼小姐結了婚。那位老紳士心中憤恨不已，又不得不同意，哀聲歎氣說道：「就算是高門望族，碰到愛情這種事也只好認了。」彭邁西太太是個教養出眾、極為難得的女人，各方面都很出色的她與丈夫十分匹配，可惜一八一五年就去世了，只留下一個孩子。那孩子本來可以成為上校孤寂中的欣慰，可是老外公硬要討去，揚言若不交到他手裡，他就取消外孫的財產繼承權。父親為了孩子的利益只好讓步，因此他失去孩子後就移情愛於花木。

再說，他什麼都放棄了，既不想參與活動，也不想密謀，現在整個心思就分攤到做簡單的花木之事和從前做過偉大的事蹟上，時間也花在盼望一株新香石竹或回憶奧斯特里茲戰役。

吉諾曼先生與他女婿毫無來往。在他看來，上校是「匪徒」，而在上校眼裡，他則是個「老傻瓜」。吉諾曼先生絕口不提他的女婿，只是偶爾影射嘲笑兩句「他那男爵爵位」。雙方明確約定：彭邁西永遠不得企圖探望兒子，不得跟兒子說話，否則就取消孩子的財產繼承權，趕回他父親家去。吉諾曼一家人把彭邁西看成瘟疫患者，他們要按自己的意願教育孩子。也許上校錯了，不該接受這種條件，但是他容忍了，以為這樣做得對，只犧牲他個人。吉諾曼老頭的財產微不足道，而吉諾曼大小姐卻能留下大宗遺產。那位沒有出嫁的姨媽很有錢，是從母親的本家繼承來的，她的繼承人自然是她妹妹的孩子。

那孩子叫馬呂斯，知道自己有個父親，此外一無所知，誰也不在他面前提到這件事。然而，在外公帶他去的場所，總是遭受別人的竊竊私議、半吞半吐的話語、相互交換的眼神，久而久之，那含義在孩子的頭腦裡漸漸清晰，終於使他多少明白一點。而且，這樣的思想和見解對孩子產生了潛移默化的作用，他自然而然接受了這樣的生活環境，以至於他一想到父親，就不免又羞愧、又傷心。

在他這樣成長的過程中，每隔兩三個月，上校總要偷偷溜到巴黎，好似違反規定的累犯，趁吉諾曼姨媽帶馬呂斯去做彌撒的時間，守候在聖緒爾皮斯教堂裡，躲在柱子後面不敢喘大氣，戰戰兢兢，害怕那姨媽回頭發現。這個臉上掛刀疤的男子漢，還真怕那個老姑娘。

也正是這個緣故，他結交了維爾農的堂區神父馬伯夫先生。

那位可敬神父的兄弟，是聖緒爾皮斯教堂的財產管理員。那管理員多次看見那男子凝望那孩子，注意到他臉上有刀傷，眼裡噙著大滴淚水，覺得他外表像個硬漢子，流淚時又像個女人，心下十分詫異，那張臉孔也就印在他腦海裡。有一天，他到維爾農探望兄弟，在橋上遇見彭邁西上校，認出正是在聖緒爾皮斯教堂見到的人。管理員對堂區神父講了此事，二人便找了個藉口去拜訪上校，於是彼此開始往來。起初，上校還不肯透露，到後來才全盤托出，堂區神父和財產管理員才終於瞭解整個這件事，明白彭邁西為了孩子的未來如何犧牲個人幸福。從那以後，堂區神父對他特別敬重、特別熱情，上校也特別喜歡堂區神父。況且，一位老神父和一名老戰士，碰巧二人都很誠懇善良，那彼此就最容易溝通，最容易契合了。在骨子裡，都是同一種人，一個獻身於

㉕·赫德森·洛（一七六九—一八四四）：英國將軍，看守拿破崙的典獄長。

㉖·弗拉米尼努斯：羅馬將軍，死於西元前一七五年，西元前一九七年任執政官。在第二次迦太基戰爭中，最後打敗迦太基將軍漢尼拔。

現世的祖國，一個獻身於上天的祖國，此外沒有別的差異。

每年兩次，逢元旦和聖喬治節[27]，馬呂斯才寫信給父親，那是充滿禮貌的信，由姨媽口授，很像是抄來的。吉諾曼先生只容忍這一點，而孩子的父親的回信卻充滿感情，可是老外公收到後連看也不看，就塞進衣服口袋裡了。

三・願他們安息 Requiescant

馬呂斯・彭邁西透過德・T夫人的沙龍認識了全世界，那是他窺視人生的惟一窗口。那個窗口很昏暗，而那天窗給他送來的寒氣卻多於溫暖，夜色卻多於陽光。這孩子剛進入這個奇怪的社會圈子時，還完全是快樂和光明，然而時過不久，他的神情就變得憂傷了，尤其與他年齡不相稱的是，他的神態也變得嚴肅了。周圍的人都那麼威嚴而奇特，他觀看四周，目光裡流露出極大的驚詫。一切合起來，加重了他內心這種驚愕。德・T夫人的沙龍裡，有幾位非常可敬的老貴婦，名叫馬德安、挪亞、改呼利未的利未斯、改稱康比茲[28]的康比斯。那一張張古老的臉孔、那一個個《聖經》上的名字，全都在孩子的頭腦裡，與他背誦的《舊約》攪在一起。她們圍著奄奄欲熄的爐火，坐在綠紗罩微弱的燈光下，那肅穆的身影朦朦朧朧，頭髮花白或全白，身穿的舊時代長裙只能分辨出慘澹的顏色，偶爾打破沉默，講一兩句又莊嚴、又刻薄的話，而小馬呂斯眼神惶恐地注視她們，真以為見到的不是婦人，而是古人先賢，不是真人而是幽靈。

這些幽靈中還混著幾位教士和貴族，都是這古老沙龍的常客。其中有德・貝里夫人[29]的戒律祕書德・薩斯奈侯爵；用筆名查理・安東尼發表單韻頌歌的德・瓦洛里子爵；相當年輕而頭髮已花白的博夫爾蒙王爺，帶著一個身穿金絲條紋、低領口朱紅、天鵝絨衣裙，令那些黑影驚慌失措的漂亮聰明女子；還有法蘭西最懂「禮節分寸」的德・柯里奧利・德斯皮努斯侯爵；一個慈眉善目的老先生德．阿芒德爾伯爵；以及德．波爾．德．居伊騎士，人稱羅浮宮圖書館裡御書房的中流砥柱。德．波爾．德．居伊先生禿了頂，年事不高，人卻看起來很老，他講述一七九三年他十六歲時，因違抗命令被關進苦勞牢房，與米爾普瓦主教，一個八十歲老頭關在一起；那主教也是個抗命者，不過，他的罪名是逃避兵役，而那主教則是在法國革命時期，拒絕宣誓神職人員必須宣誓並遵守的新憲法。當時關在土倫，他們的任務是夜晚時到斷頭臺上，去將白天處決的犯人頭顱和屍體收起來，背著血淋淋的軀幹。血塊凝結在苦勞犯的紅帽子後面，早晨乾了，晚上又濕了。德．T夫人沙龍裡講述的這類慘事不勝枚舉，而且拚命咒罵馬拉，還居然讚揚起特雷斯塔永㉚來。沙龍裡還有幾個活寶，打惠斯特牌的議員：蒂博爾．杜夏拉爾先生、勒馬尚．德．戈米庫爾先生，以及右派中以嘲笑他人著稱的柯爾奈．丹庫爾先生。德．費雷特大法官穿著超短褲，露出兩條瘦腿，他去塔列朗先生府上的途中，有時也到這沙龍走走。他是德．阿爾圖瓦伯爵㉚尋歡作樂的朋友，但不像亞里斯多德那樣對著康帕絲佩卑躬屈膝，而反讓吉瑪爾五體投地，從而向世世代代表明，一名大法官為一個哲學家雪了恥。

至於教士，有阿爾馬神父，他編《雷霆》的合作者拉羅茲先生這句話，就是對他講的：「哼！誰沒有五十歲？也許除了幾個嘴上沒毛的人吧！」還有國王的講道師勒圖爾奈神父，以及弗雷西努斯神父，當時他既不是伯爵，也不是主教；既不是大臣，也不是元老，身穿一件缺了鈕扣的舊道袍；另一位克拉夫南神父，是聖日爾曼草場區堂區神父；教皇使臣，當時叫馬齊大人的尼西比斯大主教，後來當上紅衣主教，最引人注目的是他的長鼻子，讓人感覺到他常常陷入沉思。另外還有一位大人：帕

㉗．聖喬治節為四月二十三日，相傳聖喬治為古代基督教的殉教者，原職是軍人。因彭邁西是軍人，所以特別重視這個節日。
㉘．康比茲等全是歷史或《聖經》中的人物。
㉙．德．貝里夫人：路易十八的侄媳。
㉚．特雷斯塔永：雅克．杜蓬的綽號，在尼姆城施行白色恐怖的主謀之一。

爾米里院長，教廷內侍，聖廷中七名祕書之一，利比理亞大教堂司鐸，聖徒的辯護士，這就與封聖有關，相當於天堂的審查官了。評聖徒時，先審查其著作和德行，然後由上帝的律師和魔鬼的律師爭論，教皇最後裁決是否封為聖徒。最後，還有兩位紅衣主教：德・拉呂澤爾納先生和德・克萊蒙・托奈爾先生。德・拉呂澤爾納紅衣主教先生是位作家，幾年之後，他有了名望，能在《保守派》上與夏多布里盎並列發表文章了。德・克萊蒙・托奈爾紅衣主教先生是圖盧茲大主教，時常到巴黎來休假，住在當過海軍和陸軍大臣的侄兒德・托奈爾侯爵的家中。他是個快活的小老頭兒，常常摟起道袍，露出紅色長襪，最痛恨百科全書，專門愛打撞球。當年夏天晚上，有人經過德・克萊蒙・托奈爾府所在的夫人街，只要站著就能傾聽到撞球相擊的聲響以及紅衣主教那尖嗓門，只聽見他對卡里斯特榮譽主教，教皇選舉人的隨員柯特雷大人高喊：「記分，神父，我連擊兩球！」德・克萊蒙・托奈爾紅衣主教是由德・羅克洛爾先生帶到德・T夫人府上的，那是他最親密的朋友，當過桑利斯的主教，是四十位學士院院士中的一個。德・羅克洛爾先生值得注意的是他身材高大，很勤快的出席學士院。圖書館隔壁大廳是學士院舉行會議的地方，每逢星期四，好奇的人就可以隔著大廳的玻璃門，觀看桑利斯的前任主教，只見他像往常那樣，假髮新撲了粉，穿著紫長襪，背對著門站立，顯然是讓人更清楚看到他那小打褶頸圈。所有這些教士，盡管大多數既是朝臣又任教職，卻都給德・T夫人沙龍增添了嚴肅的氣氛，而五位法蘭西元老院元老，德・維伯雷侯爵、德・塔拉呂侯爵、德・埃布維爾侯爵、當伯雷子爵和德・瓦朗蒂努瓦公爵，又加強了顯貴的氣派。那位瓦朗蒂努瓦公爵，雖說是摩納哥王公，即外國君主，卻把法蘭西和元老稱號看得特別重要，並從這兩個身分的角度觀察一切事物。他常說：「紅衣主教是羅馬的法蘭西元老，勳爵是英格蘭的法蘭西元老。」不過這應該要解讀成，在本世紀中，革命無處不在，這座封建的沙龍，也正如我們講過的，是由一個資本主義者控制的。吉諾曼先生在這之中有主導作用。

那是巴黎白色社會精英薈萃的地方。有名氣的人，哪怕是保王黨，在那裡也會受到孤立。夏多布里盎走進那裡，也會給人「傻大爺」的印象。不過，幾個歸順分子[32]卻得到特殊待遇，躋身那個正統的社會圈子。伯紐[33]伯爵在那裡就是備受禮遇的。

如今的「貴族」沙龍，已非當年那種沙龍了。聖日爾曼城郊區，現在就有柴薪的氣味，眼下的保王黨，說得好聽一點，不過是譁眾取寵。

在德．T夫人的家中，賓客顯貴，趣味高雅脫俗，又特別彬彬有禮。他們的行為習慣，不自覺體現出雅人深致，不愧是已然埋葬的舊朝之風華再現。有些習慣，尤其所講的語言，聽起來很怪。有的人只知其一，不知其二，把僅僅是陳舊的東西當成外省俗話。將一位女士稱做「將軍夫人」、「上校夫人」並沒有完全棄絕不用。可愛的德．萊翁夫人就喜歡這種稱呼，而不用她的公主頭銜，無疑是念念不忘德．龍格維爾和德．舍夫勒茲[34]二位公爵夫人。同樣的，德．克雷齊侯爵夫人也讓人叫她「上校夫人」。

正是這個上流社會小圈子，為土伊勒里宮發明了考究的字眼，在私下與國王交談時，總以第三人稱方式表達「國王他」，絕不說「陛下您」，認為「陛下您」的稱呼已「被篡位者玷污」了。

他們在那裡品評時事和人物，嘲笑這個時代，這就不需太深入理解。他們爭相大驚小怪，彼此交流所有的知識。馬圖絜萊姆[35]向埃庇米尼得斯[36]傳授；聾子向瞎子通報。他們聲稱科布倫茨[37]之後的時間毫無意義。路易十八奉天承運，在位時間長達二十五個年頭[38]，同樣的，流亡者正

㉛．德．阿爾圖瓦伯爵：路易十八的兄弟，繼位後稱查理十世。

㉜．指拿破崙的擁護者歸順復辟的波旁王朝。

㉝．伯紐（一七六一—一八三五）：在帝國時期任高級官員，是著名的「歸順者」。

㉞．德．龍格維爾公爵夫人（一六一九—一六七九）、德．舍夫勒茲公爵夫人（一六〇〇—一六七九），都積極參加投石黨人運動，即權貴反對權傾朝野的宰相馬紮然的鬥爭。

㉟．馬圖絜萊姆：意為老壽星，《舊約》中的猶太族，據傳活了九百六十九歲。

㊱．埃庇米尼得斯：西元前八世紀時希臘克里特的哲學家，據傳他在山洞裡睡了五十七年。

㊲．當時的普魯士城市，現在的德國城市。一七九二年，法國流亡貴族在那裡組織武裝力量企圖反對革命。

㊳．路易十七於一七九五年死於獄中。路易十八雖然到一八一四年才復辟，但他繼承王位時間卻從路易十七死的日子算起，但算到一八一七年也只有二十二年。

當二十五歲的少壯時期，也是理所當然的。

那裡一切都很和諧，什麼也不顯得過火，話語頂多像是一陣微風。報紙也與沙龍協調一致，好似一種紙莎草紙刊物。那裡也有年輕人，但都死氣沉沉，前廳裡那些號服十分老氣。那些完全過時的人，由同樣也是過時的僕人侍候，那樣子全都像是早已離世又不肯進墳墓的屍體。保存、保守、守舊，差不多是他們辭典裡全部的辭彙。「要有香味」，這就是問題所在，在那種遺老圈的見解中，的確有香料，而他們表達的思想，則必須散發香根草的氣味。那是一個殭屍的世界，主人全用防腐香料保存軀體，僕人也都被製成了標本。

一位年邁可敬的侯爵夫人，流亡並破產之後，僅有一個女僕，但還是繼續說：「我的僕役們。」

在德．T夫人的沙龍裡，他們做什麼維持生計呢？當極端保王黨。

當極端保王黨，這種說法，盡管其含義也許沒有消失，但如今卻沒有意義了。讓我們來解釋一下。

當極端保王黨，就是要做得過火，就是以王位之名攻擊王權，以神壇之名攻擊教權。就是拉車又不好好行駛，在車輪套裡亂蹦亂跳；就是燒死異端的火勢上挑剔柴堆；就是責怪偶像缺少崇拜；就是太過敬重因而辱罵起來；就是覺得教皇神威不足，國王王威不足，而黑夜又太明亮；就是以白色之名不滿雪花石，不滿白雪，不滿白天鵝和百合花；就是贊同某些事物，又反成仇敵；就是過分擁護以致反對了。

極端思想成為復辟王朝初期很鮮明的特點。

歷史上任何時期都不像這個時刻。從一八一四年開始，約莫到一八二〇年右派實幹家德．維萊勒先生上臺為止，那六年是個非常時期，既沸反盈天，又死氣沉沉，既歡天喜地，又愁眉苦臉，既像晨曦照耀那樣明朗，又覆蓋著仍然充塞天際的烏雲，並有著似乎漸漸沒人能度過大災大難的悲哀氣息。在那光亮和黑影中，有那麼一小圈子人，他們既新又老，既滑稽又悲傷，既年壯又衰朽，揉著惺忪的眼睛，再也沒有像還鄉時這樣如夢初醒；一小撮人氣呼呼地瞧著法蘭西，法蘭西則投以譏笑的目光；滿大街都是可笑的老貓頭鷹侯爵，還鄉的人和被迫還魂的鬼，那些舊貴族，見到什麼都大驚小怪，勇敢而高貴的紳士，回到法蘭西又是笑又是哭泣，因為重新見到祖國而歡欣鼓舞，又因再也見不到他們的王朝而悲痛欲絕；十字軍時代的貴族笑罵帝國時期的軍人貴族；歷史悠久的世族喪失了歷史概念；查理大帝戰友的子孫蔑視拿破崙的戰友。正如我們講的，雙方的劍相互辱罵，封特努瓦的劍未免可笑，完全成了一塊鏽鐵；馬倫哥的劍也很可惡，不過是一把戰刀。往昔無視昨天，大家喪失了什麼是偉大的觀念，什麼是可笑的觀念。有個人曾把波拿巴稱為司卡班[39]，那個世界不存在了。再重複一遍，到如今什麼也沒有留下來。我們若是隨意挑出一個人物，試圖讓他在我們頭腦中復活，就會覺得奇怪，彷彿那是大洪水之前的世界。的確，那個世界也被大洪水吞沒了，消失在兩次革命之中。思潮是多大的洪流啊！它負有使命般以何等迅速覆蓋、摧毀並埋葬所有的一切，又何等快捷地沖出驚人的深度！

這就是那久遠而天真的沙龍真實面貌，在那裡，馬爾坦維爾[40]先生遠比伏爾泰有才智。

那種沙龍裡有自己一套文學和政治。那裡推崇菲耶維[41]，阿吉埃[42]先生也為人們所景仰。那裡評論柯爾奈[43]先生，馬拉凱河濱路的舊書商和政論家。那裡把拿破崙完全視為科西嘉的吃人魔怪。後來，將德．波拿巴侯爵先生以王國軍隊少將的稱謂寫進歷史，那還是向時代精神作出的讓步之舉。

那種沙龍的純潔沒有保持多久。到了一八一八年，有幾個復辟時期的空論家，以基佐、庫辛

㊴．司卡班：莫里哀的劇作《司卡班的詭計》中的主人公，是個善用計謀的僕人。
㊵．馬爾坦維爾（一七七六—一八三〇）：《白旗報》創辦人，極端保王黨的狂熱鼓吹者。
㊶．菲耶維：法國平庸的小說家，狂熱的極端保王黨。
㊷．阿吉埃：在政治活動中，起初為保王黨，但從一八二四年起，在議會中成為中間派首領。
㊸．柯爾奈：《法蘭西報》的主編。

等為代表的一些思想家，試圖從理論上建立第三黨，在保王黨和自由派之間開始亮相，那是令人不安的苗頭。那些人的作風，既為激進的保王黨，又常感到歉疚。在極端派神氣十足的地方，這些空論家有點慚愧。他們有頭腦，也能懂得保持沉默，他們的政治信條適當地附了一層自負的色彩，覺得他們一定能夠成功。他們的領帶特別潔白，衣冠特別整齊，而且，這種儀容相當有用。空論派的過錯或不幸，就在於要創造老青年。他們擺出智者的姿態，夢想將一種溫和政權嫁接到過激的絕對原則上，有時還表現出少見的機智，以保守型的自由主義反對破壞型的自由主義。時常聽見他們這樣講：「饒了保王主義吧！保王主義還是有不少功勞的。它帶回來傳統、崇拜、宗教、尊敬。它體現了忠實、勇敢、騎士精神、多情和忠誠。它盡管遺憾，還是把君主制數百年的榮譽，攙進民族此刻新的榮譽中。它錯在不理解革命、帝國、光榮、自由、年輕的思想、年輕世代和這個世紀。然而，它錯待我們，就如同我們不也錯待了它嗎？我們是革命事業的繼承者，而革命應當理解一切。抨擊保王主義，就是與自由主義背道而馳。大錯而特錯！簡直糊塗透頂！革命的法蘭西不尊敬歷史的法蘭西，也就是說不尊敬自己的母親，不尊敬自身。九月五日之後，如何對待君主時期的貴族，七月八日[44]之後，就如何對待帝國時期的貴族。他們曾經對雄鷹不公平，我們對百合花也不夠公正。人們總要廢除點什麼！除掉路易十四王冠上鍍金的那一層，摳掉亨利四世徽章的光彩，這類舉動有什麼益處呢？我們嘲笑德．伏布朗先生抹掉耶拿橋的N字母[45]！他那算什麼行為呢？但我們也正是那樣呀。布維訥[46]屬於我們，馬倫哥也屬於我們。百合花與字母N一樣，都屬於我們，都是我們的遺產。為什麼要貶低呢？無論過去的祖國還是現在的祖國，都不應當否認。為什麼不接受全部歷史呢？為什麼不愛整個法蘭西呢？」

空論派就是這樣既保護且又批評保王主義，而保王主義者既因受批評而不滿，又因受保護而惱羞成怒。

極端派是保王主義第一階段的標誌，聖會[47]則構成第二階段的特點。靈活代替狂暴。簡要的描述就到此為止。

本書作者在敘述過程中，遇到現代歷史的這一奇特時期，不免順便瞥上一眼，同時勾畫幾筆，在如今已感陌生的社會怪樣。不過，他匆匆走筆，毫無挖苦或嘲笑之意，這些記憶關係著他母親，因此充滿感情和尊敬，並把他與這段過去緊緊聯繫起來。況且，未嘗不可說，任何小小社會，也自有它偉大之處。提起來笑一笑倒是可以，但是既不能蔑視，也不能仇視它。那是從前的法蘭西。

馬呂斯．彭邁西跟所有兒童一樣，怎麼樣都必須學習點什麼。他脫離吉諾曼姑媽的教養後，又由外公託付給一個最道地的老學究。這顆剛剛啟蒙的童心從一個虔婆轉到一個學究手中。馬呂斯念完中學，又進了法學院。他成了保王黨，既狂熱又冷峻。他不大喜歡外公，討厭他那快活神氣和厚顏無恥，想到父親心情則又憂鬱悵惘。

不過，這個小夥子內心熱情而表面冷淡，品格高尚而慷慨，又自豪、又虔誠，有一股激情。嚴肅到了冷酷無情的程度，又純潔到了未開化的狀態。

四．匪徒的下場
Fin du brigand

馬呂斯讀完中學古典學科，恰巧是吉諾曼先生退出社交界的時候。老人告別了聖日爾曼城郊區，告別了德．T夫人的沙龍，遷往瑪黑區受難會修女街，住進自己的房子裡。他的傭人除了門房之外，還有接替馬儂的清掃女工妮珂萊特，以及前面提過患氣喘病的巴斯克人。

㊹．一八一五年七月八日，路易十八第二次返回巴黎，無雙議院實行白色恐怖政策，迫害波拿巴分子。一八一六年九月五日解散無雙議院。

㊺．N是拿破崙（Napoleon）的第一個字母。

㊻．布維訥：一二一四年七月二七日，法國國王奧古斯特在法國北部布維訥城，打敗日爾曼皇帝奧托四世。歷史學家認為這次戰役是法蘭西民族的第一次勝利。

㊼．聖會：復辟時期創建的宗教團體，參加者是一些統治階層的人，一八三〇年解散。

到了一八二七年，馬呂斯剛滿十七歲。有天傍晚他回到家，看見外公手裡拿著一封信。

「馬呂斯，」吉諾曼先生說，「明天，你去維爾農走一趟。」

「什麼？」馬呂斯問道。

「去看看你父親。」

馬呂斯驚抖了一下，有一天他要去看父親這件事情是他從沒想過的。對他而言，沒有比這更突然、更意外，甚至可說是更厭惡的事情了。這是被迫去接近一個疏離感。這不是一件苦惱的事，不是的，而是一件苦差事。

除了政治上對立的因素之外，馬呂斯還確信，他父親，正如吉諾曼先生在心平氣和時所稱呼的，那個粗人，並不喜愛他，這是顯而易見的，否則就不會這麼拋棄他，丟給別人不管了。既然感到別人根本不愛他，他也絕不愛別人。這道理再簡單不過了，他心裡這樣想。

驚詫之餘，竟忘了問一問吉諾曼先生。外公倒是又說了一句：「他好像病了，要見見你。」

外公停了一下，又補充說：「明天早上就出發吧。我想，水泉大院有一輛車，每天六點鐘啟程，傍晚到達。你就乘那輛車，他說要趕緊去。」

說罷，他就把信揉成一團，塞進衣服口袋裡。馬呂斯本來當天晚上就可以動身，次日早晨趕到父親身邊。當時，布盧瓦街有一趟驛馬車，夜間駛往盧昂，經過維爾農。但無論吉諾曼先生還是馬呂斯，誰也沒有想要去打聽一下。

次日，馬呂斯在暮色中到達維爾農。住戶都開始點燈了。他逢人打聽「彭邁西先生的住所」。要知道，他在思想上同意復辟時期的行為舉動，並不代表一概承認他父親的男爵和上校頭銜。

他來到人家指點給他的住所，拉了門鈴，一位婦人端著一盞小油燈幫他開門。

「彭邁西先生在嗎？」馬呂斯問道。

那婦人站著不動。

「是這兒吧？」馬呂斯又問道。

那婦人點了點頭。

「我能跟他談談嗎？」

那婦人又搖了搖頭。

「我可是他兒子呀！」馬呂斯又說，「他正等著我呢。」

「他不等您了。」那婦人說道。

馬呂斯這才發現她在流淚。

她指了指一間矮廳的門，讓馬呂斯進去。

一根羊脂燭放在廳裡的壁爐上，照見三個男人：一個站立，一個跪著，另一個身穿襯衣，直挺挺躺在方磚地上。躺在地上的人便是上校。

那二人，一個是大夫，一個是在祈禱的神父。

上校的大腦炎持續發作三天了。剛一發病，他就感到情況不妙，寫了信給吉諾曼先生，要求見見兒子。就在馬呂斯到達維爾農的這天傍晚病情惡化了，上校突然發作，進入妄想狀態，他從床上起來，推開女傭人，嚷道：「我兒子還不來！我就去接他！」接著，他走出房間，摔倒在前廳的方磚地上。前一秒才剛斷氣。

很早就有人去叫大夫和堂區神父。大夫來得太遲了，神父來得太遲了。同樣的，他兒子也來得太遲了。

在昏暗的燭光中，只見上校躺在地上，臉色慘白，眼裡流出一大滴淚：瞳孔已無神采，淚珠卻還沒有乾。那滴眼淚，是因為兒子遲遲不到。

馬呂斯注視他頭一次、也是最後一次見到的這個人，這張令人欽敬的男子漢臉孔，這雙睜著而不視人的眼睛，這一頭白髮，這健壯的肢體，只見肢體上留下刀傷，一道道屬於刀傷的疤痕、槍傷留下一顆顆痊癒後的紅星。他端詳著為這張臉孔增添英雄氣概的巨大創傷、上帝幫這張臉孔打上善良的印記，心想這個人就是他父親，這個人死了，而他卻顯得異常冷靜。

他所感到的悲哀，也是面對任何躺著的死者都會產生的悲哀。

然而，這屋裡的人都在哀悼，沉痛地哀悼。女傭人在角落裡抹去眼淚，堂區神父聽得出在抽噎著祈禱，大夫在擦眼睛，死者本身也流淚了。

大夫、堂區神父和那女人，一句話都不吭地在悲痛中看著馬呂斯，在這裡他才是外人。馬呂斯無動於衷，不免感到慚愧，有這種態度實在很尷尬，便讓手中拿的帽子失手掉到地上，以便讓人相信他十分痛苦，連拿帽子的氣力都沒有了。

同時他又感到幾分內疚，蔑視自己這種行為。然而，這是他的過錯嗎？他不愛父親，就是這樣！

上校什麼也沒有留下。變賣家具的錢也勉強僅夠喪葬費。女傭人發現一張破紙，交給了馬呂斯，紙上有上校親筆寫的幾句話：「吾兒：皇上在滑鐵盧戰場上親口封我為男爵。既然復辟政權否認我用鮮血換來的爵銜，吾兒就應當承襲過去。毫無疑問，吾兒是當之無愧的。」

上校在後面還補充幾句：「就在滑鐵盧那場戰役，一名中士救了我的命。那人叫德納第。最近，我曾經聽說，他開了一家小旅館，在巴黎附近一個村莊，謝爾或者蒙菲郿。吾兒若遇見那個德納第，希望你能盡力報答。」

馬呂斯接過紙條，緊緊握在手裡，他倒不是多麼崇敬父親，而是對死者產生一種廣泛的尊重，這種自然的尊重在人心裡總是不可遏制。

上校也沒有留下任何遺物。吉諾曼先生派人把他的佩劍和軍服賣給舊貨商，左鄰右舍將他的園子掠奪一空，竊取了希有花草。其餘花木變成了叢生的雜草荊棘或死去。

馬呂斯只在維爾農逗留了四十八小時。等安葬一結束，他就回到巴黎，繼續修讀法律，並不懷念父親，就好像世上從來沒有他那個人似的。上校兩天就入葬，三天就被人遺忘了。

馬呂斯帽子上多了一條黑紗。僅此而已。

五・去做彌撒就能變成革命派

Utilité d'aller à la messe pour devenir révolutionnaire

馬呂斯保持了童年養成的宗教習慣。有個星期天，他去聖緒爾皮斯做彌撒，那正是他小時候由姨媽帶去做彌撒的聖母堂。那天，他比平常更加心不在焉，神不守舍，隨意跪在一根柱子後面的椅子上。那張烏德勒支絲絨面的椅子靠背上署名：「堂區財產管理員，馬伯夫先生。」彌撒剛剛開始，一位老人走過來，對馬呂斯說：「先生，這是我的席位。」

馬呂斯趕緊讓開，老人這才就座。

彌撒結束後，馬呂斯站在幾步遠的地方，還在想心事。老人又走上前來，對他說：「先生，請您原諒我剛才打擾您，現在又來打擾您。您大概覺得我這人不講情理，我有必要向您解釋一下。」

「先生，不必了。」馬呂斯說道。

「不行！」老人又說道，「我不願意給您留下壞印象。您看到了，我特別看重那個座位，覺得在那個位置上做彌撒好得多。為什麼呢？讓我來告訴您。一連好幾年，每隔兩三個月，我總看見一個可憐的好父親來到這裡，就坐在那個位置上探望他的孩子。除此以外，他沒有別的機會和辦法，因為家裡達成協定，不准他接近自己的孩子。為了掌握什麼時機有人帶他兒子來做彌撒，他總是及時趕來。那孩子並不知道他父親來了，天真的孩子，也許他都不清楚自己還有個父親！那父親怕被人瞧見，就躲在這根柱子後面，一邊看著他孩子一邊流淚。那可憐的人，他多麼喜愛那孩子呀！我見到了那情景，因此在我的心目中，這裡變得神聖了，我來這裡做彌撒已經變成習慣。我是堂區財產管理員，有權坐功德凳，但我更喜歡這裡，我還多少瞭解一點那位不幸的先生。他有個岳父，有個富有的大姨子，其他還有幾個親戚這我就不大清楚了，他們威脅不准他這個做父親的看兒子，否則就取消孩子的財產繼承權。他犧牲了個人，好讓兒子有朝一日又有錢、又幸福，他是因為政治見解而拆散那對父子的。當然，我同意政治見解多少會有不同，但是有些人不懂得適可而止。上帝啊！一個人只因經歷過滑鐵盧，就被說成魔怪，不能為了這個就把父親和孩子拆開。他是波拿巴的一名上校，聽說已經死了，當時他住在維爾農，有我一個任堂區神父的兄弟，他好像叫什麼彭邁里，或者彭派西……，好傢伙，他臉上有一大道刀疤。」

「叫彭邁西！」馬呂斯臉刷地白了，說道。

「一點也不錯！彭邁西，您認識他嗎？」

「先生，」馬呂斯答道，「那是我父親。」

那位老管理員合攏雙手，高聲說道：「哦！您就是那個孩子！對，是這樣，現在該長大成人了。嘿！可憐的孩子，您可以說，您有個非常愛您的父親！」

馬呂斯讓老人挽住胳臂，一直送他回到住所。次日，馬呂斯對吉諾曼先生說：「我們幾個朋友約好去打獵，您能准許我出去三天嗎？」

「四天吧！」外公回答，「去吧，痛快玩一玩。」

接著，他眨了眨眼，低聲對他女兒說：「去見女孩啦！」

六・遇見教堂財產管理員的後果

Ce que c'est que d'avoir rencontrer un marguillier

馬呂斯去什麼地方，等一下就會知道。

馬呂斯出去三天，返回巴黎後，又逕自去法學院圖書館，借閱《政府公報》的合訂本。

他讀了《政府公報》，讀了共和國和帝國的全部歷史、《聖赫勒拿島回憶錄》、各種回憶錄、報紙、戰報、公告。他飽覽一切。他在大軍戰報上頭一次遇見他父親的名字，就整整發了一週的高燒。他去拜訪那些曾經在喬治・彭邁西麾下效力過的將軍，其中有H伯爵。他又去看過堂區財產管理員，那位馬伯夫神父向他講述了上校退休後，在維爾農的生活，栽種花草和孤單的日子。馬呂斯這才完全瞭解他父親那個人，一個罕見傑出而溫厚的人，一個猛如雄獅、又馴如羔羊的人。

這段期間，他全部的時間和心思，都用來研究文獻，幾乎不怎麼見吉諾曼家的人，只到吃飯的時刻才露面，飯後再找他就不見了。姨媽開始咕噥起來。吉諾曼老頭則微微一笑，說道：「哎！哎！這是喜愛女孩的時候嘛！」有時，老人還補充一句：「我還以為是隨便玩玩呢，看樣子還真迷上啦！」

的確迷上了。馬呂斯開始著迷地崇拜他父親。

與此同時，他的思想發生了超乎尋常的變化。這種變化是有許多階段並逐步進行的，這也是時代下許多人的思想歷程，因此，我們認為有必要一步一步追蹤，逐步勾畫出這些階段。

這段歷史，他才剛專注幾眼就大為驚駭。

頭一個反應便是眼花繚亂。

直到那時，共和國、帝國這些字眼，對他來說都還是十分可怕。共和國，是黃昏中一個絞刑架；帝國，是黑夜裡一把戰刀。可是，他放眼望去，本以為只能看見一片黑暗的混沌，不料卻望見閃閃發光的星辰、冉冉升起的太陽，真是萬分驚訝，又喜又怕。那些星辰是米拉博、韋尼奧、聖茹斯特、羅伯斯庇爾、加米爾·德穆蘭、丹東，而那太陽就是拿破崙。他暈頭轉向導致連連後退，只覺得輝光耀眼，接著，一陣驚愕過後，他漸漸適應這一道道燦爛的光芒，注視那些行動而不目眩，審視那些人而不恐懼了。革命和帝國通明透亮，遠遠出現在他迷亂的目光前。他望見那兩組事件和人，分別概括在兩個巨大的事實中：共和國的事實，就是歸還給民眾的民權而取得崇高地位；帝國的事實，就是強加至歐洲的法蘭西思想以取得崇高地位。他望見從革命裡出現了人民心中的偉大形象，從帝國裡出現法蘭西的偉大形象。他在內心裡宣布，這一切都是好的。

他一時目眩，有可能忽略某些方面以至於讓這種初步評價顯得籠統，我們認為沒有必要在此點明。要知道，這是思想進展中的狀態，進步不可能一蹴而就。這話對上文和下文都適合，把這一點交代清楚，我們再往下說。

於是他發覺，直到那時候，他既不瞭解自己的國家，也不瞭解自己的父親。無論祖國還是父親，他都毫無認識，真好像故意讓夜幕蒙住自己的眼睛。現在，他看見了：對祖國他讚美，對父親他熱愛。

他心裡充滿懊悔和愧疚，現在他百感交集，只能向一座墳墓訴說了，想想怎能不悲痛欲絕！唉！如果他父親還在人世，如果他還擁有父親，如果上帝大發慈悲讓這位父親還活著，那麼他會怎樣飛速跑去，會怎樣撲向父親，會怎樣高喊：「父親！我來啦！是我呀！我繼承你這樣一顆心！我是你兒子呀！」他會怎樣擁抱父親的頭，淚水灑滿他的白髮，他會怎樣瞻仰父親的刀傷，緊握父親的雙手，會怎樣欣賞父親的衣服，親吻父親的雙腳！唉！這位父親，為什麼早早就離世？還沒有上年紀，還沒有得到公正的待遇，還沒有得到兒子的愛呀！馬呂斯心中無時不在飲泣，無時不在咳聲歎氣！與此同時，他變了，變得真的更加嚴肅，真的更加深沉，真的更加確信自己的信念和思想了。在此時刻真實的光芒照來，充實他的理念。他內心彷彿成長起來，感到自身壯大了，那是兩種新事物，他的父親和祖國帶給他的。

一旦有了鑰匙，什麼門都能打開。同樣的，馬呂斯也弄明白了他從前所仇恨的，洞悉了他從前所憎惡的。從此他清晰地看到，別人教他鄙視的那些偉大事物，別人教他詛咒的那些偉大人物所體現的天意、神意和人意。原來的見解不過是昨天的事，現在想起來卻恍若隔世，他心中又氣惱，又啞然失笑。

他轉變了對父親的看法，接著也自然改變了對拿破崙的看法。

不過應該這樣說，改變對拿破崙的看法，不是一帆風順的。

他從小腦袋裡就灌滿了一八一四年黨人對拿破崙的評價。復辟王朝的各種偏見、全部利益和本能，都極力扭曲拿破崙。王朝憎恨羅伯斯庇爾，更憎恨拿破崙，而且相當巧妙地利用了國家的疲弱和母親的怨恨，把波拿巴描繪成了近乎傳說中的魔怪。正如我們剛才指出的，民眾的想像類似兒童的想像，為了按照民眾的想像來描繪拿破崙，一八一四年黨人陸續拋出形形色色的駭人臉譜，從可怕而不失為偉大、直到可怕轉而可笑的，從尼祿⑱直到嚇唬孩子的妖怪。因此，一提起拿破崙，只要為了洩憤，就可以嚎啕大哭，也可以縱聲大笑。對於人們習慣稱呼的「那個人」，馬呂斯的頭腦裡從來沒有別的看法。而那種看法又與他的倔強秉性相結合，他身上附了一個憎恨拿破崙的頑固小人。

在閱讀歷史，尤其透過文獻和材料研究歷史的過程中，在馬呂斯眼中遮蓋拿破崙的幕布漸漸撕開了。他隱約望見無比巨大的影像，懷疑起自己直到這時為止，就像看錯其他事物一樣，也看錯了拿破崙。他一天比一天看得清楚了，並開始一步一步緩慢地攀登，起初還頗為遺憾，繼而興奮起來，彷彿受到一種不可抗拒的誘惑力所吸引，他步上的是狂熱崇拜的階梯，開頭很昏暗，漸漸才有了亮光，最後終於光明燦爛了。

一天晚上，馬呂斯獨自待在頂樓的小臥室裡，雙肘支靠在敞著窗口的桌子上，藉著燭光閱讀。各種各樣的幻想自天而降，與他的思想交織起來，夜景多麼奇妙！不知從什麼地方隱隱傳來聲響，比地球大一千二百倍的木星好似一塊火炭，閃耀著紅光，讓星光閃爍照亮黝暗的蒼穹，真是奇妙無比。

他在翻閱大軍戰報，那是在戰場上寫出來如荷馬史詩般的詩篇。他時而遇見父親的名字，隨處可見君王的名字，眼前就出現整個大帝國。他胸中的海潮洶湧上漲，有時覺得父親像一股清風，從他身邊經過，對著他耳朵說話。他越來越變得怪異了，恍若聽見戰鼓聲、炮聲、軍號聲、營隊行進的整齊步伐、遠處騎兵隊軍士隱約的馬蹄聲。他不時抬起眼睛眺望天空，凝望無垠的深邃中閃耀著巨大星辰，接著再將目光收回到書本，他看見另一些巨大的事物影影綽綽地晃動。他的心

⑱．尼祿（西元前四二—西元三七）：羅馬皇帝（一四—三七年在位），歷史上有名的暴君。

因為激動而縮緊，渾身開始顫抖，呼吸也急促了，突然，他站起來，不知心裡想到什麼，也不知在順從什麼，雙臂卻伸到窗外，凝望那巨影、那沉寂、那幽邃的無限、那茫然無際的永恆，高喊了一聲：皇帝萬歲！

從這時起，大勢已定。什麼科西嘉的吃人魔怪、什麼篡位者、什麼暴君、什麼與胞妹亂倫的禽獸、什麼跟塔爾馬學藝的小丑、什麼在雅法下毒的罪犯、什麼老虎、什麼波拿巴，這一切統統化為烏有，在他頭腦裡讓位給一片浩瀚而燦爛的光芒，在那光芒高不可攀的地方，挺立一尊凱撒大理石像，好似慘白的幽靈。在馬呂斯父親的心目中，親愛的皇帝還僅僅是人們所敬佩並願為效命的統帥，而在馬呂斯看來，他是繼羅馬人之後，注定讓法國人統御世界的設計師，他是一個崩潰世界的偉大建築師，繼承了查理大帝、路易十一、亨利四世、黎塞留、路易十四，以及公安委員會，當然也因為身而為人，他也必定有污點，有過錯，甚至有罪惡。不過，他在過錯中仍不失莊嚴，在污點中仍不失輝煌，在罪惡中仍不失英偉。他是上天派來的人，來迫使所有國家說：「偉大的國家啊！」。他做得還要更出色：他是法蘭西的化身，以他手中之劍征服歐洲，以他放射出的光明征服世界。在馬呂斯看來，波拿巴是個閃閃發光的幽靈，始終屹立在邊境上，保衛著未來。他是獨裁者，卻是狄克推多[49]，是從一個共和國誕生出來並概括一場革命的獨裁者。在馬呂斯看來，拿破崙成為人民的君王，正如耶穌成為百姓的神人一樣。

可以看出，他的行為酷似新皈依崇拜一種宗教的人，因自己的皈依而極度興奮，急不可待地投進去，而且走得太遠。他天性如此，一旦從斜坡往下滑，就很難收住腳了。對武力的狂熱佔據了他的頭腦，使他對思想的熱忱變得複雜了。他絲毫也沒有意識到，他崇拜天才，也夾雜著崇拜武力，換句話說，他在自己偶像的兩個格子裡安放了神聖的東西和野蠻的東西，在許多方面，他也出了別的差錯。他什麼都接受。在追求真理的路上，有可能遇到謬誤。他有一種強烈的誠心，什麼都囫圇吞下去。他走上新的道路，無論審判舊制度的錯誤，還是衡量拿破崙的光榮，他都忽略了應該打折扣的情況。

不管怎樣，他向前飛躍了一步。他看到從前君主制衰敗的地方，現在法蘭西崛起了。他改變了方向，日落變成日出的地方。他轉了個頭。

這一系列轉變在他身上完成，而他家人卻毫無覺察。

在這種隱祕的變化中，他完全蛻掉波旁和極端派的那層舊皮，拋掉了貴族、雅各派[50]和保王黨，變成完全的民主派、徹底的民主派，而且接近革命派了，於是，他到金銀河濱路的一家刻字店，製作了一百張「馬呂斯．彭邁西男爵」的名片。

他圍繞著父親在他內心所造成的變化，這僅僅是極合邏輯的一種後果。可是，他不認識任何人，又不能把名片散發到人家的門房，就只好揣在自己的衣服口袋裡。

還有一種自然的後果，就是他越接近他父親及其名望，越接近上校為之戰鬥二十五年的事物，就越疏遠他外公。我們提到過，他根本不喜歡吉諾曼先生的性情，這種處處不合調的情況由來已久。在這個嚴肅的青年和這個輕浮的老人之間，老東西的快活刺激並加劇維特的憂傷。只要政治見解和思想一致，就等於有一座橋梁，馬呂斯可以在上面和吉諾曼先生相會。一旦這座橋梁坍毀，就出現鴻溝了。還有最重要的一點，吉諾曼先生出於愚蠢的動機，無情地把他從上校的身邊奪走，既讓父親失去孩子，也讓孩子失去父親，馬呂斯一想到這件事，心裡對吉諾曼先生就產生一種無以名狀的激憤。

馬呂斯對父親實在太敬重了，結果對老外公幾乎產生了厭惡的情緒。

我們已經提過，這一切絲毫也沒有流露出來，只是他變得越來越冷淡了，在餐桌上寡言少語，也不太待在家裡。姨媽為此責備過他，他回答的口氣非常溫和，總說有事，研究，上課，考試，聽講座，等等。老外公總脫離不開他那把握十足的判斷：「有了心上人！這種事我懂！」

[49]．狄克推多：古羅馬的獨裁官。

[50]．英國一六八八年革命後，還擁護雅各二世和斯圖亞特王朝的人，稱雅各派。

馬呂斯不時要外出。

「他總是跑出去，到底去哪了呢？」姨媽問道。

他外出旅行，時間總是很短，有一次去了蒙菲郿，那是遵從父親的遺言，去找從前在滑鐵盧那個中士，旅館老闆德納第。德納第破了產，小旅館關了門，下落不明，馬呂斯離家尋訪了四天。

「毫無疑問，他什麼也不顧了。」老外公說道。

有人彷彿看到，他胸前襯衫裡有什麼東西吊在他頸上的一條黑帶上。

七．追求女孩

Quelque cotillon

我們提過一個槍騎兵。

他是吉諾曼先生的侄孫，一向離家在外，也遠離所有人群，過著軍營生活。特奧杜勒．吉諾曼中尉具備所謂英俊軍官的全部條件。他有一副「仕女的柔軟身段」，有一種拖曳戰刀的英武姿勢，還有兩撇向上翹的小鬍子。他極少來巴黎，就連馬呂斯也從未見過他。這對表兄弟僅僅知道彼此的名字。我們好像說過，特奧杜勒是吉諾曼姑媽的寵兒。只因見不到，姑媽才特別喜歡他。見不到面的人，就會在心中存著非常完美的想像。

一天早晨，吉諾曼大小姐回到屋裡，露出一副極力抑制激動情緒而勉強保持鎮定的神情。剛才，馬呂斯又請求外公准許他外出短期旅行，並說打算當天晚上就動身。「去吧！」老外公回答。吉諾曼先生隨即又轉過身，兩道眉毛挑到額頭上，補了一句：「在外留宿，屢教不改。」吉諾曼小姐上樓回房，在樓梯上拋出這樣一個感歎句：「太過分啦！」還拋出這樣一個疑問句：「他到底去哪裡呢？」她隱約猜出是否是難以啟齒的一次豔情，隱約看到黑暗中，有個女人，是一次約會、一次偷情，她很想藉助眼鏡仔細瞧瞧，領略一下偷情，就像乍見一場風波那樣新鮮。聖潔的靈魂也絕不厭惡，虔誠的心中也有密室，裝著對醜聞的好奇。

因此，她隱隱渴望瞭解這樣一件事的經過。

這種好奇所引起的躁動稍微打亂了她的習慣，為了轉移注意力，她就往自己的手藝中逃避，開始把剪布圖案繡在布上。那種剪接繡滿車輪圖案的飾物，在帝國和王朝復辟時期非常流行。膩煩的針線活，煩躁的繡工。吉諾曼小姐已經坐了好幾個小時未移動，忽然房門打開，她揚起鼻子，看到特奧杜勒中尉站到面前，正向她行軍禮。她高興得叫起來。一個女人老了，又一貫正經、虔誠，又是姑媽，不過，看到一名槍騎兵走進房間，總歸是件愉快的事。

「你來啦，特奧杜勒！」她驚叫道。

「是順道看看，姑媽。」

「倒是快點擁抱我呀。」

「好哇！」特奧杜勒回答。

他上前擁抱了吉諾曼姑媽。姑媽走到寫字臺前，打開抽屜。

「你至少會陪我們一週吧？」

「姑媽，今天晚上我就得走。」

「怎麼可能！」

「是的！」

「留下吧，我的小特奧杜勒，求求你啦。」

「心是想留下，可是軍令不行。事情很簡單。我們要換防，原先駐紮在默倫，現在轉移到加永。從老防地去新防地，要經過巴黎。我就說：我要去看看姑媽。」

「喏，這是你的辛苦費。」

她往侄兒手中塞了十枚金路易。

「您是說給我的娛樂費吧，親愛的姑媽。」

特奧杜勒再次擁抱姑媽，而老姑媽脖子讓他軍服的飾帶劃了一下，產生一陣快感。

「一路上，你是隨著軍團騎馬走吧？」姑媽問他。

「不，姑媽。我打定主意來看您，才能得到特殊允許。勤務兵把我的馬帶走了，我乘驛馬車回去。對了，我要問您一件事。」

「什麼事？」

「表弟馬呂斯．彭邁西，他也要外出嗎？」

「這事你怎麼知道？」姑媽說。一句問話突然搔到她好奇心最癢處。

「我剛一到，就去驛站訂了一個下層座位。」

「那又怎麼樣？」

「有個旅客來過，訂了一個上層座。我在單子上看到他的名字。」

「叫什麼？」

「馬呂斯．彭邁西。」

「壞小子！」姑媽嚷道，「哼！你那表弟可不像你這麼規矩。在驛馬車上過夜，成什麼體統！」

「跟我一樣。」

「你不一樣，你是執行任務；而他呢，是去胡鬧。」

「好傢伙！」特奧杜勒說道。

說到這裡，吉諾曼大小姐靈機一動，有了主意。她若是個男孩子，一定會拍一下額頭。她責備特奧杜勒：

「你知道嗎？你那表弟根本認不出你！」

「不知道。我是見過他，可是，他從來不屑仔細瞧我一眼。」

「你們可是會同車旅行？」

「他在上層座，我在下層座。」

「那趟車去哪兒呢？」

「去昂德利斯。」

「馬呂斯要去那嗎？」

「除非跟我一樣中途下車。我到維爾農換車去加永。我根本不知道馬呂斯的路線。」

「馬呂斯！這名字難聽死了！怎麼能想到起馬呂斯這名字呢！而你，叫特奧杜勒，至少說得過去！」

「我倒更願意叫阿爾弗雷德。」軍官說道。

「聽我說，特奧杜勒。」

「我聽著呢，姑媽。」

「注意。」

「我注意了。」

「準備好了嗎？」

「好了。」

「告訴你，馬呂斯時常不回家。」

「嘿，嘿！」

「他時常旅行。」

「哦，哦！」

「他時常在外面過夜。」

「呵，呵！」

「我們想瞭解這裡面發生了什麼。」

特奧杜勒像老練而麻木的人那樣，平靜地回答：

「有條短裙子吧。」

接著，他皮笑肉不笑，顯得把握十足，又補充一句：

「有個女孩子吧。」

「顯而易見。」姑媽高聲附和。她聽那口氣，真像吉諾曼先生說的話：叔公和侄孫幾乎以同樣的腔調說出「女孩子」這個詞，這就使她確信無疑了。她又說道：

「請你幫我們一個忙，把馬呂斯盯緊點，這事容易做，他不認識你。既然有女孩子，那就設法瞧瞧她。然後寫信來，跟我們講講這段有趣的故事，讓他外公開開心。」

對這種跟蹤盯梢的事，特奧杜勒不大感興趣；不過，他收了十路易金幣，非常感動，覺得以後還可能拿到更多。於是，他接受使命，說道：

「聽您的吩咐，姑媽。」但他又在心底念了一句：「這下子我成了老保姆了。」

吉諾曼小姐親了他一下。

「你呀，特奧杜勒，你可不會幹那種荒唐事。你遵守紀律，是營規的奴隸，是安分盡職的人，你絕不會離開家去見那種女人。」

槍騎兵做了個鬼臉，那種滿意的神色，就像伽爾圖什[51]聽人稱讚他奉公守法一樣。

在這次談話的當天晚上，馬呂斯上了驛馬車，根本想不到會有人監視他。至於那位監視人，他做的頭一件事就是呼呼大睡，可以說高枕無憂，完全進入夢鄉。阿爾戈斯[52]鼾聲響了一整夜。

天濛濛亮的時候，車長嚷道：「維爾農！維爾農站到啦！到維爾農的旅客下車啦！」特奧杜勒中尉醒來。

「對，」他還處於半睡狀態，咕噥道，「我是在這兒下車。」

繼而，他完全醒來，頭腦也漸漸清晰了，這才想到他姑媽、那十路易金幣，以及他肩負的使命，要彙報馬呂斯的舉動。想到這裡，他笑了。

他一邊重新把緊身軍衣扣上，一邊想道：也許他不在車上了。他到普瓦西就可能下去了，到特里埃爾就可能下去了；他若是沒在默朗下車，就可能在芒特下車，除非到羅勒布瓦茲下去了，或者一直到帕西，再換車往左邊去埃夫勒，或者往右邊去拉羅什．吉永。你在後面追吧，我的姑媽。誰曉得我寫信跟那個老太婆報告什麼？

正在這時候，從頂層車廂伸出一條黑褲子，出現在下層車廂的窗戶外。

「會是馬呂斯嗎？」中尉說道。

正是馬呂斯。

車下有個農村小姑娘，混在馬匹和馬長當中，正在跟旅客叫賣鮮花：「買鮮花送給您的太太、小姐吧。」

馬呂斯走上前，將她籃子裡最美的鮮花買走了。

「這下可把我的興頭都挑起來了！」特奧杜勒說著，跳下底層車廂，「見鬼，這些花，他要送給誰呢？這樣一束美麗的花，得有一個絕色女子才配得上。我要見她一面。」

於是，他開始跟隨馬呂斯，但現在不再顧慮什麼使命，而是受好奇心的驅使，就好像獵犬為自己捕獵了。

馬呂斯根本沒注意到特奧杜勒。驛馬車下來幾位衣著華麗的女子，而他旁若無人，連看也不看一眼。

「他可真夠癡情的！」特奧杜勒想道。

馬呂斯朝教堂走去。

「好極了！」特奧杜勒心下暗道，「教堂！正是。情侶約會，加點彌撒當佐料，就最有味道了。從仁慈上帝的頭頂拋送秋波，再也沒有比這更美妙的事了。」

㊿51．伽爾圖什（一六九三—一七二一）：法國一個盜匪團夥的首領。

52．阿爾戈斯：希臘神話中的百眼巨人，奉天后之命看守被變成小母牛的伊娥。他睡覺時閉五十隻眼睛，睜五十隻眼睛。

馬呂斯走到教堂，卻沒有進去，而是繞到後殿，過了半圓後殿的一個牆墩就不見了。

「露天約會，」特奧杜勒咕噥道，「瞧瞧那女孩。」

他踮起長筒靴，朝馬呂斯拐過去的牆角走去。

到了那兒，他驚愕地站住了。

馬呂斯雙手捧著額頭，跪在一座墳塋的雜草中，他揪下那束鮮花的花瓣撒在墳前。墳墓一端突出的部分，也就是死者頭部的位置，插著一支黑色木十字架，上面白色的字是這個名字：「上校彭邁西男爵」。只聽到馬呂斯痛哭失聲。

那「女孩子」就是一座墳塋。

八・大理石碰花崗岩

Marbre contre granit

馬呂斯頭一次離開巴黎，就是來這裡。後來他每次跟吉諾曼先生說他要在外留宿，他也是來這裡。

特奧杜勒中尉沒想到會碰上一座墳墓，真是驚詫不已，產生一種特殊的不快，這種感覺難以分析，既有對一座墳塋，也有對上校的敬意。他退回去，丟下馬呂斯獨自待在公墓裡，這種後撤也是遵守紀律的表現。眼前出現戴著大肩章的死者，他差一點行了個軍禮。他不知道該如何給姑媽寫信，就乾脆不寫了，如果不是偶然中常見的那種鬼使神差，使維爾農這一場面立即在巴黎掀起一場風波的話，馬呂斯的愛情被特奧杜勒發現，大概也不會造成任何後果。

第三天大清早，馬呂斯從維爾農返回外公家。在驛馬車上過了兩夜，他感到十分疲憊，需要去學一小時游泳才能補償睡眠，於是匆忙上樓回房間，脫下旅行裝，摘下脖子上的黑帶子，就趕往泳池。

吉諾曼先生與所有健康的老人一樣，早早就起床，聽見外孫回來，就邁動兩條老腿，以最快的速度爬樓梯，到馬呂斯住的閣樓擁抱他，問問情況，瞭解一下他從什麼地方回來。可是，小夥子下樓比八旬老人上樓用的時間少得多，等吉諾曼老頭走進閣樓房間，馬呂斯已經不在了。

床鋪沒有動過，上面隨意攤著那身旅行裝和那條黑帶子。

「有這東西更好。」吉諾曼先生說了一句。

過了一會兒，他走進客廳，只見吉諾曼大小姐已經坐在那兒，正繡她那車輪圖案呢。

吉諾曼先生進來的樣子得意洋洋。

他一手拎著旅行裝，一手提著脖頸帶子，進門就嚷道：

「勝利啦！我們就要探到祕密啦！我們就要弄個水落石出啦！我們就要知道這個鬼祟小子的風流事啦！我們掌握了他的浪漫故事。我拿到了肖像！」

果然，頸帶吊著一個黑色驢皮圓盒，頗像一枚大勳章。

老人拿起小盒，先不忙打開，賞玩了一陣，那神態就像一個可憐的餓鬼，眼看一頓豐盛的晚餐從自己眼前被別人端去。真是又欣喜若狂，又心頭火起。

「裡面裝的顯然是肖像，這事我內行，這東西情意纏綿地掛在胸口。他們也太傻啦！很可能是個醜八怪，見了叫人不寒而慄！如今的年輕人呀，品味也太差勁啦！」

「先拿出來看看吧，父親。」老小姐說道。

按一下彈簧盒子就開了，可是裡面只有仔細折疊好的一張紙。

「老——套，」吉諾曼先生哈哈大笑，說道，「我知道是什麼玩意。一封情書！」

「哦！那就念念吧！」老小姐說道。

說著，她戴上眼鏡。他們打開那張紙，只見上面寫道：

「吾兒：皇上在滑鐵盧戰場上親口封我為男爵。既然復辟政權否認我用鮮血換來的這一爵銜，吾兒就應當承襲過去。毫無疑問，吾兒是當之無愧的。」

父女二人的感覺真是難以言傳，渾身彷彿被骷髏頭吹的寒氣凍僵了。他們沒有對話，只有吉諾曼先生好像自言自語似的，低聲說道：

「正是那個莽夫的筆跡。」

老小姐翻來覆去地檢查那張紙，然後放回小盒裡。

與此同時，一個長方形的藍紙包從旅行袋裡的一個口袋掉出來。吉諾曼小姐拾起，打開藍紙包。那正是馬呂斯的一百張名片。吉諾曼先生從她手裡接過一張，念道：「馬呂斯．彭邁西男爵」。

老人拉鈴叫來妮珂萊特，拿起頸帶、小盒和旅行裝，全扔到客廳中央的地上，說道：

「把這些破爛都拿走！」

在沉默中整整過去了一小時。老頭子和老姑娘背對背坐著，各自想心事，也許在想同樣的事。一小時過後，吉諾曼姨媽說了一句：

「精采！」

又過了一會兒，馬呂斯回來了。他剛一到，還沒跨進客廳的門，就看見他外公手裡拿著他的一張名片；外公一跟他照面，就擺出高人一等的紳士派頭，並帶幾分蔑視的口氣，大聲嘲笑道：

「呵！呵！呵！呵！好傢伙，你現在是男爵啦！恭喜你呀。這究竟是什麼意思呢？」

馬呂斯的臉微微一紅，答道：

「這就是說，我是我父親的兒子。」

吉諾曼先生收斂冷笑，厲聲說道：

「你父親是我！」

「我父親，」馬呂斯垂下目光，神態嚴肅地接著說，「是個低微而英勇的人，他為共和國和法蘭西光榮地效過力，他是人類最偉大的歷史時期中最偉大的人，他在野營中度過四分之一世紀，白天冒著槍林彈雨，夜晚冒雨睡在雪地泥地，他奪過兩面敵軍軍旗，受過二十幾處傷，死後遭人遺忘和背棄，他一生只有一個過錯，就是過分熱愛兩個忘恩負義的東西：他的國家和我！」

吉諾曼先生哪能容忍這種話？他一聽到「共和國」，就刷地起身，說得更恰當些，挺身而立。馬呂斯說的每一句，都像從鼓風爐裡被吹旺的熱氣，撲到那老派保王黨的臉上。只見他那張臉由陰沉變紅，由紅變紫，又由紫變得燃燒起來。

「馬呂斯！」他吼道，「你這可惡的孩子！我不知道你父親是什麼東西！我也不想知道！我不知道他幹了什麼，也不知道他那個人！而我所知道的，就是他們那夥人全都是無恥之徒！他們那些人，全是無賴、殺人兇手、紅帽子黨徒、盜匪！我說全是！我說全是，但我一個也不認識！我說全是！聽見了嗎？馬呂斯！你明白了吧，你的男爵就跟我這拖鞋一樣！他們全是為羅伯斯庇爾賣命的匪徒！全是為波—拿—巴賣命的強盜！他們全是逆賊，背叛，背叛，背叛！背叛了他們合法的國王！他們全是膽小鬼，在滑鐵盧見到普魯士和英國人望風而逃！我就知道這個。令尊大人可能也在那裡，我不得而知，我很遺憾，算他活該，恕在下直言！」

馬呂斯一聽這話，面頰也變成炭火，而吉諾曼先生卻成熱風了。馬呂斯渾身顫抖，腦袋冒火，不知道該怎麼辦，如同眼睜睜看人將聖餅扔一地的神父，又像呆呆看著行人唾其偶像的僧人。在他面前說出這種話，絕不能不受懲罰。可是怎麼辦呢？剛才當著他的面，把他的父親踐踏了一陣，是誰踐踏的呢？是他外公。怎麼能為一個雪恥而又不冒犯另一個呢？他不可能辱罵外公，同樣不可能不為父親雪恥。一邊是一座神聖的墳墓，另一邊是白髮蒼蒼的腦袋。這一切在他頭腦中迴旋翻騰，他一時像醉了一樣，站立不穩，繼而，他抬起頭，眼睛盯著老外公，像打雷一般吼叫：

「打倒波旁王室，打倒肥豬路易十八！」

老人本來漲紅的臉陡然變色，比頭髮還白了。他轉向擺在壁爐上的德·貝里公爵半身像，以莊嚴得出奇的姿態深鞠一躬。接著，他從壁爐到窗戶，又從窗戶到壁爐，緩步沒沒地走了兩個來回，如同一尊石雕像行走，踏得地板咯咯作響。走第二趟的時候，到了在衝突面前像老綿羊般嚇得發呆的女兒面前，他便俯身過去，面帶近乎平靜的微笑說道：

「一位像先生那樣的男爵，一個像我這樣的市民，是不能住在同一個屋頂下的。」

他猛地直起身，面無血色，額頭因盛怒的駭人光芒而擴大了，顫抖地朝馬呂斯舉起手臂，吼道：

「滾出去！」

馬呂斯離開了住宅。

第二天，吉諾曼先生對他女兒說：

「每六個月，您寄六十皮斯托爾[53]給那個吸血鬼，今後，您永遠也不要向我提起他。」

還有滿腔怒火無處發洩，他就連續三個多月用「您」稱呼女兒。

馬呂斯也氣沖沖地離開了。應當指出，有一個情況更加激怒了他。這類意外的小誤會，總要使家庭風波變得更複雜。各人過錯實際上雖然沒有增加，可是怨恨卻加深了。那個妮珂萊特遵照老外公的吩咐，急忙將那些「破爛」送回馬呂斯的臥室，無意中將珍藏上校遺書的黑色圓皮盒失落，大概掉在昏暗的頂樓樓梯上。那張紙和圓盒再也沒有被找到。馬呂斯斷定是「吉諾曼先生」——從這天起，他不再以別的稱謂叫他——把「他父親的遺囑」燒了。上校寫的幾行字都記在他心裡，因此一個字也沒有丟掉。然而，那張紙、那筆跡，是神聖的遺物，是他整個一顆心。而別人怎麼可以那樣對待呢？

馬呂斯走了，沒說去哪裡，也不知道去什麼地方，身上只有三十法郎、一隻表，以及裝著日常衣物的一個旅行包。他登上一輛出租馬車，說好按時計費，便漫無目的地朝拉丁區駛去。

馬呂斯後來的情況如何呢？

㊸．法國古幣名，一皮斯托爾相當於十利弗爾。

第四卷：ＡＢＣ朋友會
Les amis de l'A B C

一·一個幾乎名留青史的團體
Un groupe qui a failli devenir historique

那個時期表面上風平浪靜，而暗中卻激蕩著一股革命潮流。一七八九年和一七九二年幽谷般的氣流，又吹回到空中。青年一代，請允許我們使用這個字眼，正在「蛻變」。他們幾乎毫無覺察，就隨著時間的流動而改變了。表盤上行走的時針同樣也在心靈裡行走。每個人都不可避免地邁出前進的腳步。保王黨人變成自由派，而自由派則變成民主派。

那就像一個大浪，只見無數浪濤起落流轉，而浪濤起落流轉的特點就是大交匯，那樣的思想大匯合便蔚為奇觀：人們同時崇拜拿破崙和自由。在此我們談一點歷史，這正是那個時期的幻景。觀點和主張經過不同階段。伏爾泰保王主義，這一奇特的變種，也有同樣怪異的類似物，就是波拿巴自由主義。

另外一些思想團體較為嚴肅。有的探討原理，有的看重人權。有的熱中於絕對真理，放眼渴望實現無限遠大的目標。絕對真理，以其自身的剛硬嚴苛，把人的思想推向遠古，在無限空間裡飄浮。信條比什麼都更能令人產生夢想，而夢想又比什麼都更能孕育未來。今天的烏托邦，就是明天的骨肉。

先進的主張有雙重背景。一種神祕的端倪威脅了「既定秩序」，顯得可疑而詭祕。這是最為革命的一種標誌。當權者的意圖，在坑道裡與人民的意圖狹路相逢。醞釀起義正好道出密謀政變。

當時，法國還沒有像德國道德團[①]，或者義大利燒炭黨那樣龐大的地下組織；然而，有些地方，挖掘中的暗道正伸展蔓延。艾克斯那兒的苦古德社[②]已見雛形；巴黎這類社團中，有一個叫ABC朋友會。

何謂ABC朋友會呢？是一個團體，其宗旨，表面上為教育孩子，實際上為培訓成人。

他們自稱為ABC的朋友，ABC就是民眾[③]。他們要把民眾拉起來。雙關語的文字遊戲，誰要嘲笑他們那就錯了。這種文字遊戲，有時在政治上相當嚴肅。例如，「閹人上戰場[④]」，就使得納爾雷斯當上將軍；再如，「野蠻人所不做的，巴爾貝里尼做了出來[⑤]」；再如，「自由和家[⑥]」；再如，「你是石頭，在這石頭上我要建造……[⑦]」等等。

ABC朋友會的成員不多，是一個處於萌芽狀態的祕密團體，幾乎可以說是個小集團，當然要有小集團才能產生英雄的含義。他們在巴黎的聚會有兩個處：一個是以後會談到的「科林斯」

①．道德團：一八〇八年德國愛國青年組成的團體。
②．苦古德社：一個小型的共和黨人祕密組織，在普羅旺斯地區，意為「笨蛋社」。
③．ABC與法文詞「身分低下」發音相似，故隱含「民眾」之意。
④．原文為拉丁文。拜占庭皇帝查士丁尼一世（五二七—五六五年在位），曾派宦官納爾雷斯出征。
⑤．原文為義大利文。十七世紀，巴爾貝里尼家族為建府邸，在羅馬拆毀古建築。巴爾貝里尼與「野蠻人」讀音相近。
⑥．原文為西班牙文。是西班牙自由派聯合的口號。
⑦．原文為拉丁文。耶穌對彼得說的話。彼得代表石頭，故說在石頭上建教堂。

酒館，在菜市場附近；另一個是穆贊咖啡館，在先賢祠附近聖蜜雪兒廣場[8]的旁邊，那家小咖啡館如今已然拆毀。兩個聚會地點，前一個接近工人，後一個接近大學生。

ABC朋友會經常在穆贊咖啡館的後廳祕密聚會。後廳離本店相當遠，用一條很長的走廊連接著，有兩扇窗戶和一道後門，出後門走下一道暗梯，便是砂岩小街[9]。他們聚在那裡抽菸，喝酒，打牌，說說笑笑，縱論天下大事，但談到某些事卻又得壓低嗓門。牆上釘著一幅共和時期的法國舊地圖，這個標誌就足以喚起警探的嗅覺了。

ABC朋友會的成員大部分是大學生，他們跟幾個工人關係十分密切，主要人物的名字如下：安灼拉、公白飛、若望．普魯維爾、弗伊、庫費拉克、巴奧雷、賴格爾、若李、格朗太爾。在一定程度上，他們已經成為歷史人物了。

這些青年極重友情，就跟一家人一樣。除了賴格爾，他們全是南方人。

他們很出色，但是，他們已經消失在我們腦後無形的深淵中了。故事敘述到這裡，趁讀者還未目睹他們墜入一場悲壯冒險的黑暗中前，也許有必要將一束光移過去，照亮這些年輕的臉孔。

安灼拉是有錢人家的獨生子，以後便會明白我們為什麼頭一個提到他。

安灼拉是個可愛的小夥子，但厲害起來也很嚇人。他像天使一樣俊美，是安蒂諾烏斯古[10]再世，但又桀驁不馴。在他那沉思眼神的反光中，可以說在前世就可能經歷過革命的大風暴。他以前世見證人的身分繼承了革命傳統，瞭解這件大事的全部細節。他天生儀態威嚴，而又勇武好鬥，集於這青年一身，簡直不可思議。他既是主祭，又是鬥士。以直接的觀點來判斷，他是民主的戰士，如果超越當時的運動來看，他是宣揚理想的教士。他目光深邃，眼瞼微紅，下嘴唇厚實，容易作出鄙夷之態，而額頭則顯得高聳。一張臉孔上額頭高聳，就像天際上一片晴空，如同上世紀末本世紀初少年得志的一些人，盡管也有略顯蒼白的時候，他的青春也跟少女一樣，奔逸而鮮豔。他已成年，卻還像個孩子。他到了二十二歲，卻還像十七歲少年。他十分嚴肅，彷彿不知道天下還有所謂女人。他只有一種迷戀，就是人權，只有一個念頭，就是清除障礙。他在阿文蒂諾山上會是格拉庫斯[11]，在國民公會裡會是聖茹斯特。他對玫瑰視而不見，不理睬春天，也聽不見鳥兒歌唱；他看見愛娃德奈裸露的酥胸，也不會比看見阿里斯托吉通更為動情，在他眼裡，就像在哈爾莫狄烏斯[12]眼裡那樣，鮮花只配掩藏利劍。他在歡樂中也不苟言笑，凡遇到與共和無關的事物，他總像怕被玷污似的垂下目光。他是自由女神大理石雕像的情人，他的語言直穿胸腔，像聖歌一般娓娓動聽。難以預料他什麼時候張開翅膀。哪個多情女子去試探他，那就是自找倒楣！康伯雷廣場或聖尚．德博維街的年輕女工，見到這張蹺課的中學生臉孔，這副少年侍從的模樣，見到這金黃的長睫毛、這對藍眼睛、這迎風蓬亂的頭髮、粉紅的臉蛋、鮮豔的嘴唇、潔白的牙齒，如果要飽餐這整個曙光，走到安灼拉面前搔首弄姿，那她就會從一副驚人而兇狠的目光中突然看到深淵，從而明白不該將以西結的威猛天使，與博馬舍的風流天使[13]混為一談。

安灼拉個人代表革命的邏輯，而公白飛那邊則體現革命的哲理。革命的邏輯和哲學之間，惟一的差異就是它的邏輯能導致戰爭的結論，而它的哲理則能達到和平的結果。公白飛補充並修正安灼拉，他個頭兒沒有那麼高，肩膀卻要寬些，主張往人們的頭腦裡灌輸總體思想的廣泛原則。他常說：革命，其實就是文明。他在懸崖峭壁的山峰周圍，展示了遼闊的碧空，因此，在公白飛的全部主張裡，有些確實可行的東西。公白飛宣導的革命，要比安灼拉所宣導的容易讓人接受。安灼拉宣揚革命的神聖權利，公白飛則宣揚自然的權利。前者追慕羅伯斯庇爾，後者接近孔多塞[14]。

⑧．後改為艾德蒙．羅斯唐廣場。

⑨．即今天的古雅街。

⑩．希臘美少年，阿德里安皇帝的寵兒，一三〇年溺死在尼羅河後被封為神。

⑪．阿文蒂諾山：羅馬城外七山崗之一。格拉庫斯兄弟二人先後是羅馬護民官，兄蒂貝里烏斯（西元前一六二－前一三三）、弟卡伊烏斯（西元前一五四－前一二一）因主張土地改革而被大地主殺害。

⑫．愛娃德奈：古代傳說中深情的女子，她看到別人焚燒她丈夫的屍體，便跳進柴堆裡。哈爾莫狄烏斯和阿里斯托吉通：雅典人，他們合力殺了暴君希帕爾克（在位時間為西元前五二七－前五一四年），然後將兇器藏在愛神木的枝葉下面。

⑬．以西結是《聖經．舊約》中四大先知的第三名，是自述體〈以西結書〉的作者。博馬舍的風流天使指他劇作的主人公費加羅。

⑭．孔多塞（一七四三－一七九四）：法國數學家，哲學家，經濟學家，政治家。法國革命中持溫和態度，國民公會議員。

對於大眾生活，公白飛要比安灼拉有更多體驗。這兩個青年若能留名青史，那麼一個是義人，另一個則是賢哲。安灼拉有更多陽剛之氣，公白飛有更多人情味，這正是兩者之間的細微差異。安灼拉嚴厲，公白飛由於天性純潔而溫和則顯得不同。他喜歡「公民」這個詞，但是更愛「人」這個詞，還要刻意用西班牙文來說。他博覽群書，常去看、去聽公共課，聽阿拉戈[15]講解光的極化，特別愛上若弗魯瓦．聖伊賴爾[16]的課，聽他講外頸動脈和內頸動脈的兩種功能，一個管臉部，一個管大腦；他密切注視並瞭解科學的發展，對比分析聖西門和傅立葉的學說，解讀古代象形文字，砸開鵝卵石推測地質，憑記憶能畫出蠶蛾，指出法蘭西學院詞典中法文的錯誤，還研究普伊塞古和德勒茲[17]，什麼也不肯定，連奇蹟也不例外，但什麼也不否定，連鬼魂也一樣，還瀏覽政府《公報》合訂本，而且總愛思索。公白飛宣稱，未來掌握在教師手中，他特別關心教育問題。他希望政府努力提高人民的才智和道德水準，推廣使用科學，傳播思想，使青年增長智慧。他擔心目前的教學方法太貧乏，文學觀點太淺陋，僅僅局限於兩、三個世紀前的古典主義，學院專斷的教條肆虐，以及種種經院的偏見和陳規，這一切會將我們的學校變成牡蠣[18]的人工培殖場。他學識淵博，什麼都講求純正、精確，又多才多藝，有開拓精神，同時又善思索，正如友人所說，「簡直到了想入非非的程度」。所有這些夢想：建造鐵路，動手術免除疼痛，暗室裡固定影像，打電報，氣球定向行駛，他都深信不疑。不僅如此，他也不畏懼由迷信、專制和成見在各處建造著反對人類的堡壘，他認為科學遲早要扭轉局面。安灼拉是首領，公白飛則是導師，人們願意跟隨前者戰鬥，跟隨後者前進。這並不是說公白飛不能戰鬥，他遇到障礙時照樣展開肉搏，奮力猛攻。但是，他更喜歡透過原理的教育和頒布切實可行的法規，逐步讓人類與命運協調一致。在兩種光明中，他傾向於光照而不是火焰，熊熊大火固然能映紅半邊天，但是何不等日出呢？火山爆發也能照亮大地，但畢竟不如曙光。公白飛欣賞壯麗的紅焰，也許更看重美的白色。混雜著煙塵的光明、由暴力換取的進步，只能給這個溫和而嚴肅的人帶來一半滿足。像一七九三年那樣，讓人民從懸崖直墜真理之谷，他望而生畏，然而，他更憎惡一潭死水的狀態，馬上能嗅出惡臭和死亡。總而言之，他喜歡飛沫而討厭瘴氣，喜歡激流而討厭污水坑，喜歡尼亞加拉瀑布而討厭鷹山湖。一言以蔽之，他既不願停頓，也不願過激。他那些鬧哄哄的朋友，一個個威武雄壯，力求完美絕對，讚賞並呼喚波瀾壯闊的革命冒險行動，而公白飛卻傾向於自然的進步：這種有益的進步也許顯得平靜，但是很純潔；也許顯得按部就班，但是無可指謫；也許顯得冷漠，但是不可動搖。他不惜跪在地上，雙手合攏，祈求未來以其完全純潔的面貌到來，又絲毫不打擾人民向善的巨大進程。「善必須是純潔的。」他反覆強調。的確，如果說革命的偉大，就是凝視光彩奪目的理想，利爪攫著血和火，穿越雷電向它飛去，那麼進步的美，就是保持純潔無瑕。華盛頓代表一個，丹東體現另一個，兩者的區別就在於，一個是長著天鵝翅膀的天使，另一個是長著鷹翅膀的天使。

若望·普魯維爾的色彩比公白飛還要柔和。有段時間他比較任性，稱自己為「若安」，當時正研究一場強有力的深刻運動，那對於瞭解中世紀是必要的。若望·普魯維爾很重情，他侍弄盆花，喜歡吹笛子，作詩，熱愛民眾，憐憫婦女，為兒童流淚，同樣相信未來和上帝，責備革命砍了一個王者的頭，即安德列·舍尼埃⑲的頭。他的聲音平時很輕柔，有時又突然雄壯起來。他是文人，博古通今並通曉東方事物，他的最大長處就是心地善良，他作詩氣魄恢弘，這對於深知善良和偉大相近的人來說，是極其自然的事。他會義大利文、拉丁文、希臘文和希伯來文。他會這些文字，不過只用來讀四位詩人的作品：但丁、尤維納利斯、埃斯庫羅斯和以賽亞。至於法國詩人，他喜歡高乃依勝過拉辛，喜歡阿格里帕·德·奧比涅勝過高乃依。他愛在長滿野燕麥和矢車菊的田野裡遊蕩，關心雲彩不亞於關注時事。他的精神有兩種姿態，一種對人，一種對上帝。他

⑮·阿拉戈（一七八六—一八五三）：巴黎天文臺台長。
⑯·若弗魯瓦·聖伊賴爾（一七七二—一八四四）：法國自然學家。
⑰·普伊塞古和德勒茲：帝國舊軍官，後來成為磁學專家。
⑱·法語中的「牡蠣」引申意思為「愚蠢的人」。
⑲·安德列·舍尼埃（一七六二—一七九四）：法國詩人。他先是參加革命運動，後又反對恐怖政策，因而被送上斷頭臺。

不是研究探索，就是冥思靜觀。他整天都深入考慮社會問題，諸如工資、資本、信貸、婚姻、宗教、思想自由、愛好自由、教育、刑罰、貧困、結社、財產所有權、生產和分配、昏昧蒙蔽芸芸眾生的底層之謎。到了夜晚，他觀望星相，觀望那些巨大的天體。他跟安灼拉一樣，是富家的獨生子。他講話慢聲細語，低著頭，目光垂下，局促不安地微笑著，神態不自然，樣子笨拙，動不動就臉紅，性情十分靦腆。然而，他卻英勇無畏。

弗伊是製扇工人，自幼父母雙亡，每天幹活勉強賺三法郎，卻只有一個念頭：解放全世界。他還關心一件事：學習；他說這也是自我解放。他自學讀書寫字，他獲取的知識全靠自學。弗伊為人慷慨仗義，胸襟豁達。這個孤兒卻收養了民眾，當他想念母親就思考祖國。他不希望有人沒有祖國。他來自民眾，具有遠見卓識，心中蘊涵著今天所說的「民族意識」。他自修歷史，就是要瞭解情況，有的放矢地表示憤慨。這小圈子烏托邦青年特別關注法國，惟獨他面向國外，專門瞭解希臘、波蘭、匈牙利、羅馬尼亞、義大利。他以理所當然的頑強態度，總提起這些國名，也不管場合適不適當。土耳其對希臘和色薩利的侵犯，俄國對華沙，奧地利對威尼斯的侵犯，這些暴行令他義憤填膺。尤其一七七二年的那場大暴行[20]，更令他切齒痛恨。憤慨中所包含的真實，是最有威力的雄辯，他的雄辯就是這種類型。他滔滔不絕地談論一七七二這個無恥的年份，談論這些被出賣卻高尚而勇敢的人民，這種三國共同犯下的罪行。這種駭人聽聞的陰謀詭計，竟然成為消滅別國的模式，從那之後有多少高尚的民族遭殃，可以說是出生證就這樣被撤銷了。現代社會的全部行兇犯罪，無不是從瓜分波蘭的行動中衍生出來的，瓜分波蘭已成定理，現在所有政治暴行全是它的推論。近百年來，所有獨裁者、所有叛逆，無一例外的都參與策劃，在合謀瓜分波蘭書上簽字畫押了。如果要查閱近代叛變案件的檔案，這會是頭一卷。一八一五年維也納會議上，拿破崙在滑鐵盧失敗後，被迫再次退位。俄、普、奧三國為戰勝國，在維也納開會制裁法國，先參照了這一罪案，才完成自己的罪行。一七七二年吹響出兵的號角，一八一五年則吹響分贓的號角。這就是弗伊常說的一套話。這位可憐的工人充當起正義的保護者，以正義作為回報也使他偉大。這是因為正義中的確有永恆。華沙絕不會變成韃靼城，同樣的，威尼斯也絕不能成為條頓的國度。那些君主枉費心機，只能名譽掃地。沉沒的國家遲早要浮出水面。希臘還要恢復為希臘，義大利還要恢復為義大利。伸張正義來反對暴行，這件事會永遠持續下去。掠奪一國人民的暴行，也不會隨著時間的推移而一筆勾銷。這種大規模的詐騙毫無前途。絕不可能像從一塊手帕上撕掉商標那樣，抹掉一個國家的名稱。

庫費拉克有位父親，人稱德·庫費拉克先生。復辟王朝時期，資產階級在貴族問題上有個錯誤認知，就是太相信這個小小的「德」字。眾所周知，這個詞在這裡毫無意義。然而，在《密涅瓦》[21]發刊時期，資本主義者把這個可憐的「德」字看得太重，認為必須取消。德·肖夫蘭改稱肖夫蘭先生，德·科馬爾丹先生改稱馬爾丹先生，德·孔斯唐先生改稱孔斯唐先生，德·拉法耶特先生改稱拉法耶特先生。庫費拉克也不願意落伍，去掉一切累贅，只叫庫費拉克。

關於庫費拉克，說到這就差不多了，只補充一句：欲知庫費拉克，請看托洛米埃[22]。

庫費拉克有一種青春活力，可以說是機靈鬼的慧美。過了一段時間，這整個慧美，就跟小貓的嬌媚一樣消失，如果原來是兩隻腳的，就會成為紳士，如果原來是四條腿的，就會成為老貓。

這種鬼機靈，從讀書的一屆一屆學生中通過，也從服兵役的一批一批青年中通過，幾乎總是以同樣方式相互傳遞，就像接力賽跑一樣。因此，正如我們指出的，誰在一八二八年聽庫費拉克講話，就會以為聽到托洛米埃在一八一七年的談話。不過，庫費拉克是個誠實的小夥子，表面上看，兩個人都顯得同樣聰明，但差異卻很大，兩者身上潛在的成年人是截然不同。托洛米埃身上蘊藏著一名檢察官，庫費拉克身上蘊藏著一名勇士。

⑳・一七七二年，列強第一次瓜分波蘭。
㉑・《密涅瓦》：法國波旁王朝復辟時期的刊物。
㉒・參看本書第一部第三卷。

安灼拉是首領，公白飛是導師，庫費拉克是中心。其他人也多半發著光，而他則是發熱。他的確具備一個中心的所有特質：圓形和輻射。

巴奧雷參加了一八二二年六月拉勒芒[23]出殯時的流血衝突。

巴奧雷性子好，修養差，人很誠實，手上留不住錢，他揮霍的程度近於慷慨，健談的程度趨近於口若懸河，大膽的程度近於放肆無禮，當魔鬼的料真的是再適合不過了，身穿怪模怪樣的外套，持有鮮紅色的見解。他是起鬨大王，最喜歡爭吵，只要還不是一場暴亂；也最喜歡暴亂，只要還不是一場革命。隨時準備砸玻璃，接著掀起街道的石塊，再接著搞毀政府，就是要看看行動的效果。他上了十一年學，嗅嗅法律，但不真的學習它。他的座右銘是：絕不當律師。他的徽章是一個床頭櫃，裡面露出方形睡帽。他難得去法學院，偶爾去一下，便扣好禮服的鈕扣兒（要知道當時還沒有發明短外套），並採取一點衛生措施。他對學校大門說：「多標致的老頭兒！」見到院長戴萬庫爾先生就說：「多雄偉的建築！」他在課本裡時常發現歌曲的題材，在教師身上時常發現漫畫的原型。他無所事事地消耗著相當一大筆生活費，每年差不多三千法郎。父母是農民，這兒子也知道必須反覆向雙親表示敬意。

他常這樣說他們：他們是農民，不是資產階級，正因為如此，他們才比較聰明。

巴奧雷是個任性的人，常在好幾家咖啡館走動。別人都有習慣的固定地方，他則不然，喜歡遊蕩。流浪是人類的特點，遊蕩是巴黎人的特點。表面上看不出來，其實他洞察事理，很有頭腦。

在ABC朋友會和後來逐漸成形的一些團體之間，他扮演著聯繫的腳色。

在這個青年的團體中，有一個禿頭的成員。

德．阿瓦雷侯爵在路易十八逃亡那天，把國王扶上一輛出租馬車，當即被封為公爵。他講述一件事，一八一四年國王返回法國，在加來上岸時，一名男子遞上一份申請書。國王問道：「您有什麼請求？」「陛下，我想要一個驛站。」「您叫什麼名字？」「賴格爾[24]。」

國王皺起眉頭，看了看申請書上的簽名，見到名字是這樣寫的：「Lesgle。」這種缺乏波拿巴色彩的寫法打動了國王，他的臉上露出笑容。「陛下，」申請人又說，「我的祖先是宮廷飼養狗的僕從，綽號叫『賴狗兒』。這個綽號成為我的姓氏，我就叫『賴狗兒』，簡寫為『賴格兒』，又錯寫成『賴格爾』。」聽到這裡，國王終於笑了。後來，不知是特意還是巧合，國王還真的委派那人管理莫城驛站。

這個團體的禿頭成員就是那個賴狗兒或賴格兒的兒子，署名為賴格爾．德．莫。夥伴們都簡化叫他博須埃㉕。

博須埃是個倒楣的快活小夥子。他的特長是一事無成。反之，他卻嘲笑一切，到二十五歲頭便禿了。他的父親終於買了一間房子和一塊田產，可是這個兒子卻急不可待，在一次失算的投機交易中，一下子將房產地產全都賠進去了，什麼也沒有剩下。他人聰明，又有學識，就是辦不成事。他事事落空，處處上當，他搭起來的架子最後總倒塌在自己身上。他若是劈木柴，準會剁掉自己的手指；他若是有一個情婦，很快就會發現她又多了個男友。他隨時都會碰到倒楣事，因此，他總是那麼逆來順受。常說：「我住的房子總有瓦片往下掉。」他不以為怪，因為對他來說，意外事件全在意料之中；他對晦氣泰然處之，對命運的戲弄一笑置之，就像善解玩笑話的人那樣。他錢袋空空如也，而口袋裡的好興致卻取之不盡，用之不竭。往往出現這種情況，他很快就用到最後一文錢，但是從未發出最後一聲大笑。見到厄運進門，就熱烈歡迎這個老相識；見災星降臨，也會拍拍災星的肚子；他與命運混得極熟，甚至用小名稱呼，常說：

「你好，倒楣鬼！」

他總是承受命運的迫害，卻也因此增長了創造力，一肚子鬼點子。他身無分文，但只要高興，

㉓．拉勒芒：一八二〇年六月，巴黎自由派遊行示威中被殺害的大學生。
㉔．法文為「鷹」，是拿破崙的標誌，因此路易十八聽了不悅。
㉕．博須埃（一六二七—一七〇四）：當時法國教會的實際領袖，曾任莫城的主教。

就會「大肆揮霍一通」。一天夜晚，他跟一個傻大姐吃飯花掉「一百法郎」，席間突發靈感，講了這麼一句值得回憶的話：「五路易姑娘[26]，幫我脫靴子。」

博須埃緩步走向律師那一行，他攻讀法律，學習態度與巴奧雷一樣。博須埃沒有什麼住處，有時根本沒有，時而住這人家裡，時而住那人家裡，到若李家借宿的次數最多。若李攻讀醫學，比博須埃小兩歲。

若李是個犯疑心病的青年。他學醫的收穫，就是當患者的時間比學醫的時間還多。年僅二十三歲，他就認為自己百病纏身，整天對著鏡子照舌苔。他斷言，人體與針一樣能磁化，因此將臥室的床擺成頭朝南、腳朝北，以便夜晚睡覺時，血液迴圈不受地球巨大磁流的阻礙。每逢暴風雨，他就幫自己把脈。不過，他比誰都快活，年輕、乖僻、病弱而快活，這些毫不相干的屬性，在他身上和睦相處，讓他成為一個既古怪又可愛的人，而喜歡連發輕快輔音的夥伴都叫他若勒勒勒李。「你可以用四隻翅膀飛翔[27]了。」若望・普魯維爾這樣對他說。

若李愛用手杖頭戳自己的鼻子，這是頭腦機敏的一種標誌。

這些青年盡管各不相同，可是談論起同一種信念，他們卻有著相同的嚴肅態度。

他們全是法蘭西革命的親兒子，一提起一七八九年，最輕浮的人神情也都變得莊嚴了。他們的生父曾經是，或者仍然是君主立憲派、保王黨，還是空論派，這已無關緊要，從前發生的混亂，與這些年輕人毫不相干。道義的血液在他們的血脈裡流淌，他們色調一致地信奉不受腐蝕的主義和絕對的職責。

現在，他們參加了祕密團體，暗中開始描繪理想的藍圖。

在這些滿腔熱忱、堅信不疑的人中間，卻有一個懷疑派。他是如何進來的呢？跟誰一起進來的吧。這個懷疑派名叫格朗太爾。使用十分令人費解的簽名：R[28]。格朗太爾特別小心翼翼，絕不相信什麼，在巴黎求學的大學生，他是學得最多東西的人，知道最好的咖啡是在朗索蘭咖啡館，最好的檯球設施是在伏爾泰咖啡館，知道在曼恩大道[29]上的隱士居有美味的烘餅和美妙的侍女，在薩蓋大媽店有烤子雞，在居奈特城關有水手魚[30]，戰鬥城關有一種自釀的白葡萄酒。無論什麼東西，他都知道哪裡的最好。此外，他還會拳擊、踢打術，會跳幾種舞蹈，棍術也很有造詣，還尤其嗜酒。他的長相醜得出奇，當時最漂亮的製鞋女工伊爾瑪．布瓦西，挺討厭他那副醜相，說了這樣一句精闢的話：「格朗太爾不能看啊！」然而，格朗太爾自命不凡，對此並不介意。他多情地注視所有女人，那神情彷彿是說無論她們哪一個：「只要我願意，都是手到擒來！」而且，他也極力讓夥伴們相信，到處都有女人追他。

所有這些詞語：民權、人權、社會契約、法蘭西革命、共和、民主、人道、文明、宗教、進步等等，在格朗太爾看來都毫無意義，他總是一笑置之。懷疑主義是一種長在人類智慧裡的癰疽，沒有為他的頭腦留下一個完整的思想。他以嘲笑的態度對待生活，這便是他的原則：「我的酒杯滿著，只有這一點是真實可信的。」無論何黨何派的何種忠心，他都一概嘲弄，不管兄弟輩還是父老輩，也不管青年羅伯斯庇爾還是洛瓦茲羅爾。「他們可真夠激進的，全都死了。」他時常高聲這樣說。他對耶穌受難十字架的評價是：「這才是成功的絞刑架。」他好色，愛賭博，放蕩不羈，經常醉醺醺的，還不怕惹那些愛思考的青年討厭，不停地哼唱「我愛姑娘愛美酒」，正是《亨利四世萬歲[31]》。

不過，這位懷疑主義者卻表現出一種狂熱。狂熱的具象既不是一種思想，也不是一種教條，既不是藝術也不是科學，而是一個人，即安灼拉。格朗太爾佩服、喜愛並崇拜安灼拉。這個無政府的懷疑者，在思想絕對的這圈人中間，究竟歸順誰呢？最絕對的人。安灼拉又是如何控制他的

㉖．五路易等於一百法郎，又是「聖路易」的諧音。
㉗．若李的名字只有一個L，現在連發四個L音，而法語這個字母的發音跟「翅膀」相同，故說「用四個翅膀飛翔」。
㉘．格朗太爾的發音與「大R」相同。
㉙．如今稱曼恩林蔭路。
㉚．水手魚：用酒和洋蔥烹調的魚。
㉛．引自科來的喜劇《亨利四世萬歲》。

呢？是透過思想嗎？不是，是透過性格。經常能看到這種現象，即一個懷疑主義者歸附於一個有信仰的人，這就像互補色的規律一樣簡單，總被缺少的東西吸引著。誰也沒有像盲人那樣喜愛陽光，矮女人崇拜高大的軍鼓手，癩蛤蟆的眼睛總望著天空，為什麼？為了觀望鳥兒飛行的模樣。格朗太爾因為疑心病在他的背上蟄伏著，所以他喜歡透過安灼拉看著信念飛翔。他需要安灼拉，他迷戀這個貞潔、健康、堅定、正直、剛強而天真的性格，自己也不明白其中的緣故，也不想弄清楚，只是出於本能欽羨自己的反面。他畸形而病態的思想軟綿綿的，支離破碎而不成形狀，就把安灼拉當作脊椎緊緊附著在他身上。在他的精神上需要依靠這個堅定不移的人來當作支柱。格朗太爾在安灼拉身邊才像個人。況且，他本身就是由兩種表面上互不相容的成分構成。他既愛嘲弄人，又很熱情。他態度冷漠，又有所熱愛。他的頭腦拋開了信仰，可是他的心卻離不開友情。莫大的矛盾，須知一種感情也是一種信念。他的天性如此，有的人生來彷彿就是以作為背面、反面、對立面而活著。他們是波呂丟刻斯、派特洛克羅斯、尼索斯、厄達米達斯、埃菲斯蒂翁、佩什梅雅[32]等那類的人物，只有依附在另一個人背後才能過活。他們的名字是附屬的物品，總寫在連詞「和」的後面；他們的存在不屬於自己，而是另一個人命運的另一面。格朗太爾就是這樣一個人，他是安灼拉的反面。

幾乎可以說，這種結合是以字母開始的。在字母序列中，O和P是分不開的。您隨便講，說O和P可以，說俄瑞斯忒斯和皮拉得斯[33]也可以。

格朗太爾是安灼拉名副其實的衛星，他寄居在這夥青年的圈子裡，在那裡生活，只喜歡跟他們在一起，他們走到哪，他就跟到哪。他的樂趣就在於在酒氣中望著那些曼妙身影來來往往。大家衝著他的好情緒才容忍他。

安灼拉有信念，瞧不起這個懷疑派，他生活有節制，也瞧不起這個醉鬼，僅僅從高傲的態度對他表示一點憐憫。格朗太爾想做個皮拉得斯，可是對方根本不接受。他總受安灼拉喝斥，被粗暴地趕開，但是斥退了又回來，他這樣稱讚安灼拉：「多美的大理石雕像！」

二・博須埃悼勃隆多的誄詞

Oraison funèbre de Blondeau, par Bossuet

一天下午，發生了上述所講的巧合事件，下面就會看到詳情。賴格爾・德・莫在穆贊咖啡館，淫蕩地靠在門框上，一副百無聊賴的樣子，像極了一根人型石柱，腦袋裡除了幻想空無一物，眼睛注視著聖蜜雪兒廣場。背靠門框站著，是站立睡覺的一種方式，也不為思考者所憎惡。賴格爾・德・莫在想一件倒楣事，但並不傷心：那是前天在法學院發生的事情，打亂了他的未來計畫，當然他那計畫也並不十分明確。

遐想並不妨礙馬車經過，也不妨礙遐想的人注意那輛馬車。賴格爾・德・莫的目光漫無目的地遊蕩，朦朧中望見一輛雙輪馬車在廣場上緩緩行駛，彷彿沒有明確的方向。那輛馬車在責罵誰呢？為什麼那樣慢悠悠的呢？賴格爾注意一看，只見車上一個青年坐在車夫身旁，前面放著一個大旅行袋。旅行袋上縫了一張卡片，行人可以看見上面寫著黑體大字：馬呂斯・彭邁西。

賴格爾一看到這個名字，便改變姿勢，直起身來，對著馬車上的青年喊道：

「馬呂斯・彭邁西先生！」

喊聲叫住了馬車。

那青年似乎也在沉思，這時抬起眼睛，應了一聲：

「嗯？」

32・根據希臘神話，波呂丟刻斯和卡斯托耳是異父弟兄，合稱狄俄斯庫里。派特洛克羅斯：阿喀琉斯的好朋友，在特洛伊戰爭中身穿阿喀琉斯的盔甲衝到城下，被赫克托耳殺死，阿喀琉斯為他報了仇。尼索斯：在維吉爾的敘事詩〈伊尼德〉中，他是厄里亞勒的朋友。厄達米達斯：在《托克薩里斯——友誼》中，他是阿雷特和夏里克薩納的朋友。埃菲斯蒂翁：亞歷山大的朋友。佩什梅雅：醫生杜勃勒伊的朋友。

33・根據希臘神話傳說，皮拉得斯是俄瑞斯忒斯的朋友，並幫助他報了殺父之仇。

「您是馬呂斯．彭邁西先生吧？」

「不錯。」

「我正找您呢。」賴格爾．德．莫又說道。

「有什麼事？」馬呂斯問道。那青年的確是馬呂斯，他剛剛離開外公家，就碰見一張新臉孔。「我不認識您。」

「我也一樣，根本不認識您。」賴格爾回答。

馬呂斯以為碰見一個愛開玩笑的人，不知道他要在大街上耍什麼花樣。那時，他可沒有閒情逸致，便皺起眉頭。賴格爾．德．莫並不理會，接著問道：

「前天您沒上學吧？」

「可能沒有去。」

「肯定沒去。」

「您是大學生嗎？」馬呂斯問道。

「對，先生，跟您一樣。前天，我偶然走進學校，您也知道，人有時會產生這種念頭。老師正在課堂上點名。您應該清楚，教師在點名時很可笑，連叫三聲沒人回應，就把人從名單上劃掉。六十法郎學費也就浪費了。」

馬呂斯開始注意聽了。賴格爾繼續說道：

「點名的老師叫勃隆多。您認識，勃隆多那個鼻子又尖又特別靈，喜孜孜地嗅著缺課的人。他陰險地從P字頭開始，這個字母與我毫不相干，我也就沒有注意聽。點名挺順利，沒有一個被除名的，全世界的人都來了，勃隆多神情沮喪。我心下暗想：勃隆多小心肝，今天你找人開刀，卻連鬼影子也抓不到。突然，勃隆多點到馬呂斯．彭邁西，沒人應聲。勃隆多滿懷希望，又提高嗓門叫了一遍：馬呂斯．彭邁西，同時拿起筆。先生，我這人心腸好，當時就想：一個好小子要被除名了。注意，雖然算不上是個好學生，但那可能只是個不準時的大活人，絕不是個鉛屁股，不是個用功的人，不是精通科學、文學、神學、哲學的小書呆子，也不是用別針將自己別在四個學院的書蟲，而是個可敬的懶傢伙，喜歡東遊西逛，遊山玩水，喜歡教導青年女工，追求漂亮姑娘，此刻也許正在我的情婦那裡。要救他一命，讓勃隆多死去！這時，勃隆多將沾有除名墨跡的鵝毛管筆插進墨水瓶，那兇惡的目光掃視課堂，第三次喊道：『馬呂斯．彭邁西！』我應聲回答：『有！』就這樣，您沒有被除名。」

「先生！……」馬呂斯說。

「而我，卻被除名了。」賴格爾．德．莫補充道。

「我不明白您的意思。」馬呂斯說道。

賴格爾接著說：

「這再簡單不過了。我的座位靠近講臺，便於報到，也靠近門口方便溜走。那教師注視我片刻，勃隆多一定是布瓦洛所說的鬼精靈鼻子㉞，他突然跳到L字頭，恰恰是我名字的開頭字母。我叫賴格爾．德．莫。」

「賴格爾！」馬呂斯截口說道，「好漂亮的名字！」

「先生，勃隆多那傢伙點到這個漂亮的名字，喊道：『賴格爾！』我答應一聲：『到！』於是，勃隆多用老虎捕捉獵物那種溫柔的神色望著我，微笑著說道：『您既然是彭邁西，就不會是賴格爾。』這話您聽了也許只是不太中聽，但卻為我帶來悲慘的後果。他說著，就把我的名字劃掉了。」

馬呂斯歎道：

「先生，我實在汗顏無地……。」

「首先，」賴格爾打斷繼續說，「我要求讓我用幾句由衷的讚語弔念勃隆多，以防他的屍身

㉞．戲引布瓦洛《詩藝》中的話：「法蘭西人，天生鬼精靈……」法語中的「鼻子」和「天生」同音。

腐爛。我假定他死了。我這樣假定，並不冤枉他那身皮包骨、那張蒼白的臉、那冰冷的神氣、那僵硬的姿態，以及那股臭味。於是我說道：『要調查清楚，人間的法官。』勃隆多在此長眠，鼻子勃隆多，勃隆多長鼻猴，講紀律如老牛，執行命令的牧羊狗，課堂點名當天使，又公正、又耿直、又準確、又嚴厲，相貌醜陋卻誠實。上帝劃掉他的名字，正如他劃掉我的名字。」

馬呂斯又說：

「實在抱歉……」

「年輕人，」賴格爾．德．莫說道，「這件事是給您的一次教訓，今後應該準時。」

「真是萬分抱歉。」

「今後再也不要害別人被除名。」

「我真是萬分遺憾……。」

賴格爾放聲大笑。

「而我卻喜出望外。我正無可奈何地慢慢滑向律師這個職業，這一除名便救了我。我放棄法庭上的榮耀風光，不用去保護什麼寡婦，也不必去攻擊什麼孤兒；不用穿越司法界，也不必見習了，我終於獲准除名啦。多虧了您啊，彭邁西先生。我打算到您家拜訪，鄭重向您表示感謝。您住在哪裡？」

「就在這車裡。」馬呂斯答道。

「闊氣的標誌，」賴格爾平靜地又說道，「祝賀您。您這住所，每年要付九千法郎租金。」

這時，庫費拉克走出咖啡館。

馬呂斯苦笑道：

「這輛車，我已經租了兩個小時了，正打算離開呢。可是，說來話長，我還不知道要去哪。」

「先生，」庫費拉克說道，「去我家吧。」

「本來該由我優先邀請，」賴格爾指出，「不過，我沒有家。」

「住口，博須埃。」庫費拉克又說道。
「博須埃，」馬呂斯怪道，「您好像叫賴格爾。」
「賴格爾．德．莫，」賴格爾答道，「別號博須埃。」
庫費拉克登上馬車，說道：
「車夫，去聖雅克門旅館。」
當天晚上，馬呂斯就到聖雅克門旅館，在庫費拉克的隔壁房間住下。

三．馬呂斯的驚奇

Les étonnements de Marius

相處幾天後，馬呂斯便成了庫費拉克的朋友。青春是創傷癒合最快的時期。馬呂斯在庫費拉克身邊能夠自由地呼吸，這對他來說是件頗為新鮮的事。庫費拉克不問他什麼，甚至連這種念頭也沒有。在這種年齡，什麼事都立刻表現在臉上，用不著說話。可以說，有一些青年，有什麼話就立即表現在臉上，彼此一見面，就相互瞭解了。
然而，有天早晨，庫費拉克劈頭問了一句：
「喂，您有政治見解嗎？」
「這還用問！」馬呂斯說，他覺得對方問得有點唐突。
「您是什麼派的？」
「波拿巴民主派。」
「灰色調，安心的小老鼠。」庫費拉克說道。
次日，庫費拉克帶他去穆贊咖啡館。然後，他面帶微笑，湊到耳邊輕聲對他說：「我應當把您引入革命的門。」於是，他把馬呂斯帶到ＡＢＣ朋友會那間大廳，介紹給其他夥伴，並低聲說了一句簡單而馬呂斯卻聽不懂的話：「一名學生。」

馬呂斯落入一夥才氣橫溢的蜂窩裡。不過，他盡管神態嚴肅而寡言少語，但是既不少翅膀，也不少螫針。

基於習慣和情趣，馬呂斯一直無法融入，喜歡自言自語和個別談話，剛進入這夥青年的圈子時，不免有點惶遽畏怯。這裡各種各樣的原創精神同時吸引了他，又同時爭奪他。這些思想又自由、又活躍，亂紛紛地來來往往，也把他的思想捲入旋蕩中。有時他六神無主，思緒跑得極遠，幾乎難以追尋了。他聽見別人議論哲學、文學、藝術、歷史、宗教，而議論的方式卻出乎意料。他隱約看到一些奇特的景象，由於沒有放在遠景上觀望，覺得一片混亂。他從外公的觀點轉到父親的觀點上，就自以為穩定下來了，可是他懷疑現在並沒有穩定，對此心裡隱隱不安，又不敢承認。他觀察任何問題的角度重新開始移動，頭腦中的全部景象好像也隨之晃動起來。這內心的翻騰來得奇特，他幾乎感到痛苦。

在這些青年的眼中，似乎沒有什麼「定論的東西」。無論什麼話題，馬呂斯都聽到別出心裁的言論，令他那還有幾分膽怯的中心思想頗不自在。

一張劇院海報赫然在目，那一齣悲劇的花體字標題，正是所謂古典主義的老劇碼。巴奧雷喊道：「打倒資產階級喜愛的悲劇！」馬呂斯卻聽見公白飛反駁道：

「你錯了，巴奧雷。資產階級喜愛悲劇，在這一點上，就不要打擾他們的興致了。人物戴假髮的悲劇，自有它存在的道理。我絕不像某些人那樣，以埃斯庫羅斯名義否認它的存在權利。自然界裡有的初具形體，萬物中有的完全是滑稽的模仿：鳥嘴不是鳥嘴，翅膀不是翅膀，鰭不是鰭，爪子不是爪子，痛苦的叫聲令人發笑，這就是鴨子。不過，既然家禽與鳥類能夠共存，那麼我就看不出，為什麼古典主義悲劇就不能與古代的悲劇共存。」

還有一次，馬呂斯走在安灼拉和庫費拉克中間，碰巧經過尚・雅克・盧梭街。

庫費拉克抓住他的胳臂，說道：

「注意！這是石膏窯街，只因六十年前，這裡住過一對奇怪的夫婦，今天就叫尚·雅克·盧梭街了。那對夫婦叫尚·雅克和泰蕾絲，不斷的生孩子，泰蕾絲只管生，尚·雅克只管丟棄。」

安灼拉立刻喝斥公白飛。

「在尚·雅克面前不要說三道四。這個人我敬佩。不錯，他遺棄了自己的孩子，可是他收養了人民。」

這些青年中，誰也不講「皇帝」這個詞。惟獨若望·普魯維爾有時稱「拿破崙」，其他人都說「波拿巴」，安灼拉則稱做「布奧拿巴」。

馬呂斯心中暗暗稱奇，「智慧的初萌。㉟」

四·穆贊咖啡館後廳

L'arrière-salle du café Musain

在這些青年的談話中，馬呂斯有時也插上兩句，有一次談話當真震撼了他的思想。

那是在穆贊咖啡館後廳。ABC朋友會的成員，那天晚上幾乎到齊了，鄭重其事地點上了大油燈。大家隨便閒聊，談興不高，嗓門卻很大。只有安灼拉和馬呂斯沉默不語，其他人多少都東拉西扯。夥伴之間的談話有時就是這樣，既心平氣和，又吵吵嚷嚷。一種嬉戲，一種胡鬧，也相互談話。大家你拋一句，我拋一句，再趕緊追上話。他們從四方交談。

女人不准進入後廳，只有洗杯盤的女工路易松例外，她從洗碗間到「配膳室」，要穿過後廳。

㉟·原文為拉丁文。引自《聖經》中〈箴言〉：「上帝的擔心是智慧的初萌。」

格朗太爾已經酩酊大醉，佔據了角落在叫嚷，那聲音震耳欲聾。他翻來覆去拚命地爭論：

「我渴了。世人啊，我做了一個夢，夢見海德堡的大酒桶突然中了風，於是放上十二條螞蟥吮吸它，我就是其中之一。我要喝。我渴望忘掉人生。人生，不知道是誰的醜惡發明。人生一晃就過去，而且毫無意義。為了生活累死、累活。生活這個布景極少有可通行的門窗。幸福也只是一面上油漆的舊木框。〈傳道書〉中說：一切都是虛榮。我跟這個傳道的老兄看法一樣，也許世上從來沒有他那個人。零，不願意赤條條地出去，就穿上虛榮的外衣。虛榮啊！用大話美飾一切的外衣！廚房叫配膳室，跳舞的稱老師，街頭賣藝的是體操家，打拳的稱拳擊家，賣藥的稱化學家，理髮的叫藝術家，和泥匠稱建築師，賽馬手叫運動員，甲殼蟲叫鼠婦。虛榮有正反兩面：正面傻，是渾身掛滿彩色玻璃珠子的黑人；反面蠢，是滿身破衣爛衫的哲人。我要為一個流淚，為另一個發笑。所謂的榮譽和尊嚴，就算是榮譽和尊嚴吧，一般來說也是混雜的東西。帝王拿人的尊嚴當玩物。就跟卡利古拉[36]一樣。現在，你們就到『飛馳』執政官和『牛排』小爵士中間炫耀自己吧！至於人的自身價值，也不見得多受兩分尊重。聽一聽鄰居是怎麼互相讚揚的吧。白對白是殘酷無情的，百合花若是有口說話，不知會把白鴿糟蹋成什麼樣子！一個虔婆嚼舌頭說一個信婦，那話比蛇蠍還要惡毒。可惜我是個不學無術的人，要不然，就給你們舉出一大堆這類事例，可是，我什麼也不知道。其實，我一直挺聰明，當初我在格羅門下學繪畫，就不願意胡亂塗抹，有時間就去偷蘋果吃。藝人和強人，不過一字之差，這還滿對我的胃口。至於你們這些人，跟我也不相上下。我才不在乎你們的完美、優點和長處。任何長處都會陷入一種短處：節儉接近吝嗇，慷慨類似揮霍，勇敢近乎逞能。誰說他十分虔誠，就說明了他有些虛偽，美德中的罪惡，恰恰跟第歐根尼[37]袍子上的洞一樣多。你們讚賞誰，被殺者還是殺人者？凱撒還是布魯圖斯？一般來說，人總是擁護殺人者。布魯圖斯萬歲！他殺了人，這就是美德。是美德嗎？就算是吧，但也是瘋狂。那些偉大人物身上總有些奇怪的污點。殺了凱撒的那個布魯圖斯，卻愛上了一個小男孩的雕像，那尊雕像是希臘雕塑家斯特隆吉利翁[38]的作品，他還雕塑了一個騎馬女子的形象，名叫厄克納莫斯，又稱美腿，尼祿常攜帶著旅行。那個斯特隆吉利翁只留下兩尊雕像，就使布魯圖斯和尼祿結為同好：布魯圖斯愛上一個，尼祿愛上另一個，整個歷史就是不厭其煩地重複。一個世紀是另一個世紀的翻版。馬倫哥戰役是彼得那㊴戰役的仿作。克洛維斯的托爾皮亞克戰役㊵和拿破崙的奧斯特里茲戰役，就像兩滴血似的一模一樣。愚蠢的行為莫過於征服，真正的勝利是說服。真的，還是盡量證明點什麼吧！你們只滿足於成功，多麼庸俗啊！只滿足於征服，多麼可憐啊！唉，虛榮和卑怯到處氾濫。什麼都得服從成功，連語法也不例外。賀拉斯就說過：『如果這是約定俗成。』因此，我鄙視人類。難道我們要從總體降到局部嗎？難道要我讚賞人民嗎？請問是哪一國人民呢？是希臘嗎？雅典人，即古代的巴黎人，殺了福基翁㊶，正如巴黎人殺了柯利尼．加斯帕爾㊷，而且諂媚暴君，阿納塞福雷甚至說：『庇西斯特拉特㊸的尿能引來蜜蜂。』五十年間，希臘最重要的人物，就是那位語法家菲勒塔斯，可是他的身子極小極矮，怕被風刮跑，鞋底不得不灌上鉛。在科林斯最大的廣場上，有西拉尼翁㊹所雕的一尊石像，曾由普林尼收入總匯，那是埃庇斯塔特的雕像。埃庇斯塔特是幹什麼的呢？他發明了一種旋風腳，這樣就概括希臘和光榮了嗎。再談談別的人民。我會讚賞英國嗎？我會讚賞法國嗎？讚賞法國？為什麼呢？是因為巴黎嗎？剛才跟你們講了我對雅典的看法。讚賞英國嗎？為什麼呢？是因為倫敦嗎？我恨迦太基。再說，倫敦，作為窮奢極欲的大都市，也是貧窮困苦的首府。僅僅在查林．克羅斯教區，每年就餓死一百人。阿爾比翁㊺就是這樣。再補充一點，有更誇張的，我

㊱．卡利古拉（一二—四一）：羅馬帝國皇帝，因神經錯亂而行為怪異。曾把一匹馬封為執政官，查理二世曾把一塊牛排封為騎士。
㊲．第歐根尼：西元三世紀希臘作家。
㊳．斯特隆吉利翁：西元前五世紀末希臘雕塑家。
㊴．彼得那：希臘城市名。西元前一六八年，羅馬執政官保羅．埃米爾率軍在彼得那戰勝馬其頓，結束了馬其頓的獨立，史稱彼得那戰役。
㊵．托爾皮亞克：高盧古地名，即今天的德國城市曲爾皮西。西元四九六年，法蘭克人在此戰勝日爾曼人。
㊶．福基翁（約西元前四〇二—前三一八）：雅典將軍和政治家，因主張和平而被判處死刑。
㊷．柯利尼（一五一九—一五七二）：海軍元帥，因信奉新教而被朝廷殺害。
㊸．庇西斯特拉特（西元前六〇〇—前五二七）：雅典暴君。
㊹．西拉尼翁：西元前四世紀希臘雕塑家。
㊺．阿爾比翁：英格蘭的古稱。

目睹一個英國女郎戴著玫瑰花冠和藍眼鏡跳舞。因此，去它的英國吧！我若是不賞識約翰牛，難道就賞識約拿單[46]？那個買賣奴隸的弟兄，不大合乎我的口味。去掉『時間就是金錢』，英國還剩下什麼呢？去掉『棉花就是王』，美國還剩下什麼呢？德國嘛，那是淋巴液；義大利嘛，那是膽汁。我們是不是對俄羅斯傾倒呢？伏爾泰讚賞俄羅斯，他也讚賞中國。我承認俄羅斯有美的東西，其中有一種是牢固的專制主義；不過，我可憐那些專制君主，他們弱不禁風。有一個阿列克賽丟了腦袋，有一個彼得被刺殺，一個保羅被勒死，另一個保羅被靴子踏成肉餅，好幾個伊凡被掐死，好幾個尼古拉和瓦西里被毒死，這一切表明，俄國皇宮明顯處於有害健康的狀態。所有文明的民族無不讓思想家欣賞戰爭這種東西，然而戰爭，文明戰爭，把強盜搶掠的各種形式，從賈克薩山口雪茄走私者的欺詐，到柯曼什印第安人在險隘道的掠奪，全都匯總用上了。哼！你們要對我說，歐洲總比亞洲強些吧？我承認亞洲很滑稽，然而，你們這些西方人，你們時髦的盛裝豔服附有高貴的各種污穢，從伊莎貝拉王后的髒襯衫到王子的馬桶，無不具備，我想不通你們還有什麼資格嘲笑大喇嘛。稱為人的先生們，告訴你們，完蛋啦！要知道，布魯塞爾消費的啤酒最多，斯德哥爾摩消費的烈酒最多，馬德里消費的巧克力最多，阿姆斯特丹消費的刺柏子酒最多，倫敦消費的葡萄酒最多，君士坦丁堡消費的咖啡最多，巴黎消費的苦艾酒最多：這就是全部有用的知識。總和來說，巴黎佔了上風。在巴黎，連舊貨商販都在花天酒地。第歐根尼在比雷埃夫斯當哲學家，也許同樣願意在摩貝爾廣場賣破爛。還要學學這些：賣破衣爛衫的商販喝酒場所，都叫劣質酒館，最有名的有『炒鍋』酒館和『屠宰場』酒館。因此，呵！城郊酒家、宴席館、小酒店、小小酒館、大眾咖啡館、小酒家、酒館舞廳、醉仙樓、破爛商販去的劣質酒店、哈里發沙漠旅行隊旅店，跟你們說明了這些，要知道我是個愛享樂的人，常去理查飯店吃四十蘇的飯，我需要一塊波斯地毯，在那裡裹上赤條條的埃及豔后！埃及豔后在哪兒？哦！是妳呀，路易松，妳好。」

格朗太爾醉到十二分，待在穆贊咖啡館後廳的角落裡，就這樣喋喋不休，又撩逗經過這裡的洗杯盤女工。

博須埃伸手指他，試圖讓他住口，而格朗太爾更加起勁了：

「莫城的鷹，收起你的爪子，你那樣對我起不了一點作用，那姿勢就像希波克拉底拒絕阿爾塔薛西斯的陳詞濫調。你就不必費勁勸我安靜。況且，我正在傷心，要我跟你們講什麼呢？人是壞東西，人是畸形的；蝴蝶是成功之作，人是做壞了，上帝沒有把這種動物創造好。人群裡一個比一個醜陋，隨便碰到一個就是個無賴，女人也下流無恥。是啊，我患了憂鬱症，既憂傷，又思鄉，還神經衰弱，心中煩躁，好焦躁，好打呵欠，好憋悶，好厭倦，好無聊！讓上帝見鬼去吧！」

「住口，大R！」博須埃又說。他正與周圍的人討論一個法律問題，一句法學界專業術語來解釋的話講了大半，下面是收尾：

「……至於我，雖然還難以被稱作法學家，頂多是個業餘檢察官，但我卻支持這一點：根據諾曼第的習慣做法，每年到聖蜜雪兒節，無論業主還是遺產被扣押者，除了其他義務之外，所有人以及每個人，都要向領主繳納一筆等值稅，這適用於長期租約、普通租約、自由地產、教產租約和公產租約、典押契約……」

「回音，哀怨的仙女。」格朗太爾低聲吟詠。

格朗太爾身邊有一張桌子相當安靜，上面放著一張紙、一個墨水瓶和一支筆，兩邊各擺一隻小酒杯，這表示他正在醞釀創作一齣鬧劇。兩顆運轉的腦袋靠在一起，正低聲商量著這件大事。

「先擬定角色的名字。有了名字，就找到主題了。」

「不錯！你說吧，我來寫。」

「多利蒙先生？」

「大財主？」

㊻．約拿單：美國人的貶稱。

「當然。」

「他女兒，賽萊絲汀。」

「……汀。還有呢？」

「聖瓦爾上校。」

「聖瓦爾這名字太舊了，叫瓦爾散吧。」

挨著兩個想當鬧劇作家的，還有一夥人，他們趁著別人喧嚷，正小聲談論一場決鬥。一個三十歲的老手教導一個十八歲的青年，向他介紹他所碰到的對手。

「見鬼！您可得當心。那是個出色的劍手，劍術精巧，善於攻擊，手腕有力到每一招都很穩，騰閃靈活，動作疾如閃電，招式恰到好處，反擊準確無誤，老天！而且，他還是左撇子。」

若李和巴奧雷在格朗太爾對面的角落，一邊玩骨牌一邊談論愛情。

「你呀，多幸福啊，」若李說道，「有一個總是歡笑的情婦。」

「這正是她的缺點。」巴奧雷回答，「當人的情婦不要一直笑，笑就是鼓勵人欺騙她。看見她高興，你就不會感到內疚；反之，看見她傷心，你就會受到良心的責備。」

「真沒良心！擁有一個愛笑的女人該有多好！你們兩個絕不會吵架。」

「這是因為我們有協定。我們組成小小的神聖同盟之時，就劃定了每人的邊界，我們從不超越。北側屬於沃地區，南側屬於熱克斯地區㊼。於是就相安無事了。」

「相安無事，這種幸福是可以消受的。」

「你怎麼樣，若勒勒李，你跟那女孩鬧彆扭，鬧到什麼程度啦？……你知道我指的是誰。」

「她倒沉得住氣，狠下心跟我賭氣。」

「你還真多情，肯為心上人憔悴。」

「唉，是啊！」

「換了我，就不理她了。」

「說得容易。」

「做起來也不難。她不是叫穆西什塔嗎？」

「對。噢！我可憐的巴奧雷，她是個非常漂亮的姑娘，很有文學修養，小手小腳，超會穿戴打扮，生得又白淨又豐滿，有一雙用紙牌幫人算命的眼睛。我迷上她了。」

「親愛的，那就應該讓她開心呀，衣服要漂亮些，裝作無精打采的樣子。到斯托伯時裝店買一條高級皮褲吧。也有出租的。」

「要多少錢？」格朗太爾嚷道。

第三個角落的人正熱烈地議論詩歌。世俗的神話與基督教神話相互較量。若望．普魯維爾正是基於浪漫主義而擁戴奧林匹斯山。別看他平時很靦腆，一旦激動起來，他就會慷慨陳詞，進入興奮狀態，情緒更加高漲，顯得既歡快又抒情。

「不要褻瀆神仙，」他說道，「那些神仙也許並沒有離開。朱庇特絲毫沒有給我以死去的印象。你們總說，神仙是幻象，然而，即使在自然界，在幻象消逝之後今天的自然界，還能重新找到所有古老而偉大的世俗神話。有輪廓像城堡的山，例如維尼馬爾峰，在我看來還是席柏勒[48]的髮髻；也沒有什麼能向我證明，夜晚時分潘神不會來吹中空的柳樹幹，並用手指輪流按著樹洞。我還始終相信，伊娥[49]與牛溲瀑布有點關聯。」

最後那個角落在談論政治，抨擊御賜的憲章。公白飛支持憲章的論點也開始軟弱無力，論點已經有缺口了，所以庫費拉克攻勢很猛。那著名的圖蓋憲章[50]。也該倒楣，正好有一份擺在餐桌上，庫費拉克抓在手裡，一邊闡述他的觀點，一邊抖得那張紙刷刷作響。

㊼．指法國和瑞士因一八一五年巴黎第二協定的條款所產生的邊界爭端：熱克斯地區屬於法國，但又位於法國海關之外。

㊽．席柏勒：希臘神話中的眾神之母。

㊾．伊娥：希臘神話中天后赫拉的首席祭司，因得到宙斯的愛，被赫拉變成小母牛。

㊿．由圖蓋刻印在鼻菸紙上的憲章。

「首先，我不要國王。哪怕是單從經濟觀點來看，也不要國王。國王是寄生蟲，世上沒有無償的國王。聽聽這一點：國王的花費，弗朗索瓦一世死的時候，法蘭西公債為三萬利弗爾；路易十四死的時候，公債為二十六億，二十八利弗爾等於一馬克，據德馬雷說，在一七六〇年等同於四十五億，在今天則等同於一百二十億。其次，請公白飛別見怪，一部御賜的憲章，是文明的一種糟糕的措施。什麼拯救過渡，緩和過程，減少動盪，透過憲章虛幻的條文，要國家在不知不覺中從君主制轉為民主制，這些全是拙劣的理由！不行！不行！絕不能用虛假的光去照耀人民。立國之道若處在你們立憲的地窖裡，鐵定會枯萎衰敗。不要變種、不要折衷、不要國王恩賜給人民。在所有恩賜的條款裡，就有一個第十四款憲章[51]。一隻手贈給，旁邊還有一隻爪子要收回。我堅決拒絕你們的憲章，憲章是個假面具，下面掩藏著謊言。人民接受憲章就等於拱手讓出權利。只有完整，人權才成其為人權。不行！不行！不要憲章！」

此時正值寒冬，兩段劈柴在壁爐裡嗶啵作響，頗具誘惑力。庫費拉克按捺不住，將那可憐的圖蓋憲章搓成一團，扔進火裡。紙團燃燒起來了，公白飛以哲人的冷靜態度望著路易十八的傑作燃燒，僅僅說了一句：

「憲章化為火焰。」

挖苦奚落，俏皮風趣，冷嘲熱諷，這類東西在法國叫活躍，在英國叫幽默，不管趣味高低，理由好壞，談鋒好似鑽天的煙火，一齊發射，在大廳的各個角落相交叉，在頭上形成一種快樂的轟擊。

五．擴大視野
Élargissement de l'horizon

有一種奇妙的現象就是青年的思想互相撞擊，很難預見會迸出什麼火花，也很難預測會激發何等閃電。等一會兒要迸發什麼呢？無從知曉。動情的談話中突然爆發一陣笑聲。在說笑打趣的時候，忽又進入嚴肅的氣氛。隨便一句話就能引起衝動，每個人都受到興致的主宰，一句俏皮話就足以別開生面。這種交談峰迴路轉，景象往往瞬息萬變，而偶然則是這種談話的巧妙安排者。

這天，格朗太爾、巴奥雷、普魯維爾、博須埃、公白飛和庫費拉克，他們舌劍脣槍，混戰一場，突然，一個嚴肅的思想奇怪地出現，穿過嘈雜的話語。

在交談中，那句話是怎麼出現的呢？又是如何憑自身引起聽者的注意呢？剛才我們說過，誰也弄不清楚，在喧鬧聲中，博須埃接著公白飛的一通指責，突然說出這個日期：

「一八一五年六月十八日：滑鐵盧。」

馬呂斯旁邊放著酒杯，臂肘支在餐桌上，他聽到這個名稱，便把手腕從下頦抽開，開始凝視在座的人。

「沒錯，」庫費拉克嚷道，「十八這個數字很特別，總令我吃驚。這是波拿巴的命數。把路易放在這個數字前面，把霧月放在這個數字的後面[52]，你就看到了這個人的整個命運，特點也很突出：開場後面緊跟著終場。」

安灼拉一直沒講話，這時打破沉默，對著庫費拉克說了一句：

「你是說罪行後面緊跟著懲罰吧。」

馬呂斯聽人突然提到滑鐵盧，就深受觸動，「罪行」這個詞則超出了馬呂斯可以接受的限度了。

他站起身，從容走向牆上掛的法蘭西地圖，用手指按住地圖下方有個島嶼的單獨方格上，說道：

---

[51]．第十四款給國王保留為國家安全頒布法令的權力，從而引起自由派的懷疑，並成為一八三〇年七月革命的導火索。

[52]．指路易十八，拿破崙下臺後的法國國王；法國寫年月日的順序與中國相反。共和八年霧月十八（一七九九年十一月九日），拿破崙發動政變，上臺執政。

「科西嘉。一個使法蘭西變得偉大的小島。」

就像吹來一股冷風。大家都戛然住口，似乎要發生什麼事情。

巴奧雷原本昂首挺胸，正要回擊博須埃，這時也放下架子傾聽。

安灼拉的藍色目光沒有落到任何人身上，彷彿凝注虛空，他並不看馬呂斯，答道：

「法蘭西要偉大，不需要什麼科西嘉。法蘭西偉大，就因為她是法蘭西，『因為我叫獅子』。」

馬呂斯毫無退卻之意，他轉向安灼拉，以發自肺腑的洪亮聲音說：

「我絕不想貶低法蘭西！不過，將拿破崙與她合起來，絕沒有貶低她。哦，這個問題，倒可以談一談。我是新加入你們的，但是老實說，你們叫我驚訝。我們處於什麼狀態？我們是什麼人？你們是什麼人？我是什麼人？我們就來談談君王吧。我聽你們講波拿巴，就像保王黨那樣突出句尾的『烏』音。可以告訴你們，我外公講得更道地，他說波拿巴特。我原以為你們是青年。可是，你們的熱情到底放在什麼上面呢？到底用來做什麼呢？你們不敬佩君王，那麼敬佩誰呢？你們還要求什麼呢？這個偉人你們都不要，那麼還要什麼偉人呢？他什麼都具備，是個完人，頭腦裡裝有人類才智最上乘之處。他跟查士丁尼一樣制定了法典，跟凱撒一樣治理；他的談話兼有巴斯卡的閃電和塔西陀的雷霆；他既創造歷史，又寫歷史，他的戰報就是史詩，他組合了牛頓的數字和穆罕默德的象徵，身後在東方留下了如金字塔一般巨大的訓喻，他在蒂爾西特[53]教導帝王們如何保持尊嚴，在科學院反駁拉普拉斯[54]，在國務會議上與梅爾蘭[55]分庭抗禮，將一些人的幾何學注入靈魂，也將另一些人的詭辯注入靈魂；他跟檢察官在一起就是法學家，跟天文學家在一起就是星相家；如同克倫威爾要吹滅兩根蠟燭中的一根那樣，他也去神廟街為窗簾上的一個墜球討價還價；他無所不見，無所不知，盡管如此，他笑起來，也像守著小孩搖籃的天真男子那樣；猛然間，驚慌的歐洲開始傾聽了，大軍浩浩蕩蕩，炮隊滾滾向前，浮橋在河上伸延，騎兵飛馳，如同暴風中翻滾的烏雲，呼喊聲、軍號聲，各國寶座都動搖了，各王國的邊界在地圖上晃動，忽聽一個超人的寶劍出鞘聲響，只見他在地平線上站起來，手中烈焰熊熊，眼裡金光閃閃，兩隻翅膀在雷電裡展開，即大軍和老羽林軍，那便是戰爭大天使！」

全場默然，安灼拉低著頭。沉默總有點默許或無言以對的意味。馬呂斯幾乎沒有喘息，更加激動地繼續說：

「朋友們，大家要公正！有這樣一個君王的帝國，這是人民多麼光輝燦爛的命運！尤其是法蘭西人民，能把自己的天才加入此人的天才中！縱橫馳騁，節節勝利，到各國首都宿營，讓手下的士卒當國王，宣布各個王朝覆滅，以衝鋒的步伐改變歐洲的面貌；你一發威，就讓人感到你手握著上帝的寶劍；跟隨這個人，跟隨這個每天用捷報為你拉開清晨的偉人之子民，他是漢尼拔、凱撒和查理大帝的化身；以殘廢軍人院的大炮為鬧鐘，讓馬倫哥、阿科萊、奧斯特里茲、耶拿、瓦格拉姆這些彪炳千古神奇的詞語，如同勝利之星一般躍上千秋萬代的蒼穹，使法蘭西帝國與羅馬帝國旗鼓相當；成為偉大的民族，孕育偉大的軍隊，派出百萬雄師飛赴世界各地，如同一座山峰遣雄鷹飛向四方，去戰勝，去控制，去摧毀；在歐洲成為因榮耀而金光閃閃的人民，奏響穿越歷史的天人的音樂，憑武功和歎服兩次征服世界，這真是無與倫比，還有什麼更偉大的呢？」

「自由。」公白飛說道。

這回，輪到馬呂斯低下頭。這個簡單而冰冷的詞兒，宛如一把鋼刀，刺透他的慷慨陳詞，他立時感到內心的激情化為烏有。等他又抬起眼睛的時候，公白飛已經不在了，大概因為駁斥了這副高論而心滿意足，隨即走開了，除了安灼拉之外，其他人也隨他而去。大廳一下子空了，只留下安灼拉獨自面對馬呂斯神色嚴肅地看著他。然而，馬呂斯並不認輸，他稍微收攏一下思想，那內心激動的餘波自然要表露出來，要與安灼拉展開論戰，這時，忽聽有人邊下樓邊歌唱。那正是

㊸．當時俄國地名。
㊹．拉普拉斯（一七四九—一八二七）：法國天文學家、數學家和物理學家。
㊺．梅爾蘭（一七五四—一八三八）：法國政治家。

公白飛，只聽他唱道：

凱撒如相贈
光榮與戰爭，
並要我離開
母親那份愛，
我要對偉大的凱撒說：
收回你那權杖和戰車，
我更愛母親，咿呀嗨！
我更愛母親。

公白飛聲調溫柔而粗獷，賦予這段歌一種奇特的雄渾氣勢。馬呂斯若有所思，望著天花板，幾乎下意識地重複道：「母親？……」

這時，他感到安灼拉的手搭到他肩上。

「公民，」安灼拉對他說，「母親，就是共和國。」

六・窘境

Res angusta

這次晚間聚會深深震動了馬呂斯，在他心靈留下一片憂傷的陰影。他感受的傷痛也許就像大地被鐵犁破開並播下麥種那樣，要等以後才能嚐到萌芽的顫動和結實的喜悅。

馬呂斯心情沉重，一種信念剛剛樹立起來，難道就要拋棄了嗎？他心裡明確說不行，明確說他不願意懷疑，可是，他又不由自主地開始懷疑了。處於尚未走出和尚未走入的兩種信仰之間，是難以忍受的。黃昏的暮色，只有蝙蝠那樣的心靈才喜歡。而他馬呂斯心明眼亮，需要看到真正的光，受不了懷疑的半明半暗。他要留在原地，固守在那裡，這種願望不管多麼強烈，他也抵擋不住另一股力量，不得不繼續前進，不得不驗證思考，走得更遠。那股力量要把他引向何處？他是走了多少路才接近他父親，怕現在又要一步一步遠離而去。思潮翻騰，越想越苦惱。只見周圍出現懸崖峭壁，無路可走。他既不贊成外公的思想，也不同意他朋友的觀點。他在前者眼中大膽冒進，而在後者看來又落伍了。於是他承認自己既脫離了老一輩，又脫離了年輕一代，從兩方面都是孤立的。他不再去穆贊咖啡館了。

他的思想處於這種混亂狀態，就不大考慮生存的一些實際問題。而生活的現實卻不容忽視，突然來拐他一臂肘。

有天早晨，客店老闆走進馬呂斯的房間，對他說道：「庫費拉克先生為您擔保。」

「對。」

「可是，我得收房租了。」

「請庫費拉克來跟我談談吧。」馬呂斯說道。

老闆請來庫費拉克，便離去了。馬呂斯沒有想過要跟庫費拉克全盤托出他的情況，說他父母雙亡，在世上孤單一人。

「那您打算怎麼辦呢？」庫費拉克問道。

「毫無打算。」馬呂斯答道。

「您打算做什麼呢？」

「毫無打算。」

「您有錢嗎？」

「有十五法郎。」

「要我借給您一些嗎？」

「絕不。」

「您有衣服嗎？」

「就這些。」

「您有首飾嗎？」

「有一隻表。」

「銀的？」

「金表。就是這支。」

「我認識一個服裝商人，他會收購您的燕尾服和長褲。」

「很好。」

「這樣，您就只剩下一條長褲、一件外套、一件上衣和一頂帽子。」

「還有這雙靴子。」

「什麼！您總不至於打赤腳吧？真夠闊氣呀！」

「有這些就夠了。」

「我還認識一個鐘表商，他會買您的懷表。」

「很好。」

「噯，好什麼，今後您怎麼辦呢？」

「怎麼辦都行，反正要老老實實做人。」

「您會英文嗎？」

「不會。」

「會德文嗎？」

「不會。」

「那就算了。」

「問這幹什麼？」

「我有個朋友是書商，他要出版一種百科全書。您若是行，就可以翻譯德文或英文。稿費很少，但總可以餬口。」

「那我就學習英文和德文。」

「學習期間呢？」

「學習期間，我就變賣衣服和表。」

服裝商出了二十法郎買下那身舊衣裳。他們又去鐘表店，將那支表賣了四十五法郎。

「還不賴，」回到旅館，馬呂斯對庫費拉克說，「加上我這十五法郎，一共八十法郎。」

「還有客房的帳單呢？」庫費拉克提醒。

「哦，我倒忘了。」馬呂斯說道。

馬呂斯立刻付了旅館的帳單，一共七十法郎。

「見鬼了，」庫費拉克又說道，「您得在學英語的期間用五法郎吃飯，學德語的期間用五法郎吃飯。這就意味著要把課本狼吞虎嚥的唸，或者要把一百蘇錢細嚼慢嚥的花。」

這段期間，吉諾曼姨媽終於摸到馬呂斯的住處，其實她心地相當善良，不忍心看別人落入淒涼的境況。一天上午，馬呂斯從學校回來，發現姨媽的一封信和六十銀幣，即封在盒裡的六百金法郎。

馬呂斯將錢如數退還給姨媽，並附了一封措辭恭敬的信，說他已有謀生方法，今後足能維持生活了。當時，他身上只剩下三法郎。

拒絕收錢的事，姨媽隻字未提，怕外公一氣之下永絕親情。況且他曾說過：「永遠也不要跟我提起這個吸血鬼！」

馬呂斯不願負債，就離開了聖雅克門旅店。

第五卷：苦難的妙處
Excellence du malheur

一・馬呂斯窮困潦倒
Marius indigent

馬呂斯的生活開始艱困了。賣掉衣服和表餬口還不算什麼，他又嘗到了難以言傳的東西，所謂的「貧窮生活」。可怕的東西，這其中包含白天沒有麵包，夜晚失眠，晚間無燭光，爐子無火，一週週虛度，未來希望渺茫，衣服袖肘磨破了，舊帽子惹姑娘們笑話，因為欠房租而在晚上吃了閉門羹，門房和旅館老闆傲慢無禮，鄰居譏笑，受人白眼侮辱，尊嚴遭到踐踏，為了餬口什麼活都得做，飽嘗生活的厭惡、苦澀和沮喪。馬呂斯學會了如何吞下這一切，如何總是吞下同樣的東西。人生到這個階段因為需要愛情，所以也需要自尊，可是，他卻感到衣衫襤褸而受人蔑視，感到自己窮苦而顯得可笑。人到了這個年齡，青春使你的心胸充滿了無比的自豪，而他卻總要低頭去看腳上磨出洞的靴子，體驗到窮困底下不公正的恥辱和刺心的羞慚。這是個值得稱讚而又可怕的考驗，通過考驗後，意志薄弱的人會變得無恥卑鄙，意志堅強的人則變得超凡脫俗。窮困是一個熔爐，每當命運需要一個壞蛋或一個神人時，就把一個人丟進去。

須知在細小的搏鬥中，會有許多偉大的行動。在黑暗中對付生計和醜惡的致命侵犯，要步步防衛，表現出堅忍不拔而又鮮為人知的勇敢。高尚而隱密的勝利，不為人所見，不能揚名，也沒有鼓樂歡迎。生活、不幸、孤獨、遺棄、窮困，無一不是戰場，無一不產生英雄。無名英雄，有時比著名的英雄更偉大。

罕見的堅強性格就是這樣創造出來的。窮困，幾乎總是後母，有時還是親娘，困苦往往孕育心靈和精神的力量。艱苦是志氣的奶媽，不幸則是哺育高尚之人的好乳汁。

馬呂斯的生活中有段時間，自己掃樓梯，去蔬果店買一蘇的布里乾酪，等到天黑後才溜進麵包鋪買一塊麵包，悄悄帶回閣樓，就好像是偷來的。偶然也有人看見一個笨拙的青年，腋下夾著書本，鑽進街角的肉鋪裡，擠入愛挖苦人並推擠他的廚娘中間，那樣子又膽怯、又惱人，一見面就摘下帽子，露出流汗的腦門，對著驚訝的老闆娘深施一禮，又對著肉店夥計鞠了一躬，要了塊羊排骨，付六七蘇錢，再用紙包起來夾到腋下的書本中間，然後離去，他就是馬呂斯。他自己料理那塊排骨，得吃三天。

頭一天吃肉，第二天吃肥油，第三天啃骨頭。

吉諾曼姨媽多次設法給他那六十皮斯托爾，但馬呂斯總是把錢退回去，說他什麼也不缺。

前面說過他的思想發生了革命，當時他還在為父親服喪，後來就一直沒有離開那套黑衣服，然而，衣服卻要離他而去。終於有一天，那連黑上衣都沒有了，只剩一條黑長褲。怎麼辦？庫費拉克念他幫過幾次忙，便送給他一件舊上衣。馬呂斯花了三十蘇，讓一個看門的婦人修整過。不過，那衣服是綠色的，他只好等天黑再出門，看起來就像黑色衣服了。他若要一直服喪，就只能披上夜色了。

經過這段生活後，馬呂斯後來應聘為律師，他聲稱住在庫費拉克那間客房：那個房間比較體面，有一定數量的法律書籍，再加上七拼八湊的小說幫忙撐場面，書房也就算合乎規格了。他要別人將寄給他的信寄到庫費拉克這裡。

馬呂斯一當上律師，就寫信告訴他外公，信的口氣很冷淡，但措辭極為恭順，充滿敬意。吉諾曼先生顫抖著拿起信，看完後撕成四片，扔進廢紙簍裡。過了兩三天，吉諾曼小姐聽見她父親在臥室獨自高聲說話，他每次特別激動時就有這種情況。她附耳聽見父親說道：「你若不是個蠢材，就應當知道，人不能同時既是男爵，又是律師。」

二・馬呂斯清貧寒苦
Marius pauvre

貧窮與其他事物一樣，最後能自然存在，逐漸形成並定形。一種清苦生活，只要能夠維持生命，人就能生長發展。請看馬呂斯・彭邁西是如何安排適應這樣子的生活。

他從最狹窄的小路中走了出來，前方的路逐漸寬了一點。他十分勤奮，表現出非凡的勇氣、恆心和意志，終於能夠每年掙到約七百法郎。他學會了德文和英文，由庫費拉克推薦給開書店的朋友，就在文學書店裡充當有用的小角色，撰寫新書介紹，翻譯報刊文章，注釋一些著作，編纂作者的年譜等等。收入穩定，不管好年、壞年，總是七百法郎，他能維持生活，日子過得還不錯。情況如何呢？我們來談談。

馬呂斯住到戈爾博老屋，年租金三十法郎。那是一間沒有壁爐的破屋，名為辦公室，卻只有一點點必要家具。家具是他自己的。他每個月付給二房東老太婆三法郎，讓她來打掃房間，每天早上送點開水、一個鮮雞蛋和一蘇錢的麵包。麵包和雞蛋就是他的午餐，得花兩蘇到四蘇錢，要看雞蛋的售價漲落而定。晚上六點鐘，他沿聖雅克街走下去，到馬圖蘭街拐角巴賽版畫店對面的盧梭餐館吃飯。他不喝湯，只要六蘇的一盤肉、三蘇的半盤蔬菜和三蘇的甜點心，付三蘇錢，麵包就可以隨便吃，以水代酒。飯後到櫃檯付帳時，他給夥計一蘇小費，端坐在櫃檯裡那位始終肥胖、但風韻猶存的盧梭太太對著他微微一笑。然後他就離去。花十六蘇錢，能看到一張笑臉，吃一頓晚飯。

盧梭餐館裡，喝空的酒瓶極少，被倒空的水瓶極多，那既是餐館，更是放鬆休憩的地方，現今已不復存在。餐館老闆有個漂亮的綽號，稱為「水族盧梭」。

這樣算起來，午餐四蘇，晚餐十六蘇，每天吃飯花二十蘇，一年下來便是三百六十五法郎。再加上三十法郎的房錢，給那老太婆三十六法郎，再加上點零用錢，總共四百五十法郎的開銷，馬呂斯的吃住解決了，還有人幫忙料理家務。禮服花費一百法郎，內衣花五十法郎，洗衣費五十法郎，總共也不過六百五十法郎，還能剩下五十法郎。他有錢了，有時還借給朋友十法郎，有一次，庫費拉克需要錢，居然從他那借了六十法郎。至於取暖，屋裡既然沒有壁爐，馬呂斯就把這件事「簡化」了。

馬呂斯總有兩套外衣：一套舊的，每天出門穿，另一套新的，重大場合穿，兩套全是黑色的。他只有三件襯衣：一件身上穿著，一件放在五斗櫃裡，另一件在洗衣店裡，等破得不能穿了，再一件件換新的，不小心撕破了就將外衣鈕扣全扣上遮住繼續穿著。

馬呂斯要經過好幾年，才達到開始富裕的境況。這幾年十分艱難，困難的年頭，有些時候要忍一下，有些時候要硬撐。馬呂斯一天也沒有洩氣，忍飢挨餓，他全都承受住了，除了借錢，他什麼都做過，他問心無愧，從不欠人一毛錢。在他看來，借錢就是奴役的開端，他甚至覺得，一個債主比一個主人還糟糕，因為主人只擁有你的身體，而債主卻佔有你的尊嚴，可以糟蹋你的尊嚴。他寧肯餓肚子也不願借錢，有不少日子他沒有飯吃，感到事物的極端無不接踵而來，如不小心，命運淪落就會導致靈魂墮落，於是他十分審慎，惟恐喪失自尊。在一般情況下，有些話和舉動他覺得只是表示禮貌尊敬，連在這種處境下都認為有點卑躬屈膝了，因此，他反而挺起胸膛。他不願退卻，什麼事也不圖僥倖，臉上顯露一種略帶紅暈的嚴峻神色，膽怯到了不近情理的程度。

每逢嚴重關頭，他就感到內心有一股祕密的力量在鼓舞，有時甚至推動他。靈魂助益著肉體，在某種時刻，還能將肉體帶起來。這是惟一能支持鳥籠的鳥兒。

馬呂斯心中刻著兩個名字：父親和德納第。他天性熱情而嚴肅，在思想上幫這個他父親的救命恩人，在滑鐵盧槍林彈雨中救了上校的大無畏中士，罩上了一圈光環，在記憶中從不把這人與他父親分開，而是一起崇敬，就好像兩個等級的崇拜：大龕供上校，小龕供德納第。他瞭解到德納第陷入的悲慘境地，想想那情景，就更加銘感於心。馬呂斯到過蒙菲郿，聽說那個不幸的旅館老闆虧本破產了。從那之後，他便作出極大的努力，尋找德納第的蹤跡，到他沉入的窮困黑暗深淵中探訪。馬呂斯走遍了那一帶，到過謝爾、朋地、古爾奈、諾讓、拉尼。一連三年，他積極查訪，花掉了他積攢的一點錢。沒人能提供他德納第的消息，有人以為他去外國了。那些債主也在找他，雖然少了些感情的因素，但是同樣鍥而不捨，也都沒有抓住他的影子。馬呂斯沒能找到人，就責備自己，幾乎是怪罪自己。這是上校留下的惟一債務，馬呂斯決心踐約償還，他心中暗道：「是啊，我父親躺在戰場上奄奄一息，德納第並不欠他什麼，卻能從硝煙和槍林彈雨中找到他，將他背走，而我，欠德納第這麼大恩情，卻不能在他呻吟待斃的黑暗中找到他，同樣把他從死亡中救出來！哼！我一定要找到他！」的確，要是能找到德納第，馬呂斯斷掉一條臂膀也在所不惜，要是能把他從苦難中救出來，流盡自己的鮮血也在所不惜。見到德納第，幫他做點什麼，並且對他說：「您不認識我，可是，我認識您！有我在！要我幹什麼，請吩咐吧！」這是馬呂斯最甜最美的夢想。

三・馬呂斯長大成人
Marius grandi

此時，馬呂斯已經二十歲了，離開外公也有三年，彼此還是保持原來的關係，誰也無意接近和好，也沒有謀求見面。況且，見面又有什麼好處呢？再相互衝突嗎？誰又能硬得過誰呢？馬呂斯是銅缽，吉諾曼老頭是鐵罐。

老實說，馬呂斯誤解了外公的心，以為吉諾曼先生就沒有愛過他，覺得這個老人生硬、粗暴，好嘲笑人，總斥罵，叫嚷，發脾氣，並揚起手杖，對他頂多具有喜劇中老輩人物那種既膚淺又嚴厲的感情。馬呂斯想錯了。天下有不愛子女的父親，絕沒有不寵愛自己孫子的祖父。我們說過，吉諾曼先生從內心裡喜愛馬呂斯，但他有自己的喜愛方式：不時拿話敲打，甚至賞耳光，等這孩子一走，他就感到心中一片空虛黑暗。他不許別人再向他提起馬呂斯，可是私下又對別人那麼聽話感到遺憾。起初，他還抱有希望，這個波拿巴分子、這個雅各賓黨徒、這個恐怖分子、這個九月暴徒，肯定能回來。然而，一週又一週、一月又一月、一年又一年過去了，這個吸血鬼沒有再露面，真叫吉諾曼先生心痛欲碎。「然而，我別無他法，只能趕他走。」外公時常這樣想。同時他還問自己：「如果事情從頭開始，我還會這麼做嗎？」他的自尊心立即回答會的，可是，他那顆蒼老的頭卻沒沒搖晃，悲傷地回答不會。有時候他十分頹喪，心中想念馬呂斯。老人需要溫暖的感情，如同需要陽光。不管他的性情多麼倔強，失去馬呂斯後，內心多少發生了變化。他死也不肯朝這個「小鬼東西」走一步，但心中苦不堪言。他住在瑪黑區，越來越深居簡出了。他雖然還像從前那樣，又快活、又狂暴，但是那種快活顯得生硬而逞強，彷彿裡面有痛苦和惱怒，而他狂暴一通之後，總是進入一種沮喪狀態，顯得溫和而沉鬱了。有幾次他這樣說：「哼！他若是回來，看我怎麼賞他耳光！」

至於那位姨媽，她不太思考，也就談不上有多少愛。在她的心目中，馬呂斯僅僅成了一個模模糊糊的黑影了，到後來，她對馬呂斯還不如對貓和鸚鵡那麼關心了，順便說一句，她很可能養過貓和鸚鵡。

吉諾曼老頭把痛苦完全埋藏在心裡，為了一點也不讓人看出來就更備加痛苦了。他的憂鬱猶如新近發明的火爐，連煙都燃盡了。有時，一些獻殷勤的人不識相，跟他詢問馬呂斯的情況：「您的外孫現在在做什麼？」或者：「您的外孫近況如何？」老紳士如果太傷心，就歎口氣，如果要裝出高興的樣子，就彈一彈衣袖，說一句：「彭邁西男爵先生正在什麼地方為人打小官司呢。」

老人那邊深自悔恨，而馬呂斯這邊則拍手痛快。不幸的遭遇消除了他心中的怨恨，心地善良的人無不如此。他想到吉諾曼先生時，就只有溫情了，但是，他始終堅持不再接受「對他父親不好」的人的一分一毫。這是他將最初的憤恨和緩之後所表現的情緒。而且，他樂於受過苦並且認為這樣受苦的生活就是為了紀念他父親。生活雖然艱苦，但他感到又滿足、又喜歡。有時，他帶著幾分欣悅自言自語說：「這是最起碼的」，這本身……就是一種贖罪。如果不這樣做，由於他對這樣一位父親抱持不敬的冷漠態度，那麼日後他也會受到別種懲罰。父親飽受苦難，而他卻一點苦也不吃，這就不正直了。況且，比起上校英勇的一生，他的辛勞和清苦又算什麼呢？追根究柢，他要接近父親，要像父親的樣子，惟一的方式就是以上校殺敵的那種勇敢對付窮苦生活，而上校留下的這句話：「他會當之無愧……」無疑就是想表達這種意思。上校的話，由於遺書已丟失，馬呂斯不能佩帶在胸前，不過，他卻已經牢牢地刻在心上了。

況且，外公趕他走的那天，他還是個孩子，現在則長大成人了，他自己也有這種體會。我們還是要強調這一點，窮困對他來說是好事，青少年清貧，到成功之日方顯出妙處，能把人的整個意志引向發憤的道路，把人的整個靈魂引向高尚的追求。貧窮能立刻把物質生活剝露，顯示其醜惡面目，從而激發人以無比衝勁奔向理想生活。闊少則不同，有各種各樣出色而庸俗的娛樂：賽馬，打獵，養狗，抽菸，賭博，宴飲等等，在這類消遣中，靈魂中低劣的部分損害高尚的部分。窮苦的青年要花費氣力，才能獲得麵包吃，吃過之後，就只有幻想了。他去觀賞上帝安排的免費演出，欣賞藍天、大地、星辰、鮮花、兒童，他在其間受罪的芸芸眾生，以及他在其間發出光彩的自然萬物。他長久觀望眾生，就看見了靈魂；他長久觀望自然萬物，就看見了上帝。他幻想，於是感到自己偉大；他再幻想，又感到自己溫柔了。他從受苦人的自私心轉向思索者的同情心。一種令人讚歎的情感在他身上煥發：忘記自我並悲憫世人。一想到大自然無私地提供不可勝數的快樂事，給予敞開的心靈而拒絕封閉，他這個精神的百萬富翁，就可憐起那金錢的百萬富翁了。隨著他的頭腦一片光明，全部怨恨也從他心中離去。再說，他是不幸的人嗎？不是。一個青年的窮苦絕不悲慘。隨便一個小夥子，不管怎麼窮，有他那健康、有力、輕快的步伐、明亮的眼睛、沸騰的熱血、黑黑的頭髮、鮮豔的臉蛋、粉紅的嘴脣、雪白的牙齒、純淨的呼吸，總要讓一個老皇帝羨慕不已。每個早晨，他都要重新開始賺取麵包，他靠雙手賺取麵包吃，同時他的脊梁骨也賺來自豪，他的頭腦也賺來思想。他做完了工，又回到那難以描摹的陶醉，沉入靜思和喜悅，他活在世上，雙腳絆在苦難和障礙中，停留在鋪石路上，踏在荊叢裡，有時陷入泥中，但是那顆頭卻高舉在光明裡。他顯得那麼堅定、泰然、溫和、平靜、專心、嚴肅，知足常樂，善氣迎人。他也特別感謝上帝給了他富人所沒有的兩種財富：使他得到自由的勞動，使他保持尊嚴的思想。

這正是馬呂斯身上所發生的情況。一言以蔽之，他偏愛沉思甚至有點過分了。他的生計差不多有了保障之後，便停下來，覺得還是安貧為好，減少工作，以便多多思索。這就是說，有時他一連幾天都在思考，沉浸在靜思和內心光照的無言愉悅中。他這樣安排生活問題：盡量少做物質勞動，盡量多做難以捉摸的工作，換句話說，花幾個小時在實際生活上，其餘時間全用在對「無限」的思索。他自以為吃穿不愁了，卻沒有發覺他這樣理解的沉思，結果成為了一種懶惰的形式，沒有發覺他滿足於生活最低需要，太早歇手不幹了。

顯而易見的，對這個稟性剛強而豪邁的人來說，這只能是一種過渡狀態，一旦撞擊到不可避免而複雜的命運，馬呂斯就會覺醒。

眼下，他雖是律師，也不管吉諾曼老頭兒怎麼看，他卻既不接大案，也不為人打小官司。他沉於夢想，就遠離了辯論。糾纏公證人，隨庭聽審，尋找作案動機，這些事實在煩人。何必這樣呢？他想不出有任何理由改變現在的謀生方式。這家不知名的印書館終於給他一份穩定的工作，正如我們解釋過的，他做點事就足夠了。

雇用他的一個書商，我想是叫馬其梅爾先生吧，曾提出雇他當全職，向他提供舒適的住所和固定的工作，年薪為一千五百法郎。舒適的住所！一千五百法郎！當然是好工作。可是要他放棄自由！當一名雇員！當一個受雇文人！馬呂斯考慮到一旦接受，他的境況既改善又變壞：生活優裕了，尊嚴卻喪失了。這是完整而美好的不幸變成醜惡而可笑的窘境，好比盲人變成獨眼龍。他謝絕了。

馬呂斯獨來獨往。什麼事他都喜歡置身事外，而且上次爭論還心有餘悸，他決心不參加安灼拉領導的團體。大家還是好朋友，必要時也都能盡力相助，但僅此而已。馬呂斯有兩個朋友，一老一少，少者是庫費拉克，老者是馬伯夫先生。他與老者更為投契。首先，多虧那老者，他的思想才會發生巨大的變化；其次，也多虧那老者，他才瞭解並愛戴他父親。他常說：「他幫我切除了眼中的白內障。」

毫無疑問，那位教堂財產管理員起了決定性作用。

然而，在這件事情上，馬伯夫先生只不過是受了命運的派遣，是一個冷靜而無動於衷的使者。他照亮了馬呂斯的心扉是不自覺的行為，純屬偶然，如同一個人舉著的蠟燭，他是那支蠟燭，而不是那個人。

至於馬呂斯內心產生的政治變革，馬伯夫先生根本理解不了，也根本不可能祈望和引導。

以後還要見到馬伯夫先生，因此有必要交代幾句。

四・馬伯夫先生
M. Mabeuf

馬伯夫先生對馬呂斯說過：「當然，我完全贊同任何政治觀點。」那天他的確表達出他思想的真實狀態。對所有政治見解，他都抱著無所謂的態度，不加區別而一概同意，只要讓他清靜就成，正如希臘人統稱復仇女神為「美麗的、善良的、可愛的」歐墨尼得斯[①]。馬伯夫先生所持的政治觀點，就是酷愛花木，尤其酷愛書籍。他跟所有人一樣，也隸屬一個「派」，須知在那年頭，無派之人簡直無法存活。然而，他既不是保王黨，也不是波拿巴派，既不是憲章派，也不是奧爾良派，更不是無政府派，他是書迷派。

世上有那麼多青苔、芳草和綠樹可供觀賞，有那麼多對開本和三十二開本的書可供瀏覽，他不明白世人為什麼要為憲章、民主、正統、君主制、共和制等空話而相互仇視呢？他特別注意不要讓自己成為無用之人。擁有書籍並不妨礙他閱讀，成為植物學家並不妨礙他整理園子。他認識彭邁西的時候，和上校之間就產生一種好感，上校如何培育花卉，他就如何培植果樹。馬伯夫先生用播種方式結出的梨，與聖日爾曼梨一樣鮮美。如今非常出名的十月黃香李，與夏熟黃香李一樣香甜，據說就是他透過雜交培育出來的。他去做彌撒，與其說出於虔誠，不如說出於溫和的性情，也是因為他喜愛人的臉孔，而厭惡人的聲音。只有在教堂裡，他才能看到人聚在一起而靜默，感到自己應當選擇一個行業，於是選中了教堂財產管理員的工作。他從來沒有像愛一個鬱金香鱗莖那樣愛任何女人，也從來沒有像喜歡一冊善本那樣喜歡任何男人。他早已年過六旬，有一天忽然有人問他：「您一輩子就沒結過婚？」他回答：「我把這事忘了。」也有過這種情況，這種情況誰沒有過呢？他說：「唉！當年我若是有錢！」他講這話的時候，絕不會像吉諾曼老頭兒那樣，盯著看一個漂亮姑娘，而是欣賞一本古書。他獨自生活，家中只有一個年老的女傭人。他患有輕度的手痛風，睡覺時僵硬的老手指在被窩裡總彎曲著。他編寫並出版了《科特雷地區植物志》，有彩色插圖，頗受好評，他擁有銅版，並且自己銷售。每天總有兩三個人來買書，到梅齊埃爾街敲他的家門，每年售書能有兩千法郎的收入，這差不多就是他全部的家當。雖說貧窮，他卻憑藉耐心、節儉和時間，得以收藏不少各種珍本。他出門腋下總夾著一本書，回來往往夾著兩本書。

①．歐墨尼得斯：希臘神話中的復仇三女神。

他住在樓下，有四個房間和一個小園子，家中惟一的裝飾，就是鏡框裡裝的植物標本和大師的版畫。他一看見刀槍之類的兵器就不寒而慄，他一生也沒有走到一尊大炮面前，甚至到殘廢軍人院。他的胃還過得去，滿頭白髮，無論嘴裡、還是頭腦裡都沒牙齒了，渾身總顫抖，說話帶著庇卡底口音，笑起來像孩子，容易受驚嚇，一副老綿羊的模樣。他有一個當堂區神父的兄弟，除此之外，在世人中只有一個常來往的人，名叫魯瓦約爾，是在聖雅克門開書店的老先生。他還有一個夢想，將靛藍植物移植到法國來。

他那女傭人也是一個老天真，可憐而和善的老太婆還是個老處女。她的老雄貓名叫蘇丹，能在西斯丁小教堂喵喵唱阿萊格里作曲的〈上帝憐我〉聖詩，也佔據了女主人整顆心，足夠她寄託心中的全部感情。她的夢想沒有一個是關於男人，她也始終未能超越她這隻貓。她跟貓一樣，嘴上都長了鬍鬚，她的光環藏在她總是保持潔白的軟帽裡。星期天做完彌撒，她就清點箱子裡的衣物消磨時間，將買來卻始終沒送出去做的衣裙料子攤在床上。她也看書，馬伯夫先生幫她取了一個綽號叫「普盧塔克大媽」。

馬伯夫先生喜歡馬呂斯，因為馬呂斯又年輕、又溫和，能溫暖他那顆老邁的心，又不會驚嚇他的膽怯性情。對老人來說，溫和的青年就像無風的太陽。馬呂斯腦子灌滿了軍人的光榮、大炮火藥、進攻和反攻，灌滿了他父親揮刀殺敵並受傷的各大戰役，然後去探望馬伯夫先生，馬伯夫先生則從花卉的角度與他論英雄。

大約在一八三〇年，他那任堂區神父的兄弟去世，這對馬伯夫先生來說，好像黑夜忽然降臨，整個天地全暗下來了。公證人的一次背信棄義，剝奪了他應有的一萬法郎，這是他兄弟二人名下的全部財產。七月革命又引起圖書業的一場危機。困難時期，植物誌這類書首當其衝，《科特雷地區植物志》頓時無人問津，幾週不見一名顧客。有時門鈴聲響，馬伯夫先生不禁一抖。「先生，」普盧塔克大媽愁眉苦臉對他說，「是送水的。」終於有一天，馬伯夫先生辭掉財產管理員的職務，脫離聖緒爾皮斯教堂，離開梅齊埃爾街，賣掉一部分……，不是他的藏書，而是他的版畫，這是他最容易撒手的……，搬到蒙巴納斯大街的一座小房子。但是他在那兒只住了一季，這有兩個原因，一是那樓下住房和小園子租金要三百法郎，而他用於房租的錢不敢超出二百法郎，二是那裡靠近法圖射擊場，整天槍聲不斷，叫他無法忍受。

他帶走他的《植物志》、銅版、植物標本、文件夾和藏書，又搬到婦女救濟院附近，住進奧斯特里茲村一座茅屋裡，年租五十埃居，共有三間屋和一座圍著籬笆帶水井的園子。他趁這次搬家，幾乎把家具全賣了。他遷入新居那天特別高興。親自在牆上釘釘子，好掛版畫和植物標本，剩下時間又幫園子翻土，到了晚上，他見普盧塔克大媽愁眉不展，心事重重，就拍拍她的肩，微笑著對她說：「沒關係！我們有靛藍呢！」

他只准許兩個客人來茅舍探望他，聖雅克門那個書商和馬呂斯，說穿了，他覺得奧斯特里茲這個村名就夠喧囂討厭的了。

再者，正如我們所指出的，頭腦鑽進一種智慧或一種妄想中，或者同時鑽進智慧和妄想中——這也是常有的事——對生活事物的反應就特別遲緩。他們覺得自己的命運還很遙遠。這種專心致志的狀態會產生出一種被動性，而這一被動性如果合乎理智，就類似哲學了。一個人衰退，下降，頹敗，直到頹敗還不大明白。當然，終有覺醒的一天，但是太遲了。在那之前，人在禍福的賭局中彷彿處於中立狀態。自身就是賭注，卻冷眼旁觀。

馬伯夫先生就是這樣，周圍逐漸昏黑，而希望一一破滅，他還始終泰然自若，雖說有點幼稚，但是非常深沉。他的思維習慣如同鐘擺來回擺動，一旦由幻想上了發條，即使幻想破滅了，還要走很長時間。一個座鐘，不會恰恰在上發條的鑰匙失落時，就戛然停擺了。

馬伯夫先生有些純真的樂趣。這些樂趣不需要什麼代價，往往意外得之，一點偶然的機會就能獲得。有一天，普盧塔克大媽在房間角落看一本小說。她高聲念出來，覺得這樣能更理解些。高聲朗讀，就是確認自己所讀的東西。有些人念書聲音特別大，那神態就像為他們所讀的內容打包票。

普盧塔克大媽手捧小說，就是以這種幹勁閱讀。馬伯夫先生則聞而不聽。

普盧塔克大媽念到這句話，是關於一名龍騎兵軍官和一位美人的故事：「……那美人不悅，而龍……」念到這裡，她停下來擦拭眼鏡。

「佛陀和龍，」馬伯夫先生低聲接話說，「對，確有其事。從前是有一條龍，住在山洞裡，口中噴著火焰燒向天空，好幾顆星辰都燃燒了。那條怪龍還長著猛虎般的利爪。佛陀走進龍洞，說服龍皈依了。普盧塔克大媽，您看的是一本好書。沒有比這更美的傳奇故事了。」

馬伯夫先生隨即沉入美妙的夢幻中。

五・窮是苦的睦鄰

Pauvreté, bonne voisine de misère

馬伯夫先生慢慢看到自己陷入窮困，越來越感到驚奇，不過還沒有怨天尤人。馬呂斯喜歡這個天真老漢。他時常遇見庫費拉克，但總是主動去拜訪馬伯夫先生，然而極少見面，每月最多一兩次。

馬呂斯的樂趣是長時間獨自散步，走在環城大道上，或者演武場上，或者盧森堡公園的幽徑上。有時，他花半天時間去看菜園子，看生菜畦、糞堆上的雞群和拉水車的馬。過路人以驚奇的目光打量他，有的人還覺得他衣著可疑，面目不善。其實，他不過是個窮苦的青年，站在那兒出神遐想。

正是在一次散步中，他發現了戈爾博老屋，受到那僻靜的地點和便宜的房租吸引，便搬過去住了。那裡的人知道他叫馬呂斯先生。

有幾位前朝的將軍和他父親的老同事，認識他之後，就邀請他去做客。馬呂斯沒有謝絕，那是談論他父親的好機會，因此，他不時去府上拜訪巴若爾伯爵、貝拉威恩將軍，去殘廢軍人院拜訪弗里利翁將軍。在那裡聚會，或是演奏音樂，或是跳舞。馬呂斯總穿上新裝去參加晚會。然而，不是天寒地凍的日子，他絕不去參加晚會或舞會，因為他付不起車錢，而上門時又想保持皮靴油光發亮。

他有時這樣講，但毫無刻薄之意：「人天生就是這樣，進人家的客廳，渾身是泥都沒有關係，惟獨鞋子不能髒。要人家熱情地接待你，只需有一樣東西無可指摘的：是良心嗎？不對，是靴子。」

不是發自內心的各種熱情，在幻想中無不化為烏有。馬呂斯的政治狂熱就是這樣風吹雲散了。一八三〇年革命，在給他滿足和安慰的同時，在這一點上也起到了推動作用。除了好激憤這一面，他仍保持老樣子，觀點還是原來的觀點，只是溫和多了。確切地說，他只講好感，而不持什麼觀點了。他屬於什麼黨派呢？屬於人類黨。在人類中，他選擇了法蘭西；在國家中，他選擇了人民；在人民中，他選擇了婦女。那是他憐憫的主要走向。現在，他看重一個思想超過一種事實，看重一位詩人超過一個英雄；比起馬倫哥戰役那樣的事件來，他更欣賞像《約伯記》那樣一本書。而且，他沉思遐想一整天，傍晚沿環城大道回家，透過樹枝窺見無垠的空間、無名的光亮，窺見幽邃、黝暗、神祕，就感到一切人事物都十分渺小了。

他自以為認識了，也許的確認識了生命和人生哲學的真諦，結果他眼無餘物，幾乎只看著天空了：天空，是真理在井底惟一能望見的東西。

這並不妨礙他作出許多計畫、方案、構想、未來的藍圖。馬呂斯處於這種夢想狀態，那雙慧眼如若洞察他的內心，就會驚歎這顆靈魂有多純潔。的確，我們的肉眼若能看見別人的意識，那麼判斷一個人，憑他的夢想比憑他的思想更可靠。思想中有意志，夢想中沒有。夢想完全是自發的，即使夢想宏偉和理想東西，也還是顯示並保持我們頭腦的本質。我們靈魂深處最直接、最坦率的流露，莫過於對光輝命運不假思索而失當的憧憬。主要是在這類憧憬中才能找出一個人的真實性格，而不是在那種經過綜合、推敲和整理的思想中。我們的幻象酷似我們自己。每人都按自己性情編織未知夢想而不可得的事物。

一八一三年六、七月份間，幫馬呂斯做家務的老婦人對他說，他的鄰居，容德雷特那戶窮苦人家要被趕走了。馬呂斯幾乎整天在外面遊蕩，不太清楚他還有什麼鄰居。

「為什麼要趕走他們呢？」他問道。

「因為他們沒付房租，拖欠了兩季。」

「欠多少錢？」

「二十法郎。」老婦人回答。

馬呂斯有三十法郎備用存款，放在一個抽屜裡。

「拿著吧，」他對老太婆說，「這是二十五法郎，替那家可憐的人付房租，剩下五法郎給他們，不要說是我給的。」

六．替身
Le remplaçant

特奧杜勒中尉所屬的團隊，碰巧又調防到巴黎。借此機會，吉諾曼姨媽又生一計。頭一次，她想讓特奧杜勒監視馬呂斯；這次，她又策劃讓特奧杜勒替代馬呂斯。

老外公很可能有一種朦朧的需要，家中應有一張年輕臉孔，這種晨曦有時能溫暖廢墟，因此，另外找一個馬呂斯也不失為一種辦法。「就這麼辦，」吉諾曼姨媽想道，「就跟我在書中看到的勘誤表一樣，馬呂斯改為特奧杜勒。」

侄孫也相當於外孫，一名律師走了，就抓來個槍騎兵。

一天早晨，吉諾曼先生正看《每日新聞》一類的報紙，他女兒走進屋，拿出最溫柔的聲音跟他講話，因為事關她的寵兒：

「父親，特奧杜勒今天早晨要來給您請安。」
「特奧杜勒，是誰呀？」
「您的侄孫。」
「唔！」老人哼了一聲。
他隨即又看起報紙，不再想那侄孫，管他那特奧杜勒呢，而且，不用多少時間，他就憋一肚子氣了，幾乎每次看報都是這樣。當然不用多說，他看的是保王黨報紙，上面刊登一則消息，次日風雨無阻，又要發生一個小事件，那時巴黎天天有類似的事件發生：法學院和醫學院的學生，中午十二點將在先賢祠廣場集會……要進行辯論，……辯論一個現實問題：國民衛隊的炮隊，以及關於羅浮宮院內停放大炮一事，國防大臣和「民兵總部」之間的衝突。大學生要辯論這類問題，無須看別的新聞，只此一條就讓吉諾曼先生滿腹怒氣了。
他想到馬呂斯，馬呂斯是大學生，很可能跟別人一塊去，「中午在先賢祠廣場辯論。」
想到這裡，他心裡正難受，特奧杜勒中尉被吉諾曼姑媽悄悄引進屋了。這名槍騎兵換上便裝，這也不失為機靈之舉，他心中早有盤算：老祖宗大概沒有把全部資產換成養老金，這樣，就值得他不時喬裝打扮，換上便裝。
吉諾曼小姐高聲對父親說：
「特奧杜勒，您的侄孫。」
她又低聲對中尉說：
「說什麼你都點頭。」
她隨即就出去了。
中尉不太習慣會見德高望重的老人，不禁有點膽怯，結結巴巴地說：「您好，叔公！」同時行了一個不三不四的禮：下意識地以軍禮開頭，再以俗禮結尾。
「哦！是您啊，好，請坐吧。」老人說道。

應酬一聲，他就完全把槍騎兵置於腦後了。

特奧杜勒坐下，吉諾曼先生卻站起來。

吉諾曼先生開始來回踱步，他雙手插進外套兜裡，一邊高聲說話，一邊用煩躁的老手指揉搓兜裡的兩隻懷表。

「這幫流鼻涕的小兔崽子！居然還要到先賢祠廣場集會！瞧那副德性！一幫猴崽子，昨天還吃奶呢！若是捏他們的鼻子，還會有奶水流出來！就他們，明天中午要辯論！這是什麼樣的世道？什麼樣的世道？顯然世界走向末日啦。那些無衫黨人、西班牙革命黨人的綽號，就是把我們帶向那裡！國民炮隊！辯論國民炮隊！為了國民衛隊的連珠屁，跑到廣場上去信口開河！他們到那兒，要跟什麼人混在一起呢？瞧瞧，雅各賓主義要發展到什麼地步？我敢打賭，賭多少都成，去那裡的一定都是累犯和釋放的苦勞犯，我輸了給一百萬，贏了分文不取。共和派和苦勞犯，就是鼻子和手帕的關係。加爾諾說過：『叛徒，你要讓我往哪裡去？』富歇回答：『隨你便，蠢貨！』這就是共和派。」

「的確如此。」特奧杜勒說道。

吉諾曼先生半轉過頭，瞧見特奧杜勒，繼續說道：

「一想起這全無心肝的東西，竟然去當燒炭黨徒！你為什麼離開家？要去投共和派，算了吧。首先，人民不要你那共和制，人民不希罕，他們通情達理，完全清楚自古以來就有國王，將來也永遠有國王，完全清楚追根究柢，人民只不過是人民，你那共和制，他們嗤之以鼻，你明白嗎？小傻瓜！那麼任性，也真夠討厭的！迷上的杜舍納老爹[2]，向斷頭臺送秋波，在九三號[3]的陽臺下面彈吉他、唱情歌，這幫青年多麼愚蠢，真該向他們吐口水！他們全是一樣的。一個也不例外。只要吸一口街上的空氣，就會鬼迷心竅。十九世紀是毒藥。隨便一個頑皮小子留起山羊鬍子，就當真自以為是奇人了，丟下家裡的長輩不管了。這就是共和派，這就是浪漫派。浪漫派，究竟是什麼東西呢？請賞個臉告訴我，究竟是什麼東西？荒唐透頂。一年前，他們還去為《艾那尼》捧場。我倒要問問，《艾那尼》！什麼對比法，語句糟透了，寫的簡直不是法文！還有，羅浮宮院子裡停放大炮。這年頭的強盜行徑就是這樣。」

「您說得對，叔公。」特奧杜勒說道。

吉諾曼先生又說道：

「博物院的庭院裡陳列大炮！幹什麼呀？大炮，你想幹什麼？要炮轟貝爾韋代雷[4]的嗎？彈藥筒要跟梅迪奇的維納斯[5]打什麼交道？哼！如今這些年輕人，沒有一個是好東西！他們的邦雅曼・貢斯當[6]，根本什麼都不管！他們不是壞蛋，就是笨蛋！他們什麼都做得出來，總是出醜，穿的衣裳也難看，還懼怕女人，他們圍著花裙子轉，卻是一副乞討的樣子，讓那些傻丫頭看了都大笑不止。老實說，他們就像為愛情害羞的可憐蟲。他們一個個奇形怪狀，又用笨頭笨腦的樣子來彌補；他們拾人牙慧，重複梯埃斯蘭和波蒂埃的文字遊戲，他們穿著布口袋似的衣服、馬夫的外套、粗布襯衣、粗呢褲子、粗革皮靴，身上的圖案就跟鳥毛一樣。他們的粗話可以當他們破靴裡墊。就這群愚蠢的娃兒，居然還有政治見解？應該要嚴禁擁有政治見解。他們杜撰制度，改造社會，推翻君主制，將所有法律都拋在地上，將頂樓放到地窖的位置，將我的門房送上國王的位置；他們把歐洲搞到翻天覆地的，還想要重建世界；他們的豔福，就是鬼鬼祟祟偷看正在上車洗衣女工的大腿！噢！馬呂斯！噢！小無賴！到廣場上去信口開河！討論、爭論、採取措施，公正的神靈啊，那怎能叫措施！胡作非為，又大大地縮小，變成愚昧無知。我見識過天下大亂，而現在看到的是胡鬧搗亂。小小的學生討論國民衛隊的問題，這種事情，在奧吉布瓦蠻人那裡、在卡

②・《杜舍納老爹》：埃貝爾從一七九〇年至一七九四年出版的報紙，是宣傳革命的主要報刊。
③・影射一七九三年的革命恐怖時期。
④・有名的古代雕像。
⑤・同上。
⑥・邦雅曼・貢斯當（一七六七—一八三〇）：法國政治家和作家。

多達什野人那裡也不見得有！那些赤條條的野人，那些頭髮梳成羽毛球狀、拿著木棒的野人，也不如這些學生野蠻！一群毛頭小夥子，不知天多高地多厚！自以為了不起，還要發號施令！還要辯論，誇誇其談！真到了世界末日，這個可憐的地球顯然要完蛋了，這最後一個嗝，還得由法蘭西打出來。小子們，討論吧！只要他們還在奧德翁劇院拱廊下看報，這類事情就會發生。看報只花他們一蘇錢，但是他們也得賠上理性，賠上智慧，賠上心，賠上靈魂，賠上精神。看完報紙，就要拋棄家庭，所有報紙都是瘟疫，無一例外，連《白旗報》也算！說穿了，馬丹維爾是個雅各賓黨人。噢！老天有眼！你讓老外公痛苦萬分，這回可以炫耀啦，你！」

「這是很明顯的事。」特奧杜勒說道。

槍騎兵趁吉諾曼先生喘口氣的機會，又莊嚴地補充一句：

「除了《政府公報》，不應有別的報紙；除了《軍事年鑑》，也不應該有別的書。」

吉諾曼先生繼續說道：

「就像他們的席埃耶斯！一個弒君賊，結果還當上元老院元老！要知道，最後總爬上那種地位。他們以你我相稱公民，相互砍傷臉，然後又被人稱為伯爵先生，整條胳膊一樣粗壯的伯爵先生，那些九月的屠夫！席埃耶斯，哲學家！說句公道話，所有那些哲學家的哲學，我從來沒有看得比梯沃利用來做鬼臉的眼鏡更重要！有一天，我看見元老院元老經過馬拉凱河濱路，他們披著繡有蜜蜂的紫紅絲絨斗篷，頭戴亨利四世式的帽子，那樣子醜陋不堪，就像老虎朝廷上的猴子。公民們，我向你們宣布，你們的進步是一種瘋狂，你們的人道是一種幻想，你們的革命是一種罪惡，你們的共和是一種怪物，你們的年輕法蘭西，是從妓院出來的婊子，這種看法，我敢在所有人面前堅持，不管你們是什麼人，不管你們是政治家，經濟學家，還是法學家，也不管你們是否比斷頭臺的鍘刀更瞭解自由、平等和博愛！我向你們指出這一點，我的娃娃們！」

「當然啦，」中尉嚷道，「這話對極啦！」

吉諾曼先生中斷剛開始打的手勢，回身定睛注視特奧杜勒，對他說：

「您是個笨蛋！」

第六卷：雙星會
La conjonction de deux étoiles

一．綽號：姓氏形成的方式
Le sobriquet: mode de formation des noms de familles

這時候，馬呂斯已長成英俊青年，他中等身材，頭髮烏黑，額頭飽滿而聰穎，鼻孔張擴而熱情，那副神態又坦誠、又穩重，整個相貌透出難以描摹的高傲、凝思和純真。他的全身線條圓潤，但不乏堅定有力，具有經由阿爾薩斯和洛林滲入法蘭西相貌中的那種日爾曼式柔和，而絕無西康伯爾族[1]區別於羅馬人、鷹族區別於獅族的那種稜角。他所處的年齡階段，深沉和天真幾乎瓜分了一個愛思考的頭腦，各佔一半。碰到危急關頭，他很可能顯得愚不可及，然而只要一啟動關鍵，他又表現出不同凡響。他的舉止神態有點矜持、冷淡，彬彬有禮，並不開朗。不過，他的嘴很可愛，嘴唇特別紅，牙齒特別白，微微一笑就能沖淡他那外貌嚴肅相。他那純潔的額頭和性感的嘴唇，有時形成奇特的對比。他的眼睛小，視野卻很寬。

他在最窮苦的時候，注意到年輕姑娘路上擦身而過、又回頭看他，他就急忙走掉，或者躲到一旁，心如死灰。他以為她們看他是因為他衣衫破舊，存心嘲笑他，殊不知她們是看他儀容俊秀，並且夢寐求之。

他和過路的漂亮姑娘之間產生的無言誤會，使他越來越膽小怕生。那些姑娘他一個也看不上眼，絕妙的原因就是他見到哪一個都逃之夭夭。用庫費拉克的話來說，他就是這樣無限期「愚蠢地」活著。

庫費拉克還對他說過：「你別追求他人的敬重（現在他們以『你』相稱，這是青年之間友誼發展的必然結果）。老弟，給你個忠告：不要總鑽進書本裡，多瞧瞧那些輕佻的姑娘。馬呂斯呀，風騷女人身上可有好東西！你見到就逃跑、就臉紅，時間一長就成傻瓜了。」

還有幾次，庫費拉克遇見他，便對他說：

「您好，神父先生。」

馬呂斯每次聽庫費拉克這樣講，就有一週更迴避女人，不管年輕還是年老的，尤其迴避庫費拉克。

然而，在芸芸眾女人中有兩個，馬呂斯既不逃避也不留意。實際上，如果有人告訴他那是女人，他還會大吃一驚。一個是幫他打掃房間長著鬍鬚的老太婆，庫費拉克見了還開玩笑地說：「馬呂斯看女傭留了鬍子，自己就一根也不留了。」另一個是小姑娘，他卻視而不見。

一年多以來，在盧森堡公園一條靠苗圃護牆的幽徑上，馬呂斯注意到一個男人和一個很年輕的姑娘，他倆在這條路徑靠西街最僻靜的那端，幾乎總是並排坐在同一條椅子上。只憑機緣，就總是會吸引目光移向公園核心的人前來散步，馬呂斯就是每次憑藉這樣的機緣被引上這條幽徑，

①．西康伯爾族：屬日爾曼族，一支在魯爾盆地，一支進入高盧，與法蘭克人同化。

幾乎每天他都看見那一老一少在那裡。那男人約有六旬，神情憂傷而嚴肅，整個外表是一副退役軍人那種強壯而疲憊的樣子。如果他戴一枚勳章，馬呂斯就會說：他從前是個軍官。他面目和善，但那和善之氣並不討好人，目光從不與別人對視。他穿著藍褲子，藍色禮服，戴一頂寬帽簷的帽子，衣帽好像總是新的，紮一條黑領帶，穿一件教友派式的襯衫，也就是說白得耀眼，但是粗布的。有一天，一名輕佻的年輕女工從他身邊走過，說了一句：好一個潔淨的老光棍。他的頭髮雪白了。

那小姑娘第一次跟他來的時候，他們似乎就選定了這張座椅。她是個十三、四歲的女孩，渾身精瘦到有點難看了，舉止笨拙到一無可取，只有那雙眼睛將來也許會挺美，但是抬起來的時候，總有一種令人討厭的自信神色。她的穿戴像修道院寄宿學生那樣，既老氣又幼稚，那件黑色粗毛呢衣裙剪裁不合體。從一身打扮看起來他們是父女倆。

這個還未年邁的老頭和這個還未成年的女孩，馬呂斯觀察了兩天，隨後就不去注意他們了，而他們更是如此，彷彿沒有看見他。他們平靜地談話，根本不理睬周圍。女孩喋喋不休，又說又笑。老人話不多，不時抬頭注視她，眼裡充滿難以描摹的父愛。

馬呂斯不自覺養成在這一條路上散步的習慣，而每次總能見到他們。

事情的經過是這樣：

馬呂斯最喜歡從遙對他們座椅的小路那端走過來，從他們面前經過著把整段路走完，再掉頭回到起點，每次散步如此往返五六趟，而這樣的散步每週又有五六回，可是，他和他們二人彼此卻從未打過招呼。這個老人和這個少女，好像有意避開別人的目光，盡管如此，也許正因為如此，他們就自然引起五、六個大學生的注意，其中有的是放學後，有的是打完撞球，也有到這裡沿著苗圃散步的。庫費拉克就是最後一種情況，他觀察他們二人一段時間，但覺得姑娘相貌醜陋，很快就不聲不響地避開了。他像帕爾特人②善於射回馬槍那樣，逃跑時回頭補了個綽號。他用印象中最鮮明女孩的衣裙和那老人的頭髮暱稱他們父女為「黑小姐」和「白先生」，況且無人知道他們的姓名，取綽號就更方便了。那些大學生常說：「嘿！白先生在他那椅子上入座啦！」馬呂斯與其他人一樣，也認為叫那位陌生人為白先生很方便。

為敘述方便起見，我們也照樣，稱他為白先生。

頭一年就是這樣，馬呂斯幾乎每天在同一時間見到他們，他看那老頭挺順眼，而看那女孩卻感覺很差勁。

二・有了光

Lux facta est

第二年，就在讀者看到故事的這個階段，馬呂斯自己也不大清楚為什麼，忽然打破到這條小徑的習慣，將近半年沒踏進盧森堡公園。後來有一天，他又舊地重遊。那是夏天的一個晴朗上午，馬呂斯就像人逢好天氣那樣，心情特別愉快，心裡彷彿充滿他所聽見的鳥兒歌聲，他從樹葉縫間所望見的點點藍天。

他直接走上「專屬於他的小路」，走到那一端，看見那熟悉的一對仍坐在那張椅子上。不過，他走近了仔細一瞧，那男子雖然還是原先那個男子，但那女孩好像不是原先那位。現在眼前是個修長美麗的姑娘，正是女子初成的特定時刻，具有最妙麗的全部形貌，又保留女孩最天真的全部情態，這一轉瞬即逝的純潔時刻，只能用一個名詞表示：十五歲。那頭美髮，栗色間有金黃色紋理；那額頭彷彿是大理石雕成的，那臉頰宛如玫瑰花瓣長成的，紅裡透白，白裡透紅；那芳唇小口，粲然一笑好似陽光，婉轉一語如同音樂；那顆頭，拉斐爾會賦予聖母瑪利亞；那脖頸，尚．

②・帕爾特人：屬西徐亞族的古民族，於西元前三世紀在伊朗東北部定居。

古戎會賦予維納斯；而那鼻子算不上美，卻很俏麗，好讓那張光豔照人的臉完美無缺了；那鼻子不直不彎，既非義大利型，也非希臘型，而是巴黎型的，也就是說有幾分靈秀，有幾分嬌麗，稍欠規整，但顯得純潔，足令畫家失望，卻叫詩人著迷。

馬呂斯從她身邊走過時，看不到她那雙始終低垂的眼睛，只見那褐色長睫毛投下暗影，飽含羞赧。

那美麗的女孩盡管羞赧，還是邊微笑邊聽白髮老人說話；最迷人的莫過於低垂著雙眼這種清純笑容。

馬呂斯乍看之下，以為是同一個男人的另一個女兒，大概是之前那位的姊姊。可是，他遵循不可改易的散步習慣，第二次走到那座椅跟前時，就注意打量那姑娘，這才認出是同一個人。半年工夫，小姑娘變成少女了，僅此而已。這種現象太常見了，女孩好似蓓蕾，時候一到，眨眼間就開放，忽然變成一朵朵玫瑰花。昨天還把她們當成孩子視而不見，今天再見面，就覺得她們能勾走人的魂魄了。

這一個不僅長大，而且還長成了理想的模樣。正如四月份，有些樹木三天時間就鮮花滿枝頭，六個月就足夠她換上美妝了。她的四月豔陽天到了。

有時能見到這種情況：一些可憐而庸俗不堪的人彷彿一覺醒來，就從赤貧驟然變成巨富，開始奢華糜爛，一時揮霍鋪張，講究起排場。這是因為一大筆年金進了腰包，昨天到期取款了。那姑娘也領到了半年度的金額。

再說，她已不是頭戴長毛絨帽子，身穿粗呢衣裙，腳穿平底鞋，雙手通紅的寄宿學生了，人美衣著也跟著漂亮了，一身穿戴十分優雅，又樸素、又華麗，毫不矯揉造作：一件黑錦緞衣裙，一條同樣料子的披肩，一頂白皺呢帽子。白手套襯出一雙纖巧的手，手中把玩著中國製象牙柄的陽傘，而她的錦緞靴則顯出一對纖足。從她跟前走過時，能聞到她全身散發著沁人心脾的青春香氣。

至於那男子，還是原來的模樣。

馬呂斯第二次走到她跟前時，那少女抬起眼簾。那眼睛一片幽深的天藍色，而在那迷濛的藍天裡，還只有童稚的眼神。她看了看馬呂斯，就好像看著在槭樹下玩跑的那個孩子，或者隨意看著影子投到椅子上的那個大理石承露盤那樣的漫不經心。馬呂斯則繼續散步，心裡想著別的事情。

他又從那少女坐的椅子旁邊經過四五趟，目光甚至沒有轉向她。

後來幾天，他還是和往常一樣到盧森堡公園散步，還是像往常一樣見到「父女倆」，但是他不再留意了。姑娘醜的時候他沒有多想，長得美了他也沒有多想。他總是離姑娘座椅很近的地方經過，因為那是他的習慣。

三．春天的效力

Effet de printemps

有一天暖融融的，盧森堡公園沐浴在陽光綠影中，彷彿天使在清晨時分將全園洗了一遍，鳥雀在栗林深處啾啾鳴囀。馬呂斯向大自然敞開心懷，不再想什麼，只是生活著，呼吸著，他又從那張椅子前經過，那少女抬起眼睛，二人的目光相遇。

這一次，年輕姑娘的眼神裡有什麼呢？馬呂斯說不上來。什麼都有，什麼也沒有。那是一道奇異的電光。

那姑娘又垂下眼睛，而他還是繼續散步。

他剛才所見，不是一個孩子天真單純的目光，而是一個微微張開，又猛然闔上的神祕深淵。

凡是少女，都有這樣看人的一天。誰碰上就得要墜落的！

一顆還不自知的心靈乍見，宛若天空的曙光，那是某種光燦、陌生的東西正在甦醒。這出人意料的微光，突然從絕妙的黑暗中顯亮，由當下的全部純真和未來的全部情愛合成，危險的魅力，什麼語言也描繪不出來。這是一種尚不明晰的柔情，偶一流露並有所期待。這是純真無意中設下的陷阱，捕捉人心，但既非有意，又不知道自己所為。這是一個像用成熟女子的目光看人，卻有著宛如處子的羞赧。

這種目光無論落到哪，能不引起無限遐想的情況則相當少見。這束命運的天光，比風騷女人功力最深的媚眼更具魔力，能促使人稱愛情這朵飽含芳香和毒汁的幽暗之花，在一顆心靈的深處突然綻放。

那天晚上，馬呂斯回到陋室，瞧了瞧自己的衣服，頭一次發覺穿這身「日常」服裝，也就是說戴一頂緞帶旁已經折破的帽子，穿一雙車夫的粗大靴子、一條膝頭磨白的黑褲、一件臂肘磨白的黑上衣，這麼不整潔，不體面，就跑到盧森堡公園去散步，簡直是愚蠢透頂。

四．大病初發
Commencement d'une grande maladie

第二天，到了同樣的時刻，馬呂斯從五斗櫥裡拿出新上衣、新褲子、新帽子和新靴子，全副武裝，又戴上手套——驚人的奢侈品，這才前往盧森堡公園。

路上遇到庫費拉克，他卻裝作沒看見。庫費拉克回到家裡，對朋友說：「剛才我撞見馬呂斯的新帽子和新衣裳，和被包裝在裡面的馬呂斯。他肯定是去考試，一副呆頭呆腦的樣子。」

馬呂斯到了盧森堡公園，繞著大水池轉了一圈，注視水上的天鵝，接著又站到腦袋霉黑並缺個胯骨的雕像前，久久地端詳。水池旁邊，有個四十來歲小腹凸出的紳士，手拉著一個五歲的小男孩，他對孩子說：「要避免越界。兒子，對專制主義和無政府主義，你要保持同等的距離。」馬呂斯聽那紳士說話，接著又圍著水池繞了一圈，這才朝「他的小徑」走去，但步伐緩慢，就好像去那裡是極不情願的，就好像有人既強迫又阻攔他去似的。這一切，他自己毫無意識，還以為跟每天散步的情形一樣。

他走上那條小徑，就望見另一端，白先生和那姑娘坐在「他們的椅子上」。他把上衣鈕扣全扣好，再挺起腰桿，免得衣裳出褶痕，又帶著幾分滿意的心情審視一番褲子的光澤，然後便向那座椅前進。這種步伐有進攻的意味，不用說，也期望旗開得勝。我這樣形容吧：朝那座椅挺進，這就等於說：漢尼拔向羅馬挺進。

不過，他的動作完全是機械的，他也沒有中斷精神和學習上習慣性的思慮。此刻他想道：《中學畢業會考手冊》是一本荒唐的書，一定是由罕見的笨蛋編寫的，因此選取分析的人類思想傑作，有拉辛的三篇悲劇，而只有莫里哀的一篇喜劇。他漸漸走近那座椅，就撫平衣服的皺紋，眼睛盯住那姑娘，就覺得她發出幽幽藍光籠罩了小徑的那一端。

他越走越近，腳步也越來越慢了。離那座椅還有一段距離，那小路似乎遠到沒有了盡頭，他停下腳步，連自己也不知道是怎麼回事，就掉頭往回走，而心中根本沒想過不要走到底。那姑娘只能遠遠望見他，未必能看清楚他穿上新裝的風采。然而，他還是挺直身軀，打起精神，以防背後有人看他。

他走到小路另一邊終點，又返回來，這回朝那座椅走近了一些，甚至到了只有三株樹間距的地方，就又猶豫起來。他彷彿看見那姑娘的臉轉向他。於是，他拿出男子漢的勇氣，振作一下，控制住猶豫的情緒，繼續往前走。幾秒鐘之後，他從那張座椅前經過，身子挺直，神態堅定，但是臉卻紅到耳根子，眼睛不敢左顧右盼，像政界人物正經八百一樣雙手插在兜裡。他從那大理石承露盤下經過的時候，只感到心怦怦狂跳。而那姑娘還是像昨天一樣，身穿錦緞衣裙，頭戴皺呢帽子。馬呂斯聽見一種難以形容的聲音，那一定是「她的聲音」了。她正在安安靜靜地聊天。馬呂斯盡管沒有試圖瞧她一眼，但也能察覺出她的模樣很美麗。他心中暗道：「不過，她一旦知道論馬可．奧貝貢．德．拉龍達那篇文章的真正作者是我，就不能不敬重我了，而那篇論文被弗朗索瓦．德．訥沙多先生據為己有，當作他出版《吉爾．布拉斯》的前言！」

他走過了那張長椅，再走不遠就到了小徑盡頭，然後轉身返回，又從美麗的姑娘面前經過。這回他臉色發白了，而且只有一種極為不快的感覺。他從那張長椅和那姑娘跟前走開，在轉過背去的時候，想像那姑娘在看他，走路就不禁踉踉蹌蹌了。

他不想再走近那座椅了，到半路就停下來，而且還坐下，這是從未有過的情況。他坐在那裡不時瞥過去一眼，思想深處模糊不清，心想不管怎麼說，我欣賞人家的白帽子和黑衣裙，人家對我的發亮的褲子和新上衣，就不可能完全無動於衷。

過了一刻鐘，他站起身，好像又要走向那張罩著光環的長椅，然而，他卻站在那裡一動不動。十五個月以來，他頭一次想道，每天與他女兒坐在那兒的先生，肯定也注意他了，也許覺得他來得這麼勤有點蹊蹺。

他還頭一次感到，用白先生這一綽號，即使在他思想隱祕處，去稱呼那個陌生人，也未免有些不敬。

他這樣低頭待了幾分鐘，手中拿根小木棒在沙地上畫圖。

繼而，他猛一轉身，背向那長椅，背向白先生和他女兒，筆直地回家去了。

這天，他忘了吃晚飯，到了晚上八點鐘才驚覺，但為時太晚，不能去聖雅克街了，感歎一聲：「怪啦！」只好啃了一塊麵包。

他用刷子刷淨衣服，再仔細疊好，然後才上床睡覺。

五．布貢媽連遭雷擊

Divers coups de foudre tombent sur mame Bougon

第二天，布貢媽——庫費拉克就是這樣稱呼戈爾博老屋那個兼為門房、二房東和清潔工的老太婆，其實她叫布林貢大媽，這情況我們已經知道了，可是庫費拉克那個搗蛋鬼對什麼都不尊重──布貢媽不禁驚奇連連，她注意到馬呂斯先生又穿新衣裳出門了。

馬呂斯又去盧森堡公園了，可是，他在小徑上只走了一半路，沒有越過那張椅子一步。他像昨天那樣坐下，遠遠觀望，能清楚地看見那頂白帽和那條黑衣裙，尤其那片藍光。他完全沒有移動，直到公園關門才回家。他沒看見白先生父女出公園大門，從而斷定他們是從公園臨西街旁鐵柵門出去的。幾週之後，他再回想，卻怎麼也記不起那天晚上他是在哪吃的飯。

次日，也就是第三天，布貢媽依然像是晴天霹靂般：「馬呂斯穿著新衣裳出去了。」

「接連三天！」她嚷道。

她企圖跟蹤，但是馬呂斯腳步敏捷，快如流星。就像是河馬追羚羊，兩分鐘時間就不見人影了，只好氣喘吁吁地回家，氣喘呼呼憋個半死，真是氣急敗壞，恨恨地說道：「是不是昏了頭啊？天天穿上新衣裳，還害得別人跟著白跑一趟！」

馬呂斯去了盧森堡公園。

那姑娘與白先生已在那裡。馬呂斯佯裝看書，盡量靠近些，可是離得還很遠就站住，接著又返身，坐到他那張椅子上，一坐就是四個鐘頭，看著自由自在的麻雀在小徑上蹦跳，就覺得是在嘲笑他。

半個月時間就這樣流逝了。馬呂斯到盧森堡公園不再是去散步，而是去閒坐了，不知道為什麼總坐在同一地方，一到那兒就不再動彈了。他每天早上穿上新衣裳，卻又不想被人看到，第二天又重來。

毫無疑問，那姑娘長得佳妙無雙。惟一能指出來近乎批評的一點，就是她那憂傷的眼神和歡快的笑容形成矛盾，讓她臉上平添兩分精神恍惚的神態，結果她那張臉雖然始終柔麗迷人，有時表情卻顯得古怪。

六・被俘
Fait prisonnier

第二週的後幾天，有一次馬呂斯跟往常一樣，坐在長椅上，手裡捧著一本書，打開兩小時卻沒有翻一頁。他猛然驚抖一下，小路盡頭那有動靜：白先生父女離開座位，女兒挽著父親的手臂，二人緩步朝馬呂斯所在的小路中段走來。馬呂斯當即闔上書，接著又打開，竭力收攏心思閱讀。他渾身顫抖：那光芒直接朝他走來。「噢！上帝呀！」他心中暗道，「我怎麼也來不及擺好姿態了。」一會兒，白髮男人和那姑娘越走越近。他覺得這情景持續了一個世紀，又覺得這不過一秒鐘的事。「他們往這來幹什麼呢？」他心中琢磨著。「怎麼！她要往這來！她的雙腳要走在這沙地上，走在離我只有兩步的小路上！」他心慌意亂，多麼希望自己非常英俊，多麼希望自己戴著勳章。他聽見他們輕柔而有節奏的腳步聲漸近，不禁想像白先生一定朝他拋來氣憤的目光。「難道這位先生要問我話？」他心中思忖，隨即低下頭，等他又抬起頭來的時候，他們走到跟前了，那姑娘走過，邊走邊看他。她凝眸注視他，那若有所思的溫柔神態，令馬呂斯從頭到腳都酥軟了。那姑娘似乎責備他這麼長時間沒去她那裡，似乎對他說：只好我過來了。面對那雙蓄滿光芒又如深淵的眸子，馬呂斯目眩神搖。

他感到腦子裡燃著一塊熾炭。那姑娘來救他了，真叫人喜出望外！而且，她是用什麼眼神看他呀！他覺得她比以前更美了。是一種融合的美，即女性美和天使美的綜合，還是一種完美，足令佩脫拉克歌頌，但丁拜倒。他恍若遨遊碧空，同時又十分懊惱，只為靴子上沾了灰塵。

馬呂斯確信她也看他靴子了。

他目送她，直到她消失不見。接著，他像發瘋似的在盧森堡公園裡狂走，有時很可能還獨自大笑，高聲說話。他從帶孩子的小女保姆身邊走過時，那副想入非非的樣子，讓每個經過他的女孩都以為他愛上了自己。

他走出盧森堡公園，希望在街上能再見到那姑娘。

在奧德翁劇院的拱廊下，他卻撞見庫費拉克，就說了一句：「跟我去吃晚飯。」於是，他們一道去盧梭餐館，吃了六法郎。馬呂斯狼吞虎嚥，像極了饕餮，給了夥計六蘇小費。上甜食的時候，他對庫費拉克說：「你看過報紙了吧？歐德里．德．庇拉伏[③]那篇演說真精采！」

他墜入情網，神魂顛倒了。

晚飯後，他對庫費拉克說：「我請你看戲。」於是，他們又去聖馬爾丹門，欣賞弗雷德里克主演的《阿德雷客棧》。馬呂斯看得十分開心。

與此同時，他其實顯得越來越孤僻。從劇院出來時，他不屑於看一個製帽女工跨過水溝時露出的吊襪帶，而且，聽庫費拉克說：「我情願把這女人收進我的隊伍裡。」他幾乎感到噁心。

次日，庫費拉克回請吃午飯，馬呂斯跟他去伏爾泰咖啡館，比昨天吃得還多。他滿腹心事，卻又顯得非常快活，就好像要抓住每個機會開懷大笑。有人把一位不相干的外地人介紹給他時，他還熱情地擁抱他。他們的餐桌圍了一圈大學生，大學生議論國家花錢請冬烘先生，到索邦大學講壇上大放厥詞，繼而又談到各種詞典和齊什拉韻律學的謬誤和紕漏。馬呂斯高聲打斷大家的討論：「真的，戴上勳章那才神氣呢！」

「這話真滑稽！」庫費拉克低聲對若望．普魯維爾說。

「哪裡呀？」若望．普魯維爾應道，「這話很認真。」

這話的確很認真。馬呂斯正處於熱戀初期、衝動而陶醉的時刻。

一眼就引起這一連串後果。

一旦火藥裝好，導火線齊備，事情就再簡單不過了。一瞥就是一個火花。

---

③．歐德里．德．庇拉伏：法國波旁王朝復辟時期和七月王朝時期的左派議員。

這下完了。馬呂斯愛上一個女人，他的命運進入未知難測的階段。

女人的眼神好比某些齒輪，表面平靜，實則可怕。我們天天從旁邊經過，坦然自若，也毫無妨害，沒有什麼感覺，有時甚至忘記這種東西的存在，只管來來往往，沉思默想，或者有說有笑。可是突然間，你感到被絞住了，全完了。齒輪絞住你，那眼神勾住你了。眼神勾住你，不管勾在哪兒，也不管如何勾住的，反正勾住你悠長神思的一角，或者勾住你一時的走神。你就算完了，整個人都得被絞進去。一種神祕力量的機關裝置將你咬住，你掙扎也是徒然，人力再也救不了啦。你從一道齒輪落進另一道齒輪，從一種惶遽落進另一種惶遽，從一種折磨落進另一種折磨，你本身、你的精神、財產、前程和靈魂，無一倖免，要看你落入性情兇悍的女人手中，還是心地善良的女人手中，你從這種可怕的機制裡出來，或者因蒙羞而變形失態，或者因熱戀而煥然一新。

七・猜測U字謎

Aventures de la lettre U livrée aux conjectures

孤獨，超脫一切，驕傲，特立獨行，喜愛大自然，擺脫日常物質活動，沉浸於內心生活，為保持貞潔而進行的隱祕搏鬥，與整個造物為善並迷醉，凡此種種，都養成馬呂斯易於受所謂癡情控制的性格。他對父親的崇拜漸漸化為一種宗教，而且跟所有宗教一樣，退隱到靈魂深處去了。可是眼前當下有東西充實，於是愛情應運而生。

整整一個月過去了，這段時間，馬呂斯天天去盧森堡公園。時間一到，什麼也拉不住他。「他上崗去了。」庫費拉克這樣講。馬呂斯喜不自勝，生活在美夢中。那姑娘肯定注意到他了。

他的膽子終於大起來，又逐漸靠近那座椅，但是不再從前面走過，這是戀人遵從膽怯和謹慎的本能，他認為不必引起「那父親的注意」。他機關算盡，在樹後和雕像基座後面選了幾個據點，躲在那裡，盡量讓那姑娘看見，又盡量不讓那位老先生發現。有時，他躲在一尊萊奧尼達斯雕像的陰影裡，或者隨便一尊斯巴達克斯雕像的陰影裡，一待就是半小時，手裡捧著書，眼睛卻微微抬起，去尋覓那美麗的姑娘，而姑娘那邊也隱隱含笑，朝他轉過那迷人的倩影。她一邊極其自然、極為平靜地與那白髮之人聊天，一邊又以處女的熾熱目光將全部夢想寄託在馬呂斯身上。這是自古以來的老把戲，夏娃從世界誕生之日起就知道，任何女人從出生之日起也都知道！她的嘴只是應付一個人，她的眼神卻回答另一個人。

不過，也應當相信，白先生終於有所覺察，因為，等馬呂斯一到，他往往站起身，開始散步了。他離開他們慣坐的地方，走到小徑的另一頭，挑了角鬥士雕像旁邊的長椅坐下，以便觀察馬呂斯是否跟來。馬呂斯沒明白這一點，犯了這個錯誤。那「父親」便開始不準時了，也不再天天帶他「女兒」來。有時他獨自一人來公園。馬呂斯見此情景，自然也就不久待了。這又犯了一個錯誤。

馬呂斯根本不注意這些徵象，又從膽怯階段跨入盲目階段，這是自然而命定的進程。他的愛情與日俱增，他每天夜晚都做著美夢。而且，他還碰到一件意想不到的喜事，就像火上加油那般使他備加盲目了。一天黃昏時分，他在「白先生父女」剛離開的長椅上，拾到一塊手帕。那是極普通的手帕，沒有繡花，但細布潔白，似乎散發著無法形容的香味。他一陣狂喜，趕緊抓在手裡，只見手帕上標著U．F兩個字母。馬呂斯對那美麗的女孩一無所知，她的家庭、姓名和住址都無從知曉，這兩個字母是他得到她的第一樣東西，美妙極了，肯定是姓名的開頭字母，他立刻在這上面搭起幻想的建築腳架。U顯然是名字。「烏蘇拉④！」他想道，「多麼甜美的名字！」他捧著手帕又吻又嗅，白天貼身放在胸口，夜晚放在嘴邊睡覺。

「從這上面，我感到她整個靈魂！」他感歎道。

手帕是那位老先生的，不過從他口袋裡失落罷了。

④．原文為「Ursule」。

拾到手帕之後幾天，他一到盧森堡公園就吻手帕，並按在胸口。那美麗的女孩莫名其妙，只是用難以覺察的手勢眼神向他示意。

「這麼害羞！」馬呂斯咕噥道。

八・殘廢軍人也有樂子

Les invalides eux-mêmes peuvent être heureux

我們既然提到「害羞」這個詞，既然無須隱瞞什麼，那麼就應當講出來，他正沉浸在美好的憧憬中，但有一次他的「烏蘇拉」卻給他一個嚴重打擊。那幾天，她說服了白先生離開座位，在小路上散步。那天正值牧月[5]，和風勁吹，搖動梧桐樹的枝頭。父女二人挽著胳臂，剛從馬呂斯的座椅前走過，馬呂斯非常自然地就站起身，在背後目送他們，人處於神魂顛倒的狀態便會如此。

突然，有一陣風，大概負有春天的使命，格外放肆地從苗圃飛來，撲向小路，纏住那姑娘，使她渾身一抖，那美妙的姿態，勝過了維吉爾的山林仙女和忒奧克里托斯[6]的農牧神女，不料那風掀起她的衣裙，竟然掀起比伊希斯[7]仙袍還要神聖的衣裙，幾乎掀到吊襪帶的高度，露出那曼妙標致的腿。馬呂斯看見了，他心頭火起，孰不可忍。

那姑娘像驚慌的女神那樣，趕緊拉下衣裙。然而，馬呂斯並沒有因此就息怒。——不錯，小路上只有他一個人。可是，還可能有別人啊。萬一有旁人呢！這種事怎麼能讓人理解！她這麼做太不像話啦！——唉！可憐的姑娘什麼也沒有做，惟一有罪的是風。馬呂斯這個薛侶班身上卻附著霸爾托洛[8]，蠢蠢欲動，一心要表示不滿，甚至連自己的影子都嫉妒。肉體的這種強烈而奇特的醋意，的確就是這樣在人心裡萌生的，甚至無緣無故就肆虐著。況且，即使拋開嫉妒不談，馬呂斯看到那迷人的腿，也絲毫沒有開心的感覺，他可能更樂意看隨便一個女人的白襪子。

至於「他的烏蘇拉」，走到小路的那一頭，又與白先生原路返回，從馬呂斯的座椅前面經過，馬呂斯則狠狠瞪了她一眼。那姑娘微微向後挺了挺身子，同時眼皮往上一挑，分明是說：「咦，到底怎麼啦？」

這是他們的「初次爭吵」。

馬呂斯剛朝姑娘瞪了一眼，就有一個人穿過小路。那是個傷殘軍人，駝著背，滿臉皺紋，頭髮全白了，還穿著路易十五時期的軍裝，胸前掛著一塊橢圓形紅呢小牌，牌上有兩把劍交叉的圖案，那便是士兵的聖路易十字章，此外，身上還裝飾著一隻沒有胳膊的衣袖、一副銀護下巴和一條木腿。馬呂斯彷彿看出那人一副十分得意的神情，甚至覺得那不要臉的老傢伙一瘸一拐從他身邊走過時，還特別熱情、特別愉快地朝他擠了擠眼睛，就好像他們倆偶然串通一氣，共同偷嘗了一盤野味佳肴。這個戰神的殘渣餘孽，什麼事這麼高興呢？這條木腿和那條腿之間，究竟發生了什麼情況呢？馬呂斯嫉妒到了極點，他心中嘀咕：「剛才他也許在那！也許他看見啦！」想到這裡，他恨不得把那傷殘軍人幹掉。

時間一長，什麼尖利的東西都能磨鈍。馬呂斯對「烏蘇拉」的這股怒氣，再怎麼有理，再怎麼正當，也會消下去。他最終還是寬恕了，但畢竟費了好大工夫——他賭了三天氣。

這期間，透過這件事，也正因為這件事，戀情激增，更加癡迷了。

⑤．牧月：法蘭西共和曆九月，相當於西曆五月二十日至六月十八日。
⑥．忒奧克里托斯（約西元前三一〇—前二五〇），希臘詩人。
⑦．伊希斯：古埃及女神，是理想妻子和母親的典型。
⑧．博馬舍的戲劇《塞維利亞的理髮師》和《費加羅的婚禮》中的人物。霸爾托洛是個嫉妒的老人，薛侶班是個多情的男孩。

九・失蹤
Éclipse

上文看到，馬呂斯是如何發現，或者自以為發現她叫「烏蘇拉」的。

胃口越來越大。瞭解她叫烏蘇拉，這已經相當不錯了，但還是太少。這份幸福，馬呂斯吞食了三四週，又想得到另一種幸福：要知道她的住址。

他犯了第一個錯誤：在角鬥士雕像旁座椅那邊中了老先生的埋伏。又犯了第二個錯誤：見白先生獨自去公園，他沒有久留。還要犯第三個錯誤，天大的錯誤：跟蹤「烏蘇拉」。

她住在西街，那地段行人極少，是一棟外觀極普通的四層新樓。

從這時起，馬呂斯又增添一種幸福：除了在盧森堡公園見她，又一直跟到她家。

欲望越來越大。他已經知道她叫什麼，至少知道她的小名，那可愛的名字，一個女人的真正名字；又瞭解了她住的地方，還要弄清楚她是什麼人。

一天傍晚，他一直跟到他們家，看著他們進了大門消失身影，便隨後進去，壯著膽子問門房：

「剛回來的是二樓那位先生吧？」

「不是，」門房回答，「是四樓的那位先生。」

又跨進一步。馬呂斯得了手，膽子更大了。

「臨街的房屋嗎？」他又問道。

「當然啦！」門房說道，「這房子只有臨街這面。」

「那位先生是幹什麼的？」馬呂斯追問一句。

「他靠年金過活，先生。是個大好人，雖然不富有，但總能幫助不幸者。」

「他叫什麼名字？」馬呂斯又問道。

門房抬起頭，反問道：「先生是密探吧？」

問得馬呂斯好尷尬，他只得走開，但心裡樂不可支，事情又有進展。

「很好，」他心中暗道，「我知道她叫烏蘇拉，父親有年金，就住西街這兒，在四樓。」

第二天，白先生父女到了盧森堡公園，逗留時間很短，天還亮著就離去。馬呂斯尾隨到西街，這已經成為他的習慣。走到大門口，白先生讓女兒先進去，他進門之前，卻回過頭去，定睛注視馬呂斯。

次日，他們沒有去盧森堡公園。馬呂斯白白等了一天。

天黑後，他就去西街，望見四樓窗戶有燈光，便在窗下散步，直到熄燈。

又到次日，他們誰也沒有去盧森堡公園。馬呂斯等了一整天，晚上又到窗下去守候，一直守到十點鐘，晚飯就隨便吃。病人以高燒為食，戀人則以愛情為食。

這種情景持續了八天。白先生父女不再去盧森堡公園。馬呂斯胡亂猜測，總往壞處想，又不敢在大白天去窺視大門，只好到晚上去仰望玻璃窗映紅的燈光，有時看見窗裡人影走動，他的心便怦怦直跳。

到了第八天，他又來到窗下，卻不見燈光。「咦！」他咕噥道，「還沒有點燈，可是天黑了呀！難道他們出門啦？」他還是等候著，直到十點鐘，直到午夜，直到淩晨一點鐘。四樓窗口都沒有亮燈，沒有人回屋。他灰心喪氣，只好離去。

第二天——須知，他現在只靠一個接一個的第二天活著，可以說今天對他不存在——第二天，他到盧森堡公園，還是沒有見到人，等到天黑，又去那小樓下面。窗戶沒有一點亮光，窗戶關著，四樓一片漆黑。

馬呂斯敲了大門，走進去問門房：

「四樓上那位先生呢？」

「搬走了。」門房回答。

馬呂斯兩腿發軟，有氣無力地問道：

「什麼時候搬走的？」

「昨天。」

「現在他住哪兒？」

「不知道。」

「他沒有留下新地址嗎？」

「沒有。」

門房揚起鼻子，認出馬呂斯。

「咦！又是您！」他說道，「看來沒錯，您一定是個探子啦？」

第七卷：貓老闆
Patron-minette

一・坑道和坑道工
Les mines et les mineurs

人類社會無不有劇院中所說的「地下第三層」。社會土壤無處不挖坑道，或為行善，或為懲惡。坑坑道道相互重疊，有上層坑道和下層坑道之分，黑暗的地下層也有高低之分，在文明的重壓下往往坍毀，而我們踐踏在上面卻無動於衷，無憂無慮。上個世紀，百科全書幾乎是露天坑道。黑暗——原始基督教義這種晦隱的孵化器，只待機會成熟，就會在帝王的寶座下爆發，以光流淹沒人類。因為，在神聖的黑暗中潛伏著光明。火山飽含能化為烈焰的黑暗。熔岩初始無不呈現夜色。最初舉行彌撒的地下墓穴，不僅僅是羅馬的地下穴道，也是世界的地下穴道。

社會建築這種奇蹟，也像破房子那樣複雜，下面有各式各樣的挖掘工程。有宗教坑道、哲學坑道、政治坑道、革命坑道。挖掘坑道的鏟子，有的是思想，有的是數字，有的是憤怒。從一條坑道到另一條坑道，人們相互應答。形形色色的烏托邦，就是在這條地下道裡行進，朝四面八方蔓延伸展，有時相遇，彼此親如兄弟。尚．雅克．盧梭將尖鏟借給第歐根尼，而第歐根尼則將燈籠借給尚．雅克。有時不同的烏托邦也相互搏鬥。喀爾文揪住索齊尼[①]的頭髮。然而，所有這些力量都朝既定目標進展，大規模的活動同時進行，在黑暗的坑道裡來來往往，上上下下，從下面緩慢地改變上面，從裡面緩慢地改變外面，這種鮮為人知而又無限的蠅營蟻動，什麼東西也擋不住，什麼東西也阻斷不了。社會幾乎沒有覺察到這種給它留下表面、卻換掉它五臟六腑的挖掘。地下有多少層，就有多少不同的工程，就有多少內臟被摘除。從這一系列深深挖掘中，究竟要挖出什麼呢？未來。

越往深挖，挖掘工越神祕。直到社會哲學家能承認的程度，這種勞動還是好的。超過這個度數，事情就變得可疑而混雜了。到了一定深度，那裡的坑道文明的精神滲透不進去了，超過了人呼吸的極限，可能開始有魔鬼了。

放下的梯子也很奇特，每一級都通向哲學可以立足的一個地下層，在那裡能碰見工人，也許是非凡的，也許是醜惡的。在揚．胡斯[②]下面有路德；路德下面有笛卡兒；笛卡兒下面有伏爾泰；伏爾泰下面有孔多塞；孔多塞下面有羅伯斯庇爾；羅伯斯庇爾下面有馬拉；馬拉下面有巴貝夫[③]。這情況還要繼續，再往下就模糊了，到了看不清和看不見的分界線，還會另有所見：一些也許尚未存在的黝暗人影。昨天的已成幽靈，明天的還是鬼魂。慧眼能夠隱隱約約看出他們。未來萌芽的工作，是哲學家的一種幻視。

①．索齊尼（一五二五－一五六二）：義大利天主教異端的鼻祖，他否認耶穌基督的神性，否認聖靈的存在。
②．揚．胡斯（一三六九－一四一五）：捷克改革家，布拉格大學校長。
③．巴貝夫（一七六〇－一七九七）：法國革命家。

在鬼域中處於胎兒狀態的一個世界，該是多麼離奇的輪廓！

聖西門、歐文、傅立葉也都在那兒，在側面坑道裡。

所有這些地下先驅，雖然不知道被一條看不見的神鏈連在一起，並不孤立而幾乎總自以為孤立，但是他們的工作確實很不同，這些人的光明與另一些人的烈焰形成鮮明對照。這些人屬於天堂，那些人屬於悲劇。然而，不管反差多大，所有這些勞動者，從最崇高到最卑微，從最明智到最瘋狂，卻都有一個共同點，那就是無私忘我。馬拉跟耶穌一樣忘記自己，將自己撂在一邊，一筆勾銷，絲毫不予考慮。他們看到別的事物而無視自身。他們有眼光，那眼光在尋找絕對真理。頭一個，眼裡是整個天空；而最後那個，不管多麼神祕莫測，在眉毛下面也有無限且淡淡的光。無論是誰，無論做什麼，只要有眸子閃著星光這個特徵，就應當受到尊敬。

另外一種特徵，就是眸子充滿暗影。

若從這一特徵開始，碰到沒有目光的人，就應當深思，就應當發抖。社會秩序有其黑色的坑道工。

有那麼一個分界點，再往下就是埋葬，光明熄滅了。

在上述所有那些坑道下面，在所有那些通道下面，在進步和烏托邦那廣布的地下網路下面，還要往地下深入許多，比馬拉還低，比巴貝夫還低，再往下，再深許多，與上面那幾層毫無關係，還有最低一層坑道。那是非常可怕的地方，是我們所稱的「地下第三層」。那是黑暗的坑道。那是盲人的巢穴。是地獄。

那裡通向深淵。

二・底層

Le bas-fond

到了底層，無私忘我的精神消失了。魔鬼隱約具備了雛形，在那裡各自為己。沒有眼睛的自我吼叫、尋找、摸索並啃齧。人類社會的烏格里諾④就在那深淵裡。

猙獰的形體在那深層坑道裡遊蕩，近似惡獸，也近似鬼魅，它們不關心普遍的進步，不懂思想和文字，只想到一己的饜足。它們幾乎沒有意識，內裡挖空而可怕。它們有兩個母親，全是後母：愚昧和窮困。它們有一個嚮導：欲望；而滿足的所有形式歸結為一個：食欲。它們貪食到了殘暴的程度，也就是兇殘，但不像暴君，而像猛虎那樣。這些鬼怪從受苦走向犯罪，這也是命中注定的演變關係、駭人聽聞的生殖、黑暗的邏輯。在社會底下第三層匍匐的，不再是絕對真理窒息的呼聲，而是物質的抗議了。在那裡，人先變成了惡龍。飢餓、乾渴，就是出發點；而後成為撒旦，就是終點。拉斯奈爾就是從那地窟裡鑽出來的。

剛才在第四卷中看到上層坑道的一個區域，即政治、革命和哲學的大坑道。正如我們所指出的，那裡無不高尚、純潔、可敬、誠實。當然，那裡也可能有人出錯，而且真的錯了；但錯誤只要包含英雄主義，在那裡就令人敬佩。那裡的工作總括來說，可以名之曰：進步。

現在是時候了，應當看看別的深度，那醜惡不堪的深層。

還是要強調，只要一天不消除愚昧無知，社會底下巨大的惡窟就存在一天。

這個窟穴在其他窟穴之下，也與所有窟穴為敵。那是一無例外的仇恨。這個窟穴沒有哲學家，這裡的匕首從未削過筆。它的黑色不能跟高尚的墨跡同日而語。在這壓抑窒息的棚頂下，黑夜的手指蜷曲著，卻從未翻閱過一本書，也未打開過一份報紙。在卡爾圖什眼裡，巴貝夫是個剝削者！在辛德漢⑤看來，馬拉還是個貴族。這個窟穴旨在讓整個建築坍毀。

④．烏格里諾：十三世紀末義大利比薩暴君，被皇帝派成員控為叛國，將他與子孫關進塔中，他受不了飢餓，企圖吃子孫的肉。但丁《神曲》中有一章敘述這個故事。

⑤．辛德漢：一夥盜匪的首領，於一八〇三年被處決。

全部坍毀。

包括它所痛恨的那些上層坑道。它在醜惡的蟻動蠅營中，不僅破壞現存的社會秩序，而且還破壞哲學，破壞科學，破壞法律，破壞人類思想，破壞文明，破壞革命，破壞進步。它乾脆就叫盜竊、賣淫、謀害和凶殺。它就是黑暗，它就是要混亂，它的屋頂由愚昧無知構成。

在它上面的所有窟穴，也只有一個目的：將它消滅。哲學和進步同時啟動全部機制，既透過改善現實又透過憧憬完美，正是要奮力達到這個目標。摧毀愚昧無知的窟穴，就是摧毀罪惡的淵藪。

簡而言之，社會的惟一危害，就是黑暗。

人類即同類。人人都是用同樣的黏土做成，毫無差異，至少在下界的宿命如此。生前為同樣魂影，在世也只是同樣肉體，死後化為同樣灰塵。然而，捏人的泥團裡攙進愚昧就變黑了。這種難以清除的黑色，進入人心便成為惡。

三．巴伯、海口、囚底和蒙巴納斯
Babet, Gueulemer, Claquesous et Montparnasse

從一八三〇年至一八三五年，有一個四人匪幫，囚底、海口、巴伯和蒙巴納斯，統治著巴黎地下第三層。

海口是個超級大力士。其老巢在瑪麗蓉拱橋街的陰溝裡。他身高六尺，胸如石雕，臂如銅鑄，鼻息好似山洞風聲，身軀像巨人，而腦袋如鳥雀。看他那樣子，真像法爾內塞的赫拉克勒斯穿上布褲和棉絨上衣。海口的軀體猶如巨型雕塑，本可以伏妖降魔，卻覺得自己當個妖魔更痛快。他的額頭低矮，臉頰寬闊，不到四十歲眼角就有了魚尾紋，毛髮又短又硬，兩頰平刷髯鬚，下巴野豬鬍子，由此可以想見其人之形貌。他渾身肌肉要求他工作，而他愚蠢的腦袋卻不願意。那是個懶惰的大力士，因懶散而成為殺人兇手，有人認為他是克里奧爾人⑥。他可能跟布呂訥元帥有點關係，一八一五年在阿維尼翁城當過搬運工。從那之後，他便改行當強盜。

巴伯的精瘦和海口的肥壯形成鮮明對照。巴伯瘦小而博學，他是透明的，卻又叫人看不透；透過他的骨頭能看見光，但是透過他的眸子卻什麼也看不見。他自稱化學家，許久以前，在博貝什戲班當過小丑，在博比諾戲班當過滑稽演員，還在聖蜜雪兒山演過鬧劇。此人自命不凡，而且能言善辯，突出他的笑容，強調他的手勢。他的工作就是露天擺攤，叫賣「政府首腦」半身石膏像和畫像。此外，他還幫人拔牙。他在集市上讓人看一些古怪的東西，還有一輛帶喇叭的木篷車，貼著這樣的廣告：「巴伯，牙科藝術家，科學院院士，在金屬和非金屬物上做物理實驗，替人拔牙，治理同行拋棄的殘牙斷齒。費用：拔一顆牙，一法郎五十生丁；兩顆牙，兩法郎；三顆牙，兩法郎五十生丁。不要錯過機會。」（「不要錯過機會」這句話的意思是：要盡量多拔牙。）他結過婚，也有過孩子，卻不知道妻子兒女的下落。他把他們遺失了，就像丟掉一塊手絹一樣。巴伯會看報紙，這在他那黑暗界中是傑出的例外。還有家人跟他生活在流動貨車上的時候，有一天他看《信使報》時讀到一條新聞：有個女人生了個能夠賺到生活費的牛嘴嬰兒，就大聲感歎道：

「那可是棵搖錢樹！我老婆就沒有那種智慧，給我生一個同樣的孩子！」

從那以後，他就全部拋開，去「闖巴黎」。這是他的心底話。

囚底是什麼東西？那是黑夜，他要等天空全抹黑了才露面。他在一個洞裡晝伏夜出，那洞在什麼地方？誰也不知道。即使在伸手不見五指的黑暗中跟同夥說話，他也是背對著人。他名叫「囚底」嗎？不對，他說：我叫「絕沒有」，若是突然有燭光，他就戴上面具。他肚子能說話，巴伯說：「囚底是二聲部的小夜曲。」囚底有影無蹤，飄忽不定，極為可怕。很難說他有名有姓，囚底只

⑥．克里奧爾人：安地列斯群島上的白種人後裔。

是個綽號。很難說他能發出聲音，他的肚子比嘴說了更多話。也很難說他有一張臉，從來沒有人看到，只見過他的面具。他忽而不見，彷彿消逝了一般，每次出現，就好像是從地下鑽出來的。

還有一個陰森可怕的人，名叫蒙巴納斯。蒙巴納斯是個毛頭小夥子，還不到二十歲，臉蛋很漂亮，嘴唇好似櫻桃，一頭黑髮很美，眼睛閃著明媚的春光。然而，他佔盡了邪惡，還渴望無罪不犯，幹了壞事又作惡，胃口越來越大。他從流浪兒變成流氓，又從流氓變成強盜。他帶點女人味，溫文爾雅，卻很強健，渾身軟綿綿卻兇猛殘忍。他按照一八二九年的式樣，左邊帽簷捲起，露出一綹頭髮。他以行兇搶劫為生，他的禮服剪裁得最好。蒙巴納斯，簡直是一幅時裝畫，因窮困而圖財害命。這個少年屢屢犯罪，惟一的動機就是要穿一身華貴的衣裝。第一個對他說出「你真美」的年輕女工便已把惡念植入了他的心中，把這個亞伯變成了該隱。既然長得美，他就想要風雅，而風雅的首要重點，便是優閒自在，而窮人的優閒自在，就是犯罪。神出鬼沒的強盜，很少像蒙巴納斯那樣令人畏懼。到了十八歲，他身後就留下了好幾具屍體，不止一個行人手臂張開，臉朝血泊，倒在這惡徒的身影下。燙了頭髮，上了髮蠟，腰身和臀部跟女人一樣，胸膛則像普魯士軍官，他走在街頭，周圍的姑娘都嘖嘖稱讚，上衣扣眼插著一朵鮮花，口袋裡卻裝著行兇的短棒：這便是索命的花花公子。

四・黑幫的組成

Composition de la troupe

這四名強盜結為幫夥，成了變幻無常的海神，在警探的縫隙中迂迴周旋，「用不同的外貌、樹木、火焰、噴泉」來掩飾，極力逃脫維道克[7]的敏銳目光，相互借用姓名和訣竅，藏匿在自身的陰影裡，也相互提供祕密巢穴和避難所，像在化裝舞會上取下假鼻子那樣改頭換面，有時幾個人乾脆化為一個，有時又一人化為許多人，連可哥・拉庫爾都誤以為他們是一大群強盜。

這四人絕非四人，而是長了四顆腦袋的一個神祕大盜，專門在巴黎大肆活動，也是作惡的巨大章魚，棲息在社會的底層中。

巴伯、海口、囚底和蒙巴納斯伸展蔓延，結成地下關係網，通常在塞納省攔路打劫，對路人下毒手。在這方面點子多的人，以及長於在黑夜想像的人，往往找他們付諸實施，向這四人幫提供腳本，由他們排練上演。只要是殺人搶劫，有利可圖，需要助一臂之力之事，他們總能派出適當的人手。一樁犯罪活動尋求援助，他們就提供幫兇。他們掌握一個黑暗的戲班子，能演出各種匪窟的悲劇。

他們通常在睡醒的時刻，即天黑時到婦女救濟院一帶草地上碰面，商議事情。他們眼前有十二小時的黑夜可供使用，綽綽有餘。

「貓老闆」，這是其他人送給四人幫在地下使用的稱號。在日漸消亡、古老怪誕的民間語言中，「貓老闆」是清晨的意思，正如「犬狼之間」這句成語表示黃昏一樣。貓老闆這一稱號，大概是由結束工作的時刻而來：天一亮，這些幽靈就消失了，這些強盜就解散了。四名強盜以這個綽號聞名。重罪法庭庭長到監獄看拉斯奈爾，追問他否認的一樁罪案。「那麼是誰幹的？」庭長問道。「也許是貓老闆吧。」拉斯奈爾這樣的回答，在法官聽來像謎語，但警察卻很清楚。

有時，從演員表能猜想一部劇的面貌，同樣的，從匪徒名單也幾乎能看出一個匪幫的模樣。下面這些名字是從特別訟狀保存下來的，是貓老闆主要同夥相應的稱號：

邦灼，別號春生兒，又稱比格納伊。

勃呂戎（有一個勃呂戎家族，有機會我們還會提到）。

布拉驢兒，已經露過面的養路工。

⑦・維道克：當時著名的警探，原為囚犯。

寡婦。
非你私台。
荷馬．荷古，黑鬼。
星期三晚。
快訊。
福恩王，別號賣花女。
光榮漢，刑滿釋放的苦勞犯。
弒車杠，別號杜蓬先生。
南苑。
捕殺力夫。
短褂子。
克呂銅錢，別號怪羅。
吃花邊。
腳朝天。
半文錢，別號二十億。
等等。

我們只列舉這些，也不是最壞的。這些名字均有所指，不僅代表個人，而且代表一個個類型。每個名字，都對應文明下面滋生的一種怪形毒菌。

這些人輕易不肯露出真面目，不是常在街頭來往的人。夜晚逞兇之後疲倦了，白天他們就去睡覺，有時睡在石灰窯裡，有時睡在蒙馬特高地或紅山遺棄的採石場裡，有時乾脆睡在地下水道裡，他們躲藏起來。

這些人怎麼樣了呢？他們一直存在，他們始終存在。賀拉斯這樣談論他們：「吹笛子賣藝的班子、賣藥的郎中、募捐者、滑稽劇演員……」只要社會還是老樣子，他們也就總是這樣。

他們在窟穴的黝暗頂罩下，從社會滲漏的潮濕裡滋生不息。

這些幽靈去而復來，總是老樣子，僅僅換了名字，換了一層皮。

一個個成員剔除了，部族仍然存在。

他們始終保持原來的技能。從流浪漢到半路打劫的強盜，一直保持純種。他們能猜出衣服口袋裡的錢包，能嗅出外套兜裡的懷表。對他們來說，金銀都有氣味。有些資本主義者非常天真，可以說一看樣子就知道值得一偷。那些人總是耐心地跟著這些有錢的人。他們若是看到一個外國人或外地人走過，就會像蜘蛛一樣驚喜得渾身顫慄。

那些人，半夜時分若是在僻靜無人的街上遇到或望見，就叫人心驚膽顫。他們不像人，而是霧氣成精幻化的形體，彷彿他們常用黑暗融為一體，分辨不出來，除了陰影並沒有別的靈魂，即使暫時闖出黑夜，也不過幾分鐘，多少過點魔鬼的生活。

怎樣才能驅除這些鬼魅魍魎呢？要有陽光，要有強烈的陽光。沒有一隻蝙蝠能夠抗拒曙光，要從底層照亮社會。

第八卷：壞窮人
Le mauvais pauvre

一・馬呂斯尋覓一個戴帽子姑娘，卻遇到一個戴鴨舌帽的男子
Marius, cherchant une fille en chapeau, rencontre un homme en casquettes

夏季和秋季相繼過去，冬天來臨了。無論白先生還是那姑娘，都沒有再步入盧森堡公園。馬呂斯心中只有一個念頭：想再見到那張溫柔可愛的臉蛋。他一直尋找，到處尋找，卻一無所獲。曾幾何時，馬呂斯還是個滿懷激情的夢想者，是個果斷、熱情而堅定的男子漢，是個頭腦構築一個個未來、大膽向命運的挑戰者，是個富有種種雄圖、方略、豪情、理想和志願的有為青年，而現在卻成了一條喪家之犬。他極度悲傷，眼前一片黑暗，完了。工作覺得心煩，散步覺得疲憊，獨自一人又覺得無聊。曾幾何時，廣闊的自然還是五彩繽紛，充滿各種形體、光亮和聲音，充滿啟迪和教育、遠景和前途，而現在卻向他展示一片空虛，彷彿這一切全都消逝了。

他還一直在思考，為此也做不了別的事，但是思考中已無樂趣可言了。而思考不斷低聲向他

提出的種種建議，他每次都黯然回答：有什麼用呢？

他百般責備自己。為什麼我要跟隨她呢？當時只要看見她，我就滿心歡喜啦！她不時瞧我一眼，難道這不已經很可貴了嗎？看她樣子是愛我的，這不已經足夠了嗎？我還要怎麼樣呢？到此為止，不會再有什麼，我也太荒唐了，是我的過錯，等等諸如此類的想法。他的心事絲毫沒向庫費拉克吐露，這是天性使然，可是，庫費拉克猜得八九不離十，這也是天性使然。起初，他祝賀馬呂斯有了意中人，同時也詫為奇事，後來見馬呂斯十分憂傷，就終於對他說：「我看你這傢伙簡直是個蠢貨。嘿，到郊外去走走吧。」

九月某日，馬呂斯見風和日麗，便打起了精神，被庫費拉克、博須埃和格朗太爾拖到索鎮舞會，期望也許能在那裡見到那姑娘，真是做白日夢！當然不用多說，他沒有見到他尋找的人。「怪事，凡是遇不上的女人，都能在這裡找到啊。」格朗太爾獨自咕噥道。馬呂斯丟下朋友，離開舞會，步行回家去，他孤單一人，又疲倦、又焦躁不安，在夜色中眼睛模糊而憂傷，身旁駛過一輛車，滿載著從舞會歸來仍在歡樂歌唱的人們，他被這喧囂和塵土弄得頭暈目眩，實在心灰意冷，只好吸著路邊核桃樹的刺鼻氣味來清醒頭腦。

他的生活又回到以往，越來越孤獨、迷惘而沮喪，完全沉浸在內心的惶惑中，在自己的痛苦中來回徘徊，如同落入陷阱的狼，懷著一片癡情，到處搜尋那不見蹤影的姑娘。

還有一次，他遇見一個人，立即產生異樣的感覺。當時，他走在殘廢軍人院大道旁邊的小街上，迎面碰見一個頭戴鴨舌帽、一身工人打扮的男子。馬呂斯驚歎那帽下露出的幾綹白髮美得出奇，又注意打量那人，只見他步履遲緩，彷彿憂心忡忡，沉浸在冥思苦索中，說來也怪，他似乎認出那是白先生，同樣的頭髮、同樣的身影，只是多了一頂鴨舌帽，走路的姿勢也一樣，只是顯得更加憂傷。可是，為什麼換上這身工人裝扮呢？這是什麼意思呢？這種喬裝打扮意味什麼呢？馬呂斯十分詫異，等他緩過神兒來，頭一個舉動就是跟上去，說不定他終於能抓住尋覓的蹤跡呢？總之，應當靠近再瞧瞧那人，解開這個謎。然而，他這個念頭來得太遲，那人已經不見了。馬呂斯走進一條橫巷，未能找見那人。這次相遇，在他腦海裡縈繞了數日才消失。他心中暗道：「說到底，那人很可能只是外表相像罷了。」

二．發現
Trouvaille

馬呂斯一直住在戈爾博老屋，對誰也不在意。

當時那座破房子的住戶，也的確只有他和容德雷特一家，他為那家人付了一次房租，但無論跟那父親，跟那母親，還是跟那兩個女兒，他都沒有講過話。其他房客不是搬走、就是死了，或是因拖欠房租而被趕出去。

那年冬季的一天下午，太陽露了一下面，那是二月二日，正是古老的聖燭節，而不講信用的太陽，卻預告了六週的寒冷天氣，並引發馬蒂厄．朗斯堡①的靈感，使他寫出堪稱古典名句的兩句詩：

大晴或小晴，
老熊回山洞。

那天，馬呂斯從自己的洞裡出來。夜幕降臨，正是去吃晚飯的時候，唉！還得吃飯，胸懷再多理想激情的人，也有這種弱點啊！

他剛跨出門檻，就聽見掃地的布貢媽講出這段令人難忘的獨白：「現在，有什麼東西便宜？

全那麼貴。世上只有痛苦便宜。這世上的痛苦，真是一文不值！」

馬呂斯沿著大街，緩步朝城關走去，以便拐上聖雅克街。他低著頭，邊走邊想心事。

在夜霧中，他突然感到被人撞了一下，扭頭一看，卻是兩個衣裙襤褸的年輕姑娘，一個瘦長、一個稍矮，二人氣喘吁吁，神色慌張，飛快跑過去，就好像在逃命似的。剛才她們迎面跑來，沒有看見他，經過他時就撞了他一下。在暮色中，馬呂斯看見她們臉色蒼白，披頭散髮，戴著破爛不堪的軟帽，穿著破成布條的裙子，光著腳。她們邊跑邊說話。那個高的低聲說道：

「條子來了，差點把我銬住！」

另一個說：「我一看見他們，就跑了，跑啊，跑啊！」

馬呂斯從這種兇惡的俗話中聽出，憲兵或市警差一點抓住了那兩個女孩，但她們還是逃脫了。她們鑽到他身後路旁的樹木下面，那白色的身影，在黑暗中還依稀可見，過了一會兒才消失。馬呂斯站著望了片刻。

他正要繼續往前走，忽見腳下有個灰色的小包，便俯身拾了起來，看似一個信封，裡面好像還有紙。

「唔，」他自言自語，「大概是那兩個不幸的女孩掉落的！」

他掉頭往回走，連聲呼喚，但沒有發現她們，心想她們已經走遠，便揣進懷裡，前去吃晚飯。他走到穆夫塔爾街的一條小徑上，看見一口兒童棺木，蒙著黑色殮布，架在三把椅子上，由一支蠟燭照亮。暮色中兩個女孩又浮現在他的腦海。他想道：「可憐的母親！還有比看見自己的孩子死去更傷心的事，那就是看著他們活受罪。」

繼而，這些令他觸景傷情的影子，都離開他的頭腦裡，他又重新沉浸在習慣的思慮中，又重

①．馬蒂厄．朗斯堡：十七世紀比利時列日城司鐸。

新想到在盧森堡公園的芳樹下，那露天沐浴著陽光、愛情和幸福的六個月。

「我的生活變得多麼黯淡憂傷！」他心中暗道，「我的眼前總有年輕姑娘出現。不過，從前全是天使，現在全是女鬼。」

三．四面人
Quadrifrons

晚上，他脫衣服要睡覺時，手觸到他在路上拾起放進衣服裡的小紙袋。他早已置於腦後，這時想到，應當打開看看，也許裡面有那兩個女孩的住址，如果真是她們的東西，不管是誰的，找到線索就該歸還給失主。

他打開信封。信封並沒有封住，裡面裝有四封信，也都沒有封上。

每封信上都有姓名地址。

四封信都散發一股菸草的辛辣氣息。

第一封信的姓名地址寫著；「夫人收，德格呂貝雷侯爵夫人，議會對面廣場第……號」。

馬呂斯心想，信上很可能查到他要找的線索，況且信沒有封，看一看似無不妥。

信的內容如下：

侯爵夫人：

悲天惘（憫）人之心是更加緊密團結社會的美德。移動您基督教徒的感情和慈悲的目光，看一看這個不辛（幸）的西斑（班）牙人吧。他忠實於正桶（統）的神聖事業，現（獻）出自己的鮮血和全部錢財，以便悍（捍）衛這一事業，結果自己糟（遭）難，如今落到一貪（貧）如洗的地步。夫人是令人敬佩的人，無移（疑）能給予救擠（濟），以使一個騙（遍）體憐（鱗）傷、受教育有榮譽的軍人，在及（極）度困苦中保全生在（存）。侯爵夫人，事先就似（仰）仗您滿懷的人道，以及您對如此不幸（幸）的國家發生的興趣。他們的祈禱不會圖（徒）勞，而他們的敢（感）機（激）之情永遠保留美好的回意（憶）。

夫人，請接受在下的敬意，有此榮辛（幸）的唐・阿爾瓦雷茲，西斑（班）（牙）泡（炮）兵上尉，到法國避難的保王黨人，正為祖國奈（奔）波，又因缺少經擠（濟）來原（源）而奈（奔）波無法繼續。

信上雖署了名，卻根本沒寫地址，馬呂斯希望能從第二封信上找到。第二封信姓名地址為「夫人收，德・蒙維爾內白（伯）爵夫人，珠寶街九號」。

馬呂斯念道：

白（伯）爵夫人：

寫信人是一個不辛（幸）的母親，有六個孩子，最小的才八個月。自從上次分免（娩）以來，我就一直生病，又被丈夫扔（拋）棄有五個月了，毫無經擠（濟）來原（源），進入及（極）度貪（貧）困境地。

滿懷深深敬意，並一心指望白（伯）爵夫人，有此榮辛（幸）的

婦人巴厘紮爾

馬呂斯再看第三封，還是求救信。信中寫道：

巴布林若先生，選舉人，針織品批發商，聖德尼街和馬蹄鐵街拐角。

我貿然給您寫信，請求您給予針（珍）貴的照顧，關心一個剛給法蘭西劇院送了劇本的一個

文人。那個劇本是歷史提（題）材，故事發生在帝國時期的奧維涅。自（至）於風格，我認為是自然的、簡練的，可能有點特色。還有四個地方的幾個唱段。滑機（稽）、嚴肅、出人意料，再加上人物性格多樣性，再加上感粱（染）全劇的浪慢（漫）主義色彩，而整個劇晴（情）又神密（祕）地進展，曲折跌當（宕），幾經突變才結束。

我的主要目的，就是要滿足逐漸機（激）發本世紀人的種種裕（欲）望，也就是說「時毛（髦）風上（尚）」。這是一種認（任）性古怪的風信旗，幾乎總隨著新颳的風變化。

盡管有這麼多優點，我還是有理由擔心，那些享有特權作者又疾（嫉）妒又自私，讓劇院拒決（絕）採用我的劇本，因為我深知總要讓初次啼聲者吃盡受挫的苦頭。

巴布林若先生，您是文學坐（作）家的賢明的保護人，我久聞大名，因此大膽派我女兒去向您沉（陳）述在這炎（嚴）冬時節，我們機（飢）寒交迫的苦狀。我之所以請求您接受我把這個劇本和今後寫的劇本全敬現（獻）給您，就是要向您證明我多麼渴望有辛（幸）得到您的屁（庇）護並用您的大名為我坐（作）品增光。如不見氣（棄），多少賞我一點，我就立刻著手寫一部濕（詩）劇，以表示我的敢（感）機（激）。這部濕（詩）劇，我要盡量寫得完美，先成（呈）送給您，然後再編入那部歷史劇的開頭並般（搬）上舞臺。

向巴布林若先生和夫人志（致）以最深切的敬意。

尚弗洛，文學家

又及：哪怕只給四十蘇。

請原諒派小女前去，我不能親玲（聆）教悔（誨），唉！

說來原因真可憐，衣關（冠）難以見人……

最後，馬呂斯又打開第四封信。姓名地址為：「聖雅克教堂的行善先生」。內容有如下幾行文字：

善人：

您若肯勞動大架（駕），陪小女來一趟，就會看到貪（貧）困的災難場面，我也可以向您出示我的證書。

您看到這些文字，康（慷）概（慨）的靈魂一定會動側（惻）隱之心，因為，真正的哲學家總會產生強烈的衝動。

富有同晴（情）心的人，您會承認，人到了機（飢）寒交迫不甚（堪）忍受的地步，為了得到點救擠（濟），要讓當局同意實在是痛苦的事，就好像我們貪（貧）困等救擠（濟）的時候，連啼機（飢）號寒和餓死的自由都沒有了。命運對一些人殘哭（酷）無晴（情）；而對另一些人卻無比康（慷）概（慨），愛護備自（至）。

我等待大架（駕）位（蒞）臨，或者您的捐曾（贈），如果您肯行好的話，那麼我請您賞面子，真正高上（尚）的人，接受我的敬意，懷此敬意有辛（幸）做您的

十分卑微並

十分恭順的僕人

P．法邦杜戲劇藝術家

馬呂斯看完四封信，還是不太明瞭。

首先，沒有一個署名人留下地址。

其次，這些信彷彿出自唐．阿爾瓦雷茲、婦人巴厘紮爾、詩人尚弗洛、戲劇藝術家法邦杜這四個不同人之手，然而奇怪的是筆體一模一樣。

如果說四封信不是一個人寫的，那又怎麼解釋呢？

此外，還有一點證明這樣猜測很貼近，全是同樣粗糙發黃的信紙，全是同樣的菸草味；儘管寫信人明顯力求變換筆調，但是同樣的錯別字卻堂而皇之地反覆出現，文學家尚弗洛和西班牙上尉，都同樣未能避免。

費心猜測這一小小謎團徒勞無益。這東西如果不是拾來的，倒真像是一場捉弄人的把戲。馬呂斯太憂傷，即使一個偶然的玩笑也無心湊合，無心參加彷彿馬路要跟他玩的遊戲。這四封信就好像在嘲笑他，與他捉迷藏。

況且，毫無跡象表明，這些信屬於馬呂斯在大路上碰見的那兩個姑娘。總之，這顯然是毫無價值的廢紙。

馬呂斯又把信裝回信封裡，全部扔到角落裡，便上床睡覺了。

約莫早晨七點鐘，他剛起床用過早飯，正要開始工作，忽聽有人輕輕敲他的房門。

他一無所有，從不鎖門取下鑰匙，只有少數幾次有急事才例外。而且，他即使出去，也往往把鑰匙留在門上。「有人會偷您東西的。」布貢媽常說。「偷什麼？」馬呂斯回答。還真說中了，有一天，一雙舊靴子被偷走，讓布貢媽好不得意。

又敲了一下門，很輕，還像頭一次那樣。

「請進。」馬呂斯說道。

房門打開了。

「有什麼事，布貢媽？」馬呂斯問道，但他眼睛並沒有離開桌上的書稿。

回答的卻不是布貢媽的聲音：「對不起，先生……」

那聲音低沉、微弱、乾澀而嘶啞，是個老頭子喝燒酒烈酒過量的破嗓子。

馬呂斯急忙回過頭去，卻看見一名少女。

四·一朵貧窮玫瑰花

Une rose dans la misère

一個非常年輕的姑娘，半打開房門站住。陋室的天窗正對著房門，慘澹的天光透進來，照到姑娘的臉上，只見她面色蒼白，身子羸弱枯瘦，只穿著一件單衣和一條裙子，赤條條的軀體在裡面凍得瑟瑟發抖。一根繩子當作腰帶，另一根繩子就當髮帶。尖突的雙肩從襯衣頂出來，肌膚白裡透黃，好似淋巴液的顏色，鎖骨積了泥垢，雙手通紅，嘴半張開，黯然無色，裡面牙齒不全，兩眼無神，又大膽、又猥賤，整個形象是個先天不足的少女，而那眼神卻像個墮落的老婦人。五十歲和十五歲相混淆，這種人集軟弱和可怕於一身，叫人見了不是落淚就是不寒而慄。

馬呂斯站起來，神情愕然，打量眼前這個人，覺得她酷似穿越他夢境的那個身影。

這個姑娘生來並不醜，卻落到這種醜樣，叫人見了格外痛心。她幼年時期，模樣一定還很美。青春的光彩尚在抗拒因墮落和貧困而未老先衰的醜態。殘存的美，在這十六歲的臉上奄奄一息，猶如冬天早晨的白日，就要在猙獰的雲霧中消失。

這張臉並不完全陌生，馬呂斯彷彿記得在什麼地方見過。

「有什麼事嗎，小姐？」他問道。

姑娘的聲音像醉鬼苦勞犯：「這是給您的一封信，馬呂斯先生。」

她叫出馬呂斯的名字，那就無疑是來找他的。然而，這姑娘是誰？她怎麼知道他的名字呢？她未等主人開口邀請就走進來，毫不遲疑，走進來又掃視整個房間和凌亂的床鋪，那泰然自若的神態看著真叫人不舒服。她光著腳，裙子有大洞，露出長腿和瘦膝蓋。她瑟瑟發抖。

她真的拿著一封信，遞給馬呂斯。

馬呂斯拆信封，注意到用來封口的麵包糊又寬又厚，還是濕的，信不可能從很遠的地方送來。他念道：

可愛的鄰居，年輕人！

我知道您為我做的好事，半年前替我付了一季度房錢。年輕人，我為您祝福。我大女兒會告訴您，進（近）兩天來，我們四口人，連一快（塊）麵包也沒有，我老半（伴）有病了。如果說我在思想上毫不決（絕）望，也是因為我相信可以指望您康（慷）概（慨）之心，您看到這種沉（陳）述，一定會有人道之舉，並渴望保護我，大肚（度）布失（施）給我一點點恩會（惠）。

我向您致以人類的恩人應得的祟（崇）高的敬意。

容德雷特

又及：我女兒等待您的分（吩）付（咐），親愛的馬呂斯先生。

從昨晚起，馬呂斯就陷入迷魂陣裡，看了這封信，如與地窖裡有了燭光，頓時全明白了。這封信和另外四封信是同一出處：筆跡一樣，風格一樣，錯別字一樣，信紙一樣，連菸草味兒也一樣。

五封信，五個故事，五個名字，五種署名，卻只有一個署名者。西班牙上尉唐・阿爾瓦雷斯、不幸的母親巴厘紮爾、詩劇作家尚弗洛、老戲劇家法邦杜，四個人全叫容德雷特，假如容德雷特本人真叫容德雷特的話。

馬呂斯住進這棟破房子有好長一段時間了，我們說過，他極少有機會看見，乃至瞥見他那寥寥無幾的鄰居。他心不在焉，目光也隨神思而轉移。應當說，在走廊裡或樓梯上，他不止一次與容德雷特家人擦肩而過，但在他眼裡，那不過是些人影，他根本不注意，因而昨天晚上在大馬路撞見容德雷特家姑娘，卻沒有認出來，那顯然是她們姊倆，而這一個剛才進屋來，他在厭惡和憐憫中，也只是恍惚記得在什麼地方見過。

現在，他一目了然了，明白他這鄰居容德雷特生活艱難，就靠投機取巧，利用行善人的施捨謀生，先弄來地址，用假名字寫信給他認為有憐憫心的富人，讓女兒冒險送去，必須知道這個當父親的到了窮途末路，不惜拿女兒冒險，當作賭注，跟命運進行一場賭博。馬呂斯還明白一點，從昨天傍晚她們氣喘吁吁，倉皇逃竄的情景，從她們講的俗話來判斷，這兩個不幸的女孩可能還幹了些見不得人的勾當，她們墮落到如此地步，全是這一切造成的，她們在人類的現實社會中，既不是孩子，也不是少女，也不是成年婦女，而是貧窮製造出來的又淫蕩又純潔的怪物。

可悲的生靈，無名無姓，無年齡，無性別，也無善惡之分了，一走出童年，在這世上就已喪失一切，既無自由，無貞操，也無責任。這靈魂，昨天才吐放，今天就枯萎，宛如失落街頭的鮮花，沾滿了污泥，只等車輪輾碎。

不一下子的時間，馬呂斯以驚奇而痛苦的目光注視她，而姑娘則像幽靈一樣肆無忌憚，在破屋裡走來走去，毫不顧及難以蔽體的衣裙，有時，她那未扣好的破襯衫幾乎滑落到腰上。她搬動椅子，弄亂放在五斗櫃上的盥洗用具，還摸摸馬呂斯的衣服，各個角落都搜索遍了。

「嘿！」她說道，「您還有鏡子呢！」

她旁若無人，哼唱鬧劇中的唱段、輕佻的小曲，那沙啞的喉音實在慘不忍聞。然而，這種毫無顧忌的行為，卻透出一種說不出來的窘迫、不安和屈辱的意味。無恥即可恥。

看著她在屋裡亂衝亂闖，或者說打轉，就好像見了陽光驚飛或折了翅膀的小鳥，這場面比什麼都慘不忍睹。但是這又能讓人感到，如果換一種命運，受了教育，那麼，這個少女歡快活潑的舉動，反倒會給人溫柔可愛的印象。在動物中則是生而為白鴿，絕不會變成白尾海鵰。這種情況只有成為人類才會發生。

馬呂斯這樣想著，由著她做去。

姑娘走到桌前，說道：「嘿！這些書！」

她那黯淡的眼睛亮了一下，又說道：「我呀，認得字喲。」

她的聲調表達出能炫耀點什麼那樣的雀躍，任何人聽了都不會無動於衷。

她急忙抓起在桌子上攤開的一本書，相當流利地念道：

「……博端將軍接到命令，要他率所部旅的五營人馬，攻佔位於滑鐵盧平原正中的烏戈蒙古堡……」

她停下來，說道：「啊！滑鐵盧！這我知道。當年在那裡打過仗。我父親參加了。當時我父親在軍隊服役。我們一家人很鮮明的，全是波拿巴派，真的！滑鐵盧，就是打英國人。」

她放下書，又拿起筆，嚷道：「我也會寫字！」

她蘸了墨水，轉身對馬呂斯說道：

「您想看一看嗎？喏，我寫幾個字給您看看。」

她未等馬呂斯回答，就在桌子中央的一張白紙上寫了：「條子來了。」

寫罷擲下筆，說道：「沒有錯別字。您可以瞧一瞧，我和妹妹，我們受過教育。我們從前可不是這個樣子，天生並不是……」

她話說一半便停住了口，無神的眸子盯著馬呂斯，繼而又哈哈大笑，說了一聲：「算啦！」那聲調包含了極度忝不知恥所壓抑的極度惶恐。

接著，她又開始用歡欣鼓舞的曲調哼唱這段歌詞：

我餓呀，爸爸。
沒有吃的。
我冷呀，媽媽。
沒有穿的。
哆嗦吧，
小洛洛！

啼哭吧，
小雅克！

她剛唱完這一段，又馬上嚷道：

「馬呂斯先生，您有時去看戲嗎？我呀，很常去的。我有個小弟弟，他跟藝術家是好朋友，時常給我門票。老實說，我不喜歡側面的長凳座。坐在那裡彆扭，不舒服，有時還很擠。那些人身上的味道也很難聞。」

接著，她用一副怪樣子端詳馬呂斯，對他說：

「馬呂斯先生，您知道自己長得很美嗎？」

二人同時想到一點上，姑娘微笑起來，馬呂斯臉卻刷地紅了。

她湊上來，一隻手搭到馬呂斯的肩上。

「您沒有注意我，可我認識您，馬呂斯先生。我在這裡樓梯上遇見您，還有幾回，我到奧斯特里茲那邊溜達，看見您走進一個叫馬伯夫老爹的家裡。您頭髮亂糟糟的，這樣倒是很好看。」

她的聲音刻意發得十分輕柔，結果只是變得十分輕微，有些字從喉頭到嘴唇的過程中丟失了。如同在一個缺音的琴鍵上彈奏。

馬呂斯微微往後退一下，以冷淡而嚴肅的口氣說：「小姐，我這裡有一小袋東西，想必是您的，請允許我還給您。」

說著，他把裝有四封信的紙袋遞給姑娘。

姑娘拍手嚷道：「我們到處找這些話啊！」

她一把抓過紙袋，邊打開邊說：

「上帝的上帝！我和妹妹找好好久了！哪裡知道讓您撿去啦！是在馬路上撿的吧？大概是在馬路上吧？要知道，我們是在跑步的時候丟掉的。是我妹妹那笨丫頭幹的蠢事。我們回到家才發現不見了，我們不想挨打，打也沒用，一點兒沒用，絕對沒用，所以我們回家就說，信全送到了，人家對我們說：『滾蛋！』這些可憐的信，原來在這兒！您怎麼看出來是我們的呢？哦，對啦！是看字體！這麼說，昨天傍晚，我們跑過去時撞到的是您呀。這也不奇怪，沒有看清楚你的樣子，我還對妹妹說呢：是位先生吧？我妹妹說：『我想是位先生！』」

瞬間，她打開了一封寄給「聖雅克教堂的行善先生」的求救信。

「咦！」她說道，「這封是給去做彌撒的那個老頭兒。對了，正是時候，我送去給他，也許他能給我們點錢吃飯。」

她又笑起來，補充道：「我們今天要是能吃到飯，您知道這代表什麼嗎？就表示我們前天的午飯、前天的晚飯，也表示昨天的午飯、昨天的晚飯，都留在今天一起吃了。哼！少廢話！狗東西，如果還不滿意那就餓死！」

馬呂斯聽了這話，才想起不幸的姑娘來他這裡尋求什麼。

他摸摸外套兜，但什麼也沒有摸到。

那姑娘還講個沒完，就好像忘了馬呂斯在面前。

「有時，我晚上出去，有時乾脆不回家。搬到這裡來之前，那年冬天，我們就躲在橋洞下面。大家緊緊擠在一塊，免得凍僵。我小妹妹凍得直哭。水，多麼淒涼！我想到跳水自殺，可心裡唸著：不行，那太涼了。我一個人隨便亂跑，有時就在溝裡睡覺。您知道嗎？半夜裡，我走在大馬路上，看見樹木像刀叉，看見漆黑的房子那麼高大，就像聖母院的鐘樓，在我的想像中，那白牆就是河流，我心裡唸著：咦！那也是水。星星就像是彩燈，彷彿冒著煙，要被風吹滅了，我都看呆了，耳邊好像有許多馬呼呼喘氣，盡管大半夜了，我還聽見手搖風琴的聲音和紡紗機的聲響，你好奇我怎麼知道？我以為有人對我丟石頭，我弄不清楚怎麼回事，趕緊逃跑，什麼東西都在旋轉，什麼東西都在旋轉。人沒有吃東西的時候就是這種鬼樣子。」

她失態地注視馬呂斯。

馬呂斯搜索所有衣服口袋，挖掘好一陣，終於湊了五法郎十六蘇，眼下這是他的全部財富。「夠今天吃晚飯的就行了，」他心想，「明天的明天再說。」於是，他留下十六蘇，將五法郎給那姑娘。

她一把抓起錢幣，說道：「嘿，出太陽啦！」

這太陽好像能融化並在她頭腦裡引起雪崩，她講出一連串俗話：「五個法郎！亮晶晶的！大頭幣！在這破洞裡！可真邪門！您是個好人。我可以把我這心都掏給您。你可真棒呀！夠兩天吃喝的啦！吃肉啦！吃著大鍋大鍋的肉呀！可以使勁得吃啦！窮得好舒服呀！」

她將襯衫拉上肩頭，朝馬呂斯深施一禮，又親情地打了個手勢，邊說邊朝門口走去：「再見，先生。沒關係的，我得去見老人家了。」

她經過五斗櫃，發現上面有一塊在灰塵裡發霉的乾麵包，就撲過去，抓起來邊啃邊說：「挺好吃的！真硬！要把我的牙咬壞啦！」

說著，她便走出去了。

五・天賜的窺視孔

Le judas de la providence

五年來，馬呂斯一直生活在貧窮、清苦乃至困境中，現在才發覺他根本不瞭解真正的貧困。真正的貧困，剛才他見到了，就是剛剛從他眼前走過的那個鬼魂，只見識過男人的貧困，其實還不算什麼，應當見識一下女人的貧困。只見識過女人的貧困也不算什麼，應當見識一下孩子的貧困。

一個男人到了窮途末路，那就真的一點辦法也沒有了。他周圍那些沒有自衛能力的人，也就跟著遭殃！工作、薪金、麵包、爐火、勇氣、善良，一下子全沒有了。外面的陽光彷彿熄滅了，內心精神之光也熄滅。在一片黑暗中，男人遇到處於軟弱境地的婦女兒童，便兇暴地逼迫他們去做卑鄙的勾當。

這樣一來，什麼傷天害理的事都做得出來。圍住絕望的壁板又薄又脆，每一面都對著邪惡和犯罪。

健康、青春、榮譽、初長成的聖潔肉體，心靈、童貞、廉恥，靈魂的這層護膜，全都遭受到這種摸索著找到活路的行為所控制和殘害，而這種摸索碰到污穢便安於現狀。父母、兒女、兄弟、姊妹、男子、婦女、少女，全都聚合混雜，不分性別、親緣、年齡，也不分卑污和純潔，幾乎就像礦物結構層。他們擠作一團，蜷縮在一種命運的破巢裡，面面相覷，陷入悲苦悽惶之中。那些不幸的人啊！他們臉色多麼慘白！他們多麼冷啊！他們好像住在離太陽比我們更遠的一個星球上。

在馬呂斯看來，這姑娘就是從陰間派來的。

她向他宣示了黑暗世界整個醜惡的一面。

馬呂斯幾乎感到自責，怎麼只顧著想入非非、陷入兒女情長，結果這麼長的一段時間，連鄰居都沒有瞧過一眼。為他們付房租，只是一種機械的舉動，人人都做得到，而他馬呂斯，本應做得更好。為什麼！他與這些貧苦無依的人，僅有一牆之隔，他們被排斥在世人之外，在黑夜中摸索生活，他與他們摩肩擦背，可以說是他們所接觸的人類鏈條中最後一環，他聽見他們在身邊過活，更確切地說苟延殘喘，而他卻視若無睹！隔著牆壁，每日每時他都聽見他們走動、來來往往、說話，而他卻聞若未聞！他們話語中有呻吟之聲，而他卻聽也不聽！他的神思飛往別處，飛向夢想，飛向不可能有的光芒，飛向虛無縹緲的愛情，飛向癡心妄想的情戀。然而有些人，他在耶穌基督教義裡論稱的兄弟，他在民眾間的同胞兄弟，就在他身邊奄奄一息！就要白白死去！造成他們的苦難他也有責任，加劇了他們的苦難。因為，假如他們換了別的鄰居，換一個少些幻想多些關心的鄰居，一個好善樂施的普通人，那麼顯然，他們的窮困就會受到注意，他們苦難的跡象就會被發現，也許他們早就得到救濟，脫離困境了。毫無疑問，看上去他們非常無恥，非常低賤，非常齷齪，甚至令人憎惡。不過，他們是少數摔倒而未完全墮落的人。況且，不幸的人和無恥之徒到了某一點，就混淆了，只用一個詞，用命中注定的詞語來稱呼：丑角。這究竟是誰的過錯呢？再說，跌得越深，慈悲不是應當更大嗎？

馬呂斯跟所有真正誠實的人一樣，碰到狀況時往往自我教育，責己過嚴，這次他一邊教訓自己，一邊注視與容德雷特一家間隔的牆壁，就好像他那充滿憐憫的目光能透過牆壁，去溫暖那些窮苦的人。牆壁很薄，只是層抹了灰泥的牆板，正如前面所說，對面說話和每人的聲音都聽得一清二楚，只有像馬呂斯這樣馳心旁騖的人，才會一直都沒有覺察。無論是容德雷特這邊還是馬呂斯這邊的牆壁，都沒有糊紙，看得見光禿禿的粗糙牆面。馬呂斯幾乎下意識地察看著牆壁，夢想有時跟思想一樣，也能察看、觀察、審視。他猛地站起來，剛剛注意到牆上方，靠近天棚有個三角形洞眼，是三個板條構成的空隙，塞空的灰泥已經剝落。站上五斗櫃，對著洞就能看見容德雷特的破屋。仁慈的心也好奇，而且應當好奇，這是現成的窺視洞，為了救助而偷看不幸是允許的。馬呂斯心想：「瞧瞧這家人的情況，究竟到了什麼地步。」

他踏上五斗櫃，眼睛湊到小洞口，往裡頭看。

六・人獸窟

L'homme fauve au gîte

城市如森林，也有提供洞穴讓最兇惡最可怕的東西藏匿，只不過城市裡隱藏的東西兇殘、邪惡而短小，也就是說醜惡；森林中隱藏的東西兇殘、野性而偉壯，也就是說美觀。同為巢穴，但是獸穴勝過人穴，岩洞優於破屋。

馬呂斯見到的是一間陋室。

馬呂斯貧窮，他的房間也是四壁蕭然，但是他人窮志不窮，陋室也潔淨。然而，此刻他所目睹的破屋惡俗不堪、臭氣薰天，又黑暗、又骯髒。全部家具只有一把草墊椅和一張破桌，幾個破瓶爛罐，兩個角落各有一張無法描述的破床。全部光線來自於掛滿蜘蛛網的四方玻璃天窗，透過來的光線恰好把人臉照成鬼面。牆壁像患了麻瘋病，百孔千瘡，好像因為惡疾破了相的一張臉，上面潮濕滲出黃膿水，還有木炭畫的粗俗猥褻圖形。

馬呂斯住的房間還是磚鋪地板，盡管有些殘破，可是，隔壁這間屋子既沒有鋪磚，也沒有鑲地板，人走上面直接踩在原來的灰泥地面，踏得黑糊糊的。地面高低不平，滿是永駐的塵土，只有從一個角度看還是處女地，就是從未接觸過掃帚；滿地都是舊鞋、爛拖鞋和破布片，撒得像滿天星斗。屋裡還有個壁爐，因而年租要四十法郎。壁爐上應有盡有：一個炒勺、一個火鍋、幾塊截斷的木板、釘子上掛的布片、一個鳥籠、灰燼，甚至還有一點火。兩塊焦柴在爐膛裡淒慘地冒著煙。

這間屋子顯得格外惡俗，還有一個緣故，就是空間很大，有不少凹凸之處，有不少黑洞、斜頂、海灣和地岬。因而構成許多幽深難測的駭人角落，裡面可能蜷縮著拳頭大的蜘蛛、腳掌寬的鼠婦，說不定還躲藏著駭人怪物。

兩張破床，一張靠門，一張靠窗，但是都有一頭頂著壁爐，並且正對著馬呂斯。

臨近馬呂斯窺視洞的一個角落，牆上掛著鑲在黑木框中的一幅彩色版畫，下方寫著「夢境」兩個大字。畫上一名女子和一個孩子在睡覺，孩子枕在女子的膝上，雲中一隻鷹銜著一個花冠，那女子在睡夢中用手將花冠從孩子頭上推開，遠處拿破崙罩著光輪，背靠著一根帶黃頂的藍色大圓柱，柱上刻著這樣幾行字：

馬倫哥

奧斯特里茲
耶拿
瓦格拉姆
埃洛特

畫框下方，一個長方形的大木牌就地斜靠在牆上，就像是反放的一幅畫，或是反面塗壞了的畫布框，抑或從牆上摘下來的一面穿衣鏡，丟在那裡準備再掛上去。

馬呂斯望見桌上放著鵝毛管筆、墨水和紙張，旁邊坐著一個六十來歲的男子，身材矮小精瘦，臉色蒼白，眼神惶恐，樣子狡猾、兇狠而惴惴不安，是個面目可憎的無賴。

拉瓦特爾[②]若能端詳這張臉，就會看出禿鷲和檢察官的混合體：猛禽和訟棍相互醜化，相互補充，訟棍讓猛禽醜惡，猛禽使訟棍可怕。

那人滿臉灰白長鬍鬚，上身穿一件女襯衫，露出毛茸茸的胸脯和豎著寒毛的赤臂，下身穿一條沾滿泥垢的長褲，腳上穿一雙靴子，腳趾全露出來了。

他嘴上叼著一根菸斗，正吸著菸。陋室裡沒有麵包了，但是還有菸葉。

他正在寫什麼，也許在寫馬呂斯看過的那一類信。

只見桌子一角放著不成套的一本舊書，好像是一本小說，是從前租書店那種十二開的舊版本，淡紅色封面，印著大字體書名：

---

②・拉瓦特爾（一七四一－一八〇一）：瑞士哲學家、詩人、神學家，「相面術」的創始人。

上帝、國王、榮譽和貴婦
杜克雷・杜米尼爾著

一八一四年。

那人邊寫邊高談闊論，馬呂斯聽他說道：

「哼！世上就是沒有平等，死了也一樣！看看拉雪茲神父公墓吧！大人物，那些有錢人，全葬在上頭，槐樹夾護的鋪石路，馬車能一直駛上去。小人物，那些窮光蛋，可憐蟲，連歷史都沒說到的！全埋在下面，那裡爛泥漿蓋到膝蓋，就埋在泥坑裡，埋在濕土裡，埋在那裡好快點爛掉！要去那裡掃墓，就非得陷進土裡不可。」

說到這裡，他閉上了嘴，在桌上猛擊一拳，咬牙切齒地補充一句：「哼！這世界，我恨不能一口吃掉它！」

一個胖女人在壁爐邊，半坐在自己的赤腳上，看樣子有四十歲，也可能上百歲了。

她上身也穿一件襯衫，下身穿一條針織裙子，好幾處補了舊呢布，還紮著一條粗布圍裙，將裙子遮住大半。她雖然蜷縮成一團，仍看得出她身高馬大，跟她丈夫一比，簡直就像個巨人。她那頭髮黃不黃，紅不紅，已然花白，難看極了，她那扁平指甲中有油污發亮著的大手，不時抬起來攏一攏。

她身邊也有一本書攤在地上，與另一本版面同樣大小，也許是同一部小說的其中一冊。

馬呂斯瞥見一張破床上坐著一個瘦長的小姑娘，她幾乎光著身子，臉色慘白，雙腳垂下去，那樣子既不聽別人說話，也不看東西，不像活人。

想必她就是剛才到他屋來的那個姑娘的妹妹。

她好像有十一、二歲，但是仔細瞧一瞧，就能看出一定有十五歲。她正是昨晚在大馬路上說「我就跑啊！跑啊！跑啊！」的那個女孩。

她屬於那種病態的女孩，長期發育停滯，然後突然猛長起來。人類成長若像植物的這種可悲狀況，正是貧困造成。這些生命既沒有童年，也沒有少年。到了十五歲還像十二歲，剛過十六歲又像二十歲了。今天是少女，明天就成了少婦，就好像她們跨越年齡，要快點結束一生。

此刻，這人還是個孩子模樣。

再者，這家庭沒有任何勞動的跡象，沒有織機，沒有紡車，連一件工具也沒有，在一個角落倒有幾件廢鐵，難說是不是工具，整個景象，正是絕望之後坐以待斃的那種死氣沉沉。

馬呂斯觀望半晌，這屋裡比墓穴還要陰森可怖，因為讓人感到有人的靈魂在晃悠，有生命在悸動。

陋室、地穴、深坑，這是一些窮苦人在社會建築的最底層匍匐，但還不是墓穴，而是墓室的前身。世間，富人往往將最富麗堂皇的東西陳列在候見廳，而與之毗鄰的陰間，死亡似乎把最破爛不堪的東西擺在前廳。

那男人住了口，那女人不說話，那姑娘似乎連氣都不喘，只聽鵝毛管筆劃紙的刷刷聲響。

那男人不停地寫，嘴裡也不停地咕噥：「混蛋！混蛋！全是混蛋！」

所羅門感喟[③]的這種變體，卻引起那女人的歎息，她說道：

「孩子，消消氣吧，別氣壞了身子，親愛的。寫信給那些人，你這人也太好了，老頭子。」

人受窮就像受凍一樣，身子緊緊靠在一起，但是心卻遠離了。從整個表面看來，這個女人一定用她僅有的愛心愛過這個男人，然而，全家在巨大苦難的重壓下，不免天天相互責備，因此，

③．所羅門的原話是：「虛榮，虛榮，全是虛榮！」

她心中的那點感情很可能熄滅，只剩下死灰了。不過，親暱的稱呼還往往延續。如叫他「心肝、孩子、老頭子」等等，只是動動口，卻不動心了。

那男的又開始寫了。

七．戰略與戰術

Stratégie et tactique

馬呂斯的胸口實在憋悶，正要從臨時瞭望台下來，他的注意力忽被一聲響動吸引過去，便留在原地未動。

剛才，破屋的房門猛然打開。

大女兒出現在門口。

她穿著一雙男人的大鞋，滿是泥點，都濺到凍紅的腳脖子上，身上披一件破爛不堪的舊斗篷。一小時前馬呂斯沒看見她披斗篷，也許是她要引起更大的憐憫，進屋時放在門外，出去時重新披上。這回她氣喘吁吁，走進來隨身帶上房門，站住緩了口氣，這才又得意又歡喜地嚷道：「他來啦！」

父親扭過眼珠，老婆轉過腦袋，小姑娘一動未動。

「誰？」父親問道。

「那位先生啊！」

「那個慈善家嗎？」

「對。」

「聖雅克教堂的那個？」

「對。」

「那個老頭？」

「對。」

「他要來啦？」

「緊跟在我後面。」

「妳有把握嗎？」

「有把握。」

「是真的嗎，他來啦？」

「他乘馬車來的。」

「乘馬車。他是銀行家呀！」

父親站起身。

「妳怎麼就有把握呢？他若是乘馬車來，妳怎麼先到了呢？至少，家裡的地址妳對他說對了吧？有沒有明白的說在走廊盡頭右手最後一扇門？但願他別認錯門！妳是教堂裡見到他的嗎？他看了我寫的信嗎？他對妳說了些什麼？」

「好了，好了，好了！」女兒說，「看你這麼急，老人家，問話像連珠炮！情況是這樣：我走進教堂，看見他坐在老地方，就對著他施了個禮，把信交給他。他看完信，就問我：『孩子，妳家住在哪裡？』我回答說：『先生，我帶您去。』他又對我說：『不必，把妳家地址告訴我。我女兒要去買東西，我叫一輛車，會跟妳同時到妳家的。』我就把地址告訴他了。他一聽我說這棟房子，好像有點吃驚，猶豫了一下，才說：『好的，我去一趟。』做完彌撒，我看見他父女倆走出教堂，登上馬車。我跟他說得一清二楚，是走廊盡頭右手最後一個門。」

「妳怎麼就知道他會來呢？」

「剛才我看見那輛車到了小銀行街，因此，我就急忙跑回來。」

「你怎麼知道是同一輛馬車呢？」

「因為我注意看了車牌號碼了嘛！」

「多少號？」

「四百四十。」

「很好，妳是個聰明姑娘。」

女兒理直氣壯地看著他父親，指了指她腳上穿的鞋子！

「一個聰明的姑娘，可能是這樣。不過我說，我再也不穿這雙鞋了，不願意穿了，首先考慮身體，其次是清潔。這雙破鞋，鞋底總是積水，一路咕唧咕唧，比什麼都叫人惱火。我寧願打赤腳。」

「妳說得對。」父親答道，他和藹的口氣，與他女兒的粗暴聲調形成鮮明對照，「不過，打赤腳，他們不會讓你進教堂。窮人得穿著鞋。……去拜訪慈悲的上帝，總不能打赤腳吧。」他尖刻地補充一句，又回到惦念的事情上，「這麼說妳有把握，肯定他能來啦？」

「他在我腳後就跟來了。」她答道。

那男人挺起胸，臉上簡直容光煥發。

「老婆呀！」他嚷道，「妳聽見了。慈善家來了。快把火滅掉。」

母親愣住了，一動不動。

父親像耍把戲的一樣敏捷，從壁爐上一把抓起破水罐，往焦柴上潑水。

接著，又對大女兒說：「還有妳！把椅墊的草掏出來！」

女兒根本不明白要做什麼。

父親抓起椅子，一腳踹漏椅座，連腿都伸進去了。

他一邊往外拔腿，一邊問女兒：「天冷嗎？」

「很冷。下雪了。」

父親轉過身去，對著坐在靠窗的床上的小女兒，像打雷一般吼道：「快點！下床，懶蛋！別一點事也不幹！快敲碎一塊玻璃！」

小姑娘哆哆嗦嗦跳下床。

「敲碎一塊玻璃！」他重複道。

孩子嚇呆了。

「聽見我的話了嗎？」父親又說一遍，「跟妳說敲碎一塊玻璃！」

孩子驚恐萬狀，只好服從，她踮起腿，對準玻璃揮了一拳。玻璃碎了，嘩啦掉下來。

「很好！」父親說道。

他神態嚴肅，說話生硬，目光迅速掃遍了破屋的每個角落。

他那神氣，儼然一位將軍，要開戰時作最後布局。

母親一直沒開口，這時終於站起來，問道：

「親愛的，你要幹什麼呀？」

她的聲音又緩慢、又低沉，說出來的話彷彿凝固了似。

「妳上床躺下。」男人說道。

那口氣不容置辯，老婆子只好順從，身子一大坨子沉甸甸地倒在一張破床上。

這時，一個角落裡傳來抽噎聲。

「怎麼啦？」父親大嗓門問道。

丫頭蜷縮在角落裡，她沒有從暗處裡出來，只是伸出血淋淋的拳頭。她打碎玻璃時劃破了，就來到母親床邊偷偷哭泣。

這回，做娘的又坐起來，嚷道：

「看見了吧！你做的蠢事！你叫她砸玻璃，手都弄傷啦！」

「好極啦！」男人說，「早就料到了。」

「什麼？好極啦？」女人重複道。

「住口！」父親反駁道，「我取消言論自由。」

接著，他從自己穿的女人襯衫上撕下一條，當作繃帶，迅速將小丫頭流血的手腕包紮起來。包紮好之後，他又滿意地看了看撕破的襯衫，說道：

「這襯衫也行了。現在全像樣了。」

一陣寒風從破玻璃窗吹進來，帶進戶外的煙霧，好似白絮一般擴散，彷彿由無形的手指撕開。透過破玻璃窗能望見外面正下雪。昨天聖燭節的太陽預示寒冷果然降臨。

父親掃視一下周圍，彷彿要確認他什麼也沒有忽略。他拿起一把舊鏟子，用爐灰將澆濕的焦柴完全蓋上。

然後，他直起腰，靠到壁爐上，說道：

「現在，我們可以接待那位慈善家了。」

八．光明照進陋室

Le rayon dans le bouge

大丫頭走過來，把手放在父親的手上，說道：「摸摸看，我快凍死了。」

「嗳！」父親回答，「我比妳這隻手還要冰得多。」

母親激烈地嚷道：

「你呀，無論什麼，總比別人強！就連受的罪也一樣。」

「住口！」男人說道。

母親見盯著她的目光很兇，就不再吭聲了。

陋室寂靜了一會兒。大女兒一副滿不在乎的樣子，正從斗篷下襬將泥巴摳掉，小女兒還在哭泣；母親雙手摟住小女兒的頭，連連親吻，同時低聲對她說：「我的小寶貝，求求妳，沒事，別哭了，你爸爸會發火的。」

「不！」父親嚷道，「正相反！哭吧！哭吧！哭得好哇。」

接著，他又對大丫頭說：「怎麼這番折騰了，他還不到！萬一他不來呢？我澆滅爐火，踢穿了椅子，撕了襯衫，打碎了玻璃，就白折騰啦！」

「還害小妹白白受傷呢！」母親咕噥道。

「你們知道嗎？」父親又說道，「這破房子鬼地方，冷得都能凍死狗！那人萬一不來呢？噢！對了！他是讓人恭候啊！他心裡說：好吧！他們會等我的！他們待在那兒就是為了這事！——哼！我恨透了那些有錢人，恨不能把他們一個個全掐死，我心裡才痛快，才滿意！那些所謂的善人，裝作特別虔誠，去做彌撒，迷信耍嘴皮子的狗教士，迷信那些裝神弄鬼的傢伙，還自以為高我們一等，前來侮辱我們，說是給我們送衣服來，說得好聽！還不是一錢不值的破爛，還送什麼麵包！這幫惡棍！我要的不是這些東西，而是要錢！哼！要錢！門都沒有！他們說什麼我們拿了錢就去喝酒，我們是酒鬼，是懶漢！可是他們呢？究竟是什麼東西，從前是做什麼的呢？是盜賊！不偷不盜，他們發不了財！哼！就像揪住檯布四角那樣，把整個社會往空中一拋，全都摔個稀巴爛，有這種可能，但至少人人都成了窮光蛋，這樣也算划得來！——真的，你那行善的說嘴先生，他究竟在幹嘛呢？到底來不來？那畜生也許把地址忘啦！我敢打賭，那老牲口……」

這時，有人輕輕敲了一下門，這個人急忙衝過去，將門打開，連連深鞠躬，萬分敬仰地滿臉堆笑，高聲說道：

「請進，先生！我尊敬的恩人，以及這位可愛的小姐，光臨寒舍，屈尊請進。」

破屋門口出現一個年邁的男人和一個年輕姑娘。

馬呂斯沒有離開他窺視的位置，此刻他的感受難以言傳。

那是「她」呀。

愛過的人都知道，這簡單的一個「她」字，包含多少光輝燦爛的意思。

的確是她。馬呂斯眼裡立時浮起亮晶晶的水霧，看不太清楚，勉強辨出那是久違的意中人，是照耀他六個月的那顆星，是那對明眸、那個額頭、那張嘴，是那張消失後便留下黑夜的的俏臉。幻象隱沒之後又重現啦！

她重現在這昏暗中，在這陋室裡，在這畸形醜惡的破屋裡，在這不是人待的地方！

馬呂斯止不住渾身顫抖。怎麼！是她！心怦怦狂跳，害他感到一陣天旋地轉，感到眼淚就要湧出來了。怎麼！尋找了這麼久，終於又見到她的面！他彷彿又招回了迷魂。

她的容顏依舊，只是臉色略顯蒼白，清秀的臉蛋鑲嵌在一頂紫色帽子裡，腰身則掩藏在黑緞斗篷中，只見長袍下方露出穿著緊綳緞靴的一雙纖足。

她仍由白先生陪伴。

她往屋裡走了幾步，將一個挺大的包裹放到桌上。

容德雷特家大姑娘退到門後，以陰沉的目光注視這頂絲絨帽、這件緞斗篷，以及這張可愛幸福的臉。

九．容德雷特幾乎哭出來

Jondrette pleure presque

這破屋十分昏暗，從外面乍一走進來，就會以為走到地窖了。兩位新客人看不清楚周圍模糊的形體，腳步難免有點遲疑，而住在這裡的人，眼睛早已習慣昏暗，看得清清楚楚，自然就能仔細打量他們。

白先生眼神和善而憂鬱，走到男當家的容德雷特跟前，說道：

「先生，這裡裝了幾件日常穿的衣服，是新的，還有襪子和毛毯，請您收下。」

「我們天使般的恩人，對我們關心備至，」容德雷特說著一躬到地，他又趁著兩位客人觀察這破爛不堪的家居，急忙俯過身去，悄聲對他大女兒補充道：

「嗯？剛才我怎麼說的？破衣裳！不給錢。他們全是一路貨色！對了，給這個老笨蛋的信簽是什麼名？」

「法邦杜。」女兒回答。

「戲劇藝術家，對！」

容德雷特問得真及時，恰好這時，白先生轉身對他說話，那神情好像在回想對方的名字：

「看來……先生，你們的生活狀況真令人同情……，先生……」

「法邦杜。」容德雷特急忙應道。

「法邦杜先生，對，正是，我想起來了。」

「戲劇藝術家，先生，還頗有成就。」

說到這裡，容德雷特認為，抓住這個「慈善家」的時機顯然到了，於是他玩起市集上要把戲的那種大言不慚，以及大道旁行乞那種苦苦哀求的混合腔調，提高嗓門說道：

「是塔爾馬的弟子，先生！我是塔爾馬的弟子！從前，我也有過走運的時候。唉！現在卻倒運啦。您瞧瞧，我的恩人，沒有麵包，沒有火。兩個可憐的女孩沒有火！只有一張椅子也坐穿啦！壞了一塊窗玻璃！正趕上這種天氣！我的妻子病了，臥床不起！」

「可憐的女人！」白先生歎道。

「我的孩子也受了傷！」容德雷特補充道。

那孩子見來了外人，便分了心，停止哭泣，端詳起那位「小姐」。

「妳倒是哭啊！快哭啊！」容德雷特低聲道。

他說著，就掐了一把她那隻受傷的手，這一系列動作顯示出扒手的本領。

小姑娘疼得哭嚎起來。

那個光彩照人的姑娘，即馬呂斯私心裡稱為他的「烏蘇拉」，急忙走上前去，說道：「可愛的孩子真可憐！」

「您瞧，美麗的小姐，」容德雷特繼續說道，「她的手腕還流著血呢！為了每天掙六蘇錢，她在機器下面幹活，結果出了意外。再這樣做下去，總有一天胳膊可能會被切掉！」

「真的嗎？」老先生驚慌地問道。

小姑娘信以為真，哭得更加厲害了。

「唉！對呀，我的恩人！」那父親回答。

這段時間，容德雷特注視「慈善家」，神情有點異常，他一邊說話，一邊仔細打量對方，就好像在搜索記憶。他趁客人關切地詢問傷了手的小女兒的時機，突然走到床前，對他那樣子頹喪遲鈍的老婆，低聲快速地說了一句：「留心注意那個男的！」

隨即他又轉向白先生，接著訴苦：

「您瞧，先生！我只穿一件襯衫，還是我妻子的！全撕爛啦！又到了隆冬季節。我沒有衣服，連門都出不去。如果有點像樣的衣服穿，我就會去拜訪馬爾斯小姐，她認識我，也非常喜歡我。她不是一直住在夫人塔街嗎？我們曾經一同到外地演過戲，您知道嗎，先生？她獲得桂冠，也有我的一份功勞。賽麗曼娜[4]會來救助我的，先生！艾耳密爾也會向貝利塞爾[5]施捨的。可是不然，什麼也沒有！家裡一個銅板也沒有！我妻子病了，一個銅板也沒有！我女兒受了傷，很危險，一個銅板也沒有！我妻子呼吸困難，有時氣悶，是年紀關係，神經系統也有毛病。她需要救護，我女兒也一樣！可是，請醫生！可是，去抓藥！怎麼付錢呢？連一文錢也沒有！先生，對著一個大錢，我情願下跪！藝術貶低到什麼地步呀！我的迷人小姐，還有您，我慷慨的保護人，你們體現美德和慈善，給那座教堂帶來芬芳，你們知道嗎，我可憐的女兒也去祈禱，天天看見你們？……因為，先生，我培養女兒信教，不願意讓她們去演戲。噢！女孩子呀，讓我看著她們失足！我呀，可不是開玩笑！我總向她們灌輸榮譽、道德、操行這些觀念！問問她們就明白了。人要走正路，她們有父親，而不是那種苦命的女孩，早早就沒了家，結果就嫁給了大眾，沒名沒姓的姑娘，又成為『眾人』的太太。當然啦！法邦杜家絕沒有這種事！我要教育她們懂得廉恥，正經做人，要文雅，要信奉上帝！活見鬼！……然而，先生，我尊貴的先生，您知道明天會出現什麼情況嗎？明天，是二月四日，是要命的日子，是房東給我的最後期限，如果今晚我付不出房租，那麼明天，我大女兒、我本人、我這發燒的妻子、受傷的小女兒，我們四個人就要從這裡給趕出去，趕到大街上，趕到大馬路上，冒著雨雪，沒有避身的地方。情況就是這樣，先生。我欠了四個季，整整一年的房租！也就是說六十法郎。」

容德雷特說謊。四個季的房租只有四十法郎，而且，他也不可能欠上四個季。馬呂斯替他付了兩季，這事過去還不到半年。

白先生從口袋裡掏出五法郎，放到桌上。

容德雷特抓住這個空隙，又對著大女兒的耳朵咕噥一句：

「無賴！他給這五法郎讓我幹什麼呢？還不夠賠我的椅子和玻璃錢呢！一定得把本錢撈回來！」

這時，白先生脫下套在藍色禮服上面的棕色大衣，搭在椅背上。

「法邦杜先生，」他說道，「我身上只有這五法郎了；不過，我把女兒送回家，今天傍晚再來一趟。今晚您一定得付房租，對不對？」

容德雷特的臉豁然開朗，現出一種奇特的表情。他不慌不忙地回答：「對，我尊敬的先生。八點鐘，我就得去見房東。」

「我六點鐘到這兒，給您帶來六十法郎。」

---

④．賽麗曼娜：莫里哀《厭世者》劇中女主角，以此泛指演主角的女演員。

⑤．艾耳密爾：莫里哀《偽君子》劇中的角色，男主人公奧爾貢的續弦，此處泛指富有同情心的女人。貝利塞爾（五〇〇—五六五）：東羅馬帝國名將，屢建戰功，為皇帝所妒，流落為乞丐。

「真是我的大恩人！」容德雷特無比激動地高聲說道。

緊接著，他又悄聲補充一句：「老婆，仔細看看他！」

白先生挽上那美麗姑娘的手臂，朝房門走去，說道：「今晚見，朋友們。」

「六點鐘吧？」容德雷特問道。

「六點整。」

這時，放在椅背上的大衣引起容德雷特大女兒的注意。

「先生，」她說道，「您忘了穿大衣了。」

容德雷特狠狠瞪女兒一眼，同時用力地聳了聳肩。

白先生轉過身，微笑著回答：「我沒有忘，是我留下的。」

「啊，我的保護人，」容德雷特說道，「我的崇高恩人，我真是感激涕零！請允許我一直送您上車。」

「您若是出去，」白先生又說道，「就把這件大衣穿上吧。天氣確實冷得很。」

容德雷特不等人說第二次，急忙穿上棕色大衣。

他們三人一起出去，容德雷特幫兩位客人帶路。

十・包車每小時兩法郎

Tarif des cabriolets de régie: deux francs l'heure

這個場景的始末，馬呂斯全看在眼裡，而實際上卻又什麼也沒有看見，眼睛只顧盯住那姑娘，也可以說他那顆心，從姑娘一走進破屋，就將她抓住並整個裹起來。在姑娘停留的這一段時間，他完全陶醉了，感官知覺停頓，整個靈魂撲在一點上。他瞻仰的不是那個姑娘，而是披緞斗篷、戴絲絨帽的一團光輝。就算是天狼星進入這屋子，也不會令他如此目眩神搖。

當時，姑娘打開包裹，攤開衣服和毛毯，又和藹地詢問那母親的病情，憐愛地詢問那小姑娘的傷勢，那一舉一動他全窺見，那一言一語他也凝神聆聽。他熟悉她的眼睛、額頭，她的容貌、身材和舉止，但是還不瞭解她的聲音。有一回在盧森堡公園，他隱約捕捉到她講的幾句話，可又不十分真切。如能聽見她的聲音，心靈上如能留下一點這種音樂，就是減壽十年他也在所不惜。然而，她的話語，完全淹沒在容德雷特的訴苦和怪叫聲中了，真是讓馬呂斯又欣喜、又惱火。他貪婪地看著姑娘，不敢想像在這破爛不堪的房子裡，在這幫惡俗不堪的人中間，他真的見到了這個天仙般的姑娘。

等姑娘離去後，他只有一個念頭，要緊緊跟蹤，直到弄清楚她的住址才放手，至少在如此巧遇之後，絕不能再失去她。他跳下五斗櫃，戴上帽子，伸手拉門閂，正要出門，忽一轉念，又停下來。走廊很長，樓梯極陡，容德雷特話又多，白先生恐怕還沒有上車。萬一在走廊裡，或在樓梯上，或在車門口，白先生回過頭來，看見他馬呂斯住在這所房子裡，那會不會警覺起來，設法再次擺脫他，那麼事情就又搞砸了。怎麼辦呢？稍等片刻？可是在這時間內，馬車可能走了。馬呂斯一時左右為難，最後心一橫，冒險走出房間。

走廊裡空無一人。他跑到樓梯也不見人影，於是跑下樓，來到大街，剛好望見一輛馬車在小銀行家街拐彎，駛回巴黎市區。

馬呂斯朝那個方向追過去，到了大馬路的拐角，又望見那輛馬車沿著穆夫塔爾街下坡路疾駛，已經跑得很遠了，根本追不上。怎麼辦？跟在馬車後面跑？那不行，況且，從車上肯定能看見有人拚命追趕，那老頭會認出他來。只有一個辦法，登上旁邊這輛車去追趕另一輛。這樣非常穩妥，既有效又無危險。

馬呂斯向車夫招手停車，朝他喊道：「按鐘點包車！」

馬呂斯沒有打領帶。穿的是少鈕扣的舊工作服，襯衣大襟打褶處還撕破一條。

車夫停下車，擠了擠眼睛，向馬呂斯伸出左手，輕輕搓著大拇指和食指。

「什麼意思？」馬呂斯問道。

「先付錢。」車夫說道。

「多少錢？」他又問道。

「四十蘇。」

馬呂斯這才想起他身上只有十六蘇。

「我回來再付。」

車夫不屑回答，吹起〈拉帕利斯〉小調，並且對著馬抽了一鞭。

馬呂斯愣愣地望著馬車駛遠。只差二十四蘇，他就喪失了歡樂、幸福和愛情！他重新跌進黑夜中！剛見光明，就重新變成盲人！他冥思苦索，老實說，他萬分後悔，那五法郎，早上真不該送給那個窮丫頭。有那五法郎，他就能得救，就能再生，就能走出迷惘和黑暗，擺脫孤獨和憂傷，結束單身漢的生活。可是，那條美麗的金線在他眼前飄動，未待他重新結上他那命運的黑線，就再次斷了。他痛不欲生，回到陋室。

按說他應該想到，白先生答應傍晚還來一趟，只要這次準備好跟蹤就是了。然而，當時他看出神了，幾乎沒有聽見那句話。

馬呂斯正要上樓，忽見容德雷特在大馬路的另一頭：他身上裹著那位「慈善家」的大衣，沿著戈伯蘭城關街那堵人跡罕至的牆邊，正與一個面目不善的人交談，那種人可以稱作「城裡盜賊」，面目可疑，言語晦澀，一副存心不良的樣子，往往白天睡覺，這就意味在黑夜行動。

那兩個人冒著鵝毛飛雪，站在那裡談話；那樣一夥人，城區警察見了準會注意，而馬呂斯卻不大留心。

不過，他再怎麼黯然神傷，也還是不禁想到，與容德雷特說話的那個城關盜賊，好像一個叫邦灼的人，那人外號叫春生兒，又叫比格納伊，有一次庫費拉克叫他看一眼他指著那人，說那傢伙相當危險，夜間常在這一帶出沒。這個人的名字，在上一卷見過。這個有春生兒和比格納伊兩個綽號的邦灼，後來屢次犯罪，作惡多端，成為名聞遐邇的歹徒。如今，他在盜匪圈子裡已成為傳奇人物，大約在前朝末期創立新流派。傍晚天要黑下來的時候，在費爾斯監獄的獅子溝裡，犯人三五成群，低聲交談，往往談論起他。監獄有一條排糞便陰溝，從巡邏道下面通到外頭，一八四三年那起越獄大案，有三十名犯人在光天化日之下逃走，就是從糞溝出去的，蓋糞溝的石板上面能看到「邦灼」的名字，那是有一次他企圖越獄時，大膽刻在牆上的。一八三二年，他還沒有正式出道，就有警察密切注視他了。

十一・窮苦為痛苦效勞

Offres de service de la misère à la douleur

馬呂斯緩步登上老屋的樓梯，正要回到自己的獨居室，忽見容德雷特家大姑娘從走廊跟過來。在他眼裡，那姑娘十分討厭，正是她拿走了他的五法郎，再向她討還已經太晚了，要租的輕便馬車走了，要追的那輛轎車早已駛遠，況且，她也不會還錢。至於剛來造訪那二人的地址，問她也沒用，顯然她不知道，因為簽署法邦杜的那封信上寫的是：「聖雅克教堂行善先生收。」

馬呂斯走進屋，將門關上。

門卻關不上，他回頭一看，只見有一隻手頂住半開的房門。

「怎麼回事？」他問道，「是誰呀？」

正是容德雷特家大姑娘。

「是您？」馬呂斯幾乎氣勢洶洶，又問道，「您總纏著我！要做什麼？」

她似乎若有所思，未予回答。早上那副泰然自若的神態不見了，她站在走廊的暗地裡，並不進屋，馬呂斯只能從門縫瞧見她。

「啊，怎麼不回答？」馬呂斯說道，「您要做什麼？」

姑娘對著他抬起無神的目光，眼裡彷彿隱隱閃現一點光芒，她說道：「馬呂斯先生，看您傷心的樣子，有什麼心事吧？」

「我！」馬呂斯重複道。

「對，是您。」

「我沒什麼。」

「不對！」

「是沒什麼。」

「跟您說不對！」

「讓我安靜點吧！」

馬呂斯又要把門推上，可她仍然頂住。

「喏，」姑娘說道，「您不該這樣。您雖然不是有錢人，但今天早上非常和善。現在，您還是和善點吧。您賞了我吃飯的錢，現在告訴我您有什麼事。您這樣傷心，這一眼就能看出來，我不願意看您傷心。該怎麼做呢？我能幫上忙嗎？要我做什麼就說吧，我並不問您的祕密，您也不必告訴我，總之，我可能幫得上忙。我完全可以幫幫您，既然我能幫父親做事，送個信啦，去到什麼人家啦，挨門打聽啦，找誰的住址啦，跟蹤哪個人啦，這些事我全都能做。怎麼樣，有什麼事都可以告訴我，我把話傳給那人家。有時候讓人捎個話，他們就知道了，事情也就全解決了。您就吩咐吧。」

這時，馬呂斯靈機一動，有了個主意。一個人覺得要掉下去的時候，得抓住哪根樹枝還有得選嗎？

他往前湊了湊，對容德雷特家姑娘說：「妳聽著……」

姑娘眼裡閃現喜悅的光芒，打斷他的話。

「哦！這就對了，您和我說話，就稱『你』吧！這樣我更喜歡。」

「好吧，」馬呂斯接著說，「是妳把那位老先生父女帶到這的……」

「對。」

「妳知道他們的住址嗎？」

「不知道。」

「替我找到。」

容德雷特姑娘的眼神，剛才由黯淡轉為喜悅，現在又由喜悅轉為陰沉。

「您就想知道這個？」她問道。

「對。」

「您認識他們嗎？」

「不認識。」

「這就是說，」她急忙解釋說，「您不認識她，但是想要認識。」

將「他們」改為「她」，這其中有一種說不出來的苦澀，意味深長。

「到底行不行？」馬呂斯問道。

「替您找到那位美麗小姐的住址嗎？」

「美麗小姐」這種說法，又有令馬呂斯不自在的感覺。他又說道：「怎麼說都無所謂！父親和女兒的住址。有辦法嗎？他們的住址嘛！」

姑娘定睛看著他。

「您拿什麼回報我呢？」

「妳要做什麼都行！」

「我要什麼都行嗎？」

「對。」

「我一定能幫你問到住址。」

她垂下頭，之後突然一下將門拉上。

馬呂斯又獨自一人了。

他仰身倒在椅子上，頭和雙肘則放在床沿邊上，沉浸到紛亂的思緒中，頭暈目眩，什麼也抓不住。從今天早晨起所發生的種種情況，那位天使突然出現，又突然消失，這個姑娘剛才對他說的話，無限失望中又漂浮一線希望之光，這一切紛亂充斥他的頭腦。

他正自胡思亂想中，突然又猛醒過來。

他聽見容德雷特那兇狠的大嗓門講了一句話，似乎對他具有極特殊的利害關係：「跟你說，沒錯，我認出他了。」

容德雷特講的是誰？他認出誰啦？認出白先生嗎？他的「烏蘇拉」的父親？怎麼！難道容德雷特認識他？難道就這樣突如其來，情況就要全部明瞭，免得他馬呂斯糊裡糊塗過一輩子嗎？難道他終於要知道他愛的人是誰，那姑娘是誰，她父親是誰嗎？遮掩他們的極度濃厚的陰影，已經到了清朗起來的時候啦？幕布就要撕開了嗎？天啊！

他急不可待，不是爬上，而是縱身跳上五斗櫃，又回到可隔牆窺視的小洞位置。

他又看見容德雷特的破家。

十二・白先生那五法郎的用處
Emploi de la pièce de cinq francs de M. Leblanc

那家裡的樣子毫無變化，只是那母女三人分光了包裡的東西，穿上了襪子和毛線衣，將兩條毛毯扔到兩張床上。

容德雷特呼吸還是很急促，顯然是剛剛從戶外歸來。兩個女兒坐在靠壁爐的地上，姊姊在幫妹妹包紮手。那女人好像癱在挨壁爐的破床上，滿臉驚詫的神色。容德雷特在破屋裡大步走來走去，兩眼神色異常。

在丈夫面前，那女人彷彿驚呆了，有點膽怯，試探著說道：

「怎麼，真的嗎？你有把握嗎？」

「有把握！雖然那是八年前的事啦！不過我認出他啦！哈！我認出他啦！我一眼就認出他來！怎麼，妳就沒有看出來？」

「沒有。」

「我不是跟妳說了嘛：注意瞧瞧！還是那個頭，還是那張臉，沒怎麼老，有些人就是不老，不知道他們是怎麼辦到的，說話還是那嗓音。只有一點，他穿得好些罷啦！哼！老傢伙，神祕的鬼東西，好了，我抓住你啦！」

他停下腳步，對兩個女兒說：「妳們兩個，給我滾開！——真怪了，妳就沒有看出來。」

兩個女兒挺聽話，趕忙站起來。

做母親的吶吶地說：「她的手不是受傷了嗎？」

「冷空氣對她有好處，」容德雷特說道，「走吧。」

顯而易見，這個人在家裡說話十分專制。兩個女兒出去了。

就在她們出門的時候，父親一把拉住大女兒的胳膊，以特別的聲調說道：「妳們準時五點鐘回來。兩個都回來。妳們有用處。」

馬呂斯更加留意了。

屋裡只剩下容德雷特和他老婆了，他又開始走起來，轉了兩三圈沒有吭聲，接著花了幾分鐘，往褲腰裡掖他那件女人襯衫的下襬。

他猛地轉向他女人，叉起雙臂，高聲說道：

「有件事要我告訴你嗎？那小姐……」

「哦，怎麼！」他女人插話道，「那小姐？」

馬呂斯確信，他們說的準是她。他心急如焚，側耳細聽，全部精力都集中到耳朵上。

然而，容德雷特卻俯下身，低聲對他女人說了幾句話，最後直起腰，才高聲說道：「就是她！」

「那東西？」女人說。

「是那東西！」丈夫說。

那母親一句「那東西」的意味，任何語言都難以表達。其中有驚訝、氣惱、仇恨、憤怒，混雜而成為一種惡狠狠的聲調。丈夫在她耳邊說了點什麼，無疑說出了名字，那肥胖女人就從昏昏沉沉的狀態中醒來，從醜相變為兇相了。

「不可能！」她嚷道，「我女兒打著赤腳，連一件衣裙都穿不上，我一想到這一點，怎麼！她又是披緞斗篷，又是戴絲絨帽，又是穿緞子靴，行頭齊全！要置辦得花二百多法郎！簡直像個貴婦人！不可能，你看錯啦！先從長相說，那一個是醜八怪，而這一個卻不賴！長得很漂亮！不可能是她！」

「跟妳說一定是她。妳就等著瞧吧。」

如此堅信不疑，容德雷特婆娘一聽，就仰起那張又紅又黃的大寬臉，注視著天花板，那神態醜極了。此刻在馬呂斯看來，她比她丈夫還嚇人，那是虎視眈眈的一頭母豬。

「什麼！」她又嚷道，「那個討厭的漂亮小姐，用可憐的樣子看著我的女孩，她竟然是那個小乞丐！哼！我真想一鞋跟將她的腸子給踹出來！」

她跳下床，只見她頭髮蓬亂，鼻孔鼓張，嘴半咧開，握緊的兩個拳頭抛到身後，這樣站了一會兒，又一仰倒在破床上了。那男的走來走去，根本不注意他女人。

沉默了一陣之後，容德雷特又走到他女人跟前站住，像剛才那樣叉起胳膊。

「還要我告訴妳一件事嗎？」

「什麼事？」女人問道。

他低聲乾脆地回答：「我發財了。」

婆娘凝視他，那眼神分明表示：跟我說話的這個人難道瘋啦？

他繼續說道：

「天打雷劈也無所謂了！在這個『有火會餓死——有麵包也會凍死的教區』裡我當教民的時間已經夠長的啦！窮日子也過夠啦！我活受罪，別人也受罪！不開玩笑了，我不再覺得這有趣了，遊戲玩夠了，老天爺呀！別再捉弄人了，永恆的天父！吃飯我要吃個夠，喝酒我要喝個痛快！足吃足睡！什麼也不做！嘿，也該輪到我享享福了！在一命嗚呼之前，我要嘗嘗百萬富翁的滋味！」

他在破屋裡兜了一圈，又補充一句：「跟別人一樣。」

「你想說什麼呀？」他老婆問道。

他搖頭晃腦，擠擠眼睛，提高嗓門，像街頭賣藝人要表演似的：「我想說什麼？聽好！」

「噓！」容德雷特婆娘咕噥道，「別嚷嚷！要是那種事，就不能讓人聽見！」

「嗳！誰聽見？那個鄰居？剛才我看見他出去了。再說了，那個大傻瓜，他聽得見嗎？話又說回來，告訴你，我親眼看他出去的。」

不過，容德雷特出於本能，還是放低了聲音，然而馬呂斯尚能聽得見，他聽清了整個談話，還多虧一個有利的情況，就是馬路上積雪減輕了過往車輛的聲響。

馬呂斯聽到這樣的對話：

「聽清楚了。逮住他了，那個有錢傢伙！就等於逮住了。沒有問題了，全都安排妥當。我見了幾個人。今晚六點鐘他會來送那六十法郎，老混蛋！我瞧見了，我那六十法郎、房東、二月四號的日期，我是怎麼給你們謅出來的！這可不是一個季節的限制才隨意說出口的！傻不傻！這樣，他六點鐘就到。那時候，鄰居正好去吃晚飯，布貢媽也正好進城去洗杯盤。這房子裡沒人了。鄰居十二點之前從不回來。兩個丫頭放風。你也可以下手幫我們。他會乖乖聽話的。」

「他要是不就範呢？」女人問道。

容德雷特險惡地劈了一下手，說道：「那就殺死他。」

說著，他哈哈大笑。

這是馬呂斯頭一回看見他笑，那笑聲冷森森而平穩，叫人不寒而慄。

容德雷特打開壁爐旁邊的壁櫥，取出一頂舊鴨舌帽，用衣袖擦了擦，便扣在頭上。

「現在，我出去一趟，」他說道，「我還要見幾個人。幾個好傢伙。等著瞧吧，這事一定能得手。我盡快趕回來。這是一樁好生意。你看好家。」

說罷，他把兩個拳頭插進褲兜裡。站著想了一會兒，又大聲說道：「你知道嗎，也虧了他沒認出我來！他若是認出我，就不會再來，就會從我們手中溜掉！是我這鬍子救了我！我這浪漫派的山羊鬍子！我這漂亮的浪漫派小山羊鬍子！」

他又笑起來。

他走到窗前。雪下個不停，塗掉了天空的灰色。

「什麼鬼天氣！」他說道。

說著，他抿起大衣。

「這大衣太肥了。不過沒關係。」他又補充說，「那老混蛋，把大衣留給我，還真做了一件大好事！沒它我出不了門，這樁生意也就做不成！鬼使神差，天下的事也真怪！」說罷，他將帽舌拉到眼皮上，出門去了。

他出去沒走幾步，房門忽又開了，門縫裡又探進來他那猛獸般狡獪的身影。

「忘了件事，」他說道，「你準備一爐子煤。」

接著，他把「慈善家」給他的五法郎，扔到女人的圍裙裡。

「一爐子煤？」婆娘問道。

「對。」

「要幾斗？」

「兩斗滿滿的。」

「那得三十蘇。剩下的錢還夠我買東西做晚飯。」

「見鬼，那不行。」

「為什麼？」

「這錢不能花。」

「不能花？」

「我還要買東西。」

「買什麼？」

「買點東西！」

「要花多少錢？」

「這附近有五金店嗎？」

「穆夫塔爾街上有。」

「哦，對了，就在另一條街的拐角，那店鋪我有印象。」

「你買東西要花多少錢，總可以告訴我吧？」

「五十蘇到三法郎。」

「晚飯剩下的錢可就不多了。」

「今天談不上吃飯。還有更好的事要做。」

「只好這樣囉，親愛的。」

他婆娘說完這話，容德雷特又帶上房門，這回，馬呂斯聽見他的腳步聲越來越遠，先穿過老屋走廊，又快速下樓。

這時，聖梅達爾教堂正敲著一點的鐘。

十三・獨自在僻靜地方時他們必然不會想念「天父」

Solus cum solo, in loco remoto, non cogitabuntur orare pater noster

馬呂斯盡管總好沉思默想，但是正如我們指出的，他的性格既堅強又剛毅。獨自思索的習慣，發展了他的同情心和憐憫心，與此同時，也許消磨了他容易發脾氣的性情，卻毫未減損他那見義勇為的氣概。他既有婆羅門教徒的善心，又有法官的嚴厲。他不忍傷害一隻蛤蟆，但是能踏死一條毒蛇。而他現在窺視的，正是一個毒蛇洞，眼前正是一個魔窟。

「這幫無賴，應該一腳踩死他們。」他心中暗道。

他期望弄清的謎團，非但一個也沒有解開，反而更加神祕。他並沒有進一步瞭解盧森堡公園邂逅那個美麗的女孩，以及他稱做白先生的那個男人，只知道容德雷特認識他們。他聽到的話十分晦澀，只能聽出一件事，就是這裡正在設置陷阱，設置一個隱祕而兇險的陷阱，他們父女二人面臨巨大危險，也許她能免遭於難，但她父親會遭到毒手，一定要搭救他們，挫敗容德雷特一家人的陰謀詭計，扯斷這些蜘蛛結的網。

他又觀察一會兒，只見容德雷特婆娘從角落裡拖出一個舊鐵爐子，又在廢鐵堆裡翻找什麼。

馬呂斯輕手輕腳，從五斗櫃下來，盡量不弄出一點聲響。

他看出策劃的這場陰謀，心中不免惶恐，對容德雷特一家人深惡痛絕，但是想到在這樣事情上，也許他能為他所愛的人幫上忙，又不禁感到一陣喜悅。

然而，怎麼辦呢？為兩個受到威脅的人通風報信嗎？但是到哪去找他們呢？他不知道他們的住址。他們在他眼前重現了片刻，隨即又沉入巴黎的汪洋大海裡。傍晚六點在門口守候，等白先生一到就告訴他有埋伏嗎？可是，容德雷特及其同夥一定會發現他，這地方僻靜無人，他們比他健壯，有辦法抓住他，或者把他趕走，那麼他要救的人也就性命難保。一點的鐘聲剛剛敲過，他們六點鐘下手，馬呂斯還有五個小時。

只有一個辦法。

他穿上還看得過去的衣服，往脖頸上結了一條領巾，又戴上帽子，悄悄溜出去，毫無響動，就好像赤腳走在青苔上。

他出了樓門，便走上小銀行家街。

這條街中段路邊有一道矮牆，有幾處人能跨越，牆裡面是一片空地。馬呂斯心中有事，走得很慢，踏著雪地也沒有什麼聲音。忽然，他聽見身邊有人談話，便扭頭瞧瞧，寂靜的街道不見一個人影，現在又是大白天，然而，他卻清清楚楚聽見了人語。

於是，他想到探頭瞧瞧牆裡面。

果然有兩個人，靠牆坐在雪中，低聲交談。

那兩張臉孔他從未見過：一個漢子滿臉鬍鬚，身穿罩衣，頭戴希臘式圓帽；另一個漢子衣衫襤褸，沒戴帽子，長頭髮裡落了些雪花。

馬呂斯再往裡探探，在他們的頭上方能聽見談話。

長髮漢子用臂肘捅捅對方，說道：「跟貓老闆一起，不可能失手。」

「你這樣認為？」落腮鬍子說道。

長髮漢子又說：「每人可得五百法郎的票子，就是觸霉頭，也大不了五年，六年，頂多十年！」

另一個頗為遲疑，手伸進希臘帽子搔頭髮，答道：

「這件事倒是實實在在，碰到這種事總不會當作沒遇見。」

「跟你說嘛，這事不會失手，」長髮漢子又說道，「老傢伙的兩輪車會套上牲口的。」

接著，他們又談起昨晚他們在娛樂劇院看的音樂劇。

馬呂斯繼續往前走。

他覺得那兩個人好奇怪，躲在牆後，蜷縮在雪地裡，講些莫名其妙的話，恐怕跟容德雷特的罪惡計畫不無關係。也許就是「那樁生意」。

他走向聖馬爾索城郊區，一碰到店鋪就打聽哪有警察派出所。

人家告訴他在蓬圖瓦街十四號。

馬呂斯趕往那條街。

他經過一家麵包鋪時，買了兩蘇麵包吃，估計晚飯吃不上了。

他邊走邊感謝上天，心想他那五法郎，早上如果沒給容德雷特家姑娘，他就能乘車跟蹤白先生，因而無從瞭解這一切，也就無從阻止容德雷特的陰謀，白先生必然遇害，他女兒也難倖免。

十四．警察給律師兩個「拳頭」

Où un agent de police donne deux coups de poing à un avocat

馬呂斯來到蓬圖瓦街十四號，上了二樓，請求見派出所所長。

「所長先生不在，」一個辦事員回答，「有位探長代替他工作。您要跟探長談談嗎？有急事嗎？」

「有急事。」馬呂斯說道。

於是，辦事員將他帶進所長辦公室。一道鐵柵裡面，有個身材高大的人靠爐子站著，他身穿三疊領的大外套，雙手提著外套的下襬。那人方臉，嘴脣薄而堅毅，花白頰鬚濃密而兇悍，那目光能搜遍人的衣兜，可以說，那目光只能搜索，不能洞徹。

那人兇惡可怕的樣子，並不怎麼遜於容德雷特，有時見到惡狗，幾乎跟遇見狼一樣，叫人心驚膽顫。

「您有什麼事？」他對馬呂斯說，連句先生也不稱。

「所長先生嗎？」

「他不在，我替他辦公。」

「我要談一件很機密的事。」

「那就談吧。」

「非常緊急。」

「那就快點談。」

這人又冷靜、又生硬，叫人見了又害怕、又放心。他能讓人產生畏懼和信賴。馬呂斯向他敘述了這個意外事件，說有個男子，他只見過面而不相識，當晚即將遭到毒手，而他本人，馬呂斯．彭邁西，身為律師，就住在那魔窟的隔壁，隔牆聽到了全部陰謀。設置陷阱的主謀，是個叫容德雷特的傢伙，他有同謀，大概是城中的盜賊，其中有個叫邦灼的，外號春生兒，又叫比格納伊，容德雷特的女兒在外面把風，根本無法通知那個生命受到威脅的人，因為連他的姓名都不知道。總之，這起圖財害命的案件會在當晚六點鐘下手，那濟貧院大道最僻靜的地點，在五十一、五十二號那棟房子裡。

探長聽到這個門牌號碼，便抬起頭，冷冷地說：「就在那棟房子走廊的最裡端嘍？」

「正是。」馬呂斯說道，他又問一句，「您熟悉那棟房子？」

探長沉默了片刻，接著，他把靴子後跟舉到爐口烤火，答道：「有點印象。」

他繼續從牙縫裡咕噥，主要不是對馬呂斯，而是對他自己的領帶說話：「那裡面恐怕有貓老闆的行跡。」

馬呂斯聽了這話很驚訝，說道：「貓老闆，我的確聽他們提過這個名字。」

於是，他向探長講述了在小銀行家街牆後的雪地裡，那個長髮漢子和那個落腮鬍子的話。

探長咕噥道：「那長髮一定是勃呂戎，那落腮鬍子一定是半文錢，外號二十億。」

他又垂下眼簾思考：「至於那老東西，我也能猜出個大概。哎呀，我這外套烤糊了。這該死的爐子，火總是太旺。五十一、五十二號，從前是戈爾博的房子。」

接著，他又注視馬呂斯。

「您只見過落腮鬍子和長頭髮嗎？」

「還見過邦灼。」

「您沒看見一個花花公子模樣的小魔頭，在那裡轉悠嗎？」

「沒有。」

「也沒看見一個又高又壯，跟動物園大象似的大塊頭嗎？」

「沒有。」

「也沒看見像過去紅辮子小丑那樣一個滑頭嗎？」

「沒有。」

「至於第四個，誰也見不到，就連他的打手、夥計和爪牙也見不到。您沒有發現他，倒不足為怪。」

「沒見到。那些傢伙是幹什麼的？」馬呂斯問道。

探長則答道：「不過，現在還不是他們活動的時候。」

他默然片刻，才接著說道：「五十一、五十二號，那房子我瞭解。我們藏到裡面，沒法躲過那些藝術家的眼睛。一有情況，他們就停止演戲。他們謙虛到了極點，見了觀眾就不自在！這樣不成，這樣不成。我要聽他們歌唱，讓他們跳舞。」

一段獨白之後，他又轉過身，定睛凝視馬呂斯，問道：「您害怕嗎？」

「怕什麼？」馬呂斯問道。

「怕那些人嗎？」

「也比不過怕您！」馬呂斯生硬地回了一句，因為他開始注意到，這名警探還沒有稱過他一聲先生呢。

這時，警探更加目不轉睛地盯住馬呂斯，以訓導式的莊嚴口氣又說道：「聽您這話，像個有膽量的人，也像個誠實人。勇氣不畏罪惡，而誠實也不畏警察。」

馬呂斯截口說道：「是啊，那麼您打算怎麼辦呢？」

探長僅僅這樣回答：「那棟房子的住戶都有萬能鑰匙，夜間回家開門用。您也應當有一把。」

「有一把。」馬呂斯說道。

「帶在身上嗎？」

「帶在身上。」

「交給我吧。」探長說道。

馬呂斯從外套兜裡掏出鑰匙，交給探長，又叮囑一句：

「您若是相信我的話，就多帶幾個人手去。」

探長瞥了馬呂斯一眼，那神色，就像伏爾泰瞧一個向他建議一處韻腳的外地學士院院士。他兩隻大手一下子插進外套特大號的口袋裡，掏出兩支人稱「拳頭」的小鋼槍，遞給馬呂斯，急促而乾脆地說道：

「拿著這個，您回家去，就藏在房間裡，要讓人以為您出去了。槍都上了子彈，每支上兩顆，您要注意觀察。您對我說過，牆上有個洞，等那些人到了，就讓他們多少行動一下。您判斷等了一定火候，應當制止了，就開一槍，不能過早，接下來的事情由我管。朝空中開一槍，對著天花板，對著什麼地方都行，千萬注意不能過早。要等到他們開始行動之後，您是律師，明白為什麼要這樣。」

馬呂斯接過兩支手槍，塞進外衣旁邊的口袋裡。

「這樣鼓鼓囊囊，太明顯了，」探長說道，「還是放在外套兜裡吧。」

馬呂斯將手槍分別藏在外套的兩個兜裡。

「現在，」探長接著說道，「誰都不能再耽誤一分鐘了。幾點鐘啦？兩點半。他們預定七點鐘動手嗎？」

「六點鐘。」馬呂斯說道。

「還有時間，」探長又說道，「不過，時間剛好。我對您說的話，一句也不要忘了。砰！開一槍。」

「放心吧。」馬呂斯答道。

馬呂斯抓住門閂正要出去，探長又對他嚷道：「還有，事發之前，您要是需要我，親自來、還是派個人來，說一聲要找沙威探長就行了。」

十五．容德雷特採購
Jondrette fait son emplette

過了一會兒，將近三點鐘，庫費拉克由博須埃陪同，偶然經過穆夫塔爾街。大雪滿天，下得更緊了。博須埃正在對庫費拉克說：「瞧著這一團團雪降落，真像漫天飛舞的白蝴蝶……」博須埃忽然望見馬呂斯樣子古怪，順著這條街朝城關走去。

「咦！馬呂斯！」博須埃嚷道。

「我看見了，」庫費拉克說道，「不要叫他。」

「為什麼？」

「他忙著呢。」

「忙什麼？」

「他那副神態你沒看見嗎？」

「什麼神態？」

「他那樣子就像跟蹤什麼人。」

「那倒是。」博須埃說道。

「瞧他那雙眼睛！」庫費拉克又說道。

「見鬼，他跟蹤誰呢？」

「跟蹤哪個花花—帽子—咪咪—小妞兒吧！他戀愛呢。」

「可是，」博須埃指出，「這街上，我沒有看見什麼咪咪，什麼小妞兒，也沒看見什麼花花帽子。一個女人也沒有。」

庫費拉克望了望，又嚷道：「他跟蹤一個男人！」

那的確是個男人，頭戴鴨舌帽，走在馬呂斯前邊二十來步遠，雖然背對著，卻能看出他那花白鬍鬚。

那人穿一件過分肥大的嶄新大衣、一條沾滿泥點而破爛不堪的長褲。

博須埃哈哈大笑。

「那是個什麼人？」

「那個嗎？」庫費拉克接著說，「是個詩人吧。詩人就愛穿兔皮販子賣的舊褲、法蘭西元老院元老的大禮服。」

「瞧瞧馬呂斯去哪，」博須埃說道，「瞧瞧那人去哪，跟蹤他們，好嗎？」

「博須埃呀！」庫費拉克高聲說，「莫城的鷹！你真是天下第一糊塗蛋。跟蹤一個跟蹤另一個男人的男人！」

他們掉頭往回走。

剛才，馬呂斯確實看見容德雷特經過穆夫塔爾街，於是盯梢窺伺。

容德雷特只顧往前走，沒有想到被人跟蹤了。

馬呂斯望見他離開穆夫塔爾街，走進優雅街一棟極其破爛的房子，停留有一刻鐘，又回到穆夫塔爾街，走進當年在皮埃爾．龍巴爾街拐角開設的五金店，幾分鐘後從店鋪裡出來，拿著一把白木柄的冷鑿，並藏掖在大衣裡，走到小尚蒂伊街往左拐，急匆匆走上小銀行家街。天色漸漸黑下來，雪停了一會兒又下起來了。小銀行家街一向僻靜無人，馬呂斯就躲在拐角，沒有往前跟蹤，幸而如此，否則就可能會壞了事。因為，容德雷特走到剛才馬呂斯聽到長頭髮和落腮鬍子談話的牆邊，忽然回頭張望，看看是否有人跟蹤，確定身後無人，這才跨過牆頭不見了。

牆裡面那片荒地通向一家舊計程車行的後院，那個業主名聲不好，已經破產，但是車庫裡還有幾輛破車。

馬呂斯忽然想到，趁容德雷特不在，最好趕緊回家，再說，時間也不早了，每天傍晚，布貢媽都會進城去洗杯盤，黃昏時分走時，照習慣總鎖上樓門。馬呂斯已將鑰匙交給了警探，因此要趕快回去。

夜幕降臨，暮色幾乎全暗了，惟獨寥廓的天邊還有太陽照亮的一點，那便是月亮。紅紅的月亮，從婦女救濟院的矮圓頂後面升起。

馬呂斯大步如流星地趕回五十一、五十二號，到達時樓門還開著。他踮起腳上樓，順著走廊牆邊溜回房間。大家還記得，走廊兩側的破屋當時全空著，沒有租出去，布貢媽通常總讓房門敞著。馬呂斯經過一扇房門時，彷彿看見空屋裡待著不動的人頭，讓透進天窗的殘照餘光映得隱隱發白。馬呂斯怕被人瞧見，不便細察，悄無聲息地回到房間，沒有讓人發現。回來得正是時候，一下子，他就聽見布貢媽離開，並鎖上樓門。

十六．又聽見套用一八三二年英國流行曲調的一首歌
Où l'on retrouvera la chanson sur un air anglais à la mode en 1832

馬呂斯坐到床上，現在約莫五點半，再有半小時他們就要動手了。他聽見自己血脈怦怦直跳，就像黑暗中聽見懷表的滴答聲響，聯想到此刻，兩種行動正分頭並進：罪惡從一個方向逼近，法律則從另一個方向趕來。他並不害怕，但是一想即將發生的事情，就難免不寒而慄。正如遭受意

外事件突襲的人那樣，他經歷這一整天，彷彿做了一場夢，而且為了證實自己不在夢魘中，他需要感受一下懷裡兩支鋼槍的涼意。

雪不下了，月光穿破暮靄，越來越明亮，那清光與雪色相輝映，將房間增添一種黃昏的景象。容德雷特那巢穴裡有亮光，從那牆洞射過來，馬呂斯看那紅光就像血色。那樣的紅光，實際上不可能由一支蠟燭發出來。況且，容德雷特家裡毫無動靜，沒人走動，也沒人說話，連點聲息都沒有，一片冷寂沉靜，若是沒有那亮光，真像與墳墓為鄰。

他輕輕脫掉靴子，推到床底下。

過了幾分鐘，馬呂斯聽見下面樓門開啟的聲響，接著，沉重的腳步疾速上樓，穿過走廊，隔壁破屋噹啷一聲拉起門閂，是容德雷特回來了。

立即響起好幾個人的聲音，原來全家人全在破窩，不過當家的不在，就一聲不吭，如同老狼出去時的一窩狼崽子。

「是我。」容德雷特說。

「晚上好，老爸！」兩個女兒尖叫。

「怎麼樣？」媽媽問道。

「爸爸一切順利，」容德雷特答道，「可是，我的腳要凍僵了。好，就這樣，妳換了花衣服。這樣也好讓人家放心。」

「全準備好了，說走就走。」

「我教你的話，一句也沒忘吧？妳全能照辦嗎？」

「你就放心吧。」

「要知道……」容德雷特說道，但是話未說完。

馬呂斯聽見一件重東西撂在桌上，大概是買的那把冷鏨。

「唉，妳們吃了點東西嗎？」容德雷特又問道。

「吃了，」那母親答道，「有三個大馬鈴薯，加點鹽吃了。用這爐火烤熟的。」

「好，」容德雷特又說道，「明天，我帶你們去餐廳館子，要點整隻鴨子和配菜。妳們可以像查理十世那樣大吃大喝。一切順利！」

接著，他壓低點聲音補充道：「捕鼠籠子打開了。貓兒全到了。」

他再壓低點聲音說道：「把這放進爐火裡。」

馬呂斯聽見用火鉗或鐵器捅煤塊的聲響。容德雷特繼續說：

「房門折頁塗上油了吧？別讓門出聲音。」

「塗上了。」那母親回答。

「幾點鐘啦？」

「快六點了。聖梅達爾教堂已經敲過半點的鐘聲。」

「見鬼！」容德雷特說道，「兩個小丫頭該去把風了。妳們倆過來，聽我說。」

接著一陣耳語之聲。

容德雷特又提高嗓門：「布貢媽走了嗎？」

「走了。」那母親回答。

「妳有把握隔壁沒人嗎？」

「他一整天沒回來，你也清楚這是他吃晚飯的時間。」

「妳有把握？」

「有把握。」

「不管怎麼說，到他屋看看他在不在，總沒什麼壞處。」容德雷特又說道。「大丫頭，拿著蠟燭，過去瞧瞧。」

馬呂斯趕緊趴下，手膝並用，悄悄爬到床下。

他剛蜷縮在床底下，就看見門縫裡射進光亮。

「爸爸，」一個聲音喊道，「他出去了。」

他聽出是那大姑娘的聲音。

「妳進屋了嗎？」父親問道。

「沒有，」女兒回答，「不過鑰匙在門上，他必定出去了。」

父親喊道：「還是進去瞧瞧。」

房門推開了，馬呂斯看見容德雷特大姑娘端著蠟燭走進來。她還是早晨那模樣，不過燭光一照顯得更嚇人了。

她直接朝床鋪走來，馬呂斯的惶恐之狀難以描摹。其實，床旁邊牆上掛了一面鏡子，她是奔鏡子去的。她踮起腳，對著鏡子左顧右盼。隔壁房間傳來翻破銅爛鐵的聲響。

她用手掌撫平自己的亂髮，對著鏡子微笑，同時用那陰森可怕的破嗓門哼唱：

我們的情愛，持續整一週，
幸福的時刻，該有多短暫！
相愛八晝夜，人生欲何求！
情戀的時間，應當到永遠！
應當到永遠！應當到永遠！

這段時間，馬呂斯抖得厲害，他覺得那姑娘不可能聽不到他的喘息聲。

她走向視窗，朝外張望，同時拿出她那瘋瘋癲癲的樣子高聲說話。

「巴黎穿上白衣衫，該有多醜啊！」她說道。

她回到鏡子前，又忸怩作態，從正面，再從兩個側面，接連自我欣賞。

「怎麼樣！」父親喊道，「妳在那裡做什麼呢？」

「我在看床下，桌椅下邊，」她一邊回答，一邊繼續攏頭髮，「這裡都沒人。」

「笨丫頭！」父親吼道，「還不快回來！別在那兒磨蹭了。」

「這就回去！這就回去！」她說道，「在這破家裡，做什麼都沒時間！」

她又哼唱：

你就離開我，要去建功業，
可憐我的心，隨你走天涯。

她對著鏡子又最後望了一眼，這才出去，隨手帶上房門。

過了一會兒，馬呂斯聽見走廊裡兩個姑娘赤腳的聲響，以及容德雷特對她們的喊叫：

「千萬留心！一個在城關那邊，一個守在小銀行家街轉角。緊緊盯住這個樓門，一眼也不要放鬆，發現一點點情況，就趕緊跑回來！三步併作兩步！妳們帶上一把進樓門的鑰匙。」

大女兒咕噥道：「光著腳，站在雪地裡站哨！」

「明天，妳們就有發亮的緞子靴穿啦！」父親說道。

她們走下樓梯，幾秒鐘之後，下面的樓門「嘣」的一聲關上，這代表她們出去了。

現在，這棟房子裡只剩下馬呂斯和容德雷特夫婦了，也許還有那幾個神祕人物，剛才在昏暗中，馬呂斯瞥見他們躲在一間空屋的門後。

十七・馬呂斯那五法郎的用處

Emploi de la pièce de cinq francs de Marius

馬呂斯認為到了需要重新觀察的時候，便憑著年輕人的敏捷，一眨眼跳上觀望台，湊近牆壁的小洞。

他往裡頭張望。

容德雷特家中景象有些異樣，馬呂斯這才看清楚剛才引起他注意的奇特亮光。一個生了銅銹的燭臺上點著一支蠟燭，然而照亮整個破屋的並不是燭光，而是爐火的反光。一個相當大的鐵製爐子，正是容德雷特婆娘早上準備的那個，挪到壁爐裡，滿爐煤火燒得正旺，鐵皮全紅了，藍色火焰在歡跳，看得見容德雷特在皮埃爾．龍巴爾街買來的那把鋼鑿，深插在烈火中燒紅的形狀。還看見靠門的角落有兩堆東西，好像一堆鐵器和一堆繩子，彷彿有用處的特意放在那裡。一個根本不瞭解這場陰謀的人，看到這種情景，思想會飄浮於非常兇險和非常簡單的兩種念頭之間。這個巢穴讓爐火一照，像個地獄口，更像個鐵匠爐，然而，容德雷特映著那火光，樣子三分像鐵匠，七分倒像魔鬼。

爐火溫度極高，桌子上那支蠟燭被烤化了半邊，呈現斜面燃燒。

壁爐上放一盞有遮光罩的舊銅燈，配得上變成卡爾圖什的第歐根尼。

鐵爐放在壁爐膛裡，挨著幾根將熄的焦柴，煤煙從壁爐煙囪冒出去，並沒有散出氣味。

月亮有清輝，從四塊窗玻璃射進閃耀火紅光的破屋，即使在就要行動的時刻，馬呂斯頭腦裡也還是充滿詩情，聯想到這情景好似天空來參與大地的夢魘。

冷風從打碎玻璃的窗戶吹進來，既驅散了煤煙味，也掩飾了火爐。

讀者若是還記得前面介紹戈爾博老屋的情況，就會明白容德雷特選擇這個巢穴作案，是再合適不過了。這個房間位於最孤立房子的最裡端，又地處巴黎最偏僻的大街。雖然現在未曾有過綁架的案例，不過總有一天會發生的。

這棟房子縱深很深，因此，這巢穴由許多空房間與走道隔開，而惟一的窗戶又對著有圍牆和柵欄的大片空地。

容德雷特已點著菸斗，坐在草墊破了的椅子上吸菸。他的老婆低聲跟他說話。

若不是馬呂斯，而換了庫費拉克，也就是換了在生活中隨時隨地都能發現笑料的人，一看到容德雷特婆娘那副打扮，肯定要哈哈大笑。她頭上戴著那頂插羽翎的帽子，頗像查理十世祝聖大典上武士的軍帽，身上穿的那條針織裙子上面，又紮了一條格子花呢的特大圍巾，腳下穿的那雙男鞋，正是早上她女兒不屑穿的那雙。就是這身穿戴引出容德雷特一句稱讚：「好！妳換了衣服！做得對，這樣也好讓人家放心！」

至於容德雷特，他沒有脫下白先生給他那件過分肥大的新大衣，還保持新大衣和破褲子所形成的鮮明對照，也正是在庫費拉克眼中所謂詩人的典型。

突然，容德雷特提高嗓門：

「對啦！我想起來了。這種天氣，他會乘車來的。你點上燈籠，提到樓下去，守在門後。一聽到停車聲，妳就立刻開門，幫他照亮上樓的路，穿過走廊。等他一進這屋，你再趕緊下樓，付了車錢，將出租馬車打發走。」

「拿什麼付車錢？」那婆娘反問道。

容德雷特掏掏褲袋後掏出五法郎給她。

「這是哪來的？」她高聲問道。

容德雷特神氣十足地回答：「就是今天早上鄰居給的那個銀幣。」

他又補充道：「知道嗎？這裡需要兩張椅子。」

「做什麼？」

「坐呀。」

「成啊！我把隔壁的椅子搬過來。」容德雷特婆娘平靜地說道。

馬呂斯聽了這話，脊背冒上一陣涼氣。那婆娘動作很快，打開門，就衝到走廊。

馬呂斯縱有天大的本事，也來不及跳下五斗櫃，鑽進床底下躲起來。

「拿著蠟燭！」容德雷特嚷道。

「不用，」她說道，「不方便拿著，我要搬兩張椅子呢，有月光就行了。」

馬呂斯聽見容德雷特婆娘那隻笨重的手，在黑暗中摸索找她的鑰匙。房門打開了。他嚇呆了，定在原地。

容德雷特婆娘走進來。

天窗射進一束月光，夾在兩大片黑影之間。馬呂斯背靠的牆壁正巧籠罩著一片黑影，恰巧將他隱沒了。

容德雷特婆娘抬起眼睛，卻沒有看見馬呂斯，她拿起馬呂斯僅有的兩把椅子走了，隨手重重地帶上房門。

她回到破家：「兩把椅子拿來了。」

「給妳燈籠，」她丈夫說道，「快點下去。」

她急忙照辦，屋裡只剩下容德雷特了。

容德雷特將兩把椅子擺到桌子兩側，又翻了翻爐火中的鋼鏨，搬一道舊屏風放到壁爐前遮住火爐，然後又走到放了一堆繩子的角落，彎下腰彷彿察看什麼。馬呂斯這才看清剛才以為的一堆爛繩子，原來是一條結得很扎實的軟梯，有一根根木踏板和兩個搭鉤。

這副軟梯和幾件道地、大頭鐵棒的大傢伙，胡亂放在門後的廢鐵堆上，今天早上還沒有見到，顯然是在下午馬呂斯外出時，搬進容德雷特家裡的。

「那是鐵匠用的傢伙。」馬呂斯想道。

馬呂斯在這方面若是稍微多點見識，就會看出他認為的鐵匠傢伙中，有些是撬鎖開門的工具，還有些砍殺的工具。這兩類兇器，盜賊分別稱為「小兄弟」和「收割器」。

壁爐、桌子和那兩把椅子，正對著馬呂斯。火爐被遮住了，照亮屋子的就只有蠟燭了；桌上或壁爐上一點點破瓶爛罐，都映出巨大的影子。一個缺了嘴水壺的影子就佔了半面牆壁。屋裡的平靜氣氛卻有一種無以名狀的險惡，令人感到即將發生駭人聽聞的事情。

容德雷特又回到原位，菸斗熄滅他也不管，這是他專心思考的重大標誌。在燭光中，他那張臉兇狠狡猾的稜角顯得十分突出，緊皺著眉頭，右手掌猛地張開，就好像他心中暗自盤算，而已拿定最後主意。他這樣反覆盤算中，有一回忽然拉開桌子的抽屜，取出藏在裡面一把長長的廚刀，在手指甲上試了試鋒刃，然後又放回去，關上抽屜。

馬呂斯這邊也一把抓住放在外套右兜裡的手槍，抽出來將子彈推上膛。

子彈上膛發出一個清脆的聲響。

容德雷特驚抖一下，從椅子上站起身。

「誰呀？」他喊道。

馬呂斯屏住呼吸。容德雷特側耳聽了片刻，隨後笑起來，說道：「我怎麼糊塗啦！是隔間牆壁迸裂的聲音。」

馬呂斯仍握著手槍。

十八．馬呂斯的兩把椅子相對擺著

Les deux chaises de Marius se font vis-à-vis

忽然，遠處傳來令人惆悵的鐘聲，震動了窗玻璃

聖梅達爾教堂敲起六點鐘。

容德雷特點頭數著鐘點，等第六響一敲過，他就用手指掐滅燭芯。

然後，他開始在屋裡踱步，走幾步，聽聽走廊的動靜，又走幾步，又聽聽，嘴裡咕噥道，「希望他會出現！」然後，他回到座椅上。

他剛坐下，房門就打開了。

容德雷特婆娘雖然推開門，但是還停留在走廊裡，提燈透出的光亮，從下面照出她臉上做出

的猙獰媚態。

「請進，先生。」她說道。

「請進，我的恩人。」容德雷特急忙起身重複道。

白先生出現在門口。

他神態安詳，格外顯得令人敬重。

他把四枚路易金幣擱在桌上。

「法邦杜先生，」他說道，「這錢您先用來付房費和應急，下一步再說。」

「上帝保佑您，我慷慨的恩人！」容德雷特說著，急忙湊近他老婆：「把出租馬車打發走！」

她趁著丈夫一再點頭哈腰，給白先生讓座的工夫，就趕緊溜掉，一會兒又回來，對著丈夫的耳朵悄悄說：

「好了。」

從早晨起，雪就未停，積了很厚，沒人聽見馬車離開的聲響。

這時，白先生已經入座。

容德雷特則坐進了白先生對面的那張椅子。

現在，讀者應該要對即將發生的場面先有個概念，必須想像一個嚴寒的夜晚，婦女救濟院那一帶偏僻的地方覆蓋了雪，在月光下一片慘白，好似巨幅的殮屍布，路燈點點紅光，映照著淒涼的大道和黝黑的長排榆樹，或許在方圓一公里裡都不會有任何一個行人，戈爾博老屋更是岑寂、黑暗而恐怖到了極點，而在這老屋裡，在這僻靜的地方，在這昏黑的環境中，只有容德雷特這間大屋子點著蠟燭，這間破屋裡有兩個男人坐在桌子兩邊，白先生神態安詳，容德雷特滿臉堆笑而面目可憎，他的老婆那條母狼則待在角落裡，而馬呂斯則隱身在隔間的牆壁後，站著不動，手裡握著槍，眼睛注視隔壁房間，不漏掉一句話，也不漏掉一點舉動。

馬呂斯毫不畏懼，只感到一種強烈的憎惡。他緊握手槍柄，就像吃了定心丸。「這個壞蛋，我隨時都可以阻止他。」他心中暗道。

他也感到，警察就埋伏在附近，只等一發信號就動手。

此外，他還希望，容德雷特和白先生的這場衝突，能透露出點情況，有助於他瞭解他所感興趣的一切。

十九・提防暗處

Se préoccuper des fonds obscurs

白先生剛坐下，目光便移向那兩張空了的破床。

「可憐的小姑娘受了傷，現在怎麼樣啦？」他問道。

「不好，」容德雷特又傷心、又感激地笑了笑，回答，「很不好，尊敬的先生。她姊姊帶她上淤泥街的醫院去包紮了。她們過一會就回來，您能見到的。」

白先生瞧了瞧身穿奇裝異服的容德雷特女人，只見她站在他和房門之間，彷彿守住出口，擺出一副威脅的、近乎要搏鬥的架勢，緊緊盯著他，於是又問道：「看樣子，法邦杜太太身體好多了？」

「她就剩下最後一口氣了，」容德雷特答道，「可是，我沒辦法呀，先生？這個女人呀，做起事來不要命！她哪裡像個女人，簡直是頭公牛。」

容德雷特婆娘因為受到稱讚深為感動，像妖魔受到愛撫一樣怪聲叫道：「你對我的稱讚總是好得過頭，容德雷特先生！」

「容德雷特！」白先生說道，「我還以為您叫法邦杜呢！」

「法邦杜，又稱容德雷特，」丈夫急忙解釋說，「藝術家的別號！」

同時，他朝老婆聳了一下肩膀，但是沒讓白先生瞧見，接著又拿出誇張而動聽的聲調，繼續說道：

「哦！不是在說嘴的，這個可憐的人和我，我們總是非常和睦！我們若是沒有這種情分，還剩下什麼呢！我可敬的先生，我們太不幸啦！我們有胳膊有腿的，就是沒工作做！我們有勇氣，就是沒有工作！我不知道政府如何解決這個問題，但是講老實話，先生，我不是雅各賓黨，先生，也不是民主派，我不想攻擊政府，不過，假如我是大臣，我以最神聖的東西發誓，局面肯定不一樣。喏，比方說，我本想讓兩個女兒去學糊紙盒的手藝。您會對我說：什麼！學手藝？對呀！一門手藝！一門簡單的手藝！賺點麵包吃！淪落到什麼地步，我的恩人！跟我們從前的狀況相比，降低到什麼層次啦！唉！當年我們興旺的時期，什麼也沒有留下來！只剩下一樣東西，是一幅油畫，我特別珍視，但又不得不割捨，人總得活下去！還是這句話，人總得活下去！」

容德雷特顯然語無倫次，但毫未損減他那臉龐上審慎而精明的表情。在他東拉西扯的時候，馬呂斯抬起目光，忽然發現屋子裡多了個人，是他沒有見過的。那男子用極輕的力道開門且剛進屋內，誰也沒有聽見聲響。他穿著紫色針織舊外套，又破又髒，每一條皺褶都有破洞，下身穿一條肥大的棉絨褲，腳下穿一雙墊木屐的鞋套，沒有穿襯衣，脖頸裸露，兩條赤臂紋了圖案，滿臉抹了黑灰。他叉著手臂，坐在靠近的那張床上一聲不響，正好在容德雷特婆娘身後，因而僅僅隱約可見。

直覺具有磁性，往往能警告視覺。白先生幾乎跟馬呂斯同時扭過頭去，不禁驚抖一下，這沒有逃過容德雷特的眼睛。

「哦！我明白！」容德雷特一副殷勤姿態，邊扣鈕扣邊說，「您是瞧您這大衣吧？我穿著挺合身！真的，我穿著挺合身！」

「那人是誰？」白先生問道。

「他嗎？」容德雷特答道，「是個鄰居，不要管他。」

那鄰居樣子很怪。不過，聖馬爾索城郊區有不少化工廠，許多工人的臉孔都可能被熏黑。況且，白先生整個人都體現出一種憨厚而無畏的信賴。他又說道：

「對不起，剛才您對我說什麼來著，法邦杜先生？」

「剛才我對您說，先生，我親愛的保護人，」容德雷特接著說道，同時雙肘撐在桌上，用蟒蛇似溫和而凝注的眼睛盯住白先生，「剛才我對您說，我有一幅畫想要脫手。」

房門輕微響了一下，又進來一個男子，坐到容德雷特婆娘身後的床上。他跟第一個人一樣，也赤裸著手臂，臉上塗了墨或者抹了煙灰。

那人雖是溜進屋，卻沒法避開白先生的目光。

「您不必理睬，」容德雷特說道，「他們都是這裡的房客。剛才說，我還剩下一幅畫，一幅珍貴的畫……就是這個，先生，您瞧瞧。」

他起身走過去，把我們提過斜立在牆角的那個畫板翻個面，仍斜立在那裡。燭光多少照映出一些光亮，那確實像一幅油畫。但是，有容德雷特在中間擋著，馬呂斯根本看不清楚，只隱約望見那粗劣的畫面：一個主要人物色彩刺眼，類似集市上兜售的畫或屏風上的繪畫。

「這是什麼呀？」白先生問道。

容德雷特讚歎道：

「這是大師的繪畫，一件價值極高的作品，我的恩人！我就像對待兩個女兒一樣珍視它，它能喚起我許多往事！但是，我跟您說過了，說過就無法反悔，我的命太苦了，不能不把它賣掉！」

也許是偶然，也許是開始戒懼了，白先生看著看著畫，目光又移向屋子的另一端。現在已經有四條大漢了，三人坐在床上，一個立在門框旁邊，四個全都赤臂，一動不動，全都抹成了黑臉。坐在床上的三人中，有一個閉著眼睛、靠著牆，好像睡著了。那是個老傢伙，白髮全拉在黑臉上，形象十分可怕。另外兩個顯得年輕，一個鬍子沒修剪乾淨，一個長頭髮。誰都沒有穿鞋，不是穿鞋套，就是光著腳。

容德雷特注意到，白先生目不轉睛，看著那些人。

「他們是朋友，是鄰居。」他說道，「他們的臉那麼黑，是因為整天在煤堆裡工作。他們是通煙囪的，您不必管他們，我的恩人，還是買我的畫吧。可憐可憐吧，我這麼窮苦。我不會向您賣高價。您估一估，多少錢？」

「噯！」白先生說道，他直視容德雷特的眼睛，好像進入戒備狀態的人，「這是旅館的招牌呀，也就值三法郎。」

容德雷特和氣地答道：

「錢包您帶了吧？我只要一千銀幣。」

白先生站起來，背靠牆壁，目光迅速掃視整個房間，左側靠窗戶一邊有容德雷特，右側靠門一邊有容德雷特婆娘和那個大塊頭。那四人沒有動彈，甚至就像沒有看見他，而容德雷特又訴起苦來，那眼神極為迷惘，那聲調極為淒慘，白先生簡直錯認為眼前這個人只不過是窮得發了瘋。

「親愛的恩人，如果您不買我的畫，就等於是斷了我的生路，只好跳河自殺了。」容德雷特說道，「我早就想讓兩個女兒學糊半精緻的紙盒，就是逢年過節的那種禮盒。但是哪那麼容易啊！要有設備，先得在屋子裡端放一張桌子，是有帶著一塊擋板的，免得玻璃掉到地下；還得有個特製的爐子，一個裡面有三格的缽子，好裝三種不同黏度的漿糊，分別用來糊木面、紙面和綢面；此外，還得有一把裁紙剪刀、一個用來校正的模子、一把釘鐵皮的錘子，還有刷子，到底還要什麼，我怎麼可能全知道？弄來那麼多東西，只為每天賺四蘇錢！還要做十四個鐘頭！每個盒子在女工手裡要經過十三道工序！把紙弄濕，又不准弄上髒污！還得用熱漿糊，不能冷掉！跟您說，真是麻煩事！每天賺四蘇，讓人怎麼活呀？」

容德雷特這樣嘮叨，眼睛並不看白先生。白先生定睛看著他，而他的眼睛卻盯著房門。馬呂斯一顆心懸著，目光來回注視他二人。白先生彷彿在考慮：難道這是個白癡嗎？容德雷特則變換聲調，有氣無力地哀求，重複兩三遍：「我只好投河自殺了，有一天，在奧斯特里茲橋附近，我朝水裡走下三個臺階！」

他那黯淡的眼神突然亮起來，射出兇光，這矮個子男人挺起胸膛，變得氣勢洶洶，朝白先生逼進一步，雷鳴般的聲音對他喊道：

「這些都不重要！您認出我來了嗎？」

二十・陷阱

Le guet-apens

這時，破屋的門猛地打開，又出現三個大漢。他們身穿粗布藍罩衫，臉戴黑紙面具：打頭陣的精瘦，手裡拿著一根包鐵皮的長木棒；第二個彪形大漢，手握斧柄中間，倒提一把屠牛斧；第三個膀闊腰圓，不像頭一個那麼瘦，也不像第二個那麼高大，手中揣一把大鑰匙，不知是從哪個監獄偷來的。

看來，容德雷特就等著這幾個人，他與拿木棒的那個瘦子迅速地對了幾句話。

「全準備好啦？」容德雷特問道。

「好了。」那瘦子回答。

「怎麼不見蒙巴納斯？」

「小夥子停在那邊，跟你女兒聊天呢。」

「哪一個？」

「大女兒。」

「樓下有出租馬車嗎？」

「有。」

「那輛車套好牲口了嗎？」

「套好了。」

「兩匹好馬？」

「棒極了。」

「是在我指定的地點等著嗎？」

「對。」

「很好。」容德雷特說道。

白先生面無血色，顯然他明白自己落到什麼境地，便注意整個屋裡的動靜，頭在脖頸上緩緩扭動，注視他周圍的一顆顆腦袋，那神情又專注、又詫異，但並無畏懼之色，隨即把桌子當作臨時防禦工事。這人，剛才還是一副和善老人的樣子，卻赫然變成一個威武鬥士，粗大有力的拳頭放在椅背上，那姿勢著實令人膽顫心驚。

這老人面臨巨大危險，仍然如此堅定而勇敢，彷彿天性如此：勇敢和善良一樣，都是那麼自然而然的。我們愛一個女子，絕不會把她父親視為不相干的人，同樣的，馬呂斯也為這個尚未結識的人感到驕傲。

容德雷特稱為「通煙囪的」那三個赤臂漢子，也都從廢鐵堆裡拿起傢伙：一個拿了一把大剪刀，另一個選了一根鐵槓桿，第三個挑了一把大錘。他們全都一聲不吭，擋住出門的路。那老傢伙仍坐在床上，只略睜一下眼睛。容德雷特婆娘坐在他旁邊。

馬呂斯心想，再過幾秒鐘，就該是他出面的時候了，他舉起右手，槍口指向靠走廊一側的天棚，隨時準備開火。

容德雷特與那個拿包鐵皮棒子的人說完話，又轉向白先生，伴隨他那低沉、克制而又可怕的笑聲，重複問道：「您認不出我了嗎？」

白先生面對面瞧著他。答道：「不認得。」

於是，容德雷特一直走到桌子前，俯身湊到蠟燭上面，叉起雙臂，那稜角突出的兇狠下巴，伸向白先生那張平靜的臉，盡量逼近，但沒有嚇退白先生，他就保持猛獸要捕食的這種姿勢，吼道：

「我不叫法邦杜，也不叫容德雷特，我叫德納第！就是蒙菲郿的那旅館老闆！聽清楚了吧！德納第！現在，您認出我了吧？」

白先生額頭掠過一絲難以捕捉的紅暈，他的聲音既不發抖，也沒有提高，仍像平時那樣沉著地回答：「還是認不出來。」

馬呂斯沒有聽見這句回答。此刻，誰若是瞧見，就會發現他在黑暗中那麼驚愕、怔忡而震悚。當容德雷特說「我叫德納第」的時候，馬呂斯渾身抖起來，只覺一陣心寒，彷彿利劍刺進去，他趕緊靠在牆上，準備開槍打信號的右臂也緩緩放下，當容德雷特重複「聽清楚了吧？德納第！」的時候，馬呂斯手指一軟，手槍險些掉落。容德雷特揭示自己的身分，並沒有觸動白先生，卻大大震動了馬呂斯。德納第這個姓名，白先生似乎不認識，馬呂斯卻認識。讓我們回想一下，這名字對他究竟意味什麼！這名字，寫在他父親的遺囑裡，更銘刻在他的心上！這名字，他銘刻在思想深處，記憶深處，在這神聖的遺囑中：「一個名叫德納第的人救了我的命。吾兒若遇見他，望盡力報答。」我們記得，這名字是他靈魂的一個敬仰，與他父親的名字並列著受他崇拜。怎麼！這人就是德納第，這人就是他久尋不見的蒙菲郿那個旅館老闆！現在終於找到了，怎麼會是這樣！他父親的救命恩人竟然是個強盜！馬呂斯渴望效命的這個人，竟然是個魔鬼！彭邁西上校的這個搭救者正在行兇，雖然馬呂斯還看不清楚是什麼方式，但是很像要謀財害命。天主啊，要害誰的命呀！真是險惡的遭遇啊！命運的嘲弄多麼慘苦啊！父親在棺木裡命令他全力報答德納第，而且四年來，他也一心想償清父親的這筆債，豈料，他正要協助法律逮捕一個行兇的強盜時，命運卻向他大喝一聲：這是德納第！在滑鐵盧的英勇戰場上，這個人把他父親從槍林彈雨中救出來，他終於能夠報答了，卻報答人家一個斷頭臺！他曾許下心願，一旦找到那個德納第，他一定要跪拜，而現在果然找到了，卻要把他交給劊子手！父親對他說：「要救助德納第！」而他卻要毀掉德納第，以這種行為來回答那至愛神聖的聲音！這個人冒著生命危險，把他父親從死神手中搶出來，他馬呂斯卻告發父親託付給他的人，讓父親從墳墓裡觀賞將這人押赴聖雅克廣場受刑！多少年來，他心中牢記父親寫下的遺願，現在卻背道而馳，這該有多麼荒唐可笑啊！然而，從另一方面說，目睹發生一場命案而不加以制止！什麼，有人受害卻坐視不管，讓兇手逍遙法外！對這樣一個歹徒，難道還能一味知恩圖報嗎？馬呂斯四年來的全部念頭，彷彿被這意外的打擊徹底攪亂了。他渾身顫慄，全取決於他了。眼前這些氣勢洶洶的人，卻不知道情況全控制在他手裡，他一開槍，白先生就會得救，德納第就完蛋了；如不開槍，白先生就要遭殃，而德納第，誰知道呢？也許會逃之夭夭。拋棄完這一個，還是會讓另一個倒下？左右為難，都要受良心的責備。怎麼辦呢？何去何從呢？背棄刻骨銘心的記憶，背棄從內心深處許下的諾言，背棄最神聖的職責，背棄最為珍視的遺書！違背父親的遺囑，還是縱容犯罪？兩難之間，他彷彿聽見一邊他的「烏蘇拉」為她父親懇求他，另一邊上校則叮囑他照顧德納第。他感到自己要發瘋了，兩條腿發軟，站立不穩。眼前的事態直轉急下，根本不容他仔細斟酌。這真像一場旋風，他自以為處於主動，卻身不由己被捲了而去，眼看就要昏倒了。

這時間，德納第——此後我們不再用別的名字稱呼他了——在桌子前走來走去，神態失常，得意到了瘋狂的程度。

他一把抓起燭臺，啪地往壁爐上一丟，用力極猛，燭芯差點震滅，蠟油也濺到牆上。

隨即一轉身，面目猙獰，對著白先生狂叫：

「火燒的！煙熏的！千刀萬剮！扒皮抽筋！」

接著，他又走起來，同時大肆發洩，如雷吼道：

「哼！我總算找到你了，慈善家先生！穿破衣爛衫的百萬富翁！送布娃娃的好先生！老傻瓜！哼？你認不出我來啦！怎麼，八年前，一八二三年耶誕節那天晚上，不就是你到蒙菲郿，到我的旅館嗎？不就是你從我家帶走芳婷的孩子，那隻小雲雀嗎？不就是你穿一件黃外套？不是嗎？手裡還拎一大包破爛衣裳，就像今天早晨一樣到我家來！你說說，老太婆！看來，他有這癖好，到別人家去，總帶著裝滿毛線襪子的包裹！老慈善家，算啦！難道你是開衣帽襪店的嗎，百萬富翁先生？你這聖徒，專門把賣不出去的貨品送給窮人！真會耍把戲！哼！你認不出我啦？好吧，我卻認出你了，我呀，光看你的鼻子我就馬上認出你來。哼！看看這次吧，就這樣隨便闖進別人家裡，用住宿的爛藉口，穿著破衣爛衫，裝出一副窮酸相，好像讓人施捨一個銅板也是好的，瞞騙人家，再擺出慷慨的派頭，把人家的搖錢樹奪走，還在樹林裡威脅人，賴掉這筆賬，等人家落魄了，才送來一件肥腫的大衣、兩條醫院病床用的破毯子，老無賴，拐騙兒童的老賊！」

他停下來，一時彷彿自言自語，火氣也消了，就好像羅納河水流進地洞裡。接著，他又像要高聲講完他低聲自語的事情，一拳擊在桌子上，嚷道：「還擺出一副老好人的樣子！」

他指著白先生，又說道：

「當然嘍，從前你要了我！你是我這全部苦難的根源。你花了一千五百法郎，把在我那裡的一個女孩帶走；她一定是有錢人家的孩子，當時已經給我賺了不少錢，本來我可以靠她過一輩子；那姑娘本來可以把我開店賠的錢全賺回來。在我那倒楣的店裡，別人盡情的大吃大喝，我卻像個傻瓜，把全部家當賠進去了！哼！但願他們在我店裡喝的全是毒藥！算了，沒關係！說說看，當初你把那隻雲雀帶走時，一定覺得我很可笑吧！那時在樹林裡，你拿一根短木棍，可以逞兇。現在一報還一報，王牌現在在我手裡啦！你完蛋了，小老頭！哈，今天該我笑了，真的，我要開懷大笑！這回他可落入圈套啦！我跟你說，我是演戲的，我叫法邦杜，曾經跟馬爾斯小姐、穆什小姐同台演出，我說明天二月四日，房東要收我房租，你卻一點也沒有看出來，期限是一月八日，而不是二月四日！愚蠢透頂！給我送來這可憐兮兮的四枚金幣！惡棍！心腸真狠，連一百法郎都不肯湊齊！我那一陣恭維，真的把他給迷惑住了！真令我開心。我心裡想：傻瓜蛋！嘿，這回讓我逮住了。今天早上，我舔你的爪子，今天晚上，我就要啃你的心！」

德納第住了口，他氣喘吁吁，那狹小的胸膛呼哧呼哧像手風琴的風箱。他的眼神充滿了下流的喜悅，表現出怯懦而兇殘的小人終於能擊敗自己所畏懼的人，終於能凌辱自己所恭維的人了，那是侏儒站到巨人頭頂的喜悅，也是豺狗遇到一頭病得不能自衛、但還有一息氣能感知疼痛的公牛，開始撕咬時的喜悅。

白先生沒有打斷他的話，等他住了口才對他說：「我不明白您要說什麼。您認錯人了，我是個很窮的人，根本不是什麼百萬富翁。我不認識您。您把我當成另外一個人了。」

「哼！胡扯！」德納第嘶啞的嗓子嚷道。「這場玩笑你還要開下去！兄弟，你還垂死掙扎！嗯！你想不起來啦？你看不出我是誰！」

「對不起，先生，」白先生回答，那禮貌的口吻在此刻顯得既有力又特別，「我看出您是個強盜。」

眾所周知，丑角也有觸怒的地方，魔怪也有怕癢的部位，聽到「強盜」這個字眼，德納第婆娘碰地跳下床；德納第也一把抓住椅子，力道大到好像要把它弄個稀巴爛。「妳別動！」他對著老婆喊道，然後又轉向白先生：

「強盜！對，我知道，富有的先生們，你們就這樣稱呼我們！嘿！不錯，我破了產，躲藏起來，沒有麵包，身上連一個銀子也沒有，我是個強盜！我一連三天沒吃飯了，我是個強盜！哼！你們那些人，腳上穿得暖暖的，穿薩哥斯基製造的薄底皮鞋，像大主教那樣穿著棉大衣，你們住在有門房的二樓樓房，你們吃蘑菇，一月份吃四十法郎一把的蘆筍，吃豌豆，總之你們大吃大喝，而你們要想知道天氣冷不冷，還得看報上登的舍瓦利埃⑥工程師的寒暑表記錄。我們呀！我們本身就是寒暑表！我們用不著跑到河濱路的鐘樓腳下，看看冷了多少度，我們感覺到身上的血液凝結了，冰塊鑽進心裡，於是我們說：這世界沒有上帝！現在，你來到我們的洞穴，對，來到我們的洞穴，稱呼我們強盜！好吧，我們要吃掉你！好吧，我們這些窮小子，要把你吞下去！百萬富

⑥．舍瓦利埃：巴黎鐘表河濱路的光學技師，著有《論玻璃物理儀器的藝術和技巧》。

翁先生！告訴你一個情況：當初我是個經營者，也有執照、也是選民、也是個紳士，我！可你呢，很可能就不是！」

德納第說到這裡，朝守住門口的那幾個跨了一步，顫抖著補充一句：「一想到他跑到這裡來，竟敢像對待補鞋匠的那種口氣跟我講話！」

隨即他又轉向白先生，備加狂暴地說：

「慈善家先生！你還應當瞭解這一點：我不是個形跡可疑的人，我！我不是個沒名沒姓、拐人家小孩的人！我是個法蘭西老軍人，本應該榮獲勳章！我呀，參加了滑鐵盧戰役！在戰鬥中，我還救了一個叫什麼伯爵的將軍！他倒是向我報了名字，但那鬼聲音太微弱，我沒有聽清楚，只聽見『美謝』。謝不謝沒關係，我寧願知道他的姓名，好能找到他。你看見的這幅畫，是大衛在布魯克塞爾⑦畫的，你知道畫的是誰嗎？畫的是我，大衛打算讓這一功績流芳百世。我背著這個將軍，穿過槍林彈雨，事情的經過就是這樣。那個將軍，什麼也沒有為我做，他也不比別的將軍強多少！可是，我照樣冒著生命危險救了他一命，我口袋裡裝滿了這類證件。我是滑鐵盧的一個士兵，上帝他祖宗的！我非常好心地把情況全告訴你了，現在就把這事結束，我要錢，要很多錢，要一大筆錢，不給錢，就要你的命，我對天發誓！」

馬呂斯焦慮的情緒稍能控制住了，他側耳細聽，心中最後一點疑雲消散了：此人確是遺囑所說的那個德納第。聽他譴責父親忘恩負義，馬呂斯不禁渾身顫抖，真覺得責無旁貸，應當承認人家言之有理。他越是處在矛盾兩端，就越不知如何是好了。再說，有一種像罪惡一樣可憎、像真情一樣揪心的東西，表現在德納第的每句話裡，體現在他那聲調、手勢和使字字迸出火花的眼神裡，體現在那種火暴性子一吐為快的噴發中，體現在那種大吹大擂和卑鄙下流、高傲和渺小、狂怒和愚妄的混雜中；體現在真怨恨和假感情的糅合裡；體現在一個惡人品嘗肆虐快感的那種粗鄙中、一顆醜惡靈魂的那種無恥暴露中；體現在全部痛苦和全部仇恨交織的競相宣洩中。

讀者可能已然猜出，他要賣給白先生的那幅所謂名作，大衛的繪畫，只不過是他那車馬店的招牌，我們還記得是他自己畫的，也是他在蒙菲郿破產後惟一保留下來的殘物。

這時，德納第不再遮擋馬呂斯的視線，馬呂斯可以仔細觀賞那塗抹的東西，還真看出畫的是戰場，背景硝煙瀰漫，畫上一個男人背著另一個男人。那二人正是德納第和彭邁西，救命恩人中士和被救者上校。一時間，馬呂斯彷彿喝醉了，覺得他父親在畫上活了，那不再是蒙菲郿客棧的招牌，而是復活的場面，一座墳墓裂開，一個幽靈從墓穴裡站起來。馬呂斯聽見太陽穴上脈搏的跳動，耳畔回響著滑鐵盧的炮聲，他父親滿身鮮血，模模糊糊畫在這兇險的畫板上，令他膽顫心寒，那醜陋的身影彷彿定睛凝視他。

德納第緩過氣來，那雙血紅的眼睛又盯著白先生，低聲而乾脆地對他說：「在我們把你灌醉之前，你有什麼要說的嗎？」

白先生沉默不語。在這寂靜中，走廊裡響起一個破鑼嗓子，開了這樣一句尋人開心的玩笑話：「要劈木頭，看我的！」

是那個手持屠牛斧的漢子在開玩笑。

話音未落，門口出現一張黑不溜秋、毛髮豎起的大寬臉，咧著口笑得嚇人，露出滿嘴獠牙。

這正是手持著牛斧那漢子的嘴臉。

「你幹嘛拿下假面具？」德納第怒氣沖沖地對他嚷道。

「笑起來痛快。」那人回答。

有一陣時間，白先生似乎密切注視德納第的一舉一動，而德納第卻被自己的狂怒弄得頭暈目眩，在那巢穴裡走來走去，覺得穩操勝券：房門有人把守，他們有傢伙，逮住一個手無寸鐵的人，而且九個對付一個，假如德納第婆娘也算一個人的話。當德納第轉身喝斥手持大斧的人，正好背

⑦．即布魯塞爾，比利時首都。

對著白先生。

白先生抓住這個時機，一腳踢開椅子，又一拳推開桌子，身形敏捷得出奇，不待德納第轉身，一個箭步就躥到窗口，打開窗戶，跳上窗臺，跨到窗外，只用一秒鐘的工夫；半截身子已經出去了，卻又被六隻有力的大手揪住，硬把他拖回破屋裡。撲上去抓住他的人，是那三個「通煙囪的」。德納第婆娘也同時上去揪住他的頭髮。

其他強盜聽到躁動聲，紛紛從走廊跑來。那個坐在破床上彷彿喝醉酒的老傢伙，也跳下床，手持養路工用的鐵錘趕到。

燭光正好照見一個「通煙囪的」，那張臉雖然抹黑了，馬呂斯還是認出他是邦灼，外號春生兒，又叫比格納伊；那人拿著鐵棒兩端安鉛球的雙頭錘，舉在白先生的頭頂。

這場景馬呂斯不忍看下去，他心中暗道：「父親啊，原諒我吧！」同時他的手指摸向手槍扳機，正要開槍時，忽聽德納第又喊了一聲：「不要傷他！」

受害者這種絕望的掙扎，非但沒有激怒德納第，反而令他平靜下來。他身上有兩個人，一個兇殘，一個精明。直到這一刻，面對束手就擒的獵物，他得意忘形，是兇殘的人得了逞；而他看到受害者要拚死一搏，身上那個精明人又出來佔了上風。

「不要傷害他！」他重複道。可他卻沒有想到，這話的第一個效果，就是制止了可能發射的一槍，喝住了馬呂斯。馬呂斯覺得，緊急情況已過，出現新局面，再觀望一下也未嘗不可，況且誰知道呢？也許會出現轉機，把他從兩難境地解脫出來，不必眼睜睜看著「烏蘇拉」的父親遇害，也不必毀掉上校的救命恩人。

這時，展開了一場惡鬥。白先生當胸一拳，把那老傢伙送到屋子中央打滾，隨即又反手兩掌，將另外兩個襲擊者打倒在地，兩個膝頭各按住一個，像石磨盤一般，壓得兩個壞蛋喘不上氣來。然而，其餘四個傢伙抓住這令人生畏的老人臂膀和脖頸，把他壓在兩個倒地的「通煙囪」身上。這樣一來，白先生既制人又為人所制，把人壓在身下，而身上又被人死死壓住，使盡全身力氣也擺脫不掉，完全被一幫可怕的強盜給困住了，就像一頭野豬被一群狂吠的獵犬困住一樣。

他們終於把他拖到靠窗戶的那張床上，掀翻了按住。德納第婆娘揪住他的頭髮不放。

「你呀，別掙扎了，」德納第說道，「你的圍巾都要撕破了。」

德納第婆娘服從了，嘴裡還咕噥兩句，就像母狼服從公狼一樣。

「你們幾個，搜搜他的身。」德納第又說道。

白先生似乎放棄反抗。眾人上下搜他全身，只搜出一條手絹、一個僅裝六法郎的皮錢袋。

德納第將那條手絹揣進自己兜裡。

「什麼！沒有錢包嗎？」他問道。

「連懷表也沒有。」一個「通煙囪的」答道。

「也沒什麼關係，」那個戴面具手拿大鑰匙的人，用腹部發音咕噥道，「這是個老油條！」

德納第走到門後角落，拿起一盤繩子，扔給他們。

「把他捆在床腳邊。」他說道。隨後，他瞧見挨了白先生一拳躺在屋中間不動的老傢伙，又問道：「布拉驢兒是死了嗎？」

「死倒還沒，他喝醉了。」比格納伊回答。

「把他掃到角落去。」德納第又說道。

兩個「通煙囪的」用腳把醉鬼踢到廢鐵堆邊上。

「巴伯，幹嘛帶這麼多人手來？」德納第低聲問手持木棒的漢子，「沒必要。」

「我沒辦法呢？」手持木棒的漢子回答，「他們都要想算一份。現在是淡季，沒什麼生意。」

白先生剛才被掀倒在床上，現在任他們擺布。那是醫院用的破木床，四條粗腿幾乎沒有怎麼加工；強盜們讓他站在地下，把他牢牢捆在離窗口最遠、靠壁爐最近的床腿上。

等最後一個結打好，德納第搬來一把椅子，幾乎面對著白先生坐下。轉瞬間，德納第變了個人，那副臉孔由氣勢洶洶轉為溫和狡猾，剛才還唾沫橫飛、近乎野獸的那張嘴上，忽然浮現辦公室人員那種禮貌的微笑，馬呂斯簡直認不出了，他注視這種令人不安的幻變，心中駭然，那種感覺就像目睹一隻猛虎搖身一變而為律師。

「先生……」德納第開口了。

他擺了擺手，叫幾個揪住白先生的強盜退開。

「你們站遠點，讓我跟這位先生談談。」

眾人退向門口。他接著說道：

「先生，您打錯主意了，不該跳窗戶，那會摔斷腿的。現在，您若是願意的話，咱們就心平氣和地聊聊。首先我要告訴您，我注意到一個情況，就是您一聲也沒有叫喊。」

德納第說得對，情況的確如此，只是馬呂斯心慌意亂，沒有看出來。白先生僅僅說了幾句話，並未提高嗓門，甚至在窗戶邊與六名強盜搏鬥時，他也一聲不吭，實在怪得很。

德納第繼續說道：

「上帝呀！您本來可以喊一兩聲『強盜呀』，我認為沒有什麼不妥！在這種情況下，就是喊：『抓兇手啊！』在我看來，也絕不是無理取鬧。任何人落入一幫信不過的人當中，都要叫喊一陣，這是非常自然的事兒。您若是喊起來，不會有人制止，甚至不會把您的嘴堵上。讓我來告訴您為什麼吧。這間屋非常隔音，它只有這一點好處，但好處終歸是好處。這是個地窖，哪怕丟一顆炸彈，離這裡最近的巡警也會以為是醉鬼打鼾。在這裡，大炮也只是『噗』地一下，打雷也不過『嘭』的一聲。這房間很實用。總而言之，您沒有叫喊，這樣很好，令我敬佩，我也要告訴您，我從中得出的結論：親愛的先生，您一叫喊，會喊來誰呢？喊來警察。跟隨警察而來的呢？是司法。而您沒有喊，可見您跟我一樣，也不想看到司法警察前來。可見，這一點我早有覺察，您要隱藏什麼，這對您挺重要。就我們而言也同樣重要。因此，我覺得我們可以談得愉快。」

德納第嘴上這麼說，眼睛則緊緊盯住白先生，眸子裡彷彿射出兩支利箭，要穿透他這俘虜的意識。再者，他使用的語言，也塗了一層險詐放肆的色彩，但很有分寸，幾乎字斟句酌，讓人感到這壞蛋剛才還是一副強盜的嘴臉，現在完全像個「受過教育準備要當神父的人」了。

這個被擒獲的人保持沉默，有生命危險也不喊叫，採取了一種謹慎的態度，抵制本能的反應，我們應當這樣看，馬呂斯一注意到這種情景，就感到不對勁，又驚訝、又難以接受。這個由庫費拉克拋給綽號的白先生，是個嚴肅而奇特的人，本來就藏匿在厚厚的神祕中，又經德納第指出這一確鑿的事實，在馬呂斯看來，他就更加神祕莫測了。然而，不管他是什麼人，現在他被繩索綁縛著，又陷於劊子手的重圍，等同半截身子陷入流沙坑中，每時每刻都往下沉，但是面對德納第咆哮也好，和顏悅色也罷，他始終毫不動容，在這種時刻，那張臉孔還神情憂鬱，儀態非凡，不能不令馬呂斯暗中讚歎。

顯而易見的，這樣一顆靈魂不會恐懼，也不知驚慌失措為何物。這種人善於駕馭出乎意料的絕境。形勢再怎麼危急、災難再怎麼不可避免，他也絕不像要淹死的人那樣，在水下睜開惶恐萬狀的眼睛。

德納第這回毫不做作，起身走向壁爐，挪開擋板，把它立在一旁的破床邊上，讓白先生看見一鐵爐子的旺火，而被綁縛的人也能清清楚楚地看到，火中有一根鋼鑿燒到白熱化，周圍散布點點小紅星。

然後，德納第又回到白先生對面坐下。

「我接著說。」他說道，「如果我們能談好。和和氣氣把這事解決了。剛才我不該發火，一時糊塗，有點過分，說了過頭的話。例如，因為您是百萬富翁，我就說出向您要錢的字眼，要許多錢，要大筆的錢。這樣講不合情理。我的上帝，您有錢也不行嗎？可能你也有你的負擔呢，哪個人沒有負擔呢？我並不想把您搞得傾家蕩產。說到底，我不是個貪得無饜的人，也不是那種得理不饒人而顯得可笑的人。喏，我退一步，從我這邊先作出點讓步。我只要二十萬法郎。」

白先生還是一聲不吭。德納第繼續說道：

「您瞧，我這酒裡摻了不少水了。我不瞭解您的財產狀況，但是我知道您不在乎錢，況且，像您這樣一位慈善家，拿出二十萬法郎，給一個境況不好的戶主，是完全可以的。不需多說，您也是個通情達理的人，總不會認為我像今天這樣費神，安排晚上這件事，而且這些先生會一致同意安排得很好，費了這麼大勁，您總不會認為是要向您討點小錢，好去德奴瓦耶店，喝喝十五法郎一瓶的紅葡萄酒，吃吃小牛肉吧。二十萬法郎，值這個金額，這點小意思，只要從您口袋裡掏出來，我向您保證以後沒事的，您不必擔心誰會碰您一根寒毛。您會對我說：可是，我身上沒帶二十萬法郎啊。唔！我可不是沒有分寸的人。我沒有要求這樣，只要拜託您一件事：麻煩您照我說的寫下來就可以了。」

說到這裡，德納第頓了頓，朝小火爐拋了個笑臉，一字字加重語氣說道：「先告訴您，我不能允許您說不會寫字。」

宗教裁判所大法官見了他那笑臉，也要豔羨不已。

德納第把桌子推到白先生跟前，又拉開抽屜，拿出一個墨水瓶、一支筆和一張紙，讓抽屜半敞著，露出一把雪亮的長尖刀。

他將紙放到白先生面前，說道：「寫吧。」

被捆住的人終於開口了：「這麼捆著，您叫我怎麼寫呀？」

「不錯，對不起！」德納第說道，「您說得太對了。」

他隨即轉向比格納伊：「幫先生的右胳膊鬆綁。」

邦灼，外號春生兒，又叫比格納伊，執行了德納第的命令。等捆住的人右臂解開之後，德納第便拿起筆，蘸了墨水遞給他，說道：

「仔細看清楚了，先生，您由我們掌握，由我們支配，完全由我們支配，任何人力都不能把您從這裡救走，要是逼得我們採取極端的行動，造成不愉快，那我們的確非常遺憾。我不知道您的姓名，也不知道您的住址。不過我要事先告訴您，如果派去送您這封信的人沒有回來，我們是絕不會幫您鬆綁的。現在，請寫吧。」

「寫什麼？」被綁的人問道。

「我說您寫。」

白先生拿起筆。

德納第開始口述：「我的女兒……」

被縛的人渾身一抖，抬眼看看德納第。

「寫上『我親愛的女兒』吧。」德納第說道。白先生照寫了。德納第繼續口述：「妳馬上來一趟……」

他停下來，問道：「平時您是以『妳』稱呼她的，對吧？」

「誰？」白先生問道。

「還用問！」德納第說道，「那小女孩，雲雀呀。」

白先生毫不動容，答道：「我不明白您的意思。」

「您就往下寫吧。」德納第說著，又繼續口授：「妳馬上來一趟，缺妳不可。送這信函的人，是我派去接妳的。我等著妳。放心來吧。」

白先生寫完，德納第又說道：「哦！劃掉『放心來吧！』這句話可能讓人猜想到事情不簡單，還可能產生戒心。」

白先生便劃掉這四個字。

「現在，請簽名吧！」德納第接著說。

被縛的人放下筆，問道：「這信是送給誰的？」

「您完全清楚，」德納第答道，「送給小女孩的。剛才不是跟您說了嗎？」

顯然，德納第故意不講出那姑娘的名字，他只說『雲雀』，只說『小女孩』，就是不提名字。這是機靈人的謹慎，在同謀面前保守祕密。一講出名字，就等於把「整樁買賣」交給他們，告訴他們不該瞭解的事情。

他又說道：「簽字吧。您叫什麼名字？」

「玉爾班．法伯爾。」被縛人答道。

德納第像貓一樣，一伸爪子，從口袋裡掏出剛才從白先生身上搜來的手絹，尋找標誌，湊近燭光。

「是U．F，沒錯。玉爾班．法伯爾。好吧，簽上U．F吧。」

被縛人簽了名。

「折信得用兩隻手，還是由我代勞吧。」

德納第折好信，又說道：

「寫上地址。給法伯爾小姐，您家的地址。既然您每天都去那裡做彌撒，我知道您的家離這不遠，在聖雅克教堂那一帶，但我不清楚在哪條街。看來您明白自己的處境，在名字上沒有說謊，想必也不會說個假地址。還是您自己寫上吧。」

被縛人想了一下，才拿起筆來寫道：

「聖多明尼克．唐斐街十七號，玉爾班．法伯爾先生寓所，法伯爾小姐收。」

德納第好像急不可待般，一把抓過那封信，喊了一聲：「老太婆！」

德納第婆娘趕緊跑來。

「信給妳。妳知道該怎麼辦。樓下有馬車，快去快回。」

他又轉向手持大斧的人：「你呢，既然取下了面罩，那就陪老闆娘去一趟。你上去站在車後面，車停在哪裡你知道嗎？」

「知道。」那人回答。

他將大斧放在一個角落，便跟德納第婆娘往外走。

等他們出去，德納第又從門縫兒探出頭，對著走廊喊道：

「千萬別把信丟啦！別忘了，妳身上帶著二十萬法郎！」

德納第婆娘的沙啞聲音回答：「放心吧，我把信放進肚子裡了。」

還沒過一分鐘，便傳來鞭聲，而且聲音漸弱，很快就聽不見了。

「很好！」德納第咕噥道，「他們走得好快，照這樣趕路，只要三刻鐘，老闆娘就能回來了。」

他搬一把椅子，挨壁爐坐下，叉起胳膊，朝鐵爐子伸出兩隻帶泥的靴子。

「我腳冷了。」他說道。

這破屋裡只剩下德納第和被縛人，以及五名強盜。這幾個人臉上戴著面具，或者抹了黑膠，裝扮成煤炭工、黑人或者鬼怪，藉以嚇人，然而他們那種樣子，又遲鈍、又沒精神。讓人感到他們做案犯罪就像幹粗活，不緊不慢，既不氣憤也不憐憫，只是有點無聊。他們擠在一個角落裡，一聲不吭，好似一群未開化的人。德納第在烤腳。被縛者重新陷入沉默。這間破屋剛才喧嘩鼓噪，沸反盈天，現在忽然平靜淒清了。

燭芯結了個大燭花，爐火也黯淡了，昏光難以照亮空蕩蕩的破屋子，牆壁和天花板上映出那些魔頭鬼腦的怪影。

沒有一點響動，只聽見那老醉鬼熟睡中平和的呼吸。

馬呂斯等待著，這裡發生的一切，無不加劇他的焦灼心情。這個謎團更加解不開了。那個「小姑娘」，德納第還稱她為「雲雀」，究竟是誰呢？難道是他的「烏蘇拉」嗎？被縛的人聽到「雲雀」這稱呼，似乎毫不動容，而是極其自然地回答一句：「我不明白您的意思。」另一方面，U．F．這兩個字母有了解釋，是玉爾班．法伯爾的簡寫，「烏蘇拉」不叫烏蘇拉了。只有這一點，馬呂斯看得最清楚了。他觀察俯瞰整個場面，受到極大的迷惑，釘在原地不動，彷彿看到眼前的惡行，精神一時極度沮喪，幾乎失去了思考和行動的能力，根本集中不起來思想，茫然失措，只是站立在那裡等待，企盼著發生點情況，無論發生點什麼情況都好。

「不管怎樣，」他心中暗道，「如果雲雀就是她，反正德納第那老婆子一會兒就會把她帶來，我馬上就能弄清楚。到那時候，如果有必要，我就算獻出鮮血和生命也一定要把她救出去！什麼也阻擋不了我。」

就這樣約莫過了半小時，德納第彷彿沉浸在晦暗的思索中。被縛者一動不動。然而，有好一陣時間，馬呂斯似乎斷斷續續聽見輕微的窸窣聲，是從被縛者那邊傳來的。

突然，德納第喝斥被縛者：

「法伯爾先生，聽著，乾脆現在就向您挑明了說吧。」

這句話好像開場白，接著要澄清事情了。馬呂斯傾耳細聽。德納第繼續說道：

「我老婆快回來了，您不要著急。我想，雲雀真的是您的女兒，您把她留在身邊，我也認為是極其自然的。不過，聽我說兩句。我老婆帶著您的親筆信，一定能找到她。我早就告訴老婆換上衣裳，這您也看到了，好讓您家小姐不難跟她走。她們二人登上出租馬車，而後面有我的同夥。在城關外不遠處，還停一輛套兩匹好馬的雙輪小馬車。您家小姐乘車到了那裡，就下車，與我那同夥上小馬車，我老婆回到這裡，對我們說一聲：沒問題了。至於您家小姐，不會有人傷害她的，雙輪馬車把她帶到地方，就讓她安安穩穩待在那裡。等您一把區區二十萬法郎交到我手，我們就把她還給您。您要是找人抓我，我那同夥就會掰斷那隻雲雀的手指頭。情況就是這樣。」

被縛者一個字也不說。德納第停了一下，又繼續說道：

「您瞧，就是這麼簡單。您不想出事，就不會有事。我都交代給您，事先說明白，好讓您心中有個底。」

他住口了，但被縛者仍不打破沉默，德納第接著說道：

「等我老婆一回來，跟我說一聲：雲雀上路了，我們就放了您，您可以隨便回家睡覺。您瞧，我們並沒有惡意。」

馬呂斯腦海中掠過一幕幕可怖的景象。什麼！那個女孩，他們要綁走，而不是帶到這裡來？這些魔鬼中有一個要把她劫持到陰暗的角落？何處？……萬一就是她呢！顯而易見，那肯定是她！馬呂斯感到心停止跳動了。怎麼辦呢？開槍示警嗎？將所有這些惡棍繩之以法嗎？可是，拿板斧那個悍匪挾持那姑娘，還照樣逍遙法外。馬呂斯想到德納第講的這句話，覺得有出奇的血腥意味：「您要是讓人抓我。我那夥計就會掰斷那隻雲雀的手指頭。」

馬呂斯感到，現在阻止他行動的，不僅是上校的遺囑，還有他的戀情，以及他的意中人所面臨的危險。

這樣險惡的形勢已經持續了一個多小時，而且變幻莫測。但是，馬呂斯仍有勇氣，作出種種撕肝裂膽的推測，絞盡腦汁，也看不到一線希望。他腦海中的喧騰與這魔窟的死寂，恰成鮮明的對比。

在這寂靜中，忽聽樓門開閉的聲響。

被縛者在繩索中動了一下。

「老闆娘回來了！」德納第說道。

他還沒說完，德納第婆娘果然衝進屋裡，她氣喘如牛，滿臉漲紅，兩眼冒火，用兩隻肥大的手掌同時拍著大腿根，大叫道：「假地址！」

她帶去的那個強盜也跟著進來，過去又操起板斧。

「假地址？」德納第重複道。

她又說道：「一個人也沒有！聖多明尼克街十七號，根本就沒有玉爾班．法伯爾先生！人家不知道他是誰。」

她停了一下，緩了口氣，才又說道：

「德納第先生！這老傢伙讓你白等啦！你心腸太好了，知道吧！要是換了我，我先就把他那張嘴撕成四瓣！他要是再逞兇，我就活活把他煮熟！他必須講出來，說他女兒在哪裡，那隻野猴子在哪裡！換了我，就這麼做啦！怪不得有人說，男人比女人蠢呢！一個人影也沒有！十七號！那是一道通車的大門！聖多明尼克街，根本沒有法伯爾先生這個人！趕這趟快車，給車夫小費，還有全部開銷！我問了門房夫婦，那女的倒長得又結實、又漂亮，他們沒道理不認識這個人！」

馬呂斯長歎一口氣，無論她叫「烏蘇拉」或「雲雀」，這個不知該怎麼稱呼的女孩，終究是脫險了。

就在他老婆氣急敗壞，大喊大叫的時候，德納第坐到桌子上，搖盪著右腿，一副粗野的沉思神態望著火爐，半晌沒有講一句話。

終於，他慢悠悠地，聲調特別惡毒地對被縛者說：「給個假地址？你想得到什麼？」

「爭取時間！」被縛者聲音洪亮地嚷道。

同時，他抖開已然割斷的繩索，惟有一條腿還綁在床腳腿上了。

那七人還未回過神來撲上前去阻擋時，他已經俯過身去，手伸向壁爐中的火爐，接著又直起身。這下子，德納第和他女人，以及那七名歹徒，全都嚇得退向破屋裡面，驚愕地望著他，只見他幾乎掙脫，將一根燒紅而凶光逼人的鋼鏨舉在頭頂，那姿勢非常可怕。

後來法院調查戈爾博老屋謀財害命案，就記錄了警察進入現場之後，在床上發現半片經過特殊加工的大銅錢。那是一種精巧的奇物，是在苦勞監獄黑暗中，為了在黑暗中使用而耐心磨製出來的一種越獄工具。那種奇異的藝術品，又醜惡、又精緻，放到珠寶店裡，猶如俗話隱語納入詩歌之中。在苦勞監獄中有邦伏努托．塞利尼⑧之輩，同樣，文壇上也有維庸⑨這類人。獄中不幸的囚犯渴望自由，便千方百計用木柄小刀或舊砍刀，有時根本沒有工具，把一枚大銅錢鋸成兩個薄片，將中間挖空，但毫不損壞幣面的花紋，兩片錢幣的沿邊又刻上螺紋，可以隨意旋扭扣合和開啟，成為一個小盒，小盒裡藏一條懷表的彈簧，而彈簧加了工，能鋸斷鐵鏈環和鐵條。別人以為這個不幸者不過擁有一個大銅錢。其實不然，他擁有自由。事發後警察檢查現場，在那巢穴靠窗的破床下，找到兩片這樣的大銅錢。他們還發現一根藍鋼小鋸條，能藏在銅錢裡面。估計當時情況是這樣：那幫歹徒搜身時，受害者暗中將身上的大銅錢握在手中；後來，他的右手因寫信被鬆綁了，就乘機擰開銅錢，取出鋸條，割斷綁縛的繩索，正是這個緣故，才有窸窣的聲響和不易覺察的動作，引起了馬呂斯的注意。

當時，被縛者怕事蹟敗露，不敢彎腰，也就沒有割斷左腿上的繩索。

幾個強盜起初驚慌失措，現在又鎮定下來。

「放心吧。」比格納伊對德納第說，「他有一條腿還綁著那，跑不掉。我敢打包票，那隻腳是我綁上的。」

這時，被縛者朗聲說道：

「你們都是窮苦人，其實我的命也一樣，保不保得住性命不要緊。你們以為一動硬的，就能逼我說話，就能逼我寫我不願意寫的，說我不願意說的話……」

他捲起左衣袖，補充一句：「看。」

說著，他伸出左手臂，右手握著木柄，將灼熱的鋼鏨壓到赤臂的肉上。

只聽肉烙得吱吱響，破屋裡登時瀰漫刑拷室的氣味。馬呂斯唬得魂飛魄散，站立不穩，歹徒們也都不寒而慄，只見紅鏨嵌進肉中，而那怪老頭兒若無其事，一副凜然的神態，臉上的肌肉僅僅微微抽搐，那雙並不噙恨的秀目，緊緊盯住德納第，痛苦完全化入威嚴肅穆的神色中了。

在天生偉大而崇高的人身上，肉體和感官因疼痛而產生的反應，往往促使靈魂顯露在眉宇間，如同士兵嘩變迫使軍官出面一樣。

「你們這些可憐蟲，」他說道，「我不怕你們，你們也不必怕我。」

他隨即將鋼鏨從傷口拔出來，揮臂拋出敞著的窗口；那燒紅而駭人的工具翻了幾個筋斗，消失在夜色中，遠遠落在雪地上熄火了。

被縛者又說道：「你們隨便怎麼處置我吧。」

他放棄了武器。

⑧・邦伏努托・塞利尼（一五〇〇—一五七一）：義大利雕塑家，金銀首飾匠。
⑨・維庸（一四三一—一四六三）：法國流浪漢詩人，喜歡與販夫竊賊喝酒廝混。

「抓住他！」德納第嚷道。

兩名強盜按住他的肩膀，戴面具並用腹聲說話的那個人，衝到他面前，等他動一動，就用大鑰匙敲碎他的腦殼。

這時，馬呂斯聽見在他下方牆邊竊竊私語，但因靠隔壁牆太近而看不見，只聽他們說道：「只有一個辦法了。」

「把他殺了！」

「就這麼做。」

是那對夫婦在商量。

德納第緩步走向桌子，拉開抽屜，取出尖刀。

馬呂斯握緊了手槍圓柄，為難到了極點。兩種聲音在他頭腦裡縈繞了一小時，一個吩咐他遵從父親的遺囑，另一個呼籲他救那被縛的人。兩個聲音爭鬥不休，將他置於極度苦惱的境地。他一直隱隱抱著一線希望，能找到兩全其美的辦法，卻沒有出現一點可能性。然而，現在千鈞一髮，觀望已經超過極限，德納第手持尖刀在考慮，離被縛者只有幾步遠。

馬呂斯六神無主，眼睛四面掃掃，這種機械動作是人在絕望時的最後一招。

他突然一抖。

圓月的一束亮光，正好射在他腳下旁邊的桌子上，似乎照亮一張紙，上面有德納第家大姑娘早晨寫的幾個大字：條子來啦！

馬呂斯心頭一亮，有主意了，這正是他要尋找的辦法，解決一直折磨他的這個難題：既姑息兇手，又營救受害者。他跪到五斗櫃上，伸手臂抓起那張紙，又從夾壁牆上輕輕剝下一個小灰泥塊，裹在紙裡，從牆洞投到隔壁破屋中央。

怪了。德納第已經克服了最後的恐懼或顧慮，正朝那被縛者走去。

「什麼東西掉下來啦！」德納第婆娘嚷道。

「是什麼？」她丈夫問道。

那女人衝過去，拾起紙包的灰泥塊。

她回頭將紙包交給丈夫。

「是從哪裡來的？」德納第問道。

「見鬼！」他女人說，「你說能從哪進來呢？是從窗口飛進來的。」

「從我眼前飛過。」比格納伊附和道。

德納第急忙把紙打開，湊到燭光下。

「這是愛波妮的字。見鬼啦！」

他打了個手勢，老婆趕忙過去，他指著紙上寫的那行字給老婆看，又低聲補充道：

「快！準備軟梯！把肥肉留在老鼠籠子裡，咱們快溜吧！」

「不割了這傢伙的脖子了嗎？」德納第婆娘問道。

「來不及了。」

「從哪裡溜？」比格納伊也問道。

「走窗戶，」德納第答道，「既然愛波妮從窗戶丟進這石塊，這就表明房子那面沒人圍著。」

戴面具並用腹音說話的那個人，把大鑰匙往上一扔，朝空中舉起雙臂，一句話不講，雙手迅速合攏三下。這好比向海員發出起航的信號。按住被縛者的那兩個歹徒，也都放開手。眨眼間，軟梯就從窗戶放下去，由兩個鐵鉤牢牢卡在窗臺上。

被縛者並不注意周圍發生的情況，他彷彿在遐想或祈禱。

軟梯一固定，德納第就嚷道：「快走！肥婆娘！」

他立刻衝向窗口。

他剛要跨上去，比格納伊就一把狠狠揪住他的衣領。

「別急，嗳，老滑頭！讓我們先走！」

「讓我們先走！」那幫強盜吼道。

「你們耍小孩子脾氣，」德納第說道，「我們這是耽誤時間，冤家對頭跟上來了。」

「好吧，」一個強盜說，「咱們抽籤，看誰第一個下。」

德納第喝斥道：「你們瘋啦！神經出毛病啦！真是一幫蠢貨！白耽誤時間，對不對？抽籤，對不對？猜手指頭！抽草莖！寫上我們的名字！放進帽子裡！……。」

「要用我的帽子嗎？」有人在門口喊道。

眾人回頭看去：沙威來了。

他手拿帽子，微笑著舉過去。

二十一・還應先捉受害人
On devrait toujours commencer par arrêter les victimes

夜幕降臨時，沙威已布置好了人手，他本人則守在大馬路另一邊，躲在戈爾博老屋對面戈伯蘭城關街的樹後。他一上來就「敞開口袋」，要把在巢穴周邊把風的兩個姑娘抓進去。但是僅僅捉住阿茲瑪。愛波妮不在崗位上，早溜了，因而沒有被他擒住。隨後，沙威便埋伏下來，側耳等待約定的信號。他看到那輛出租馬車往返行駛，心中七上八下，實在耐不住性子，「算定那裡有個巢穴，是一筆大買賣」，也認出進去的一些歹徒的臉孔，終於決定不等槍聲就上樓去。

我們還記得，他拿著馬呂斯那把萬能鑰匙。

正在節骨眼上時，他趕到了。

匪徒們驚慌失措，又紛紛抓起要逃跑時丟在各個角落的兇器。不到一秒鐘的時間，七條壯漢聚在一起，擺出抗拒的架式，一個手持屠牛斧，一個手舉大鑰匙，另一個手握鉛頭棍，其餘的則操起鋼鑿、鐵鉗和錘子，德納第還握著那把尖刀，張牙舞爪十分嚇人。德納第婆娘在窗口腳下，就順勢搬起平時給女兒當凳子坐的一大塊鋪路石。

沙威又戴上帽子，朝屋裡跨了兩步，叉起胳膊，劍不出鞘，手杖也夾在腋下。

「不許動！」他說道，「你們別跳窗戶了，還是從房門出去，這樣比較不危險。你們七個，我們十五個，咱們不要貿然動手，大家就客氣一點吧。」

比格納伊抽出藏在罩衫裡的手槍，塞進德納第手裡，對著他耳朵說：「他是沙威。我不敢朝這個人開槍。你敢嗎？」

「當然敢啦！」德納第答道。

「那就開槍吧。」

德納第接過手槍，對準沙威。

沙威只離三步遠，定睛注視他，僅僅說了一句：

「算了，別開槍！你打不中。」

德納第扣動扳機，一槍打偏了。

「我有先警告你啊！」沙威說道。

比格納伊將鉛頭棍丟在沙威腳下。

「你是魔鬼的皇帝！我投降。」

「你們呢？」沙威問其他匪徒。

他們答道：「我們也投降。」

沙威又平靜地說道：「對了，這樣才好，我不是說了嘛，大家要客氣點兒。」

「我只要求一件事，」比格納伊又說道，「關在那裡的時候，要給我菸葉抽。」

「可以。」沙威應道。

他回頭對著身後喊道：「現在，你們進來吧。」

一小隊人，持劍的憲兵和拿著警棍大頭棒的警察，聽到沙威招呼，就一擁而入。他們將匪徒綁起來。燭光昏暗，這一大群擁進魔窟，黑壓壓一片。

「把他們全銬上！」沙威喊道。

「你們上來試試看！」有人吼道，那不是男人的聲音，但也不能說是女人的聲音。

德納第婆娘退守到窗戶一角，這一吼聲正是她發出來的。

憲兵、警察紛紛後退。

她還戴著帽子，但已甩掉圍巾；丈夫蜷縮在她身後，幾乎讓脫落的圍巾蓋住；她用身體護住丈夫，雙手將鋪路石舉過頭頂，猛力一晃，好一個要拋擲山石的女巨人。

「小心！」她喊道。

眾人退向走廊。破屋中間空出一大塊地方。德納第婆娘朝束手就擒的一幫強盜瞥了一眼，用沙啞的喉音罵了一句：「膽小鬼！」

沙威笑容可掬，走到空地，而德納第婆娘兩個眼珠子則瞪著那地方。

「別過來，滾開，」她嚷道，「要不我就砸扁了你！」

「好一個榴彈大兵！」沙威說道，「老大媽，妳像男人一樣長鬍子，我也跟女人一樣有利爪。」

他繼續往前走。

德納第婆娘頭髮披散，氣勢洶洶，叉開兩條腿，身子往後一仰用盡全力將路石朝沙威的頭拋去。沙威一彎腰，大石塊從頭頂飛過，撞到對面牆上，撞下一大塊牆皮，又彈回來，從一個角落滾到另一個角落，幸而這破屋人幾乎躲空，最後滾到沙威腳前不動了。

這時間，沙威已趕到德納第夫婦面前，兩隻大手掌一隻抓住那婦人的肩膀，另一隻按住那丈夫的腦袋。

「銬起來！」他喊道。

警察又蜂擁進來，轉瞬間就執行完沙威的命令。

德納第婆娘氣力耗盡，望著自己和丈夫的手全被銬住了，便一屁股坐到地上，嚎啕大哭，嘴裡還嚷著：「我那兩個女兒啊！」

「都幫你先看管好了。」沙威說道。

這時，警察看見在門後酣睡的醉鬼，就上前用力搖他。他醒來，結結巴巴問道：「結束了嗎，容德雷特？」

「結束了。」沙威答道。

六名雙手銬起的歹徒站開，他們還保持鬼怪的模樣：三個抹黑臉，三個戴面具。

「戴著面具吧。」沙威說道。

接著，他以弗雷德里克二世在波茨坦閱兵的目光，檢閱一遍，對三個「通煙囪的」說：「你好，比格納伊。你好，勃呂戎。你好，二十億。」

繼而又轉向三個戴面具的人，他對剛才手持屠牛斧的漢子說：「你好，海口。」

又對剛才拿鉛頭棍的人說：「你好，巴伯。」

又對用腹音說話的人說：「嘿，囚底。」

這時，他發現了受害者；自從警察進來之後，讓歹徒綁起來的那個人總低著頭，一句話也沒有講。

「幫這位先生鬆綁！」沙威說道，「誰也不准出去。」

說罷，他傲然端坐到桌子前，桌上已有燭光和寫字用品，他就從懷裡掏出一張公文紙，開始寫報告。

他寫完頭幾行官腔語言之後，抬起眼睛，說道：

「把這些壞蛋剛才捆綁的那位先生帶上來。」

警察四下張望。

「怎麼，」沙威問道，「他人呢？」

歹徒們抓到的人，那位白先生，玉爾班·法伯爾先生，烏蘇拉或者雲雀的父親，人忽然不見了。

房門有人把守，但是窗口沒人注意。受害者一見自己被鬆綁了，沙威正在寫報告，屋裡燭光昏暗，人員擁擠，喧鬧混亂，一時沒人盯著他，他就趁機跳窗逃走了。

一名警察跑到窗戶察看，外面不見人影。

那副軟梯還在輕微晃動。

「見鬼了！」沙威咕噥道，「跑掉的也許是個大人物！」

二十二・在第三卷⑩啼叫的孩子

Le petit qui criait au tome deux

在救濟院大道那棟老屋發生了上述事件，次日，有個男孩，彷彿從奧斯特里茲橋那邊過來，順著大道右側的平行便道，朝楓丹白露城關走去。天色已黑，那孩子面無血色，骨瘦如柴，身上衣裳破成爛布條，二月裡還穿一條布單褲，但他卻聲嘶力竭地唱歌。

他走到小銀行家街的轉角，撞到藉著路燈光彎腰翻垃圾堆的一個老太婆，就邊後退邊嚷道：

「咦！我還以為是大塊頭，大塊頭的一條狗呢！」

他重複「大塊頭」的那種挖苦刻薄的聲調，只有用大號黑字體才能表達出幾分：大塊頭，大塊頭的一條狗！

老太婆挺起腰，火冒三丈。

「該死的小鬼！」她罵道，「我要不是彎著腰，不然一定給你一腳。」

可是，那孩子已經走遠了。

「哎呀呀！哎呀呀！」他說道，「還別說，剛才我也許沒有看錯。」

老太婆氣急敗壞，完全挺起腰桿，那張青灰臉正好迎著發紅的路燈光，只見布滿稜角和皺紋，溝壑縱橫，眼角的魚尾紋連到嘴角。她整個身子隱沒在黑暗中，只露出一個腦袋，真好像在黑夜中一道光切下來一具衰老形象的面具。那孩子打量她，說道：「夫人，這樣的角色我看不上眼。」

他繼續趕路，重新又放聲歌唱：

國王「踢木鞋」，
出門去打獵，
出門獵烏鴉……

剛唱三句，歌聲就中斷了，他到了五十一、五十二號門前，一看樓門緊閉，便用腳踹，踹得又響又凶，但是那猛勁來自一雙大人鞋，而非來自他那兩隻孩子腳。

他在小銀行家街轉角撞見的那個老太婆，這時間突然從後面追上來，她連聲喊叫，雙手拚命地揮舞。

「做什麼？做什麼？上帝救世主啊！要砸破門啦！要砸破房子啦！」

小孩子照舊踹門。

老太婆扯破嗓子喊叫。

「如今，人們就是這樣照顧房子的嗎？」

老太婆戛然住口。她認出了那孩子。

「天啊！是你這個小魔鬼！」

「咦，是老人家呀！」孩子說，「你好，布貢老媽媽。我來探望我那兩位老人家。」

⑩．此處的第三卷，即第二部《珂賽特》中的第三卷《蒙菲郿的用水問題》。

老太婆做了個鬼臉，表情十分複雜，是藉助衰朽和醜陋所即興表示的仇恨，非常精采，可惜讓黑暗給埋沒了，她答道：

「一個人也沒了，小鬼。」

「哦！」孩子又說，「我老爸在哪兒？」

「在費爾斯監獄。」

「咦！那我老娘呢？」

「在聖拉紮爾監獄。」

「呵！那我兩個姊姊呢？」

「在瑪德洛奈特監獄。」

那孩子搔搔耳根，瞧了瞧布貢媽，說了一聲：「噢！」

他旋即掉頭走了，門前臺階上只剩老太婆一人；過了一會兒，只聽他那年少清亮的歌聲，從在冬夜寒風中抖瑟的黝黑榆樹下傳來：

國王「踢木鞋」，
出門去打獵，
出門獵烏鴉，
踩在高蹺上。
要從胯下鑽，
兩蘇買路錢。

TOME - IV

L'IDYLLE RUE PLUMET ET L'ÉPOPÉE RUE SAINT-DENIS

第四部

普呂梅街牧歌和聖德尼街史詩

第一卷：幾頁歷史
Quelques pages d'histoire

一．善始
Bien coupé

緊接著七月革命之後的一八三一和一八三二這兩年，是歷史上最特殊、也最驚人的一個時期。這兩年好似兩座巍峨的高山，聳立在前前後後那數些年之間，顯示革命所帶來的影響，如同懸崖峭壁般的令人無法忽視。各種政府體制、狂熱的政治信仰和理論，如風雲般地變幻；社會基層的普羅大眾、利害相關並相互依存的社會群體、法蘭西古老的階級結構舊貌，在這段期間忽現忽隱。這類的顯現和隱沒，不是曾被稱為抗拒，就是曾被稱為運動。不過，偶爾也能看見真理的閃光，看見人類靈魂有如太陽般地綻放光芒。

這個令人矚目的階段相當短暫，已經過去一段時間了，但現在我們再回顧，還是能夠抓住些線索！

我們來摸索看看。

王朝復辟其實只是個過渡階段，很難對這個時期作個注解，其間有疲憊、怨尤、非議、沉睡、喧擾，這僅僅代表一個偉大民族剛剛趕完一段路。這類階段非常獨特，往往讓那些想要從中獲利的政客上當。一開始，整個民族只有一種要求：休憩；大家只有一種渴望：安定；大家只有一種野心：當小百姓；換句話說，就是過安穩的日子。大事件、大機遇、大冒險、大人物，謝天謝地，這些見得多了，已經煩透了。人們寧願捨棄凱撒，而選擇普呂西亞斯①；寧願捨棄拿破崙，而選擇伊夫托國王②。「那個小國王多好啊！」人們已經從天亮起就開始趕路，艱難地跋涉了一整天，一直走到天黑——頭先是跟隨米拉博，第二趟是跟隨羅伯斯庇爾，第三趟是跟隨波拿巴。大家都累了，都想要一張床。

原有的奉獻精神已經疲軟，原有的英雄主義已經衰老，野心饜足、壯志已酬，富貴榮華已到手，那麼還尋求、索求、懇求、乞求什麼呢？一個安樂窩罷了。這東西得到了，擁有了安定、寧靜和閒適，也就心滿意足了。然而，與此同時，有些事情又冒出頭了，也開始敲門，要求得到社會大眾的公認。這些事實都從革命和戰爭中產生出來，是活生生的存在，有權在社會上獲得定位，而且亦在社會上安頓下來了。但這些通常只是中士和先行官的角色，他們只為了各種主義準備住處。

於是，政治哲學家們面前就出現這種情況：

疲憊的人們要求休息，同時，既成的事實也要求獲得保證。保證之對於事實，正如休息之對於人民，可以說是同一碼事。

①．普呂西亞斯：比西尼亞國王，西元前一一八三年，他將來投奔他的漢尼拔出賣給羅馬人，漢尼拔被迫自殺。
②．伊夫托國王：法國童話中的滑稽人物。

這是英國在護國公[③]之後，對斯圖亞特王朝的要求，也是法國在帝國之後，同樣對波旁王朝提出的要求。

這種保證是時代的需要，非同意不可。這種保證，表面上由王公們「賜予」，而其實是來自事物本身的力量。這是一條值得深思的真理，斯圖亞特王室在一六六〇年時便警覺到不可忽視它，而波旁王室在一八一四年時，卻連看都不看一眼。

隨著拿破崙的垮臺，法國又回到那個預先選定的家族，這實為天真至極，竟認為法蘭西的一切是他們家族所賜予的，而且是可以被他們所收回的，還以為是波旁家族才擁有神聖的權利，而法蘭西民族則一無所有。路易十八在憲章中所讓出的政治權利，不過是那神聖權利的一根枝椏，是由波旁家族折下來，恩賜給人民的。事實上，會有那麼一天，當國王心血來潮時，就會將之奪回去。照道理說，當波旁王室做出這種不情願的贈予，人民就應當意識到這並不是它的贈予。

到了十九世紀，波旁王室便一副不甘願的樣子，每逢法蘭西民族興高采烈時，它就會怒形於色。我們在這裡用一個粗俗的字眼，即通俗而實在的字眼，它總呱嗒著臉。人民早就看出來了。

它自以為強大，只因帝國像舞臺上的一個布景，從它面前給搬走了，殊不知它本身也是那樣給搬來的。它沒有看到，它自己也被握在搬開拿破崙的那隻手掌裡。

它自認為有根基，因為它來自過去，其實不然，它只是過去的一部分，而整個過去是法蘭西。法國社會的根鬚絕沒有深入波旁家族裡，而是生長在民族當中。這些看不見而又生機勃勃的根鬚，絕不會成就一個家族的權利，而是成就一個國家人民的歷史。這些根鬚四處伸延，惟獨不會到王座下面。

對法蘭西而言，波旁家族只是它歷史上的一個結疤，已不是它命運的主要成分和它政治的必要基礎了。人們是可以拋開波旁家族，而且也確實拋開過去二十二年，並可以持續地生存下去，波旁家族卻沒有意識到這一點；他們在熱月九日還想像路易十七在當政，在馬倫哥大捷那天還想像路易十八在統治，所以又怎麼能夠意識到這一點呢？有史以來，王公們還從來沒有過如此視若無睹，對於事實中所孕育出的神權這般無視。所謂王權的這種妄念，也還從來沒有如此否認過上天的權利。

天大的誤會，導致這個家族又伸手取回一八一四年「賜予」給民族的保證，取回他們當初所稱的讓步。實在可悲！他們所說的讓步，正是我們所贏得的成果；他們所謂的侵佔，也正是我們爭取的權利。

復辟王朝自以為戰勝了波拿巴，且在全國已經擁有廣大的基礎，也就是自認為力量強大，腳步很穩，覺得時機一到，就可以突然打定主意，孤注一擲了。一天早晨，它挺立在法蘭西面前，提高嗓門，否認集體的權利和個人的權利，也就是否定人民的主權和公民的自由。換句話說，它否認了人民之所以為人民，公民之所以為公民的根本。

這就是七月敕令的法案的實質。

復辟王朝垮了。

它垮得合情合理。然而應當指出，它並不是絕對敵視一切形式的進步。但是，當重大事件發生的時候，它是在場，只不過袖手旁觀罷了。

王朝復辟時期，全國習慣了心平氣和地討論，這是共和時期所缺乏的；全國也習慣了在和平中求強盛，這也是帝國所缺乏的。自由而強盛的法蘭西，成為鼓舞歐洲各國人民的景象。在羅伯斯庇爾統治時期，革命有了發言權；在波拿巴統治時期，大炮有了發言權；在路易十八和查理十世統治時期，就輪到才智發言了。大風止息，火炬重新燃起，只見寧靜的頂峰上，閃爍著思想的純潔之光，那美妙的景象，又有益、又迷人。這十五年間可以看到，在法律面前人人平等，信仰

③・護國公：英國十七世紀共和國時期執政者克倫威爾的稱號。

自由，言論自由，新聞自由，任人惟賢等，這些對思想家已十分陳舊、而對政治家卻極為新鮮的偉大原則，在和平環境並在公開場合中發揮作用了。這種局面一直延續到一八三〇年。波旁家族只不過是文明的一個工具，在天命的手中被折斷了。

波旁家族下臺時非常的有氣勢，但不是從他們那邊表現出來的，而是人民表現出來的。他們離開寶座時神態嚴肅，但卻已喪失威望了。他們步入了黑夜，並不是那種隆重的引退，能給歷史留下巨大的傷懷，既不像查理一世那樣保持幽靈般平靜，也不像拿破崙那樣發出雄鷹般長嘯。他們離開了，僅此而已。他們放下王冠，也沒有保住光環。他們神氣十足，卻毫無威儀。在某種程度上，他們缺乏遭逢厄運時所應有的尊嚴。查理十世在去瑟堡的途中，命人將一張圓桌改成方桌，看來，他只關心別壞了禮儀，而不在乎要崩潰的君權制度。這種委靡的作風，足以令熱愛他們本人的那些效忠者感到傷心，也足以令讚賞他們家族的嚴肅者感到傷心。人民，卻是值得欽佩的。忽然有天早晨，國民遭到王室叛亂的武裝襲擊，但國民感到無比強大，並沒有動怒。他們自衛，而且有節制，讓事物各歸其位，將政府置於法律的軌道上，將波旁家族置於流放的道路上。可惜呀！到此就止步了。他們把老王路易十世從遮蔽過路易十四的華蓋下拉取出來，輕輕地放在地上。他們觸及到王族成員的軀體時，小心翼翼，心中惟有悲淒。當年，在街壘巷戰那日，一五八八年五月十二日，巴黎下層市民起義，堆築街壘巷戰。紀堯姆・德・維爾是政治活動家，在事件後發表演說；一五八九年，波旁家族的亨利四世登上王位。之後，紀堯姆・德・維爾說：「那些慣於博得大人物歡心的人，那些像從一根樹枝跳到另一樹枝的鳥兒，從厄運跳到旺運的人，要顯示膽量，反對處於逆境中的君王，是非常容易的事。然而在我看來，君王的命運，尤其遭難的君王的命運，始終應當受到敬重。」憶起這番話，並在全世界面前付諸實踐的，似乎不是一個人，也不是幾個人，而是法蘭西，整個法蘭西，勝利了，並陶醉在勝利中的法蘭西。

波旁家族帶走了尊敬而不是惋惜。正如剛才講的，他們的不幸大於他們本身。他們在地平線上消失了。

七月革命伊始，在全世界敵我就分明了。有些人歡欣鼓舞，前來投奔，另一些人則轉過身去，這要由各自的天性而決定。在這一拂曉的最初時刻，歐洲的君主們又驚詫、又傷了自尊心，好似貓頭鷹閉上眼睛；等再睜開便射出兇光了。驚懼可以理解，氣惱也有情可原。這場奇異的革命只引起輕微的震動，連視為敵人並使其流血的那份光榮，都沒有給予戰敗的王朝。專制政府總是希望自由的力量會出現內在矛盾，認為七月革命不應該來勢那麼猛烈，卻進行得又那麼溫和。況且，也沒有發生任何企圖破壞這場革命的事件。最不滿的人、最惱火的人、最害怕的人，最後也都歡迎這場革命。我們不管有多大私心和怨恨，在這場事變中也能感到，有個合作者在人之上效力，不能不油然而生一種神祕的敬意。

七月革命是人權擊垮專制王權的勝利。這真是光輝燦爛的事物。

人權擊垮專制王權。正因為如此，一八三〇年革命放射光芒，也正因為如此，革命顯示了寬容。獲勝的人權，根本不需要使用暴力。

人權，就是正義和真理。

人權的特性，就是永遠保持美好和純潔。原本的君主專制制度，如果極少包含或者根本不包含人權，那麼即使表面上最為需要，即使最為當代人所接受，隨著時間的延伸，也必定要變成畸形的、醜惡的，甚至怪誕的。要想一下子就驗證專制的王權能夠達到何等醜惡的程度，只需隔著幾世紀，看一看馬基維利就夠了。馬基維利絕不是個兇神惡煞，不是魔鬼，也不是無恥下流的作家，他僅僅是個事實而已。不僅僅是義大利的事實，還是歐洲的事實，十六世紀的事實。他似乎十分可憎，以十九世紀的道德觀念來看，的確如此。

人權和王權的這種爭勢，從人類社會之初，便延續至今。結束決鬥，讓純潔思想和人類實際相互融合，以和平方式讓人權和事實相互滲透，這就是賢哲的工作。

二・不善終

Mal cousu

然而，賢哲的工作是一回事，機靈者的工作又是另一回事。

一八三〇年的革命很快就停下腳步。

革命一旦擱淺，機靈者就來拆毀擱淺的船。

在本世紀，機靈者自封為政治家，結果太多人用了，政治家一詞就多少染上點行話的色彩。的確不應忘記，哪裡只講機靈，哪裡必行小氣。機靈者，也就是庸俗之人。

同樣的，政治家，有時也是民賊的另一個稱號。

按照機靈者的說法，像七月革命那樣的革命，是割斷的動脈管，必須趕緊接上。人權，如要求過高，就會引起社會動盪。因此，人權一經確認，就應當鞏固國家。自由一有保障，就應當為政權著想。

事情到這裡，賢哲還沒有跟機靈者分家，但是卻開始有了警覺。政權，就算這樣吧。然而先得確認，政權是什麼呢？其次要確認的是，政權從何而來？

機靈者似乎沒有聽見這種低聲的異議，還是繼續他們自己的勾當。

這些政客善於給自己的企圖帶上一些必要性的面具，他們聲稱一場革命之後，如果是在君主制的國度裡，人民最迫切的需要，就是找到一支王族。據他們的說法，這樣，人民在革命之後的生活就能安定，也就是說，有時間包紮傷口和修繕房舍。因為王族保存了遮棚，庇護了野戰醫院的醫務人員。

然而，要找到一支王族，並非總是易事。

必要時，任何一個有才能的人，抑或任何一個有錢財的人，都可以當國王。前一種情況如波拿巴，後一種情況如伊圖爾維德④。

不過，並非任何一個家族都可以成為王族，必須是具有悠久歷史背景的世族才行，然而，幾個世紀的皺紋，並非一日就可形成。

如果站在「政治家」的觀點上看問題，當然不管其對錯與否，一切革命之後，從中產生出來的國王應當具備哪些條件呢？他可以是、而且最好是革命派。不管是親身參加、還是插手革命；不管是給革命抹黑、還是增光；也不管是用大刀、還是用利劍。

一個王族應當具備哪些條件呢？它應當是全國性的，也就是說，對革命不即不離，不採取行動，僅接受相關的思想。他應與過去有歷史淵源，也能對未來產生作用，還要有一副討人喜歡的臉孔。

這一切說明了為什麼早期的革命只要找到一個人，像是克倫威爾或者拿破崙，就能滿足了；而後來的革命，則非要尋求到一個家族不可，像是勃蘭斯維克家族或者奧爾良家族。

這類王族就像是印度的無花果樹，樹枝可以條垂到地面上，在土裡扎根，並長出另一棵無花果樹。每一根樹枝都能變成一個王朝。惟一的條件，就是向人民妥協。

這就是機靈者的理論。

偉大的藝術也正在於此：給勝利多少配上一點災難的聲響，以便讓獲利的人心有餘悸，每走一步，都散布點畏懼的情緒，拉長過渡時期的弧度，直到進步穩定下來，淡化革命曙光的色彩，揭露並削減熱情的激烈度，削掉稜角和尖爪，往勝利中絮上棉花，給人權穿上暖和舒服的衣裳；給高大的人民套上法蘭絨裝，趕緊扶持他們睡下；規定精力過旺的人要節食，給硬漢享用初癒病人的飲食，將革命所訴求的情事先納入權宜之計的軌道，請那些渴望遠大理想的人喝些甜酒加藥茶。採取種種措施，防止戰果的擴大，給革命裝上遮光罩。

④．伊圖爾維德：墨西哥將軍，一八二一年稱帝，一八二三年被趕下臺，次年被槍斃。

這種理論，一六八八年在英國實施過，一八三〇年又採用了。

一八三〇年那場革命，到半山腰就停下來了。半吊子的進步，只是表面上的人權。然而，邏輯可不管什麼是差不多，不能將太陽看成是蠟燭。

是誰讓歷次革命都停在半山腰呢？資產階級。

為什麼呢？

因為資產階級就是得到滿足的利益。昨天挨餓，今天吃飽，明天饜足。

一八一四年拿破崙之後的現象，到一八三〇年查理十世下臺之後又重演了。

其實，不該把資產階級當成一個階級，所謂資產階級，無非是民眾之間得到滿足的那一部分的人。所謂資產者，就是現在有時間閒坐的人，一張椅子並不是一個社會等級。

然而，太急於要坐下，人類的步伐就可能會停滯不前。這往往是資產階級的過錯。

不能因為共同犯了一個錯誤，就可以成為一個階級。利己主義，並非是一個社會階層。

再說，即使對待利己主義，也應當公正。人民中間稱為資產階級的那部分，經歷了一八三〇年的震盪之後，他們所渴望的狀態，既不是摻雜冷漠和懶惰，並包含一點點慚愧的那種心情，也不是進入夢鄉後、暫忘現實的那種休眠，而是立定。

立定這個字眼有雙重意思，既奇特又頗為矛盾：部隊行進，也就是運動；停歇下來，也就是休息。

立定，就是休整隊伍，就是武裝警惕著的休息，就是布置崗哨而又處於戒備狀態的既成事實。立定，意味昨天的戰鬥和明天的戰鬥。

這是一八三〇年和一八四八年的間隙。

我們這裡所說的戰鬥，也可以叫做進步。

因此，無論資產階級還是政治活動家，都需要有一個人出來喊這個口令：立定。一個「應時而生」的人、一個具有雙重性的人，既代表革命，又代表穩定，換言之，能明顯地協調過去和未來，從而鞏固現在的一個人。

這個人是「現成」的，他叫路易・菲力浦・德・奧爾良。

二百二十一個人將路易・菲力浦抬上王位。拉法耶特主持了加冕典禮，稱他是「最好的共和國」。巴黎市政廳取代了蘭斯大教堂⑤。

半王位替代全王位，這就是「一八三〇年的成績」。

機靈者一旦宣布大功告成，他們這種解決方式的弊端，也就顯露出來。這一切，是在排除絕對人權的情況下完成的。絕對人權高喊一聲：「我抗議！」接著，是可怕的現象，人權又回到黑暗中。

三・路易・菲力浦

Louis-Philippe

革命有威猛的胳臂和幸運的手，革命打得狠，選得好。即使不徹底，即使變了種、不單純了，像一八三〇年革命那樣被降到次等地位，革命也幾乎還是能保持足夠的清醒，不至於成為世間的不速之客。革命的成果雖然一時會黯然失色，但絕不會退位。

當然，我們也不要過分吹噓，革命同樣會出錯，而且出過嚴重的錯誤。

話題還是回到一八三〇年吧，一八三〇年雖然有點偏離主題，但還是幸運的。那場革命突然中止，隨後建立起來的所謂的秩序，在那機構中，國王大於王權，勝任有餘。路易・菲力浦是個不可多得的人。

⑤・法國國王大多在蘭斯大教堂舉行加冕典禮。

他父子二人，一個備受指責，一個備受尊敬，當然，歷史會向他父親提供減輕罪責的情節，而他則有全部私德和好幾種公德。路易．菲力浦關注自己的健康、自己的前程、自己的形象、自己的事業；他瞭解一分鐘的價值，有時卻認不清一年的價值；他為人審慎、安詳、平和、寬容，是好好先生，也是好好王爺，跟妻子同房。王宮裡面有專門的僕人引導仕紳參觀他們夫婦的臥榻，在當年嫡系子孫喜歡炫耀奢靡的生活之後，這樣的展示是有益的。他會歐洲各種語言，尤為難能可貴的是，他懂得並會講出能代表各種利益團體的話；他是「中產階級」的傑出代表，而且超越這個階級，至少比這個階級偉大；他珍視自己的血統，但又極為明智，特別倚重自身價值，即使在血統問題上，他也表現得十分特別，自稱奧爾良系，而非波旁系，他還僅僅是尊貴的殿下的時候，就儼然以正統的大王爺自居，一旦成為國王陛下，他反而像個厚道的市民，在大庭廣眾說話囉哩囉嗦，在親隨密友中間說話卻簡潔明瞭；他有吝嗇的名聲，但未經證實，其實，他既節儉，又為豪爽或是職責之故而輕易揮霍；他有文學修養，但對文學沒有多大興趣；他有貴族氣派，卻沒有騎士精神；他樸實、沉靜，又很堅強，受到家人和族人的愛戴；他的言談特別吸引人；他是個憬悟的政治家，內心冷漠，遵從眼前利益，事必躬親，既不報恩也不結怨，用平庸瑣事無情地消磨一些高才俊傑。善於利用議會的多數，來批駁隱藏在王座下面神祕而一致的隱隱怨聲；他感情外露，外露有時則失慎，但是失慎中又蘊含絕妙的靈巧；他點子多，臉變得快，臉譜也多，常藉歐洲恫嚇法國，又藉法國恫嚇歐洲。毫無疑問，他愛國，但他更愛家；他視治理重於威權，視威權重於尊嚴，這種傾向有糟糕的一面：凡事務求成功，有時即使不擇手段，也不絕對擯斥卑劣行徑。但也有頂管用的一面：避免政治上激烈的衝突，國家分裂和社會災難；他還特別細緻、準確、警惕、關注、精明，而且不知疲倦，有時自相矛盾，自己會違令負約；他在安科納[6]大膽地反對奧地利，在西班牙頑強對抗英國，還炮轟安特衛普[7]，賠償普里查德[8]，充滿信念地高唱〈馬賽曲〉；他從不沮喪，從不疲倦，喜歡美好和理想、大膽豪邁，喜歡烏托邦、幻想，也愛憤怒、虛榮和恐懼，具有堅忍不拔的個人素質，在瓦爾密當將軍，在熱馬普又當士兵，八次險遭毒手，臉上笑容常駐；勇敢恰似手榴彈兵，膽量比得上思想家；僅僅擔心歐洲可能發生動盪，絕不在政治上大冒風險；隨時準備犧牲生命，但絕不放棄自己的事業；常把自己的意志化為影響，以便讓人服從一個聰明的人，而不是服從國王；善於觀察，卻不善於預測；不太注意才智，卻有知人之明，也就是說見到人才下結論；感覺敏銳洞徹，明智務實，能言善辯，強記過人，且不斷善用這種記憶，這是他惟獨像凱撒、亞歷山大和拿破崙的地方；瞭解事實、詳情、日期、人名、地名，卻無視趨勢、熱情、民眾的各種才能、內心的憧憬、靈魂隱藏不露的悸動。總之，無視一切意識內的變化；他被上流社會所接受，但與基層的法蘭西人不甚融洽；能巧妙機變，但管理有餘而統治不足，委任自己當內閣總理，擅長利用現實的小東西，阻擋思想的潮流；會往文明、秩序和組織方面的真正創新才能中，摻雜一些莫名其妙的講求規則和吹毛求疵的精神；一個王朝的創始人兼代理人，某些特點像查理大帝，某些特點又像公證人。總之，形象高大而特殊，身為君王可不顧法蘭西的不安而確立出政權，不顧歐洲的嫉妒而能尋求國家的強盛，因此，路易．菲力浦將被劃入末世紀傑出人物之列，而且，他若是能將務實和偉大一視同仁，那就可能躋身歷史上最著名的統治者之列。

路易．菲力浦年輕時很英俊，老來仍然風度翩翩，雖不能說得到全國人的稱許，但總還是能受到大多數人的讚賞。他就是討人喜歡，有這種天賦：魅力。威儀，這倒是他所缺乏的；身為國王而不戴王冠；人已老邁卻無白髮。他保持舊王朝的舉止，卻有新朝的習慣，是貴族和資產階級的混血兒，正合乎一八三〇年代，代表過渡政權；他保留了法語的古代發音和書法，拿來為現代

⑥．一八三二年，法國派一支遠征部隊，到義大利的安科納抗擊奧地利。
⑦．一八三二年，法軍趕走拒絕將安特衛普交還比利時的荷蘭軍。
⑧．普里查德（一七九六－一八八三）：英國傳教士，在法國支持新教反對法國，一八四四年被法國當局逮捕。同年，在英國政府抗議下，法國政府賠償普里查德二萬五千法郎。

思想服務；他喜愛波蘭和匈牙利，但是他寫成「波利人」，說成「匈牙蘭人」。他像查理十世那樣，穿一身國民警衛隊的軍裝；又像拿破崙那樣，佩帶一條榮譽團勳章綬帶。

他很少去禮拜堂，根本不去打獵，也從不光顧歌劇院，絕不接近神職人員、養狗官和舞女，因此他在資產階級中深負眾望。他根本沒有扈從，出門時就在腋下夾把雨傘；在相當長的一段時間裡，那把雨傘就是他的光環。他懂得一點泥瓦匠的活兒，也懂些園藝，還懂一點醫道，曾經幫一個從馬上摔下來的馬夫放血。路易．菲力浦身上總帶著一把手術刀，正如亨利三世總帶著匕首一樣。保王黨常常譏諷這個可笑的國王；而他卻是頭一個以放血方式治病的人。

歷史對路易．菲力浦的指控，必須打點折扣。對王權的控訴，對政府的控訴，對國王的控訴，這三筆賬，各自有一個總數。民主權利被剝奪，發展進步退居第二位；市民上街抗議遭到粗暴的彈壓，人民的起義被武裝鎮壓，暴亂也以武力平息，特蘭斯諾南街事件[9]，軍事委員會問題，真正的國家為合法的國家所吞沒，政府與三十萬個特權人物共同分攤王權的盈虧，這些都算在王國的賬上；拒絕比利時，強行征服阿爾及利亞，跟英國人征服印度一樣，手段野蠻的程度大於文明的程度，對阿布德．埃勒．卡迪爾的背信[10]，收買德茨[11]，賠償普里查德，這些都算在政府的賬上；偏重王室而不是國家式的政治，這要算在國王的賬上。

可見，這樣一筆筆細算，國王的責任就減輕了。

他的大錯則是，在代表法國時，太謙虛了。

這樣的錯誤是如何造成的呢？

我們不妨談一談。

路易．菲力浦身為國王，還擺脫不了當父親的形象。一個家族透過孵化而成為一個王朝，總是前怕狼、後怕虎，不敢輕舉妄動，因此處處過於畏怯，這讓具備既有七月十四日民權傳統，又有奧斯特里茲軍事傳統的人民，感到厭煩。

不過，若是拋開應當首先履行的公職不談，路易．菲力浦對家庭是非常細心照護的，那家庭也受之無愧。他們一家人都很出色，德才兼備。他的一個女兒，瑪麗·德·奧爾良，將族名帶進了藝術家的圈子，正如查理·德·奧爾良將族名捧上詩壇一樣。她將自己的靈魂雕成一尊大理石像，由她命名為貞德。路易·菲力浦的兩個兒子贏得了梅特涅這樣一句頗具煽動性的恭維話：

「這是兩個不可多得的青年，也是兩個得不到的王子。」

這就是路易·菲力浦的真實情況，毫不減損，也毫不誇大。

蓄意地要作為一個平等君王，本身就同時具備復辟王朝和革命之間的矛盾。具有身為革命者令人不安，身為統治者又變得令人心安的這種因素，因此在一八三〇年，路易·菲力浦適逢其時。人和時勢從來沒有像這樣一拍即合，彼此交融，渾然一體，路易·菲力浦，這是一八三〇年造出的人物。此外還有一個條件，王座非他莫屬，就是曾經流亡過。當年他被放逐，一貧如洗，四處流浪，靠自己的勞動過活。法國這個擁有最富饒采邑的王公，在瑞士要賣掉老馬好填飽肚子。他曾在賴興諾教過數學，而他妹妹阿黛拉伊德則作刺繡和縫紉。一位國王有這種經歷，可以讓資產階級受到鼓舞。他親手拆毀聖蜜雪兒山最後那個鐵籠子，那是路易十一下令造的，路易十五還使用過。他是迪穆里埃的夥伴，是拉法耶特的朋友；他參加過雅各賓俱樂部；米拉博拍過他的肩膀，丹東叫過他：年輕人！一七九三年時他二十四歲，叫德·沙特爾先生，曾坐在國民公會一個幽暗的小隔間裡，目睹審判那個讓人十分恰當地稱為「可憐的暴君」的路易十六。革命盲目的遠見，要藉由國王身上來摧毀君主制度，也要將國王隨同君主制度一併摧毀，在粗暴的思想中，幾乎沒有人注意到那個人，風暴席捲審判庭全場，公眾憤怒地質問，卡佩卻無言以對。這個國王的頭在

⑨．一八三四年四月十四日，巴黎居民在特蘭斯諾南街起義，遭政府軍屠殺。
⑩．阿布德·埃勒·卡迪爾（一八〇八—一八八三）：阿拉伯酋長，曾抗擊法國征服阿爾及利亞的殖民軍，一八四八年被迫投降，押往法國囚禁，一八五二年退隱到大馬士革。
⑪．一八三二年，西蒙·德茨為十萬法郎賞金，將貝里公爵夫人出賣給政府。

陰風中搖搖欲墜，而在這場災難中，無論判決者和被判決者，所有人都相對清白。這些情況，路易．菲力浦都看到了，他觀望了這些驚心動魄的場景，看到幾個世紀押到國民公會的案前受審，看到從路易十六身後，從這個替罪羊身後的黑暗中，挺立起駭人的被告：君主政體。因而，他靈魂中始終保存著一種敬畏的情緒，敬畏著那幾乎如同天道般的民意裁決。

革命在他心上留下的痕跡是難以想像的，他的記憶彷彿是那偉大年代每一分鐘的場景顯現。有一個無法被懷疑的見證者，有一天，他當著那見證者的面，僅憑記憶，便糾正了制憲議會以A字母開頭的名單。

路易．菲力浦是個坦蕩蕩的國王。他統治時期，有新聞自由、集會自由、信仰和言論自由。九月的法律⑫是寬鬆的。他雖然知道陽光對特權的侵蝕力量，但還是將王座攤在陽光之下。他這種誠實的態度，歷史自會有公論。

如同所有退出舞臺的歷史人物，路易．菲力浦今天也接受人類良心的審判。他的案子還僅僅是一審。

歷史以令人肅然起敬的自由聲調說話的時刻，對他來說尚未到來。時候未到，還不能對這位國王宣布最後的判決，嚴厲而出色的歷史學家路易．勃朗，近來就緩和了他最初的判詞。路易．菲力浦是由所謂二百二十一個人和一八三〇年，這兩個半吊子選出來的，也就是由半吊子議會和半吊子革命選出來的。不管怎樣，從哲學所應處的高度來看，我們今天評價他，必須根據絕對民主的原則而有所保留，正如讀者在上文所見的那樣。從絕對的角度來看，首先是人權，其次是民權，除此以外，任何權利都可說是僭越，不過，有了這些保留之後，我們今天所能講的，總括起來說，不管從哪方面觀察，不管從他本人、還是從人類善良的角度看，拿古代歷史的老話來說，路易．菲力浦都將是歷代最好的一個君王。

有什麼可指責他的呢？無非是王位。去掉國王這個名號，路易．菲力浦就只是個人，而他這個人是好的，有時好得令人讚歎。即使他在最嚴重的困擾中，和大陸的整個外交使團鬥爭了一天之後，晚上回到房間，疲憊不堪、又十分困倦，他能做什麼呢？他往往會拿起一份卷宗，連夜複查一樁刑事案件，因為他認為與歐洲抗衡固然重要，但是從劊子手那裡奪回一條人命更重要。他常常固執己見，和司法大臣爭辯，和檢察長爭奪斷頭臺前的每寸地盤，而且稱呼他們為「這些法律的長舌頭」。有時候，他的桌案上堆滿了卷宗，他還是一一審閱，因為如果放棄那些被判決的可憐人，他會深感不安。有一天，他對上面剛提到的那個見證人說：「昨天晚上，我贏得了七顆頭顱。」在他統治的最初幾年，死刑幾乎廢除了，重新建起的斷頭臺是對這位國王的一種暴力。河灘法場已經隨同王族的長房消失了，資產階級的河灘法場卻又建了起來，被稱為聖雅克城關法場。「務實的人」感到需要一個大致合法的斷頭臺，這是資產階級陣營中，代表狹隘派的凱西米爾．佩里埃[13]對代表自由派的路易．菲力浦的一場勝利。路易．菲力浦親手注釋過貝卡里亞[14]的著作。當在破獲菲埃斯齊[15]的爆炸裝置之後，路易．菲力浦高聲歎道：「這回沒傷到我還真遺憾，否則，我就可以赦免那個人了。」還有一次，我們這個時代一個最具俠義的人，一個被判決的政治犯[16]，路易．菲力浦在處理這個案件時，針對內閣的阻力寫道：「同意赦免，只待我去爭取了。」路易．菲力浦跟路易九世一樣溫和，跟亨利四世一樣善良。

在歷史中，善良是稀有的珍珠，因而在我們看來，善良的人幾乎總要排在偉大的人的前面。路易．菲力浦受到的評價，有的很嚴厲，有的也許很粗魯，而一個認識這位國王，現在卻已成為遊魂的人[17]，來到歷史面前為他作證，也是很自然的事情。

⑫．一八三六年九月頒布的刑事法規。
⑬．凱西米爾．佩里埃（一七七七—一八三二）：法國銀行家，政治家，一八三一年任內閣總理。
⑭．貝卡里亞（一七三八—一七九四）：義大利經濟學家，刑法學家。
⑮．菲埃斯齊（一七九〇—一八三六）：科西嘉陰謀分子，一八三五年時企圖暗殺路易．菲力浦未遂。
⑯．巴貝斯（一八〇九—一八七〇）：法國政治家，激進共和黨人，一八三九年被判處死刑，赦免後又屢次被捕並囚禁，後來流亡國外。
⑰．作者自謂，其時雨果流亡國外，自比遊魂和已亡人。

顯而易見，這一證詞無論怎樣，都是無私的。一個亡魂寫的墓誌銘，自然應該坦率；一個亡魂可以安慰另一個亡魂，同在冥府中，都有權稱頌，不必害怕有人指著流亡中的兩座墳墓說：這個吹捧了那個。

四・基礎下的裂縫
Lézardes sous la fondation

路易・菲力浦統治初期，險惡的烏雲陣陣籠罩，而本書敘述的故事即將鑽進那樣一片烏雲的同時，就不能含混，必須表明對這位國王的看法。

路易・菲力浦登上王位，既沒有使用暴力，也沒有直接爭取，而是革命的一種轉折的結果。顯然，這和那次革命的真正目的，大相逕庭，但是在這中間，他身為奧爾良公爵，的確沒有採取任何主動的行為。他生為王公，也自認為是被選定的國王。他絕對沒有給自己加上這一稱號，也絕不是攫取，而是別人授予他的，所以他就接受了，而且他也確信，當然是錯誤地確信，這樣的授予是符合人權，這樣的接受也是基於義務。因此，他掌管國家是出於誠意，我們也由衷地說，路易・菲力浦善意地掌管國家，民主派的抨擊也出於善意。社會鬥爭所產生的種種驚駭，既不能怪罪國王，也不能怪罪民主派。各種主義間的衝突，猶如物質間的衝突。海洋保衛水，狂風保衛空氣，國王保衛王國，民主保衛人民；君主制度這個相對的東西，要抵禦共和制度這個絕對的東西，社會在這種衝突中流血，不過，今天社會所承受的痛苦，日後將轉化為社會安定。不管怎樣，在這裡絕不應譴責那些互相爭鬥的人，兩派中顯然有一派錯了。人權並不像羅德島的巨人[18]那樣地橫跨兩岸，一隻腳踏在共和一方，另一隻腳踏在君主制一方，其實，人權不能分割，必須明確定義所處的位置。不過，那些錯了的人，錯了也不失真誠；盲人看不見不是罪過，正如旺岱人的那種行為不算是土匪一樣。因此，這種劇烈的衝突，只能歸咎於事物的必然性，不管這些風暴多麼猛烈，人捲入其中並無責任。

結束這個論述吧。

一八三〇年的政府立即陷入困境。它昨天剛剛誕生，今天就要戰鬥。七月的國家機器才剛剛安裝完成，尚不牢固，就已經開始感到危機四伏了。對抗的勢力在第二天便出現了，也許是昨天就已然生成。敵意逐月在增長著，暗鬥化為明爭。

前面說過，七月革命時，外國各個君王都不接受，法國內部也有不同的理解。

上帝透過事件向人們宣示祂的意圖，就會變成是一種神祕語言寫成的天書。人們當場解釋，未免草率、失真，充滿錯誤、紕漏和反義。極少人能懂得上帝的語言。最聰明的人、最冷靜的人、最深邃的人，能夠慢慢地辨讀。可是，等他們做出詮釋時，事情早就已成定局，在人民廣場上已經有二十幾種解讀了。每種解釋產生一個黨派，每種反義產生一個派別，而且，每個黨都認為掌握了惟一正確的闡述，每個派別也都認為擁有真理。

政權本身，也往往是一個派別。

在革命洪流中，有些人選擇逆水游泳，那些是舊黨派。

舊黨自以為是奉天承運，把握住繼承權不放，認為革命既是由反抗的權利產生出來的，那麼人們就有權反抗革命。事實不然。須知在革命中，反抗者不是人民，而是國王。革命恰恰是反抗的反面。任何革命只要正常完成，本身就包含了合法性。革命，有時會被假革命者玷污，盡管玷污，也要堅持到底，盡管沾了鮮血，也要生存下去。革命不是偶然現象，而是應時而生的。一場革命就是由偽歸真。會產生革命，因為革命乃必然發生之事。

⑱．西元前二八〇年，希臘羅德島上樹起一尊巨大的太陽神像，腳踏港灣兩岸，後毀於大地震。

自恃正統的舊黨從錯誤的論證中出發，毫不留情地猛烈攻擊革命。謬誤是絕好的炮彈，能靈巧地打擊革命的要害，打擊它鎧甲的薄弱處，打擊它不合邏輯的地方，正統舊派恰恰能抓住王位的問題攻擊這場革命。他們對著革命黨人吼道：「革命，那要這國王幹什麼？」派別是瞎子，卻往往能瞄準目標。

共和派也發出同樣的吼聲。但是從他們口裡喊出來的，就合乎邏輯了。在正統派那邊表現出來的是盲目，在民主派這邊表現出的就是真知灼見。一八三〇年讓民眾破產。民主派義憤填膺，要責問它這一點。

七月政權，受到過去和未來之間的兩面夾擊，只好苦苦經營。它僅僅體現了這個短暫時刻，亦即站在幾百年的君主制與永恆人權之間。

此外，一八三〇年既然不復為革命，而變成君主制，那麼在對外，就不得不跟歐洲步伐一致，更為複雜的局面是，還要保持和平。往反方向尋求和睦，往往比進行一場戰爭還要棘手。這種暗鬥總要忍氣吞聲，又總會忿忿不平，由此產生出來全副武裝的和平，無異於飲鴆止渴，連文明都不禁要懷疑起這個結果了。七月王朝就像一匹烈馬被歐洲各國內閣套進車轅裡，只能徒然地亂跳，而梅特涅則是很想用皮帶將它捆住。七月王朝，在法國受到進步的推動，在歐洲又推動著那些緩慢爬行的君主制國家：一方面被拖著，一方面又拖著後面的。

這段期間景氣蕭條，無產階級、工資、教育、刑罰、賣淫、婦女的命運、財富、苦難、生產、消費、分配、交換、貨幣、信貸、資本的權利、勞工的權利，所有這些問題，在社會上層出不窮，險象環生。

除了名副其實的政黨，還出現了一種狀態：哲學的沸騰，和對民主的沸騰相互呼應著。知識分子與民眾一樣，都感到惶惑不安，雖然表現出來的形式不同，但卻同樣地強烈。

有些思想家還在思考，而人民大眾所站的這片土地，經過革命洪流的衝擊，地底下面還莫名其妙地狂震亂顫。思考者有些是獨立的，有些是聚集一起，甚至結為團體，冷靜而深入地探討社會問題，而地下工人卻依然不為所動，靜靜地挖掘坑道，將之推向到一座火山的深層，並不在乎隱隱欲發的震動和依稀可辨的烈焰。

在這動盪的時期，這種相對平靜，也不失為壯觀的景象。

基層的人們將各種權利的問題留給政黨，只是一心去解決自己的幸福問題。人的福利，才是他們想要從社會中提取出來的東西。

他們把物質問題，把農業、工業、商業等問題，提高到像宗教那樣的神聖地位。文明的形成過程裡，上帝的意志少，人為的成分多，各種利益根據一條活躍的法則相互聚攏、凝結並混雜，從而形成一種真正堅硬的岩石。須知這條法則，早由政治上的地質學家——那些經濟學家精心研究過了。

這些人組成團體，取了各種名稱，但可以總稱為社會主義者，他們力圖鑿穿這堅硬的岩石，讓人類幸福的泉水噴射出來。

他們的工程包含了一切，從斷頭臺問題到戰爭問題，在法蘭西革命所宣告的人權上，他們又增添了婦女的權利和兒童的權利。

由於種種原因，我們在這裡，還不能從理論上深入探討社會主義提出的問題，這也不足為怪。我們只限於指出這些問題。

社會主義者向自己提出的全部問題，拋開宇觀幻象、夢想和神祕主義，可以概括為兩個主要問題：

第一個問題：

生產財富。

第二個問題：

分配財富。

第一個問題包含勞動問題。

第二個問題包含工資問題。

第一個問題涉及勞力的使用。

第二個問題涉及福利的分配。

合理使用勞力，國家才有權力。

合理分配福利，個人才有幸福。

所謂合理分配，並不是平均分配，而是公平分配。首要的平等，是公平合理。

外有國家權力，內有個人幸福，兩者結合便出現社會繁榮。

社會繁榮就意味人民幸福，公民自由，國家強大。

這兩個問題，英國解決了頭一個，創造了財富，令人讚歎，然而卻分配不當。這種解決辦法如果只完成一個面向，就必然導致兩個極端：極富和極窮。少數人享受應有盡有，其他人，即人民受窮，一無所有。特權、例外、壟斷、封建制度，正是從勞動中產生出來的。國家權力建立在個人的窮困上，國家的強大建基於個人的痛苦中，這種形勢既虛假又危險。強大，但是結構很糟，全是物質因素，毫無精神因素。

共產主義和土地法，旨在解決第二個問題。事實不然。那種分配方式會扼殺生產。人人均等平分能夠消除競爭，從而也消除了勞動。這是屠夫式的先分後宰的分配辦法。因此，這種所謂的解決方式是行不通的。扼殺財富不等於分配財富。

這兩個問題要解決得好，必須一起解決，解決方式要合二而一。

兩個問題如果只解決頭一個，你就會成為威尼斯，你就會成為英格蘭。你會像威尼斯那樣徒具人為的強盛，或者像英格蘭那樣徒具物質的強盛，你將是為富不仁。你要像威尼斯末日那樣死於非命，或者像英格蘭垮臺那樣毀於破產。大眾會袖手旁觀，任由你斃命和垮臺，因為，只圖個人私利的東西，並不能代表人類一種美德或一種思想的東西，要垮臺還是要一槍斃命，大眾是一概不予理睬的。

自不待言，這裡用威尼斯、英格蘭等字眼，不是指人民，而是指社會結構，不是指民族，而是指附在民族上面的寡頭政治集團。那些民族，始終贏得我們的敬意和好感。人民的威尼斯必將復活，貴族的英格蘭必將垮臺，然而，作為民族的英格蘭，則是永生的。申明這一點後，我們繼續就往下談。

解決上述兩個問題，鼓勵富人，保護窮人，消滅貧窮，制止強者不公正地剝削弱者，平息半路上的人對到達者邪惡的嫉妒，以手足之情精確地調整勞動工資，根據兒童的成長實行免費義務教育，讓成年人具有科學基礎，使用手臂的同時發展智力，要成為強大的人民，同時又是幸福人的家庭；財產所有制要民主化，不是廢除，而是普及；讓每個公民毫無例外都成為資產的擁有者，這比人們想像的要容易，總之，要善於生產財富，也要善於分配財富。這樣一來，你們就兼有物質上的偉大和精神上的偉大，就不愧稱為法蘭西。

這就是在走入迷途的宗派之外，宗派之上的社會主義所講的，這就是社會主義在實際中探索，在思想上規畫的。

令人讚歎的努力！神聖的嘗試！

然而，路易．菲力浦憂慮的事情太多了，例如，這些學說、這些理論、這些阻力，作為一個政治家，有時也格外需要重視哲學家，有些事情看似明顯而又模糊混亂，要制定新政策，既要順著舊社會，又不能太違反革命思想。要應付必須用拉法耶特來保護波利尼亞克[19]的局面，對暴亂中透出的進步要有預感，既考慮議會又考慮街頭，平衡他周圍力量的競爭。還有他對革命的信念，也許是一種說不清的順應，隱隱接受一種最高的權利，同時又絕不背離自己的血統，保持家庭觀念，真誠地尊敬民眾，表明自己的誠實和善良。這一切縈繞於心，路易．菲力浦未免苦惱，他再

⑲．波利尼亞克（一七八〇—一八四七）：法國政治家，一八二九年擔任查理十世的內閣總理。他在一八三〇年七月二十五日簽發的法令，導致了七月革命，革命後被判處終生監禁，一八三六年被赦。

怎麼堅強，再怎麼勇氣十足，也深感做國王之難，簡直力有未逮。

他感到腳下有一種分崩離析的狀態，但又絕不會土崩瓦解，因為法蘭西比以往更加地像法蘭西了。

天邊布滿大朵大朵的烏雲，奇異的陰影越逼越近，漸漸遮住人、物和思想，那是各種憤怒和各種派系的陰影。一切被匆忙遏制的東西，又開始都蠢蠢欲動，開始活躍了。這種詭辯和真理混雜的空氣，令人窒息，使誠實人的良心有時不得不喘息一下。社會惶惶不安，人心浮動，好似暴風雨前的樹葉。電壓極強，有時不知什麼人，一個閃光，突然顯現一下，繼而又一片昏黑。隆隆的悶雷聲不時傳來，可以判斷出烏雲中飽蓄了雷電。

七月革命剛剛過去二十個月，一八三二年開始，形勢便一觸即發。人民生活在水深火熱之中，勞動者沒有麵包，最後一個孔代親王命赴黃泉[20]，布魯塞爾驅逐了拿騷家族[21]，就像巴黎趕走了波旁家族一樣，比利時原本要奉一位法蘭西王公為君主，最終還是交給了一位英格蘭王公，尼古拉統治的俄羅斯對此恨之入骨，我們身後還站著兩個南方魔鬼：西班牙的斐迪南[22]和葡萄牙的米蓋爾。此時義大利發生地震，梅特涅將手伸向博洛尼亞[23]，法蘭西在安科納粗暴地對待奧地利，北方傳來將波蘭釘入棺木的釘子聲，整個歐洲都怒目窺視著法蘭西。靠不住的盟友英格蘭，隨時準備推波助瀾，趁火打劫，貴族院用貝卡里亞當作擋箭牌，拒絕向法律交出四顆人頭，百合花圖案從國王的駕車上刮掉了，十字架也從聖母院被強行取走，拉法耶特[24]物化了，拉斐特破產了，邦雅曼·貢斯當[25]餓死了，凱西米爾·佩里埃[26]累死了，王國的思想都市和勞動都市，雙雙生病，一個生了政治病，一個生了社會病。巴黎發生內戰，里昂發生奴役戰，兩座城市都像熔爐，冒出同樣的火光，百姓額頭上顯現火山爆發前的紫光，南部狂熱，西部混亂，德·貝里公爵夫人[27]去了旺岱地區。陰謀、謀反、起義、霍亂，這一切又在紛爭的思潮中增添了種種詭譎的事變。

五·歷史經歷而又無視的事實

Faits d'où l'histoire sort et que l'histoire ignore

將近四月底時，整個局勢惡化了。從醞釀轉變為沸騰。一八三〇年起，發生過幾次零星的局部小暴動，都被迅速鎮壓下去，但是壓而復起，因為這是暗流大匯合的信號，醞釀一場社會動亂。這一場可能爆發的革命，雖然輪廓還不清晰，但已經隱約可見了。法蘭西注視著巴黎，巴黎關注著聖安東尼區。

聖安東尼區匯聚的火很旺，眼看就要沸騰起來了。

夏龍街上那些酒館的氣氛，可以說又嚴肅、又激情，盡管連用這兩個詞來形容酒館顯得有些怪。

在那些酒館裡，政府根本不被放在眼裡，大家公開討論：「究竟是大幹一場？還是老實待著？」這類的問題。在店鋪後廳，有人組織工人宣誓：「一聽見警報的鈴響，立刻上街、投入戰鬥，不管有多少敵人。」宣誓完了，坐在酒店角落的一個男人「嗓門洪亮」地說道：「你理解啦！你宣誓啦！」有時還得上二樓，到一個房門緊閉的房間，那裡有近似祕密組織的場景，讓新加入

⑳·孔代是波旁家族的支系，一八三〇年，最後一個孔代親王被吊死在郊野。

㉑·拿騷家族：十二世紀前，在拿騷附近建立領地的家族，其孫曾為德意志王、荷蘭國王等，為顯赫家族。

㉒·斐迪南七世（一七八四—一八三三）：西班牙國王（一八〇八—一八三三年在位）。

㉓·博洛尼亞和安科納都是義大利的地區。

㉔·拉法耶特（一七五七—一八三四）：一八三〇年為國民衛隊司令，倒向革命，成為七月王朝的創始人之一，但很快就跟路易·菲力浦分道揚鑣。

㉕·邦雅曼·貢斯當（一七六七—一八三〇）：法國政治家、作家。

㉖·凱西米爾·佩里埃（一七七七—一八三二）：法國銀行家、政治家。一八三一年任內閣總理，鎮壓了巴黎和里昂人民起義，幫助比利時驅逐拿騷，出兵安科納阻擊奧地利遠征軍。

㉗·德·貝里公爵夫人（一七九八—一八七〇）：一八三二年在旺岱鼓動起事反對路易·菲力浦未遂。

的人宣誓：「對待組織，要像對待家長那樣地效力。」這是一個公式。

在樓下餐廳，大家閱讀「顛覆性」的小冊子。「他們抨擊政府」，當時一份密報上面是這樣說的。

在那裡常能聽見這樣的話：「我不知道頭兒的名字。我們這些人，只能提前兩小時知道行動的日期。」一名工人說：「我們有三百人，每人就算出十蘇錢，也能湊一百五十法郎用來製造子彈火藥。」另一名工人說：「我不要求半年，兩個月也不要，兩週之內，我們就能跟政府分庭抗禮了。有兩萬五千人，就可以跟政府較量較量了。」還有一名工人說：「我覺都不睡了，要連夜趕製子彈。」有時，一些「衣著漂亮的紳士打扮」的人走來，「裝腔作勢」，擺出一副「指揮」的樣子，跟「最重要的人物」握握手，隨即又走掉，這樣子的逗留從來不會超過十分鐘。大家低聲交談，說出來的話都意味深長：「密謀萬事俱備，這回盼到頭了。」引用當時一個在場人士的話語：「那裡所有人議論紛紛，全都這麼講。」酒館裡面群情激昂到了極點，甚至有一天，一名工人朝著滿店的顧客嚷道：「我們沒有武器！」他的一個同夥回答：「士兵那裡有啊！」這話頗為滑稽，無意中模仿了波拿巴〈告義大利軍團書〉。還有一份報告補充說明：「他們如果有更祕密的事情，就不在那裡傳遞了。」旁人聽了他們說的話，還不太明白話裡隱藏著什麼。

那些聚會往往是定期的。有些聚會從不超過八個到十個人，而且總是原來那幾個。另外一些集會則是隨便參加，大廳裡人太多，不得不站著，來的人有些是出於滿腔激情和狂熱，有些是下班後路過。革命時期，酒館裡有些愛國婦女，她們擁抱著新來參加集會的人。

還有一些生動的事例。一個人進了一家酒館，喝完酒說了一句：「酒家，不管欠多少賬，革命會付的。」

在夏龍街對面的一家酒館，大家還推選了革命委員，鴨舌帽就當投票箱。

有些工人去科特街一位劍術師家聚會，那位劍術師收徒傳藝，廳裡陳列各式各樣的武器：木劍、棍棒、花劍。有一天，他們脫下套子試花劍，後來有個工人提起：「我們是二十五人，但他們把我看成笨蛋，不能指望他們。」那個笨蛋，就是後來的凱尼賽。

隨意醞釀的事情，不知怎麼的就漸漸傳得越來越神乎其神。一個打掃門口的女人對另一個女人說：「他們早就拚命趕製槍彈了。」大街上便能看見通告各省革命衛隊的宣言。有一份呼籲書上簽名是：「酒商，布林托。」

有一天，在勒努瓦市場一家酒店門前，一個留落腮鬍子的漢子登上街角石，操著義大利口音，宣讀一份似乎由祕密權力發布的奇特文告。一群群人圍住他，給他鼓掌。有人搜集記錄了最激動人心的片段：「我們的學說受到阻礙，我們的公告被撕毀，我們張貼公告的人受到監視，被送進監獄……」「棉布市場的混亂現象，將好多中間派推到我們這邊。」「……創造人民的未來，還要在我們這沒沒無聞的行列中進行。」「態度要明確：行動還是反動，革命還是反革命。要知道，在我們這個時代，再也不相信有什麼無為狀態或停滯狀態。擁護還是反對人民，問題就在這裡。沒有別的問題了。」「……等到有一天，當我們不再合乎你們的要求後，那就把我擊垮，不過，在那之前，大家還是要幫助我們向前進。」這些話，全是在街頭上、光天化日之下講的。

還有一些事例更為大膽，惟其太膽大，反而引起民眾的戒心，一八三二年四月四日，有一個行人登上了聖瑪格麗特街的街角石，嚷道：「我是巴貝夫主義者！」然而，民眾從巴貝夫的字眼中嗅出吉斯凱[28]的氣味。

那人說了一大堆話，其中有這麼一段：

「打倒私有制！左派反對這一點，又卑鄙、又口是心非。他們要表現自己正確的時候，就宣揚革命。他們怕被打倒的時候，就自稱是民主派；不想戰鬥的時候，又搖身一變為保王黨。共和主義者都是帶羽毛的動物。你們要當心共和派，勞動者公民。」

[28]・吉斯凱：一八三一年至一八三六年任警察局長。

「閉嘴，密探公民！」一名工人喝道。

這一聲喝斷了那人的演講。

還發生一些頗為神祕的情況。

傍黑的時候，在運河附近，一名工人跟「一個穿戴講究的人」相遇。那人問道：「你去哪兒，公民？」「先生，」工人回答，「我沒有這份榮幸認識您。」「可我認識你，」那人又說，「不要怕，我是委員會委員。有人懷疑你靠不住。你也知道，你要是走漏消息，別人就會盯住你。」說罷，他跟工人握了握手，分開時說了一句：「很快我們就會再見面。」

警察不僅在酒館，而且在街上偷聽，搜集一些奇特的對話：

「你快點讓人吸收進去吧。」一名紡織工對木器工說。

「為什麼？」

「要開火啦！」

兩個衣衫襤褸的行人，講了這樣幾句明顯富有雅各賓黨㉙意味的精采話：

「誰統治我們？」

「菲力浦先生。」

「不對，是資產階級。」

這裡使用「雅各賓黨意味」的字眼，誰若是認為含有貶義，那就錯了。雅克當時是窮人。而餓肚子的人是有權利行動的。

還有一次，有兩個人走過，只聽一個對另一個人說：「我們有一個巧妙的進攻計畫。」

寶座城關圓盤道的一個土坑裡，蹲著四個人密謀，有人只聽見這麼一句：「要想想辦法，再也不要讓他在巴黎散步了。」

「他」，誰呀？這費解的話殺氣騰騰。

城郊街區常說的「主要頭頭」避開這類聚會。據說，他們常在聖厄斯塔什角附近一家酒館相聚，商討問題。一個叫歐格的人，是蒙德圖爾街縫紉互助社社長，他似乎是主要聯絡員，來往於那些頭頭和聖安東尼區之間。然而，那些頭頭卻總是非常隱蔽，後來一個被告在元老院受審時，沒有任何明確的事實能駁倒這句回答得特別傲慢的口氣：

「你們的首領是誰？」

「首領，一個我也不認識，一個我也認不出來。」

這些還不過是聽似明白、實則模糊的片言隻語，也有些空泛之論、道聽塗說。此外，還有一些蛛絲馬跡。

一名木工在勒伊街建房工地周圍釘木柵欄時，拾到撕毀信件的一個殘片，只見上面寫有這樣幾行字：

……委員會應立即採取措施，阻止派別組織從各分部招募成員。……

還有附言：

我們獲悉，城郊魚市街乙五號有個武器商人，庭院裡存放五六千件武器，而我們分部卻手無寸鐵。

在相隔幾步遠的地方，那木工又拾到一張紙片，看了更為驚奇，便給同伴們看；那也是撕毀的紙片，上面的文字更是意味深長，這種奇特的材料有歷史價值，不妨原樣複製出來：

㉙．雅各賓黨：一三五八年法國農民大起義。

QCDE這個名單熟記心中，然後撕毀。接納人員，一旦接受了他們傳達指示，也應照此處理。

兄弟般地敬禮

L.

u og afe

拾到這張祕密表格的人，後來才弄清那四個大寫字母的含義：Q為五人隊長，C為百人隊長，D為十人隊長，E為偵察隊。u og afe這些字母則表示日期，為一八三一年四月十五日。每個大寫字母的下面，都登記了姓名及其特殊的說明。例如，Q．巴納雷爾。步槍八支，子彈八十三發。人可靠。C．布比埃爾。手槍一支，子彈四十發。D．羅萊。花劍一把、手槍一支、火藥一斤。E．泰西埃。戰刀一把、子彈盒一個。準時。特雷爾。步槍八支，勇敢，等等。

那個木工在同一工地還撿到第三張紙，紙上用鉛筆十分清楚地列出這樣奇妙的單子：

團結。勃朗夏爾。枯樹。六。

巴拉。蘇瓦茲。伯爵廳。

柯丘斯科。歐伯里居夫？

J．J．R。

加伊烏斯．格拉庫斯。

審核權。杜峰。富爾。

吉倫特黨垮臺。德爾巴克。莫布埃。

華盛頓。潘松。手槍一支、子彈八十六發。

馬賽曲。

人民主權。蜜雪兒。幹崗普瓦。戰刀。

奧什。

馬爾索。柏拉圖。枯樹。

華沙。梯利，《人民報》報販。

保存這張單子的那個老實的市民，本來知道其中的含義。這似乎是人權社第四區各分部的總名單，標明分部首領的姓名和住址。所有這些湮沒了的事實，如今完全成為歷史了，不妨公布出來。要說明一點，人權社成立的日期，似乎在發現這張單子之後。也許這只是一份草稿。

當然，在那些道聽塗說之後，在發現那些字跡之後，有些行跡也開始顯露出來了。

在波班庫爾街一家舊貨店裡，從五斗櫃的抽屜裡，搜出七張灰色紙，都同樣疊成四折，下面壓著同樣灰紙裁成的二十六張四方塊，並捲成彈殼的形狀，另外還有一張卡片，上面寫著：

硝石十二兩。

硫黃二兩。

炭二兩五。

水二兩。

調查報告還指出，抽屜散發刺鼻的火藥味。

一名瓦工下班回家，將一個小包遺失在奧斯特里茲橋旁邊的長椅上，小包被人撿到送交警衛所，打開一看，裡面有拉奧傑爾署名的兩份印刷對話錄、一首〈工人們，組織起來〉的歌曲，還有一個裝滿子彈的白鐵盒。

一名工人讓一起喝酒的夥伴摸摸他身上有多熱，那夥伴就摸到他外套裡層別著一把手槍。

拉雪茲神父公墓和寶座城關之間的那條大道，有一段最為僻靜無人，一群孩子就在那路邊溝裡嬉戲，在一堆刨花和垃圾下面，發現一個口袋，只見裡面裝著一個子彈模子、一個做子彈殼的木芯棒、一隻還剩有獵槍火藥末的木碗，以及一口小生鐵鍋，鍋裡明顯有化鉛水的痕跡。

凌晨五點鐘，幾名警察突然衝進一個叫帕爾東的人家裡，碰見他站在床邊，手裡拿著幾個製作中的子彈殼，那人後來參加了梅里街壘國民衛隊，在一八三四年四月起義中犧牲了。

工人快休息的時候，看見皮克普斯城關和夏朗東城關之間有兩個人，他們到門前有暹羅遊戲柱的一家酒館附近，在兩堵牆中間的巡邏小道上碰頭。其中一個從罩衣裡面掏出一支手槍，要交給另外一個人，在易手的當下他發現，胸口的汗氣將火藥弄潮了，就試了試打火，又往藥池裡添了點火藥。然後，那二人就分手了。

一個叫加萊的人，常誇口他家有七百發子彈和二十四粒火石，後來在四月事件中，他在博堡街喪命。

有一天，政府得到情報，城郊區剛剛分發了武器和二十萬發子彈。過了一週又分發了三萬發子彈。值得注意的是，警察未能破獲，連一發子彈也沒有搜出來。一封被截獲的信上說：「日子不遠了，八萬愛國者四小時之內就會全都拿起武器。」

醞釀起事的活動全部公開，卻幾乎可以說是平靜地進行。即將舉事，卻當著政府的面，從容不迫地醞釀一場風暴。這場危機雖然潛行待發，但已顯露出徵兆，可以說無奇不有。市民坦然地問工人準備的情況。有人就這樣問：「暴動怎麼樣啦？」那口氣就像是在說：「尊夫人怎麼樣？」

莫羅街一個家具店老闆問道：「喂，你們什麼時候進攻啊？」

另一家店鋪老闆說道：

「很快就要進攻了。這情況我知道。一個月前，你們還是一萬五千人，現在就有兩萬人。」他獻出自己的步槍，一位鄰居有支小手槍，本想賣七法郎，也獻出去了。

總之，革命情緒高漲，無論巴黎還是全法國，沒有一處例外。大動脈處處跳動，正如人體癌症生成薄膜那樣，祕密組織的網絡開始向全國各地伸延。從又公開、又祕密的人民之友社產生出來的人權社，在它一份議事日程上注明這樣的日期：「共和四十年雨月。」人權社不顧重罪、法庭勒令解散的判決，仍然繼續活動，並給各分部取了意味深長的名稱，諸如：

長矛。

警鐘。

警炮。

弗里吉亞帽。

一月二十一日[30]。

窮鬼。

流浪漢。

前進。

羅伯斯庇爾。

水平儀。

沒問題[31]。

人權社中又生成了行動社，那是激進分子，脫離出來跑到前面去。還有一些社團極力從大型母社團中拉人。那些成員抱怨著被人四下拉來拉去。例如，高盧社和市鎮組織委員會。又如，爭取新聞自由會、爭取個人自由會、爭取人民教育會、反對間接稅會。還工人平等社，內部分為平

[30]．一七九三年一月二十一日，法國國王路易十六被判處死刑。

[31]．〈沒問題〉是法國一七八九年革命時期的一首歌曲。

等派、共產派、改革派等各派。還有巴士底軍，是一種按照軍事編制的隊伍，四人由下士率領，十人由中士率領，二十人由少尉率領，四十人由中尉率領，內部相識的從來不超過五個人。這是一種謹慎和大膽相結合的產物，似乎帶有威尼斯才華的特色。為首的中央委員會有兩條左右臂膀：行動社和巴士底軍。正統派有一個團體，名為忠心騎士團，它在共和派這些組織之間活動，後來被揭穿且被驅逐了。

巴黎社團在各大城市建立了分部。里昂、南特、里爾和馬賽，都有人權社、燒炭黨、自由人會。艾克斯有一個革命社團，名叫庫古爾德會，這在前面我們已經提過。

在巴黎城郊，馬爾索區鬧騰的程度，不亞於聖安東尼區，而學校熱情的程度，也不亞於城郊各區。聖雅三特街的一家咖啡館、馬圖蘭．聖雅克街的七球臺酒店，是大學生們的聯絡地點。ABC朋友會跟昂熱城的互助社，以及艾克斯城的庫克爾德會結盟。前面我們見過，朋友會的人常在穆贊咖啡館聚會，這些年輕人也時常去蒙德圖爾街附近，在一家名叫科林斯的酒樓相聚。那類聚會是祕密進行的，另一些聚會卻是盡量公開，從後來一次審訊紀錄的片段，也可以判斷出他們是多麼大膽：「那次會議在哪裡舉行的？」「在和平街。」「在誰家裡？」「在大街上。」「幾個分部參加？」「只有一個分部。」「哪一個？」「手工分部。」「誰是頭兒？」「我。」「你太年輕了，一個人作不出向政府進攻的決定。你是聽命於誰的指令？」「中央委員會。」

軍隊和民眾一樣從內部被挖空了，貝爾福、呂內維爾和埃皮納勒等地後來發生的運動，都證實了這一點。人們對五十二團、五團、八團、三十八團和第二十輕騎團特別寄予希望。在勃艮第地區和南方城市中，都植了「自由樹」，即給旗杆戴上一頂革命紅帽。

形勢就是這樣。

一開始我們就說過，聖安東尼區民眾的情緒，比其他任何區都更激烈，也使這種形勢更為敏感和緊張。這是病痛癥結所在。

這個老區居民稠密得像個螞蟻窩，勤勞、勇敢而憤怒又像一窩蜂，在躁動中等待和盼望一次大動盪，一片擾攘囂囂，但是沒有停止勞作。這種又活躍、又沉鬱的面貌，什麼言語也無法描摹出來。這個區閣樓的屋頂下，隱藏著多少辛酸和苦難，同時也掩蓋著多少火熱而罕見的聰明才智。當苦難和聰明才智達到極點，兩極一旦相遇，情況就尤為危險了。

聖安東尼區的騷動還有其他原因，跟政治大動盪相關的商業危機、企業倒閉、罷工、失業等，都要在這裡產生回響。革命時期，窮困同時為因果，窮困的打擊往往返回自身。這些百姓，身上滿是高傲的品德，潛伏的熱力能達到最高點，隨時準備拿起武器，他們憤怒，深沉，彷彿裝滿了炸藥，只待落下一點火星，就會突然爆炸。每逢星星之火讓事變之風吹拂著，飄浮在天邊時，人們就不由得想到聖安東尼區，這個充滿苦難和思潮的火藥庫，想到是什麼鬼使神差，將它置於巴黎的大門口。

聖安東尼區那些酒館，前面已經多次描述過它們在歷史上的不朽地位。在動盪的歲月中，人們去那裡不僅暢飲，更要暢談。那裡流動著預見的精神和未來的氣息，既能激盪人心，又可提高人的膽識。聖安東尼區的酒館，好似阿文蒂諾山上的酒家：那些酒家建在女巫洞穴上面，據說可與靈氣暗暗相通，那裡的餐桌幾乎全是三條腿，人們飲用恩尼烏斯[32]所稱的預言女巫酒。

聖安東尼區是一座積蓄民眾的水庫，革命的震動一旦造成裂縫，民眾的主權便流出來。這種主權可能有害，也可像任何主權那樣會出差錯。然而，它即使偏離正道，仍不失其偉大之處，可以比喻為獨眼巨神安根斯[33]。

在一七九三年，從聖安東尼區時而開出野蠻的軍團、時而開出英雄的部隊，這要視當時的思潮是好是壞，當日是狂熱，還是熱忱而定。

使用「野蠻」一詞的原因，在這裡說明一下。在破天荒的革命大混亂的日子裡，這些人毛髮

㉜．恩尼烏斯（西元前二三九—前一六九）：拉丁文詩人。
㉝．安根斯：出自維吉爾的長詩《伊尼德》，原意為「巨大的」，形容可怕的魔怪，即指獨眼巨神波呂斐摩斯。

倒豎，衣衫襤褸，揚起鐵錘，高舉長矛，一個個兇相畢露，吶喊著衝向魂飛魄散的老巴黎，他們要幹什麼呢？他們要結束壓迫，結束暴政，結束戰爭，他們要求男人有工作，兒童受教育，婦女有社會溫暖，要求自由、平等、博愛，要求人人有麵包，人人有思想，要建構為人間天堂，要進步。他們忍無可忍，怒不可遏，半裸著身子，手持棍棒，大吼大叫，要爭取的就是這種神聖、美好而甜蜜的東西：進步。不錯，他們是野蠻人，然而卻是文明的野蠻人。

他們怒氣沖天的宣示人權，不惜一切也要引起驚悚和恐怖，也要逼使人類能登上天堂。他們貌似蠻人，實則是人類的救星。他們戴著黑夜的面具來要求光明。

我們承認，這些人看樣子又粗野、又兇惡，然而是為了爭取善而粗野兇惡的。比起這些人來，還有另一類人，他們總是笑容滿面，渾身錦衣繡服，金飾彩綬，珠光寶氣，腳上穿著絲織襪，頭上插著白羽毛，還戴著黃手套，皮鞋油光水亮，手臂支在大理石壁爐旁的絲絨罩桌子上，溫文爾雅地堅持維護和保存過去的東西：中世紀、神權、宗教狂熱、愚昧、奴隸制、死刑、戰爭，他們慢聲細語而又彬彬有禮地頌揚戰刀、火刑柴堆和斷頭臺。至於我們，在這些文明的野蠻人和野蠻的文明人之間，假如一定要作出選擇的話，那麼我們寧願選擇野蠻人。

不過，謝天謝地，還有別種選擇的可能性。無論向前還是向後，都不必從陡峭岩壁上跳下去。既不要專制主義，也不要恐怖主義，我們需要的是緩坡的進步。

上帝提供了。有一條緩緩的坡路，這就是上帝的全部政策。

六・安灼拉及其副手

Enjolras et ses lieutenants

靠近這個時期時，安灼拉為了應付可能發生的事變，開始暗中清理隊伍了。全體成員在穆贊咖啡館祕密聚會。

安灼拉發言時，用了一些玄妙的，但有深意的隱喻。他說道：

「現在應當摸清局勢如何，什麼人才靠得住。若是需要戰士，就必須培養，擁有打擊的力量，才能有備無患。行人在路上看見牛時，總會比看不見牛的時候，有更多被牛角頂到的機會。因此，我們必須清點牛群的數目，算算總共有多少？這件事不能留到明天才去做。革命者任何時候都要學會分秒必爭：進步，絕不能拖延時間。我們要會應付意外情況，免得屆時措手不及。現在就必須檢查一下，看看我們縫製工作是否扎實。這件事，今天就必須完成。庫費拉克，你去看看綜合工科學院的學生，現在是他們的假日。今天是星期三，弗伊，對不對？你去看看冰庫的人，公白飛已經答應去皮克普斯。那裡有好大一股力量可以動員。巴奧雷去查看吊刑台。普魯維爾，那些泥瓦匠情緒有點冷了，你去格雷奈勒．聖奧諾雷街，把那裡共濟會支部的情況帶回來。若李，你到杜普伊特朗醫院去一趟，摸清楚醫學校的動態。博須埃到法院那邊轉轉，跟那些見習生聊一聊。我呢，負責庫古爾德。」

「全都安排妥當了。」庫費拉克說道。

「不妥。」

「還有什麼事？」

「一件非常重要的事。」

「什麼事？」公白飛問道。

「曼恩城關。」安灼拉答道。

安灼拉停了一下，彷彿凝思，然後又說道：

「曼恩城關那裡，大理石匠、油漆匠、雕刻場的粗坯工，是個情緒很高漲的大家庭，但往往忽冷忽熱。不知道他們近來怎麼了，好像把心思轉到別的事情上了，好像心灰意冷，只知道在骨牌桌上消磨時間。趕緊去跟他們談談，口氣要堅決。他們常常在里什弗店聚會，從中午到一點，在那能見到他們。必須讓那堆火灰吹吹風了。這件事，我本來打算讓馬呂斯去做，他那人還是不錯的，但就是魂不守舍，而且也不來了。我得有個人去曼恩城關，但現在派不出人了。」

「還有我呢？」格朗太爾說道，「有我在呀。」

「你呀？」

「我呀。」

「就你，去教導共和黨人！就你，以主義的名義去溫暖冷卻的心！」

「有何不可？」

「你還能幹點正事嗎？」

「這點兒雄心，我多多少少還有吧。」格朗太爾答道。

「你一點信仰也沒有。」

「我信仰你呀。」

「格朗太爾，你能幫我個忙嗎？」

「幹什麼都行，幫你擦皮鞋也幹。」

「那好，別摻和我們的事，去喝你的苦艾酒吧。」

「你真沒良心，安灼拉。」

「你這個人，能適合派往曼恩城關？你能勝任？」

「我能到砂岩街，穿過聖蜜雪兒廣場，從親王街斜插過去，取道伏吉拉爾街，過了加爾默羅會修道院，拐進阿薩街，到尋午街，把軍事法庭拋在後面，大步走過老瓦窯街，踏上大道，沿著曼恩大道，再過城關，就走進里什弗店。這一趟路我能勝任。我的鞋也能勝任。」

「里什弗店那裡的同伴，你多少還熟悉吧？」

「不太熟。我們只是以你我相稱罷了。」

「那你打算跟他們談什麼呢？」

「這還用問，跟他們談羅伯斯庇爾，談丹東，談主義原則。」

「就你？」

「就我呀。真的，你對我也太不公道了。我一旦動手，那可不得了。我讀過《普呂多姆》[34]。我瞭解《社會契約》，還能背出《共和二年》這部憲法。『公民自由終止，便是另一個公民自由的起始。』怎麼，你把我當成蠻人啦？我的抽屜裡還有一張舊國家證券呢。人權、人民主權，活見鬼！我甚至帶點埃貝爾派[35]的色彩。我手裡拿著表，講上六個鐘頭，能說得天花亂墜。」

「正經點。」安灼拉說道。

「都把我說急了。」格朗太爾答道。

安灼拉斟酌了幾秒鐘，像作出決定那樣打了個手勢。

「格朗太爾，」他鄭重其事地說，「我同意讓你試一試。你到曼恩城關走一趟吧。」

格朗太爾就住在穆贊咖啡館旁邊，是帶有家具的出租公寓。他出去五分鐘就回來了，回家換上了羅伯斯庇爾式的外套。

「紅色。」他走進來，眼睛盯著安灼拉說道。

接著，他一隻有力的手掌，一下將猩紅外套的兩個角按在胸上。

他走上前，對著安灼拉的耳朵說：「放心吧。」

他毅然決然，帽子往頭上一扣就走了。

過了一刻鐘，穆贊咖啡館後廳人就走空了。ＡＢＣ朋友會分頭去執行任務。安灼拉將庫古爾德留給自己，最後一個離開。

艾克斯的庫古爾德會在巴黎的成員，常在伊西平原一處廢棄的採石場聚會，巴黎那一帶有不少那類廢棄的採石場。

[34]．法國作家、漫畫家亨利．莫尼埃（一七九九—一八七七）塑造出來庸俗小市民的典型。
[35]．埃貝爾派：法國一七八九年革命雅各賓黨的左翼。

安灼拉前往那個聚會地點，邊走邊回想整個形勢。事態顯然很嚴重。那些事件，潛伏期的社會病所呈現的症狀，笨重地移動，稍有併發症就會受阻而紊亂。這就是紛紛崩潰和紛紛再生的現象。安灼拉展望未來，隱約看見黑幕腳下拱起一點微光。誰說得準呢？時機也許快到了。人民要重新獲得權利，多麼美好的景象！革命要再度莊嚴地掌握法蘭西，並向世界宣布？看看明天的吧！安灼拉越想越高興。心底的火苗旺了起來。就在這個時刻，他的幾個朋友帶著革命的火藥分赴巴黎各處，算來有公白飛的透闢的哲學雄辯、弗伊的世界主義的熱忱、庫費拉克的激情、巴奧雷的歡笑、若望·普魯維爾的憂鬱、若李的才能、博須埃的嘲諷。這一切，在他頭腦裡構成一種火花，能在各處同時點燃，成為大火。全體出動，大家努力，肯定會有成效，情況很好。他不免又想起格朗太爾，心中暗道：「對了，走到曼恩城關也不算太遠，何不往里什弗店走一趟呢？去看看格朗太爾在幹什麼，事情辦得如何。」

伏吉拉爾鐘樓敲一點鐘時，安灼拉到達里什弗菸店，推門進去，叉起雙臂，讓兩個門扇反彈到他肩上，他掃視著煙霧籠罩、擠滿餐桌和人群的大廳。

煙霧中響起一個人的聲音，又突然被另一個人的聲音打斷。那是格朗太爾跟他的對手正在交鋒。

格朗太爾和另一張臉孔同桌，面對面地坐著，聖安娜大理石面桌上有麩皮麵包渣兒和骨牌，格朗太爾敲著大理石桌面，安灼拉聽到如下對話：

「雙六。」

「四點。」

「豬！我全光了。」

「你死了。兩點。」

「六點。」

「三點。」

「老么。」

「該我出牌。」

「四點。」

「難辦。」

「該你了。」

「我出了個大錯。」

「你還不賴。」

「十五點。」

「再加七點。」

「這樣我就二十二點了。（若有所思）二十二點！」

「這雙六出乎你意料。一開頭我若是就打這張牌，這一局就完全不同了。」

「還是兩點。」

「老么。」

「老么！那好，五點。」

「光了。」

「剛才是你出的牌，對吧？」

「對。」

「白點。」

「他運氣真好！嘿！你還有一次機會！（沉思半晌）兩點。」

「老么。」

「五點不成，老么也不成。你麻煩了。」

「贏了。」

「活見鬼！」

第二卷：愛波妮
Éponine

一・雲雀場
Le Champ de l'Alouette

馬呂斯將那次謀財害命的線索告訴了沙威，還目擊了出乎意料的結局。可是等沙威一離開破屋，將俘獲的罪犯押上三輛馬車時，他自己也從老屋溜走了。當時剛到晚上九點鐘，馬呂斯去找庫費拉克。庫費拉克已不是拉丁區堅定的居民了，有鑒於「政治原因」，他早就搬到玻璃廠街，那是當時容易發生暴動的一個街區。馬呂斯對庫費拉克說：「我到你這兒來過夜。」庫費拉克將床上兩條褥墊抽出一條，鋪到地上，說道：「就睡在這兒吧。」

第二天一大早，剛過七點鐘，馬呂斯就返回老屋，向布貢媽付了房錢，雇來一輛手推車，將他的書籍、床、桌子、五斗櫃和兩把椅子全裝上車，沒有留下新住址就離去，等沙威上午再來向馬呂斯瞭解昨晚的情況，就只見到布貢媽，只得到她一聲回答：「搬走啦！」

布貢媽深信，馬呂斯跟昨晚抓住的那些強盜一定有些牽連，她去找本街的那些看門女人，嚷道：「誰料得到呢？一個小夥子，看上去還像個大姑娘呢！」

馬呂斯匆匆搬走，有兩個原因。首先，他在那裡看到了作惡的窮人，也許比為富不仁還可憎的一種社會醜惡。看到這種無比可恨、無比兇殘的醜惡，在他眼前全程展示，因此，他現在十分憎惡那間老屋。其次，他不想捲入任何訴訟裡，否則就很可能被迫出庭作證，這不利於德納第。

沙威沒有記住這個年輕人的姓名，認為他怕事所以避開了，抑或在那些人作案時，他根本沒有回過家。不過，沙威還是設法尋找，但始終未能找到。

一個月過去，接著又過了一個月。馬呂斯一直住在庫費拉克那裡。他從常去法院接待室的一名見習律師那裡得知，德納第被關進了監獄。每星期一，馬呂斯都去費爾斯監獄管理處，託人將五法郎轉交給德納第。

馬呂斯沒錢了，每次都向庫費拉克借五法郎。有生以來，他這是頭一次向人借錢，這定期的五法郎，對出錢的庫費拉克和收錢的德納第雙方都是個謎。庫費拉克常琢磨：「這錢是給誰的呢？」德納第也常納悶：「這錢是誰給的呢？」

而馬呂斯則十分傷心。眼前重新一片黑暗，什麼也看不見了，他的生活又重新陷入這片迷霧中，他只好彷徨摸索著。不久前，他所愛的那位年輕姑娘、約莫是她父親的那位老人，在這世上他惟一關心並寄予希望的兩個陌生人，從黑暗中倏忽再現一下，而且近在眼前，他正以為要抓住他們的時候，一陣風又將兩個身影吹走了。甚至這次驚心動魄的衝突，也沒有迸發出一點能照亮真情實況的火星。根本無法推測。連他原以為知道的名字，現在也跟他所想的完全不同了。可以肯定她不叫烏蘇拉，雲雀也只是個綽號。又該怎麼看待那位老人呢？難道他真的是躲避警察嗎？馬呂斯腦海裡又浮現他在殘廢軍人院附近碰見的白髮工人，現在想來，那工人和白先生可能就是一個人。難道他喬裝打扮嗎？這人，既有大義凜然的一面，又有曖昧可疑的一面。為什麼他不呼救呢？為什麼他逃跑了呢？他究竟是不是那姑娘的父親？說到底，他真的是德納第以為認出來的那個人嗎？德納第也有可能認錯了，這麼多疑問找不到答案。然而這一切，卻絲毫無損於盧森堡公園那姑娘天使般的魅力。真是柔腸百轉，馬呂斯心中一片癡情，眼前卻一片黑暗。他被一股力量推著，牽拉，卻又無法移動。除了愛情，一切都化為泡影，即使愛情本身，對他來說也喪失了能激發本能反應和靈悟的動力。愛情這種火焰，通常能燃燒我們的心，多少照亮我們的眼睛，往外射出一點有益的光芒。可是，就連癡情這種暗中的導引，馬呂斯也聽不見了。他從來沒有這樣盤算過：我去那兒看看怎麼樣？我這麼試試怎麼樣？他不能再稱為烏蘇拉的那個姑娘，顯然還住在什麼地方，但是他卻毫無線索，馬呂斯不知往哪去尋找。現在，他的全部生活可以概括為一句話：在茫茫迷霧中完全無所適從。重新找到她，他始終這麼渴望著，卻不抱這種希望了。

更糟的是，貧困又來了。這股寒氣，他感到逼近了，從身後襲來。他沉浸在憂思苦惱中，長時間中斷工作，而中斷工作比什麼都危險：喪失一種習慣。習慣，喪失容易、恢復難。

一定程度的幻想是有益處的，如同適量的麻醉劑，能夠抑制活動中的神智興奮，乃至於過度興奮，讓頭腦產生一種輕柔舒爽的霧氣，用以抹平純理念的過於分明的輪廓，填補各處的空隙和裂縫，將各個部分彌合起來，抹掉思想的稜角。然而，幻想過分就會沉溺。腦力工作者，讓整個腦子沉溺於幻想中就糟啦！他認為沉下去還容易浮上來，心想歸根究柢，這兩者是一碼事。實在大錯特錯！

思想是智慧的活動，幻想是欲念的活動。用幻想取代思想，無異於將毒物當成食物。

我們記得，馬呂斯就是從這一點開始的。愛情一產生便開始狂熱，將他推入沒有目標又無底的幻想中。現在他出門，只是為了去胡思亂想，滋生懶惰，喧鬧而停滯的深淵。工作減少，需求則增加，這是一種規律，人處於夢想的狀態，自然無所顧忌而又怠惰，精神鬆弛，就承受不了緊張的生活。這種生活方式好壞參半，委靡不振固然有害，慷慨大度卻有益於健康。不過，窮人徒然慷慨而高尚，如不勞動就注定完蛋。生活來源枯竭，而需求卻不斷地湧現。

這是災難的斜坡，即使最誠實、最堅定的人，也會像最邪惡、最軟弱的人一樣地滑下去，直直地跌進兩個深坑當中的一個：自殺或者犯罪。

一個人經常出門去胡思亂想，總有一天出門後會去投河。

想入非非，就會步上艾斯庫斯和利勃拉①的後塵。

馬呂斯眼睛盯著那個看不見的姑娘，順著這斜坡慢慢地滑下去。我們這樣描述：看似怪異，實則千真萬確。思念一個不在眼前的人，就會在內心一片漆黑中點燃光亮，那人越無蹤影，就越放射光芒，黯暗而絕望的靈魂，能望見那天邊的亮光：內心夜空的明星。她，就是馬呂斯的全部念頭，心中再也沒有別的事情。他隱約感到那套舊衣服沒法再穿了，那套新衣服也變成了舊衣服，襯衣破爛了，帽子破爛了，靴子也破爛了，這就是說他的生命全破爛了，他心中暗道：「臨死之前，不論如何，再見她一面也好啊！」

他只留下一個甜美的念頭，就是她愛過他，她那眼神告訴他了，她不知道他的姓名，卻瞭解他的心，而現在，她在那個地方，不管那個地方多麼神祕，也許她還愛著他呢。說不定她也在思念他，正如他思念她一樣吧？每顆愛戀的心都會經歷無法解釋的時刻，本來只有理由痛苦，卻隱隱感到一種喜悅的顫慄。馬呂斯有幾次遇到這種時刻，就不禁想道：「是她的思念傳到我這裡！」接著他又補充一句，「我的思念也許同樣傳到她那裡。」

這種幻想，雖然過後他都會搖搖頭，卻終於有一束時而類似希望的光芒射進他的靈魂。他不時提筆，尤其在最令思念者惆悵的夜晚，在只做這種用途的白紙簿上，寫下他頭腦裡灌滿愛情的最純潔、最空泛、最理想的幻夢。他稱這是「寫信給她」。

不要以為他理智混亂了。恰恰相反。他固然喪失了工作的能力，不能朝一個確定目標堅定地前進，但是他比以往更清醒，判斷更準確了。現在，馬呂斯則以冷靜而實際，又很奇特的目光，

①．艾斯庫斯和利勃拉：巴黎的兩個青年詩人。一八三一年，艾斯庫斯十八歲時，就創作兩部詩劇並演出成功。一八三二年，兩個朋友合作寫出劇本《雷蒙》，因為演出失敗就自殺了。

觀察眼前發生的事情，觀察最無關痛癢的事件和人。無論什麼事情，他都能給予中肯的評價，顯現出一個誠實而天真的人雖然消沉卻又無私的態度。他的判斷，幾乎棄絕希望，便能夠更高瞻遠矚。

他處於這種精神狀態時，任何事便都逃不過他的眼睛，什麼也騙不過他。每時每刻，他都能洞見人生、人類和命運的底蘊。一個人由上帝賦予一顆充滿愛情又飽受苦難的靈魂，即使在憂心如焚中，也還是快樂的呀！誰沒有憑藉著這兩種光照觀察過世事和人心，誰就沒有看到一點真實的東西，也就一無所知。

愛戀而痛苦的靈魂，總達到崇高的境界。

話又說回來，一天天地過去，卻沒有發現任何一點點新情況，他只是覺得當下要他穿越的黑暗空間日益縮小，分明將望見那無底深淵的邊緣。

「什麼！」他心中常常念叨著，「難道在那之前，我就不能再見她一面嗎？」

行人沿著聖雅克街上坡，從城關旁邊過去，再往左拐，走一段老內馬路，便到健康街，往前便是冰庫，離戈伯蘭小溪不遠，就會看到一片空地，那是巴黎又長、又單調的環城大道內，惟一能吸引雷斯達爾②坐下來的地方。

那地方不知怎的逸出清新的生趣，一片青草地上拉了幾根繩子，迎風晾著破衣爛衫，菜農的一座古老房舍，建於路易十三時代，大屋頂上怪模怪樣地鑽出幾個頂樓窗，木柵欄杆已經殘破，白楊樹之間有個小水塘，幾個女人，歡聲笑語。遠處望得見先賢祠、聾啞院的樹木、恩惠谷醫院那黝黑低矮、怪誕有趣的出色建築，更遠處則是聖母院鐘樓肅穆的方頂。

正因為那地方值得一看，才沒有人前往。每隔一刻鐘，難得有一輛小車或一輛大板車經過。

馬呂斯獨自漫步，有一次信步走到那裡的小水塘附近。那天，千載難逢，大道上有一個行人。那地方有幾分野趣，馬呂斯見了不禁怦然心動，便問那行人：「這地方叫什麼名字？」

那行人回答：「叫雲雀場。」

接著，他又補充一句：「就是在這裡，于爾巴克殺害了伊弗里的牧羊女。」

然而，一聽到「雲雀」這兩個字，馬呂斯就再什麼也聽不見了。有時一句話，就足以使夢幻狀態突然凝固，整個神思，驀然地聚結在一個念頭的周圍，再也感受不到別種事物了。雲雀這個名稱，在馬呂斯憂傷的內心深處，早已取代了烏蘇拉。「嘿，」他自言自語，處於癡迷狀態時往往喜歡講這種沒頭沒腦的話，「這是她的地方。我一定能在這裡找到她的住所。」

這個念頭很荒唐，但是無法抗拒。

此後，他天天去雲雀場。

二・監獄孵化中的罪惡胚胎

Formation embryonnaire des crimes dans l'incubation des prisons

沙威在戈爾博老屋彷彿大獲全勝，其實不然。

首先，這也是沙威主要憂慮的一點，他沒有俘獲那個被俘的人。那個潛逃的受害者比兇手更可疑：那個人物，既然被匪徒視為肥肉，很可能也是當局的好獵物。

其次，蒙巴納斯也逃脫了沙威的手掌。

還得另找機會抓住那個「花花公子小魔頭」。當時，蒙巴納斯遇見在大道旁樹下把風的愛波妮，就把她帶走了，他還是願意跟姑娘充當情侶，不想去跟那老爸充當好漢。算他走運，仍逍遙法外。至於愛波妮，沙威派人把她「逮捕歸案」。愛波妮被關進瑪德洛奈特監獄。跟阿茲瑪會合了。

還有，從戈爾博老屋押往費爾斯監獄的途中抓住的要犯之一——囚底，不見人影。大家弄不

②・雷斯達爾（一六二八或一六二九—一六八二）：荷蘭風景畫家。

清楚怎麼回事，警察和憲兵都莫名其妙。他化成一股青煙，從手銬裡滑出來，從車縫間流走了。馬車確實有裂縫，讓他逃脫了，但誰也無法解釋，只知道抵達監獄時，囚底不見了。這其中有魔法或者警察動了手腳。囚底能像雪團溶化在水中一樣，融化在黑夜中了嗎？這其中有沒有警察暗中配合呢？這人是不是有雙重祕密身分，既屬於混亂、又屬於秩序呢？難道他是犯法和執法兩個圈子共有的中心點嗎？這隻獅身人面獸是不是前爪插在罪惡中，後爪立在政權上呢？沙威絕不容忍這種手段，他看到這種勾結會怒髮衝冠；殊不知在他的隊伍裡，還有些警探，雖是他的下屬，也許比他更瞭解警察局的祕密，而囚底這種惡棍，很可能成為得力的警探。運用變臉術與黑暗勢力保持密切關係，匪徒一方得利，警方也受益。這些無賴，有的就是陰陽臉。不管怎麼說，囚底逃掉，再也沒有抓回來。對此沙威雖然詫異，但是更為惱火。

至於馬呂斯，「那個傻小子律師很可能怕事」，沙威沒放在心上，連他的姓名都忘了。況且，一個律師算什麼？隨時都能找得到。不過，那小子真的是律師嗎？

此案已開始預審了。

預審法官想得到點線索，認為有必要將貓老闆匪幫的人留下一個，不送進監獄。留下的人是勃呂戎，小銀行家街的那個長頭髮，他們將他放在查理大帝庭院，而監視他的人都睜大了眼睛。

勃呂戎這個名字也是費爾斯監獄的一個紀念。監獄所謂的新樓的那個醜惡不堪的院子，管理處稱之為聖貝爾納院，盜賊們則叫它做獅子院，院子有一道鏽了的舊鐵門，通往已改為牢房的原費爾斯公爵府禮拜堂，門左側聳立一堵與屋頂齊高的垣牆，布滿麻麻癩癩的斑痕，十二年前還能見到一整個堡壘圖形，是用鐵釘粗糙刻在牆石上的，下方有這樣的簽名：

勃呂戎，一八一一。

一八一一年那個勃呂戎，是一八三二年這個勃呂戎的父親。

這個勃呂戎，在戈爾博老屋作案中僅露了一面，他是個十分狡猾、十分機靈的小夥子，但是樣子又卻是癡呆、可憐巴巴的。預審法官正是看他癡呆的樣子，才放了他，認為把他關進大牢，還不如放在查理大帝院裡。

這些盜匪並不會因為落入法網就停止活動，他們絕不會為了這點小麻煩就選擇收斂。犯罪坐牢，並不妨礙他繼續犯罪。藝術家就算已經有一幅畫掛在展示廳了，也還是會在畫室裡創作下一幅新作品。

勃呂戎彷彿讓大牢嚇傻了，有時看見他在查理大帝院裡，像個白癡一樣站在小賣部窗口旁邊，眼睛盯著那塊骯髒的價目牌，從第一項「大蒜，六十二生丁」，直看到最後一項「雪茄，五生丁」。再不然，他就渾身發抖，牙齒打顫，說他發了高燒，問病房裡那二十八張病床是否有空位。

一八三二年二月下半月，人們突然發現，勃呂戎這個整天迷迷糊糊的人，居然透過獄中幾個雜役辦了三件事，不是以他的名義，而是以他三個夥伴的名義，總共花了他五十蘇，這樣巨大的開銷引起監獄警衛隊長的注意。

經過調查，並核對張貼在囚犯會見室中的辦事計費表，終於弄清五十蘇分為三筆委託送信費：一封信送至先賢祠，十蘇；一封信送至恩惠谷，十五蘇；還有一封送至格雷奈勒城關，二十五蘇，在計費表上數額最高。須知先賢祠、恩惠谷和格雷奈勒城關，正是三名惡徒的住所：一個叫克呂銅錢，外號怪羅，一個叫光榮漢，是個刑滿釋放的勞役犯，另一個叫煞車桿。這次事件，已經把警察的目光放到他們身上去了。據估計，這三個人參加了貓老闆的匪幫，而兩個匪首，巴伯和海口剛剛落網。勃呂戎的信件並不按地址送交，而是交給在街上等候的人，從而可以猜測到信中可能是準備作案的陰謀。警方還掌握了一些別的線索，於是逮捕了這三個匪徒，以為這樣就可以挫敗勃呂戎的任何詭計。

採取了這些措施之後，大約過了一週，有天夜晚，一名巡夜的看守檢查新樓的樓下牢房。當時有一種辦法，能查明看守是否嚴格執勤，就是每小時都要往釘在牢門的箱裡投個執勤牌，這個看守正要投牌的時候，從勃呂戎牢房的窺視孔，忽然看見他坐在床上，正藉著壁燈光寫什麼。看守衝進去，但是沒能搜出他寫的東西，便罰他關了一個月黑牢。警方也沒有進一步查明情況。

不過，有一個情況確切無疑：次日，有一個「驛站車夫」從查理大帝院拋過六層大樓，落到另一邊的獅子坑。

囚犯所說的「驛站車夫」，就是一個巧妙揉製的麵糰，送到「愛爾蘭」，也就是說越過監獄的屋頂，從一個院落拋到另一個院落。照詞源學解釋即為：越過英格蘭，從一塊陸地到另一塊陸地，到達「愛爾蘭」。麵糰落到另一個院子裡，撿到的人就掰開，發現裹在裡面的字條，是給這個院裡的某個囚犯的。撿到的人若是個囚犯，就會送到正確的地方；若是個看守，或是暗中被收買的囚犯，即獄中所說的綿羊，黑牢裡所說的狐狸，就會把字條送交管理處，再轉交給警察局。

這一次，「驛站車夫」到達了目的地，盡管收件人正被「隔離」關押。那收件人不是別人，正是巴伯，貓老闆的四巨頭之一。

「驛站車夫」裡面裹了一個紙捲，上面只有兩行字：

「巴伯。普呂梅街有一筆買賣。面對花園有一道鐵柵門。」

這就是那天夜晚勃呂戎寫的東西。

盡管要通過男女搜查人員的一道道關卡，巴伯還是設法將字條從費爾斯監獄傳到婦女監獄，交給關在那裡的一個「相好」的手裡。那姑娘又把字條轉給她認識的一個女人。那女人叫瑪儂，雖然受到警察的密切注意，但還沒有被逮捕。瑪儂這個名字讀者是見過的，她跟德納第一家人有關係，這等之後再說明。她去探望愛波妮，就能在硝石庫婦女監獄和瑪德洛奈特監獄，起了橋梁的作用。

恰好在這時候，在預審德納第的案子中，由於缺乏足夠的證據，他的兩個女兒愛波妮和阿茲瑪就被釋放出來了。

愛波妮出獄時，瑪儂就守候在瑪德洛奈特監獄門外，把勃呂戎寫給巴伯的字條交給她，派她去「偵察」那樁買賣。

愛波妮前往普呂梅街，找到鐵柵門和花園，觀察那棟房子，守望窺伺了幾天，這才去鐘孔街，交給瑪儂一塊餅乾，瑪儂又把餅乾送到硝石庫監獄，轉給巴伯的相好。在監獄的暗號中，一塊餅乾就意味：「毫無辦法」。

因此，事發不到一週的某日，巴伯和勃呂戎，一個去接受「審訊」，一個受「審訊」回來，在巡邏道上相遇，勃呂戎問了一句：「普街，怎麼樣？」巴伯回答：「餅乾。」

勃呂戎在費爾斯監獄裡孕育的罪胎，就這樣流產了。

然而，這次流產卻產生一個後果，但與勃呂戎的計畫已毫不相干。後面我們會看到。常常有這種情況：我們以為這只是一條線，但卻又連上了另一條線。

三・馬伯夫老頭見了鬼

Apparition au père Mabeuf

馬呂斯再也不拜訪任何人，只是時而去見見馬伯夫老頭。

馬呂斯從淒慘的階梯緩步走下去，馬伯夫先生那裡也同樣在往下走。這種淒慘的階梯可以稱做地窖臺階，通向不見天日的地方，在那裡能聽見上頭幸福者的腳步聲。

《科特雷地區植物志》根本賣不出去了。奧斯特里茲的那座小園子陽光不足，試種的靛青也毫無成績，在那裡馬伯夫先生只能栽種些性喜陰暗潮濕的稀有植物。他並不氣餒，又在植物園弄到一角光照好的園地，「自費」試種靛青。為此，他將《植物志》的銅版全送進當鋪。他也把早餐縮減為兩個雞蛋，一個給他年邁的女傭人吃，他已有十五個月沒付工錢了。他時常一天就只吃這一頓飯。他再也沒有那種稚氣的笑聲，而是整天愁眉苦臉，也不接待朋友了。好在馬呂斯也不想去。馬伯夫先生去植物園，這一老一少有時在濟貧院大道上相遇。他們彼此並不說話，只是淒苦地互相點點頭。這情景真叫人心酸：窮困能讓人疏遠。往日朋友，如今卻形同陌路。

書商魯瓦約爾已經故去。現在，馬伯夫先生只認得他的書籍、園子和靛青，這是體現他的幸福、樂趣和希望的三種形式。有這些，他就能活下去。他心裡常常這樣想：「等我做成藍色染料球，我就有錢了，要把銅版從當鋪裡贖回來，還要敲起大鼓，在報上登廣告，大吹大擂，大肆推銷我的《植物志》，還有，我要買一本彼得·德·梅丁的《航海藝術》，我知道哪裡能買到帶木刻插圖的一五五九年版本。」他心中這樣盼望，白天侍弄靛青園，傍晚回家照顧自己的園子，然後看書。馬伯夫先生這時年近八旬了。

一天傍晚，他見了鬼。

那天，他回到家裡，天色還大亮。女傭人普盧塔克大媽身體違和，病倒在床。晚飯只啃了一根還掛點肉的骨頭，吃了從廚房桌子上找到的一片麵包後，他便到園子裡，坐在當長凳的一條橫放的界石上。

按照老式果園的布局，長凳旁邊有一個大立櫃，隔條和木板已然殘破，底層為兔子窩，上層是果子架。窩裡沒有兔子，架上卻還有幾個蘋果，這是僅剩的過冬食物。

馬伯夫先生戴著眼鏡，翻閱兩本書。這兩本書令他入迷，而且令他心神不寧，後一點，對他這樣年紀的人來說尤為嚴重。他天生怯懦，在一定程度上接受了迷信思想。他這兩本書，一本是德朗克爾會長的名著：《論魔鬼的幻變》[3]，另一本《關於沃維爾的鬼怪和比埃夫爾的精靈》[4]，是穆托爾·德·拉呂博迪耶的四開本。他這園子從前是精靈出沒的地方，因而他對第二本書更感興趣。暮色開始將景物表面照白，下面染黑。馬伯夫老頭一邊看書，目光一邊越過手中的書本，端詳他的花草，其中一株鮮豔的杜鵑花尤其是他的安慰，然而，一連乾旱了四天，風吹日曬，沒下一滴雨，枝頭垂下，花蕾蔫了，葉子也脫落，都需要澆水了，尤其那株杜鵑花，樣子十分可憐，馬伯夫老頭這類人認為草木也有靈魂。老人在靛青園工作了一整天，累得筋疲力盡，但他還是站了起來，把書放在石凳上，佝僂著腰，腳步踉踉蹌蹌，一直走到井邊，伸手抓住鐵鏈，可是想把它從掛鈎摘下來的氣力都不夠了。他只好轉過身，惶恐不安地抬頭看看滿天的星斗。

夜晚靜穆的氣氛，用一種莫名的陰森而永恆的快樂，來壓抑人的痛苦。看來，這一夜又要跟白天一樣乾燥。

「滿天星星！」老人想道，「不見一絲雲彩！不會下一滴雨！」

他的頭仰了一會兒，又垂到胸前。

繼而，他又抬起頭，望著夜空，喃喃說道：

「下點露水吧！可憐可憐我吧！」

他又試了試，想把井鏈摘下來，但還是徒然。

這時，他忽然聽見一個聲音說：

「馬伯夫老爹，我替您澆園子好嗎？」

話音未落，就傳來野獸鑽籬笆的聲響，老人看見一個姑娘模樣的人，瘦且高挑，站在他面前大膽地注視他。這身形倒是三分像人，七分像黃昏顯形的精靈。

我們說過，馬伯夫老頭的膽子特別小，動不動就嚇得心驚肉跳，這次還未容他回答一個字，那精靈就一把摘下井索，放下吊桶，又提上來，將噴壺灌滿，那動作在昏暗中顯得突兀而怪異。老人看見那精靈赤著雙腳，穿著一條破裙子，在花壇之間忙碌著，向周圍散發生命。水噴到葉子上的聲響，讓馬伯夫老人的靈魂充滿歡欣。他彷彿感到，杜鵑花現在幸福了。

第一桶澆完，那姑娘又提第二桶，然後又是第三桶，整個園子她都澆遍了。

她在小徑上來來往往，身影黑黝黝的，撕成條的破披肩，隨著兩條瘦骨嶙峋的長胳臂飄動，看上去不知為什麼，真有點像一隻蝙蝠。

③．一六一二年在巴黎出版，全名為《惡天使和魔鬼幻變圖》。

④．據傳，中世紀時期，巴黎沃維爾公館鬧鬼，故有俗諺「去見沃維爾魔鬼去吧」。比埃夫爾也是巴黎的街區名。

等她澆完園子，馬伯夫老人熱淚盈眶，走上前去，將手掌放到她額頭上，說道：

「上帝保佑您，您這樣愛惜花兒，真是個天使。」

「不，」她回答，「我是魔鬼，其實，是什麼我都不在乎。」

老人沒等她回答，也沒聽見她回答，高聲說道：

「真可惜，我這麼不幸，這麼窮，一點也幫助不了您。」

「您能幫上忙。」她說道。

「幫什麼忙？」

「告訴我馬呂斯先生住在哪兒。」

老人根本沒聽懂。

「哪個馬呂斯先生？」

他抬起無神的眼睛，彷彿正追索著消逝的事情。

「一個年輕人，之前常來這裡。」

馬伯夫先生搜索了記憶，大聲說道：

「哦！對……我明白您的意思了。等一等！馬呂斯先生……瞧我，馬呂斯．彭邁西男爵呀！他住在……不如說他已不住在……哎呀，我不記得了。」

他邊說邊彎下腰，去扶一扶一根杜鵑花枝，接著又說道：

「對了，現在我想起來了。他常常經過那條大道，朝冰庫那個方向走去。落鬚街，雲雀場。到那裡去找吧，不難遇見他。」

等馬伯夫先生又直起腰，已經看不到人了，那姑娘無影無蹤。

他著實有點害怕。

「老實說，」他想道，「如果園子沒有澆水，我真會以為見了鬼。」

一小時之後，他躺在床上，腦海又浮現剛才的情景，在要入睡的時刻，神思朦朦朧朧，好似寓言中化為魚，好渡海的那隻鳥，也漸漸化為夢，好穿越睡眠，他含混地自言自語：

「真的，這情景，特別像拉呂博迪耶講述的精靈的故事。也許她真是個精靈吧？」

四・馬呂斯見了鬼

Apparition à Marius

一個「鬼」拜訪了馬伯夫老爹之後，過了幾天，在一天早晨——是個星期一，是馬呂斯向庫費拉克借了五法郎，給德納第送去的日子，——馬呂斯將五法郎揣進兜裡，送交監獄管理處之前，先去「散散步」，希望回來好有精神做點事。況且，他每次都是這麼期望。他一起床，就面對一本書和一張紙坐下，要草草翻譯幾段。這段時間，他的工作就是將德國人的一場著名的論戰，甘斯和薩維尼⑤的爭論譯成法文。他看看薩維尼，又看看甘斯，讀了四行，試著寫上一行，可是寫不出來，總看見他和那張紙之間有一顆星星，於是他離開座位，說道：「出去走走，回來就有精神了。」

他去了雲雀場。

到了那裡，在他眼前那顆星更加明亮，而薩維尼和甘斯則更加模糊了。

他回到住處，想重新撿起工作，可是根本辦不到，頭腦裡的思路全斷了，一條也連不起來，於是他又說：「明天我不出去了，出去會妨礙我工作。」然而，他還是天天出門。

要說他住在庫費拉克的家，不如說他住在雲雀場，真正的住址是這樣：健康路，過了落鬚街的第七棵樹。

⑤・愛德華・甘斯和弗雷德里克・查理・德・薩維尼：德國法學家。

這天早晨，他離開第七棵樹，走到戈伯蘭溪邊，坐在欄杆上。一束快活的陽光，透過欣欣向榮的樹葉照射下來。

他在思念「她」，而思念又轉為自責，他沉痛地想道，自己漸漸被靈魂麻痹症——懶惰所控制，漸漸走進這黑夜，甚至連陽光都看不見了。

他的內心活動已被極度削弱，連自怨自艾的氣力都沒有了，往外發洩模糊的意念，甚至形不成自言自語。然而，透過這種艱難的發洩，透過這種憂傷的凝神專注，他還是感受到了外界，聽見戈伯蘭溪兩岸洗衣婦的擣衣聲，從他身後，從他下方傳來，還聽見頭上榆樹枝頭鳥雀嘰嘰喳喳的鳴唱。一邊是自由的聲音，是無憂無慮和長了翅膀的自得其樂之聲；另一邊是勞作的聲音。這兩種快樂的聲音，令他遐想，幾乎令他深長思之。

他正在冥思苦索時，忽然聽見一個熟悉的聲音說：「嘿！他在這呢！」

他抬眼望去，認出是德納第家大姑娘愛波妮，那天早晨闖進他屋的那個可憐女孩。事情也怪，她更加窮困卻也更加漂亮了，這是同時邁出的兩步，好像她根本不可能做到。她實現了雙重的進步，既走向光明、又走向苦難，她赤著雙腳，衣不蔽體，還是那天毅然闖進他屋裡的那副樣子，只不過這身破衣爛衫多穿了兩個月，破洞更大，布片更髒了。還是那副嘶啞的嗓音，還是那個因風吹日曬而黧黑多皺紋的額頭，還是那種放任、迷惘而閃忽不定的目光。經歷了這次牢獄生活，她那飽受苦難的面容上，又添了一種難以描摹的神情，上頭盡是悽惶哀婉。

她頭髮沾了麥秸和草屑，倒不是像歐菲麗亞那樣，受哈姆雷特瘋症的傳染而發了瘋，而是因為在哪個馬廄的草堆上睡過覺。

盡管如此，她還是美麗的。啊！青春，你是多麼燦爛的明星！

這時，她來到馬呂斯跟前站住，蒼白的臉上浮現一點喜色，恍惚中還浮現著些許笑意。

她停了半晌，彷彿說不出話來。

「這回可找到您啦！」她終於說道，「馬伯夫老頭說得對，就在這條大道上！真是好找啊！

您哪知道啊！您知道嗎？我被收押了。十五天呀！他們把我放了！因為在我身上找不出什麼毛病，況且，我還沒長到可以判斷事物的年齡，還差兩個月。噢！您讓我找得好辛苦啊！有六個星期了。您不住在那兒了吧？」

「不了。」馬呂斯回答。

「哦！我明白了。就因為那件事。那樣胡鬧真是夠煩人的。您搬走了。咦！您幹嘛戴這頂舊帽子呀？像您這樣的青年，應當穿上漂亮的衣服。您知道嗎，馬呂斯先生？馬伯夫老爹都叫您馬呂斯什麼男爵。您該不會是什麼男爵吧？男爵，都是那些老傢伙，喜歡去盧森堡公園，待在宮殿前面，陽光最好的地方，還看一蘇一份的《日報》。有一次我去送信，就到了這樣一個男爵家，他有上百歲了。告訴我，您現在住在哪兒？」

馬呂斯沉默不答。

「唉！」她繼續說道，「您襯衣破了個洞，我得幫您補上。」

她神色漸漸黯然了，又說道：

「看您這樣子，見到我不高興吧？」

馬呂斯仍然沉默；她也不說了，停了一會兒，又大聲說道：

「哼，我要是願意，准能叫您高興起來！」

「什麼？」馬呂斯問道，「您這話是什麼意思？」

「哦！您原先跟我說話，可是稱『妳』！」她又說道。

「好吧，妳這話是什麼意思？」

她咬住嘴唇，彷彿內心在鬥爭，還猶豫不決。最後，她好像拿定了主意：

「算了，反正都一樣。看您一副傷心的樣子，我想讓您高興起來。您得答應我，一定要笑一笑。我要看見您笑起來，聽見您說：真好，棒極了。可憐的馬呂斯先生！您知道呀！您原先答應過我，我要什麼您都給……」

「對！妳倒是說呀！」

她白了馬呂斯一眼，對他說：「我有了地址。」

馬呂斯臉刷地白了，他周身的血液全湧入心房。

「什麼地址？」

「您要我找的那個地址呀！」

她好像十分勉強，又補充一句：

「那個……地址，您完全清楚啦？」

「是，清楚！」馬呂斯結結巴巴地說。

「那位小姐的！」

說出這個詞，她深深歎了一口氣。

馬呂斯從他坐的欄杆上跳下來，死命地抓住她的手：

「哈！太好啦！帶我去吧！告訴我！隨妳向我要什麼都行！在什麼地方？」

「跟我去吧。」她回答，「我弄不清是什麼街，門牌多少號，總之在另一邊，不過，那房子我認識，我這就帶您去。」

她把手抽回來，又說了一句：「呵！瞧您這高興的樣子！」

她說話的聲調，能令一個旁觀者傷心，卻絲毫沒有觸動如醉如癡的馬呂斯。

馬呂斯的額頭掠過一片雲影，他抓住愛波妮的手臂。

「對我發個誓！」

「發誓？」她說道，「這是什麼意思，咦！您要我發誓？」

她咯咯笑起來。

「關於妳父親！答應我，愛波妮，向我發誓，妳不把這個地址告訴妳父親！」

她朝他轉過臉，一副驚愕的神情，問道：

「愛波妮！您怎麼知道我叫愛波妮？」

「答應我的要求！」

然而，她好像沒聽見他的話似的：

「這樣真好！您叫了我一聲愛波妮！」

馬呂斯同時抓住她兩條胳膊：

「倒是回答我的話呀，看在上天份兒上！注意聽我對妳說的話，向我發誓，不把妳知道的那個地址告訴你父親！」

「我父親嗎？」她說道，「哦，對了，我父親！您就放心吧，他關在大牢裡呢。再說，我才不管我父親呢！」

「妳還是沒有答應我！」馬呂斯大聲說。

「您倒是放開我呀！」她說著格格大笑，「瞧您這麼用勁搖晃我！好吧！好吧！我答應您！我向您發誓！這算什麼呢？我不把那地址告訴我父親。好啦！滿意嗎？這樣行嗎？」

「也不告訴任何人？」馬呂斯說道。

「也不告訴任何人。」

「現在，帶我去吧。」馬呂斯又說道。

「馬上走？」

「馬上走。」

「走吧。——呵！瞧他多高興啊！」她說道。

走了幾步，她又停下來：

「您跟得太近了，馬呂斯先生。讓我在前面走，您就這樣跟著，別太顯眼。不要讓人看出您這樣一個體面的青年，跟我這樣一個女人走在一起。」

任何語言都無法表述，這女孩嘴裡說出「女人」二字的全部含義。

她走了十來步，又站住了，等馬呂斯跟上來後，就在他身邊說話，但是並不把臉轉向他：「對了，您還記得答應過我什麼事吧？」

馬呂斯伸手摸兜，他在這世上僅有的財富，就是要給德納第的五法郎，現在掏出來，放到愛波妮手上。

她張開手指，讓錢幣落到地上，神色怏怏地看著他，說道：「我不要您的錢。」

第三卷：普呂梅街的宅院
La maison de la rue Plumet

一．幽室
La maison à secret

上世紀中葉時，巴黎高等法院有一位戴法帽的院長，私下養了個情婦，要知道，當時大貴族喜歡炫耀自己的情婦，而資產階級則是金屋藏嬌，因此，他在聖日爾曼城郊區所謂的「鬥獸場」附近，僻靜的布洛梅街，即今天的普呂梅街[1]，建了一座「小宅院」。

那是一座兩層小樓：樓下兩間廳室，樓上兩間臥室。此外，樓下有廚房，樓上有起居室，頂層還有閣樓。小樓面對花園，臨街隔一道鐵柵大門。園子面積約一阿爾旁[2]。這就是過路人所能望見的整個宅院。可是，小樓後面有一個小院落，院子深處又有兩間帶有地窖的平房，以備不時之需，可以藏匿一個孩子和一名乳母。房後有一扇偽裝的暗門，連著一個狹長的露天通道，地面鋪了石板，彎彎曲曲，夾在兩堵高牆中間，隱蔽得極為巧妙，在各家園子菜地之間，拐彎抹角地穿行著，由兩邊的藩籬遮護，這足足有一公里遠，通到另一道同樣的暗門，出去便是巴比倫街僻靜的尾端，幾乎是到另一個街區了。

院長先生就是從這道暗門進去，哪怕監視並跟蹤的人發現院長先生形跡詭祕，天天去什麼地方，也絕想不到是去巴比倫街，也就是去布洛梅街。這個精明的法官透過巧妙的辦法收購土地，才能開闢出這條祕密通道，因為建在私人土地上，所以無人查問。後來，他將通道兩側的園地分成小塊拋售，而兩側園地的主人哪裡會想到，他們的花園和果園之間有兩堵牆，夾著長長一條曲折蛇行的石板通道。惟有飛鳥能看見這一奇觀。上世紀的黃鶯和山雀嘰嘰喳喳，大概沒少議論這位院長先生吧。

石砌小樓是按照芒薩爾③風格建造的，而內裝修的護壁和陳設，則是華托④的格調，內裡為洛可可式的華麗，外觀為古典建築風格，有三道花籬圍護，顯得又矜持，又風雅，又莊重，恰恰符合法官的豔遇。

小樓和通道，十五、六年前還有，但如今已不復存在。一七九三年，有個鍋爐廠主買下這棟房子，準備拆毀，但未能如期付款，就被國家宣告破產，結果這座房子反而被留下來了。從那以後，這座宅院一直沒住人，也就漸漸頹敗了。樓內仍保留那套老家具，終年出售或招租，每年經過普呂梅街的那十來個人，從一八一〇年以來，就看見庭院鐵柵門上，掛著一塊字跡模糊的發黃看板。

到了復辟王朝末年，那些過路人忽然發現牌子不見了，樓上的窗板甚至打開了。小樓確實有

①．現在稱烏迪諾街，位於巴黎七區。
②．舊時土地面積單位，一阿爾旁約合二十至五十公畝。
③．弗朗索瓦·芒薩爾（一五九八—一六六六）：法國建築師。
④．華托（一六八四—一七二一）：法國畫家。

人住進去。窗上拉著小窗簾，表明小樓裡面有個女人。

一八二九年十月份，一個上了年紀的男子出面交涉，將小樓原封不動地租下來，當然也包括後院的平房和通向巴比倫街的小道。他又雇人將通道兩端的兩扇暗門修好。我們說過，樓內的陳設大致上還是那位院長原來的成套家具，新房客只是雇人稍微修理一下，零星添點缺少的東西，庭院重新鋪好路石，室內重新鋪好方磚，樓梯修好階級，地板鑲補木板條，窗戶也上好了玻璃，這樣修繕好了，他才悄無聲息，帶著一個年輕姑娘和一名老保姆進住，不像遷入新居，倒像是溜進去的。鄰居們並沒有饒舌，因為根本就沒有鄰居。

這個斂聲屏息的房客就是尚萬強，年輕姑娘就是珂賽特。保姆是個老處女，名叫都聖，是尚萬強從濟貧院和苦難中救出來的，年紀又老，又是外地人，說話又口吃，正是這三點長處，才促使尚萬強收留了她。他以割風先生這姓名，吃年息者的身分，租下這座宅院。看了上文的敘述，想必讀者認出了尚萬強，而且不會比德納第還晚發現。

尚萬強為何要離開小皮克普斯修道院呢？究竟發生了什麼事呢？

什麼事也沒有發生。

我們記得，尚萬強在修道院裡的生活很幸福，甚至過分幸福了，良心反而不安起來。他每天見到珂賽特，感到內心裡產生父愛，並且日益增長，他一心全在這孩子身上，心想這孩子屬於他，誰也休想把她奪走，這樣的生活會無限期地進行下去，在修道院這種環境中，每天耳濡目染，她一定會出家當修女，這裡就是他們二人的世界，他在這裡衰老，孩子在這裡長大，隨後也要衰老，而他就在這裡死去，總而言之，令人神往的希望，絕不可能分離。這件事他反覆思索，但忽然又困惑起來，他捫心自問，審視這種幸福是否完全屬於他個人，是否也屬於被他這個老人拐帶來的孩子呢？這其中是否一點也沒有竊取的意味呢？他常常思忖，這孩子放棄人生之前，也有權認識人生，如果以使她免遭人間的風雨為由，也不跟她商量，就先行斬斷她和一切歡樂的聯繫，利用她蒙昧無知和孤苦伶仃，就引導她萌發獻身修道的志向，那就違反人的天性，也欺騙了上帝。況且，誰敢說不會有那麼一天，她恍然大悟，後悔當了修女，甚至轉而怨恨他呢？最後這個念頭，基本上也出於私心，雖然不如其他念頭光明正大，但是卻令他寢食不安。於是，他決定離開修道院。

他一作出這個決定，就傷心地承認非如此不可。要說難過，卻沒有什麼。他在這四堵牆裡住了五年，已然銷聲匿跡，足以消除或驅散憂懼的因素，他可以放心回到人間了。他也老了，完全變了樣子，現在，有誰還能認出他呢？即使往最壞處思考，也只是他本身有危險，總不能因為他被判過刑，送進勞役犯監獄，別人就有權把珂賽特關在修道院裡。況且，在做父親的職責面前，危險又算什麼呢？歸根究柢，他盡可以謹慎從事，處處當心，這樣做毫無阻礙。

至於珂賽特的教育，也差不多完成，可以結業了。

一旦下了決心，他便開始等待時機了，不久後時機來臨，老割風去世。

尚萬強請求院長接見，說明他哥哥臨死留下一小筆遺產，今後他不用幹活就能過日子了，打算辭掉修道院的工作，並把女兒帶走。不過，珂賽特沒有發願，免費接受教育也不公道，因此，他懇請院長俯允，他向修道院捐贈五千法郎，作為珂賽特在修道院五年的賠償。

就這樣，尚萬強離開了永敬會修道院。

他離開修道院時，將那只小提箱夾在自己腋下，不交給任何搬運工，鑰匙也總放在自己身上。箱子裡逸出一股香料味，引起珂賽特的極大興趣。

現在就交代清楚，此後，這只箱子他再也不放手，總擱在自己房間裡。每次搬家，這就是他要攜帶的頭一件，有時也是惟一的一件東西。珂賽特總拿這當笑談，稱這箱子為「形影不離的朋友」，還說：「真叫我嫉妒。」

尚萬強雖然回到自由的空氣中，但內心還是惴惴不安。

他發現了普呂梅街那座宅院，便到那裡蜷伏，此後也用於爾梯姆．割風這個名字。

與此同時，他在巴黎還另外租了兩處房子，免得總待在同一街區惹人注意，稍有一點情況就可以換個地方，不至於像那天夜晚那樣措手不及，靠著奇蹟般的運氣逃脫了沙威的追捕。那兩套公寓房相當簡陋，外觀也很破舊，位於兩個相隔很遠的街區，一處在西街，一處在武人街。

他不時帶著珂賽特，或去西街，或去武人街，住上一個月或一個半月，只讓都聖看家。在公寓小住時，他請門房做些雜事，自稱靠著年息生活，住在郊區，在市區有個落腳點。這位品德高尚的人為了逃避警察，在巴黎有三處住所。

二・尚萬強加入國民衛隊
Jean Valjean garde national

確切地說，他還是住在普呂梅街，生活上則作了如下安排：

珂賽特跟保姆住在小樓，她住在油漆護壁的大臥室，使用有漆金線角的起居室，當年院長用的那間有地毯和壁毯並配有大圓椅的客廳，她還擁有花園。尚萬強在珂賽特的臥室放了張大床，配有帶天蓋的三色舊錦緞幔帳，鋪著古老而美麗的波斯地毯，是從聖保羅無花果樹街戈歇大媽的鋪子買來的。不過，為了沖淡這種精美的古董所造成的肅穆氣氛，他又配置了適於襯托少女那些各式各樣明快秀美的小用具：多寶桶、書櫥和金邊書籍、文具、吸墨紙、鑲嵌螺鈿的案台、鍍金的針線銀盒、日本瓷的梳妝臺。樓上垂掛的長窗簾，三色深紅花錦，跟床帷幔一樣；樓下則掛著毛織窗簾，整個冬季，珂賽特的小樓上下都點燃了爐火。而他呢，則住在後院的一個下房裡，只有一張鋪草墊的帆布床、一張白木桌、兩張草墊椅子、一個陶瓷水罐，以及放在木板上的幾本舊書，他那只寶貝箱子放在牆角，屋裡從來不生火。他跟珂賽特一起吃飯，餐桌上專門給他擺一塊黑麵包。當初都聖一進家門，他就對她說過：「這家裡的主人是小姐。」「那麼，您呢，先……先生？」都聖十分詫異，反問道。「我嘛，比主人高多了，我是父親。」

珂賽特在修道院學會了持家，她管理為數不多的開銷。每天，尚萬強都挽著珂賽特的手臂，帶她去散步，帶她到盧森堡公園，走在遊人罕至的小徑上。每逢禮拜天，他們都去做彌撒，而且總去聖雅克教堂，只因為那兒離家很遠。教堂坐落在一個貧困街區，他就大量施捨，在教堂裡總被窮苦人圍住，因此，德納第在信中稱他為：「聖雅克教堂的行善先生。」他愛帶珂賽特去探望窮人和病人。普呂梅街這座宅院沒有生人進去過，都聖採購食物，尚萬強親自去附近大道旁一個水龍頭打水。木柴和葡萄酒存放在半地下室裡，這個半地下室，靠近巴比倫街那道門，壁面鑲嵌了石塊貝殼，是當年院長先生當石窟用的，因為在遊戲場和精神病院那個時代，沒有石窟是無法想像愛情的。

在巴比倫街那道獨扇大門上，掛著一個儲錢罐式的信報箱，不過，普呂梅街這座小樓的三個居民既沒有收到過報紙，也沒有收到過信件。這個箱子，從前是豔情的媒介，是一位風流法官的知己，現在全部的用途，只是收收催稅單和防衛隊的通知書了。要知道，割風先生，年金收入者，參加了國民衛隊。一八三一年那次人口普查所布的眼線很密，也沒有漏掉他。市府調查人員一直深入到小皮克普斯修道院，而尚萬強從那穿不透的神聖雲霧中出來，在區政府看來他就是個值得尊敬的人，當然有資格被派去站崗。

每年總有那麼三四次，尚萬強會穿上軍裝去站崗，而且，他打從心裡願意，對他來說，這是一種正當的喬裝打扮，既能躋身於大眾之間，又能獨來獨往。尚萬強剛滿六十歲，這是法定的免役年齡，可是他的外貌還像個五十歲以內的人，再說，他無意躲避那位上士，也不想跟路洛博伯爵較勁。他沒有公民身分，隱瞞自己的姓名、自己的真實身分、自己的年齡，什麼都隱瞞了，不過，正如我們所說的，他是個誠心服役的國民衛隊隊員。他的全部志向，就像是一個普通的納稅人，這個人心中的理想是天使，身外的表率是個資產者。

有個細節應當指出。當尚萬強帶珂賽特出門的時候，他的衣著打扮，如我們所見，有點像舊軍官。可是，當他單獨外出的時候，通常要等到天黑之後，他總是一身工人打扮，換上短外套和長褲，低低地戴著一頂鴨舌帽，把臉遮起來。這究竟是謹慎，還是自卑呢？兩者兼備。珂賽特早已習慣了自己命運神祕的一面，也就不大注意父親的奇特行為。至於都聖，她對尚萬強敬若神明，覺得他做什麼都是正當的。賣肉的老闆見過尚萬強，有一天他對都聖說：「他是個怪人。」都聖回答說：「他是個聖人。」

無論尚萬強、珂賽特還是都聖，出來進去都只走巴比倫街那道門。除非隔著花園的柵門窺探他們，否則很難猜到他們住在普呂梅街。

那道鐵柵門始終關著。尚萬強有意拋荒，不管理花園，以免引人注目。

然而，他這樣想也許錯了。

三．葉茂枝繁

Foliis ac frondibus

這座園子荒廢了半個多世紀，變得非同一般，別有一番美妙的景象。四十年前，從這條街經過的人，常常駐足觀賞，卻想不到蔥翠深深所掩藏的祕密。兩根黴綠的柱子中間，立著一道上了鎖的古老鐵柵門，鐵條已扭曲，搖搖晃晃，門楣上的阿拉伯裝飾圖案也已模糊不清。當年漫步遐想的人走到門前，不止一個人從鐵柱之間向裡面張望，神思便貿然深入進去探幽。

花園一角，有一張石椅、兩三尊青苔被覆的雕像，還有幾個葡萄架，年深日久釘子脫落了，傾頹在牆上腐爛。整個園子已不辨路徑，也沒有草坪，到處長滿了絆腳草，園藝離開，大自然回來。雜草闖入這塊可憐的園地，紛紛爭奇鬥豔，桂竹香花會，色彩絢爛。園中萬物繁盛，神聖的勃勃生機毫無阻難，欣欣向榮如在家園。樹梢俯下來接近荊棘，荊棘往上拔節去搆樹枝，藤蔓攀援上去，枝條垂下來，匍匐在地上的去會見在空中開放的，而迎風招展的則俯就在青苔間爬行的。樹幹、枝椏、葉子、纖維、花簇草叢、蜷鬚、嫩枝、荊棘，全都穿插糾纏，結織錯亂。這塊三百尺見方的園地，在造物主關愛的目光下，植物深情地緊緊抱在一起，慶祝完成了它們神祕的友愛，並象徵人類的友愛。這花園不復為花園，赫然成了一片榛莽之地，可以說，難以穿越如叢林，密密麻麻如城市，瑟瑟抖動如鳥巢，幽邃陰暗如教堂，獨立孤寂如墳塋，生趣盎然如眾生。

到了花開的季節，這一大片榛莽，在鐵柵門裡和四面圍牆之間，無拘無束，進入發情期，暗中普遍奮發蕃息，在陽光下激動，幾乎像一隻野獸，嗅到了天地間求愛的氣息，感到四月的汁液在脈管裡升騰，於是揚起頭來，迎風抖動濃密紛披的綠髮，向濕潤的地面、剝蝕的雕像、樓前頹毀的臺階，乃至僻靜街道的路石，撒下繁星般鮮花、珍珠般露珠，撒下繁豐、美麗、生命、喜悅、芬芳。中午，千百隻白蝴蝶躲進園中，在綠蔭叢間漫舞飛旋，宛如有了生命的夏雪，那景象真是神仙境界。在那裡，在綠蔭快活的幽暗中，一群天真的聲音，向靈魂軟語傾訴，而啾啾鳥語遺漏，則由嗡嗡蟲聲彌補。夜晚，園中飄逸出夢幻似的水蒸氣，籠罩全園，彷彿覆蓋了霧氣織成的殮布，覆蓋了清絕靜謐的惆悵。忍冬和牽牛花各處飄香，令人醉倒，好似無比醇美的毒酒。你能聽見旋木雀和鶺鴒在枝葉下入睡時最後幾聲呼喚，你能感到鳥雀和樹木那種神聖的親密無間。白天，鳥的翅膀娛悅樹葉；夜晚，樹葉保護鳥的翅膀。

到了冬天，荊叢變黑了，濕漉漉的，枝條橫斜散亂，臨風抖瑟，那棟小樓也就隱約可見了。現在滿目所見，已不是枝頭的繁花、花間的清露，而是在由黃葉鋪就又冷又厚的地毯上，鼻涕蟲留下的長長銀帶。不過，無論什麼景象，也無論春夏秋冬哪個季節，這塊小小的園地總透出傷感、沉思、孤寂、優閒，總不見人影，而惟有上帝。那道鏽跡斑斑的老鐵柵門，彷彿在說：這園子是我的。

盡管這一帶周圍全是巴黎的鋪石馬路，盡管瓦雷納街古雅豪華的府邸僅隔兩步路，殘廢軍人院的圓頂近在咫尺，眾議院也相去不遠，盡管勃艮第街和聖多明尼克街車水馬龍，炫耀排場，黃色、褐色、白色、紅色公共馬車，也在下一個十字路口往來如梭，可是，僻靜冷清仍然盤踞在普呂梅街。舊時的房主早已故去，又經歷一場革命，豪門世家衰微破敗，人去樓空，遺忘、拋棄並閒置達四十年之久，這足以使這塊風流寶地重新長滿了蕨草、毒魚草、毒芹、蓍草，毛地黃、長茅草，以及葉子碩大淺綠、莖稈凸凹生紋的高大植物，還有蜥蜴、金龜子等警覺快速的昆蟲；這也足以使一種難以描摹的蠻荒物景，從深深的地下破土而出，在四堵牆裡再現壯觀的氣象；足以使大自然——一貫打亂人為的狗苟蠅營，既可附在螻蟻身上也可附在鷹身上，隨意全面擴展的大自然——終於在巴黎一個鄙陋的小園裡煥發神采，既獷悍又壯偉，儼然在新大陸的原始森林。

事實上，什麼都不是渺小的，善於深入大自然探幽的人，全都明白這一點。雖然在確定前因還是後果時，哲學根本得不到完滿的解決，但是鑒於各種分解的力量總要復歸一統，沉思者仍不免陷入無止境的冥想。一切都為一個整體在運行。

代數可以運用於雲層，日光有利於玫瑰，哪個思想家也不敢斷言，山楂的芳香對星體毫無益處。誰又能計算出一個分子的行程呢？我們怎麼能知道星體不是隕落的砂粒形成的呢？誰又能夠瞭解無限大和無限小相反相成，始因在物體的深淵中回響，以及宇宙形成時的大崩潰呢？一條小蟲也不容忽視，小即大，大即小，在必然性中，一切都處於平衡狀態，對思維來說，真是駭人的幻象。在生物和物體之間，有奇異的關係，在這永不窮盡的整體中，從太陽到蚜蟲，誰也不能藐視誰，彼此都相互依存。陽光不會糊里糊塗將地上的芳香帶上碧空，夜色也將星體的精華散發給睡眠中的花朵，飛鳥的爪子無不繫著無限世界的繩索。萬物化育，會因為一顆流星的出現、乳燕的破殼而變得複雜，並同樣導引一條蚯蚓的出生和蘇格拉底的問世。望遠鏡喪失效力之處，顯微鏡則開始起作用，哪一種視野最廣呢？選擇吧。一個霉點就是一束鮮花；一片星雲就是一個星體的蟻穴。精神的東西和實體的現象同樣地錯綜複雜，甚至有過之而無不及。元素和法則彼此混雜，交融、結合，相益相長，結果產生同樣光明的物質世界和精神世界。現象永遠返歸自身。在天體廣泛的交匯中，宇宙生命呈未知數，往來如梭，將一切捲入各種氣息的無形神祕中，並且利用一切，連一次睡眠的一場夢也不放過，在這裡播下一個微小動物，又在那裡粉碎一個星球，搖搖晃晃，曲折蛇行，將光化為力，將思想化為元素，到處擴散，又無形無影，分解一切，獨有「我」

這個幾何點例外。還將一切引回到原子靈魂，讓一切在上帝身上煥發異彩，還將一切活動，從最高級到最低級，交織在一種炫目的機制的昏曚中，將一隻昆蟲的飛行路線納入地球的運轉軌道上，將彗星在天體的運行納入，誰知道呢？哪怕是由於自然法則的同一性吧，納入纖毛蟲在一滴中的旋轉。精神構成的機體。無比巨大的齒輪傳動系統，其最初動力是小蠅，而最末的齒輪是黃道。

四．換了鐵柵門

Changement de grille

這園子，當初建來作為放蕩祕事的掩避所，後來似乎改變了，反而適於用來庇護純潔的祕室了。庭園中，搖籃、草坪、花棚、石窟，都已不復存在，惟見一片蘢蔥，枝蔓扶疏紛披，就像各處垂下的帷幔。帕福斯⑤重新恢復伊甸園。但不知是什麼悔恨淨化了這處幽居，這個賣花女，現在向靈魂獻花了。這座風流園，從前名聲很壞，現在又回到處子貞潔的狀態。一位法院院長由一名園丁當幫手，後來一個傢伙自認為接過拉姆瓦尼翁⑥的衣缽，而另一個傢伙也自認為是勒諾特爾⑦的繼承人，他們都整理這園子，剪枝，扭曲，修飾，打扮，只為博得美人的歡心。可是，大自然又把它奪回來，滿園撒下綠蔭花影，布置成愛的聖地。

這座幽園裡，也有一顆準備好的心，只待愛前來相見。這裡有一座寺廟，由綠樹、青草、苔蘚、鳥的歎息、纏綿的幽暗、搖曳的樹枝建造而成。這裡也有一顆靈魂，由柔情、信念、純真、希望、憧憬和幻想構築而成。

⑤．帕福斯：位於賽普勒斯，維納斯之城。
⑥．吉約姆．德．拉姆瓦尼翁（一六一七—一六七七）：法國司法官，曾任巴黎高等法院首席院長。
⑦．勒諾特爾（一六一三—一七〇〇）：法國園林設計畫家和建築師。

珂賽特離開修道院時，幾乎還是個孩子，她才剛滿十四歲，正處於「青春期」。我們說過，除了那雙眼睛，她那模樣不僅算不上美，反而有點醜，倒不是說五官不端正，只是顯得笨拙，瘦弱，既不大方，又毛手毛腳，總之是個大女孩。

她的教育已然完成，也就是說，接受了宗教，尤其是虔誠的教育，還學了「歷史」，即修道院裡這樣稱呼的東西，地理、語法、分詞、法蘭西國王，學一點音樂，學畫一個鼻子等，其餘的一無所知。這樣既是可愛之處、又包含一種危險。一個少女的心靈，不能讓它蒙昧無知，否則以後會產生過分突然而強烈的幻景，如同久在黑屋子裡那樣。她應當逐漸地、謹慎地接觸光亮，先接觸現實生活的反光，而不是直接刺眼的光芒。有益的朦朧之光，肅穆而優美，能消除幼稚的恐懼，並防止失足跌跤。惟有慈母的本能，包容處女時的回憶和婚後的經驗那種卓絕的直覺，才知道如何用什麼發出這種朦朧之光，什麼也取代不了這種本能。要培育一個少女的心靈，世間所有修女加起來，也抵不上一位母親。

珂賽特長到這麼大卻沒有母親，只有許許多多的修女。

至於尚萬強，他心裡充滿無限慈愛、無限關懷，但他畢竟是個根本什麼都不懂的老人。

要讓一個女性做好迎接人生的思想準備，這是一種教育事業，是一種嚴肅的事情，需要多少真知灼見，來跟所謂的天真，那種莫大的愚昧鬥爭啊！

讓一名少女醞釀癡情的地方，莫過於修道院。修道院把人思想引向未知世界，一顆心退守封閉，無法擴展，便向內挖掘，不能開放，便往深處進取。從而產生種種幻象、種種臆想、種種推測，從而構思離奇的故事，盼望冒險奇遇。這些光怪陸離的營造，這些在內心深處黑暗中建起的海市蜃樓，全是隱祕的幽居，一旦鐵柵門打開，狂熱的情慾就會進駐。修道院是一種壓制，要懾服人心，就必須終生保持壓力。

珂賽特離開修道院後，搬到普呂梅街，再也找不到比這愜意，也更危險的住所了。這是孤寂的繼續，又是自由的起始，一座幽閉的園子，卻有茂盛鮮美、醉人心魄的自然景物；依然是在修道院中的那些夢想，卻能瞥見青年男子的身影；雖有一道鐵柵門，卻又在街道的旁邊。

然而，再重複一遍，她初到這裡時，還是個孩子。尚萬強將這座荒園交給她，說道：「妳在這裡想幹什麼、就幹什麼。」珂賽特非常開心，她撥開所有草叢，翻動所有石塊，要找「蟲子」。她喜歡這園子，現在因為能在腳下雜草中發現到昆蟲，以後就要因為舉頭能從樹枝間望見星光了。

此外，她一心愛她父親，就是說愛尚萬強，她出於天真的子女親情，把老人當作一個可心而又可愛的伴侶。我們還記得，馬德蘭先生閱讀不倦，尚萬強則繼續閱讀，結果也就善於言談，他是個謙虛而實在的聰明人，透過自學提高了文化素養，蘊蓄了豐富的知識，說話頭頭是道。他還保留了幾分粗魯，足以中和他的厚道，他這個人看似粗獷，內心卻很善良。在盧森堡公園裡，爺兒倆促膝交談，他總能從閱讀的書籍和苦難經歷中汲取知識，向她娓娓講解各種各樣問題。珂賽特一邊傾聽，一邊遊目四望。

這個淳樸的人能滿足珂賽特的思想，正如這座荒園能滿足她的嬉戲。她追夠了蝴蝶，氣喘吁吁跑到他跟前，說道：「噢！再也跑不動啦！」這時，他便親一親她的額頭。

珂賽特愛戴這位老人，總如影隨形跟在身後。尚萬強在哪裡，哪裡就給人舒服之感。他既不住在小樓，也不待在園子裡，因此，珂賽特雖有開滿鮮花的園子，卻更愛去那鋪石地面的後院，她雖有鑲了壁毯、擺著軟墊圓椅的大客廳，卻更愛去那間只有兩張草墊椅的小屋。有時，尚萬強被他糾纏得好不愜意，就笑呵呵地嗔怪道：「還不回妳自己的大屋子去！讓我一個人清靜一會兒！」

女兒也耍起嬌來，憨態十分可愛，反而柔聲責怪父親：

「爸，我在您這凍得要死，屋裡為什麼不鋪塊地毯，裝個火爐呀？」

「親愛的孩子，多少人比我辛苦多了，頭上連一塊瓦都沒有呢。」

「那麼，我屋裡為什麼生著火，什麼也不缺呀？」

「因為妳是女的，還是個孩子。」

「哎！男的就該受凍受苦嗎？」

「有些男人就該這樣。」

「好吧，那我就都待在這，叫您非生起火不可。」

珂賽特還問他：

「爸，為什麼您吃這樣差勁的麵包？」

「不為什麼，孩子。」

「那好，您吃、我也吃。」

這樣一來，為了不讓珂賽特吃黑麵包，尚萬強也吃白麵包了。

珂賽特只是模模糊糊記得一點童年生活。她早晚都為她不認識的母親祈禱。在記憶中，德納第夫婦就像是夢裡見到的兩張猙獰臉孔。她還能想起「有一天夜晚」，她去樹林裡打水。她以為那地方離巴黎很遠。她恍惚想起從前生活在地洞裡，是尚萬強把她從洞裡拉出來的。童年在她的印象中，是她身邊爬滿蜈蚣、蜘蛛和蛇的時期。她不大明白怎麼會是尚萬強的女兒，他又怎麼會是她父親，晚上入睡之前，她就思索這件事，想像是她母親的靈魂附在這老人身上，來跟她待在一起的。

在他坐著的時候，珂賽特常把臉貼在他那白髮上，悄悄掉下一滴眼淚，心中暗道：這男人，也許就是我母親吧！

還有一點，說起來盡管很怪：珂賽特是在修道院長大的姑娘，什麼也不懂，而在童貞時期，也絕難理解母性，結果就想像她幾乎等於沒有母親。那位母親，她連名字都不知道，每次她問起她母親叫什麼，尚萬強總是默不作聲。她若是再問一遍，他就笑而不答。有一次，她非要追問到底不可，逼到沒辦法時，那微笑就終於化作一滴淚水。

尚萬強守口如瓶，用夜幕將芳婷罩住了。

在珂賽特小時候，尚萬強總愛跟她談她母親；現在長成大姑娘後，就不能那樣做了，他覺得再難張口了。是顧忌珂賽特嗎？還是顧忌芳婷呢？他產生一種宗教式的敬畏，不敢讓這陰魂進入珂賽特的頭腦，不敢讓這死者作為第三者進入他們的命運。在他心目中，這幽靈越是神聖，就越顯得可怕，他一想起芳婷，就感到壓抑得只能緘口。他彷彿看見黑暗中有什麼東西，像是一根按在嘴唇上的手指。芳婷身上的整個廉恥心，在她生前負氣而去，難道在她死後又回到她身上，悲憤地守護死者的安寧，警惕地守護著她的墳墓嗎？尚萬強是不是在不知不覺中受到這種壓力呢？我們相信鬼魂，因此不會拒絕這種神祕的解釋。這就是為什麼，即使在珂賽特面前，也不能提芳婷這名字。

有一天，珂賽特對他說：

「爸，昨晚我做夢，看見我母親了。她有兩隻大翅膀。我母親生前，應該是達到聖女的品級了。」

「透過殉難達到的。」尚萬強回答。

珂賽特跟他一道出門時，總愛依偎著他的胳臂，又自豪、又幸福，感到心滿意足。尚萬強看出這溫情的種種表示，僅僅對他一個人，十分開心，就感到自己的思想融入幸福之中了。可憐的人沉浸在天使般的快樂中，樂得渾身顫抖，能這樣度過一生，他喜不自勝，心想他所受的苦難，不配得到如此美好的幸福。因此，他由衷地感謝上帝，感謝上帝讓他這個微不足道的人，得到這個天真孩子的熱愛。

五．玫瑰發現自己是武器

La rose s'aperçoit qu'elle est une machine de guerre

有一天，珂賽特偶然照照鏡子，詫異了一聲：「咦！」她幾乎覺得自己的模樣挺美，心裡頓時產生一種特別的煩惱。直到現在，她根本就沒思考自己的臉蛋長得如何。她照鏡子時也不看自己。況且，她常聽人說她長得醜，只有尚萬強輕聲說：「不對！不對！」不管怎樣，珂賽特一直認為自己長得醜，醜就醜吧，小時候也不在乎，她就帶著這種念頭長大。不料現在，鏡子也像尚萬強那樣，突然對她說：「不對！」她這一夜睡不著覺。「我長得美又怎麼樣呢？」她心中暗道，「真滑稽，我也會長得美！」於是，想起她夥伴中長得好看的，在修道院裡往往引人注目，不禁思忖道：「怎麼！難道我也像某某小姐那樣？」

次日，她又照一次鏡子，這次可不是偶然的舉動，但卻懷疑起來：「我昏頭啦？」她說道，「不，我確實長得醜。」其實很簡單，她沒睡好覺，眼睛有了黑圈，臉色也蒼白了。前一天，她認為自己美，也沒有怎麼興高采烈，可是不這樣覺得了，倒有點傷心。她不再照鏡子，一連兩個多星期，她盡量背對鏡子梳頭。

晚上吃過飯之後，她多半在客廳裡做絨繡，或者做點從修道院學來的針線活，尚萬強在一旁看書。有一次，她從針線中偶爾抬起眼睛，發現父親看她的那種不安神色，不禁大吃一驚。

另一次，她在街上走，清楚的聽見後面說的話，但沒看見說話的人：「這女人好漂亮，可惜穿得差勁。」她心中暗道：「噯！不是說我。我穿得還算像樣，但長得不好。」

還有一天，她在園子裡，聽見可憐的都聖大媽說：「先生，小姐越長越漂亮，您注意到了嗎？」珂賽特沒聽見父親回答什麼，但是，都聖的話好像震動了她，她當下便逃出花園，上樓回房間，跑向三個月沒照過的鏡子，驚叫了一聲。她自己都感到光豔照人。

她又美麗、又清秀，不能不同意都聖和鏡子的看法。她的身段成形了，肌膚白淨，頭髮光潤，藍眼珠裡燃起從未有過的神采。在這個當下，她對自己的美貌深信不疑了，如同太陽放射的耀眼光芒，而且，別人也注意到了，都聖說了出來，街上那個行人顯然也是指她而言，這一點再也無可懷疑了。她又下樓回到園子裡，儼然以王后自居。聽鳥兒歌唱，雖然時值冬令，她望著金燦燦的天空、樹木之間的陽光、荊叢裡的花朵，不禁心花怒放，心情說不出來有多歡暢。

然而，尚萬強那邊，卻抓心搔肝，心情說不出來有多沉重。

事出有因，這段時間以來，他懷著恐懼的心理，注視著珂賽特可愛的臉蛋，這種美貌日益煥發奪目的光彩。這曙光，在所有人看來都明媚可喜，在他看來卻淒慘可悲。

珂賽特覺察之前，容貌早就變美了。這出乎意料的陽光緩緩升起，漸漸被覆這少女的全身，殊不知從第一天起，這道陽光就刺痛了尚萬強憂鬱的眼睛。他感到這是幸福中的一種變化，生活太幸福了，他一動也不敢動，生怕打亂了什麼。這人一生飽受苦難，創巨痛深，至今還涔涔流血，從前幾乎墮落成惡人，現在幾乎變為聖徒，他在勞役犯牢中拖曳鎖鏈之後，現在又拖曳著無名恥辱那無形但沉重的鎖鏈。對這個人，法律並沒有鬆懈，隨時可能抓住他，把他從他德行的黑暗中拉出來，重新置放到公開羞辱的光天化日之下。這個人接受一切，原諒一切，寬恕一切，祝福一切，善待一切，而他向老天，向世人，向法律，向社會，向大自然，向世界，只要求一件事：讓珂賽特愛他！

讓珂賽特繼續愛他！上帝不要阻止這孩子的心向著他，留在他身邊！得到珂賽特的愛，他就會感到治癒、康復、平靜、滿足，得到報償，勝過做國王。得到珂賽特的愛，他就覺得很好！此外別無他求。假如有人問他：你還要更好嗎？他一定回答：不要。假如上帝問他：你要上天堂嗎？他一定回答：得不償失！

凡有可能觸及這種現狀，即使擦擦表面的東西，他就心驚膽顫，以為另一種東西冒出頭了。他始終不大瞭解一個女人的美貌是怎麼回事，但他透過本能知道那非常可怕。

這女孩天真而又令人生畏的額頭，就在他身邊，就在他眼前，越來越煥發光彩奪目的美，而他卻蜷縮在自己的醜陋、年邁、煩惱、牴觸和頹喪的深處，瞪著驚恐的眼睛注視。

他心中暗道：「她多美啊！而我呢，會變成什麼樣子？」

這正是他的愛和母愛之間的差異。他見了便惶恐不安的東西，母親見了會心中歡喜。

初期徵兆不久就顯現出來。

「毫無疑問，我長得美！」從她這樣自言自語的第二天起，珂賽特就留心打扮了。她想起街上行人的那句話：「漂亮，可惜穿得差勁。」這話好似神風，從她身邊吹過，雖然消失得無影無蹤，卻已在她心上播下要佔據女人一生的兩顆種子之一，即愛美。另一顆則是愛情。

對自己的美貌一旦有了信心，女性的整個靈魂就會煥發出異彩。珂賽特厭惡了粗呢衣裙，戴絨帽也覺得丟人了。父親從來沒有拒絕過她任何要求。她也一下子就掌握了選擇帽子、衣裙、短斗篷、皮靴、袖套、合適布料、適當顏色等等一整套學問，也正是這套學問將巴黎女人變成極為迷人，極為深奧，又極為危險的尤物。「勾魂女人」這個詞，就是為巴黎女人造出來的。

還不到一個月，小珂賽特雖然隱居在巴比倫街，卻不但躋身巴黎最漂亮的女人之列，這已實屬不易，而且進入巴黎「穿得最好」的女人之列，這尤為難得了。她真希望再碰見「當初那個行人」，看他還有什麼可說的，也「好教訓教訓他！」事實上，她儀容修美，無處不曼妙迷人。就連是熱拉爾帽店、還是埃爾博帽店的帽子，她都分辨得清清楚楚。

尚萬強惶恐不安地注視這種千嬌百媚，他感到自己只配在地上爬行，頂多站起來走路，可是，他卻眼看著珂賽特長出翅膀了。

不過，一個女人只要稍微瞧一瞧珂賽特的裝束，就會看出她沒有母親。一些小規矩，一些特殊習慣，珂賽特就沒有遵照。母親若在跟前，就會告訴她，一個女孩子不能穿錦緞。

珂賽特穿上黑花緞衣裙，披上黑花緞披肩，戴上白皺呢帽子，這一天出門，她上前挽住尚萬強的胳臂，真是興高采烈，神采飛揚。「爸，」她問道，「我這樣打扮，您覺得怎麼樣？」尚萬強答道：「真美！」但聲調卻像眼紅的人那樣酸溜溜的。他們跟往常一樣散步後，回到家裡，他又問珂賽特：

「妳不想再穿那件衣裙，再戴那頂帽子了嗎？妳知道我指的什麼。」

這話是在珂賽特房間講的。珂賽特轉向掛她那身寄讀學生服的衣櫥。

「這身怪衣裳！」她答道，「爸，您怎麼想得出來？哦！當然不了，這樣難看的東西，我絕不再穿了。這玩意兒扣在頭上，我就成了瘋狗太太了。」

尚萬強長歎一聲。

從這時候起，他注意到珂賽特總是想出門，而從前，她總要待在家裡，總說：「爸，我跟您在這更開心。」是該出去，如果不昭示眾人，那麼長一張漂亮臉蛋，有一身高雅的打扮又有什麼用呢？

他還發現，珂賽特也不再那麼喜歡後院了。現在，她愛待在花園裡，還喜歡在鐵柵門那兒走來走去。尚萬強怕見到人，就不踏進花園，像狗一樣地待在後院。

珂賽特一意識到自己漂亮，便喪失了那種渾然不覺的美妙情態，因為，美麗再由天真增色，就美不勝收了。一位天真少女光彩照人，手裡拿著鑰匙走向天堂還不知道，這比什麼都更可愛。不過，她喪失的天真情態，又從深沉的柔媚補回來。她整個人洋溢著青春、純潔和貌美的歡樂，又流露出一種令人銷魂的憂鬱。

隔了六個月，正是到這個階段，馬呂斯又在盧森堡公園遇見她了。

六．開戰
La bataille commence

珂賽特也像馬呂斯那樣，幽獨自守，但是心中的一把火，只是放個小火種，便一發不可收拾了。命運總是那麼從容不迫，神祕莫測而又無法抗拒，現在將兩個人慢慢拉近，這兩個人都因滿腹激情的暴風雨雷電而倦慵，這兩顆靈魂都負載著愛情，如同兩塊烏雲負載著雷電，只需一道目光，就像烏雲中一道閃電，便會接觸而扭結在一起。

愛情小說中太濫用目光，結果就沒有分量了，現在不大敢說兩個人一見鍾情了。然而，人就是這樣，也僅僅是這樣相愛的。此外就是此外，是隨後發生的事。兩顆靈魂交換這種閃光時，給予對方的強烈震撼，比什麼都真實可信。

正是在這種時刻，珂賽特有了這種能讓馬呂斯神魂顛倒的目光，自己卻不知道，馬呂斯同樣沒有意識到，自己也有了能讓珂賽特神魂顛倒的目光。

倆人對彼此造成了同樣的煩惱和同樣的欣慰。

珂賽特早就看見他了，並且端詳他，不過，姑娘觀察人總像若不經意。還在馬呂斯覺得珂賽特是個醜姑娘的時候，珂賽特就覺得馬呂斯好看了。但是，那個青年根本不注意她，因此在她眼裡也就無所謂了。

然而，她心裡總不免琢磨，認為他頭髮美，眼睛美，牙齒美，聽他跟同學談話，覺得他聲音也美妙，如果真要挑毛病的話，就是他走路的姿勢不好看，但是有自己的風致，一點也不顯得蠢笨，他整個人體現出高尚、溫柔、樸實和自豪，看樣子貧寒，但舉止不俗。

到了這一天，二人的目光相遇，終於用眼睛說話，突然相互傳遞了模糊而難以言傳的第一次接觸，但是，珂賽特並沒有一下就明白，回到西街住宅時，還若有所思。當時，尚萬強正按照習慣來西街住六個星期。次日醒來，珂賽特又想起這件事，想到那個陌生的青年，多久以來態度一直冷漠，視若未見。現在似乎注意她了，但是，這種注意絲毫也沒有給她帶來愉快，心裡甚至有點惱火，怪那個英俊青年瞧不起人，於是內心蠢蠢欲動，要較量一番，覺得終於有機會報復了，從而感到一種還未脫孩子氣的欣喜。

她知道自己美，就感到有了一件武器，盡管這種意識還不十分清晰。女人玩弄自己的美貌，正如孩子舞刀弄槍。遲早要傷了自己。

我們還記得，馬呂斯遲遲疑疑，躲躲閃閃，戰戰兢兢，總坐在長椅上，不肯靠近。珂賽特對此又氣又惱，有一天她對尚萬強說：「爸，咱們往那邊走走吧。」她見馬呂斯不過來，自己就乾脆走過去。碰到這種情況，每個女人都像穆罕默德那樣。⑧說來也怪，真正愛情的最初徵兆，小夥子往往變得膽怯，而姑娘則往往顯得大膽。這令人驚詫，其實道理非常簡單：這便是兩性相互接近時，彼此採納對方品格的結果。

那天，珂賽特一個秋波，就讓馬呂斯發狂，而馬呂斯一瞥，也令珂賽特發抖。馬呂斯滿懷信心走了，而珂賽特心裡卻七上八下。從那天起，他們倆就相愛了。

珂賽特首先產生的感覺，就是一陣惶惑而深沉的憂傷。她覺得自己的靈魂一天天變黑，連自己都辨認不出了。少女靈魂的潔白，是由冷淡和喜悅構成的，跟雪一樣，一照見它的太陽——愛情，就融化了。

珂賽特還不知道愛情是什麼。她從來沒有聽人按照世俗的意義講這個詞。在修道院採用的世俗音樂教材裡，「愛情」一詞用「鼓聲」或「大兵」代替。這就成了謎語，鍛鍊那些大姑娘的想像力，例如，「啊！鼓聲多麼愜意！」或者：「憐憫不是大兵！」不過，珂賽特離開修道院時年齡尚小，還沒有怎麼關心「鼓聲」。因此，她不知道應該怎麼稱呼她現在感受到的東西。難道不知道病名就不會染上那種病了嗎？

她愛而不懂，也就愛得更加熾熱。她不知道這是好事還是壞事，有益還是有害，必要還是致命，長久還是短暫，允許還是禁止：她正愛著，僅此而已。假如有人對她說：「您睡不著覺嗎？這樣可不准啊！您吃不下飯嗎？這樣可不好啊！您感到胸悶心跳嗎？這樣可不成啊！您看見綠蔭小道那端出現一個穿黑衣服的人，臉就紅一陣白一陣嗎？這樣可真丟人啊！」她聽了會感到奇怪，莫名其妙，很可能要這樣回答：「這種事，我無能為力，又根本不懂，怎麼能怪到我頭上呢？」

呈現在她面前的愛，又恰好最適合她的心態。那是一種遠距離的崇拜、一種沒沒的仰慕、一個陌生人的神化。那是青春對青春的幻象，是化為傳奇又止於夢鄉的夜晚之夢，是久盼而終於有了血肉之軀的幽靈，但是還沒有名稱，沒有過錯，沒有污點，沒有要求，也沒有缺陷。總之，是一個遙遠的、停留在理想中的情人，一種有了形體的幻想。珂賽特還半隱沒在修道院瀰漫出來的

⑧．據說穆罕默德曾說過：「不能把一座山叫過來，我就朝著山走過去。」

迷霧中，在這啟蒙時期，任何更具體、更切近的接觸，準會把她嚇跑。女孩的各種擔心和修女的各種擔心，在她身上交織起來。她受修道院精神薰陶了五年，這種精神還從她周身慢慢往外釋放，使她周圍的一切都顫抖不已。在這種情況下，她所需要的不是情人，甚至不是戀人，而是一種幻象。她開始崇拜馬呂斯，只是把他當作迷人的、光燦的、不能獲取的東西。

極度天真總是鄰近極度賣俏，珂賽特向他微笑，心裡卻十分坦然。

每天她都焦急等待去散步的時刻，在那裡見到馬呂斯，便感到一種說不出來的欣悅。她對尚萬強這樣說，就以為坦率地表達了自己的全部思想：「盧森堡這座公園多美妙啊！」

馬呂斯和珂賽特彼此還茫然無知。他們不交談，不打招呼，只是相望，如同遙隔千萬里的星辰，在相望中生存。

珂賽特就這樣逐漸成長，長成一個美麗多情的女人，她意識到自己的美貌，卻不明瞭自己的愛情。由於天真，她尤其喜歡賣俏。

七．你愁我更愁
À tristesse, tristesse et demie

任何情況都會有本能反應。古老而永恆的大自然母親暗暗地警告尚萬強，讓他注意馬呂斯的出現。尚萬強在內心最深處驚悸。他什麼也看不見，什麼也不瞭解，可是，他卻頑固地注意觀察他黑暗的周圍，就好像感到一方面有什麼東西在形成，另一方面又有什麼東西在瓦解。由於慈悲上帝的深奧法則，馬呂斯同樣得到大自然母親的警示，要盡量避開「父親」。盡管如此，尚萬強有幾次還是看見他了。馬呂斯小心起來鬼鬼祟祟，大膽起來卻又笨手笨腳。他不再像從前那樣走近，而是坐在遠處出神，手中倒是捧著一本書，假裝閱讀，但他裝樣子給誰看呢？從前，他來公園穿一身舊衣裳，現在卻天天換上新衣服，他是不是燙了頭髮也很難說，眼神顯得很古怪，還戴上了手套。總而言之，尚萬強從內心深處討厭這個年輕人。

珂賽特卻諱莫如深。她摸不準自己的心事，但明確感到這事非同小可，必須隱瞞起來。

珂賽特喜歡打扮了，那個陌生青年也改了習慣，穿起新衣服了，同時發生這兩種情況，使得尚萬強很不痛快。也許這是巧合，沒錯，肯定是巧合，但凶多吉少。

他從不開口向珂賽特提起那陌生青年，然而有一天，他實在憋不住了，隱約懷著絕望的心情，忽然要探一探自己不幸的深度，就對她說：「瞧那個青年，一臉書呆子相！」

如果在一年前，珂賽特還是個無動於衷的小姑娘，就會這樣回答：「不嘛，他很討人喜歡。」如果十年之後，她心裡懷著馬呂斯的愛，又會這樣回答：「書呆子相，真讓人無法正眼看他！您說的相當有道理！」可是，她在現實生活和感情的支配下，表情十分平靜，僅僅說了一句：「那個青年？」

就好像她頭一次舉目看他。

「我真蠢！」尚萬強想道，「她還沒有注意到那人，我卻指給她看了。」

呵，老人的單純！孩子的深沉！

這又是一條法則：少年初識痛苦和憂愁的滋味，初戀中和初遇的障礙，進行激烈的鬥爭時，姑娘是絕不上當，而小夥子則是有當必上。尚萬強暗中向馬呂斯開戰了，而馬呂斯卻是愚蠢到了家，毫無覺察，表現出他這年齡熱戀的特點。尚萬強為他設下許多陷阱：改時間，換座椅，遺落手帕，單獨來盧森堡公園，馬呂斯便低著腦袋，鑽進了所有圈套。尚萬強在他路上設了一塊塊提問牌，他都天真地回答：是的。而這段期間，珂賽特表面上無憂無慮，泰然自若，掩飾得密不透風，致使尚萬強得出這樣的結論：那傻瓜熱戀珂賽特只是單相思，珂賽特根本就不知道有他這個人。

盡管如此，尚萬強的心還是痛苦而震顫。珂賽特愛的時刻隨時會到來。愛情的開頭不也總是漫不經心嗎？

珂賽特只失誤了一次，就已經令他大吃一驚了。他們在長椅上坐了三小時，他起身要走時，珂賽特卻說了一句：「已經要走啦？」

尚萬強沒有中止去盧森堡公園散步，他不想有任何異樣的舉動，尤其怕促使珂賽特醒悟。一對戀人享受這無比溫馨的時刻，珂賽特向馬呂斯送上微笑，馬呂斯則心醉神迷，在這世界已經看不到其他東西了，現在只有心上人那張神采飛揚的臉，而尚萬強卻眼睛冒火，狠狠盯著馬呂斯。他早以為自己再也不會產生惡念了，然而他看著馬呂斯在那裡，就覺得自己又恢復野蠻和兇殘，感到昔日積滿怒火的心靈又重新張開，要向那青年噴出舊恨宿怨。他心上恍若又形成一座座陌生的火山口。

什麼！那個人，就在這！他來幹什麼？他在這遊蕩，東聞聞西嗅嗅，又察看，又試探！他分明在說：哼，有何不可呢？打著鬼主意，到他尚萬強的生活周圍晃蕩，到他的幸福周圍晃蕩，他妄想奪走任何東西！

尚萬強心中還想到：「對，準是這樣！他來尋找什麼？來尋樂子！他要幹什麼呢？要風流一下！風流一下！那麼我呢？什麼！我起初是最窮困的人，後來又成為最不幸的人，跪著生活六十年，受盡了人間的痛苦，沒有青春人就老了，一輩子沒有家庭、沒有親人、沒有朋友、沒有妻子、沒有兒女，鮮血灑在所有石頭上、所有荊棘上、所有路碑上、所有牆壁上，別人對我兇狠，我還要溫順，別人對我兇殘，我還要和善，我不顧一切，要改邪歸正，當個好人，我痛悔自己做的惡，也寬恕別人對我做的惡，我終於得到好報，終於熬到頭，快要達到目的，得到我渴望的東西了，是啊，這很好，我付出了代價，終於得到了，可是，這一切又要飛走，這一切又要消失，我要失去珂賽特、我要失去我的生命、我的快樂、我的靈魂，就因為一個大傻瓜一時高興，跑到盧森堡公園來遊蕩！」

轉念至此，他的目光充滿了異樣的凶光。這情景，已不再是一個男人怒視一個男人，不再是一個仇敵怒視一個仇敵，而是一條看門狗怒視著一個盜賊。

後來發生的事，我們已然知道。馬呂斯沒頭沒腦的繼續亂闖，有一天尾隨珂賽特到西街，還有一天向門房打聽。門房又把話告訴了尚萬強，並且問他：「先生，一個好奇的小夥子打聽您，他是幹什麼的？」第二天，尚萬強就狠狠瞪了馬呂斯一眼，馬呂斯總算看到了。一週之後，尚萬強便搬了家，暗暗發誓再也不跨進盧森堡公園一步，再也不去西街了。他回到普呂梅街。

珂賽特沒有一句怨言，什麼也沒有說，什麼也沒有問，也根本沒想瞭解為什麼，她已經到了心事怕人猜破，怕流露出來的人生階段。對於這類隱密，尚萬強毫無體驗，而這正是惟一美妙的，他惟一沒感受過的隱密。因此，他根本不理解珂賽特沉默的重大含義，僅僅注意到她變得憂傷了，而他也變得鬱悶了。雙方較量，卻都沒有經驗。

有一回，他試探一下。問珂賽特：

「去盧森堡公園走走好嗎？」

珂賽特蒼白的臉頓時開朗了。

他們去了公園。這已經是三個月之後的事了。馬呂斯已不去那裡。馬呂斯不在公園。

次日。尚萬強又問珂賽特：「去盧森堡公園走走好嗎？」

她憂傷而溫順地回答：「不想去了。」

尚萬強見她這麼憂傷不免詫異，見她這麼溫順又不免傷心。

這小腦袋瓜究竟怎麼了，小小年齡就這麼令人難以捉摸？腦袋瓜裡究竟在想什麼呢？珂賽特的靈魂究竟出了什麼事？尚萬強有時不睡覺，就坐在破床旁邊，雙手捧著頭，整夜整夜地冥思苦索：珂賽特的頭腦究竟產生了什麼念頭？他竭力想珂賽特可能想的東西。

噢！在這種時刻，他以多麼痛苦的目光，回顧那修道院，那貞潔的高峰，那天使的仙境，那高不可攀的美德冰山！他懷著多麼痛惜的心情，出神地觀賞那座修道院的園子，那滿園人所不知的鮮花、與世隔絕的處女，全部芳香和所有靈魂，都直接飛上天空！他多麼迷戀那永遠關閉的伊甸園，而他卻自願離開，昏頭昏腦地滑下來！他多麼後悔克己復禮，糊塗透頂，竟然把珂賽特帶入塵世。作出自我犧牲的可憐英雄，卻反為自己的慷慨精神所誤，進退維谷！他反反覆覆地想：

「我究竟做了什麼事？」

不過，這一切他都沒有向珂賽特透露半分。既沒有發脾氣，也沒有變得嚴厲，始終保持那張安詳和善的臉孔。而且，尚萬強的態度，顯得格外溫和，格外慈祥了。如果有什麼東西能令人猜出他少了幾分快樂，那就是他多了幾分寬厚。

而珂賽特卻整天無精打采。當初能見到馬呂斯，她就滿心歡喜，現在見不到面，就黯然神傷，尤其是說不清楚究竟怎麼回事。當時，尚萬強一反往常，不帶她去散步了，女性的本能從心底向她暗示，不要顯得過分看重盧森堡公園的散步，如果裝作無所謂，那麼父親還會帶她去。然而，一天天過去，幾週、幾個月過去了。尚萬強沒沒接受了珂賽特的默許，她後悔了，但為時已晚。她重新回到盧森堡公園那天，馬呂斯不在了。馬呂斯已經消失。全完了，怎麼辦呢？還能再找見他嗎？她感到一陣陣揪心，而且日甚一日，無法排遣。再也不管是冬還是夏，是晴還是雨，不管鳥兒是否鳴唱，是大理花還是雛菊的開花季節，盧森堡公園是否比土伊勒里公園更宜人，洗衣工送回的衣服床單漿得太板還是不夠，都聖「採購」的食品好不好。她從早到晚心灰意冷，怔怔地出神，只注意一個念頭，目光失神而又專注，就好像夜裡凝視一個鬼魂忽然隱沒的洞黑之處。

不過，她除了蒼白的面容，同樣也沒有讓尚萬強看出什麼，在他面前仍保持一副甜甜的笑臉。然而，這張蒼白的臉孔就足以讓尚萬強操透了心。有時他問珂賽特：「妳怎麼啦？」

她回答說：「沒什麼。」

雙方沉默了片刻，她猜出他心裡同樣愁苦，就問道：

「您呢，爸，您有什麼不高興的事嗎？」

「我嗎？沒什麼。」他答道。

這兩個人多少年來相依為命，彼此傾注了全部愛心，情深意長令人感佩，可是現在，雖然還廝守在一起，卻各懷苦衷，都因對方而愁腸百結，雙方相互隱忍不談，毫無怨艾，卻總是強顏歡笑。

八・鎖鏈

La cadène

他們二人當中最苦惱的還是尚萬強。年輕人，即使傷心，自身總還有幾個亮點。

有時候，尚萬強憂悶到了極點，就變得幼稚起來。這正是痛苦的特點，能讓成年人重現童稚的一面。他不由自主，總感到珂賽特要從他身邊逃走。他很想搏鬥，留住她，用身外閃光的東西振奮起她的精神。剛才說過，這種想法很幼稚，同時也是老糊塗，但是正因為帶著孩子氣，他透過這種念頭比較準確地認識到，花邊飾物對少女想像力的影響。有一回，他看見一位全副武裝的將軍，巴黎衛戍司令庫塔爾伯爵，騎馬從街上走過，他羨慕那個服飾金光閃閃的人，心想那身軍裝真是無可挑剔，自己若是能穿上該有多神氣，珂賽特準會看花了眼，他再和珂賽特挽著胳臂，一同從土伊勒里宮鐵柵門前經過，接受衛兵舉槍致敬，這樣一來，珂賽特也就會滿足，不想把目光移向那些青年男子了。

思想本來就很淒苦了，不料又受到一次震撼。

他們過著孤寂的生活，自從搬到普呂梅街之後，就養成一種習慣，時常出去遊玩看日出，這種恬然自樂，恰恰適合剛剛進入人生和行將離開人生的人。

一大早起來散步，對於愛獨來獨往的人來說，不但等於夜間散步，還有大自然的野趣。街道空蕩蕩的，鳥雀鳴唱。珂賽特本來就是一隻小鳥，願意早早起床。頭一天就準備好清晨的冶遊。尚萬強提議，珂賽特接受。好像合謀幹什麼事情，天不亮就動身，每一次珂賽特都興致勃勃。這種無傷大雅的古怪行為，最合年輕人的口味。

我們知道，尚萬強愛去人跡罕至的地方、偏僻的角落、被遺忘的場所。巴黎城關一帶有些貧瘠的田地，幾乎跟市區犬牙交錯，那裡夏天長著瘦弱的麥子，秋收之後，空蕩蕩的不像收割完，而像剃光一樣。尚萬強喜歡光顧那種地方，珂賽特也一點不覺得無聊。他愛其僻靜，而她則求得自由。一到那裡，她又變成小姑娘，可以亂跑，幾乎可以隨便玩耍，她還摘下帽子，放到尚萬強的雙膝上，跑去採野花。她看著花上的蝴蝶，但並不去捉：隨著愛情會自然產生寬厚憐惜之心。這姑娘心中有個瑟縮而脆弱的理想，就憐惜起蝴蝶的翅膀。她用虞美人編成花冠，戴到頭上，陽光透進去映得火紅，就好像她那粉紅鮮豔的臉蛋兒上頂著一盆炭火。

即使生活變得愁苦之後，他們仍然保留清晨散步的習慣。

且說一八三一年十月的一天早晨，他們受到秋高氣爽的天氣誘惑，又出門遊玩了，天還沒亮就走到曼恩城關附近。剛剛拂曉，還沒有曙光滿天，是美妙的迷濛時刻。泛白的深邃天空中還有幾顆星辰，大地一片漆黑，而天空一片白，野草微微抖瑟，在晨曦中無處不在神祕地震顫。一隻雲雀彷彿飛到星際之間，凌虛歌唱，那小生命對無限的頌歌，似乎使廣宇寧靜下來。在東方，恩惠谷黝黑的巨大身影，由銅色的天邊襯出。耀眼的金星從那圓頂後面升起，就像從一座黑魆魆的建築物中逃逸出來的靈魂。

一切都平和靜謐，街道上沒有一個行人，只有兩側小道上隱約有幾個趕去上班的工人。

尚萬強坐在側道工地門口堆放的房架上，臉朝大道，背對著曙光，把要升起的太陽置於腦後，完全沉浸在冥思中。這種冥想集中全部神思，相當於四堵牆，連目光都給圍住了。有些凝思可以說是垂直的：一直深入到底之後，需要一定時間才能返回地面。當時，尚萬強就是陷入這樣的冥思苦索中。他想到珂賽特，想到如果沒有什麼插到他們中間，就可能享有的幸福，想到她用以充實生活的這種光明，他的靈魂賴以呼吸的光明。他在這種沉思中幾乎感到幸福。珂賽特站在他身邊，望著漸漸呈現玫瑰色的雲霞。

珂賽特突然高聲說道，「爸，那邊好像有人來了。」尚萬強舉目張望。

珂賽特沒有看錯。

大家知道，這條街道通向曼恩老城關，是塞夫爾街的延續部分，由內環馬路垂直切斷。就從這條街道和內環路的拐角，也就是分岔的地方，傳來這種時刻很難解釋的聲響，而且出現一團模模糊糊的東西，說不出是什麼形狀，剛從內環路拐進這條街道。

那東西越來越大，彷彿有秩序地移動，渾身長滿了刺，微微顫抖，看似一輛大車，但是看不清車上裝著什麼。有馬匹、車輪、喊叫和鞭響。那東西雖然還隱沒在黑暗中，輪廓卻逐漸分明了。果然是一輛大車，剛從內環馬路拐進這條街道，朝著離尚萬強不遠的城關駛來。隨後第二輛，而且一模一樣，接著第三輛，第四輛，總共七輛大車，陸續拐進這條街，馬頭接車尾，連成一長串。車上人影攢動，點點閃光在晨曦中依稀可見，好像出了鞘的戰刀，還傳來嘩啦嘩啦的聲響，彷彿牽動鎖鏈，那長列向前行進，聲響漸漸大起來，真是怵目驚心，恍若從魔窟中鑽出來的。

那長列越來越近，形狀也清晰了，從樹後出來，像鬼魂一樣的青灰色，繼而漸漸發白，天色也越來越亮，照見那一大群人不人、鬼不鬼的東西，只見身影上面的腦袋變成一張張死屍的臉孔。實際情況如下：

街道上一隊七輛車向前行駛。頭六輛構造奇特，好像運酒桶的長車，放在兩個車輪上的長梯，梯杆的前端便是轅木。每輛車，說得準確些，每道長梯，由排成一長串的四匹馬拉著。長梯上拖著人，也排成奇特的長串。晨光熹微，只能猜出是人，不能仔細看清楚。每輛車上有二十四名，每邊各十二名，背靠背，臉對著行人，雙腿懸空耷拉著。那些人就是這樣趕路。他們背後有嘩啦嘩啦響的東西，那是鐵鎖鏈，脖子上有閃亮的東西，那是枷鎖。枷鎖每人各有一個，鎖鏈則是共有的。因此，二十四人若是下車行走，就不得不一致行動，那情景就像一條大蜈蚣，以鎖鏈為脊椎在地上爬行。每輛車前後各站著一個持槍的人，腳踏著鎖鏈的一端。枷鎖是方形的。第七輛是裝了車欄的大貨車，但是沒有篷，有四個輪子，套著六匹馬，車上裝了一大堆顛得直響的熟鐵鍋、生鐵鍋、鐵爐子和鎖鏈，亂東西堆裡還躺著幾個人，全被捆綁著，看樣子是病號。那輛車雖有柵欄，卻是支離破碎，就像是老式囚車。

車隊行駛在馬路中間，兩側各有兩行惡俗不堪的押解衛隊，頭戴高筒三角帽，就像是督政府時期的士兵，帽子滿是污痕破洞，骯髒極了，全身是花子裝：殘廢軍人的制服和掘墓工的長褲，半灰半藍，幾乎破成布條，還戴著紅肩章，背著黃背帶，裝備了砍菜刀、步槍和木棍，真像一幫隨軍僕役。這些打手，似乎兼有乞丐的卑劣和劊子手的專橫。那個隊長模樣的人，手裡揮著長馬鞭。所有這些細節，在熹微的晨光中本來只是模糊不清，隨著天色漸亮才越來越清晰。車隊的前頭和末尾，有一些騎馬的憲兵，他們手握馬刀，神情冷峻。

這支隊伍拉得很長，第一輛車駛到城關，最後一輛才剛從內環路拐過來。

不知從哪來了一大群人，轉瞬間蜂擁而至，擠在街道兩側看熱鬧，這是巴黎常有的事。附近街巷裡人聲相呼，此起彼伏，菜農跑來看熱鬧，木鞋嗒嗒響成一片。

堆在車上的那些人任憑顛簸，全都一聲不吭，在清晨的寒氣中臉色灰白。他們穿著粗布褲，光腳穿著木鞋。至於衣裳帽子之類，無一不是湊合著，有什麼穿什麼，五花八門，又怪誕、又醜陋，再也沒有比這種爛布片的百衲衣更淒慘的了。透了頂的破氈帽、油污的鴨舌帽、不成樣子的毛絨帽，跟短褂和臂肘磨穿的黑禮服搭配，還有一些人戴著女帽或柳條筐，衣不蔽體。露出毛乎乎的胸脯，紋身的圖案：愛神廟、火焰心、丘比特等，還露出瘡疤和紅斑。有兩三個人將草繩繫在馬車的橫木上，在下面兜住腳，就像踩著馬蹬一樣。他們中間有一個人，拿著一塊黑石頭似的東西送進嘴去啃，那就是他們吃的麵包。那一雙雙眼睛枯澀無神，或者放射凶光。押解隊一路破口大罵，囚犯們則斂聲屏息，時而聽見棍棒打在肩胛或腦袋上的聲響。他們當中有幾人打呵欠，一個個破衣爛衫，雙腳垂在半空，肩膀不停搖晃，腦袋相撞，鎖鏈嘩嘩響，眼裡冒著怒火，手握成拳頭或者像死人那樣張開不動，車隊後面尾隨著一幫哄笑的兒童。

不管怎麼看，這支車隊都可說是慘不忍睹。顯然的，到了明天，或者一小時後就可能下一場暴雨，緊接著一場又一場，他們這些破衣爛衫就會淋透，衣服一濕就再也乾不了，身子一凍僵就再也暖和不過來，濕漉漉的粗布褲會粘在骨頭上，木鞋裡也會灌滿水，鞭子抽下來也阻止不了他們牙齒的顫抖，他們的脖頸仍要戴著枷鎖，雙腳仍要垂在半空。這些人被鎖住了，在秋天淒冷的烏雲下，像樹木石頭一樣，任憑風吹雨打，任憑狂飆襲擊，誰目睹這情景都要不寒而慄。

棍棒棒棒落下，即使躺在第七輛車上的病號也不能倖免，他們手腳被捆動彈不得，丟在那裡，就像裝滿苦難的麻袋包。

太陽突然出來，從東方射出萬道光芒，就好像把這些粗野之人的頭燒著了，舌頭又能活動了，頓時爆發一陣嬉笑怒罵和歌聲，就像是燃起一陣熊熊大火。一大片平射的陽光將整個佇列截成兩半，照亮了頭和上身，而把腳和車輪留在黑暗中。每張臉上又出現了思想活動的跡象，這一刻實在可怖：一群魔鬼原形畢露，一群惡鬼赤條條現形。即使在陽光下，這幫人也陰慘慘的。有幾個情緒很高昂，嘴上叼著鵝毛管，將一條條蛆吹向圍觀的人，特別瞄準婦女。在朝霞中，陰影部分更黑，這些淒慘的形貌也就更加鮮明，他們無一不被深重的苦難壓成了畸形，而且怪異到極點，就好像將日光變成閃電。最前頭那輛車上的人扯著嗓門，以粗野歡快的聲調，拚命唱起德索吉埃的〈貞女〉，是當時一首非常著名的歌曲。樹木都為之淒然抖瑟，而站在路邊小道上的資產家一臉呆相，都津津有味地聽著這種鬼哭狼嚎的淫歌穢曲。

這亂哄哄的佇列呈現出所有苦難，那裡有各種野獸的臉孔：老人、青少年、禿腦殼、花白鬍子、猙獰的怪樣、含怒的隱忍相、咧開大嘴的笑臉、瘋癲的狂態、戴著鴨舌帽的豬拱臉、鬢角垂著螺旋形鬈髮的女兒臉、尤為可怕的娃娃臉、僅餘一口氣的骷髏頭。第一輛車上有個黑人，可能當過奴隸，那樣子比得上鎖鏈。這些人的額頭都被打上了恥辱的烙印，降到最底層。屈辱到了這種地步，在最深層全都發生最深刻的變化，變為呆癡的愚昧無知，就等於化為絕望的聰明睿智。這些人被視為渣滓中的精華，不可能再篩選了。這個齷齪的佇列，無論由哪個軍官押解，顯然都不會把他們分成三六九等。這些人全拴在一起，排列混雜，也沒有按照字母順序，胡亂裝上車去。不過，醜惡的東西聚在一起，總要產生一種凝聚力，不管多少不幸的人，加起來就有一個總和。每條長鏈都出現一顆共同的靈魂，每一車人都有一個共同的面貌。有一車人愛唱，旁邊那車人愛叫嚷，第三輛車的人向路人乞討，還有一車人全都咬牙切齒，另一車人威脅著行人，還有一車人在詛咒上帝，而最後一車則死寂如墳墓。但丁見了也會以為是七層地獄在地上行走。

這是從判刑走向行刑的階段，佇列陰森可怕，尤為淒慘的是，他們沒有坐著《啟示錄》所說的電光大戰車，而是坐著遊行示眾的囚車。

押解的士兵中，有一個手持尖端帶鉤的木棍，不時揮舞威脅這一堆堆人類的殘渣餘孽。圍觀的人群裡有個老太婆，用手指著叫一名五歲的男孩看，對他說：「小壞蛋，看你還學不學好！」

歌聲和咒罵聲越來越大，那個貌似押解隊長的人啪地打了一聲響鞭，這信號一發出，一陣猛烈的棍棒，也不問青紅皂白，兜頭蓋腦地朝這七車的人打下去，劈里啪啦跟下冰雹似的，許多人怒吼狂叫，那些像驅逐臭蒼蠅的野孩子們，就更加興高采烈了。

尚萬強的眼睛變得可怖，那已經不是眼珠，而是在某些不幸者身上代替眸子的深邃玻璃，彷彿對現實視而不見，卻映現恐怖和災難的強烈反光。他看到的不是眼前的景象，而是一種幻象。他想站起來，想跑開，想逃掉，卻一步也邁不動。有時，我們會被眼前的東西嚇住，動彈不得，他就是一時愣住，定在原地，就像木雕泥塑一般，心中有說不出來的惶恐，弄不清楚這慘絕人寰的迫害究竟意味著什麼，這追逐他亂舞的群魔是從哪來的。他猛地抬手按住額頭，這是人類恍然憶起往事的習慣動作，他想起這裡的確是必經之路，要走通往楓丹白露的大路可能會驚動王駕，照例得繞這段彎路，三十五年前，他也是經過了這道城關。

珂賽特也同樣驚恐，但情況有所不同。她不理解這是怎麼回事，一時不敢喘大氣，只覺得眼前的景象不可能是真的，她終於大聲問道：「爸！那車上裝的是什麼呀？」

尚萬強答道：「勞役犯。」

「他們去哪？」

「去勞役場。」

沒多久的時間，一百多根棍棒打得越來越起勁，還雜以刀背的砍擊，形成鞭抽棍打的風暴。勞役犯全俯首了，以酷刑壓制的一種醜惡場面，他們全收了聲，但那眼神卻像鎖住的惡狼。珂賽特渾身顫抖，又問道：「爸，他們還算人嗎？」

「有時還算吧。」這不幸的人答道。

那一批被押解的犯人，天亮之前就從比塞特出發，走勒芒大道，以便避開國王去遊玩的楓丹白露。這樣一改道，可怕的旅程就要多走三四天，不過，為了不讓國王看到這一慘景，多走幾天路也不算什麼。

尚萬強回到家裡，情緒十分沮喪，遇到這種事對他是個沉重的打擊，留下的印象就如同巨大的震撼。

尚萬強帶珂賽特回巴比倫街，一路上根本沒有注意她又問起剛才看到的情景，也許他精神過於頹喪，無心旁顧，聽不見她說的話，也無從回答。不過到了晚上，珂賽特離開他要去睡覺前，嘴裡嘀咕的話被他聽見了：「假使我在生活的道路上，遇到那樣一個人，哪怕靠近看一眼，我也覺得自己非被嚇死不可！」

幸好，在那淒慘日的隔天，正好趕上國家慶典，記不清楚是什麼節目了，巴黎組織慶祝活動：演武場上閱兵，塞納河上比武，香榭大道大街上的戲劇，星形廣場上放焰火，處處懸燈結綵，尚萬強狠了狠心，打破自己的習慣，帶著珂賽特去開開心，藉此沖淡前一天給她留下的印象，用全巴黎歡樂熱鬧的場面，抹掉在她眼前發生的那一幕慘劇。政府用閱兵儀式點綴這次節慶，街上自然有許多穿著戎裝的軍人來來往往。尚萬強也換上他那套國民警衛隊制服，但心裡隱約總有一種避難的感覺，總的來說，這次遊逛似乎達到了目的。珂賽特投父親所好，這已是她的行為準繩，況且她看什麼場景都新鮮，因而欣然同意出去看熱鬧，顯示年輕人隨意輕鬆的情致，而且面對所謂公共節日的那種俗而又俗的歡樂，也沒有嗤之以鼻，結果尚萬強真以為一舉成功，消除了那可怕幻視的痕跡。

過了幾天，在一個陽光明媚的早晨，他們二人都待在對著花園的臺階上，這又是一次破例：尚萬強違反了自定的規則，珂賽特則打破了因憂傷而愛待在屋裡的習慣。珂賽特穿著浴衣站在那裡，少女裹著晨衣就像雲霞擁著太陽，一副美妙的情態，頭髮沐浴在陽光裡，因為睡了好覺而面色紅潤，接受老人憐愛的溫柔目光。她在一片一片揪著一朵雛菊的花瓣，但她不知道這迷人的口訣：「我愛你，愛一點兒，熱戀……」然而誰能教給她呢？她出於本能，天真地揉搓這朵花，並沒有意識到揪一朵雛菊的花瓣，就是剝露一顆心。如果有第四位美惠女神，名為「憂傷仙女」，並微微含笑，那麼她就是這仙女的模樣。尚萬強呆呆望著這朵花上的小手指，一時心醉神迷，在這少女的光豔中將一切置之腦後。一隻紅喉雀在旁邊的荊叢中啁啾。片片白雲歡快地掠過天空，就好像自由被放生了一般。珂賽特還在聚精會神地扯花瓣，彷彿想著什麼事，而且一定是美好的事。忽然，她以天鵝似的優美姿態，慢悠悠地轉過頭來，對尚萬強說：「爸，勞役場是什麼地方呀？」

第四卷：人助也許是天助
Secours d'en bas peut être secours d'en haut

一・外傷內癒
Blessure au dehors, guérison au dedans

他們的生活就這樣日益黯淡下來。

只剩下一種消遣方式，也就是從前一種幸福的事：送麵包給挨餓的人、送衣服給受凍的人。珂賽特常陪尚萬強去訪貧問苦，從中能找回一點他們往日的情感交流。有時，一天下來很有成績，幫助了不少窮人，溫飽了不少小孩，到了晚上，珂賽特的情緒就會快活一些。正是在這一時期，他們走訪了容德雷特的那間破屋。

走訪的次日早晨，尚萬強來到小樓，還是和往常一樣平靜，可是左臂膀卻有一大塊傷口，腫得厲害且相當嚴重，有點像燒傷，但他只是隨便解釋了幾句。這次受傷，他發燒了長達一個月，不再出門，也不肯請醫生，有時珂賽特催得急了，他就說：「找個狗大夫來吧。」

珂賽特早晚幫他包紮，神態如此超凡，因為能為他盡力而流露出莫大的欣慰，尚萬強深有所感，覺得自己的擔心和惶恐煙消雲散，往日的快樂又全部回到心頭，他凝望著珂賽特，常說道：「嘿！傷得好啊！嘿！疼得好啊！」

珂賽特看到父親病了，就拋棄小樓，又愛待在小屋和後院了，幾乎每天都守在尚萬強身邊，念他挑選的書給他聽，主要是遊記。尚萬強恢復了生趣，他的幸福又重新煥發異彩，什麼盧森堡公園、那個在周圍遊蕩的陌生青年、珂賽特變得冷淡的態度，這些烏雲全從他心頭消散。他有時就想：「那一切，全是我想像出來的。我真是個老瘋子！」

他感到無比幸福，就連在容德雷特的破屋，意外遭遇到德納第那樣的險事，也可以說從他身上滑過去了。他逃脫了，而且甩掉了跟蹤者，剩下的事，就無所謂啦！他再想起來，只覺得那幫歹徒很可憐，心想他們關進大牢，此後再也不能為非作歹，不過他們的家人就會陷入絕境，未免太悲慘了。

至於在曼恩城關那慘不忍睹的一幕，珂賽特再也沒有提起。

在修道院時，珂賽特上過聖梅蒂德修女的音樂課，她天生一副黃鶯似的好嗓子，富有感情。到了晚上，在這受傷的老人小屋裡，她有時就唱起憂傷的歌曲，大大娛悅了尚萬強。

春天來臨了。每年到了這個季節，園中景色便十分迷人，尚萬強就對珂賽特說：「妳都不去園子了，我要妳去走走。」珂賽特回答：「聽您的就是了，爸。」

她順從父親的意思，又恢復到園中散步的習慣，但多半獨自一人，我們指出過其中的緣由：尚萬強幾乎從不去花園，大概是怕鐵柵門外有人看見他吧。

尚萬強的創傷，倒為他消愁解悶了。

珂賽特見父親痛苦減輕，創傷漸漸平復，似乎有了喜色，她的心情也就歡暢了，但自己並沒有注意到，因為這種心境來得十分舒緩而自然。繼而進入三月份，白天逐漸延長，冬季離去，而且總帶走我們的一部分感傷。接著便到四月，這是夏季的黎明，像每天拂曉一樣清爽，像每個童年一樣歡快，有時也像初生嬰兒一樣啼哭。在這個月裡，大自然將明媚的春光，從天空，從雲彩，從樹木，從草地，從鮮花傳入人心。

珂賽特還太年輕，不能不讓與她相仿的四月喜悅沁入心脾。不知不覺中，連她自己都沒意識到，她頭腦中的黑影消失了。憂傷的心靈在春天也敞亮著，正如地窖在正午也明亮一般。珂賽特也如此，已經不那麼憂鬱了。這是實際的情況，但她沒有覺察出來。每天吃過早飯，將近十點鐘時，她攙著父親受傷的手臂，拉他到臺階前的花園裡，在陽光下走一刻鐘，這時她往往動不動就咯咯笑起來，顯得非常快活，而自己卻絲毫沒有覺察。

尚萬強見她臉色又變得紅潤鮮豔，心中也喜不自勝。

「嘿！傷得好哇！」他低聲重複道。

他甚至感激德納第夫婦。

傷治好之後，他又恢復夜間獨自散步的習慣。

獨自到巴黎無人居住的地段散步，如果以為自己不會遇見意外之事，那就是大錯特錯了。

二．普盧塔克大媽自有說法

La mère Plutarque n'est pas embarrassée pour expliquer un phénomène

一天晚上，小伽弗洛什沒有吃東西，他還記得昨天就沒有吃晚飯了，再這樣下去可受不了，就決定去找頓消夜，便到婦女救濟院那一帶，在人跡罕至的地方遊蕩，在那裡會有意外的收穫：沒有人的地方往往能找到一些東西。他一直走到幾戶人家的聚集點，好像是奧斯特里茲村。

他來這兒遊蕩過，有一次就注意到有一座老園子，只有一個老頭和一個老太婆出沒，園中有棵勉強還活著的蘋果樹，蘋果樹旁邊有個沒關好的鮮果箱，從裡面也許能掏出個蘋果來。一個蘋果，就是一頓晚餐，一個蘋果，就能救人一命。害了亞當的東西，也許能救了伽弗洛什。園子隔著一道籬笆便是小街，街道上沒有鋪路石，兩邊雜草叢生。

伽弗洛什朝園子走去，找到小街，認出那棵蘋果樹，看到那個鮮果箱，察看了一下籬笆：一道籬笆，抬腿就能跨過去。夜幕低垂時，小街連隻貓都看不見，正是好時機。伽弗洛什剛要起跳，猛地又停下。園中有人說話。伽弗洛什從籬笆縫往裡頭窺視。

那邊的籬笆腳下，離他兩步遠，恰好在他打算跨過豁口的著地點，平放著當凳子坐的一塊條石，園中的那個老頭兒坐在上面，對面站著那個老太婆。老太婆絮絮叨叨。伽弗洛什也不管那一套，偷偷聽起他們的談話。

「馬伯夫先生！」老太婆說道。

「馬伯夫！」伽弗洛什想道，「這名字好滑稽。」①

被呼喚的老頭兒一動不動。老太婆又叫了一聲：

「馬伯夫先生！」

老頭兒眼睛沒有離地，終於決定應聲：

「什麼事，普盧塔克大媽？」

「普盧塔克大媽！」伽弗洛什想道，「又一個滑稽的名字。」②

普盧塔克大媽又說下去，老頭兒卻勉強答話。

「房東不高興了。」

「為什麼？」

「欠了人家三季的房租。」

「再過三個月，就欠了四季了。」

---

①．馬伯夫的法語發音類似「我的牛」。

②．普盧塔克（約五〇—一二五）：原是古希臘作家名。

「他說要把您趕到街上睡。」

「走就走。」

「果品店老闆娘也要我們付賬，她不肯再賒木柴給我們了。今年冬天您拿什麼取暖？我們一點木柴都沒有了。」

「有太陽呢。」

「肉店老闆也不肯賒賬，不願賣肉給我們了。」

「不賣正好。吃肉我消化不良。太膩了。」

「那吃什麼呢？」

「吃麵包。」

「麵包鋪老闆也要清賬，他說沒有現金，不賣麵包。」

「好吧。」

「那您吃什麼？」

「我們這棵樹上還有蘋果。」

「可是，先生，沒有錢，接下來沒法活呀。」

「我沒錢。」

老太婆走了，老頭兒獨自留下，他開始考慮。伽弗洛什也考慮起來。天幾乎全黑了。

伽弗洛什考慮後的頭一個結論，就是蹲在籬笆腳下，不想跨過去了。綠籬腳下的枝條稍稍稀薄一些。

「咦，」伽弗洛什心中驚歎道，「一個小窩！」於是他蜷縮進去，後背幾乎靠到馬伯夫老爹的石凳。他聽到那八旬老人的呼吸。

就這樣，他想用睡覺代替晚餐。

貓兒睡覺，只閉一隻眼。伽弗洛什一邊打盹，一邊窺伺。

暮晚天空的白光照白了大地，在兩排幽暗的荊棘之間，小街呈現出一條灰白線。

忽然，在灰白帶上出現兩個身影，一前一後，相隔不遠。

「來了兩個人。」伽弗洛什咕噥道。

前面那個身影像個老市民，弓著背低頭沉思，衣著十分儉樸，因上了年紀而步履緩慢，披著星光夜遊。

第二個細長高䠷，身子挺拔，正照著前面那個人調整自己的步伐，有意放慢速度，但能讓人感到他的動作靈活敏捷。不知為什麼，這個人的身影顯得兇險而令人不安，他整個儀表正是當時所謂的時髦青年：帽子是流行的式樣，緊身燕尾服剪裁得體，大概是用上等料子做的。他的頭高高揚起，既健壯又高雅；那頂帽子下面，有著一張少年的蒼白側臉，在暮色中隱約可見，那側臉嘴上還叼著一朵玫瑰。第二個身影伽弗洛什很熟悉，那就是蒙巴納斯。

關於另外那個人，伽弗洛什只看出是個老頭，此外一無所知。

伽弗洛什立即注意的觀察他們。

這兩個行人，顯然有一個要對另一個圖謀不軌。伽弗洛什處於有利位置，便於觀察事態的發展，這個小窩恰好成了掩蔽體。

蒙巴納斯在這樣時刻，到這種地方打獵，那是非常危險的。伽弗洛什這個流浪兒感到心生憐憫，暗暗為那老人叫苦。

怎麼辦？插手嗎？一個弱小去救助一個老弱！那只能讓蒙巴納斯笑掉大牙！伽弗洛什明明知道，那個十八歲的強盜特別兇殘，那一老、這一小，只要兩口就會被他吞掉。

伽弗洛什這邊心裡還在思索辦法，那邊已經開始兇猛的襲擊。那是猛虎襲擊野驢，蜘蛛襲擊蒼蠅。蒙巴納斯一下吐掉那朵玫瑰，撲向老人，揪住他的衣領，狠狠掐住他的脖子。伽弗洛什差點兒喊出聲來。過了一會兒，一個就把另一個壓在下面，用堅如石頭的膝蓋頂住胸口，下面那個拚命掙扎，但是已經氣短力竭。不過，情況完全不像伽弗洛什預料的那樣。被打倒在地的，是蒙巴納斯；壓在上面的，是那個老頭兒。

這一場面，就發生在離伽弗洛什幾步遠的地方。

老人受襲擊，立刻還擊，而還擊之猛烈，轉瞬間，攻擊者和被攻擊者就掉換了位置。

「好一個勇猛的老將！」伽弗洛什心中讚道。

他不由得鼓起掌來，但是掌聲單弱，傳不到相搏的兩個人那裡：二人氣喘吁吁，正全力拚搏，聽不見周圍的動靜了。

那場面戛然靜止了。蒙巴納斯不再掙扎。伽弗洛什不免嘀咕一句：

「他死了吧？」

那老人一句未說，一聲未喊，他直起身子來，伽弗洛什聽到他對蒙巴納斯說：

「起來。」

蒙巴納斯爬了起來，但仍被老人揪住，他又羞又惱，那個狼狽樣，恰似被綿羊咬住的一條狼。

伽弗洛什瞪大眼睛，豎起耳朵，盡量用聽力加強視力，他覺得開心極了。

作為旁觀者，他的擔心得到了報償，能捕捉住他們的對話，而這場對話藉助於黑暗，具有一種難以形容的悲劇腔調。老人盤問，蒙巴納斯回答：

「你年紀多大？」

「十九歲。」

「你有力氣，身體又好，為什麼不工作呢？」

「我覺得無聊。」

「你是靠什麼維生的？」

「遊手好閒。」

「說話正經點。能幫你什麼忙嗎？你想做什麼？」

「做強盜。」

二人沉默片刻。老人彷彿在沉思，他一動也不動，但是沒有放開蒙巴納斯。

那年輕的歹徒又健壯、又敏捷，像一隻被捕獸器夾住的野獸，不時亂蹦幾下。這時，他猛然一掙，來個勾腳，雙手拚命扭動想掙脫。老人全然不覺，只用一隻手抓住他的兩個手腕，就像掌握了一種絕對力量那樣毫不在意。

老人凝思了片刻，眼睛又盯住蒙巴納斯，在這昏天黑地，他聲調和藹，語重心長地規勸一番，字字都傳入伽弗洛什的耳中：

「我的孩子，你因為懶惰，就進入了最辛苦勞累的生涯。唉！你說你遊手好閒！那還是準備勞動吧。有一種可怕的機器，你見過嗎？那叫軋機。要特別當心，那可是個險惡的東西，它只要咬住你的衣襟，你整個人就會被攪進去，那種機器，就叫無所事事。止步吧，趁現在還來得及，趕緊逃開！要不然，就完蛋了，不用多久，你就會被攪進齒輪裡，一旦捲進去就沒救了。就會把你累死，懶骨頭！再也沒有休息的時候，勞役的無情鐵手會牢牢地抓住你。還是自謀生路，找一份工作做，履行一種職責，你不願意！像別人那樣，你覺得無聊！那好吧！你就要成為另外一種樣子。勞動是法則，誰厭煩推開勞動，誰就要受勞動的刑罰。你不願意當工人，那就得當奴隸。勞動從這一端放開你，只為了從另一端抓住你，你不肯當它的朋友，那就要當它的黑奴。哼！你不願意要老實人的疲勞，那就得下地獄去流汗，在別人唱歌的地方，你只能哀號哭泣。你在底層遠遠看見別人勞動，就覺得他們是在休息。耕地的人、收割的人、水手、鐵匠，都在光明裡，在你看來就像天堂中快樂的人。鐵砧放射多美妙的光芒！扶犁，捆麥子，又是多麼快樂。船在風中自由行駛，該有多麼痛快！而你，懶傢伙，你就刨吧，拖吧，滾吧，行進吧！戴上你的籠頭，你成了地獄裡拉重載的牲口！哼！什麼也不幹，這就是你的目的。好吧！你就要每一週、每一天、每一小時都累得筋疲力竭。你搬起什麼東西都要戰戰兢兢。熬過的每一分鐘，都會讓你的筋骨咯咯作響，對別人輕如羽毛的東西，對你就要重如岩石。最簡單的事情，就要變得比登天還難。你周圍的生活將變成惡魔。走一步路，喘一口氣，無不變成沉重的勞動。你就覺得自己的肺承受百斤重負。走這邊、還是走那邊，也要變成極難解決的問題。任何人想出去，推一下門就行了，跨出門檻就到了戶外。而你呢，若想出去，你就得在牆壁鑿開洞。要是想上街，大家都怎麼做呢？走下樓梯就行了；而你，還得撕開床單，一段一段擰成繩子，再從窗戶爬下去，你抓住繩子吊在深淵上面，還要在黑夜裡，趁著狂風暴雨，飛沙走石的天氣，萬一那根繩子太短，你就只有一個辦法下去，鬆手往下掉，盲目掉進深淵，究竟有多深，究竟掉在什麼上面？反正就是掉在下面，掉在未知的東西上。要不然，你從煙囪爬出去，冒著燒死的危險，或者從排糞溝爬出去，冒著淹死的危險。我還要告訴你，挖出的洞必須掩蓋起來，洞口的石頭，每天不知有多少回取下再裝上，挖出的灰土要藏在草墊裡。門上有一道鎖，市民的口袋裡有鎖匠打的鑰匙。可是你呢，若想通過那扇門，就不得不造出一件驚人的傑作：你得弄一個大銅錢，剖成兩個薄片，用什麼工具呢？你自己發明去吧，這是你的事。然後，你將兩片的裡面挖空，要小心別損壞表面，再在側面刻出螺紋，兩片合起來能緊密貼合，就跟盒底盒蓋一樣。上下兩片擰緊，誰也看不出來。你雖然受到監視，但是看守的人會以為是枚大銅錢，而對你來說卻是個小盒子。盒子裡裝什麼呢？裝一小段鋼條。懷表的一段發條，你已經在上面鑿了許多鋸齒，成為一把小鋼鋸，有別針那麼長，藏在銅錢裡，可以用來鋸斷鎖舌、門插銷、掛鎖的梁、你窗上的鐵條、你腳上的鎖鏈。這件傑作完成了，這件奇物造出來了，在藝術、技巧、靈活、耐心方面顯示這麼多奇蹟，可是一旦讓人發現是你幹的，你會得到什麼報酬呢？關進地牢。這就是前途。懶惰，追求享樂，多麼兇險的懸崖峭壁！無所事事，就是要自討苦吃，你知道嗎？依賴社會物質，遊手好閒地生活！做個無用的人，也就是有害的人！那只能把人直接引到悲慘的絕境。要當寄生蟲，就要遭大難！就要成為蛆。哼！你不喜歡幹活！哼！你只有一個念頭：吃好，喝好，睡好。到那時你只能喝涼水，吃黑麵包，睡木板，手腳還要戴上鎖鏈，讓你夜晚皮肉感到冰涼！你要掙斷鎖鏈，要逃跑，那很好。可是，你得在荊棘叢中爬行，像森林野人一樣吃草，最後還要被抓回去。那樣一來，就要把你丟進地牢關幾年，用鐵鏈拴在牆上，你得摸黑找水罐喝水，啃一塊連狗都不吃的噁心黑麵包，吃那種蟲蛀的蠶豆，你就跟地窖裡的甲蟲沒兩樣！唉！可憐你自己吧，不幸的孩子，小小年紀，斷奶還不到二十年，母親一定還活著！我勸你，聽聽我的話。你想穿優質黑呢衣，穿薄底皮鞋，想燙頭髮，幫鬈髮塗上香噴噴的髮蠟，想討女人喜歡，想要英俊漂亮。可是到那時，你就得剃成光頭，戴紅囚帽，穿木鞋。現在你想戴戒指，到那時你脖子上得戴枷鎖。你若是瞧一眼女人，就得挨一棒子，二十歲進去，五十歲才能出來，進去時非常年輕，臉色紅潤，皮膚細嫩，眼睛炯炯有神，牙齒雪白，一頭少年的美髮。可是出來的時候，人垮了，背駝了，皮膚皺了，牙齒掉了，頭髮白了，樣子難看極了！唉！我可憐的孩子，你走錯了路，懶惰幫你出了壞主意，最艱苦的勞動，就是搶劫。相信我，不要做當懶漢那種苦差事。成為一個壞蛋，並不怎麼舒服，還不如做誠實人那麼自在。現在你走吧，想一想我對你說的這番話。對了，剛才你要我什麼東西？我的錢袋，給你吧。」

老人放開蒙巴納斯，將錢袋放在他手上。蒙巴納斯托在手上掂了掂，然後像偷來似的，以機械的動作，小心翼翼地揣進燕尾服的後兜。

老人說完這番話，又做完這件事後，便轉過身去，繼續悠然地散步。

「老傻瓜！」蒙巴納斯咕噥一聲。

那老人是誰？想必讀者已經猜到。

蒙巴納斯怔怔地望著他消失在暮色中。他這一呆望又倒楣了。

老人那邊走遠，伽弗洛什這邊卻湊近了。

伽弗洛什往旁邊看了一眼，看清楚馬伯夫仍坐在石凳上，大概睡著了，他就從荊叢窩裡鑽出來，沿著黑地朝愣著不動的蒙巴納斯背後爬去，爬到他身邊，蒙巴納斯沒有看到，也沒有聽見。於是，流浪兒伸手，悄悄探進那優質黑呢禮服的後口袋，抓住錢袋，抽回手來，又爬開了，像遊蛇一樣溜進黑暗中。蒙巴納斯毫無理由對周圍警惕，而且有生以來，這是他頭一次思考問題，也就一點也沒有發覺。伽弗洛什回到馬伯夫老爹旁邊，從籬笆上面把錢袋扔過去，撒腿跑掉了。

錢袋落到馬伯夫老爹腳下，把他驚醒了。他俯下身拾起錢袋，一時莫名其妙，便打開看看。那錢袋分為兩格，一邊有點零錢，另一邊有六枚拿破崙金幣。

馬伯夫先生大吃一驚，趕緊送給老保姆。

「這是天上掉下來的。」普盧塔克大媽說道。

第五卷：結局不像開端
Dont la fin ne ressemble pas au commencement

一．荒園和兵營的結合
La solitude et la caserne combinées

四、五個月前，珂賽特還在心痛欲碎，黯然神傷，不知不覺中，她的心情平靜下來了。大自然、春天、青春，對父親的愛、鳥兒和鮮花的喜悅，在不知不覺間，將類似遺忘的情緒，一天一天，一點一點，一滴一滴，注入這顆貞潔而年少的靈魂。在這顆靈魂中，火完全熄滅了嗎？還是僅僅覆上一層灰燼呢？反正她幾乎沒有憂心如焚的感覺了，這也是實際的情況。

有一天，她忽然想起馬呂斯，自言自語道：「怪啦！我不再想他了。」

就在那個星期，她發現一名英俊的槍騎兵軍官從花園的鐵柵門前走過，只見那人蜂腰身段，軍裝十分標致，頭戴漆布軍帽，手臂下一把戰刀，臉蛋像姑娘，鬍鬚上了蠟油，再看那金黃色頭髮、金魚眼睛、圓圓的臉，那副樣子又庸俗、又放肆、又漂亮，正是馬呂斯的反面形象。他嘴裡還叼根雪茄菸。珂賽特心想：那軍官一定是駐紮在巴比倫街部隊的。

次日，她又看見那軍官經過，並留心注意時間。

從那時起，她幾乎天天看他經過，難道這是偶然的嗎？

那軍官的夥伴也發現，在那難看的老式鐵柵門裡，「管理不佳」的花園中，有一個漂亮小妞，每當英俊的中尉經過時，幾乎總待在那地方。那名中尉，讀者並不陌生，他就是特奧杜勒．吉諾曼。

「嘿！」他們對他說，「那兒有個小妞在向你拋媚眼呢，瞧瞧啊。」

「凡是看我的姑娘，都叫我瞧瞧，我有那個時間嗎？」槍騎兵軍官回答。

正是在這種時候，馬呂斯心灰意冷，走到死亡的邊緣，嘴上反覆念叨著：「死之前，無論如何再見她一面也好啊！」他的意願若是實現，他若是看見這個時刻，珂賽特正瞄準一個槍騎兵，那他就會啞口無言，痛苦而死。

這是誰的過錯呢？誰也沒有錯。

馬呂斯的性情，即是陷入苦惱就不能自拔，而珂賽特沉下去後卻能浮上來。

再說，珂賽特正經歷一段危險時期，即女性耽於夢想而易失足的階段。在這種時候，一個孤寂的少女的心，就好像葡萄藤的捲鬚，不管遇到的是大理石柱頭，還是酒館的木柱，都同樣會攀附。這一稍縱即逝的嚴重時刻，對於任何沒有雙親的孤女，無論其貧富，都是具有決定性的關頭，因為富有並不能防止錯誤的選擇。錯誤的結合往往發生在社會上層，而真正的錯誤結合是靈魂的錯誤結合。多少沒沒無聞的青年，出身微賤，沒有名望，也沒有財產，卻是大理石柱頭，能支撐一座偉大感情和偉大思想的廟宇；反之，一個上流社會的男人，躊躇滿志，腰纏萬貫，穿的靴子油光水亮，說的話光滑流利，然而，如果不看他外表，而看他內心，即他給妻子保留了什麼，那就不難看出他不過是個蠢物，心裡裝滿卑污狂妄的淫欲邪念，是酒館的一根木柱。

珂賽特靈魂裡有了什麼呢？有平靜下來或入睡的癡情，處於漂浮狀態的愛，表面清澈明亮，在一定深度就會混濁，到了深處就會變得幽暗了。那英俊軍官的形象映現在表面，但深處有沒有一種記憶呢？——深處之中的深處呢？——也許吧。但珂賽特並不知道。

這時候，突然發生了一件怪事。

二．珂賽特的恐懼
Peurs de Cosette

四月份的前半個月，尚萬強出了一趟門。我們知道，每隔很長一段時間，他就要旅行，離家一兩天，頂多三天。他去哪裡呢？任何人，甚至連珂賽特也不知道。不過有一次他出門時，珂賽特乘出租馬車一直送他到一條死巷子，看見角落的牌子上寫著：小板巷。他在那裡下車，讓馬車把珂賽特送回巴比倫街。尚萬強這種短期旅行，往往安排在家裡缺錢的時候。

晚上，珂賽特獨自一人待在客廳。為了解解悶，她揭開管風琴蓋，邊彈邊唱，彈唱的是《厄里安特》[①]中〈迷失在森林中的獵人〉，這也許是整個音樂中最美的樂段。她彈唱完了，就坐在那兒想心事。

忽然，她彷彿聽見園子裡有腳步聲。

不會是她父親，父親出門了；也不會是都聖，都聖睡著了。現在已是晚上十點鐘。

她走過去，耳朵貼到客廳關好的窗板傾聽。

彷彿是男人的腳步，但是走路極輕。

她急忙上樓回到臥室，打開窗板上的小氣窗，張望花園。此時正值望月，園子裡卻明如白晝。花園沒有人影。

她打開窗戶。園中寂靜無聲，街上也同往常一樣闃無一人。

珂賽特心想是自己聽錯了，原以為聽見腳步聲，但那只是韋伯那段陰森怪異的合唱曲所引起的幻覺。那樂曲對人的思想展示幽邃可怕的意境，猶如駭人的密林震撼視覺，彷彿聽見獵人在蒼茫的暮色中不安地徘徊，踏得枯枝咯咯作響。

她不再想這件事了。

況且，珂賽特天生就不大知道害怕，她的脈管中流淌著光腳闖蕩的吉卜賽女人之血。別忘了，她是雲雀，而不是白鴿，她的秉性粗獷而勇敢。

第二天，還沒那麼晚，天剛黑下來時她在園中散步，心裡正胡思亂想，彷彿又間歇聽見昨晚那種聲響，就像離她不遠的樹下幽暗中有人走動，不過她想，兩根搖曳的樹枝互相摩擦，比什麼都像草叢裡的腳步聲，於是不再注意了。況且，她什麼也沒有看到。

她從「荊叢」裡走出來，再穿過一小塊綠草坪，就能回到樓前臺階。月亮從她身後升起，在她走出樹叢時，將她的身影投射在面前的草地上。

珂賽特驚恐地站住。

在她影子旁邊的草地上，月光又清晰地投下一個特別嚇人、特別恐怖的影子，一個戴圓帽的影子。

好像是個男人的影子，那人在珂賽特身後幾步遠，站在樹叢邊上。

她一時說不出話，叫不出也喊不出來，動不了也無法回過頭去。

終於，她鼓起全部勇氣，毅然決然轉過身去。

一個人也沒有。

她再瞧瞧地上，那影子也消失了。

她又回到樹叢，壯著膽子搜尋每個角落，一直到鐵柵門，但什麼也沒有找到。

①．《厄里安特》：卡斯蒂爾．布拉茲的歌劇，韋伯作曲，創作於一八三一年。

她真的感到脊背冒著涼氣。難道又是錯覺？什麼！連續兩天？一次錯覺也就罷了，居然產生兩次錯覺？令人不安的是，那肯定不是鬼影。鬼魂一般不戴圓帽。

次日，尚萬強回來了。珂賽特對他提起她以為聽到和看到的，本以為父親會聳聳肩膀，讓她放心，會對她說：妳真是個小瘋丫頭！

不料，尚萬強卻憂慮起來。

「難說沒有什麼事。」他說道。

他找了個藉口走開，到園子去了。珂賽特看見他仔細的檢查鐵柵門。

珂賽特半夜醒來，這次沒錯！她聽得清清楚楚，窗下臺階附近有人走動。她跑過去，打開小氣窗，果然看見園中有個人，手持一根粗木棒。她正要喊叫，又看見月光照亮那人的側影，原來是她父親。

她又睡下，思忖道：他確實很擔心啊！

尚萬強一夜待在園中，隨後又連守了兩夜。珂賽特從小氣窗看到他。

第三天夜晚，月亮由圓到缺，升起的時間也遲了，約莫半夜一點鐘，珂賽特忽聽有人哈哈大笑，又聽見父親喊她的聲音：「珂賽特！」

她跳下床，穿上便袍，去打開窗戶。

她父親站在下面的草坪上。

「我把妳叫醒，是要讓妳放心，」他說道，「瞧，這就是妳說的那個戴圓帽的影子。」

他指著月光投射在草坪上的影子讓她看，那確實像戴圓帽之人的鬼影，卻是鄰居屋頂一個戴帽子的鐵皮煙囪投影。

珂賽特也笑起來，所有不祥的推測不攻自破，次日她跟父親吃早飯時，還當笑話說起鬧鬼的園子，受到鐵煙囪影子的驚嚇。

尚萬強的心情又完全平靜下來。至於珂賽特，她也不大注意那鐵煙囪是否在她看到或以為看到的影子方位，月亮是否在天空的同一點上。她心中也絲毫沒有產生疑問，那鐵煙囪怎麼那樣古怪，還怕被當場捉到，一有人瞧它的影子，就趕緊縮回去了，因為那天晚上，珂賽特才一轉身的時間，那影子就消失了，對此她覺得很有把握。珂賽特完全放心了：這種解釋很圓滿，說什麼傍晚或半夜園子裡有人走動，這完全是她的臆想。

然而又過了幾天，又發生了一件怪事。

三．都聖添枝加葉

Enrichies des commentaires de Toussaint

那園子靠近街道鐵柵門旁邊，有一條石凳，由一道綠籬擋住好奇者的視線，不過，過路的人要是從欄杆和綠籬縫兒伸進手臂，還真能摸到石凳。

還是這個四月份的一天傍晚，尚萬強出去了，日落之後，珂賽特坐在石凳上。樹木間清風徐來，珂賽特在想著心事，一種無名的憂傷逐漸襲上心頭，暮晚的愁緒無以排遣，誰知道呢？也許是這種時刻半開墳墓的一種神祕力量引起的吧。

芳婷也許就在這昏暗中。

珂賽特起身，繞著園子漫步，踏著綴滿露水的青草，彷彿夢遊之人，憂傷地自言自語：「真的，這個時辰在園子裡走，非得穿木鞋不可。容易感冒。」

她又回到石凳。

她正要坐下，忽然發現座位上放了一個大石塊，明明剛才是沒有的。

珂賽特凝視這塊石頭，一時覺得莫名其妙。她猛然想到，石頭不會自己跳上石凳，是有人放上去的，剛才肯定有一條胳膊從鐵柱之間探進來。一產生這個念頭，她就害怕了，這回是真的怕了。無可懷疑，石塊就擺在面前，她沒有碰觸它，趕緊逃開，也不敢回頭看一眼，一直逃回房間，立刻關上臺階上面的窗板和落地窗，插上門，上了鎖。

她問都聖：「我父親回來了嗎？」

「還沒有，小姐。」

（都聖口吃，我們已經提起過，就不再贅述了。請允許我們不再強調這一點，我們討厭將人的一種缺陷錄成樂譜。）

尚萬強是個愛沉思和夜遊的人，往往深夜才回家。

「都聖，」珂賽特又說道，「晚上您可要仔細關好窗板，至少園子那邊插好，將小鐵栓插進鐵環裡，確實關上，好嗎？」

「好！放心吧，小姐。」

都聖不會馬虎，珂賽特完全清楚這一點，但她還是忍不住補充一句：「這地方太偏僻了！」

「這話不錯，」都聖說道，「在這要是遇害，恐怕連哼一聲都來不及！而且，先生還不住在樓裡，不過，您一點也不用害怕，小姐，我把窗戶關好，就像堡壘一樣。只住兩個女人！真叫人提心吊膽！您能想像得到嗎？半夜裡，看見幾個男人闖進您房間，對您說：不許出聲！他們上前割您脖子。死倒不怕，死就死吧，誰都清楚反正都要死，可是，想到那些男人碰您，那太可惡了。還有，他們那些刀子，肯定割起來也不痛快！上帝啊！」

「別說啦，」珂賽特說道，「門窗全關好！」

珂賽特讓都聖即興的慘劇臺詞嚇破了膽，也許又想起上星期見鬼的事，因此她都不敢對保姆說：「您倒是去瞧瞧有人放到石凳上的石頭！」就怕再打開對著園子的那扇樓門，會讓「那些男人」闖進來。她讓都聖仔細關緊所有門窗，讓她把整個小樓，從地窖到閣樓全檢查一遍。她回到臥室，插好房門，又看了看床底下，這才上床，但還是睡不安穩。一整夜，她都覺得那塊石頭像座大山，到處是「洞穴」。

次日太陽升起。日出的特點，就是令我們對夜晚的種種恐懼啞然失笑，失笑的程度又往往同有過的恐懼成正。太陽升起，珂賽特也醒來，一場虛驚，彷彿做了一場噩夢，心中想道：「我想到哪去啦？又像上週那樣，半夜三更，以為聽見園子裡有腳步聲！又像上次那樣，看到的是鐵煙囪的投影！現在，我快要變成膽小鬼了吧？」陽光從窗板縫射進來將花緞窗簾映成紫紅色，她完全放下心來，那些胡思亂想，就連那塊石頭，都從她腦海裡煙消雲散。

「石凳上不會有石塊，正如園裡沒有戴圓帽的男人一樣；石塊和別的東西，全是我夢見的。」她穿好衣裳，下樓來到花園，跑到石凳跟前，不禁出了一身冷汗。石塊還在那兒。

這不過是一瞬間的反應。夜晚的恐懼，到白天就變成好奇心了。

「怕什麼！」她說道，「瞧瞧看。」

石塊相當大，她搬起來，看見下面有樣東西，好像是一封信。

那是個白紙信封，珂賽特拿起來一看，正面沒有寫姓名地址，背面也沒有火漆封印。信封雖然敞著口，卻不是空的，裡面露出幾張紙。

珂賽特伸進手去掏出信紙。她感到的已不是恐懼，也不是好奇，而是有些惶惑了。

珂賽特從信封裡抽出一小疊紙，每頁都標上了號碼，寫了幾行字，她心想，字跡很娟秀。

珂賽特找了半天，沒看見任何名字，也沒有署名。是寫給誰的呢？既然有一隻手將信放到她坐過的凳子上，那大概就是寄給她的。是誰寫來的呢？她受到極大的誘惑，無法抗拒，幾頁信紙在手裡發抖，想移開目光，望望天空，望望街道，又望望沐浴在陽光中的刺槐、鄰家房頂上飛旋的鴿子，繼而，目光又驀地垂到手書上，心想應當看看信中寫了什麼。

信的內容如下——

四・石頭下面有顆心
Un coeur sous une pierre

將宇宙縮小到惟一的人，將惟一的人擴展到上帝，這便是愛。

愛，就是天使向星辰膜拜。

靈魂若為愛而憂傷，該是何等憂傷！

不見那獨自就已填滿世界的人，該是何等空虛！啊！心愛的人變為上帝，該是何等真實！不難理解上帝也會嫉妒，假如萬物之父不是為靈魂而創造出世界，就是為愛而創造出靈魂。

只要遠遠望見紫飄帶縐紗白帽下粲然一笑，就足以讓靈魂進入夢幻的宮殿。

上帝在萬物的後面，萬物掩蔽了上帝。事物是黑色的，人也不透明。愛一個人，就要是使其透明。

某些思想就是祈禱。有時，不管身體姿勢如何，靈魂卻在下跪。

相愛而分離的人，能憑藉千百種虛幻而真實的事物相見。有人阻止他們見面，也不准相互寫信，但是，他們能找到無數神祕的辦法互通音訊。他們互送鳥兒的鳴唱、鮮花的芳香、孩子的歡笑、太陽的光芒、清風的歎息、星辰的閃光，互送天地萬物。有何不可呢？上帝創造出來的東西全是為愛服務的。愛有足夠能量委託大自然傳遞資訊。

春天啊，你就是我給她寫的一封信。

未來主要屬於心靈而不是思想。愛，是惟一能佔據並充滿永恆的東西。只有永不枯竭，才能滿足無限。

愛，具有靈魂的特質。兩者本質相同。跟靈魂一樣，愛也是神的火花，跟靈魂一樣，愛也不可腐蝕、不能分割、不會乾涸。愛，是我們身上的火苗，永生永世，無窮無盡，任何東西也不能熄滅，任何東西也不能局限。我們感到它一直燃到骨髓，看見它的光芒直達天際。

愛喲！崇拜！兩情相悅，兩心相契，兩副目光互相滲透！幸福喲，你會到我這來，對吧！二人並肩在僻靜無人的地方散步！幸福燦爛的日子！有時我夢見，時間脫離天使的生活，來到凡塵體驗人類的命運。

上帝若給相愛的人增添幸福，別無他法，只能給他們無窮無盡的歲月。愛的一生之後，便是愛的永生，這的確是一種增長。不過，若想從此生開始，就要從強度上增加愛給予靈魂的那種難以描摹的幸福，這是不可能的，甚至上帝也辦不到。上帝，是上天的飽和；愛，是人的飽和。

你仰望一顆星，有兩種動機，因為星既明亮，又參悟不透。你身邊有一種更柔和的光輝和一種更大的神祕：女人。

無論是誰，我們全都擁有可供呼吸的東西，如果缺少，就像缺少空氣一樣，我們就會窒息，從而死去。因缺少愛而死，尤為慘烈。靈魂的窒息症！

愛一旦將兩個人融合為一個天使般的神聖體，他們便找到生活的真諦，他們便成了同一命運的兩端，同一神靈的兩翼。愛吧，翱翔吧！

一個光彩照人的女子，從你面前走過，從那一天起，你就完了，你就愛了。你別無選擇，只有一件事好做：集中神思想她，結果驅使她也想你。

愛所開啟的，只能由上帝去完成。

真正的愛，能為遺失一隻手套而傷心，或為找回一隻手帕而歡喜；愛要把忠誠和希望寄託於永生永世。愛既由無限大、又由無限小構成。

你若是石頭，就做磁石吧；你若是草木，就做含羞草吧；你若是人，就做癡情人吧。

什麼也不能滿足愛。有了幸福，又想樂園；有了樂園，又想天堂。

你喲，不管你愛誰，這一切都在愛中。你要善於在愛中找到。愛有上天所有：凝望，愛有上天所無：情歡。

「她還會來盧森堡公園嗎？」「不會來了，先生。」「她是在這座教堂做彌撒，對吧？」「現在她不來了。」「她一直住在這樓房裡嗎？」「她搬走了。」「她搬哪兒去住了呢？」「她沒有講。」

不知道自己靈魂的居所，多麼慘苦啊！

愛有稚氣的一面，其他狂熱的感情也有渺小的一面。可恥啊，把人變得渺小的情感！光榮啊，把人變成孩子的情感！

這是件怪事，你知道嗎？我處於黑夜中。因為一個人走了，帶走了天空。

噢！並排躺在同一個墓穴裡，手拉著手，在黑暗中，不時相互輕輕撫摩一下手指，這就足以維持我的永生。

你因為愛而痛苦，還要加倍愛吧。因愛而死，就是為愛而生。

愛吧。在幽幽的星光中，這種折磨伴隨著脫胎換骨。垂死中的心醉神迷。

鳥雀歡樂啊！因為鳥雀有窩有歌。

愛就是呼吸天堂的聖潔空氣。

深邃的心靈啊、明智的思想啊，接受上帝所創造的生命吧。這是長久的考驗，是為未知的命運所做的不可理喻的準備。這種命運，真正的命運，人從跨進墳墓的第一步就開始了。於是，他眼前會出現某種東西，他開始分辨出恆定。恆定，想一想這個詞。活著的人能看見無限，而恆定，只有死者才看得見。大限之前，還是愛並忍受痛苦吧，還是希望並憧憬吧。不幸啊！只愛軀殼、形體、表象的人，唉！死亡，會把這一切奪走！盡心盡意愛靈魂吧，將來你還能再見到。

我在街上遇見一個非常窮苦的青年。他在愛，他的帽子破舊，衣服破損，臂肘磨出洞。水能透進他的鞋底，但星光也射進他的靈魂。

被人愛，這是多麼重大的事情！愛人，是多麼更為重大的事情！心充滿激情而變得英勇無畏。這顆心除了純潔什麼也容納不了，除了高尚和偉大什麼也不依賴了。邪惡之念再也不能在這顆心上萌發，正如冰山上不能長蕁麻。高尚而寧靜的靈魂，超脫了凡俗的情慾和衝動，俯瞰人間的烏雲和黑影、瘋狂和謊言、仇恨和虛榮、狗苟蠅營，高踞青天之上，只能感到來自命運深層的撼動，就像山峰感知地震一樣。

如果沒有人在愛，太陽就會熄滅。

五．珂賽特看信之後
Cosette après la lettre

珂賽特讀著信，漸漸進入夢想，看到手稿最後一行，她抬起眼睛，恰是那位英俊的軍官從鐵柵門前經過的時刻，她望見他那得意洋洋的樣子，覺得俗不可耐。

她又重新品味這手稿。字體非常秀美，珂賽特心想，出自同一個人的手筆，但墨跡不同，有地方很濃，有地方淺淡，好像墨水瓶裡摻了水，可見寫的日期不一樣。這是有感而發，記下一聲聲感歎，沒有篩選，紛亂無序，也沒有目標，是隨筆式的。珂賽特從來沒有看過這類文字。這份手稿並不晦澀，她差不多看明白了，給她的印象就好像門微啟的一座聖殿。這神妙的文字，每一句都放射耀眼的光芒，使她的心沐浴在奇異的光輝裡。從前受的教育，總是向她談論靈魂，但從來沒有提過愛，近乎只講熾炭而絕口不提火焰。這十五頁手稿娓娓講述全部愛、痛苦、命運、生命、永恆、初始和終了，一下子全向她揭示出來。彷彿有一隻手猛地張開，朝她拋來一大把陽光。從這數行文字中，她感覺到一種深摯、火熱、豪邁而善良的性情、一種巨大的痛苦和巨大的希望、一顆纏綿悱惻的心、一種心醉神迷的憧憬。這手稿是什麼呢？是一封信。信上卻沒有地址，沒有收信人姓名，沒有日期，沒有署名，情詞懇切而又無所希冀，是由句句真話組成的謎語，是由天使傳遞給貞女看的情書，是約定在世外的幽會，是孤魂寫給野鬼的愛語。彷彿是一個衰憊已極的男人，從容地到死亡中避難，將命運的奧祕、生命的鑰匙、愛情寄給遠方的女子。這是腳踏進墳墓裡，手指高舉在天空上寫出來的。這一行行落在紙上的文字，可以稱作點點滴滴的靈魂。

現在要問，這手書來自何人？是出自誰的手筆？

珂賽特毫不猶豫。只有那一個人。

是他。

她心中豁然開朗。當初的情景，全又浮現在眼前。她感到一陣前所未有的喜悅和一種深深的焦慮。是他！是他寫給她的！他來啦！是他的手臂從鐵柵中間探進來！就在她把他漸漸遺忘的時候，他又找到她啦！不過，難道她真把他忘了嗎？沒有！絕沒有忘！她一時昏了頭，才這麼以為。她始終愛他。始終仰慕他。在一段時間，這心中的火覆蓋了一層灰，但她看得很清楚，是往深處蔓延，現在又燃燒起來，將她團團圍住了。這份手書就像是一點火星，從另一顆心靈落入她的心靈，於是她感到又要燃起熊熊大火。手稿一字一句撥動她的心弦。「正是啊！」她說道，「這一切我多麼熟悉呀！這一切，我都從他眼中閱讀過。」

她第三遍看完手書的時候，特奧杜勒中尉又從鐵柵門前經過，踏著鋪石街道，弄得馬刺啪啪響。珂賽特不得不抬頭望一眼，只覺得他俗氣、愚蠢、笨拙、無用，還自命不凡，不識進退，放肆無禮，而且面目可憎。那軍官認為應該對她笑一笑。可是她卻扭過頭去，心中又羞愧、又惱怒，真想抓起什麼東西朝他頭上砸過去。

她逃回房間，關起門來，要反覆閱讀手書，好能背下來，以便仔細思考。她看完了，又吻了吻，將手稿塞進胸衣裡。

這下子完了，珂賽特又重新墜入深摯而純潔的愛情中。伊甸園的深淵又洞開了。

一整天，她都處於陶醉狀態，思緒紛亂如麻，考慮不了什麼問題，也猜測不了什麼情況，只是在顫抖中期望，期望什麼呢？她不敢向自己許諾什麼，也不敢拒絕什麼。她的臉色一陣陣發白，身體一陣陣顫慄，有時恍若步入幻境，心中提出疑問：「這是真的嗎？」於是摸摸衣裙裡面的心愛的手稿，並緊緊按在胸口，感到紙角刺著肌膚，眼神流溢出前所未有的喜悅的光彩，不禁想道：「對呀！正是他！這是他送來給我的！」在這種時刻，尚萬強若是見到她這種快樂神情，一定會不寒而慄。

珂賽特心想，把他還給我，這是天意，是天使相助。

愛情的美化喲！奇思異想喲！所謂天意，所謂天使相助，不過是那個麵糰，由一名盜匪從查理大帝的院子拋過費爾斯監獄的房頂，扔給獅子坑的另一名盜匪。

六・老人往往走得好

Les vieux sont faits pour sortir à propos

黃昏時分，尚萬強出門了。珂賽特開始梳妝打扮，她把頭髮梳成最合自身的式樣，又換上一件衣裙。這件衣裙的領口多裁了一剪子，能露出頸窩，照姑娘的說法是「有點不正經」，但其實根本談不上正經不正經，只不過比原先更漂亮了。她認真打扮起來，卻不知道為什麼。

她要出門嗎？不是。

她要接待客人嗎？也不是。

天黑了，她下樓到園子裡。都聖正在廚房幹活，而廚房面對著後院。

她從樹下走過去，有些枝杈很低，不時要用手撥開。

她來到石凳跟前。

那塊石頭仍在原地。

她坐下來，將又白又嫩的手放到石頭上，彷彿要愛撫並感謝它。

忽然，她有一種無以名狀的感覺，雖然看不見，卻能覺察出背後站著一個人。

她轉過頭去，隨即站起來。

正是他。

他光著頭，臉色顯得蒼白，人消瘦了。幾乎分辨不出他的衣裳是黑的。暮色中，他那俊美的額頭映得發青，眼睛蒙上黑影。他身披無比柔和的霧紗，真有點像夜間出沒的亡魂。他的臉上殘留白晝熄滅的餘暉和魂魄臨走的一念。

他那形象尚未成鬼，但已非人了。

他的帽子扔在幾步遠的雜草中。

珂賽特有些站不穩，但是沒有叫一聲，只覺得受他吸引，便緩緩後退，而他卻一動不動。她看不見他的眼睛，卻能感受到那目光，感到包圍過來無以名狀的憂傷情緒。

珂賽特往後退，碰到一棵樹，趕緊靠住，否則就要癱倒了。

這時，她聽見他的聲音，這種聲音，她確實從來沒有聽到過，是竊竊私語，比樹葉微顫的聲響大不了多少：

「請原諒我來這兒。我的心難受極了，再這樣就活不下去了，就來到這裡。我放在凳子上的東西，您看了吧？您認出我一點了吧？不要怕我。您還記得您看我一眼的那天嗎？已經很久了，那是在盧森堡公園裡，在角鬥士雕像附近。還記得您從我面前走過去的那天嗎？那是六月十六日和七月二日。過了快一年了，我有很長時間見不到您的面了。我問過公園出租椅子的那個老婦人，她也說很久沒見到您了。當時您住在西街的一棟新樓裡，是臨街四樓，您瞧我知道吧？我呀，跟隨您過去的。我能有什麼辦法呢？後來，您又消失了。有一次，我在奧德翁劇院柱廊下看報，忽然瞧見您走過，趕緊追上去，一看不對，是一個跟您戴同樣帽子的人。夜晚我到這兒來，別害怕。誰也沒有看見我。我走近您的窗戶觀望。我的腳步很輕，不讓您聽見，您聽見也許會害怕。有一天晚上，我站在您身後，等您回過頭來，我就逃走了。還有一次，我聽見您唱歌，心裡高興極了。我隔著窗板聽見您唱歌，對您有什麼妨礙嗎？對您一點兒妨礙也沒有。沒有吧，對不對？要知道，您是我的天使，讓我來看您來吧。我覺得自己快要死了。您哪兒知道啊！我呀，多麼崇拜您！請原諒，我跟您說話，卻不知所云，也許我惹您生氣了，我惹您生氣了嗎？」

「噢！母親啊！」珂賽特說道。

她說著身子一軟，彷彿要死去。

他急忙上前攙扶，見她身子癱軟下去，就乾脆抱住，摟得緊緊的，卻沒有意識到自己在做什麼。他抱住她，自己身子卻搖搖晃晃，頭腦也暈暈乎乎，一道道閃光從他睫毛之間射出，而意念全都化為烏有，彷彿自己要完成一項宗教儀式，反而犯了褻瀆神靈之罪。不過，他胸口感到這美妙女郎的形體，心中沒有一點欲念。他愛到了心醉神迷的程度。

珂賽特抓住他一隻手，把它按在她的心窩上。他感到放在裡面的那疊紙，便結結巴巴地說：

「看來您愛我啦？」

她回答的聲音極低，好似一股清風，幾乎聽不見：

「別問啦！你明明知道！」

她羞紅的臉，趕緊埋在這個得意而陶醉的青年懷裡。

他身子一沉，坐到石凳上，她挨著坐下，二人再也不說話了。天上的星斗開始閃閃發光，他們的嘴脣是如何相遇的呢？鳥雀如何鳴唱起來，冰雪如何融化了，玫瑰如何開放了，五月如何呈現萬紫千紅的景象，曙光又如何在蕭瑟的丘崗上、黝暗樹木後面泛白的呢？

一吻，一切都迎刃而解。

兩個人都渾身顫慄，他們明亮的眼睛在昏暗中對視。夜涼，石凳冷，泥土潮濕，青草也濕漉漉的，他們都渾然不覺，只顧四目相對，心中千言萬語。他們早已手拉著手，同樣渾然不覺。

珂賽特沒有問他，連想都沒有想問他是從哪進來的，是怎麼闖進這園子裡的，她覺得他到這兒來是極其自然的事情！

馬呂斯的膝蓋不時觸碰到珂賽特的膝蓋，兩個人都顫抖了一下。

隔一會兒，珂賽特就吶吶的說一句話。她的靈魂在脣邊顫動，宛如花朵上的一滴露珠。

他們慢慢交談起來。體現心滿意足的沉默過後，又開始傾吐衷腸了。頭上的夜空靜謐而燦爛。這兩個像精魂一樣純潔的人，現在暢所欲言，彼此談了美夢、陶醉、思念、幻想，以及心慌意亂，談了他們如何遙相渴慕，如何遙相祝願，見不到面之後又如何痛不欲生。他們推心置腹，親密無間到了無以復加的理想程度，各自將內心最隱蔽、最祕密的東西，全都和盤托出。他們懷著在幻想中所具有的天真信念，相互講述愛情、青春和幾分孩子氣使他們產生的種種念頭。這兩顆心彼此傾注交流，僅過了一小時，小夥子就有了姑娘的靈魂，姑娘也有了小夥子的靈魂。他們彼此滲透，彼此誘惑，彼此迷戀了。

他們傾訴完了，全都講出來了，她就把頭偎在他的肩頭，問他一句：「您叫什麼名字呀？」

「我叫馬呂斯。」他回答，「您呢？」

「我叫珂賽特。」

第六卷：小伽弗洛什
Le petit Gavroche

一．風的惡作劇
Méchante espièglerie du vent

從一八二三年起，蒙菲郿客棧漸漸敗落，雖未跌進破產的深淵，卻陷入一筆筆小額債務的泥坑裡。這段期間，德納第夫婦又添了兩個孩子，全是男孩。這樣，總共有五個了，三男兩女，未免太多。

兩個比較晚生的還年幼時，德納第婆娘就把他們拋棄了，心裡也覺得特別痛快。

用「拋棄」這個字眼很恰當。這個女人天性殘缺，不過，這種現象也並非只此一例。德納第婆娘跟德．拉莫特．烏當庫爾元帥夫人①一樣，做母親的只限於愛自己的女兒。她的母愛在女兒身上竭盡了，而她對人類的仇恨則從兒子身上開始。衝著兒子那一面，她的狠毒是陡直的，她的心在此處形成一道陰森的絕壁。正如我們所見，她討厭大男孩，她也憎惡另外兩個兒子。為什麼呢？不為什麼。最可怕的緣由和最無可爭辯的回答，就是：「不為什麼。」

「我可不想養活一大窩孩子。」這個母親如是說。

德納第夫婦如何甩掉兩個小兒子，甚至從中撈點好處，現在來解釋一下。

在前幾頁中，我們提過一個叫馬儂的姑娘，她從吉諾曼老頭那裡掙到了兩個孩子的撫養費。當時她住在切萊斯廷河濱路小麝香老街拐角：那條街已竭盡全力，要將自己的臭名聲變成香氣②。大家還記得三十五年前，塞納河沿岸街區流行的急性傳染病白喉，醫學界還利用那次機會，大規模測試明礬噴霧劑的療效，後來，那種療法由更為有效的外用碘酒所取代。就在那場傳染病流行期間，馬儂姑娘的兩個男孩的年齡很小，早晨一個、傍晚一個，一天當中就全都死了。這是一次沉重的打擊。兩個孩子是母親的寶貝，他們代表每月八十法郎的收益。那八十法郎按時領取，由吉諾曼先生的年息代理人，住在西西里王街的退休公證人巴爾日先生給付。兩個孩子一死，撫養費也就隨之埋葬了，馬儂姑娘得趕緊想法子。她所在的邪惡黑社會中，大家什麼都知道，但又相互保密，而且相互援助。馬儂姑娘急需兩個孩子，德納第婆娘恰好有兩個。都是男孩，年齡又一樣。這一邊好交代，那一邊也好安置。兩個小德納第就成了兩個小馬儂。馬儂姑娘從切萊斯廷河濱路搬到鐘孔街。在巴黎，一個人從一條街遷到另一條街，身分也就改變了。

民政部門沒有接到任何申報，也無從干預，冒名頂替便一舉成功。只有德納第提出要求，出借孩子每月收十法郎費用，馬儂姑娘接受了，並按期付錢。自不待言，吉諾曼先生繼續盡撫養的義務，每半年來看看孩子，沒有覺察出有什麼變化。「先生，他們長得多麼像您！」馬儂每次都這麼說。

德納第也不難更名改姓，他趁此機會搖身一變，成了容德雷特。除了他的兩個女兒和小伽弗洛什外，幾乎沒有人注意到還有兩個小弟弟。人窮困到了一定程度，就會十分冷漠，視同遊魂野

①．德．拉莫特．烏當庫爾元帥夫人（一六二三—一七〇九），法蘭西兒童會總管，有三個女兒，均為公爵夫人。

②．那條街原名為「暗娼街」，作者故此調侃。

鬼，就連自己最親近的人，也往往成了朦朧的影子，在生活模糊的背景中難以分辨，容易跟無形的東西混淆起來。

德納第婆娘原本就想永遠拋棄兩個小兒子，可是交付給馬儂姑娘的當天晚上，她忽然顧慮起來，或者故意裝樣子。她對丈夫說：「這麼幹，可就是遺棄孩子呀！」德納第卻大言不慚，用這種話打消她的顧慮：「讓・雅克・盧梭做得更絕！」做母親的人從顧慮轉為不安，她說道：「警察若是來找麻煩怎麼辦？德納第先生，你說說看，我們這麼幹，能被允許嗎？」德納第則回答：「幹什麼都允許。誰來看這件事，都會覺得跟天空一樣明朗。再說，對這種身無分文的孩子，誰也沒有興趣上前關心一下。」

馬儂姑娘是犯罪集團中的漂亮女孩，很愛打扮，家中的陳設既矯飾又寒酸，跟她同居的一個法籍英國姑娘，是一個非常高明的女賊，和一些富貴人家來往，頗有口碑，也和圖書館勳章，與馬爾斯小姐的鑽石首飾失竊案都有極為密切的關係，在刑事罪犯檔案中相當有名。大家都叫她「密斯姐」。

兩個孩子落到馬儂姑娘手中，卻一點也不委屈。他們有八十法郎的保護，就像任何可供盤剝的東西一樣，自然受到照顧，穿得一點也不壞，吃得一點也不糟，幾乎被當成「小先生」一樣待敬，跟假母親一起生活，比跟真母親一起過的日子好多了。馬儂姑娘也總擺出貴婦的派頭，在孩子面前不講黑話。

他們就這樣過了幾年。德納第還真有遠見，有一天，馬儂姑娘來付十法郎的月錢時，他就對她說：「當『父親』的應該給他們點教育。」

兩個可憐的孩子，甚至受到厄運的保護，一直得到溫飽，不料猛然間被給拋進人生裡，不得不自謀生路了。

像在容德雷特賊窩那樣大批逮捕歹徒，必然導致一連串搜捕和拘留。這是一場名副其實的災難，降臨到秘密生活在公共社會下面的醜惡的反社會，猶如一場狂風駭浪，衝垮了這個黑暗世界的許多地方。德納第的災難，也殃及了馬儂姑娘。

關於普呂梅街的那張字條，由馬儂姑娘交給愛波妮不久，有一天，鐘孔街突然來了一幫警察，抓走了馬儂姑娘和密斯姐，整棟樓裡形跡可疑的人也都被一網打盡。當時，兩個小男孩正在後院玩耍，根本沒有看到這場洗劫，到了要回家的時候，他們才發現家門被封了，整棟樓房都空了。對面鋪子的一個補鞋匠招呼他們，將「他們母親」留下的一張字條交給他們。紙上有個地址：「西西里王街八號，年息代理人巴爾日先生」。補鞋匠對他們說：「你們不住在這了。去那裡吧。路很近。左邊的第一條街就是。拿著這張字條，問問路就行了。」

兩個孩子手裡拿著引路的字條，大的牽著小的走了。天氣很冷，小手凍僵了，字條也抓不緊，走到鐘孔街拐角的時候，被一陣風給吹跑了，天又暗下來，沒辦法找到了。

他們就這樣流落街頭。

二・小伽弗洛什沾了拿破崙大帝的光

Où le petit Gavroche tire parti de Napoléon le Grand

巴黎春天常刮起凜冽的寒風，吹在人身上不完全是寒冷，而是冰凍。這種寒風能為晴朗的天氣陡增淒冷的氣氛，恰如從不嚴實的門窗縫裡吹進暖室的冷空氣。冬季那扇陰森的門彷彿還半開著，一陣陣風吹進來。本世紀歐洲第一場大規模流行病，就是在一八三二年春天爆發的：那年春寒料峭，凜凜寒風格外刺骨，那扇門比冬季半開的門還要寒冷，簡直就是一道墓門。人們感到那種寒風挾著霍亂的氣息。

從氣象學角度來看，這種寒風還有一種特點，就是絲毫也不排除強力氣壓。這個季節常常起大風暴，伴隨著疾雷閃電。

一天晚上，這種寒風吹得更起勁，彷彿又回到了一月份，有錢的人又重新穿上大衣，而小伽弗洛什還穿著那身破布片，站在一家理髮店門前出神，凍得愉快地打著哆嗦。他當作圍巾圍在脖子上的，是不知從哪弄來的一條女式羊毛披肩。小伽弗洛什那副樣子，好像在由衷地欣賞櫥窗裡的一個蠟人新娘，看那新娘敞胸露懷，頭戴橘花冠，在兩盞燈之間旋轉，向行人投來微笑，而其實，小傢伙眼睛正瞄著店鋪，看看能不能順手牽羊，從櫃檯「摸走」一塊香皂，好拿到郊區理髮店那裡賣一蘇錢。他時常靠那塊香皂吃頓飯。這種伎倆他挺拿手，說是「幫理髮師刮鬍子」。

他眼睛一邊欣賞新娘，一邊瞟著那塊香皂，嘴裡還一邊咕噥著：「星期二。……不是星期二。……是星期二嗎？……也許是星期二。……對，就是星期二。」

誰也沒有弄明白過，這種自言自語究竟是什麼意思。

這種自言自語，也許偶然涉及他最後那頓飯的日期，那就意味著三天沒吃飯了，因為這天已是星期五。

店裡有一爐旺火，暖烘烘的，理髮師正幫一名顧客刮臉，他不時瞥過一眼，瞧瞧那個敵手，那個凍得發抖、雙手插兜、心裡顯然像在打著鬼主意的沒臉皮野孩子。

伽弗洛什正端詳新娘、櫥窗和溫德索香皂的時候，忽然來了兩個穿戴相當整齊的孩子，他們一高一低，比他個頭還矮，看樣子一個有七歲，一個有五歲，膽怯地擰動門把手，走進店鋪，不知道要問什麼事，也許是請求施捨，說話哼哼唧唧的，不像祈求倒像呻吟。他們兩個同時開口，話又講不清楚，小的抽抽搭搭語不成句，大的又凍得牙齒咯咯打顫，理髮師轉過身，滿臉怒氣，右手還舉著剃刀，左手推著大的，用膝蓋頂著小的，將兩個孩子趕到街上，關上店門，恨道：

「閒著沒事，來把人家屋子都折騰冷啦！」

那兩個孩子一邊哭一邊往前走。這時，天上吹來一片烏雲，淅淅瀝瀝下起雨來。

小伽弗洛什追上去，招呼他們說：「你們怎麼啦，小鬼？」

「我們沒有地方睡覺。」大的回答。

「就為這個？」伽弗洛什說道，「這可不得了。這也值得哭嗎？你們兩個都是傻瓜嗎？」

伽弗洛什一副略帶嘲笑的高傲態度，以憐惜的權威口吻，柔和愛護的聲調說：「小娃娃，跟我來。」

「是，先生。」大的說道。

於是，兩個孩子跟他走了，就像跟隨大主教似的。他們不再哭了。

伽弗洛什領著他們，沿聖安托馬街朝巴士底廣場方向走去。

伽弗洛什邊走邊回頭，狠狠瞪那家理髮店一眼。

「那條老鯖魚[③]，簡直沒長人心，」他咕噥道，「他是個美國佬。」

伽弗洛什走前面，他們三人魚貫而行，一個姑娘見到他們便格格大笑起來，未免對這一夥人失敬了。

「你好，公共馬車姐。」伽弗洛什回敬她一句。

過了一會，他又想起那個理髮師，改口說道：

「我叫錯那個畜生的名字了，他不是鯖魚，而是一條蛇。理髮匠，等著吧，我去找個鎖匠師傅，在你的尾巴裝上一個鈴鐺。」

他跟那個理髮師嘔氣，見什麼都發火。他跨過一條水溝時，遇見一個長了鬍鬚的看門婆，看她拖著掃把的樣子，簡直夠資格上布羅肯峰[④]去會浮士德了，於是，他就吆喝一句：「夫人，您這是騎馬出門啊？」

話音剛落，他又一腳踏下去，將泥水濺到一個過路人的閃亮皮靴上。

「小壞蛋！」那過路人十分惱火，嚷了一聲。

伽弗洛什鼻子從圍巾裡抬起來，問道：「先生要告狀嗎？」

---

③．理髮師綽號「鯖魚」。

④．布羅肯峰：德國哈茨山最高峰，相傳每年四月三十日至五月一日的夜晚，巫婆在那峰上聚會。歌德在《浮士德》中有描述。

「告你！」過路人說。

「警局關門，我不接案子了。」伽弗洛什答道。

然而，他沿著這條大街繼續往前走，瞧見一個大門洞下有個十三、四歲的女叫花子，渾身凍僵了。衣裙太短，雙膝都露在外面。小女孩開始長大，腿不該露出來了。年歲增長往往這樣捉弄人，恰恰到了赤裸便顯得不雅觀的時候，裙子變短了。

「可憐的姑娘！」伽弗洛什說，「恐怕連條褲衩都沒得穿。接著，先圍上這個吧。」

他說著，將暖呼呼圍在脖子上的羊毛圍巾解下來，扔到女叫花子凍紫了的瘦肩頭上，這樣一來，圍巾又變回去，成了披肩。

女孩怔忡地望著他，接受披肩卻未吭一聲，人窮苦到了一定份上，往往麻木遲鈍了，受苦不再呻吟，受惠也不再道謝了。

這樣一來：

「格……！」伽弗洛什發出聲來，抖得比聖馬爾丹更厲害：聖馬爾丹[5]至少還留下半件大衣。

他這一「格」，陣雨更加惱火，下得更兇了。這種上天實在太壞，還會懲罰善行。

「真可惡！」伽弗洛什嚷道，「這是什麼意思？雨又下起來啦！仁慈的上帝呀，再這樣下去，我可要回娘胎裡了。」

他又往前走。

「到處都一樣，」他說著，望了一眼蜷縮在披肩下面的女乞丐，「她那身大衣還不賴呢。」

他抬頭望了望烏雲，嚷了一聲：「沒轍啦！」

兩個孩子亦步亦趨地跟在他的身後。

他們經過裝了密實鐵絲網的櫥窗，顯見是麵包鋪，因為麵包和金子一樣，要用鐵欄保護起來，伽弗洛什轉過身：

「對了，小娃娃，晚飯吃了嗎？」

「先生，」大的回答，「早飯之後，到現在都沒吃東西。」

「你們沒有父親，也沒有母親嗎？」伽弗洛什鄭重其事地又問道。

「先生不要亂說，我們有爸爸媽媽，只是我們不知道他們住在哪。」

「有時候，知道還不如不知道。」伽弗洛什說道，表示他很有頭腦。

「我們走了兩個鐘頭了，」大的接著說，「我們找過好多牆角，可是什麼東西也沒有找到。」

「我知道，」伽弗洛什又說，「全被狗給吃光了。」

他沉默了一會兒，又說道：

「嘿！我們把自己的作者弄丟了。我們都不知道他們怎麼了。這樣不應該呀，孩子們。把老一輩人給弄丟了，這也太糊塗了！哎呀。對啦！總得吃點什麼呀。」

此外，他再也沒有向他們提什麼問題。無家可歸，這再明白不過了。

兩個孩子中那個大點的變得也快，幾乎又完全恢復童年那種無憂無慮，他驚歎道：

「說起來真怪。媽媽還說過，到了聖枝主日那天，她要帶我們去拿祝福過的黃楊枝呢。」

「神經。」伽弗洛什應了一聲。

「媽媽是位夫人，」大的又說，「跟密斯姐住在一起。」

「好傢伙。」伽弗洛什又應了一聲。

他停了下來，搜索著身上破衣爛衫的每個角落，摸了好半天。

他終於抬起頭，那神情本來只想表示滿意，而實際上卻得意洋洋了。

「放心吧，娃娃，這下不就有錢了嗎？夠三個人吃晚飯了。」

說著，他從一個兜裡掏出一蘇硬幣。

⑤・聖馬爾丹（約三一五—三九七）：圖爾主教。據傳他將大衣分一半給一個窮人。

他沒等兩個孩子嚇得目瞪口呆，就推著他們進了麵包鋪，將一蘇錢往櫃檯上一放，喊道：「夥計！五生丁麵包。」

麵包師傅本人就是店鋪老闆，他拿起一個麵包和一把刀。

「切成三塊，夥計！」伽弗洛什又說道，接著又鄭重其事地補充一句：「我們是三個人。」

麵包師打量完三個吃晚飯的人，便拿起一塊黑麵包；伽弗洛什見此情景，就把一根手指深深插進鼻孔裡，猛然吸氣，彷彿指尖有一小撮弗雷德里克大帝的鼻菸，往麵包師的臉氣憤地嚷了一句：「克斯克啥？」

伽弗洛什對麵包師說的這句話，我們讀者中如果有人以為是俄語或波蘭語，甚或以為是約維斯人和博托庫多人[6]在荒江隔岸相呼的蠻聲，我們就應該指出，這是他們（我們的讀者）每天講的一句話，即：「這是個什麼？」麵包師完全聽懂了，他回答說：「怎麼！這是麵包呀，極好的二等麵包。」

「您是說粗拉通[7]吧，」伽弗洛什鎮定而輕蔑地反駁道。「要白麵包，夥計！要細拉通！我請客。」

麵包師不禁微微一笑，他一邊切白麵包，一邊以憐憫的目光打量他們，這下又冒犯了伽弗洛什。

「喂，小夥計！」他說道，「您幹嘛呀，這樣算計我們？」

其實，他們三個疊起來，也不到一丈高。

麵包師切好麵包，收了錢，伽弗洛什就對兩個孩子說：「磨吧。」

兩個小男孩都愣住了，瞪眼看他。

伽弗洛什笑起來：「哦！真的，還聽不懂，人還太嫩了點！」

他又改口說：「吃吧。」

他說著，遞給他們每人一塊麵包。

他又想到，這個比較大的似乎更有資格跟他交談，值得另眼看待，應該多吃點兒，於是他克服猶豫的心理，挑了最大的一塊麵包遞給他，又補充一句：「這個，塞進你的槍筒裡。」

他把最小的一塊留給自己。

包括伽弗洛什在內，幾個可憐的孩子真餓極了，大口大口咬麵包，他們既已付了錢，再待在麵包鋪裡就顯得礙事，得不到麵包師的好臉色了。

「咱們回街上去。」伽弗洛什說道。

他們又朝巴士底廣場方向走去。

他們不時碰到有燈光的店鋪，那個小的每次都停下來，拿起用繩子套在頸上的懷表，看看時間。

「真是個小活寶。」伽弗洛什說道。

接著，他若有所思，又喃喃說道：

「不管怎麼說，我若是有孩子，一定會把他們照顧得更好。」

他們吃完麵包，正走到陰暗的芭蕾舞街拐角，能望見小街盡頭費爾斯監獄那道低矮嚇人的邊門。

「嘿，是你呀，伽弗洛什？」一個人說。

「哦，是你呀，蒙巴納斯？」伽弗洛什應道。

招呼這個流浪兒的是個男人，戴了一副藍色夾鼻眼鏡，伽弗洛什一眼就認出來，正是化了裝的蒙巴納斯。

「好傢伙，」伽弗洛什繼續說，「你披了一身麻籽醬色的皮，又像大夫一樣戴著藍眼鏡，老

---

⑥・約維斯人和博托庫多人：美洲印第安人部族。

⑦・黑麵包。——雨果注

實說，真夠派頭呀！」

「噓，別這麼嚷嚷！」蒙巴納斯說道。

他急忙將伽弗洛什拖出店鋪的亮處。

兩個小孩手拉著手，不由自主地跟在後面。

他們走進車輛走動的黑糊糊拱頂門洞裡，人看不見，雨淋不到了。

「你知道我要去哪嗎？」蒙巴納斯問道。

「去不願登修道院⑧。」伽弗洛什說。

「耍貧嘴！」

蒙巴納斯接著說道：「我要去跟巴伯見面。」

「哦！」伽弗洛什說，「那女郎叫巴伯。」

蒙巴納斯壓低聲音：「不是女的，是男的。」

「唔！巴伯呀！」

「對，是巴伯。」

「他不是被關起來了嗎？」

「他又打開獄門了。」蒙巴納斯答道。

他簡要地對這流浪兒說了事情的經過：當天上午，巴伯被押往附屬監獄的路上，經過「預審走廊」，本應向右拐，他卻溜向左邊跑掉了。

伽弗洛什十分讚賞這份機靈。

「真是老滑頭！」他讚道。

蒙巴納斯講巴伯如何越獄，又補充了幾個細節後，最後來了一句：「唔！還有好戲看呢。」

伽弗洛什一邊聽，一邊抓住蒙巴納斯拿著的手杖，下意識地抽出上半截，只見露出匕首的利刃。

「呵！」他說著，趕緊插回去，「你還帶著便衣警察呢。」

蒙巴納斯眨了眨眼睛。

「哎呀！」伽弗洛什又說道，「你要跟衙子交手啊？」

「難說，」蒙巴納斯滿不在乎地回答，「身上帶根別針總沒有壞處。」

伽弗洛什又追問一句：「今晚，你到底要幹什麼呀？」

蒙巴納斯又撥動低音弦，含混答道：「幹點事。」

他突然改變話題：「對啦！」

「怎麼啦？」

「幾天前發生了一件怪事。想想看，我遇到一個有錢的老闆，他賞給我一頓教誨和他的錢袋。我把錢袋放進兜裡，可是過了一會兒，我摸摸衣兜，卻什麼也沒有了。」

「只剩下教誨了。」伽弗洛什說道。

「你呢，」蒙巴納斯又說，「你這是去哪？」

伽弗洛什指著受他保護的兩個孩子，說道：

「我帶孩子去睡覺。」

「睡覺，睡哪？」

「睡我家裡。」

「你家在哪？」

「在我家裡。」

「你有住處啦？」

⑧．斷頭臺。——雨果注

「對，有住處了。」

「住在哪？」

「大象肚子裡。」伽弗洛什答道。

蒙巴納斯天生不愛大驚小怪，但這回也不免驚歎：

「大象肚子裡！」

「對呀，沒錯，大象肚子裡！」伽弗洛什又說道，「克克啥啊？」

這又是一句誰也不這麼寫，但人人都這麼講的話，意思就是：這有什麼啊？

流浪兒深刻的指責又把蒙巴納斯拉回到平靜的常理上。他對伽弗洛什的住處，似乎有了更好的體認。

「可不是嘛！」他說道，「對，大象……住在那裡舒服嗎？」

「很舒服，」伽弗洛什答道，「在那裡，真的，頂呱呱，不像在橋洞下，沒有穿堂風。」

「你怎麼進去呢？」

「就那麼進去。」

「有洞口啊？」蒙巴納斯問道。

「還用問！這可不能說出去啊。是在前腿中間。那些拷殼⑨沒看到。」

「你要爬上去嘍？不錯，我明白了。」

「一搭手的工夫，克利，克拉，行了，人影也不見了。」

伽弗洛什停了一下，又補充一句：

「為了這兩個娃娃，我得弄一個梯子。」

蒙巴納斯笑起來：

「見鬼，你是從哪弄來的小崽子？」

伽弗洛什隨口答道：

「兩個小寶寶，是一個理髮師贈送給我的。」

這時，蒙巴納斯有了心事。

「剛才，你毫不費勁的就認出我來。」他咕噥道。

他從兜裡掏出兩件小東西，是裹了棉花的兩根鵝翎管，往每個鼻孔塞了一根，鼻子就完全變樣了。

「你的模樣變了，」伽弗洛什說道，「不那麼醜了，這玩意兒應該總是放在裡面。」

蒙巴納斯是個美少年，可是伽弗洛什就愛嘲笑他。「別開玩笑，」蒙巴納斯問道，「現在你覺得我怎麼樣？」

說話的聲音也完全變了。轉瞬之間，蒙巴納斯變得叫人認不出了。

「嘿！為我們演一場木偶戲吧！」伽弗洛什嚷道。

那兩個小孩只顧著用手指掏鼻孔，一直沒有注意聽他們說什麼，現在一聽說有木偶戲，就趕忙湊上來，看著蒙巴納斯那樣子，臉上開始流露出喜悅和讚賞的神色。

可惜蒙巴納斯現下心事重重。

他將手掌按在伽弗洛什的肩上，一字一句加重語氣對他說：

「聽我說，孩子，假如我在廣場上，帶著我的道格、我的達格和我的地格，假如你們遞給我十個蘇，我倒不會拒絕耍一場，但現在不是過狂歡節。」

這句怪誕的話，對這個流浪兒產生奇特的效果。他急忙轉身，兩隻明亮的小眼睛凝神搜索周圍，發現只離幾步遠的地方，有一名警察的背影。伽弗洛什「哎呀！」一聲剛出口，又立刻憋回去，他搖了搖蒙巴納斯的手，說道：

⑨・密探，警察。——雨果注

「好吧，晚安，我帶著小乖乖去見我的大象。萬一哪天夜晚你用得著我，就到那去找。我住在一、二樓中間的夾層，沒有門房，你找伽弗洛什先生就行了。」

「好吧。」蒙巴納斯說道。

他們分了手，蒙巴納斯朝河灘廣場走去，伽弗洛什則前往巴士底廣場。伽弗洛什和大小兄弟倆，一個拉著一個，五歲的小弟幾次回頭，眺望那走遠的「木偶」。

蒙巴納斯發現有警察，用黑話通知伽弗洛什，也並沒有用什麼奇怪的方法，只是運用「狄格」的半諧音，變法重複五、六遍。「狄格」這兩個音不是孤立地發出來，而是巧妙地嵌在一句話裡，表示了：「當心，不能隨便說話。」此外，蒙巴納斯這句話還有一種文學美，超出伽弗洛什的理解：「我的道格、我的達格和我的地格」，在神廟街區一帶的黑話中意味「我的狗、我的刀和我的女人」，須知在莫里哀創作和卡洛繪畫的那個偉大世紀，小丑和紅尾巴[10]圈子裡常講這種話。

在巴士底廣場東南角，靠近沿古獄堡護城壕挖掘的運河碼頭，曾有一個奇特的建築物，二十年前還能見到，如今已從巴黎人的記憶中消失，但是值得在那裡留下一點痕跡，因為那是「科學院院士，埃及遠征軍總司令」的構想。

雖說只是一個模型，我們還是稱它為建築物。作為拿破崙一個意念的巨大遺體，這個模型本身就是個龐然大物。連續經過兩三場狂暴後，它越來越遠離我們，變成歷史的遺跡，一反當初臨時性構築的形象，具有某種說不出來的永久性了。那頭大象有四丈來高，木架和灰泥結構，背上馱著一座塔，就像是一座房舍，當年由泥瓦匠刷成綠色，現在已由天空、風雨和時間塗成黑色了。廣場那一角空曠蕭颯，而那巨獸寬額、長鼻、巨牙、高塔、寬大的臀部、圓柱似的四條腿，身影映在星光閃爍的夜空，的確驚魂動魄。一般人不知道那意味著什麼。那是民眾力量的一種象徵。黝暗、神秘而壯偉。不知那是什麼具有神力的有形魂體，聳立在巴士底廣場無形幽靈的旁邊。

極少有外來人參觀這個建築，行人也不看它一眼。它漸漸傾斜，一年四季都有灰泥從腹部剝落，傷痕累累，不堪入目。文雅行話中所謂「市政大員」的人，從一八一四年起就把它遺忘了。

它始終待在那個角落，病懨懨的，搖搖欲墜，四周圍的木柵欄也已經朽爛，隨時受到酒醉的車夫的糟蹋。它的腹部龜裂，尾巴上支出一根木條，兩腿之間則雜草叢生，由於大城市地面總在不知不覺中逐漸升高，而它周圍廣場的地勢，三十年來也高出許多，它就好像陷入凹地中，地基下沉了似的。它的樣子惡俗不堪，受人輕蔑和厭惡，但是又卓然獨立，資產家覺得醜陋，思想者看著憂傷。它幾乎就像是要被清除掉的一堆垃圾，又看似要被斬首的一位君王。

前面說過，夜晚景象就變了。夜晚是一切黝暗東西的真正歸宿。夜幕一降臨，那頭老象就煥然一新，在黑暗的一片靜穆中，它換上一副沉穩而兇猛的神態。它屬於過去，因此屬於黑夜，夜色與它的魁偉相得益彰。

這座建築粗陋、矮壯、笨重、兇猛、冷峻，形體幾乎怪異，然而確實莊嚴，凜凜然有幾分雄偉和狂野，如今已不復存在，好讓一個煙囪高聳的巨型火爐[11]君臨清平世界，取代陰森森的九塔樓堡壘，頗為類似資產階級取代封建制度。用一個火爐來象徵鍋爐容涵力量的時代，是極其自然的事情。這個時代行將過去，也已開始過去了；人們開始明白，如果說鍋爐能產生能量，那能量也只能是在頭腦中產生出來的；換言之，帶動世界前進的，不是火車頭，而是思想。把火車頭套在思想的列車上，固然很好，但是不要將馬當作騎手。

回到原本的話題，不管怎麼說，在巴士底廣場上，用灰泥建造大象的建築師，成功地表現了偉大，而建造火爐煙囪的建築師，卻用青銅塑造出渺小。

這個火爐煙囪還取了個響亮的名字，叫做七月圓柱，這是流產的一場革命的拙劣紀念碑，直到一八三二年，還非常遺憾地被包覆在巨大的支架中，圍著一大圈木板柵欄，徹底孤立了那頭大象。

⑩．指小丑。小丑戴的假髮尾上繫著紅緞帶。

⑪．路易．菲力浦政府為紀念七月革命在巴士底廣場上建的圓形銅柱，柱頂有自由女神像。

流浪兒帶領兩個娃娃，正是走向由遠處一盞路燈微光照見的這個廣場角落。

請允許我們在此打斷一下，提醒一句，我們講述的完全是事實，二十年前，輕罪法庭根據禁止流浪和破壞公共建築的法令，就抓到並判處一個睡在巴士底廣場大象裡的兒童。

交代了這一史實後，我們繼續往下談。

到了大象跟前，伽弗洛什看出無限大對無限小產生的影響，就說道：「小乖乖！不要怕。」說著，他從一處豁口跳進大象的柵欄裡，又扶著兩個孩子跨進去。兩個孩子有點害怕，跟著伽弗洛什一聲不響，完全信賴這個衣衫破爛的小保護人，只因他給他們麵包吃，又答應給他們住處。

有一條梯子靠著木柵欄倒放在地上，那是附近工地的工人白天用的。伽弗洛什以罕見的力量搬起梯子，豎到大象的一條前腿上。只見梯子頂端正好靠近巨獸肚子的一個黑洞。

伽弗洛什指著梯子和洞口，對兩個客人說：「爬上去，進去吧。」

兩個小男孩恐懼地面面相覷。

「你們害怕呀，小乖乖！」伽弗洛什高聲說。

隨即他又補充一句：「看我的。」

他不屑用梯子，雙手抱住粗糙的象腿，眨眼間爬到破洞口，好似遊蛇鑽了進去，沒兩下工夫，兩個孩子隱約望見黑洞口探出他的頭，彷彿一個白裡透青的形體。

「喂，」他喊道，「小傢伙，倒是爬上來呀！上來一看就知道這裡有多舒服！」他又對著那個大的說：「上來，你！我拉你一把。」

兩個孩子用肩頭相互推著，流浪兒又是嚇唬、又是勸勉，再說，雨也下得很大。大的冒險往上爬。小的見哥哥爬上去，獨自一個留在巨獸的大腿之間，想哭又不敢哭。

大的搖搖晃晃，一磴一磴往上攀登。伽弗洛什一路上幫他加油，像武術教練教徒弟，或老騾夫趕騾子那樣吆喝：「別怕！」

「就這樣！」

「接著上！」

「腳放在那！」

「把手給我！」

「大膽一點！」

等他能抓到大小子了，就猛地一把抓住，拉著胳臂，使勁將孩子拉上去。

「真棒！」他說道。

那孩子鑽進豁口。

「現在，等我一下，」伽弗洛什說道，「請坐吧，先生。」

他像剛開始鑽進去那樣，又從洞口鑽出來，順著象腿溜下去，跟獮猴一樣輕捷，等雙腿一站上草地，就攔腰抱起那五歲的孩子，送到梯子正中，跟在後面往上爬，一邊喊那個大的：

「我往上推，你把他往上拉。」

轉瞬間，小傢伙讓人又推又拉，又送又拖，上了梯子，還沒弄清楚怎麼回事，就被塞進洞裡，隨後伽弗洛什也跟進來，又一腳將梯子踢翻在草地上，拍起巴掌嚷道：

「我們到啦！拉法耶特將軍萬歲！」

他歡呼完了，又補充一句：

「小傢伙，你們到我家了。」

伽弗洛什的確到家了。

無用東西的意外用途啊！龐大事物的慈悲啊！巨人的善良啊！這個巨大的建築原是拿破崙皇帝一念的產物，現在成了一個流浪兒的棲身之所。巨人收養並庇護一個孩童。盛裝打扮的資產家，經過巴士底廣場，瞪著金魚眼睛，輕蔑地打量那頭大象，往往拋出一句：「那東西有什麼用？」它就用來讓一個無父無母、無衣無食、又無家的小孩，免遭寒風冷雨、霜雪冰雹的襲擊，使他避免睡在泥地裡而發燒，避免睡在雪地裡而凍死。它就用來收容社會所拋棄的無辜。它就用來減輕公眾的錯誤。這就是敞開的洞穴，接納處處吃閉門羹的人。這頭老象慘不忍睹，搖搖欲墜，被人拋棄、判決和遺忘了，還被蟲豸侵害，遍體鱗傷，滿身盡是瘡痍黴斑，好似一個巨人乞丐，立在十字街頭，徒然祈求行人拋來和善的目光，可是它卻反而可憐另一個乞丐，可憐這個腳下無鞋，頭上無房頂的窮小子。巴士底廣場大象就有這種用處。拿破崙的這個構想，被人類所鄙棄，卻被上帝所拾取。原本只想建成顯赫輝煌的東西，卻變為令人肅然起敬的東西了。要實現皇帝的構想，就得使用斑岩、青銅、鐵和金子、大理石；要實現上帝的意圖，就用老式辦法，將木板、木條和灰泥拼湊起來就足夠了。皇帝產生一個天才的夢想，建造一頭無比巨大、無比神奇的大象，高揚著鼻子，全身披掛，馱著寶塔，四周圍著活躍歡快的噴泉，要用這樣一頭大象來象徵人民；上帝卻把它變成更偉大的東西，給一個兒童棲身之處。

伽弗洛什出入的那個豁口，前面說過，隱蔽在象肚子下，從外面幾乎看不見，而且極窄，只有貓兒和小孩能勉強通過。

「先要囑咐門房，就說我們不在家。」伽弗洛什說道。

他就像熟悉自己的房間的人那樣，胸有成竹，鑽進黑暗中取來一塊木板，堵上了洞口。

伽弗洛什又鑽進黑暗中。兩個孩子聽見火柴插進磷瓶中吱啦的響聲，當時還沒有化學火柴，代表那個時代進步的是福馬德打火機⑫。

突然出現光亮，晃得他們不斷眨眼。伽弗洛什點著一根火繩，這種浸了松脂的火繩叫做地窖老鼠，點起來亮光小、煙霧多，只能隱隱約約照見大象裡面。

伽弗洛什的兩位客人瞧瞧四周，他們的感覺有點像裝進海德堡大酒桶裡的一個人，說得更準確點，好像《聖經》所說吞進鯨魚肚裡的約拿斯。眼前赫然出現一副巨大骨骼，將他們包圍起來。上面一條褐色大梁很長，每隔一段距離，就連下來兩根弓形粗木肋條，這就構成了脊柱和肋骨；石膏流成鐘乳石狀，猶如內臟垂懸在那裡；巨大的蜘蛛網從一端拉到另一端，成為掛滿灰塵的橫膈膜。只見各個角落一團團黑糊糊的東西，彷彿是活物，倉皇地竄來竄去。

從大象後背腔落到腹部的灰泥填平了凹面，走在上面就像鋪了地板。

那個小的靠著哥哥，悄聲說道：「這麼黑呀？」

這話把伽弗洛什惹火了。兩個孩子神情沮喪，必須振作一下。

「你們胡說些什麼呀？」他嚷道，「要開玩笑嗎？要擺出什麼都看不上眼的架子嗎？非得住土伊勒里宮不成嗎？說說看，難道你們是傻瓜蛋？我可先告訴你們，別把我算在傻瓜堆裡。難道你們是哪個大老爺的孩子嗎？」

在惶恐不安的情緒中，粗魯一點有好處，能穩住局面，兩個孩子又向伽弗洛什靠近了。

伽弗洛什受到如此信賴，像當父親似的心軟了，口氣由「嚴厲轉為和藹」，對那個小的說：

「小傻瓜，」他用愛撫的聲調加重這句罵人話的語氣，「外面才黑呢。外面下雨，這裡不下雨；外面冷得很，這裡一點風也沒有；外面人很多，這裡一個外人沒有；外面連一點月光也不見，我這兒有蠟燭，他媽的！」

兩個孩子再看這房子，就不那麼恐懼了，不過，伽弗洛什也不容他們仔細觀賞。

「快。」他說了一聲。

緊接著，他就推著他們，走向我們非常高興能稱作內室的地方。

那裡擺著他的床鋪。

伽弗洛什的床鋪應有盡有，也就是有床墊、被子，以及拉著帷幔的凹室。

床墊是草薦，被子是一條大幅灰色粗羊毛毯，很溫暖，有七八成新。凹室的情況如下：

三根長木桿穩穩插在地上灰渣裡，即插在大象的肚皮上，前面兩根，後面一根，頂端用繩子

⑫．福馬德發明的打火機，裡面裝硫酸，拿化學火柴往裡蘸。

捆在一起，成為三角支架；上面罩了一面黃銅絲網，和鐵絲巧妙地紮牢，這就把三角架包得嚴嚴實實，周圍貼地面的網邊，又用大石塊壓住，什麼也鑽不進去了。這個網罩，不過是動物園裡罩住鳥欄的一塊銅絲網，伽弗洛什的床鋪也就像放在鳥籠子裡。整個網架類似愛斯基摩人的帳棚。

正是這網罩用來當帷幔。

伽弗洛什搬開壓在前面的幾塊石頭，掀開兩片重疊的紗網，說道：

「小傢伙，爬進去吧。」

他小心翼翼地把兩位客人送進籠子裡，自己也跟著爬進去，再合上幔帳，搬回石頭壓實了。

他們三人躺在草薦上。

他們儘管都很矮，可是在凹室裡誰也站不直身子。伽弗洛什始終拿著那根火繩。

「現在睡吧！」他說道，「我要熄滅蠟燭了。」

「先生，」那個大的指著銅紗網罩，問伽弗洛什，「這是什麼東西呀？」

「這個嘛，」伽弗洛什一本正經地答道，「這是防耗子的。睡吧！」

不過，他覺得應該多說幾句，指點指點這兩個黃口小兒，又說道：

「這是植物園裡的東西，是給野獸用的。滿滿一庫房。只要翻過一道牆，爬進一扇窗戶，再從下面鑽過一道門，那就要多少有多少。」

他邊說邊給那個小的裹上一角毯子，那小的喃喃說道：

「唔！真好！真暖和！」

伽弗洛什滿意地凝視毯子。

「這也是從植物園弄來的，」他說，「我是從猴子那裡拿來的。」

他又指了指身下手工精細的厚厚草薦，又對大的說道：

「這玩意兒，原先是給長頸鹿用的。」

他停了一下，接著說道：

「這些東西，野獸全有，讓我給摸來了，也沒有惹牠們發火。我對牠們說：這可是大象要用的。」

他又停了一下，才接著說道：

「翻過牆頭，根本不理睬政府的規定。就是這樣。」

兩個孩子又敬畏、又愕然，望著這個無所畏懼而又足智多謀的人，他跟他們一樣流浪，一樣孤苦伶仃，一樣枯瘦羸弱，但是雖然窮苦，卻顯得無所不能，彷彿是超人，他像老江湖那樣滿臉怪相，又總掛著極天真、極可愛的笑容。

「先生，」那個大的怯生生地問道，「您就不怕警察嗎？」

伽弗洛什只是這麼回答一句：

「娃子！我們不說警察，而說『衝子』。」

那個小的瞪著眼睛，但是一聲不吭。他躺在草蓆邊上，他哥在中間，伽弗洛什像母親那樣，給他掖好被子，又拿一團破布墊在頭部的草蓆底下，給他當枕頭，然後才扭頭對大的說：

「怎麼樣？這裡舒服得很吧！」

「是啊！」大的答道，眼睛注視伽弗洛什，那表情真像得救的天使。

兩個可憐的孩子全身濕透，身子現在才開始暖和了。

「對了，」伽弗洛什又問道，「剛才你們幹嘛哭哭啼啼的？」

他指指小的，對大的說：

「這麼點大的娃娃，我沒什麼好說的；可是，像你這麼大了，還哭鼻子，也太傻了，就像隻小牛一樣。」

「嗳，」那孩子說，「那時候，我們沒住所了，不知道去哪。」

「小傢伙！」伽弗洛什又說道，「我們不講住所，而是講『飄來』。」

「再說，我們也害怕，黑夜裡只有我們兩個人。」

「我們也不講黑夜，而是講『鎖哥兒』。」

「謝謝，先生。」那孩子說道。

「聽我說，」伽弗洛什接著說道，「以後不要動不動就這樣哭哭啼啼的，我會照顧你們。你會知道這樣有多開心。夏天，我們和蘿蔔，我的一個夥伴，一起去水庫，去碼頭洗澡，到奧斯特里茲橋旁邊，我們光屁股在駁船上跑，逗那些洗衣服的娘們發火。她們怒沖沖，大喊大叫，瞧她們那樣才好笑呢！我們還要去看骨骼人，他還活著，在香榭大道。那個教民，瘦得皮包骨頭。還有，我要帶你們去看戲，帶你們去見弗雷德里克．勒邁特爾。我能弄到門票，我認識不少演員，有一次我還上場演出了。我們全是這麼高的小鬼，在大布下面跑來跑去，就像海上波浪。我可以讓你們加入我的劇院。我們還要去看野人，那些野人不是真的，他們穿著肉色的緊身衣，一動就起皺紋，胳膊肘也能看出白線縫的縫。看完野人，我們再去歌劇院，跟捧場隊一起進去，歌劇院那裡的捧場隊組織得特別好。我不會跟大街上捧場的人混在一起，想想看，在歌劇院，有些人肯給二十蘇，不過，那是些傻瓜蛋，我都叫他們洗碗布。……還有，我們去看處決人。我讓你們看看那個劊子手，桑松先生，住在沼澤街，他家門上有一個信箱。嘿！那個開心呀，痛快極啦！」

這時，一滴蠟油掉在伽弗洛什的手指上，使他回到現實生活中。

「見鬼！」他說道，「這蠟燭燒得真快，注意啦！我的照明費，每月不能超過一蘇。躺到床上，就應該睡覺，我們可沒有時間看什麼保羅．德．柯克⑬先生的小說。再說，燈光會從大門縫透出去，衝子一眼就能發現。」

「還有呢，」那個大的膽怯地指出，惟獨他還敢答腔，跟伽弗洛什交談，「火星可能掉到草蓆上，小心別把房子給燒了。」

「我們不說燒房子，」伽弗洛什指出，「而是說『火折碎礦機』。」

外面風雨更大了，在滾滾雷聲之間，能聽見暴雨擊打巨獸後背的聲響。

「大雨呀，下吧！」伽弗洛什說道，「瓶子滿了，水從房子的大腿淌下去，讓我聽著特別開心。

冬天是個笨蛋，白白往外甩，白費那個勁，淋不濕我們了，讓它賭氣去吧，這個送水老頭！」

伽弗洛什以十九世紀哲人的態度，接受雷雨的全部後果，他提到雷電的話音未落，只見強光刺眼的閃電從裂縫透進象肚子裡，緊接劈嚓一聲，打了個響雷，嚇得兩個孩子驚叫一聲，猛地坐起來，差點兒撞開網罩；可是，伽弗洛什臉上了無懼色，轉向他們，藉著雷聲大笑起來。

「鎮靜，孩子們。別把屋子撞翻了。不錯，這雷打得真漂亮！不是眨眨眼睛的那種雷電。真棒呀，仁慈的上帝！他媽的！跟雜劇院差不多啦！」

說罷，他把網罩整理好，輕輕地把兩個孩子推到床頭，再按他們的膝蓋，讓他們身子躺直，又高聲說道：

「既然仁慈的上帝點亮了他的蠟燭，我這支就可以吹滅了。孩子嘛，就應該睡覺，我的小夥子呀。不睡覺就太不像話了。這樣你就會『先令走廊』了，或者按照上流社會的說法，就是口臭。快把被子蓋好了，我可要熄燈了，好了嗎？」

「好了，」大的喃喃說道，「我這裡很舒服，腦袋就好像枕著鴨絨枕頭。」

「我們不講腦袋，而是說『圓木頭』。」伽弗洛什高聲糾正。

兩個孩子緊緊靠在一起，伽弗洛什最後讓他們睡在草蓆上，把毯子一直拉到他們耳邊，又第三次用聖事語言命令道：「睡吧。」

同時，他吹滅了火繩。

光亮剛熄滅，罩住三個孩子睡覺的紗網就出奇地震動起來，是無數窸窣的摩擦發出的金屬聲音，彷彿爪子在抓，牙齒在咬銅絲，同時伴隨各種輕微尖叫聲。

五歲那孩子聽見頭上一片喧擾，嚇得魂不附體，就用胳膊肘捅他哥哥，可是，他哥哥已經按

⑬·保羅·德·柯克（一七九四—一八七一）：法國多產小說家。

照伽弗洛什的指令睡著了。小孩嚇得實在受不了，才膽敢叫伽弗洛什，但是屏住呼吸，聲音很小：「先生？」

「嗯？」伽弗洛什剛閉上眼睛，答應一聲。

「這是什麼聲響？」

「是耗子。」伽弗洛什回答。

他抬起的頭又放回草蓆上。

大象的軀殼區確實繁衍了成千上萬的老鼠，正是先頭我們提到的黑糊糊的斑點，有光亮的時候，牠們還老實一點，燭光一熄，這黑洞便是牠們的城池了，牠們聞到了傑出的童話家貝洛所說的「鮮嫩肉味」，便蜂擁撲向伽弗洛什的帳棚，一直爬到頂上，嗑這銅絲網，勢必要穿透這新型的玩意。

然而，那小的睡不著。

「先生！」他又叫道。

「嗯！」伽弗洛什應了一聲。

「耗子是什麼東西？」

「就是小老鼠。」

聽了這種解釋，孩子稍許放點心。他在生活中見過小白鼠，並沒有害怕。可是，他又提高嗓門叫道：「先生！」

「嗯！」伽弗洛什又應了一聲。

「您怎麼沒養貓呢？」

「養過一隻，」伽弗洛什回答，「我抱來一隻，可是被牠們給吃了。」

這第二個解釋又破壞了第一個解釋的效果，那小孩渾身又發抖了。他和伽弗洛什又進入第四輪對話：「先生！」

「嗯？」

「是誰被吃掉了呀？」

「貓啊。」

「是誰把貓給吃了呀？」

「耗子。」

「小老鼠嗎？」

「對，耗子。」

小孩驚訝不已，小老鼠居然把貓吃了，他又問道：

「先生，那些小老鼠，會把我們吃掉嗎？」

「當然啦！」伽弗洛什答道。

孩子恐懼到了極點。不過，伽弗洛什又補充說道：

「別怕！牠們進不來。有我在這兒呢！喏，抓住我的手，別吱聲了，睡吧。」

說話的同時，伽弗洛什在那哥哥身上抓住那孩子的手。孩子把他的手緊緊摟在懷裡，心中感到踏實多了。勇氣和力量也能像這樣神秘地傳遞。耗子被他們說話的聲音嚇跑了，周圍又靜下來；過了幾分鐘，牠們再回來鬧翻天也不礙事，三個孩子酣然入睡，什麼也聽不見了。

夜晚的時光流逝。空曠的巴士底廣場一片昏黑，寒風冷雨一陣陣襲來，巡邏隊各處察看門戶、便道、園地、暗角，尋找夜間活動的流浪漢，他們悄聲從大象跟前走過去；而這怪獸卻屹立不動，在黑暗中睜著眼睛，一副沉思的神態，彷彿行了善事而心滿意足，庇護進入夢鄉的三個可憐孩子，免遭風雨和人的襲擊。

為了弄清楚隨後發生的事情，這裡要提醒一句，在那個時期，巴士底守衛隊設在廣場的另一頭，因此，大象附近有什麼情況，那邊崗哨既看不見，也聽不到。

就在拂曉前的時刻，有個人從聖安東尼街走出來，穿過廣場，又沿著七月紀念柱大圍柵走去，溜進大象圍欄裡，一直到大象肚子下面。假如這時有光亮照在那人身上，從他那渾身濕透的樣子，我們不難看出他淋了一夜雨。他走到大象下面，便發出一種怪異的呼叫，這種呼叫不屬於任何人類語言，惟獨鸚鵡才可能仿效。他連續叫了兩遍，下面不過是近似的文字紀錄：

「嘰裡嘰嘰嗚！」

喊第二遍的時候，一個清亮歡快的少年聲音，從大象肚子裡答應道：「來啦。」

幾乎同時，堵洞的那塊木板移開了，一個孩子抱著象腿滑下來，輕捷地在那漢子身邊著地。下來的正是伽弗洛什，那漢子正是蒙巴納斯。

至於「嘰裡嘰嘰嗚」的叫聲，一定表示這孩子先頭所說的：「你找伽弗洛什先生就行了。」

伽弗洛什聽見喊聲，立刻驚醒，掀開一角網罩，從他「凹室」爬出來，再把網罩仔細合上，然後打開洞口，滑了下來。

在夜色中，那人和孩子相互默認之後，蒙巴納斯只說了一句話：「我們需要你，去幫我們一把。」

流浪兒也不問什麼事。

「走吧。」他說道。

二人又沿蒙巴納斯來的原路走向聖安東尼街，步履匆匆，正遇見趕早市的一長串運菜車，他們左拐右拐從中間穿過去。

菜農都蜷縮在車上的蔬菜堆裡，半睡半醒，又由於大雨滂沱，他們的大罩衣連眼睛都遮住了，連看也沒有看一眼兩個奇怪的行人。

三・越獄的波折

Les péripéties de l'évasion

同一天晚上，費爾斯監獄裡發生了這種情況：

巴伯、勃呂戎、海口等三人，商量好越獄，德納第雖然關在單人囚室，但也參與其謀。巴伯當天就辦完自己分內的事；透過蒙巴納斯對伽弗洛什的敘述，讀者已然瞭解了這一點。

蒙巴納斯則是他們的外援。

勃呂戎受到懲罰，禁閉了一個月，他利用這段時間做了兩件事：一是編好了一根繩子，二是縝密的思考一個計畫。從前監獄懲罰囚犯，就是把他們單獨關起來，那種嚴酷的地方叫「地牢」，由四堵石牆構成，上面石頂棚，下面石板地，放一張帆布床，只有一扇小鐵窗透氣，卻裝了兩道鐵門，他們普遍認為地牢太殘酷，現在改為禁閉室，有一道鐵門、一扇鐵窗、一張帆布床、石板地、石屋頂、四堵石牆，快到中午的時候能透進一點陽光。禁閉室不叫地牢了，但有一點不便之處，就是讓本來應該去幹活的人動起腦筋了。

勃呂戎動了腦筋，帶了一根繩子出了禁閉室。查理大帝庭院這邊公認他是個非常危險的人物，於是把他送進新樓牢房。他到新樓發現的第一樣東西是海口，第二樣東西是一根釘子。海口意味犯罪，釘子意味自由。

關於勃呂戎其人，應該要讓大家有個完整印象了。他看上去弱不禁風，一副沉思憂鬱的神態，是個彬彬有禮、聰明而狡黠的年輕人，那眼神溫柔，而笑容卻殘忍。眼神是他意志的窗口，微笑則是他本性的流露。他最先研習的技藝就是上房頂，運用所謂「處理牛百葉」之法，大大發展了掀掉鉛皮房蓋和流水槽的技巧。

當時越獄是個有利時機，那陣子，屋面工正幫監獄一部分房頂翻新青石瓦。這樣一來，聖貝納爾庭院，跟查理大帝庭院和聖路易庭院，就不再完全隔絕了。房頂上有不少木架和梯子，換句話說，有了通往自由的橋梁和樓梯。

新樓是整個監獄最薄弱的部分，到處都是裂紋，破舊到了無以復加的程度，牆壁被硝酸嚴重腐蝕，囚室棚頂不得不加了一層保護板，因為拱頂時有石塊脫落，砸在床上睡覺的囚犯。監獄管理處的錯就錯在新樓已然破舊不堪，還關那些最愛鬧事的囚犯，照監獄的語言，就是關那些「重罪犯人」。

新樓上下有四層囚室，還有一個叫做氣爽樓的閣樓、一個大煙囪。大煙囪可能是通往當年費爾斯公爵的廚房，從底層建起，就像一根扁平的立柱，縱穿上邊四層，將每層囚室分隔為二，並且從房頂冒出去。

海口和勃呂戎分在同一囚室。為謹慎起見，把他們倆安排在二樓。他們的床頭恰巧抵著壁爐的煙囪。

德納第又恰巧在他們的頭頂，關在那間叫做氣爽樓的閣樓裡。

行人走過消防隊營房，沿聖卡特琳園地街⑭走到浴池的大門前站住，就能望見擺滿盆栽花木的院子，院子裡端有一個帶兩翼的白色小圓亭，鑲著綠色窗板，富有讓．雅克田園夢幻的情調。還不過十年前，那圓亭背靠著一堵高高聳立的黑牆；那光禿禿難看的高牆，正是費爾斯監獄的圍牆巡邏道。

圓亭背後那道圍牆，好似貝爾幹身後的彌爾頓⑮。

儘管那道圍牆很高，但是從外面仍能望見更黑的房頂越過牆頭，那便是新樓的房頂。上面四扇鐵窗清晰可見，那便是氣爽樓的窗戶。一根煙囪從樓頂冒出來，那便是貫穿幾層樓囚室的煙囪。

氣爽樓建在新樓的房頂，是一大間頂樓，裝了三道鐵柵門，還有包了鐵皮並用大鉚釘鉚住的重木門。從北面進去，左首便是那四扇鐵窗，右首對著鐵窗，有四個方形大鐵籠，由狹窄的過道隔開。鐵籠下半截是齊胸高的砌牆，上半截粗鐵條直連屋頂。

從二月三日晚上開始，德納第就單獨關在一個鐵籠裡。後來始終未能查明，他跟誰勾結，怎麼弄到一瓶麻醉藥酒的？據說由德呂發明的那種藥酒，因「迷魂」匪幫廣泛使用而出名。

好多監獄都有吃裡扒外、半官半匪的獄吏，他們協助囚犯越獄，又向警方報告假情況，既邀功又撈油水。

就在小伽弗洛什收留兩個流浪兒的那天夜晚，勃呂戎和海口就已得知，巴伯在那天上午逃走，要讓蒙巴納斯在大街上接應，他們就悄悄起床，用勃呂戎撿到的鐵釘挖通靠床頭的煙囪，讓灰渣落在勃呂戎的床上，以免讓人聽見動靜。這段時間，雷電交加，雨驟風狂，監獄中的門扇戶樞震得劈啪山響，真是天助。驚醒的囚犯也都佯裝重新入睡，任憑海口和勃呂戎幹去。勃呂戎靈活，海口有力氣。獄卒就睡在同牢房隔一道鐵柵門的寢室裡，還沒等他聽見一點聲響，兩個悍匪就已經打穿側壁，從煙囪裡爬上去，捅開煙囪口的鐵絲網，來到房頂。風雨更加猛烈了，房頂很滑。

「這是抽筋兒多好的鎖哥兒呀！」⑯勃呂戎說道。

他們和巡邏牆道之間，橫隔一道六尺寬、八十尺深的鴻溝。他們往溝底望去，只見一個崗哨的槍枝在黑暗中閃著光。他們將勃呂戎在地牢裡編的繩子，一頭拴在煙囪口上剛被他們折彎的鐵條上，另一頭從巡邏牆道上面拋過去，抓住繩子一躍越過鴻溝，雙手抓住圍牆邊，先後滑落到連著浴池房的一個小屋頂，再抽回繩子，跳到地上，穿過浴池房的大院，推開門房上的小窗，伸進手去拉一下門繩，便打開大門，來到街上了。

他們在黑暗中，手裡拿著鐵釘，腦袋裝著一個計畫，從起床到越獄，還不到三刻鐘。沒多久的時間，他們便與在附近遊蕩的巴伯和蒙巴納斯會合了。

他們那根繩子抽回時拉斷了，還留一段拴在樓頂煙囪口上。他們的手掌皮幾乎全磨掉了，除此之外再也沒有受傷。

這天夜晚，德納第沒有睡，他已得到通知，但是透過什麼方式，獄吏卻未能查明。

將近凌晨一點鐘，夜裡一片漆黑，他從鐵籠對面的天窗望出去，狂風暴雨擊打樓頂，忽見閃

⑭．如今的德．塞維尼街。
⑮．阿爾諾．貝爾幹（一七四七—一七九一）：法國詩人。約翰．彌爾頓（一六〇八—一六七四）：英國詩人。
⑯．「這是越獄的多好夜晚呀！」——雨果注

過兩個人影，其中一個在視窗還略微停了一下，但只是一眨眼的工夫。那是勃呂戎。德納第認出他來，當即就明白了。這就足夠了。

德納第被指控為黑夜行凶殺人的強盜，受到監視囚禁。鐵籠前總有一名值勤士兵，荷槍實彈走來走去，每兩小時換一班。氣爽樓裡的照明，只靠著一盞壁燈。囚犯腳踝還鎖著五十斤重的一對鐵球。每天下午四點鐘，一名獄卒帶兩條獒犬，還照當時的辦法來到囚籠，在他床前放下兩斤重的麵包、一罐涼水、一滿碗漂著幾粒蠶豆的清湯，然後檢查腳鐐，再敲敲囚籠的鐵條。到夜晚，此人還要帶著獒犬來視察兩次。

德納第曾得到允許，讓他留下一根鐵釺子，一頭插著他的麵包，一頭插進牆縫裡，說是「要防止被耗子吃掉」。既然有人時刻監視他，那麼留下鐵釺子就沒有什麼不妥。後來大家才想起，當時有個獄卒就說過：「給他留根木棍恐怕更好些。」

凌晨兩點鐘換班，一名新兵換走了一名老兵。過了一會兒，那個獄吏帶狗來巡視，覺得那個「丘八」太嫩，又「土裡土氣」，除此之外並沒有什麼異常情況，也就離去。過了兩小時，到了凌晨四點鐘，來換班的人發現那個新兵倒在德納第的鐵籠旁邊，像石頭一樣睡得死死的，而德納第卻不知去向，方磚地上丟著他那折斷的腳鐐。囚籠的頂端有個破洞，上面屋頂也有個破洞。他的一塊床板被撬掉，不翼而飛，再也沒有找到，想必被他帶走了。在牢房裡還找到半瓶迷魂藥酒，那士兵被藥酒麻醉，他的刺刀也不見了。

發現這種情況的時候，大家都以為德納第已經逃之夭夭；殊不知他逃出新樓，還處於非常危險的境地，越獄還沒有得逞。

德納第到了新樓的房頂，發現勃呂戎拴在煙囪頂罩上的那半段繩子，可惜太短，他不能像勃呂戎和海口那樣，越過巡邏牆道逃出去。

從芭蕾舞街拐進西西里王街，幾乎立刻就能看到右前方有一塊骯髒不堪的窪地。上世紀時那裡有一棟樓房，現在只殘留一堵後牆，有四層樓高，立在其他樓房之間，確是破樓的危牆。那道殘垣斷壁不難辨識，上面有兩扇大方窗戶，如今還能看到；中間靠右山牆那一扇，上面有一條蟲蛀掉的方木橫梁。從前，透過那些視窗能望見一道陰森森的高牆，那正是費爾斯監獄的一段巡邏牆道。

那樓房拆毀之後，臨街留下一塊空地，只有半邊圍著木柵欄。柵欄由五根石柱扶撐，木板已朽爛，中間開了一道門，幾年前還只有插了一根木門栓。柵欄裡緊靠危牆腳邊，隱蔽著一間小木棚。

凌晨三點過後不久，德納第就是到了那圍牆頂上。

他是如何到了那上面呢？誰也不能理解，也無法解釋。看來，閃電對他既有妨礙，又有說明。也許他利用鋪瓦工的那些梯子和木架，從一個房頂到另一個房頂，從一道圍牆到另一道圍牆，從一個院落到另一個院落，大概從查理大帝院樓房到聖路易院樓房，再到巡邏牆道，從那裡移到西西里王街那道斷壁上的吧？然而，這樣一條路線，中間有幾處不可能連起來。也許他用床板搭成橋，從氣爽樓到巡邏道牆頭，再沿牆頭繞著費爾斯監獄爬行，直到那斷壁上的吧？然而，費爾斯監獄巡邏道邊牆築有雉堞，而且起伏不平。鄰近消防隊營房那一段低下去，到浴池房的那一段又高起來，一路有幾處還被建築物隔斷，靠著拉姆瓦尼翁府邸那一段和對著石路街那一段，高度就不一樣，處處可遇陡坡和直角；況且，那些崗哨也會看到逃犯的黑影。因此，德納第走這條路線，幾乎同樣說不通。這兩種逃跑的方式都不可能。德納第極度渴望自由，也就情急智生，將深淵化為淺溝，鐵柵化為柳籬，雙腿殘疾化為運動健將，足痛風患者化為飛鳥，遲鈍化為本能，本能化為智慧，智慧化為天才，他是否靈機一動，發明了第三種方法呢？這件事一直是個謎。

越獄的奇蹟，不可能都弄得清楚。再重複一遍，一個人若要逃脫絕境，就會有靈感。在越獄的神秘閃念中，往往有星光和閃電，奮力求生和振翅向崇高，都同樣令人驚訝。人們談起一個越獄的匪徒，就會說：「他怎麼翻過那個屋頂的呢？」同樣，人們談到了高乃依，也會說：「他怎麼想出『讓他死亡吧』這句妙語呢？」

不管怎麼說，德納第逃到那裡，照孩子們想像的說法，伏在那堵危牆的「刃口」上，他大汗淋漓，渾身被雨澆透，手掌擦破了皮，臂肘流血，雙膝也磨破了，已然筋疲力盡，與鋪石街面還隔著四層樓高的峭壁。

他身上帶的那根繩子太短了。

他面如死灰，氣力耗盡，滿懷的希望也破滅了，只好在那裡等待，眼下還有夜色掩蔽，可是心想很快就要天亮，就要聽到附近聖保羅教堂報四點的鐘聲，監獄裡換崗的人就要發現那哨兵在酣睡，屋頂捅了個大窟窿，德納第轉念至此，不禁驚恐萬狀，再藉著昏暗的燈光往下瞧，高度駭人，更是嚇得魂不附體，那濕漉漉黑糊糊的鋪石街道，既渴望又可怕，既意味自由，又意味著送命。

他心中嘀咕，那三個同謀越獄是否成功，是否在等他，會不會來搭救他？他傾聽周圍的動靜。自從他到了那上面，除了過去一個巡邏隊，街上就再也沒見一個行人。從蒙特伊、夏羅納、萬森和貝爾西來趕早市的菜農菜販，幾乎全都得經過聖安東尼街。

報四點鐘的鐘聲響了。德納第膽顫心寒。沒過多久，監獄裡就亂了套，發現有囚犯越獄所必然爆發的驚慌失措的喧鬧，牢門開開關關響成一片，鐵柵門吱咯尖叫，看守亂作一團，獄卒嘶啞的嗓門呼喚，槍托撞擊庭院的石板地，嘈雜的聲響一直傳到他的耳畔。燈火在牢房鐵窗上下移動，一枝火把在新樓房頂奔跑，隔壁消防隊員也被調來了，火光映照他們的頭盔冒雨在房頂來來往往。與此同時，德納第又看見巴士底廣場那個方向，陰慘慘的天邊開始泛白了。

而他呢，趴在十寸寬的高牆上，背後澆著大雨，身下左右兩側都是深淵，動彈不得，害怕頭一暈就可能摔下去，又恐懼肯定要被抓回去，他的神思就像鐘擺，在兩個念頭之間擺來擺去，掉下去就沒命，待在這就要被逮住。

街道還是一片漆黑，德納第正感到萬分惶恐，忽然看見一個人從石路街過來，溜著牆角，走到德納第懸空的下方空地站住。隨後跟上來一個人，走路同樣十分小心，接著又來第三個，第四個人。四個人會合之後，其中一個拉開柵欄門閂，一起走進有木棚的欄圈裡，正巧停在德納第的下方。他們選擇這塊空地來談話，顯然是要避開行人和幾步之外費爾斯監獄邊門崗哨的耳目。應該交代一句，這時哨兵正躲在崗亭裡避雨。德納第看不清楚他們的面孔，但側耳細聽，這個自知要完蛋的可憐傢伙，在絕望中特別注意他們的談話。

那些人講的是黑話，德納第聽了，眼前彷彿閃現一線希望。

第一個人聲音很低，但是清楚地說道：

「說吧。咱們在這裡個化什麼妝？」[17]

第二個回答道：

「老天哭得連鬼火都要澆滅了。再說，色狼要過來。那邊有個老憨在賣呆。咱們別在這裡卡讓人給打包了。」[18]

「這裡個」和「這裡卡」，是「這兒」的兩種說法，前一種是城關一帶黑話，後一種是神廟街一帶黑話，這對於德納第來說，等於兩道光亮。聽「這裡個」，他認出城關一帶的飛賊勃呂戎；聽「這裡卡」，他認出巴伯：巴伯什麼勾當都幹過，曾在神廟一帶賣過舊貨。

十七世紀的古老黑話，只有神廟街區還有人講講，甚至可以說，惟獨巴伯還能講得地道。他要是沒講「這裡卡」，德納第也絕認不出來，因為他完全改變了聲調。

這時，第三個人插話道：

「急什麼，再等一等。怎麼能斷定他不需要我們呢？」

這句話是正常的法語，德納第聽出是蒙巴納斯講的：此人高雅之處，就是能聽懂各種黑話，而他卻不講任何一種。

⑰．「我們走吧。我們待在這幹什麼呀？」——雨果注

⑱．「這雨下得能把鬼火給澆滅。再說，警察要過來，那邊有個士兵在站崗，我們別在這裡讓人給抓住。」——雨果注

第四個人沒有開口，但是那寬闊的雙肩卻將他暴露了，德納第一眼就看出那是海口。

勃呂戎始終壓低聲音，但是有幾分激烈地反駁道：

「你跟我們胡勒什麼？地毯商很可能沒有抽好筋。這行道他不懂，怎麼的！扯鼻涕蟲，割安扒膺，好改編一條麻筋，給重門訂腳手洞。接連法票，改編豆莢，割硬傢伙，將麻筋吊到外面去，隱身，變臉，必須抽一點兒！老傢伙幹不來，他不懂這一套！」⑲

巴伯始終像蒲拉葉和卡爾圖什那樣，講一口規範的古典黑話，而勃呂戎則大膽突破創新，使用一種色彩鮮明的新奇黑話，兩者的差異，就好像將拉辛的語言與安德列．舍尼埃的語言相比。巴伯補充道：

「你諸格地毯商在樓梯就炒了栗子。非得有點道行不可。他還是小把戲。他被人套上籠頭了，上了老警的當，甚至上了套鄉親小探的當。豎起配搭，蒙巴納斯，學校裡嘩嘩的羅飾，你聽見了吧？那些枝條你也看見了。算了，他跌了跤。要拉二十條韁繩才能了事。我並不塌，我可不是塌夫，這誰都鴿派。現在只能曬太陽，要不就得受人擺弄了。別埋怨了，跟我們格走吧，一道去抿一瓶老窖。」⑳

「朋友有難，總不能丟下不管。」蒙巴納斯咕噥道。

「我跟你吹說他病啦！」勃呂戎又說道，「敲這個點的時候，那個地毯商不值一根釘子了！咱們也毫無辦法。還是開溜吧。我覺得隨時會來個衝子，一把抓住我。」㉑

蒙巴納斯只是有氣無力地堅持了。事實上，這些匪徒相互絕不拋棄，他們四人懷著這種忠實的態度，不顧任何危險，在費爾斯監獄周圍徘徊了一整夜，期望看見德納第從一處牆頭出現。然而，這個夜晚變得實在太美好了，大雨滂沱，把街道澆得空無一人，他們也透心涼，成了落湯雞，衣裳濕透，鞋底洞穿，而且，監獄裡鬧騰起來，叫人惶恐不安，時間一分一秒過去，又撞到一夥夥巡邏隊，希望漸漸消逝，恐懼卻漸漸返回，這種種情況，都迫使他們撤退。蒙巴納斯也許多少算是德納第的女婿，連他也退讓了，再過一會兒，他們就全走掉了。德納第趴在牆頭氣喘吁吁，就像美狄斯號船海難者站在木排上那樣，望著一條船漸漸消失在天際。

他不敢呼叫，叫聲讓人聽見就全完了，在危急關頭，他眼睛一亮，有了個主意，也是最後一招了，他從衣兜裡掏出勃呂戎拴在新樓煙囪上的那截繩子，投到柵欄裡邊。

繩子正巧落到他們跟前。

「一個寡婦㉒。」巴伯說道。

「是我的麻筋㉓。」勃呂戎也說道。

「客棧老闆在上面呢。」蒙巴納斯插話道。

他們抬頭望去，而德納第也把腦袋探出來一點點。

「快！」蒙巴納斯說道，「另一截還在你身上嗎，勃呂戎？」

「還在。」

「將兩截繩子接起來拋上去，他拴在牆上，還夠長，能下來。」

德納第冒險提高嗓門說：「我凍僵了。」

「會給你暖和過來的。」

「我動不了。」

---

⑲・「你跟我們說什麼呀？那客棧老闆很可能沒有逃出來。他不懂這些，怎麼著？撕開襯衣，裁床單，好編一條繩子，把牢門打穿洞，製作假證件，配製假鑰匙，砸斷腳鐐，拴牢繩子吊到外面，要躲藏，化裝，必須要非常機靈！那老傢伙幹不了，他不會幹！」——雨果注

⑳・「你那個客棧老闆也許被人當場抓住了。非得機靈一點才行。他還是個小學徒。也許他上了警察的當，甚至上了一個冒充同夥的密探的當。聽聽，蒙巴納斯，監獄一片喊聲，你聽見了吧？那些燭光你也看見了。算了，他又被抓住了！坐二十年牢才能把他放出來。我並不怕，我可不是膽小鬼，這誰都知道。不過現在什麼忙也幫不上了，要不走，就得讓人牽著鼻子走。別生氣，跟我們走吧，一道去喝一瓶酒吧。」——雨果注

㉑・「我跟你說他又被逮住了。到了這種時候，那個客棧老闆一文不值了。我們也毫無辦法。還是離開吧。我覺得隨時會來個警察，一把把我抓住。」——雨果注

㉒・一條繩子（神廟區黑話）。——雨果注

㉓・我的繩子（城關黑話）。——雨果注

「你順著滑下來，有我們接住。」

「我兩手都麻了。」

「把繩子綁在牆上總行吧。」

「不行。」

「我們得有個人上去。」蒙巴納斯說道。

「四層樓高！」勃呂戎來了一句。

從前在木棚裡生火爐，有一根灰泥煙囪，貼著那堵牆砌上去，接近德納第所在的牆頭，煙囪灰泥早已脫落，還看得出痕跡，管道滿是裂紋縫隙，裡面相當狹窄。

「可以從那裡上去。」蒙巴納斯說。

「鑽那煙筒？」巴伯高聲說，「一架管風琴[24]！沒辦法！需要一個米甕[25]。」

「需要一個饃母[26]。」勃呂戎說道。

「到哪去找個小孩？」海口插嘴道。

「等一等，」蒙巴納斯說，「我有辦法。」

他輕輕把柵欄門推開一條縫，看清楚街上沒有行人，就悄悄出去，回手帶上門，撒腿朝巴士底廣場方向跑去。

七、八分鐘過去了，對德納第來說真像過了八千個世紀，巴伯、勃呂戎和海口都緊咬牙關；柵欄終於又打開了，蒙巴納斯氣喘吁吁，帶著伽弗洛什進來了。雨還下個不停，街上闃無一人。

小伽弗洛什走進柵欄，從容地打量這幾個匪徒的面孔，雨水從他頭髮往下淌。海口先跟他打招呼。

「娃娃，你是條漢子嗎？」

伽弗洛什聳了聳肩膀，答道：

「像俺自格這樣一個饃母，就是一架管風琴，像你們這些管風琴，就全是饃母。」[27]

「這米甕真會耍痰盂！」[28]巴伯高聲說道。

「龐丹的饃母，可不是肥蘭絲裝扮起來的。」[29]勃呂戎附和道。

「你們找我什麼事？」伽弗洛什問道。

蒙巴納斯答道：「從這煙筒裡爬上去。」

「帶著這個寡婦。」巴伯說道。

「將這麻筋拴在上面。」勃呂戎接著說。

「拴在攀登騎上。」[30]巴伯跟著說。

「拴在風擋木上。」[31]勃呂戎補充道。

「還有呢？」伽弗洛什問道。

「就這些。」海口回答。

流浪兒瞧了瞧繩子、煙囪、牆壁和窗戶，嘴脣噗噗噗發出難以言傳的輕蔑聲響，分明表示：

「就這點事？」

「那上面有個人，要你救下來。」蒙巴納斯又說道。

「行嗎？」勃呂戎問道。

「傻瓜！」孩子回了一句，就好像他從未聽到這種問題；他隨即脫掉鞋子。

㉔・一個漢子。——雨果注
㉕・一個孩子（神廟區黑話）。——雨果注
㉖・一個孩子（城關黑話）。——雨果注
㉗・「像我這樣一個孩子，就是條漢子，像你們這些漢子，就全是孩子。」——雨果注
㉘・「這孩子嘴皮子真厲害！」——雨果注
㉙・「巴黎的孩子不是濕草編的。」——雨果注
㉚・「拴在牆頭。」——雨果注
㉛・「拴在窗戶橫木上。」——雨果注

海口抓住伽弗洛什，一隻胳膊就把他舉到木棚頂上，再把勃呂戎趁蒙巴納斯去找人時結好的繩子遞上去。孩子腳下蟲蛀的棚頂板彎下去，他一步步走向那煙囪，而煙囪挨棚頂處有一個大豁口，鑽進去很容易。過沒多久，德納第看見來了救星，又有了生路，腦袋便探出牆頭，初現的曙光照見他那汗水淋漓的額頭、灰白色的顴頰、細長野蠻的鼻子、紮煞散亂的花白鬍子，伽弗洛什正要鑽進豁往上爬，抬頭望了望，一眼便認出他來：

「咦！」他詫異道，「是我那老爸！……噯！管他是誰呢。」

他用牙齒咬住繩子，毅然決然地開始攀登。

他爬到頂，便騎在老牆頭上，將繩子牢牢繫在窗戶上面橫木上。

過了一會兒，德納第便回到街面。

他雙腳一沾鋪石路面，一感到自己脫離了危險，疲憊之意就頓消，渾身也不再麻木顫抖了；他所經歷的兇險，剛一脫身，就煙消雲散了；他那怪異而殘忍的神智一甦醒，一站立起來，得到自由，就準備進取了。此人開口頭句話就是：

「現在，我們要去吃誰呢？」

這個極為透明的字眼無須解釋，同時意味凶殺、謀害和搶劫。「吃」，真正的詞義是「吞噬」。

「咱們靠攏點，」勃呂戎說道，「三兩句話就解決問題，然後就立即分手。普呂梅街好像有一樁好買賣，那條街冷冷清清，孤零零一棟房子，花園有一道朽了的古老鐵柵門，孤孤單單住著一名女人。」

「好哇！為何不幹一把呢？」德納第問道。

「你那仙女[32]愛波妮，已經到現場看過。」巴伯回答。

「她幫馬儂送一塊餅乾過去，」海口補充說，「那裡沒有什麼可改裝的了[33]。」

「仙女可不落夫[34]，」德納第說道，「然而，還是應該瞧瞧去。」

「對，對，應該瞧瞧去。」勃呂戎附和道。

如今，幾個大人似乎誰也不注意伽弗洛什了。伽弗洛什靠坐在柵欄的一根支撐石柱上，看著他們談話，等了一會兒，也許等他父親朝他回過身來，繼而，他又穿上鞋子，說道：

「沒事了吧？你們這些大人，你們的事情解決了，用不著我了吧？那我就走了，還得去叫我那兩個娃娃起來呢。」

說罷，他就走了。

五條漢子也魚貫走出木柵欄。

伽弗洛什拐進芭蕾舞街不見了，這時，巴伯把德納第拉到一旁，問道：「你注意看那個孩子了嗎？」

「哪個孩子？」

「就是爬上牆頭、幫你送繩子的那個孩子。」

「沒怎麼留意。」

「對了，我也說不準，那好像是你兒子。」

「噯！你這麼認為？」德納第說道。

說罷，他也走了。

㉜．你女兒。——雨果注
㉝．那裡沒有什麼搞頭。——雨果注
㉞．女兒可不傻。——雨果注

第七卷：黑話
L'argot

一．源
Origine

Pigritia[①]是一個可怕的詞。

這個詞孕育出一個世界，la pègre意味[②]「盜竊」和一個地獄，la Pegrenne意味「飢餓」。

因此，懶惰是母親。

她有一個兒子，叫盜竊，有一個女兒，叫飢餓。

此刻我們談到哪啦？談到黑話了。

黑話是什麼？既是民族又是方言，是人民和語言這兩方面的盜竊。

這個悲慘而沉重的故事的敘述者，三十四年前，在同一主旨寫的另一本書中[③]，曾描述過一個講黑話的強盜，當時引起一片譁然！——「怎麼！幹什麼！黑話多麼醜惡呀！這種話是囚犯講的，是在勞役牢中，監獄裡，社會上最卑劣的人講的！」如此等等，不一而足。

我們始終不理解這類異議。

後來，兩位筆力遒勁的小說家，巴爾扎克和歐仁·蘇，一個是人心的深刻觀察者，一個是人民的大無畏的朋友，他們也像一八二八年《一個死囚的末日》的作者那樣，在各自的作品中讓盜匪自然地講話，這又引起同樣的指責。那些人重複道：「這些作家，使用令人作嘔的土話，究竟要幹什麼呢？黑話太醜惡啦！黑話叫人毛骨悚然！」

誰否認呢？毫無疑問。

要檢查一個傷口，要探測一個深淵或一個社會，從什麼時候起，又有誰說過，下去太深，探到底是個錯誤的呢？我們倒始終認為，追本窮源往往是一種勇敢的行為，至少也是一種樸實而有益之舉，跟盡職盡責一樣值得稱許。不徹底探索，不徹底研究，半途而廢，為什麼呢？停頓是探測的特點，而不是探測者的作風。

自不待言，深入社會秩序的底層，深入實土結束而污泥開始的地方搜尋，進入那稠糊糊的濁流中探索，捕捉那流著爛泥湯的惡俗不堪的話語，捕捉那字字像暗角陰溝蟲豸那一節節難看軀體般膿血模糊的辭彙，抓出來，活生生拋在陽光下的大街上，這既不是一件吸引人，也不是一件容易的任務。在思想的光照下，這樣觀看赤裸裸的黑話鬧騰攢動，比什麼景象都更淒慘。那確實像從污水坑撈出的一隻夜間活動的怪物，彷彿一團活生生的可怕荊棘在抖瑟、蠕動、搖晃，要奔回暗處，氣勢洶洶看著周圍。這個詞像一隻利爪，那個詞像一隻流血的瞎眼，某句話又像蟹夾一般開合。這一些賴以生存的，正是在無序中組合的那些事物的醜惡生命力。

現在我們要問，從何時起，醜惡的事物被排除在研究之外呢？從何時起，疾病驅逐了醫生呢？

①．原文為拉丁文，意為「懶惰」。
②．盜賊的總稱。
③．《一名死囚的末日》。——雨果注

一名自然科學家，拒絕研究毒蛇、蝙蝠、蠍子、蜈蚣、蜘蛛，看到就扔回黑暗中去，並且說：「哼！太醜啦！」能想像有這種自然科學家嗎？思想家不理睬黑話，猶如一名外科醫生不去治療膿瘡或腫瘤；又好比一位語文學家不肯研究語言的一種狀況，一位哲學家不肯探究人類的一種實況。因為，必須告訴不明真相的人，黑話既是一種文學現象，又是一個社會產物。確切地說，黑話是什麼呢？黑話是窮苦的語言。

說到這裡，有人會打斷我們，會推而廣之，雖然這樣做有時要沖淡這種事實；他們會對我們說，各行各業，一切職業，等級社會中的各個階層、智力的各種表現形式，幾乎一無例外，都有各自的行話，也就是黑話。商人說：「蒙佩利埃備用，馬賽優質。」證券經紀人說：「延期交割，溢價，本月底。」賭博的人說：「全不理睬，黑桃重開。」諾曼第島嶼的執達吏說：「在扣押財產放棄人的不動產期間，接收地產者不得要求收穫成果。」通俗笑劇作家說：「觀眾把熊給逗了[4]。」喜劇演員說：「我砸鍋了。」哲學家說：「現象三重性。」獵人說：「霧哇西阿來，霧哇西逃走。」骨相家說：「性和善，性好鬥，性詭秘。」步兵說：「我的單簧管[5]。」騎兵說：「我的小火雞[6]。」劍術師說：「三式，四式，後撤。」排字工人說：「說說巴條。」所有這些人，排字工人、劍術師、騎兵、步兵、骨相家、獵人、哲學家、喜劇演員、通俗笑劇作家、執達吏、賭客、證券經紀人、商人，全都講黑話。畫家說：「我的藝徒。」公證人說：「我的跑腿的[7]。」理髮師說：「我的夥計。」鞋商說：「我的呢壓夫[8]。」等等，他們也在講黑話。嚴格來說，如果非要這樣的話，表示左右的不同說法，如海員所說的「左舷」和「右舷」，舞臺布景工所說的「庭院側」和「花園側」，教堂執事所說的「聖徒側」和「福音側」，全是黑話。從前有女才子的黑話，如今有矯揉造作的女郎的黑話。郎布耶府邸靠近奇蹟宮[9]。公爵夫人之間有黑話，例如，復辟王朝時期，一位非常高貴非常美麗的夫人，在一封情書中寫了這樣一句話：「您在這些日子中，能找出諸多說明我放縱的理由。」外交術語和密碼也是黑話：教廷掌璽大臣稱羅馬為二十六號，稱使臣為grkztnt-gzyal，稱德．莫代訥公爵為abfxustgmogrkzumXI，講的是黑話。中世紀醫生稱胡蘿蔔、小紅蘿蔔和白蘿蔔，就說：「卡夫他沒藥、蔔夫蘿吃努末、匍匐他木絲、龍卡托利苦末、安琪蘿魯末、後末膏魯末。」這些講的也是黑話。糖廠老闆說：「細條糖、大頭糖、透明糖、巴掌糖、清糖、蜜糖、小圓糖、大眾糖、焦糖、塊糖。」這位誠實的廠主講的是黑話。二十年前，文學批評界就有一派人這樣說：「半個莎士比亞是文字遊戲。」講的是黑話。如果德．蒙莫朗西先生不懂詩和雕塑，那麼詩人和藝術家就會稱他為「一個市儈」，講的也是黑話。古典派的學士院院士稱鮮花「福羅拉」，稱果為「波莫那」，稱海為「尼普頓」，稱愛情為「烈火」，稱美貌為「誘惑」，稱馬為「坐騎」，稱白色或三色帽徽為「柏洛娜的玫瑰」⑩，稱三角帽為「馬爾斯的三角」，這些古典派的院士講的全是黑話。代數、醫學、植物學，各自都有黑話。航船上所使用的語言，若望．巴爾、杜凱斯納、蘇夫朗和杜佩雷講過的那種極其完整、極其生動的出色語言，伴隨著帆索的呼嘯、傳聲筒的喊叫、攏岸鉤斧的撞擊，伴隨著船身的搖擺、狂風的怒吼、大炮的轟鳴，那完全是英勇而響亮的黑話，比起鬼蜮的粗野黑話來，則有雄獅和豺狼之別。

這些毋庸置疑。然而，不管怎麼說，這樣理解黑話是推而廣之，不是人人都能接受的。至於我們，還要保留這個詞明確、限定、確指的舊有含義，把黑話限定在黑話的範圍裡。真正的黑話，純粹的黑話，假如可以搭配這兩個修飾語，從遠古以來就自成一個王國的黑話，我們再重複一遍，無非是苦難的語言，無非是醜惡、疑惑、陰險、奸詐、歹毒、殘忍、晦澀、卑劣、深奧而致命的語言。墮落和苦難到了極端，就會起而反抗，挺而抗爭，從總體反對美滿的事物和統治的權利。

④．觀眾給劇本喝了倒采。——雨果注
⑤．我的步槍。
⑥．我的馬。
⑦．公證事務所的年輕送信員。
⑧．我的鞋匠。
⑨．巴黎丐幫的老巢。
⑩．在羅馬神話中，福羅拉是花神，波莫那是果樹女神，尼昔頓為海神。柏洛娜為女戰神。

這種鬥爭十分殘酷，時而詭詐，時而猛烈，既陰險又兇殘，既用邪惡的毒針騷擾，又用犯罪的重棒打擊社會秩序。為了這種鬥爭的需要，苦難就創造了黑話這種戰鬥的語言。

人類說過的任何一種語言，即組成文明或使之豐富的一種因素，無論其好壞，哪怕瀕臨湮滅，已然殘缺不全，只要它浮在遺忘的深淵之上，存留下去，那就是擴展了觀察社會的資料，就是為文明本身效力。普勞圖斯有意、無意中效過力，讓兩名迦太基士兵講腓尼基語；莫里哀也效過力，讓他劇中的許多人物講東方語言和各種方言。說到這裡，有人又要提出異議：腓尼基語，妙極啦！東方語，也好哇！甚至方言，也還說得過去！這些總歸是某些民族或某些省份的語言。然而，黑話呢？有什麼必要保留黑話呢？有什麼必要讓黑話「存留下去」呢？

對此，我們只回答一句話。一個民族或一個省份使用的語言，固然值得重視，但是還有更值得重視和研究的東西，那就是受苦受難的人所講的語言。

舉例來說，這種語言在法國就講了四百多年，講這種語言的不止一個窮苦階層，而是整個窮苦階層，人類之中可能有的整個窮苦階層。

況且，我們還要強調指出，研究社會的畸形和殘疾，揭示出來加以治療，這種工作根本不容選擇。比起記述重大事件的歷史學家，記述風俗和思想觀念的歷史學家所負的使命，同樣地嚴肅。前者浮在文明的表層，描寫王位之爭、王子的誕生、國王的婚姻、戰事、議會、名人、陽光下的革命，描寫整個表象。後者卻深入內部，深入底層，描寫受苦、受難並翹首以待的勞動人民、飽受折磨的婦女、奄奄待斃的兒童、人與人的暗鬥、隱秘的暴行、成見、約定俗成的不公道、法律在地下的反響、心靈的秘密演變、民眾的細微驚悸、餓殍、赤足者、裸臂者、無依無靠的人、孤兒、不幸者和卑賤者，描寫所有在黑暗中遊蕩的孤魂野鬼。這樣的歷史學家要滿懷同情心，抱著嚴肅的態度，一直下到密不透風的暗道密穴，以兄弟和法官的身分，去接近那些流血的人和行兇的人，那些哭泣的人和詛咒的人，那些挨餓的人和大口吞噬的人，那些逆來順受的人和胡作非為的人，總之，去接近亂哄哄在那裡爬行的所有人。記述心靈的這些歷史學家，難道不如記述外部事件的歷史學家責任重大嗎？但丁所要表述的事情，難道比馬基維利少嗎？文明的底層，難道因為太深、太幽暗，就不如表層重要嗎？不瞭解山洞，能好好認識高山嗎？

順便指出，從上面幾句話就能推斷出兩類歷史學家，而這種截然的劃分，在我們思想上並不存在。研究明顯可見的、有目共睹的人民大眾生活的歷史學家，如果不在一定程度上，也諳熟他們深藏隱秘的生活，就不算一個優秀的歷史學家；同樣的，內在事物的歷史學家，如果在需要的時候不能成為表象事物的歷史學家，也不能算一個優秀的歷史學家。習俗和思想觀念的歷史，滲透到大事件的歷史中，反之亦然。這兩類不同的事實此呼彼應，始終相互關聯，還經常互為因果。上天在一個國家表面上畫出的所有線條，在深層無不有對應的平行線，雖然黯淡卻很分明；反之，深層的任何動盪，也必然引起表面的波動。真正的歷史既然涉及一切，那麼真正的歷史學家也要關注一切。

人不止是一個中心的圓圈，而是有兩個中心的橢圓形。一個中心點是事實，另一個中心點是思想。

黑話無非是語言要幹壞事時的化粧室。語言在這化粧室裡戴上語詞的假面具，穿上隱喻的破衣爛衫。

這樣，語言就變得面目可憎了。

人們幾乎辨認不出來了。難道這真是法蘭西語言，人類的偉大語言嗎？它要粉墨登場，陪同罪行排練臺詞，而且在罪惡劇碼中適於扮演各種角色。它再也不正常走路，而是要一瘸一拐的，架著奇蹟宮的拐杖，架著那隨時變成大頭棒的拐杖，自稱丐幫。所有魑魅魍魎都是它的服裝員，把它打扮成奇形怪狀；它時而爬行，時而挺立起來，具有蛇的這樣兩種姿態。作偽者把它裝成斜眼，下毒者給它染上銅綠，放火者給它抹上黑灰，殺人犯給它塗上胭脂，從此它就能扮演各種角色了。

誠實這邊的人站在社會門口，就能聽見外面人的對話，能分辨出一些問話和答話，捕捉到刺耳的嘰咕聲而不懂，聽來頗似人聲，但近乎嗥叫而不像說話。這就是黑話。詞語全都扭曲變形，有一種說不出來的聲調，彷彿是怪獸發出來的，讓人以為聽見九頭蛇怪在說話。

這是黑暗中不可理解的鬼聲，吱吱聒噪，沙沙作響，為撲朔迷離的暮色添上謎一般的色彩。在苦難中，天昏地暗；在罪惡中，更是昏天黑地，兩種昏黑相混雜，便構成黑話。氛圍昏暗，行為昏暗，語聲昏暗。窮苦人的正午，迷霧茫茫，飽含陰雨、黑夜、飢餓、邪惡、謊言、不公、赤裸、窒息和嚴冬，而可怖的癩蛤蟆語言，在這片迷霧中往來竄跳和爬行，吐著唾沫，瘋狂地躁動。

要同情受懲罰的人。唉！我們本身又是什麼人呢？此刻我跟你們說話，你們聽我說話，而我是什麼人，你們又是什麼人呢？我們從何而來？誰能肯定我們出生之前什麼也沒有做過呢？地球和監獄也不是毫無相似之處。誰能說人就不是天庭的累犯呢？

仔細觀察一下人生吧。人生這種狀況，讓人感到處處受到懲罰。

你是人們所說的一個幸福者嗎？好吧，然而，你天天都要發愁，每天都有大憂傷或小煩惱。昨天，你為一個親人的健康而發抖，今天為自己的健康擔心，明天又要為錢財憂慮，後天可能遭人誹謗，大後天又可能得知一位朋友的不幸消息；往後的日子，不是什麼物品打破了，就是丟失了，尋一點快樂，不是良心不安，就是身子受損，繼而，還會出現公事進展的問題，且不說內心的種種苦惱。如此等等，不一而足。一片烏雲散去，又形成一片烏雲。一百天當中，難得有一天能充滿歡樂和陽光。而你還屬於少數幸福的人！至於其他人，頭頂就總壓著漫漫長夜。

善於思索的人，很少用幸福者和不幸者這種說法。塵世顯然是另一世界的門廳，這裡沒有幸福的人。

真正劃分人類的方式，應用光明人和黑暗人來區分。

減少黑暗人的數量，增加光明人的數量，這就是目的。這也就是為什麼我們要呼籲：教育！科學！學識字，就是點亮燈光；讀出一個音節，就迸發一點火星。

不過，光明並不一定意味著快樂。人在光明中仍會痛苦，光過分強烈會燒灼，火焰與翅膀為敵，翅膀燃燒後依舊不停飛翔，那是神奇的事情。

你一旦明瞭事理，有了愛心，還會有痛苦。曙光在一片淚水中出現。哪怕僅僅為黑暗人，光明人也要泫然淚下。

二・根

Racines

黑話是黑暗人的語言。

思想往往從最幽深之處開始湧動，而面對備遭蹂躪、又總頑抗的謎一般的方言，社會哲學不得不極為沉痛地思考。這種方言明顯受了刑罰，每個音節都留下了烙印。通常語言的詞語在這裡一出現，就彷彿讓劊子手的紅烙鐵燙得皺縮了；有些好像還在冒煙。有的句子給你的感覺，酷似一名盜匪突然脫光衣服而露出有百合花烙印的肩膀。思想幾乎拒絕用這種罪犯詞語來表述。這裡面運用的隱喻極為厚顏無恥，讓人覺得是上過行枷的。

然而，儘管如此，也正因為如此，這種奇特的語言也像鏽銅幣和金獎章那樣，有權在人們稱為文學的這個公正的巨大收藏櫃裡，佔據一格的位置。這黑話，不管你認同與否，自有它的句法和詩意。這也是一種語言。一些詞語呈現畸形，固然能讓人認出是經過了芒德蘭[11]的咀嚼，但是一些借代所放射的光彩，也能讓人感到維庸講過這種語言。

這行十分美妙的名句：

Mais où sont les neiges dántan?

⑪・芒德蘭（一七二四—一七五五）：法國有名的匪首。

往年積雪今安在？⑫

就是一句黑話詩。Antan 來自 ante annuim，是圖納的地方黑話的一個詞，原意為「去年」，引申意思為「往年」。就在三十五年前，一八二七年那次押解大批犯人的時期，在比賽特監獄的一間牢房裡，還能看見判處服勞役的圖訥王用釘子刻在牆上的名言：「Les dabs d'antan trimaient siempre pour la pierre du Co ë sre。」這句話的意思是：「從前，國王無不前往接受加冕。」在這一王者的思想裡，加冕，就是服勞役。

Décarade 這個詞，表示載重的車輛飛奔出發的意思，據說這個詞是來源於維庸，兩者倒也挺相配。這個氣勢磅礴的擬聲詞，似乎讓人感受到馬的四隻鐵蹄迸出火花，也概括地表達了拉封丹的這行傑出的詩句：

六匹駿馬拉著一輛旅行車。

從純文學角度看，也很少有比黑話的研究課題更加妙趣橫生了。這是語言中自成一套的語言，是一種癭瘤，一種生出贅疣的不良嫁接，是一種寄生植物，根鬚扎在高盧老樹幹中，而猙獰的枝葉爬滿法語的整整一面。這可以說是黑話初期的面貌，即通俗的面貌。然而，對於以研究語言為己任，像地質學家研究地球那樣的人來說，黑話的確像一片沖積層，往下挖掘，就能在黑話中發現古老的法蘭西民眾語言，再往下又會發現普羅旺斯語、西班牙語、義大利語、東方語，即沿地中海各港口的語言，羅曼語的三個分支：法蘭西羅曼語、義大利羅曼語、羅曼羅曼語，再往下會發現拉丁語，最後則有巴斯克語和克爾特語。深邃而奇特的結構。所有受苦受難的人共同營造的地下建築。每一個受詛咒的種類都投放自己的一層，每一種苦難都丟下自己的一塊石頭，每顆心都添上自己的砂石。無數邪惡、卑鄙或憤怒的靈魂，度過了人生並永遠寂滅，但又幾乎全部留下來，只憑藉一個怪詞的形式隱約可見。

要談談西班牙語嗎？古老哥德語黑話中也彙集大量的西班牙語。例如，風箱一詞 boffette，來源於 bofeton；而窗戶一詞，先為 vantane，後為 vanterne，則來源於 vantana；貓一詞 gat，來源於 gato；油一詞 acite，來源於 aceyte。要談談義大利語嗎？例如，劍一詞 spade，來源於 spada；船一詞 carvel 來源於 caravella。要談談英語嗎？例如，主教一詞 bichot，來源於 bishop；間諜一詞 raille，來源於 rascal，rascalion 意為混蛋；盒子一詞 pilcker，則來源於 pilcher，意味鞘或套子。要談談德語嗎？例如，侍者一詞 caleur，來源於 kellner；主人一詞 hers，來源於 herzog（公爵）。要談談拉丁語嗎？例如，打破一詞 frangir，來源於 frangere；偷盜一詞 affurer，來源於 fur；鏈子一詞 cadéne，來源於 catena。有一個詞表現出強大的力量和神秘的權威，出現在歐洲大陸的各種語言中，就是 magnus 這個詞蘇格蘭語用來構成 mac[13] 一詞，意為族長，如 Mac-Farlane、Mac-Callummore，即大 Farlane、大 Callummore。黑話用來構成 meck，後來又演變為 meg，即上帝。要談談巴斯克語嗎？例如，鬼一詞 gahisto，來源於 gaïztoa，意為壞的；晚安一詞 sorgabon，來源於 gabon，意為晚上好。要談談克爾特語嗎？例如，blavin 手帕一詞，來源於 blavet，意為噴泉；女人一詞 ménesse（貶義），來源於 meinec，意為滿身寶石；溪流一詞 barant，來源於 baranton，意為泉水；鎖匠一詞 goffeur，來源於 goff，意為鐵匠；死神一詞 guédouze，來源於 guenndu，意為白和黑。還要談談歷史嗎？黑話稱埃居錢幣為 maltéses，是回憶在馬爾他服勞役的槳帆船上流通之錢幣。

上述種種，是黑話的語言學方面的來源，此外還有更為自然的根源，可以說直接來自人的意識。

⑫．法國詩人維庸（一四三一—一四八九）的詩〈遺憾〉中的名句。

⑬．應該指出在克爾特語中，mac 意味兒子。——雨果注

首先是直接造詞，這是語言的一種神秘現象。用來描述事物的詞，不知怎麼又為什麼有那種形象。這是人類任何言語的原始基礎，不妨稱之為花崗岩。黑話中充斥這類詞：這類詞不拘材料直接構成，不知從哪兒又是由誰造出來的，沒有詞源，沒有類語，也沒有派生詞，孤零零的，野腔粗調，有時醜陋不堪，卻有一種特殊的表現力和生命力。例如，劊子手，Te taule；森林，le sabri；恐懼，逃跑，taf；僕人，le larbin；將軍，省長，部長，pharos；魔鬼，le rabouin。既掩飾又表露，再也沒有什麼比這類詞更奇特的了。有些詞，例如le rabouin，又粗俗、又可怕，真像魔怪做的一個鬼臉。

其次是隱喻。一種語言既要全部表達、又要全部遮掩，其特點就是大量運用修辭。隱喻就是一種謎語，是陰謀逞兇的盜匪、企圖越獄的囚犯的掩避所。黑話比任何方言都更富於隱喻。Dévisser le coco[14]，扭斷脖子；tortiller[15]，吃；être gerbé[16]，受審判；un rat[17]，一個偷麵包賊；il lansquine，下雨，這是非常形象的古老修辭，多少帶有當年的烙印，將斜雨長線比做傾斜林立的傭兵的長矛，一個詞就包容了「下刀子」這一通俗借代法語句。有時，黑話從初期進入第二階段，有些詞也從原始野蠻狀態轉化為隱喻的意義。魔鬼不再是le rabouin，而變成le boulanger[18]，即往烤爐裡送東西的人。這樣更精妙一些，但氣勢減弱了，頗似高乃依之後的拉辛，埃斯庫羅斯之後的歐里庇得斯。黑話中有些語句，體現兩個時期的特點，兼有野蠻性和隱喻性，就類似魔術幻影。——Les sorgueurs vont sollicer des gails à la lune（賊黑夜將去盜馬）。這就像鬼影在頭腦裡飄過，不知所見是什麼東西。

第三是權宜之計。黑話憑藉著語言生存，便能隨意利用，信手拈來，必要時就乾脆簡單粗暴地加以歪曲。這樣改變形體的常用詞，來摻雜純黑話詞，有時就構成一些生動鮮明的短語，讓人感到是上述直接創造和隱喻這兩種因素的混雜：——Le cab jaspine,je marronne que la roulotte de Pantin trime dans le sabri；狗汪汪叫，我猜想巴黎的驛馬車通過樹林。——Le dab est sinve,la dabuge est merloussiere,la fée est bative；老闆愚蠢，老闆狡猾，姑娘漂亮。為了迷惑視聽，最常用的辦法，黑話不加選擇，幫所有詞加上 aille，orgue，iergue，或者 uche 這樣難聽的詞尾。例如，Vousiergue trouvaille bonorgue ce gigotmuche？您覺得這羊腿可口嗎？這句話是匪首卡爾圖什對監獄邊門的看守講的。問他對幫助越獄的賄賂金額是否滿意。添加 mar 這樣詞尾，則是近年來的事情。

黑話是腐蝕性的方言，自身也就很快被腐蝕。此外，黑話總是極力掩飾，一旦覺得讓人識破，就立刻改頭換面。它一接觸陽光就死亡，跟植物恰恰相反。因此，黑話一直不斷地破敗並重新組合，這種變化既隱秘又迅捷，從未停止過。它十年所走的路，比正常語言十個世紀所走的路還長。就這樣，larton[19]變成 lartif；gail[20]變成 gaye；fertanche[21]變成 fertille；momignard[22]變成 momacque；siques[23]變成 frusques；chique[24]變成[25]égrugeoir；colabre 變成 colas。魔鬼，起初為 gahisto，繼而為 rabouin，後來又變成 boulanger；教士起初為 ratichon，繼而變為 sanglier[26]；匕首起初為 vingt-deux（二十二），繼而為 surin（野生蘋果幼樹），後來又變成 lingre；警察起初為 railles，繼而為 roussins（戰馬），後變為 rousses（棕髮女人），再變為 marchands de lacets

⑭・本意為「擰下椰子」。
⑮・本意為「扭來絞去」。
⑯・本意為「像（麥、稻）一樣捆起來」。
⑰・本意為「耗子」。
⑱・本意為「麵包師」。
⑲・麵包。——雨果注
⑳・馬。——雨果注
㉑・麥秸。——雨果注
㉒・小孩。
㉓・破爛衣服。——雨果注
㉔・教堂。——雨果注
㉕・脖子。——雨果注
㉖・野豬。

（賣鞋帶的小販），又變為 coqueurs，接著又變為 cognes（衙子）；劊子手起初為 taule，繼而為 Charlot，再變為 atigeur，又變為 becquillaard。在十七世紀，鬥毆是 se donner du tabac（互敬鼻菸），到十九世紀則成為 se chiquer la gueule（互敬口嚼煙），在這兩種極端之間，還有過二十來種變異的說法。在拉斯奈爾聽來，卡爾圖什講的是希伯來語，這種語言的所有詞語，跟講這些詞語的人一樣，總是無休無止地逃避。

然而，由於變來變去，古老的黑話不時還會再現，翻舊成新了。黑話有保存自己的據點。神廟街區保存了十七世紀的黑話；比賽特還是監獄的時期，保存了圖納黑話，在這種黑話裡，還能聽到古代圖納人講話所用的字尾：anche。Boyanches-tu？（你喝嗎？）il croyanche（他相信）。儘管如此，黑話永無休止的變動仍是一條法則。

一位哲學家如能固定一段時間，觀察這種不斷消失的語言，就會陷入痛苦而有益的深思。再也沒有任何研究比研究黑話這更富有教育意義了，黑話中的每個隱喻、每個詞源，無不蘊涵著一堂課。那些人交談，「打」表示「假裝」，說他「打」病；他們的力量在於狡詐。

在他們看來，人的概念和黑暗的概念分不開。Sorgue 表示黑夜，orgue 表示人。人是夜的衍生詞。

他們早已習慣把社會視為屠戮他們的一種氛圍，殘害他們的一種力量。他們談論自己的自由，就像別人談論自己的健康。一個被捕的人是一個「病人」，一個判了刑的人是一個「死人」。

囚犯埋葬在四堵石壁中，最怕的莫過於那種冷冰冰的貞潔，他們稱地牢為 castus[27]。在那種陰森可怕的地方，外界生活總是以最歡樂的面目出現。囚犯拖著腳鐐，也許你以為他在想別人用腳走路吧？不對，他在想別人用腳跳舞；因此，他一鋸斷腳鐐，頭一個念頭就是，現在他能跳舞了，而他叫小鋼鋸為「小酒店舞廳」。一個「名稱」便是一個「中心」，兩者深深地同化了。強盜有兩顆腦袋：一顆腦袋思索，終生引導他行動，另一顆腦袋長在肩上，為赴刑場的那天準備的；唆使他犯罪的那顆腦袋，他稱做「索邦神學院」，為他抵罪的那顆腦袋，他稱做「圓木頭」。一個人身上只剩下破衣衫，心中只剩下惡念，從物質和精神兩方面，都已墮落到「無賴」一詞的雙重含義，他也就到了犯罪的邊緣；他成了一把鋒利的刀，而且有雙刃：窮困和兇惡；因此，黑話中不講「一個無賴」，而是一個 reguise ㉘。勞役牢是什麼呢？是地獄，是煉獄的火坑。勞役犯則叫做「柴捆」。最後，歹徒幫監獄取了什麼名字呢？叫做「學府」。一整套懲罰可以從這個詞裡產生出來。

盜賊也有炮灰，即可以竊取的物質：你、我、任何人都行；le pantre。（Pan，所有人。）

勞役犯大部分的歌曲，在特殊辭彙中稱為 lirlonfa 的那種疊歌，要知道是從哪開始唱起來的嗎？請聽我說說下面的情況。

巴黎夏特萊堡有一個長長的大地牢。地牢緊挨著塞納河，比水面低八尺，既沒有窗戶，也沒有通風孔，惟一的通道就是門，人能進去，空氣卻進不去。上面是石砌的拱頂。地下有六寸深的稀泥；地面當初鋪了石板，但是讓水浸糟了，處處龜裂。離地面八尺高有一根粗大的長梁，縱貫整個地牢。橫梁每隔一段距離，就垂下一根三尺長的鐵鏈，吊著一副行枷。判了刑的勞役犯在押往土倫之前，就關在這座地牢裡。囚犯被堆到橫梁下面，黑暗中每人都在搖擺著等待他的鐵鏈鐵枷。鐵鏈是垂下的胳膊，鐵枷是張開的手掌，掐住這些不幸者的脖子。行枷一鉚接住，就把他們丟在那裡。鐵鏈太短，他們無法躺下來睡覺。他們一動不動，待在地牢裡，待在這黑夜中，幾乎被吊在橫梁上，要用盡全身力氣才搆得著麵包和水罐，頭上壓著石拱頂，下面稀泥淹沒到半截腿，糞便就順著雙腿流下去，累得渾身散了架，要休息一下，就得屈膝沉胯，雙手抓住鐵鏈，只能站著睡覺，又時時被行枷卡醒，而有的人再也醒不過來了。要吃東西，就得用腳跟將丟在爛泥中的麵包搆過來，順著大腿推送到手中。他們在這種狀態中要等待多久呢？一個月，兩個月，有時可

㉗．拉丁語，意為「貞潔」。
㉘．諧音「重新磨鋒利的」。

能半年，有一個甚至待了一年。這裡是勞役槳帆船的門廳。偷獵王家一隻野兔，就要被丟進來。他們在這墳墓地獄中幹什麼呢？在墳墓中所能幹的，就是等死，在地獄中所能幹的，就是唱歌。須知凡是絕境就必有歌聲。在馬爾他海域上，有槳帆船駛來，總是先聞歌聲後聽到槳聲的。那個可憐的偷獵者蘇爾萬桑，就在夏特萊堡地牢裡關押過，他說：「當時是曲調讓我撐了下來。」詩歌無用，曲調又有什麼用呢？幾乎所有黑話歌曲，都是在這地牢裡產生的。蒙戈梅里槳帆船上那憂傷的疊歌：Timaloumisaine timoulamison，就來自巴黎夏特萊堡的地牢。這些歌多半悲切淒慘，只有幾支歡快的，也有一首溫柔的：

　　這裡卡伊是舞臺，
　　小射箭手上臺來㉙。

　你枉費心機，消滅不了永存人心的愛。

在這行為隱秘的世界裡，人人都保守秘密。秘密，這是所有人的東西。對這些受苦受難的人來說。秘密就是一致，是用來團結的基礎。洩漏秘密無異於從這個兇惡的共同體的每個成員身上奪走一點東西。用黑話有力的表達，「告發」說成「吃那塊」。就好像告發者奪取共有的一點東西據為己有，吃了每人身上一塊肉。

　挨耳光是什麼滋味呢？通俗的隱喻回答說：「看見六十六支燭光。」而黑話則說道：Chandelle，camoufle。這樣，日常用語就把 camouflet 當作耳光 soufflet 的同義詞。也正是這樣，黑話藉助隱喻這條無法估量的軌道，自下而上滲透，由岩洞上升到學士院；普拉耶就說：「我點著我的 camoufle（蠟燭）」；伏爾泰也寫下：「朗勒維勒．拉．博邁勒該挨一百個 camouflets（耳光）。」

　發掘黑話，步步會有發現。深入探究這種奇特的方言，就會步步走向正常社會和受詛咒社會的神秘交點。

黑話，便是語言中的勞役犯。

人的思維活力竟然被壓制到那麼低點，竟然讓厄運的黑暗暴力束縛在那裡，竟然讓莫名的繩索繫在那深淵裡，這確實令人感到驚駭。

苦難的人們可憐的思想啊！

唉！難道誰也不肯來拯救這黑暗中人的靈魂嗎？它的命運，難道就是永遠在黑暗中等待嗎？等待神靈、解放者、騎著飛馬和鷹馬的天神，鼓翅從天而降、身披朝霞的鬥士，代表未來的光彩炫目的騎士嗎？它向理想之光呼救，難道永遠徒勞嗎？難道它永遠打入黑暗的深淵中嗎？在深淵中，惶怖地聽見惡魔逼過來，隱約望見那魔頭張牙舞爪，口吐白沫，鼓脹的環紋軀體在濁水中遊動，越逼越近嗎？

難道它就注定待在那裡，沒有一線光明，也沒有一線希望，隱約嗅到魔怪氣勢洶洶地逼近，卻只能坐以待斃？就像淒慘的安德洛墨達[30]那樣，潔白的身子赤裸在黑暗中，心驚膽顫，頭髮蓬亂，雙臂拚命地掙扎，永遠鎖在幽冥的岩石上！

三・哭的黑話和笑的黑話

Argot qui pleure et argot qui rit

看來整個黑話，無論是四百年前、還是今天的黑話，都滲透了晦澀的象徵精神，那些詞時而

㉙・小射箭手，指丘比特。——雨果注

㉚・安德洛墨達：希臘神話中埃塞俄比亞公主，因她母親誇她比海中仙女還美，觸怒仙女，她們請海神波塞冬發洪水淹沒全國，提出只有把她獻祭給海怪，災難才能解除。她父母只好把她綁在海邊岩石上，碰巧珀耳修斯經過，殺死了要吞噬她的海怪。

神態憂鬱，時而面目猙獰。從中我們能感受到，當年那些乞丐在奇蹟宮打紙牌，時而憤怒、時而憂傷的情緒。紙牌是他們獨創的，有幾副保存至今。例如那張梅花八畫了一棵大樹，有八大片梅花瓣葉，樹腳下，三隻野兔抬著叉了一個獵人的鐵叉在火堆上燒烤，樹後還有一堆火，上面吊著一口熱氣騰騰的鍋裡露出狗頭。紙牌畫上火燒走私者和偽幣製造者，這種報復方式比什麼都更陰森可怕。在黑話王國裡，思想無論採取什麼不同形式，即使唱歌，即使嘲笑，即使威脅，也都具備著這種無可奈何的頹喪特點。所有歌曲都低聲下氣，悲悲切切，往往催人淚下，其中有些曲調蒐集保存下來了。說黑話的強人匪類稱之為「可憐的強人匪類」，總像要躲藏的野兔，要逃竄的老鼠，要驚飛的鳥兒。剛要抱怨，便又克制住，轉為歎息；我們就聽到這樣一句哀吟：「我真不明白，人類的父親，上帝，怎麼能這樣折磨他的子孫，怎麼能聽他們呼號而不痛苦呢？」㉛窮苦人如果有時間思考，在法律面前總會矮半截，在社會面前也總會心虛氣短，總是五體投地來哀求著，轉而乞憐，讓人感到他自知理虧。

約莫上個世紀中葉，情況就變了。牢獄的歌曲，盜匪唱的老調，可以說擺出一種放肆而歡快的姿態。拉黑夫拉曲，取代了哀怨的摩呂雷曲。十八世紀那些槳帆船歌曲、勞役場和監獄歌曲，幾乎都有一種類似的瘋狂喜悅。聽到這樣尖厲跳躍的疊歌，就好像閃著磷光，是由吹木笛的鬼火扔在森林裡的：

密爾拉把臂，蘇爾拉把抱，
密爾力查洞，樂蹦樂擺特，
蘇爾拉把臂，密爾拉把抱，
密爾力查洞，樂蹦又樂抱。

在地窖或密林裡掐死人的時候，就要唱這種歌。

症狀嚴重。這些悲苦階級的古老憂傷，到了十八世紀就消解了。他們開始笑了，開始嘲笑上帝和國王。舉路易十五來說，他們把這位法蘭西國王叫「龐丹侯爵」[32]。他們為此幾乎快活了起來。一道微光從這些悲慘的人中間透出來，就好像他們良心上沒有重負了。生活在黑暗中的這些淒苦的氏族，不僅在行動上有視死如歸的膽量，而且在精神上也有了無所顧忌的膽量。這表明他們喪失了罪惡感，感覺從一些思想家和空想家那裡，得到某種說不清的不自覺的支持。這也表明了，偷盜和搶劫的行徑已進入某些學說和詭辯術的論題中，略減一點本身的醜惡，卻反倒給那些詭辯術和學說增加不少醜惡。這還表明了，這種情緒如果得不到排遣，那麼不久就會猛烈爆發出來。

稍停一下。我們在此指控誰呢？十八世紀嗎？它的哲學嗎？十八世紀的事業是健康的，也是好的。以狄德羅為首的百科全書派、以杜爾哥為首的重農學派、以伏爾泰為首的哲學家，以及從盧梭為首的空想主義者，他們組成了四支神聖大軍。人類能夠長足走向光明，應該歸功於他們。他們是人類走向進步的四個主要目標的四路先鋒：狄德羅趨向美學，杜爾哥趨向功利，伏爾泰趨向真理，盧梭趨向正義。然而，這些哲學家的旁邊和下面，還有詭辯派，那是混雜在香花中的毒草，原始林中的毒芹。一方面，劊子手在法院的主樓梯上，焚毀那個世紀宣揚解放的偉大書籍，另一方面，今天被遺忘的一些作家得到國王的特許，發表一些莫名其妙的作品，這些作品具有特殊的破壞性，供窮苦人如飢似渴地閱讀。說來也怪，這類作品有些還受到一位王爺的保護，收藏在「秘密圖書館」裡。這些情況深奧隱晦，又鮮為人知，在檯面上是看不到的。一件事實的危險性，往往就在於鮮為人知；鮮為人知，是因為發生在地下暗處。所有這些作家，在民眾之間挖掘的地道中最有害的一處，也許要算雷斯蒂夫・德・拉勒列東[33]。

㉛・原文為黑話，雨果有注釋，現將雨果原注的譯文移入正文。
㉜・相當於「巴黎公墓侯爵」。龐丹為巴黎公墓。
㉝・雷斯蒂夫・德・拉勒列東（一七三四—一八〇六）：法國作家，著有《尼古拉先生》和《狡詐的農民》。

這種作用波及到全歐洲地區，在德國所造成的危害，遠比其他任何地方都更為嚴重。在德國，由席勒在他的名劇《海盜》中概括的那個時期，偷盜和搶劫的行為充當起抗議的角色，反對財產和勞動，並且吸收某些最簡單的、似是而非的思想，用這些表面正確、實則荒謬的思想包裝起來，幾乎不露痕跡，取一個抽象的名稱，進入理論範疇，以這種方式在厚道的勞苦大眾之中廣為流傳，甚至瞞過不慎配製這種混合劑的化學家，甚至瞞過接受這種東西的民眾。這種情況每次發生都很嚴重。苦難孕育出憤怒。富貴階級盲目樂觀，高枕無憂，總之閉上眼睛就好了；而窮苦階級卻接觸在角落裡夢想的憂傷或險惡的意識，開始點燃仇恨的火把，開始審視社會。仇恨一開始審視，那比什麼都可怕！

如果適逢多事之秋，就要發生從前所謂的雅各賓黨那樣的大動亂，比起這種大動亂，純政治性的動盪不過是場兒戲，那已不是受壓迫者反對壓迫者的鬥爭，而是困窮反對殷富的暴動。那樣就會同歸於盡。

雅各賓黨是民眾的大地震。

將近十八世紀末年，這種危險在歐洲也許迫在眉睫，卻被法國革命這一驚天動地的義舉給阻斷了。

法國革命無非是用利劍武裝起來的一種理想，它挺立猛然一擊，既關閉了惡門、又打開了善門。

法國革命排除了問題，宣布了真理，驅散了疫氣，淨化了世紀，給人民加冕了。

可以說，法國革命再次創造了人類，賦予人類以第二顆靈魂，即人權。

十九世紀繼承並利用其成果，到了今天，我們剛才指出的那種社會災難，根本不會發生了。只有瞎子才會驚呼大難臨頭！只有傻子才會惶惶不可終日，革命是預防雅各賓黨的疫苗。

幸而爆發這場革命，社會狀況才有所改觀。我們的血液裡清除了封建君主制的病毒，我們的肌體也排掉了中世紀的殘留物。當今時代，再也不會天下洶洶，橐沸蟻動了，再也聽不到腳下滾滾的暗流，再也見不到文明表層會突起鼴鼠地道的蹤跡，再也見不到地面龜裂，岩穴頂端洞開，突然地探出妖魔鬼怪的腦袋。

革命觀就是一種道德觀。人權感一經發揚，就能激起人們的義務感。全民的法律，就是自由；根據羅伯斯庇爾令人歎服的定義：「自由止於他人自由的起始。」自從一七八九年以來，全體人民以崇高化的個體成長壯大。窮人無不因為有了人權而有了理智；快要餓死的人也懷有對法蘭西的忠誠；公民的尊嚴是內心的盔甲；誰有自由，誰就審慎；誰有選舉權，誰就是統治者。由此而產生拒絕腐蝕性，因此窒息了利慾貪心；面對誘惑，人的眼睛就要英勇地垂下去。革命的淨化作用的成效極佳，例如七月十四日，例如八月十日，一朝解放，就再也沒有賤民了。陡然感悟而變得偉大的群眾，第一聲呼喊就是：處死盜賊！選擇進步，就是體面者，理想和絕對真理不容許作出那些雞鳴狗盜的勾當。一八四八年，運載土伊勒里宮財寶的那些貨車，是由什麼人押送的呢？是由聖安東尼城郊區那些撿破爛的人們押送的。穿著破爛者卻幫有錢人當警衛。那些衣衫襤褸的人，有了品德就變得煥發光彩了。貨車上的箱子有些沒有關得很緊，有的甚至半敞著口，在許多金光耀眼的珠寶匣中間，有那頂古老的法蘭西王冠，王冠鑲滿鑽石，額頭那顆代表王權和攝政的紅寶石價值三千萬。他們赤著腳，守衛著那頂王冠。

可見，再也不會有雅各賓黨了。我為那些機靈人深表遺憾，往昔的恐懼也就是最後一次起點作用，此後就退出政治舞臺了。嚇人紅髮鬼的大彈簧斷了，現在已經眾所周知，嚇人的玩意兒再也嚇唬不了人了。鳥兒跟稻草人已經混熟了，稻草人上的鳥糞也生出了蟲子，市民都當作笑話在談。

四．兩種責任：關注和期望

Les deux devoirs: veiller et espérer

這樣說來，社會危險完全消除了嗎？當然沒有，但絕不會再發生雅各賓黨暴動了。在這一方面，社會可以放心了，血液不會再衝上腦門而想要發怒；不過，社會必須調整呼吸的頻率。不必擔心中風，但是肺癆還不算治癒。社會的肺癆就是貧窮。

慢性病侵害和急症如果突然發作，同樣會致人以死命。

我們要不厭其煩地反覆強調，首先要想到一貧如洗的勞苦大眾，減輕他們的痛苦，給他們空氣和光明，愛護他們，為他們擴大光明燦爛的視野，透過各種各樣的形式向他們大量提供受教育的機會，為他們樹立勞動的典範，而絕不提供遊手好閒的榜樣，要減輕個人的重負，以便加強他們對總目標的認識，杜絕窮困而不限制財富，創造人民共同活動的廣闊天地，像布里亞柔斯[34]那樣，一百隻手伸向四面八方，救助弱者和飢寒交迫的人們，發揮集體力量來履行這一重大責任，即為所有的勞動手臂開設工廠，為各種天分的人開辦學校，為各種聰明才智的人設立實驗室，還要提高工資，減輕刑罰，保持收支的平衡。換句話說，要調整福利和勞動之間，溫飽和需求之間的比重。總而言之，要開動社會機器，為受苦和無知的人發出更多的光，提供更多的福利，但願富有同情心的人不要忘記，這是人類博愛的首要義務，但願自私自利的人也瞭解，這是政治上的第一需要。

還應指出，這一切不過是個開端。真正的問題在於：勞動不作為一種權利，也就不可能成為一條法則。

這裡不是探討這個問題的地方，我們就不詳談了。

如果說，大自然的現象稱之為天意，那麼社會現象就應該稱之為先見之明。

提高才智和精神，和改善物質生活一樣，都是不可或缺的。知識是人生旅途的食糧，具備思考能力是最需要的，真理就是養料，如同小麥一樣。一個人的理性，如果缺乏科學和智慧的營養，就會消瘦下去。精神跟腸胃一樣，不吃東西實在可憐。瀕臨餓死的軀體慘不忍睹，如果說還有更加慘不忍睹的事，那就是要死於見不到光明的靈魂。

進步的總趨勢是要來解決問題。有朝一日，人們一定會大吃一驚。人類既然是往高處走，那麼處於社會底層的人自然將有機會走出苦難的區域；而僅僅由於社會整體水平的提高，貧窮相對也就會消滅了。

這種妥善的解決辦法，有人如果還懷疑，那就錯了。

誠然，過去的影響力，目前還是很強大，而且有可能還會捲土重來。已經是一具殭屍了，卻還是能煥發青春，這確實令人感到吃驚。這過去的影響力還向前挺進，儼然一個勝利者；這具殭屍是個征服者，它率領迷信軍團，揮舞專制主義的利劍，高舉愚昧無知的大旗，就這樣來了；最近，它打了十次勝仗，它氣勢洶洶，向前挺進，它狂笑著，來到我們門口。至於我們，不要氣餒。乾脆把漢尼拔紮營的營地賣掉吧。

我們有信念，還怕什麼呢？

江河不會倒流，同樣地，思想也不能倒退。

不想爭取未來的人們，可要好好考慮一下。他們不想要進步，被否認的絕不是未來，而是他們自身。他們染上暗疾，並且給自己接種了「過去」這個疫苗。只有一種辦法可以拒絕明天，那就是嗚呼哀哉。

然而，任何死亡都不好，軀體的死亡當盡量推遲，靈魂永遠也不要死，這才是我們的願望。

不錯，謎底終將揭示，斯芬克司終將開口，問題終將解決。不錯，人民，由十八世紀粗製，

㉞．布里亞柔斯：希臘神話中的百手巨人，是天神和地神的兒子。

將由十九世紀加工完成。對這種結果，只有白癡才會懷疑！普天下的溫飽生活，在將來，不久的將來就會成為現實，這是天經地義的事情。

只要我們眾志成城，共同推動人類的各種事物，在一定時間內，勢必能將全部推向合乎邏輯的狀態，即達到一種平衡，達到一種公正。一種天地合成的力量將在人類社會中誕生，並主宰著人類的生活；這種力量最能夠創造奇蹟，無論起伏跌宕的劇情，還是美妙的結局，它都能輕而易舉地安排。它藉助於來自人世的科學和來自上天的事變，從容面對我們一般人感到無法解決的各種問題所呈現的矛盾；既善於比較各種思想而找出解決問題的方法，又善於比較各種事態而得到教益；這種進步的神秘力量，可以令人期望一切，甚至有一天，能讓東方和西方在幽深的墓穴中相逢，能讓伊斯蘭教國家君主和波拿巴在大金字塔裡面對話。

然而目前，在眾多思想的滾滾洪流中，不要停下腳步，也不要猶豫不決，也不要停歇。社會哲學主要還是國泰民安的科學，其目的和追求的效果，就是透過研究對立面而消弭憤怒。它在研究，探索，分析，然後重新組合。它以刪減的方式來解決社會問題，全面地消除仇恨。

我們屢次看到，一個時代的社會狀況，常在一陣風暴中瓦解；歷史上有多少人民和國家遭到滅頂之災；習俗、法律、宗教，一日之間，就被驟然襲來的颶風吹得無影無蹤。印度、迦勒底、波斯、亞述、埃及等古文明，都一個接著一個消失了。為什麼呢？真相我們不得而知。這些災難是怎麼引起的呢？我們也不瞭解。當年，那些社會有可能被保住嗎？是它們自身的過錯嗎？它們是不是陷入邪惡中而不能自拔，結果自取滅亡呢？一個國家和一個種族暴亡，自殺的因素佔多大比重呢？這些疑問其實都沒有答案。陰影遮蓋了這些覆滅的文明。它們既然沉下去，就化做水了，再也沒有什麼可說的了。回顧以往，實在驚心動魄：那一艘艘船，諸如巴比倫、尼尼微、塔爾蘇斯、底比斯、羅馬，禁不住黑暗張開巨口吹出的惡風，沉沒到人稱為過去的大海中，沉沒到世紀歲月的滔天駭浪之下。然而，那裡黑暗，這裡卻光明。我們不知道古文明所患的病症，但卻是瞭解現代文明的殘疾。我們有權讓它處處見到陽光，欣賞它的美麗，也暴露它的醜惡。它哪邊有病痛，我們就去診斷，病症一旦診斷清楚，研究出來病因，就好對症下藥了。我們的文明是二十個世紀的成果，它既鬼模怪樣，又超群絕倫，值得救治，肯定能救治好。減輕它的病痛，就相當不錯，啟發它就更好了。現代社會哲學全部研究，都應該集中到這個目標上。如今，思想家負有一項重大的職責，就是為文明作診斷。

我們再強調一遍，這種診斷會激起鼓舞的作用；我們也正是強調這種鼓舞，來結束一個悲慘故事的這幾頁嚴肅的插入語。我們可以感受到，有些社會現象必死無疑，而人類卻不會滅亡。譬如地球，雖有火山噴發的那種傷口，雖有硫氣噴射的那種癬疥，也絕不會死掉。疾病要不了人民的命。

話雖如此，誰來診斷社會，都會不時地搖搖頭。最堅強的人、最溫柔的人、最講邏輯的人，也有氣餒的時候。

嶄新的未來真會到來嗎？眼前盡是一片可怖的黑暗時，人們似乎總要產生這樣的疑問。自私者和窮苦人面面相覷，那情景實在可悲。自私者對窮困是有種種偏見，受到發財致富的教育所以會蒙昧無知，貪婪的胃口會越來越大，沉迷於榮華富貴而變得渾渾噩噩，有的害怕受苦竟到了憎惡受苦人的地步了，還不擇手段地滿足自己的欲望，自我膨脹到極點而緊閉了心靈；而貧苦人這方面，看著別人享樂，又垂涎，又眼紅，又仇視，人身上的獸性蠢蠢欲動以求滿足，心中迷霧瀰漫，充滿憂傷、需求、命數，不潔而單純的無知。

還要繼續仰望天空嗎？清晰可辨的那個光點，是不是一個趨於熄滅的星體呢？理想，在深邃的蒼穹中，孤零零的幽微縹緲，閃閃發光，但周圍如山堆積著的猙獰黑影和兇險情勢，並不比處於烏雲中的一顆星星而更加危險。

第八卷：銷魂和憂傷
Les enchantements et les désolations

一・充滿陽光
Pleine lumière

讀者已經明白，愛波妮受馬儂的派遣，去普呂梅街，透過鐵柵門認出住在那裡的姑娘，先是轉移那些匪徒的目標，再把馬呂斯帶過去；馬呂斯神魂顛倒，在鐵柵門前張望幾天之後，就像鐵塊受到磁石吸引一樣，這個戀人也被心上人所住的石樓，吸引過去，終於鑽進珂賽特的園子裡，恰似羅密歐進入茱麗葉的園子。當年，羅密歐要翻越一道圍牆才能進去，而馬呂斯卻省事多了。鐵柵門年久鏽壞，鐵條鬆動搖晃，就跟老年人牙齒一樣，他一用力就拉開一根，瘦長的身子很容易擠進去了。

這條街沒有行人，況且，馬呂斯一直等到夜晚才鑽進園子，不可能被人瞧見。

兩顆靈魂一吻訂了婚，從那幸福而神聖的時刻起，馬呂斯便每晚必到。珂賽特經歷生活的這一階段，如果愛上了一個輕率行事的浪蕩男人，也就肯定失足了，須知雅量高致的女子容易委身，而珂賽特正屬於這種天性。女子寬宏大量的一種表現，就是退讓順從。愛到絕對高度的時候，就不知怎的多了一層超凡入聖的色彩，盲目地保持貞操。然而，心靈高尚的人啊，你們要冒多大危險啊！你奉獻的是一顆心，而別人索取的往往是肉體。你的心還是保留了下來，但你卻看著它在暗地裡顫慄。愛情絕無第三種結果：不是福就是禍。人的整個命運就是這樣，非此即彼。任何方面的命數都不像愛情這樣，最嚴酷地遵循這種非福即禍的規律。愛情，不是生就是死；既是搖籃，也是棺木。同一種感情，在人心中可以說是，也可以說否。上帝創造的萬物中，惟有人心最能施放光明，可惜！也最能製造黑夜。

上帝保佑，珂賽特所遇到的，是一種福佑的愛。

一八三二年整個五月份，在這野趣盎然的小園子裡，在這日益芬芳繁茂的荊叢，每天晚上，總有兩個人在黑暗中彼此發光照亮；他們無比貞潔，又無比天真，心中洋溢天大的幸福，簡直飄飄欲仙，他們顯得那麼清純，那麼篤厚，滿面春風，陶醉在情愛之中。珂賽特看馬呂斯彷彿戴了一頂王冠，而馬呂斯看珂賽特就像罩在光環裡。他們相互撫摸，四目相對，手拉著手，依偎在一起；然而，他們中間有一段距離沒有超越，並不是多麼守禮，而是不知道有這樣一段距離。馬呂斯感覺有一道屏障，即珂賽特的貞潔；珂賽特也感到有所依賴，即馬呂斯的忠誠。頭一吻也是最後一吻。從那以後，馬呂斯只限於用嘴唇拂拂珂賽特的手、她的圍巾或髮捲。在他看來，珂賽特是一股香氣，而不是一個女子。他只是呼吸她這香氣，她無所拒絕，他也別無所求。珂賽特喜不自勝，馬呂斯也心滿意足。他們處於銷魂的狀態，這種狀態可以稱為迷魂，兩顆靈魂相互迷惑。這是兩個童貞在理想中永世不忘的初次擁抱。兩隻天鵝在少女峰上相逢。

在這相愛的時刻，陶醉顯示巨大威力，欲念也就絕對緘默了，馬呂斯，純潔高尚的馬呂斯，就是去找一個青樓女子，也絕不肯把珂賽特的長裙撩到腳腕上邊。有一次在月光下，珂賽特彎腰去撿拾地上一個什麼東西，領口裂開一點，露出頸窩，馬呂斯就立刻移開目光。

這二人之間發生了什麼事呢？什麼事也沒有。他們傾心相戀。

夜晚他們在一起的時候，這園子就成了生機盎然的聖地，周圍鮮花怒放，送給他們陣陣芳香；他們也敞開靈魂，流溢到花間。草木情意濃濃，汁液飽滿而生機勃勃，圍著這兩個談情說愛的天真人兒，也不免醉意醺醺，微微顫慄。

他們說些什麼呢？不過是些氣息。僅此而已。但是這種氣息就足令整個這片景物激動不已。這種談話好似輕煙薄霧，讓枝葉下的風吹散，如果是在書本上讀到，很難理解這話語的巨大魔力。從這對戀人的竊竊私語中，如果去掉像豎琴伴奏一樣地發自心靈的韻律，那就只剩下一團模糊的陰影了。你會怪道：什麼！不過如此！不錯，就是一些孩子話，說了又說，無來由的歡笑，就是一些廢話、傻話，但又是人間最崇高、最深刻的東西！是惟一值得講一講，也值得聽一聽的東西！這種傻裡傻氣的話，這種平淡無奇的話，誰從來沒有聽過，也從來沒有說過，那必是個蠢貨和惡人。

珂賽特對馬呂斯說：「你知道嗎？……」

（他倆滿懷超凡脫俗的童貞，在談話中，誰也說不清，不知怎的又你我相稱了。）

「你知道嗎？我叫歐福拉吉。」

「歐福拉吉？不對，妳叫珂賽特。」

「噢！珂賽特這名字好難聽，是我小時候別人隨便取的。其實，我的真名叫歐福拉吉。歐福拉吉這名字，你不喜歡嗎？」

「怎麼不喜歡……可是，珂賽特並不難聽？」

「你覺得比歐福拉吉好嗎？」

「嗯……對。」

「那我也更喜歡珂賽特。真的，珂賽特，挺美的。你就叫我珂賽特吧。」

這種對話再伴隨她那粲然的笑容，真比得上天國林苑的牧歌。

還有一次，她定睛看著他，高聲說道：「先生，你生得美，長得漂亮，人又聰明，一點也不笨，您的學問比我高多了，然而，要說『我愛你』這句話，我可敢跟您比一比！」

馬呂斯正神遊太空，真以為聽到一顆星星在唱情歌。

再譬如，他咳嗽了一聲，她就輕輕拍他一下，說道：

「請不要咳嗽，先生。沒有我的同意，在我這裡不准咳嗽。咳嗽非常不好，還會讓我擔心。我希望你身體健康，因為你身體若是不好，首先我就非常痛苦。你叫我怎麼辦呢？」

此語只應天上有。

有一次，馬呂斯對珂賽特說：「想想看，有一段時間，我還以為妳叫烏蘇拉呢。」

他倆為這件事笑了一個晚上。

在另一次交談中，他忽然高聲說：

「哈！有一天，在盧森堡公園，我真想把一個殘廢老兵的腦袋砸爛！」

不過，他又戛然住口，沒有說下去。要說就得向珂賽特提起吊襪帶，這是他絕對難以啟齒的。這涉及一個陌生的領域：肉體。而這個無比癡情的天真戀人，一涉及這個問題，就懷著一種神聖的畏懼而退卻了。

馬呂斯想像中跟珂賽特一起生活就是這樣，沒有別的事情，每天晚上來到普呂梅街，移開法院院長那扇鐵柵門上，一根成人之美的舊鐵條，並排坐在這張石凳上，透過枝葉仰望入夜閃爍的星空，自己膝部的褲子褶紋跟珂賽特肥大的衣裙同居，撫摸她拇指的指甲，跟她說話以你相稱，二人輪流聞一朵鮮花，就這樣地久天長，永無盡期。在這種時刻，雲彩從他們頭上飄過。每一陣風吹走天上的雲彩，也吹走更多的人世幻夢。

這一貞潔的愛情近乎樸拙，絕不是毫無殷勤獻媚的表現。「恭維奉承」自己所愛的女人，是愛撫的最初方式，是五分膽量的試探。奉承，頗似隔著面紗親吻。欲念藏匿其間，伸出溫柔的指尖。為了更好地愛，心在欲念面前退卻了。馬呂斯的甜言蜜語充滿了幻想，可以說是天藍色的。天上的飛鳥和天使比翼時，可能可以聽見這種話。然而，話裡話外也有生活、人情，以及馬呂斯的整個務實方面。這是在岩洞裡講的話，是臥室中情話的前奏曲；這是內心柔情的抒發，歌與詩的混淆，斑鳩咕咕聲的親熱誇張，熱戀崇拜的錦心繡口插成的一束花，吐放沁人心脾的天香，也是唧唧噥噥的兩顆心，難以描摹的二重唱。

「啊！」馬呂斯喃喃說道，「妳真美！我都不敢看妳了，只能瞻仰。妳是一位美惠女神。也不知道我怎麼了，只要看見妳的衣裙下露出鞋尖，我就心慌意亂。再有，妳的思想一微微開啟，就放射出多麼迷人的光芒！妳講的道理令人驚奇。有時我覺得妳是活在夢幻裡的人。說話呀，我聽妳說，我讚賞妳。珂賽特啊！多麼奇特，又多麼迷人，我真的如癡如狂了。小姐，您令人愛慕。我觀察研究妳的腳要用顯微鏡，觀察研究妳的靈魂要用望遠鏡。」

珂賽特聽了就答道：「從今天早晨起到現在，每過一刻，我就多愛你一分。」

這種交談隨意問答，但是總能達到愛情的契合，如同釘住的接骨木小雕像。

珂賽特整個人，完全體現了天真、淳樸、透明、潔白、率直、光亮。可以說，珂賽特就是明媚的，給人的感覺如見四月春光，如見拂晨曙色。她眼睛裡有晶瑩的露珠。珂賽特是曙光凝聚而成的女人形體。

馬呂斯崇拜讚賞她，是極其自然的。況且事實上，這個剛從修道院磨練出來的小寄宿生，說起話來確實微妙而有穿透力，無論說什麼話，往往又真實、又美妙，談話充滿天真幼稚的絮語。她看得準，無論什麼事都不會弄錯。女子感覺和說話，憑著一顆心溫柔的本能，總是萬無一失。誰也不如一位女子那樣，說話既溫柔又深刻。溫柔和深刻，這就是整個女性，這就是整個王國。

在這種銷魂的時刻，他們隨時都會流淚。一隻踩死的金龜子、從鳥巢掉下的一片羽毛、折斷了的一根山楂樹枝，他們見了就要傷心，沉浸到微微的惆悵中，那出神的情態真好像要潸然淚下。愛情發展到極度的症狀，就是容易觸景傷情，往往控制不住。

所有這些矛盾現象，不過是愛情的閃電遊戲，除此而外，他們倒是動不動就哭起來，那種無拘無束的樣子十分可愛，有時又那麼親密無間，幾乎像兩個小男孩。然而，儘管兩顆心沉醉在貞潔中，不容忘記的天性卻始終存在。天性就在身上，帶著它那又粗野、又崇高的目的；即使在這種最顧羞恥的廝守中，兩顆靈魂再怎麼天真無邪，也能讓人感到有一種令人讚歎的神秘差異，能區別一對情侶和兩個朋友。

他們相互敬若神明。

永恆不變的東西依然存在。二人相愛，相視而笑，相對大哭，還噘起嘴唇，相互做出嬌嗔之態，手指相互勾在一起，而且你我相稱，這些並不妨礙永恆。兩個情人躲進夜晚，躲進暮色中，躲進看不見的地方，與鳥兒相伴，與玫瑰相伴，心意深情傾注在眼神裡，在幽暗中彼此吸引迷惑，他們唧唧噥噥，竊竊私語；就在這段時間，巨大搖曳的星體充斥太空。

二・美滿幸福醉倒人

L'étourdissement du bonheur complet

他們處於幸福的癡迷狀態，恍恍惚惚地生活，甚至沒有發覺那個月份，巴黎正在肆虐的霍亂。他們盡量講些體己話，但是並沒有怎麼超越各自的身世。馬呂斯跟珂賽特說，他是孤兒，名叫馬呂斯・彭邁西，當律師，靠著幫書商寫東西過活，父親是位上校，而且是個英雄，而他馬呂斯，卻和他那位富有的外祖父鬧翻了。他也透露一句，他是男爵，不過，這話絲毫沒有引起珂賽特的反應。馬呂斯男爵？她不明白，不知道這個詞是什麼意思，馬呂斯就是馬呂斯。珂賽特也告訴馬呂斯，她是在小皮克普斯修道院長大的，跟他一樣，母親早已去世，父親叫割風先生，是個大好人，向窮人大量施捨，但他本人也很窮。自己省吃儉用，卻什麼也不讓她缺著。

說來也怪，自從見到珂賽特之後，馬呂斯就生活在一種交響樂中，過去的事情，甚至剛過去的事情，都變得十分模糊而遙遠，他聽到珂賽特的講述就心滿意足了。他甚至沒有想到向她提起，那天晚上在德納第破屋裡發生的兇險，她父親如何烙傷臂膀，態度如何怪，又如何奇特地逃走。

這一切，馬呂斯都暫時忘記了，就連早晨做的事，午飯在哪吃的，有誰跟他說過話，到晚上就想不起來了。他耳朵裡只有情歌，其他思想一概聽不見，惟有見到珂賽特的時候，他才存在。他的神思既然在天上，自然也就忘了塵世。非物質快感的重負，壓得他們二人終日精神慵懨的，人們稱這樣的戀人為夢遊者，就是這樣生活的。

唉！所有這些情景，誰沒有感受過呢？為什麼到了一定時候，就要離開那藍天呢，為什麼此後的生活還要繼續下去呢？

愛情幾乎替代了思想。愛情特別健忘，忘掉周圍的一切。你問問狂熱的愛情有什麼邏輯吧？宇宙結構中沒有完美的幾何圖形，同樣地，人的心中也沒有絕對的邏輯聯繫。在珂賽特和馬呂斯看來，世上除了馬呂斯和珂賽特，什麼也不存在了。他們周圍的宇宙已經掉進黑洞裡。他們生活在最精華的一刻。無論在此之前、還是在此之後，什麼也沒有了。馬呂斯幾乎沒有想珂賽特還有父親，他頭腦裡一片耀眼光輝，把什麼都抹掉了。這對情侶，究竟談些什麼呢？上文已經看到了，他們談花，談燕子，談落下去的夕陽，談升起來的月亮，談所有重要的事情。他們一切都談了，又什麼也沒有談。情侶的一切，就是目空一切。不錯，那個父親、那些事實、那間破屋、那幫匪徒、那場驚險，何必再提呢？就那麼肯定這場噩夢確有其事嗎？他們兩個人，相親相愛，只有這一點是真的，其餘任何事情都不存在。我們一進入天堂，身後的地獄很可能就自然消失了。誰又見過魔鬼呢？真有魔鬼嗎？曾經發過抖嗎？曾遭受過苦嗎？全都置之度外了。那上面只有一朵玫瑰色的雲。

他們二人就生活在這種狀態，飄然高舉，彷彿脫離塵世了；既不在天底，也不在天頂，位於世人和大天使之間，在污泥之上，清虛之下，在雲端間流連；已經過分高潔，難以在塵世的路上行走，但是人情味還是太濃，難以融入碧空中，猶如原子沉落之前的那種懸浮狀態；表面上看似已經超越了命運，不知有昨天、今天、明天這樣的常規；又驚又喜，昏昏然，飄飄然；有時輕盈得要逃向無垠之中，幾乎隨時要永遠飛逝了。

他們倆睜著眼睛，睡在這溫柔夢鄉中。銷魂迷性的酣睡喲，現實已被理想所壓服！不管珂賽特有多麼美，馬呂斯在她面前有時也閉上眼睛。闔目是注視靈魂的最好方法。

馬呂斯和珂賽特都沒有想過，這樣的相處會把他們引向何處；他們自以為找到了歸宿。要讓愛情引向什麼地方，這是人的一種奇特奢望。

三・陰影初現
Commencement d'ombre

尚萬強卻毫無覺察。

珂賽特不像馬呂斯那樣迷醉，那樣神不守舍，只是顯得喜氣洋洋，這就足令尚萬強感到幸福了。珂賽特雖有心事，思緒裡總縈念著這份戀情，靈魂被馬呂斯的形象所佔據，但這無損於她那無比純潔的形象：美麗的額頭仍然那麼貞潔而開朗。她正在青春妙齡，正是處女孕育愛情、天使懷抱百合花的年紀。因此，尚萬強盡可放心。況且，一對戀人只要默契融洽，就總能一帆風順，採取所有情侶慣用的一些謹慎的小手段，就能完全蒙蔽所有可能驚擾他們愛情的第三者，珂賽特就是這樣，在尚萬強面前從不提出異議。他要出去散步嗎？好，我的小爸爸，他要待在家裡嗎？很好。晚上睡覺前這段時間，他要在珂賽特身邊度過嗎？那她高興極了。由於一到十點鐘，他準會回去睡覺，每逢這種時候，馬呂斯就等到十點之後，在街上聽見珂賽特打開臺階上的落地窗門時，才鑽進園子裡。自不待言，馬呂斯白天絕不露面。尚萬強連想都不想世上還有個馬呂斯。只有一次，一天早晨，他對珂賽特說：「咦！你背上蹭了這麼多白灰！」那是因為那天晚上，馬呂斯一時衝動，將珂賽特緊緊擠在牆上。

老女僕都睡得早，一幹完活兒就想睡覺，她跟尚萬強一樣地被蒙在鼓裡。

馬呂斯從不進屋，他和珂賽特一起的時候，就躲在臺階旁邊一個凹角裡，免得被街上的行人瞧見或聽見。他們坐在那裡，眼望著樹枝，每分鐘相互握手不下二十次，就算是交談了。在這種時刻，一個人的夢想凝神專注，深深潛入另一個人的夢想中，就是在距離三十步遠的地方落下一個霹靂，也不會驚動他們。

清澈透明的純潔。完全潔白的時辰，幾乎全都一模一樣。這種愛情就是百合花瓣和白鴿羽毛的蒐集品。

他們和街道之間隔著整個一座園子。馬呂斯每次進出，總要細心將鐵柵門那根鐵條裝好，看不出一點移動的痕跡。

他通常待到將近午夜十二點才離開，回到庫費拉克的住所。庫費拉克對巴奧雷說：

「你信不信？現在，馬呂斯要到凌晨一點鐘才回來！」

巴奧雷則回答：「有什麼辦法呢？就是一名修士，也總要幹點荒唐事嘛。」

有時，庫費拉克叉起手臂，正色對馬呂斯說：「小夥子，您可夠能折騰的！」

庫費拉克是個講求實際的人，看不慣無形的天堂在馬呂斯身上的反光，也看不慣這種從未見過的熱戀，他有點不耐煩了，不時規勸幾句，要把馬呂斯拉回到現實中。

一天早晨，他又這樣告誡馬呂斯：「親愛的，瞧你現在這副樣子，真像置身在月亮上，那可是夢想的王國，虛幻的國度，肥皂泡京城啊。說說看，要乖一點，她叫什麼名字？」

然而，根本無法「撬開」馬呂斯的口。就是拔出他的全部指甲，也逼不出「珂賽特」這神聖名字的一個字來。愛情跟拂曉一樣地明亮，跟墳墓一樣地沉寂。不過，庫費拉克還是看出，馬呂斯有所變化：沉默中透露著一團喜氣。

在這明媚的五月間，馬呂斯和珂賽特嘗到了這種無限的幸福：

爭執並以「您」相稱，過後只是更加親熱；

花費了好多時間，詳詳細細地談論與他們毫不相干的人，這一點再次表明，在人稱愛情的這出美妙歌劇中，腳本是無足輕重的；

馬呂斯就是聽珂賽特談衣飾；

珂賽特就是聽馬呂斯談政治；

二人促膝傾聽馬車駛過巴比倫街道；

觀賞天上同一顆星辰，或者草叢同一隻螢火蟲；

相對沒沒無語，比交談還要甜美；

等等，等等。

這期間，各種麻煩事也悄悄逼近了。

一天晚上，馬呂斯去赴約時，走在殘廢軍人院大街，他走路總低著頭，正要拐進普呂梅街時，忽聽有人在身邊叫他：「晚上好，馬呂斯先生。」

馬呂斯抬起頭，認出是愛波妮。

這使他產生一種奇特的感覺。是這姑娘把他引到普呂梅街的，從那天起，他一次也沒有想起她，也沒有再見到她，已經完全把她置於腦後，對她惟有感激之情。多虧了她才有他今天的幸福，可是碰見她又頗不自在。

有一種誤解，認為幸福純潔的愛情能把人帶進完美的境界，其實不然，正如我們看到的，這種愛情只能把人帶進遺忘的境界。人進入這種境界，既忘記幹了壞事，也忘記做了好事。感激之情、責任感、糾纏不休的主要回憶，都煙消雲散了。換作別的時候，馬呂斯對待愛波妮會大不一樣。現在，他的心思全放在珂賽特身上，甚至沒有明確意識到，這個愛波妮姓德納第，而這個姓氏寫在他父親的遺囑中，正是幾個月前他還十分感念的。我們如實地描述馬呂斯，此刻，他的愛情光輝燦爛，就連他父親的形象，在他心中也多少淡漠了。

他頗為尷尬地答應：「哦！是您嗎，愛波妮？」

「您對我為什麼又稱起『您』啦？我有什麼事招惹您了嗎？」

「沒有。」他答道。

毫無疑問，他對愛波妮毫無不滿之處，遠非這個緣故。不過他感到，現在他對珂賽特稱「你」，對愛波妮就別無他法，只能稱「您」了。

愛波妮見他沉默不語，就高聲說：「您倒是說呀……」

她又戛然住口，彷彿一時語塞，而從前，這姑娘多麼隨便，多麼大膽。她想強顏笑一笑，可是笑不出來，只好又說道：「怎麼了？」

她隨即又住了口，垂下眼睛停了一下。

「晚安，馬呂斯先生。」她突然說了一句，就匆匆離去。

四・Cab[①]，英語是滾，黑話是叫

Cab roule en anglais et jappe en argot

次日是六月三日，即一八三二年六月三日，這個日期應該說明清楚，因為當時有些嚴重的事變，像烏雲壓城那樣，垂懸在巴黎的天際。這天傍晚，馬呂斯沿著第一天晚上所走的路線，心中同樣喜不自勝，忽見愛波妮從大街旁的樹木之間朝他走來。接連兩天，未免太過分了，他猛然轉身離開大街，改變路線，取道親王街前往普呂梅街。

可是，愛波妮一直跟到普呂梅街，她還從來沒有這樣做過。在此之前，她只是在他經過大馬路的地方守候他，甚至不想上前打個招呼，直到昨天傍晚，她才試圖跟他講話。

愛波妮跟在後面，沒有讓他發覺，看見他拉開鐵柵門的一根鐵條，鑽進園子裡。

「咦！」她咕噥道，「他進人家裡啦！」

她也走到門口，逐根搖撼門上的鐵條，不難找到馬呂斯移動的那根。

她悽惶地低聲說道：「別這樣，珂賽特！」

於是，她坐到鐵柵門的石基上，彷彿在旁邊守衛那根鐵條；那正是鐵柵門和鄰牆相接處，愛波妮完全隱身在那個幽暗的角落裡。

普呂梅街一天裡面，也只有三、兩個行人，將近晚上十點鐘，一個遲歸的老市民步履匆匆，經過這個僻靜而聲名狼藉的地段，走到鐵柵門和圍牆構成的角落時，聽見一個低啞的聲音恨恨說道：「說他每晚都來，我也不奇怪。」

那行人遊目四顧，不見有人，又不敢瞧那黑暗的角落，就加快了腳步。

幸而那過路人趕快走開，因為沒過多久，就來了六個人，他們一個跟一個，前後隔一段距離，順著牆角走進普呂梅街，真像一組夜間巡邏隊。

帶頭的走到園子的鐵柵門就停步了，等候其餘幾個人，轉瞬間，六個人就到齊了。

他們開始低聲交談。

「就是此地。」其中一人說道。

「園子裡有 cab[②] 嗎？」另一個人問道。

「不知道，沒關係，我抬起[③]一個麵糰，扔給它磨光[④]就行了。」

「你有敲玻璃的油灰嗎[⑤]？」

「有。」

「鐵柵門很舊了。」第五個人用腹音說道。

①．英語詞，是駕駛座在後面的雙輪馬車。
②．狗。——雨果注
③．帶來。從西班牙語演變而來。——雨果注
④．吃。——雨果注
⑤．用油灰貼住的辦法敲碎窗玻璃，能吸住碎片並防止發出聲響。——雨果注

「好極了。」剛才第二個說話的人又說道。「這種門在傢伙⑥下，不會篩⑦得那麼兇，也不難收割⑧。」

第六個人還沒開口，他開始察看鐵柵門，就像一小時之前愛波妮所做的那樣，逐根抓住鐵條，小心地搖撼，到了馬呂斯移動過的那根，正要抓住，不料黑暗中突然伸出一隻手，擊中他的胳臂，他還感覺到被人當胸猛推了一把，同時聽一個嘶啞的聲音壓低來朝他喝道：「有狗。」

與此同時，他看見一個面孔蒼白的姑娘站在他的面前。

事出意外，那人不免一驚，立刻毛髮倒豎，醜態畢露，猛獸受驚的樣子最為可怕，那副驚恐之態特別嚇人。他倒退一步，結結巴巴地說道：「哪來的怪娘們？」

「是您女兒。」

那正是愛波妮在向德納第說話。

愛波妮一出現，其餘五人，即囚底、海口、巴伯、蒙巴納斯和勃呂戎，都一起圍上來，他們悄無聲響，不慌不忙，一句話也不講，顯示這些夜間行動的人具有陰鷙而沉穩的特點。

只見他們手持兇器，但不知為何物。海口拿著盜匪稱為包頭巾的一把彎嘴鐵鉗。

「哦。怎麼，妳在這幹什麼？妳來搗什麼亂？瘋了嗎？」德納第盡量壓低聲音吼道，「您幹嘛跑來礙我們的事呢？」

愛波妮笑起來，撲上去摟住他的脖子。

「我的小爸爸，我在這裡就是我在這裡。怎麼，現在不准人家坐在石頭上啦？倒是你們不該到這裡來的。你們知道這是塊餅乾，還來幹什麼？我早就告訴過馬儂了。這裡沒什麼可做的。噯，您倒是親親我呀，我的小爸爸，好爸爸！多久沒有見到您啦！這麼說，您出來啦？」

德納第要掙脫愛波妮的手臂，咕噥道：

「好了，妳親過我了。不錯，我出來了，已經不在裡面了。現在，走開吧。」

可是，愛波妮還不放手，反而摟得更緊了。

「我的小爸爸，您是怎麼出來的？您一定費盡心機，才能從那裡出來的。說給我聽聽呀！還有我媽呢？我媽在哪？把我媽的情況告訴我。」

德納第答道：「她還好，我不知道。別纏我，跟妳說，走開吧。」

「我就是不願意走開，」愛波妮說道，像慣壞的孩子一樣撒嬌，「有四個月沒見到您了，剛剛親您一下，就要趕我走。」

她又摟住父親的脖子。

「怎麼這樣呢？犯什麼傻！」巴伯說道。

「快點！」海口說，「色狼[9]可能要來了。」

那個用腹音說話的人念了這兩句詩：

沒到新年先別忙，

不要吻爹又吻娘。

愛波妮轉向五個匪徒，說道：

「喲，是勃呂戎先生啊。——您好，巴伯先生。您好，囚底先生。——怎麼，海口先生，您不認得我了嗎？您也好嗎，蒙巴納斯？」

「嗳，都認出你啦！」德納第說道，「您好，晚安，說完就走吧！讓我們清靜些。」

⑥・鋸。——雨果注

⑦・叫。——雨果注

⑧・截斷。——雨果注

⑨・黑話：警察。

「這是狐狸活動的時間，而不是母雞活動的時間。」蒙巴納斯說道。

「妳明明看到，我們在這裡格要幹事安[10]。」巴伯也說道。

愛波妮抓住蒙巴納斯的手。

「當心！」蒙巴納斯說道，「你別割著手，我拿著一把開單[11]。」

「我的小蒙巴納斯，」愛波妮柔聲細語地回答，「要信得過人。也許，我是我父親的女兒吧。巴伯先生，海口先生，本來是派我偵察這樁買賣的。」

顯而易見，愛波妮沒講黑話。自從認識馬呂斯之後，她就覺得，這種醜惡的語言說不出口了。她那枯骨一般瘦弱的小手，緊緊握住海口又粗又硬的手指，接著說道：

「您非常清楚，我不是個蠢貨。平常，我說什麼大家都信。我幫你們辦了不少事。這次我也調查過了，要知道，你們沒必要白白冒這個險。我敢保證，這個住宅裡沒什麼油水可撈。」

「這裡只住著女人。」海口說道。

「沒人了，都搬走了。」

「蠟燭可沒搬走，絕沒搬走！」巴伯說道。

他指給愛波妮看，透過樹梢，只看見一點亮光在小樓的閣樓上移動。那是都聖在晚上晾衣服床單的身影。

愛波妮最後還要掙扎一下。

「就算沒搬走，」她說道，「可是那些人很窮，那破房子裡沒有錢。」

「見鬼去吧！」德納第嚷道，「等我們把那房子翻遍了，把地窖翻上來，閣樓翻下去，我們再告訴妳，那裡有圓圓、板板，還是釘釘[12]。」

他推開愛波妮，就要衝過去。

「我的好朋友蒙巴納斯先生，」愛波妮說道，「求求您了，您可是好孩子，不要進去！」

「當心啊，別割破妳的指頭！」蒙巴納斯回敬一句。

德納第又拿出他慣有的斷然的聲調：「滾開，小妖精，別妨礙男人辦事。」

愛波妮本來又抓住蒙巴納斯的手，現在放開，又問道：「你們一定要進那房子裡？」

「有那麼點意思！」用腹音說話的人冷笑著說道。

於是，她背靠到鐵柵門，面對六個武裝到牙齒、由夜色給掛上鬼臉的強盜，低聲而堅決地說：

「可是，我，我不願意。」

六個強盜全愣住了。這工夫，用腹音說話的人也不冷笑了。愛波妮接著說道：

「朋友們！聽我說。不是這麼回事，現在我說說。首先，你們膽敢闖進這園子，膽敢碰一碰這扇門，我就叫喊，我就砸門，把人都叫醒，叫來巡邏警察，把你們六個全都逮住。」

「她幹得出來。」德納第悄聲對勃呂戎和用腹音說話的人說道。

愛波妮搖晃腦袋，又補充一句：「頭一個就逮我父親。」

德納第靠上來。

「別靠這麼近，老頭！」她喝道。

德納第往後退，嘴咕噥道：「她到底怎麼啦？」接著又罵了一句，「母狗！」

愛波妮獰笑起來。

「隨你們怎麼說，反正你們不能進去。要知道，我不是狗的女兒，而是狼的女兒。你們六個人，又能把我怎麼樣呢？你們都是男子漢。哼，我是個女人，算啦，你們嚇唬不了我。告訴你們，你們就是不能進這宅院，因為我不願意。你們一靠近，我就狂叫，跟你們說了，狗，就是我。我才不管你們那一套呢。快走你們的路，你們把我惹煩啦！你們去哪都成。就是別到這來，我不允

⑩．在這裡要做事。——雨果注

⑪．刀。——雨果注

⑫．法郎、蘇，還是里亞（法國古銅幣名，合四分之一蘇）。——雨果注

許！你們要動刀子，我就掄鞋底，我豁出去了，你們就上吧！」

她朝那夥匪徒逼進一步，樣子兇極了，她又哈哈大笑：

「哼，我說真的！我不怕。今年夏天，我要挨餓，冬天，我要受凍。這些蠢男人，開什麼玩笑，你們以為能夠嚇唬住一個姑娘！怕！怕什麼？走呀，怕得要命！就因為你們供養的潑婦，因為聽到你們一吼叫就鑽到床下去，不就是這碼子事嗎？哼，我什麼也不怕！」

她定睛注視著德納第，又說道：「連你也不怕！」

她那幽靈似的血紅眼睛又掃視那幾個匪徒：

「我被父親用刀戳死後，明天在普呂梅的鋪石馬路上，會有人替我收屍；還是一年以後，在聖克盧或天鵝洲河段，有人用網撈起的一堆爛瓶和死狗中，發現我的屍體，這對我來說又有什麼區別呢？」

她一陣乾咳，不得不住口，那狹小瘦弱的胸膛呼嚕呼嚕地喘著粗氣。

繼而她又說道：「只要我一喊叫，人就來了，劈里啪啦！你們六個人，而我呢，有所有的人。」

德納第朝她移動一下。

「別靠近！」她大喝一聲。

德納第立刻停下，和顏悅色地對她說：

「沒，沒有，我不靠近，可妳說話也別這麼大聲呀。我的女兒，妳要阻止我們幹活嗎？我們總得掙口飯吃呀。妳對妳爸爸就一點交情也不講啦？」

「我討厭你。」愛波妮說道。

「我們總得活呀，總得吃飯呀……」

「餓死活該。」

說罷，她又坐到鐵柵門的石基上，哼唱起來：

我的胳臂胖乎乎，
雙腿長得人羨慕，
可惜歲月已空度⑬。

她的臂肘撐在膝上，用手撫著下頦，滿不在乎地搖著一隻腳。她的衣裙破了洞，露出乾瘦的鎖骨。附近的路燈照見她的側影和姿態，那神情異常堅決，異常驚人。

被一個姑娘攪局，六名歹徒束手無策，哭喪著臉，走到路燈下的暗影裡，一邊商量、一邊聳著肩膀，真是又羞又惱。

這工夫，愛波妮神態平靜，目光兇狠地盯著他們。

「她一定有什麼事，」巴伯說，「事出有因。難道她愛上了這裡的狗啦？就這樣落空，實在太可惜了。這裡只有兩個女人，一個老頭住在後院，掛的窗簾還真不錯。估計那老傢伙是個機拿兒⑭。我認為是一筆好買賣。」

「那好，你們就進去吧，」蒙巴納斯高聲說道，「去幹吧，我留下來看著這姑娘，她敢動一動……」

他從袖口裡抽出刀來，往路燈光下亮了亮。

德納第一言不發，像是要照著大家的意見去做。

勃呂戎有幾分權威，我們知道，買賣是他提供的。他還沒有開口，好像在考慮。大家知道，什麼也嚇不退他，有一天，只是為了充好漢，他就洗劫了一個警察派出所。此外，他還寫詩編歌，這極大地提高了他的威望。

⑬．引自貝朗瑞的歌謠：〈我的祖母〉。
⑭．猶太人。——雨果注

巴伯問他：「勃呂戎，你什麼也不說？」

勃呂戎依然沉默了一陣子，繼而，他以不同的姿勢搖晃腦袋，終於決定開口了：「是這樣，今天早上，我看見兩隻麻雀打架；今天晚上，我又撞上一個攔路吵架的女人。這是壞兆頭。咱們走吧。」

他們離去。

蒙巴納斯邊走邊咕噥：「大家願意，我是無所謂的，我本來可以動她一根指頭的。」

巴伯回敬道：「我不幹。我不跟女人鬥。」

他們走到街角又站住，像打啞謎一般低聲交談：

「今晚咱們去哪睡覺？」

「龐丹⑮底下。」

「你帶了鐵柵門的鑰匙嗎，德納第？」

「當然了。」

愛波妮目不轉睛，看著他們沿原路走了。她又站起身，順著牆角和房舍匍匐向前，一直尾隨到大馬路，看見那六條漢子在那裡分手，漸漸隱沒，彷彿融化在夜色中了。

五．夜間之物

Choses de la nuit

匪徒走後，普呂梅街又恢復夜晚平靜的景象。

這條街剛才發生的一幕，在森林中並不希奇。那些參天大樹、茂密的灌木林、荊叢、交織錯雜的枝條、高高的野草，全都幽幽生存著；麇集的野生物，在那裡能瞥見無形者的突然顯現；在人之下者，在那裡透過迷霧，能分辨在人之外者；我們在世所不瞭解的東西，夜間在那裡相互比較。鬣毛倒豎的野獸，感到超自然物接近就會膽顫心驚。黑暗中的各種力量相識相知，相互之間達到神秘的平衡。利齒和利爪懼怕捕捉不到的東西。嗜血的獸性、尋覓獵物的餓鬼般食欲、只為果腹而長了利爪牙齒的本能，惴惴不安地窺視並嗅著那幽魂鬼影，只見它穿著抖瑟的衣裙佇立，披著白殮布遊蕩，形影朦朧，十分可怖，彷彿厲鬼闖到人間。這些純物質的野蠻粗暴的東西，隱約害怕接觸由無邊黑暗凝集而成的未知體。一個黑影擋住去路，猛獸就會突然站住。從墳墓裡出來的東西，能讓洞穴裡出來的東西膽怯和惶怖；殘暴者懼怕陰險者；狼碰見吸血女鬼，也要連連後退。

六・馬呂斯回到現實，將住址寫給珂賽特

Marius redevient réel au point de donner son adresse à Cosette

這個人面母狗守住鐵柵門，一個姑娘嚇退了六名強盜，同一時間，馬呂斯則守在珂賽特的身邊。

這天晚上，星空格外燦爛，格外迷人，樹木格外震顫激動，青草芬香格外沁人心脾，睡在枝頭的鳥兒的啁啾格外甜美，整個天宇靜謐和諧，也格外應和了愛情心聲的音樂；馬呂斯也格外癡情，格外幸福，格外陶醉，可是，他卻發現珂賽特的神色憂傷。珂賽特哭過，眼睛還發紅。

在這場美夢中，這是第一片烏雲。

馬呂斯頭一句話就問道：「妳怎麼啦？」

珂賽特卻回答：「沒什麼。」

⑮・龐丹：巴黎。——雨果注

接著，她坐到臺階旁邊的長凳上，等馬呂斯渾身顫抖著挨她坐下，她才繼續說道：「今天早上，我父親要我做好準備，他說要去辦事，我們也許就要走了。」

馬呂斯從頭到腳一陣顫慄。

人的生命要完結的時候，死就叫做走；人在剛開始生活的時候，說走，就表示要死了。

六週以來，馬呂斯一點一點，緩緩地，逐步地，日益擁有了珂賽特。這種擁有純屬理想，但又刻骨銘心。我們已經講過，初戀時，人先取靈魂而後要肉體，到後來，就先要肉體而後取靈魂，有時乾脆不顧靈魂了。弗布拉斯⑯和普呂多姆之流甚至還補充說：「因為靈魂並不存在」，幸而這種論調只是一種褻瀆。因此，馬呂斯擁有珂賽特，就像精靈那樣地佔有，他用自己的整個靈魂將她裹住，以難以置信的信念，萬分小心地抓住她。他擁有她的微笑、她的氣息、她的芳香、她那藍色眸子的幽深光芒，他觸摸她手時也擁有她肌膚的溫馨，還擁有她脖頸上可愛的斑記、她的全部思想，他倆曾經約定，睡覺時必須夢見對方，而且還真信守諾言。這樣，他也擁有珂賽特的每場夢。珂賽特頸後有幾根短髮，他往往目不轉睛地觀賞，有時用空氣吹拂著，並聲稱每一根都屬於他馬呂斯。他也讚賞並喜愛她的穿戴服飾：緞帶花結、手套、套袖、短統靴，自認為是這些神聖物品的主人。他常想，他就是她插在頭髮上那把美麗的玳瑁梳的主子，心裡甚至還念叨著——這是情慾初動時含含糊糊的囁嚅——她衣裙上的每條線、襪子上的每個網眼、內衣上的每個皺褶，無一不是屬於他的。他待在珂賽特的身邊，就感到他是在自己財產的旁邊，在自己物品的旁邊，在自己君主和奴隸的旁邊。他們二人的靈魂似乎完全交混在一起，若取回來，就難以辨認了。「這靈魂是我的。」「不對，是我的。」「我敢說你弄錯了。肯定是我。」「嗳，你把我當成你了。」馬呂斯成了珂賽特的組成部分，而珂賽特也成了馬呂斯的組成部分。馬呂斯感到，珂賽特就生活在他身上。擁有珂賽特，佔有珂賽特，這對他來說，跟呼吸沒有什麼分別。他在這種信念中正自陶醉，正自耽於這種聞所未聞的絕對貞潔的佔有，耽於這種絕對權力，忽然聽到拋來這幾個字：「我們要走了」，如同聽到現實粗暴的聲音朝著他喊：「珂賽特不是你的！」

馬呂斯驚醒了。我們說過，六週以來，馬呂斯脫離了生活；走！這個詞又狠狠地把他拉回來。

他無言以對。不過，珂賽特覺得他的手特別冰涼，反過來問他了：「你怎麼啦？」

他答話的聲音極小，珂賽特幾乎聽不見：「我不明白妳說的話。」

珂賽特又說道：

「今天早晨，我父親要我收拾日常衣物，準備妥當，他要把他的衣服交給我，好裝進箱子裡，還說必須出一趟遠門，不久我們就動身，要幫我弄一個大箱子，幫他弄一個小的，一週之內全準備好，也許我們要去英國。」

「哎呀，這太可怕啦！」馬呂斯大聲說道。

此刻在馬呂斯的頭腦裡，任何濫用權力的行為，任何暴力，最大的暴君的任何惡行，布西里斯⑰、尼祿或亨利八世的任何舉動，無疑都比不上這件事殘忍：割風先生要辦事，就帶女兒去英國。

他有氣無力地問道：

「妳什麼時候動身？」

「他沒有說什麼時候。」

「妳什麼時候回來？」

「他沒有說什麼時候。」

馬呂斯站起身，又冷淡地問道：

「珂賽特，您去嗎？」

珂賽特一雙秀目轉向他，神色惶惶不安，失態地答道：

⑯．弗布拉斯：盧維．德．庫夫雷的小說《弗布拉斯騎士的愛情》中的主人公。
⑰．布西里斯：古埃及傳說人物。

「去哪？」

「英國吧？您去嗎？」

「為什麼你又用『您』稱呼我？」

「我問您去不去？」

「我有什麼辦法？」她合攏手掌說道。

「這麼說您要去啦？」

「如果我父親要去呢？」

「這麼說您要去啦？」

珂賽特沒有回答，抓起馬呂斯一隻手，緊緊握住。

「好吧，」馬呂斯說，「那我就去別的地方。」

珂賽特沒聽明白，但是感覺到這句話的含義。她大驚失色，在黑暗中臉頓時慘白。她吶吶問道：

「你這話是什麼意思？」

馬呂斯看看她，然後慢慢舉目仰望天空，答道：「沒什麼。」

他垂下目光時，看見珂賽特朝著他微笑。心愛女子的微笑能發光，黑夜裡也看得見。

「我們多傻！馬呂斯，我有個主意。」

「什麼主意？」

「我們走，你也走啊！之後我告訴你我到了什麼地方，你去那裡找我呀！」

現在，馬呂斯完全清醒了。他又跌回現實中，高聲對珂賽特說道：

「跟妳們一道走？妳瘋了嗎？那得有錢啊，可是我沒有。去英國，現在我還欠人家錢呢，不知道多少，欠庫費拉克少說十路易金幣，那是我一個朋友，妳不認識。喏，我有一項舊帽子，值不上三法郎，這件外衣前面鈕扣還掉了，襯衣破爛不堪，袖肘都磨出了洞，靴子底下進水。這六個星期，我不想這個了，也沒有對妳說。珂賽特！我是個窮光蛋。妳只是在夜間看見我，把妳的愛給了我；假如是在白天，妳看到我只會給我一個銅幣的！去英國！唉！連辦護照的費用我都付不起！」

他撲向旁邊的一棵樹，雙臂抱住頭，腦門頂在樹皮上，既感覺不到樹幹擦破皮膚，也感覺不到血液衝擊太陽穴怦怦狂跳，站在那裡一動不動，猶如一尊絕望的雕像，隨時會翻倒在地。

他這樣站了許久，墜入這種深淵，很可能永無出頭之日。他聽見身後一陣傷心的細微的啜泣聲，終於轉過身去。

是珂賽特在哭泣。

她哭了有兩個多小時了，而馬呂斯一直在旁邊冥思苦索。

馬呂斯走到她跟前，跪下來，又慢慢俯下身子，抓住她探出裙襬的腳尖親吻。

她沒沒地由他做去。有時，女子就像一位憂鬱隱忍的女神，接受愛的膜拜。

「別哭了。」馬呂斯勸道。

珂賽特抽泣著說：「我可能要走，而你又不能一起去！」

他又問道：「妳愛我嗎？」

她邊抽泣邊回答，而這句天堂麗語只有透過眼淚才無比美妙：「我崇拜你！」

他以無法形容的一種愛撫聲調繼續說：「別哭了。唉，妳能為了我不哭嗎？」

「你呢，你愛我嗎？」她也問道。

他拉起姑娘的手：「珂賽特，我害怕發誓，也從未向任何人發過誓言。我覺得我父親就在我身邊。好，現在我向你發下最神聖的誓言：如果你走了，我就一死。」

他講這話的聲調憂傷，但十分莊嚴而沉靜，珂賽特聽了不寒而慄，感到就像真有一個陰魂經過時帶來的寒氣。她這樣一恐懼，就不再哭了。

「現在，聽我說，」馬呂斯說道，「明天妳不要等我了。」

「為什麼？」

「後天再等我吧。」

「噢！為什麼呀？」

「到時候就明白了。」

「一整天見不到你！這可不能。」

「我們就放棄一天吧，也許能換來一輩子呢。」

馬呂斯又喃喃自語：

「這個人絕不會改變習慣，天黑才接待客人，絕不破例。」

「你說的是哪個人啊？」珂賽特問道。

「問我嗎？我什麼也沒有說。」

「你到底寄望著什麼呢？」

「等後天再說吧。」

「你一定要這樣？」

「對，珂賽特。」

珂賽特用雙手抱住他的頭，踮起腳好與他齊高，想從他眼神裡看出有什麼希望。

馬呂斯接著說：「對了，我想，應該把我的住址告訴你，有可能會出現意外情況，很難說，我住在一個叫庫費拉克的朋友那裡，在玻璃廠街十六號。」

他摸摸衣兜，掏出一把折疊小刀，用刀尖在石灰牆皮上刻了「玻璃廠街十六號」。

這段時間，珂賽特重新注視他的眼睛。

「告訴我，你有什麼想法。馬呂斯，你有個想法，告訴我吧。哎！告訴我呀，好讓我睡個安穩覺！」

「我的想法，是這樣：上帝不可能要拆散我們。後天，妳等著我吧。」

「在那之前，我該怎麼辦呢？」珂賽特說道，「你呢，在外面，東奔西走。男人有多幸福啊！而我呢，獨自一個人待在家裡。唉！我會多麼傷心啊！明天你會做什麼，說呀？」

「有一件事，我要去試試看。」

「那我就祈求上帝，在這段時間想著你，盼望你成功。既然你不願意，我就不再問了，你是我的主人。明天晚上，我就唱〈歐里安特〉曲，這是你愛聽的，有一天夜晚你在我的窗臺外面聽我唱過。不過到了後天，你要早點來。晚上九點鐘我準時等你，我可是事先告訴你了。上帝呀！天這麼長，真愁死人啦！聽明白了吧，九點鐘，我準時到園子裡。」

「我也準時來。」

兩個人雖然沒有言明，但是受到同一股思想的推動，受到會讓情人不斷交流的那種電流的牽引，甚至在痛苦時還陶醉在愛情的快感中，相互擁抱在一起，不知不覺嘴唇接觸了，眼睛滿是淚水，仰望星空，一時心醉神迷。

馬呂斯出去時，街上闃無一人；當時，愛波妮正尾隨那夥強盜，一直跟到大馬路。

馬呂斯頭抵樹幹冥思苦索的時候，腦海裡閃過一個念頭，一個念頭，唉！連他自己都認為荒唐而沒有任何機會，但他還是決定貿然走一趟。

七・老年心和青年心坦誠相見

Le vieux coeur et le jeune coeur en présence

這年，吉諾曼外公已滿九十一歲。他跟大女兒一直住在受難會修女街六號自家的老房。我們還記得，他是個老古董，年歲已高卻還是挺直脊梁，即使憂傷也無法折斷它，直挺挺地站著等死。

然而近來，他女兒卻說：我父親矮下去了。他不再打女傭的耳光，巴斯克遲遲不來開門時，他用手杖戳門時，也沒有當初那種猛勁了。七月革命激起他的怒火，也僅僅持續六個月就消下去了。在《政府公報》上，他看到「韓伯洛．孔代先生，元老院元老」這種字眼，也幾乎無動於衷了。其實，這老人已經意志消沉。他從不屈服，從不退讓，在天生的體質和精神上都能做到這一點，然而，他感到自己心力開始衰竭了。四年來，他等待馬呂斯浪子回頭，可以說毫不動搖，深信遲早有一天，這個混帳小子會來敲門；現在，他黯然神傷的時候，心裡甚至念叨著，馬呂斯再遲遲不來……他無法忍受的並不是死亡，而是恐難再見到馬呂斯的這個念頭。在此之前，再也見不到馬呂斯的這個念頭，片刻也沒有進入他的頭腦，現在卻出現在他面前，令他膽顫心寒。忘恩負義的孩子輕易離家出走，外公見不到他，對他的愛只能增加，自然而真摯的感情往往如此。在氣溫降到十度的十二月份夜晚，就特別想念太陽。尤其吉諾曼先生作為長輩，不能或者自認為不能向外孫邁出一步。「寧死我也不幹。」他說道。他覺得自己一點錯也沒有，然而，他思念馬呂斯，確實像一個行將就木的老人那樣，懷著深情的憐憫和無言的絕望。

他的牙齒開始脫落，憂傷的心情又加重了幾分。

吉諾曼先生心中卻不肯承認，其實他愛哪個情婦，也不如愛馬呂斯，想起來他會怒不可遏，又羞愧難當。

他讓人在他臥室床頭掛了一幅畫像，醒來時，抬頭一眼就能看到，那是他另一個女兒十八歲時的舊畫像，即死了的那個彭邁西夫人。他總看不夠，有一天看著畫像，隨口說了一句：

「我覺得他長得像她。」

「像我妹妹嗎？」吉諾曼小姐插嘴說道，「可不像嗎？」

老人補充一句：「也很像他。」

有一次，他雙膝併攏，眼睛微閉，一副頹喪的姿勢坐在那裡，他女兒大著膽子對他說：「父親，您還是這麼怨恨他嗎？……」

她住了口，沒敢說下去。

「怨恨誰？」他問道。

「怨恨可憐的馬呂斯嗎？」

他抬起蒼老的頭，枯瘦皺巴的拳頭砸在桌子上，狂怒厲聲吼道：

「可憐的馬呂斯，您說的！那位先生是個怪人，是個無賴，是個愛虛榮、沒心肝的小子，是個沒靈魂、目中無人的惡棍。」

他隨即扭過頭去，免得讓女兒瞧見他眼裡滾動的淚珠。

到了第四天，他緘默了四小時，突然開了口，劈面對他女兒說：「我早就榮幸地請求過吉諾曼小姐，永遠也不要向我提起他。」

吉諾曼姨媽完全放棄了努力，並作出這樣深刻的判斷：「自從我妹妹幹了那件蠢事，父親就一直不太愛她了，顯然他憎惡馬呂斯。」

所謂「自從幹了那件蠢事」，就是指自從她嫁給了上校。

此外，大家也猜測到了，吉諾曼小姐原本要讓她的寵兒，那個槍騎兵軍官頂替馬呂斯，但是這種企圖已宣告失敗。頂替者特奧杜勒根本沒有得手。吉諾曼先生不接受冒牌貨：心中的空位，絕不讓人來濫竽充數。而特奧杜勒本人，雖然嗅到遺產的味道，但是也厭惡討人歡心的這種苦差事。槍騎兵見到老頭就心煩，老頭見到槍騎兵也看不順眼。特奧杜勒中尉固然是個快活的傢伙，但是好耍貧嘴，為人浮浪、庸俗，他固然是個隨和的人，但是交了些狐朋狗友，他有不少情婦，這不錯，而且還大談特談，這也不錯，但是談得實在糟糕。他的每一個長處，都和他的缺陷相互抵消了。他講述在巴比倫街兵營周圍的各種豔遇，嘮嘮叨叨，聽得吉諾曼先生厭膩極了。而且，特奧杜勒中尉前來探望，有時還穿著軍裝，戴上三色綬帶，這就更糟，讓人無法容忍了。吉諾曼先生終於對女兒說：「特奧杜勒讓我厭煩了，妳若樂意就接待他，在和平時期，我不大賞識軍人。我不知道比起拖戰刀的人，我是否更不喜歡揮舞戰刀的人。不過，戰場上兵刃砍殺聲，聽起來終究不像戰刀鞘拖在街道上的聲響那麼地可憐。況且，挺起胸膛像個勇猛的鬥士，腰身又紮得像個娘們，鎧甲裡面穿件女人緊身衣，這就備加可笑了。一個男子漢要把握住自己，既不愣充好漢，也不忸怩作態，既不逞強好勝，也不甜言蜜語。把那特奧杜勒留給妳自己吧。」

他女兒還白費脣舌，說什麼：「他畢竟是您的侄孫呀。」殊不知吉諾曼先生做外祖父做到了家，根本做不來叔祖父了。

其實，吉諾曼先生是個聰明人，他作了比較，特奧杜勒所起的作用，只能令他更加痛惜失去馬呂斯。

一天晚上，那是六月四日，吉諾曼先生還照樣有一爐好火，他已打發女兒到隔壁房間做針線活，獨自待在糊了牧羊圖壁紙的房間裡，雙腳搭在壁爐柴架上，身後圍著半圈科羅曼德爾製造的九折大屏風，整個人深深仰在錦緞面的太師椅中，臂肘支在桌子上，桌上點著兩支有綠色燈罩的蠟燭，手裡拿著一本書，但並不閱讀。他按照自己的方式，穿著奇裝異服，酷似加拉[18]的舊肖像。他若是這樣上街，身後准會跟著一群人，因此，他女兒總是幫他罩一件主教式肥袍。他在家中，除了早晚起床和上床，一向不穿睡袍。「穿睡袍顯老。」他常這麼說。

吉諾曼外公滿懷深情和苦澀想念馬呂斯，往往苦澀的味道更重些。他那變得苦澀的深情，到頭來總要沸騰，並轉化為惱恨。到這一步，他只能死了這條心，接受撕肝裂膽的痛苦。他開始明白了，時至今日，再也沒有理由指望了，馬呂斯要回來早該回來了，不能再盼了，應該盡量習慣於這種想法：事情已無可挽回，到死也不會再見到「那位先生」了。然而，他的整個天性卻起而抗爭，他那古老的親情也不肯甘休。「怎麼！」他常說，這已成為他痛苦時的口頭禪，「他不會回來啦！」說罷，他的禿頭就垂到胸前，失神地凝視爐膛裡的灰燼，眼神淒迷而憂憤。

他正沉浸在這種幽思時，老僕人巴斯克忽然進來稟報：

「先生能接見馬呂斯先生嗎？」

老人猛地直起身，臉色灰白，好似受電擊而挺起的屍體，全身血液湧入心房，他結結巴巴地問道：

「馬呂斯先生貴姓？」

「不知道，」巴斯克見主人那神情深感意外，膽怯地回答，「我沒有見到人，是妮科萊特剛告訴我的，她說，有個年輕人求見，您就說是馬呂斯先生。」

吉諾曼外公吶吶說了一句：「請他進來吧。」

他保持原來的姿勢，腦袋微微搖動，眼睛盯住房門。房門重新打開，走進一個年輕人，正是馬呂斯。

他衣衫襤褸，幸而燭光被燈罩遮住，昏暗中看不出來，只能分辨他那張平靜而嚴肅，但又異常憂傷的面孔。

吉諾曼外公又驚又喜，一時愣住了，半晌才看見一團光亮，就彷彿碰見了鬼神。他幾乎要昏倒，是透過炫目的光芒才看見馬呂斯的，那正是他，正是馬呂斯！

終於盼來啦！已經四年啦！這回總算抓住他了，可以說一眼就完全把他抓住了。他覺得他英俊、高貴、人品出眾，長大了，也成人了，儀態端莊，樣子十分可愛。他真想張開手臂，招呼他，起身衝上去，他的五臟六腑都融化在喜悅中，親熱的話語漲滿胸膛，要流溢出來；總之，這一片慈愛之心萌發了，已經到了脣邊，然而稟性難移，從他口裡出來的反而是一句狠話。他口氣生硬地問道：「您到這來幹什麼？」

馬呂斯尷尬地答道：「先生……」

吉諾曼先生真希望馬呂斯投入他的懷抱，他對馬呂斯不滿，也對他自己不滿。他感到自己的態度太生硬，馬呂斯的態度太冷淡。這老人感到內心充滿了溫情和哀怨，而表面上又只能顯得那麼冷酷，這真叫他氣惱和難以忍受。苦澀的滋味又上來了，他口氣粗暴地打斷馬呂斯的話：

「您到底為什麼還來這？」

⑱・加拉（一七四九—一八三三）：處決路易十六時任司法部長。督政府時期時他是以衣著奇特聞名的風雲人物。因此，雨果說吉諾曼與他相像。

「到底」這個字眼表明：「如果您不是來擁抱我的話」。馬呂斯望著老外公，只見他臉色蒼白，像是用大理石雕成的。

「先生……」

老人又以嚴厲的聲音說：

「您是來請求我原諒的嗎？您已經認識了自己的過錯嗎？」

他以為這樣指點一下，馬呂斯這「孩子」就屈服了。馬呂斯渾身一抖：這是要求他否認自己的父親；他垂下眼睛回答：「不是，先生。」

「既然不是，您又來找我幹什麼？」老人心如刀絞，義憤填膺，疾言厲色地說道。

馬呂斯合攏雙手，跨上前一步，聲音微弱而顫抖地說：「先生，請可憐可憐我。」

這話觸動了吉諾曼先生，如果早點說，就能讓他心軟下來，可惜說得太遲了。老外公立起身，雙手扶著手杖，嘴唇沒了血色，額頭顫動，但是他的個頭高，可以俯視躬身低頭的馬呂斯。

「可憐您，先生！一個青年，卻要一個九十一歲的老頭兒可憐！您走進人生，我就要退出去了；您去看戲，去跳舞，去咖啡館，去打撞球，您有才華，能討女人喜歡，您是個俊俏的小夥子；而我呢，大夏天對著爐火吐痰；您富有，擁有世間惟一的財富，而我窮苦，擁有老年的全部窮苦、病疾、孤獨！您有三十二顆牙齒、一副好腸胃、一雙明亮的眼睛，您有力氣，有胃口，身體健康，一整天喜氣洋洋，還有滿頭濃密的黑髮；而我呢，甚至連白髮也沒了，我的牙齒掉了，腿走不動了，記憶力也喪失了，有三條街名我總弄混：夏洛街、壽姆街和聖克洛德街，我落魄到這種地步了；您的前途充滿燦爛的陽光，而我已經深入黑夜，什麼也看不見了；您喜歡追求女人，這是自然的，而我在世上沒人愛，您卻乞求我的可憐！不用說，莫里哀都沒想到這一點。律師先生們，你們在法庭上若是開這種玩笑，我就由衷地祝賀你們。你們也太怪了。」

接著，九旬老人又聲色俱厲地問道：「說說看，您找我到底有什麼事？」

「先生，」馬呂斯說道，「我知道您見到我就不高興，不過，我來只是求您一件事，說完馬上就走。」

「您真是個糊塗蟲！」老人說道，「誰說要您走啦？」

這話表明他內心的這句溫情話：「快請我原諒啊！快來摟住我的脖子啊！」吉諾曼先生感到再過一會兒，馬呂斯就要離開他，是他不歡迎的態度令馬呂斯氣餒，是他冷酷無情把他趕走，他心中想到這一切，痛苦又增添幾分，而痛苦隨即又化為憤怒，他就更加顯得冷酷無情了。他多麼希望馬呂斯領會他的心意，可是馬呂斯又偏偏不理解，這就讓老人心頭火起。他又說道：

「您讓我，讓您這個外公想念，您離開我的家，不知跑到什麼地方去，您讓您那姨媽多傷心啊！可以想像得出來，您是去過單身漢生活，這就方便多了，當個花花公子，要什麼時候回家都行，可以吃喝玩樂。可是，您連信也不給我捎一封，欠了債也不讓我償還，您就是要胡鬧，當個砸人家玻璃的搗蛋鬼。過了四年，您才回來找我，沒別的話，只求我一件事！」

用這種粗暴的方式來感化外孫，只能說得馬呂斯啞口無言。吉諾曼先生叉起胳臂，他做出這種姿勢時顯得特別蠻橫，對馬呂斯喝道：

「趕快了結！您來求我什麼事，這是您說的吧？到底什麼事？什麼呀？說吧。」

「先生，」馬呂斯說，他那眼神真像是要從絕壁掉下去的人，「我來請求您允許我結婚。」

吉諾曼先生拉了拉鈴，巴斯克應聲推開房門。

「讓我女兒來一下。」

過沒多久，房門重新打開，吉諾曼小姐出現在門口，但是沒有進屋。馬呂斯垂著手臂，站在那裡一聲不吭，一副犯了罪的樣子；吉諾曼先生在屋裡踱來踱去。他轉身對女兒說：

「沒事，這是馬呂斯先生。您向他問聲好。先生要結婚。就這件事，您走吧。」

老人的聲音短促而嘶啞，說明他氣憤到了極點。姨媽惶恐地看了看馬呂斯，彷彿不大認識他了，她沒有打一個手勢，也沒有講一句話，被她父親一口氣吹走，比狂風吹一根麥秸還快。

這時，吉諾曼外公轉回去，背靠著壁爐，說道：

「您要結婚！年僅二十一歲！您都安排好啦！就差請求允許啦！只是一個程序。請坐吧，先生。自從我和您見面以來，你們搞了一場革命，雅各賓黨佔了上風。您一定很得意，您當上男爵的同時，不是也成了共和派嗎？這方面您很會調和，用共和給男爵頭銜當調味料。七月革命時您得到了勳章嗎？羅浮宮那裡您也去過了吧，先生？就離這不遠，在諾南・狄埃爾街對面的聖安東尼街，有一顆圓炮彈嵌入一棟房子的四樓牆上，題名為：一八三〇年七月二十八日。您不妨去開開眼，長長見識。哼！您那幫朋友，他們幹的好事！對了，他們在貝里公爵先生的紀念碑原址，不是建了一座噴泉嗎[19]？這麼說，您要結婚啦？跟誰結婚？問問對方是誰，恐怕不算冒昧吧？」

他住了口，但是不容馬呂斯回答，又粗暴地補充一句：「這麼說，您有了職業啦？也掙了份財產？您幹律師這行掙多少錢呢？」

「一文錢也沒掙到。」馬呂斯堅決而乾脆，幾乎粗魯地答道。

「一文錢也沒掙到？您只靠我給的那一千二百利弗爾生活嘍？」

馬呂斯緘口不答，吉諾曼先生接著問道：

「唔，我明白了，是因為那姑娘富有吧？」

「她跟我一樣。」

「怎麼！沒有嫁妝？」

「沒有。」

「有望繼承財產嘍？」

「我認為不見得。」

「赤條條！那麼，她父親是幹什麼的？」

「不知道。」

「她怎麼稱呼？」

「割風小姐。」

「割什麼？」

「割風。」

「哎呀呀！」老人說道。

「先生！」馬呂斯叫了一聲。

吉諾曼先生打斷馬呂斯的話，但他的口氣又像自言自語：

「正是這樣，二十一歲，無職無業，每年一千二百利弗爾，彭邁西男爵夫人要去攤子上買兩蘇的香芹。」

「先生，」馬呂斯又說道，他見最後一線希望要破滅，不禁驚慌失措，「我懇求您！看在上天的份上，我合攏手掌祈求您，先生，我跪到您腳下，請允許我娶她吧。」

老人哈哈大笑，透過尖厲而淒慘的笑聲，他邊咳嗽邊說：

「哈！哈！哈！您在心裡一定這麼念叨：沒錯！我去找那個老古董，找那個老糊塗蟲去！真可惜我還不滿二十五歲！否則的話，看我怎麼拋給他一份措辭恭敬的催告書！看我怎麼擺脫他！管他呢，我會對他說：老蠢貨，你能見到我，應該樂瘋了，我打算結婚，打算娶隨便哪個小姐，隨便什麼先生的女兒，我沒有鞋穿，她沒有襯衣，沒關係，我的事業、前途、青春、我這一生，全投進水裡去。我情願脖子上拴個女人，一頭栽進苦海裡，這是我打定的主意，你必須贊成！而老化石一定贊成。好吧，我的孩子，隨你便，把石頭繫在你脖子上，娶你那個什麼吹風，你那個什麼砍風……絕不行，先生！絕不行！」

「外公！」

「絕不行！」

⑲．貝里公爵在歌劇院前黎塞留廣場（現在的盧烏瓦廣場）被殺，復辟王朝幫他立了個贖罪碑，後來被拆毀，由維斯孔蒂設計建了噴泉，但那是一八四四年的事，而非雨果所敘述的時間。

聽他說「絕不行」的聲調，馬呂斯明白毫無希望了，他垂著頭，身子搖搖晃晃，緩步穿過房間要離去，但是更像要死去的人。吉諾曼先生眼睛盯著他，就在馬呂斯打開房門要出去的當下，他不顧高齡，顯出驕橫慣了的老人那種急躁，幾步跨上去，一把揪住馬呂斯的衣領，用勁把他拉回房間，扔到扶手椅上，對他說道：

「你跟我聊聊吧！這件事。」

這種突變，僅僅是馬呂斯脫口而出的「外公」這個稱呼引起的。馬呂斯目瞪口呆，怔怔地望著老人。吉諾曼先生那張變幻無常的臉，現在完全是一副難以描摹的拙樸和善的神態。嚴厲的老祖宗變成慈祥的外祖父。

「來吧，聊聊，說說看，把你那風流事說給我聽聽，聊聊吧，全講出來！活見鬼！年輕人簡直太傻啦！」

「外公！」馬呂斯又叫了一聲。

老人那張臉豁然開朗，露出難以形容的喜悅的神采。

「好，這就對啦！叫我外公，回頭就沒事啦！」

同樣還是粗聲大氣，可是現在卻讓人感到那麼和善，那麼溫純，那麼坦率，那麼慈祥，而馬呂斯原本已經灰心喪氣，忽又有了希望，這種轉變來得太突然，他一時暈頭轉向，又激動萬分。他坐到桌子旁邊，燭光正巧照見他那身破衣爛衫，吉諾曼老頭兒詫異地端詳。

「好吧，外公。」馬呂斯說道。

「怎麼這副樣子？」吉諾曼先生截口說，「您真的一貧如洗啦？你這一身穿戴，像個小偷一樣。」

他立刻翻翻抽屜，掏出一個錢袋，放在桌上：

「喏，這是一百金幣，拿去買頂帽子吧。」

「外公，」馬呂斯繼續說道，「我的好外公，您哪知道，我有多愛她呀！您想像不到，我跟她初次相遇，是在盧森堡公園，她常去那裡。起初我沒注意到，後來不知怎麼回事，我就愛上她了。唉！這下子把我弄得好痛苦啊！現在行了，每天見面，我去她家，她父親還不知道，您想想，他們要啟程走了，我們是夜晚在花園裡見面，不料，她父親要帶她去英國，於是我心裡就估計著：我得去見見外公，把事情跟他說說。他們若是真走了，首先我就要發瘋，我會死的，我會一病不起，也會投水自盡。無論如何我得娶她，否則我就要發瘋了。這就是全部的事實，原原本本，我想沒有什麼遺漏。她住在一座花園裡，有一道鐵柵門，是普呂梅街，靠近殘廢軍人院。」

吉諾曼老頭兒坐到馬呂斯身邊，現在他眉開眼笑，邊聽邊品味馬呂斯的聲調，同時也深深品味一撮鼻菸，他聽到普呂梅街的名字，就停止嗅鼻菸，餘下的菸屑撒落在膝上。

「普呂梅街！你是說普呂梅街嗎？……讓我想想……那附近不是有一座兵營嗎？……不錯，正是那裡。你表哥德奧杜勒跟我提過。就是那個槍騎兵，那個軍官。……一個小姑娘，我的好朋友，那是個小姑娘呀！……沒錯，是普呂梅街，從前叫布洛梅街。……現在想起來了。普呂梅街那道鐵柵門裡的小姑娘，我聽說過。在一座花園裡。是一個潘蜜拉。你的品味不錯，據說她生得白白淨淨的。咱們私下講，槍騎兵那個傻小子，還有那麼點意思追過她呢。我不清楚事情到了什麼程度，反正無所謂，再說，也不能相信他的話，他就愛吹牛。馬呂斯！你這樣一個青年愛上個姑娘，我覺得是件大好事，在你這年齡非常自然。我情願你戀愛，也別去當雅各賓黨。我情願你愛上一條短裙子，哪怕愛上二十條，也別愛上羅伯斯庇爾先生。平心而論，在不穿短褲的人[20]中，我一向只愛女人。美麗的姑娘終究是美麗的姑娘，見鬼！這沒有什麼可說的。至於這個小姑娘，她瞞著爸爸接待你，這也是正常的。我也一樣，有過類似的豔遇，不止一次。你知道怎麼辦嗎？不要操之過急，不要鬧出事來，也不要訂婚，去見什麼掛綬帶的市長先生。表面上傻乎乎的，其

⑳．法語 sans-culotte 指不穿短外褲的窮人，通常譯做「長褲漢」。這裡是文字遊戲，不穿短外褲者也包括女人，故有這句俏皮話。

實是個聰明的小夥子，頭腦保持清醒。世人啊，要一滑而過，不要結婚。來找外公就對了，其實外公是個好好先生，在老抽屜裡總有幾卷路易，只要對他說一聲：外公，是這碼事兒。外公就會說：這還不簡單。青春要過，老年要折。我有過青春，你也會老。去吧，我的孩子，將來你把這話教給你孫子。這是二百皮斯托爾[21]，痛快玩去吧，小子！這再好不過！事情就是應該這樣進行。決不結婚，但這不礙事，該怎麼玩就怎麼玩。你明白我的意思嗎？」

馬呂斯呆若木雞，直搖頭，一句話也講不出來。

老頭兒放聲大笑，擠了擠老眼，拍他膝蓋一下，直視他的眼睛，神情詭秘而又得意洋洋，極溫柔地聳著肩膀說道：「傻小子！讓她做你的情婦吧。」

馬呂斯臉刷地白了。剛才，他根本沒有聽懂外公講的那一套。什麼布洛梅街、潘蜜拉、兵營、槍騎兵，嘮嘮叨叨，一件件像幻影一般，從馬呂斯眼前掠過。珂賽特是百合花，跟這些事情一件也連不上。老人在胡謅八扯。然而一陣胡謅八扯，最後落到一句話，這回馬呂斯聽明白了，認為這是對珂賽特的極大侮辱。「讓她做你情婦吧」，這句話如同一把利劍，刺進這個嚴肅的青年的心中。

他站起來，從地上拾起自己的帽子，步子沉穩而堅定地走向房門，到了門口轉過身，向外公深施一禮，然後揚起頭說道：

「五年前，您侮辱了我的父親；今天，您又侮辱了我愛的女人。我再也不求您什麼事了，先生。永別了。」

吉諾曼外公驚呆了，他張開嘴，伸出手臂，想站起來，一句話還未講出口，房門已經重新關上，馬呂斯不見了。

老頭兒彷彿遭了雷擊，半晌未得動彈，既說不出話，也喘不上來氣，就好像有個拳頭卡住喉嚨。終於，他掙扎離開座椅，這個九十一歲的老人以他最快速度衝向門口，開了門喊道：「救命啊！救命啊！」

他女兒聞聲趕來，傭人也都來了。他聲音嘶啞，又悽愴地說道：

「快去追他！把他追回來！我怎麼招惹他啦？他瘋啦！他走啦！噢！上帝啊！噢！上帝啊！這次，他再也不會回來啦！」

他跑過去，用顫抖的雙手推開臨街的窗戶，大半個身子探出去，巴斯克和妮科萊特只好從後面把他拉住，他連聲喊叫：

「馬呂斯！馬呂斯！馬呂斯！馬呂斯！」

可是，馬呂斯聽不見了，此刻他已拐進聖路易街。

九旬老人的神情惶恐而不安，連續兩三次雙手都高舉到太陽穴，踉蹌著後退，癱到一張扶手椅上，沒了脈搏，沒了聲音，沒了眼淚，只是搖晃著頭，翕動著嘴脣，一副癡呆的樣子，眼裡和心裡全空了，只剩下類似黑夜的黝暗而深邃的東西。

㉑．皮斯托爾：法國古幣名，一皮斯托爾相當於十利弗爾。

第九卷：他們去哪裡？
Où vont-ils?

一・尚萬強
Jean Valjean

就在同一天下午，將近四點鐘的時候，尚萬強來到演兵場，獨自坐在一條最清靜的斜坡背面。近來，他不大跟珂賽特一起出門，也許這是出於謹慎，或者想靜心思考，也許是每人生活中都不知不覺發生的習慣逐漸改變的緣故。他穿一件工人外衣、一條灰色粗布褲，戴一頂遮住面孔的長舌帽。現在，他對珂賽特倒是放心並滿意了，一度引起他憂懼和苦惱的情況已然消失，然而，他又產生了另一種性質的疑慮。一天，他在大馬路上散步，忽然發現德納第，幸虧他化了裝，沒被德納第認出來，但沒料到此後又多次遇見他，現在他可以肯定，德納第總在這個街區遊蕩，這就足以令他拿定一個大主意。德納第一來，這裡便是危機四伏。

此外，巴黎的局勢也不平靜，政治混亂為隱瞞身世的人帶來麻煩：警察變得特別戒忌而多疑，他們追捕佩潘或莫雷[1]那種人，也很可能會發現尚萬強這樣一個人。

從這幾方面考慮，尚萬強都不免憂心忡忡。

最後，剛發生一件令人費解的事情，他十分詫異，一直懸掛在心，也更加警覺起來。就在這天早晨，全家惟獨他起床，珂賽特的窗板還沒打開，他在花園裡散步，突然發現牆上有一行字，大概是用釘子刻的：

玻璃廠街十六號。

顯然是新刻上的，老牆皮早已發黑，而刻出的字是白色的。牆腳一簇蕁麻葉上還有新落的細白粉末。很可能是昨天晚上刻的。是什麼意思呢？是個地址嗎？是替別人留的暗號嗎？是發給他的警告嗎？無論怎樣，這園子有人闖進來，不知什麼人摸進來過。他還記得不久之前這所房子被驚擾的怪事。他的思想總往這個牛角尖裡面鑽，因此，他怕嚇唬著珂賽特，就絕口不提有人用釘子往牆上刻字的事。

尚萬強反覆斟酌權衡之後，決定離開巴黎，甚至離開法國，乾脆到英國去。他讓珂賽特做個準備，打算一週之內啟程。他坐在演兵場的斜坡上，頭腦裡思緒萬千：德納第、警察、刻在牆上的那行奇特的字、這次遠行，而且弄份護照也困難。

當他正陷入這種思慮的時候，忽然見到太陽從背後把剛剛走上坡頂的一個人的影子投射過來，正要回頭瞧一瞧，又有四折的一張紙落到膝上，就好像是由一隻手從他頭頂扔下來的。他拾起紙，展開一看，只見上面用粗鉛筆寫的大字：

①．佩潘：聖安東尼城郊區店鋪老闆；莫雷：馬具商。二人參加了費耶斯齊在一八三五年暗殺路易・菲力浦的行動，後被捕處決。不過，在一八三二年，雨果敘述的這個時期，他們不可能被警察追捕。

快搬家。

尚萬強急忙站起來，土坡上一個人也沒有。他四面張望，只見一個人比孩子稍高，又比成年人稍矮，穿一件灰布外衣和一條泥土色燈芯絨褲子，正跨過欄杆，滑進演兵場的護溝裡。

尚萬強立刻回家，一直心事重重。

二・馬呂斯 Marius

馬呂斯離開吉諾曼先生的家，心中十分懊喪。他進門時抱著極小的希望，帶出來的卻是極大的失望。

不過，什麼槍騎兵、軍官、傻小子、特奧杜勒表哥，在他思想上沒有留下一點陰影。絲毫沒有。觀察過人心初始悸動的那一刻的人，是能夠理解他這一點的。劇作詩人看到外公突然向外孫透露的情況，很可能為了追求表面的效果，從而編造出一些複雜的情節。然而，戲劇性一旦增加，真實性就會受損。在馬呂斯這個年齡來說，根本不相信人會作惡，日後到了一定的年齡，才會相信人無論什麼事情都幹得出來。猜疑就像是皺紋，青少年時期是沒有的。攪亂奧賽羅思緒的事，觸動不了老實人②。懷疑珂賽特！對馬呂斯來說，大量犯罪還比較容易些，但絕不能懷疑珂賽特。

他開始在街上遊逛，這是排遣苦惱的辦法。他能回憶起來的事情一概不想。凌晨兩點鐘，回到庫費拉克的住所後，他和衣倒在床上，直到日上三竿，才昏昏沉沉地睡過去，但思緒在頭腦裡仍然穿梭往來。醒來睜眼一看，只見庫費拉克、安灼拉、弗伊和公白飛站在屋裡，都戴著帽子，正準備上街，顯得很匆忙。

庫費拉克對他說：「替拉馬克將軍送葬，你去不去？」

他彷彿聽庫費拉克在講中國話。

他們走後不久，他也出門了。他一直留著二月三日那次事件時，沙威交給他的兩隻手槍，槍裡面還上著子彈，這次出門揣在兜裡。很難說他帶上槍，心裡有什麼隱秘的打算。

他在街上遊蕩了一整天，卻不知身在何處，有時下雨也全然不覺；他走進麵包鋪，花一蘇錢買一根小長麵包做晚餐，揣進兜裡就忘了。他恍惚地在塞納河裡洗了個澡，但是毫無印象了。有時，腦殼下面就像生了個火爐。馬呂斯又面臨這種時刻，他再也不抱什麼希望，再也不懼怕什麼了；從昨晚起，他就跨出了這一步。他心急火燎地等待天黑，只有一個清晰的念頭：九點鐘與珂賽特見面。現在，他的整個前途就是最後這點歡樂了。此外一片黝暗。他走在最僻靜的大馬路上，不時恍若聽見市區傳來奇特的喧囂，於是從冥想中回過神來，不禁說道：該不會是打起來啦？

他按照答應珂賽特的話，在夜幕剛剛降臨，九點鐘準時到達普呂梅街，一走近鐵柵門，就把一切置於腦後。已有四十八小時沒跟珂賽特見面，現在又要見到她，其他念頭一概消失，只有一種聞所未聞的由衷喜悅了。這幾分鐘恍若度過幾個世紀，總有至高無上而又美不勝收的意味，每逢這種時刻，他的整個心靈就全部投進去了。

馬呂斯挪開那根鐵條，急忙鑽進花園，珂賽特卻不在她往常等待他的地方。他穿過繁枝密草，走向臺階旁邊的凹角，心想：「她在那兒等我呢。」那裡也不見珂賽特。他舉目望望，只見小樓的窗板全關上了。他在園中轉了一圈，園子寂無一人。於是，他又回到樓前，因愛情簡直發了狂，像醉了一般，又因痛苦和不安而驚慌失措，氣急敗壞，像是回家時候行為不當的主人那樣，拚命敲窗板，敲了這扇敲那扇，敲了又敲，也不怕看見窗戶打開，那個父親探出陰沉的面孔問他：您要幹什麼？不過，比起他隱約看到的情景，這根本不算什麼。他敲過之後，又高聲呼叫珂賽特。

②・伏爾泰同名小說中的主人公。

「珂賽特！」他喊叫。「珂賽特！」他越喊越急。可是沒人答應。完了。園子裡沒人，房子裡也沒人。

馬呂斯失望的眼睛盯著這陰森的房子，覺得它跟墳墓一樣黝黑和沉寂，而且更加空蕩蕩的。他看了看石凳，他曾坐在石凳上，在珂賽特身邊度過多少美好的時辰。繼而，他坐到臺階上，心中充滿溫情和決心，在思想深處為他的愛祝福，沒沒說道：既然珂賽特走了，他就只有一死。忽然，他聽見有人喊他，喊聲好像從街上穿過樹木傳來：「馬呂斯先生！」

他站起來，應了一聲：「嗯？」

「馬呂斯先生，您在那嗎？」

「在這。」

「馬呂斯先生，」那聲音又說，「您那些朋友在麻廠街的街壘等您呢。」

馬呂斯聽那聲音並不完全陌生，像是愛波妮那沙啞而粗魯的聲音。馬呂斯跑向鐵柵門，移開活動的鐵條，腦袋鑽出去，看見一個人跑開，像個小夥子，很快消失在夜色中。

三・馬伯夫先生
M. Mabeuf

尚萬強的錢袋，對馬伯夫先生毫無助益。馬伯夫先生嚴於律己、近乎稚氣，但十分可敬，他決不接受星辰的禮物，也絕不允許一顆星能鑄造路易金幣。他沒有猜到，從天上掉下來的東西是來自伽弗洛什。他把錢袋送交本區派出所，當作失物讓人認領。那錢袋還真的成了失物。不用說，當然無人去認領，但也沒有救濟馬伯夫先生。

就這樣，馬伯夫先生還是繼續走下坡路。

靛青的試驗栽培，無論在他那奧斯特里茲園子、還是植物園，都沒有取得成效。上一年，他的女傭的工資還欠著，現在房租又欠了幾個季度。《植物志》銅版典當了十三個月，就要被當鋪拿去拍賣，被鍋匠買去當材料，製做成平底鍋了。《植物志》還有幾頁不成冊的印張，現在銅版沒了，也就無法補印配齊了；那些插圖和散頁，只好當作廢紙便宜處理給了舊書販子。他畢生的著作，至此也就蕩然無存了。他靠賣殘冊的錢來生活，發現這點微薄的收入很快就枯竭了，便放棄了園子，任其荒蕪了。從前，很久以前，他沒隔幾天還能吃上兩個雞蛋和一塊牛肉，後來也放棄了，只吃麵包和土豆。最後幾件家具也賣掉了，接下來，床單、被褥和衣服，凡有雙份的，以及植物標本和版畫，全都變賣了；不過，他還保留最寶貴的藏書，其中有一些珍本，諸如：一五六〇年版的《聖經歷史故事四行詩》[3]，彼得・德・貝斯著的《聖經名詞索引》[4]，約翰・德・拉艾伊著的《瑪格麗特的菊花》，並有贈給納瓦爾王后的親筆題詞，德・維利埃・奧曼著的《論使臣的任務和尊嚴》[5]，一六四四年版的《猶太詩選》，一本一六五七年版提布盧斯[6]的作品，並印有「威尼斯，馬奴丘出版」的著名文字，還有一本一六四四年在里昂印行，拉埃爾特的第歐根尼[7]作品，這個版本收錄了十三世紀梵蒂岡四百一十一號手抄本的著名異文，以及威尼斯三百九十三號和三百九十四號兩種手抄本的著名異文，全由亨利・艾蒂安卓有成效地校閱過，書中還收錄了用多利安方言寫的所有段落，這只有在那不勒斯圖書館十二世紀的有名手抄本上才能查到。馬伯夫先生的房間從不生火，他日落就上床睡覺，以避免點蠟燭。他似乎連鄰居也沒有了，發覺他出門時，人家總避開他。一個孩子受窮，能引起一個當母親的同情；一個小夥子受窮，能引起一個年輕姑娘的同情；而一個老人受窮，卻得不到任何人的同情。這是各種窮困中最淒涼的

---

③・譯自義大利文，作者萊翁・德・弗郎西亞。

④・一六一〇—一六一一年在巴黎印行。

⑤・一六〇三—一六〇四年在巴黎印行。

⑥・提布盧斯（約西元前五〇—前一九或一八）：拉丁文詩人，著有三部《哀歌》。馬奴丘家族是十五世紀和十六世紀威尼斯的著名印書商。

⑦・拉埃爾特的第歐根尼：西元三世紀希臘作家，他搜集了不少古代佚文。但此處雨果可能弄混版本。

境況。然而，馬伯夫老爹並沒有完全喪失孩子特有的寧靜，他注視著自己藏書的時候，眼睛就明亮快活起來，一欣賞第歐根尼的孤本，臉上就泛起笑容。他那鑲玻璃的書櫃，是他必不可少的物品之外保留下來惟一的家具。

一天，普盧塔克大媽對他說：「沒錢買東西做晚飯了。」

她所說的晚飯，就是一個麵包和四、五個土豆。

「賒賬呢？」馬伯夫先生答道。

「您知道人家不肯賒給我。」

於是，馬伯夫先生打開書櫃，就像一位父親被迫要交出一個孩子去砍頭，不知挑哪個好似的，他一本一本端詳全部藏書，久久不決，最後狠心抄出一本，夾在腋下出去了。兩小時之後回來，腋下的書不見了，他把三十蘇硬幣往桌上一放，說道：「拿去買東西做晚飯吧。」

從這時候起，普盧塔克大媽便看出，老人那張憨厚的臉罩上了陰影，宛如放下的面紗再也不掀起來了。

第二天，第三天，每天都得重演一遍。馬伯夫先生帶一本書出去，帶一枚銀幣回來，舊書商見他非賣書不可，就只出二十蘇收購他當初花二十法郎買的書。有時，賣出又收購是同一個書商。一本接一本，整個書櫃就倒騰空了。有時他咕噥道：「我可是八十歲的人了。」言下之意，彷彿要說他的時日會在他的藏書之前完結。他越來越憂傷了。不過，他也樂了一次。他帶一本羅貝爾·艾蒂安[8]版的書出門，在馬拉凱河濱路賣了三十五蘇，又在河灘街花四十蘇買了阿爾多[9]版的書回家。「我還欠五蘇呢。」他興高采烈地對普盧塔克大媽說，這天，他沒有吃到飯。

他是園藝學會的成員，有的會員瞭解他窮苦的境況。會長會來探望他，表示要把他的情況跟農業和貿易大臣談談，而且言出必行。「怎麼會這樣！」大臣提高聲音說道，「我認為應該！一位老學者！一位植物學家！一位與世無爭的老人！應該幫幫他！」次日，馬伯夫先生收到一份大臣邀他吃飯的請柬。他樂得發抖，拿請柬給普盧塔克大媽看，說道：「我們有救啦！」到了那天，他前往大臣府上。他發覺自己破布條似的領帶、過分肥大的舊禮服、用雞蛋清擦亮的皮鞋，讓那些聽差見了十分詫異。沒人跟他說話，連大臣也沒有理睬他。到了將近晚上十點鐘，他還一直等人家跟他說句話，忽聽那位大臣夫人，令他敬而遠之的一位袒胸露背的美婦問道：「那位老先生是什麼人啊？」他半夜冒雨徒步回家。他為了乘馬車去赴宴，賣掉了一本埃勒賽維爾[10]版的書。

他已養成習慣，每天晚上睡覺之前，總拿起拉埃爾特的第歐根尼著作看個幾頁。他精通希臘文，能品味出他擁有這個文本的妙處。現在，他再也沒有別的樂趣了。就這樣又過了幾週。有一天，普盧塔克大媽忽然病倒。比沒錢買麵包更可悲的事，就是沒錢抓藥。一天傍晚，大夫開了一劑很貴的藥。而且病情惡化了，需要找一名看護。馬伯夫先生打開書櫃，裡裡空空如也。最後一冊書也被拿走了，只剩下他那部拉埃爾特的第歐根尼著作。

他把這個孤本夾在腋下出門了，這天是一八三二年六月四日，他去聖雅克門羅約爾書局的繼承人那裡，帶回來一百法郎。他將一摞五法郎的銀幣往老傭人的床頭櫃上一放，一言不發地回到自己屋裡。

次日天剛亮，他就進園子裡，坐在翻在地上的路石上，從綠籬上面可以看見，整整一上午，他坐在那裡絲毫不動，額頭低垂，眼睛失神地凝視著凋殘的花壇。有時下了一陣雨，老人似乎也全然不覺。到了下午，巴黎市區爆發出異乎尋常的喧囂，聽來好像槍聲和人眾的呼噪。

馬伯夫老爹抬起頭，瞧見一個園丁經過，便問道：「出什麼事啦？」

那園丁背了一把鐵鍬，以極為平靜的口氣答道：「暴動了。」

「什麼！暴動啦？」

---

⑧．羅貝爾．艾蒂安（一五〇三—一五五九）：法國人文學家的出版商。
⑨．阿爾多：威尼斯出版世家馬奴丘創始人名字的簡稱，全稱為特奧巴爾多．馬奴丘。
⑩．埃勒賽維爾：十六、十七世紀荷蘭出版世家，其版本以字體秀美著稱。

「對。兩邊幹起來了。」

「為什麼要幹起來呢？」

「噢！天曉得！」園丁說道。

「是在哪一帶？」馬伯夫先生又問道。

「在軍火庫那邊。」

馬伯夫老爹回屋戴上帽子，又下意識地要抓本書夾在腋下，卻沒有找到，便說了一句：「哦！對了！」隨即懵懵懂懂出門去了。

第十卷：一八三二年六月五日
Le 5 juin 1832

一．問題的表象
La surface de la question

暴動包含什麼呢？什麼也沒有，又什麼都有。有一點點施放的電、猛然噴出的火焰、飄遊的一種力量、刮過的一陣風。這陣風遇到思考的頭腦、幻想的神智、痛苦的靈魂、燃燒的激情、呼號的苦難，都一併席捲而走。

要去哪裡呢？

漫無目的。穿越政府，穿越法律，穿越他人的奢華和狂傲。

激怒的信念、挫傷的熱忱、激起的義憤、壓抑的好鬥本能、狂熱的青年勇氣、俠義的盲目性、好奇心、見異思遷的傾向、期待意外事件的心理，以及愛看新戲報，愛聽劇院布景工哨子聲的情趣；還有種種無名的惱恨積怨、種種失意、認為命運舛錯的虛榮、種種苦惱、想入非非、危機四伏的野心、在崩摧中尋覓出路者；在最底層，還有泥炭，這種能燃燒的污泥，凡此種種，都是暴動的成分。

最偉大的和最渺小的，在一切之外遊蕩並等待時機的人，居無定所的人，無業遊民，街頭流浪漢，夜晚睡在人煙稀少的地段、只以寒雲冷霧為屋頂的人，每天乞討麵包而不肯勞動的人，貧苦無處可訴和身無長物的人，光著手、光著腳的人，這些都屬於暴動。

任何人在心中蠢蠢欲動，要起而反抗國家、生活或命運的某件事，都貼近暴動，一旦出現這種情況，他就激動得開始發抖，感到自身被旋風捲起來。

暴動是社會氣團中的一種龍捲風，它是在一定的氣溫條件下突然形成的，並在它自己的旋轉運動中，隆隆作響，無論碰到龐大的還是細弱的自然物、堅強的人，還是意志薄弱的人，大樹幹、還是小草莖，都要捲起來，一掃而光，摧毀，連根拔起，一齊帶走。

被捲走的人，被碰到的人，無不遭殃！它會讓他們相互撞擊而且粉身碎骨。

不知它把什麼特殊的威力傳給它抓住的人，讓任何人可以充滿著力量去創造時勢。它可以把所有東西都變成投射的利器，把礫石變成了炮彈，把腳夫變成了將軍。

就某些陰謀政治家的算計，從政權角度來看，發生一點民眾暴動倒是好事。這樣的推論是：暴動只要推翻不了政府，政權還是可以鞏固。因為暴動可以考驗軍隊，凝聚資產階級的向心力，鍛鍊一下警察們，同時檢查社會架構的堅固程度。這是一種體操鍛鍊，幾乎是一種清潔運動。政權經過暴動，就像人體經過按摩一樣，會更加健康。

每個事件都有一種自認為是「思想正確」的理論；費蘭特反對阿爾賽斯特[1]；在真理和謬誤之間進行調解；解釋，訓誡，打折扣，還顯示點高姿態，因為混雜了譴責和諒解，就自以為十分高明，往往是不折不扣的迂腐之見。標榜不偏不倚的任何政治學派，都是從這裡衍生出來的。在

①．莫里哀劇作《憤世者》中的兩個人物。阿爾賽斯特愛恨分明，費蘭特則極力調和。

冷水和熱水之間，還有溫水黨派。這種學派貌似精深，實則淺薄，只剖析後果，不追究起因，站在半科學的高度，一味斥責廣場上的騷亂。這種學派聲稱：「暴動使一八三〇年的事件結果受到影響，削減了幾分這一偉大事件的純潔性。七月革命是民眾的一陣好風，好風刮過之後，天空驟然晴朗。然而，暴動又使天空烏雲密布，這場行動一致的革命本來十分出色，結果因為爭吵而大為失色了。七月革命和任何急促的進步一樣，筋骨多處都受了內傷，一經暴動觸碰就會更疼痛難忍了。人們可以說：『噢！這處斷裂了。』七月革命之後，人們只感到解放；暴動之後，人們則感到災難。」

「每逢暴動，店鋪就關門，資金就減少，證券交易就蕭條，生意就中止，企業就停頓，結果大家紛紛破產，還有現金短缺，私人財產受到威脅，國家信貸動搖了，工業生產秩序紊亂，資本緊縮，工資降低，各地都人心惶惶，殃及每一座城市。如此一來，全國就全面陷入危機中。有人計算過，每暴動一天，法國就損耗兩千萬，第二天四千萬，第三天六千萬。持續三天的暴動，就損失一億兩千萬；也就是說，僅從財政後果來看，這就等於一場大災難，即洪水氾濫，或者吃一次大敗仗，一支擁有六十艘戰艦的艦隊被殲滅。」

「當然，從歷史角度而言，暴動自有它的美學；論場面的宏偉與悲壯，石壘戰並不遜於叢林戰：一種具有森林的靈魂，另一種具有城市的心靈；一種具有約翰・朱安，另一種具有貞德。暴動將巴黎性格最突出的特質：慷慨、忠勇、樂觀和豪放，映得滿天通紅，顯得十分壯觀，照映出認為勇敢是智慧的一部分的大學生、信心毫不動搖的國民衛隊、店鋪商販的野營、流浪兒的堡壘、藐視死亡的行人。學校和憲兵團之間發生衝突。雙方的戰士之間，歸根究柢只有年齡上的差異；他們其實是同一種類型，全都是堅忍不拔的人，二十歲便肯為理想而犧牲，四十歲則為家庭而死。在內戰中，軍隊總是愁眉不展，以謹慎克制對付英勇果敢。暴動既然顯示了民眾的大無畏精神，也訓練了中產階級的勇氣。」

「這固然不錯。可是，這一切就值得流血嗎？而且豈止是流血，連國家的前途也黯淡了，社會的進步受到損害，善良的人們惴惴不安，正直的自由派感到失望，外國專制主義者看到國內革命的自我傷害，便幸災樂禍，而一八三〇年的戰敗者又會神氣起來，說什麼：『我們早就說過了！』還有，巴黎也許壯大了，但是法國肯定便弱小了。還有，我們乾脆把話說透，自由變得更加瘋狂，維護秩序的力量則變得更加野蠻兇殘，往往大肆屠殺，雖然維護秩序的力量戰勝了自由，卻也因此染上了不光彩的血污，總而言之，暴動總是禍國殃民。」

那些近乎明智的人士，如中產階級是這樣認為；而那些與之有相同想法的，也樂得吃這顆定心丸。

至於我們，我們要摒棄「暴動」一詞：這個詞意思太寬泛，使用上也太過於隨便，我們得區分一場民眾運動和另一場民眾運動。且不說一次暴動的耗費是否超過一場戰役。首先要問一問：為什麼要打仗？這裡就提出了戰爭的問題。戰爭這種禍患，難道就比暴動這種災難輕嗎？七月十四日革命，即使耗費一億兩千萬，那又怎麼樣呢？讓菲力浦五世[②]在西班牙登基，法國耗資二十億。即使代價一樣，我們也寧願用在七月十四日上，況且，我們也排除這些數字：數字貌似論據，其實只是空話。既然是一次暴動，那麼我們就剖析暴動本身。上述這套空論式的異議，也只談及後果，而我們卻要追究起因。

我們闡明如下。

②．菲力浦五世（一六八三—一七四六）：西班牙國王（一七〇〇—一七四六年在位），他是法國國王路易十四的孫子，由路易十世扶持繼承西班牙王位，從而引發跟英國、奧地利、荷蘭等國的戰爭。

二・問題的實質
Le fond de la question

有暴動，還有起義，這是屬於兩種憤怒：一種不當，另一種正當。惟一建立在公正上的民主政體，有時也會發生一小撮人篡權的情況，於是全體會起而攻之，討回權利，必要時還拿起武器防衛。凡是屬於集體主權的問題，全體對部分的戰爭被稱為起義，部分對全體的進攻被稱為暴亂；而且要看土伊勒里宮容納的是國王還是國民公會，才能決定對它的進攻是正義的、還是非正義的。同一門瞄準群眾的大炮，在八月十日③是錯的，在葡月十四日④則被認為是對的。表象類似，但本質不同；瑞士聘雇傭軍來保衛錯誤的東西，波拿巴則保衛正確的東西。全體在自由和主權的情況下決定的一切，是不容許任由街頭暴亂來改變的。純屬文明的事物也是如此；民眾的本能，昨天清醒，明天又可能混亂。同樣的憤怒，反對特雷⑤就是正當的；反對杜爾哥⑥就是荒謬的。破壞機器，搶劫倉庫，拆毀鐵路，搗毀船塢，聚眾鬧事，不公正地對待支持進步的人民，學生殺害拉繆⑦，有人用石頭將盧梭趕出瑞士⑧，這些行為就是暴亂。以色列反對摩西，雅典反對福基翁⑨，羅馬反對西庇阿⑩，巴黎反對巴士底監獄，這些都是起義。士兵反對亞歷山大，海員反對哥倫布，同樣都是反抗，大逆不道的反抗。為什麼呢？因為亞歷山大用劍為亞洲所做的事，正是哥倫布用指南針為美洲所做的事；亞歷山大和哥倫布一樣，發現了一個世界。將一個世界贈送給人類文明，這在多大程度上增加了歷史上的光明，因此任何抗拒都是犯罪。有時，人民就曲解對自我的忠誠。群眾背叛人民。例如，私鹽販子不惜流血長期抗爭，為正當利益長期反抗，可是到了關鍵時候，到了得救的日子，即人民勝利的時刻，他們卻投靠王室，轉變成為朱安黨，從反抗王室的起義到轉變為擁護王室的暴動，這豈非咄咄怪事！愚昧無知的可悲傑作！私鹽販子逃脫了王朝的絞刑架，脖頸上還套著一段繩索，就戴上了白徽章。「打倒鹽稅局」的口號卻產生出「國王萬歲」的口號。聖巴泰勒米節慘案的殺手、九月慘案的兇手、阿維尼翁慘案的劊子手；殺害科利尼的兇手、殺害德・朗巴勒夫人的兇手、殺害勃呂訥的兇手⑪；米克萊⑫、綠徽章⑬、辮子兵⑭、熱愚⑮幫、袖章騎士⑯，這些全都是暴亂。旺代是天主教的一次大暴亂。

人權行動的聲響是可以辨識的，並不一定總是發自於作亂群眾們的顫抖；有瘋狂的憤怒，有破裂的銅鐘；不見得警鐘都能發出青銅之音。狂熱和無知的騷動，絕非進步的震盪。「起來！」這沒錯，但是，這是為了成長壯大。指給我看看你要走的方向。只有向前邁進才算是起義。任何別種「起來」都是不好的。凡是猛然倒退就是暴亂；倒退，就是反對人類的一種暴行。起義就是真理的震怒。起義掀起的馬路石塊，迸發出人權的火花。這些路石只給暴亂留下爛泥。丹東反對路易十六是起義；埃貝爾反對丹東則是暴亂。

由此可見，正如拉法耶特所講的，在一定條件下，如果說起義可能是最神聖的義務，那麼暴動就可能是滔天大罪。

熱量的程度也有差異：起義往往是座火山，暴動往往是場野火。

③・一七九二年八月十日，巴黎公社領導的人民武裝進攻國王路易十六所在的土伊勒里宮，瑞士雇傭軍保衛王宮，向群眾開槍。

④・應是共和四年葡月十三日，即一七九五年十月五日，保王黨人在巴黎暴動，向國民公會所在地土伊勒里宮進攻，拿破崙指揮革命部隊粉碎了保王黨人的圖謀。

⑤・特雷：路易十六的財政總監，任期為一七六九年至一七七四年。

⑥・杜爾哥：路易十六的財政總監，任期為一七七四年至一七七六年。雨果的觀點很明確：特雷維護特權，杜爾哥力求改革。

⑦・拉繆（一五一五－一五七二）：人文學者，在聖巴泰勒米慘案，即一五七二年八月二十三－二十四日晚間被殺害。

⑧・一七六五年，盧梭遭石塊襲擊，但不是把他趕出瑞士，只是把他趕出斜谷。盧梭從斜谷遷往聖彼得島。

⑨・福基翁（約西元前四〇二－三一八）：雅典將軍、政治家，因主張和平政策而被處死。

⑩・西庇阿：有大西皮阿（西元前二三五－前一八三）和西皮阿（西元前一八五或前一八四－前一二九），二人均任過羅馬執政官。

⑪・列舉六條，後三條重申前三條，即在這三個慘案中，各舉出一個著名的受害者。

⑫・米克萊：西班牙匪幫，一八〇八年由拿破崙改編成法軍米克萊，用以對付西班牙游擊隊。

⑬・綠徽章：保王黨集團，戴綠徽章，一七九四年七月二十七日熱月政變之後和第二次波旁王朝復辟初期，在南方肆虐，實行白色恐怖。

⑭・辮子兵：原為留髮辮的榴彈兵和輕騎兵，一七九四年熱月政變後，髮辮成為年輕的保王黨的時髦。

⑮・熱愚幫：熱月政變後，在法國南方猖獗活動的反革命團體。

⑯・袖章騎士：一八一四年，昂古萊姆公爵進入波爾多城，扈從貴族左臂戴綠袖章。雨果給予他們這一諷刺性稱呼。

我們說過，反抗有時會出現在政權的內部。波利尼亞克是暴亂者；卡米爾．德穆蘭是治理者。有時，起義即起死回生。

一切問題都由全民表決，這完全是現代方式；在此之前四千年的歷史，充滿了人權遭到踐踏、人民受到苦難的事實，每個時期都附有可行的抗議。在專制君主統治時期，沒有起義，卻有尤維納利斯[17]「憤怒」[18]的接替了格拉庫斯兄弟[19]。

在專制君主統治下，有流放至賽伊尼的流放者[20]，也有寫《編年史》的人物[21]。且不說派特莫斯的那個偉大的流放者[22]，他也同樣，以理想世界的名義，強烈抗議現實世界，將幻覺化為一種驚天動地的諷刺，將世界末日的烈焰反光投向羅馬—尼尼微、羅馬—巴比倫、羅馬—塞多姆[23]。

約翰站在岩石上，猶如斯芬克司蹲在基座上；世人可能不了解他：他是猶太人，用的是希伯來文；然而，撰寫《編年史》的是拉丁人，說得準確些，他是羅馬人。

尼祿之流的暴君，統治的成果是一片黑暗，就應該用同樣的色調描繪出來。單憑刻刀雕刻出來，就會顯得蒼白無力；必須為之上色，且將凝練犀利的散文傾入刻痕裡。

獨裁者有助於思想家的思索。受到束縛的言論往往別具一種威力。君主強迫民眾緘默的時候，作家就會兩倍、三倍地加強自己的文筆力道。一種神秘的豐碩成果，就會從這種緘默中產生，在思想中過濾，並凝固成為青銅體。歷史上的高壓政策，會在歷史學家身上壓製出一種精確性。某一歷史學的名作如花崗岩一般堅硬，無非就是暴君重壓的結果。

在暴政的統治之下，作家被迫縮小寫作範圍，從而也就凝聚了力量。西塞羅的和諧複合句，在威勒斯案件[24]上勉強夠用，用在卡利古拉身上就會顯得遲鈍了。語句緊縮，就增加了打擊力度。塔西陀收縮著手臂思考。

一顆偉大心靈的正直，在正義和真理上高度凝結，具有雷霆萬鈞之力。

順便說一句，要知道在歷史上，塔西陀和凱撒並沒有同世遇合。天意為塔西陀保留了尼祿之類的皇帝。凱撒和塔西陀是相繼出世的兩位人傑，彷彿避免相遇，這是掌握歲月舞臺上下場主宰的神秘安排。凱撒是偉人，塔西陀也是偉人；上帝不讓這兩個偉人相互撞擊。伸張正義的審判官若是抨擊凱撒，就可能做得過火，有失公正。上帝不願意如此。非洲和西班牙的偉大戰爭，消滅奇里乞亞㉕海盜的行動，將文明帶給高盧、布列塔尼和日耳曼的功績，這一系列的光榮遮蔽了魯比科內河事件㉖。這其中顯示一種微妙的天公地道，不忍放手讓鐵面無私的歷史學家去評說傑出的侵略者，讓塔西陀饒過凱撒，向這位天才提供減輕罪過的情節。

當然，即使有天才的獨裁者統治，專制主義依然還是專制主義。在傑出的專制者的統治下，也有腐敗問題；只不過，在寡廉鮮恥的專制者的統治下，這種精神瘟疫就更加醜惡了。在這些朝代，毫不掩飾他們的無恥的行徑；而由塔西陀和尤維納利斯這類創制典型事例的人，鞭撻這種無可辯駁的卑鄙無恥，對人類則更有裨益。

羅馬在維特利烏斯㉗統治時期，比在蘇拉㉘統治時期感覺還要糟。在克勞狄㉙和多米蒂阿努

⑰．尤維納利斯（約六十—約一二〇）：拉丁詩人，著有《諷刺詩集》，抨擊羅馬的腐化風俗。

⑱．原文為拉丁文，引自尤維納利斯的一句詩：「缺少天賦，憤怒也能作詩。」

⑲．格拉庫斯兄弟：羅馬著名法官，主張土地改革，於西元前一三三年和前一二一年先後被大地主勢力殺害。

⑳．據不可靠的傳說，尤維納利斯被放逐到埃及的賽伊尼，即現稱的阿斯旺地區。

㉑．指塔西陀。參照夏多布里盎《墓中回憶錄》中引錄一八〇七年的文章：「尼祿徒然如日中天，塔西陀已經在帝國出生了。」塔西陀（約五五—一二〇）：拉丁歷史學家。

㉒．指聖約翰。他在希臘的派特莫斯島上撰寫了《啟示錄》。

㉓．尼尼微：西亞（今伊拉克境內）古亞述國首都，西元前六一二年被毀，標誌亞述帝國的滅亡。巴比倫（今伊拉克境內）：西亞文明古城。始建於西元前二四世紀至前二二世紀，西元前三二三年以後衰落。塞多姆：古城（巴勒斯坦境內），位於死海南岸，西元前一九世紀毀於災難。《啟示錄》敘述其事，說是上帝的懲罰。

㉔．西塞羅（西元前一〇六—前四三）：拉丁政治家和演說家，他將拉丁語的雄辯推上高峰。在西西里人控告總督威勒斯敲詐勒索的案件中，他作為原告律師，指控十分有力，使威勒斯受到應得的懲罰。

㉕．奇里乞亞地區位於土耳其南部，瀕臨地中海。

㉖．魯比科內河是義大利和高盧的邊界河流。西元前四九年一月十一日至十二日夜間，凱撒未經元老院批准，就率車過河侵入高盧。

㉗．維特利烏斯（十五—六九）；羅馬皇帝，六九年僅做一年皇帝就被民眾殺死。

斯[30]的統治時期，卑鄙下流變成了畸形，與暴君的醜惡顯得相得益彰。奴隸的卑劣是專制者一手造成的；散發臭氣的這些腐爛心靈，正是主子們的寫照；政權污濁，心胸狹窄，天性平庸，靈魂惡臭；卡拉卡拉[31]朝代如此，康茂德[32]朝代如此，艾拉加巴盧斯[33]朝代也如此；然而在凱撒朝代，羅馬元老院中只散發出鷹巢所特有的糞味。

於是，塔西陀和尤維納利斯這類人出世了，儘管表面看來遲了些；但是到了昭然若揭的時刻，宣教者也才出現。

不過，尤維納利斯和塔西陀，跟聖經時代的以賽亞和中世紀的但丁一樣，都還是個人行為；而暴動和起義，則是群體行為，有時錯誤，有時正確。

一般情況下，暴動的緣起是一種物質因素，而起義總是一種精神現象。暴動，就是馬薩尼埃洛[34]，而起義則是斯巴達克思。起義接近頭腦，而暴動靠近腸胃。肚子發火了；當然，並不是每次肚子都錯了。在飢餓問題上，暴動，例如比藏賽[35]那次，出發點正確，令人同情也符合正義，但仍舊還是暴動。為什麼呢？因為實質有理，而形式錯誤。雖然有理，但是野蠻兇殘；雖然強大，但是胡作非為，如同一頭失明的大象橫衝直撞，一路留下老人、婦女和兒童的屍體，讓安分的百姓和無辜的人死於非命，但是暴動的人卻還不知道為什麼會這樣。為民求食，目的很好，但是濫殺無辜，這種方式非常糟糕。

凡是拿起武器的抗議行動，即使出發點完全正當，即使像八月十日那樣，像七月十四日那樣，一開始的時候，都會難免有些混亂。在正當權利顯示出來之前，總是波濤洶湧，泥沙泛起。起義的初期是暴動，正如江河的源頭是激流。暴動通常要流入革命這片海洋。然而有時，起義由絕對純潔的理想白雪所構成，俯臨精神天際、正義、明智、理性和人權，從高山出發，水如明鏡映現藍天，從岩石傾瀉到岩石，流向越遠、越壯闊，匯集百川，形成氣勢磅礴的壯觀景象，不料忽然又注入到資產階級的泥潭，如同萊茵河流入了沼澤一樣。

這一切已成過去，未來當是另一番景象。全民公投的高妙之處，就是能從原則上消除暴動，又把投票權給了起義者，從而解除了起義者的武裝。這樣，戰爭就被化解了，既沒有街壘戰，也沒有邊境戰爭，這就是必然的進步。不管今天情況如何，明天必然就是和平。

而且，起義在某些方面與暴動不同，傳統的資產階級者不大瞭解這種細微差異。在他們看來，全都是叛亂，不折不扣地犯上作亂，是豢養的狗起而反抗，要咬主人，因此必須給予懲罰，鎖起來關進窩裡，任其狂吠和嚎叫，直到有一天，狗的腦袋突然大起來，在昏暗中隱約變成了獅子頭。

於是，資產者高呼：人民萬歲！

確定了這一點，那麼，對歷史而言，一八三二年六月運動，究竟是一場暴動呢？還是一場起義呢？

這是一場起義。

從這可怕事件的場面來看，我們很可能說這是暴動，但僅僅為了指明表面現象，而我們始終區分暴動形式和起義實質。

一八三二年這場運動爆發得非常快速，終止得很淒慘，這是極其偉大的展現，就連認為這無非是一場暴動的人，也不能不用尊敬的口氣談論它。在他們看來，這相當於一八三〇年的餘波，說什麼激發起來的想像力，一天的時間不可能平靜下來。一場革命不可能陡直切斷，總要拖拉一段波動，直至平復的狀態，譬如，高山逐漸趨緩而接平原。有阿爾卑斯山脈，則必有汝拉山脈；

㉘．蘇拉（西元前一三八—前七八）：羅馬將軍，政治家，西元前八八年任執政官，至前七九年，權力達到頂峰時，突然讓位退隱。
㉙．克勞狄一世（西元前十—西元五四）：羅馬皇帝（四一—五四年在位）。
㉚．多米蒂阿努斯（五一—九六）：羅馬皇帝（八一—九六年在位）。
㉛．卡拉卡拉（一八八—二一七）：羅馬皇帝（二一一—二一七在年位）。
㉜．康茂德（一六一—一九二）：羅馬皇帝（一八〇—一九二年在位）。
㉝．艾拉加巴盧斯（二〇四—二二二）：羅馬皇帝（二一八—二二二年在位）。
㉞．馬薩尼埃洛：一六四七年那不勒斯起義的首領。
㉟．比藏賽，位於法國中部的安得爾省；一八四七年，因糧食危險而在這裡發生了流血事件。

有庇里牛斯山脈，則必有阿斯圖里亞斯山。

近代史上這場激動人心的危機，巴黎人稱之為「暴動時期」而將它留在記憶裡，在本世紀歷次暴風雨的時日中，這肯定是最有特色的一段。

最後再講幾句，就進入故事情節了。

我們要講述的事情，屬於這種富有戲劇性的現實，但因時間和空間有限，往往被歷史學家們所忽略。然而，我們卻要著重介紹，這恰恰是生活，是人的悸動和震顫。我們似乎講過，小事情，可以說是大事件的枝葉，逐漸淹沒在歷史的長河中；而這類小事，在所謂暴動時期，不可勝數。司法雖然進行了調查，但是出於另一種原因，而不是為了歷史，並沒有將調查結果全部披露，也許是因為沒有徹查到底。有些特殊情況公布了，已為人所知，但是還有些事情根本無人知曉，還有些事實，經歷者不是遺忘，就是那些人已經去世了，我們要揭示出來。這些壯麗場面的角色，大多數已經去世了；而且事後第二天，他們就沉默了；不過，我們要講述的情況，可以說都是我們親眼所見。有些名字作了變動，因為歷史旨在講述，而非告發，但我們描繪的都是真實事件。囿於本書的條件，我們只能表明這是一八三二年六月五日和六日的一個側面、一段插曲，當然是鮮為人知的。我們掀起黝暗的幕布，力圖讓讀者瞥見這場可怕社會風波的真相。

三・一次葬禮：再生之機

Un enterrement: occasion de renaître

一八三二年春季，霍亂肆虐了三個月，人們的思想變得冰冷，躁動的情緒也平靜下來，一片說不出來的死氣沉沉，儘管如此，巴黎早就孕育著一場大動盪。我們說過，這座大都市就像是一門大炮，既已上好炮彈，只需落下一點火星，炮彈就會發射出去。一八三二年六月份，這顆火星，就是拉馬克將軍[36]之死。

拉馬克是個有名望、有作為的人物。在帝國時期和王朝復辟時期，他相繼表現出兩個時期所需要的英勇：戰場上的英勇和講壇上的英勇。當年他在戰場上驍勇無敵，後來在講壇上也才辯無雙，讓人感受到他的健談是把銳利的寶劍。他跟前任伏瓦㊲一樣，先是高舉令旗，後又高舉自由的旗幟，因為這能抓住未來的契機而受人民的愛戴，又因為效忠過皇帝而亦受到民眾的愛戴。他和傑拉爾、德魯埃兩位伯爵一樣，是拿破崙「心中」㊳的元帥。一八一五年的條約，就彷彿冒犯了他本人，氣得他火冒三丈。他與威靈頓不共戴天，這種切齒的仇恨深得民心；而且，十七年來，他幾乎不關心發生什麼事件，始終威嚴地保持滑鐵盧戰役的那副憂傷神態。到了生命的最後一刻，在彌留之際，他還緊緊抱著百日軍官們贈送給他的那把劍。拿破崙臨終的話是「軍隊」，拉馬克臨終的話則是「祖國」。

他的死原本就在意料之中，但是人民怕他死，認為是一大損失，而政府也怕他死，認為是一次危機。他的去世令人悲痛。如同一切悲傷的事，這次悲痛就可能轉化為群眾的反抗。而且果然出現了這種情況。

確定六月五日安葬拉馬克，在頭一天夜裡和這天早晨，靈車要經過的聖安東尼城郊區就呈現出一副兇相。這裡縱橫交錯的街巷人聲沸騰。大家有什麼拿什麼，全都武裝起來。有些木工把刨床的鐵夾取下，「好用來砸門」。其中一人弄了一個鞋匠的鐵鉤，砸掉鉤子，磨尖鐵柄，做成了一把匕首。另一個人「攻擊」心切，一連三天都穿著衣服睡覺。一個同行問一個叫龍比埃的木匠：「你去哪？」「真的！我還沒有武器呢。」「那怎麼辦？」「我去工地拿我的卡鉗。」「幹什麼

㊱．馬克西米連．拉馬克（一七七〇—一八三二）：帝國將軍，一八一五年百日政變時任巴黎軍區司令，一八一五年至一八一八年被放逐，一八二八年成為自由派議員，直至逝世。
㊲．伏瓦（一七七五—一八二五）：帝國將軍，一八一九年成為自由派議員。他的葬禮成為民眾反對查理十世的抗議示威。
㊳．原文為義大利文。傑拉爾和德魯埃．戴爾龍是由路易．菲力浦任命為元帥的。

用呢？」「不知道。」龍比埃答道。一個叫雅克林的送貨員看見工人經過，就招呼一聲：「喂，過來一下！」他花幾蘇請人家喝酒，又問道：「你有工作讓我作嗎？」「沒有。」「那你就去菲勒皮埃爾家，在蒙特伊城關和夏龍城關之間。到那能找到工作。」在菲勒皮埃爾家能找到子彈和武器。有些知名的頭頭在「趕驛站」，就是挨家奔走，召集他們的人員。在王位城關附近的巴泰勒米酒吧，在卡佩勒公館、小帽子館，喝酒的人相互攀談，表情都非常嚴肅。只聽他們說道：「你的手槍在哪呢？」「掖在外衣裡面。你的呢？」「掖在襯衣裡面。」在橫街，羅蘭作坊前面，焚屋的院子裡，還有在貝尼埃工具廠前面，一夥夥人在竊竊私議。可以注意到，一個叫馬伏的人最激烈，他在一個車間工作從來撐不過一週，準被老闆趕走，「因為每天都得跟他爭吵」。第二天，馬伏在梅尼蒙當街被殺害了，馬伏的助手卜雷托，也在鬥爭中喪命。有人問：「你的目的是什麼？」他就回答：「起義。」一群工人聚集在貝爾西街角，等待一個名叫勒馬蘭的人，即派到聖馬爾索城關的革命委員，他們口令幾乎是公開傳達的。

且說六月五日這天，時而下雨，時而出太陽，拉馬克將軍的出殯佇列穿行了整個巴黎市區，且動用了正規的軍隊儀仗隊，並為預防不測而增加了一點兵力。護送靈柩的有兩個營的官兵，軍鼓都披著黑紗，槍口朝下背著槍；還有掛著戰刀的一萬名國民衛隊隊員，以及國民衛隊的炮隊。靈車由一隊青年拉著行進，殘廢軍人的軍官手持月桂樹枝，緊緊跟在後面。隨後便是浩浩蕩蕩的群眾隊伍，亂紛紛，鬧哄哄，一個個神態怪異，有人民之友社成員、法學院和醫學院的學生，還有各國的流亡者，打著西班牙、義大利、德國、波蘭等國旗幟，還打著橫條三色旗，以及五花八門的旗號，孩子們揮動著青樹枝。石匠和木匠這時候也罷了工，有些人頭戴紙帽，一看便知是印刷工人，他們三三兩兩，邊走邊叫喊，幾乎每個人都揮舞著棍棒，有幾個人還揮舞著戰刀，隊伍時而混亂，時而成行，沒有秩序，但是卻萬眾一心。一夥夥人自行挑選出頭頭；一個公然別著兩把手槍的男子，彷彿在檢閱其他人，而佇列在他面前都自動閃避。在大馬路的橫街，只見樹上，陽臺上，視窗，屋頂上，人頭攢動，有男人、婦女和兒童，他們眼裡充滿不安的神色。武裝起來的群眾走過，驚恐不安的群眾觀望。

政府也密切注意著，而且手按著劍柄注意著。人們可以看到路易十五廣場那邊，有四隊騎兵，軍號手在排頭，個個掛著裝滿的彈盒，長短槍子彈上了膛，跨馬立鞍，只待一聲令下就上陣；拉丁區和植物園那邊，還有保安警察，布置在每條街上；酒市場那裡有一隊龍騎兵，第十二輕騎團半數守在河灘廣場，半數守在巴士底廣場，第六龍騎兵團布置在切萊斯廷河濱路，羅浮宮院內也駐滿炮兵隊。其餘部隊在軍營裡面待命，這還不包括在巴黎周圍布防的各個團隊。政府心驚膽顫，在市內掌握著兩萬四千人的軍隊，城郊掌握三萬人的軍隊，將這些兵力都懸在氣勢洶洶的群眾頭上。

送葬隊伍中流傳著各種消息。有人談論正統派的陰謀詭計；有人談論賴希施泰特公爵[39]，正當群眾指望他重振帝國大業的時刻，上帝卻要奪去他的性命。一個沒有暴露身分的人物宣布，到了預定時間，兩個被爭取過來的工頭，要替人民打開一個兵工廠的大門。大多數參加者在沒有戴帽子的額頭上，最突出的表情是略顯疲憊的激動。群眾們激動萬分，但又正氣凜然；當然也能看到佇列裡混著幾張十足歹徒的嘴臉，他們口出穢言：去搶啊！有時攪動沼澤底，水中就升起雲狀的渾湯；這種現象，對「幹練的」警察來說毫不陌生。

送葬佇列從靈堂出發，以緩慢而激動的步伐，沿著大馬路一直走到巴士底廣場。天上不時落下一陣雨，但是群眾毫不在意。接連發生好幾次意外事件：靈柩圍著旺多姆紀念柱繞一周時，有人望見費茨．詹姆斯公爵[40]頭戴帽子，站在陽臺上，便向他丟石塊；一隻高盧雄雞[41]被人從一面民間旗幟上拔下來，扔到泥坑裡；在聖馬爾丹門，一名憲兵被人用劍刺傷；第十二輕騎團的一名

[39]．賴希施泰特公爵（一八一一—一八三二）：拿破崙的兒子，拿破崙於一八一五年第二次退位時，他被議會宣布為拿破崙二世，一八一八年成為賴希施泰特公爵。他患了肺結核，於一八三二年七月二十二日去世，離拉馬克將軍葬禮僅有幾週。

[40]．費茨．詹姆斯公爵：元老院元老，極端保王黨人。

軍官高聲說道：「我是共和派」；綜合工藝學院學生衝破禁令[42]，突然出現，引起一陣陣高呼：綜合工藝學院萬歲！共和國萬歲！這些都是送葬途中的插曲。看熱鬧的人群氣勢洶洶，拉成長長的隊伍，從聖安東尼城郊大街下坡，到巴士底廣場與送葬隊伍會合，一時群情激昂，開始沸騰起來了。

只聽一個人對另一個人說：「瞧見了吧，那個留紅山羊鬍子的人，就是他下令什麼時候開槍。」後來在另一次暴動，即格尼賽事件[43]中，那個紅山羊鬍子似乎又執行同樣的任務。

靈車過了巴士底廣場，沿著運河走一段，過了小橋，到達奧斯特里茲橋頭空場，便停下來了。此刻若是鳥瞰，這一群眾場面真像一顆彗星，頭在橋頭空場，長長的尾巴沿著布林東河濱路擴展，覆蓋巴士底廣場，再由大馬路一直拖到聖馬爾丹門。靈柩圍了一圈人。亂哄哄的場面靜下來。拉法耶特致悼詞，向拉馬克告別。這是感人而莊嚴的時刻，每個人都脫下帽子，每顆心都怦怦跳動著。忽然，人群中出現一個黑衣騎馬人，手中舉著一面紅旗，有人說是長矛挑著一頂紅帽子。拉法耶特轉過頭去，艾克塞爾曼[44]離開送葬佇列。

那面紅旗掀起一陣風暴，旋即消失。從布林東大馬路到奧斯特里茲橋，人聲鼎沸，猶如洶湧的浪濤。兩聲喊叫異常洪亮：「拉馬克去先賢祠！拉法耶特去市政廳！」在群眾的喝采聲中，一夥青年們拉起拉馬克的靈車，上了奧斯特里茲橋，另一夥青年將拉法耶特扶上一輛公共馬車，牽著沿莫爾朗河濱路駛去。

在圍住歡呼拉法耶特的人群中，有人發現一個德國人，就指給大家看；那人叫路德維格．斯尼德爾，他參加過一七七六年戰爭，在華盛頓麾下在特倫頓打過仗，還在拉法耶特麾下在布蘭迪萬[45]打過仗，後來一直活到一百歲。

這時，守在河左岸的保安警察馬隊動起來，堵住了橋頭通道，右岸的龍騎兵也開出切萊斯廷，沿著莫爾朗河濱路布列著。人群牽著拉法耶特乘坐的馬車，拐上河濱路時，忽然發現那些騎兵，就連聲喊道：「龍騎兵！龍騎兵！」龍騎兵沒沒地緩步前進，臉色陰沉地等待著，但是手槍還裝在皮套裡，馬刀還插在鞘中，短槍托還由馬鞍上的皮套托著。

距小橋有二百步遠時，他們勒馬停下。拉法耶特乘坐的馬車迎頭朝他們駛去。龍騎兵佇列分開，讓過馬車後又合攏起來。這時，龍騎兵和群眾遭遇了。婦女們都驚慌地逃散。

就在這千鈞一髮之際，到底發生了什麼事？誰也說不清楚。這是兩片烏雲相交混的陰暗時刻。有人敘述說，聽到武器庫那邊吹起了衝鋒號；還有人敘述說，有個孩子用匕首刺了一名龍騎兵。事實上是突然有人開了三槍：第一槍打死了騎兵上尉紹萊，第二槍打死孔特卡普街上一個正在關窗戶的聾老太婆，第三槍擦破了一名軍官的肩章。有個女人喊了一聲：「動手太早啦！」形勢陡變，只見莫爾朗河濱路對面，一隊留在兵營的龍騎兵衝出來，揮動馬刀，橫掃巴松石街和布林東大馬路。

至此，風暴驟起，勢態已成定局了。投擲的石塊如雨點一般，槍聲大作，許多人衝到河岸下面，跨過如今已填塞的一條小河床，上了盧維埃島[46]的工地。這個現成的巨大堡壘，立即布滿了戰士，他們有的拔木樁，有的拿手槍，霎時間，一條街壘就熱鬧起來了。被趕回的青年們拖著靈車，又跑步過了奧斯特里茲橋，向保安警察衝去；騎警趕來，龍騎兵揮舞馬刀。人群四處逃散，巴黎市區四面八方響起戰爭的喧囂，人人高喊：拿起武器！眾人奔突，跌跌撞撞，逃跑的逃跑，抵抗的抵抗。憤怒煽起暴動，如同火借風勢。

㊶．高盧雄雞是七月王朝的徽章。
㊷．有六十餘名綜合工藝學院的學生衝破禁令，在巴士底附近加入送葬行列。
㊸．格尼賽是聖安東尼城郊大街的鋸木板工人，一八四一年暗殺奧爾良公爵和歐馬爾公爵未遂。
㊹ 艾克塞爾曼（一七七五—一八五二），法國元帥，帝國騎兵英雄，一八三二年是巴黎市議會議員。
㊺．特倫頓和布蘭迪萬都是美國地名。這裡指這個德國人參加過美國獨立戰爭。
㊻．盧維埃島：又稱愛情島，於一八四三年與右岸連成一片，即如今莫爾朗大街（原莫爾朗河濱路）、運河和亨利四世河濱路之間的地段。

四・沸騰的場面歷歷在目
Les bouillonnements d'autrefois

世上的奇事，莫過於一場暴動最開始的時候。四面八方一起發難。這是早就可以預見的嗎？不錯。這是早有準備的嗎？從哪兒爆發的？街道。從哪降臨的？從天而降。在此處，起義具有密謀性質，在另一處又是自發的。隨便一個人只要把握住群眾的潮流，就可以隨意引導。乍一開始，大家驚恐萬狀，又異常興奮。先是喧鬧鼓噪，店鋪關門，擺攤的商販紛紛撤離；繼而零星幾聲槍響，有人開始逃跑，槍托砸大門的聲音咚咚作響，宅院裡傳出女傭人的笑聲和話語：「這回可有熱鬧看啦！」

不過一刻鐘的工夫，在巴黎市區多少地點，幾乎同時發生這種情況。

布列塔尼與聖十字街交叉口，二十多名留鬍子蓄長髮的青年，走進一家咖啡館，沒過多久又走出來，舉著一面橫條三色旗，旗上繫條黑紗，三個拿著武器的人領頭：一個手持馬刀，一個端著步槍，第三個扛著長矛。

在諾南提埃街，有一個中產階級模樣的人穿戴相當體面，腆著肚子，嗓音洪亮，頭頂已禿，留著黑鬍子，鬍鬚硬硬地翹起，公然向過路人散發子彈。

在聖彼得．蒙馬特街，一夥裸臂的漢子扯著一面黑旗行走，旗上寫了幾個白字：「共和或死亡。」在守齋者街、鐘面街、驕山街、芒達街，都出現一夥夥人，揮動旗幟，只見上面寫著帶數字的「分部」。其中有一面旗幟，紅藍兩色之間，夾著一條窄得幾乎瞧不出來的白色。

在聖馬爾丹大街，一個武器工廠遭搶劫，還有三家武器店被搶：一家在美堡街，第二家在蜜雪兒伯爵街，第三家在神廟街。群眾上千隻手，幾分鐘的工夫，就搶走了兩百三十枝步槍，幾乎全是雙響的，還搶走了六十四把馬刀、八十三支手槍。為了武裝更多的人，就一人拿步槍，卸下刺刀給另一個人。

在河灘廣場路對面，一些拿著短槍的青年到婦女家中去射擊，其中一人還有一支左輪手槍，他們拉門鈴，進入家裡上子彈。經歷這種事的一名婦女敘述說：「原先我不知道子彈是什麼東西，還是我丈夫告訴我的。」

在聖母升天會老修女街，一幫人衝進一家古玩店，抄走了土耳其彎刀和武器。

一個泥瓦匠被槍打死，屍體就躺在珍珠街頭。

繼而，右岸、左岸、河濱路、大馬路、拉丁區、菜市場街區，一群群人氣喘吁吁，有工人、大學生、居民，他們唸著公告，高喊：「拿起武器！」打碎路燈，幫拉車的馬卸套，翻起鋪路的石塊，砸開人家的大門，拔下樹木，搜索地窖，滾動著推出酒桶，堆起石塊、碎石子、家具、木板，造起一道道街壘。

人們強迫有產階級幫忙。他們闖進住戶，要主婦把外出丈夫的刀槍交出來，並用白堊粉在門扇寫上「武器已交出」。有的人拿了刀槍，還在收條上「簽了名」，並交代一句：「明天派人去市府領取。」街頭單獨執勤的崗哨、前往市府的國民衛隊隊員，全被解除了武裝。軍官的肩章也被扯掉。在聖尼古拉公墓街，一名國民衛隊軍官，被一群揮舞棍棒和花劍的人追得走投無路，好不容易才躲進一戶人家，直到天黑才換了裝溜走。

在聖雅克街區，一群群大學生從公寓出來，沿著聖雅散特街上坡去進步咖啡館，或者沿馬圖林街下坡去七球臺咖啡館。有些青年在那裡，站在門前的石樁上分發武器。有人趕到特蘭斯諾南街的工地，搶走材料去建街壘。只有一處居民抵制，在聖阿烏瓦伊街和西蒙·勒弗朗街的拐角，他們動手拆除了街壘。只有一處的起義者退卻了，他們在神廟街和國民衛隊的一個支隊交火後，便丟下剛開始構築的街壘，沿著製繩場街逃跑了。那個支隊在街壘裡拾得一面紅旗、一盒步槍子彈和三百發手槍子彈。國民衛隊將紅旗撕成一條條，挑在他們的刺刀尖上。

我們在這裡從容逐個敘述的事件，在當年卻是在一片喧囂沸騰聲中，在城中各處同時爆發的，猶如一大陣滾雷聲中無數道閃電。

不到一小時，僅在菜市場街區，就有二十七道街壘拔地而起。位於中心的那棟五十號樓房，正是雅納㊼和一百零六名戰友的堡壘，一側有聖梅里街街壘，另一側有摩布埃街街壘，從而可以控制住三條街：阿爾西斯街、聖馬爾丹街，以及正對面的歐伯里屠戶街。兩道折尺形的街壘，一道從驕山街折向大丐幫街，另一道從喬弗魯瓦．朗日萬街折向聖阿烏瓦伊街。這還不包括巴黎其他二十個區，瑪黑區、聖日內維埃芙山等無數的街壘；梅尼蒙當街街壘上，有一扇卸下來的大門；在天主醫院小橋附近那道街壘，是由卸了套並掀翻的蘇格蘭大車等構築的，離警察總署才三百步。

在鄉村樂師街街壘那裡，有一個穿戴體面的男子在向工人發錢。在格雷內塔街街壘，來了一個騎馬的人，他將一卷東西，好像是一卷錢幣，交給街壘頭領模樣的人，說道：「喏，拿去花吧，買葡萄酒什麼的。」一個沒有紮領帶的金髮青年，從一個街壘到另一個街壘傳達口令。另一個青年手提馬刀，頭戴警察藍帽，正在分派崗哨。街壘裡側的酒館和門房，全都改為警衛室。此外，暴動的舉措，完全符合最高明的軍事戰術。選擇的街道令人讚歎，又狹窄、又不平整，曲裡拐彎，陡折蛇行；尤其菜市場周圍，街巷如網，比一片森林還要錯綜複雜。在聖阿烏瓦伊街區領導起義的，據說是人民之友社。一個人在蓬索街遇難，從他身上搜出了一張巴黎地圖。

暴動的真正領導者，是瀰漫在空間中的一種莫名的狂熱情緒。這次起義突如其來，一隻手築起街壘，另一隻手佔領了駐軍幾乎全部的據點。起義群眾就像燃燒的一條火藥長蛇，迅速蔓延，不到三小時，在右岸就侵佔了武器庫、王宮廣場區政府、整個瑪黑區、波潘庫爾兵工廠、加利奧特廠、水塔、菜市場附近的所有街道；在左岸侵佔了老軍營、聖佩拉吉、摩貝爾廣場、雙磨坊火藥庫和全部城關。到了傍晚五點鐘，他們又控制了巴士底、內衣和床上用品商業區、白外衣商業區；他們的偵察員摸到了勝利廣場，威脅到法蘭西銀行、小神父兵營、驛站旅館。巴黎三分之一的區域正進行著暴動。

每一處鬥爭規模都很大：解除軍人武裝，搜查住宅，火速奪取武器商店，總之，投擲石塊開始的戰鬥，必然用刀槍繼續下去。

將近傍晚六點鐘，鮭魚巷變成為戰場。暴動佔一邊，軍隊佔另一邊。雙方從一扇鐵柵門向另一扇鐵柵門射擊。一個觀察者，夢幻者，即本書的作者，曾經靠近火山觀看，恰巧落入那條小巷，受到兩面火力的夾擊，只有間隔店鋪的那種鼓起的半圓柱可避子彈，他在那尷尬的境地待了半小時左右。

這期間，國民衛隊隊員只要聽到集合鼓聲，都會急忙換上制服，拿起武器，憲兵隊從區公所出動，步兵團隊也從兵營出動。在船錨巷對面，一名軍鼓手挨了一匕首。另一名軍鼓手在聖拉紮爾穀倉街被幹掉。在蜜雪兒伯爵街，接連倒下了三名軍官。好幾名市府衛隊士兵，走到倫巴第人街被打傷，又趕緊退回去。

在巴塔夫死巷前，國民衛隊的一個小分隊發現一面紅旗，旗上寫著「共和革命第一二七號」的字樣。這果真是一場革命嗎？

這次起義將巴黎中心區變成內部錯綜複雜、迂迴曲折的巨大堡壘。

那裡就是核心，那裡顯然就是問題的癥結。其餘地方只不過是小衝突。表明那裡決定全局，而那裡卻還沒有開始戰鬥。

有幾團軍隊士兵的情緒不穩，這就為這場危機增添了幾分令人心驚膽顫的晦暗。他們還記得一八三〇年七月，民眾多麼熱烈歡呼五十三團保持中立。兩個久經大戰考驗的英勇無畏的人，德·洛博元帥和比若將軍，一主一副，指揮各部軍隊。由幾營兵力組成的巡邏大隊，在國民衛隊幾個連的護衛下，由一名掛著綬帶的警官開路，前往起義地帶的街道偵察。起義者這方面，也在十字街頭的拐角布置了前哨，還大膽地往街壘外面派遣巡邏隊。兩邊營壘相互審視觀望。政府方面，手中掌握軍隊，但還在猶豫。天快黑了，只聽聖梅里教堂開始敲警鐘了。當時的國防大臣蘇爾元

㊼．雅納：起義工人，當時指揮聖馬爾丹和聖梅里兩條街拐角的街壘。

帥，曾經參加過奧斯特里茲戰役，他陰沉著臉注視著這個局面。

這些老水兵只習慣正規步軍作戰，他們的方法和指導只有戰術這種打仗的指南針，現在面對所謂群眾憤怒的萬頃浪濤，就完全不知所措了。革命的風向無法掌握。

郊區的國民衛隊匆忙趕來，一片混亂。第十二輕騎兵團一個營從聖德尼快馬趕到，第十四團隊也從彎道處趕來；一門門的大炮則從萬森炮臺上拉了下來。

土伊勒里宮卻一片孤寂。路易．菲力浦處之泰然。

五．巴黎的古怪
Originalité de Paris

我們說過，兩年以來，巴黎不止見識過一次起義。在每一場暴動期間，一般來說，除了起事的街區，巴黎外觀總是平靜得出奇。無論出現什麼情況，巴黎總能很快適應——無非是一次暴動——巴黎百業繁忙，哪有時間為這點小事分神？惟獨這類大都市，才能呈現這種景象。惟獨這類巨大的城池，才能同時容下內戰和莫名其妙的寧靜。每次爆發起義，每當聽見軍鼓聲、集合令和總動員令時，店鋪老闆通常總說一聲：

「聖馬爾丹街好像又鬧起來了。」

或者說：「聖安東尼城郊那邊。」

他還往往漫不經心地補充一句：「反正就那一帶吧。」

過一陣子，又傳來清晰密集的槍聲，令人肝膽俱裂的淒厲喧擾，店鋪老闆則說：「事情變嚴重啦？咦，事情變嚴重啦？」

再過一會，如果暴動的勢頭更大，漸漸逼近了，他就慌忙關閉店門，趕緊套上制服，也就是說，確保貨物安全，拿生命去冒險。

在十字街頭，在通道上，在死巷裡，雙方對射，爭奪街壘，奪取又丟掉，再奪回來；鮮血流淌，房舍的門面被打得彈痕累累，有人在內室也被流彈打死，屍體堵塞街道。然而，離那裡只有幾條街距離的地方，咖啡館裡還傳出打撞球的聲響。

在那些戰火紛飛的街道兩步遠之處，看熱鬧的人又說又笑；劇院照常開門，照樣演出鬧劇。出租馬車還是攬客行駛；有人進城去赴宴，有時還經過正在打仗的街區，一八三一年那次，有一處射擊停止了一下，好讓婚禮的佇列過去。

一八三九年五月十二日那次起義，一個有殘疾的小老頭在聖馬爾丹街上推著一輛小車，車上裝著盛滿飲料的玻璃瓶，用一塊三色破旗布蓋著，他從街壘走到軍隊，又從軍隊走到街壘，不偏不倚，時而向政府，時而向反政府，供應一杯杯的椰子汁。

簡直怪極了，而這正是巴黎暴動的特色，在任何其他國都也見不到。這必須具備兩種條件：巴黎的偉大及其歡快。必須是伏爾泰和拿破崙的城市。

然而一八三二年六月五日這次，剛一動武，這座大都市就感到有什麼比它更強大的東西，於是害怕了。只見各處門窗和窗板在大白天都關著，連最偏僻和最「無關」的街區也不例外。勇敢的人拿起武器，膽小鬼就躲起來。顧著去辦事而漠不關心的行人不見了。許多街道都空蕩蕩的，就好像凌晨四點鐘的清寂。大家傳遞著引起人心惶惶的情況，傳播著凶多吉少的消息，說什麼：「他們已經佔領了銀行」；「僅僅在聖梅里修道院，就有六百人，以教堂為雉堞固守」；「防線並不牢固」；「阿爾芒．卡雷爾去見克婁澤爾元帥，元帥說：『首先設法爭取一團人馬』」；「拉法耶特病了，但是他對他們說：『我聽你們的吩咐，只要有放一張椅子的地方，要追隨你們到哪都行』」；「千萬當心，晚上有人搶劫巴黎偏僻角落的散居人家」（從這裡能看出警察的想像力，那個安娜．拉德克利夫[48]跟政府有一手）；「歐伯里屠戶街布置了大炮」；「洛博和比若一同商榷，決定午夜，最遲拂曉，組織四路人馬同時向暴動的中心進發，第一路從巴士底出發，第二路從聖馬爾丹門出發，第三路從河灘廣場出發，第四路從菜市場出發；部隊也許會撤離巴黎市區，退到演兵場」；「不知道會發生什麼情況，但是可以肯定，這次來勢洶洶」——「蘇爾元帥還遊移不決，大家對此深為憂慮」——「為什麼他不立刻進攻？」——「可以肯定他深謀遠慮。那頭老獅子，彷彿在昏暗中嗅到了一個怪物。」

到了晚上，劇院不開門了，巡邏隊氣勢洶洶，在街上走動，盤查行人，逮捕形跡可疑者。剛到九點鐘，就抓了八百多人，警察署的監獄爆滿，裁判所附屬監獄爆滿，費爾斯監獄爆滿。尤其是裁判所附屬監獄，在那人稱巴黎街道的長長地道裡，全鋪上了麥秸，躺著一堆堆囚犯，而里昂人拉格朗日㊾無所畏懼，正向囚犯們演講。所有人一動彈，打地鋪的麥秸便嘩嘩響，就像下了一陣暴雨。別處監獄更慘，囚犯相互依偎，就睡在院子裡。到處人心惶惶，這種動盪的氣氛，在巴黎是少見的。

居民在家裡門窗緊閉，做妻子和母親的都提心吊膽，聽到的全是這種話：「噢！上帝啊！他還沒回家！」遠處難得傳來車輛行駛的聲響。居民站在門口，傾聽外面的喧鬧、呼喊、亂哄哄的嘈雜聲，低沉而難以分辨，他們聽見點什麼就說：「那是馬隊。」或者：「那是彈藥車在飛奔著。」軍號聲、鼓聲、槍聲，而聖梅里教堂的警鐘尤為淒厲。人們已有所準備，等著打響第一炮。武裝人員出現在街頭，連聲喊道：「全都回家去！」旋即就不見了。居民都急忙插好門閂，嘴上直嘀咕：「這要鬧到什麼地步呀？」夜幕逐漸降臨，暴動的火光映紅巴黎夜空，顯得越來越悽惶了。

㊽・安娜・拉德克利夫（一七六四－一八二三）：英國女作家，發表許多描寫犯罪的「黑色小說」。

㊾・夏爾・拉格朗日（一八〇四－一八五七）：在里昂領導進步社，積極參與組織了一八三四年的里昂起義，故人稱「里昂人」。但雨果在此這樣稱呼他還為時尚早。

第十一卷：原子和風暴稱兄道弟
L'atome fraternise avec l'ouragan

一．對伽弗洛什的詩來源作幾點說明
Quelques éclaircissements sur les origines de la poésie de Gavroche. Influence d'un académicien sur cette poésie

一位學士院院士認為此詩影響送葬的群眾們緊跟著靈車，佇列長達幾條大馬路，可以說像潮水似的壓向前隊，而當人民和軍隊在軍火庫前一發生衝突，起義的前隊就反彈回來，衝亂群眾佇列，形成令人驚駭的大退潮。一時之間，萬眾動搖，佇列瓦解，大家都奔跑起來，向前衝的向前衝，逃散的逃散，有人大喊進攻，有的面無血色急忙逃竄。覆蓋大馬路的滔滔河水，轉瞬間分流橫溢，就像開了閘門似的，同時注入左右二百來條大街小巷。這時，一個衣衫襤褸的男孩，沿著梅尼蒙當街下坡走來，手裡拿著一枝剛在美麗城高地折的金雀花，看見一家舊貨店的櫥窗裡擺一把老式手槍，就扔掉花，嚷了一句：「老東西大媽，您這玩意兒借給我用用。」

他抓起手槍就跑掉了。

過了兩分鐘，一群驚恐萬狀的資產家沿著阿姆洛街和下街逃竄，遇見了這個揮著手槍唱歌的孩子：

黑夜全都看不見，
白天什麼都明顯。
紳士收到匿名信，
亂抓頭髮傻了眼。
勸君行事講點德，
裙子短短帽尖尖。

他正是小伽弗洛什，趕著去參戰。

他在大馬路上正走著，忽然發現手槍沒有扳機。

他用來伴隨步伐的這首歌，以及他走路時愛唱的每首歌曲，究竟是誰編的呢？我們不得而知。誰曉得呢？也許是他自編自唱吧。要知道，伽弗洛什熟悉民間流行的各種小調，再加上他隨口哼唱的東西。他是小精靈，又是調皮鬼，愛把天籟之音和巴黎之聲大鍋炒，也愛把鳥兒的演唱和工廠的演唱編成一齣戲。他認識幾個繪畫的學徒，那夥人跟他這夥人意氣相投。他好像還在印刷廠待過三個月。有一次，他甚至替一位院士，巴烏爾．洛爾米安先生送過一封信。伽弗洛什是個有文學修養的流浪兒。

在那淒風苦雨的夜晚，伽弗洛什代替上天做好事，安置兩個孩子住進大象肚子裡，卻萬萬沒有想到他接待的是自己的親兄弟。夜晚時救助了兩個弟弟，凌晨時又救助了他父親，整個晚上就是這樣度過的。天剛亮的時候，他離開芭蕾舞街，急忙趕回去，又巧妙地從大象肚裡拉出那兩個孩子，隨便弄點早飯給大夥一起吃了，然後跟他們分手，把他們託付給大街，也就是差不多把他本人拉拔長大的這位好媽媽，臨走時跟他們約定好晚上在老地方見，還對他們做了一篇告別演說：「我折斷了一根手杖，換句話說，我要開溜，或者按照王宮的說法，我告辭了。小乖乖，你們還是找不到爸爸媽媽的話，晚上就回這裡來。我包你們有晚飯吃，有地方睡覺。」然而，兩個孩子沒有回來，也許被警察收容，關進了拘留所，或者被跑江湖的給拐走，再不然就只是走丟了，迷失在巴黎這個巨大的七巧板中了。當今社會的底層遍布這類失蹤的訊息。伽弗洛什再也沒有見到他們。那天晚上之後，十來週過去了，仍無消息。他不止一次搔著頭皮，咕噥道：「見鬼了，我那兩個孩子跑哪去啦？」

這次，他手握著槍，走到白菜橋街，發現整條街只有一家店鋪開門，而且值得深思的是，那是一家糕點鋪。真是天賜良機，在進入未知世界之前，還能吃到一塊蘋果醬餡餅。伽弗洛什停下腳步，摸摸兩側，掏掏外套小兜，又翻翻外套口袋，什麼也沒有翻出來，連一蘇錢也沒有，便大叫起來：「救命啊！」

最後這塊餡餅也吃不到，確實叫人難以忍受。

過了兩分鐘，他來到聖路易街，穿過御花園街時，他還耿耿於懷，吃不到蘋果醬餡餅也要找點補償，就在大白天，痛痛快快地把劇院海報統統撕掉。

再往前走一點，他遇見一幫腦滿腸肥、財主模樣的人，便聳了聳肩膀，隨便吐了一口頗有哲理的苦水：

「這幫吃年息的，養得肥粗老胖！就知道胡吃海塞，腦袋扎進大魚大肉裡。問問他們，錢都花哪去了，他們準張口結舌答不上來。他們吃掉了，還能說什麼！淨把東西往肚子裡裝。」

二・伽弗洛什向前進

Gavroche en marche

拎著一把沒有扳機的手槍，也能招搖過市，簡直神氣極了，伽弗洛什感到越來越起勁。他高唱〈馬賽曲〉的片段，還斷斷續續地叫嚷道：

「一切順利。我的左爪子疼得厲害，我被痛風給整慘了，但是，公民們，我很高興。資產階級只好硬撐著，我得打個噴嚏，噴給他們幾首顛覆的歌曲。密探是什麼東西呢？是一群狗，狗雜種！對狗不要失敬。還有，我真希望我這手槍也有個狗子①。朋友們，我從大馬路來，大馬路燒熱了，開鍋了，要煮熟什麼東西？該撇去鍋裡浮起的泡沫了。男子漢，向前進！讓骯髒的血澆灌我們的田疇！我要為祖國獻出生命，我再也見不到我那小姘頭，特－歐－頭，到了頭，對，到了頭！這也無所謂。歡樂萬歲！他媽的，我們戰鬥吧！我已經受夠了專制主義。」

這時，國民衛隊一名槍騎兵從旁邊經過，忽然馬失前蹄，伽弗洛什就把手槍扔在馬路上，上前扶起那個人，又搭手扶起那匹馬，然後拾起手槍，繼續趕路。

托里尼街一片沉寂。瑪黑區這種特有的麻木狀態，和周圍那一片喧囂形成鮮明的對照。四個婆娘在一家門口的垃圾堆前聊天。蘇格蘭有巫婆重唱，巴黎則有長舌婦四重唱；在阿莫伊荒原上，有人對馬克白講了「你將為王」的這句話，在博杜瓦耶十字路口也要拋給波拿巴②，聽來同樣陰森可怕，彷彿烏鴉的一聲聒噪。

托里尼街這些婆娘只關心自己的事。她們當中有三個是看門的，一個是背簍子拿鉤子撿破爛的。

她們似乎站在人生暮年的四角，即衰老、凋殘、敗落和淒涼。

拾破爛的女人低聲下氣。站在風中的這圈人裡，拾破爛的恭恭敬敬，看門的則給予照顧。這

①．法語中狗和槍的扳機是同一個詞。
②．馬克白是莎士比亞同名劇中的主角，這裡的波拿巴指拿破崙三世。馬克白出征歸國途中遇見三名女巫，她們說他將為王，於是他弒君自立，但大失民心。雨果借古諷今，抨擊拿破崙三世。

是因為護牆石角落有多少油水，全取決於看門人往堆上倒垃圾時手頭的寬嚴。掃帚下面也有善德。這個背簍子拾破爛的女人總是感恩戴德，她對著三個看門婆滿臉堆笑，那是何等脅肩諂笑啊！她們閒聊著這類事情：

「哦，對了，您那隻貓，還一直那麼兇嗎？」

「上帝啊，提起貓來，您也知道，貓天生就是狗的對頭。倒是狗叫苦不迭。」

「人也叫苦不迭。」

「不過，貓身上的跳蚤不往人身上跳。」

「狗倒不礙事，但是危險。記得有一年，狗多到成災，不得不在報紙上討論。那時候，土伊勒里宮裡還有大綿羊，拉著羅馬王③的小車。您還記得羅馬王吧？」

「我呀，我還是喜歡波爾多公爵。」

「我呀，我見過路易十七，我更喜歡路易十七。」

「豬肉太貴了，帕塔貢大媽。」

「唉！別提了，肉鋪真可惡，可惡極了，只賣骨頭和筋頭巴腦的東西。」

撿破爛的便插嘴說：

「各位太太，這生意不好做了，垃圾堆可憐兮兮的，誰也不扔東西，全都吃光了。」

「還有比您更窮的呢，瓦古萊姆家的。」

「唔，這話倒也是，」拾破爛的婆子恭敬地答道，「我總還算有個職業。」

話說到這裡停頓一下，撿破爛的婆子受到愛炫耀心理的支配，又說道：

「早上回家，我就檢查簍子，經理一陣（大概是說清理）。我屋裡一堆又一堆的東西。我把布頭撿到筐裡，再把果心撿到小桶裡，破衣物撿到壁櫥裡，毛線的東西撿到五斗櫃裡，廢紙撿到窗腳下，能吃的東西就撿到盆裡，碎玻璃片撿到壁爐裡，破鞋爛襪子撿到門背後，骨頭撿出來就放在我床下。」

伽弗洛什站在她們身後，聽完就說了一句：

「幾位老太婆，妳們談論政治是想幹什麼？」

四張嘴組成一排炮，一齊向他射擊：

「又來一個短命鬼！」

「他那小爪子拿個啥玩意兒？手槍！」

「要幹什麼，你這小乞丐！」

「這幫小子，不推翻官府，就不會安穩。」

伽弗洛什不屑還擊，只用拇指頂起鼻尖，同時張開手掌。

撿破爛的婆子嚷道：

「光腳丫的小壞蛋！」

剛才替帕塔貢大媽回答的那個老婆子，現在拍起巴掌，氣憤地說道：

「要出大亂子啦，沒錯，旁邊住著一個留山羊鬍子的小壞種，每天早晨我看見他從這走過去，胳膊總掛著一個戴粉紅帽子的姑娘，今天我又看見他走過去，胳膊卻掛著一桿大槍。巴舍婆說，上星期鬧了一場革命，是在……在……在……什麼鬼地方！唔，在蓬圖瓦茲。還有，妳們瞧見了，這個渾小子也拿著一把手槍！聽說，切萊斯廷那兒架滿了大炮。仁慈的天主啊，當年，我瞧見那位可憐的王后坐在囚車裡過去，那真是大災大難，現在才剛剛過上點安穩的日子，這幫壞雜種又要想盡辦法把這世界攪亂，政府又能怎麼樣呢？這一鬧，菸葉又得漲價，簡直太缺德啦！總有一天，我會看見你上斷頭臺，壞蛋，沒好下場！」

「妳的鼻涕流下來了，我的老相好，」伽弗洛什說，「擤擤妳那鼻筒吧。」

③．拿破崙一世得子，便將他封為羅馬王。

說罷，便揚長而去。

走到鋪石街，他又想起那個撿破爛的婆子，便來了一段獨白：

「護牆石角落婆子，妳不該辱罵革命者。這把手槍，是衛護妳的利益，是要讓妳簍子裡有更多好吃的東西。」

忽然，他聽見背後有聲音，原來看門人帕塔貢婆跟上來了，遠遠地向他揮拳頭嚷道：

「你是個十足的小雜種。」

「這句話，」伽弗洛什說，「我打從心眼裡不在乎。」

過了一會兒，他從拉姆瓦尼翁府前經過，又發出這種號召：

「動身去戰鬥！」

這時，他感到一陣憂傷，用責備的神態注視著他的手槍，彷彿想要盡量感化它。

「我出發了，」他對手槍說，「可是，你卻發不出去。」

一條狗可以轉移他對槍狗子的注意。一條皮包骨的捲毛小狗從他身邊走過。伽弗洛什不禁心生憐憫。

「我可憐的嘟嘟，」他對狗說，「你吞了一個大酒桶吧，要不怎麼全身都是桶箍？」

然後，他又朝聖熱爾維榆樹走去。

三・理髮師的正當憤怒
Juste indignation d'un perruquier

先前，那兩個孩子被理髮師趕走，才被伽弗洛什收留在大象慈父船的腹腔裡。那位可敬的理髮師，此刻正在幫一位帝國時期的老軍人刮鬍子，邊刮邊聊天；他自然和這位元老談起這次的暴動，接著話題轉到拉馬克將軍，再從拉馬克轉到皇帝身上。一個理髮師和一名老兵的這場談話，普呂多姆若是在場聽見，複述出來，肯定要添枝加葉，並且題為：《剃刀和馬刀的對話》。

「先生，」理髮師問道，「皇帝騎馬的技術怎麼樣？」

「不好。他不會滾鞍下馬，因此，他也從來沒有滾下來過。」

「他有不少駿馬吧？他一定有不少駿馬吧？」

「他授予我十字勳章那天，我注意瞧了下他那坐騎。那是一匹善跑的騍馬，渾身一抹白，兩隻耳朵岔得很開，腰身下沉，腦袋細長，有一顆黑星，脖子特別長，膝骨很粗，兩肋突出，雙肩傾斜，臀部非常健壯，有十五掌尺④多高。」

「好馬呀。」理髮師讚道。

「是皇帝陛下的坐騎嘛。」

理髮師感到，聽了這句話，應該肅靜一會兒才對，於是照此行事，然後又問道：

「皇帝只受過一次傷，對嗎，先生？」

老兵以過來人的平靜而莊嚴的口吻回答：「傷在腳跟，在雷根斯堡。我從未見過他的穿戴像那天那麼好，就像一枚嶄新的銅錢。」

「那麼，您老先生呢，您大概經常掛彩吧？」

「我嗎？」老兵回答，「噯！小意思。在馬倫哥，我的後頸挨了兩刀，在奧斯特里茲，右臂吃了一顆子彈，在耶拿，左屁股也吃了一顆，在弗里斯蘭又挨了一刺刀……傷在這兒……在莫斯科，挨了七八下槍尖，也認不清楚傷口了，在盧塞恩，被一塊彈片炸掉一根手指……唔！還有，在滑鐵盧，我這大腿上又挨了一火銃。就這些。」

「嘿，多棒！」理髮師以誇張的語調高聲說，「死在戰場上，該有多棒啊！老實說，依我看，

④．掌尺：義大利古長度，約合〇．二五米。

與其病懨懨的，又是吃藥、貼膏藥、打針、看醫生，身體一天天垮下去，躺在床上慢慢死去，還不如讓肚子吃一顆炮彈！」

「你的胃口還真不小！」老兵說道。

他的話音剛落，只聽劈嚓一聲巨響，震撼整個店鋪，櫥窗一塊玻璃突然開了花。

理髮師面無人色。

「上帝啊！」他嚷道，「說著就來啦！」

「什麼呀？」

「一顆炮彈。」

「就是這個。」

老兵說著，拾起一件正在地上滾動的什麼東西。原來是一顆石頭。

理髮師跑向打碎的玻璃，望見伽弗洛什正朝聖約翰市場飛跑。伽弗洛什從理髮店門前經過時，心中惦記著那兩個孩子，就按捺不住，要向理髮師問聲好，便往他的玻璃窗丟了一顆石頭。

「您瞧見了！」理髮師的臉由白變青，吼道：「為幹壞事而幹壞事！那個野小子，究竟是誰招惹他啦？」

四．孩子驚遇老人

L'enfant s'étonne du vieillard

聖約翰市場的哨所已被繳械。一夥人由安灼拉、庫費拉克、公白飛和弗伊率領，這時伽弗洛什也加入了。他們都帶著武器。巴奧雷和約翰．普魯維爾也被找來，從而擴大了隊伍。安灼拉有一支兩響獵槍；公白飛有一支注明番號的國民衛隊步槍，沒有扣好的禮服裡還露出別在腰帶上的兩支手槍；約翰．普魯維爾有一支老式馬槍；巴奧雷有一支卡賓槍；庫費拉克揮動一根去了套的手杖劍。弗伊握著一把出了鞘的戰刀，走在排頭，高喊：「波蘭萬歲！」

他們沒紮領帶，沒戴帽子，從莫爾朗河濱路趕來，一個個氣喘吁吁，渾身被雨淋濕了，但是眼睛卻放射著光芒。伽弗洛什從容地上前搭話：

「我們要去哪？」

「跟著走吧。」庫費拉克說道。

巴奧雷跟在弗伊後面，走路不像走路，而是蹦蹦跳跳，恰如暴動激流中的一條魚。他穿一件鮮紅色外套，說出話來橫掃一切。一個過路人被他的外套嚇壞了，驚恐萬狀地嚷道：

「紅黨來啦！」

「紅黨，紅黨！」巴奧雷反駁說，「資產者，怕得真怪。我就不一樣，面對一株虞美人也絕不發抖，小紅帽也絕不會引起我的恐懼。資產者，相信我的話，還是把恐紅症留給那些生角的動物吧。」

巴奧雷瞅準牆角上張貼的公告，那是最平和的一張紙，寫著在封齋節期間，巴黎大主教恩准他的「羔羊」吃蛋類。

他高聲說：

「哼，羔羊，是蠢蛋的文雅稱呼。」

他一把將公告從牆上撕下來。這個行為令伽弗洛什佩服。從這時起，伽弗洛什就注意著他的一舉一動了。

「巴奧雷，」安灼拉指出，「你這可不對。不應該理睬那公告，那不是我們的對頭。你白白發洩怒火了，還是將你的彈藥留著吧。無論內心的精力還是槍彈的火力，都不要亂消耗。」

「各有各的脾氣，安灼拉！」巴奧雷回敬道，「主教那份文告，我看著就刺眼，我要吃雞蛋，用不著別人的允許。你這個人，是內熱外冷型的，而我呢，我就是愛玩玩。況且，我也沒有耗費什麼，倒是鼓起勁頭；我撕了那份文告，赫拉克勒斯⑤！就是要開開胃。」

聽了「赫拉克勒斯」這個詞，伽弗洛什不禁一愣，他不放過任何機會汲取知識，因而敬佩這個撕公告的人，便向他求教：「赫拉克勒斯是什麼意思？」

巴奧雷回答：

「這是拉丁語，是指該死的狗東西。」

說到這兒，正好經過一扇櫥窗，他看見裡面站著一個臉色蒼白、留黑鬍子的小夥子望著他們，大概認出是ABC朋友會的人，便朝著那人喊道：

「快，子彈！para bellum⑥。」

「美男子！不錯。」伽弗洛什附和道，他現在也懂拉丁語了。

喧鬧的群眾佇列簇擁著他們，有大學生、藝術家、艾克斯的庫古爾德社成員、工人、碼頭工人，各持傢伙，有的拿棍棒，有的拿刺刀，還有幾個像公白飛那樣，腰上別著手槍。這夥行進的人群中，還有一位看樣子十分蒼老的老人，他手裡一樣武器也沒有，儘管他一副沉思的神態，卻緊緊地倒騰腳步，惟恐落在隊伍後。伽弗洛什發現了他，就問庫費拉克：

「克克是個啥？」

「是個老人。」

那是馬伯夫先生。

五・老人

Le vieillard

談談事情的經過。

就在龍騎兵衝陣的時候，安灼拉和他的朋友沿著布林東大馬路正走到糧庫附近。安灼拉、庫費拉克、公白飛和其他許多人，先前沿著巴松石街邊走邊喊：「到街壘去！」走到萊迪吉埃街，他們遇見一位行路的老人。

那老人走路東倒西歪的，彷彿喝醉了酒。此外，儘管下了一早上的雨，而且當時還下得很大，他的帽子卻拿在手裡。庫費拉克認出那是馬伯夫先生。他能認出來，是因為馬伯夫先生多次送馬呂斯到門口。庫費拉克也瞭解，這位當過教堂管理員並喜歡藏書的老人，一貫喜愛清靜，膽小怕事，現在卻見他混在亂哄哄的人群裡，距離亂衝亂撞的馬隊只有兩步遠，幾乎就在槍林彈雨之中，冒雨光著頭，迎著子彈漫步，這年輕人十分詫異，就上前打招呼。於是，一個二十五歲的起義者，與一位八旬老人進行了這樣一場對話。

「馬伯夫先生，快回家去吧。」

「為什麼？」

「這裡要鬧起來了。」

「好哇。」

「馬刀逢人就劈，見人就開槍啊，馬伯夫先生。」

「好哇。」

「還要用炮轟。」

「好哇。你們呢，你們去哪啊？」

「我們去把政府扳倒在地。」

「好哇。」

於是，他就跟他們走了。從這以後，他再也沒講一句話，但是他的步子突然變得穩健了，有工人要攙他走，也被他搖頭拒絕了。他幾乎走在隊伍的前排，看動作是向前進，看面孔卻像在睡

⑤．原文為拉丁文，是一句瀆神的話，意為「以赫拉克勒斯的名義」。
⑥．拉丁文，意為「準備戰爭」，與法語「美男子」諧音，出自這句格言：「要爭取和平，就準備戰爭。」

覺。

「好一個怒髮衝冠的老頭！」大學生們竊竊私議。這隊伍裡傳開了，說他當年是國民公會代表，……說這老頭當年投票贊成處死國王。

這一大群人又走上玻璃廠街。小伽弗洛什走在前頭，他扯著嗓門唱歌，簡直就像吹進軍號。他唱道：

那邊月亮露了頭，
我們何時林中走？
夏洛問問夏洛特。

嘟嘟嘟
去夏都。
我只有
一個上帝一個王，一個小錢一隻靴。

清早飛來兩隻雀，
百里香枝找露喝，
喝了又喝醉如泥。

吱吱吱
去帕西。
我只有

一個上帝一個王，一個小錢一隻靴。

可憐兩隻小狼崽
醉得像那兩斑鶫；
洞中老虎笑呵呵。

咚咚咚
去默東。
我只有
一個上帝一個王，一個小錢一隻靴。

你發誓來我賭咒。
我們何時林中走？
夏洛問問夏洛特。

當當當
去龐丹。
我只有
一個上帝一個王，一個小錢一隻靴。

他們朝聖梅里走去。

六．新戰士
Recrues

隊伍無時無刻在壯大著。快到劈柴街那裡時，有個頭髮花白的大漢加入行列；庫費拉克、安灼拉和公白飛，都注意到他那獷悍而大膽的相貌，但是誰也不認識他。伽弗洛什只顧唱歌，吹口哨，嘰哩呱啦亂叫，只顧往前衝，用沒有扳機的手槍托敲打商店的窗板，也沒有注意那漢子。

他們進入玻璃廠街，正巧從庫費拉克住所的門前經過。

「正好，」庫費拉克說道，「我錢包忘了帶，帽子也丟了。」

他隨即離開人群，三步併成兩步跑上樓，回房間拿了錢包和一頂舊帽子，又扒開一堆髒衣物，取出藏在裡面一只有大號手提箱那麼大的方形箱，正跑步下樓，卻被門房叫住了。

「德．庫費拉克先生！」

「門房太太，您尊姓大名啊？」庫費拉克反脣相譏。

問得門房目瞪口呆。

「這您清楚，我是看門的，叫伏萬大媽呀。」

「那好，如果您再叫我德．庫費拉克先生，我就叫您德．伏萬大媽了。現在您說吧，怎麼了？有什麼事？」

「有個人要跟您談談。」

「誰？」

「我不認識。」

「在哪？」

「在門房裡。」

「活見鬼了！」庫費拉克咕噥一句。

「人家等您回來，可等了一個多鐘頭了！」看門人又說道。

這時，從門房裡走出一個童工模樣的人，身材瘦小，臉色發青，有不少雀斑，穿一件破了洞的外套、一條側面落了補丁的絲絨長褲，不像男人，倒像個扮成男孩的姑娘，說話的聲音卻相反，一點也沒有女人味。

「請問，馬呂斯先生在嗎？」

「不在。」

「今晚他會回來嗎？」

「我也不清楚。」

庫費拉克又補充一句：「反正我回不來。」

那年輕人凝視著他，又問道：「為什麼回不來？」

「就是回不來。」

「您要去哪？」

「你問這個幹什麼？」

「您要我替您背這箱子嗎？」

「我要去街壘。」

「您能讓我跟您一起去嗎？」

「隨你便，」庫費拉克回答，「大街自由通行，鋪路石塊也是大家的。」

說罷他就跑開了，等追上他那些朋友，就把箱子交給其中一個人。又過了一刻多鐘，他才發現那年輕人果然跟來了。

一大群人要去哪就不好說了。我們說過他們是由一陣風吹著走的。他們過了聖梅里，不知怎麼就到了聖德尼街。

第十二卷：科林斯
Corinthe

一．科林斯創業史
Histoire de Corinthe depuis sa fondation

如今巴黎人從菜市場拐進郎布托街，就會看到右前方正對著蒙德圖爾街的地方，有一家篾匠鋪，掛了一個用柳條編的拿破崙大帝模擬像的招牌，上面寫道：

拿破崙完全是柳條編的

過路人恐怕很難想像，不過三十年前，這裡曾目擊了慘絕人寰的場面。

這就是當年的麻廠街，古時寫成「麻廠」。這裡有一家名叫科林斯的著名酒館。

大家還記得前面講過，這裡築起的街壘又被聖梅里街壘遮住，如今更是墜入沉沉黑夜中，但我們正是要稍微說明一下麻廠街這條著名的街壘。

讓我們講得清楚些，還是採用敘述滑鐵盧戰役時用過的簡便方法。當年，在菜市場東北角，靠近聖厄斯塔什教堂尖端處，即如今朗布托街的入口，住戶的房舍雜亂無章，想要有一個比較準確的布局，就不妨設想一個N形，上接聖德尼街，下連菜市場，左右兩豎是大丐幫街和麻廠街，中間斜線是小丐幫街；蒙德圖爾街則陡折蛇行，橫穿這三條街道；結果四條街縱橫交錯，賽似迷宮，就在東起聖德尼街，西至菜市場，北起天鵝街，南至布道修士街這一百平方圖瓦茲的地段上，有七個由樓房組成的小島，彷彿建築工地上隨意亂放的石堆，奇形怪狀，大小不一，中間只隔著窄窄的縫隙。

我們說窄縫，是因為沒有更確切的字眼來描述這些陰暗、狹窄、曲曲折折的小街。小街兩側的九層樓房破爛不堪，在麻廠街和小丐幫街，甚至用粗木橫在中間撐住面對面的樓房。街道狹窄，但流水溝很寬，路面終年潮濕，行人來往只好貼近店鋪。店鋪像地窖一般地昏暗，門旁立著打了鐵箍的護牆石，垃圾堆積如山，小道口裝有上百年鐵柵大門。修建朗布托路時，就將這些一掃而光。

蒙德圖爾這名稱原意為「我繞彎」，足以描繪出這種街道曲裡拐彎的形貌。再遠一點，有一條街通入蒙德圖爾街，名叫陀螺街，就更為形象化了。

行人從聖德尼街走進麻廠街，就會發現街道越走越窄，彷彿鑽進狹長的漏斗裡。麻廠街很短，走到盡頭，只見緊鄰菜市場的一排高樓擋住去路，如果不注意發現左右各有一條黑糊糊的小通道，還真以為闖進了死胡同。這條通道便是蒙德圖爾街，一頭連著布道修士街，另一頭通天鵝街和小丐幫街。在這條看似死巷的街尾右角，有一幢比周圍矮些的樓房，臨街就像海上的岬角。

就在這幢僅有三層的樓房裡，開了一家三百年的老店，一直火紅的著名酒樓，裡面充滿歡聲笑語，老特奧菲勒①寫的兩句詩指的就在這個地方：

情郎痛絕懸梁盡，

屍骨搖盪尤駭人。②

這地點不錯，酒家就世世代代傳了下來。在馬圖蘭．雷尼埃③時代，這家酒樓名號為「玫瑰花盆」。當時猜字謎成風，酒樓的招牌便是一根漆成粉紅色的柱子④。到了上個世紀，那位傑出的納圖瓦爾⑤，如今受僵硬畫派貶詆的奇想畫派大師之一，就多次醉倒在當年雷尼埃痛飲的餐桌上，他還為了感謝酒家，在粉紅柱上畫了一串科林斯⑥葡萄。酒家樂不可支，就將之改成招牌，在葡萄下方寫了這樣幾個金黃大字：「科林斯葡萄酒樓」。這便是「科林斯」號的來歷。自不待言，酒鬼們喜歡省略，詞句省略有如蹣跚的腳步。科林斯漸漸將玫瑰花盆趕下寶座。最後這代的店主，叫余什盧老爹，甚至不瞭解這種淵源，便雇人將柱子漆成藍色了。

櫃檯設在樓下餐廳，樓上大廳設有球臺，一條螺旋形樓梯衝破棚頂通到二樓，餐桌上擺了葡萄酒，牆壁一副煙薰火燎，白天還點著蠟燭，這便是酒樓的概貌。樓下餐廳的地板有個活門，掀起來便是通往地窖的階梯。三樓房間是余什盧一家的臥室，要從二樓一道暗門裡那名為樓梯，實則梯子的東西上去。樓頂還有兩間閣樓，是女傭人的窩。廚房跟櫃檯廳堂一樣，都在樓下。

余什盧老爹也許天生是個化學家，誠然，他當了廚師；到酒樓來的顧客不僅喝酒，還要吃飯。余什盧發明一道獨家風味菜，即肉餡鯉魚，他稱為「大肉鯉魚」。吃這道菜，要坐在釘了漆布以代替臺布的餐桌上，借著羊脂燭或路易十六時代油燈的光亮。有的顧客慕名遠道而來。余什盧認為有必要推薦他的「風味」菜，招攬過往行人，一天早上他心血來潮，拿起一支畫筆，蘸著黑顏料罐，在牆上寫了幾個醒目的大字，但他的拼寫跟他的烹調一樣獨特：CARPES HO GRAS。

一陣冬天的風雨也被招攬而來，隨意沖掉頭一個詞尾S和第三個詞頭G，結果只剩下：

CARPE HO RAS。

這樣一來，一個菜譜的普通廣告，由於天氣作美，就變成一種引人深思的勸告。⑦

余什盧老爹不會寫法文，卻居然會拉丁文，從烹調中引出哲理，他本來只想取消封齋節，卻一舉和賀拉斯並駕齊驅了。尤為令人驚歎的是，這句話也意味著：快進酒樓。

如今，這一切已不復存在。從一八四七年起，蒙德圖爾迷宮就被剖腹，動了大手術，現在也許消失了。麻廠街和科林斯酒樓，全都埋葬在朗布托大街的路石下面了。

前面提過，對於庫費拉克和他的朋友們來說，科林斯不僅是聯絡地點，也是聚會地點之一。是格朗太爾發現了科林斯，先是衝著賀拉斯那句話進去的，繼而又衝著大肉鯉魚再次光顧。進酒樓喝酒，吃飯，大叫大嚷，花費不多，有時少付，有時乾脆不付錢，但始終受歡迎。余什盧老爹是個大好人。

余什盧這個大好人，如我們所說，是個留著兩撇鬍子的酒店老闆，樣子很滑稽。他總陰沉著面孔，彷彿要嚇唬常客，看見有人進門就嘟囔，那神態不像是接待顧客用餐，倒像是尋釁吵架似的。不過，我們還是這樣說，顧客始終受歡迎。這個怪人吸引來大量顧客，前來光顧的年輕人就這樣想：去聽聽余什盧老頭「發牢騷」吧。他當過擊劍教練，有時突然大笑，聲音爽朗，顯然是個厚道之人。別看這種一臉苦相，其實卻非常滑稽可笑。他巴不得讓人害怕，頗像手槍形狀的鼻菸盒，響聲不過是他引起的噴嚏。

他的老妻余什盧大媽，是個長了鬍鬚的醜女人。

約莫一八三〇年，余什盧老爹死了。大肉鯉魚的秘法也隨即失傳。他的遺孀傷心不已，繼續

①．特奧菲勒．德．維欽（一五九〇—一六二六）：法國詩人。
②．這兩句詩實出於另一位法國詩人聖阿芒（一五九四—一六六一）之手。
③．馬圖蘭．雷尼埃（一五七三—一六一三）：法國詩人。
④．在法語中，玫瑰花盆和粉紅色柱子諧音。
⑤．查理．約瑟夫．納圖瓦爾（一七〇〇—一七七七）：法國畫家，畫風嚴謹，並非奇想畫派大師。
⑥．科林斯：希臘歷史名城。
⑦．前一種只是拼寫錯誤，而被雨水沖掉兩個字母，意思全變，成為「抓住時光」，令人想起拉丁詩人賀拉斯的一句話，故說「引人深思」。

營業，但是菜肴大不如前，幾乎難以下嚥了，酒本來就糟糕，現在更差了。然而，庫費拉克和朋友們還照樣去科林斯，博須埃常說：「這是念舊。」

余什盧寡婦患有氣喘症，講起鄉下生活的往事就變聲，而奇特的音調就消除了她話語的乏味。她敘事的獨特方式，就是給她在鄉下的青春記憶增添些佐料。她肯定地說，從前她的一大樂趣，便是聽「吱（知）更鳥在三（山）楂林裡歌唱」。

樓上的「餐廳」是個長方形大廳，擺滿了圓凳、方凳、靠背椅、條凳和餐桌，還擺了一張瘸腿的舊球臺。大廳的角落有個方洞，就像是航船的艙口，樓下的人要走一條螺旋形樓梯，從這洞口上來。

餐廳只有一扇窄窗戶透光，成天點著一盞煤油燈，顯得很破爛。所有四條腿的桌椅，都好像只有三條腿著地。白灰的牆壁毫無裝飾，只見一首獻給余什盧大媽的四行詩：

十步貌驚人，兩步嚇死人。
何來一肉瘤，貿然入鼻孔；
最怕擤鼻涕，肉瘤拋給您，
鼻子垂欲墜，遲早落口中。

這詩是用木炭寫在牆上的。

余什盧大媽酷似這一形象，然而從早到晚，她在這四行詩前面來回走動，總是那麼泰然自若。兩名女傭人，一個叫水手魚，一個叫燴兔肉，不知道是否還有別的名字，她們是余什盧大媽的幫手，把劣酒罐子搬上餐桌，往餓鬼的陶盤裡盛雜碎湯。水手魚肥胖，身子滾圓，紅頭髮，愛大喊大叫，相貌奇醜無比，超過神話中的任何妖怪，卻是余什盧老爹生前寵幸的妃子，不過，女僕照例總是站在主婦的身後，她的醜相又不如余什盧大媽了。燴兔肉瘦長，身子嬌弱，肌膚呈現淋巴質的白色，黑眼圈，眼皮終日耷拉著，總顯得疲憊不堪，可以說患了一種慢性疲勞症，每天她都是第一個起床，最後一個睡覺，侍候所有人，甚至侍候另一個女僕，但總是不言不語，慢條斯理，臉上掛著疲憊的笑容，就像睡夢中嘴角泛起的那種微笑。

櫃檯上方裝了一面鏡子。

進入餐廳之前，只見門上有庫費拉克用粉筆寫的一行詩：

肚大便暢飲，膽大可飽餐。

二・先議為快

Gaîtés préalables

我們知道，賴格爾・德・莫住在別處的時候少，住在若李宿舍的時候多。他有個住處，正如鳥兒有一根樹枝。兩個朋友同吃同住，一起生活，一切都共有，有點不分彼此，就像侍從修士所說的「一對」。六月五日上午，他們去科林斯吃飯。若李正患了重傷風，鼻子不通氣，開始傳染給賴格爾。賴格爾的衣服已經破舊了，但若李卻衣著齊整。

大約早上九點鐘時，他們推開科林斯店門。

登上二樓。

水手魚和燴兔肉前來招呼客人。

「牡蠣、乳酪和火腿。」賴格爾說道。

他們在餐桌落座。

酒樓空蕩蕩的，只有他們兩個顧客。

燴兔肉認識若李和賴格爾，便往餐桌上放了一瓶葡萄酒。

他們才剛吃幾隻牡蠣，一個腦袋就從樓梯口鑽上來，說道：「正巧路過這兒，從街上就聞到布里乳酪的香味，我就進來了。」

來人正是格朗太爾。

格朗太爾拿了一張圓凳，湊到餐桌坐下。

燴兔肉看見格朗太爾來了，就往桌上添了兩瓶葡萄酒。

這樣，一桌就有三人了。

「怎麼，這兩瓶酒你要全喝下去？」賴格爾問格朗太爾。

格朗太爾答道：「人人都有天賦，惟獨你擁有天真。兩瓶酒從未嚇倒過一個男子漢。」

這兩個已經吃到一半了，格朗太爾就先喝酒，一下子就灌下去半瓶。

「你這胃是有洞嗎？」賴格爾又問道。

「你這胳膊肘上倒有個洞。」格朗太爾回敬。

他乾了一杯，又說道：

「哦，對了，悼詞大師賴格爾，你這身衣服也太舊了。」

「正中下懷，」賴格爾答道，「衣服舊了，跟我才可以相安無事，也最合身了，一點也不妨礙我，隨我的身子怎麼扭曲，怎麼動作，沒話說，只因為暖和，我才感到身上穿著衣服。舊衣服跟老朋友是同一件事。」

「這話說得對，」若李也插進來，高聲說道，「一件舊衣裳，就是一個老盆（朋）友。」「尤其是從一個鼻子不通的人嘴裡說出來。」格朗太爾說道。

「格朗太爾，」賴格爾問道，「你是從大馬路過來的嗎？」

「不是。」

「我和若李，剛才看見送葬佇列的排頭走過去。」

「那場面真叫人禁（驚）奇。」若李說道。

「這條街多平靜啊！」賴格爾歎道，「誰能想到，巴黎已經鬧得天翻地覆了呢？可見，從前這裡全是修道院！杜勃勒爾和索瓦爾，還有勒貝夫神父，都在名單上。從前，附近這一帶全是修士，就像一群群螞蟻，有的穿鞋，有的光腳，有的光頭，有的留鬍子，黑的、白的、花白鬍子，有方濟會修士、最小兄弟會修士，嘉布遣會修士、加爾默羅會修士、小奧古斯丁教派修士、大奧古斯丁教派修士、老奧古斯丁教派修士……哎呀呀，到處都是。」

「別談修士啦，」格朗太爾打斷對方的話，「一提起修士，就叫人渾人發癢。」

接著，他又大發感慨：

「呸！我吞了一個壞牡蠣。我的疑心病又犯了。這些牡蠣全臭了，女侍們全是醜八怪。我恨人類。剛才我走在黎塞留街上，從那個大型公共圖書館前經過。所謂圖書館，就是一堆牡蠣殼，我一想就噁心。用了多少紙張！用了多少墨汁！亂塗亂畫！亂七八糟的東西全寫出來了！說人是沒有羽毛的兩足動物，是哪個粗野的傢伙說的啊？此外，我還遇見我認識的一個姑娘，長得跟春天一樣美，配得上花神的名稱，整天高高興興，歡歡喜喜，快活得像天使，真不幸啊，只因昨天有個銀行家，那個滿臉麻坑的醜鬼看上了她！唉！女人窺伺老財主，不亞於窺伺花花公子；貓兒既捉老鼠，也捕鳥兒。這個小妞，不到兩個月前，她還老老實實待在閣樓上，將一個個小銅環縫在胸衣的扣眼上。你們說這叫什麼？叫做針線活，她睡在帆布床上，旁邊有一盆花，她很滿意。現在，她成了銀行家太太。這種轉變是昨天夜晚發生的。今天早上，我遇見她，這個受害者卻興高采烈。可惡的是，這個壞女人，今天還是跟昨天一樣美麗。她那搭上銀行家的醜態，從她臉上看不出來。玫瑰就比女人多這麼一點，或者少這麼一點：看得見毛毛蟲留在花上的痕跡。噢！這世上沒有道德可言，作為愛情象徵的愛神木，作為戰爭象徵的桂樹，作為和平象徵的橄欖樹這個蠢材，還有果核險些卡死亞當的蘋果樹，以及裙釵的祖父無花果樹，都可以引來作證。至於法權，你們想瞭解什麼是法權嗎？高盧人覬覦克呂斯，羅馬則保護克呂斯，並質問高盧人，克呂斯怎麼冒犯他們了？布倫努斯⑧回答：就像阿爾巴怎麼冒犯你們，菲登札怎麼冒犯你們，埃克人、沃利斯克人、沙賓人又怎麼冒犯你們了？只因他們是你們的近鄰，克呂斯則是我們的鄰邦。我們對待鄰邦的態度跟你們一樣。你們奪取了阿爾巴，我們就佔領克呂斯。羅馬說：你們休想佔領克呂斯。於是布倫努斯就拿下羅馬，並且高呼：讓戰敗者遭殃！這就是法權。哼！在這世界上，有多少猛禽猛獸！有多少鷹隼啊！一想到這情景，我就起了滿身雞皮疙瘩！」

他遞過去酒杯，讓若李斟滿，隨即喝下去，說話幾乎沒有間斷，沒人覺察，連他自己也沒有意識到喝了這杯酒：

「攻佔羅馬的布倫努斯是隻雄鷹，佔有那個年輕女工的銀行老闆，也是雄鷹，這種事和那種事一樣，都毫無廉恥可言。可見，什麼也不要相信，只有一件事實實在在：喝酒。不管持什麼見解，你們都要像圩里鎮那樣對待瘦公雞，或者像格拉里鎮那樣對待肥公雞，怎麼都無所謂，還是喝酒吧。你們對我提起大馬路，提起送葬佇列，等等，看樣子，還要來一場革命是怎麼的？慈悲上帝也這樣窮對付，著實令我吃驚。事件之間的切槽，要隨時上潤滑油才行，否則就會卡住，停止運行了。快來一場革命吧！慈悲的上帝雙手沾滿這種油污，總是黑糊糊的，換了我是上帝，我就簡單行事，用不著時時刻刻上緊發條，我會乾淨俐落地引導人類，像打毛線那樣，一針一針將事件編織起來，還不弄斷線，根本不用採取什麼應急措施，也不會作出臨時性的安排。你們所說的進步，靠兩種動力往前運行：人和事變。不過，可悲的是，有時總難免出現特殊情況。無論對事變還是對人來說，常規部隊還不足以解決問題，人群當中必出天才，事變當中必出革命。重大變故就構成規律，事物的順序安排，離不開這種規律。只要看見出現彗星，就會相信老天也需要角色上場表演。上帝往往出乎人意料，突然在蒼穹的壁上張貼一顆流星的廣告，多怪異的星啊，拖著巨大的尾巴。凱撒就是彗星出現時死的，布魯圖斯刺他一刀，上帝給他一彗星。啪的一聲，出現一片北極光，發生一場革命，出來一個偉人。是用特號字體寫出的一七九三年、大出風頭的拿破崙、在看板上居首的一八一一年彗星。嘿！多麼美觀的蔚藍色看板，閃爍著奇妙的光焰！砰！砰！無比燦爛的景象。無事閒逛的人，舉目觀望吧。天上的星辰和人間的情事一樣，全都雜亂無章。仁慈的上帝，這太過分了，但是又不足夠。這種迫不得已的手段，看上去光彩奪目，其實卻可憐得很。朋友們，連天主都窮於應付了。一場革命，又能證明什麼呢？只能證明上帝也捉襟見肘了。他搞一次政變，以解決現在和將來銜接的問題，因為他這個上帝，未能把兩端接起來。真的，這也證實了我對耶和華手中財富的估計，只要看一看上界和下界有多麼拮据，天上和人間那麼斤斤計較，那麼小氣、那麼吝嗇、那麼窮困，小鳥兒吃不到一粒粟米，而我也沒有十萬年金。只要看一看疲憊不堪的人類命運，甚至脖子套了絞索的王公貴族之命運——讓人吊死的孔代親王便是明證；只要看一看冬天的景象——完全是寒風怒吼的一條裂縫；只要看一看山岡上鮮豔的紫紅色朝霞中那麼多破衣爛衫，看一看那假冒珍珠的露水、假冒瓊玉的霜凍；只要看一看分崩離析的人類、七拼八湊的事件，太陽有那麼多黑點，月亮有那麼多窟窿；只要看一看到處飢寒交迫，我就懷疑上帝並不富有。不錯，他大體上還過得去，但是我感到他很窘迫。於是，他就發動一場革命，正如錢櫃空了的商人舉行一場舞會。不要從外表去判斷那些神靈。在金光燦爛的天空下，我看到的是一個貧窮的世界。萬物的創造有失敗之處，因此，我深為不滿。喏，今天是六月五日，天差不多黑了，從今天清晨起，我就等待著白晝的到來。白晝沒有來，我敢打賭這一整天也不會來了，像一個薪水很低的職員那樣不準時。對，全都錯了位，相互不配搭，這個古老的世界整個歪歪斜斜，我站在對立面。一切都七扭八歪，宇宙專愛捉弄人，就像孩子一樣，想要的得不到，不想要的卻全有。總之，叫我火冒三丈。此外，賴格爾．德．莫這個禿頭，看著也叫我難受。一想到我和這個禿頭同齡，就覺得受了奇恥大辱。不過，我只是批評，並不侮辱，世界還是原來的樣子。我講這些並無惡意，良心上過得去。永恆之父，請接受我的崇高敬意，啊！我以奧林匹斯山的所有神仙、天堂的所有天神發誓，我生來不適合當巴黎人，也就是說，不能像羽毛球那樣，

⑧．布倫努斯：古代高盧人的首領的名號。據羅馬傳說，大約在西元前三九〇年，布倫努斯曾率高盧人攻佔了羅馬。

永遠在兩把拍子之間彈來彈去，忽而落到閒逛的人群中，忽而落到喧鬧的人堆裡！我生來適合當個土耳其人，終日觀賞東方嬌憨的女郎跳美妙而淫蕩的埃及舞，如同一個正人君子在做夢，或者適合在博斯地區當個農民，在威尼斯當個由貴婦圍著的貴族，或者在德意志當個小王公，將半個步兵團交給日耳曼聯邦，自己卻優閒自在，洗了襪子晾在籬笆上，也就是說晾在國境線上。這才是我生來的命運！對，我說過當土耳其人，絕不改口。我真不明白，一般人怎麼會那樣憎惡土耳其人，穆罕默德有可取之處，應該尊敬這個美女後宮和女奴天堂的創始人！不要侮辱伊斯蘭教，這是惟一用雞窩裝飾的宗教！說到這裡，我還堅持主張喝酒，塵世是個大蠢物。看來，所有這些傻瓜要動起手來，要打個頭破血流，要相互廝殺，其實，在這初夏的牧月，他們本可以挽著女郎去田野，暢快地吸著天大的茶碗裡留下的牧草清香，千真萬確，人淨幹些蠢事。剛才，我在一家舊貨店看見一盞破燈籠，不禁想道：該給人類照照亮光了。對，我又傷心啦！就像讓一個牡蠣或一場革命卡住嗓子的感覺！我又沮喪了！噢！這慘不忍睹的舊世界！大家在這世上鬧騰，相互傾軋，相互糟蹋，相互屠殺，而且習以為常！」

格朗太爾一陣高談闊論，接著又一陣高聲咳嗽，自作自受。

「提起革命，」若李說道，「看樣子，巴（馬）呂斯肯定在念（戀）愛。」

「知道愛上誰了嗎？」賴格爾問道。

「不什（知）道。」

「不知道？」

「真的不什（知）道！」

「馬呂斯的愛情！」格朗太爾提高嗓門，「想像得出來。馬呂斯是一片霧氣，大概找到了一股水氣。馬呂斯屬於詩人型。所謂詩人，就是瘋子，廟中阿波羅[9]。馬呂斯和他的瑪麗，或者瑪麗亞，或者瑪麗埃特，或者瑪麗蓉，肯定組成了一對怪情侶。不用看我也知道是怎麼回事，完全陶醉，連親吻都忘了。在大地上冰清玉潔，但是在無垠的天空卻男歡女愛。他們二人的靈魂有感官。他們要到星雲中共眠。」

格朗太爾正在消受他那第二瓶酒，也許還要高談闊論，忽見樓梯口方洞又冒上來一個人。那是個不到十歲的男孩，穿著一身破爛衣服，個子矮小，臉皮黃黃的，嘴巴尖尖的，眼珠子滴溜亂轉，頭髮特別厚，讓雨淋透了，那樣子卻很快活。

那孩子顯然不認識這三個人，但是他一上來，便毫不猶豫地問賴格爾．德．莫：「您就是博須埃先生吧？」

「這是我的別號，」賴格爾答道，「你找我有什麼事？」

「是這樣，一個黃頭髮大個子的人，在大馬路上對我說：『你認識余什盧大媽嗎？』我回答說：『認識，就是麻廠街那個老頭的寡婦。』他又對我說：『你去一趟，見到博須埃先生，就轉告他：A—B—C。他這是跟您開的玩笑，不是嗎？他給了我十蘇錢。」

「若李，借我十蘇，」賴格爾說，扭頭又對格朗太爾說，「格朗太爾，借我十蘇。」

賴格爾一共借了二十蘇，全給了男孩。

「謝謝，先生。」小男孩說道。

「你叫什麼名字？」賴格爾問道。

「我叫小蘿蔔，是伽弗洛什的朋友。」

「留在我們這吧。」賴格爾說道。

「跟我們一起吃點飯。」格朗太爾也說道。

那孩子答道：「不行，我編在送葬佇列，他們規定我喊打倒波利尼亞克。」

他一隻腳向後拉一大步，表示最高的禮節，就轉身離去。

⑨．文字遊戲，即「蒂姆布拉烏斯的阿波羅」，那地方有個禮拜堂供奉阿波羅。

等孩子一走，格朗太爾又大發議論：

「這是道地的流浪兒。流浪兒中，種類繁多。公證人類型的流浪兒叫小跑腿的，廚師類型的流浪兒叫小沙鍋，麵包師類型的流浪兒叫煙囪帽，侍從類型的流浪兒叫格魯姆[10]，海員類型的流浪兒叫泡沫[11]，士兵類型的流浪兒叫小軍鼓，畫家類型的流浪兒叫小藝徒，商人類型的流浪兒叫小夥計，大臣類型的流浪兒叫莫南[12]，國王類型的流浪兒叫太子，神仙類型的流浪兒叫小精靈。」

這段時間，賴格爾在思索著，喃喃說道：「A—B—C，這就意味：拉馬克的葬禮。」

「黃頭髮的高個子，」格朗太爾指出，「那是安灼拉，他派人來通知你。」

「咱們去不去？」博須埃問道。

「下雨了，」若李說道，「我已經發過誓，寧願蹈火，也不赴湯。我可不想再感報（冒）了。」

「我就待在這，」格朗太爾也說道，「我要午飯，不要棺材。」

「結論：咱們老神在在。」賴格爾又說道，「好吧，接著喝酒。再說，錯過送葬，也不見得會錯過暴動。」

「啊！暴動，算我一個。」若李嚷道。

賴格爾搓著雙手：「這次，要修理修理一八三〇年革命了。那場革命確實叫人民渾身不舒服。」

「依我看，你們的革命也無所謂。」格朗太爾說道，「我並不厭惡現在的政府，那是套上軟布帽的王冠，權杖也裝了雨傘。對了，我倒是想，今天這樣的天氣，路易·菲力浦的王權可以有兩種用途，權杖那端對付百姓，撐開雨傘那端對付老天。」

餐廳昏暗，大片烏雲完全遮住了陽光。酒樓裡空蕩蕩的，街上空蕩蕩的，所有人都去「看熱鬧」了。

「現在究竟是中午還是半夜？」博須埃嚷道，「什麼也看不見，燴兔肉，拿個照明的來！」

格朗太爾愁眉苦臉，繼續喝酒。

「安灼拉瞧不起我。」他咕噥道，「安灼拉肯定這樣說：若李病了，格朗太爾醉了。因此，他派小蘿蔔來找我博須埃。他若是親自來找我，我倒會跟著去。算他安灼拉沒長眼睛！我不會去陪葬的。」

作出這樣決定之後，博須埃、若李和格朗太爾就泡在酒樓，不想動彈了。泡到將近下午兩點鐘時，他們那張餐桌就擺滿了空酒瓶。桌上點著兩枝蠟燭，一枝插在裹了一層綠鏽的銅燭臺上，一枝插在破瓶子的瓶口上。格朗太爾把若李和博須埃引向杯中物，而博須埃和若李則把格朗太爾拉回到快活中。

至於格朗太爾，從中午起，他就不限於葡萄酒了。葡萄酒是夢幻的平庸的源泉，在那些真心買醉的醉漢來說，葡萄酒僅僅受到行家賞識。酒醉人之力，可分辨妖術和神術，而葡萄酒只能分辨神術。格朗太爾貪戀醉鄉，是個無所畏懼的酒徒。醉酒的妖魔在他面前張著血盆大口，非但嚇不倒他，反而吸引他。他丟下葡萄酒瓶，又拿起大啤酒杯，大啤酒杯，就是無底洞。他手頭上沒有鴉片，也沒有大麻，要讓腦子進入朦朧和迷茫的狀態，就只好乞靈於烈酒、黑啤酒和苦艾酒調成的混合酒。這種混合酒的勁頭十分猛烈，能極度迷醉人的神經，而靈魂也就會像鉛塊一樣，沉入啤酒、烈酒和苦艾酒這三種酒氣中。這是三重黑暗，天上的蝴蝶也會沉溺其間，在這凝聚為蝙蝠翅薄膜似的迷濛煙霧中，化出三個無聲的瘋魔，即夢魘、夜魅和死神，盤旋在沉睡的賽姬[13]的頭上。

然而，格朗太爾遠沒有醉到這樣可悲的程度，卻快樂得像個神仙，博須埃和若李則湊趣助興，

⑩．來自英語，意為小侍從。
⑪．另一詞義為「見習小水手」。
⑫．來自西班牙語，意為「青年侍從」。
⑬．賽姬：又譯普塞克，希臘神話中人的靈魂的化身，以少女形象出現，與愛神愛洛斯相愛並結合。

三人頻頻碰杯。格朗太爾還搖脣鼓舌，大肆發表奇談怪論。同時手舞足蹈；只見他領帶解開，兩條腿騎在圓凳上，左拳頭神氣十足地頂在膝蓋上，左胳臂彎成折尺狀，舉著一滿杯酒，對著肥胖的女傭人水手魚，莊嚴地發出命令：

「將殿堂的大門敞開！讓所有人都進入法蘭西學士院，都有權擁抱余什盧大媽！乾杯。」

他轉身又對著余什盧大媽嚷道：

「一脈相承的古代女人，請靠近點，讓我瞻仰妳的容貌！」

若李也跟著嚷道：

「水手魚和燴兔肉，不要塞（再）給格朗太爾上酒了。他吃下去多少錢！今天炒（早）晨，他就大市（肆）揮霍，吞下去兩法郎九十五生丁了。」

格朗太爾又說道：「沒有得到我的准許，是誰把天上的星星摘了下來，放在桌子上當蠟燭？」

博須埃也十分醉了，但還能保持平靜。

他坐在窗臺上，讓雨水從敞著的窗戶飄進來，澆濕他的後背，眼睛則注視著他的兩個朋友。

突然，他聽見背後傳來急促的腳步和喧鬧聲，有人高喊「拿起武器！」他轉過身去，看見麻廠街連接的聖德尼街上，過來一大群人：安灼拉拿著一桿步槍，伽弗洛什舉著一把手槍，弗伊揮著一把戰刀，庫費拉克揮著一把劍，普魯維爾操著一支馬槍，公白飛拿著一桿步槍，而巴奧雷則端著一支卡賓槍，跟隨在後那群激昂的人群，也都各執武器。

麻廠街不長，也就只有卡賓槍的射程。博須埃雙手立刻湊到嘴邊，做成擴音筒喊道：「庫費拉克！喂！庫費拉克！」

庫費拉克聽到喊聲，見是博須埃，便拐進麻廠街，走了幾步，同時喊了一聲：「幹什麼？」正好另一邊「你去哪？」的問聲相交錯。

「去築街壘。」庫費拉克回答。

「那就在這蓋吧！這裡位置好！就在這裡蓋吧！」

「說得對，賴格爾。」庫費拉克說道。

庫費拉克一揮手，那夥人就蜂擁闖進麻廠街。

三・夜色逐漸籠罩格朗太爾

La nuit commence à se faire sur Grantaire

這地點的確選得好極了：街口開闊，越往裡面越窄，形成一條死胡同，科林斯則卡住咽喉，左右兩側的蒙德圖爾街極容易被堵死，因此，敵方只能從聖德尼街進攻，也就是說，從正面毫無隱蔽的地段進攻。別看博須埃喝醉了，這眼光不亞於飢餓的漢尼拔。

這群人一闖進來，整條街的居民便都驚慌失措，行人無不紛紛退避，一轉眼的時間，街頭巷尾，左右兩側的商店、鋪子、過道柵門、窗戶、百葉窗、閣樓、小大窗板，從樓下一直到樓頂，全都關閉了。一個老太婆嚇壞了，把一張床墊綁在兩根晾衣竿上，擋在窗戶上以防流彈，只有酒樓還開著，原因很簡單，那夥人已經衝進去了。

「我的天主啊！我的天主啊！」余什盧大媽連聲歎氣。

博須埃下樓去迎庫費拉克。

若李坐到窗口，喊道：

「庫費拉克，你應該拿把雨傘。你這樣要感報（冒）的。」

就在這幾分鐘的時間，酒樓前面的鐵柵門就有二十幾根鐵條給拔走，街道也有二十多米長的石塊被掀起來；伽弗洛什和巴奧雷攔住石灰商昂索的平板馬車，將車推翻，將車上運的三桶石灰撒在石塊下面；安灼拉掀開地窖的活門，讓人將余什盧寡婦的所有空酒桶搬出來支撐石灰桶；弗伊那十根手指善於將精巧的扇骨著色，現在也貼著桶和車子，巧妙地排起兩大堆礫石。礫石和其他東西全是臨時湊起來，不知道是從哪弄來的。鋪在酒桶上面的幾根立柱，則是從附近一幢房子的門面拆下來的。等博須埃和庫費拉克回來再一看，半條街已經築起了一人高的壁壘。什麼也比不上群眾的雙手，能用拆除下來的東西建造一切。

水手魚和燴兔肉也加入這個工程的行列。燴兔肉往返搬運瓦礫，她那種疲憊相，即使在幫助建造街壘，遞送石塊時，也還是像幫顧客上酒那樣，一副昏昏欲睡的樣子。

兩匹白馬拉著一輛公共馬車駛過街口。

博須埃看到了，立刻跨過石堆，跑過去攔住車夫，讓旅客全數下車，還攙扶「女士」下來，將車夫打發走，便拉著韁繩，連車帶馬弄了回來。

「公共馬車不准經過科林斯[14]。」

片刻之後，那兩匹馬卸了套，從蒙德圖爾街放走了，公共馬車推翻在街上，就把路口完全堵死了。

余什盧大媽嚇得魂飛魄散，上二樓躲起來。

她眼睛失神，視而不見了，想要呼喊，又把聲音壓得極低，驚叫聲憋在喉嚨裡，不敢喊出來。

「這真是世界末日。」她咕噥著。

若李在余什盧大媽又粗又紅的脖子皺皮上親了一口，對格朗太爾說：

「哦，親愛的，我還一直認為，女人的脖子無比細嫩呢。」

然而此刻，格朗太爾正抵達酒神頌歌的最高境界，他見水手魚又上二樓來，就攔腰將她抱住，對著窗戶大笑不止。

「水手魚真醜啊！」他嚷道，「水手魚的醜樣子夢裡才有！水手魚就是一隻怪獸。喏，這就是她出生的秘密：一名哥德人為大教堂塑造流水槽口的魔頭像，忽然有一天早上，他像皮格馬利翁[15]那樣，愛上了其中最醜惡的一個塑像，祈求愛神賜給它生命，於是水手魚就誕生了。公民們，瞧瞧她這樣子吧！她的頭髮跟提香[16]的情婦一樣，是鉻酸鹽的鉛灰色。她是個好姑娘，我敢打包票，她一定能夠英勇戰鬥。每個善良的姑娘都蘊涵著一個英雄。就連余什盧大媽，也是個英勇無畏的老太婆，瞧瞧她嘴上的鬍鬚！那是繼承她丈夫的。嘿，名副其實的一名巾幗騎兵！她也會英勇作戰，她們兩個人，就能威震整個巴黎城郊。同志們，我們一定能夠推翻政府，沒錯，正像十七烷酸和甲酸之間，還有十五種酸那樣確切無疑。其實，這與我毫不相干。先生們，我父親一直討厭我，怪我弄不懂數學。我只懂愛情和自由，我是好孩子格朗太爾！我從來就沒有擁有過錢，也就沒有養成有錢的習慣：因而從來不缺錢。不過，假如我富有了，那麼世上就沒有窮人啦，這是明擺著的事！哦！假如心腸好的人都有個大錢包！那麼世上的一切會好得多！我時常想像耶穌基督像羅思柴爾德⑰那樣地富有的話！他會做多少善事！水手魚，擁抱我呀！您又多情、又羞怯！您的臉蛋呼喚姊妹的吻，您的嘴唇呼喚情人的吻！」

「住口，大酒桶！」庫費拉克說道。

格朗太爾回敬道：

「我是花花大少！」

安灼拉端著步槍，揚著他英俊的面孔，挺立在街壘頂端。要知道，安灼拉那形象頗似斯巴達人和清教徒，他能與萊奧尼達斯⑱並肩戰死在溫泉關，也能和克倫威爾一起焚燒德羅赫達⑲。

「格朗太爾！」安灼拉喊道，「快走開，到別處灌酒去。這是陶醉的地方，而不是迷醉的地方。不要玷污了街壘！」

這句怒斥在格朗太爾身上產生了奇效，就好像迎頭潑了他一盆冷水，一下子將他澆醒了。他

⑭．原文為拉丁文。這是文字遊戲，在拉丁文中，公共馬車也有「公眾」的意思，這句話是模仿賀拉斯由希臘文譯成拉丁文的一條諺語。
⑮．皮格馬利翁：希臘神話中的賽普勒斯王，擅長雕刻，愛上了自己雕刻的一個少女像。愛神看他感情真摯，就讓少女像變成活人，與他結合。
⑯．提香（一四八八或一四八九－一五七六）：義大利畫家。
⑰．羅思柴爾德（一七四三－一八一二）：德國銀行家。
⑱．萊奧尼達斯：斯巴達國王（西元前四九〇－前四八〇在位），西元前四八〇年他率領三百勇士，堅守溫泉關，抗擊波斯軍隊。
⑲．德羅赫達：愛爾蘭港口，在英國資產階級革命時期，這座城市一度成為保王黨抵抗的中心，一六四九年，克倫威爾率軍攻佔，下令焚燒城市並屠殺居民。

挨著窗口坐下來，臂肘撐在桌子上，以難以描摹的和藹神情望著安灼拉，對他說：

「你知道我信服你。」

「走開。」

「讓我在這兒睡一下吧。」

「到別處去睡。」安灼拉嚷道。

然而，格朗太爾那雙溫柔而惶遽的眼睛始終注視他，答道：

「讓我在這裡睡吧……一直睡到我死去。」

安灼拉以藐視的目光端詳他：

「格朗太爾，你什麼也做不好，信仰，思考，意願，生和死，統統不行。」

格朗太爾聲音嚴肅地回答：

「走著瞧吧。」

他繼續咕噥了幾句，但話語不清，腦袋隨即重重地倒在桌子上，進入常見的酩酊大醉第二階段，他是被安灼拉猛然粗暴地推入了這種狀態，沒兩下就睡著了。

四．力圖安慰余什盧寡婦

Essai de consolation sur la veuve Hucheloup

巴奧雷看著街壘，狂喜地喊道：

「這條街赤膊上陣啦！真棒啊！」

庫費拉克一邊拆掉點酒樓的東西，一邊力圖安慰孀居的老闆娘。

「余什盧大媽，那天您不是抱怨說，只因為燴兔肉在您窗口抖了抖毯子，您就接到違法罰款單嗎？」

「是啊，庫費拉克我的好先生。噢，天主啊，怎麼，您還要把我這張桌子扔到你們的垃圾堆上嗎？抖毯子不行，還有一次，一個花盆從閣樓掉到街上，政府就罰了我一百法郎。再往下扔桌子，不是更得挨宰！」

「噯！余什盧大媽，我們這是在為妳報仇呢。」

余什盧大媽似乎不大明白，她在這種補償中能得到什麼好處。有個類似的故事：一個阿拉伯女人挨了丈夫一耳光，跑去向她父親告狀，吵著要父親替她報仇：「爸，你應該對我丈夫以牙還牙。」她父親問道：「他搧了妳哪半邊臉？」「左半邊。」於是，她父親給了她右半邊臉一巴掌，說道：「現在妳該滿意了吧？去跟妳丈夫說，他打我女兒，我就打他老婆。」余什盧大媽所得到的就是這種滿足。

雨停了。又添了些生力軍。一些工人用罩衫遮著，帶來一桶火藥、一籃子瓶裝的硫酸、兩三枝狂歡節用的火把、一筐三王節用剩的紙燈籠。三王節是在五月一日，最近才度過的。這些作戰物資，據說來自聖安東尼城郊大街，是由一個叫佩潘的食品雜貨店老闆供應的。麻廠街惟一的路燈、遙對的聖德尼街的那盞路燈，以及蒙德圖爾街、天鵝街、布道修士街、大小丐幫街，這些鄰近街道的路燈，全都被砸毀了。

安灼拉、公白飛和庫費拉克指揮一切的行動。現在，兩座街壘同時建造，全背靠科林斯，構成折尺狀。大街壘封死麻廠街，小街壘封住靠天鵝街一側的蒙德圖爾街。小街壘很窄，是用酒桶和街道石塊蓋起來的。那裡大約有五十名工人，其中三十來人有步槍，他們在來的路上，把一家武器店的槍枝一古腦借來了。

這支部隊五花八門，形形色色，奇特到了極點。有一個人穿著短外套，拿著一把馬刀和兩支手槍；另一個人只穿襯衫，戴一頂圓邊帽，側身吊著一個火藥壺；第三個套了用九層灰皮紙做的護胸罩，拿一把馬具匠用的大鐵錐當武器。有一個人高喊：「讓我們統統被殲滅，一個不留，讓我們死在自己的刺刀下！」這樣喊的人卻沒有刺刀。還有一個在禮服外面紮了一副國民衛隊的寬皮帶和子彈盒，而護蓋上有紅毛線繡的「治安」兩個字。許多步槍上都有部隊的番號，有幾根長矛。戴帽子的人不多，沒有一個人紮領帶，大多數人都袒胸露臂。此外，各種年齡、各種相貌的人都有，如臉色蒼白的小青年、紫紅臉膛的碼頭工。大家都爭先恐後，你幫我助，邊幹邊議論事態的變化：凌晨三點鐘援兵就可能會趕來，肯定會來一團人馬，巴黎全城可能就要開始暴動了。這種血腥的話題，講起來卻這樣愉快輕鬆。他們素昧平生，彼此未通名姓，聚在一起卻親如兄弟。巨大危險所顯示的壯美，就是能讓互不相識的人煥發出友愛的精神。

廚房裡生起一爐旺火，酒樓裡的水罐、匙子和叉子等錫器全都被搜出來，放在模子裡熔化了做子彈。他們邊幹邊喝酒。餐桌上胡亂放著酒瓶封皮、大粒霰彈和玻璃酒杯。余什盧大媽、水手魚和燴兔肉全都嚇得失了態，但表現不同：一個變傻了，一個喘不上來氣，還有一個嚇醒了；她們待在有球臺的餐廳裡，撕舊布做繃帶，有三名起義者當幫手，那三個人留著長髮和鬍鬚，他們用洗衣女工一般的手指，清理並抖開布條。

先前在劈柴街拐角，庫費拉克、公白飛和安灼拉加入行列時注意到的那個高個子，現在加入了築小街壘的行列，相當賣力。至於另外一個青年，就是曾在庫費拉克住處等候，並向他打聽馬呂斯先生的那個青年，大約在推翻公共馬車後沒多久，便不知去向了。

伽弗洛什興高采烈，就像長了翅膀一樣，他主動擔起鼓勁打氣的任務，不停地來回奔忙，上上下下，不停地大喊大叫，妙語連珠。他在這裡，就彷彿為所有人帶來鼓舞。他有興奮劑嗎？當然有，就是他的窮苦。他有翅膀嗎？當然有，就是他的快樂。伽弗洛什是一股旋風。無處不見他的身影，無處不聞他的聲音。他無處不在，充斥於空間之中，簡直就是激奮無所不在的神靈，跟隨他就不可能有停頓。巨大的街壘感到他就在它臀部上。他妨礙閒逛的人，鼓動懶惰的人，激勵疲憊的人，催促沉思的人，讓這些人快活起來，讓那些人緊張起來，還讓另一些人激憤起來，讓所有人行動起來，刺激一個大學生，鼓吹一個工人，這裡停一陣，那裡站一下，旋即又離開，盤旋在熱火朝天的勞動場面之上，從這一堆人跳到另一堆人，就像巨大的革命馬車上的一隻蒼蠅，發出嗡嗡的聲音，騷擾所有馬匹。

永不停歇的活動來自他那瘦小的胳臂，無休無止的喧鬧出自他那瘦小的胸腔：

「加油幹呀！還要石塊！還要大桶！還要東西！哪裡還有？來一筐石灰碴，把這個洞堵死。你們這街壘，真夠小巧玲瓏的。還得往上疊。所有東西全放上去，全丟上去，全拋上去。將那幢房子拆了。一座街壘，就是吉布大媽的茶會。嘿，那裡還有扇玻璃門呢。」

工人聽了都叫起來。

「一扇玻璃門！小不點，要玻璃門做什麼用？」

「你們這些大塊頭！」伽弗洛什反擊道，「街壘放一扇玻璃門，那棒極了。它雖然不能防止敵人進攻，但是能妨礙敵人的攻佔。你們就從來沒有爬上有玻璃瓶渣的牆頭偷蘋果嗎？街壘上有一扇玻璃門，國民衛隊要爬上去，腳上的老繭準會給割破。老天！玻璃可是陰險的傢伙。在這方面，同志們，你們的想像力也太不豐富啦！」

此外，他特別惱火自己的手槍沒有扳機，逢人就要求：「一桿步槍！我要一桿步槍！幹嘛不給我一桿步槍呢？」

「給你一桿步槍！」公白飛說道。

「嗯！」伽弗洛什回敬道，「有什麼不行的？一八三〇年，跟查理十世吵起來那時候，我就有過一桿！」

安灼拉聳了聳肩。

「等大人都有了，再分給孩子。」

伽弗洛什傲慢地轉過身，頂他一句：

「如果你比我先死，我就接過你的槍。」

「野小鬼！」安灼拉說道。

「毛頭小夥子！」伽弗洛什回敬道。

一個衣冠楚楚的人迷了路，轉到這條街口，分散了他們的注意力。

伽弗洛什朝那人喊道：

「年輕人，加入我們的行列吧！怎麼，對這古老的祖國，你就不打算出點力嗎？」

那個盛裝的人趕緊跑掉。

五．準備

Les préparatifs

當年的一些報紙宣稱，麻廠街的街壘有兩層樓那麼高，「幾乎是一座無法攻克的建築」，這種說法不對，其實平均高度也不過六、七尺。這座街壘的造型，旨在給戰士提供一點方便：他們可以隱蔽，也可以從裡側由石塊砌起的四級臺階，登上壘脊並控制整個街壘，甚而跨越出去。街壘外側是由石塊和木桶堆起來的，還用木柱和木板別在昂索的那輛平板車和公共馬車輪子上，連成一個整體，外觀犬牙交錯，支稜八翹。離酒樓不遠的這座大街壘，一端與樓房的牆之間留了個豁口，僅能容納一個人通過。公共馬車的轅木直豎起來，用繩索綁住，頂上掛了一面紅旗，在街壘上空迎風飄揚。

蒙德圖爾街那座小街壘，隱在酒樓背後，是看不見的。兩座街壘合起來，這條街就成為名副其實的堡壘了。安灼拉和庫費拉克認為，經由布道修士街通往菜市場的那段蒙德圖爾街，不必再築街壘，無疑是要留一條與外面的通道，而布道修士街很狹窄，又艱難險阻，不大可能遭受敵人的攻擊。

這條自由通道，也許正是弗拉爾[20]在戰略論述中所說的交通一道，如果這條通道和麻廠街的那個豁口忽略不計的話，街壘裡面，除了酒樓的突出之外，就呈現一個完全封閉的四邊形。大街壘和街尾那排高樓，相距只有二十來步，可以說街壘背靠著那排高樓，而樓內都有住戶，但是從上到下門窗緊閉。

整個工程進展順利，不到一小時就完成了，在此期間，這一小幫膽大妄為的人沒看到一頂皮帽或一把刺刀。倒是有幾個資產階級，在暴動的時候，還貿然逛到聖德尼街，朝麻廠街看一眼，一見到街壘，就加快腳步走開了。

兩座街壘業已完成，紅旗也懸掛起來，他們又從酒樓裡抬出一張桌子，庫費拉克跳上去，打開安灼拉搬來的方箱子。箱子裡裝滿了子彈。大家一見子彈，就連最勇敢的人也不禁一抖，全體頓時靜下來。

庫費拉克面帶微笑，開始分發子彈。

每人分到三十發子彈。許多人有火藥，用剛鑄的彈殼又做了些槍彈。至於那整桶火藥，則留作備用，放在酒樓門旁邊的一張桌子上。

軍隊集合的鼓號聲響徹巴黎，此伏彼起，結果完全成了一種單調的聲響，引不起他們的注意了。那聲響時遠時近，音調十分淒厲。

他們神態莊嚴肅穆，全都從容地將步槍和卡賓槍裝上子彈。安灼拉在街壘外面布了三個崗哨：一個在麻廠街，第二個在布道修士街，第三個則在小丐幫街的拐角。

街壘建成了，各就各位，子彈上了膛，哨兵也派出去了，然後，他們就獨自待在可怕的街道上，行人不見了，四周樓房靜悄悄的，彷彿死了一般，毫無人類活動的聲響，天色也黑下來，陰影越擴越大，把他們籠罩住了，他們在黑暗和寂靜中，有一種說不出來的淒慘和可怕，他們與外界隔絕，感到有什麼東西逼來，但是他們握緊武器，堅定不移，鎮定自若地等待著。

⑳・弗拉爾（一六六九—一七五二）：法國軍事作家。

六．等待
En attendant

等待的時候，他們在做什麼呢？
我們應該談談，因為這是史實。
男人這邊做子彈，女人那邊纏繃帶。只見一爐旺火上，一口大鍋裡準備注入彈頭模子的熔錫和熔鉛，正冒著青煙；前哨端著槍在街壘上守望，安灼拉聚精會神地注視著前哨，而公白飛、庫費拉克、約翰．普魯維爾、弗伊、博須埃、若李、巴奧雷，以及另外幾個人，相邀聚在一起，像太平日子裡同學聊天那樣，離他們築起的堡壘只有兩步遠，坐在改為掩蔽所的酒樓的角落裡，把裝好子彈的槍枝靠在椅背上，就在這千鈞一髮之際，這些意氣風發的青年開始朗誦情詩。
什麼詩呢？請看下面：

妳可記得甜美的生活？
我們正是青春的花朵，
滿心裡只有一種渴望：
相親相愛又穿得漂亮。

當時妳我二人的年紀，
加在一起也不過四十；
在我們簡陋的小家中，
即使冬天也春意融融。

日子多美！馬努埃矜持，
帕里斯坐在聖餐宴席，
弗伊撒手雷，而我亂動，
讓妳胸衣的別針刺痛。

我這無人問津的律師，
帶妳去普拉多用餐時，
無不讚賞妳，妳多嬌豔，
連玫瑰也扭臉不敢看。

只聽他們說：她多漂亮！
滿身香氣！長髮像波浪！
翅膀藏在半短大衣下，
標緻小帽像初開的花。

我挽著妳柔臂逛街頭，
是一對幸福的小倆口，
行人以為愛神受迷惑，
將四月妹嫁給五月哥。

躲在小屋生活閉房門，
大吃愛情禁果好銷魂；

一件事我還沒說出口，
妳心先就回答願接受。

大學城是牧歌好園地，
我能從晚到早崇拜妳。
看來情意越學越靈活，
拉丁區蛻變成愛情國。

莫貝廣場啊多芬廣場！
我們的陋室裡滿春光，
妳往修長腿上拉長襪，
我見一顆亮星放光華。

攻讀柏拉圖也無收穫，
妳拿一朵鮮花送給我，
上天美意我就能領悟，
勝讀拉姆奈[21]等學者書。

妳順從我喲我順從妳，
陋室放金光啊兩相依！
見妳身穿睡衣來回走，
晨起舊鏡映出春容秀！

曙色星夜花叢好時光，
彩帶輕紗綾綺怎能忘！
時光美好只因情意濃，
愛到口吐春言更見情！

花園就是一盆鬱金香，
妳用襯裙當簾掛窗上；
土陶大煙斗我手中拿，
日本瓷碗為妳沏了茶。

還有災難我們哈哈笑！
妳丟圍巾手籠又燒焦！
一天我們為了用晚餐，
賣掉了珍藏的沙翁像！[22]
我是乞丐而妳好施捨，
我偷吻妳鮮豔圓胳膊。
打開但丁大作當桌子，

㉑・拉姆奈（一七八二—一八五四）：法國作家。
㉒・原句直譯應為「賣掉了神聖的莎士比亞的寶貴畫像」。

我們開心大嚼一百栗。
我在那歡樂的破樓中，
第一次吻了妳燙嘴唇，
妳臉紅又散發離開時，
我臉蒼白開始信上帝。

記住我們無數的幸福，
還有這些破爛絲綢布！
從這無限憂傷的心中，
多少歎息飛向那蒼穹！

此時此地，追尋青春時代的種種往事，幾顆晚星初躍，在天空開始閃爍，附近街道寂無一人，籠罩著陰森森的氣氛，而險象環生，正是一髮千鈞，總之，此情此景，約翰．普魯維爾這個溫柔詩人，在暮色中低聲吟誦這些詩句，就別有一種淒美的魅力。

這下子，小街壘那邊點亮了一盞彩紙燈籠；大街壘裡也燃起一支蠟鑄的火炬，上面說過，火炬是從聖安托城郊區弄來的。這類火炬在封齋節前星期二狂歡節上常見到，舉在滿是戴面具的人向庫爾蒂勒進發的馬車前面。

那支火炬插在三面避風石塊疊起的籠裡，光亮集中射在那面紅旗上。這樣，街道和街壘仍沒在黑暗中，惟見那面紅旗，彷彿由巨型暗燈照射，蔚為壯觀。

火炬光映照鮮紅的旗幟，就呈現出一種說不出來的駭人的紫紅色。

七·在劈柴街入列的那個漢子
L'homme recruté rue des Billettes

天色完全黑下來，一點情況也沒有發生，只聽見隱約的喧鬧聲，以及從遠處零零星星傳來的槍聲。這種間歇性時間的延長，表明政府在從容調集兵力。這五十人在等待六萬人。

安灼拉和所有意志堅強的人一樣，臨危不懼，只是感到焦急，他去找伽弗洛什。伽弗洛什在樓下大廳裡製造槍彈，火藥撒在桌子上，考慮到安全，兩支蠟燭放在桌子上，燭光昏暗，不會射到外面。起義者還特地注意到，樓上不要點燈。

此刻伽弗洛什心事重重，倒不是因為槍彈。在劈柴街加入隊伍的那個漢子剛才走進樓下大廳，挑了光線最暗的一張桌子坐下，他弄到的一桿大型步槍夾在兩腿之間。伽弗洛什的心思一直放在「好玩」的事情上，甚至沒有看到這個漢子。

伽弗洛什見他進來，目光不由得追隨那桿槍，心中好不羨慕，等那人坐下，這流浪兒卻站了起來。在此之前，有人若是監視那人的行動，就會發現他在街壘裡和起義者中間，很留意地觀察了一切；然而，他走進樓下大廳之後，又陷入沉思冥想，彷彿視而不見周圍發生的情況了。這流浪兒湊到跟前，踮著腳圍著那思索的人繞來繞去，好像怕把他驚醒似的。伽弗洛什那張稚氣的臉，此刻表現又放肆、又嚴肅，又輕率、又深沉，又快活、又傷心，像老人的臉那樣做出各種怪相，依次表示：「啊，怎麼！……」「不可能啊！……」「我看花眼啦！……」「我是在做夢吧！……」「難道他就是？……」「噯，他不是！……」「不對，肯定是！……」「不對，肯定不是！」如此等等，不一而足。伽弗洛什身子搖來搖去，兩隻小手插在兜裡緊緊握成拳頭，像小鳥一樣扭動著脖子，下嘴脣的精明樣全部用在老大的一個撇嘴上。他不勝驚愕，又沒有把握，不敢貿然斷定，卻又深信不疑，簡直樂不可支。他那得意的神態，就像太監總管在奴隸市場的一群胖女人中發現一個維納斯，又像一位鑒賞家在一堆粗劣的畫中認出拉斐爾的一幅真跡。他動用了全部的神經，用本能去嗅，用智力去分析判斷。顯而易見，伽弗洛什碰到一件大事。

安灼拉來找他時，他全神貫注，正處於高度緊張的狀態。

「你的個頭小，不會被人發現，」安灼拉說道，「你到街壘外面去，沿著房舍的牆角走，附近幾條街都仔細看看，回來再跟我說說外面的情況。」

伽弗洛什收起胯骨，挺起身子。

「小個子還有用處！真夠幸運的！我這就去。不過，您信得過小個子，可要提防大個子……」

伽弗洛什抬起頭，壓低聲音，眼睛瞄著劈柴街的那個漢子，又說道：

「您看見那個大個子了嗎？」

「怎麼樣呢？」

「他是密探。」

「你有把握？」

「有一次，我在御橋石欄外突裝飾上乘涼，就被他揪著耳朵提進去了，這才半個月前的事。」

安灼拉立刻離開這個流浪兒，小聲對正好在旁邊的一個酒碼頭工人說了幾句話。那工人走出大廳，旋即又帶三個工人回來。這四個彪形大漢若無其事，走到劈柴街那人臂肘撐著的桌子後面，絲毫也沒有引起他的注意。他們顯然擺好架式要撲向他。

這時，安灼拉走到那人跟前，問道：

「您是什麼人？」

突然這一問，那人猛地一抖，他的目光探到安灼拉坦誠眸子的深處，似乎看透了那裡的念頭，他就微微一笑，那笑容極為傲慢，極為堅定有力，同時凜然答道：

「我明白是怎麼回事了……嗯，不錯！」

「您是密探？」

「我是公職人員。」

「您怎麼稱呼？」

「沙威。」

安灼拉遞了眼色，還未等沙威回身，那四人就揪住他的衣領，轉瞬間就把他按倒在地，捆了起來，搜遍全身。

從他身上搜出一張黏在兩片玻璃之間的小圓卡片，只見一面印有銅版的法蘭西國徽和銘文：「監視和警惕」；另一面注明：沙威，警探，五十二歲，並有現任警察總監吉斯凱先生的簽字。

此外，還搜出一隻懷表和一個有幾枚金幣的錢包。懷表和錢包隨即還給他了。不過，在他懷表下面的兜裡還搜出一個信封，安灼拉從信封裡抽出一張紙，展開一看，有警察總監親筆寫的幾行字：

「沙威警探一完成政治任務，應立即專門查明塞納河右岸耶拿橋附近，是否確有歹徒滋事。」

搜查完畢後，他們又把沙威拉起來，把他反綁在柱子上。當年酒樓的名字，正是得自於那根著名的柱子。

伽弗洛什從頭到尾目睹這一場面，沒沒點頭表示贊許，這時他靠上來，對沙威說：

「小耗子逮住老貓啦。」

這件事幹得乾淨俐落，結束之後，酒樓周圍的人才發覺。沙威一聲也沒有叫喊。一見沙威被綁到柱子上，庫費拉克、博須埃、若李、公白飛，以及分散在兩座街壘那裡的人，都紛紛跑來了。

沙威背靠柱子，被許多道繩子捆得結結實實，身子動彈不得，他像從不說謊的人那樣，神態自若，無所畏懼地昂著頭。

「他是個密探。」安灼拉說道。

他又轉向沙威：

「這座街壘被攻佔之前兩分鐘，就把您槍斃。」

沙威聲調極為急切地答道：

「為什麼不立刻動手？」

「我們要節省彈藥。」

「那就一刀把我結果算了。」

「密探，」英俊的安灼拉說道，「我們是審判官，而不是兇手。」

接著，他招呼伽弗洛什。

「說你呢！快去做你的事！照我剛才對你說的去做。」

「這就去。」伽弗洛什高聲說。

他剛要走，又站住了：

「對了，把他的步槍給我呀！」他又補充一句，「我把這音樂家留給你們，但是我要那枝單簧管。」

那流浪兒行了個軍禮，高高興興從大街壘的豁口出去了。

八．也許名不副實，關於勒．卡布克的幾個問號

Plusieurs points d'interrogation à propos d'un nommé Le Cabuc qui ne se nommait peut-être pas Le Cabuc

伽弗洛什走後，緊接著又發生一個兇暴的事件，不啻為一種駭人的壯舉，這裡若是略去不談，那麼，我們所描繪的悲壯畫卷就不完整了，而讀者也看不到準確真實的凸起部分，也就無法認識革命在痙攣中奮力分娩著，這個社會陣痛的偉大時刻。

大家都知道，聚眾舉事就像滾雪球一般，形形色色的人都被捲進去了，他們彼此並不詢問各自的來歷。安灼拉、公白飛和庫費拉克率隊沿途吸收的行人中，有一個像醉漢模樣的野蠻人。他身穿肩頭磨破了的搬運工裝，說話粗聲大氣，手舞足蹈，名字或綽號叫勒．卡布克，而自稱認識他的人也根本不瞭解他。他跟幾個人將一張餐桌搬出酒樓，坐在外面喝得醉醺醺的，或者佯裝醉

態。這個勒・卡布克一邊向要和他比試的人勸酒，一邊好像若有所思，凝望在街壘裡端對著聖德尼街的那幢俯瞰整條街的六層樓，他忽然嚷道：

「夥計們，你們知道嗎？應該從那樓裡往外射擊。如果我們在樓內倚窗防備，有人若能從街上前進一步，那才是活見鬼呢！」

「對，可是樓門關了。」其中一個喝酒的人說道。

「去敲門！」

「不會開門的。」

「那就把門砸開！」

勒・卡布克跑到樓門前，拉起大門錘就敲了一下。樓門沒有開。他又敲了一下。還是沒人應聲。敲了第三下。仍然沒有一點聲響。

「樓裡有人嗎？」勒・卡布克喊道。

沒有一點動靜。

於是，他操起一桿步槍，開始用槍托砸門。這扇古老的通道拱形門又窄又矮，全是橡木製的，用鐵件加固，裡側還包了一層鐵片，非常結實，名副其實是一道城堡門。槍托撞擊，震動了整個樓房，卻動搖不了這扇門。

然而，很可能驚動了樓裡的居民，只見四樓一扇小方窗終於有了亮光，並且打開，探出一枝蠟燭和一個腦袋，那人頭髮花白，滿臉驚愕惶怖，他正是門房。

撞擊門的人停下來。

「先生們，」門房問道，「你們有什麼事？」

「開門！」勒・卡布克說道。

「先生們，不能開。」

「要你開就開！」

「不成啊，先生們！」

勒．卡克布舉起步槍，瞄準門房，不過，他站在下面，周圍一片漆黑，門房根本沒有看見。

「到底開不開？」

「不行，先生們。」

「你說不行？」

「我說不行，我的好……」

門房這句話還沒說完，槍就響了，子彈從他下巴打進去，穿過喉頭，從後頸出去。老人一聲未吭就倒下了，蠟燭也掉落熄滅了，只見窗沿上耷拉著一個不動的頭和一縷升上屋頂的白煙。

「找死！」勒．卡布克說著，將槍托又重新杵到地上。

他的話音剛落，就感到一隻手像鷹爪一樣，重重地抓住他的肩頭，並且聽見一個人對他說：

「跪下。」

殺人兇手扭過頭，看見安灼拉那張蒼白冷峻的面孔。安灼拉握著一隻手槍。

他聽見槍聲，立刻趕來。

他左手揪住勒．卡布克的衣領、工作服、襯衣和背帶。

「跪下。」他重複說道。

這個二十歲的瘦弱青年，以無比威嚴的動作，將那膀闊腰圓的腳夫像折蘆葦似的壓下去，逼使他跪在泥地上。勒．卡布克還企圖抗拒，但是他彷彿被一位超人的巨掌抓住了。

安灼拉衣領敞著，面色蒼白，頭髮散亂，那張貌似女性的臉，此刻說不出有多像古代的忒彌斯㉓。他那鼓起的鼻孔、低垂的眼睛，賦予他那鐵面無私的希臘型輪廓這種憤怒的表情、這種貞潔的表情，而從古代風尚的角度看，這恰恰符合司法。

街壘裡的人全跑出來了，他們遠遠地圍成一圈，面對即將目睹的場面，每人都感到難以言喻。勒．卡布克全身癱了，不再掙扎，只顧全身發抖了。安灼拉放開他，掏出懷表。

「靜下心來，」安灼拉說道，「要嘛祈禱，要嘛思考。你只有一分鐘。」

「饒命啊。」兇手咕噥一句，然後低下頭，結結巴巴而又含混不清地咒罵了幾句。

安灼拉目不轉睛地看著表，等一分鐘過去，便把表放回外套兜裡，接著一把揪住勒．卡布克的頭髮，手槍頂在他的耳朵上；勒．卡布克則怪聲嚎叫，蜷縮在他的雙膝前。這些大無畏的人，十分鎮定地投入這場極為可怕的冒險之人，此刻大多都扭過頭去。

只聽一聲槍響，兇手前額著地倒在街道上。安灼拉抬起頭，自信而嚴峻的目光掃視周圍。

繼而，他踢了踢屍體，說道：

「把這個東西丟到外面去。」

那無賴剛死，屍體還機械性地抽搐著。三個漢子抬起屍體，從小街壘上扔到蒙德圖爾街上了。

安灼拉站在那兒若有所思。誰也不知道是何等壯麗的黑暗擴展開來，慢慢覆蓋他那可怕的平靜。突然，他亮開嗓子。全場靜下來。

「公民們，」安灼拉說道，「那個人幹的事是兇殘的，而我幹的事則是可怕的。他殺了人，因此我殺了他，我只能這樣做，因為起義要有自己的紀律，在這裡殺人，比在別處罪過更大。我們受到革命的監視，是共和的傳教士，要為職責作出犧牲，絕不能讓人用話柄來誹謗我們的戰鬥。因此，我審判並處死了這個人。至於我，這樣做是迫不得已，又深惡痛絕，我也審判了自己，等一下你們就會看到，我為自己判了什麼罪。」

大家聽了這句話，都不寒而慄。

「我們和你在同一條船上。」公白飛朗聲說。

「好吧！」安灼拉又說道，「我再講幾句。我處決那人是服從強迫性，而強迫性正是舊世界

㉓・忒彌斯：希臘神話中掌管法律和正義的女神。

的一個惡魔，強迫性也叫做因果報應。然而，進步的法則，就是讓惡魔在天使面前消失，因果報應在博愛面前消失，現在說出『愛』字，的確不是時候。無所謂，反正我說出來了，還要頌揚愛。愛，你是未來。死，我利用你，但是我憎恨你。公民們，在未來的時代，既沒有黑暗，也沒有雷擊，既沒有兇殘的愚昧，也沒有血腥的報復了。既然沒有了撒旦，除魔大天使也就不存在了。到了未來，彼此再也沒有殺戮，大地將會陽光燦爛，人類就只有愛心。公民們，那一天必定會到來，到那時候，一切都會充滿融洽、和諧、光明、快樂和生機勃勃，那一天一定能來到，我們正是為此才獻出生命。」

安灼拉住了口。他那處女般的嘴唇又閉上了，在流過血的地方站了半晌，就像一尊雕像般佇立不動。他的眼神凝注，致使周圍的人說話也都壓低了音量。

約翰．普魯維爾和公白飛在街壘的角上，緊緊握住手靠在一起，懷著深深的同情和贊許，沒沒地凝視這個既是行刑者又是神父，既像水晶一樣明潔、又像岩石一樣堅定的青年。

讓我們現在就談談事後發現的情況。這場風波過後，屍體全都被運送到停屍間，經搜查發現，勒．卡布克身上有章警察證，本書作者在一八四八年，還掌握了一份一八三二年呈給警察總監對於此案的專門報告。

還要補充一點，當時有一種說法，很可能是有根據的，按照警方慣用的奇特手段得知，勒．卡布克是囚底的化名。事實也是如此，勒．卡布克一死，就再也沒有囚底的消息了。囚底下落不明，無跡可尋，就好像忽然化為烏有了，他的身世黝黑一片，他的下場更是漆黑一團。

且說這件慘案如此迅速地審明，又如此迅速地了結，起義群眾還在激動不已的時候，庫費拉克在街壘裡，又看見早上去他住所打聽馬呂斯的那個小青年。

這小夥子看樣子很勇敢，無所顧忌，他在天黑時，過來投靠起義的隊伍。

第十三卷：馬呂斯走進黑暗
Marius entre dans l'ombre

一・從普呂梅街到聖德尼區
De la rue Plumet au quartier Saint-Denis

暮色中呼喊馬呂斯去麻廠街街壘的聲音，在他聽來就像是命運的召喚。他正欲一死，機會果然就來了，他正敲著墓門時，黑暗中就有人伸出手來遞給他鑰匙。在絕境的黑暗中出現的這種陰森出路，很有吸引力，馬呂斯立即移開多次容他通過的鐵條，出了園子，說了一聲：「走吧！」

馬呂斯痛苦到了發瘋的程度，頭腦裡再也沒有絲毫明確固定的念頭，他在青春和愛情的陶醉中度過兩個月之後，再也接受不了任何別的命運；他被絕望的種種妄想所壓倒，此刻只有一種渴望：盡快了結。

他開始急匆匆地趕路，恰巧身上有武器，掛著沙威的那兩隻手槍。

馬呂斯出了普呂梅街，經過大馬路，再穿過殘廢軍人院大廣場和大橋，穿過香榭大道、路易十五廣場，便到了里沃利街。這裡商店還開著門，拱廊下點著煤氣燈，婦女在店鋪裡買東西，有人在萊特咖啡館裡吃霜淇淋，在英國糕點店裡吃小點心。只有幾輛郵車從親王旅館和莫里斯旅館啟程，飛馳而去。

馬呂斯從德洛姆過道走進聖奧諾雷街。這條街上的店鋪都關門了，那些店鋪老闆在虛掩的門前議論，街上還有來往的行人，路燈點亮了，樓上每層窗戶都有燈光，和往常一樣。王宮廣場上有馬隊。

馬呂斯沿著聖奧諾雷街往前走，離開王宮越遠，亮燈光的窗戶越稀少，店門緊閉，也沒有人在門口聊天了，街道越來越暗，人群反而越來越密集。人群中沒人講話，卻傳出一種低沉的嗡嗡聲。

離枯樹池不遠有幾夥人，黑糊糊的，在來往行人中佇立不動，猶如河流中央的孤舟。

到了普魯韋爾街口，人流就不往前走了。這裡人群如堵，密集緊湊，擠得嚴嚴實實，推擁不動，幾乎密不透風，那些人都在低聲交談。這裡幾乎不見黑禮服和圓禮帽了，惟有罩衫、工作服，鴨舌帽、蓬頭垢面。這一大片人在夜霧中隱隱浮動，他們竊竊私語如沙沙的風雨聲。雖然沒人走動，卻聽見在泥地裡踏步的聲響，在這厚厚人群的另一邊，在滾木街、普魯韋爾街和聖奧諾雷街的延伸地段，只有一扇窗戶有燭光。眺望那些街道，還能看見一串串燈籠，但是孤零零的，越來越稀少。當年的燈籠，形同吊在繩子上的大紅星，投到街面上的影子就像大蜘蛛。那幾條街並不是空蕩無人，可以清晰看到架在一起的步槍、晃動的刺刀和宿營的部隊。任憑哪個好奇的人也沒有越過那個界線。到了那裡，交通中斷，行人止步，軍隊開始駐地。

馬呂斯是不再抱希望的人，也就勇往直前。既然有人召喚，他就應該前往。他設法穿過人群，穿過部隊的營地，避開巡邏隊，避開崗哨。他繞了個彎，到達貝蒂西街，朝菜市場走去，拐進布林道奈街，那裡就沒有燈籠了。

通過了人群密集的路段，又越過部隊的前沿，他隻身到了特別駭人的地點。不見一個行人，不見一名士兵，不見一點燈光，闃無一人，冷清清，一片岑寂，夜色瀰漫，讓人不由得渾身打冷顫。

走進一條街，恍若走進地窖。

他繼續往前走。

走了幾步，有人從身邊跑過。是男人？還是女人？有好幾個嗎？他也說不清楚。繞來繞去，他鑽進一條小街，以為是陶器街，走到中段，撞到了什麼東西，伸手去摸摸，原來是一輛被翻倒的小車，腳下到處是水窪、泥坑、亂石堆，那裡有一座未建成便被丟棄的街壘。他穿過亂石堆，到了街壘的另一邊，靠近牆角石，摸著牆壁往前走，沒出多遠，眼前恍惚有白色的東西晃動，靠近一看，原來是兩匹白馬。那兩匹馬，正是早上博須埃從公共馬車上卸下來的，在街上遊蕩了一整天，最後流落到這個地方，疲憊不堪，但又顯示了畜生的巨大耐性，弄不懂人的行為，正如人弄不懂上蒼的行為一樣。

馬呂斯將馬丟在身後，又踏進另一條街，想必是社會契約街，這時忽然一聲槍響，不知從哪裡射來，子彈穿越黑暗，擦耳呼哨而過，射穿他頭上的理髮店招牌——一個刮鬍子用的銅盤。直到一八四六年，在社會契約街靠菜市場排柱的拐角，還能看到那個有彈洞的銅盤。

這一槍總還表明街裡有人，此後他再也沒有遇見什麼。

整個這條路線，就好像在黑暗中走下階梯。

馬呂斯還是照樣往前走。

二・巴黎鳥瞰圖①
Paris à vol de hibou

這種時刻，有人若是長了蝙蝠或梟鳥的翅膀，在巴黎上空盤旋，就會看到一片慘澹的景象。

他會看到菜市場這個老街區，就像在巴黎中心挖出的無比巨大的黑洞：這座城中之城，由聖德尼街和聖馬爾丹街縱貫，又有無數條縱橫交錯的小街巷，現在成了起義者的堡壘和陣地。目光投下來好似深淵。這一帶由於路燈被砸爛，住戶門窗也緊閉著，就沒有了一點光亮，沒有一點聲息和動靜。隱藏在暴動中的警察們監視著各處，維持秩序，也就是維持黑夜。為數不多的人隱沒在廣闊的黑暗中，每個戰士利用黑暗所提供的條件，成倍地增加戰鬥力，這就是起義必須採取的戰術。天黑之後，凡有燭光的窗戶都挨了一槍。燭火熄滅了，有時居民也中彈喪命。於是再也沒有動靜了。住戶裡只有惶恐、哀傷和驚愕，街上籠罩著一種神聖的恐怖氣氛。就連一排排窗戶、一層層樓房、犬牙交錯的煙囪和屋頂都看不見了，就連泥濘路面的微弱反光都看不見了。從天空俯瞰這一大片黑暗，也許能看見每隔一段距離有點亮光，雖然零零星星，影影綽綽，卻映現出一些怪異的折曲線條、一些古怪建築物的側影，以及類似在廢墟上來回飄動著磷光的東西，那正是街壘所在之處。其餘地段則是一片幽暗的湖水，霧氣瀰漫，顯得滯重而淒慘，上面還挺立著幾個高大的黑影，陰森森的靜止不動，那是聖雅克塔、聖梅里教堂，以及另外兩三座這類高大的建築；那些人造的巨靈神，在黑夜裡就成了鬼怪。

在這冷清而令人不安的迷宮四周，在巴黎特有的車水馬龍尚未完全斷絕、還殘留幾盞路燈的街區，那位在上空盤旋的觀察者可能望見了戰刀和刺刀的金屬閃光、炮車的無聲滾動，以及分秒都在沒擴大的營隊；這便是在暴動的周圍慢慢合攏收緊的可怕包圍圈。

遭受封鎖的街區完全成了猙獰的洞穴，那裡一切彷彿在沉睡，毫無動靜，正如剛剛看到的情景，平時行人都可以去的一條條街道，僅僅呈現一條條黑影。

兇險的黑影，布滿陷阱，布滿隱秘而可怕的埋伏，想到要進去就會心驚肉跳，在裡面停留更是惶恐不安；要想進去的人，面對等待他們的人瑟瑟發抖，而等待的人，面對即將到來的人也不寒而慄。街道的每個角落都埋伏著看不見的戰士，沉沉的黑夜中，隱藏著要把人拖入墳墓的圈套，

①・《巴黎聖母院》第三卷第二節為〈巴黎鳥瞰圖〉，篇幅長得多。

大局已定。從此以後，除了槍口上的火光，休想再看見別的光亮；除了突然來臨的死亡，休想再遇見別的什麼。死亡從何處來？如何前來？什麼時候到來？不得而知，但又確切無疑而不可避免。在這進行較量的特定地方，政府和起義，國民衛隊和社團組織，資產階級和暴動群體，雙方都在摸索著接近。無論哪一方，都同樣有此必要，要嘛戰死，要嘛成為勝利者，從此只可能有一種結局。局勢危殆到極點，黑暗深到極度，就連最膽怯的人都覺得決心已定，最膽大的人也覺得不勝驚駭。

再者，雙方都同樣氣沖斗牛，都同樣激烈，視死如歸。對這一方來說，前進就是死，但是誰也沒有想到後退，對另一方來說，留在那裡就是死，但是誰也沒有想到逃走。

不管這一方、還是那一方勝利，也不管起義成為一場革命，抑或僅僅是一次鬥毆，反正明天這一切都必須了結。政府和那些社團都明白這一點，連最普通的資產者也有同感。因此，在這條將決定一切的街區，一種惶惶不安的思想摻進了無法穿透的黑暗；因此，在這即將發生一場災難的沉寂四周，焦急的情緒有增無減。這裡只聽見一種聲響，聖梅里教堂的警鐘，如臨終喘息一樣令人心碎，如詛咒一樣令人心驚。那口鐘絕望狂敲的聲音，在黑暗中哀鳴，比什麼都更令人膽顫心寒。

常有這種情景：天象彷彿配合人要做的事情。什麼也打亂不了這種一致的悲慘的和諧。星光完全消失。天空層層疊疊，布滿大塊大塊愁慘的烏雲。蒼穹隆黑如鍋底，罩住這些死寂的街道，就像是巨幅的裹屍被單，蓋在一座巨型的墳墓上。

當此之時，在這久經革命風暴衝擊的地方，正醞釀一場還僅限於政治上的戰鬥，而青年、秘密社團、學校以主義學說的名義，中產階級則以利益的名義靠近，要來衝撞、較量和廝殺，每個人都在催促和呼喚這場危機的最後決定時刻，當此之時，在這兇險街區的外面和遠處，在逐漸消失在幸福繁榮的巴黎輝煌下，窮困的老巴黎，在深不可測的洞窗深處，能聽到民眾切齒痛恨的隱隱怨聲。

可怕而神聖的聲音，由猛獸的吼叫和上帝的話語構成，能嚇壞弱者，警告智者，既像獅吼來自下界，又像雷鳴來自上蒼。

三・邊緣

L'extrême bord

馬呂斯走到菜市場。

比起附近那些街道，這裡更寧靜，更黝暗，更加靜止不動，就好像墓穴的冰冷的寧靜，鑽出了地面，瀰漫在空間之中。

然而，從聖厄斯塔什教堂方向堵住麻廠街的那排高樓房頂，由一片紅光鮮明地映現在黑暗的天空上。那正是科林斯街壘裡燃著的那支火炮的反光。馬呂斯朝紅光走去，一直走到甜菜市場，隱約能望見布道修士街那黑洞洞的路口。他走了進去，起義的哨兵守在這條街的另一頭，沒有發現他。他感到他要找的地點近在咫尺，於是踮起腳往前走，到達那小半截蒙德圖爾街的拐角。我們記得，這是安灼拉保留下來與外界聯絡的惟一通道。馬呂斯走到左側最後一幢樓房的拐角，探過頭去，張望這半截蒙德圖爾小街。

他隱沒在麻廠街投下的一大片暗影中，看見小街和麻廠街的黑暗拐角靠裡面一點，街道上有點亮光，看見酒樓一角，以及後面在一道畸形牆壁裡眨眼的一盞燈籠，還看見槍放在膝上蹲著的一夥人。那些跟他相距僅有十圖瓦茲的人，那就是街壘的內部。

小街右側那些樓房遮擋著，他看不到酒樓的其餘部分，也看不到大街壘和紅旗。

馬呂斯只需再跨一步。

這不幸的青年卻挑了一塊牆角石坐下，叉起胳臂，開始想念起他的父親。

那個彭邁西上校十分英勇，曾是多麼自豪的戰士，在共和時期守衛了法國的邊境，還跟隨皇帝到達亞洲的邊界，他見過熱那亞、亞歷山大城、米蘭、都靈、馬德里、維也納、德累斯頓、柏林、莫斯科，他在歐洲每一個勝利的戰場都灑了鮮血，也就是馬呂斯血脈之中流淌的血，他一生過著軍旅生活，腰紮武裝帶，肩章的穗子飄在胸前，硝煙熏黑了軍徽，頭盔將前額壓出了皺紋，在木棚、軍營、露營地、戰地醫院裡打發日子，東征西討二十年，未老先衰，頭髮已經斑白，臉上帶著刀疤，回到家鄉，總是笑容滿面，平易近人，又安分，又令人敬佩，像孩子一樣純潔，為法蘭西貢獻出了一切，沒有做過一點損害祖國的事情。

馬呂斯又想到，現在又輪到他了，他的時刻終於來臨，他要繼承父志，也同樣英勇頑強，無所畏懼，衝進槍林彈雨中，用胸膛去迎接刺刀，不怕流血犧牲，撲向敵人，撲向死亡，現在輪到他投入戰爭，奔赴戰場了，然而，他奔赴的戰場，卻是街道，他要投入的戰爭，卻是內戰！

內戰在他面前張開大口，猶如無底洞，他就要掉進去。

想到這裡，他不禁打了個寒顫。

他想起父親的那把劍，竟然被外祖父賣給舊貨店了，令他痛惜萬分。現在他思忖道，那把英勇而貞潔的劍，逃脫他的手，負氣隱遁到黑暗中，不失為明智之舉。它這樣避世隱居，是聰明的表現，預見到未來，預感到暴動，即水溝的戰爭，街巷的戰爭，地窖通風口的射擊，從背後的偷襲並遭受的襲擊；它是從馬倫哥和弗里斯蘭歸來，就不願意去廝廠街了，它隨同那位父親作戰之後，就不願意跟這個兒子來打仗啦！馬呂斯還想道，那把劍此刻若是在這裡，當初在父親臨終的榻前，他若是接過來，敢於握在手中，帶去投入法國人之間在十字街頭的這場戰鬥，那麼毫無疑問，那把劍就會燒灼他的手，就會像天使的劍那樣，在他面前化為烈焰！他暗暗慶幸那把劍不在跟前，已不知下落，這樣很好，天公地道，他外祖父才真正捍衛了他父親的榮譽，上校的那把劍被拍賣掉了，賣給了舊貨商，丟進廢鐵堆裡，總比今天用來讓祖國流血強得多。

想著想著，他便傷心落淚了。

這實在太可怕了。可是怎麼辦呢？沒有珂賽特還要繼續活下去，這他辦不到，既然珂賽特走了，他只有一死。他不是向她保證過，情願一死嗎？她深知這一點，卻還是走了，表明她並不把馬呂斯的死活放在心上。而且，她明明知道他的地址，卻沒有告訴他一聲，沒有留下一句話，也沒有寫封信，顯然她不愛他啦！現在他何必活著，還活在世上幹什麼？再說，已經到了這個地方，怎麼，還要後退！已經接近危險，還要逃離！已經前來看了街壘裡的情景，還要躲避！戰戰兢兢地躲避，同時說道：的確，這樣我可受不了，我看到了，這就足夠了，這是內戰，我還是走開！他的朋友們在等待他，也許正需要他，他卻丟下不管！他們一小撮人對付一支軍隊！全都棄置不顧：愛情、友誼、自己的諾言，全都拋開！以愛國為藉口掩飾自己的怯懦！絕不能這樣做，他父親的幽靈，如果此刻就在這黑暗中，看見他後退，肯定要用劍背去抽打他的腰，怒斥他：向前進，膽小鬼！

他受紛亂思緒的困擾，慢慢低下頭去。

他又猛然抬起頭來。他的頭腦剛剛進行一場大規模的矯正，接近墳墓的人，思想就要膨脹，臨死的人，看得更加真切。也許他感到即將投身的行動所產生的幻象，在他看來不再是可悲的，而是高尚的。不知在內心起了什麼作用，在思想的慧眼前，街壘戰忽然變了模樣。沉思默想中所有紛紛擾擾的問號，重新蜂擁而至，但是不再使他心煩意亂了。每個問號他都回答了。

想想看，他父親為什麼要氣憤呢？在某種情況下，起義難道不會昇華成替天行道嗎？他是彭邁西上校的兒子，如果投入眼前的戰鬥，又怎麼會降低人格呢？固然，這裡不是蒙米賴，也不是尚波貝爾[②]，而是另外一回事。現在要捍衛的不是神聖的領土，而是神聖的思想。不錯，祖國在呻吟，然而人類卻在歡呼。況且，祖國真的在呻吟嗎？法蘭西流血，然而自由卻微笑了；面對自由的笑容，法蘭西就忘記傷痛了。如果從更高的角度觀察事物，內戰又如何解釋呢？

內戰？這是什麼意思？難道還有一種外戰嗎？人之間的任何戰爭，不全是手足之間的戰爭嗎？戰爭只能以其目的定性。既談不上外戰，也就談不上內戰，只有正義和非正義之分。只要人類還沒有進入大同世界，戰爭就可能是必要的，至少，急促的未來推動拖延的過去那種戰爭是必要的。那種戰爭有什麼可指責的呢？惟有用來扼殺人權、進步、理智、文明和真理的時候，戰爭才變得可恥，利劍才變成匕首，無論內戰、還是外戰，都是非正義的，統統是犯罪。除了正義這個神聖的尺度，戰爭的一種形式有什麼權利貶斥另一種形式呢？華盛頓的利劍有什麼權利否認加米爾．德穆蘭[3]的長矛呢？萊奧尼達斯[4]抵禦外族，提莫萊昂[5]反抗暴君，哪一個更偉大呢？一個是捍衛者，一個是解放者。能不分青紅皂白，一概譴責城市內部的武裝之舉嗎？那麼，布魯圖斯、馬塞爾[6]、布蘭肯海因的阿諾德[7]、科利尼[8]，不是全都可以稱為歹徒嗎？荊叢戰嗎？街巷戰嗎？有何不可呢？這正是昂比奧里克斯[9]、阿特威爾德[10]、馬尼克斯[11]、佩拉吉[12]所進行的戰爭。不過，昂比奧里克斯是為反抗羅馬而戰，阿特威爾德是為反抗法國而戰，馬尼克斯是為反抗西班牙而戰，佩拉吉是為抵抗摩爾人而戰。要知道，君主制，就是外族；壓迫，就是外族；神權，也是外族。武力侵犯地理疆界，而專制制度則侵犯精神疆界。驅逐暴君或驅逐英國人，這兩者都是在收復國土。到了一定時候，僅僅抗議就不夠了；談完哲學，則需行動；思想開路，武力完成；《被縛的普羅米修斯》開場，阿里斯托吉通[13]收場；百科全書照亮靈魂，八月十日激發靈魂。埃斯庫羅斯之後，則有沙拉西布洛斯[14]；狄德羅之後，則有丹東。人民大眾，總有接受主子支配的一種傾向。烏合之眾沉積暮氣。一群人湊在一起就容易惟惟諾諾。對待他們，必須推動、鞭策，用解放自身這樣利益去激勵，用真理刺痛他們的眼睛，向他們大把大把投去強烈的光芒。必須用和他們性命攸關的問題來鼓吹他們，用這種電閃雷鳴促使他們猛然醒悟。因此，警鐘和戰爭是必不可少的。必須有偉大的戰士挺身而起，以英勇的精神照耀各國人民，搖撼籠罩在神權、武功、威力、信仰狂熱、不負責任的政權和專制君主陰影下的可悲人民：渾渾噩噩的眾生，只一味地欣賞黑暗勢力的輝煌所展現的暮色壯景。打倒暴君！這是什麼話呀？究竟指誰呢？把路易．菲力浦稱為暴君嗎？不對，他不見得比路易十六更專制，他們兩位都是歷史上習慣稱做好國王的人。然而，原則不容閹割，真理的邏輯是直線的，其特性恰恰是絕不遷就，絕不退讓，任何踐踏人的行為都必須遏制。路易十六身上有神權，而路易．菲力浦則具有波旁血統，在一定程度上，他們二人都代表了踐踏人權的勢力，為了全面清除篡奪的權力，就必須打倒他們，勢在必行，因為法國一貫是開路的先鋒。君主一旦在法國倒臺，就會在各國紛紛倒臺。總之，重樹社會真理，將寶座還給自由，將人民還給人民，將主權還給人，將紫金冠重新戴到法蘭西的頭上，徹底恢復理智和公正，讓每個人恢復自我，根除一切敵對的苗頭，掃蕩君主制在通往世界大同的路上設置的障礙，重新讓人類掌握人權，請問，還有什麼比這更正義的事業呢？還有什麼比這更偉大的戰爭呢？這類戰爭能創建和平。一座由偏見、特權、迷信、謊言、敲詐、流弊、暴力、罪惡和黑暗等構成的巨大堡壘，連同仇恨的塔樓，還屹立在這個世界上。必須將它摧毀。必須將這龐然大物夷為平地。在奧斯特里茲打勝仗，意義固然重大，但是攻克巴士底獄，意義則無比深遠。

誰都有這種切身體驗，即使陷入極為兇險的絕境，靈魂也能保持冷靜，從容地思考，這種奇特的性能正說明了靈魂複雜而奇妙：既著附於肉體之上，卻又無所不在，往往有這種情形，在悲痛欲絕、激憤無望時，在極度沮喪的悲切自語中，靈魂還能分析事理，探討問題。思緒紛亂尚有

②·蒙米賴和尚波貝爾：地名，位於法國北部，一八一四年二月，拿破崙曾在這兩地打敗普魯士軍。
③·德穆蘭（一七一〇—一七九四）：法國政治家，一七八九年法國革命發動者之一。
④·萊奧尼達斯：斯巴達國王（西元前四九〇—前四八〇）：保衛溫泉關的英雄。
⑤·提莫萊昂（約西元前四一〇—前三三六）：參與除掉兩個暴君，包括他的兄長，爾後又放棄權力。
⑥·艾蒂安·馬塞爾（一三一六—一三五八）：一三五五年任巴黎行政長官，公然對抗太子查理（後來成為查理五世）。
⑦·阿諾德：可能指爭取瑞士獨立的英雄溫凱里德的阿諾德。
⑧·科利尼（一五一九—一五七二）：新教領袖之一。
⑨·昂比奧里克斯：高盧人首領。
⑩·雅克·阿特威爾德（一二九〇—一三四五）：根特地方長官，率佛蘭德人反對佛蘭德伯爵。其子菲力浦繼承父志，於一三八二年與法軍作戰時喪命。
⑪·馬尼克斯（一五三八—一五九八）：領導荷蘭反抗西班牙的統治。
⑫·佩拉吉：西元八世紀阿斯圖里亞斯（西班牙）國王，曾領導全國抵抗阿拉伯人的入侵。
⑬·阿里斯托吉通：雅典人，他與哈爾莫狄烏斯合力殺了暴君希帕爾克。
⑭·沙拉西布洛斯：西元前五世紀末，他驅逐了斯巴達強加給雅典的三十人寡頭，重建民主政體。

邏輯，在思想的狂風暴雨中，推理的線索飄蕩而不中斷。這正是馬呂斯的精神狀態。

馬呂斯萬念俱灰，橫下一條心，但還有點猶豫，總之，面對自己要採取的行動，心中不免悸動，他一邊這樣思前想後，目光一邊在街壘裡遊蕩。起義者一動不動，在那裡邊低聲交談，這種近乎寂靜的氛圍，令人感到已進入等待的最後階段。馬呂斯還注意到，在他們上方四樓的一扇窗戶裡，有一個觀望者或者目擊者，那神態特別專注。那正是勒．卡布克殺害的看門人。僅憑插在石頭中的火炬的光亮，從下面望去，只能影影綽綽看見那個腦袋。那張驚駭而灰白的臉靜止不動，頭髮倒豎，兩眼圓睜，定睛注視著，嘴張得老大，俯瞰著街道，一副看熱鬧的姿勢，在昏慘慘的光亮中，那形象怪異到了極點。可以說，那是死者在凝望將死的人。那腦袋流出的血長長一條，就像暗紅的線，從四樓窗戶一直淌到二樓才凝止。

第十四卷：絕望的壯舉
Les grandeurs du désespoir

一・旗——第一幕
Le drapeau–Premier acte

敵方還沒有動靜。聖梅里教堂的鐘敲過十點了，安灼拉和公白飛拿著卡賓槍，走到大街壘的豁口附近坐下。他們沒有交談，只是側耳細聽，竭力辨別那極遠、極微弱的行進腳步聲。

在這陰森的寂靜中，忽然出現一個青年的愉快清亮的聲音，彷彿從聖德尼街那邊傳來的，清晰地唱起古老的民間小調〈月光下〉，結尾一句的叫聲類似雞鳴：

我這鼻子淌眼淚。
我的朋友好布若，
為勸眼淚別傷悲，
把你士兵借給我。

藍色大衣身上披，
雞冠頂上[1]戴軍帽，
這不已經到郊區！
喔喔啼來咯咯叫！

安灼拉和公白飛握了握手。

「那是伽弗洛什。」安灼拉說道。

「是給我們的警報。」公白飛也說道。

一陣急促的跑步聲驚擾了寂靜無人的街道，只見有個人比雜要演員還要敏捷，從公共馬車身上爬過來，伽弗洛什一下跳進街壘裡，上氣不接下氣地說道：

「我的槍呢？他們來了。」

一陣寒噤像電流傳遍了街壘，只聽伸手摸找槍枝的聲響。

「你要我這把卡賓槍嗎？」安灼拉問流浪兒。

「我要那桿大槍。」伽弗洛什回答。

說著，他拿起沙威那枝步槍。

兩名哨兵撤回來了，幾乎與伽弗洛什前後腳回到街壘。一個是設在街道另一頭的觀察哨，另一個是放在小丐幫街的前哨。放在布道修士街的前哨還留在原地，這表示河橋和菜市場的方向沒有情況。

在映照紅旗的那枝火炬的反光中，麻廠街只有幾塊鋪路石隱約可見，就好像在瀰漫的煙霧中，

①．高盧雄雞是七月王朝的國徽。

對著起義者洞開的一道大黑門。

每人都守住戰鬥崗位。

安灼拉、公白飛、博須埃、若李、巴奧雷和伽弗洛什都算在內，總共四十三名起義者，全都半跪在大街壘裡，頭略微探出一點，將步槍和卡賓槍的槍管搭在街壘石上，如同守著堡壘的槍眼，一個人斂聲屏息，神情專注，隨時準備射擊。弗伊率領六個人，守在科林斯二樓的窗戶，槍托都抵在肩上。

又過了半晌，就聽見從聖勒方向傳來人數眾多的整齊沉重的腳步聲。那腳步聲響起初是微弱的，繼而清晰，越來越近，也越來越重越響了，一路持續不斷，不停也不歇，沉穩得令人心驚膽顫。寂靜中只聽見這聲響。聽來就像是巨大的騎士雕像在行進，又沉靜、又喧響，然而，這石像的腳步又不知怎的，卻倍增而無限擴大，給人的感覺既像千軍萬馬，又像一個幽靈。真讓人以為是聽見可怕的軍團雕像走來。腳步越來越近，戛然而止。他們彷彿聽見街口人數眾多的喘息聲，可是什麼也看不見，只覺得那厚厚的黑暗中，有著無數細如繡花針的金屬絲在晃動，但是極難捕捉，就像一個人闔眼剛要入睡時，在初起的迷霧中所見那難以描摹的螢光網。那是火炬的光亮隱約照見遠處的刺刀和槍筒。

又停歇片刻，就好像雙方都在等待一樣。突然，那黑暗深處的一聲斷喝，因為看不見人而尤為可怖，彷彿是那黑暗本身在喊話：

「口令！」

同時傳來舉槍的劈啪撞擊聲。

安灼拉以高亢的聲音回答：

「法蘭西革命！」

「開火！」那聲音又斷喝。

一道閃電，照亮街旁房舍的門面，就好像一座大熔爐的門突然一開，隨即又關上似的。

街壘上一片駭人的爆炸聲，那面紅旗倒了。這陣射擊來得十分兇猛密集，將那旗桿，即那輛公共馬車的轅木尖頭打斷了。有些槍彈打在房舍的楣簷上，反彈到街壘裡，傷了好幾個人。

第一排槍的射擊，令人膽顫心寒。攻勢確實兇猛，足令最有膽量的人心生顧忌。顯而易見，他們至少要對付整整一團人馬。

「同志們，」公白飛嚷道，「不要浪費彈藥。等他們進入這條街，我們再還擊！」

「最要緊的是，」安灼拉說道，「重新把旗幟豎起來。」

他拾起碰巧掉在他腳前的旗幟。

街壘外面又傳來通條插槍管的聲響：那部隊又在上子彈了。

安灼拉接著說道：

「這裡誰有膽量？誰能把這面旗幟再掛到街壘上面？」

無人應聲。街壘顯然是再次射擊的目標，在這種時候上去，無疑是送死。明知去送命，就連最勇敢的人也遲疑了。就是安灼拉本人也不禁心悸。他重複問道：「沒人願意去嗎？」

二・旗——第二幕
Le drapeau--Deuxième acte

起義者一到科林斯，就開始建造街壘，沒怎麼注意馬伯夫老爹。然而，馬伯夫先生並沒有離開隊伍，他走進酒樓的樓下廳，就坐到櫃檯裡面了，可以說坐在那裡圓寂了，不再看什麼，也不再想什麼。庫費拉克，還有別人，曾三番兩次到他跟前，說這裡危險，要他避開，而他好像什麼也沒有聽見。沒人跟他講話時，他的嘴唇卻蠕動著，彷彿在回答什麼人的話，可是一有人來勸他，他的嘴唇就不動了，眼神也無生意了。街壘遭到攻擊之前幾小時，他兩個拳頭抵著雙膝，頭朝前探，好像俯瞰著危崖絕壁，再也沒有改變這種靜坐的姿勢。什麼情況也沒能把他從這種狀態中拉出來，他的神思似乎不在街壘裡。等到每人都進入戰鬥崗位，樓下大廳就只剩下他馬伯夫、綁在柱子上的沙威，以及手持軍刀看守沙威的一名起義戰士了。攻擊一開始，槍聲大作，馬伯夫的軀體受到震動，像是回過神來，他霍地站起身，穿過大廳，就在安灼拉重複「沒人願意去嗎？」這個號召的當下，只見老人出現在酒樓門口。

起義隊伍看見他出現，都不免驚訝，有人喊道：「他是投票贊成處死國王的人！他是國民公會代表！他是人民代表！」

也許他並沒有聽見。

他徑直朝安灼拉走去，起義者懷著敬畏的心情，為他讓開一條路，安灼拉也不禁愕然，退了一步。這個八十歲老人，從安灼拉手中奪過紅旗，他的腦袋不停抖動，腳步卻很堅定，沿著石級緩慢地登上街壘，場面十分悲壯，周圍的人誰也沒敢上前阻攔，也沒敢上前攙扶，都紛紛對著他喊：脫帽致敬！老人頭髮斑白，面頰瘦削，寬闊的禿額頭爬滿皺紋，眼眶凹陷，嘴巴驚愕地張著，老朽的手臂舉著紅旗，他一級一級攀登，從黑暗裡出現，進入火炬的血紅的光亮中，那身影越來越高大，令人震驚，大家真以為看見一七九三年的幽靈，手舉恐怖的大旗，從地下走出來。

他登上最高一級，這個幽靈挺立在亂石堆上，面對一千二百個看不見的槍口，面對死神，似乎比死神還強大，渾身顫顫巍巍、又凜然難犯，在這種時刻，整個街壘在黑暗中，就呈現一副超自然的高大形象。

這時一片沉寂，只有要發生奇蹟的時候，才會出現這種氛圍。

在這片寂靜中，老人揮動著紅旗，高呼：

「革命萬歲！共和國萬歲！博愛！平等！寧死不屈！」

街壘裡的人聽到一陣急促細微的聲音，好像著急的神父在念一段祈禱文，很可能是在街道另一頭，警官在督促著部隊。

繼而，先頭喊「口令」的那個人又厲聲喝道：

呼：

「躲開！」

馬伯夫先生臉色慘白，神態怔忡，失神的眼睛燃著淒慘的火焰，他將紅旗舉到額上，再次高

「共和國萬歲！」

「開火！」那聲音命令道。

第二陣齊射好似霰彈，紛紛打在街壘上。

老人雙膝一彎，隨即又挺起來，旗幟從手中滑落，雙臂交叉成十字，身子像一塊木板，直挺挺仰倒在街道上。

他身下流出幾條血溪，那張灰白憂傷的老臉彷彿凝望著天空。

起義者義憤填膺，一時間忘記了自衛，都向屍體靠近，心中又驚愕、又崇敬。

「判處國王的人真是好樣的！」安灼拉說道。

庫費拉克湊到安灼拉的耳邊：

「這話只說給你一個人聽，我可不想掃大家的興。要知道，他根本不是投票贊成判處國王的代表。我認識他，他叫馬伯夫老爹，我也不知道他今天怎麼了。他是個勇敢的老傻瓜，瞧瞧他那腦袋。」

「傻瓜腦袋，布魯圖斯的心。」安灼拉答道。

接著，他高聲說道：

「公民們！這是老年人給青年做出的榜樣。剛才我們還在遲疑，他卻挺身而出！我們後退，他卻勇往直前。這就是因年邁而顫抖的人，如何教育因恐懼而顫抖的人，在祖國面前，這老人非常崇高。他活得長久，死得壯烈！現在，讓我們把遺體安放好，我們每人要像保衛在世的父親一樣，保衛這位死去的老人，但願他在我們中間，使街壘堅不可摧！」

這些話激起一陣低沉而有力的共鳴。

安灼拉俯下身，托起老人的頭，憤然地吻了吻額頭，再把他的手臂掰開，動作很輕，非常小心，就好像怕把它弄疼了似的，又把他的衣裳脫下來，指給大家看衣裳的所有血洞，說道：

「現在，這就是我們的旗幟。」

三・當初伽弗洛什還不如接受安灼拉的卡賓槍
Gavroche aurait mieux fait d'accepter la carabine d'Enjolras

有人將余什盧寡婦的一條黑色長披巾拿來，蓋在馬伯夫老爹的身上。六人用步槍排成一副擔架，將屍體放上去，由眾人脫帽陪同，緩步莊嚴地抬進樓下大廳，安放在一張大桌子上。

這些人全身心投入這件嚴肅而神聖的事，竟然把危險的處境置於腦後。

遺體從始終泰然的沙威身邊抬過時，安灼拉對密探說：

「等一下就輪到你啦！」

此刻，只有小伽弗洛什沒有離開戰鬥崗位，留在原地守望，他恍惚看見有人偷偷摸近街壘，就突然大喊一聲：

「有情況！」

庫費拉克、安灼拉、若望・普魯維爾、公白飛、若李、巴奧雷、博須埃等所有人，聞聲便亂哄哄從酒樓衝出來。幾乎來不及了，只見黑壓壓一片刺刀在街壘頂端起伏閃動。身材高大的保安警察，有的跨過那輛公共馬車，有的從豁口鑽進來，一起朝那流浪兒逼去，那孩子往後退，卻不逃跑。

形勢萬分的危急。這是洪水氾濫的可怕的最初時刻，河水上漲與堤岸齊平，水從堤壩所有縫隙滲出來。剎那之間，眼看街壘就要被攻佔了。

巴奧雷衝向頭一個進來的保安警察，貼身一卡賓槍打死那人，而第二名警察一刺刀又刺死巴奧雷。另一個敵人已將庫費拉克打倒在地，只聽庫費拉克高喊：「快救我！」保安警察隊中個頭兒最高的那人，挺著刺刀逼向伽弗洛什。伽弗洛什兩條小胳膊端起沙威那桿特大號槍，堅決地抵在肩上，對準那巨人射擊。可是槍沒有打響，沙威沒有將他的步槍裝上子彈。那個警察哈哈大笑，朝孩子舉起刺刀。

還沒等到刺刀碰到伽弗洛什，那桿步槍就從那大兵手中脫落了：那名警察腦門中了一槍，仰身倒下了。第二顆子彈打中攻擊庫費拉克那名警察的胸口，將他撂倒在街道上。

是馬呂斯剛衝進街壘。

四・火藥桶

Le baril de poudre

原來，馬呂斯一直躲在蒙德圖爾街的拐角，渾身顫抖，還猶豫不決，目睹了這場戰鬥的第一階段。然而，面對可稱做深淵呼喚的，那種極度神秘的眩暈，他未能抵抗多長的時間。面對千鈞一髮的危難，面對馬伯夫先生謎一般的慘死、巴奧雷的遇害、庫費拉克的呼救、那孩子受到的威脅，總之，面對亟待援救或為之報仇的朋友們，他的疑慮一掃而光，手握兩隻槍便衝進混戰之中，第一槍搭救了伽弗洛什，第二槍解救了庫費拉克。

進攻的部隊一聽到槍聲，聽到遭受打擊的保安警察的叫喊，就端著槍，蜂擁登上街壘，現在已經露出大半截身子，有保安警察、正規軍、城郊國民衛隊的士兵。他們已經覆蓋了街壘的三分之二，但是沒有跳進包圍圈裡，彷彿還猶豫不決，怕落入陷阱。他們像窺視獅子洞一樣，觀望黑糊糊的街壘裡面。火炬的光亮只照見他們的刺刀、佩戴羽毛的軍帽和不安而憤怒的上半張臉。

馬呂斯丟掉兩支空手槍，沒有武器了，但是他看見樓下廳堂門旁的火藥桶。

馬呂斯正半轉過身去看那個方向，一名士兵卻端槍瞄準他，正要射擊的那一刻，忽然一隻手伸過去，抓住槍管並堵住槍口。衝過去堵住槍口的人，正是那個穿線絨褲的青年工人。槍響了，子彈打穿那工人的手掌，也許還打中身體，只見人倒下去了，而馬呂斯安然無恙。在瀰漫的硝煙中，這情景影影綽綽，看不清楚。馬呂斯正往樓下廳堂衝去，也沒仔細看，只是隱約瞥見對準他的槍口，以及堵住槍口的那隻手，並且聽到了槍聲。不過，在那種時刻，事情瞬息萬變，目光不會停留在任何細節上，只是模模糊糊地感到自身被推向更黑暗的地方，周圍烏雲密布。

起義者受到突然的襲擊，但並不畏懼，他們又聚攏在一起。安灼拉喊道：「等一等！不要亂開槍！」的確，在初次交鋒的混亂中，很可能會打傷自己人。大部分起義者上了二樓和閣樓，在窗口居高臨下，和進攻的敵人對陣。最堅決的幾個人，跟安灼拉、庫費拉克、若望．普魯維爾和公白飛一起，排在街尾那排橫向的樓房前，毫無屏障，大義凜然，面對著一排排站在街壘上的士兵和衛隊員。

廝殺之前從容不迫，完成這一系列部署，顯示了一種奇特的嚴肅和奪人的氣勢。兩方都舉槍瞄準待發，而且相距極近，彼此可以問答。就在這一觸即發之際，一個高衣領大肩章的軍官舉起佩劍，高聲喝道：

「放下武器！」

「開火！」安灼拉答道。

兩邊同時槍聲大作，硝煙吞沒了一切。

在令人窒息的刺鼻濃煙中，傷患和奄奄一息的人在爬行，發出微弱低沉的呻吟。

等到硝煙散去，只見雙方的戰員減少了，但是仍留在原地，都沒沒地重新壓子彈。

突然，一個聲音雷鳴般吼道：

「你們滾開，要不我就炸掉街壘！」

眾人都一齊朝那個聲音望去。

原來是馬呂斯，剛才他衝進樓下廳堂，抱起火藥桶，趁著街壘圈裡硝煙瀰漫，彷彿下了濃霧一般，就沿著街壘一直溜到插火炬的石籠旁邊。他拔出火炬，將火藥桶放在一摞石塊上，往下一壓，桶底就穿了，真是易如反掌，俯仰之間，馬呂斯就完成了這件事。現在，國民衛隊、保安隊、軍官、士兵，在街壘的另一端擠成一團，全都驚恐地望著馬呂斯，只見他站在亂石堆上，手持火炬，照亮那張慷慨激昂而義無反顧的臉龐，只見他垂下火炬的烈焰，伸向亂石堆中清晰可辨的漏底的火藥桶，同時發出令人喪膽的這一吼聲：

「你們滾開，要不我就炸掉街壘！」

馬呂斯繼八旬老人之後，也屹立在街壘上，那是繼老一代革命之後新一代革命的形象。

「炸掉街壘！」一名軍士說，「你也得同歸於盡！」

馬呂斯答道：

「對，同歸於盡！」

他一邊說著，一邊將火炬伸向火藥桶。

這下子，街壘上的人全跑光了。進攻的部隊拋下死傷人員，亂哄哄地撤向街道的另一端，重新隱沒在夜色中。這是倉皇逃竄的場面。

街壘解圍了。

五．若望．普魯維爾詩的終句
Fin des vers de Jean Prouvaire

大家都圍住馬呂斯，庫費拉克摟住他的脖子。

「你可來啦！」

「太讓人高興啦！」公白飛說道。

「來得正是時候！」博須埃也說道。

「沒有你，我就死定啦！」庫費拉克又說道。

「沒有您，我也早就被人抓走啦！」伽弗洛什補上一句。

馬呂斯問道：

「首領在哪？」

「你就是首領。」安灼拉答道。

這一整天，在馬呂斯的頭腦裡像一爐火，現在又化為一場颶風。這場颶風從內心而起，又好像刮到體外，將他席捲而去。他身子飄浮，彷彿離開生活很遠很遠了。這兩個月相愛歡樂的光明日子，卻陡然通到這駭人的絕壁。他不知珂賽特的去向，這裡築起街壘，馬伯夫先生為共和而犧牲，他自己成了起義者的首領，這一系列的事情，對他來說真像一場怪異的噩夢。他不得不極力收攏心思，好回想一下周圍的事情是否真實存在。馬呂斯還少不更事，無法想像最容易發生的事，往往是認為不可能的事，而始終應該預料到的，則往往是出乎意料的情況。他觀看自己這場戲，就好像在觀賞一齣看不懂的戲。

他的神思處於迷離恍惚的狀態，沒認出沙威來。沙威一直被捆在柱子上，即使在街壘遭受攻打的時候，他的頭也沒有動一動，只是以殉難者的隱忍和法官的威嚴態度，看著叛亂者在他周圍騷動。而馬呂斯甚至沒有看見他。

這段時間，進攻的官兵沒有行動，只聽他們在街口來回走動，腳步雜遝，卻不見他們再來冒險。他們或許在等待命令，或許在等待增援，然後再衝向這個攻不破的堡壘。起義者又布置了崗哨，幾名醫科大學生開始包紮傷患。

酒樓的餐桌，除了用來做繃帶和子彈的兩張，以及停放馬伯夫老爹的一張，其餘的全搬出去堆街壘了；他們又把余什盧寡婦和兩名女傭的床墊搬到樓下，權充桌子，將傷患安放在上面。至於住在科林斯的三位女人，已不知去向，不過後來還是發現她們躲在地窖裡。

大家剛為街壘解圍而高興，忽又為一件事憂心如焚。

起義隊伍集合點名時，發現少了一個人。少了誰呢？少一個最親近、最英勇的，若望．普魯維爾。在傷患中間沒有找到，在死者中間也沒有找到，顯然他是被抓走了。

公白飛對安灼拉說：

「我們的朋友落到他們手中，但是我們也抓住了他們的人。你還是要處死這個密探嗎？」

「對，」安灼拉答道，「但是他遠遠比不上若望．普魯維爾的命。」

這場對話，就是在樓下廳堂綁沙威的柱子旁邊進行的。

「那好，」公白飛又說道，「我就在手杖上繫一條手帕，以代表身分前去，拿他們的人換回我們的人。」

「你聽。」安灼拉用手按住公白飛的胳膊，說道。

街口傳來一下扣動扳機的聲響，便說明了問題。

只聽一個男子漢的聲音高呼：

「法蘭西萬歲！未來萬歲！」

大家聽出正是若望．普魯維爾的聲音。

火光一閃，隨即一聲槍響。

接著，又復歸沉寂。

「他們把他殺害了。」公白飛高聲說道。

安灼拉注視沙威，對他說：

「你的朋友剛才把你槍斃了。」

六・生也苦死也苦
L'agonie de la mort après l'agonie de la vie

這類戰爭有個獨特之處：幾乎總是從正面進攻街壘。一般來說，攻方不用迂迴戰術，或怕遭遇伏擊，或怕陷入曲折的街巷。因此，這些起義者也把全部注意力都集中在大街壘上，顯而易見，這裡時時刻刻都很危險，也必然是再次爭奪的焦點。然而，馬呂斯卻想到了小街壘，並前去巡視。小街壘靜寂無人，石堆裡只有一盞搖曳的彩燈在守衛著。就連蒙德圖爾小街、小丐幫街和天鵝街那些岔道，也都靜悄悄的。

馬呂斯視察完了，正要返回，忽聽黑暗中有人喊他名字，但聲音很微弱：

「馬呂斯先生！」

他驚抖一下，聽聲音，正是兩小時前，在普呂梅街隔著鐵柵門叫他的那人。不過現在聽來，那聲音只剩下一口氣了。

他遊目四顧，卻不見有人。

馬呂斯以為他聽錯了，大概是神經產生的錯覺，混雜到他周圍相互衝突，異乎尋常的現實中。他跨了一步，就要走出街壘所處的凹角。

「馬呂斯先生！」那聲音又叫道。

這次聽得清清楚楚，無可懷疑了，他瞧了瞧四周，什麼也沒有看見。

「就在您腳旁邊。」那聲音又說。

馬呂斯俯下身，這才發現黑暗中有個形體朝他爬來。向他說話的，正是匍匐在街道上的那個形體。

在彩燈光下，只見一件罩衣、一條撕破的粗絨長褲、一雙赤腳，以及好似血泊的模模糊糊的東西。馬呂斯也隱約看見一張蒼白的臉，抬起來對他說：

「您認不出我來了嗎？」

「認不出來。」

「愛波妮呀。」

馬呂斯急忙蹲下去。果然是那不幸的女孩。她女扮男裝了。

「您怎麼在這呢？您在這裡幹什麼？」

「我要死了。」愛波妮說道。

有些話和事件，就是能把人從委頓的狀態中喚醒。馬呂斯彷彿驚醒似的，嚷道：

「妳受傷啦！讓我把您抱到樓裡去，好幫您包紮。傷得重嗎？我怎麼抱才不會弄疼您呢？您哪個地方疼！救人啊！我的天哪！真不明白，您到這來幹什麼？」

他手臂試著插到她身下，好把她扛起來。

他扛她起來時碰到她的手。

她衰弱地叫了一聲。

「我把您弄疼啦？」馬呂斯問道。

「有一點。」

「可是，我剛剛只是碰到您的手。」

她抬手給馬呂斯看。馬呂斯看見她手心有個黑洞。

「您這手怎麼啦？」他問道。

「被打穿了。」

「被打穿啦？」

「對。」

「什麼打的？」

「子彈。」

「怎麼打的？」

「那時候，您沒看見一桿大槍瞄準您嗎？」

「看見了，還看見一隻手堵住槍口。」

「那就是我的手。」

馬呂斯渾身一抖。

「真是胡鬧！可憐的孩子！謝天謝地，如果只傷到手還不要緊。讓我把您抱到床上去。有人會給您包紮，一隻手被打穿了，死不了人。」

愛波妮喃喃說道：

「子彈打穿手，又從我的後背出去。不必把我移走了。讓我來告訴您怎樣做，會比外科醫生幫我包紮還要更好。您挨著我坐到這塊石頭上。」

馬呂斯照辦了。愛波妮的頭枕在馬呂斯的膝上，眼睛並沒有看他，說道：

「哦！真好！這樣真舒服！就這樣！我的傷不疼了。」

她沉默了片刻，接著費力地轉過臉，望著馬呂斯。

「您知道嗎，馬呂斯先生？我讓您進去那園子，簡直是捉弄自己，我也太傻了，把那棟房子指給您，可是想來想去，我還是應該明白，像您這樣一位青年……」

她戛然住口，心中無疑還有許多傷心話，但都略過了，她淒然一笑，又說道：

「您覺得我長得醜吧，對不對？」

她接著說下去：

「您瞧，您保不住命啦！現在，誰也休想從這街壘出去。是我引您來這的，哼！您要死了，我就希望這樣。可是，我一瞧見有人瞄準您，就趕緊用手堵住那槍口，簡直太怪啦！其實，我是想比您先死一步。我挨了那一槍，就爬到這裡，沒讓人看見，也沒讓人收走。就在這裡等您，我自言自語：他就不會來嗎？噢！您哪裡知道，我真的很痛，嘴巴緊緊咬著罩衣！現在好了，您還記得嗎？有一天，我走進您的房間，還照了您的鏡子，還有一天，我在大馬路上遇見您，旁邊還有不少女工。當時，鳥兒叫得多開心啊！事情才過沒多久呢。您給我五法郎，我對您說：我不要您的錢。那枚銀幣，您應該撿起來了吧？您不是有錢人。當時我沒有想到提醒您一聲，把錢撿起來吧！那天太陽多好，一點也不冷。您還記得嗎？馬呂斯先生？啊！我真幸福！大家都要死了。」

她好像喪失了理智，神態又嚴肅、又令人傷心。她的胸口從撕破的罩衣裡袒露出來，她說話時，就用子彈射穿的手捂住胸口上另一個洞，只見洞裡不時湧出一股鮮血，猶如橡木桶拔掉木塞冒出的葡萄酒。

馬呂斯懷著深切的同情，注視著這個不幸的姑娘。

「噢！」她忽然又說道，「又來了。我要痛死啦！」

她抓起罩衫，用嘴狠狠咬著，兩條攤在地上的腿也開始僵硬了。

這時，街壘裡響起伽弗洛什那小公雞嗓音。那孩子登上一張桌子，正往槍裡壓子彈，同時愉快地唱著當時廣泛流行的歌曲：

拉法耶特一露面，
軍警喪膽連聲喊：
趕緊逃！趕緊逃！趕緊逃！

愛波妮欠身諦聽，然後低聲說：

「是他。」

隨即又轉向馬呂斯：

「我弟弟在這呢。別讓他看見我。他看到這個情況又要責備我了。」

「您弟弟？」馬呂斯問道，他又想起父親要他報答德納第一家人的遺囑，心中萬分痛苦，「誰是您弟弟？」
「那孩子。」
「唱歌的那個？」
「對。」
馬呂斯身子動了一下。
「噢！您別走！」她說道，「我撐不了多久了。」
她幾乎坐起來了，但是聲音很低，因倒氣的緣故說話斷斷續續。她的臉盡量靠近馬呂斯的臉，表情很怪，又補充說道：
「聽我說，我不願意捉弄您。我兜裡有一封要給您的信，還是昨天的事，人家要我去投遞，但我卻把信扣住，不願意讓您收到。可是，等一會我們再相見的時候，也許您會埋怨我。人死了還會見面的，對不對？把您的信拿去吧。」
她那有彈孔的手彷彿感覺不到疼痛了，痙攣地抓住馬呂斯的手，拉進她罩衣兜裡。馬呂斯果然摸到了一張紙。
「拿去吧。」她說道。
馬呂斯拿了信，愛波妮滿意地點了點頭。
「現在該答謝我了，請答應我……」
她住了口。
「答應什麼？」馬呂斯問道。
「先答應我！」
「我答應。」
「請答應我，等我一死，您就在我腦門上吻一下。——我會感覺到的。」
她的頭又倒在馬呂斯的雙膝上，眼皮闔上了。馬呂斯以為，這顆可憐的靈魂已經離去，他見愛波妮一動不動，以為她長眠了，突然間，她又慢慢睜開眼睛，露出的卻是縹緲深邃的死亡之光，對他說話的溫柔聲調，也彷彿來自彼界了：

「喏，還有，馬呂斯先生，我覺得我早就有點愛上您了。」

她又勉顏一笑，便溘然長逝。

七・計程能手伽弗洛什

Gavroche profond calculateur des distances

馬呂斯履行諾言，在她淌著冷汗的蒼白額頭吻了一下。這不是對珂賽特的一次不忠行為，而是懷著溫情的懷念，向一顆不幸的靈魂告別。

他從愛波妮的手中拿到信，內心不禁為之震顫，他當即感到事關重大，急不可耐，要拆開看看。人心天生如此，不幸的姑娘剛剛合目，馬呂斯就想看信。他把愛波妮輕輕放在地上，便走開了。有一種感覺提醒他，不能在這屍體面前唸這封信。

他走進樓下廳堂，湊近一支蠟燭。這是一封小柬，折封精細，顯然出自女子之手。信封也是女子的娟秀字體，只見位址寫道：

「玻璃廠街十六號，庫費拉克先生轉馬呂斯．彭邁西先生收。」

他拆開信，念道：

「我心愛的，唉！我的父親要我立刻動身。今天晚上，我們要住到武人街七號。再過一週，我們就去英國。——珂賽特。六月四日。」

他們的愛情純真到如此程度，馬呂斯連珂賽特的筆體都不認得。

事情的經過，幾句話就能交代清楚。全是愛波妮一手製造的。經歷了六月三日夜晚的事件，她有了個主意，一箭雙雕，既挫敗她父親與匪徒搶劫普呂梅街那戶人家的計畫，又能拆散馬呂斯和珂賽特。她碰見一個想要男扮女裝找樂子的青年，就用她的破衣裙換來男裝穿上。也是她在演武場向尚萬強提出明確的警告：「快搬家」。尚萬強一回到家，果然就對珂賽特說：「今天晚上我們就走，跟都聖到武人街去。下週我們就前往倫敦。」事起突然，珂賽特一時驚呆了，就匆忙寫了兩行字給馬呂斯，但是信件要如何投寄呢？她從來不單獨出門，交給都聖吧，又怕她大驚小怪，肯定會拿給割風先生看。珂賽特正焦慮著，隔著鐵柵門忽見男裝打扮的愛波妮，而近來愛波妮總在那園子附近遊蕩。珂賽特便叫住那「青年工人」，給他五法郎和信件，並對他說：「請按照這個位址立刻把信送去。」愛波妮便把信收下。第二天六月五日，她去庫費拉克的住處找馬呂斯，但不是為了送信，而是「去看看」，這種行為，任何嫉妒的情人都能理解。她在那裡等待馬呂斯，至少等待庫費拉克，只是為了打聽消息。她聽庫費拉克說：「我們去街壘」，就靈機一動，計上心來。反正也是一死，不如投入街壘的戰鬥，同時也把馬呂斯推進去。她跟隨庫費拉克，看準要築街壘的地點，就去普呂梅街等候馬呂斯，她料定如果把信扣住，馬呂斯在沒收到任何通知時，必然像每天晚上那樣，天一黑就去赴約。於是，她以馬呂斯朋友的名義，向他發出那聲召喚，心想這一定能把他引到街壘去。她這種把握，完全基於馬呂斯找不到珂賽特而產生的悲絕之情，也的確沒有估計錯了。然後，她又回到麻廠街，在街壘的行為，我們剛才也看到了。嫉妒的心就是這樣，慘死也高興，拖著心愛的人同歸於盡，心想：誰也別想得到！

馬呂斯吻遍了珂賽特的信。看來她還愛他！有一段時間，他考慮自己是否不必再尋死了，繼而他又思忖：她走了，她父親帶她去英國，我那外祖父也拒絕了這門婚事。這種命運安排絲毫沒有改變。馬呂斯這種夢幻類型的人，一消沉就往極端走，作出悲觀絕望的決定。活得太累，無法忍受，還不如一死了之。

於是，他想，還有兩個責任要盡到：一是把他的死訊告訴珂賽特，寄訣別信給她，二是要從即將發生的這場災難中，救出那可憐的孩子，即愛波妮的弟弟和德納第的兒子。

他身上帶著文件夾，當初他寫下許多對珂賽特愛慕之情的記事本，就曾放在那文件夾裡。他撕下一張活頁，用鉛筆在上面寫了幾行字：

「我們不可能結婚。我向外祖父請求過，他不同意，我沒有財產，您也一樣。我跑到妳家沒有找到妳，妳知道我對妳發的誓，我信守。我決意一死。我愛妳。等妳讀這封信的時候，我的靈魂會到妳的身邊，對妳微笑。」

他沒有信封，就只好把那張紙折成四折，寫上地址：

武人街七號，割風先生宅，珂賽特．割風小姐收。

信折好之後，他若有所思，再拿出文件夾，用同一支鉛筆，在第一頁上寫了幾行字：

「我叫馬呂斯．彭邁西。請把我的屍體運到我外祖父家：瑪黑區受難會修女街六號吉諾曼先生。」

他把文件夾放回外衣兜裡，叫著伽弗洛什的名字。那流浪兒聽到馬呂斯的喊聲，趕緊跑來，那神情又快活、又殷勤。

「你肯幫我辦點事嗎？」

「什麼事都可以，」伽弗洛什答道，「仁慈上帝的上帝！說真的，沒有您，我早就讓人扔進湯鍋裡了。」

「這封信你看清楚啦？」

「看清楚了。」

「拿著。立刻離開街壘（伽弗洛什隱隱不安，用手指開始搔耳朵），明天早上，你把信送到這個地址，武人街七號割風先生宅，交給珂賽特．割風小姐。」

英勇的孩子回答：

「行啊，可是，在這段時間，如果街壘被人攻佔了，我就不在場了。」

「看樣子天亮之前，他們不會攻打街壘了，明天中午之前，我想他們還打不下來。」

敵軍留給街壘的喘息時間，的確在延長。這類休止在夜戰中屢見不鮮，接下來的也總是更加猛烈的進攻。

「那好，」伽弗洛什回答，「明天早上我再信送去不行嗎？」

「那就太遲了。等到那時候，街壘很可能被封鎖了，所有街道也都有人把守，你就出不去了。你馬上就走吧。」

伽弗洛什無法反駁，但還站在原地猶豫不決，愁眉苦臉地直搔耳朵。突然，他就像小鳥常有的動作，一把把信抓走。

「好吧。」他說了一聲。

他扭頭從蒙德圖爾小街跑開了。

伽弗洛什有了個主意，才下定決心，但是他又怕馬呂斯反對，就沒說出來。

他動了這樣的念頭：

「現在才剛午夜，武人街又不遠，我現在把信送去回來還能趕得上。」

第十五卷：武人街
La rue de l'Homme-Armé

一・吸墨紙，洩密紙
Buvard, bavard

比起靈魂的騷動，一座城市的痙攣又算什麼呢？人心比民心還要深邃。就在這種時候，尚萬強的心捲入了驚濤駭浪之中。往昔的深淵惡谷，全都在他面前重新洞開。他和巴黎一樣顫慄著，因為都同時走到吉凶未卜的一場大變革之前。幾個小時足矣。他的命運和心境突然布滿了陰影。無論對他還是對巴黎，我們都可以說：兩種觀念同時顯現。白天使和黑天使，就要在深淵的橋上狹路相逢，展開一場肉搏戰。誰能把另一個推下去呢？誰能佔上風呢？

六月五日這天的前夕，尚萬強帶著珂賽特和都聖，搬到武人街來住。在那裡等待他的，卻是一場出乎意料的突變。

珂賽特不願離開普呂梅街，也不是沒有力爭。自從珂賽特和馬呂斯相依為命以來，珂賽特和尚萬強還是第一次各有各的意願，雖未衝突，至少相左，一個提出異議，另一個絕不改變。一個陌生人突然給他「快搬家」的勸告，足令尚萬強固執己見了。他以為有人發現並追蹤他。珂賽特只好讓步。

他們在前往武人街的路上，都閉口無言，各自想心事。尚萬強極度不安，竟無視珂賽特的愁苦神態；珂賽特則極度愁苦，也無視尚萬強的不安情緒。

這次，尚萬強帶著都聖，這是他從前外出時從未有過的情況。他已經估計到，恐怕再難回到普呂梅街了，丟下都聖不合適，把秘密告訴她也不行。再說，他覺得都聖又忠實、又可靠。僕人出賣主人，往往從好奇心開始。然而，都聖一點也不好奇，彷彿天生就該當尚萬強的傭人。她說話口吃，又講巴訥維爾鄉下土話：我是一樣一樣的；我事情我幹；總起來不是我的活兒。（我就是這樣；我做自己的工作；其餘的事與我無關。）

這次，尚萬強幾乎是倉皇逃走，離開普呂梅街時，只帶著珂賽特稱為「形影不離」的那只薰香小箱子。若是帶著滿滿的大箱子，就非得雇人搬運不可，而搬運工就是見證人。他們叫來一輛馬車，從巴比倫街那道門上車離去。

都聖費了好大的力氣，才獲准帶了幾件衣物和梳妝用品。珂賽特只帶了文具和吸墨紙。尚萬強要神不知鬼不覺地轉移陣地，安排天黑才離開普呂梅街的小樓，這樣一來，珂賽特就有時間寫信給馬呂斯了。他們到了武人街時，天已經完全黑了。

他們就這樣悄悄住下。

武人街那間房子位於後院，在三樓，有兩間臥室、一間餐室，以及連著餐室的一間廚房，還有一間小閣樓，裡面放了一張帆布床，是幫都聖預備的。餐室也是迴廊，將兩間臥室隔開。房中生活必需品一應俱全。

人的天性如此，既好無故驚擾，又好無故寬心。尚萬強一到武人街，焦慮的情緒就減輕許多，並且漸漸消除了。有些地方有鎮靜的作用，在一定程度上自然就影響了人的精神。街道幽暗，居民平靜，尚萬強來到老巴黎的這條小街，就覺得被莫名的寧靜感染。這條街十分狹窄，有一塊厚木板被固定在兩根柱子中間，橫在街上，禁止車輛通行，雖然處於喧鬧的市井，卻又寂靜無聲，即使大白天也是昏暗慘澹，兩側百年高樓，猶如老人相對無言，這條街停滯著遺忘。尚萬強來到這裡就鬆了一口氣，誰還有辦法把他從這裡找出來呢？

他關心的頭一件事，就是把那「形影不離」的東西放在自己身邊。

他睡得很香。常言道：黑夜生主意；也不妨加一句：黑夜令人安。次日早晨醒來，他的心情也差不多快活起來了，連醜陋不堪的餐室，他也覺得很可愛。餐室裡擺一張舊圓桌、一個矮矮的食品櫥、一張有蟲蛀的扶手椅和幾把椅子，櫥上還放著一面前傾的鏡子。都聖的幾個包裹放在椅子上，有一個裂了一條縫，露出尚萬強國民衛隊的軍裝。

至於珂賽特，她叫都聖送一碗菜粥給她，直到傍晚才露面。

這次簡單的搬家，都聖出出進進忙了一整天，下午將近五點鐘，她才往餐桌上擺了一盤涼雞。珂賽特只是為了向父親表示恭順，才肯看一眼這盤菜。

晚飯後，珂賽特用一直偏頭痛作為藉口，向父親道了晚安，躲回臥室去了。尚萬強胃口不錯，吃了一隻雞翅，然後雙肘撐在桌子上，心情漸漸平靜下來，重新有了安全感。

這頓晚飯很簡單，他在餐桌上有兩三次隱約聽見都聖結結巴巴地說：「先生，外面鬧得很兇，巴黎城裡打起來了。」但是他心事重重，正冥思苦想，也沒有注意，老實講，他甚至沒有聽見。

他站起身，開始踱步，從窗戶走到門口，又從門口走到窗戶，心情也越來越平靜了。

心情一旦平靜下來，他惟一關切的珂賽特，便重新在他腦海中浮現。他倒不是多麼擔心這次偏頭痛，發一點神經質，少女賭氣，一時飄來一片烏雲，一兩天就會煙消雲散；他是在想未來的日子，而且像往常那樣，想得很美。追根究柢，在他看來，恢復幸福的生活並沒有什麼阻礙。有的時候，一切都彷彿不可能了；然而在另一些時候，一切又好像容易了些。此刻尚萬強就覺得什麼都順心，一般來說，倒楣一陣子，就會時來運轉，如同黑夜過後便是白天，這種更替反差的法則乃是大自然的本質，淺薄的人稱之為對襯。尚萬強避居到這條寧靜的街巷，就漸漸擺脫近來困擾他的種種事件，正因為見到了一片黑暗，他才開始看見一點藍天。安然無事的離開了普呂梅街，這已經是順利地跨出一步了。

也許應該再明智一點，到國外去，到倫敦去，哪怕只逗留幾個月。去就去吧，只要有珂賽特在身邊，留在法國、還是去英國又有什麼關係呢？珂賽特就是他的家園。有了珂賽特，他的幸福就足夠了；然而有他，珂賽特不見得足以幸福，這種念頭，從前令他焦灼失眠，現在甚至沒有在他頭腦裡閃現。他的憂心慘痛全已過去，現在完全知足常樂了。他覺得珂賽特既然留在他身邊，就也應該如此；一般人看問題都會產生這種印象。他心裡盤算好了，和珂賽特一起去英國容易得很，他在夢想的前景中看到，無論到哪，他的幸福都會重新實現。

他緩步走來走去，目光忽然落到一樣奇怪的東西上。

他看見對面櫥上前傾的鏡子裡，清晰地映現幾行字：

「我心愛的，唉！我父親要我立刻動身。今天晚上，我們要住到武人街七號。再過一週，我們就去英國。——珂賽特。六月四日。」

尚萬強驚呆了，戛然止步。

珂賽特到達的時候，就隨手將吸墨紙丟在櫥上的鏡子前，心中正愁腸百結，就把它忘在那裡，甚至沒有注意到吸墨紙攤開了，正巧翻在她昨天寫信用的那一頁，信是交給路過普呂梅街的那個「青工」送去的，但那幾行字卻印在吸墨紙上了。

鏡子又把字跡映現出來。

這就產生了幾何上所謂的對襯圖像，印在吸墨紙上的反字，在鏡子裡又正過來，恢復原形了。這樣一來，尚萬強就看到昨天珂賽特寫給馬呂斯的信。

這事又簡單，又給人以致命的打擊。

尚萬強走近鏡子，又看了那幾行字，卻不相信這是真的，看上去就好像是閃電亮光中顯現的，是一種幻視。然而這不可能，也根本不是幻覺。

他看得越來越清楚了，他看著珂賽特的吸墨紙，又恢復了真實感。他拿起吸墨紙，說道：原來是這上面的痕跡。他焦躁不安地察看吸墨紙上的反體字跡，覺得既笨拙又怪異，毫無意義，於是心中暗道：這什麼也說明不了，根本不是文字。他長出了一口氣，一時感到無比寬慰。在極為險惡的時刻，誰沒有過這種愚蠢的喜悅呢？只要幻想還沒有完全破滅，靈魂就不會向絕望投降。

他拿著吸墨紙左看右看，一副傻乎乎的高興樣子，想到自己上了幻覺的當，簡直要笑出來了。突然，他的目光又落到鏡子上，便又看到了幻象，幾行字映現出來，再清晰不過了。這回可不是幻覺了。一錯再錯的幻象，就是一種現實了，是觸摸得到的，是由鏡子復原的書寫文字，他明白了。

尚萬強踉蹌一下，吸墨紙從手中掉落，身子一下便癱倒在櫥邊的舊扶手椅上，腦袋耷拉下去，眼睛怔忡失神了。他心想，這是明擺著的事，人世的光明永遠消失了，珂賽特寫了這些話給某個人。這時，他聽見自己的靈魂又變得兇猛，在黑暗中發出沉雷般的吼聲，說道：「快去奪回落入獅籠的愛犬！」

事情真是又怪異、又可悲，這時候，馬呂斯還沒有收到珂賽特的信，而偶然的機緣卻陰差陽錯，將信先傳給尚萬強了。

到現在為止，尚萬強遭受到了考驗。他一直接受各種各樣可怕的試探；厄運對他也無所不用其極，而殘暴的命運以社會的各種制裁和偏見為武器，向他這個目標猛烈進攻。然而，在任何逆境面前，他也沒有退卻，沒有屈服。必要的時候，各種極端的迫害，他都容忍了，連重新贏得的人格不可侵犯性也犧牲了，連自由也放棄了，甚至冒著掉腦袋的危險，什麼都喪失了，什麼都忍受了，一直清心寡欲，捨己為人，有時真讓人相信他忘我到了殉道者的程度。他的良心罹難重重，遭受千錘百鍊，彷彿變得堅不可摧了。然而此刻，若是有人洞察他的良心，就不難看出這良心正在削弱。

這是因為命運長期拷問他所施加的各種酷刑裡，這一次才是最可怕的，從來沒有夾得這麼緊的行枷，他感到最深摯的情感全被神秘地攪動著，感到一種撕肝裂膽的異樣劇痛。唉，說穿了，人生最嚴峻的考驗，無與倫比的考驗，就是失去所愛的人。

可憐的老尚萬強愛珂賽特，無非像父親愛女兒那樣，不過，前面指出過，他孤身生活，就把各種類型的愛引入這種父愛中。他把珂賽特當作女兒來愛，也當作母親來愛，還當作妹妹來愛；而且，由於他一生既沒有情人，也沒有娶妻，而人的天性又像個不肯接受兌付證書的債權人，這種情感最難割捨，也摻雜到其他情感中；這種情感又朦朧，又無知，因其盲目性而純潔，無意識的，天真、高尚而神聖，說是情感更像本能，說是本能更像吸引，難以捉摸又無影無形，卻又真實存在。確切地說，這種愛在他對珂賽特的無限溫情中，好比大山中的金礦脈，未經開採，深藏在黑暗中。

請讀者回想一下我們曾指出過的這種心態。他們絕不可能結合，連靈魂的結合也不可能，然而毫無疑問地，他們的命運已然結合了。除了珂賽特，也就是說除了一個孩子，尚萬強一生也沒有體驗過什麼是愛。熱戀與愛情更迭嬗變，人過了五旬，就如同樹木入冬，葉子由嫩綠轉為暗綠，這是人所共見的，可是尚萬強卻沒有經歷這種嬗變。總而言之，我們也一再強調，這顆心的整個聚合，這個整體，是高尚品德的結晶，最終把尚萬強變成珂賽特的父親。奇特的父親，是由尚萬強身上體現的祖父、兒子、兄弟和丈夫熔鑄而成的，這種父愛中甚至包含母愛，這個父親愛珂賽特，並且崇拜她，他把這孩子視為光明，視為寄身之所，視為家庭，視為祖國，視為天堂。

因此，他一看到大勢已去，珂賽特要脫離，要從他手中溜走、要逃避，他一看到這已成煙雲，已成流水，這種令人心碎的明顯事實一擺在他眼前：她的心另有所屬，她的終身另有所托，她已另有所愛，而我只是個父親，對她來說不存在了。他便再也無可懷疑，心裡嘀咕著：她就要離開我，遠走高飛了！於是，他感到的痛苦超過了極限，他全部付出之後，卻落到這種下場！怎麼，最後一場空！因此，正如我們剛才講的，他的心奮起抗爭，從頭到腳一陣顫抖，一直到髮根，他都感到自私的心理猛然覺醒，在這個人的深淵中，自我吼叫了起來。

心靈崩潰是常有的事，絕望的念頭一旦確信無疑，潛入人心，勢必排除並摧毀以往構成人體的一些要素。痛苦一旦到了極限，良心的所有力量就潰不成軍了，這是難以避免的劫數。經歷這樣的劫數，還能保持本色，堅守天職，這種人可說是寥寥無幾。痛苦過了頭，最堅定的信念也會迷惑。尚萬強重新拿起吸墨紙，再次確認這個事實。他身子前傾，直瞪著這張紙，彷彿被這不容置疑的幾行字壓垮了，顯然他的內心烏雲翻滾，看來他的靈魂世界完全崩潰了。

他透過幻想的放大鏡，審視泄漏的文字，那神態又平靜、又可怕，須知人平靜到了雕像那樣冷峻的程度，就特別駭人了。

他驚覺命運在他毫無覺察時，跨出驚人的這一步，又想起去年夏天來得怪、也排除得怪的疑懼，現在又看到峭壁絕谷，還是原來的峭壁絕谷，只不過這次尚萬強不再是瀕臨峭壁，而是墜入絕谷了。

這種情況前所未聞，又令人心碎，他還是毫無覺察的就掉下去了，他生活的光明完全消失，而他原本以為能永遠見到太陽呢。

他的本能毫不遲疑的把一些場景、一些日期、珂賽特臉色紅白的幾次變化，都聯繫起來，於是心中暗道：就是他！絕望之心的猜測，是百發百中的一種神弓。他一下便猜到了馬呂斯。當然，他還不知道這個名字，但是立刻確定是這個人。他無情地搜索記憶，清晰地看見盧森堡公園裡那個遊蕩的陌生人，那個拈花惹草的可惡傢伙，那個無所事事的浪蕩公子，那個蠢貨，那個無賴，因為，走過來對著父親身邊的愛女擠眉弄眼，就是無賴的行為。

尚萬強是個脫胎換骨的人，他曾苦修自己的靈魂，竭力將整個一生、整個苦難和整個不幸，化為一顆愛心，現在明白這事背後全是那青年在作祟，他再反視內心，就看見一個鬼怪：仇恨。

巨痛深悲能將人壓垮，令人絕望輕生。這種痛苦一旦侵入內心，人就感到有什麼東西退出了。青少年時遭遇痛苦，只是悲傷，老人再遭遇，就極為兇險了。唉！一個人血還是熱的，頭髮還烏黑，腦袋還挺立在肩頭，猶如火炬的火焰，而命運的珍本書才剛翻過幾頁，心還充滿愛的渴望，還有要引起共鳴的跳動，一個人還有充分時間彌補過失，滿目所見，還盡是女人，盡是笑臉，還是整個未來、無限遠景，就在生命力還十分旺盛的時候，如果在那時候絕望都是一件可怕的事情，那麼歲月流逝，人到了淒涼晚景，暮昏中已望見初躍的墳墓之星時，又該如何面對絕望呢？

尚萬強正這樣凝思時，忽見都聖走進來，他便站起身，問道：

「在哪一帶？您知道嗎？」

都聖愣住了，只能反問一句：

「什麼事啊？」

「剛才您不是跟我說過打起來了嗎？」

「哦！對，先生，」都聖回答，「是聖梅里教堂那一帶。」

有時候，我們在不知不覺中有一種機械式的衝動，那正是來自最幽深的思想。毫無疑問，尚萬強幾乎沒有意識到，他正是由於這種衝動，五分鐘之後就上了街。

他沒戴帽子，坐在樓房門口的護牆石上，彷彿在側耳傾聽。

夜幕降臨了。

二・流浪兒敵視路燈

Le gamin ennemi des lumières

他這樣待了多長時間？這種冥思苦索的浪濤如何起伏激盪？他還能重新站起來嗎？他就這樣屈服了嗎？他被壓得骨斷筋折了嗎？他還能挺立起來，在良心上找個實處立足嗎？恐怕連他自己也說不清楚。

街上空蕩蕩的，幾個惶惶不安的市民趕路回家，也沒有注意他。在危難的時刻，都各顧各的。路燈管理員像往常一樣，前來點亮正對著七號門的路燈之後便走了。此刻，誰要是在這黝暗中觀察尚萬強，就會覺得他不像個活人。他坐在大門旁的護牆石上，一動不動，真像個凍成冰的鬼魂。人在絕望中，往往凝固僵硬了。遠處傳來警鐘和隱約的風暴似的喧囂。在長鳴的警鐘的鼓噪紊亂交混中，聖保羅教堂打響了報時鐘聲，莊重從容地敲了十一下，因為，警鐘是人，時鐘是上帝。尚萬強僵坐不動，絲毫不受時間流逝的影響。差不多就在這時候，菜市場那邊突然響起一陣槍聲，繼而，又是一陣槍聲，比前一次更猛烈；那大概是正在進攻麻廠街街壘的聲響，前面我們已經看到那聲響是如何把馬呂斯嚇退的。這兩陣射擊，在驚愕的夜空揚聲，顯得格外激烈，尚萬強猛然一抖，霍地站起身，轉向槍聲的方向，隨即重新坐回護牆石上，叉起手臂，腦袋又慢慢垂到胸前。

他又繼續跟自己的兇險對話。

他忽然抬起眼睛，街上有行人，他聽見附近有腳步聲，便藉著路燈光亮，往通向檔案館的一邊街道望去，看見一張灰白臉的快活少年。

伽弗洛什走進了武人街。

伽弗洛什揚著頭東張西望，好像在尋找什麼。他明明看見了尚萬強，卻視若未見。

伽弗洛什揚頭尋找半晌，又低頭尋找；他踮起腳，去摸樓下臨街的門窗，門窗全關著，插好鎖上了。試了五六座這樣森嚴壁壘的樓房門口之後，那孩子聳了聳肩，自言自語冒出一句話：

「沒錯呀！」

接著他又往上瞧。

若在早些時候，尚萬強處於那種心境，對誰也不會搭理，可是現在他卻按捺不住，主動跟那孩子搭話。

「小不點，你怎麼啦？」他問道。

「我餓啦，」伽弗洛什乾脆地回答。他又回敬一句：「您才是小不點。」

尚萬強摸摸外套的兜子，掏出一枚五法郎銀幣。

伽弗洛什就像一隻鶺鴒，從一個動作過渡到另一個動作的過程相當快速，他已經拾起一個石塊，早就對準路燈了。

「咦！」他說道，「你們這裡還點著路燈。朋友們，這可違反了規定，不遵守秩序，給我砸爛。」

他投出石塊，啰嚓一聲，路燈玻璃嘩啦的掉下來，躲在對面樓裡窗簾後面的一些市民，聞聲驚呼：

「又是九三年啦！」

路燈猛一搖晃，隨即熄滅。街道突然變得漆黑一片。

「就得這樣，老街道，」伽弗洛什說，「戴上你的睡帽。」

然後，他又轉向尚萬強：

「街那頭的那座大樓，你們叫什麼？叫檔案館，不是嗎？那些高大的石柱子，拿來堆個街壘還不錯。」

尚萬強走到伽弗洛什跟前。

「可憐的孩子，他餓了。」他咕噥道，彷彿自言自語。

他將面值一百蘇的銀幣塞到孩子手裡。

伽弗洛什覺得這枚銅板個頭真大，不免驚奇，便仰起鼻子，在黑暗中瞧了瞧，見這大銅錢白光閃閃，認出是聽人說過的五法郎銀幣，早就想見識見識，非常高興能拿一枚仔細看看。他說道：

「欣賞欣賞老虎。」

他賞玩一下子，然後轉身，將錢遞給尚萬強，莊嚴地對他說：

「老闆，我還是喜歡砸路燈。這隻猛獸您收回去，誰也休想腐蝕我。這傢伙有五隻爪子，可是休想抓破我一點皮。」

「你有母親嗎？」尚萬強問道。

伽弗洛什回答：

「也許比您的多呢。」

「那好，」尚萬強又說，「這錢留給你母親吧。」

伽弗洛什心受感動，況且他剛注意到，這位跟他說話的人沒戴帽子，這就增加了他的信任感。

「真的，」他說道，「不是為了阻止我砸路燈吧？」

「你愛砸什麼砸什麼。」

「您真是個好人。」伽弗洛什說道。

於是，他將五法郎的銀幣塞進兜裡。

他的信任感增加了，就又問了一句：

「您住在這條街嗎？」

「是啊，問這幹嘛？」

「您能告訴我七號在哪嗎？」

「找七號幹什麼？」

「哦！不幹什麼。」

說到這裡，孩子住口了，擔心話已經說多了，手指用力插進頭髮裡，只回答一句：

尚萬強靈機一動，有了個主意。人惶恐不安，往往有這種清醒頭腦。他對孩子說：「我正在等一封信，是有人派你送來的吧？」

「您？」伽弗洛什說，「您又不是女人。」

「信是給珂賽特小姐的，對不對？」

「珂賽特？」伽弗洛什咕噥道，「對，我想是這個怪名字。」

「那好，」尚萬強又說，「信要由我轉交。給我吧。」

「要是這樣，您就該知道，我是街壘派來的。」

「當然知道。」尚萬強說。

伽弗洛什將小手插進另一個兜裡，掏出四折的一張紙。

他隨即又行了個軍禮。

「向這信件致敬，」他說，「這是由臨時政府發出的。」

「給我吧。」尚萬強說。

伽弗洛什將那張紙高高舉過頭頂。

「您不要以為這是一封情書。這是寫給一個女子的，但也是寫給人民的。我們那些人，正在戰鬥，我們尊重女性。我們那裡不像上流社會，上流社會的獅子總把小母雞贈送給駱駝。」

「給我吧。」

「不錯，」伽弗洛什繼續說，「您看樣子像個好人。」

「快點給我。」

他這才把信交給尚萬強。

「您要趕快送去，啥賽先生，因為，珂賽特小姐正等著呢。」

伽弗洛什發明了這個詞，心中好不得意。

尚萬強又問了一句：

「回信要送到聖梅里嗎？」

「您這是要做什麼糕點，」伽弗洛什嚷道，「要做俗稱的傻帽蛋糕。這封信是從麻廠街街壘送來的，我還要回那裡去。晚安，公民。」

伽弗洛什說罷，就揚長而去，說得更生動些，他就像出籠的小鳥兒，又朝他原來的地方飛去。他又鑽進黑暗中，就好像一顆疾飛的子彈，把黑暗打出個洞；武人街復歸寂靜冷清。一眨眼工夫，這個身披陰影和夢幻的怪孩子，就隱沒在這一排排黝黑樓房之間的迷霧中，好似一股黑煙融入黑暗裡，真讓人以為他化為烏有了，不料幾分鐘之後，又是哢嚓一聲，路燈玻璃嘩啦落地破碎的聲響，忽又把氣憤的市民驚醒：那是伽弗洛什經過茅屋街時弄的。

三・在珂賽特和都聖睡夢之時

Pendant que Cosette et Toussaint dorment

尚萬強拿著馬呂斯的信回家。

他摸黑上樓，慶幸周圍一片黑暗，猶如抓獲獵物的貓頭鷹；他開門關門極輕，聆聽是否有動靜，根據整個情況判斷，珂賽特和都聖睡著了，便用福馬德打火機打火，但是手抖得厲害，往打火機瓶裡插三四根火柴，才總算打出一點火星，實在是做賊心虛。蠟燭終於點亮了，他雙肘支在桌子上，展讀這封信。

人特別激動的時候，是讀不下信的，而是攥在手裡，像對待犧牲品一樣，緊緊按住，用力揉搓，出於狂怒或狂喜，指甲都摳進去了，而且一眼就衝到末尾，再跳到開頭，注意力也會發高燒，大致明白，主要的內容能抓住個大概，往往抓住一點就顧不上其餘部分了。在馬呂斯給珂賽特的信中，尚萬強只看見這兩句話：

「……我決意一死。等妳讀這封信的時候，我的靈魂就會到你身邊。」

他面對這兩行字，一時眼花繚亂，彷彿被內心情緒的劇變壓垮了；他驚喜交集，完全陶醉，注視著馬呂斯的信，眼前出現仇人斃命的燦爛景象。

他高興得在內心狂呼一聲。——這下子，事情了結了。結局來得真快，當初真不敢這樣期望。他命運中的剋星消失了，這剋星是自己離去的，是心甘情願、自動離去的，而他，尚萬強，根本沒插手，「這個人」要死了，而這中間他沒有一點過錯。也許他已經一命嗚呼了。——想到此處，他那發燒的頭腦計算一下。——不行。他還沒有死，寫這封信，顯然是要讓珂賽特明天早上看的。從十一點到午夜之間，聽見那兩陣槍聲之後，再也沒有發生任何情況，天亮後，街壘才會受到猛攻，不過無所謂，既然「這個人」參加了這場戰爭，他就完了，就絞進齒輪裡了。——尚萬強感到解脫了，又能重新單獨和珂賽特一起生活了。競爭已然停止，未來又重新開始，他只要把這封信揣在自己兜裡，珂賽特就永遠也不會知道「這個人」的下落，「只要聽其自然，事情就解決了。這個人難逃一死，如果現在還沒有死，他遲早也總要死掉，多幸福啊！」

他在內心講了這番話後，神色卻黯然了。

繼而，他下樓叫醒門房。

約莫一小時之後，尚萬強換上全套國民衛隊制服，攜帶武器出門了。門房輕易的在附近幫他配齊了裝備。他有一支上了子彈的步槍，一個裝滿子彈的彈盒。他朝菜市場方向走去。

四．伽弗洛什的過度熱忱

Les excès de zèle de Gavroche

這段時間，伽弗洛什又有一次險遇。

伽弗洛什走到茅屋街，一絲不苟地用石塊砸爛路燈之後，就踏上聖母升天會老修女街，連隻「貓」都不見，覺得時機不錯，可以把他會的那首歌全套唱出來。他的腳步並沒有放慢，反而伴著歌聲加快了。他沿著酣睡或嚇壞了的住戶，一路散播這些煽動性的歌段：

榆林小鳥在咒罵，
硬說昨天阿達拉，
私奔跟個俄國佬。
美麗姑娘走啥道，
隆啦啦。

我友彼羅猛聒噪，

因為那天小米拉
喚我用勁把窗敲，
美麗姑娘走啥道，
隆啦啦。

惡毒女人甜嘴巴，
施毒讓我中魔法，
奧菲拉①也要灌倒。
美麗姑娘走啥道，
隆啦啦。

我愛情愛和吵架，
阿涅絲和潘蜜拉，
莉絲煽我把手燒。
美麗姑娘走啥道，
隆啦啦。

從前我見披頭紗，
蘇賽特和澤依拉，
我的靈魂紗紋繞。
美麗姑娘走啥道，
隆啦啦。

陰影中愛放光華，
給洛拉戴玫瑰花，
我入情網劫難逃。
美麗姑娘走啥道，
隆啦啦。

對鏡穿衣小雅娜，
一天我心飛走啦！
想必雅娜你得到。
美麗姑娘走啥道，
隆啦啦。

晚上四組歡舞罷，
我就指著絲泰拉，
對星星說：瞧一瞧。
美麗姑娘走啥道，
隆啦啦。

①·馬蒂厄·奧菲拉（一七八七—一八五三）：毒物學家。

伽弗洛什邊唱邊即興表演，手勢為疊句的支點。他那張臉賽似臉譜庫，變化無窮，比大風中飄動的床單破洞，還要扭曲痙攣並變幻莫測。可惜只有他一個人，又是黑夜，既看不見也無人看見，這樣精采的表演全部被埋沒了。

他猛地停住。

「浪漫曲暫停。」他說了一句。

他那雙貓眼睛看見一個大門洞裡，有繪畫上所說的一幅人物畫，即一個人和一個靜物：靜物是一輛手推車，人是躺在車裡睡覺的一個奧弗涅人。

車把著地，奧弗涅人的頭枕著車擋板，他的身體隨著傾斜的車身蜷曲著，雙腳接觸到地面。

伽弗洛什見多識廣，一眼便看出那人喝醉了。

那人可能是這一帶送貨的，既貪酒又貪睡。

「嘿，」伽弗洛什心想，「夏天夜晚就是有好處。看看，奧弗涅人在車上睡著了。讓我來把小車送給共和國，把奧弗涅人留給王朝。」

他的頭腦豁然開朗，有了這樣的主張：

「這輛推車弄到我們街壘上，那才帶勁呢。」

奧弗涅人鼾聲不斷。

伽弗洛什輕手輕腳，從後面拉車，從前面拉人，即拉奧弗涅人的雙腳，一分鐘後，奧弗涅人便安安穩穩躺在街道上了。

小推車被解放了。

伽弗洛什有個習慣，什麼東西都總帶在身上，以備不時之需。他伸手摸一個兜子，掏出一張紙片和一截從木工那裡偷來的紅鉛筆頭。

他寫道：

法蘭西共和國
收到你的推車一輛。

他還簽上名字：「伽弗洛什」。

他寫完後，見奧弗涅人一直打鼾，就把紙片塞進他絲絨外套的兜裡，雙手抓起車把，推著車朝菜市場方向飛跑，勝利凱旋的喧鬧聲響徹雲霄。

這樣做頗為冒險。伽弗洛什沒有想到，王家印刷局那裡有一個哨所，正由城郊國民衛隊駐守。那一小隊人被吵得漸漸醒來，有幾個人還從行軍床上抬起頭來。兩盞路燈接連給砸爛，以及怪吼怪叫唱的這支歌，確實有些過分了。須知這幾條街的居民全都膽小怕事，太陽一落下就想睡覺，早早就用罩子熄滅蠟燭。可是，這個流浪兒像鑽進玻璃瓶裡的蒼蠅，在這平靜的街區吵鬧了有一個小時了。城郊國民衛隊中士側耳傾聽，還在等待，他們非常小心謹慎。

小推車隆隆狂響，叫人忍無可忍了，中士決定出去偵察一下。

「他們有一大幫人！」他說道，「咱們悄悄過去。」

顯然，無政府主義的九頭蛇妖出洞了，來到這個街區興風作浪。

中士壯著膽子，躡手躡腳走出哨所。

伽弗洛什推著小車，正要走出聖母升天會老修女街，突然迎面碰到一身軍裝、一頂軍帽、一支翎毛和一支步槍。

他這是第二次猛地停住。

「咦，」他說道，「是他呀。晚上好，公共秩序。」

伽弗洛什的驚慌時間很短，很快就化解。

「上哪兒去，小流氓？」中士喝道。

「公民，」伽弗洛什回敬道，「我還沒叫您資產者呢，您為什麼要侮辱我？」

「上哪兒去，小壞蛋？」

「先生，」伽弗洛什又說道，「您昨天也許是個聰明人，可是今天早晨卻被撤職了。」

「我問您上哪兒去，小無賴？」

伽弗洛什又回敬道：

「您講話真文雅。的確，看不出您有多大年紀。您應該把頭髮全賣掉，每根一百法郎，總還能賺五百法郎呢。」

「上哪兒去？上哪兒去？上哪兒去，強盜？」

伽弗洛什又答道：

「這話可就有點下流了。幫您餵奶的時候，得把您的嘴巴擦乾淨些。」

中士端起刺刀。

「到底說不說，上哪兒去，惡棍？」

「我的將軍，」伽弗洛什說道，「我去請大夫替我的老婆接生。」

「臭傢伙！」中士喊道。

用壞事的東西解救自己，這才是能人的高招，伽弗洛什一眼就認清了整個形勢，是小車招來麻煩，就要用小車保護自己。

那中士正要撲向伽弗洛什，不料小車往前一送，就變成炮彈，直衝過去，正中中士的肚子，把他撞個仰面朝天，摔在水溝裡，步槍的子彈也被打飛了。

哨所的守衛隊員聽見中士的喊聲後，亂哄哄地湧出來，跟著第一槍也都胡亂射擊，然後裝上子彈再射擊。

這種捉迷藏遊戲似的射擊足足持續了一刻鐘，擊破了幾塊玻璃。

這段時間，伽弗洛什往後狂跑，跑出去五、六條街才停下來，坐在紅孩街拐角的護牆石上喘口氣。

他側耳細聽。

他喘息一陣之後，轉身朝著槍聲密集的地方，左手抬到鼻子的高度，往前送三次，右手同時拍後腦勺。巴黎流浪兒這種極端的舉動，高度表達了法蘭西式的嘲諷，而且流傳了半個世紀，顯然卓有成效。

一個苦惱的念頭，突然攪擾了這種興致。

「好嘛，」他咕噥道，「我只顧著在這裡笑，笑得挺不起來腰，只顧自己開心，卻不想一想耽誤了路程，還得轉個彎。但願我能及時趕回街壘！」

說罷，他又拔腿跑起來。

他邊跑邊說：

「嗯，剛才我唱到哪段了呢？」

他又接著唱那首歌，同時飛快鑽進街巷裡，歌聲在黑暗中越來越淡遠了：

巴士底還沒拿下，
我找官兵和警察，
制止他們胡亂鬧。
美麗姑娘走啥道，
隆啦啦。

九木柱戲誰玩耍？
大球一滾誰不怕，
舊世界呀全垮掉。
美麗姑娘走啥道，

隆啦啦。

羅浮宮裡帝王家，
百姓舉杖一陣打，
一命嗚呼舊王朝。
美麗姑娘走啥道，
隆啦啦。

王宮鐵柵連根拔，
查理十世害了怕，
那天倉皇趕緊逃。
美麗姑娘走啥道，
隆啦啦。

哨所一役還算是頗有戰功：佔領了一台小推車，俘獲了那個醉漢。頭一件被沒收充公，另一個後來被送上軍事法庭，當作同謀犯審訊。審判這種案件，檢察機構總是不知疲倦，熱忱地保衛社會。

伽弗洛什這次險遇，在神廟街區傳為佳話，而且在瑪黑區的老朽資產階級的記憶中，也是最駭人聽聞的一件大案：夜襲王家印刷局哨所。

TOME - V

JEAN VALJEAN

第五部

尚萬強

第一卷：四堵牆中的戰爭
La guerre entre quatre murs

一．聖安東尼城郊區的險礁和神廟城郊區的漩渦
La Charybde du faubourg Saint-Antoine et la Scylla du faubourg du Temple

觀察社會疾病的人所能列舉出最值得紀念的兩座街壘，並不在本書所述故事發生的時期。一八四八年六月那場不可避免的起義，是有史以來規模最大的巷戰，當時從地下冒出的那兩座街壘，雖然以兩種不同的面貌出現，卻都是驚險局勢的象徵。

廣大的下層民眾陷入絕境，陷入深深的惶恐、氣餒、貧困、焦灼、痛苦、病疾、愚昧和黑暗中，有時就會衝出這種絕境，奮起抗爭，甚至反對道德原則，反對自由、平等和博愛，甚至反對普選，反對全民做主的政府，刁民、群氓有時會向人民開戰。

窮鬼攻擊法律；流氓政府起來反對民主政府。

那種日子非常淒慘，因為即使在瘋狂的暴亂中，某種程度的人權總還存在著，這些決鬥在某

個程度來說，和自殺差不多。而窮鬼、刁民、群氓、賤民等這些侮辱性字眼的出現，唉……與其說是難民造成的，不如說是統治者造成的，與其說是窮苦階層有問題，不如說是特權階層的問題。

至於我們，對於這些字眼，我們從未以毫無沉痛和敬意的心情講出這些字眼，要知道，哲學要是去探究與這些字眼相應的事實，常常會發現卑賤旁邊有偉大。雅典曾是群氓政府；窮鬼創建了荷蘭；賤民屢次拯救了羅馬；刁民則追隨著耶穌基督。

思想家無不觀賞過底層的壯觀景象。

「城市的渣滓，世界的法則」，聖熱羅姆講這句神秘難解的話時，心中想的無疑是這種群氓，無疑是出了使徒和殉道者的這群受苦受難之人。

這些受苦受難、流汗流血的民眾怒不可遏，他們的暴力行為違背了他們的原則，他們的暴行也觸犯了法律，這是民眾的政變，應該加以制止。正直的人為此獻身，正是由於愛民眾，才與他們進行戰鬥。然而，在與他們對抗的過程中，他又感到他們多麼情有可原！在抵制他們時，他又多麼敬佩他們！這是很少見的時刻：人們在盡忠職守時感到為難，幾乎感到無法再繼續下去，你堅持下去是應該的，然而良心得到滿足的同時心中卻感到悲哀，雖然是完成了任務，卻又有痛心的感覺。

讓我們痛快地說吧，一八四八年的事件非比尋常，幾乎不可能列入歷史哲學的範疇裡。在這場特殊的暴動，我們從中感到勞工爭取權利的神聖憂慮，因此談及此事時，就應該排除上面提到的那些字眼。應該鎮壓暴動，這是職責，因為它打擊共和。然而，歸根究柢，一八四八年六月是怎麼回事呢？這是人民反抗自己的一次暴動。

只要主題沒有離開視線，就絕不會扯到題外去，因此之故，請允許我們把讀者的注意力引向那兩座街壘，停留片刻，我們說過，那兩座絕無僅有的街壘，便是那次起義的象徵。

一座堵塞了聖安東尼城郊大街的入口，另一座阻斷進入神廟城郊大街的通道。在六月光輝燦爛的碧空下，那兩處內戰的驚人傑作高高聳立，只要親眼目睹過，就永遠也不會忘記。

聖安東尼街壘是個龐然巨構，有四層樓高，七百尺寬，從一個轉角到另一個轉角，堵死了這條城郊街的開闊路口，共堵死三條街道。街壘起伏不平，各部位銜接重疊，犬牙交錯，零亂堆砌，一個大豁口上築了一排雉堞，有著加固作用的大土堆，本身就構成了一個個稜堡，各處向外伸出突角，背後則牢牢依著形似岬角插入街口的兩座大樓，猶如一道高大的堤壩，出現在目擊過七月十四日的廣場底部。在這堡壘後面縱深幾條街，還排列著十九座街壘。只要看一看這座堡壘，就會感受到這城郊街區民不聊生，正處於水深火熱之中，形勢一觸即發，每種疾苦都將要化作一場災難。這街壘是由什麼構成的呢？有人說是特意拆毀了三座七層樓的房屋，用那些材料構築的。還有人說，是由眾怒所創造的奇蹟所構築出來的。它擁有用仇恨為材料搭建的建築——廢墟——的那種慘相。你可以這樣問：「這是誰建造的？」也可以這樣問：「這是誰毀壞的？」它是激情沸騰的即興之作。咦！這扇門！這扇鐵柵門！這段披簷！這個門框！這口破爛的鐵鍋！什麼都拿來！什麼都丟上去！推呀、滾動呀、挖呀、拆毀呀、砸爛呀，全都推倒！這是一場大協作：鋪路石、碎石塊、木柱、鐵條、破布片、爛磚頭、坐墊裂開的椅子、白菜根、破衣爛衫，以及詛咒，全都攪混進來。它既偉大又渺小。這是在地獄舊址上建造出來的渾沌世界。原子旁邊的龐然大物，一堵斷壁和一個破碗，所有殘骸都帶著富威脅性的和善，薛西弗斯[1]把他的岩石投上去，約伯[2]將他的陶片投上去，總之，極為可怕。這是赤腳漢的衛城。一輛輛翻倒的小車散布在斜坡上，一輛巨型平板貨車車軸朝天，橫臥在街壘雜亂的正面，彷彿大臉盤上的一道傷疤；一輛公共馬車由起鬨的眾人抬到壘堆頂上，就好像這野蠻的建築師要幫恐怖增添點戲謔，而那指向空中的轅木，好像等待著行空的天馬。這個高大的壘堆，是暴動的沖積層，令人想起歷次革命，猶如將奧薩山疊在皮利翁高原[3]上，一七九三年疊在一七八九年上，熱月九日疊在八月十日[4]上，霧月十八日疊在一月二十一日[5]上，葡月疊在牧[6]月上，一八四八年疊在一八三〇年上。這片廣場擔當重任，而這座街壘出現在巴士底獄的舊址上，也當之無愧。如果海洋要築堤壩，就應該是這種築法。狂濤惡浪在這畸形堆積物上留下痕跡。什麼波濤？民眾。人們好像看見化為石頭的喧囂，好像聽見神秘的激進大蜜蜂，在蜂巢似的街壘上方嗡鳴。這是一片荊叢嗎？這是一次酒神狂歡節嗎？這是一座堡壘嗎？這彷彿是由眩暈鼓翅建造而成。這棱堡中有垃圾堆，而這破爛堆上又有幾分莊嚴。在這充滿絕望的雜物堆上，可以看到人字屋頂架、帶有印花壁紙的閣樓棚板、帶玻璃的窗框、拆開的壁爐煙囪、衣櫥、桌子、條凳插在瓦礫堆中充作大炮架，還有連乞丐都不屑一顧的各種破爛，無不包含激憤和虛無。這情景真好像聖安東尼城郊大街居民用一把大掃把，將自己家裡的破爛——朽板斷柱、破銅爛鐵和磚石瓦塊，全部掃地出門，用自己的苦難建造出這座街壘。這裡有像斷頭臺的大木塊、一段段的鐵鏈、像是絞刑架一樣帶著撐條的木架、平放著的車輪從亂七八糟的破爛堆中露出來的，這些東西拼湊混雜的無政府建築有著一副陰森面貌，彷彿是用來折磨百姓的古老刑具。聖安東尼街街壘把所有東西都變為武器，內戰中所有能用來砸爛社會腦袋的東西，全都搬出來了，這不是戰鬥，而是燎原的怒火。守衛這座棱堡的卡賓槍，大口徑的就發射陶器片、小骨頭、衣服鈕扣，甚至床頭櫃腳下的小滾輪，因為是銅製品，也都能傷人。這座街壘展現出沖天的怒氣，無以名狀的喧囂直達雲霄；與官兵對戰時，上面滿是咆哮的人群，衝冠的怒火佔據了人們的頭腦，他們聚集在街壘上使街壘看起來像爬滿了蟻群，而壘脊上尖刺林立，那是高舉的槍枝、戰刀、棍棒、大斧、長矛和刺刀，還有一面巨幅紅旗，迎風啪啪作響。指揮員的口令聲、進攻的戰歌、咚咚的軍鼓聲、婦女的啼哭和餓漢的獰笑，都處處可聞。街壘又巨大、又充滿生命力，

①．薛西弗斯：希臘神話中的科林斯王，是個暴君，死後被罰在地獄反覆把岩石推上山。

②．約伯：《聖經》中的人物，極為富有。神為了測試他的忍耐力，奪走他女兒和全部財產，僅剩下水罐。

③．奧薩山和皮利翁高原：位於希臘，神話中巨人將山移到高原上以便上天。

④．熱月九日即一七九四年七月二十七日，吉倫特派搞政變，處死羅伯斯庇爾等人。一七九二年八月十日，巴黎人民起義，推翻君主政體。

⑤．霧月十八日即一七九九年十一月九日，拿破崙發動政變，推翻督政府。一月二十一日即一七九三年一月二十一日，國民公會判處國王路易十六死刑。

⑥．葡月十三日即一七九五年十月五日。保王黨暴亂分子進攻國民公會，被拿破崙指揮的共和軍擊敗。牧月一日即一七九五年五月二十日，人民起義反對國民公會，要求肅清反動勢力。

就像帶電的神獸，從脊背射出雷電火花。革命精神的戰雲籠罩著街壘，民眾在街壘頂上的怒吼有如上帝的聲音從天上傳來，一種奇異的莊嚴，從這如山的亂石堆裡傳出來。說這是一堆垃圾可以，說這是西奈山⑦也可以。

上面講過，街壘以革命的名義進攻，可是攻擊什麼呢？攻擊革命。它，這街壘，是偶然，是混亂，是驚愕，是誤會，也是未知，它面對著立憲議會、人民的主權、普選、國家、共和制，這是〈卡爾瑪紐拉〉⑧向〈馬賽曲〉挑戰。

狂妄而又勇敢的挑戰呀，只因這老街區是個英雄。

老街區和稜堡互為援手。老街區依靠稜堡，稜堡也依恃著老街區。這巨大的街壘橫亙在那裡，猶如一道懸崖峭壁，粉碎了從非洲凱旋歸來的將軍們之戰術。它的岩穴、癭瘤、贅疣和駝背，構成一副怪態，彷彿在煙霧中擠眉弄眼地戲弄嘲笑政府軍隊。霰彈在這怪物體內消失了；炮彈鑽進去如沉到深淵底下一般被吞沒；圓炮彈也只能打個洞，況且，轟擊亂石堆又有什麼意義呢？身經百戰的那些軍隊，都戰戰兢兢地注視著這座鬃毛直豎像野豬，巍巍然又像高山的堡壘。

離此一公里，在北塔附近，也就是神廟街與大馬路的拐角上，如果有人敢從達勒馬涅商店的突角探出頭去，就會遠遠望見運河那邊，在美麗城上坡街道的最高處，有一堵牆十分怪異。這面牆高達三層樓，連接左右兩側的樓房，就好像這條街道的上端捲回來，突然封閉起來似的。那堵牆是用鋪路石壘成的，筆直、規則、冷峻、垂立，建造時顯然有用角尺取平，用墨線拉直，用鉛墜線碼齊。看來沒用水泥，但是，像羅馬建築的一些牆壁那樣，無損於其建築體的堅固耐用。只要看到這座牆的高度，就知道它有多厚。牆的頂部和根基完全是平行的，在那灰色的壁面上，隔一段距離就有一個槍眼，這些槍眼細小得好似黑線，幾乎看不出來，那些射擊孔都按等距離排列。一眼望去，街上不見人影，家家戶戶的門窗都緊閉著，最深處那裡立起了一道屏障，這條街就變成死胡同了。高牆靜立不動，上面不見人影，也聽不見一點聲音，沒有叫喊，沒有聲響，也沒有氣息。這是一座墳塋。

這個可怕的怪物，沐浴在六月耀眼的陽光裡。

這就是神廟城郊大街的街壘。

只要一到現場，面對這神秘的建物，就算是最膽大的人也不免要謹慎起來。這街壘建造時取齊校準，嚴絲合縫，按疊瓦狀排列，既筆直又對稱，而且陰森可怕，同時體現了科學和黑暗，令人覺得這街壘的首領是個幾何學家，或者是個幽靈。看著這街壘，說話時就自然會把聲音壓低。

時而有個人、士兵、軍官或人民代表，冒險穿越這僻靜的街道，不過只聽到一聲尖厲而細微的呼嘯，那過街的人就應聲倒下，非死即傷，他若是倖免於難，就會看見一顆子彈射進關閉的百葉窗，射進牆壁的石縫裡或灰泥中。有時則是火銃的實心彈，要知道，街壘人將兩截煤氣生鐵管製成兩個火銃，一端用廢麻和火泥堵死，絲毫不浪費火藥，幾乎彈無虛發。街頭有幾處屍體橫陳，有幾攤血泊。我還記得，一隻白蝴蝶在街上飛來飛去，顯然地，夏天並未離開。

附近的幾個門洞裡擠滿了傷患。

人一到這裡，就感到被一個看不見的人瞄準了，而且也知道，整條街都舉槍嚴陣以待。

神廟城郊大街的入口因運河拱橋而隆起，進攻隊伍的士兵就集結在隆起地段的後面，一個個神態嚴峻，聚精會神地觀察這座陰森森的堡壘，他們知道從這個屹立不動、無動於衷的龐然大物裡面走出來的，將是死神。有幾名士兵匍匐前進，爬到橋的拱頂，小心翼翼地，連軍帽也不敢暴露。

勇敢的蒙泰納爾上校對這街壘讚歎不已，他對一個人民代表說：「建得真棒！沒有一塊石頭突出，就跟陶瓷一樣平滑。」這時，一顆子彈飛來，打爛他胸前的十字勳章，他也隨即倒下了。

「膽小鬼！」有人說，「有本事就出來呀！讓人瞧瞧嘛！他們不敢！他們藏起來！」殊不知神廟城郊大街街壘，由八十人防衛，頂住一萬人的進攻，堅守了三天。到了第四天，進攻部隊採

⑦・西奈山：位於埃及。據《聖經・舊約》記載，猶太人先知摩西奉神命，率猶太人逃出埃及。他在西奈山上受十戒，並頒布猶太教的教義。

⑧・法國一七八九年革命時期流行革命歌曲〈卡爾瑪紐城〉。

用奪取扎阿恰和君士坦丁[9]的辦法，即在樓房鑿洞，從房頂攻進去，才總算攻克了街壘。八十名「膽小鬼」沒有一個打算逃命，除了頭領，全部遇難了。關於頭領巴泰勒米，下面還會談到。

聖安東尼街壘咆哮如雷，神廟街壘啞然無聲。兩座堡壘在猙獰和陰沉的程度上大不相同：一個就像張著血盆大口狂暴怒吼，另一個卻似戴著假面具以平靜的外表欺人。

巨大而又陰慘的六月起義，如果說是由憤怒和謎合成的話，那麼我們感到頭一個街壘裡有條龍，第二個街壘後面則是斯芬克司。

這兩座堡壘是由兩個人指揮建造的，一個名叫庫爾奈，另一個叫巴泰勒米。[10]庫爾奈造起聖安東尼街壘，巴泰勒米修築了神廟街壘，兩座街壘分別呈現建造者的形象。

庫爾奈人高馬大，膀闊腰圓，一副紅臉頰，拳頭有如大錘，天生勇猛，為人忠誠，目光坦率而有威力。他無所畏懼，特別有毅力，不過脾氣暴躁，動輒大發雷霆，但又是最熱誠的人，最勇猛的戰士。戰爭、搏鬥、廝殺，全是他的拿手好戲，一上場就精神抖擻。他曾是海軍軍官，從手勢和聲音就可以知道他來自海洋和風暴，將颶風的特點貫徹到戰鬥中。庫爾奈除了天才這一點外，某種程度上頗似丹東，就像丹東除了神性以外，某種程度上頗似赫拉克勒斯。

巴泰勒米身體瘦弱，臉色蒼白，總是沉默寡言，就像淒苦無依的流浪兒。他曾挨過一名警察的一記耳光，於是就窺視等待時機，終於幹掉那個警察，因此十七歲就入了獄。從監獄裡出來後，他就建造了這座街壘。

後來，這也是命中注定的事，二人都被放逐到倫敦，在一場悲慘的決鬥中，巴泰勒米打死了庫爾奈。過了不久，巴泰勒米又捲入一樁離奇的命案裡，其中有情殺的因素，這類災禍如在法國，法庭就會考慮從輕量刑，但英國司法則認定為死刑，於是把他送上絞架。陰暗社會的結構就是這樣：這個不幸者肯定聰穎過人，也許不乏大勇大智，只因物質匱乏和道德蒙昧，就在法國以牢獄為開端，到英國以絞刑架為收場。在這種情況下，巴泰勒米只打了一面旗：黑旗。

二・深淵中不交談，又有什麼可幹？

Que faire dans l'abîme à moins que l'on ne cause?

暴動，經歷十六年的地下教育，到了一八四八年，就遠比一八三二年六月那時老練多了。因此，比起上述兩座巨大的街壘來，麻廠街的街壘不過是一張草圖，一個雛形，然而在當時，它已相當嚇人了。

馬呂斯對一切不聞不問，因此起義者在安灼拉的帶領下，充分利用夜晚，不僅修好了街壘，還將牆加高了兩尺。插進石頭縫裡的鐵條，彷彿駐守的長矛。雜七雜八的廢物從各處搜羅來堆在壘上，使得外觀更加紛亂無秩序。街壘布局很巧妙：裡側修成牆壁，外面呈亂石荊叢狀。

他們修復了用路石砌的階梯，登上階梯就像登上城堡的一面城牆。

街壘內部也清理好了，將一樓的大廳騰出來，把廚房改為戰地醫院，包紮好所有傷患，收起散落在地上和桌上的火藥，熔化了一些彈頭，製造了一些子彈，理出了繃帶，分發了武器，又清掃了堡壘內部，集中堆放殘餘物品，也把屍體運走。

屍體被運到還控制在他們手中的蒙德圖爾小街。那裡的路面上有殷紅的血跡，很長一段時間後都沒有褪掉。屍體中有四具是城郊國民衛隊士兵，安灼拉吩咐人將他們的制服收起來。

安灼拉建議大家睡兩小時覺，雖然安灼拉的提議就是命令，但是只有三、四個人接受。弗伊利用這兩小時，在酒樓對面的牆上刻了這樣的銘文：

⑨・法軍於一八三七年攻佔阿爾及利亞的君士坦丁，但是直到一八四九年才佔領紮阿恰綠洲，而雨果講的是一八四八年的事。

⑩・弗雷德里克・庫爾奈（一八〇八－一八五二）：海軍軍官，因一個長官藐視而退役，一八四七年十二月二日事件之後，他逃至倫敦。一八五二年他跟巴泰勒米決鬥而喪命，巴泰勒米原是勞役犯，在英國因兩個命案於一八五四年被處以絞刑。

人民萬歲！

這幾個字是用鐵釘刻在礫石牆上的，直到一八四八年還清晰可辨。

三位婦女趁著黑夜停火的時機，逃得不知去向了，這倒讓起義者鬆了一口氣。她們設法躲到別的樓房裡了。

大部分傷員都還能夠，也願意繼續作戰。在改為戰地醫院的廚房裡，有五名重傷患躺在床墊和草鋪上，其中二人是保安警察，起義者先幫保安警察包紮了傷口。

大廳裡只剩下蓋著黑布的馬伯夫，以及綁在柱子上的沙威。

「這是停屍間。」安灼拉說了一句。

這間廳堂光線昏暗，只是靠著最內側點著一支蠟燭提供光源，位於柱子後面的停屍台好像一根橫梁，看上去，站立的沙威和平躺的馬伯夫，恰好構成一個大十字架的輪廓。

那輛公共馬車的轅木，雖被密集的射擊打斷，但是仍然立在那兒，還可以掛一面旗幟。

安灼拉說到做到，具有首領的作風，他將犧牲的老人身上穿著那件有彈洞的血衣掛了上去。

飯是不可能吃了，既沒有麵包也沒有肉。五十多人，在街壘守了超過十六小時，很快就把酒樓裡有限的食物吃光了。到了這個時候，整個街壘就變美狄斯號的木排了，肚子餓也得撐著。六月六日，在這個斯巴達式日子的凌晨，在聖梅里街壘，雅納對圍住他要麵包的起義者說：

「還要吃！有什麼必要呢？現在是三點鐘，到四點鐘我們就死了。」

由於沒有食品了，安灼拉就禁止大家喝酒：不准喝葡萄酒，只定量配給些燒酒。

他們在酒窯裡發現封存完好的十五瓶酒。安灼拉和公白飛一瓶瓶的檢查。公白飛從酒窯上來，說道：「這是余什盧老伯的存貨，他以前開過食品雜貨店。」「那一定是真正的好葡萄酒。」博須埃插言道，「幸好格朗太爾在睡大覺。他若是站在這，那幾瓶酒就很難保住了。」安灼拉不管大家的議論，運用否決權，不准碰這十五瓶酒，並且吩咐人將酒放在停放馬伯夫老人的桌子下面，當作聖品保存起來。

將近凌晨兩點，他們清點一下人數，還有三十七人。

東方的天空開始泛白了，他們剛熄滅重新插在石籠裡的火把。在街壘內部，這座在街道上圍起來的小院子籠罩在一片黑暗中，透過令人驚悚的慘澹曙光，看上去就像一艘殘破船隻的甲板。戰士來來往往，猶如影子一樣移動。在這黝暗可怕的黑穴上方，寂靜無聲的樓房開始現出青灰色的輪廓，而樓頂的煙囪則是灰白色的。天空呈現像是白又像藍的顏色，色調朦朧悅目。飛鳥愉快地鳴叫，街壘背後那幢高樓向著太陽，它的屋頂映上淡粉色的光。一個死人頭垂在四樓的一個天窗上，他灰白色的頭髮在晨風中隨風飄動。

「我很高興火把熄了！」庫費拉克對費伊說，「這火把在風中搖得叫人心慌，看上去就像在害怕什麼似的，我一看就心煩。火把的光芒就像懦夫的智慧，因為總是顫抖著，所以什麼也照不亮。」

拂曉喚醒鳥兒，也喚醒了人的精神，大家就這麼閒聊起來。

若李看見貓在房頂雨槽上遊蕩，引他說出一套哲學。

「貓是什麼東西？」他高聲說道，「貓是一種矯正物。仁慈的上帝創造了老鼠，就說：哎呀，我幹了一件蠢事。於是，祂又創造出貓。貓是老鼠的勘誤表。老鼠和貓，就是造物主校閱後的樣稿。」

公白飛被幾名學生和工人圍住談論著死去的人，談到了若望．普魯維爾、巴奧雷、馬伯夫，甚至談到卡布克，以及安灼拉深切的憂傷。他說道：

「哈爾莫狄烏斯和阿里斯托吉通[11]、布魯圖斯、舍雷阿斯[12]、斯特法努斯[13]、克倫威爾、夏洛

---

⑪．哈爾莫狄烏斯和阿里斯托吉通：在雅典娜女神節慶典上，他們二人暗殺了暴君希帕爾克。

⑫．舍雷阿斯：羅馬法官，殺死暴君卡利古拉。

⑬．斯特法努斯：可能指聖艾蒂安。

蒂・科爾代[14]、桑德[15]，事後，他們全都經歷了惶恐不安的時刻。我們的心十分脆弱，人的生命又極為神秘，因此，即使出於公民責任，即使為了解放事業進行謀殺（如果有這類謀殺的話），殺了人的愧疚心情，總還是會超過造福人群的欣慰心情。」

閒聊東拉西扯，話題常變，一分鐘之後，公白飛從若望・普魯維爾的詩談到〈農事詩〉的翻譯，比較羅的譯文和庫爾南的譯文，又比較庫爾南和德利勒的譯文，還指出馬菲拉特的幾段譯文，特別是關於凱撒死去的奇蹟，一提起凱撒，話題又回到布魯圖斯。

「凱撒倒下，也是合理的。」公白飛說道，「西塞羅對凱撒的態度很嚴厲，但這也是合理的。那種嚴厲絕非謾罵，要知道，佐伊勒[16]辱罵荷馬，馬維烏斯[17]辱罵維吉爾，維澤[18]辱罵莫里哀，弗雷隆辱罵伏爾泰，無不遵循一條古老的規律：嫉妒和仇恨。凡有才華的人總要招致誹毀，偉人難免要聽幾聲犬吠。然而，佐伊勒和西塞羅，不可同日而語。西塞羅用思想來審判，布魯圖斯則用劍來審判。至於我，我譴責後者——以劍來審判的方式，但是古代卻允許這種做法。凱撒越過了魯比肯河[19]，他把人民給予的高官顯位當作他應得的，元老們入場時也不起立，正如歐特羅庇厄斯[20]所說：『所作所為如帝王，類似暴君，「像暴君一樣執政」。』他是一代偉人，遭此下場，可以說是活該，或者要說是好極了，總之，這是個深刻的教訓，相比於他受了二十三處傷，耶穌基督額上遭到唾沫還讓我比較能起惻隱之心。凱撒被元老們刺死，基督挨了奴僕的巴掌，遭受更大的侮辱，才更能令人感知到上帝的存在。」

博須埃手握卡賓槍，站在一堆路石上，居高臨下，對聊天的人高聲說：

「西達特納烏姆啊，米里努斯啊，普羅巴蘭特啊，愛安蒂德的美惠啊！噢！讓我朗誦荷馬的詩，像拉夫里翁和艾達普台翁那裡的希臘人那樣吧！」

三・明與晦
Éclaircissement et assombrissement

安灼拉前去偵察，他沿著樓房的牆角拐彎抹角，從蒙德圖爾小街出去。

應該說，起義者滿懷希望，他們打退了敵人在夜晚的進攻，使他們幾乎全然蔑視著將在凌晨進行的襲擊。他們以笑臉等待，毫不懷疑自己的革命事業，他們對於成功也都是胸有成竹。再說，還有一支援軍肯定會來，他們對此深信不疑。這種預見勝利的樂觀性，是法蘭西戰士的一種力量，他們將即將開展的一天分成三個明顯的階段：早上六點鐘，他們「做過策反工作」的一團部隊就會倒戈；中午，巴黎全面起義；落日時分，革命爆發。

從昨天晚上起，聖梅里教堂的警鐘就一刻也沒有停止，這顯示了另一座街壘還在，雅納他們始終堅守著那個大街壘。

所有這些希望，從一堆人傳到另一堆人，那種愉快而可怕的竊竊私議，聽起來就像是一個蜂巢裡作戰的嗡嗚。

安灼拉回來了。剛才他像老鷹一樣夜遊，到外面黑暗中偵察一番，回來後就叉著胳膊，一隻手按在嘴上，聽了一會兒這種愉快的議論。然後，在漸白的曙光中，他臉色紅潤，精神飽滿地朗聲說道：

「巴黎所有軍隊都出動了，有三分之一的兵力壓在你們這座街壘上，此外還有國民衛隊。我看到正規軍第五團的軍帽、第六憲兵隊的軍旗，再過一小時，他們就會來攻打你們。至於老百姓，昨天他們鬧騰一陣，今天早晨卻沒有動靜了。所有的期待、希望，都是一場空。不會再有一個街

⑭．夏洛蒂．科爾代（一七六八—一七九三）：刺死馬拉的人。
⑮．桑德（一七九五—一八二〇）：德國愛國者，他於一八一九年刺殺了作家科策布。
⑯．佐伊勒：西元前四世紀希臘詭辯家，著有《荷馬之禍》，是激烈而庸俗之文。
⑰．馬維烏斯：被賀拉斯稱為「腐臭」詩人。維吉爾在《牧歌》中抨擊過他。
⑱．維澤（一六三八—一七一〇）：著有《婦人學堂的真正批評》一書。
⑲．西元前四十九年，凱撒違反與龐培和元老院達成的協定，率軍越過魯比肯河，向羅馬挺進。
⑳．歐特羅庇厄斯：西元前四世紀拉丁文歷史學家，著有《羅馬史簡編》。

區還是一團部隊來支援，你們被人拋棄了。」

這番話，句句落在幾堆人的嗡嗡議論上，那效果就像暴風雨的第一滴雨點打在蜂群中。大家啞然無聲，一時陷入難以名狀的惶恐，彷彿聽見死神飛臨。

但是這一刻很短暫。

一個聲音，從人群最隱蔽的後面，對安灼拉喊道：

「如果真是這樣，那我們就把街壘加高到二十尺，大家都守在這裡。公民們，讓我們用屍體來抗議吧。讓我們表明，即使人民拋棄共和黨人，共和黨人也不會拋棄人民。」

在每個人惴惴不安的愁雲中，這幾句話道出了大家心中所想的，因此受到熱烈歡呼。

講這話的人叫什麼名字，始終不得而知。那是個身穿勞動服沒沒無聞的人，一個陌生人，一個被遺忘的人，一個過路英雄，而這種無名的偉人，總是參與了人類的危險和社會的初創，在關鍵時刻，以至高無上的方式，講出決定性的話語，好似一道閃電，剎那間代表了人民和上帝，又隨即消失在黑暗中。

在一八三二年六月六日的空氣中，瀰漫著這種不可動搖的決心，幾乎在同時，聖梅里街壘的起義者，也發出了一陣意義重大並被載入史冊的呼聲：「來不來支援我們都沒有關係！我們拚死守在這裡，直到最後一個人！」

由此可見，兩座街壘雖然與外界隔絕，卻聲氣相通。

四．少了五個，多了一個

Cinq de moins, un de plus

一個不知名的人宣布了「用屍體來抗議」，表達了在場所有人共同的心聲，於是大家異口同聲地高呼：

「死亡萬歲！我們大夥全留在這裡！」

這聲高呼十分奇異，可以感受到歡呼者滿足的心情卻又讓人覺得可怕，這句話語意淒慘，但高呼的聲調卻像歡呼勝利。

「何必全留下？」安灼拉說道。

「全留下！全留下！」

安灼拉又說道：

「地勢有利，街壘也很堅固，有三十人守衛就夠了，何必要犧牲四十人呢？」

眾人回答：

「因為沒有一個人肯離開。」「公民們，」安灼拉喊道，他那洪亮的聲音中有幾分惱火，「在人才方面，共和國並不富有，不能作無謂的消耗，虛榮就是浪費。對一些人來說，如果職責就是離去，那麼履行這一職責，也應該像履行其他職責一樣。」

安灼拉是一個堅持原則的人，對同道來說，他有一種無上權威。然而，不管這種權威有多麼絕對，大家還是竊竊私議。

安灼拉是個徹頭徹尾的首領，他見大家有異議，便堅持己見，又高傲地問道：

「誰害怕只剩下三十人，請講出來！」

議論聲變本加厲了。

「要知道，」人群中一個聲音指出，「離開，說來容易。街壘被包圍了。」、「菜市場那邊沒有被包圍，蒙德圖爾街還可以自由通行，而且，從布道修士街，就能走到聖嬰市場。」、「到那裡就會被抓住，」人群中另一個聲音也指出。「會碰到正規軍或城郊國民衛隊的前哨。他們看見一個穿勞動服戴鴨舌帽的人走過去，就會盤問他：『喂，你從哪裡來的？你是街壘裡的人吧？』再讓你伸出手來瞧瞧，聞出你手上有火藥味，便把你槍斃。」

安灼拉不急著回答，他拍了一下公白飛的肩膀，二人走進樓下大廳。

不久後，他們倆又出來。安灼拉雙手抱著他之前吩咐收好的四套軍服，公白飛拿著皮帶和軍帽跟在後面。

「穿上這樣的軍服，」安灼拉說道，「就能混進隊伍裡再逃脫。這至少夠四個人穿。」

他將四套軍服扔在剝掉鋪路石的地上。

這些視死如歸的聽眾沒有一個動搖。公白飛接著講話。

「好啦，」他說道，「總要有點憐憫之心。現在的問題是什麼你們知道嗎？問題是婦女。想一想吧，婦女到底存在不存在？孩子到底存在不存在？有沒有母親用腳推著搖籃，身邊還圍著一幫孩子？你們當中，誰從來沒有見過一個餵奶女人的乳頭，請舉手。好啊！你們都不想要命了，我也一樣敢這麼說，可是，我就不願意感覺到女人的陰魂在我周圍呼天搶地。你們決心一死，可以，但是，別連累別人也喪命。這裡要進行的自殺是高尚的，不過，自殺涉及的範圍應該是很窄的，絕不能拓寬；自殺一旦影響到你親近的人，就叫作謀殺了。想一想那些金髮孩子吧，想一想白髮老人吧。聽我說，剛才，安灼拉跟我講一件事，他在天鵝街的拐角，看見一扇窗戶有光亮，那是六樓窮苦人家的一扇窗戶，一支蠟燭的光照出一個顫顫巍巍的老太婆的影子，她好像在等人，通宵未眠。她可能是你們中間哪位的母親。那麼，這個人就應該走，趕緊回去對他母親說：『媽，我回來啦！』他只管放心走，這裡的事情還是能做好。一個人要是靠勞動養活親人，他就沒有權利犧牲了，否則，他就是家裡的逃兵。那些有女兒的人、有姊妹的人！你們想到這一點沒有？你們被人打死，一了百了，可是明天呢？女孩子沒有麵包吃，那就可怕了。男人可以要飯，女人就得賣身了，啊！那些可愛的人兒，多麼優雅，多麼溫柔，頭戴著插花的軟帽，又愛說又愛唱，讓家庭充滿貞潔的氣氛，如同化為人形的香魂，人間這些處女的純潔，讓我們感覺到的確有天使存在，這個雅娜、這個莉絲、這個咪咪，這些招人喜歡的正經姑娘，得到你們的祝福，也是你們的驕傲，噢，上帝呀，她們要挨餓啦！還要我對你們說什麼呢？有一個人肉市場，而你們成為幽靈，僅憑發抖的雙手，是阻擋不了她們進去的！想一想那些街道，想一想行人熙熙攘攘的馬路，想一想那些商店吧，那些袒胸露肩、掉進泥坑的女人，在商店櫥窗前走來走去，她們當初也是純潔的。有姊妹的人，想一想你們的姊妹吧。窮困、賣淫、保安警察、聖拉紮爾監獄，這就是嬌嫩美麗的女孩即將淪落之地，那些脆弱的奇葩，嬌羞、秀雅、美麗，比五月的丁香還鮮豔。哼！你們倒是被人打死啦！哼！你們倒是不在人世啦！這很好，你們要使人民擺脫王權，卻把你們的女兒交給了警察。朋友們，當心啊，要有同情心。婦女，不幸的女人，大家沒有多為她們著想的習慣。指望女人沒有接受男人的教育，阻止她們看書，阻止她們思考，阻止她們關心政治；可是今天晚上，你們能阻止她們去停屍房，辨認你們的屍體嗎？好啦，有家室的人還是乖一點，跟我們握握手就離開吧，讓我們單獨處理這裡的事情。我完全清楚，離開這裡要有勇氣，這是很難的；不過，越難就越值得讚揚。有人說：我有一支槍，我屬於街壘，活該，我留下，活該，說得倒輕巧。朋友們，還有明天呢，明天你就不在世上了，可是你的家庭還在。還要遭多少罪呀！對了，一個好看的孩子，身體健康，臉蛋像紅蘋果，他還在牙牙學語，總是嘰嘰喳喳，總是格格笑，你親吻時能感覺到他細皮嫩肉，一旦他被遺棄了，你知道會是什麼樣子嗎？我見過一個，一點點大，就這麼高。他父親死了，幾個窮人好心收留他，可是，他們自己都沒有麵包吃。孩子總挨餓，那還是冬天，他一聲不哭。有人看見他走到火爐跟前，那火爐從來不生火，你們知道，爐筒子上抹了黃黏土；那孩子用小手指摳下點黃土，放到嘴裡吃。他那呼吸聲音嘶啞，臉色慘白，兩條腿軟綿綿的，肚子脹得很大。他一聲不吭，問他話也不回答。他死了。要死的時候，才把他送到奈凱救濟院，我就是在那兒見到他的，當時我是住院部大夫。現在，你們中間，如果有人當了父親，曾享受到星期天去散步，粗大和善的手握著孩子的小手的快樂，現在請都想像一下，那孩子就是自己的：那可憐的娃娃，我還記得，彷彿就在眼前。當時，他光著身子躺在解剖臺上，肋骨都把皮膚支起來，好似墓地裡雜草下的墳穴。在孩子的胃裡發現泥土，他牙齒縫裡有灰渣。好了，讓我們摸摸良心，問問我們的心吧。據統計，被遺棄兒童的死亡率，高達百分之五十五。我再說一遍，這裡的問題是婦女，是關係到母親、少女和孩子。難道是說你們了嗎？我們都清楚你們是什麼人，也都知道你們個個都勇敢，當然啦！也知道你們為偉大的革命事業獻身，人人都由衷地感到欣慰和光榮，還知道你們都自覺是最合適的人，要死得對社會有益而且壯烈，每人都想要為勝利貢獻自己一份力量。這很好啊，然而，你們在世上並不是孤身一人，還有其他人需要考慮，不應該自私啊。」

大家都苦著臉低下頭去。

在最崇高的時刻，人心會產生多麼奇特的矛盾？公白飛雖然這麼講，他自己也並不是孤兒。他想起別人的母親，卻忘記自己的母親。他要獻出生命。他是「自私的人」。

馬呂斯飢腸轆轆，情緒狂躁不安，所有希望相繼破滅，陷入痛苦中，陷入最淒慘的絕境，感情飽嘗了強烈的震撼，感到末日即將來臨，越發沉陷在幻覺引起的癡呆中，這是輕生者臨終前常有的狀態。

一個生理學家若是研究他的狀態，就能發現已為科學所確認並歸類的狂熱性癡迷，這種症狀越來越明顯，而這種由痛苦引起的癡迷，極似從歡樂產生的快感。絕望也能讓人銷魂。馬呂斯正處於這種狀態，他目睹一切，卻彷彿局外之人，正如我們說過的，對於眼前發生的事情，他覺得十分遙遠；他雖能看到整體情況，卻根本無視細節：他透過一片火光看見人來人往，聽到的人語卻恍若來自深淵。

然而，這一情景卻令他怦然心動，有什麼富有穿透力的東西一直刺激他，把他喚醒了。本來，他只有一個念頭，就是等死，不願意再分心；不過，他在陰慘慘的夢遊中忽一轉念，自己要死也不妨救救別人。

他提高聲音說：

「安灼拉和公白飛說得對，不要無謂犧牲。我贊成他們的主張，要趕快行動。公白飛跟你們說的，全是至關重要的事。你們中間，有人有家庭、有母親、有姊妹，有妻子兒女。這些人都站出來。」

誰也沒有動一動。

「已婚男子和支撐家庭的人，全都站出來！」馬呂斯重複道。

他的威望很高。安灼拉固然是街壘的首領，但馬呂斯卻是救星。

「我命令你們！」安灼拉喊道。

「我請求你們！」馬呂斯說道。

這些英勇無畏的人，被公白飛的話所觸動，被安灼拉的命令所搖撼，也被馬呂斯的請求所感動，於是開始相互揭發。一個青年對一個中年人說：「對了，你是一家之長，你走吧。」那人回答：「還是你應該走，你要養活兩個妹妹呢。」結果爆發了一場從沒發生過的罕見的爭論——大家都爭著別讓人趕出墓門。

「要快！」庫費拉克說：「再耽誤一刻鐘就來不及了。」「公民們，」安灼拉接著說道，「這裡是共和制，要由全民公決。你們自己指出應該走的人吧。」

大家服從了。大約過了五分鐘，大家一致指定的五個人出列了。

「有五個人！」馬呂斯高聲說了一句。

而軍服只有四套。

「看來，得有一個人留下。」五個人都說。

於是，重新又展開一場捨己為人的爭論，看該誰留下，每個人都爭著找理由說別人不該留下來。

「你呀，你有個老婆非常愛你。」「你呀，你有個老母親。」「你呀，你無父無母，三個小兄弟怎麼辦呢？」「你呀，你可是五個孩子的父親。」「你呀，你有權活著，才十七歲，還太早了。」

這種偉大的革命街壘，是英雄主義的約會之地。不可思議的事情，在這裡極為尋常。這些人彼此都不會感到驚奇。

「快點決定。」庫費拉克重複說。

人群裡有人對馬呂斯喊道：

「您就指定誰該留下吧。」、「對，」五個人齊聲說，「由您選定，我們聽從。」

馬呂斯不相信自己還有情感湧動的一刻，然而，一想到要選一個人去送死，他全身的血液就全湧上心頭。他的臉若能再蒼白的話，這時肯定要刷地變色。

他走向那五個人，他們都對他微笑，每人的眼中都燃著熊熊烈火，映射出溫泉關上的歷史英雄，大家都對著他喊：

「我！我！我！」

馬呂斯怔忡地數了數：他們始終是五個人！接著，他垂下目光，看了看四套制服。

恰巧這時，第五套制服好像從天而降，落到這四套上。

那第五個人得救了。

馬呂斯抬眼一看，認出割風先生。

尚萬強剛走進街壘。

可能探明了情況，也可能由本能指引，或者也許是偶然。他沿著蒙德圖爾小街來到這裡，也多虧那身國民衛隊制服，他才能安然通過國民衛隊。

起義者設在蒙德圖爾街的前哨，沒有因為一名國民衛隊員就發出警報信號。哨兵放他進入街道，心想：可能是來增援的，大不了是個囚犯。這種時刻生死攸關，哨兵絕不可怠忽職守。

尚萬強走進街壘的時候，誰也沒有注意，大家的目光都集中在五個人選和四套制服上。尚萬強全看到，也全聽見了，於是他不聲不響，脫下自己的制服，扔到那堆制服上。

這時場面的激動情況是無法以任何方式形容的。

「他是什麼人？」博須埃問道。

「他是來救別人的人。」公白飛回答。

馬呂斯鄭重地補充一句：

「我認識他。」

有這個保證，大家就無話可說了。

安灼拉轉身對尚萬強說：

「公民，我們歡迎您。」

他又補充說：

「您知道大家都會死的。」尚萬強沒有應聲，只顧幫助他救下的那個起義者穿上他的制服。

五．在街壘頂上放眼望去

Quel horizon on voit du haut de la barricade

在這一危難時刻，在這種絕地，安灼拉無可比擬的憂傷，是眾人處境導致的結果，也是最高的體現。

安灼拉體現了革命的完整性，然而，從完美的角度來說，他還有很多成長空間。他學聖鞠斯特有餘，與阿納卡爾西．克洛斯[21]相比又嫌不足。不過，在ＡＢＣ朋友會上，他的思想在一定程度上被公白飛的思想同化了。近來，他漸漸從狹窄的信條中走出來，不由自主地踏上人類進步的大道，他開始承認，法蘭西共和國，經過宏偉壯麗的演進，最終要變成世界大同的共和國。因應眼下兇險殘暴的形勢，他也就主張應該使用暴力手段，在這一點上，他沒有改變，始終信奉那史詩般的可怕學派，一言以蔽之：九三年。

安灼拉站在鋪路石砌成的臺階上，一個臂肘靠著他的槍筒，正自沉思默想，有時好像一陣穿

㉑．阿納卡爾西．克洛斯（一七五五—一七九四）：流亡到法國的普魯士人，投身法蘭西革命，號稱「人類的演說家」，一七九四年跟雅各賓左派一起被處死。

堂風吹過讓他倏地顫慄了一下。死亡所在的地點，總給人一種三腳祭台[22]的印象。他那內視反省的眸子，射出了壓抑著的火焰。突然，他一揚頭，金髮往後一甩，猶如駕著由星辰構成的四馬黑戰車的天神長髮，又像被驚動的獅子頭上豎成火紅光環的鬃毛。這時，安灼拉朗聲說道：

「公民們，你們是否展望過未來？城市的街道沐浴著陽光，家家戶戶門前綠樹成蔭，各族人民都親如兄弟，人人都講公道正義，老人為孩子祝福，往昔也喜愛現世，思想家完全自由地思考，各種信徒完全平等，上天就是宗教，上帝直接當教士，人的良心變成祭壇，沒有仇恨了，工廠和學校都友好和睦，名望高低就是賞罰，人人都有工作，人人都享有權利，人人都過著安寧生活，再也不流血了，再也沒有戰爭了，母親們都非常幸福。所以我們要控制住物質，這是第一步；接著再實現理想，這是第二步。大家想一想，現在已經取得了多大的進步。從前，在遠古時代，九頭蛇妖興風作浪，惡龍噴火，鷹翼虎爪的怪鳥在天空盤旋，人類看到就驚恐萬分，感受到那些可怕的怪物的威脅。然而，人布下了陷阱，用智慧布下神聖的陷阱，終於捕獲了那些怪物。」

「我們降伏了九頭蛇妖，就是輪船，降伏了惡龍，就是火車頭；降伏了怪鳥，已經抓住了，就是氣球。有朝一日，人類終於完成了普羅米修斯開創的事業，可以隨意駕馭九頭蛇、惡龍和怪鳥這三種古老的怪物，也就是說，成為水、火和空氣的主宰，那麼，人在其餘生物中的地位，就像古代天神在人心中的地位。勇往直前吧！公民們，我們要走向哪裡？走向科學，那將成為政府；走向物質，那將變成惟一的公共力量，走向賞罰分明、自行頒布的自然法則，走向和旭日同升的真理。我們走向各民族的大團結，走向人的一體化。再也沒有空幻，再也沒有寄生蟲了。由真理統御事實，這就是我們的最終目的地。文明將在歐洲的巔峰舉行會議，然後就在各大陸的中心，召開智慧的大議會。類似的情況過去也已出現過了。古希臘的近鄰同盟會議，每年要舉行兩次，一次在諸神之地德爾斐，一次在英雄之地溫泉關。將來，歐洲也要召開近鄰同盟會議，全球也要召開近鄰同盟會議。法蘭西正孕育著這種光輝燦爛的未來，這就是十九世紀的懷孕期。古希臘的創始，要由法蘭西來完成。聽我說，弗伊，你是勇敢的工人，是人民之子，也是各國人民之子，我敬重你。對，你清楚地看見了未來的歲月，你是對的。弗伊，你沒有父母，就認人類為母親，認正義為父親。你在這裡捐軀，就是在這裡勝利。公民們，不管今天發生什麼情況，不管是失敗還是勝利，我們進行的都是一場革命。大火照亮全城，同樣的，革命會照亮全人類。我們進行的是一場什麼革命呢？就是我剛才說的，一場求『真』的革命。政治上只有一個原則，即人的自主。所謂自己做主，就叫做自由。兩個或多個自我做主的人合作的地方，就出現了國家。不過，參加這種合作並不需要放棄任何東西。自主的權利，每人讓出來一份，就組成了公法，每人讓給全體的部分都相等，這種等量就叫做平等。所謂公法，無非是保護所有人，照耀每個人的權利。所有人保護每個人就叫做博愛。人人自主的聚合點則稱為社會。這種聚合即是結合，這一點即是關鍵。所謂社會關係就是由此而來的，有人稱為社會契約，這是一回事，契約這個詞最初形成就有聯繫的意思，我們要弄清平等的含義，因為，如果說自由是頂峰，那麼平等就是基礎。公民們，平等，並不意味所有植物都長得一般高，並不意味社會要由高大的青草和矮小的橡樹構成，也不意味相互閹割的各種嫉妒比鄰並立，而是在公共事務方面，各種才能都能同樣施展；在政治方面，每個人的投票都有同樣分量；在宗教方面，各種信仰都有同樣權利。平等是一種機制：無償義務教育，讀書的權利，應該從這方面動手。強迫所有人接受初等教育，而中等教育向所有人敞開大門，這就是法律。教育權產生平等的社會，對，教育！光明！一切來自光明，一切回到光明。公民們，十九世紀是偉大的，但二十世紀將是幸福的。到那時，再也沒有類似舊歷史的東西了，人再也不必像今天這樣害怕征服、侵略、竊國篡權，再也不必害怕國家之間的武裝對抗，王室不必害怕因為通婚而文化中斷，不必害怕世襲專制誕生一個暴君，也不必害怕因議會分歧而民族分裂，因王朝崩潰而國土四分五裂，不必害怕兩種宗教狹路相逢，就像兩隻影子山羊在無限的獨木橋上相

㉒・三腳祭台：古希臘女祭司坐在三腳祭臺上宣示神諭。

遇；人再也不必害怕飢荒、剝削、因窮困而賣淫、因失業而窮困，不必害怕斷頭臺、利劍、戰事，以及無數變故的強暴。幾乎可以說到那時，再也不會有變故了。到時候，人人都會幸福，人類將跟地球一樣，實現自己的法則，心靈和天體之間又恢復和諧。心靈將圍著真理運行，如同星辰繞著太陽旋轉。朋友們，我們所處的時刻，在我對你們講話的時刻，正是黑暗之際，但這是為了獲取未來的幸福必須付出的驚人代價。每場革命都是一筆通行稅。啊！人類將得到解放，站立起來，並得到安慰！我們站在街壘上，向人類作出這種保證。如果不是在犧牲的高峰上，我們又能從什麼地方發出這種愛的呼聲呢？弟兄們啊，這裡就是思考的人和受苦的人相會合的地方；這街壘既不是鋪路石、梁柱，也不是由廢銅爛鐵造起來的，而是由兩大種東西，即思想和苦難堆築成的。在這裡，苦難和理想相遇。在這裡，白晝擁抱黑夜，並對黑夜說：『我和你一道死去，而你和我一起復活。』擁抱所有的苦痛，並從擁抱中迸發出信念。痛苦在這裡垂死掙扎，而思想則在這裡獲得永生。這種掙扎和這種永生將要結合，成就我們的死亡。弟兄們，誰死在這裡，就是死在未來的光輝中，我們要走進一座充滿曙光的墳墓。」

安灼拉停下了，他不像結束，而只是中止發言，只見他嘴唇翕動，彷彿自言自語，還在繼續，因此，大家都聚精會神望著他，想聽他接著講下去。大家沒有鼓掌，但是低聲議論了很久。議論的話語就像清風，智慧之言的顫動，猶如樹葉刷刷作響。

六．馬呂斯怔忡不安，沙威言語簡練乾脆

Marius hagard, Javert laconique

現在談談馬呂斯腦子裡在想什麼。

回想一下他當時的心態。剛才我們提到，對他來說，一切都是幻覺了，他的判斷力已然混亂。我們再強調一遍，馬呂斯籠罩在垂死者巨大黑暗翅膀的陰影下，他自覺已進入墳墓，置身於墓壁

之內，完全用死者的目光看活人的面孔了。

割風先生怎麼會到這來呢？他為什麼前來？來幹什麼？這種種疑問，馬呂斯根本沒有在心裡提出來。況且，絕望有這樣一個特別之處，它也像裹住我們一樣裹住別人，馬呂斯覺得，所有人也都必死無疑。

不過，他一想到珂賽特，便心如刀絞。

再說，割風先生不跟他講話，也不看他一眼，那神情就好像根本沒有聽見馬呂斯高聲說的話：「我認識他。」

至於馬呂斯，他見割風這種態度，倒鬆了一口氣，甚至頗為高興——如果能用這樣的字眼形容這種感覺的話。他始終覺得，這個謎一般的人既曖昧又威嚴，絕不可能與之交談。況且又很久沒見面了，馬呂斯天生靦腆而穩重，更不可能跟他搭話了。

五個指定的人看起來完全像國民衛隊員，臨走前他們擁抱了所有留下的人，從蒙德圖爾小街走出街壘時，有一個人還邊走邊哭。

送回生路上的人走了之後，安灼拉想起判了死刑的那個人。他走進樓下廳堂，見綁在柱子上的沙威正在想些什麼。

「你需要什麼？」安灼拉問他。

沙威回答：「你們什麼時候要處死我？」

「等一等。我們所有子彈現在都還有別的用處。」

「那就給我一點水喝吧。」

安灼拉親手倒一杯水，由於沙威手腳捆著，就送到嘴邊餵他喝下。

「不需要別的啦？」安灼拉又問道。

「我捆在這柱子上覺得很難受，」沙威回答，「你們就讓我這樣過夜，心腸也太硬了。你們愛怎麼綁都行，但總得讓我像那一位先生一樣，躺在桌子上啊。」

他說著，一邊朝馬伯夫先生的屍體揚了揚頭。

我們還記得，這大廳裡端有一張大長桌案，本來在上面用熔化的彈頭做子彈，火藥用光，子彈全做好之後，桌案就空出來了。

四名起義者依著安灼拉的命令，幫沙威解開繩索，從柱子上放下來，第五個人則用刺刀抵住他的胸膛。他的雙手始終反綁著，再用一根結實的細鞭繩捆住他的腳踝，只容他邁開小步，就像上斷頭臺的死犯那樣。他們讓他走到廳房底端的長桌旁邊，把他放上去，再攔腰捆個結實。

為了保險起見，又用監獄裡所說的馬頜韁，用繩子套住他的脖子，從頸後拉到腹部，再分叉從雙腿拉到身後，連在反綁的手上，這樣捆綁就萬無一失了。

就在捆綁沙威的時候，有一個漢子站在門口，格外聚精會神地端詳他。沙威看見那人的影子，不禁扭過頭去，抬眼一看，認出是尚萬強，他身子甚至沒有抖動一下，只是傲慢地垂下眼瞼，說了一句：

「這是顯而易見的。」

七．形勢嚴重
La situation s'aggrave

天很快就亮了。但是，一扇窗戶也沒有打開，也沒有一扇門被推開一條縫，這是黎明，還不是甦醒。正如我們說過的，部隊從街壘對面麻廠街的盡頭撤走了，那裡似乎向行人開放，暢通無阻，但是一片沉寂中卻隱藏著殺機。聖德尼街就像底比斯城的斯芬克司大道，靜悄悄的，十字街頭闃無一人，只見白晃晃的陽光。這種亮敞敞的無人街道，比什麼都淒涼。

雖然什麼也看不見，卻能聽到動靜。一種神秘的行動正在遠處進行中，顯然重要關頭就要到了，就像昨晚那樣撤回哨兵，這下子全部撤回來了。

那五人走後，大家又把街壘加高了。街壘比初次遭受攻擊時更牢固。

因為擔心背後遭到襲擊，安灼拉採納監視菜市場一帶的前哨的意見作出了一個重大決策，將一直能通行的蒙德圖爾小街堵死，為了這件事又掀起長達幾間屋子的鋪路石塊。這樣一來，街壘的三個通口：前面的麻廠街、左側的天鵝街和小丐幫街、右側的蒙德圖爾街，全部堵死，確實難以攻破了；不過既已封死，大家就得同歸於盡。街壘三面臨敵，卻沒有一條退路。「是堡壘，也是捕鼠籠。」庫費拉克笑著說道。

安灼拉叫人把三十多塊石頭堆在酒樓門旁。「是多掀起來的。」博須埃這麼說。

要發動進攻的那個方向，現在一片死寂，安灼拉吩咐所有人各就各位，準備戰鬥。

每人按定量分了一份酒。

一座準備迎擊進攻的堡壘，比什麼都新奇。就像看表演那樣，每人選好自己的位置。有的斜靠著，有的用手肘撐著，有的用肩靠著，有的甚至用石塊壘了一個座位。碰到礙事的牆角就避開，找到一處可防身的梯形壁就躲進去。左撇子就更好了，可以挑別人覺得不順手的地方。不少人安排位置好坐著戰鬥，大家要舒舒服服地殺敵，安安逸逸地死去。在一八四八年六月那場傷亡慘重的戰爭中，有個起義者死相特別可怕，他是把伏爾泰式的扶手椅搬上屋頂平臺，坐在上面戰鬥，後來在密集射擊中被打死。

首領一發出準備戰鬥的命令，一切躁動便立即停止，大家不再東拉西扯，不再聚集在一起，不再竊竊私語，也不再三五一夥離隊，人人都全神貫注，等待敵人的進攻。這座街壘，在面臨危險之前一片混亂，但一遇危險就紀律整肅，危難能整頓秩序。

安灼拉操起雙響卡賓槍，進入戰鬥崗位，守住他為自己保留的槍眼，大家立刻就肅靜下來。然後，一陣清脆的聲音，沿著路石堆起的牆壁隱隱回響，這是槍裝上子彈的聲音。

他們的姿態格外自豪，格外自信；既然誓死獻身，也就義無反顧了；他們雖然沒有希望，但是還有絕望。絕望這件最後的武器，有時會帶來勝利，維吉爾就這樣講過。拚死一搏，往往絕處逢生。登上死亡之船，或可逃脫翻船的危險，棺材蓋有時也能變為一塊救命板。

他們又像昨晚那樣，全部注意力轉向，幾乎可以說盯住街道的另一頭：現在，那裡陽光照耀，看得一清二楚了。

沒有等待多久，聖勒那個方向就清晰地傳來騷動的聲音，但是這次行動不像第一次進攻那樣，只聽到鐵鏈的嘩啦聲、龐然大物在路上顛簸得令人不安的聲音、青銅物體在鋪石路上跳動的聲音，匯集成轟隆隆的聲響，宣示猙獰鋼鐵之物逼近了。原本古老而寧靜的街道，現在五臟六腑都在震動，要知道當初修建這些街道，只為了便利貨物和思想的流通，絕不是為了戰車巨輪的滾動。

大家注視街道另一端的目光變得兇狠了。

一門大炮出現了。

炮兵推著炮身，拖車已經卸下，炮身安進了射擊架，兩人扶著炮架，四人推著輪子，另一些人跟隨彈藥車，只見點燃的導火線在冒煙。

「開火！」安灼拉一聲令下。

整個街壘一齊射擊，槍聲大作，一片濃煙吞沒了大炮和士兵。過了一會兒，等硝煙散去，大炮和士兵重新顯現。炮兵們不慌不忙，緩慢地前進，準確地把大炮推到街壘對面。他們無一傷亡。接著，炮長用力壓低炮身後座，抬高炮口，像天文學家調整望遠鏡那樣，認真地瞄準炮口。

「棒極啦！炮兵們！」博須埃嚷道。

街壘裡的人都鼓起掌。

沒多久工夫，大炮就跨著水溝，穩穩地安放在街道正中央，張著巨口對著街壘。

「喂，真開心！」庫費拉克說道，「野蠻的傢伙上陣了。先彈彈手指，再來揮拳。他們先用火槍探路，再用大炮攻打。軍隊的大爪子伸向我們啦！這個街壘可要劇烈地搖晃了！」

「這是一門發射八磅重彈的新型銅炮，」公白飛接著說，「這種炮，一旦錫的用量超過銅的百分之十就會爆炸。錫的比率大了就太軟。有時火門裡還會有砂眼和氣孔。要避免這種危險，並能加強火力，也許還要用十四世紀的老辦法，幫炮筒加箍，用一連串的無縫鋼環，從炮門一直箍到炮耳。眼下，只能盡量彌補缺陷，有人用『貓』探測炮筒裡的砂眼和氣孔。還有一種更好的辦法，就是用格里博瓦爾的運動星㉓。」

「十六世紀，炮筒裡就有膛線。」博須埃指出。

「是啊，」公白飛答道，「這樣就增加了炮彈的威力，但也降低了準確性。此外，射程短時，彈道就達不到要求的角度，拋物線過大，彈道就不大直了，難以擊中射程之內的所有目標，而這正是戰鬥中最需要的，尤其是當敵人越迫近，發射越快時，這一點也就更加重要。十六世紀那種有膛線的炮因為火力弱，發射時缺乏這種直接打擊力，而這種炮之所以火力弱，完全是受到炮彈學的限制，比如說要保持炮架的穩固。總之，大炮這個獨裁者，還不能為所欲為，威力本身就是一大弱點。一顆炮彈時速只能達到六百法里，而光速每秒就有七萬法里。這就是耶穌基督比拿破崙高超之處。」

「重壓子彈！」安灼拉說道。

炮彈打來後，街壘的保護層會怎麼樣呢？會不會被打出個缺口呢？這倒是個問題。起義者這邊重上子彈，炮兵那邊也在裝炮彈。

堡壘裡的人非常焦慮。

轟隆一聲，大炮發射了。

「中！」一個歡快的聲音喊道。

炮彈擊中街壘，伽弗洛什也同時跳了進來。

他是從天鵝街那邊趕來的，敏捷地跨越正對小丐幫街的那道輔助街壘。

㉓．格里博瓦爾（一七一五—一七八九）：採用名為「運動星」的探測器，能測量炮口的內徑。

伽弗洛什闖進街壘，比炮彈擊中的影響更大。

炮彈消失在碎石爛瓦堆裡，只不過摧毀了安索那輛舊板車的一個輪子，街壘裡的人見狀鬨然大笑。

「接著來呀！」博須埃朝著炮兵們喊道。

八．炮手認真起來了

Les artilleurs se font prendre au sérieux

大家圍住伽弗洛什。

但是，馬呂斯沒容他說什麼，就顫抖著將他拉到一邊。

「你到這裡來幹什麼？」

「咦！那您呢？」孩子回答。

他極為放肆地直視著馬呂斯，那雙睜大的眼睛射出由衷自豪的光芒。

馬呂斯聲調變得嚴厲了，接著問道：

「是誰叫你回來的？你至少把我的信送到了吧？」

提起這封信，伽弗洛什倒有點心虛，他急著要趕回街壘，就匆忙脫手，而沒有直接將信交給收信人，心裡不得不承認，他是有點輕率，連臉都沒有看清楚，就把信交給了那個陌生人。雖然，那人沒戴帽子，但是僅憑這一點還不夠。總之，對於這件事上他有幾分愧疚，因為害怕馬呂斯責怪，就以最乾脆的辦法脫身，撒了一個漫天大謊。

「公民，我把信交給看門的了。那位夫人睡著了，睡醒了會看到信的。」

馬呂斯寫這封信有兩個目的：向珂賽特訣別，並救出伽弗洛什。現在，他的心願只滿足了一半。

他的信送到，割風先生來到街壘，他在腦中把這兩件事聯繫起來，就指著割風先生問伽弗洛什：「你認識那個人嗎？」

「不認識。」伽弗洛什回答。

的確，我們剛才提過，伽弗洛什是在黑夜裡見到尚萬強的。

馬呂斯混亂而病態的頭腦萌生的猜測，就這樣消除了。況且，他瞭解割風先生的政見嗎？割風先生可能是共和派，那麼前來參加戰鬥，也就極其自然了。

不過轉眼間，伽弗洛什已經竄到街壘的另一頭，嚷道：

「我的槍呢？」

庫費拉克讓人把槍還給他。

伽弗洛什告知他所稱呼的「同志們」，街壘已經被包圍了，他大費周章才進來的。小丐幫街有一營兵力，槍枝都架在那裡，監視天鵝街的方向；國民衛隊則佔據布道修士街，與之遙相呼應，街壘正面則是主力部隊。

伽弗洛什說明完情況，又補充一句：

「我准許你們襲擊，給他們放一排狠毒的槍吧。」

安灼拉一邊聽著，一邊從槍眼往外窺視。

放了一炮後，進攻部隊顯然不大滿意，就沒有再放。

一連步兵排開來，佔據這條街的另一頭，在大炮的後面布陣。他們掀起馬路上的石塊，在街壘的正對面築成掩體似的矮牆，約有十八寸高。通過這道掩體的左角，可以看見縱隊的排頭，那是集結在聖德尼街的一營城郊國民衛隊。

安灼拉一直在觀望，他彷彿聽見不尋常的聲響，好像國民衛隊正從彈藥箱裡取出霰彈，還看見那炮長調整目標，將炮口略微朝左邊移了移。接著，士兵開始裝炮彈，炮長親手操起點火棒，伸向火門。

「低下頭，快回到壘壁！」安灼拉喊道，「全部沿著街壘俯下身子！」

剛才起義者看見伽弗洛什回來就離開了戰鬥崗位，三三兩兩聚在酒樓門前，一聽安灼拉呼喚，就亂哄哄地衝向街壘；而他們還未來得及執行命令，大炮就發射了，只聽一聲巨響，像是霰彈發射的噪音，那也的確是一發霰彈。

大炮瞄準堡壘的豁口，彈片霰子反彈到壘壁，殺傷力極大，當即兩死三傷。

霰彈能打進來的話，繼續下去，街壘就守不住了。

街壘裡一陣慌亂。

「無論如何也得阻止第三炮。」安灼拉說道。

於是，他壓下卡賓槍，瞄準此時正縮向炮門後方校正方位的炮長。

那名中士炮長是個英俊的青年，一頭金髮，面目非常和善，那副聰明的樣子，正適合使用這種一旦被打中就劫數難逃的可怕武器。而這種武器越來越完善，威力越來越猛，最終要消滅的就是戰爭本身。

公白飛站在安灼拉身旁，注視著那個青年。

「真可惜！」公白飛說道，「這樣殺戮，多麼醜惡啊！好了，將來沒有了國王，也就沒有戰爭了。安灼拉，你瞄準那個中士。但是不要看他。想像一下，那是個可愛的小夥子，英勇無畏，看得出來他有思想，那些年輕的炮兵都很有知識，他有父親，有母親，有家庭，他很可能在戀愛，頂多才二十五歲，可以做你兄弟。」

「他就是我兄弟。」安灼拉答道。

「對呀，」公白飛又說道，「他也是我兄弟。算了，別打死他了。」

「不要管我，該做的就要做。」

一滴眼淚，沿著他那大理石般的面頰緩緩流下。

與此同時，他一勾卡賓槍的扳機，就噴出一道火光。那炮手身子轉動兩下，伸出雙臂，仰起頭來，好像要深呼吸，接著側身癱到大炮上不動了，只見他後背正中冒出一股鮮血。子彈打穿他的胸膛，他死了。

軍隊將他抬走，再換上一個人來。至少爭取了幾分鐘的時間。

九．運用偷獵者的古老技巧和一種百發百中影響了一七九六年判決的槍法

Emploi de ce vieux talent de braconnier et de ce coup de fusil infaillible qui a influé sur la condamnation 1796

街壘裡眾說紛紜，說那門炮又要射擊了，這樣的炮擊法，不用一刻鐘就完蛋了，無論如何要削弱霰彈的威力。

安灼拉下了一道命令：

「在豁口放上一張床墊！」

「床墊沒了。」公白飛說道，「上面全躺著傷患。」

尚萬強單獨一人，坐在酒樓拐角的護牆石上，步槍夾在兩腿中間，直到這時為止，他沒有參加任何行動。他似乎也沒有聽見旁邊的戰士說：

「這裡有把槍正閒著。」

然而聽到安灼拉的命令，他卻站起來。

想必他還記得，一個老太婆看見麻廠街來了一幫人，為防備流彈，就把床墊遮在窗前。那是靠街壘外面一點有棟七層樓房的一扇閣樓窗戶，床墊橫放在兩根晾衣竿上，用兩根繩子拉住，拴在窗框上的兩根鐵釘上。那繩子遠遠望去就像兩根線，看得很清楚，彷彿吊在空中的髮絲。

「誰能借給我一把可發兩發子彈的卡賓槍？」尚萬強問道。

安灼拉將剛上好子彈的槍遞給他。

尚萬強瞄準閣樓，放了一槍。

床墊的一根吊線打斷了。

現在，床墊只有一根繩子拉著了。

尚萬強又放第二槍。第二根繩子斷時抽了一下窗戶的玻璃，床墊從兩根桿子中間滑落，掉在街道上。

街壘裡的人都鼓掌叫好。

大家齊聲喊道：

「有個床墊啦！」

「對呀，」公白飛說，「可是，誰去拿回來呢？」

不錯，床墊掉在街壘外面，正是攻守雙方夾擊的地方。而那個炮兵中士被打死激怒了部隊，這段時間，步兵就臥倒在石砌的掩體後面朝街壘放槍，以便填補大炮因重新組織炮手而沉默的空隙。起義者為了節省彈藥，不予反擊。那排槍打在街壘上，街道中間槍彈橫飛，十分危險。

尚萬強從豁口衝到街上，冒著彈雨奔向床墊，拾起來背回街壘。

他又親手將床墊立在豁口，緊靠住牆壁，不讓炮兵看到。

放好床墊，大家就等待霰彈轟擊了。

沒等多久。

大炮一聲怒吼發射霰彈，但是霰子並沒有反彈，攻勢被床墊阻止了，達到了預期的效果，保住街壘了。

「公民，」安灼拉對尚萬強說，「共和國感謝您。」

博須埃笑著高聲讚歎：

「一張床墊威力這麼大，也太邪門啦。這就是柔韌戰勝剛強。不管怎麼說，光榮屬於床墊，大炮在它面前也失靈啦！」

十・曙光
Aurore

這時，珂賽特睡醒了。

她的臥室狹小、整潔而幽靜，朝東一扇長窗正對著樓房的後院。

巴黎發生的情況，珂賽特一無所知。昨天晚上她已經離開那裡了，而且早早回臥室，沒有聽見都聖說的那句話：「好像鬧起來了。」

珂賽特只睡了幾小時，但是睡得很香，而且做了甜美的夢，這可能和她那張小床非常潔白有點關係。她夢見一個人，是馬呂斯，他出現在一團光亮中。她醒來時陽光耀眼，彷彿還沉浸在夢境中。

她從夢中醒來，頭一個念頭是喜悅的。珂賽特完全放下心來，幾小時之前，她跟尚萬強一樣起了反抗心，決定絕不接受不幸的命運。不知為什麼，現在她又不顧一切地燃起希望，繼而只感到一陣揪心——已經有三天沒見到馬呂斯了。不過隨即又轉念，他一定收到了她的信，得知她的住址，他又那麼聰明，肯定有辦法找來的。毫無疑問就在今天，或許就在今天早晨就會找來。天已大亮，陽光平射進來，雖然她覺得時間還太早，不過為了迎接馬呂斯，也該起床了。

她感到沒有馬呂斯，就活不下去了，光是憑著這一點馬呂斯就會趕來。這一點無庸置疑，任何不同的想法對她來說都是不能接受的。已經苦熬了三天就夠殘忍的了。仁慈的上帝啊，馬呂斯三天沒露面，這實在可怕！上天這樣殘酷的戲弄是一場考驗，現在總算要通過了，馬呂斯就要到來，還會帶來好消息。青春就是這樣，她很快擦乾了眼淚，認為用不著痛苦，也不肯接受這種痛苦。青春，就是未來對著陌生人微笑，而這個人就是自己。她覺得幸福是件很自然的事，就連她的呼吸也是由希望構成的。

再說，珂賽特怎麼也回想不起來，馬呂斯對她說是去幹什麼事要離開一天，他又是怎麼對她解釋的。大家都會注意到，有時一枚錢幣滾落到地上，會巧妙地隱藏起來讓人找不到。有時候記憶也對我們做同樣的惡作劇，忽然縮在我們頭腦的角落裡，完了，丟失得無影無蹤，根本想不起來了。珂賽特稍微努力回想一下，可是沒用，心裡不免嘀咕，她這樣很不好，簡直是罪過，居然把馬呂斯講過的話遺忘了。

她起了床，立即進行心靈和身體的雙重洗禮：祈禱和梳洗。

我們頂多只能帶領讀者參觀新人的洞房，但不能進處女的閨房。在詩歌中還可窺探一下，但作為散文就不該妄為了。

閨房是含苞待放的花心，是暗影籠罩的潔白，是閉合未開的百合花內室，只要尚未展露在太陽的視線中，人就不應該窺視。花蕾似的女子是神聖的，純潔的床被掀開，她甚至也怕見到自己半裸的美妙肢體，那藏匿在拖鞋裡的雪白芳足，那在鏡子前也遮掩起來的胸脯，彷彿鏡子是個眼睛。不管是家具咯的一聲，還是一輛車駛過，只要稍有動靜就拉上蓋住肩頭的襯衫，還有，那些繫結的緞帶、搭起的鈕鉤、拉緊的束帶、那種微顫、那由於寒冷和羞怯引起的一陣哆嗦、那美妙的驚慌神態和一舉一動、在這無須害怕的地方仍幾乎要驚飛的那種不安、看似曙天雲彩一樣絢麗打扮的那種千變萬化，凡此種種，本不宜講述，在此略一提及，就已經有饒舌之嫌了。

人的目光面對晨起的一位少女，應比面對初躍的一顆星辰還要虔敬。萬一觸及了，也要轉而倍加尊重。桃子上的絨毛、李子上的白霜、雪花的螢光晶體、蝴蝶的粉翅，在這還不明白自己就是貞潔的化身的少女面前，全是些俗物。少女僅僅是夢的幽光，還沒成為雕像。她的閨房隱蔽在理想的暗影中。若是以目光貿然窺探，就是對這種朦朧幽微的唐突驚擾。如若仔細觀賞，那就是褻瀆了。

因此，我們絕不描繪珂賽特起床時小小忙亂的整個情景。

一則東方故事提到，由上帝造的玫瑰是白色的，可是，它開放時被亞當看見了，就害羞變成粉紅色。我們認為少女和花兒是可敬的，一見到少女和花兒就要目瞪口呆。

珂賽特很快穿好衣裙，梳頭髮，當時女子的髮式很簡單，髮鬈和貼鬢長髮，並不用墊子和捲筒襯起，也不加硬襯布。梳妝完畢，她打開窗戶，遊目四望，期望能窺見馬呂斯在街上哪處牆角，哪處角落，可是在外面什麼也沒有。後院的圍牆相當高，只從空隙間看見幾座小花園。珂賽特斷定那些花園很醜陋，有生以來，她第一次覺得鮮花難看，還不如十字路口的一小段水溝那麼得她喜愛。她乾脆仰望天空，就好像馬呂斯會從天而降似的。

忽然，她淚如泉湧，倒不是情緒變化無常，而是一時的沮喪扼斷了希望，這就是她現在的狀態。她隱約產生了一種無名的恐懼，看著天上飄走的東西，就想到她什麼也沒有把握，從眼前消失，也就等於消失，馬呂斯可能從天而降這個念頭，現在覺得不是吉而是凶了。

然後，如同那些雲彩的變化多端，她心情重新平靜下來，恢復了希望，臉上不由得泛起依賴上帝的微笑。

樓裡的居民還都在睡覺。周圍一片寂靜，彷彿身處在外省的鄉村中。一扇窗板也沒有推開，都聖沒有起床，珂賽特自然以為父親仍在睡覺。那時她一定十分痛苦，現在還憂心如焚，只因她想父親心太狠了；不過，她可以指望馬呂斯，這樣的一線光明絕不可能消失，於是她祈禱。遠處不時傳來低沉的震動聲響，她心中暗道：「好怪呀，這麼早就開閉車輛進出的大門。」其實，那是攻打街壘的炮聲。

珂賽特窗下幾尺遠有個雨燕巢，築在污黑的舊牆簷上，往外突出一點就能俯視這個小天堂的內部。母燕在巢裡展開扇狀翅膀護著雛燕，公燕飛旋在空中，不斷往返叼來食物和親吻。初升的太陽將這安樂窩鍍上金黃色。「傳宗接代」這一偉大法則，經由這個鳥巢顯示出其代表的歡笑和莊嚴，這種溫馨的神秘在朝陽的燦爛光輝中展現出來。珂賽特，頭髮沐浴在陽光中，內心則沉溺於幻想，曙光照耀著她，她的內心則由愛情照亮。她想到馬呂斯，不由自主地俯瞰這鳥窩，但是心裡幾乎不敢承認，她懷著處女蕩漾的春心注視這些燕子，這個家庭，注視這隻雄燕和這隻雌燕，看著這個母親和這些幼小的雛燕。

十一・彈無虛發，卻不傷人

Le coup de fusil qui ne manque rien et qui ne tue personne

部隊繼續以火力進攻，輪番發射成排子彈和霰彈，但實際上並沒有造成多大破壞。只是科林斯正面的上半部遭了殃，二樓窗戶和閣樓被槍彈打得百孔千瘡，慢慢變形了。駐守在那裡的戰士只好避走開來了。其實，這是攻打街壘的一種戰術，長時間射擊，旨在消耗起義者的彈藥，如果他們判斷錯誤而回擊的話，漸漸因沒有彈藥火力緩慢下來時，部隊就可以發起攻勢。然而，安灼拉並不上當，街壘根本不回擊。

每射來一排子彈，伽弗洛什就用舌頭鼓起腮幫子，表示極大的藐視。

「好哇，」他嚷叫，「扯開床墊的布，我們正需要繃帶呢！」

庫費拉克質問對方為何霰彈那麼不中用，他對著大炮嚷道：

「夥計呀，你變得鬆散啦！」

這戰場上就像舞會，雙方以虛虛實實的詭計操弄對方。攻方見堡壘沒有動靜，擔心情況生變，認為有必要弄清石堆後面的情況，瞭解那道只挨打不還擊的冷漠大牆後面，究竟發生了什麼事，因此起義者忽然望見毗鄰的樓頂上，有一頂頭盔在陽光裡閃閃發亮。那是一名消防隊員靠在高煙囪上，彷彿在那兒站崗。他的視線正投落在街壘裡。

「來了個礙事的監督員。」安灼拉說道。

尚萬強已將卡賓槍還給了安灼拉，但是他還有自己的步槍。

他並沒應聲，只是瞄準那消防隊員，一秒鐘之後，那頭盔中了一彈，叮叮噹噹地滾落到街上，那士兵也驚慌地躲開了。

第二名觀察哨兵來接崗，這回來個軍官。尚萬強裝上子彈，又瞄準新來的人，送那軍官的頭盔去會那士兵的頭盔了。軍官不敢久留，趕緊撤走。這次，他們明白了這是種警告，放棄這種偵察街壘的辦法，再也沒人上房頂了。

「您為什麼不將他們擊斃？」博須埃問尚萬強。

尚萬強不回答。

十二・混亂維護秩序

Le désordre partisan de l'ordre

博須埃對著公白飛的耳朵低聲說道：

「他沒有回答我的問話。」

「他是個槍下留情的人。」公白飛答道。

儘管那個時期已經相當遙遠了，對這件事還有記憶的人都知道，在跟起義者作戰時，城郊國民衛隊相當勇敢。尤其在一八三二年六月那幾天，他們表現得特別英勇無畏。龐丹、力天使或小排水溝[24]等地方原本和善的小酒店老闆們，看到暴動攪了他們的「生意」，看到酒館舞廳沒人了，一個個就變成獅子，捨命維護由郊區小酒店代表的秩序。在這兼有市儈氣和英雄氣概的時期，每種思想都有各自的騎士維護，每種利益都有各自的勇士為之戰鬥。即使動機平庸，也不減損行動的勇敢。銀幣堆降低了，銀行家就唱起〈馬賽曲〉。他們為了錢櫃慷慨流血，為了保衛小店鋪這個無限縮小的祖國，他們表現出了斯巴達人的熱忱。

這一切絕無半點不嚴肅的成分，這是社會各階層進行的紛爭，直至達到平衡的那一天。

那個時期還有一種特色，就是無政府主義與惟政府主義（正統派的怪名字）相混雜在一起，

[24]・龐丹、力天使（即力天使聖母院，如今改稱歐貝維利埃大街）：位於巴黎東北郊。小排水溝：巴黎城關，位於左岸（如今帕西橋旁邊）。

維護法紀的同時卻又橫行不法。國民衛隊某一上校一聲令下，就突然敲起集合鼓；某一上尉靈機一動，就衝上火線；某一衛隊受「主義」指揮，去為個人戰鬥。在危急的時刻，在那些「日子」裡，大家不去問長官，主要憑本能的反應行事，在治安部隊中，存在名副其實的游擊隊員，有人像法尼科那樣拿起武器作戰，還有人像亨利．封弗雷德[25]那樣拿起筆戰鬥。

那個時期，代表文明的東西不幸地是由各種利益雜揉起來的，而不是道德原則的組合。文明面臨或者自以為面臨危險，就驚叫起來；於是每個人各自以自己的方式守衛、援救並保護文明；拯救社會，匹夫有責。

這種狂熱有時還會導致屠戮。國民衛隊的一個支隊，就私自組成軍事法庭，用五分鐘審判並處決被俘的一名起義者。正是這樣的臨時機構殺害了若望．普魯維爾。殘酷的私刑，哪一方也無權責怪對方，歐洲的君主政體實行這種私刑，美洲的共和政體也實行，私刑又因誤會而更加複雜。在一場暴動的日子裡，有一個叫保羅．埃梅．加尼埃[26]的年輕詩人，在皇家廣場被人挾刺刀追逐，逃到六號的門洞躲起來。追趕的人喊：「又發現一聖西門信徒！」要抓住殺掉他。當時，他正是腋下夾了一本聖西門公爵的《回憶錄》。一名國民衛隊員瞧見書皮上有「聖西門」的字樣，就高喊：「打死他！」一八三二年六月六日，城郊國民衛隊一個連，由前面提到的法尼科[27]上尉指揮，任性妄為地在麻廠街造成大量傷亡。這一事件儘管十分特殊，在一八三二年起義之後，還是由司法預審記錄在案了。法尼科上尉是個性情急躁、膽大妄為的市民，類似維持秩序的傭兵角色，具有我們上面描繪的特徵，既是狂熱的惟政府主義者，又無法無天，總是按捺不住要提前開火，又野心勃勃想只靠他一連的兵力獨自奪下街壘。他看見紅旗倒下，又束起他的舊衣衫當作黑旗。他怒不可遏，破口大罵那些將軍和各部隊長官：他們還在開會研究，認為總攻擊的時刻還沒到。套他們之間一個人的話說：「讓起義在他們自己的汁液裡煮熟吧！」然而，法尼科卻認為街壘已經「熟」了，熟了的東西就該落地，因此他要試一把。

他率領一夥和他一樣有堅決意志的人，按照一個見證人的說法，他率領的「一群瘋子」，正是殺害詩人若望．普魯維爾的那一連，即部署在街拐角的那個營的第一連。就在誰也想不到的時刻，上尉率人向街壘發起攻擊。這次行動只憑他的想法，卻不講戰略戰術，致使一連人傷亡慘重。這條街還沒有走到三分之二，他們就遭到街壘所有火力的射擊。四個最大膽的士兵跑在前頭，衝到堡壘腳下被擊斃了。國民衛隊那幫人膽子大，非常勇敢，但是毫無軍人那種頑強精神。一遭到迎頭痛擊，便遲疑了，不得不退卻，就在街上丟下十五具屍體。起義者趁他們猶豫不決，就抓緊時間重新裝上子彈，發動第二次射擊，這次殺傷力很大，打中了還沒來得及撤到街拐角掩蔽所的連隊。有一陣子，那個連受到自軍兩顆霰彈的夾擊，因為沒有接到停火的命令，大炮還是繼續轟擊。那個英勇無畏而又冒失的法尼科，也是中霰彈死掉的其中一個。他被炮火擊斃，也就是說是被當局擊斃的。

這次氣急敗壞而不嚴謹的進攻，激怒了安灼拉。

「這幫蠢貨！」他說道，「他們打死自己人，還白白消耗了我們的彈藥！」

安灼拉不愧是領導暴動的一位名副其實的將軍，有這樣的見識。起義一方與鎮壓一方作戰，力量相差懸殊，起義者彈藥有限，人力有限，很快就會消耗殆盡。一個子彈盒空了，一個人戰死，都不可能補充。鎮壓一方擁有大軍，不計人力，還擁有萬森兵工廠，也可不計彈藥進攻。他們擁有的團隊數，等於街壘的人數，他們擁有的兵工廠數，等於街壘的子彈數，因此，這是以百對一的戰爭，最後總能摧毀街壘，除非革命突然爆發，將天神的火焰劍投在天秤上。如果這種情況發生了，那麼一切都會奮起，街道全都會沸騰，民眾的街壘如雨後春筍般出現，巴黎會受到極大的

㉕．亨利．封弗雷德（一七八八—一八四一）：波利多記者，擁護七月王朝。
㉖．保羅．埃梅．加尼埃（一八二〇—一八四六）：滑稽歌劇作者。雨果將一八三四年四月暴動時的一段親身經歷，套在加尼埃身上。他在《目睹實錄》中敘述此事，說他險遭殺害。
㉗．在一八三二年六月五日至六日事件中，司法預審的筆錄確曾提到這個法尼科。

震動。某種神跡顯現，八月十日到來了，七月二十九日到來了，天空中出現一道奇異的光，讓張著血盆大口的暴力後退了，而軍隊這隻猛獅，會看見對面泰然佇立著這個先知：法蘭西。

十三・掠過的希望之光
Lueurs qui passent

在保衛街壘的民眾裡，各種感情和各種情緒應有盡有，相互混雜著，有英勇無畏、有青春意氣、有榮譽感、激情、理想、信念，還有賭徒的執迷，尤其有斷斷續續的希望。

就在這樣斷斷續續之間，在完全意想不到的時刻，一種模糊的希望，忽然顫動著穿過麻廠街街壘。

「你們聽啊，」始終警戒的安灼拉突然叫起來，「我覺得巴黎醒來了。」

六月六日清晨，在一兩個小時間，起義確實得到了聲援。聖梅里教堂警鐘長鳴，催促一些決心不大的人行動起來。梨樹街和格拉維利埃街那裡也築起了街壘。在聖馬爾丹門前，一名青年獨自作戰，用卡賓槍射擊一個騎兵連；他就在大馬路上，完全暴露自己，單膝跪下，槍抵著肩膀射擊，打死了小隊長，回頭說道：「又少了一個，他再也不能殘害我們了。」那個青年被馬刀砍死。聖德尼街有一名婦女，在放下的百葉窗裡面，朝保安隊射擊，只見她每放一槍，百葉窗簾就顫動一下。一個十四歲的少年在科索納里街被捕，搜查發現他幾個兜裡都裝滿了子彈。好幾處哨所遭到襲擊。在貝爾坦・普瓦雷街路口，由卡維尼亞克・德・巴拉涅將軍[28]率領的鐵甲騎兵團，遭到猛烈的槍擊，完全出乎意料。在米勃雷木板街，居民從房頂往經過的部隊頭上扔破盒爛罐，真是不祥之兆；蘇爾元帥，拿破崙這位老副將，聽人報告了這種情況，不免陷入沉思，他想起蘇舍元帥[29]在薩拉戈薩講的一句話：「哪天連老太婆都要往我們頭上倒尿壺的時候，我們就完蛋了。」

就在人們認為暴動的勢頭已經控制住的時候，各處又出現肇事的苗頭，怒火重新燃起，火花又在所謂巴黎城郊區的大柴堆上飛舞，整個形勢令軍官們憂慮，急於要撲滅剛剛起勢的火災，撲滅各處的火星，進攻莫布埃街、麻廠街和聖梅里等幾處街壘的行動就延遲了，準備時候到了才要全力對付，一舉攻佔下來。有些部隊被派往醞釀鬧事的街區，掃蕩大街，探測左右小巷，時而小心翼翼緩慢行進，時而突擊快速行動。見到有的房舍裡有人射擊，官兵就破門而入。與此同時，騎兵則驅散聚集在大馬路上的人群。這種鎮壓的行徑，不免激起眾怒，引起軍隊和百姓的衝突。安灼拉在炮火停歇的時候，聽到的就是這種喧鬧嘈雜之聲。此外，他還看到那邊路口有躺著傷患的擔架被抬過去，就對庫費拉克說：「那可不是我們打傷的。」

希望沒有持續多久，光亮很快就消失了。不過半小時，醞釀中的暴動就無蹤無影了，就像是沒有雷聲的閃電，起義者感到有個銅罩，由冷漠的民眾之手，蓋在這些被拋棄的頑強者身上。普遍行動的局面，彷彿已經隱約形成，不料又流產了。國防大臣的注意力和將軍們的戰略戰術，現在又能集中到三、四座仍然屹立的街壘上了。

太陽從地平線上升起。

一名起義者質問安灼拉：

「這裡的人都餓了，我們真的什麼也不吃，就這樣死了嗎？」

安灼拉將臂肘撐在槍眼處，始終注視著街道另一端，只是點了點頭。

㉘．這裡指雅克．瑪麗．德．卡維尼亞克。卡維尼亞克家族出了不少名人，他哥哥是國民公會成員，侄兒是民主黨首領，另一侄兒也是將軍，還跟小拿破崙同時參加總統選舉。

㉙．蘇舍（一七七二—一八二六）：法國元帥，一八〇八年至一八〇九年，他率法軍在西班牙作戰，奪取了薩拉戈薩要塞。

十四・安灼拉的情人留名處

Où on lira le nom de la maîtresse d'Enjolras

庫費拉克坐在安灼拉旁邊的石塊上，還在繼續笑罵那門大炮。每次大炮一聲巨響，發射出稱為霰彈的一片子彈烏雲後，就會引來他一陣譏諷。

「可憐的老畜生呀，你聲嘶力竭了。你吼不響啦，真叫我替你難受。這哪裡像雷鳴，根本是咳嗽啊！」

他周圍的人哄然大笑。

庫費拉克和博須埃的英雄豪情、快活情緒與危險的情勢一起增長，既然沒有葡萄酒了，他們就將大家的杯子斟滿歡樂，就像斯卡隆夫人[30]那樣，用開心話代替食品。

「我敬佩安灼拉，」博須埃說道，「他那麼沉著勇敢，真叫我讚歎不已。他過著獨身生活，可能因此有點憂傷，安灼拉抱怨著把他繫於鰥居的這種偉大。而我們這些人，誰都多多少少有些使我們發狂，也就是說使我們勇敢的情婦。一個人戀愛時像猛虎，那麼作戰時至少會像獅子，這也是我們的一種報復方式，回敬那些女工夫人對我們擺出的姿態。羅蘭[31]戰死，就是要讓安琪莉嘉煩惱。我們的英勇精神，全是我們的女人激發起來的。一個男人沒有女人，就好比一支槍沒有扳機，是女人把男人發射出去的。安灼拉沒有女人，沒有戀情，卻具有大無畏精神，一個人冷若冰霜，又能猛如烈火，真是前所未聞之事。」

安灼拉看似沒在聽人講話，然而，有人若是在他身邊，就會聽見他喃喃自語：「祖國。」

博須埃還在說笑，庫費拉克忽然喊道：「又有新花樣了！」

他又模仿執達吏通報的聲調，補充一句：「在下名叫八磅炮。」

果然，一名新角色登場，那是第三門火炮。

炮兵動作利索，賣力地操作，將第三門炮安放在第一門的旁邊。

這是來收場的。

沒過多久，兩門炮就都迅速裝上了炮彈，併排向堡壘發射，同時，一隊正規軍和城郊國民衛隊用火力支持炮兵。

別處也傳來炮聲。就在兩門炮轟擊麻廠街街壘的同時，另外兩門炮，一門對準聖德尼街，一門對準歐伯里屠戶街，將聖梅里街壘轟得千瘡百孔。四門大炮此呼彼應，淒厲的聲響在空中迴蕩。警犬以陰森的狂吠應和著。

現在，兩門大炮轟擊麻廠街街壘，一門發射霰彈，一門發射實心彈。

實心彈炮口調得高些，瞄準街壘頂端，將它削平，將壘頂的石塊擊碎，像霰彈一樣擊傷起義者。

這種炮擊法的用意在將壘頂上的戰士趕下去，迫使他們蜷縮在街壘裡面，這就表示他們要發起全面攻擊了。

實心彈將戰士趕下街壘，霰彈再把起義者從酒樓的窗前驅離，如此一來，進攻部隊就可以大膽衝到街上，不必擔心遭到射擊，也許還不會被人發現，可以像昨天晚上那樣，突然登上街壘，說不定就可偷襲成功，一舉拿下堡壘。

「無論如何得將那兩門炮的騷擾攻勢壓下去。」安灼拉說道，隨即又喊了一聲，「向炮兵開火！」

大家都嚴陣以待，街壘在長久的沉默後拚命發出射擊，接連打出七、八排子彈，以逞一時之快。只見街上硝煙瀰漫，叫人睜不開眼睛，過了幾分鐘，透過躥著火苗的煙霧，隱約看見有三分之二的炮兵倒在炮輪旁邊。剩下的幾名炮兵還不慌不忙繼續裝炮彈發射，不過攻勢已經緩慢下來。

㉚・斯卡隆夫人：路易十四的情婦。
㉛・羅蘭：長詩〈瘋狂的羅蘭〉中的主人公，熱戀著安琪莉嘉。該詩作者為義大利詩人阿里奧斯托。

「幹得好！」博須埃對安灼拉說，「成功啦！」

安灼拉搖了搖頭，答道：

「這種成功再持續一刻鐘，街壘裡就連十粒子彈也不剩了。」

伽弗洛什好像聽見了這句話。

十五・伽弗洛什出擊

Gavroche dehors

庫費拉克忽然發現，有個人在街壘外牆腳下，冒著彈雨暴露在街道上。原來是伽弗洛什，他從酒樓拿了一個裝酒瓶的籃子，從街壘豁口走出去，挨著被擊斃在街壘斜坡上的國民衛隊員，從容不迫地將他們彈盒裡滿滿的子彈倒進籃子裡。

「你到那裡幹什麼？」庫費拉克問道。

伽弗洛什揚起鼻子：

「公民，我要把籃子裝滿。」

「你沒看見霰彈的攻勢嗎？」

伽弗洛什回答：「是啊，下起彈雨。那又怎麼樣呢？」

庫費拉克喊道：「回來！」

「馬上回來。」伽弗洛什答道。

他縱身一躍，到了街上。

我們還記得，法尼科連退卻時，丟下了一整路的屍體。

這二十來具屍體零亂地躺在整條街的路面上，對伽弗洛什來說是二十個子彈盒，對街壘來說是一大批彈藥。

街上的硝煙好似迷霧。只要見過一片烏雲落入高山峽谷的峭壁之間，就能想像這片煙霧，擁擠地擠在兩排陰森森的高樓之間，彷彿被濃縮了一般。煙霧緩緩上升，卻又不斷再生補充，漸漸地，煙霧遮蔽陽光，大白天也昏黑黝暗了。這條街雖短，可是據守兩端的交戰雙方，幾乎看不見彼此。

這種煙幕，也許是攻打街壘的指揮官有意布下的，但也給伽弗洛什提供了方便。

伽弗洛什個子矮小，又有煙幕遮掩，能在街上走出挺遠一趟而未被發現，他倒空了七、八個子彈盒也沒有遇到什麼危險。

他貼著地面，用牙齒咬住籃子，四肢快速往前爬行，身子像蛇一般搖擺蠕動，從一個死人爬向另一個死人，倒空子彈盒和彈匣，真像一隻剝核桃的猴子。

街壘裡的人見他離得相當遠，怕引起注意，又不敢喊他回來。

他從一名士兵的屍體上，發現一個火藥壺。

「到時候用得著。」他說著就揣進口袋裡。

他持續向前爬行，終於到了煙霧稀薄的地段。

這樣一來，排列在石塊掩體後面的部隊射手，以及聚在街口拐角的城郊國民衛隊的狙擊手，都突然發現煙霧裡有什麼東西在蠕動，開始指指點點的。

伽弗洛什正從倒在石樁旁邊的一名中士的彈盒裡取子彈的時候，忽然有一顆子彈打中屍體。

「好傢伙！」伽弗洛什說，「他們還要打死我這些死人。」

第二顆子彈打在他旁邊的石頭路面上迸出了火星，第三顆子彈打翻了他的籃子。

伽弗洛什張望一下，看見槍是城郊國民衛隊打來的。

他乾脆站起來，身子挺得直直的，頭髮隨風擺動，雙手扠腰，眼睛盯著那些射擊的國民衛隊員，開始唱道：

南地人是醜八怪，
這事全怪伏爾泰；
帕來索人是蠢貨，
這事還要怪盧梭。

接著，他扶起籃子，將翻出來的子彈一粒不落地撿進去，又朝射擊的方向繼續前進，去解另一個子彈盒。這時，射來第四顆子彈，又打偏了。伽弗洛什唱道：

公證人我幹不來，
這事全怪伏爾泰；
小小鳥兒才是我，
這事還要怪盧梭。

第五顆子彈，也只是打出了他的第三節歌詞：

我的性格樂天派，
這事全怪伏爾泰；
我的生活是窮果，
這事還要怪盧梭。

這種情況持續了一會兒。

而這情景又恐怖、又迷人。伽弗洛什成為射擊的目標，卻嘲笑那些射擊他的人。他那神情簡直開心極了，就像小麻雀兒追著狩獵人。每次射擊，他就唱一段回敬。射手不斷瞄準他，但總是打偏。國民衛隊員和部隊士兵一邊瞄準，一邊哈哈大笑。他忽而趴下，忽而起來，忽而躲到門的角落，忽而跳出來，總之忽隱忽現，忽而逃開，忽而回來，對著槍彈做鬼臉，同時還倒空子彈盒，裝滿他的籃子。起義者的目光追隨著他，一個個擔心得屏住呼吸，整個街壘都為他發抖，但他還在唱歌。他不是個孩子，也不是個大人，而是精靈似的奇異的流浪兒，真像在混戰中可以刀槍不入的侏儒。他比追逐他的槍彈還靈活，跟死神玩著駭人的捉迷藏遊戲：每次追魂的鬼臉逼到眼前，這流浪兒就用一隻手指頭把他彈開。

然而，有一顆子彈比其他的要準，或者說比其他的要險詐，終於打中這磷火似的孩子。只見伽弗洛什歪歪扭扭地走了幾步，就癱倒不動了。街壘裡的人都驚叫一聲，不過，這小小軀體裡有安泰俄斯的神通[32]，這孩子一接觸路面，就像那巨人接觸大地一樣，剛倒下去，就又抬起身，坐在原地，臉頰流下一長條鮮血，他舉起雙臂，注視著子彈來的方向，又唱起來：

我一跌跤倒塵埃，
這事全怪伏爾泰；
鼻子偏往水溝落，
這事還要怪……

他沒有唱完。又一顆子彈，還是同一個槍手射來的，戛然打斷他的歌聲。這次他臉朝地倒下，不再動彈了。這孩子的偉大靈魂飛升了。

---

[32]．安泰俄斯：希臘神話中海神和地神的兒子，他與人格鬥時，只要身不離地，就能從大地母親身上吸取力量。

十六．長兄如何成為父親
Comment de frère on devient père

人間悲劇的目光應該無所不在。正是在這個時期，有兩個孩子手拉著手走在盧森堡公園裡。一個約有七歲，另一個約有五歲。他們全身被雨淋透了，大的領著小的，走在向陽一邊的路徑上，他們衣衫襤褸，面無血色，那樣子就像兩隻小野鳥。小的說：「我餓得慌。」大的已經有點保護人的架勢了，他左手拉著弟弟，右手拿著一根棍子。

公園裡空蕩蕩的，只有他們二人，由於革命行動，警方採取將公園關閉的措施，原本在裡面駐守的部隊已經被調去戰鬥了。

這兩個孩子是怎麼到那裡去的呢？也許哪處的欄杆縫比較寬，從那鑽進來的。也許是從附近，地獄城關、天文臺廣場，或從門楣掛著「拾到襁褓裡的一個嬰兒」的牌子的十字街頭，那兒有個賣藝的木棚裡逃出來；也可能是昨天晚上公園關門時，他們趁看門人不注意溜進來，在閱報亭裡過了一夜吧？其實他們在流浪，好像自由自在的樣子，但人一旦流浪並顯得自由自在，那就完蛋了。這兩個可憐的孩子，也確實無望了。

讀者想必還記得，他們正是伽弗洛什惦念的那兩個孩子，正是德納第的孩子，也正是馬儂借來充當吉諾曼先生的兒子的那兩個孩子，如今成為無根斷枝的落葉，隨風在地上飄轉了。

住在馬儂家的那段時間，為了讓吉諾曼先生看得過去，他們衣服整潔，現在已經破爛不堪了。這些孩子從此由警方列入「棄兒」名單，被收容，又走失，在巴黎大街上又被人發現他們的蹤跡。

這些孤苦無依的孩子，也正是碰到這樣動亂的日子才能待在公園裡。看門人若是發現，就會把這些小叫化子趕走，要知道窮孩子是不能進公園的。不過他們是孩子，也有權欣賞鮮花呀。

這兩個孩子能待在公園裡，也多虧鐵柵門關閉了。他們違規溜進公園，還待在裡面不走。公園雖然關閉，檢查人員並沒有放假。按照規定，檢查人員還是要繼續巡視，但現在執行得很鬆懈，檢查往往已經停止。巴黎人心浮動，檢查人員的情緒也受到感染，放在園外的注意力遠勝於投注在園內的，他們不再視察公園，也就沒有看到兩個輕罪犯。

昨天夜裡下了雨，今天早晨還淅淅瀝瀝的。不過，六月的陣雨根本不算什麼。陣雨過後一小時，人們就察覺不出金燦燦的晴天哭過。夏天的地面就像孩子的臉蛋，淚水很快就乾了。

夏至時，正午的太陽可以說是火辣辣的，什麼都被燒到灼傷。陽光緊緊貼在地面上吮吸，好像渴極了，一陣大雨不過是一杯水，一下子就喝乾了。早晨到處都還濕漉漉的，下午就塵土飛揚了。

草木青翠的葉子被雨打濕，再由陽光拭乾，比什麼都賞心悅目，這是炎熱中的清新氣息。因植物的根鬚吸飽了水，花間充滿陽光，花壇和草坪就變成了一齊吐放芬芳的香爐。萬物都在歡笑、歌唱、奉獻，人人在這美好的時刻中感受到微醺的快樂。春天是暫時的天堂，太陽讓人更加堅韌。

有些人對人生沒有什麼要求，只要有蔚藍的天空，他們就說：「這就足夠啦！」他們耽於奇妙的幻想，崇拜大自然，反而對善惡採取冷漠的態度；那些人暢想宇宙，超塵拔俗，根本不考慮人，頭腦安謐而可怕，只求心滿意足卻冷酷無情，他們實在不明白，人只要能在樹下玄想遐思，為什麼還要關心飢餓乾渴的人呢？為什麼要關心冬天衣不蔽體的窮人、因淋巴體質而脊椎佝僂的孩子呢？為什麼還要關心什麼破床、閣樓、地牢和凍得發抖的衣裙襤褸姑娘呢？奇怪的是，只要有無限的太虛，他們就滿足了，而滿足人的大需求，能實現博愛的這種有限，他們卻不聞不問。能實現進步，能完成這卓越任務的有限，他們連想也不想。這種不定限，即無限和有限，神和人結合的產物，他們同樣一無所知。只要面對茫茫天宇，他們就露出笑容，雖然總是那麼心馳神往，卻從來談不上喜悅。只要能沉溺其中，便是他們的全部生活。在他們看來，人類的歷史不過是宇宙大有的一小部分，不能包容萬有，真正的萬有在此之外，所以人何必為這局部焦慮呢？如果人在受苦，那就看看那顆升起的亮星吧！對母親沒有奶水了，新生嬰兒要餓死這等事物毫不知情，仍是看看顯微鏡下杉木斷面那奇妙的圓形花案吧！拿最精美的花邊來比一比吧！這些思想家們把愛置於腦後，他們的眼睛盯著黃道十二宮，就看不見啼哭的孩子。上帝遮住了他們的靈魂。這種類型的思想家，既偉大又渺小。賀拉斯如此，歌德如此，也許拉封丹也如此。崇拜無限的非凡自私者，冷眼旁觀人間痛苦，只要天氣晴朗就看不見暴君尼祿，因為太陽遮住了火刑臺；而他們觀賞斷頭臺行刑時，還在尋覓陽光的效果，根本聽不見呼喊、嚎啕和咕嚕的倒氣聲，也聽不見警鐘；對他們來說，只要有五月時節，一切都美好，只要頭頂還有絳紫和金燦燦的彩雲，他們就心滿意足，樂此不疲，直到星光消逝，鳥兒不鳴為止。

他們是光輝燦爛的黑暗，還沒有意識到自己是可憐蟲。毫無疑問，他們就是可憐蟲。沒有憐憫的眼淚，眼睛就什麼也看不到。他們既值得讚頌，又實在可憐，正如兼為晝夜的人，眉毛下沒有眼睛，額頭正中有一顆星，也是既值得讚頌，又值得可憐。

有人認為，思想家的冷漠，是一種超等的哲學。就算是這樣吧，這種超等中卻有殘缺。一個人可以不朽又是跛子，伏爾甘[33]就是明證。既能高人一頭，又能矮人半截。大自然中這種不完整層出不窮。誰能肯定太陽就不是瞎子呢？

這樣說來，又該信賴誰呢？「誰敢指控太陽為虛假？[34]」就是天才、高人、神人，也可能失誤嗎？那個高高在上者，在極頂、高峰、上天者，向大地發射多少光明，它究竟看見很少，看不清，還是看不見呢？這難道不讓人氣餒嗎？不見得。那麼太陽之上還有什麼呢？還有上帝。

一八三二年六月六日上午，約莫十一時，盧森堡公園寂靜沒有遊人，景色非常美。梅花形散布的樹木、各處花壇，在陽光下競吐芬芳，爭豔鬥麗。近午火光通明透亮，樹枝欣喜若狂，彷彿相互擁抱。埃及無花果樹叢裡，鶯群一片鳴囀，鳴禽高唱凱歌，而啄木鳥則攀援栗樹啄樹洞。花壇擁戴百合花為王，最高貴的芳香，自然出於潔白色。康乃馨香氣馥郁，瑪麗・德・梅迪契的小嘴老鴉，在高樹冠中談情說愛。在陽光的照耀下，鬱金香一片金黃紫紅，彷彿在燃燒，而五顏六色的火焰化作鮮花。圍著鬱金香花壇飛舞的蜜蜂，正是這些火焰花迸出的火星，連同即將來到的驟雨都是那麼曼妙而歡快，連鈴蘭和忍冬都不再害怕；燕子低飛，雖然來勢洶洶，姿態又那麼優美。誰在這裡都會感到幸福，生命顯得多麼美好，自然萬物煥發出純真、救護、接援、慈愛、撫慰、曙光。天上降下來的思想就像我們親吻的孩子小手那樣溫暖又柔軟。

樹下的雕像裸露而潔白的身上，穿著綠蔭為他們披上，有著斑斑光洞的長袍，這些女神全都披著襤褸的陽光衣衫，只見條條光線從她們身上披散下來。大水池四周地面已經曬乾，甚至有點滾燙了。風勢還相當猛烈，從幾處捲起一點灰塵。去年秋天殘留的幾片黃葉，歡快地相互追逐，好像流浪兒在嬉戲。

陽光燦爛帶給人莫大的安慰。生命、樹液、暑熱、氣味無不漫溢出來；我們感到萬物之下的巨大源泉。在滿溢愛的氣息裡，在反覆的迴光反射中，在陽光的肆意揮灑中，在流金的無限傾瀉裡，我們感到如何揮霍都用之不竭；而在這輝煌的後面，如同在火焰的幕後，我隱約望見擁有億萬星辰的上帝。

多虧沙子，地面沒有一點泥跡；也多虧雨水，空中沒有一粒灰塵。花簇剛剛洗過，從地裡鑽出來的所有絲絨、所有綢緞、所有彩釉和所有黃金，都呈花狀，都完美無瑕，這種華美是純粹的。大自然的無邊寂靜幸福地籠罩著花園。上天的靜謐，與萬籟，與鳥巢中的咕咕聲、蜂群的嗡嗡聲、風的刷刷聲，相得益彰。這個季節萬象和諧，匯成一個優美的整體，春天的景象嬗變、更替有序；丁香謝了，茉莉花開；有些花開得遲，有些昆蟲來得早；六月紅蝶的前鋒隊，與五月白蝶的後衛隊親如兄弟。梧桐換上新裝，和風在英挺紛華的栗樹林吹起漣漪，景象十分壯觀。附近兵營的一名老兵，隔著鐵柵欄觀賞，讚歎了一句：「這真是全副武裝的春天！」

整個自然界在會餐，萬物已經就座，到了開宴的時間。天空鋪上了巨幅藍色桌布，大地鋪上

㉝．伏爾甘：羅馬神話中的火神，即希臘神話中的赫淮斯托斯，是宙斯和赫拉的兒子，天生瘸腿，相貌醜陋，是火和鍛冶之神。

㉞．原文為拉丁文。引自賀拉斯的〈農事詩〉。

了巨幅綠色桌布，太陽將天地照得通明透亮。上帝邀請天地萬物用餐。每個客人都有自己的食物和糕點。野鴿找到大麻籽，燕雀找到粟籽，金翅鳥找到繁縷，知更鳥找到蟲子，蜜蜂找到花朵，蒼蠅找到纖毛蟲，翠雀則找到蒼蠅。物種之間不免相互吞噬，這是善惡混雜的神秘現象，但是沒有一個動物空著肚子。

兩個棄兒走到大水池岸邊，被燦爛的陽光一照不免慌亂，就打算繞到天鵝亭的後面躲起來；這是窮人和弱者的本能，見到豪華宏偉，即使見到自然的豪華宏偉，也要畏葸退縮。

上風處有時隱約傳來喊叫、喧鬧、嘈雜的槍聲和隆隆低沉的炮響。菜市場那一帶房頂濃煙滾滾。遠處傳來彷彿召喚什麼的鐘聲。

兩個孩子似乎沒聽見那喧聲。那個小的不時輕聲說一句：

「我餓了。」

還有一對，幾乎和這兩個孩子同時走近大水池。那是一個五十歲的老傢伙，手裡拉著一個六歲的小傢伙。大概是父子倆。六歲的小傢伙拿著一大塊奶油蛋糕。

那個時期，夫人街和地獄街一些臨街住宅的居民有盧森堡公園的鑰匙，關門後也能進去，後來這種特權就取消了。這對父子大概就從那種住宅前來的。

兩個窮孩子看見那位「紳士」走來，就藏得更隱蔽些了。

那是個有錢的人，也許正是馬呂斯在熱戀時，在大池旁聽見教訓自己兒子「凡事不要過分」的那個人。那人神態又和藹、又高傲，嘴唇合不攏，總在微笑。這種機械式的笑容，是因為小嘴唇包不住過大的頷骨，但露出來的是牙齒而不是心靈。孩子好像吃得太飽，手裡拿著咬剩的蛋糕。兒子因為動亂而換上一身國民衛隊服，而父親出於謹慎則仍然一身市民打扮。

父子二人停在兩隻天鵝戲水的大池旁邊。這個資產家看來特別欣賞天鵝，連走路的姿勢都像天鵝。

這時候，天鵝在游泳，這是牠們的專長，那姿態簡直優美極了。

兩個窮孩子若是注意聽，並且到了能聽懂的年齡，他們就會記取一個智者的話。父親對兒子說：

「智者只要擁有少許東西，生活就滿足了。看看我吧，我的兒子，我就不愛奢華，別人從來沒有看見我披金掛銀，滿身珠寶。這種虛假的光彩，我讓給那些心靈不健全的人。」

這時，菜市場那一帶，鐘聲和喧囂變本加厲，遠遠傳到這裡。

「那是怎麼回事？」孩子問道。

父親回答：

「那是胡鬧呢。」

猛然，他瞥見綠色天鵝亭後面，一動不動站著兩個衣衫襤褸的孩子。

「這不開始了。」他說道。

他沉吟一下，又補充說道：

「無政府勢力進入公園了。」

這時，兒子咬了一口蛋糕，又吐出來，忽然嗚嗚哭了。

「你哭什麼呀？」父親問。

「我不餓了。」孩子回答。

父親的笑口咧得更大了。

「用不著非等餓了才吃蛋糕。」

「這塊蛋糕我討厭，不新鮮了。」

「你不想要啦。」

「不想要了。」

父親指了指天鵝。

「那就拋給那些帶蹼的鳥兒吧。」

孩子猶豫起來。雖然他不想要蛋糕了，但也不想白白送人。

父親接著說：

「要人道一點，應該可憐動物。」

說著，他從兒子手裡拿過蛋糕，扔進水池。

蛋糕掉在離岸不遠的水面上。

天鵝在水池中央，離岸較遠，正忙著捕撈食物，既沒有看見這個資產家，也沒有瞧見蛋糕。

這位先生感到蛋糕有點白扔的危險，未免痛惜無端的損失，於是他手舞足蹈，傳出焦急的信號，終於引起天鵝的注意。

天鵝望見水面上漂著什麼東西，就像帆船轉舵一般，緩緩駛向蛋糕，那怡然自得的高貴神態，正是白色動物所特有的。

「天鵝理解天囮。」[35]這個資產家說道，他因說了這句話而得意洋洋。

這時，遠處市中心喧囂突然又加劇了，這回變得可怖。幾陣風送來的洶洶之聲更加清楚，而此刻一陣風更清晰地送來戰鼓聲、聒噪、齊射的槍聲，以及警鐘和大炮淒厲的呼應。恰巧這時，一塊烏雲驀地遮住太陽。

天鵝還沒有游到蛋糕那裡。

「回家吧，」父親說，「他們在攻打土伊勒里宮。」

他抓住兒子的手，又接著說道：

「從土伊勒里宮到盧森堡宮，只有從王位到元老[36]這段距離，相隔並不遠。槍彈會像雨點一樣落下來。」

他看看烏雲。

「雨也可能真的要落下來，老天也來湊熱鬧；王室的旁支[37]完蛋了。快回家吧。」

「我要看天鵝吃蛋糕。」孩子說。

父親回答：「這可太冒失了。」

說著，他就把這小資產家拉走了。

孩子戀戀不捨，還頻頻回頭望水池裡的天鵝，直到梅花形林蔭道的一處拐角遮住視線為止。

這段時間，與天鵝同時，兩個流浪兒也朝蛋糕湊過去。蛋糕一直漂在水面上。小的那個注視著蛋糕，大的那個則盯著走開的資產家。

父子二人走進縱橫交錯的林蔭小徑，那裡通向夫人街那邊樹木密集的大草坪。

等他們一走到看不到影子了，大孩子就急忙趴在圓形水池邊上，左手抓住邊緣，身子幾乎要掉下去似的俯向水面，伸出右手拿棍子去勾蛋糕。天鵝發現敵手出現了，就加快速度，速度一加快，前胸激起波浪，反而對小漁夫有利了，只見蕩起的一圈圈波紋，將蛋糕慢慢推向孩子那根棍子。等天鵝趕到，棍子也構著蛋糕了。孩子拿棍子用力一撥，既嚇走天鵝，又將蛋糕撥過來，一把抓住站起身來。蛋糕泡濕了，但是他們又飢又渴，大孩子將蛋糕掰成一大一小，小塊兒留給自己，大塊給弟弟，對他說：「塞進你的槍管裡吧。」

十七．死去的父親等待將死的兒子

Mortuus pater filium moriturum expectat

馬呂斯衝出街壘，公白飛也跟出去。可是太遲了，伽弗洛什已經死去。公白飛拎回那籃子彈藥，馬呂斯抱回孩子。

㉟．原文用諧音 Cygnes（天鵝）、Signes（信號），聽著就像「天鵝理解天鵝」。此處變通，用誘鳥的「囮」（é）替代，略以傳達原文的俏皮。

㊱．法國上議會，在一八一四年至一八四八年期間，稱為「元老院」，又稱「貴族院」，設在盧森堡宮。

㊲．路易．菲力浦是波旁家族的旁支。

唉！他心中暗道，能為這孩子的父親所做的事只是報答給這孩子。然而，德納第救活了他父親，而他只抱回一個死孩子。

馬呂斯抱著伽弗洛什走進堡壘時，臉上跟孩子一樣鮮血淋淋。

剛才他彎腰去抱伽弗洛什時，腦門被一顆子彈擦傷了，而他卻沒有覺察。

庫費拉克解下自己的領帶，幫馬呂斯包紮了額頭。

大家把伽弗洛什抬到停放馬伯夫的那張桌案上，用同一塊黑紗巾蓋上，剛好蓋住這一老一少兩具屍體。

公白飛將拎回籃子裡的子彈分發給大家。

每人分得十五發子彈。

尚萬強坐在護牆石上，一直沒動。當公白飛給他十五發子彈時，他卻搖搖頭。

「這個怪人真少見！」公白飛小聲對安灼拉說，「他來到街壘，竟然不想作戰。」

「這沒關係的，他照樣可以保衛街壘。」安灼拉答道。

「有英雄氣概的人都有點怪癖。」公白飛回答。

庫費拉克聽見這話，就加了一句：「他是另一種人，跟馬伯夫老爹不一樣。」

應該要交代一下街頭現在的狀況：國民衛隊向街壘進行的射擊，幾乎擾亂不到街壘內部。從來沒有經歷過這類戰爭漩渦的人，想像不出在這種戰亂中還有特別寧靜的時刻。大家走來走去，隨便聊天，插科打諢，還有人懶懶散散。我們認識的一個人，就在霰彈轟擊中聽見一個戰士對他說：「我們待在這裡，就像單身漢聚餐。」我們再重複一遍，麻廠街街壘內部似乎挺平靜的。所有的波折和戰爭的各個階段都已完結或即將結束，這時街壘的處境由危急轉為兇險，也許危在旦夕了。但雖然形勢越來越黯淡，可是英雄的光芒映紅了街壘。安灼拉神情嚴峻，掌握全局，那姿勢就像一個斯巴達青年，拔出劍來，為可憐的守護神埃庇陀塔斯效命。

公白飛圍著圍裙，幫傷患包紮；博須埃和弗伊在製造子彈，用的是伽弗洛什從一個下士屍體取下的一壺火藥。博須埃對弗伊說：「不久後我們就要乘坐驛馬車去另一個星球了。」庫費拉克將全部武器擺放在他在安灼拉身邊保留的幾塊鋪路石上，有他的杖劍、步槍、兩枝馬槍和一枝手槍，那細心的動作就像整理針線盒的一位少女。尚萬強沉默不語，凝視對面的牆。一名工人用線繩繫上余什盧大媽的大草帽，說是「怕中暑」。艾克斯的幾個庫古爾德社青年正談得高興，好像要把握住講家鄉話的最後機會。若李將余什盧寡婦的鏡子摘下來，檢查自己的舌苔。幾名戰士從一個抽屜裡翻出幾塊麵包皮，儘管都差不多發黴了，他們還是貪婪地吃下去，馬呂斯則在擔心父親會對他說什麼。

十八・禿鷲變成獵物

Le vautour devenu proie

應該特別講一下街壘特有的一種心理狀態，尤其是這種驚人的街壘戰特徵一個都不該遺漏。正如我們提到的，這座街壘不論內部多麼寧靜，對身在其中的人來說，街壘本身仍然是一種幻象。

內戰中有種種難以理解的徵象，而未知的迷霧就同這種熊熊大火攪在一起。革命猶如斯芬克司，誰經歷過一場街壘戰，誰就以為做了一場夢。

在談到馬呂斯的時候，我們就提過人在這種地方的感覺，我們還看到了他的後果，既超過了，又不及人的生活。人一走出街壘，就不知道先前所目睹的景象了。在街壘裡，人變得可怕而不自知。在街壘裡，包圍人的戰鬥思想具有人的面孔，人們的腦袋也處於未來的光明中。那裡盡是躺著的屍體和站立的鬼魂。在街壘中度過的時間漫長如永恆，人生活在死亡中，周遭是鬼影幢幢。是什麼呢？看到的是沾滿鮮血的手，聽到的是震耳欲聾的聲響，但有時又一片死寂，張開的大口，有的發出呼號聲，有的卻不出聲。人處在煙霧中或黑夜裡時，真以為觸摸到未知深淵的兇險濕壁，然而事後只看到自己的指甲裡有紅色的東西，經歷的事卻一概想不起來了。

把話題扯回來吧，讓我們還是談談麻廠街。

在兩陣槍炮的齊射中間，忽然聽到遠處傳來報時的鐘聲。

「中午了。」公白飛說道。

沒等十二響敲完，安灼拉就霍地站起來，從街壘頂上，以如雷之聲發出號令：

「將鋪路石塊搬上樓，放在窗臺和閣樓上。一半人持槍守衛，一半人搬運石頭。我們一分鐘也不能耽擱了。」

街口出現一隊消防隊員，肩上扛著大斧，排成戰鬥隊形。

那是大隊人馬的派頭，但是什麼人馬呢？顯然是進攻的隊伍。消防隊奉命先拆毀街壘，然後大隊人馬才會衝上來，一舉攻佔。

此刻面臨的行動，顯然是一八二二年德．克萊蒙．托奈爾㊳先生所稱的「加把勁兒」。

大家快速準確地執行安灼拉的命令，這是戰艦和街壘所具有的特點，因為，惟獨這兩種陣地沒有退路。不到一分鐘，安灼拉吩咐堆在科林斯門口的石塊，就有三分之二搬上二樓和閣樓了；第二分鐘還未過完，石塊都整齊地堆疊起來，堵住二樓的半截窗戶和閣樓的天窗。以弗伊為主建造，他精心設計，留了幾個縫隙，好能讓槍筒探出去。霰彈已停止發射，窗戶的防衛部署就更容易了。現在，兩門炮放實心彈正轟擊壘壁中心，打算將牆打出大洞，如果能夠就打出個缺口，就更加有利於攻取。

作為最後一道防線的石塊布置完畢，安灼拉命令將置放在馬伯夫停屍案下的酒瓶搬上二樓。

「這酒給誰喝？」博須埃問道。

「給他們。」安灼拉回答。

接著，大家又動手堵死樓下的窗戶，還把夜晚酒樓從裡面插門的大鐵杠準備好。

這是名副其實的堡壘：街壘是城牆，酒樓是堡壘主塔。

餘下的石塊，就用來砌死街壘的豁口。

守衛街壘的戰士必須時刻注意節省彈藥，圍攻者非常清楚這一點，所以他們優閒自在地調動人馬，部署兵力，讓守在裡頭的人氣惱，往往提前就暴露在火力之下。然而這只是現在的表面現象，其實，在他們從容不迫，有條不紊地部署之後，就是疾雷閃電似的進攻。

敵方緩慢地部署，安灼拉就有時間全面檢查、全面改善。他認為這裡的人既然要捐軀，那就應該死得壯烈。

他對馬呂斯說：「我們二人是首領。我進樓去做最後的部署，你留在外面觀察敵情。」

馬呂斯坐在街壘頂端觀望。

安灼拉叫人將廚房門釘死，想必還記得廚房已改為戰地醫院了。

「不能再讓彈片打中傷患。」安灼拉說道。

他到樓下作了最後指示，說話簡短，語氣十分鎮定；弗伊聽著，並代表大家回答：

「二樓，要準備好斧頭砍斷樓梯。有沒有斧頭？」

「有。」弗伊答道。

「有多少把？」

「兩把大斧、一把砍柴斧。」

「好。還有二十六名戰士活著，槍還有多少枝呢？」

「三十四枝。」

「多出八枝。這八枝也裝好子彈，放在手邊，戰刀和手槍，全別在腰上。二十人在街壘，六人埋伏在閣樓和二樓窗口，從石縫裡向進犯者射擊。一個人也不要閒著。等一會，一敲起衝鋒戰

㊳・德・克萊蒙・托奈爾：一八二二年任海軍大臣。他多次接待過年輕的維克托・雨果。

鼓，安排在下面的二十人就奔向街壘，先到的人就佔好位置。」

布置完了，他又轉向沙威，說道：

「我沒有忘記你。」

他把手槍放在桌子上，補充說道：

「最後離開這裡的人，要一槍把這密探腦袋打爛。」

「就在這裡嗎？」有人問道。

「不，這死屍不能跟我們的混在一起。蒙德圖爾小街的街壘只有四尺高，一跨就能出去。這人捆得很結實，可以押到那裡去執行槍決。」

此刻，要說有誰比安灼拉還鎮定的話，那就是沙威了。

恰好這時，尚萬強出現了。

他原在起義者人堆裡，現在站出來，對安灼拉說：

「您是指揮嗎？」

「對。」

「剛才，您向我表示感謝。」

「以共和國的名義。街壘有兩位救星：您和馬呂斯．彭邁西。」

「您認為我應該得到獎賞嗎？」

「當然了。」

「那好，我就要求一個。」

「什麼獎賞？」

「讓我親手打死這個人。」

沙威抬起頭，瞧見尚萬強，不被覺察地輕輕動了一下，咕噥道：「這倒公平。」

安灼拉將卡賓槍重新壓上子彈，這時他環視周圍，問道：「沒有異議嗎？」

他隨即轉向尚萬強：「將密探帶走吧。」

尚萬強坐在桌子一端，確實把沙威掌握在手心裡了。他拿起手槍，只聽啪嗒一聲，將子彈上了膛。

幾乎同時，他們又聽見軍號聲。

「準備戰鬥！」馬呂斯在街壘上喊道。

沙威笑起來，那是他特有的無聲之笑。同時他的眼睛盯著起義者說道：「你們的身體狀況並不比我好多少。」

「大家都出去！」安灼拉喊道。

起義者亂哄哄往外衝，背後響起了沙威這句，恕我們實錄：「回頭見！」

十九・尚萬強報復

Jean Valjean se venge

尚萬強等到只剩下他和沙威了，他就摸到桌子下面的繩結，將攔腰捆綁犯人的繩子解開，然後示意沙威站起來。

沙威照辦了，但是他臉上那種難以描摹的微笑，表現出虎落平原的高傲神態。

尚萬強揪住沙威的腰帶，像抓住縛在工作牲口肚子上的帶子那樣，拖著他慢慢走出酒樓，因為沙威的兩腿有繩索絆著，只能邁出極小的步伐。

尚萬強握著手槍。

他們穿過街壘裡的梯形廣場。起義者都已轉過身去，集中對付即將發生的攻勢。

馬呂斯單獨守在街壘的左端，看見他們走過去。他靈魂中那陰森的光照亮了這一組受刑人和劊子手。

尚萬強費了很大勁，才把被綁住雙腿的沙威拖過蒙德圖爾小街街壘，但是他一刻也沒有鬆手。跨過這道街壘，來到小街，就只有他們二人了，這時又被樓房的拐角遮住，更是誰也看不見他們了。再往前幾步，就是從街壘裡抬出來的一堆可怕屍體。

在死人堆裡，能辨認出一個半裸女人慘白的臉、披散的頭髮、一隻打穿的手和胸脯，那就是愛波妮。

沙威側眼打量那具女屍，又極為平靜地小聲說：

「我好像認識那個姑娘。」

接著，他轉向尚萬強。

尚萬強把槍夾在腋下，目光盯著沙威，明確地表達出：「沙威，正是我。」

沙威回應他的目光：「你報復吧。」

尚萬強從外套口袋裡掏出一把折疊刀，打開。

「刀子！」沙威叫了一聲，「你做得對，你用這個更合適。」

尚萬強卻割斷套住他脖子上的繩子，又割斷綁他手腕的繩子，再彎腰割斷他腿上的繩子，直起身說道：「您自由了。」

沙威不輕易大驚小怪，然而，無論他再怎麼善於控制自己，這次也不免為之一震，一時呆若木雞。

尚萬強接著說：「看來我出不去了。不過，萬一能夠出去，告訴您，我住在武人街七號，化名為割風。」

沙威像老虎似的皺了皺眉頭，扯開一點嘴角，他咕噥一句：「小心點。」

「走吧。」尚萬強說道。

沙威又問道：「你說化名為割風，住在武人街？」

「七號。」

沙威低聲重複一遍：「七號。」

他重新扣好禮服鈕扣，雙肩一挺，又恢復軍人筆挺的姿態，轉過身去，叉起雙臂，用一隻手托住下頦，朝菜市場方向走去。尚萬強目送他。沙威走出幾步，又回過身來，對著尚萬強喊道：

「您真叫我厭煩了，不如乾脆打死我吧。」

沙威自己都沒有覺察，他對尚萬強不再直呼「你」了。

「您走吧。」尚萬強又說道。

沙威緩步走開，片刻之後，他就拐進布道修士街。

等沙威不見蹤影了，尚萬強便朝空中放了一槍。

繼而，他回到街壘，說了一句：「完事了。」

同時間，另一邊又發生了一個情況。

馬呂斯因為注意外面，而不大瞭解酒樓裡的情況，所以沒有仔細瞧一瞧在樓下大廳裡側被捆綁著的密探。

剛才在陽光下，他看見密探跨過小街壘去送死時，腦海裡突然浮現一個記憶，想起蓬圖瓦茲街的那個警探，以及警探交給他的兩把手槍，這正是他馬呂斯在街壘裡使用著的，他不僅想起那人的相貌，還想起那人的姓名。

然而，這段記憶模糊不清，與他所有的意念一樣。他不能肯定，反而產生一個疑問：「他是不是那個對我說他叫沙威的警探呢？」

出面替那人求情，也許還來得及吧？不過，先得弄清他究竟是不是那個沙威。

馬呂斯叫著剛回到街壘另一端的安灼拉。

「安灼拉？」

「什麼事？」

「那人叫什麼名字？」

「誰呀？」

「就是那個警察。你知道他姓名嗎？」

「當然知道，他告訴我們了。」

「他叫什麼？」

「沙威。」

馬呂斯霍地站起來。

這時傳來一聲手槍響。

尚萬強回來，嚷了一句：「完事了。」

一股陰森的寒氣透進馬呂斯的心。

二十・死者有理，活人無過

Les morts ont raison et les vivants n'ont pas tort

街壘就要進入臨終狀態。

一切的一切都在助長這最後一刻的悲壯。空中迴蕩著千百種神秘的聲響：大部隊在望不見的街上行動的喘息、騎兵隊斷斷續續的奔馳聲、炮隊行進的沉重震動、槍聲和炮聲在迷宮似的巴黎交織著，房頂上升起的金黃色戰雲，遠處隱約傳來不知什麼人的可怕呼號，到處迸發的危險火光、聖梅里的鐘聲已變為嗚咽，和煦的季節裡飄著白雲的藍天陽光燦爛，美麗的日子中是房舍恐怖寂靜。

要知道，從昨天晚上起，麻廠街的兩排樓房就變成了兩堵牆，兩堵拒人於外的牆，樓門緊閉，窗戶緊閉，窗板緊閉。

那個時期與現在大相逕庭。那時，當國王恩賜的憲章或享有的政治權利持續過久，一旦民眾想要結束這種局面，眾怒擴散到大氣中，城市同意掀起路石，市民對起義者的耳語微笑時，暴動就已深入人心，居民就會協助起義戰士，而民宅也會與靠著民宅臨時建造的堡壘親密無間。然而，只要形勢還沒成熟，起義還沒得到民眾的認同，廣大群眾否認這場運動，那麼起義戰士就注定完蛋，起義堡壘周圍的城區將化作沙漠，人心化作冰雪，避難所全部堵死，街道成為掩蔽地帶，有利於軍隊攻取街壘。

我們不能出其不意，硬推老百姓加快步伐。誰強迫老百姓，誰就要倒楣！老百姓是絕不任人擺布的。一旦強迫百姓，老百姓就會拋棄起義者，把他們看成鼠疫患者。一幢房子就是一面峭壁，一扇門就是一種拒絕，一個住宅的門面就是一堵牆。這堵牆看得見，聽得清楚，卻不肯通融，本來它開個縫就能救你了，但是它不肯。這堵牆就是法官，它注視你並判你死刑。門窗緊閉的房舍，是多麼黯淡的景象！那房舍彷彿死了，其實卻還活著，裡面的生命好像暫時停止，但仍然堅持它的信念。二十四小時以來，沒有一個人走出門，但是一個人也不缺。在這岩石內部，居民走來走去，睡覺，起床，全家聚在一起，又吃又喝，大家提心吊膽，這真是可怕的事！因恐懼而採取拒絕客人的可怕態度，是可以諒解的，恐懼中夾雜著驚慌失措，更加情有可原了。有時甚至還會出現這種情況：懼怕變為氣憤，驚恐變為震怒，同樣的，謹慎變為瘋狂，因此出現了這種極為深刻的說法：「溫和的人發瘋。」極端恐懼的烈焰中，會冒出一股淒慘的黑煙，那就是怒氣：「那幫傢伙要幹什麼？他們就沒有滿意的時候，還連累過安寧日子的人，就好像革命還不夠多似的！他們到這裡來幹什麼？讓他們自己想辦法脫身吧。他們活該倒楣，自作自受，怪他們自己。這跟我們毫不相干。我們可憐的街道被打得淨是槍眼。他們是一群無賴，可千萬不要開門啊。」於是，住宅就像一座墳墓。起義者在住戶門前奄奄一息，他們眼見霰彈打來、刺刀逼近，他們知道如果喊叫，就會有人聽到，可是誰也不會來救。這些牆壁可以保護他們，裡面的人也可以救他們，然而，即使牆壁長了有血有肉的耳朵，人卻是一副鐵石心腸。

怪誰呢？

不怪任何人，又怪所有人。

怪我們生活在不完善的時代。

烏托邦轉化為起義，哲學的抗議轉化為武裝抗議，密涅瓦[39]轉化為帕拉斯，總要冒著極大的風險。烏托邦明明知道後果不堪設想，也要急躁冒進，轉化為暴亂，結果幾乎總是操之過急，無可奈何地看不到勝利，只好以隱忍的態度接受災難。烏托邦為否認它的人們效命，毫無怨言，甚至還為他們辯解。它的崇高就在於能接受遺棄，它無堅不摧，卻和藹地對待忘恩負義的人。

況且真就是忘恩負義嗎？

從人類的角度來說，就是。

從個人的角度來說，不是。

進步是人的生存方式。人類將生活稱為進步，人類的集體步伐稱為進步。進步在向前跨越，正是世人走向天上和神性的偉大旅行，有時停一停，等候落後隊伍的人趕上來，在歇腳處，面對赫然出現在遠方的某個光輝燦爛的迦南[40]思考，它也有睡眠的夜晚，而思想家在黑暗中摸索，看到陰影蒙住人的靈魂，又不禁焦急萬分地呼喚持續不醒仍在酣睡的進步。

「也許上帝死了。」有一天，傑拉爾·德·奈瓦爾[41]對本書作者這樣說道，他將進步和上帝混為一談，將停止進步當成上帝之死。

只要喪失希望都是錯誤的。進步必然要醒來，甚至我們可以說它在睡夢中還在前進。因為它長大了，等它再站起來的時候，就會發現它長高了。進步猶如江水滔滔，永遠都不可能停止，就算不築一座街壘，不往河中丟石頭，只要障礙還在，水流照樣能激起水花，人心仍舊能沸騰，製造出混亂局面。然而，混亂局面過後，我們就會看到事實上人們又前進了。進步總是以革命劃分階段，直到建立天下太平的秩序，直到和諧統一主宰世界的時候為止。

進步是什麼？我們剛才說過，進步是人民持久的生命。

然而，個人暫時的生命，有時卻抗拒人類永久的生命。

我們無須沉痛地承認，每人都有私利，謀求並保衛這種利益也無損大局，現在這時刻我們總有理由圖點私利；有限的人生有不必為了未來不斷地犧牲自己的權利。現在這一代人都該在塵世走一趟，不能為了後代就被迫縮短自己的路程，歸根究柢，各代人都是平等的，將來自然會輪到後代到塵世走一遭。「我活在世上，」一個叫做大家的人咕噥道，「我還年輕，正在戀愛，我老了，想要休息，我是一家之長，我要工作，我要生財發達，我要生意興隆，我有房子出租，我有錢繳納給國家，我生活幸福，我有妻室兒子，我愛這一切，我渴望活下去，別來打擾我。」基於這種種原因，大家對人類高尚的先鋒隊，有時態度就極端冷淡。

此外我們也得承認，一旦開戰，烏托邦就走出它那光燦的境界。它是明天的真理，卻向昨天的謊言借用了戰爭這個手段。它是未來，卻像過去一樣行動。它是純潔的思想，卻變成粗暴的行為。它在自己的英勇行為中，摻雜了它理應為之負責的一種暴力；這種暴力雖是權宜之計，卻違反原則而難逃懲罰。起義戰鬥式的烏托邦，手中拿的還是老軍事法典：它槍斃密探，處死叛徒，將活人投入陌生的黑暗中。更嚴重的情況是，它利用死亡。烏托邦似乎對光明喪失了信念，但光明才是它無往不勝並永不腐敗變質的力量。它揮劍砍殺，殊不知沒有單鋒刃的劍，每把劍都是雙鋒刃，一面鋒刃傷對手，另一面鋒刃則傷自己。

在以十分嚴肅的態度陳述了這種保留之後，不管成功與否，我們不能不讚賞未來事業的光榮戰士，烏托邦的懺悔師，縱然失敗，他們也是值得敬佩的，或許未獲成功更可顯出其崇高。一次符合進步的勝利，值得人民歡呼，然而，一場英勇的失敗，也同樣值得同情。勝利則輝煌，失敗則壯烈。我們更敬佩殉難者而不是成功者，我們認為約翰．布朗㊷比華盛頓偉大，皮薩卡納㊸比

㊴・密涅瓦：羅馬神話中的智慧女神，即希臘神話中的雅典娜，也是女戰神。她誤殺了海神特里同的女兒帕拉斯，便改名帕拉斯．雅典娜，以茲紀念。

㊵・迦南：上帝將迦南賜給亞伯拉罕，封他為多國之父。

㊶・傑拉爾．德．奈瓦爾（一八〇八－一八五五）：法國詩人、文學家。

加里波底偉大。

總得有人站在敗者這邊。

對待為了實現未來而失敗的這些偉人，世人的態度是不公正的。

世人指責革命者散播恐怖。每座街壘都好像在行兇。世人詆毀他們的理論，懷疑他們的目的，惟恐他們居心叵測，譴責他們的信念。世人責備他們反對社會現狀，築起、壘起、堆起如山的貧窮、痛苦、罪惡、怨恨和絕望，責備他們從底層掘出黑暗的石塊，築起雉堞來戰鬥。世人對他們喊道：「你們掀起了地獄的鋪路石！」他們可以回答：「正因為如此，我們的街壘是由美好的願景造成的。」法國有句俗諺：「地獄的路面是由美好願景鋪成的。」意即即使是從善心出發，但做了壞事就是要下地獄，此處回答正是巧妙地運用這句俗諺。

毋庸置疑地，最好的解決問題方式還是用和平的手段。總之，我們要承認，人們一看見路石，就會聯想到那隻熊，而社會為之不安的正是一種好願望。然而，社會大眾應該自救，我們呼喚的也正是社會大眾本身的良好願望，不必使用任何猛藥。只要以和善的態度診斷，就能確定並治好病痛。我們也正是敦促社會這樣做。

不管怎麼說，這種人分布在世界各個角落，都在注視著法蘭西，他們遵循理想的不可動搖的邏輯，為偉大的事業而奮鬥，即使會倒下也在所不辭——尤其倒下的時候特別令人敬佩。他們為了人類的進步，甘願獻出自己的生命，他們體現了天意，作出如宗教一般的舉動；時候一到，他們就像演員背臺詞那樣，毫不考慮個人安全，服從上天安排的劇情走進墳墓。為了推動一七八九年七月十四日開創了那所向披靡的人類壯闊運動，在天下結出美不勝收的果實，他們都能接受這種毫無希望的戰鬥，這種視死如歸的消極。這些戰士是傳教士，法蘭西革命是上帝的一個舉動。

儘管我們在另一章已經指出差別，這時還應該補充一點：有的起義為人接受，稱為革命；有的革命被人拒絕，則稱為暴動。一場起義爆發了，也就是接受人民檢驗的一種思想。如果人民讓黑球掉下來，那麼這種思想就成為苦果，起義也就成為輕舉妄動了。

老百姓並不像烏托邦所期望的那樣，一聲號召就投入戰爭。這個民族並不是所有人都有隨時當英雄和烈士的氣魄的。

他們講求實際，對起義特別反感，一是因為起義造成的災難還記憶猶新，二是起義的出發點總是那麼抽象。

獻身的人固然值得讚美，但總是為了理想，也僅僅是為了理想獻身。一場起義就是一股激情，而激情卻可以化為激憤，使人拿起武器。不過，凡是針對政府或政體的起義，總要瞄準更高的目標。譬如，我們再強調一下，一八三二年起義的領袖，尤其麻廠街的這些熱血青年，要打倒的主要不是路易．菲力浦。大多數人都能坦率地談論這位介乎君主制和革命制國王的優點，給予公允的評價，誰也不憎恨他。其實，他們攻擊路易．菲力浦的，是世襲神權的旁支，正如早先他們攻擊的查理十世正是這種神權的長房。我們已經解釋過，他們在法國推翻王朝，旨在為全世界推翻人對人的竊奪、特權對人權的竊奪。巴黎一旦沒有了國王，對於世界就相應地除掉了獨裁，他們是這樣推論的。他們的目標肯定很遙遠，也許還很模糊，越為之奮鬥就離之越遠，但目標卻是偉大的。

情況就是這樣。這些人為幻象獻身，而在獻身者看來，這種幻象幾乎總是幻想，總之是摻雜人類信念的幻想。起義者總將起義鍍金並賦予詩意，他們投身到這類悲慘事件中，並沉醉於他們即將實現的壯舉。誰知道呢？也許會成功呢！他們只有一小撮，卻與一支大軍對抗；但是，他們保衛人權、自然法則，保衛每個人都不能放棄的主權，保衛正義、真理，必要時就像那三百名斯巴達人一樣戰死。他們想到的不是堂吉訶德，而是萊奧尼達斯。他們勇往直前，一旦投身進來，就絕不後退，而是低著頭往前闖，希望取得空前的勝利。也就是完成革命，恢復進步的自由，使

㊷．約翰．布朗（一八〇〇—一八五九）：美國黑人起義領袖。
㊸．卡爾洛．皮薩卡納（一八一八—一八五七）：義大利愛國者。

人類更高尚，解放全世界；最糟也不過成為溫泉關式的烈士。

為了進步發起的這類武裝鬥爭往往會失敗，上面也談了失敗的原因。民眾不肯被這些勇士驅動。沉滯的民眾，正因為停滯而脆弱，他們害怕冒險，而理想恰恰有冒險的因素。

況且，我們也不能忘記，還有利益的因素，利益與理想和感情不大投機，腸胃有時能麻痹心臟。

法蘭西的偉大和美麗，正在於她不像其他民族那樣大腹便便，束起腰來就方便得多。她總是頭一個醒來，最後一個睡著。她往前走，還不斷的探索。

這正因為她是藝術家。

理想無非是邏輯的頂點，同樣的，美無非是真的頂點。藝術的民族，也必然是始終不渝的民族，愛美，就是尋求光明。因此，歐洲文明的火炬，最早是由希臘舉起來，再傳給義大利，又傳給法蘭西。充當先鋒隊的神聖民族！「他們傳遞生命的火炬。[44]」

事情妙就妙在，一個民族的詩歌是它進步的因素，文明的量是以想像的量來確定的。不過，一個文明的民族應該保持剛強的性格。像科林斯，很好；像錫巴里斯[45]，不行。性格柔弱，就要衰退。既不要當業餘愛好者，也不要當演奏高手，要當藝術家，在文明方面，應該追求的不是精妙，而是高尚。在這種條件下，向人類提供的楷模則是理想。

現代的理想從藝術中找到樣板，從科學中找到手段。人們透過科學，就能實現詩人的這種神聖幻象：社會的美。用A加B，就能重建伊甸園。文明發展到現在這樣高度，精確就成為輝煌的必不可少的一種要素，科學手段不僅用以輔佐，而且還充實藝術情感，夢想必須精確地計算。作為征服者的藝術，必須以善於行進的科學為支點，因為坐騎是否穩固至關重要。現代精神，就是以印度天才為車駕的希臘天才，就是乘坐大象的亞歷山大。

在教條中僵化或受利慾腐蝕的民族，不宜領導文明。面對偶像或金錢頂禮膜拜，行走的肌肉就會萎縮，進取的意志也要衰退。一國人民沉迷於宗教或商業，光彩就漸趨黯淡，視野逐漸縮小，水準也逐步降低，從而喪失使民族能肩負使命，並以世界為目標的那種人神兼備的智慧。巴比倫沒有理想，迦太基也沒有。雅典和羅馬才有文明的光環，並通過了數世紀的重重黑暗保存下來。

法蘭西和希臘、義大利是同樣優質的民族。論美，她是雅典，論偉大，她又是羅馬。此外，她還善良，樂於奉獻。比起其他民族來，她更容易情緒高漲，樂於獻身犧牲。不過，這種情緒時來時去。因此，當她只想走時、偏要跑，或者當她要停下時、偏要走的，就是冒了極大的風險。法蘭西也有過惟物是求的失誤，在某種時刻，這顆傑出的頭腦裡充斥的思想，會沒有一絲一毫能令人想起法蘭西的偉大，而只有密蘇里州或南卡羅萊納州那麼小的範圍了。有什麼辦法呢？巨人裝矮子，泱泱法蘭西也會耍任性，充充蕞爾小國，不過如此罷了。

這一點倒是無可厚非。人民跟星辰一樣，也有暫時隱沒的權利。只要還會重現光明，只要隱沒不是就此轉化為黑夜，那麼一切就還好。黎明和復活是同義詞。光明的再現和「我」的持續是同時的。

讓我們冷靜地對待這些事實。戰死在街壘還是進入流放這個墳墓，對於獻身者來說，不論哪一種都可以接受。獻身的真正名稱，就是無私。遭人遺棄就遺棄吧，流放就流放吧，我們只求偉大的人民在後退時不要退得太遠。不要以恢復理智為藉口，在下坡路上往下滑過了頭。

只要物質存在，時間就存在，只要利益存在，肚子也就存在；然而，不要把肚子看成惟一的明哲。短暫的生活有其權利，我們承認這一點，但是永續的生活也有其權利。唉！爬上了高處難免會跌下來，這種現象在歷史上屢見不鮮。一個民族在極盛時品嘗到理想，繼而又陷入泥潭大啖污泥還覺得這樣很好；如果問他們何以拋棄蘇格拉底而看好法斯托夫[46]，他們就這樣回答：「因為我們喜歡政客。」

㊹．原文為拉丁文。引自盧克萊修（西元前九八—前五五）的《物性論》。
㊺．希臘古城科林斯，人民性格慓悍。義大利古城錫巴里斯，人民性格柔弱。

回到混戰之前，再講幾句。

我們在此講述的這樣一場戰爭，無非是趨向理想過程中的一陣痙攣。受到阻遏的進步呈現病態，於是這種可悲的癲癇症就發作了。進步的途中我們不免會遭遇內戰這種疾病，這也是一齣戲中必然存在的一個階段，既是一幕又是幕間休息，而這齣戲的主角是社會上的受苦人，真正的名稱叫：「進步」。

進步！

我們經常發出的這一呼喊，體現了我們的全部思想。這場悲劇發展到這一點，包含的思想雖然還要不止一次地遭受考驗，但是也可能允許我們拉起布幕，至少可以讓它的光亮清晰地透出來。此刻讀者展閱的這部書，無論存在怎樣的間歇、例外或欠缺，但是從頭到尾，從整體到細節，全是講述人從惡走向善，從非正義走向正義，從假走向真，從黑夜走向光明，從欲望走向良心，從腐朽走向生命，從獸性走向責任，從地獄走向天堂，從虛無走向上帝。起點是物質，終點是靈魂。始為九頭蛇，終為天使。

二十一・英雄們
Les héros

衝鋒的戰鼓突然敲響。

攻勢就像颶風。昨夜在黑暗中，彷彿有一條蟒蛇逼近街壘，光天化日之下，街道空蕩蕩的，根本不可能偷襲，況且大部隊已經暴露在目標前，大炮已經開始怒吼，官兵就朝街壘衝過來。現在，猛烈的氣勢就是他們的戰技。強大的步兵縱隊之間，按等距離穿插了國民衛隊和保安隊，並有看不見卻聽得見的大隊人馬作為後援。由工兵開路，擂著戰鼓、吹著軍號，端著刺刀跑步進入這條街，在槍林彈雨中勇往直前衝向街壘，就像一根大銅柱重重地撞擊牆壁。

這堵牆頂住了。

起義者猛烈開火。競相爬上城牆的人為街壘披上有如電光石火的鬃毛。攻勢極為迅速猛烈，一時之間進攻隊伍如潮水一般。不過，街壘甩掉士兵，就像獅子擺脫狗群，街壘一度被進攻的潮水淹沒，但是一陣浪濤之後，重新顯露那黝黑而巨大的懸崖峭壁。

進攻的隊伍被迫往後撤，聚集在街上，雖沒有物體掩護，但仍不減其兇狠，他們以猛烈的射擊回擊街壘。看過施放煙火的人就知道，有一種叫做大花籃的交叉煙火，試想這束花不是往上衝，而是擺橫的，每束火花的頂端都有一顆子彈、一顆大型散彈或一顆小子母彈，帶著隆隆響雷撒播著死亡，而街壘就處於這煙火的下風頭。

雙方都同樣堅定地守著崗位。在這裡，由於置生死於度外，勇敢近乎野蠻，英雄行為中帶著幾分殘忍。這個時期，國民衛隊打起仗來就像朱阿夫兵[47]。部隊想盡快結束戰鬥，而起義者卻還堅持鬥爭。年輕力壯的人把命都拚上了，無畏變成瘋狂。在這場混戰中，每個人在臨終的時刻都顯得偉大。街上堆滿了屍體。

街壘一端有安灼拉，另一端有馬呂斯。安灼拉注意整個街壘，善於保存實力，也善於隱蔽，三名士兵連看都沒有看到他，就相繼倒在他的槍眼之下。馬呂斯作戰卻毫不隱藏自己的蹤跡，他從堡壘頂端探出大半截身子成為射擊的目標。一個吝嗇鬼一旦發狂地不惜一擲千金，就比誰都揮霍得厲害；同樣的，一個沉思者一旦行動，就比誰都要可怕。馬呂斯非常勇猛，又顯得若有所思，使得他作戰的方式如同在夢中，像是一個鬼魂在開槍。

被圍困的人逐漸彈盡援絕，而他們對敵方的嘲笑卻沒完沒了，即使就要被捲入墳墓中了都還

㊻．約翰．法斯托夫（一三七八—一四五九）：百年戰爭中的英軍統帥。莎士比亞在《亨利四世》等劇作中，以他為原型，塑造了一個愛吹噓的粗野人物。

㊼．朱阿夫兵：法國輕步兵，先由阿爾及利亞人組成，一八四一年後則由法國士兵取代。

在嬉笑怒罵。

庫費拉克光著腦袋。

「你的帽子跑哪去啦？」博須埃問他。

庫費拉克答道：「他們一直開炮，最後終於把我的帽子給打飛了。」

有時，他們還態度傲慢地大忞批評。

「莫名其妙，」弗伊提高嗓門，語帶心酸地列舉出一些名字，其中有的知名，甚至大名鼎鼎，有些則是舊軍界人士：「他們答應來加入，並發誓幫助我們，還以榮譽作保證說他們是我們的將軍，卻把我們拋棄啦！」

公白飛只是嚴肅地微微一笑，答道：「有些人遵守榮譽信條的方式，就像隔著十分遙遠的距離觀察㊽星星。」

街壘裡滿地彈片，有如剛下了一場雪。

攻方人多勢眾，但守方的地勢較為有利。起義者守在高牆上，看著士兵踉蹌在屍體和傷患之間，跌跌撞撞地攀登上牆，等靠近了才開槍。這道街壘的構造十分牢固，可以說是固若金湯，只有少數人堅守就能擊退一個軍團。然而，儘管在防守方的絕對優勢下，不斷補充兵員的突擊隊還是無情地迫近了，就這樣，官兵就像壓榨機擰緊螺絲般一點一點，一步一步，而且胸有成竹地逼近街壘。

攻勢一波比一波更猛烈，場面也越來越可怕了。

這時展開一場堪與特洛伊保衛戰相比擬的搏鬥，就在這鋪路石堆上，這條麻廠街道上展開了。這些人一天一夜沒吃飯，也沒睡覺，一個個面黃肌瘦，衣衫襤褸，全都筋疲力竭，只剩下幾發子彈。他們差不多全受傷了，頭和胳臂纏著血污發黑的破布條，衣服上的彈孔還涔涔流血，他們的武器只有幾桿破槍，幾把帶豁口的舊馬刀，還摸索著空了的子彈袋，這時他們都變成巨人提坦了。敵軍十幾番攻打、衝擊，意圖攀登上牆，但是始終未能佔領街壘。

想要對這場戰鬥有個概念，就得想像一大群猛士身上全點著火，再來觀看熊熊烈火的場面。這不是一場戰鬥，而是一個大火爐：每張口中都吞吐著火焰，每張臉都異乎常人，這些戰士已完全喪失人形了，他們渾身燒成火球，在混戰中有如火蛇在紅色硝煙中游來游去，看著真是驚心動魄。大規模殺戮的場面，同時又連續不斷地發生，我們在此就不描述了，只有英雄史詩才有權用一萬兩千行詩來敘述一場戰役。

這場景就像婆羅門教描繪的地獄，是十七個深淵中最可怕的一個，《吠陀》[49]裡稱之為劍林淵。

現在短兵相接，展開肉搏戰，有手槍的就射擊，拿刀的就砍，手無寸鐵的就掄拳頭，遠處、近處，上面、下面，到處進行著戰鬥，還有的人從房頂、從酒樓的窗口射擊，有幾個人鑽進地窖，從通風口射擊，他們以一對抗六十。科林斯酒樓的門面毀損過半，慘不忍睹。窗戶彈痕累累，玻璃和木框都已被打飛，只剩下畸形的窗洞用鋪路石塊胡亂堵死。博須埃被打死了，弗伊被打死了，庫費拉克被打死了，若李被打死了，公白飛去扶一個傷患時，胸口挨了三下刺刀，只翻眼望一下天空就斷氣了。

馬呂斯還在繼續戰鬥，他渾身是傷，頭部尤其嚴重，只見他滿臉是血，彷彿蓋了一塊紅手帕。

惟獨安灼拉沒有受傷。武器沒了，他向左右伸手，一名起義者隨手塞給他一把刀。他用的四把劍只剩下一小截，比弗朗索瓦一世[50]在馬里尼亞諾戰役中用壞的劍還多一把。

荷馬說：「狄俄墨得斯擊倒了住在幸福鄉阿里斯貝的丟斯拉斯之子阿克蘇洛斯；墨西斯泰的兒子歐魯阿洛斯殺了德瑞索斯、俄菲爾提俄斯、埃塞波斯和裴達索斯，即溪泉女神阿芭耳芭拉替

---

⑱．法語的「遵守」和「觀察」是多義的同一個詞。

⑲．《吠陀》：梵文典籍，是印度最古老的宗教和文學文獻總稱。

⑳．弗朗索瓦一世（一四九四—一五四七）：法國國王，一五一五年至一五四七年在位。一五一五年，他在馬里尼亞諾戰役中戰勝瑞士人。

勇武的布科利昂生下的兩個兒子；俄底修斯殺了來自裴耳科忒的皮杜忒斯；安提洛科斯幹掉阿伯勒羅斯；波魯波伊忒斯殺掉阿斯圖阿洛斯；波魯達馬斯殺掉庫勒奈的俄托斯；丟克羅斯殺掉阿瑞塔昂。墨崗西俄斯死在歐魯普洛斯的長矛之下。阿伽門農，英雄之王，打倒了厄拉托斯，家住波濤滾滾的薩特尼俄埃斯河畔、陡崖峭壁的裴達索斯。」[51]

在我們古代的英雄史詩中，埃斯普朗狄安[52]用噴火的大斧，襲擊巨人斯汪蒂波爾侯爵，而侯爵為了自衛，就將塔樓連根拔起，擲向那個騎士。古老壁畫中的布列塔尼和波旁兩位公爵，都全副武裝，戴著徽章和戰盔，戴著鐵面罩，足蹬鐵靴，戴著鐵手套，在馬上舉著戰斧，其中一匹馬披著白鼬皮馬衣，另一匹則披著藍呢馬衣；在布列塔尼公爵的戰盔兩角之間，有獅子圖案，而波旁公爵鐵盔面甲上裝飾著一朵碩大的百合花。要有一番輝煌成就，其實不必像伊翁那樣戴上公爵高頂盔，不必像埃斯普朗狄安那樣揮舞噴火的兵器，也不必像普魯達馬斯的父親潘蘇斯那樣，從厄芙拉[53]帶回歐菲忒斯王的禮物——一副好盔甲，只需為了信仰或為了忠誠，獻出自己的生命就行了。有一名天真的小士兵，昨天還是博斯或里摩日的農民，腰上別著砍菜刀，在盧森堡公園裡徘徊在照看孩子的保姆周圍。還有一個臉色蒼白，專注於解剖一個部位或一本書的青年學生。一個用剪刀修鬍鬚的金髮青年將這兩個人聚在一起，向他們鼓吹一點責任心，再把他們面對面置於布希拉十字街頭，或米勃雷木板死巷裡，讓其中一個為自己的旗幟，而另一個則是為理想而戰，並讓雙方都認為這場戰鬥是為了祖國，那麼二人就會拚命搏鬥。這名小兵和這名外科學生互相搏鬥的影子，投射在人類相搏的大戰場上，與虎國呂基亞王梅加里翁與貌似天神的大埃阿斯之間的搏鬥相比毫不遜色。

二十二・步步進逼

Pied à pied

現在，還倖存的首領，只剩下安灼拉和馬呂斯了，他們分別守在街壘的兩端，由庫費拉克、若李、博須埃、弗伊和公白飛堅守很久的中段，終於抵擋不住攻勢了。炮火轟擊，雖然沒有打開可以通行的缺口，卻將中段削出一個大洞。壘頂被炮彈摧毀，碎石雜物塌落下來，時而倒向裡側，時而倒向外面，在屏障內外堆成兩個大斜坡，外面的斜坡就成了利於進攻的地勢。

敵軍發動的最後攻勢終於成功。大隊人馬操著刺刀如林，勢不可擋地小跑步衝上來，在硝煙中，密集的突擊隊登上街壘，這回大勢已去，守在中段的起義者亂哄哄地退卻了。

這時，求生的欲望在一些人的心中朦朧醒來。面對著槍林彈雨，好幾個人不想死了，於是保命的本能發出嗥叫，人又恢復了獸性。他們被逼退至街壘所依傍的一棟七層高樓之前。這棟樓房可以救命，它從上到下門窗緊閉，就像砌成的高牆。在敵軍衝進堡壘之前，還來得及，樓門只需突然一開一關，一眨眼的工夫，這些陷入絕境的人就能得救。這樓房後面臨街，有空隙可以逃跑。於是，他們又喊又叫，用槍托砸門，用腳踢門，還合攏手掌哀求，就是沒有人來開門。只有那個死人頭，從四樓窗口望著他們。

這時，安灼拉和馬呂斯，以及聚攏來的七、八個人都衝過去保護他們。安灼拉對著官兵喊：「不要往前走！」一名軍官不吃他這一套，於是被安灼拉一槍撂倒。現在，他在堡壘的小小內院，背靠著科林斯酒樓，一手持劍，一手拿槍，將酒樓門打開，阻擋著進攻的隊伍。他向那些絕望的人喊道：「只有一扇門開著，就是這一扇。」他用身體掩護其他人，獨自對付一營的兵力。

自己人從身後過去，所有人都衝進樓裡。安灼拉以馬槍當棍掄起來，耍起棍棒行家所說的「玫瑰罩」招數，擋開左右和正面的刺刀後衝進門。這時發生了一件慘不忍睹的事：士兵要衝進去，

51．這段概述荷馬史詩《伊利亞德》第六卷的部分內容，但有些錯誤，例如，墨崗西俄斯應為墨朗西俄斯，等等。

52．埃斯普朗狄安：西班牙騎士小說中的英雄。

53．厄芙拉是科林斯的舊稱。

起義者要關門，這門扇關得十分迅猛，關上後，只見門框上掛著一個士兵抓著門不放的五根斷指。

馬呂斯還在外面，他剛挨了一槍被打碎鎖骨，只覺得就要昏過去了，眼睛已經閉上，忽然感覺到一隻強而有力的手抓住他。他要昏過去的當下想起珂賽特，同時有個念頭也混進了他的想法之中：

「我被俘虜了，要被槍斃了。」

安灼拉在逃進酒樓裡的人群裡不見馬呂斯時，也起了同樣念頭。然而此刻人只考慮自己的生死，安灼拉搭上門閂，插上插銷，將門鑰匙擰了兩圈，又加掛鎖。同一時間，士兵用槍托，工兵用斧頭猛烈砸門，官兵聚集在門外開始圍攻酒樓了。

應該說，士兵們現在都已怒氣沖天了。

炮兵士官之死，早就把他們激怒了。更糟糕的是，在這次進攻之前的幾小時，他們中間謠傳起義者殘害俘虜，據說酒樓裡就有一名士兵的無頭屍。這種引起惡果的謠言，通常總伴隨著內戰產生，也正是這種無中生有的謠言，後來造成特蘭斯諾南街的災難㊹。

樓門關死之後，安灼拉對大家說：「我們不能便宜了他們。」

接著，他走向放著馬伯夫和伽弗洛什的桌子。大家看到黑紗巾下面兩個挺直僵硬的形體，一大一小，隱約辨出殮屍布冰冷的紋路下的兩張面孔。一隻手從單子探出來，垂向地面。那是一隻老人的手。

安灼拉俯下身，吻了這隻可敬的手，一如昨天晚上，他吻了老人的額頭。

他一生給予的吻僅此兩個。

讓我們長話短說。街壘守衛戰好似底比斯城門守衛戰，酒樓守衛戰，又好比薩拉戈薩的巷戰。這種抵抗英勇頑強，絕不饒恕戰敗者，也毫無談判的餘地。蘇舍說：「投降吧！」帕拉福克斯㊺則回答：「炮戰之後還有肉搏戰！」國民衛隊無所不用其極攻打余什盧酒樓，鋪路石塊則從窗口和屋頂像冰雹一般，砸到圍攻者頭上，士兵越是傷亡慘重，就越氣急敗壞；從地窖和閣樓中不時放出冷槍，攻勢越是兇猛，反抗也越是激烈，最後攻破樓門，又是瘋狂的趕盡殺絕。衝進酒樓的士兵，被打爛倒地的破門板絆住腳，找不到一個起義戰士。只見螺旋樓梯被大斧砍斷，幾個傷患剛剛斷氣躺在樓下廳堂中央，沒有被打死的人全上了二樓，從天棚上原來的樓梯口，用他們最後的子彈向下猛烈射擊。等子彈用盡，這些寧死不屈的勇士既沒有火藥，也沒有槍彈了，每人便拿起兩個易碎的瓶子對付攀爬上來的人。前面交代過，這是安灼拉保存的瓶子，裡面裝著硫酸。讓我們如實地敘述這種殘殺的可悲情景。唉！被圍困的人，什麼東西都可以變成武器。希臘的火硝並未損害阿基米德的聲譽，滾沸的樹脂也沒有損害巴雅爾[56]的名望。戰爭沒有不恐怖的，因為根本沒有選擇的餘地。進攻的士兵從下往上射擊，雖然不是一個方便射擊的角度，但是齊發的子彈殺傷力還是很大的，不用多久工夫，天棚上的樓梯口周圍就出現了一圈死人頭，長長的血流還冒著熱氣。這時的喧囂之聲是無法形容的，滾燙的硝煙憋在樓裡，就像黑夜籠罩了戰鬥。這個程度的恐怖已不是語言可以形容，這已經是地獄，不再是人與人之間的搏鬥，也不再是巨人對巨人的搏鬥。這場面不像荷馬史詩，而是彌爾頓[57]和但丁的詩篇了。惡魔進攻，鬼魂頑抗。

這是超群絕倫的英雄主義。

[54]・一八三四年四月十四日，政府軍攻打特蘭斯諾南街壘時，有一名軍官被冷槍打傷，於是他們攻破街壘就大肆濫殺無辜。

[55]・帕拉福克斯（一七七六—一八四七）：薩拉戈薩公爵，西班牙將軍，一八〇八至一八〇九年率軍英勇保衛薩拉戈薩城。

[56]・巴雅爾（一四七六—一五二四）：法國軍人，以作戰勇猛著稱，被譽為「無畏無瑕騎士」。

[57]・約翰・彌爾頓（一六〇六—一六七四）：英國詩人，他在破產並失明之後，口述長詩傑作《失樂園》和《復樂園》。

二十三・俄瑞斯忒斯[58]挨餓，皮拉得斯大醉
Oreste à jeun et Pylade ivre

二十多個進攻的人，有士兵、國民衛隊和保安警察，他們疊起人梯，利用半截樓梯，順牆往上爬，抓住天花板，砍傷最後幾個在洞口頑強抵抗的人後衝上二樓，他們在可怕的攀爬途中，大多數人臉部都受了傷，滿臉的血矇住眼睛，激得他們一個個火冒三丈，野性大發。可是，二樓大廳裡只剩一個人還站著，就是安灼拉。他既無子彈，又無利劍，手裡只握著一根槍筒，那槍托早因用來砸入侵者的頭而斷裂了。他退到屋角，用撞球桌擋住進攻者，昂首挺胸站在那裡，眼中射出自豪的光芒，手中握著槍筒，兇狠的樣子讓誰也不敢輕易靠近。突然有人嚷道：

「他是他們的頭目。正是他打死了炮手，現在他主動站到那裡，我們就別上前了，把他就地槍決吧。」

「打死我吧。」安灼拉說道。

他把槍筒一扔，叉起雙臂，把胸膛挺起來。

英勇就義的行為總能打動人心，當安灼拉叉起雙臂靜待一死，大廳裡震耳欲聾的喊殺聲和嘈雜聲便戛然而止，頓時出現一種陰森的肅穆氣氛。手無寸鐵而又巍然不動的安灼拉展現出威嚴的氣勢，似乎震住了這亂哄哄的場面。這個惟一沒有受傷的年輕人，雖然滿身是血，卻神態高貴，就像一個刀槍不入的人，對周圍無動於衷，單憑他那沉靜目光的威力，就能使這群窮兇極惡的人，懷著敬畏的心情槍殺他。他的容貌因為高傲的神態顯得更加英俊，經過二十四小時的惡戰，他此刻依然神采奕奕，就好像不會受傷，也不知疲倦，臉色仍然那麼紅潤鮮豔。事後在軍事法庭上，一個證人談到的大概就是他：「有一個暴亂分子，我聽大家叫他阿波羅。」一名國民衛隊員舉槍瞄準安灼拉，然後又把槍垂下去，說道：「我覺得我在槍殺一朵花。」

在安灼拉的對面，十二名士兵排成一列，一聲不響地上好子彈。

然後，一名中士喊了一聲：「瞄準。」

一位軍官插嘴道：「等一下。」

他問安灼拉：「您要不要矇住眼睛？」

「不要。」

「真的是您打死了炮手嗎？」

「是的。」

格朗太爾已經醒來一會了。

我們還記得。從昨天晚上起，格朗太爾就醉臥在酒樓中，就坐在椅子上，趴在桌子上酣睡。他完全實現了古老的比喻：醉死。可惡的春藥——苦艾、黑啤、燒酒——將他投入醉鄉。他的桌子太小，街壘用不上，也就留給他了。他始終保持同一姿勢——胸脯趴在桌面上，腦袋平枕在胳膊上，周圍玻璃杯、啤酒杯和酒瓶擺了一圈。他睡得很死，就跟冬眠的熊和吸足血的螞蟥一樣。無論排槍齊射，炮彈轟擊，還是從窗外打進來的霰彈，甚至連攻打時的喧囂聲，對他都絲毫起不了作用。有時，他只以鼾聲呼應炮聲，好像在那裡等待飛來一顆子彈，就用不著醒來了。他周圍已經躺了好幾具屍體，乍看之下，他跟這些死亡的沉睡者並無區別。

一個喧鬧聲也吵不醒的醉漢，反而會在寂靜中醒來，我們常可見到這種怪現象。當周圍全都坍塌墜毀時，格朗太爾在搖晃中睡得更加深沉。可是，當那些人面對安灼拉時突然停止喧囂，對這個沉睡者反倒是一種搖撼，就像飛馳的車輛戛然停下，車裡昏睡的人就會猛然醒來。格朗太爾驚抖一下，直起身子，伸伸胳臂，揉揉眼睛，看了看周圍，打了個呵欠，這才回過神來。

醉意消失，就好比一下子揭開帷幕，只要一眼掃過就能完全看清幕後隱藏的東西。一切都赫

㊽．俄瑞斯忒斯：希臘神話中人物，阿伽門農之子。阿伽門農被其妻和姦夫謀殺，俄瑞斯忒斯被姐姐送至父親生前好友斯特洛菲俄斯家避難，他長大後為父報了仇。皮拉得斯是斯特洛菲俄斯之子，俄瑞斯忒斯的好友，並協助他報了殺父之仇。

然浮現在記憶中：這個醉漢根本不知道這二十四小時發生了什麼情況，可是他剛睜開睡眼，就全明白了。他的意識驀地清醒，原來猶如霧氣的醉意充塞頭腦消散了，讓位給清晰真切的現實。

士兵們的目光都集中在退至牆角彷彿用彈子台作掩護的安灼拉，居然沒有瞧見格朗太爾。中士正要重複發布瞄準的命令，突然一個洪亮的聲音，就在他們身邊喊道：

「共和國萬歲！也有我的份。」

格朗太爾已經站起來。

他錯過了整個戰鬥的無限光輝，此刻在這一掃醉意的明眸中閃耀起來了。

他重複喊著：「共和國萬歲！」以堅定的步伐穿過大廳，面對一排槍，站到安灼拉身邊。

「你們一次打死兩個人吧。」他說道。

他扭過頭，聲音柔和地對安灼拉說：「你允許我這麼做嗎？」

安灼拉微笑著握住他的手。

未等這微笑結束槍聲就大作起來。

安灼拉中了八槍，仍然靠牆站立，彷彿被子彈釘住，只是腦袋垂下來了。

格朗太爾被擊斃，癱倒在他腳下。

過了一會兒，士兵就把躲在樓上的最後幾名起義者趕出來。他們在閣樓隔著板條柵壁開槍，在頂樓上搏鬥，把人從窗戶扔出去，有幾個是被活活扔下去的。兩名輕騎兵想扶起被打壞的公共馬車，卻被閣樓裡射出的兩槍打死了。有一個穿勞動服的人，肚子挨了一刺刀，被人扔了出來，還倒在地上呻吟。一個士兵和一名起義者拚死搏鬥，扭在一起，從瓦頂斜坡滑下，摔到地上還不放手。地窖裡也展開同樣的戰鬥，呼嚎、槍聲、倉皇的腳步，漸漸沉靜下來。街壘被攻佔了。

士兵開始搜查周圍的樓房，追捕潛逃者。

二十四．俘虜
Prisonnier

馬呂斯確實被俘，成了尚萬強的俘虜。

當時，他正要摔倒並失去知覺，忽然感到被一隻手從背後揪住，而那正是尚萬強的手。

尚萬強並不投入戰鬥，只是冒著生命危險留在街壘。況且，在這最危難的階段，除了他，誰也沒去想傷患的事。在這屠殺場上，他就像天神般無處不在，幸虧有他救護，倒下的人得以被扶起來，送進樓裡包紮。他趁戰鬥停歇的時候修補街壘。不過，類似開槍、打擊，甚至自衛的動作，都不會出自他的手。他默不作聲，一心救護別人。再說，他僅僅擦破點皮，子彈都不願意沾上他。他來到這座墓地，如果是懷著自殺的夢想，那麼他絕沒有成功，但是我們不相信他會有自殺這一違反宗教的行為。

戰鬥的硝煙很濃，尚萬強好像沒有看見馬呂斯，但其實他的目光始終盯著他。當一槍打倒馬呂斯的當下，尚萬強立刻像飢餓的老虎撲向食物一般，敏捷地躥過去，把他當獵物抓走了。

那時候進攻的風暴十分猛烈，但是都集中在酒樓門口和安灼拉身上，也就沒人看見尚萬強。尚萬強抱著昏過去的馬呂斯，穿過剝去路石的街壘戰場，拐過科林斯酒樓就不見了。

我們還記得，酒樓凸向街口所形成的岬角，既能擋住子彈和霰彈，也能擋住人的視線，護住幾尺見方的一塊地盤。就像在火災中，一間屋子完全倖免；在驚濤駭浪的大海，在岬角的另一邊或暗礁腳下，卻有一個平靜的小角落。街壘裡這個梯形隱蔽所，也正是愛波妮嚥氣的地方。

尚萬強走到這裡便收住腳步，將馬呂斯輕輕放到地上，他靠著牆四下觀察。

形勢萬分危急。

眼下這扇牆還算隱蔽，也許還有兩、三分鐘可以避開戰火，然而，如何從這屠戮場逃出去呢？他想起八年前，在波龍索時多麼惶恐，又是怎樣逃脫的；當年逃脫很難，如今則根本不可能。對面矗立一幢沉默無情的七層樓房，彷彿只住著那個趴在窗上的死人，右邊是堵死小丐幫街的低矮街壘，要跨過這道障礙看似容易，但是壘頂一排刺刀尖赫然可見，那是部署埋伏在街壘外側的軍隊。顯然，跨越街壘，必遭一排長槍射擊，誰敢從路石堆起的牆上探探頭，誰就要成為六十發槍彈的靶子。左邊又是戰場，這牆角後面便是死亡。

怎麼辦？

除非鳥兒才能從這境地逃脫。

他必須當機立斷，想個辦法，下定決心。幾步之外正在戰鬥，令人慶幸的是，所有人都在激烈爭奪一個點，即酒樓的門，但是，萬一有個士兵，哪怕只有一個，想到繞過酒樓或從側面攻打，那就全完了。

尚萬強看看對面的樓房，再看看旁邊的街壘，又瞧瞧地面，他心急如焚卻又一籌莫展，簡直就要用目光挖出個地洞了。

他極力注視，在這窮途末路上，好像是目力將所需要的東西給逼出來了，還真的隱約抓住了什麼東西，就在腳旁邊顯現成形了。在那道只有幾步遠，被從外面嚴厲監守的矮壘腳下，他看見有一扇設在地面上、被塌下來的路石覆蓋一部分的鐵柵門。那扇門約有兩尺見方，是用粗鐵條造的。石砌的框子已經拆毀，鐵柵門也好像分離了。從鐵條空隙看下去，只見一個幽暗的洞口，類似煙道或水槽管道。尚萬強急忙衝過去。他那越獄的老本領像一道亮光，突然照亮腦海。他搬開石塊，掀起鐵柵，扛起死屍般一動不動的馬呂斯，馱著這個重負，用肘臂和膝蓋支撐用力，慢慢滑落，降到這口幸而不深的井裡，再讓頭上沉重的鐵柵蓋落下來，而石堆受震動又坍落在鐵柵蓋上。尚萬強下到三米深的鋪石地面，他就像人發狂時那樣，以巨人的力量、雄鷹的敏捷，只用幾分鐘，就完成了這一連串的動作。

尚萬強和一直昏迷的馬呂斯，進入一條地下長廊。

這裡極度寧靜，一片死寂，是黑沉沉的夜。

從前，他由大街翻牆進入修道院的印象又浮現在眼前。不過，他今天背負的不再是珂賽特，而是馬呂斯。

現在，他在下面只能隱隱聽見那攻佔酒樓沸反盈天的喧囂，就好像竊竊私語。

第二卷：利維坦①的肚腸
L'intestin de Léviathan

一・大地豐富了海洋
La terre appauvrie par la mer

巴黎每年要向大海排放出兩千五百萬法郎，這並不是一種隱喻。怎麼會這樣，又是以什麼方式排放的呢？日夜不停地排放。這麼做的目的何在？毫無目的。是抱著什麼想法造成這件事的？想也沒想。為了什麼呢？也不為什麼。透過什麼器官？透過它的腸子。它的腸子是什麼？就是它的下水道。

兩千五百萬，這是專業人員最低的估算。

經過長期摸索，如今科學確認，肥效最高的肥料就是人的糞便。說來實在慚愧，中國人比我們還要早知道這件事。據埃克貝爾說，中國農民進城，無不用竹扁擔滿滿挑兩桶我們所說的穢物回家。多虧人肥，中國的土地還像亞伯拉罕時代那樣，富有青春活力。中國的小麥，一粒種子能收穫一百二十倍。任何鳥糞的肥效，都不及一座京城的垃圾肥。一座大都市，就是一個最大的肥源。利用城市給田野施肥，肯定會大獲成功。如果說我們的黃金是糞土，那麼反之，我們的糞土就是黃金。

而巴黎如何處理這黃金糞土呢？全部清除，倒入深淵。

我們耗費大量的錢財，派船隊去南極，搜集海燕和企鵝的糞便，卻把手頭不可估量的富源奉送給大海。世上的人畜肥如不流失到水中，全部歸還給土地，那麼全世界就會豐衣足食了。

護牆石角落這一堆堆垃圾、半夜在街道上顛簸的一車車淤泥、垃圾場這些不堪入目的運載車、隱藏在鋪路石下面惡臭的污泥流，你可知道這都是什麼嗎？這是鮮花盛開的牧場，是碧綠的青草，是百里香、麝香草、鼠尾草，是野味，是家畜，是傍晚飽食後哞哞叫的牛群，是散發清香的飼草，是黃燦燦的麥子，是你餐桌上的麵包、你血管中的血液，是健康，是歡樂，是生命。神秘的造物就是這樣：大地滄海桑田，天空瞬息萬變。

把這些還給大熔爐，就會富裕豐贍。田野營養充足，就能向人類提供食糧。

你們拋棄這種財富，還覺得我可笑，悉聽尊便。然而，這正是你們無知的真正嘴臉。

據統計，僅僅法國，每年就由河流向大西洋傾注五億法郎。請注意：有這五億法郎，就能支付四分之一的國家預算開支。可是，人實在聰明透頂，寧願將這五億法郎投進水溝裡。我們的陰溝一點一滴帶入江河，再由江河大量向海洋傾瀉的，正是民眾的養分。陰溝每打個嗝，就耗費我們一千法郎。由此產生兩個後果：土壤貧瘠，河流污染，飢餓出自田壟，疾病來自河流。

舉例來說，泰晤士河毒害倫敦，這是盡人皆知的。

至於巴黎，近年來不得不把絕大多數地下排水道出口改到下游最後一座橋的下方。

①．利維坦：腓尼基神話中的海上惡獸，出現在《聖經》裡，象徵邪惡。

有一種雙管設施，配以閥門和放水閘門，能引水又能排水，這種引流的基本系統像人肺呼吸一樣簡單，在英國許多村社都已經完全採用，既把田野淨水引到城市，又把城市的肥水送往田野。這樣容易的一往一返再簡單不過，卻可以保住扔掉的五億法郎。然而，人們想的總是別的事。

現在的做法，就是把好事辦成壞事。動機好，事情結果卻可悲。以為使城市清潔，卻令民眾孱弱。一條陰渠就是一個誤解。越沖越窮的簡單陰渠，一旦換成具有兩種功能、吸收又歸還的排水系統，再配以新社會經濟的全套原則，那麼田地的產量就會增長十倍，窮困問題也能大大緩解；如再消滅所有寄生蟲，那麼問題就完全解決了。

目前，公共財富流進河裡，不斷流失。「流失」這一詞真是恰當，歐洲就是因為這樣的消耗而破產的。

至於法國，上面講過數字。算起來，巴黎佔全國人口的二十五分之一，而巴黎的排糞溝是最肥沃的，因此巴黎在法國每年五億的損耗中只佔兩千五百萬是低估了。這兩千五百萬，若是用於救濟和享受，巴黎就會備加繁華。可惜，這座城市卻花費在下水道裡，可以說巴黎的最大揮霍、它最盛大的節日、它的富麗堂皇、盛宴、它的揮金如土、它的豪華、它的奢侈、它的鋪張揚厲，就是它的排污管道。

人們跟隨一種拙劣的政治經濟學一起盲目，讓公眾的福利被淹沒於流水中，消失在無底深淵裡。為了保護公眾財富，還應拉上聖克盧②那樣的網才好。

從經濟角度看，事情可以這樣概略地說：巴黎是個漏筐。

巴黎這個城市典範，各國人民競相效仿的這個作為表率的美麗首都，這個理想中的大都市，這個富於創造、具有活力又充滿實驗精神的聖地，這個精神的中心之所，這個城市之國，這個創造未來的搖籃，這個巴比倫和科林斯的奇妙結合體，從我們所指出的角度看，會招致一個福建農民聳肩嘲笑。

效仿巴黎吧，你們全得破產。

此外，更糟糕的是，在這荒謬的揮霍有其久遠歷史，巴黎還是仿效別處的。

這種令人咋舌的愚蠢並非新鮮事，也絕非新近產生的。古人的做法和今人大同小異。李比希[3]曾說：「羅馬的下水道吞噬了羅馬農民的全部福利。」羅馬農村被下水道毀掉之後，羅馬又連累義大利凋敝，將義大利投進下水道裡，又相繼把西西里、撒丁和非洲投進去。羅馬的下水道把世界都吞沒了。陰溝淹覆了羅馬城和世界[4]，永恆的城市，其下水道深不見底。

在種種事情上，羅馬都成了表率。

巴黎亦步亦趨追隨這個榜樣，表現出了才華洋溢的城市特有的十足傻氣。

為了實施上面解釋的計畫，我們需要瞭解巴黎下面的另一個巴黎，一個下水道網的巴黎。地下巴黎也有街道、十字路口、廣場、死巷、動脈和迴圈，即污泥的迴圈，只是缺少人的形影。

要知道，絕不能恭維，即使對一個偉大的人民也不要恭維，這裡一應俱全，雄偉壯麗的旁邊，還有卑瑣齷齪。誠然，巴黎包含光明之城雅典、強盛之城提爾[5]、道德之城斯巴達、奇異之城尼尼微[6]，但是也包含污泥之城呂代斯[7]。

況且，這也是巴黎強大的象徵，在雄偉的建築中，巴黎的巨大排污腸道正在實現人類透過諸如馬基維利、培根和米拉波等人實現的奇特理想：宏偉壯闊的齷齪。

如果目光能透視地面，那麼就會看見巴黎地下呈現巨大的石珊瑚狀。周邊有六法里的這片土地，上面坐落著偉大的古城，下面的洞穴和通道縱橫交錯，比海綿孔還要多，這還不包括另一種

---

②．聖克盧：位於巴黎西郊，在此段塞納河中置網，用以攔截漂流物。

③．李比希（一八〇三—一八七三）：德國化學家。

④．原文為拉丁文。教皇祝福時的用語。

⑤．提爾：古代腓尼基港口，位於地中海東岸，歷史上曾強盛一時，與迦太基抗衡。在今黎巴嫩境內，名為蘇爾。

⑥．尼尼微：古代亞述帝國首都，當時以奇蹟著稱，西元前六一二年被毀。

⑦．呂代斯：巴黎古稱。

地窖的墓穴，錯綜複雜的煤氣管道，和龐大的一直通到放水龍頭的飲用水管道系統，單單是布列在塞納河兩岸的下水道，就構成巨大的黑暗網，這座迷宮的引路線就是坡道。

在那潮濕的霧氣中，出現了碩鼠，就彷彿是巴黎分娩出來的。

二・下水道的古代史

L'histoire ancienne de l'égout

想像一下，巴黎就像蓋子一樣被揭開，從上方往下看，只見兩岸地下排水道網，好似嫁接在河流上的粗樹枝。右岸總管道為主幹，次要管道為枝椏，而死巷則為小枝杈。

儘管輪廓極其相似，卻不完全相同：這種枝枝杈杈往往呈直角，這在植物中是罕見的。

再想一下，你看到的景象是一張奇特的幾何平面圖，黑底上襯著打亂了的古怪東方字母表，怪模怪樣的字母隨意排列，表面上看雜亂無章，有的是彎勾嵌連，有的是字尾銜接，這種比喻恐怕更接近現實。

在中世紀，在東羅馬帝國時代，在古老的東方，污水井和下水道起過很大作用。瘟疫從那裡發生，暴君在那裡葬身。民眾幾乎懷著宗教式的敬畏，注視這腐爛的溫床、死亡的巨大搖籃。貝拿勒斯[8]的害蟲坑，與巴比倫的獅子坑一樣，令人目眩神搖。根據猶太〈士師書〉記載，特格拉・法拉查爾就以尼尼微污水坑發誓。約翰・德・萊德[9]正是從曼斯泰的下水道裡引出假月亮。跟他酷似的東方人莫卡納，蒙面紗的呼羅珊[10]先知，也是從凱邪泊的污水井裡引出假太陽。

人類的歷史映現在下水道的歷史中，曝屍場則講述羅馬的歷史。巴黎的陰渠是個了不起的老東西，曾經被當作墓穴，也作為避難之用。罪惡、聰明、社會反抗、信仰自由、思想、盜竊，凡是法律追捕過或仍在追捕的，都藏匿在這洞裡。十四世紀的木槌幫[11]、十五世紀的攔路大盜、十六世紀的胡格諾教派、十七世紀的莫蘭[12]幻象派、十八世紀的燒足匪徒[13]，都藏匿在裡面。

一百年前，歹徒在夜間從那裡出來持刀行兇，竊賊遇到危險也溜進那裡。樹林中有洞穴，巴黎有陰渠。丐幫，即高盧無賴，就把地下排水道當作奇蹟宮，他們又狡猾、又兇狠，到了晚上，就回到摩布埃街排水口，就像回到自己家一樣。

每天在掏兜死巷和割喉街作案的人，晚上自然以綠徑小橋或于爾普瓦天篷為家。因此，那裡留下許多傳說。各種魑魅魍魎，都出沒在幽靜的長廊，到處充斥腐爛的疫氣。那兒也有個通氣孔，維庸和拉伯雷有時一裡一外在那裡聊天。

巴黎老區的下水道，匯聚了所有走投無路和鋌而走險的人。政治經濟學把這裡視為垃圾，而社會哲學把這裡看成渣滓。

下水道，就是城市的良心，一切都集中在這裡對質。在這青灰色的地方，存在黑暗，但不存在秘密，什麼東西都現出了原形，至少也現出了最終形態。垃圾堆的特點，就是毫無虛假，其中還隱藏著天真。巴西爾⑭的假面具也在其間，但是我們可以看見硬紙板和線繩，面具裡外都糊上了一層誠實的污泥，旁邊就是司卡班⑮的假鼻子。人類文明中一切的骯髒東西一旦沒用了，就全掉進這真相的陰溝裡，這裡是社會所有墮落現象的歸宿，不過，骯髒的東西雖然沉下去了，還是會露出來。這些混雜的東西都混在一起同化了，再也沒有假象，沒有粉飾，污穢脫掉外衣，赤裸裸，光溜溜，不容一絲幻想和幻景，只剩下原形，顯出終結的猙獰面目，實存和消失。這裡一個

⑧・貝拿勒斯：印度聖城，今稱瓦拉納西。
⑨・約翰・德・萊德（一五一〇—一五三六）：在曼斯泰稱錫永王。
⑩・呼羅珊：伊朗省名稱。
⑪・木槌幫：一三八二年三月，巴黎持槌起義者。
⑫・西蒙・莫蘭（約一六二三—一六六三）：自稱「人之子」，幻象派巫師，被處以火刑。
⑬・燒足匪徒：匪徒以燒足之法，逼迫受害者拿出錢財。
⑭・巴西爾：一五世紀傳說人物，煉金術士。
⑮・司卡班：義大利喜劇中的僕人形象，莫里哀成功地借鑒到他的劇作中。

瓶底坦誠酗酒，一個籃子柄講述僕役生涯；那邊發表過文學見解的蘋果核，又恢復為蘋果核了[16]；一個大銅錢滿身綠鏽，該亞法的痰液與法斯塔夫的嘔吐物相遇；一枚從賭場出來的金路易，碰到掛過上吊繩索的鐵釘；一個灰白的胎兒裹成一捲，用的是這次狂歡節在歌劇院跳舞穿的鑲金箔戲裝；一頂審判過人的法官帽，躺在瑪格東[17]穿過的腐爛襯裙旁邊，這何止是友愛，簡直就是親密無間。一切塗脂抹粉的東西都模糊成一片了，最後的面紗被扯下來，陰溝就是個恬不知恥的傢伙，什麼都講出來。

這種污穢的坦率能平復靈魂，正是我們喜歡的。我們在塵世長期忍受，看夠了堂而皇之的國家利益、宣誓、政治明智、人類正義、職業道德、緊急狀態法、腐蝕不了的法官等等，現在再走進陰溝，看看污泥濁水的供認，確實是一件開心事。

同時也受益匪淺。剛才說過，陰溝是歷史的必經之路。聖巴托羅繆慘案的鮮血，一點一滴從街道石縫滲入陰溝。大量的謀殺、政治和宗教的屠戮，無不從這文明的地道丟下一具具屍體。在沉思者的目光看來，歷史上的所有兇手都在這裡，都跪在醜惡不堪的幽暗中，用他們當作圍裙的裹屍布，淒慘地揩去他們所幹的勾當。這裡，路易十一和特里斯唐[18]同在，弗朗索瓦一世和杜普拉[19]同在，查理九世和他母親同在，黎塞留和路易十三同在，盧浮瓦[20]、勒泰利埃[21]、埃貝爾[22]和馬雅爾[23]都在，他們摳著石頭，想摳掉他們的劣跡，拱形坑道裡傳來這些鬼魂的掃帚聲。在這裡也能聞到社會災難的惡臭，在一些角落裡還看到淡紅的反光，這駭人的水流曾洗過血腥的手。

社會觀察家應該走進這陰暗的地方，這是組成他們實驗室的部分。哲學是思想的顯微鏡，一切事物都想逃避它的顯示，然而無一得以逃脫，推諉搪塞都是徒勞。推諉會暴露自己哪一面呢？可恥的一面。哲學以正直的目光追究罪惡，絕不允許他遁入虛無，有些事情即使正在模糊泯沒，正在淡化消失，哲學也都能辨認出來。它根據一塊破袍襟就能複製出王袍，根據一片爛裙邊就能複製出那女人。它利用污水道就能再現一座城市，利用爛泥就能再現一個時期的風俗，只憑一塊碎片，就能推斷出是雙耳尖底甕還是水罐，只憑羊皮紙上一個指甲印，就能確認猶當迦斯猶太族和蓋托猶太族的差異。透過一點蛛絲馬跡，就能恢復事情的原貌，是惡，是善，是假，是真，是宮中的血斑，是洞穴的墨跡，是妓院的油點，是遭受的苦難，是歡迎的誘惑，是嘔出的盛宴，是品格降低所留下的褶紋，是靈魂因粗俗而變節的痕跡，還是放蕩女人在羅馬腳夫褂子上留下的肘印。

三・勃呂納梭

Bruneseau

在中世紀時巴黎的下水道有著傳奇色彩，到了十六世紀，亨利二世想派人探測，結果計畫流產，便乾脆置棄不管，任其變遷，這情況還不足百年，邁爾西埃證明了這點。

古老的巴黎正是如此，一味爭吵不休，舉棋不定，總在摸索，結果長期處於蒙昧狀態，直到一七八九年才表明城市怎麼有了智慧。然而在古代，我們的首都沒有什麼頭腦，無論精神上、還是物質上的事都不大會處理，不會清除流弊，也不會清除垃圾。在這裡什麼都成為障礙，什麼都成為問題。譬如，下水道，往哪裡引導都行不通。地下的網路把握不住方向，就像上面城裡人不能溝通一樣；上面溝通不了，下面也糾纏不清；上面語言混亂，下面坑道混亂，巴別塔又給代達

⑯・蘋果核：暗指無用的頭腦。
⑰・瑪格東：指放蕩的年輕女子。
⑱・特里斯唐：曾經擔任路易十一的飼馬總管。
⑲・杜普拉（一四六三—一五三五）：弗朗索瓦一世的掌璽大臣。
⑳・盧浮瓦（一六三九—一六九一）：路易十四的大臣，下令焚燒德國的普法爾策爾。
㉑・勒泰利埃（一六四八—一七一九）：耶穌會士，路易十四的懺悔師。
㉒・埃貝爾（一七五七—一七九四）：法國革命時期激進派，被羅伯斯庇爾清除。
㉓・馬雅爾（一七六三—一七九四）：一七九二年九月二日至六日，參加了大屠殺。

羅斯迷宮添亂。

巴黎下水道有時還會氾濫，就好像這條被埋沒的尼羅河突然發怒了。說來真丟人，下水道居然會淹大水。這文明的腸胃有時消化不良，濁物反胃回流到城市的喉頭，巴黎就有了污穢的氣味。污水倒流就跟後悔一樣，還是有益處的。這正是警告，但是偏會招致白眼：污泥濁水竟如此大膽，巴黎城氣憤填膺，絕不允許污穢再返回，必須驅逐乾淨。

現在八十歲的巴黎人應對一八〇二年的污水災還記憶猶新。在路易十四雕像聳立的勝利廣場，污泥漿呈十字形向外漫溢；污泥漿從香榭大道兩個下水道口溢出，流進聖奧諾雷街，從聖弗洛朗丹下水道口溢出，流進聖弗洛朗丹街，從鐘孔街下水道口溢出，流進魚石街，從綠徑街下水道口溢出，流進波潘庫爾街，從拉普街下水道溢出，流進拉羅凱特街，而香榭大道大街的明溝已經沒到三十五公分。在城南，塞納河的主排水道起了反作用，倒流的泥湯侵入馬紮然街、松糕街、沼澤街，長達一百零九米，距拉辛故居幾步遠時停止了：在十七世紀，它敬重詩人超過國王。聖彼得街髒水漲得最高，比排水溝石板蓋高出三尺。在聖沙班街，污水蔓延長達二百三十八米。

本世紀初葉，巴黎的下水道還是個神秘場所。污泥向來名聲不佳，而在這裡名聲尤其壞，簡直談泥色變。巴黎隱約知道，地下還有可怕的坑道，談起來就像底比斯的大泥坑；那泥坑可以充當比希莫特[24]的浴盆，裡面有許多十五尺長的大蜈蚣。陰溝清理工的大靴子，從來不敢冒險越過幾個熟悉的地點。當時才剛開始使用帶擋板的垃圾清運車，只見擋板上聖福瓦和克雷基侯爵友好相處，而垃圾就直接倒進排水溝。至於疏通的任務，就只好交給暴雨了，有時暴雨起不了清掃的作用，反而造成堵塞。羅馬留下一些有關污水溝的詩，把污水溝稱作曝屍場。巴黎則辱罵自己的下水道，稱之為臭洞。科學和迷信兩方面都認為它很恐怖。臭洞既討厭衛生，也討厭傳奇。穆夫塔爾街陰溝的臭拱頂下生出鬼魅。馬爾穆塞團[25]的屍體全拋進木桶廠街陰溝裡。一六八五年大規模流行的那場惡性熱病，法貢[26]歸咎於瑪黑區陰溝的大敞口，而且直到一八三三年，在聖路易街[27]還依然大敞著口，幾乎正對著「豔情使者」的那塊招牌。莫太勒里街陰溝的敞口是有名的瘟疫發源地，它那帶刺的鐵柵蓋彷彿長了一排牙齒，張著巨大的龍口，向那倒運的街道居民吹送地獄的氣息。民眾富有想像力，把巴黎幽暗的排水道，說成不知是什麼醜惡的無限大雜燴。下水道是無底洞，下水道是地獄，連警署都不想去探測這種痲瘋病區。誰有這個膽量敢去探測這陌生之地，測量這黑暗區域，去察看這深淵啊？這實在駭人聽聞。然而卻有一個人自告奮勇。污水溝也有它的克里斯托夫·哥倫布。

那是一八〇五年的事，有一天，是皇帝難得蒞臨巴黎的日子，一個叫泰德克雷或克雷泰[28]的內務大臣，在主子晨起時晉見。偉大共和國和偉大帝國的非凡士兵拖帶戰刀的聲響，從騎兵競技場傳來；拿破崙宮門口簇擁著分別來自萊茵河、埃斯科河、阿迪楞河和尼羅河各部的各路英雄，有茹貝爾、德塞、馬爾索、奧什和克萊伯各位將領的戰友，有弗勒呂斯的氣球駕駛員、美因茨的榴彈兵、熱那亞的架橋工兵、金字塔觀戰過的輕騎兵、帶有朱諾炮彈彈痕的炮兵、勇奪停泊在須得海[29]艦隊的鐵甲兵；有些人曾追隨拿破崙到過洛迪橋，還有些人曾在曼圖亞[30]的戰壕裡陪伴過繆拉，另一些人曾趕在拉納部隊之前到達蒙特貝洛[31]低窪路。當時各種人馬都聚在土伊勒里宮庭院裡，由一分隊或一小隊代表，守衛著安寢的拿破崙。這是輝煌時期，大軍已贏得馬倫哥戰役的勝利，還要在奧斯特里茲大敗敵軍。

㉔・比希莫特：《聖經》中提及的食草巨獸。
㉕・馬爾穆塞團：查理五世和查理六世的顧問團，被勃艮第公爵處死或流放。
㉖・法貢（一六三八—一七一八）：路易十四的首席醫生。
㉗・聖路易街：即今圖雷納街，舊名相繼為「下水道街」和「蓋口下水道街」。
㉘・泰德克雷：在帝國時期任海軍大臣和殖民地大臣。克雷泰（一七四七—一八〇九）：一八〇七年八月被任命為內務大臣。一八〇五年任內務大臣的是尚帕尼。
㉙・須得海：在荷蘭，今稱艾瑟爾湖。
㉚・曼圖亞：義大利城市，今稱曼托瓦。
㉛・蒙特貝洛：義大利鄉村名，一八〇〇年六月九日法軍在此大敗奧地利軍。

「陛下，」拿破崙的內務大臣說道，「昨天我見到帝國中最英勇無畏的人。」

「他是什麼人？」皇帝粗暴地問道，「他幹了什麼事？」

「他想幹一件事，陛下。」

「什麼事？」

「視察巴黎的下水道。」

確有其人，名叫勃呂納梭。

四・鮮為人知的細節
Détails ignorés

視察進行了。這是一場可怕的戰役，是在黑夜裡進攻瘟疫和窒息性瓦斯的戰鬥，同時也是有新奇發現的旅行。這次探險的倖存者之一是個聰明的工人，當時還很年輕。幾年前他還談起一些有趣的細節，而當年勃呂納梭向警察總署署長呈遞報告時，認為這種細節不合公文體而刪除了。那時候消毒手段很簡陋，勃呂納梭率領二十人下到地下坑道網，剛走了幾條支道，就有八名工人不肯再往前走了。這次行動十分複雜，要視察就得疏通，必須清除污泥，同時還必須丈量，標明污水入口處，計數鐵柵門和道口，摸清各支管線，標出水流的分岔點，確定各貯水池的範圍，探測主管道分出的小管道，從拱心石點測量每條管道的高度，測量從拱頂起始處到底腳的不同寬度，最後，確立與每個入水口呈直角的水位座標，有從溝底算起，或從街道地面算起兩種。往前行進十分艱難，扶梯往往陷入三尺深的稀泥中，燈籠在沼氣中奄奄欲熄，不時就得抬走一個昏迷的清泥工。有幾處簡直就是絕壁，地層下陷，石板塌毀，坑道變成陷阱，找不到立足地。一個人突然失蹤，大家費了好大勁才把他拉出來。按照福克盧瓦的建議，他們在基本清理出來的地點，隔一段距離就放一個大籠子，裝滿浸透樹脂的廢麻，點燃起來照明。有些地段的壁上長滿贅生物，奇形怪狀，就像腫瘤一樣。在這令人窒息的地方，石頭也都彷彿生病了。

勃呂納梭從上游往下游視察探險。走到大吼者街兩條水道分岔口，他在一塊突出的石頭上辨出一五五〇這個日期。這塊石頭標明，菲力貝爾．德洛姆奉亨利二世之命，視察巴黎下水管道到此停止。這塊石頭也是十六世紀留在坑道裡的記號。勃呂納梭在蓬索管道和神廟老街管道中，還發現十七世紀所施的工程，於一六〇〇年至一六五〇年間加固的拱頂；在集流管道西段，他也發現了十八世紀的工程，一七四〇年開鑿的拱頂水道。這兩條管道，尤其是一七四〇年較近期開鑿的那一條，比一四一二年開鑿的環城下水道工程還要破損陳舊，當年梅尼蒙當清水溪擢升為巴黎下水主管道，好比一個農夫忽然升遷，當上國王的第一侍從，又好比鄉巴佬搖身一變而成將軍。

有幾個地點，尤其在法院的下面，他們發現在坑道壁開出的密室，認為是古老的地牢、醜陋的「靜室」。一間地牢裡掛著一副鐵枷，地牢全部砌死了。還有一些奇特的發現，其中有一八〇〇年植物園走失猩猩的骸骨；十八世紀最後一年，在聖貝爾納會修士街無可爭議的有名鬧鬼事件，大概就跟走失的猩猩有關。這個倒楣鬼最後在下水道裡淹死了。

有一條拱頂長水道通向瑪麗容橋。通道裡有一個保存完好的撿破爛用背簍，引起識貨的人嘖嘖稱讚。清溝工人也豁出去了，下到泥潭裡到處摸，知道裡面有金銀首飾、珠寶、金幣等大量貴重物品。一個巨人若是將污泥過濾一遍，篩子裡就能留下幾世紀的財寶。在神廟街和聖阿烏瓦街兩條支道的分岔口，撿到一枚胡格諾教派古怪的銅質紀念章，一面圖案是一頭豬戴著紅衣主教冠，另一面圖案是一隻狼頭戴教皇三重冕。

最驚奇的發現是在大水道入口處。這個入口當初有鐵柵欄，現在只剩下鉸鏈了。其中一個鉸鏈上掛著一塊不成形的骯髒破布片，在黑暗中飄動，無疑是當初經過時掛下來的，經過長久的歲月已不成樣子。勃呂納梭移近燈籠，仔細察看破布片，原來是極細的麻布，比較完整的一角繡有一個紋章的冠冕，下方還繡有七個字母：LAVBESP。這是一頂侯爵的冠冕，七個字母意味：洛貝斯平。他認出這是馬拉的一塊裹屍布。馬拉年輕時有過風流韻事，當年，他在阿爾圖瓦伯爵府當獸醫，跟一位貴婦私通，留下這條床單，這事經過了歷史考證，這是殘跡或紀念品吧。他遇害後，由於這是他家惟一的細布，便用來作為他的裹屍布。老婦人用這有過情歡的襁褓，裹起結局悲慘的人民之友，葬於墳墓。

勃呂納梭看完就算了，還讓破布片留在原地，這是出於蔑視、還是尊敬呢？不論是哪一種，馬拉都受之無愧。況且，命運在這上面留下相當明顯的印跡，尋常人不敢輕易觸碰。況且，既是墓中之物，就應留在它所選擇的地方。總之，這遺物十分奇特。一位侯爵夫人在上面睡過覺，馬拉在裡面腐爛。它經過先賢祠，最後落到下水道的鼠口。這條床單，從前華托曾愉快地畫出所有褶紋，如今落得只配得到但丁的注目了。

全面視察巴黎地下排污水道，從一八〇五到一八一二年，歷時七年。勃呂納梭邊視察邊指示，領導施工，完成了巨大的工程。一八〇八年，他加深了蓬索溝槽，還到處開通了新管道。到一八〇九年，他把聖德尼街的地下排水道一直延長到聖嬰水池，一八一〇年在冷大衣街和硝石庫，一八一一年在小神父新街、槌球場街、披巾街和王宮廣場，一八一二年在和平街和昂丹街下面，都開通了排水道。同時，他也對整個管道網採取了消毒淨化措施。從第二年起，勃呂納梭就增加了助手：他的女婿納爾戈。

在本世紀初葉，古老的社會就這樣疏浚了它的雙重底，清了下水道。不管怎樣，這總歸是一次清掃。

回頭看看巴黎古老的下水道，真是彎彎曲曲，到處龜裂開縫，溝底沒有鋪石頭，形成許多泥潭，線路莫名其妙地七扭八歪，無緣無故升高降低，而且惡臭不堪，又粗鄙、又野蠻，一片黑暗，鋪石板的累累瘡疤，牆壁上道道刀傷，看著十分可怖。溝道枝枝杈杈，向四面八方伸展，縱橫交錯，構成鵝掌狀、星形坑道、盲腸道和死巷，還有硝石拱頂、放毒的污水坑、滲出膿水的牆壁、往下滴水的溝頂，整個一片漆黑；沒有什麼比這地下墓穴似的古老排水道更可怕的了，這是巴比倫的消化系統，是洞穴，是溝渠，是鑿出街道的深淵，是無比巨大的鼴鼠洞，而我們的精神似乎看到往昔，這隻巨大的瞎鼴鼠，穿過黑暗，在昔日榮華而今為糞土的垃圾堆上徘徊。

我們再說一遍，這就是從前的下水道。

五・現時的進步
Progrès actuel

如今的下水道，又清潔、又涼爽，又筆直、又規整，幾乎達到了理想程度，即英國人所謂的「體面」。也確實得體，呈淺灰色調，都是拉線劃直的，可以說平平整整，就好比一名供應商當上了行政法院法官。進裡面看，幾乎是明亮的，污泥濁水也都溫文爾雅。初看真像「民眾愛戴國王」的遠古時代，供君主和王公逃跑的極尋常地道。如今的下水道是美觀的溝渠，風格純正；被逐出詩苑的典雅古典詩，彷彿來到這座建築物中避難，附著在幽暗灰白的長拱廊的每塊石頭上。每個排水口都是一個拱門，里沃利街就連陰溝也值得效法。我們還可以說，幾何線條如果在什麼地方合適的話，那肯定就是在一座大都市的排糞道裡。那裡一切都服從最短距離。如今，在一定程度上，下水道有了官方的面目，甚至警方有時在報告中提到它，也不再有不遜之言。在官方語言中，用以描述它的字眼也是高雅嚴肅的。從前叫做腸子，現在稱做長廊；從前叫做地洞，現在稱做眼孔。維庸再世，也認不出他的臨時故居了。這地下坑道網，自然還有久遠到難以考據的時期的齧齒類居民，而且繁衍得比以往任何時候都要多，不時就有一隻老鬚鼠，從下水道口冒險探探頭，看看巴黎人；不過，這種寄生物也馴化了，現在相當滿意自己的地下宮殿。排污溝渠沒有一點當初那種猙獰樣了，從前雨水流入下水道是污染，現在則是清潔了。然而即使如此，我們也不能太大意，因為疫氣還在裡面盤踞。它看似無可挑剔，實則虛偽。警察總署和衛生委員會也都無可奈何，什麼消毒淨化的方法都用了，陰溝裡照樣散發難以辨別的可疑氣味，就跟懺悔後的達爾杜弗一樣。

不管怎樣，我們還是得承認，清掃是陰溝向文明致敬，比起奧革拉斯的牛棚，達爾杜弗的良心是個進步，毫無疑問，巴黎的下水道改善了。

何止是進步，簡直就是改觀。從老陰溝到今天的陰溝，經歷了一場革命。這場革命是誰發起的？

正是我們提起而為世人遺忘的勃呂納梭。

六・未來的進步
Progrès futur

挖掘巴黎下水道絕非一項小工程，這已經進行了十個世紀還沒完成的工程，就像未能完成的巴黎建設一樣。巴黎城市擴展，勢必波及下水道。那是地下一種長著無數觸鬚的黑暗水蝗，隨著地面上的城市擴展也在地下面長大。每當城市開闢一條街道，陰溝就伸出一條手臂。截至一八〇六年一月一日，舊王朝在巴黎只修造了兩萬三千三百公尺排水道，不久我們還會談及，從那時開始就採取的有效措施，大力修復和擴建下水道工程。拿破崙建了四千八百零四公尺，真是個奇特的數字；路易十八建了五千七百零九公尺；查理十世建了一萬零八百三十六公尺；路易・菲力浦則建了八萬九千零二十公尺；一八四八年的共和國建了兩萬三千三百八十一公尺；現在的政權建了七萬零五百公尺。到目前為止，總共二十二萬六千六百一十公尺，合六十法里長的下水道，構成巴黎龐大的腸道。幽暗的分支一直在施工，成了鮮為人知的巨大工程。

比起本世紀初，巴黎的地下迷宮如今擴大了十倍多，這是有目共睹的。很難想像，要把陰溝修到現在這樣相對完善的程度，必須作出何等努力，表現出何等鍥而不捨的精神。舊王朝的巴黎市政府，以及十八世紀最後十年的革命市府，勉強開鑿了五法里，即一八〇六年前所存在的下水道。這個工程障礙重重，有的是土質問題，有的是巴黎勞動人民的偏見。巴黎城建在特別難對付的礦層上，刨不動，鋤不鬆，也鑽不進。再也沒有比這地質結構更難鑽探打通的了，而上面卻聳立著稱為巴黎的歷史性奇思妙構。不管以什麼方式，只要工程一開始，一冒險進入這沖積層，地下阻礙就層出不窮：有稀黏泥、活水泉、堅硬的岩石、又軟又深的淤泥——科學專門名稱是芥末醬。尖鎬刨起來很吃力，石灰岩夾著極薄的黏土層，以及鑲嵌史前海牡蠣殼的岩葉。有時，一條暗河突然沖破剛開鑿的拱頂，吞沒了工作的工人，或者一股泥石流像奔騰的瀑布，沖斷最粗的支柱，就跟打碎玻璃一樣。最近在維萊特，要讓集管道從聖馬爾丹運河下面通過，既不停航，又不抽乾運河水，不料河床出現裂縫，水猛地灌進施工現場，超出了水泵的抽水能力，只好派一名潛水夫去尋找大水槽狹口處裂縫，費了好大勁兒才堵住。在別處，靠近塞納河，甚至離河床相當遠的地方，譬如在美麗城，在大街和呂尼埃爾通道下方，還碰到無底的流沙，能眼看著一個個人沉下去。此外，還有令人窒息的有毒氣體，還有把人埋住的坍塌，還有突如其來的地層下陷；還有，工人會慢慢染上斑疹傷寒。如今，為安裝烏爾克運河輸水主管道，在克利希地下十米深處施工，開了一條長廊，還砌了一條通道；在另一處，在經常坍方及碰到腐爛泥層的情況下，藉助探測和支撐木施工，從濟貧院大街到塞納河一段，修了比埃夫爾地下道拱頂；從白城關到歐貝維利埃路，為使巴黎免遭暴雨時從蒙馬特流下的激流衝擊，同時也給殉教士城關附近九公頃的大水塘開個泄水口，在地下十一米深處日夜修建，四個月就開了一條下水道；還有一件前所未見的事，在鳥喙橫杠街地下六米深，沒有開溝就建造了一條下水管道，然而，指揮完成這些工程之後，莫諾也去世了。

從聖安托橫街到盧爾辛街的城區各點，建成三千米長的拱頂陰溝；利用彎弓街的支管，排出貢吏街和穆夫塔爾街十字路口積聚的雨水；又在流沙上灌注碎石塊和水泥，建成聖喬治街的下水道；還指揮納紮雷聖母院街支線可怕的降低工程，完成這些工程之後，杜洛工程師也去世了。比起戰場上愚蠢的屠殺來，這種英勇的功績要有益得多，卻沒有戰報來表彰他們。

一八三二年，巴黎下水道遠非今天這樣的規模。勃呂納梭推動了一步，但是大規模的重建工程，還要等霍亂流行之後才確定下來。說來實在驚人，例如像威尼斯那樣稱為大運河的主幹道，到一八二一年，酒葫蘆街那段還露天敞著。直到一八二三年，巴黎城才從自己口袋裡找出二十六萬六千零八十法郎十生丁，用來覆蓋那段污水溝。戰鬥城關、居內特街和聖芒德街三處排泄口，包括各種裝置、污水滲井和淨化管道等，直到一八三六年才齊備。正如我們說的，這二十五年來，巴黎下水道修繕一新，而且擴大了十倍多。

三十年前，在六月五日至六日起義那個時期，許多地段還是老陰溝。大多數街道，現在中線隆起，而當年卻是一分為二。這樣，街道或十字路口呈斜面，最低窪處往往看到一塊方形大鐵柵蓋，由於人畜行走而磨得發亮，又滑又危險，車輛經過時馬容易失蹄。這種低點和柵蓋被取了一個生動的名稱，叫做「路溝」。在一八三二年，許許多多街道，諸如星辰街、聖路易街、神廟街、神廟老街、納紮雷聖母院街、梅里庫爾遊樂園街、鮮花河濱路、小麝香街、諾曼第街、牝鹿橋街、沼澤街、聖馬爾丹城郊街、勝利女神聖母院街、蒙馬特城郊街、船娘倉街、香榭大道、雅各街、圖爾農街，還是古老哥德式的排污水溝，毫無廉恥地張著骯髒的大嘴巴。那是帶天篷的巨大石縫，有時還圍著界石，囂張到了極點。

巴黎的下水道，一八〇六年時基本上還是一六六三年統計的數字：五千三百二十八圖瓦茲。從勃呂納梭之後，到一八三二年一月一日，總共四萬零三百公尺。這就是說，從一八〇六年到一八三一年，每年平均建造七百五十公尺。此後，每年建造八千公尺，甚至一萬公尺，用混凝土打地基，以碎石和水泥攪拌構築，每公尺造價二百法郎，目前巴黎六十法里長的下水道，共花費四千八百萬法郎。

除了我們開頭就指出的經濟進步之外，嚴重的公共衛生問題，也與巴黎下水道這個巨大問題有關。

巴黎夾在水層和氣層之間。水層沉積在相當深的地下，經由兩次鑽探證實，來自夾在白堊層和侏羅紀石灰岩層之間的綠砂石。那片水可用一個大圓盤來表示，半徑為二十五法里；無數江河溪流的水滲到那裡。我們從格雷奈勒街的井中打出一杯水，就能喝到塞納河、馬恩河、約訥河、瓦茲河、埃納河、謝爾河、維埃納河和盧瓦爾河的水。那片水先是由天而降，再由地下抽出，因此是衛生的。不過這層空氣可不衛生，它從陰溝裡逸出來，將污水道的各種腐味臭氣全摻進城市的呼吸中，氣味實在難聞。從糞土堆上取點空氣樣，經過科學檢驗，比在巴黎上空取的空氣樣還要純淨。再過一定時間，藉助於進步，機械設備漸趨完善，問題明朗了，巴黎就會利用水層淨化空氣層，也就是說沖洗地下道。眾所周知，沖洗陰溝，就意味著污泥歸還給土壤，糞肥歸還給田地。僅此一舉，整個社會就會減少貧困而增加健康。

巴黎的疾病，以羅浮宮為疫區中心點，現在已擴散到方圓五十法里。

可以說十個世紀以來，污水道是巴黎的病源，陰溝就是這座城市血液中的病毒，民眾對於這方面事情本能的厭惡反應絕不會有錯。從前，修建陰溝這一行，就跟屠宰牲口這一行同樣危險並令人厭惡，人人畏懼，因此長期推給劊子手去幹。要讓泥瓦匠下到臭溝裡，就必須付很高的工錢，挖井工人也不肯輕易把梯子放下去，俗話說得好：「下陰溝，就是進墓穴。」前面說過，各種駭人的傳說，將這個龐大的坑道蒙上恐怖的色彩。這個可怖的淵藪，既有地球變遷，又有人類革命的痕跡，從中能找到一切天災人禍的遺物，從洪水氾濫時期的貝殼，一直到馬拉的一塊破布片。

第三卷：出污泥而不染
La boue, mais l'âme

一．陰溝及其驚人處
Le cloaque et ses surprises

尚萬強正是進入巴黎的下水道。

這是巴黎和大海又一相似之處：如同在大洋中，潛水者也能在下水道裡消失。這種轉移前所未聞。尚萬強就在市區，卻離開了城市。只是眨眼間，掀起又關上蓋子的時間，他就從光天化日進入沉沉黑暗，從正午進入半夜，從塵囂進入死寂，從滾滾風塵進入停滯的墳墓，從兇險的絕境進入絕對的安全，這比波龍索街那次遽變還要神奇。

這真是奇異的時刻：陡然掉進地窖，在巴黎的地牢裡銷聲匿跡，離開布滿死亡的這條街，躲進這座能活命的墳墓裡。他一時目眩神搖，愕然地傾聽。這救命的陷阱忽然在他腳下打開。在一定程度上，仁慈的上蒼彷彿誘捕了他，這絕妙的埋伏是天意！

不過，尚萬強也沒辦法確定，他背到陰溝裡來的是活人還是屍體，因為這個傷者還是一動不動。

他頭一個感覺是雙目失明，猛然什麼也看不見了，耳朵似乎也聾了一分鐘，什麼也聽不見了。殘殺的風暴掃蕩他頭上幾尺遠的地方，正如前面所說，由於隔著厚厚的土層，聲音傳到他這裡，就止息而模糊不清了，聽起來是從深深的地下傳上來的。他感到腳下是實地，僅此而已，但這就足夠了。他伸出一條手臂，又伸出一條手臂，摸到兩側的牆壁，由此判斷巷道極窄；他腳下一滑，又發現石板很濕，便小心地走了一步，怕碰到地洞、小井或深坑什麼的；他往前探探，確認石板路向前伸延。一股惡臭襲來，讓他明白身在何處。

過了一會兒他才漸漸恢復視力，一點光線從他滑落的通風口射進來，他的眼睛也開始適應了地道，能辨別出一點東西了。他的藏身之處是一條坑道，身後有牆，顯然是條死巷，即工程術語中所稱的支線。前面還有一堵黑夜之牆，沒有別的詞語更能表達這種處境。通風口射進的光線，僅能往幾公尺長的陰溝濕壁上投射點慘澹的光，尚萬強往裡走十來步光就消失了，再往前便是一片漆黑，像是吞噬人的大口，鑽進去很可怕。然而，由於刻不容緩的形勢所迫，人還是能衝破這道迷霧的牆。尚萬強想到，他能發現鋪路石下面的鐵柵蓋，也可能被士兵發現，他們也可能下到這口井裡搜查，一分鐘也不能耽誤，一切都繫於這種偶然。剛才他把馬呂斯撂在地下，現在又拾起來——這個說法很恰當——他又拾起馬呂斯，扛在肩上，舉步向前，決絕地走進黑暗。

尚萬強以為他們得救了，其實不然，另一種不可小視的危險也許在等待他們。經歷了疾雷閃電的戰鬥場面之後，現在又落入疫氣瀰漫並布滿陷阱的洞穴，經歷了大混亂之後，又落入這污水道。尚萬強從地獄的一層掉進另一層。

他走出五十步，不得不停下來：這裡出現一個問題，這條巷道接著一條橫向管道，兩條路擺在面前，該選擇哪一條呢？向左拐還是向右拐？迷宮一片漆黑，如何定向？我們已經指出，這座迷宮有一條導引線，就是坡度。走下坡路，就是走向塞納河。

尚萬強立刻明白了這一點。

他判斷現在是在菜市場的下水道，若是選擇左邊下坡路，不用一刻鐘，就會走到河邊交易所橋和新橋之間的排水口，這就等於說，在大白天出現在巴黎人口最稠密的街區，很可能闖到聚著閒人的十字路口。看見兩個血淋淋的人從他們腳下地裡鑽出來，行人該有多麼驚愕，警察會趕來，附近的保安隊也會出動。這樣，還沒出洞口，他倆就被人抓住了。還不如乾脆深深地鑽進迷宮，依賴這黑暗，至於出路，那就聽天由命了。

他向右拐，走上坡路。

他一拐進橫向坑道，遠處通風口的光亮就消失了，眼前又落下黑幕，什麼也看不見了。但是他仍然往前走，而且盡量加快腳步。馬呂斯兩條胳膊搭在他脖子周圍，兩條腿垂在他身後。他一隻手抓住這兩條手臂，另一隻手摸著牆壁。馬呂斯的臉貼著他的臉，而且還在流血，他能感覺到微溫的液體流淌到他身上，浸入他的衣衫。然而，這名挨著他耳朵的傷者嘴裡仍吐出一股潮乎乎的熱氣，證明人還在呼吸、還活著。尚萬強這時走的坑道要比前一條寬些。他走得相當吃力。昨夜的雨水還沒排盡，在坑道中間形成一條小激流，他必須緊貼著牆，免得要涉水前進。他這樣在黑暗中前進，就像是黑夜生物在看不見的地方摸索，消失在地下黑暗的脈管裡。

不過，也許是遠處通氣口將一點浮動的光亮送進這濃霧中，也許是他的眼睛適應了黑暗，慢慢地，他又影影綽綽能看見點什麼，且隱約意識到有時觸摸到的是牆壁，有時則經過拱門。在黑夜裡，瞳孔極為放大，最終能找到光亮；同樣的，在不幸中，靈魂極力擴展，最終也能找到上帝。

很難辨別方向。

下水道的線路，可以說呼應著重疊在上面的街道線路。當時，巴黎有兩千二百條街道。想像一下名為陰溝的黑暗坑道網吧！那時已有的下水道系統連接起來，有十一法里長。前面也已提到，多虧近三十年的特殊施工，目前的下水道網不會少於六十法里長了。

尚萬強判斷自此開始發生錯誤，他以為來到聖德尼街下面，糟糕的是並不對。聖德尼街下面有一條路易十三朝代石砌老管道，直通稱為主管道的集水道，老管道只有一個肘彎，位於右側舊奇蹟宮下面，也只有一條支管，即聖馬爾丹溝，它的四臂交叉成十字。小丐幫街細管道的入水口挨近科林斯酒樓，根本就沒有接通聖德尼街下水道，而是通向蒙馬特下水道，也就是尚萬強所在之處。這裡處處都會迷路。蒙馬特下水道的古老管網堪稱最複雜的迷宮，所幸尚萬強已經過了菜市場，那下面的陰溝水道無數條橫豎錯雜交織，平面圖看起來就像是鸚鵡棲架。不過，他前行之路何止一處難以定奪的岔道，何止一條在黑暗打了問號的街道拐角——因為，這些的確是街道。其一，左前方石膏窯街龐大的下水道，就叫人傷腦筋，橫七豎八的支道呈T字形和Z字形，從郵政大樓和麥市場圓亭地下，一直通到塞納河，末端呈Y字形；其二，右道鐘盤街的曲巷水道有三條分岔，都是死巷；其三，右首那邊槌球場街分道也很複雜，幾乎在入口處就像支長柄叉，七折八拐，伸展到羅浮宮地下大排水道，這大排水道枝枝杈杈伸向四面八方；最後，右前方那邊守齋者街下水道是條死巷，這還不算到達主道之前各處的小管道；惟有主道引向較遠的出口才可能安全。

尚萬強對我們指出的這一點若是有點概念，他只要摸摸兩邊的牆壁，就會立刻明白他不在聖德尼街的下水道裡。他摸摸就會感到是現代的便宜貨，是較經濟的用料，是混凝土地基、粗磨石岩加水泥砂漿的壁道，造價一米二百法郎，即所謂「小料」的資產階級式構體，而不是鑿出來的老石料，不是那種建下水道也華貴的古式建築，地基用花崗岩和肥石灰砌成，造價每一圖瓦茲八百利弗爾。然而這一切，尚萬強根本不知道。

他往前走，心中焦急不定，但還是保持鎮定，他什麼也看不見，什麼也不清楚，完全碰運氣，換句話說，就是聽天由命了。

應該說，有種恐懼逐漸襲上心頭。黑暗包圍他，也侵入他的頭腦，他走在謎中。這排污管道實在可怕，交叉錯亂讓人頭暈目眩。困死在黑暗的巴黎中是很悲慘的事。即使看不見，尚萬強也必須找到，甚至闖出一條路來。在這陌生的地方，他每冒險走一步，就可能是最後一步。如何走出去呢？能找到出路嗎？能及時找到嗎？這個龐大的地下海綿有無數石孔，能讓人鑽進來又衝出去嗎？會不會意外碰到黑暗的死結呢？會不會落入無法逾越的絕境呢？是不是馬呂斯會因為失血過多，而他也因飢餓，二人就死在這裡呢？難道他們二人就迷失在這裡，最後把兩具屍骨留在這黑夜一角呢？這我們不得而知，他心中產生這種種疑問卻無法回答。巴黎的肚腸是無底深淵。他就像先知一樣，在魔鬼的腹中。

突然，出現了一個意想不到的情況。他徑直朝前走，就在最出乎意料的時刻，他發覺不是上坡路了。水流不是衝擊腳尖，而是撞擊腳跟了。現在水道是下坡。怎麼回事呢？會突然走到塞納河邊嗎？這樣風險很大，可是後退風險更大，所以他還是繼續往前走。

他根本不是走向塞納河，巴黎右岸區有一處地勢呈驢背形，兩面斜坡，一邊的污水瀉入塞納河，另一面流入主管道。驢背的脊嶺變化不定，最高點是過了蜜雪兒伯爵街，在聖阿烏瓦管道，還有靠近大馬路的羅浮宮管道，以及菜市場附近的蒙馬特管道。尚萬強正是到了這個最高點，他走向主管道。儘管走在正確的路上，他根本不知道。

每遇到一根支管，他就伸手摸摸拐角，如果發覺口徑比他所走的巷道狹窄，就不拐進去，還按原路走。他認為窄道通向死胡同，只能遠離目標，即遠離出口，這種判斷相當準確。我們列舉的四座迷宮在黑暗中為他設下的四個陷阱，他就這樣避開了。

他走在下面，有一陣子覺得，他已經遠離了因暴動而驚愕的巴黎，街壘阻斷交通的巴黎，回到富有生氣的正常的巴黎。他忽然聽到頭上隆隆的聲響，從遠處傳來，但是持續不斷，那是行駛的車輛。

他心裡估計大約走了半小時，但他還沒有考慮歇一歇，只是把抓著馬呂斯的手換一下。幽暗更加深邃，對於這樣的深邃他反而放心。

猛然間，他看見前面有自己的影子，是由幾乎分辨不清的微弱紅光襯托出來的，這種微弱的紅光，把他腳下的溝底和頭上的拱頂映成隱約的紫紅色，並在巷道黏糊糊的左右壁上游動。

他不禁愕然，回頭望去。

在身後他剛經過的巷道裡，看似很遠很遠，有一顆可怕的星星，穿透重重黑暗，彷彿在注視他。

那是在陰溝裡升起那警察身上昏暗的星。

那星光後面，隱約晃動著十來個模糊不清、挺直而可怕的黑影。

二・說明
Explication

六月六日白天，當局下令搜索下水道，擔心那裡成為戰敗者的避難所，搜索隱秘的巴黎由警察總署署長吉斯凱負責，而掃蕩公開的巴黎則由布若將軍指揮。這兩套行動相互配合，軍事當局就採用兩種戰略，地下派警察部隊，地面派正規軍。由警察和下水道工人組成的三支分隊搜查巴黎下水道，河右岸一隊，河左岸一隊，城心島一隊。

警察裝備有卡賓槍、棍棒、刀和劍。

此刻射向尚萬強的光，正是右岸巡邏隊的燈籠。

這支巡邏隊剛剛搜索了鐘盤街下面彎水道和三條死巷道。他們舉燈察看死巷裡端時，認為比主道狹窄而未進入，但尚萬強已經走過了這幾個巷口。警察走出鐘盤街下水道時，彷彿聽見主巷道那邊傳來聲響，那正是尚萬強的腳步聲。巡邏隊長舉起燈籠，小隊的人就朝傳來聲響的迷霧方向張望。

尚萬強的心情在這時真是難以名狀。

幸好他雖看得見燈籠，燈籠卻照不見他。燈是光而他是黑影。他離得很遠，與周圍的黑色融為一體。他緊貼著牆壁站住。

再說，他不明白身後移動的是什麼東西。沒有睡覺，也沒有進食，情緒又緊張，他同樣進入了幻視的狀態。他看見一個火球，圍著妖魔鬼怪。那是什麼呢？他弄不明白。

尚萬強一站住，響動也就戛然而止。

巡邏隊的人側耳細聽，卻什麼也沒有聽見；他們引頸張望，卻什麼也沒有望見。於是，他們一起商議。

當時，蒙馬特下水道這一段有一種十字路口，叫做「勤務處」，後來取消了，因為下暴雨時，雨水匯成的急流湧入，積成水塘，巡邏隊就聚集在這個十字路口。

尚萬強望見那些妖怪圍成一圈，那些獒犬的頭湊在一起，低聲說話。

商議的結果是，那些警犬聽錯了，根本沒有聲響，也沒有一個人，不必再鑽進主管道，這是浪費時間。現在要趕到聖梅里那邊去，如果說有什麼事可幹，有什麼「布桑戈[1]」要追蹤，那也應該是在那裡。

黨派不時替罵人的話語換上新衣服。一八三二年，「布桑戈」是個承上啟下的詞，前承已經過時的「雅各賓」，後啟當時還不大使用、後來大行其道的「德馬格派[2]」。

小隊長下令左拐走向塞納河邊。他若是靈機一動，分成兩組，朝兩個方向搜索，那就會抓到尚萬強。這真是一髮千鈞。警察總署估計到暴動者人數多，會有遭遇戰，可能有指示不准巡邏隊分散行動。巡邏隊就這樣走了，將尚萬強丟在後面。尚萬強只見燈籠猛一掉頭就消失了，而對這行動一無所知。

小隊長臨走時，為了盡到警察的責任心，還朝著尚萬強那方向開了一槍。槍聲在這地下墓穴裡回音不斷，好似巨人提坦的腸鳴。一塊灰泥掉進細流中，在尚萬強幾步遠的地方濺起水花，這表示子彈打到他頭上的拱頂。

整齊而緩慢的腳步聲，在下水道裡回響了一陣，漸遠而漸弱下去。那群黑影越鑽越深，一點亮光搖曳浮動，將拱頂照成淡紅色的圓筒狀，也漸弱而消失了。於是，周圍又恢復幽深的寂靜、完全的黑暗，失明和失聰重新擁有黑暗。尚萬強還不敢動彈，久久靠在牆上，豎著耳朵，睜大眼睛，目送那鬼魂巡邏隊化為烏有。

三・被跟蹤的人

L'homme filé

說句公道話，即使局勢十分嚴峻，當時的警察也盡心盡責，管理道路並監視警戒。警方認為，一次暴動絕不能成為任由壞人為非作歹的藉口，也絕不能因為政府岌岌可危就疏忽社會治安。在執行特殊任務的過程中，日常勤務也不能亂，要按部就班地完成。一場難以逆料的政治事變，可能會演變成一場革命，爆發起義並築起街壘，就在這種壓力下，一名警察還在跟蹤一個竊賊。

六月六日下午，在殘廢軍人院橋下游一點的右岸河灘，恰恰發生這樣一種情況。

如今河灘已不復存在，那一帶面貌完全變了。

在那段河灘上，有兩個人相隔一段距離，彷彿相互注視，一個躲避另一個。走在前面那人總想拉開距離，而跟在後面的那人則極力靠上去。

那好像在遠處沒沒下一盤棋。兩方走得都很慢，似乎哪個也不匆忙，怕走得太快會使對方加快腳步。

就像一隻飢餓的猛獸跟蹤一個獵物，又裝出若無其事的樣子。獵物也很小心，一直提防著。被追捕的石貂和獵犬的大小，也都合乎比例。力圖躲避的那個瘦小枯乾，要捕獲的那個人高馬大，相貌兇悍，看來很不好惹。

①・布桑戈：法國一八三〇年革命後，鼓吹民主的青年。
②・德馬格派：蠱惑群眾者。

頭一個感覺強弱懸殊，就極力擺脫第二個，但那逃避的神情十分惱火，如有人觀察就會發現，他雖然逃竄，但是他的眼神陰沉中含著敵意，恐懼中含有威脅。

河灘僻靜，沒有一個行人，幾處停泊的駁船上，既沒有船夫，也沒有裝卸工人。

只有站在河對岸，才能清楚看見那兩個人，隔著河觀察，就會發現前面那人毛髮倒豎，罩衫襤褸不堪，身子歪斜，又抖瑟不安；另一個像個傳統的公務人員，穿著一直扣到領口的制服。

讀者若是靠近仔細看，就可能認出他們倆。

後面那人目的何在呢？

大概要讓前面那人穿得暖一些吧。

一個身穿國家所發制服的人，去追捕一個身穿破衣爛衫的人，就是要讓那人也穿上國家發的制服，只是問題全在於顏色：身穿藍色制服者以它為榮；身穿紅色制服者以它為恥。

還有一種下等的紫紅衣。

前面那人要逃避的，大概就是這種恥辱和這種紫紅衣。

另外那人跟在後面，還沒有抓他，很可能是要跟他到重要的碰頭地點，希望捕到一窩大的，這種巧妙的行動就叫做「放長線釣大魚」。

有一個情況表明這種推測可能完全正確，就是制服扣得整齊的那人看見一輛空車，沿河濱路駛來，就向車夫打了個手勢；那車夫會意，顯然明白對方的身分，就掉轉馬頭，開始跟隨那兩個人，在高高的河濱路上緩緩行駛。這個情況，前面那個衣衫襤褸的可疑人物並沒有看見。

那輛公共馬車沿著香榭大道的一排排樹木行駛，只見車夫舉著鞭子，半截身子從護牆上邊往前移動。

警署給警察的秘密指令中有一條：「身邊常有一輛公共馬車，以備不時之需。」

他們二人各自實行一套無懈可擊的戰略，走到一條直通河灘的下坡路，須知從帕西駛來的公共馬車，可以從這裡下河邊讓馬飲水。後來為了兩岸對稱，這條坡道就取消了：只要美觀悅目，馬渴死也沒關係。

穿罩衫的人可能要從這條坡道上去，鑽進香榭大道樹林中；不過，那裡也布滿警察，跟蹤他的人很容易便可以找到幫手。

河岸不遠處，便是一八二四年勃拉克上校從莫雷移來的府邸，稱為「弗朗索瓦一世宅」，附近就有一個哨所。

不料，被追捕的人沒有沿飲馬的坡道上去，而是順河灘岸邊繼續往前走。

顯然他的處境岌岌可危。

他過去幹什麼呢？除非跳到塞納河中。

再往前走就再也上不去了，既沒有坡道，也沒有臺階，這裡是河灣，就要到耶拿橋了，河灘越來越窄，最後成為一條細線沒入水中。他不可避免地走入絕境，右有陡壁，左邊和前方是河流，後面又有警察追趕，可以說插翅難逃。

誠然，這段河灘盡頭，有一個六七尺高的瓦礫堆遮住視線，不知是拆毀了什麼建築物堆在那裡的。可是，那人真的以為繞到瓦礫堆後面，就能藏身了嗎？這種應付辦法未免幼稚可笑。他肯定不是這樣打算，再天真的竊賊也不至於如此。

小丘一般的瓦礫堆，從水邊延展到河岸陡壁，形成一個岬角。

被跟蹤的那人到了小丘便繞過去，避開了另外那人的目光。

後面那人一見看不見對方，也不會被對方看見，他就趁機拋開一切掩飾，轉瞬間飛步跑到小丘，繞了過去，一看卻傻了眼，驚愕地站住：他追趕的人不見了。

穿罩衫的人蹤影皆無。

從瓦礫堆起這段河灘還不到三十步長，就沒入沖擊岸牆的河水中了。

無論潛逃者投進塞納河，還是爬上河岸，跟蹤的人不可能看不到，他究竟哪兒去了呢？

身穿禮服扣得齊整的人一直走到河灘盡頭，沉吟片刻，握緊兩個拳頭，定睛搜索。忽然，他拍了拍腦門，發現土岸與河水相交處有一扇拱頂鐵柵門，又矮又寬，帶有三個粗鉸鏈，上了一把厚實的大鎖。這種鐵柵門開在河岸下方，半露水面半沒水中，只見從裡面流出一股濁水，瀉入塞納河。

透過柵門粗鐵條，能分辨出一條幽暗的拱頂長廊。

這人又起雙臂，以責備的目光注視鐵柵門。

僅僅注視還不濟事，他又用力推，用力搖晃，鐵柵門卻牢牢不動。這道門，剛才可能被人打開過，但它鏽成這樣卻沒有發出聲響，真是怪事，而且肯定又被重新鎖上了。這表示開這道門用的不是撬鎖鉤，而是一把鑰匙。

搖撼鐵柵門的人恍然大悟，隨即發出這樣一句憤慨的話：

「太不像話啦！竟然拿著政府的鑰匙！」

他又立刻平靜下來，內心有許多想法，但只發出一連串單音詞，加重諷刺語調表達出來：

「妙！妙！妙！妙！」

說罷，不知還抱有等那人出來的希望，抑或是等別人進去，他就躲在瓦礫堆後面守著，那種惱怒和耐性與獵犬無異。

那輛公共馬車按照他的一舉一動行事，這時停在他頭頂的護牆旁邊。車夫料想會停留很長一段時間，就將馬嘴套上裝有水混燕麥的麻袋；順便講一句，這種飼料袋，巴黎人非常熟悉，歷屆政府有時也會在他們的嘴上套上這玩意兒。耶拿橋上行人寥寥，他們走遠之前，還回頭望一望兩處不動的景物：河灘上的漢子、河濱路上的馬車。

四．他也背負著十字架

Lui aussi porte sa croix

尚萬強又往前走，就不再停下了。

路越走越吃力。拱頂的高度時有變化，平均約五尺六寸，是按一個人的身材設計的。尚萬強必須彎著腰，免得馬呂斯撞到拱頂。他時時彎腰，再直起身子不斷摸索牆壁。石壁濕漉漉的，溝槽黏糊糊的，都很滑，這種支撐點手抓不牢，腳踏不穩。他是在城市的污穢中艱難跋涉。通風口相距很遠，燦爛的陽光照進來變得十分慘澹，如同月光一般；其餘地方一片迷霧、疫氣、污濁、昏黑。尚萬強又飢又渴，尤其渴得要命。然而，這裡像在海上一樣，到處是水卻不能喝。我們知道，他力大無比，多虧一生貞潔儉樸，年紀大了，臂力也只是稍許減弱，但是現在，他漸漸不支了。他感到疲憊不堪，體力大減，負重大增。馬呂斯可能死了，也像不會動的軀體那樣沉重。尚萬強盡量托住他，使他胸部不致受壓迫，呼吸始終通暢。他不時感到老鼠從他兩腿之間躥過去，其中一隻受驚，甚至還咬了他一口。陰溝圓口也不時吹來一股新鮮空氣，令他精神一振。

大約下午三點鐘，他到達主管道。

道口忽然擴大，他不免詫異，走進大巷道裡，伸手觸不到兩邊的牆壁，腦袋也碰不到拱頂了。要知道，大陰溝有八尺寬、七尺高。

蒙馬特下水道通到大陰溝的位置，另外還有兩條溝道：一條是普羅旺斯街的，一條是屠宰場街的，形成一個十字路口。面對四條路，頭腦稍微遲鈍的人就會舉棋不定。尚萬強選擇最寬大的，也就是主道。選擇主道還有個問題：下坡還是上坡？他想形勢緊迫，不管多麼危險，現在也必須趕到塞納河邊，換句話說，就是走下坡路。於是他朝左拐去。

幸而如此。若是按照名稱以為大陰溝就是右岸巴黎地下主管道，有兩個出口，一個在貝爾西附近，一個在帕西附近，那就大錯特錯了。應該回想一下，這條大陰溝，無非是原先的梅尼蒙當小河，溯流而上便通到死巷，即當初的起點，在梅尼蒙當小丘腳下的源頭，它並不直接通匯集從波潘庫爾區流來巴黎水系的支管道。那條支管道的污水，經由原盧維耶島上的阿姆洛溝道瀉入塞納河，它是與集管道分開的輔助管道，在梅尼蒙當街下面由一塊高地分成上水和下水。尚萬強若是走上水溝道，那麼經過千辛萬苦，到力盡氣絕之時，在黑暗中碰到的是一堵死牆，他也就完蛋了。

萬不得已，還可以退回幾步，拐進受難會修女街的下水道，走到布希拉十字街頭地下的鵝掌形道口，只要毫不猶豫地取道聖路易溝道，走一段再拐進左首聖吉爾街支線，然後再向右拐，避開聖塞巴斯蒂安長廊道，就能抵達阿姆洛溝道，從那兒到了巴士底廣場下面，只要不在F形的溝道裡迷路，就能走到兵工廠附近的塞納河出口。不過，這樣一來，就必須完全熟識這個巨大珊瑚狀的下水道所有枝枝節節。可是，我們還是要強調，尚萬強走在可怕的線路中，卻一無所知，如果有人問他身在何處，他可能會回答：「在黑夜裡。」

他的本能幫了他大忙。走下坡，的確有可能是生路。

他徑直走過右側拉菲特街和聖喬治街分成指爪尖的兩條下水道，又走過昂丹街有支管的長廊道。

又過了一條水流，大概是馬德蘭教堂下面的支管，走了幾步便停下了，他疲憊不堪。這裡有一個相當大的通風孔，大概是昂儒街的洞眼，射進一道頗為明亮的光線。尚萬強就像對待受傷的兄弟那樣，將馬呂斯輕輕地放在溝坡上。馬呂斯雙目緊閉，頭髮黏在鬢角上，就像乾了的紅色畫筆，雙手垂下不動，肢體冰冷，嘴角凝著血塊。他的領結上也凝聚一個血塊，襯衫擠進傷口裡，外套呢布擦著翻出來的鮮肉。尚萬強用指尖輕輕解開他的衣衫，手掌放在他的胸脯上，覺出他的心臟還在跳動。尚萬強從自己的襯衫上撕下一塊布，盡量包紮好傷口，止住流血；然後，他藉著半明不暗的光亮，俯下身子，懷著難以表述的仇恨，注視著昏迷不醒、幾乎斷氣的馬呂斯。

剛才他給馬呂斯解開衣服，發現兜裡有樣東西：昨天忘記吃的麵包和馬呂斯的筆記本。他吃下麵包，又打開筆記本，在第一頁上發現馬呂斯寫的幾行字。我們還記得是這樣寫的：

「我叫馬呂斯．彭邁西。請把我的屍體運到我外祖父家：瑪黑區受難會修女街六號吉諾曼先生。」

尚萬強借通風口的光線念了這幾行字，發了一會兒呆，若有所思，喃喃重複：「受難會修女街六號，吉諾曼先生。」他把筆記本放回馬呂斯的兜兒裡，吃了麵包，恢復了體力，就又背上馬呂斯，小心地讓他的頭枕著自己的右肩，沿著溝道繼續朝下水走去。

這條大陰溝是沿著梅尼蒙當的谷底線修建的，約有兩法里長，大部分溝道都鋪了石塊。

我們將巴黎街名當作火炬，為讀者照亮尚萬強在地下行走的路線，但是尚萬強並沒有這枝火炬。他無從知曉他正穿行的是哪個城區，走了什麼線路。不過，他每走一段距離遇到透下來的光漸漸黯淡，便明白陽光正撤離街面，不久天就要黑了；頭頂隆隆不斷的車輪聲變得時斷時續，現在幾乎停止了，他得出結論，他離開了巴黎市中心，走近偏僻的地方，可能臨近外馬路或城邊堤岸。這一帶房舍少，街道少，陰溝通風口也就少了。周圍越來越黑暗，尚萬強還照樣在黑暗中摸索著前進。

猛然間，這黑暗變得異常可怕。

五．流沙如女人般陰險

Pour le sable comme pour la femme il y a une finesse qui est perfidie

他感到進入水中，腳下不再是石塊，而是淤泥了。

在布列塔尼或蘇格蘭海邊常有這種情況：一個人，旅行者或漁夫，在退了潮的海灘上行走，遠離岸邊，他猛然發覺幾分鐘以來，他走路吃力了。腳下海灘就像瀝青，直黏鞋底，這已不是細沙，而是膠泥了。海灘倒完全是乾的，但是每走一步拔起腳來，腳印裡就灌滿了水。可是眼前毫無變化，一望無邊的海灘平展展、靜悄悄的，沙子全是一個樣，分辨不出哪處是實地哪處空陷，成群的海蚜蟲還在行人的腳上活蹦亂跳。那人繼續往前走，走向陸地，力圖靠近海岸。他並不擔心，擔心什麼呢？不過他有一種感覺，每走一步，腳步就沉重一分。突然，他陷下去了，陷下兩三寸，顯而易見，這條路不對，他停下來辨別方向。突然，他看看腳下，雙腳不見了，被沙子埋住。他從沙中拔出腳來，想退回去，掉過頭，可是陷得更深了。沙子沒到腳踝，他拔出來，衝向左邊，沙子又半埋到小腿，他衝向右邊，沙子卻埋到腿肚子。於是，他產生一種難以名狀的恐懼，知道自己困在流沙之中，他下面是可怖的地域，人不能走，魚不能游。他拿著重東西就會扔掉，如同遇難的船減輕負載一樣，可惜為時已晚，沙子已經過了膝蓋。

他呼叫，揮動帽子或手帕，他在沙中越陷越深。如果海灘渺無人跡，如果陸地離得太遠，如果這是有名的險惡流沙層，如果附近沒有見義勇為的人，那就完了，他就注定被埋葬。這種令人毛骨悚然的埋葬十分漫長，毫不間斷，也毫不容情，既不可減緩也不可能加快，要持續幾小時，無休無止，將一個站立的人，一個自由而完全健康的人抓住，拉住你的腳，你每掙扎一下，叫喊一聲，就往下沉陷一點，就好像用更緊的摟抱來懲罰你的抗拒，讓你慢慢入土，又給你充分時間眺望天邊、樹木、綠油油的原野、平原上村莊的炊煙、海上的船帆、飛舞歡唱的鳥兒、太陽和天空。葬入流沙，就是墳墓化為海潮，從沉沉的地下升起來吞沒一個活人。殘酷無情的埋葬，每分鐘都不停止。這個倒楣的人試圖坐下，躺倒，爬行，他的一舉一動都在埋葬自己，他身子往上挺，卻往下陷；他感到自己在沉沒；他呼號，哀求，向雲天呼救，扭動雙臂，求生無望了。流沙沒到腹部，繼而又達到胸口，只剩下小半截上身了。他舉起雙手，憤怒地呻吟，指甲痙攣地抓沙土，想用臂肘撐著掙脫這軟套子，嚎啕痛哭；沙子升高，抵達肩膀，又埋到脖子；現在，只能看得見一張臉了。嘴巴一邊叫喊著，一邊被沙子給堵死，沉寂；眼睛還觀望，就讓沙子給迷住了，黑夜。繼而，額頭漸漸消失，只有一綹頭髮在沙上顫動，一隻手穿過沙層伸出來，抽搐搖晃，接著也消失了。一個人就這樣慘遭吞噬。

有時，騎手跟馬匹一起沉下去；有時，車夫跟大車一起沉下去；全部葬於沙灘之下。這是在江河湖海之外沉船，是大地淹沒了人。大地浸透了海洋，就變成陷阱，看上去像一片平野，又能像波濤一樣張開。這深淵就是如此背信棄義。

發生在海濱的這類慘事，三十年前，也完全可能在巴黎下水道裡出現。

一八三三年重大工程開始實施之前，巴黎地下溝道有時會突然塌陷。

水滲入特別容易破裂的地層，無論石塊鋪底的老溝道，還是混凝土的新溝道，一旦失去支撐就折下去了。這種溝道板打個折，就是一道裂縫；一道裂縫，就意味沉陷。有的溝道很長一段陷下去。這種裂縫，即泥潭的間隙，專業術語稱為「地陷」。何謂地陷？就是海濱流沙突然沉入地下，是陰溝裡的聖蜜雪兒山海灘。土壤浸透了水，就像溶解一般，成為稀軟狀態，所有分子都懸浮著，既不是土壤，也不是水。有時很深，走到這種地段無比兇險。如果水佔的比例大，那麼死得就快，一下子就沉沒了；如果沙土佔的比例大，那麼死得就慢，漸漸埋葬。

這種死亡，我們能想像得出來嗎？沉陷發生在海灘上很可怕，在陰溝裡又如何呢？在海灘曠野，晴空一片清亮，陽光燦爛，萬籟齊鳴，優閒的雲彩下生機勃勃，遠處望得見船帆，也許會有過路人，會有各種各樣的希望，直到最後一分鐘都還有得救的可能；然而，在陰溝裡，這些就不復存在，在這裡耳朵失聰，眼睛失明，只有黑壓壓的拱頂、已然完工的墓穴，上有頂蓋，死在污泥中！被污穢之物掩蓋慢慢窒息，在石槨中，窒息的污泥張開利爪，抓住你的喉嚨，臨終前最後一口氣盡是惡臭，泥潭取代沙灘，硫化氫取代暴風，垃圾取代海洋！呼號，咬牙切齒，身軀扭動掙扎，慢慢死去，而你頭頂上的大都市卻一無所知！

這樣喪命的恐怖難以名狀！死亡，有時還能以某種崇高精神抵贖其殘酷性。在火刑柴堆上，在遇難的船裡，人可能顯得偉大，無論在火中還是在水裡，有可能表現出高風亮節，在死難的過程中面貌一新。然而，在陰溝裡絕不可能。死在這裡不潔淨，在這裡嚥氣非常屈辱，最後浮動的幻象也是齷齪的。污泥和侮辱是同義詞，既渺小，又醜惡、卑鄙。像克拉朗斯[3]那樣，死在一大

③・德・克拉朗斯（一四四九—一四七八）：英國公爵，因陰謀反對他哥哥愛德華四世，而被判死刑，他請求溺死在馬爾瓦桑葡萄酒桶裡。

桶葡萄美酒中，那還說得過去；如果像艾斯庫勃洛[4]那樣，死在垃圾坑裡，那就太可怕了。在這裡掙扎慘不忍睹，臨終還得在污泥濁水中打滾。這黑暗如地獄，積污成泥潭，要死的人卻不知會變成幽靈還是癩蛤蟆。

不管什麼地方的墳墓都是淒慘的，而這裡的墳墓卻是畸形的。

地陷的深度、長度和密度，隨著土質惡劣的程度而不同，有時下陷三、四尺，有時下陷七、八尺，有時則深不著底。淤泥在這裡幾乎變硬了，在那裡差不多還是稀湯。呂尼埃爾沉陷地帶，吞沒一個人需要一整天，而菲利波泥潭，五分鐘就能吞噬一個人。污泥的負載力隨其密度大小而異。一個孩子倖免於難的地方，成人卻會喪命。保命的第一條法則，就是扔掉所有負擔。扔掉工具袋，扔掉背簍或籃子，任何下水道工人，一感到腳下地面軟下去，就會立刻這樣做。

地陷的起因不同：土質酥脆；在人難以掌握的深層發生塌陷；夏季的暴雨；冬季的陰雨天；連綿的細雨。有時，灰泥岩或沙土地段上的樓房重壓，使溝道的拱頂變形，甚或使溝底斷裂。一百年前，先賢祠下陷，就這樣堵塞了聖日內維埃芙山底下的部分溝管。一條溝道在樓房的壓力下坍塌了，有時上面街道也出現錯位，即齒狀裂縫。這條裂縫蜿蜒伸展，與溝道拱頂開裂的長度相對應，壞損也就顯而易見，必須迅速搶修。也有這種情況，地下陰溝毀壞，沒有一點痕跡顯露到地面上。下水道工碰到這種情況就倒楣了，他們毫無防備，進入透了頂的溝道，就很可能送命了。舊檔案材料記載，好幾名挖井工人就這樣在地陷中葬身，還列出姓名，其中有一個叫勃萊茲·普特蘭的下水道工人，就因為拱頂坍塌，埋葬在克雷姆·卜勒南街的陰溝裡。他哥哥尼古拉·普特蘭，就是一七八五年取消的聖嬰公墓最後一個掘墓工。

還有我們剛剛提過的德·艾斯庫勃洛子爵，一個可愛的青年，是圍攻萊里達城的英雄，當年攻城時，那些英雄都穿著絲襪，用小提琴開路。有一天夜裡，德·艾斯庫勃洛與他表妹德·蘇爾迪公爵夫人幽會，被人發現了，他為了躲避公爵，就藏到博特雷伊陰溝泥坑裡淹死了。德·蘇爾迪夫人聽人敘述這一慘死的情景，就趕緊要嗅鹽瓶，連連嗅醒鹽而顧不上哭了。發生這種情況，就談不上忠貞不渝的愛情了，愛情被污泥濁水淹沒了。海洛拒絕將利安得[5]的屍體洗身。西斯貝從皮拉姆斯[6]的面前經過，還要捏著鼻子，說一聲：「呸！」

六・地陷

Le fontis

尚萬強身處塌陷的地段。

當時，在香榭大道下面，這類塌陷經常發生，對下水道工程極為不利，由於上層流動性太大，所建的溝道難於保存完好無損。這裡流動的土層，比聖喬治街區地下的流沙還不穩固，也不比殉道士街區地下散發沼氣的惡臭黏土層牢固；用石塊混凝土澆灌地基，才能克服流沙，而殉道士街區的下水道，黏土層太稀薄，只好用一條鑄鐵管連通。一八三六年，拆除並重建聖奧諾雷郊區街石砌舊下水道，那正是此刻尚萬強所在的地方，當時，從香榭大道到塞納河，地下層是流沙，阻礙工程進展，工期將近半年，招致河岸住戶，尤其河岸有公館和馬車的住戶的抗議。施工條件很不便利，而且還危險。當然，又正趕上連續降雨四個半月，塞納河三次漲水。

尚萬強碰到的地陷，正是頭一天暴雨造成的。鋪石馬路的地基是沙子，支撐力差，街面下陷，便積聚雨水。積水滲過路石，造成下水道拱頂坍塌，溝槽裂開破碎，沉入泥潭。沉陷的地段有多長呢？無法清楚說明。這裡的黑暗之厚重，任何地方都不能比擬，這是黑夜洞穴中的一個泥坑。

④・艾斯庫勃洛：見本章末段。

⑤・海洛和利安得：傳說中一對受人稱頌的情侶。青年利安得每夜穿過赫勒斯滂（今達達尼爾海峽），與美神的女祭司海洛相會。一個暴風雨的夜晚，海洛舉的火炬熄滅，利安得溺死，海洛見其屍體，悲痛萬分，跳水自殺身亡。

⑥・皮拉姆斯和西斯貝：羅馬詩人奧維德在《變形記》中講述的一對戀人。二人相約在桑樹下幽會，西斯貝先到，被母獅吼聲嚇跑，匆忙中丟掉的紗巾被母獅撕爛。皮拉姆斯見紗巾，以為愛人被獅子吃掉便自殺。西斯貝回來，見愛人受致命傷，也自殺殉情。

尚萬強發覺他走進了泥漿，腳踏不著溝底石了。上面是水，溝底是淤泥。無論如何得過去，斷然不可走回頭路。馬呂斯奄奄一息，尚萬強也筋疲力盡。況且，還能往哪去呢？只能往前走。再說頭幾步，尚萬強也覺得，泥坑並不深，不料越走雙腳陷得越深了。時過不久，泥漿就沒到小腿肚子，水則過了膝蓋。他繼續往前走，胳臂盡量抬高點，不讓馬呂斯沾到水。現在，泥漿到了膝下，而水則沒腰了。退回去根本不可能了，可是卻越陷越深。泥漿很稠，能負載一個人的體重，卻顯然承受不了兩個人的重量。假如馬呂斯和尚萬強單獨走，兩個人就可能脫險。尚萬強舉著垂死的人，也許是具屍體，但是他照舊往前走。

水到了腋下，他感到身子往下沉，深深陷入淤泥中，很難移動。泥漿稠厚，既是支撐，也是障礙。尚萬強一直舉著馬呂斯往前走，因此消耗的體力超乎尋常；他還往下陷，現在水面上只露出一個腦袋了，雙手仍高舉著馬呂斯。在表現大洪水的古畫中，母親就是這樣舉著孩子。

他還往下沉，只好仰起頭，避開水面好呼吸。在這種黑暗中，有人若是看見他，一定會以為水面漂浮著一個面具。尚萬強影影綽綽地看見上面馬呂斯垂下的頭和青白的臉，他奮力向前跨了一步，腳不知觸到什麼硬物。有個立足點。他差點兒就一命嗚呼。

他挺一下身子，又扭動腰身，拚命在這立足點上扎穩，就好像絕處逢生，踏上救命樓梯的第一級。

在這萬分危急的關頭，在泥潭中碰到的立足點，正是溝道另一面斜坡的起始：這一段溝道雖彎未斷，在水下呈弧形，像一塊木板彎下去，但還是一整塊。砌得好的石頭溝槽，也像拱頂一般堅固。這段溝槽，部分淹沒在泥水中，但是還算牢固，構成了名副其實的坡道，一旦踏上這面坡，也就得救了。尚萬強登上這面斜坡，抵達泥潭的彼岸。

他走出水窪，絆到一塊石頭，便順勢跪下去。他認為理應如此，就跪了一會兒，靈魂面向上帝，不知沉浸在什麼祈禱中。

他又抖瑟著站起來，只覺渾身僵冷、惡臭，直淌泥湯，弓著腰背負這個垂死的人，但心靈卻充滿奇異的光芒。

七・有時以為到岸卻擱淺
Quelque fois on échoue où l'on croit débarquer

尚萬強又上路了。

不過，他越過了泥潭後，即使沒有斷送性命，也斷送了體力。現在，他確實筋疲力竭了，每走三四步，就不得不靠牆喘口氣。有一次，他不得不坐在溝坎上，以便改變一下背負馬呂斯的姿勢，還以為再也站不起來了。然而，他就算體力耗盡，毅力絕未喪失。他重新站了起來。

他拚命往前走，速度還相當快，就這樣走了一百公尺，沒有抬頭，幾乎沒換氣，忽然撞到牆上。原來到了溝道的拐彎，他只顧低頭走，到拐彎處便撞了牆。他抬頭一看，只見前面很遠很遠的地方，在溝道的盡頭有亮光。這回可不是兇光，而是祥和的白光。那是天光。

尚萬強看到了出口。

一顆靈魂進入煉獄，在熊熊爐火中突然看見地獄的出口，就會有尚萬強此刻的感受。這顆魂靈要鼓起燒殘的翅膀，拚命朝光輝燦爛的大門飛去。尚萬強不覺得累了，也感覺不到馬呂斯的分量了，他又恢復了強健的腿力，甚至一路小跑起來，越近出口越清晰了。那是一道圓拱門，比逐漸降低的拱頂要矮，也比逐漸收縮的溝道要窄。溝道收口成漏斗狀，這種緊口很糟糕，就像監獄的小角門，然而用在監獄合理，用在下水道就不合適了，後來就改良了。

尚萬強到達出口。

他到了出口站住了。

不錯，這是出口，但出不去。

圓拱出口關著一道粗鐵柵門，看來這扇門鉸鏈已鏽住，難得開一開，而且還有一把鏽成紅磚的大鎖，把鐵柵門牢牢鎖在石頭門框上。看得見鑰匙孔、深深卡進橫頭的粗鎖舌。這把大鎖顯然鎖了兩道，是監獄裡用的一種鎖，也是老巴黎最常見的。

鐵柵門外面是大自然，是河流和陽光，河灘極窄，但足以讓人通過，那遠處的河岸、巴黎——極好藏身的深淵、遼闊的天地、自由。往右邊河下游望去，能認出耶拿橋，左邊上游則是殘廢軍人院橋，這地點很有利，等天一黑就能逃走。這是巴黎最僻靜的地點，河岸對面是巨石教堂。蒼蠅從柵門鐵條之間飛進飛出。

這時大約晚上八點半，天快黑了。

尚萬強挑一個溝道牆腳乾的地方，將馬呂斯放下，然後走到鐵柵門前，兩隻手緊緊抓住鐵條，拚命搖撼，根本動不了。鐵柵門一動不動。他又從最底下抓住鐵條，期望能拔下一根最不牢的，好用來撬門或撬鎖，然而一根鐵條也拔不下來，就是老虎的牙齒也沒有這麼牢固。弄不到撬棍，就不能硬撬。克服不了這個障礙，就無法打開門。

就得死在這嗎？怎麼辦呢？會落到什麼地步呢？掉過頭去，沿著他走過的可怕路線再返回去，他沒有這份力量了。況且，如何再過那個泥潭呢？剛才靠著奇蹟才脫險的呀！就算過了泥潭，不是還有那支巡邏隊嗎？第二次遭遇就肯定逃脫不了。再說，往哪走呢？走哪個方向呢？沿著下坡走，也根本到不了目的地。即使抵達另一個出口，還是有蓋子或鐵柵門隔住而出不去。毫無疑問，所有出口都是這樣封閉的。進來時是碰巧鐵柵蓋開著，可是顯而易見，其他所有下水道口都關閉了。他只有越獄成功的紀錄而已。

大勢已去。尚萬強所做的一切都徒勞無益。上帝拒絕他了。

他們二人落入幽暗而巨大的死亡蛛網，尚萬強感到，在黑暗中，可怕的蜘蛛在顫動的黑絲上奔跑。

他轉身背向鐵柵門，撲倒在地，不是坐下而是癱在那裡，靠近一直不動彈的馬呂斯，他的頭垂到兩膝之間。沒有出路，這是整個惶怖焦慮的最後一滴苦汁。

在這無比頹喪的時刻，他想到誰呢？不是他自己，也不是馬呂斯。他想起珂賽特。

八・撕下的一塊衣襟

Le pan de l'habit déchiré

他正陷入萬念俱灰的狀態，忽然感覺到一隻手搭到他肩頭，一個輕輕的聲音對他說：「對半分吧。」

這黑暗中還會有人？絕境比什麼都更像夢境。尚萬強真以為是做夢，他一點也沒有聽見腳步聲。怎麼可能？他抬頭一看。

一個男子站在他面前。

那人身穿勞動服，光著腳，鞋在左手拎著，他脫了鞋走上前，顯然是不想讓尚萬強聽見。

尚萬強一刻也沒有猶豫。此人雖然突如其來，但是並不陌生，他正是德納第。

可以說，尚萬強猛然驚醒，不過，他對險情早就習以為常，久在意外的打擊中磨練，能夠立刻鎮定下來，恢復整個隨機應變的能力。況且，局面也不可能再惡化了，困境到了一定程度就不可能再升級，就是德納第也不可能讓這夜色再更黑了。

雙方等待了片刻。

德納第右手舉到額頭遮光，接著皺起眉頭，連連眨眼睛，又微微撇起嘴脣，這種表情表示一個精明人在注意辨識另一個人，他一點也沒有認出尚萬強。剛才說過，尚萬強背著光，又滿臉污泥和血跡，面目全非，就是大白天，也不會有人認出來。反之，德納第迎著鐵柵門的光，固然那像地窖的光一樣慘澹，但卻很清晰，正如一句生動的俗語比喻的那樣，「一下子就跳到尚萬強的眼睛裡。[7]」兩種境況和兩個人之間，即將展開這種神秘的決鬥，但因雙方所處位置不同，這就足以確保尚萬強佔了上風。遮住面孔的尚萬強和原形畢露的德納第，在這裡狹路相逢。

尚萬強當即發覺，德納第沒有認出他來。

他們在半明不暗中相互審視片刻，就好像彼此在較量。德納第首先打破沉默：「你打算怎麼出去？」

尚萬強不回答。

德納第接著說：「這門鎖沒辦法撬開，可是，你得從這裡出去。」

「對。」尚萬強應了一聲。

「那就對半分。」

「這話什麼意思？」

「你殺了人，可是我呢，我有鑰匙。」

德納第指了指馬呂斯，繼續說道：

「我不認識你，但是願意幫你，你得講交情。」

尚萬強開始明白，德納第把他當成了殺人兇手。

德納第又說道：「聽我說，夥計。你不會不看衣兜裡有什麼，就把人給殺了。給我一半，我幫你把門打開。」

他從滿是破洞的勞動服的下面，拉出一把大鑰匙的半截，又補充一句：「要不要見識一下，田野的鑰匙⑧是什麼樣子的？就在這裡。」

尚萬強「驚呆了」，這裡借用老高乃依的說法，他甚至懷疑眼前所見是真事。這是化為醜惡形象的天主，是以德納第的形體從地下鑽出來的善良天使。

德納第把拳頭塞進勞動服的大口袋裡，掏出一根繩索遞給尚萬強，說道：「拿著，我把這根繩子還給你。」

「繩子，做什麼用？」

「你還需要一塊石頭，外面能找到，那裡有一個瓦礫堆。」

「石頭，做什麼用？」

「笨蛋，你想把這短命鬼丟進河裡，就得有一塊石頭和一根繩子，要不就會漂起來。」

尚萬強接過繩子，任何人都會這樣機械地接受東西。

德納第用手指打了個響，就像猛然想起什麼事那樣：「哦，對了，夥計，你是怎麼穿過那個泥坑的？我可不敢冒那個險踏進去。呸！你身上的味好難聞。」

停了一下，他又說道：

「我問你話，你不回答也對，這招可以對付預審法官盤問那難熬的一刻鐘。還有，一聲不吭，就沒有說話聲音太高的危險。無所謂，反正我也沒看見你的臉，不知道你的名字。不過，你若是以為我不知道你是誰，想幹什麼，那可就錯了。我知道，你幹掉了這位先生，現在想把他塞到什麼地方，要找一條河，那是最容易藏污的地方。我來幫你擺脫困境。一個好人有難處，我倒樂意幫一幫。」

他一方面讚許尚萬強緘默，另一方面又顯然要引他開口，推推他肩膀，想從側面端詳他，就是叫嚷也始終保持不高不低的聲音：「提起那個泥坑，你這傢伙可真棒。你幹嘛不把這人扔在裡面呢？」尚萬強默不作聲。

德納第當作領帶的破布條一直提到喉結，這一補充動作就完整了一個嚴肅的人的神態。他又說道：

「其實，你這樣幹也許是明智的。明天工人來填坑，肯定會發現扔在裡面的巴黎人，警方就會連起一條條線索，順藤摸瓜，摸著你的蹤跡，一直追到你面前。有人經過這條陰溝，是誰呢？是從哪兒來的呢？有人看見他出去了嗎？警察可機靈得很。陰溝能夠出賣人，告發人。能找到這

⑦．法語俗語，意為「一眼便認出來」。

⑧．法語成語，「掌握田野的鑰匙」，即「逃之夭夭」。

種地方的人絕對非比尋常，這足以引起注意，很少人利用下水道作案，而河流則人人都可以利用，河流是真正的墓穴。一個月後，有人在聖克盧的河網上把這人撈上來。那又怎麼樣呢？是一具腐爛的屍體，哼！這人是誰殺的？巴黎。法院連調查都不調查。你做得對呀。」

德納第話越多，尚萬強越不吭聲。德納第又搖了搖他的肩膀。

「現在，這樁生意該拍板了。二一添作五，平分吧。我的鑰匙你看見了，你的錢也亮給我看看。」

德納第像野獸一樣，惶恐不安，又鬼鬼祟祟，那樣子還帶點威脅，但始終很友好。

有人情況很怪：德納第的言談舉止很不自然，神態一點也不自在；儘管沒有裝出神秘的樣子，他說話時卻把聲音壓低，還不時把手指按在嘴脣上「噓」一聲，叫人猜不出其中的緣故。這裡只有他們兩個，沒有別人。尚萬強不免猜想，可能還有盜賊藏在哪個角落，沒離太遠，德納第不打算跟他們分贓。

德納第又說道：「趕快了結吧。這個短命鬼的兜裡有多少錢？」

尚萬強便搜自己的兜兒。

大家還記得吧，他身上總習慣帶著錢。他晦暗的生活總要應付意外，這已經成為他的一條準則。然而這次，他卻措手不及。昨天夜晚，他情緒沮喪，神不守舍，換上國民衛隊制服時，竟然忘了帶錢包。現在，只有外套兜裡裝少許零錢，湊起來約三十法郎。他把浸透泥水的衣兜翻出來，揀出一枚金路易、兩枚五法郎錢幣和五六個銅錢，放到下水道的溝坎上。

德納第伸出下嘴脣，意味深長地歪了一下脖子，說道：

「殺了人，就為這點錢。」

他開始放肆地摸索尚萬強和馬呂斯的口袋。尚萬強由他做去，只注意自己背著光就行了。在翻馬呂斯的衣服時，德納第以扒手的靈巧，設法撕下一片衣襟，掖進自己的勞動服，卻沒讓尚萬強看見，想必以為憑著這片衣襟，日後能認出被害者和兇手。

「不錯，」德納第說道，「你們只有這麼點錢。」

他全部裝進自己腰包，忘記他說的「對半分」的話了。

對幾枚銅錢，他略顯猶豫，想了想，還是收了去，同時嘴裡咕噥著：「算啦！這麼便宜就把人幹掉了。」

他收了錢，又把大鑰匙從勞動服裡面拉出來。

「朋友，現在你得出去了。這裡就像集市那樣，付了錢才能出去。你付了錢，就出去吧。」

他嘿嘿笑起來。

他用鑰匙幫助一個陌生人，讓一個外人從這道門出去，動機是否只是單純無私地救一個兇手？這是值得懷疑的。

德納第幫忙把馬呂斯放到尚萬強肩上，然後踮著赤腳走至鐵柵門前，並招手叫尚萬強跟上來。他往外張望一下，將手指放在嘴上，遲疑了幾秒鐘，察看之後，他才把鑰匙插進鎖孔裡。鎖舌滑出，鐵柵門轉動，卻沒有發出一點吱吱咯咯的聲響。極輕極輕，顯然這道門的鉸鏈仔細上了油，誰也想不到這道鎖開得如此頻繁。這樣悄然無聲倒讓人不寒而慄，讓人聯想到一些夜貓子，踏著罪惡的輕輕腳步，偷偷地來來往往，悄悄地進進出出。這陰溝顯然是哪個秘密團夥的同謀。這道不聲不響的鐵柵門就是個窩主。

德納第半打開門，剛剛能讓尚萬強通過，隨即又關上，鑰匙在鎖眼裡擰了兩圈，然後就隱沒在黑暗裡，輕如一陣微風。他的腳步就像老虎毛茸茸的爪子。這個可怕的天主，一轉眼就隱於無形了。

尚萬強來到外面。

九・行家看馬呂斯似已殞命
Marius fait l'effet d'être mort à quelqu'un qui s'y connaît

他來到河灘，輕輕放下馬呂斯。

他們出來啦！

腐爛的臭味、黑暗、恐懼，統統丟在身後。沐浴在純淨、新鮮、歡快而有益於健康的空氣中，可以暢快地呼吸了。周圍一片寂靜，這是碧空落日後迷人的寂靜。暮色沉沉，夜晚來臨；夜晚是大救星，是朋友，能幫助所有要以黑暗為外衣的人擺脫惶恐。天空遼闊靜謐。腳邊河水汩汩，聲如接吻。聽得見香榭大道榆樹上的鳥巢互道晚安的應答。淡藍色的蒼穹隱隱顯現幾顆星，在無垠中螢光微渺，難以捕捉，惟獨沉思者才看得見。在尚萬強的頭頂，夜晚鋪展開茫茫宇宙的所有溫馨。

這半明半晦的時刻，又曖昧、又美妙。暮色已相當濃，幾步之外就不見蹤影，但是還有足夠的天光辨識眼前的事物。

這莊嚴而柔和的寧靜沁人心脾，有幾秒鐘尚萬強不由得沉浸其中。人人都有這種忘情的時刻，痛苦不再折磨苦難者，一切思慮都從頭腦裡消失，靜謐像夜色一樣籠罩沉思者，在向晚餘暉之下，靈魂效仿明亮的天空，也布滿了星辰。尚萬強情不自禁，仰望頭上明亮的夜空，他若有所思，邊瞻仰邊祈禱，沉浸在永恆天宇的莊嚴寂靜中。然後，他好像又想起一種責任，突然俯身瞧瞧馬呂斯，又用手心舀上點河水，往他臉上輕輕灑幾滴。馬呂斯沒有睜開眼睛，但是微張的嘴還有一點氣息。

尚萬強又把手伸進河裡，卻不知為什麼，突然感到彆扭，就像身後有人而未看見的那種感覺。我們在別處已經指出過，這種感覺人人都有過。

他回頭一看。

如同剛才在陰溝裡那樣，身後果然有個人。

一條大漢，身穿長禮服，叉著胳臂，右拳握著一根看得見鉛頭的短棍，站在後邊，離蹲在馬呂斯身旁的尚萬強只有幾步遠。

在沉沉暮色中，真像一個幽靈。因為昏黑時刻，尋常人見了會害怕，一個審慎的人則會因為見了短棍而害怕。

尚萬強認出那是沙威。

想必讀者已經猜出，跟蹤德納第的人正是沙威。在街壘裡，沙威想也未敢想居然可以逃脫，逃脫後他就趕到警察總署，在短暫的接見中，向總署署長口頭彙報了情況，然後又立即去執勤，從他身上搜出的字條我們還應該記得，他的勤務包括監視河右岸香榭大道一帶河灘。近來那裡引起警方的注意。他到了那裡，發現了德納第，便展開跟蹤追捕。其餘的情況我們都知道了。

我們也明白，那道鐵柵門能那樣殷勤地為尚萬強打開，也是德納第的一步妙棋。德納第感到沙威一直守在那兒。被盯梢的人，都有一種準確無誤的嗅覺，必須給那條警犬丟一根骨頭。提供個兇手，該是多麼意外的收穫啊！送上個替罪羔羊，他絕不會拒絕。德納第讓尚萬強替他出去，放出一個獵物，就會把警察引開，讓沙威守候有所得，去追查一個更大的案件，這樣一來，既讓警探滿意，自己又白賺三十法郎，還可以趁機溜走。

尚萬強過了一個暗礁，又撞到另一個暗礁。

接連兩次狹路相逢，從德納第的手又落入沙威的手，這打擊的確沉重。

我們說過，尚萬強已面目全非，沙威沒有認出來，他放下手臂，並以不易覺察的動作握緊短棍，以短促而平靜的聲音問道：「您是誰？」

「是我。」

「您，是誰？」

「尚萬強。」

沙威用牙叼住短棍，屈膝俯身，兩隻強有力的手掌按在尚萬強的雙肩上，像鐵鉗似的緊緊抓住，定睛端詳，終於認出他來。他們的臉幾乎貼上。沙威的目光非常兇狠。

尚萬強一動不動，任由沙威抓著，就像獅子容忍天鼠的爪子。

「沙威探長，」他說道，「您抓住我了。其實，從今天早晨起，我就認為我是您的犯人了。當時我把住址告訴您，就絕無逃走的打算。您逮捕我吧，不過，請您答應我一件事。」

沙威彷彿沒聽見，還是定睛看著尚萬強，下頦兒撅起，把嘴唇頂向鼻子，是一副沉思的兇相。他終於放開手，忽地站起身，又一把抓住短棍，問了一句話，喃喃如同夢囈：「您在這裡幹什麼？這又是什麼人？」

他始終不用「你」稱呼尚萬強。

尚萬強回答，他的聲音似乎能把沙威喚醒：「我正想跟您談談他的事。您先幫我把他送回家，然後隨您怎麼處置我。我只求您這一件事。」

沙威皺起面孔，他每次讓人以為他會讓步時，就會出現這種表情。他並沒有回絕。

他又俯下身，從兜裡掏出手帕，放進水中浸濕，拭去馬呂斯額頭的血跡。

「這人原來在街壘裡，」他輕聲說，彷彿自言自語，「就是別人叫他馬呂斯的那個人。」

不愧是頭等警探，即使在自認為自己必死的時候，還什麼都觀察，什麼都傾聽，什麼話都聽到，什麼情況都搜集，臨死還在偵察，臂肘撐在墳墓的第一級臺階上還在記錄。

他抓起馬呂斯的手摸脈息。

「他受傷了。」尚萬強說道。

「他死了。」沙威說道。

尚萬強則回答：「不，還沒有死。」

「您從街壘把他背到這？」沙威說。

他一定是心事重重，一點也沒有想到追問從陰溝救人的令人不安事實，甚至沒有注意他問了之後，尚萬強卻默然不答。

尚萬強好像只有這一個念頭，他又說道：「他住在瑪黑區受難會修女街，他外祖父家中……姓名我不記得了。」

尚萬強摸摸馬呂斯的衣兜，掏出筆記本，翻到馬呂斯用鉛筆寫的那一頁，遞給沙威。

空中還有浮光，亮度足夠看清字跡，況且，沙威的眼睛像夜鳥，有貓眼那種磷光。他辨讀了馬呂斯寫的幾行字，咕噥道：「吉諾曼，受難會修女街六號。」

接著，他叫了一聲：「車夫！」

要知道，那輛馬車還停在那兒聽候調遣。

沙威留下馬呂斯的筆記本。

沒過多久，馬車就順著飲水坡道駛下來，停到河灘，馬呂斯安置在後排座椅上，沙威和尚萬強並排坐在前座。

車門一關上，馬車就駛離河灘，沿河濱路朝上游巴士底方向飛馳。

馬車離開河濱路，駛進大街。只見車夫在座上的黑黑的側影，鞭打著兩匹瘦馬。車中冷冰冰的沉默：馬呂斯身子靠在後座角上，一動不動，頭垂到胸前，胳臂自然下垂，兩腿僵直，似乎只等待一口棺材了；尚萬強彷彿鬼影；沙威好像石雕。車內夜色瀰漫，每經過一盞路燈，燈光就如一道閃電射進來，將車內照成灰白色，照出這個陰森的畫面：屍體、鬼魂和石像，三個靜止不動的悲慘形體，偶然在此聚首。

十・不要命的孩子回來了

Rentrée de l'enfant prodigue de sa vie

馬車在路石上顛簸一下，馬呂斯頭髮中就掉下一滴血。

馬車行駛到受難會修女街六號，天就完全黑了。

沙威第一個下車，看一眼大門上面的門牌，就拉起飾有公羊和林神角力像的老式沉重熟鐵門錘，重重地敲了一下。門打開一條縫，被沙威一把推開。門房舉著蠟燭，只見他露出半截身子，打著呵欠，還睡眼惺忪。

樓裡居民全睡著了，住在瑪黑區的人都睡得早，尤其在動亂期間，這個老區的善良百姓被革命嚇壞了，乾脆躲進睡夢中，就好像孩子聽見妖怪來了，就把頭縮進被窩裡一樣。

這時候，尚萬強托住馬呂斯的腋下，車夫抱住他的腿，把他從車裡抬出來。

尚萬強一面托著馬呂斯，一面把手伸進撕開的衣服裡，摸摸他的胸口，確認心臟還在跳動。心臟跳得不像先前那麼微弱了，就像經歷了車子顛簸後，又恢復了幾分生機。

沙威對門房說話的聲調，正合乎官方對待一名叛亂分子的門房。

「有個叫吉諾曼的人嗎？」

「就是這裡。您找他有什麼事？」

「我們把他的兒子送回來了。」

「他兒子？」門房目瞪口呆，重複道。

「人死了。」

尚萬強衣衫又破又髒，跟在沙威後面，他向門房搖頭，可是，門房有點討厭他。

門房似乎沒有聽懂沙威的話，也不明白尚萬強搖頭的意思。

沙威接著說道：「他去了街壘，現在回來了。」

「去了街壘？」門房驚叫。

「他去找死，去把他父親叫醒。」

門房不動。

「快去呀！」沙威又催一聲。

他又加了一句：「明天你們就要幫他送葬了。」

沙威認為，大街上經常發生的事件要嚴格分類，這是預防和監督的第一步。每種意外的情況都有各自的欄目，在一定程度上，所有可能發生的事，都放在抽屜裡，到時根據具體情況抽出來多少，大街上有鬧事、暴動、狂歡節、送葬。

門房只叫醒巴斯克，巴斯克再叫醒妮科萊特，妮科萊特又去叫醒吉諾曼姨媽。至於外祖父，還是讓他睡覺，認為什麼事他都早早就知道了。

他們把馬呂斯抬上二樓，安置在吉諾曼先生前廳的舊長沙發上，沒讓樓裡其他人聽到一點動靜。巴斯克去請大夫；妮科萊特打開衣櫥找衣裳；這時，尚萬強感到沙威拍拍他肩膀，心下便明白，就跟隨沙威下樓去了。

門房望著他們離開，就像看著他們到來一樣，始終處於驚恐的夢遊狀態。

他們又上了馬車，車夫也回到座位。

「沙威探長，」尚萬強說道，「請再允許我一件事。」

「什麼事？」沙威氣勢洶洶地問道。

「讓我回家一趟，然後，隨您怎麼處置我。」

沙威沉默片刻，下頦縮進衣領裡，繼而，他放下前面的玻璃，說道：「車夫，武人街七號。」

十一．於絕對中動搖

Ébranlement dans l'absolu

一路上他們誰也沒有再開口。

尚萬強要幹什麼呢？做事有始有終：通知珂賽特，告訴她馬呂斯人在什麼地方，也許再給她一些有益的指點，如果可能的話，再作最後幾點安排。至於他，至於關係他本人的事，已然定死了，他被沙威逮住，並不抗拒。這種情況換個別人，可能就會隱約想到德納第給他的繩子，想到牢房的鐵窗，然而，我們要強調指出，自從見了主教之後，尚萬強面對任何殘害行為，哪怕是殘害自己，總有一種基於宗教信仰的由衷的遲疑了。

自殺，這種對未知事物施暴的神秘行為，在一定程度上，可能還包含靈魂的死亡，對尚萬強是絕不可取的。

馬車駛到武人街口便停下，街道太窄進不去。沙威和尚萬強便下車步行。

車夫恭敬地向「警探先生」指出，車裡的絲絨被遇害者的血和兇手的泥漿弄髒了。他說應該付給他一筆賠償費，當即從兜裡掏出小本，請警探先生費神寫上「一點證明什麼的」；他就是這樣理解的。

沙威推開車夫遞過來的小本子，說道：

「連同等候和跑路的費用，總共該給你多少？」

「一共七小時一刻鐘，」車夫回答，「還有車上的絲絨，本來是全新的。要給八十法郎，警探先生。」

沙威從兜裡掏出四枚拿破崙金幣，將馬車打發走了。

尚萬強心想，沙威大概打算步行帶他去白斗篷街哨所，或者檔案館哨所，兩邊都很近。

小街跟平常一樣寂靜無人，尚萬強和沙威一前一後走進去，到了七號門。尚萬強敲門，樓門打開了。

「好吧，您上去吧。」沙威說道。

他表情奇特，好像很吃力的補充這一句：「我在這裡等您。」

尚萬強看看沙威。這種做法不大符合沙威的習慣。不過，尚萬強現已決心自首並了斷，那麼現在沙威向他表示一種假惺惺的信任，如同貓給予小老鼠一爪子長那麼點自由的信任，他是不會感到十分意外的。他推開門，走進樓裡，對躺在床上拉門拴繩的門房嚷了一聲：「是我！」就上樓去了。

他登上二樓，歇了一下。所有痛苦的道路都有休息站。樓道有一扇吊窗開著，跟許多老式樓房一樣，樓梯對著街道，能採光，而街上的路燈正巧在對面，能給樓梯照點亮，上下樓省得再點燈了。

尚萬強不是為了喘口氣，就是機械地朝窗外探探頭。他俯瞰街道，這條街很短，從頭至尾都在路燈光照下。尚萬強驚喜地愣住了：街上不見人影。

沙威已經離去。

十二．外祖父

L'aïeul Livre quatrième

馬呂斯剛到時被安置在長沙發上，毫無知覺，繼而又被巴斯克和門房抬進客廳，去請的醫生趕來了，吉諾曼姨媽也已起床。

吉諾曼姨媽嚇壞了，她合攏雙手，來回走動，做不了什麼事，只是不斷說道：「上帝呀。這怎麼可能！」時而還加上一句：「到處都要沾上血啦！」一陣恐懼過後，她頭腦裡又產生一種現實的哲學態度，以這種感歎表達出來，「一定是這種結果！」好在還沒有按這種場合的習慣講：「我早就說過啦！」

遵照醫生吩咐，長沙發旁邊架起了一張帆布床。醫生檢查馬呂斯的傷勢，確認脈搏還在跳動，胸部沒受重傷，嘴角的血是從鼻腔流出來的，然後吩咐人把傷患在床上放平，不用枕頭，讓他的頭和身體躺在一個平面，甚至略低些，上身脫光，以利呼吸。吉諾曼小姐看見有人幫馬呂斯脫衣服，就退出去，回到自己房間開始念經。

馬呂斯上身沒有一點內傷，有一顆子彈打中他，卻被皮夾擋了一下，偏向肋骨，劃了一道大傷口，但並不深，也就沒有什麼危險。倒是在陰溝裡長途跋涉，使受傷的鎖骨脫了臼，這處傷才是真正麻煩。胳膊有刀傷，但沒有破相傷到臉，只是頭頂刀痕累累。頭頂傷勢如何呢？僅僅傷到頭皮嗎？有傷到頭蓋骨嗎？現在還很難說。有一種嚴重的症狀，就是因受傷引起昏迷，而一旦昏迷，就不是人人都能甦醒的。還有，傷者流血過多，身體極度虛弱，幸好當時有街壘遮護，從腰帶以下都沒有受傷。

巴斯克和妮科萊特撕床單做繃帶。妮科萊特用線連起布條，巴斯克則把布條捲起來。醫生沒有堵傷口止血的紗團，就暫用棉花捲代替。帆布床旁邊的桌子上點著三支蠟燭，排好外科手術的器械。醫生用涼水清洗馬呂斯的臉和頭髮。沒過多久，一桶水就染紅了，門房則舉著蠟燭幫忙照亮。

醫生滿面愁容，彷彿在考慮什麼。他不時搖一下頭，好像在回答內心提出的問題。醫生在內心進行的這種隱秘對話，對傷病者來說是不祥之兆。

醫生正在幫馬呂斯擦臉，用手指輕輕觸碰始終緊閉的眼皮，客廳裡側的門打開，探出一張蒼白的長臉。

那是外祖父。

這兩天來，吉諾曼先生讓暴動鬧得又不安，又氣憤、又擔心，前天夜晚睡不了覺，次日發了一天燒，昨晚早早睡下，吩咐人把窗戶關嚴，房門插上，而他實在太疲倦，就朦朧入睡了。

老人一直睡不安穩，吉諾曼先生的臥室連著客廳，大家再怎麼小心，也弄出點動靜把他驚醒了。他看見門縫裡透進燭光，不免詫異，就下床摸黑走過來。

他停在半開的門口，一隻手抓著門把，頭搖晃著，稍微向前探，身子緊緊裹著白色睡袍，直挺挺的沒有皺紋，就像穿著殮衣，而那驚訝的神態，又像一個鬼魂在窺探墳墓。

他看見了床，看見了床墊上躺著的血淋淋的青年，只見他臉色蠟白，雙目緊閉，嘴張開，嘴唇發青，上身赤裸，滿身是紫紅色的傷口，在明亮的燭光下一動也不動。

骨瘦如柴的老人從頭到腳顫抖起來，他那因高齡而角膜發黃的眼睛罩了一層透明的閃光，整張臉登時變成土灰色，稜角跟骷髏一般，雙臂下垂，就跟發條斷了似的，兩隻顫抖的老手叉開指頭，表明他內心萬分驚愕。他的膝蓋向前彎曲，從頂開的睡袍裡露出豎起白毛的兩條可憐巴巴的腿，他咕噥一句：「馬呂斯！」

「先生，」巴斯克說，「有人把先生送回來，他去了街壘，而且……」

「他死啦！」老人兇狠地嚷道，「哼！這個強盜！」

這位百歲老人像青年一樣挺起身子，忽然變得陰森可怕了。

「先生，」他說道，「您就是醫生，先告訴我一個情況，他死了，對不對？」

醫生極度擔心，沒有應聲。

吉諾曼先生絞著雙手，哈哈大笑，笑聲特別嚇人。

「他死啦！他死啦！他到街壘去，被人給殺啦！就是因為恨我！他跟我作對才這麼幹！哼！吸血鬼！他就這樣回來見我！我一生的災星，他死啦！」

他走到窗前，把窗戶大敞開，就好像他感到氣悶，他面對黑暗佇立，開始對著街上夜色說話：「被子彈打穿，被刀砍了，割斷喉嚨，殺掉，撕爛，剁成肉醬！瞧瞧吧，這無賴！他明明知道我等他回來，知道我讓人把他的房間收拾好，而我的床頭放著他小時候的畫像。他明明知道他只要回來就行了，知道多少年來我呼喚他，晚上總守著火爐，雙手放在膝上，無事可做，人都變得癡呆啦！你明明知道這些，明明知道你只要回來說一聲『是我』，你就會成為家裡的主人，怎麼擺布你這傻瓜老外公，我都會百依百順！你明明知道這一點，你還說：『不，他是保王黨，我不去見他！』於是你就跑到街壘去，黑著良心去送死！因為談到德．貝里公爵時我對你說了那幾句話，你就這樣來報復我！這樣實在太卑鄙了！您就睡吧，安心睡覺吧！他已經死了，而我卻大夢初醒。」

醫生開始擔心雙方的狀況了，他先離開馬呂斯，來看看吉諾曼先生，挽起他的胳臂。老人回過頭來，瞪大了充血的眼睛注視醫生，平靜地對他說道：

「先生，謝謝您，我很平靜，我是個男子漢，見過處決路易十六的場面，我能夠禁得起事變。有一件事特別可怕，就是想到全部危害都是你們的報紙造成的。拙劣的作者、能言善辯的人、律師、演說家、法庭、辯論、進步、知識、人權、新聞自由，這些你們應有盡有，結果就是這樣把你們的孩子送回家！哼！馬呂斯！這太可惡啦！被人打死，死在我之前！什麼街壘！噢！強盜！大夫，我想，您就住在這個街區吧？唔！我認得您。我曾經在窗口看見您的馬車駛過。我要告訴您，您若是以為我動了氣就錯了，對一個死者總不至於發火，若發火就太愚蠢了。他是我撫養大的孩子。那時我就上年紀了，他還很小呢。他帶著小鏟子和小椅子，在土伊勒里宮花園裡玩耍，他在前面用小鏟挖坑，我在後面就用手杖填上，免得被管理人員斥責。有一天他喊了一句：『打倒路易十八！』抬腳就走了。這不能怪我呀，當時他臉蛋紅撲撲的，滿頭金髮，他母親已經過世。所有小孩的頭髮都是金黃色的，您注意到了嗎？怎麼會這樣呢？他是盧瓦爾河一帶強盜的兒子。父輩有罪，跟孩子並無關係。我還記得，他就這麼一點高，發不清楚P字的音，說話特別柔和，也特別含混，真像隻小鳥。還記得有一次，在法爾內塞的赫拉克勒斯雕像前，許多人圍著他驚歎讚美，這孩子長得真漂亮。他的相貌就像畫中人。我對他高聲叫嚷，舉手杖嚇唬他，可是他完全明白那是鬧著玩。早晨，他跑進我的臥室，我嘟嘟囔囔抱怨。可是，他好像給我帶來陽光。這樣的孩子，簡直拿他沒辦法，他一揪住你，纏住你就不放開。老實說，沒有像這樣可愛漂亮的孩子了。你們的什麼拉法耶特，什麼邦雅曼．貢斯當，什麼蒂爾居伊．德．科塞勒，現在你們怎麼看呢？是他們殺害了我的孩子，不能這樣就算了。」

老人和醫生回到馬呂斯跟前，老外公見他臉色蒼白，始終一動不動，就又絞起手臂，沒有血色的嘴唇重新機械地蠕動起來，彷彿臨終倒氣似的吐出一些話語，幾乎聽不清，也難以分辨：「哼！喪盡天良！哼！陰謀集團分子！哼！十惡不赦！哼！九月大屠殺的兇手！」一個垂死的人，低聲責備一具死屍。

內心的怒火總要爆發出來，老人又漸漸絮叨起來，但又似乎連講話的氣力都沒有了，聲音極度低沉微弱，彷彿來自深淵的彼岸：

「無所謂，反正我也要死了。真想不到，巴黎沒有一個風流女人，不樂意讓他成為一個幸運的傢伙！可是這壞蛋非但不尋歡作樂，享受生活，偏要去打仗，像野蠻人一樣，在槍彈下送命！這是為了誰，又究竟為什麼呢？為了共和政體！白白活了二十歲，不做青年人做的事，不去茅屋別墅那裡跳舞！共和，多麼美妙的蠢事！可憐的母親，生下俊秀的孩子吧！這下可好，他死了，這真是雙喪臨門。你這樣安排自己，就是為了拉馬克將軍那雙美麗的眼睛。這個拉馬克將軍，究竟給了你什麼好處！一個殺人不眨眼的軍人！一個耍嘴皮子的傢伙！為了一個死人去拚命！怎會不把人氣瘋啦！要明白這一點！才二十歲！也不回頭望望，身後留下什麼東西沒有！現在可好，可憐的老人只得孤苦伶仃地死去。老貓頭鷹，就死在你的角落裡吧。其實這樣好極了，我正求之不得能讓我死個痛快。我太老了，已經一百歲了，十萬歲了。我早就有死去的權利，這次打擊，大功告成。終於到頭了，多叫人高興。何必還讓他聞阿摩尼亞，還幫他準備一大堆藥呢？您這是白費勁，傻醫生！算了，他死了，完全死了。這情況我很清楚，我也是死去的人了。他這次幹得很徹底，對，這年頭真可惡，可惡，可惡！我就是這樣看待你們，你們的思想、你們的制度、你們的主子、你們的諭示、你們的醫生、你們的無賴作家、你們的流氓哲學家，我就是這樣看待六十年來，驚飛土伊勒里宮一群群烏鴉的所有那些革命！既然你無情無義，故意去送死，那麼你死就死，我一點也不悲痛，你聽見了嗎，兇手！」

這時，馬呂斯緩緩睜開眼睛，但是從昏迷中剛剛醒來，目光還蒙著驚訝的神色，停在吉諾曼先生的身上。

「馬呂斯！」老人叫道，「馬呂斯！我的小馬呂斯！我的孩子！我心愛的兒子！你睜開眼睛了，你在看我，你又活了，謝謝！」

他隨即昏倒了。

第四卷：沙威出了軌
Javert déraillé

沙威緩步離開武人街。

有生以來，他走路頭一次低著頭，也是頭一次背著手。

時至今日，沙威只採用拿破崙這兩種姿勢：一種是雙臂抱在胸前表示決斷，一種是雙手搭在背後表示猶豫。但是這後一種，他因少用而生疏。現在完全變了，他整個人都顯得遲緩沉鬱，有一種惶惶不安的神色。

他拐進僻靜無人的街道。

然而，他卻朝著一個方向走去。

他抄最近的路走向塞納河，到了榆樹碼頭，又順著河沿走過河灘廣場，距夏特萊廣場哨所不遠，在聖母院橋的拐角停下來。塞納河流經這裡，縱向在聖母橋和貨幣兌換所橋之間，橫向在鞣革工廠碼頭和花市碼頭之間，形成一個水流湍急的方形湖面。

這是水手們畏懼的塞納河段，當年這段急流比哪處都危險，因橋頭磨坊打了一排木樁讓江流變窄，水勢湍急，加上兩座橋相距甚近，危險倍增，河水流經橋洞洶湧奔瀉，大浪翻滾。河水在方湖中聚積猛漲，波濤沖擊橋墩，彷彿用流動的粗繩索要將橋墩連根拔走。人如果掉進去就再也浮不上來了，即使是游泳能手也要淹死在裡面。

沙威兩個臂肘撐著橋欄杆，雙手托住下頦，指甲機械地摳進濃密的頰髯裡，一副沉思的樣子。一個新情況，一場革命，一場災難，剛剛在他內心裡發生，這就有必要反省一下。

沙威痛苦萬分。

幾個小時以來，沙威不再那麼單純了，他心慌意亂。這顆頭腦在盲目中十分清澈，現在卻混濁了，這塊水晶裡生了雲霧。沙威的良心感到，他的職責一分為二，也不能向自己掩飾這一點了。他在塞納河灘十分意外地碰到尚萬強，當時的心情既像狼抓到了獵物，又像狗找到了主人。

他面前有兩條路，都同樣筆直，然而，兩條路他全看到了，就不免驚慌失措，他平生只認得一條直路，而現在令他萬分苦惱的是，這兩條路完全相反，相互排斥，究竟哪一條是正路呢？

他的處境難以描摹。

一個壞人成了救命恩人，欠了這筆債要償還，這就是違心地跟一名慣犯平起平坐，還要還這個人情。聽對方說一聲：「走吧，」然後自己再還一句：「你自由了。」為了個人動機而犧牲職責，犧牲這種普遍的義務，同時又感到這種個人動機也包含著普遍的意義，可能還要高出一等，背叛社會而忠於良心這種極荒謬的事都出現在他身上，令他目瞪口呆。

有件事令他驚詫不已，就是尚萬強寬恕了他；還有一件事更加令他愕然，就是他沙威也寬恕了尚萬強。

他究竟怎麼啦？他想要尋找自己，卻找不到了。

現在怎麼辦？交出尚萬強，這樣做不好；放了尚萬強，這樣做也不好。前一種情況，執法的人墮落到比勞役犯還卑劣的程度；而後一種情況，勞役犯上升到法律之上，將法律踩在腳下。這兩種情況，都有損沙威的榮譽，採取什麼決定都難免墮落。在不可能的路上，命運也會遇到陡峭的極限，越過極限一步，生命就化作一個無底深淵。沙威就到了這樣一種極限。

他深為焦慮的一點，就是被迫思考。所有這些矛盾的情緒越強烈，就越迫使他思考。沙威不習慣思考這種事，因而感到特別痛苦。

在思考中，內心總有一定程度的反叛，這正是沙威特別惱火的情況。

無論在什麼情況下，思考他公務的狹小圈子之外之事，對他來說都是無益而耗神的；尤其思考剛剛過去的這一天，更是一種折磨。遭受了這樣的震撼之後，必然要捫心自問，給自己一個交代。

想想剛才的所作所為，真是不寒而慄。他，沙威，全然不顧警察的條例，不顧社會和司法機構以及整個法典，竟然決定放掉一個人，還認為做得對，符合自己的心願，以私事充公事，這種行徑不是卑劣透頂嗎？他每次面對自己這種莫名的行為時，就會從頭到腳發抖。如何決斷呢？只有一個辦法可採納：立刻回到武人街，將尚萬強抓起來，顯而易見，他應該這麼做，但是他又不能這麼做。

朝這方向走吧，卻有什麼東西擋住他。

什麼東西？什麼？這世上除了法庭、執行的判決、警察和職權，難道還有別的東西嗎？沙威不禁意亂心煩。

一名神聖的勞役犯，一個不受法律制裁的勞役犯，而這恰恰是沙威一手造成的。

沙威和尚萬強，一個天生肆虐者，一個天生逆來順受者；兩個人都是法律的產物，而現在，他們卻高踞法律之上，難道這不可怕嗎？

怎麼？發生了這樣荒謬絕倫的事，竟然沒有人受到懲罰！尚萬強比全社會的秩序還強大，就要獲取自由了，而他沙威，還要繼續吃政府的麵包！

他的思索越來越可怕了。

他在思考把那個暴亂分子送回受難會修女街一事的過程中，本來也可以自責，但是他連想也沒有想，小錯隱沒在大錯中。況且，那個暴亂分子肯定死了，法律並不追究死者。

尚萬強才是他精神上的重負。

尚萬強令他驚愕。支撐他一生的所有原則，就在這個人面前全垮掉了。

尚萬強對他沙威寬宏大量的態度，卻把他置於難堪的境地。他想起另外一些事，當初認為是虛假荒誕的，現在看來全都真實可信了，尚萬強之後出現馬德蘭先生，兩個形象重疊起來，就合而為一，成為一個可敬的人了。沙威感到有種可怕的東西侵入心靈，即對一名勞役犯的敬佩。敬重一名勞役犯，這怎麼可能呢？他不寒而慄，但又擺脫不掉。他徒然抗爭一陣子，最後不得不在內心裡承認，這個壞蛋品格高尚，這種情況實在可恨。

一個行善的惡人，一名勞役犯，卻富有同情心，既和藹，又樂於助人，心腸寬厚，總以德報怨，以寬恕化仇恨，重憐憫而輕報復，寧願斷送自己也不肯毀掉敵手，救助打擊過他的人，跪在美德那高高的神壇上，超脫凡塵而接近天使！沙威不得不承認，這個怪物確實存在。

這種狀況不能延續下去了。

當然，我們再強調一遍，面對這個怪物，這個無恥的天使，這個可惡的英雄，他憤慨和驚愕幾乎參半，並不是毫無抵抗就投降了。他跟尚萬強面對面坐在馬車裡的時候，法律的老虎就在他身上怒吼。多少次他要撲向尚萬強，抓住並吞掉他，也就是說逮捕歸案。其實，這不是輕而易舉嗎？只要經過一個哨所，喊一聲就行了：「這有一名潛逃的慣犯！」把警察喊來，就對他們說：「這個人交給你們了！」把這傢伙丟下，自己就揚長而去，管他是什麼下場，再也不聞不問了。這人將永生成為法律的囚犯，任由法律處置。這不是非常公正嗎？這些話，沙威全在心裡說過，他想像他就那麼做，抓住這個人，然而，他卻像此刻這樣，難以下手了。他的手每次痙攣地舉向尚萬強的領子，又像被重負拉下來了。他聽到一個聲音，一個奇特的聲音，從思想深處對他喊道：「有你的！出賣你的救命恩人吧，再讓人將蓬提烏斯．彼拉多①的水盆端來，好洗洗你的爪子。」

然後，他又想到自身，在逐漸高大起來的尚萬強旁邊，他看見他沙威變得渺小了。

一名勞役犯居然成為他的恩人！

然而，他又為什麼接受這個人放自己一條生路呢？他在街壘裡有權被殺害，他也應該運用這一權利，向其他起義者呼救，好重挫尚萬強，迫使別人把自己槍斃，這樣就更好些。

他最為惶恐不安的，就是喪失了信念。他感到自身被連根拔起了，法典在他手中也成了一截斷木。他要對付的是一種全然陌生的擔憂：他心中情感的頓悟，和他始終奉為惟一尺度的法律判斷截然相反。保持以往的正直已經不夠了，一連串意想不到的事實出現，且令他信服了。一個新天地在他心靈裡展現：受恩圖報，為人忠誠、仁慈、寬厚，出於憐憫而違犯嚴紀，接受不同的人，不再一棒子把人打死，不再把人打入地獄，法律的眼睛也可能流下一滴淚，一種莫名的上帝正義，恰好與人的正義背道而馳。他眼見黑暗中駭然升起一顆陌生的道義太陽，他感到恐懼，而且目眩神搖。貓頭鷹被迫換上雄鷹的目光。

他思忖道，這的確是真的。凡事總有例外，政權也可能不知所措，條例在一件事實面前一籌莫展，法典的條文不可能把什麼都框進去，總有意外的情況迫使人遵從，一名勞役犯的美德，就能將一名公務員的品德設下陷阱，魔怪的可以沖淡神聖的，命運中就有這類埋伏，而他沉痛地想到，他本人也未能倖免，碰到一件萬難意料的事。

他不得不承認，人世間的確存在良善。這名勞役犯早就是善良的，而他沙威也剛剛變成善人了，這真是天下奇聞，他也從而墮落了。

他感到自己懦弱，開始討厭自己了。

在沙威看來，理想，並不是講人道，也不是追求偉大崇高，只求無可指責。

然而，他卻失誤了。

怎麼會走到這一步呢？怎麼會發生這種事情呢？他無法向自己交代。他雙手捧頭，怎麼解釋也不能自圓其說。

自不待言，他一直打算再度將尚萬強交給法律：尚萬強是法律的囚徒，而他沙威則是法律的奴隸。他一刻也沒有認為，他抓住尚萬強時有過放走他的念頭。可以說，他在不知不覺中張開手，把人放走了。

各種各樣的新情況，在他眼前像半開的謎團。他自問自答，而對自己的回答又感到十分震悚。他心中發問：「這個勞役犯，這個走投無路的人，我那樣追捕甚至迫害他，不料反落到他的腳下，他本來可以報復，無論出於仇恨還是從安全考慮，他都應該報復，可是他卻饒恕了我，他做了什麼呢？盡他的職責，不對，還有別的東西。而我也同樣饒恕了他，我又做了什麼呢？盡我的職責。不是，還有別的東西。除了職責，難道還有別的東西嗎？」想到這裡，他心驚膽顫，他的天秤脫了節，一端秤盤跌入深淵，另一端秤盤舉到天上，無論對舉到天上的還是對跌入深淵的，沙威都同樣感到恐怖。他絕不是所謂的伏爾泰主義者，哲學家或者無神論者，恰恰相反，他本能地敬重確立起來的教會，但是把它認為是社會整體的一個神聖部分，公共秩序才是他的信條，對他來說也就足夠了。自從成年後擔任公職，他就幾乎把警察當作他的宗教，他當警探，就像別人當教士一樣，我們使用這種字眼毫無諷刺意味，而是取其最嚴肅的含義。他有個上司，即吉斯凱先生，迄今為止，他沒怎麼去想到另外那個上司：上帝。

上帝，這位新上司，他忽然感受到了，一時不免心慌意亂。

上帝意外地出現，令他不知所措，他不知道如何對待這位上司，因為他深知下級必須永遠俯首聽命，不能違背，不能指責，也不能爭辯，如果上司的命令讓他過分詫異，那麼下級別無選擇，只能辭職不幹了。

然而，他又如何向上帝遞交辭呈呢？

轉來轉去，他總要回到這點上來，對他來說至關重要的一個事實：他極其嚴重地違法了。他

①．蓬提烏斯．彼拉多：羅馬皇帝尼祿派往猶太的巡撫，他向暴民讓步，判處將耶穌釘在十字架上的刑罰，事後又洗手，洗脫罪責。後來他改奉基督教。

閉目不看一名潛逃的慣犯，他放走了一名勞役犯，奪走一個應由法律制裁的人。他做出這種事，對自己簡直無法理解了，不敢確信他還是他本人。他只感到眩暈，卻找不出這樣幹的原因。時至今日，他生活中奉行這種盲目的信念，產生了黑暗的正直。如今，這種信念離去，他的這種正直也不復存在了。他的整個信仰煙消雲散。他不肯接受的事實真相，現在無情地困擾他。從今以後，他必須成為另一個人，他感受的痛苦非常奇特，就像良心的眼睛忽然摘除白內障那樣，他看到了他討厭看的東西。他感到自身空虛了，變得無用，與過去的生活脫離了，被撤了職，整個解體了，職權在他心中死去了，他沒有理由活在世上了。

受感化，這種境況是多麼的可怕！

本是花崗岩，卻又懷疑！完全由法律模子鑄造出來的懲罰像，忽又發現銅乳房下有個不馴順的怪東西，差不多像一顆心！儘管內心裡至今還認為這種德就是惡，竟還是會以德報德！本是看門狗，卻又舔人家！本是冰塊，卻又融化了！本是鐵鉗，忽又變成一隻手！突然感到手指張開了！放了手，這種事真是駭人聽聞！

總是有如槍彈一般向前直衝的人迷途而返啦！

內心裡不得不承認這一點：萬無一失並不絕對可靠，教條可能出錯，一部法典也不是包羅萬象，社會並不盡善盡美，職權也可能搖擺不定，永恆不變的法則可能有誤，法官也同樣是人，法律也可能出現差錯！他看見蒼穹的無垠藍玻璃上有一道裂紋！

沙威身上所發生的，是一個正直良心的極大震動②，出了軌的靈魂被無法抗拒的正直筆直拋出去，撞到上帝而粉碎了。毫無疑問，這實在是件奇事，社會秩序的司爐、政權的司機，騎上直線的盲目鐵馬，竟被一道光給掀下來！不可轉移的、直向的、準確的、呈幾何方圓的、被動的、完美的，竟然也給折彎了！火車頭也有一條通往大馬士革之路③。

上帝，永遠是人的內心，是真正的良心，抵制虛偽的良心，祂防止火星熄滅，命令光記住太陽，每逢心靈面對虛假的絕對時，祂就指導心靈識別真正的絕對、必勝的人性、不滅的人心，這種光輝燦爛的現象，也許是我們內心最壯麗的奇蹟，沙威能理解嗎？沙威能參透嗎？沙威能領悟嗎？顯然不能。不過，在這種不容置疑又不可理解現象的壓力下，沙威感到他的頭顱裂開了。

面對這種奇蹟，他非但沒有改觀，反而受害了。他接受這一奇蹟時惱羞成怒，把這一切僅僅看成在世的巨大艱難。他覺得從今往後，他的呼吸就永遠困難了。

他頭上出現陌生的事物，對此他很不習慣。

在此之前，他在頭上所見的是一個清晰的平面，既簡單又透徹，毫無未知和模糊的成分，毫無不確定的成分，全部井然有序，連成一體，既分明確切，又有全部圈定封閉的範圍。一切都可以預見到，職權是一個平整的東西，本身絕不會傾覆，在它面前也絕不會暈頭轉向。沙威才在下面看到陌生的東西，不規則的、出人意料的東西，通向混亂的不規則敞口、滑入深淵的可能性，這些現象標示為底層區域，標示為叛亂分子、壞人和卑賤者。現在，沙威仰起頭，不禁大吃一驚，他望見聞所未聞的景象：上面也有個深淵。

怎麼！從上到下垮掉啦！陷入絕對困惑的境地！還有什麼靠得住呢！確信無疑的東西卻土崩瓦解啦！

什麼！社會盔甲的缺陷，竟然讓一個寬宏大量的卑賤者找到啦！什麼！法律的忠實僕人，突然發現自己夾在兩種罪惡之間：放一個人有罪，逮捕這人也有罪！政府向公務員下達的命令，並不完全確定無疑了！在職責的大道還有死胡同！什麼！這一切竟是真的！從前的一個歹徒，屢次判決，被壓得直不起腰，竟然又挺起胸膛，最終佔了理，難道這是真的嗎？在改悔的罪惡面前，法律還要後退並連聲道歉，難道會有這種情況嗎？

不錯，是有這種情況！沙威看到了！沙威也觸摸到了！他不僅不能否認，而且還參與了。這

②．原文音譯是「芳普」，北方省鐵路線的一個地點，一八四六年七月八日，這條線路開通不到一個月，就發生火車出軌事故，引起民眾強烈震盪。

③．大馬士革之路：比喻為改變信仰。源出《聖經》，聖保羅在去大馬士革的路上，遇耶穌顯聖而改信基督教。

是事實，確鑿的事實，竟達到如此程度的畸形，這實在駭人聽聞。

事實若是履行本身的職責，那就只限於充當法律的證據，而各種事實，正是上帝派遣來的。現在，無政府狀態，也要從天而降嗎？

痛苦逐漸誇大，而驚愕又產生了錯覺，本來可以抵消和糾正他這種印象的一切，諸如社會、人類和宇宙，都統統消失，從此在他眼裡只剩下簡單而醜惡的輪廓了，這樣一來，刑罰、已然審判的事物、藉助於法律的勢力、最高法院的判決、司法界、政府、羈押和鎮壓、官方的明智、法律的萬無一失、權力的原則、政治和公民安全所依據的全部信條、主權、司法權、由法典引出的邏輯、社會的絕對性、公眾的真理，所有這一切，統統變成一堆瓦礫，一堆廢物，一片混亂。而他沙威，作為秩序的守衛者、不可腐蝕的警察、保衛社會的猛犬，也敗下陣來。然而，在這一片廢墟上，卻站立著一個人，只見他頭戴綠囚帽，額頭罩著光環，沙威的頭腦就是混亂到這種程度，他的靈魂中就是出現了這樣可怕的幻象。

這能容忍嗎？不能。

處境窘迫，這便是一例。只有兩種擺脫的辦法。一種就是堅決地去找尚萬強，將這勞役犯押入監獄。另一種……

沙威離開橋欄杆，現在他揚起頭，步伐堅定地走向夏特萊廣場的一角，那裡有以燈籠為標記的哨所。

他走到哨所，透過玻璃窗看見一名警察，便推門進去。在警衛哨所，單憑推門的方式，警察之間就能彼此認出來。沙威報了名字，拿出證件給警察看，便在點燃一支蠟燭的桌子旁坐下。桌上放著一支筆、一個鉛製墨水缸和紙張，以備作夜巡筆錄和開具寄存物品的收執之用。

按規定，這張桌子總配著一把草墊椅子，每個哨所都如此。桌子還一成不變地放一個裝滿木屑的黃楊木盤、一個裝滿封印用紅麵團的硬紙盒。這是下級公務員的格式，國家的公文就是從這裡開始的。

沙威拿起筆，在一張紙上寫道：

改進公務的幾點意見：

第一：我請求署長先生過目。

第二：被拘留者從預審處到來時，要脫掉鞋子，赤腳站在石板地上接受檢查，不少人回到牢房就咳嗽了。這就增加了醫療開支。

第三：跟蹤疑犯時，隔一段距離布置接替的警探，這樣安排很好，但是遇到重大案件，在視線之內至少要派兩名警探，萬一出於某種原因，一名警探失職，另一名便可監視並取代他。

第四：無法解釋為什麼，馬德洛奈特監獄實行特殊規定，禁止替囚犯設置椅子：即使付錢也不准。

第五：馬德洛奈特監獄食堂的窗口只有兩根欄杆，這樣一來，女炊事員的手就難免會被犯人觸碰到。

第六：稱做狗叫的犯人，負責叫其他犯人去探監室，他們要收兩蘇錢才肯把犯人的名字喊清楚。這是搶劫行為。

第七：在織布車間，斷一根紗要扣犯人十蘇錢，這是工頭濫用職權。其實，斷紗無損於布的品質。

第八：到費爾斯監獄探監，要穿過孩子院，才能進入埃及聖瑪利亞探監室，這情況極為不妥。

第九：在警察總署的庭院裡，每天都能聽到法警講述法官審問嫌疑犯的情況。法警應該是神聖的，傳播他在預審室裡聽到的話，是一種嚴重的違紀行為。

第十：亨利太太是一位正派的女人，她管理的食堂十分清潔，不過，讓一名婦女掌管秘密監獄的小窗口就不好了。這跟一個文明大國的監獄是不相稱的。

沙威寫的這一行行字，筆體沉穩工整，一個逗號也不遺漏，有力的筆觸把紙劃得沙沙作響。

他在最後一行下方簽了名：

沙威
一級警探
於夏特萊廣場哨所
一八三二年六月七日

沙威吸乾紙上的墨跡，將信紙折好封上，在背面又寫上「呈交當局的報告」，放在桌子上，便離開哨所。鑲了玻璃的鐵欄門在他身後重新關閉。

他又斜插著穿過夏特萊廣場，走到河邊，回到一刻鐘之前離開的地點，像機械一樣準確。他以同樣的姿勢，臂肘撐在原來橋欄杆的石板上，彷彿他沒有動彈過。

現在昏天黑地，正是過了午夜的陰森時刻。烏雲遮住星辰，可怖的天空黑沉沉的。城島[4]人家沒有一點燈火了，也不見一個行人。望得見的街道與河岸，全都空蕩蕩的；聖母院和司法部鐘樓猶如黑夜的輪廓。一盞路燈映紅了河邊的石欄，一座座橋前後排列，透過迷霧的影子變了形，雨後河水上漲了。

我們還記得，沙威憑欄的位置，正是塞納河急流的上方，垂直下面正是可怕的漩渦，像無休止的螺旋不斷地旋轉開合。

沙威低頭瞧瞧，一片漆黑，什麼也看不清楚。聽得見滾滾浪濤之聲，但是看不見河流。令人眩暈的幽深之處，偶爾顯現一道微光，隱約蜿蜒：水就有這種作用，在漆黑的夜裡，不知從哪裡採來一點光，就把它變成水蛇，光亮隱沒了，周圍又變得朦朧。無限的天地彷彿在這裡張開，下面不是河水而是深淵，河壩陡峭，好似無限空間的峭壁，影影綽綽，混同水氣而忽然隱逝了。

什麼也看不見，但是能感到河水逼人的冷氣和潮濕石頭的乏味。一股驚風從深淵吹上來，河水上漲雖看不見，但能猜得出，波濤悲鳴，橋拱高大而陰森，可以想像墜入這黝暗虛空的情景，這整個陰影充滿了恐懼。

沙威一動不動，呆了幾分鐘，凝望著這黑暗世界的洞口，什麼也看不見，他卻好像十分專注。流水訇然有聲。突然，他摘下帽子，放到石欄邊上，過了不久，一個高大的黑影立在石欄上，遲歸的人遠遠望見就會以為是鬼怪，那人影俯身向塞納河，繼而又挺起身子，接著便筆直地墜入黑暗，只聽低沉的咕咚一聲，朦朧的身影消失在水中，惟有這黑洞知道這場激變的秘密。

④．城島：塞納河中的兩個島，是巴黎的發祥地，巴黎聖母院即坐落其上。

第五卷：祖孫倆
Le petit-fils et le grand-père

一．舊地重遊，又見釘有鋅皮的大樹
Où l'on revoit l'arbre à l'emplâtre de zinc

上述的事件過後不久，布拉驢老頭有一次奇遇，讓他激動不已。

布拉驢老頭是蒙菲郿的養路工，多次出現在本書中黑暗的部分。

大家也許還記得，布拉驢幹著各種見不得人的營生，既打碎修路的石塊，也截道搶劫旅客，既是挖土工，又是強盜，他有個夢想，相信有人在蒙菲郿森林裡埋藏了財寶，希望有朝一日，他能在樹下的土裡挖出金銀，眼下，他還是先搜索行人的腰包。

不過，現在他謹慎多了。上次他也是僥倖脫險，我們知道，在容德雷特的破屋裡，他和一夥強盜被一網打盡，因酗酒而得救了；惡癖也有用處。警方始終未能查明究竟是強盜還是受害者，鑒於搶劫的那天夜晚，他處於沉醉狀態，也就不予追究，無罪釋放了。他又溜回去重操舊業，在當局監視下，保養從加尼到拉尼的一段公路，換上一副垂頭喪氣、冥思苦索的樣子，對於險些毀了他的搶劫行為稍微冷淡了，但是轉而更愛救了他一命的酒。

至於他回到養路工的茅草棚之後不久，有一件令他激動不已的奇遇，情況是這樣：

有一天清晨，布拉驢像往常一樣去上工，也許是去他的隱匿點，當時天剛亮，他在樹林裡發現一個人的背影，雖然晨曦朦朧，又隔著一段距離，但是看那人外表，他覺得並不完全陌生。布拉驢雖是醉鬼，卻有清晰準確的記憶——這是一個與法治秩序有點衝突的人所必備用以自衛的武器。

「見鬼，這人好像在哪見過？」他心中暗道。

可是，他找不到一點答案，只覺得這人頗像給他留下一點模糊印象的一個人。

布拉驢想不起這人是誰，就作了一些比較和計算。這漢子不是本地人，是外地來的，顯然是步行來的，因為這段時間沒有一趟驛馬車經過蒙菲郿，他肯定是走了一整晚。是從哪來的呢？不遠。因為他既無行囊也無包裹，肯定是從巴黎來的。幹嘛到這樹林裡來呢？為什麼挑這種時候呢？來這裡幹什麼呢？

布拉驢想到了財寶，他極力搜索記憶，才模模糊糊想起好多年前，他也有類似的奇遇，可能就是這個人。

在思索的沉重壓力下，他邊想邊低著頭，這姿勢很自然，但是不機靈。他再抬起頭來，卻不見人影了。那人消失在晨光熹微的樹林裡。

「活見鬼，」布拉驢說道，「我一定能找到他，一定能發現那個教民所屬的教區。貓老闆夜遊總有個緣故，我要弄明白。在我的樹林裡有秘密，甭想拋開我。」

他拿起尖利的十字鎬。

「有這傢伙，」他咕噥道，「既能搜地下，又能搜人身。」

就好像一條線要連上另一條線，他鑽進密林，盡量踏著那人可能走過的路線。

走出百步左右，天色大亮了，正好幫他看清路。沙地上留下的幾個腳印、剛遭踐踏的青草、折斷的歐石南枝，猶如美婦睡醒時伸展手臂那樣，灌木叢中碰彎的嫩枝又緩緩而優美地挺起來，這些對他來說都是蹤跡。他跟上蹤跡又失去蹤跡。時間倏忽過去，他深入密林中，走到一座小丘。一個早起的獵人經過遠處的一條小徑，邊走邊吹口哨，吹著吉耶里的小調。布拉驢受了啟發，想到上樹觀望，如同歌曲〈吉耶里夥計〉中的那個小傢伙。他雖然上了年紀，手腳卻很靈活。恰巧有一棵高大的山毛櫸，配得上蒂蒂兒①和他布拉驢。於是，他爬上山毛櫸，而且盡量爬高些。

這主意不錯，布拉驢極目搜索樹林中偏僻的那部分，在紛披雜亂的樹叢中，突然發現那個人。剛剛看見，又突然消失了。

那人走進，說得確切些，他溜進相當遠的一塊林間空地。那塊空地被一片高樹擋住，但是布拉驢很熟悉，他早就注意到在一大堆磨盤石旁邊，有一棵釘著鋅皮牌的病栗樹。那地方從前叫勃拉呂空地，那堆大石頭不知做何用處，三十年前就看到了，現在肯定還在原地。除了木柵欄之外，再也沒有比石堆更長壽的了。本來只是臨時堆放，有什麼理由延續下去呢？

布拉驢心頭一喜，疾速從樹上滑落下來。找到巢穴了，現在就剩下如何抓住那頭野獸了。那朝思暮想的財寶，大概就藏在那裡。

要去那片空地並不容易，要走踏出的小徑，曲裡拐彎特別惱人，得足足用上一刻鐘。如果直插過去，要穿過利刺傷人的極為茂密的荊叢灌木，就得用大半個鐘頭。布拉驢錯在不明白這一點，他相信直線；這種錯覺誠然可貴，卻也斷送了許多人的生命。荊叢遍布尖刺，不管多麼難行，他也認為是捷徑。

「還是走狼群的里沃利街。」他說道。

布拉驢習慣走斜路，這次錯在直插過去了。

他毅然衝進交錯勾連的密叢。

他要對付冬青、蕁麻、山楂樹、野薔薇、飛簾和極愛發怒的樹莓，皮膚不知劃破了多少處。

到了丘谷，他又不得不蹬過一條溪水。

四十分鐘後，他氣喘吁吁，大汗淋漓，全身都濕透了，遍體鱗傷，終於趕到林間空地。

空地一個人影也沒看見。

布拉驢跑過去，石堆還在，沒人把它搬走。

可是，那漢子卻消失在林子裡，跑掉了。跑哪去了呢？哪個方向？鑽進哪片荊叢？他實在無法判斷。

而令他痛心疾首的是，石堆後面那棵釘有鋅皮的大樹前面，有一堆剛被翻動的土，一把遺忘或丟棄的十字鎬，還有一個土坑。

坑裡空無一物。

「強盜！」布拉驢舉起兩個拳頭，對著天空吼叫。

二・馬呂斯走出內戰，準備家戰

Marius, en sortant de la guerre civile, s'apprête à la guerre domestique

馬呂斯長期處於半死不活的狀態，連續幾週發高燒，神智不清，而且腦部症狀相當嚴重，主要不是頭部受傷，而是受傷時震盪所致。

他在高燒的囈語中，有時整夜呼喚珂賽特的名字，聲調淒慘，表現出垂死之人那種可悲的固執。幾處大傷口很危險，一旦化膿，往往得由自身吸收，如受某種氣候影響，就可能致命。因此，每逢天氣變化，尤其來點暴風雨，醫生就很擔心。「病人千萬不能受到一點刺激。」醫生一再叮囑。

①・維吉爾的牧歌第一首第一句就講：蒂蒂兒躺在山毛櫸樹上。

包紮傷口既複雜又困難，當時，還沒有發明用膠布固定夾板和繃帶的方法。妮科萊特撕了一條床單做繃帶，「一條像天花板一樣大的床單。」她說道。使用氯化洗劑和硝酸銀，好不容易才治好了壞疽。外孫病危時，吉諾曼先生就守在床前，也像馬呂斯那樣神智不清，半死不活了。

照門房的描述，一位穿戴相當講究的白髮老人每天都來探望病情，有時一天來兩趟，還放下一大包紗布繃帶。

自從那天痛苦的夜晚，這垂危的人被人送到外祖父家之後，到了九月七日，一天不差整整過了四個月②，醫生才終於明確說他脫離危險了，接下來是康復期。然而，由於鎖骨斷裂所引發的症狀，馬呂斯還得在長椅上躺兩個多月。往往有這種情況：最後一個傷口遲遲不癒合，害得傷患長期包紮，煩惱極了。

不過，這次久病，康復期又長，倒使他免於遭受追捕了。在法國，任何憤怒，即使是公憤，不過半年也就平息了。社會處於一種狀態：暴動是所有人的過錯，大家都有必要睜一隻眼閉一隻眼。

應該補充一句，吉斯凱那道要求醫生告發傷患的卑劣通令，激怒了輿論，不僅激怒了輿論，還激怒了國王，這樣一來，傷患就受到義憤的庇護了。除了在戰鬥中當場俘獲的之外，軍事法庭不敢再騷擾任何傷患。這樣一來，馬呂斯才得以安寧。

吉諾曼先生先是飽嘗焦慮的折磨，後來又欣喜若狂，很難勸阻他不要整夜陪伴病人，他吩咐把他的太師椅搬到馬呂斯的病榻旁邊，又叫女兒將家中上等細布拿來撕了做紗布繃帶。吉諾曼小姐是個年長理智的人，她千方百計省下細布單子，又讓老外公以為是照他的話辦的。若要解釋裏傷用粗布比細布好，用舊布比新布好，吉諾曼先生連聽都不要聽。每次包紮傷口他都在場，而吉諾曼小姐則羞愧地回避了。當醫生用剪刀剪掉死肉時，老人卻在一旁叫：「哎喲！哎喲！」慈祥的老人哆嗦著遞給病人一杯湯藥時，看那情景比什麼都感人。他總纏住醫生問個不停，甚至意識不到自己總重複同樣一些問題。

醫生宣布馬呂斯脫離了危險的那天，老人簡直樂瘋了，他賞了門房三枚金幣，晚上回到臥室，還用手指打響兒，跳起盧加沃特舞，同時唱著這樣的歌曲：

雅娜生在蕨草叢，
牧羊女的好窩棚，
我真愛她小短裙
多撩人。

愛神活在她心中，
因為你將神箭筒，
放在她的明眸裡，
好諷刺！

我愛雅娜歌頌她，
勝過獵神狄安娜，
愛她布列塔尼型
雙乳峰！

歌舞一番之後，他又跪到一張椅子上，巴斯克從虛掩的門縫窺視，認為他肯定在祈禱。

②．作者筆誤：從六月六日夜晚至九月七日，只過了三個月。

在此之前，他是不太相信上帝的。

傷勢明顯地日益好轉，每次傷勢有進展後，外祖父就有出格的舉動。他喜不自勝，手腳就閒不住，無緣無故樓上樓下亂跑。有位女鄰居長相挺漂亮，一天早晨收到一大束鮮花，十分詫異，那是吉諾曼先生送給她的，丈夫吃了醋跟他大吵一架。吉諾曼先生還試圖把妮科萊特抱在膝上。他稱馬呂斯為男爵先生，還高呼：「共和國萬歲！」

他動不動就問醫生：「沒有危險了，對不對？」他用祖母的目光注視馬呂斯，看著他一口一口把飯吃下去。他判若兩人，不把自己當回事了，馬呂斯才是一家之主，他的快活中包含讓位的意思，他成了自己外孫的外孫。

他這樣喜氣洋洋，就變成了最可敬的孩子。他怕初癒的人累著或心煩，就待在身後對著病人微笑。他滿心歡喜，樂不可支，顯得又可愛、又年輕。他那滿頭白髮，又將他臉上喜悅的容光增添了溫柔的莊嚴之色。優美的儀態一連上皺紋，就變得更加可愛了，在心花怒放的老年人身上，有一種難以描摹的曙光。

至於馬呂斯，他由著別人包紮護理，心中只有一個不變的念頭：珂賽特。

他高燒退下，從夢魘狀態醒來，就不再念叨這個名字了，真讓人以為他不再想了。他保持緘默，正因為他的全部心思放在上面。

他不知道珂賽特的情況如何，麻廠街的整個事件，在他的記憶中就像一片雲霧，模糊不清的人影在他腦海中飄浮，愛波妮、伽弗洛什、馬伯夫、德納第一家人，還有悲慘地隱沒在街壘硝煙中的他那些朋友，而在這場流血事件中割風先生短暫的逗留也十分奇怪，他感覺割風先生是這場風暴的一個謎團：他不明白自己為何撿回了一條命，他不知道是什麼人，又透過什麼辦法救了他，周圍的人也全不知曉，只能告訴他那天夜晚，是一輛出租馬車把他送到受難會修女街來的。過去、現在、將來，在他的頭腦裡全混在一起，形成一片朦朦朧朧的迷霧，不過，在這迷霧中卻有一個靜止不動的點，一個清晰真切的線條，某種堅如岩石的東西，一個決心，一種意志，即找到珂賽特。在他的念頭裡，生命和珂賽特是分不開的，他已然決定，不能接受一個而失去另一個，不管外公、命運還是地獄，無論誰強迫他活下去，他就要求先恢復他失去的樂園，這是不可動搖的決心。

他並不避諱障礙。

談到這裡，我們要著重指出一點：外公無微不至的關懷和體貼，並沒有感動他，也絲毫沒有贏得他的心。首先，他並不知道所有這些表現的內情，其次，也許餘燒未退，他還處於病態的夢幻中，懷疑這種甜言蜜語是一個新的奇招，要軟化他，使他就範。因此，他始終反應冷淡。外祖父可憐的老臉白白堆笑了。馬呂斯心下暗想，只要自己不開口，由人做去，那麼一切就好，一旦提起珂賽特，他就看到另一副面孔，老外公就會丟掉假面具，露出真相。於是就要出現僵局，重新提出一大堆家庭問題，態度對立，什麼挖苦話、挑剔質疑全來了，什麼割風先生，切風先生，什麼家產、窮苦、卑賤，什麼往脖子上吊石頭，將來日子，全都搬出來。激烈地反對，下結論，斷然拒絕。馬呂斯事先就準備好採取強硬態度。

隨著他的身體漸漸復原，他的宿怨重新冒頭了，記憶中的舊傷疤重新裂開，他又想起過去，彭邁西上校又插進吉諾曼先生和他馬呂斯之間。他心想，對他父親極不公正又極為狠毒的人，絕不可能真正發善心。身體既已康復，他對外公又採取一種粗暴的態度了。而老人卻逆來順受，總那麼溫和。

馬呂斯回到家中，自從恢復知覺之後，從不叫他一聲父親，但也不稱他先生，說話時盡量避開這兩種稱謂；吉諾曼先生注意到這一點，但是不動聲色。

顯而易見，危機迫近了。

馬呂斯想試試自己的實力，較量之前先小試鋒芒。這種情況常有，叫作試探虛實。一天早晨，吉諾曼先生提起偶爾看到的一份報紙，輕率地談論國民公會，隨口講出保王黨替丹東、聖鞠斯特和羅伯斯庇爾下的結論。「九三年的人是巨人。」馬呂斯嚴厲地說道。老人戛然住口，而且一整天也沒有再講一句話。

外公早年那種頑梗死硬的形象，馬呂斯還記憶猶新，就認為這種沉默掩飾內心聚積的怒火，預示著一場激烈的鬥爭，因此他在思想深處越發積極備戰。

他已經橫下一條心，一旦遭到拒絕，他就拆掉夾板，讓鎖骨脫臼，把其他傷口也暴露出來，拒絕一切食物。他的創傷，就是他的武器裝備。不得到珂賽特就死去。

他懷著病人的鬼心眼，耐心地等待有利時機。

這種時機終於到來。

三・馬呂斯進攻

Marius attaque

有一天，在女兒清理大理石櫃櫥面上的藥瓶杯子時，吉諾曼先生俯下身，以特別溫柔的聲調對馬呂斯說：

「要知道，我的小馬呂斯，我要是你，現在就多吃肉、少吃魚。在康復的初期，吃油炸鰨目魚對身體有好處，可是，病人要想站起來，就得吃一大塊排骨。」

現在，馬呂斯差不多恢復了元氣，他集中全身的力量，從床上坐起來，兩個握緊的拳頭掄在被單上，他直視外公的臉，擺出一副兇相說道：

「提起排骨③，倒讓我想起要對您提件事。」

「什麼事？」

「我要結婚。」

「我早就知道了。」老外公說著，哈哈大笑。

「怎麼，你早就知道了？」

「對，我早就知道了。你會得到那小姑娘的。」

馬呂斯愣住了，他不勝驚喜，渾身顫抖起來。

吉諾曼先生接著說：

「對呀，你一定能得到那美麗漂亮的小姑娘。自從你受了傷，她整天哭泣，還做紗布，每天她都讓一位老先生來打聽你的情況。我打聽好了，她住在武人街七號。嘿，我早就知道了！唔！你想要她，那好，就娶來吧。說到你心眼裡去了吧，你還策劃個小陰謀，心裡盤算著：『這件事，我要直統統地告訴這個老外公，告訴這個攝政時期和督政府時期的木乃伊，這個當年的花花公子，這個變成吉倫特的多朗特④。他也有過風流事，有他的小相好、小女人，有他的珂賽特；他也炫耀過，有過翅膀飛行，也吃過春天的麵包，他總還記得吧。』走著瞧吧。開戰。啊！你抓住了金龜子的觸角。好啊，我讓你吃排骨，你卻回答我：『提起這個，我就要結婚。』抓個話頭就扯到這上面來！哼！你就想吵一架！可你不知道，我是個膽怯的老傢伙。這次你有什麼好說的？你一肚子火氣，卻萬萬沒有想到，發現你外公比你還傻，你要講給我聽的那一大套話都白準備了，律師先生，這太逗人了。好吧，隨便你，你要發火就發吧，你想怎樣我都依你，這讓你大吃一驚吧？傻瓜！聽我說，情況我都瞭解了，我也是有鬼心思的。她很可愛，也很賢淑，槍騎兵的事不是真的，她做了許多許多紗布，她真是個小寶貝，她深深地愛你。如果你死了，那麼我們三個就一道走，她的靈柩會陪伴我的。我早就想好了，等你一好轉，就乾脆讓她到你床頭來，不過，將年輕姑娘立刻帶到她們關心的受傷的美男子床前，這種事只有在小說裡才會有，這可不能胡來。你姨媽又會怎麼說呢？我的小傢伙，大部分時間你都赤身露體。妮科萊特一直守著你，你問問她有沒有辦法在這兒接待一位女子吧，還有，醫生又會怎麼說呢？一個美麗的姑娘，並不能治好高燒。

③・據《聖經・創世紀》記載，上帝造出第一個人叫亞當，從亞當身上取下一條肋骨造出夏娃，做亞當的妻子。

④・多朗特：指風流男子。

總而言之，就這麼辦，你也不用再說了，就這麼說定了，成了，就這樣幹，娶她吧，這就是我的殘暴。喏，我看得出來你不愛我，我就說：我要怎麼做才能讓這個小畜生愛我呢？我又說：對，小珂賽特掌握在我的手裡，送給他就是了，他總會愛我一點點吧，要不然就得說出個道理來。哼！你原以為，老傢伙又要大發雷霆，大吼大叫，說不行，還要舉起手杖威脅披著曙光的這代人。其實不然。珂賽特，行啊！愛情，行啊！我還求之不得呢。先生，勞駕您就結婚吧，祝你幸福，我心愛的孩子。」

老人說完這番話，放聲痛哭。

他捧起馬呂斯的頭，用手臂緊緊摟在年邁的胸口，於是祖孫二人全哭了。這是極度幸福的一種表現。

「我的父親！」馬呂斯高聲叫道。

「啊！你還是愛我的！」老人說道。

這一時刻難以描繪，他們都哽咽著說不出話來。

老人終於結結巴巴地說：「行啦！他總算開竅了，他叫我：父親。」

馬呂斯把頭從老外公懷抱裡掙脫出來，柔聲說道：「可是，父親，現在我身體康復了，我看可以跟她見面了。」

「這我也想到了，明天你就能見到她。」

「父親！」

「什麼事？」

「何不安排今天呢？」

「好吧，今天就今天。你叫了我三聲『父親』，這麼做也值得了。我安排一下，讓人把她給你送來。跟你說，我全想到了。這些都寫成詩了。這就是安德列．舍尼埃的哀歌〈年輕病人〉的結尾，安德列．舍尼埃，就是讓十惡不……讓九三年的巨人砍頭的那個。」

吉諾曼先生彷彿看見馬呂斯微微皺了一下眉。其實，馬呂斯不再聽外公說話了，他已經心馳神往，一心想珂賽特，顧不上一七九三年了。此刻提起安德列．舍尼埃實在殺風景，老人膽顫心驚，又急忙說道：「砍頭這個字眼不恰當。其實，那些革命巨人並無惡意，這是不容置疑的，他們是英雄，當然啦！他們只是覺得安德列．舍尼埃有點礙事，就把他送上斷頭……也就是說那些偉人，為了公共的利益，在熱月七日，請安德列．舍尼埃前往……」

吉諾曼先生不能自圓其說，結束也不是，收回也不是，說不下去了。老人情緒十分激動，趁女兒在馬呂斯身後整理枕頭的時候，就不顧年邁，以最快的速度衝出臥室，隨手把門帶上，只見他臉色紫紅，喉嚨梗塞，口吐白沫，眼珠幾乎鼓出來。他在候客廳正好撞見在擦皮靴的忠僕巴斯克，一把揪住巴斯克衣領，怒氣沖沖地劈頭對他嚷道：「我向十萬個長舌魔鬼發誓，那些強盜把他殺害了。」

「誰呀，先生？」

「安德列．舍尼埃！」

「是的，先生。」巴斯克萬分惶恐地答道。

四．吉諾曼小姐終於不再覺得割風先生進來時拿著東西有何不妥

Mademoiselle Gillenormand finit par ne plus trouver mauvais que M. Fauchelevent soit entré avec quelque chose sous le bras

珂賽特和馬呂斯久別重逢。

就如太陽，有些事物就不應該試圖描繪，因此我們就不對這場考驗多加著墨了。

珂賽特進來時，連同巴斯克和妮科萊特在內，全家人都聚在馬呂斯的臥室裡。

她出現在門口，彷彿罩在光環裡。

恰巧這時，老外公要擤鼻涕，一下子愣住，用手帕捂著鼻子，從手帕上面注視珂賽特：「可愛極了！」他高聲說道。

接著，他才噗噗大聲擤鼻涕。

珂賽特一腳踏入天堂，她滿面春風，心花怒放，又有點畏怯。人逢喜事容易驚慌，她也一樣，吶吶講不出話，臉白一陣、紅一陣，想投入馬呂斯的懷抱而又不敢。當著這麼多人的面示愛未免害羞。一般人不會體諒幸福的戀人，當他們最渴望單獨在一起時，別人卻守在旁邊，其實他們根本不需要別人。

陪同珂賽特進來的是一位白髮男子，他神態莊重，但面帶微笑，不過那淡淡的笑容有點傷感。他就是「割風先生」，他就是尚萬強。

正如門房所說，他的「衣著很講究」，身穿一套黑色新禮服，紮著白領帶。

門房萬萬想不到，這個體面的資產家，這位可能是公證人的先生，就是六月七日夜晚登門的那個可怕運屍工。那天夜晚，他衣衫破爛，滿身污泥，臉上盡是泥點血跡，架著昏迷的馬呂斯，一副驚慌而可憎的樣子。然而，門房的嗅覺很快就甦醒了，他看見割風先生和珂賽特到來時，就禁不住悄悄對他女人說了這樣一句話：「不知道怎麼回事，我總覺得見過這張臉。」

在馬呂斯的房間裡，割風先生靠門待著，彷彿是要避開別人。他腋下夾著一個小包，看似一部八開大小的書，包在外面的紙發綠了，就好像發了黴。

「這位先生是不是總這樣，胳膊下夾著書本？」吉諾曼小姐一向不喜歡書，低聲問妮科萊特。

「不錯，」吉諾曼聽見她的話，也低聲答道，「他是位學者。怎麼啦？這有什麼錯呢？我認識一個布拉爾先生，他也一樣，出門總帶本書，就像這樣抱在胸前。」

接著，他又提高聲音打招呼：「削風先生……」

吉諾曼老頭並不是故意這樣講：不大注意別人的姓名，這是他的一種貴族派頭。

「削風先生，我榮幸地為我的外孫彭邁西男爵向小姐求婚。」

「削風先生」躬身首肯。

「就這樣定了。」老外公說道。

他隨即轉向馬呂斯和珂賽特，舉起雙臂，嚷著祝福他們倆：

「允許你們相愛了。」

無須別人重複，他們管不了那許多已經開始竊竊私語了。二人說話聲音很低，馬呂斯臂肘支在躺椅上，珂賽特站在他身邊。「噢！上帝啊！」珂賽特輕聲說道，「總算又見到您了。真是你呀！真是您呀！就這樣去打仗啦！究竟為什麼呢？太可怕了。整整四個月，我就像死了一樣。噢！跑去打仗，太狠心啦！我有什麼對不起您的呢？這次我原諒您，不過，今後再也不要這麼做了。剛才有人去叫我們來時，我還以為自己非死了不可呢，不過那也是樂死的。原先我多傷心啊！我都來不及換衣服，一定難看死了。我這衣領皺皺巴巴，您的家長會怎麼看呢？喂，您倒是說話呀！別總讓我一個人講。我們一直住在武人街，聽說您的肩膀傷得很厲害，有人跟我說傷口能放進去一個拳頭。還有，好像要用剪子把肉剪掉。這太可怕了。我痛哭流涕，眼睛都哭腫了，人能痛苦到這種地步也真怪。您的外祖父看樣子非常和善。先別動，不要用臂肘撐著，當心會弄疼的。哦！我真幸福！看來，不幸的日子結束啦！我簡直傻透了，本來要對您說的話全忘了。您還一直愛我嗎？我們住在武人街，那裡沒有花園。我從早到晚都在做紗布。喏，先生，您瞧瞧，我手指頭磨出老繭了，這全怪您。」

「天使。」馬呂斯說道。

「天使」是語言中惟一用不舊的詞，任何別的詞都禁不住戀人的濫用。

等有人在旁邊了，他們就住口，一句話也不講，只有手指相互輕輕地觸摸。

吉諾曼先生轉過身，對屋裡的人高聲說：「你們說話都大聲點，大家都弄出點聲響，吵鬧一點吧，好讓這兩個孩子痛快聊聊。」

他又走到馬呂斯和珂賽特跟前，小聲對他們說：「你們就相互稱你吧，不要拘束啊。」

吉諾曼姨媽驚愕地看到，光明突然擁進她陳舊的家中。這種驚愕毫無逼人之勢，絕非梟鳥注視兩隻野鴿的那種氣惱而嫉妒的目光，而是一個五十七歲可憐老婦呆笨的眼神，也是虛度的一生注視愛情這樣的勝利。

「吉諾曼大小姐，」父親對她說，「我早就對妳說過，妳會看到的。」

他沉默片刻，又補上一句：「瞧瞧別人的幸福。」

他又轉向珂賽特：

「她真美！長得真美！是克勒茲一幅畫上的美人兒。怎麼，你要一個人獨佔，你這壞蛋！哼！調皮鬼，算你走運，混過我這關，假如我年輕十五歲，我們倆就得鬥劍，看誰能贏得她！真的！小姐，我可愛上您了。這事極其自然，您有這種權利。哈！要舉行小小的婚禮，又可愛、又美麗、又漂亮！我們教區是聖體聖德尼教堂，不過，我能搞到許可證，讓你們到聖保羅教堂去舉行婚禮，那座教堂是由耶穌會教士修建的，更氣派、更俏麗，正對著比拉格紅衣主教噴泉。耶穌會建築的傑作在那慕爾，名叫聖路教堂。你們結了婚，應該去參觀一下，值得去一趟。小姐，我完全站在妳這邊，贊成所有女孩子都結婚，她們天生就是為了這件美事。有那麼一個聖卡特琳，但願她永遠不戴上帽子⑤，總當處女，說起來不錯，可是太冷清了。《聖經》上說：你們要繁衍。為了搭救百姓，需要貞德；要繁衍百姓，卻需要季戈涅媽媽⑥。因此，美麗的姑娘們，妳們都結婚吧。我真不明白，總做處女有什麼好處呢？我也知道，在教堂裡單獨有個禮拜室，還可以集中到聖母會裡。然而，真是活見鬼，嫁給一個英俊的丈夫，一個正派的小夥子，一年之後，就會有一個金黃頭髮的大胖小子，快活地吸妳的奶，他的兩條腿肥嘟嘟的，粉紅的小爪子亂抓妳的乳房，那張笑臉就跟朝霞一樣，這不比舉根蠟燭做晚禱，歌頌〈象牙塔〉⑦強多了嗎？」

九旬的老外公用腳跟作軸轉了個身，像個轉滿的發條又說道：

阿西帕，從此別再胡亂想，

是真的，不久你要入洞房。

「哦，對了，我想起一件事！」

「什麼事，父親？」

「你不是有個密友嗎？」

「對，叫庫費拉克。」

「他現在怎麼樣？」

「已經死了。」

「那就算了。」

他坐到他們旁邊，也讓珂賽特坐下，將他們四隻手抓在他皺巴巴的老手裡。

「這小妞，真是個妙人兒。這個珂賽特，真是個尤物。她是個非常小的姑娘，又是非常高貴的婦人。她只能當男爵夫人，未免有點委屈了，她天生是個侯爵夫人，瞧她這睫毛！孩子們，你們要牢牢記住，你們這樣做得對。相親相愛吧，要又癡又傻。愛情，是人幹的傻事，又體現上帝的智慧，相互崇拜吧。只不過，」他忽又神色黯然，補充說道，「真不幸啊！現在我才想到，我擁有的錢財，大半是終身年金。只要我活著，生活就還過得去，但等二十年後我一死，噢！我可憐的孩子，你們就一無所有啦！到那時候，男爵夫人，您這雙漂亮的白手，就不得不趕著去拉魔鬼的尾巴[⑧]了。」

⑤．聖卡特琳節在每年三月二十四日，到這天，凡年滿二十五歲的處女都要戴上「聖卡特琳帽」，表示進入老處女行列。

⑥．季戈涅媽媽：法國木偶戲中的人物，身材高大，從裙子裡走出一大群孩子。引申意為多子女的母親。

⑦．原文為拉丁文，是歌頌聖母的連禱文的一段。

⑧．拉魔鬼的尾巴：意為「生活艱難」。

這時，只聽一個嚴肅而沉靜的聲音說：

「歐福拉吉·割風小姐有六十萬法郎。」

這是尚萬強的聲音。

他還沒講過一句話，又一動不動地站在這些幸福的人身後，大家都好像不知道他在這裡。

「您提到的歐福拉吉小姐是誰？」外祖父驚愕地問道。

「是我。」珂賽特回答。

「六十萬法郎！」吉諾曼先生重複道。

「可能少一萬四五千法郎。」尚萬強說道。

他將吉諾曼姨媽以為是書本的紙包擱到桌上。

尚萬強親手打開紙包，裡面原來是一疊現鈔。清點一下，一千法郎面值的有五百張，五百法郎面值的一百六十八張，共計五十八萬四千法郎。

「這真是一本好書！」吉諾曼先生說。

「五十八萬四千法郎！」姨媽咕噥一句。

「這就解決了許多問題，對不對，吉諾曼大小姐？」老人又說道，「馬呂斯這小魔頭，他在夢鄉的樹上找來一個闊小姐。看來，現在要放心讓年輕人談情說愛去。男學生找到擁有六十萬法郎的女學生！小天使比羅思柴爾德⑨還能幹。」

「五十八萬四千法郎！」吉諾曼小姐低聲重複道，「五十八萬四千就等於六十萬呀！」

然而，在這時候，馬呂斯和珂賽特只是相互注視，沒有怎麼注意這件小事。

五·現金存放在森林，遠勝交給公證人

Déposez plutôt votre argent dans telle forêt que chez tel notaire

無須再多解釋，大家都已經明白了，在尚馬秋案件之後，尚萬強趁第一次越獄數日的機會趕到巴黎，及時從拉斐特銀行取出他在海濱蒙特伊用馬德蘭先生的名字存的款，即他的經營所得。他怕再次被捕，就跑到蒙菲郿的樹林裡，將現金埋藏在所謂勃拉呂空地。而不久之後果真如其所料他再度被捕。好在六十三萬法郎現鈔體積不大，一個盒子就放得下了，但為防止受潮，他又將盒子裝入橡木小箱，箱裡塞滿栗木屑，他還把另一件寶物，主教的銀燭臺也放進去。我們還記得，他從海濱蒙特伊逃跑時帶走了那對銀燭臺。在一天傍晚，布拉驢第一次見到的那人正是尚萬強。後來，尚萬強每次缺錢時就前往那片空地去尋取。前面提過他幾次外出，就是為了這件事。他有一把十字鎬，藏在只有他才知道的灌木叢隱秘處。最近來他見馬呂斯逐漸康復，感到不久後就要用到錢了，便取了回來。布拉驢在樹林裡瞧見的還是他，但這次是在清早而不是在黃昏。布拉驢只繼承了那把十字鎬。

尚萬強抽出五百法郎自己用，實數為五十八萬四千五百法郎。「以後的事以後再說吧。」他心中暗道。

當初從拉斐特銀行取出六十三萬法郎，跟現在這個款數的差額，就是從一八二三年到一八三三年這十年間的花費，在修女院待五年，只用了五千法郎。

尚萬強將一對閃閃發亮的銀燭臺放到壁爐臺上，都聖見了讚歎不已。

此外，尚萬強也確信終於擺脫了沙威。有人在他面前提過，他也從《通報》發的消息上得到證實：警探沙威淹死在貨幣兌換所橋和新橋之間的洗衣船下。這個沒犯過錯並深受上級器重的人留下一張字條，令人猜想他是因為神經錯亂而自殺的。「的確，」尚萬強心想，「他抓住我又放了我，一定是已經瘋了。」

⑨．羅思柴爾德（一七四三—一八一二）：德國銀行家，國際金融王國的奠基人。

六・二老各以不同方式為珂賽特幸福盡力

Les deux vieillards font tout, chacun à leur façon, pour que Cosette soit heureuse

家中全面準備這樁婚事，徵詢過大夫的意見，說二月份可以舉行婚禮。現在是十二月份，幾週幸福美滿的快活日子就這麼倏忽而過。

外祖父同樣樂不可支，有時他久久端詳珂賽特。

「美麗的姑娘真討人喜歡！」他讚道，「她的樣子多溫柔，多善良！真沒得說，我的心肝咪咪，是我一生見過的最可愛的姑娘，以後她的美德就和香堇一樣芬芳。不錯，她是優美的化身。跟這樣的女子在一起，只能過一種高尚的生活。馬呂斯，我的孩子，你是男爵，又富有，求求你，別去做律師那種職業了。」

珂賽特和馬呂斯從墳墓一步登上天堂，連點過渡都沒有，他們倆即使沒有眼花繚亂，也要頭暈目眩。

「怎麼會這樣，你可有點頭緒嗎？」馬呂斯問珂賽特。

「我也不太明白，」珂賽特回答，「但是我覺得，仁慈的上帝在看著我們。」

尚萬強不遺餘力料理所有的事，為他們兩人鋪上康莊大道，使一切順利進行。他跟珂賽特同樣急切地盼望大喜的日子，而且從表面上看，也跟她懷著同樣歡樂的心情。

珂賽特身世的秘密，惟獨他知曉，他當過市長，懂得如何解決這一棘手問題。原原本本說出她的身世，誰知道會有什麼後果？有可能會有人阻止這樁婚事。他為珂賽特一一排除困難，替她安排了一個父母雙亡的家庭，這樣才保險，不會提出任何異議。珂賽特是一個孤兒，並不是他的女兒，而是另一個割風的骨肉，割風兄弟二人在小皮克普斯修道院當過園丁，從修道院可以得到大量極好的資料、以及極受讚揚的證明，善良的修女不大熱中探究別人父親的身分問題，看不出這裡耍了什麼花樣，她們始終說不準小珂賽特究竟是哪一個割風的女兒，只是提供了別人需要的情況，而且講得語氣十分誠懇。一份證明書開出來了，珂賽特法定為歐福拉吉．割風小姐，確認為孤兒。尚萬強又一番策劃，他以割風的名字被指定為珂賽特的監護人，而吉諾曼先生則是監護人的代理人。

至於那五十八萬四千法郎，則是一個不願透露姓名的人留給珂賽特的遺產。當初的數額為五十九萬四千法郎，其中一萬法郎用於珂賽特的教育，有五千法郎付給了修女院。這筆遺產由第三者保管，規定等珂賽特成年時或結婚時移交給她。整個這種安排，看來還是相當合情合理，尤其還有五十多萬遺產這一有力的旁證。當然也有幾處顯得怪異，但是沒人看到。與此相關的人，一個被愛情蒙住了眼睛，其餘的全被六十萬法郎遮住了視線。

珂賽特現在得知，長久以來她叫父親的這位老人，並不是她生父，而只是一個親戚，另一個割風才真正是她父親。換個時候，她會十分難過。然而現在，她正處於無比幸福的時刻，心頭只掠過一點陰影，臉上泛起一點愀然之色，但她畢竟欣喜若狂，陰雲很快就消散。她有了馬呂斯，年輕人一到面前，老人就退隱了，人生不過如此。

再者，常年來，珂賽特看慣了周圍一個個謎團。童年有過神秘經歷的人，往往不願深究一些事情。

她還是繼續叫尚萬強父親。

珂賽特心花怒放，特別喜歡吉諾曼外公。老人確實對她講了許多讚揚話，也送給她大量的禮物。尚萬強那邊為珂賽特營造了一個正常的社會地位、一筆無可指責的財富，吉諾曼先生這邊在幫她裝點婚禮的花籃，裡面裝滿新郎送給新娘的禮物，沒有什麼比追求華麗更令他開心的了。他送給珂賽特一條班什[10]花邊的衣裙，是他祖母留下來的。「這種式樣又流行了，」他說道，「老

⑩．班什：比利時城市，當時盛產鏤空花邊。

古董又風行起來。我年老時的少婦，跟我童年時的老婦穿得一樣。」

科羅曼德爾漆的凸肚式古老五斗櫃，多年沒有打開了，現在他又翻起來，說道：「讓這些老祖宗懺悔一下，看看大肚子裡都裝著什麼東西。」他稀里嘩啦，將滿滿的大肚抽屜裡的東西全倒出來，有他妻子、情婦和老輩女眷的衣物：北京寬條子綢、大馬士革錦緞、厚錦緞、印花縐綢、圖爾產的雙燒橫稜綢衣裙、能下水洗的印度金絲繡帕、幾塊不分正反面的王妃綢⑪、熱那亞和阿朗松的桃花、老式的金銀首飾、精雕戰鬥圖案的象牙糖果盒，還有各種舊衣裳、緞帶，他全送給珂賽特了。珂賽特驚喜交集，一方面對馬呂斯愛得發狂，另一方面也對吉諾曼先生感激不盡。她夢想用綢緞和絲絨裝飾起來的無邊幸福，在她看來，她的婚禮花籃是由大天使托著，她的靈魂鼓著馬林⑫花邊翅膀，在藍天裡飛翔。

我們說過，這對情人如醉如癡的程度，只有外公的興高采烈能與之相提並論。受難會修女街彷彿來了一隊銅管樂隊。

每天早上，外公都送給珂賽特一件古董。珂賽特的周圍，花邊衣飾應有盡有，像鮮花一樣爭奇鬥妍。

有一天，不知由什麼話頭引出來的，在幸福中喜歡嚴肅話題的馬呂斯說道：「那些革命者太偉大了，就像卡通⑬和福基翁⑭都擁有幾世紀的威望，每人似乎都是世代相傳的古名。」

「古綾！」老人高聲說，「謝謝，馬呂斯，這正是我要想的主意。」

於是，第二天，珂賽特的婚禮籃裡，又增添一件漂亮的茶色古綾衣裙。

老外公從這堆古物中引出一段高論：

「愛情，當然很美，但必須有陪襯。幸福也需要一些無用的東西，幸福，僅僅是必需品，要用大量不必要的東西調味。一座宮殿和一顆心，一顆心的羅浮宮，愛情的心和凡爾賽的大噴泉。請把牧羊女交給我，竭力讓她成為公爵夫人，請把頭戴矢車菊花冠的牧羊女菲莉領來，給她加上十萬利弗爾的年金。在大理石的柱廊下，請向我展現一望無際的田園。我讚賞田園，也讚賞大理石和黃金的仙苑。乾乾巴巴的幸福就像乾麵包，能填飽肚子，但不是美宴。我需要浮華的、無用的、奇異的、多餘的、毫無實用價值的東西。記得在斯特拉斯堡大教堂見過一座報時鐘，有四層樓那麼高，它的用意在報時，但又不像是為報時而造的，它報午時或午夜，報太陽的正午或愛情的午夜，也報其他任何你想聽的時辰，向你報月亮和星辰、大地和海洋、鳥兒和魚兒、福波斯[15]和福柏[16]，從那窩裡還鑽出無數玩意兒：有十二門徒，有查理五世，有愛波妮和沙賓努斯[17]，此外，還有許多鍍金小人兒吹喇叭。這還不包括那美妙的鐘樂，不知為什麼，動不動就響徹雲霄。一個簡陋的光禿禿的鐘盤雖也報時，但能與它相提並論嗎？我呢，我讚賞斯特拉斯堡的大鐘，認為它勝過模仿黑森林杜鵑叫的報時鐘。」

吉諾曼先生信口開河，對婚禮發表一通怪論，連十八世紀的醜陋老婦，也都納入他的讚歌中。

「你們不懂節慶的藝術。在現在這個時代，你們不懂得如何歡樂地過一天。」他高聲說道，「你們的十九世紀特別乏味，缺乏激情，不知何為富有，不知何為高貴。無論什麼事，它都剃成光頭出現。你們的第三等級平淡無奇，毫無味道，是畸形的。你們資產階級婦女成家立業的夢想，用她們自己的話來說，就是用紅木家具和細布簾子，新裝飾起一間漂亮的小客廳。讓開！讓開！吝嗇鬼先生要娶守財奴小姐。真是富麗堂皇！一支蠟燭上還貼著一枚金幣，現在就是這樣的時代。但願我能逃到比薩爾馬特人[18]更遠的地方。哼！在一七八七年，我就預言一切全完了，預言那天

⑪．法國里昂產的名貴絲綢。
⑫．馬林：比利時的城市名。
⑬．卡通（西元前二三四—前一四九）：羅馬政治家，曾任羅馬執政官，反對奢華和希臘風格。
⑭．福基翁（西元前四〇二—前三一八）：雅典政治家，將軍。
⑮．福波斯：希臘神話中的太陽神，即阿波羅。
⑯．福柏：希臘神話中的月亮女神，即阿耳忒彌斯。
⑰．沙賓努斯：高盧領袖，與妻子愛波妮率眾反抗羅馬人，爭取高盧獨立。
⑱．薩爾馬特人：伊朗的一支流浪民族，北移至多瑙河，後與日耳曼族同化。

我看見羅昂公爵，也就是萊翁親王、夏博公爵、蒙巴宗公爵、蘇比慈侯爵、元老院元老圖瓦爾子爵，乘坐兩輛馬車去龍尚[19]！這些全產生了後果。到本世紀，大家都在交易所做起投機生意，大發橫財，卻變成了吝嗇鬼！他們打扮修飾，外表弄得很漂亮，衣服筆挺，臉洗得乾乾淨淨，上過肥皂，刮了臉，刮了鬍子，梳好頭髮，上了髮蠟，弄得光溜溜的，又是擦，又是刷，外表非常整潔，無可指責，就跟石子一樣光滑，態度審慎，極有分寸，同時，我以我的情婦貞操發誓，他們內心深處全是糞土和污泥濁水，骯髒極了，連用手擤鼻涕的牛倌見了也要退避三舍。我向這個時代獻上這樣一句格言：骯髒的潔淨。馬呂斯，你別生氣，就讓我說吧，你看到了，我可沒講老百姓的壞話，還總把你的百姓掛在嘴邊，不過，對資產階級，請容我敲打敲打。我也是其中一分子嘛，愛得越深，責打也越狠。說到愛，我要明確地說，如今，人也結婚，可是不曉得怎麼結婚了。噢！老實說，我真懷念從前那種溫文爾雅的習俗，失去那一切真遺憾。當年，人人都那麼文雅，具有騎士風度，舉止彬彬有禮，可愛可親，那種豪華賞心悅目，音樂是婚禮的一部分，交響樂在樓上，鼓樂在樓下，大家跳舞，宴席上一張張臉喜笑顏開，對即將說出口的讚揚話早已深思熟慮，歌聲四起，焰火五顏六色，大家笑得非常開心，花樣多極了，舉不勝舉，那綢帶的大花結，我也懷念新娘的吊襪帶。新娘的吊襪帶和維納斯的腰帶是表姊妹。特洛伊戰爭是在什麼上進行的？當然是在海倫的吊襪帶上進行的。他們為什麼拚殺呢？為什麼神聖的狄俄墨得斯打爛了墨里奧涅[20]頭上的十角青銅巨盔呢？為什麼阿喀琉斯和赫克托用長矛相互刺殺呢？就因為海倫讓帕里斯拿走了她的吊襪帶。荷馬以珂賽特的吊襪帶為題，還能創作出一部《伊利亞特》。他會把我這個愛嘮叨的老頭兒寫進他的詩中，起名為涅斯托耳。朋友們，從前，在那可愛的從前，結婚特別講究：先要簽好一份婚約，接著是一頓豐盛的宴席。居雅斯[21]前腳出去，加馬什[22]後腳就進來。嘿！不用說，胃是一隻可愛的畜生，也要求該給它的一份，也要有它的婚禮。桌上有美酒佳肴，身邊坐著一位不戴修女巾、半露出胸脯的美人！哈！大家都開懷大笑，那時候真快活呀！青春就是一束鮮花。每個青年，到頭來都要捧上一枝丁香或一束玫瑰，即使當了戰士，也還是牧羊人，如果碰巧成為龍騎兵上尉，那也設法取名叫福羅里昂㉓。每個人都力求漂亮些，滿身繡花，披紅掛紫。一個資產家也像一朵花，一位侯爵像一顆寶石。誰也不穿扣絆鞋，誰也不穿長筒靴，人人都打扮得那麼漂亮，油光明亮，金光閃閃，舞姿翩翩，風情十足，顯得非常優雅，而側身仍不妨帶著佩劍。蜂鳥總得有喙又有爪。那是《風雅的印度》㉔的時代。那個世紀有文雅的一面，又有豪華的一面。嘿，老天見證！那時候真開心。可是今天，人總板著面孔。有錢的男人那麼吝嗇，女人又那麼假正經，你們這個世紀太不幸了。因為衣領開得太低，美惠女神也會被趕走，唉！本來是美的東西，卻當作醜的東西遮掩起來。從那場革命之後，人人都穿起長褲，連舞女也不例外，一名滑稽舞女演員必須一本正經，你們跳輕快舞蹈也得一板一眼，要顯得威嚴才行，就差把下巴也塞進領帶裡了。一個二十歲的青年舉行婚禮，追求的理想就是打扮成魯瓦耶．柯拉爾㉕那樣。你們可知道，追求這種威嚴，結果如何嗎？結果變得渺小。要知道，歡樂並不單純是快活，還是偉大的。因此，你們要歡快地相愛，見鬼！你們結婚時要搞得火爆，搞得昏頭昏腦，要喧鬧，鬧翻天，盡情表達出幸福！可以在教堂裡嚴肅，可是，彌撒一結束，就全丟開！要製造出一種圍著新娘旋轉的夢幻，結婚典禮既要有氣派，又要有夢幻的情調。婚慶的佇列，要從蘭斯大教堂走到香德爐寶塔㉖。我特別憎惡小裡小氣的婚禮。見鬼！至少婚禮這天，要登上奧林匹斯神山，當當神仙。啊！你們可以成為氣精、遊戲之神和歡樂之神，可以成為神兵天將！朋友們，哪個新郎都應該是阿道勃朗第

⑲．龍尚：位於巴黎西郊布洛涅樹林。當初有修女院，因屢出醜聞而於一七九〇年被關閉。後來改建為跑馬場。
⑳．狄俄墨得斯等固然是荷馬史詩中的英雄，但墨里奧涅這個人物卻是雨果的杜撰。
㉑．居雅斯（一五二二—一五九〇）：法國法學家。這裡象徵法律程序。
㉒．加馬什：《堂吉訶德》中的一個農民，舉行極豐盛的婚宴，這裡象徵美食。
㉓．福羅里昂（一七五五—一七九四）：法國寓言作家。這名字無疑來自羅馬神話中花神的名字福羅拉。
㉔．《風雅的印度》：法國音樂家拉莫（一六八三—一七六四）的歌舞劇，一七三五年在巴黎首演。
㉕．魯瓦耶．柯拉爾（一七六三—一八四五）：法國政治家。
㉖．香德爐寶塔建在昂布瓦斯城附近的莊園裡。

尼王子㉗。這一生僅有的千金一刻，要及時享樂，飛上雲霄跟天鵝和雄鷹一起遨遊，哪怕第二天又掉下來，回到資產階級青蛙群裡。絕不要在結婚上節儉，絕不要損害其光輝，絕不要在你們輝煌的日子吝惜錢財。婚禮不是平常過日子。哦！婚禮如果按照我的想像去辦，準會搞得妙趣橫生。可以到樹林裡聽小提琴演奏。看看我安排演出的節目：天藍色和銀白色。我要把田野各路神仙請來祝賀，還要把山林仙女和海上仙女統統請來。要辦成安菲特里特㉘的婚禮，有一片彩霞、一群梳好美麗髮型的裸體山林水澤仙女、一位向女神獻四行讚歌的學士院院士、一輛由海怪拉著的華車。」

特里同㉙吹螺殼，快步走在前方，
聽這仙樂者，無不快活成了仙！

「這才是婚禮的節目，這才像個樣，要不然算我外行，信口開河！」

老外公滿懷激情，滔滔不絕地講給自己聽，而這時候，珂賽特和馬呂斯則盡情地相互凝視。

吉諾曼姨媽以她一貫平和的心情，冷靜地看待這一切。近五、六個月以來，她接連受了不少刺激：馬呂斯回來，馬呂斯滿身血污被人送回來，馬呂斯被人從街壘送回來，馬呂斯死了，隨後又活過來，馬呂斯跟家裡和解，馬呂斯訂婚，馬呂斯要和一個窮苦的姑娘結婚，馬呂斯要和一個非常富有的姑娘結婚，那六十萬法郎是最後一件令她驚訝的事。繼而，她又恢復初領聖體時的冷漠態度。她還是按時去做禮拜，還是撥動念珠念經，還是念她的瞻禮祈禱書，當別人在角落裡竊竊說 I love you 時，她就在另一個角落輕聲誦〈聖母頌〉。在她看來，馬呂斯和珂賽特隱隱約約，就像兩個影子，但其實，影子正是她本身。

有一種苦修的滯鈍狀態，其靈魂已經麻木不仁，與所謂的生活世事格格不入，只能感知地震和大災大難，毫無一般人的感覺，既沒有歡樂也沒有痛苦。「這種虔誠——」吉諾曼老頭對女兒說，「就好像患了腦癌。你對生活一點感覺也沒有了，既聞不到臭味，也聞不到香味。」

不過，六十萬法郎倒把老姑娘的猶豫不決固定下來。她父親一直對她不以為然，在馬呂斯的婚事上沒有徵求她的同意。老人行事單憑一股激情，原先的暴君一變而為奴隸，一心要讓馬呂斯滿意。至於姨媽存在不存在，有沒有看法，老頭子連想都沒有想，老姑娘再怎麼溫順，也不免被這種態度刺傷了。她內心有不平之氣，表面上卻不動聲色，只是暗中盤算：「父親不跟我商量就決定了這樁婚事，我解決遺產問題時也不跟他商量。」她確實富有，而她父親則相反。因此，她在這個問題上保留了決定權。如果他們是窮苦的結合，那麼也就讓他們窮苦下去。外甥先生活該倒楣！他娶個女叫化子，那他就當叫化子去。然而，珂賽特擁有六十萬的財富，便討了姨媽喜歡了，使她改變了對這對情侶的看法。六十萬法郎值得重視，顯而易見，她別無選擇，只能把她的財產留給這兩個青年，原因無非是他們並不需要這筆財產。

事情已經安排妥當，新婚夫婦就住在外公家裡。吉諾曼先生的臥室是家中最漂亮的屋子，他非要讓出來不可。「這樣會使我年輕，」他說道，「我早就有這種打算，我一直打定主意，要把我的臥室變成洞房。」他用許多高雅的老古董布置新房，還用他認為是烏德勒支[30]產的名貴緞子裝飾牆壁和天棚花板，緞底全是毛茛花圖案，上有起絨的熊耳花。他說道：「昂維爾公爵夫人在拉羅什吉永時，就是用這種緞子做床罩的。」他將一個薩克森瓷人擺在壁爐臺上，那瓷人在裸露的肚子上捧著一個手籠。

吉諾曼先生的書房，改為馬呂斯需要的律師辦公室，大家還記得，這是應律師公會的要求設

㉗．阿道勃朗第尼王子：教皇克列芒八世（一五九二－一六〇五）家庭的成員，在其別墅發現古壁畫《阿道勃朗第尼的婚禮》。
㉘．安菲特里特：希臘神話的海中女神，海神波塞冬的妻子。
㉙．特里同：安菲特里特和波塞冬的兒子。
㉚．烏德勒支：荷蘭城市名。

立的。

七・幸福縈繞依稀夢
Les effets de rêve mêlés au bonheur

這對情侶天天見面。珂賽特與割風先生一道前來。「事情完全顛倒了，」吉諾曼小姐說道，「可不是嗎？未婚妻送上門來讓人家追求。」養成這種習慣，一來是馬呂斯需要療養，二來是比起武人街的草墊椅來，受難會修女街的沙發椅更適於促膝交談，也就把她拴住了。馬呂斯和割風先生見面並不交談，這好像成了慣例。少女都需要年長的人陪伴，沒有割風先生陪著，珂賽特就來不了，對馬呂斯來說，割風先生是珂賽特來訪的條件，他也就接受了。有一次，他們籠統地提起改善全民命運的政治因素，雖然沒有深入探討，但總算多說了幾句話，不局限於「是」和「不」了。還有一次提起教育問題，馬呂斯主張實行免費的義務教育，要以各種形式向所有人提供教育，如同大自然提供空氣和陽光那樣，總之，要讓全民都能接受教育，在這一點上，他們的看法完全吻合，差不多還交談起來。馬呂斯這時才注意到，割風先生很善言談，措辭也相當高雅；不過，他好像還缺少點什麼。和上流社會人士相比，割風先生缺少點什麼，但也多出點什麼。

馬呂斯在心裡默默對這位對他一味既和氣又冷淡的割風先生產生各種疑問。有時，他甚至對自己的記憶產生了懷疑。他的記憶有空洞，有個黑暗場地，有四個月垂危所掘下的深淵。許多事情都消失在那裡面。有時他甚至思忖，他在街壘裡是否真的見過割風先生這樣一個十分嚴肅、十分平靜的人。

況且，過去出現並消失的人和事物，給他頭腦留下的不止是這惟一的驚愕。不要以為他完全擺脫了記憶的困擾，須知這種困擾，即使在我們快樂的時候，在我們心滿意足的時候，也要迫使我們憂傷地回顧往事。一個人不回首已經消失的昨天，就沒有思想，也沒有愛心。有時候，馬呂斯兩手托腮，模糊的往事就亂哄哄地穿過他腦海中的暮色。他又看見馬伯夫倒下去，聽見伽弗洛什在槍林彈雨中唱歌；他又感到嘴唇下愛波妮冰冷的額頭；安灼拉、庫費拉克、約翰．普魯維爾、公白飛、博須埃、格朗太爾，他所有朋友在他面前站起來，繼而又無影無蹤。所有這些親愛的、痛苦的、勇敢的、可愛的或可悲的人，難道都是夢中之影嗎？是否確實存在過？暴動的硝煙席捲了一切。這些壯志凌雲的人都有凌雲的夢想。馬呂斯心中發問，暗自摸索；所有那些煙消雲散的事實令他目眩。他們究竟在哪兒呢？難道真的全部消亡了嗎？黑暗中一次隕落，除了他將一切都帶走了。在他看來，那一切彷彿消失在布幕後面。生活中常有這種落幕的場景，上帝又轉入下一幕。

就連他的自身，也還確實是同一個人嗎？他這個窮苦青年，現在富有了；他這個被拋棄的人，現在有個家了；他這個痛苦絕望的人，現在要和珂賽特結婚了。他覺得自己穿過了一座墳墓，走進去時是黑的，走出來時變亮了，其他人都留在那座墳墓裡面了。可是，所有從前那些人，有時又回來站在他面前，將他團團圍住，令他心情黯然，於是，他就想想珂賽特，便又恢復寧靜，惟獨這份幸福能抹掉這場災難。

割風先生幾乎也在那些消逝的人之列。馬呂斯始終不敢相信，街壘中的那個割風先生，就是這個有血有肉、極為莊重地坐在珂賽特身邊的割風先生。那個割風先生，可能正是在他昏迷時的的一場噩夢中出現又再消失的那個割風先生。此外，二人的性情相差懸殊，馬呂斯絕不可能當面問割風先生，甚至連這種念頭也沒有產生。我們已經指出這一特有的細節。

兩個人有個共同的秘密，並達成某種默契，都不言及這個問題，而這種情況並不像人們所想的那麼罕見。

只有一次，馬呂斯試探了一下。在談話中，他有意提到麻廠街，並轉身問割風先生：

「您熟悉那條街吧？」

「哪條街？」

「麻廠街啊？」

「這個街名，我一點印象也沒有。」割風先生回答，語氣極其自然。

他的回答僅指街名，並未涉及街道本身，但是馬呂斯認為這更能說明問題。

「毫無疑問，」他想道，「我做了一場夢，產生了一種幻覺，那個人只是有點像他，割風先生並沒有去那裡。」

八．兩個無法找到的人

Deux hommes impossibles à retrouver

不管馬呂斯有多麼喜悅，心頭的思慮也絕難抹去。

婚期已定，就在籌辦婚事期間，他開始對往事進行艱難而精細的調查。

要報答幾方面的恩情：替他父親報恩，也要為他自己報恩。

一個是德納第，一個是把他馬呂斯送回吉諾曼先生家中的那個人。

馬呂斯決意要找到這兩個人，他絕不願意結了婚，過上幸福日子，卻把他們忘掉；他擔心欠下的恩情如不償還，會在他此後光輝燦爛的生活中投下陰影。他決不願意拖欠恩情債，要在愉快地走進未來的生活之前，先償清過去的債務。

德納第是個惡棍，但這絲毫改變不了他救過彭邁西上校一命的事實。德納第在所有人眼裡是個強盜，在馬呂斯眼裡則不然。

馬呂斯不瞭解滑鐵盧戰場的真情實況，不知道那種特殊性：在那種異乎尋常的境地，德納第救了他父親一命，卻不是恩人。

馬呂斯雇請了好幾名偵探，哪個也沒有摸到德納第的蹤跡。這方面的線索好像全部消失了。德納第的婆娘在預審期間死在獄中，德納第和他女兒阿茲瑪，是那夥可悲的人中倖存的兩個，也已潛入黑暗中。社會這個不為人知的深淵，將他們吞沒之後又悄悄合攏了。水面上不見一點動盪、一點波紋，而那種一圈圈隱約擴展的水紋，恰恰表明有東西掉進去，可以進行探測。

德納第婆娘死了，布拉驢與此案無關，囚底失蹤了，主要被告都已越獄潛逃，戈爾博破屋的綁架案差不多流了產。案情始終沒有調查清楚。刑事法庭只好拿兩個協同犯開刀，一個是邦灼，別號春天，又名比格納伊，另一個是半文錢，又名二十億，二人分別被判處十年勞役，在逃同謀犯均判處終身勞役，主犯德納第則缺席判處死刑。這一判決，是惟一留下來有關德納第的事，猶如靈柩旁邊的一支蠟燭，陰慘慘的光投在這個被埋葬的名字上。

再說，德納第本來就害怕被逮捕歸案，潛伏起來，這個判決更把他趕入最深處，又給覆蓋這個人的黑暗加厚一層。

至於要尋找另外那個人，救了馬呂斯的那個陌生人，在一開始時還有點收穫，後來就停滯不前了。六月六日晚上把馬呂斯送到受難會修女街的那輛出租馬車，他倒是設法找到了。車夫說，六月六日那天，他奉一名警察之命，從下午三時到夜晚，「停車守在」香榭大道的河邊，就在大陰溝出口處的上方，約莫晚上九點鐘，對著河邊的陰溝鐵柵門打開了，走出一個漢子，肩上馱著一個彷彿死了的人。守候在那裡的警察逮捕那活人，抓住那死人，而他這個車夫，按照警察的命令，讓「那夥人」上了車，先到了受難會修女街，將那死人撂下，他說那死人就是馬呂斯先生，「這一次」雖然活了，他還是能認出來。然後，他們又上了車，他揮鞭趕馬，到了離檔案館不遠的地方，又叫他停車，在大街上付清了車費就叫他先走，警察將那人帶走了，此外，他就一無所知了，那天晚上異常昏黑。

我們已經說過，馬呂斯什麼也想不起來了，只記得他仰身要倒在街壘裡的時候，被一隻強有力的手從後面抓住，後來的事就沒有一點印象了，等到甦醒過來後，已是在吉諾曼先生家中了。

他越推測越找不出頭緒。

他總不能懷疑他本人的身分。然而，他分明昏倒在麻廠街，怎麼又會在殘廢軍人院橋附近的塞納河邊，被一名警察抓住了？難道有人從菜市場街區，把他背到香榭大道，怎麼走的呢？經由下水道走的！這種獻身精神真是聞所未聞！

這個人，是誰？

這正是馬呂斯要尋找的人。

關於這個人，他的救命恩人，一點消息也沒有，無影無蹤，找不到一點蛛絲馬跡。

馬呂斯調查這方面的事，雖然必須格外謹慎，但他還是一直查到警察總署。然而那裡也不比別處強，瞭解的情況無助於弄清真相。警察總署還沒有出租馬車夫瞭解得多，他們根本不知道六月六日在大陰溝鐵柵門那裡逮捕過人，也沒有收到警察任何有關的報告，認為這事純屬編造，只能是車夫編造出來的寓言故事，而車夫為了一點小費，什麼都幹得出來，甚至不惜胡編亂造，然而，事實終歸是事實，馬呂斯不能懷疑，除非像我們剛才講的，懷疑他本人的身分。

這一切無法解釋，不出這怪誕的謎圈。

這個人，這個神秘的人，車夫看見他背著昏迷的馬呂斯，從大陰溝的鐵柵門裡出來，因搶救一個暴動者而被埋伏的警察當場逮捕，他後來怎麼樣了呢？那名警察又去哪了呢？這人逃脫了嗎？那名警察為什麼保持沉默呢？他受賄了嗎？馬呂斯的這個救命恩人，為什麼不給他一點音信呢？這種慷慨的態度，與獻身精神一樣，都是超群絕倫的。這個人為什麼不露面了呢？也許他不圖報吧，但是誰也不能超越感激之情。難道他死了嗎？他是個什麼樣的人呢？是一副什麼長相呢？誰也說不清楚。車夫回答說：「那天夜晚太黑了。」巴斯克和妮科萊特當時嚇傻了，眼睛只顧盯著滿面血污的少主人。惟獨門房，在舉著蠟燭照著一副慘相歸來的馬呂斯時，倒是注意看了這人一眼，他提供這樣的特徵：「這人的樣子太可怕了。」

馬呂斯將回到外祖父家時穿的血衣保存起來，期望對他的尋找有所助益。他仔細察看血衣時，發現下襬有一處被撕破了，很是蹊蹺，而且還缺了一塊。

有一天晚上，馬呂斯因珂賽特和尚萬強在一起，他談到這場奇特的險遇，說他屢次查詢而徒勞。他見「割風先生」那張始終冷淡的面孔，便有些不耐煩了，於是激動地提高聲音，幾乎怒沖沖地說道：

「是的。這個人，不管他是什麼人，他的所為也是高尚的。您知道他做了什麼嗎，先生？他像個大天使那樣出現，他是衝進戰火中，才能把我搶出去，還打開下水道門，將我拖進去，再背著我！在那可怕的地下長廊裡，他必須彎下腰，屈著膝，在黑暗中，在污泥濁水中，走了一法里半多路，先生，背上還背個死屍！抱著什麼目的呢？惟一的目的，就是搶救這個死屍。而這個死屍正是我。他心裡想：『也許還有一線生機，為了這一點可憐的火星，我要冒生命危險！』他拿生命冒險，可不止一次，而是無數次，一步一個險。有事實為證：他一走出下水道就被捕了。先生，您知道嗎？這人所做的這一切，不希圖任何報酬。當時我是什麼人？一名暴亂分子。當時我是什麼人？一個戰敗者。啊！珂賽特那六十萬法郎如果是我的……」

「那錢是您的。」尚萬強插了一句。

「那好，」馬呂斯接著說，「我願意以這筆錢為代價，找到這個人！」

尚萬強沉默不語。

第六卷：不眠之夜
La nuit blanche

一．一八三三年二月十六日
Le 16 février 1833

一八三三年二月十六日的夜晚是降福之夜，夜色上空的天堂打開了，這是馬呂斯和珂賽特的新婚之夜。

這是興高采烈的一天。

這並非外公所夢想的藍色佳節，既不是有一大群小天使和小愛神在新婚夫婦頭上飛旋的仙境，也不是能裝飾在門楣上的那種婚禮的圖景，而是一次又甜美、又歡樂的婚禮。

一八三三年那時結婚的儀式和今天的不同。法國還沒有向英國借鑒「搶妻」的那種雅致習俗：新婚夫婦一出教堂就逃匿，懷著幸福的羞慚躲藏起來，以破產者的行徑表達〈雅歌〉中的那種狂喜。那時大家還不懂得，將自己的天堂放在驛馬車上顛簸，讓咯吱咯吱的聲響頻頻打斷自己的神秘，把鄉村客棧的床當作婚床，將自己一生最神聖的記憶留在按夜計費的普通客房裡，並和驛馬車和車夫和客棧女侍的交談相混雜，這一切該有多麼貞潔、多麼美妙，又多麼有雅趣。

在我們生活的十九世紀下半葉，市長及其綬帶、神父及其祭披、法律和上帝，都已經不夠了，還要補上龍朱莫驛站的車夫：上身穿紅翻袖口、鈴鐺鈕扣的藍外套，飾著金屬片的臂章，下身穿一條綠色皮褲，咒罵著馬尾紮起的諾曼第種馬，總之假飾帶、漆布帽子、撲粉的粗頭髮、大馬鞭和大皮靴。法蘭西的文雅，還沒有推進到英國貴族的那種程度：等新婚夫婦登上驛馬車，後跟磨損的拖鞋和舊鞋，便像雨點似的砸在他們頭上，以紀念邱吉爾①……後來他又叫馬爾勃路格或馬爾布路克婚禮那天，姑媽用怒火給他帶福運。舊鞋和破拖鞋還沒有投入到我們的婚禮中；不過別著急，高雅的趣味會繼續擴展，將來必定會有那天的。

從一八三三年回溯一百年，那時結婚可不疲於奔命。

說來也怪，大家還能想像出來，那時代舉行婚禮，既是私人的喜事，也是社會的節慶，大家族的喜宴無損於小家庭的隆重，即使是過度的歡樂，只要是正當的，就絕不會妨害幸福。總而言之，兩個人的命運在家族裡結合開始，從而產生一個家庭，而且，新房從此證明二人結為夫妻，這一切都是可敬而有益的。

他們在家中結婚並不感到羞恥。

因此，還按照現已過時的方式，在吉諾曼先生家中舉行婚禮。

結婚雖是極為自然又極為普通的事，可是要張貼布告，辦理結婚證，要跑市政廳，還要去教堂，總不免費些周折，在二月十六日之前無論如何來不及準備完畢。

十六日碰巧是星期二，封齋節的前一天，我們指出這一細節，純粹是力求準確。大家都猶豫

①．約翰．邱吉爾（一六五〇—一七二二）：馬爾勃路格公爵，英國將軍。

不決，顧慮重重，尤以吉諾曼姨媽為甚。

「封齋節前的星期二！」老外公高聲說，「棒極了。」有一句諺語說：

封齋節前成了親，

兒女沒有不孝心。

「就這麼辦，定在十六日！你呢，馬呂斯，你還想延期嗎？」

「當然不想啦！」熱戀中的人回答。

「那就結婚吧。」老外公說道。

就這樣，婚禮在十六日舉行，儘管那天下雨了，不過，在那狂歡的日子，一對新人總能看到賀喜的一角藍天，至於天地萬物都在雨傘之下，也就無所謂了。

婚禮前夕，尚萬強當著吉諾曼先生的面，將那五十八萬四千法郎交給馬呂斯。

夫妻實行財產共有制，這樣，婚書也就非常簡單了。

從此以後，尚萬強就用不著都聖了，珂賽特便接收過來，把她提升為貼身女僕。

在吉諾曼家中，還為尚萬強闢出了間漂亮的臥室，特意為他布置好了，珂賽特則央求他：「爸，我求求您了。」懇切的語氣萬難拒絕，差不多使他答應搬來一起住了。

婚期的前幾天，尚萬強出一點事，右手拇指砸傷了。傷得並不嚴重，他不讓別人照顧，自己包紮，也不讓人看傷處，連珂賽特也不例外。傷雖不重，但是手要纏上繃帶，手臂要吊著，這樣他就不能簽字了。吉諾曼先生是代理監護人，便代替他行事。

我們既不帶領讀者去市政廳，也不去教堂。跟隨一對情侶去那種地方的人寥寥無幾，而且一看見新郎的翻領飾孔插上一束花，便習慣扭頭不觀賞這齣戲了。我們只是略提一句，從受難會修女街去聖保羅教堂的途中有一插曲，而參加婚禮的人並沒有看見。

當時，聖路易街北口正在翻修，從王宮花園街起就無法通行了。婚禮的彩車不能直接駛往聖保羅教堂，必須改道，最簡單的就是從大馬路繞過去。賓客中有人提醒說，這是狂歡節的最後一天，可能會堵車。「為什麼？」吉諾曼先生問道。「因為有假面遊行隊伍。」「那好極了，」外祖父說道，「就從那走。這兩個青年一結婚，就要進入嚴肅的生活，讓他們瞧瞧假面的場景，好有個心理準備。」

他們就走大馬路。第一輛婚禮彩車坐著珂賽特和吉諾曼姨媽、吉諾曼先生和尚萬強。按照習俗，馬呂斯這時要和未婚妻分開，乘坐第二輛車。婚禮的車隊從受難會修女街駛出，就加入那車水馬龍的佇列：佇列從馬德蘭教堂到巴士底廣場，又從巴士底廣場到馬德蘭教堂，連成沒頭沒尾的長鏈。

大馬路上全是戴假面具的人，不時降下的雨也驅不散那些滑稽人物、小丑和傻瓜形象，在這一八三三年冬季的舒暢氣氛中，巴黎化裝成了威尼斯。那種狂歡節如今已見不到了，當狂歡節擴展到整個生活，也就沒有狂歡節了。

大馬路兩側擠滿了行人，居民也都在窗口看熱鬧，劇院柱廊的平臺上滿是觀眾。除了觀賞各種各樣的假面具，還觀看封齋節前狂歡節特有的車隊，就像在龍尚那樣，車輛形形色色，有出租馬車、市民輕便馬車、大篷車、帶篷的兩輪小車、單駕雙輪車等等，列隊行駛，秩序井然，一輛輛相連接，嚴格遵守交通法規，彷彿行進在鐵軌上。列隊車輛上的人，無不既是觀眾又是演員。絡繹不絕的車輛形成方向相反的兩條平行線，由警察控制在大馬路兩側偏道，不讓這兩條車流遇到一點阻遏，保持一條流向下游，一條流向上游，一條流向昂丹大街，一條流向聖安東尼城郊大街。法蘭西貴族院議員帶有徽章的車輛、外國使節的車輛，則可以在大馬路中央自由往來。還有歡快的彩車隊，尤其是肥牛車，也有這種特權。英國也揮響馬鞭投入巴黎的歡樂，西摩勳爵招搖過市，乘坐一輛有賤民綽號的旅行車。

保安隊像一群牧羊犬，沿著這兩行車流來回奔跑。佇列裡有正派人家的大轎車，坐滿了姨婆和祖母，車門站著膚色鮮豔的化裝兒童，七歲的男小丑、六歲的女小丑，小傢伙特別可人，他們感到正式參加了公眾的歡樂，深深意識到他們扮演滑稽角色所擁有的尊嚴，便像政府官員那樣一副嚴肅。

遊行的車隊不時在某處堵塞了，側道的一列就得停下，等疙瘩解開再運行，一輛車受阻，就足以使全線癱瘓，排除障礙再繼續行進。

婚禮的車隊沿大馬路的右側佇列，駛向巴士底廣場，行進到白菜橋街時停了片刻。而對面朝馬德蘭教堂行進的車隊，幾乎也同時停下來，其中有一輛車滿載戴假面具的人。

那種車輛，更確切地說，那種裝滿假面具的大車，巴黎人相當熟悉。如果哪年封齋節前狂歡節或封齋節的狂歡日②，不見那種車輛，大家就會以為有人在搞什麼鬼，就會議論說：「這裡一定有什麼名堂，很可能內閣要換人了。」那輛車裝了一大堆老丑角、滑稽丑角和女僕角色，在行人的頭上顛簸，看上去奇形怪狀，醜態百出，從土耳其人到野人，有攙扶侯爵夫人的大力士、能使拉伯雷捂上耳朵的滿口粗話的潑婦，也有能讓阿里斯托芬垂下眼簾的母老虎，麻絲做的假髮、玫瑰色的汗衫、講究的帽子、扮鬼臉的眼鏡、帶個戲蝶的滑稽醜三角帽，他們對著行人怪叫，雙拳撐在大胯上，袒露雙肩，戴著假面具，擺出肆無忌憚的姿態，顯得那麼厚顏無恥，真是一大堆亂七八糟的丑類，由頭戴花冠的車夫拉著示眾。車上就是這樣一群東西。

希臘需要泰斯庇斯③大戲車，法國則需要瓦德④的出租馬車。

什麼都可以拿來滑稽地模仿，甚至模仿滑稽的模仿。農神節這種古代美的滑稽樣，因為越擴越大而終於演變成為封齋節前的星期二。酒神節，古代的酒神頭戴葡萄藤冠，沐浴在陽光下，袒露神奇的半截身子和大理石般的雙乳，如今卻一副無精打采的樣子，身穿北方濕漉漉的破衣衫，最後就改名叫狂歡節假面人了。

假面人車這種傳統，始於最古的王朝時代。路易十一撥給宮廷大法官的費用「二十蘇圖爾幣，租用三輛車，戴假面人上街」，如今，這幫喧鬧的人一般乘坐老式雙輪公共馬車，擠在上層車廂裡，也有亂哄哄的一夥人擠上四輪公共馬車上，將車篷放下，六人坐席擠了二十多人。有的在車椅上，有的在折疊加座上，還有的在放下的車篷側面和轅木上，甚至還騎在馬車的燈籠上。有站立的、臥倒的、坐下的、蹲著的、吊著腿的。女人則坐在男人的膝上。那夥狂人攢動的頭疊成的金字塔，從遠處就能看見。這種滿載假面人的車輛，在車水馬龍中間是歡騰的高山。等到科萊、帕納爾和皮龍⑤一出場，黑話就滿天飛了。車上的假面小丑，向老百姓滿口噴出一套套粗話。這輛公共馬車載了太多的人，看上去特別龐大，帶有一種征服的氣勢。車前沸反盈天，車後一片混亂，車上叫罵，吊嗓子，呼號，狂笑，高興得前仰後合；快樂在咆哮，諷刺在噴火，歡快的情緒展示出來，像展開的一塊大紅布；兩個瘦長乾癟的女人演一齣鬧劇演到了高潮，這是滿載歡笑的勝利戰車。

然而，這種笑實在厚顏無恥，算不上爽快，這種笑也實在可疑，顯然肩負一種使命，要向巴黎人證明這是狂歡節。

這種粗俗下流的車輛，令人感到一種莫名的黑暗，也能引起哲學家深思。這其中有執政的意涵，能觸摸到公職人員和公娼神秘的相似之處。

種種卑劣、醜惡拼湊起一個歡樂的整體，墮落和無恥相加，用來誘惑民眾，為賣淫充當廣告的大肆偵察，既凌辱又愉悅眾人，而群眾也愛看四輪大馬車載著一堆活妖怪駛過，愛看那堆妖怪穿著飾了金箔的破衣爛衫，半污穢、半閃光，又嚎叫、又歌唱，並為各種羞恥合成的勝利而熱烈鼓掌，如果警察不讓這二十顆頭的歡樂蛇妖在人群遊弋，那麼群眾就認為這算不上節慶。這個情況固然可悲，但是又有什麼辦法呢？一車車飾著彩帶和鮮花的污穢，受到公眾笑聲的辱罵和寬恕。

②．封齋節又稱四旬齋。封齋節前的星期二為狂歡節的最後一天；第三週的星期四為狂歡日。
③．泰斯庇斯（約西元前六世紀）：希臘詩人，相傳他開創悲劇，以大車為舞臺巡迴演出。
④．瓦德（一七二〇－一七五七）：法國戲劇和滑稽歌劇作家。
⑤．科萊（一七〇九－一七八三）：法國戲劇作家。帕納爾（一六七四－一七六五）：法國民謠和戲劇作家。皮龍（一六八九－一七七三）：法國民謠和滑稽歌劇作家。

大眾的笑聲是普遍墮落的同謀。一些不健康的節慶活動，引導民眾墮落為群氓無賴，而群氓與暴君一樣，都需要小丑。國王有羅克洛爾，民眾有帕亞斯滑稽丑。巴黎每當喪失卓越大都市的身分，就淪落為瘋狂的大城。在這裡，狂歡節是政治的組成部分。應該承認，巴黎心甘情願讓無恥的東西大肆表演。它只向大師要求一件事——如果它有大師的話：「替我幫這污泥塗脂抹粉吧。」羅馬也有同樣的習性，特別喜愛尼祿這運送丑類的巨人。

剛才提到的那輛大轎車，滿載著奇形怪狀的假面男女，停在大馬路的左側偏道，當時婚禮車隊正巧停在右側偏道。假面人的大車隔著大馬路，看見了新娘的彩車。

「咦！」一個假面人說，「辦喜事。」

「假喜事，」另一個插嘴說，「我們才是辦喜事。」

隔得太遠，沒辦法招呼婚禮的車隊，又怕警察干預，兩個假面人就往別處看了。

過了一會兒，一車假面人就忙亂起來，眾人開始喝倒采，這是向假面人表示的親熱。剛才對話的兩個假面人就和同伴一起回擊，收集菜市場的全部槍彈，對付眾口的猛攻還嫌火力不足。假面人和公眾之間你來我往，用隱語黑話激烈交火。

這時，同車的另外兩個假面人，一個是老傢伙，鼻子奇大，黑鬍子特別濃密，像個西班牙人；另一個是乾瘦的小丫頭，戴著半截面具，一副罵街小潑婦的樣子，他們二人也注意到了婚禮彩車，就在同伴和行人對罵時，他們則低聲交談。

他們的竊竊私語淹沒在喧囂聲中，幾場陣雨將這輛敞篷車淋透了，二月的風又不溫暖，袒胸露懷的小潑婦渾身顫抖，一邊笑一邊咳嗽。

這就是他們的對話：

「咳！」

「怎麼了呀，達龍⑥？」

「妳看見那個老傢伙了嗎？」

「哪個老傢伙？」

「就那個，在婚禮的第一輛車上，靠我們這邊的位置。」

「那個紮黑領帶，吊著手臂的？」

「對。」

「怎麼啦？」

「我肯定認識他。」

「嗯！」

「我若是不認識這個龐丹佬⑦，就讓人割我的脖子，當我一輩子沒講過『您』、『你』和『我』。」⑧

「今天的巴黎就是龐丹。」

「妳彎下腰，能看見新娘嗎？」

「看不見。」

「新郎呢？」

「這輛車上沒有新郎。」

「啊！」

「除非是另外那個老頭。」

「妳盡量往下彎彎腰，瞧瞧那新娘。」

「不行啊。」

---

⑥．達龍：父親。——雨果注

⑦．「龐丹佬」即巴黎人。

⑧．這段是黑話，意思是「我拿我的腦袋擔保，我一定認識這個巴黎人」。

「沒關係，反正爪子纏了東西那個老傢伙，我肯定認識。」
「認識又有什麼用？」
「不知道。萬一有用呢。」
「我對老傢伙可不感興趣。」
「我認得他！」
「認得就認得吧。」
「見鬼，他怎麼會參加婚禮？」
「我們不是也參加了嗎？」
「這婚禮車隊，是從哪來的呢？」
「我怎麼知道？」
「聽著。」
「什麼呀？」
「妳得幹一件事。」
「什麼事？」
「下車去，跟上這輛禮車。」
「幹什麼？」
「弄清楚車去哪，是些什麼人。趕快下車，快跑，我的仙女⑨，妳還年輕。」
「我不能離開車。」
「怎麼不能？」
「我是被雇來的。」
「哎呀，糟糕！」
「我要幫市政府做一天潑婦。」

「真的。」

「我一離開車，哪個警探看到了都會把我抓起來，這你最清楚了。」

「對，我知道。」

「今天，我被法螺絲⑩買下了。」

「不管怎麼說，這老傢伙叫我心煩。」

「老傢伙叫你心煩？你又不是少女。」

「他在第一輛車上。」

「那又怎麼樣呢？」

「在新娘車上。」

「那又怎麼樣呢？」

「看來他是父親。」

「這和我有什麼關係？」

「跟妳說他是父親。」

「又不是只有他一個父親。」

「聽我說。」

「什麼呀？」

「我不行，我只能戴面具行動。我在這裡也得隱藏身分，別人不知道我在這。可是，明天就不能戴面具了，星期三就是齋期了，我再出來就要跌跟頭⑪，必須鑽回我的洞裡。妳不一樣，你

⑨．仙女：女兒。——雨果注。

⑩．法螺絲：政府。——雨果注

⑪．跌跟頭：被捕。——雨果注

是自由的。」

「不太自由。」

「總比我自由點。」

「你想說什麼呀？」

「妳要想辦法弄清楚婚禮車去什麼地方！」

「去什麼地方？」

「對。」

「我知道。」

「去哪？」

「藍針盤街。」

「首先，方向就不對。」

「那就是去酒糟街。」

「也許去別的地方。」

「人家是自由的，婚禮的行列是自由的。」

「說這些都沒有用。跟妳說，妳要想辦法給我弄清楚，那是哪個人家的婚禮，怎麼會有那個老傢伙，新婚夫婦住在哪。」

「難說！這件事可不好辦。等這週過後，再去找星期二狂歡節經過巴黎大街的婚禮車，就那麼容易？真是草棚裡找別針！怎麼能辦得到呢？」

「不管怎樣，總得試試。明白嗎，阿茲瑪？」

兩列車隊在大馬路兩側偏道又開始反方向移動，假面車看不到新娘車了。

二・尚萬強總吊著手臂

Jean Valjean a toujours son bras en écharpe

實現自己的夢想。讓誰實現夢想呢？上天肯定要有所選擇；殊不知我們全是候選人，天使在投票。珂賽特和馬呂斯中選了。

在市政廳和教堂裡，珂賽特光彩奪目，楚楚動人，這是都聖與妮科萊特協助她打扮的。

珂賽特穿一條白色塔夫綢襯裙，外面套了班什產的鏤花邊連衣裙，再罩上英國針織花薄頭紗，戴一條精美珍珠項鏈，戴一頂橘花冠，全是純潔的白色，她在這身潔白色中光豔照人。這種美妙的天真無瑕，在明光中煥發而昇華，就好像一位貞女正在化為天仙。

馬呂斯梳理好的頭髮又光亮、又芳香。在濃密的鬈髮下，仍能看到街壘留給他的幾條淺色傷痕。

外祖父神采飛揚，下巴昂起，那身穿戴和舉止，更加顯示了巴拉斯[12]時期的文雅。他挽著珂賽特的手臂，代替因吊著綳帶而不能攙扶新娘的尚萬強。

尚萬強身穿黑禮服，笑呵呵地跟在後面。

「割風先生，」外公對他說，「今天真是大好日子，我投票贊成結束憂傷和悲痛！從今以後，任何地方都不應再有傷心的事。老天見證！我宣布快樂！痛苦沒有資格存在了。不錯，世上還有受苦的人，這是青天的恥辱。痛苦不是人造成的，人性說到底還是善良的。人類全部苦難的首府和中央政府，就是地獄，換句話說，就是魔鬼的土伊勒里宮。好啊，現在，我也講起譁眾取寵的話來啦！其實，我也沒有政治觀點了，但願所有人都富裕，也就是說生活快樂，我只有這一點主

⑫・保羅・巴拉斯（一七五五—一八二九）：法國政治家，國民公會成員，曾任督政府的執政官。

張了。」

在市長和神父面前不知回答了多少回「是」，又在市政廳和教堂的登記簿上簽了字，二人交換了結婚戒指，在香煙繚繞中罩著白雲紋婚紗並排跪下，所有儀式都結束，他們才手拉著手，來到眾人面前，接受賀喜和讚美。馬呂斯穿一身黑禮服，珂賽特則一身潔白，前面由戴上校肩章的教堂警衛用戟跺響石板開道，他們穿過兩排嘖嘖稱讚的賓客，走出敞開的教堂兩扇大門。一切都已結束，又準備上車了。珂賽特還難以相信這是真的。她瞧瞧馬呂斯，看看眾人，又望望天，好像害怕從夢中醒來似的。她那又驚訝、又隱隱不安的神情，為她增添一種說不出來的魅力。返回時，馬呂斯和珂賽特同上一輛車，並肩而坐。吉諾曼先生和尚萬強坐在他們對面。吉諾曼姨媽則降了一級，乘坐第二輛車了。「孩子們，」外祖父說道，「現在你們是男爵先生和男爵夫人了，享有三萬利弗爾年金。」於是，珂賽特緊靠過去，對著馬呂斯的耳朵，以天使的美妙聲音說道：「原來這是真的。我也叫馬呂斯，是你的夫人。」

兩個人神采奕奕，他們正處在一過去便難再追回的一刻，正處於整個青春和全部歡樂的光輝燦爛的會合點。他們實現了約翰．普魯維爾的詩句：「二人相加，還不到四十歲」。這是無比崇高的結合，兩個孩子就是兩朵百合花。他們相互雖不注視，卻彼此瞻仰。珂賽特看見馬呂斯在一片榮光之中，馬呂斯則看見珂賽特在聖壇上。既在聖壇上，又在榮光中，這兩個神化了的人，不知怎麼的，內心已經交融了。有一件理想的東西，實實在在的東西，親吻和夢幻的約會，新婚的枕席，對珂賽特來說是在一片雲彩後方，在馬呂斯看來是在一片烈焰中。

他們所經歷的一切苦難，回憶起來也令他們陶醉，彷彿憂傷、失眠、淚水、惶恐不安、驚慌失措、痛苦絕望，都變成了愛撫和光明，使臨近的美好時刻更加美好，而往日的悲傷全變成女僕，來給歡樂梳洗打扮。經歷過痛苦，該有多好啊！他們的不幸成為他們幸福的光環。他們的愛情長期遭受磨難，結果昇華了。

兩顆靈魂都同樣欣喜若狂，不過，馬呂斯摻雜著一點欲念，珂賽特隱含兩分羞怯。他們喃喃說：「咱們再去普呂梅街，看看咱們的小花園。」珂賽特衣裙的長褶 搭在馬呂斯身上。

這樣夢想和現實雜糅的一天難以形容，既已擁有，又像是虛擬的。在這天，眼前還有時間，才中午卻想著半夜那無法描摹的衝動，兩顆心靈洋溢出來的喜悅，讓行人也都沾染到這份興高采烈了。

行人紛紛停在聖安東尼街聖保羅教堂門前，想要隔著馬車玻璃窗，觀賞珂賽特頭上顫動的橘花。

然後，他們回到受難會修女街的家中。馬呂斯容光煥發，得意洋洋，與珂賽特肩並肩，登上他那次奄奄一息被人拖上去的樓梯。窮人聚在門口，得到一份施捨的同時也祝福新婚夫婦。家裡到處擺滿鮮花，就跟教堂一樣芳香瀰漫，焚香之後，便是玫瑰花香。他們恍若聽見天宇悠揚的歌聲，他們心中有上帝。他們的命運就像燦爛的星空，他們望見一束陽光從頭上升起。突然時鐘敲響了，馬呂斯注視珂賽特這迷人的手臂，以及透過上衣的花邊隱約可見的粉紅部位，珂賽特發覺到馬呂斯的目光，便羞得滿臉通紅。吉諾曼家的許多老友應邀前來賀喜，他們圍住珂賽特，都競相叫他男爵夫人。

軍官特奧杜勒·吉諾曼，現在是上尉了，他從沙特爾駐營地趕來參加表弟彭邁西的婚禮，珂賽特沒有認出他來。

而他呢，早已聽慣了女人稱他美男子，根本不記得珂賽特，也不記得別的女人。

「當時我沒有聽信這個槍騎兵的鬼話，做得太對啦！」吉諾曼老頭兒暗自說道。

珂賽特對尚萬強從來沒有像現在這樣溫柔體貼。她也贊成吉諾曼老人的主張，在老人把歡樂奉為格言準則的時候，她就像散發香氣一樣，散發著愛心和友善。幸福的人願人人幸福。

她跟尚萬強說話時，又恢復了小姑娘時的語氣，用微笑愛撫他。

一桌酒宴擺在餐室。

亮如白晝的照明，替大喜日子製造出不可少的氛圍。歡樂的人絕不接受迷霧和昏暗，絕不同意變成黑影。夜晚，不錯；黑暗，不行。沒有太陽了，那就得製造一個。

餐室成了各種美味物品的大烤爐。在雪白明亮的餐桌的上方正中，吊著一盞威尼斯產的金屬片大彩燈，四周一圈多支燭臺，上面有藍紫紅綠各色鳥兒棲息在蠟燭中間，牆壁鑲著三折和五折反光鏡。玻璃杯、水晶器皿、玻璃器皿、餐具、陶器、瓷器、金銀器皿，全都閃閃發光，其樂融融。燭臺之間插了鮮花，這樣一來，沒有燭光的地方就有花朵。

門廳裡有三把小提琴和一支長笛，正輕聲演奏海頓的四重奏曲。

尚萬強在客廳裡，坐在門背後的一把椅子上，幾乎被敞開的門扇遮住。入席前還有片刻時間，珂賽特頭腦一熱，便過來用手拉開婚禮裙，向他施了個屈膝大禮，以溫柔頑皮的目光注視他，問道：

「父親，您高興嗎？」

「高興啊。」尚萬強回答。

「那就笑一笑呀。」

尚萬強就笑起來。

幾分鐘之後，巴斯克請大家入席。

吉諾曼先生讓珂賽特挽上手臂先行，賓客隨後魚貫進入餐室，安排好的位置入座。新娘左右首擺了兩張安樂椅，第一張是吉諾曼先生的座位，第二張是替尚萬強預備的。吉諾曼先生入了座，另一張椅子還空著。

大家都用目光尋找「割風先生」。

他人不見了。

吉諾曼先生問巴斯克：「你知道割風先生在哪嗎？」

「先生，我正要說呢，」巴斯克回答，「割風先生讓我轉告先生，他的手有點疼，不能陪男爵先生和男爵夫人用餐了。他請大家原諒，明天早晨他再來。他是剛才走的。」

這張安樂椅空著，喜宴的氣氛一時冷下來。割風先生缺席，但是席上有吉諾曼先生，老外公的興高采烈可以比過兩個人。他斷言割風先生既然不舒服，那還是早點休息為好，還說不要緊，只是輕微「疼痛」，有這種解釋就足夠了。況且，一個陰暗的角落又算什麼，不是要淹沒在一片歡樂中嗎？珂賽特和馬呂斯正處於新婚祝福的自私時刻，只有能力感受幸福了。這時吉諾曼先生又靈機一動：「對了，這椅子空著，過來，馬呂斯。你姨媽雖然有權跟你坐在一起，但是她會准許你坐過來的。這椅子歸你了。既合法又合情。幸運之神坐到快樂之神身邊。」宴席上的人都鼓起掌來。於是，馬呂斯便取代尚萬強，坐到珂賽特身旁。珂賽特因尚萬強缺席，一開始還快快不樂，事情這樣一安排就高興了。既然馬呂斯成了替身，就是上帝缺席，珂賽特也不會遺憾了。她把穿著白緞鞋的柔軟小腳放在馬呂斯的腳上。

椅子有人坐了，割風先生的缺席就被一筆勾銷，什麼也不欠缺了。五分鐘之後，宴席上的賓主便把這事置於腦後，一個個笑逐顏開，興致大發了。

最後上甜食的時候，吉諾曼先生起立，舉起大半杯香檳——畢竟是九十二歲，最高齡的人，怕手顫晃酒而未斟滿杯——他向新婚夫婦祝酒：

「你們躲不掉兩次訓誡，」他朗聲說道，「早上，你們接受了神父的訓誡，晚上還要接受老外公的。聽我說，我要勸告你們一句：你們相親相愛吧。我可不要說上一大堆陳詞濫調，要一語道破：你們幸福吧。萬物中最聰明的，要算斑鳩了。哲學家說：要節制你們的歡樂。而我卻說：放開手腳，盡情歡樂吧。要像魔鬼那樣熱戀，要愛得瘋狂。哲學家總彈老調，我真想把他們的哲學塞回他們的嘴巴裡。能說芳香的太過頭了，玫瑰花蕾開得太多，歌唱的黃鶯太多，綠葉太多，生活中的曙光太多了嗎？難道人相愛還能過頭嗎？難道人相互愉悅還能做得更過火嗎？當心，愛絲泰勒，你太美麗啦！當心，奈莫蘭，你太漂亮啦！這都是十足的蠢話！兩個人彼此吸引，彼此愛撫，彼此迷戀，難道是過分的事嗎？還說人太活躍，太幸福？節制你們的快樂！哼，呸！打倒哲學家！理智，就是歡暢。你們要歡暢，讓我們大家都歡暢吧！我們幸福是因為我們善良，或者，我們善良是因為我們幸福嗎？桑西鑽石叫桑西鑽石，是因為它曾屬於阿爾萊．德．桑西[13]，還是因為它有一百零六克拉重呢？這方面我一無所知，生活中充滿了這類難題。關鍵是，得到桑西鑽石，得到幸福。你們幸福吧，無須詭辯。要盲目地服從太陽，太陽是什麼？就是愛情，誰說愛情，就是說女人。啊！至高無上的權力，就是女人。問問這個煽動者馬呂斯，是不是珂賽特這個小暴君的女奴。這個懦夫，他是心甘情願的！女人！沒有挺得住的羅伯斯庇爾，還是女人掌大權，我僅僅是這個王國的保王黨人。亞當是什麼？就是夏娃的王國，對夏娃來說，不存在什麼一七八九年，君主權杖上，有的加百合花，有的鑲個地球，查理曼大帝的權杖是鐵的，路易十四的是金的，革命只要用拇指和食指，一下子就把那些權杖折斷了，就像折斷兩文錢的麥秸一樣：全完了，全折斷了，全丟在地上，沒有權杖了。然而，你們搞搞革命，試試反對這塊香羅帕！我倒想看看你們敢不敢，試試看這麼做，為什麼這樣牢固？因為這是塊布頭。哦！你們是十九世紀的人吧？那又如何呢？我們是十八世紀的人，但是跟你們同樣愚蠢。你們不要以為管散發性霍亂叫流行性霍亂，奧弗涅布雷舞叫卡米砂舞，就大大地改變了宇宙。其實，應該永遠愛女人。我就不信你們能逃脫，這些魔女就是我們的天使。是的，愛情、女人、親吻，是個圈子，我就不信你們能逃脫出去，就拿我來說，我還想往裡頭鑽呢。你們當中，誰看過維納斯之星在蒼穹升起，俯視波濤，像凡塵的女子安撫一切？維納斯之星是這深淵裡最風流的女郎，海洋中的塞利曼娜。海洋，就是粗暴的阿爾賽斯特[14]，海洋不滿嘟囔也沒用，等維納斯一露面，他就得滿臉堆笑，這隻野獸立刻馴服了。我們男人都是如此：憤怒，咆哮，暴跳如雷，怒氣沖天，只要一個女人上場，一顆星升起，就全都棄械投降啦！六個月前，馬呂斯還去打仗，今天他卻結婚了，做得好哇！對，馬呂斯，對，珂賽特，你們做得好。你們彼此大膽地為對方存在吧，彼此親親熱熱吧，要氣死那些不能這樣做的人，你們彼此崇拜吧！你們要用鳥喙叼起人世所有幸福的小草，搭一個生活的小窩。啊！戀愛，被人愛，青春年少時的美好奇蹟，不要以為這是你們發明的。我也夢想過，幻想過，歎息過，我也有過一顆月光似的靈魂。愛神是個六千歲的孩子，有權長出長長的白鬍子，瑪士撒拉[15]在丘比特面前，還只是個小孩子。六十個世紀以來，男人和女人相愛，才擺脫了困境。魔鬼很狡猾，憎恨起男人；男人更狡猾，愛上了女人。這樣一來，他嘗到的甜頭，超過魔鬼給他吃的苦頭，自從有了人間天堂，就存在這種精靈了。朋友們，這種發現已經陳舊，但是又嶄新，你們要充分利用，先當達佛尼斯和克洛艾⑯，然後再成為菲利門和波息司⑰。你們只要廝守在一起，就什麼也不缺了，珂賽特就是馬呂斯的太陽，馬呂斯就是珂賽特的宇宙。珂賽特，你的晴朗天空就是馬呂斯的微笑；馬呂斯，你的淒風苦雨就是珂賽特的眼淚。但願你們夫妻生活永遠不下雨。你們抽了好簽，得到宗教祝福的愛情；你們中了頭彩，要好好保存，鎖起來，千萬不要揮霍，你們要互敬互愛，其餘的事不要管。相信我說的話。這是常識。常識就不可能有假。你們彼此要把對方當作宗教信仰。每人都有崇拜上帝的方式。見鬼！崇拜上帝的最佳方式，就是愛自己的妻子。我愛你，這就是我的教義。誰愛，誰就是正教派。亨利四世這句粗話將神聖置於宴飲和沉醉之間：『腹—聖—醉』！我可不信仰這句粗話，這其中把女人忘掉了。我實在驚詫這句粗話居然是亨利四世講的。朋友們，女人萬歲！據說我老了，但真奇怪，我卻覺得越活越年輕，我真想去樹林裡聽人吹風笛。兩個孩子將美麗和歡悅聚於一身，這使我陶醉。千真萬確，我也想結婚，如果有人肯嫁給我的話。無法設想上帝創造出我們是為了別的緣故，而不是為了熱戀，談情說愛，精心打扮，當小鴿子，當小雞，從早到晚啄食愛情，把親愛的妻子當作鏡子照自己，得意洋洋，神氣活現，趾高氣揚，這就是生活的目的。請不要見怪，這就是我們那時代青年的想法。哦！我發誓，那個時代，可愛

⑬．阿爾萊．德．桑西（一五四六—一六二九）：法國政治家。一五八〇年時，他向葡萄牙國王購買了一個鑽石，故稱桑西鑽石，從十七世紀末到一八三五年都鑲在法蘭西王冠上。桑西與法語數字一〇六發音相同，故有一〇六克拉之說，但實重五十三克拉。
⑭．阿爾賽斯特和塞利曼娜是莫里哀喜劇《恨世者》的男女主人公。
⑮．瑪士撒拉：《聖經》中大洪水之前的族長，相傳活了九百六十九歲。
⑯．達佛尼斯和克洛埃：希臘作家朗戈斯（西元二—三世紀）創作的同名田園小說的主人公。
⑰．菲利門和波息司：希臘神話中人物，因款待宙斯而受賞賜，小屋變成宮殿，同時壽終，變成櫟樹和椴樹。

的女人還真多，花容玉貌，處女嬌娃！我讓她們一個個神魂顛倒。因此，你們相愛吧。如果人不相愛，那我就不明白要春天幹什麼。至於我，我請求仁慈的上帝抓緊向我們出示那所有美的東西，收回鮮花、鳥兒和美麗的姑娘，重新放進祂的盒子裡。孩子們，請接受一個老人的祝福吧。」婚禮夜晚過得又親熱、又歡快。外祖父興致極高，為這大喜日子定了調。年近百歲的老人這樣快樂，大家也都捧場湊趣，跳跳舞，盡情歡笑，過了一個特別快活的婚禮，真可以邀請「昔日好先生」[18]參加。不過，吉諾曼先生絕不亞於這個角色。

歡鬧之後便安靜下來。

新婚夫婦不見了。

午夜剛過，吉諾曼先生的住宅就變成一座廟宇。

到此我們也該止步。有一名天使站在洞房門口，一根手指放在脣邊。

面對這歡慶愛情的聖地，靈魂進入靜觀的狀態。

洞房的屋頂一定有閃光。新婚的喜悅之光，一定能穿透牆壁的石頭，隱隱劃破黑暗。這種天經地義的神聖喜事，不可能不向蒼穹發射聖潔的光芒。愛情是融合男女的神妙熔爐，單一的人、三人一體、最終極的人體，凡人的三人一體即由此產生。兩顆靈魂結合為一的誕生，一定能感動幽靈。情人是教士，處女心醉神迷又恐慌不安，這種歡樂多少會傳向上帝。真正的婚姻，即有愛情的地方，就有理想的成分，婚床在黑暗中是一角曙光。如果凡人的肉眼能看見可畏而又可愛的神靈，我們在熠熠閃光的房舍周圍，就可能看見黑夜的形體，長著翅膀的陌生者，無形世界的藍色過客，一群黑影的頭俯下去，相互指看處女新娘，滿意地祝福她，神靈的面孔將微露驚異之色，映現人間幸福的反光。新婚夫婦在極度銷魂的情歡時刻，以為新房中沒有旁人，他們若是側耳細聽，就可能聽見噗噗的鼓翅聲響，完美的幸福總有天使關切。這間黑暗的小屋以天空為棚頂，二人的嘴脣被愛情所聖化，為了創造而接近，在這難以描摹的親吻之上，布滿繁星的神秘蒼穹不會沒有一點震顫。

這類幸福是實實在在的。除了這類歡樂就沒有歡樂。惟獨愛能銷魂，其餘則可悲可泣。愛或曾經愛過，此生足矣。無須再有所希求。在生活的黑暗皺褶裡找不到別的珍珠。愛就是完滿。

三・形影不離

L'inséparable

尚萬強去哪了呢？

他接受珂賽特親熱的指令，笑了笑之後，乘人不備立刻起身，走到前廳。八個月前，他滿身泥土灰塵和血跡，就是來到這間候客廳裡，將外孫給外祖父送回來。老式鑲木牆圍有花葉飾雕，琴師坐在從前安放馬呂斯的長沙發上。巴斯克穿著黑色上衣和短褲、白襪子，戴著白手套，已在每盤要上的菜肴周邊罩上玫瑰花環。尚萬強指了指自己吊著繃帶的手臂，請巴斯克代他說明他缺席的緣故，便離去了。

餐室的窗戶臨街，尚萬強走到燈火輝煌的窗戶下，在暗處裡一動不動，佇立了幾分鐘。他側耳諦聽。酒宴上的喧鬧聲傳到他的耳畔。他聽見外祖父鏗鏘有力的聲音、小提琴樂聲、杯盤的叮噹響、朗朗的笑聲，在一片歡樂的喧鬧聲中，他能辨別出珂賽特溫柔而歡快的聲音。

他離開受難會修女街，回到武人街。

他走聖路易街、聖卡特琳園地街和白斗篷街回家，這條路線遠一些，不過近三個月來，他每天帶珂賽特從武人街去受難會修女街，就走這條路線，以便避開擁擠泥濘的神廟老街。

---

⑱・法國作家莫爾傑的中篇小說《昔日好先生》改編成喜劇，一八三一年在巴黎法蘭西喜劇院演出。

對他而言，這是珂賽特走過的路，就排除了任何其他路線。

尚萬強回到家中，點亮蠟燭上樓，人去樓空，連都聖也不在了。尚萬強走在房中的腳步要比往日響亮些。所有櫃櫥門都敞著。他走進珂賽特的房間，只見床單沒有了，枕套和花邊也沒有了，剩下的枕心和疊好的被套一起放在床墊腳下，而床墊則露出麻布套子，顯然不會有人來睡了。珂賽特喜愛的所有婦女用小物全帶走了，只剩下大件木器家具和四堵牆壁。都聖床上用品也搬空了。只有一張床鋪好了，彷彿在等候一個人，那就是尚萬強的床鋪。

尚萬強掃視牆壁，關上幾扇櫃櫥門，從一間屋走到另一間屋。

然後，他又回到自己的房間，將蠟燭放在桌子上。

他的胳膊早已從綳帶裡抽出來，用右手做事，好像一點也不疼痛。

他走近床鋪，究竟是偶然還是有意呢？他的目光落在珂賽特曾經妒忌的東西，那只總帶在身邊、「形影不離」的小箱子。六月四日那天，他一搬到武人街，就把它放在床頭旁邊的一張獨腳圓桌上。現在他急忙走向圓桌，從兜裡掏出一把鑰匙，打開小箱子。

他緩慢地從箱裡拿出十年前珂賽特離開蒙菲郿時穿的衣服，先後取出黑色小衣裙、黑頭巾、粗笨的童鞋，而珂賽特的雙腳小得出奇，現在幾乎還能穿進去，接著，他又取出厚厚的粗毛緊身衣、針織短裙、帶著兜的圍裙、毛線襪子。這雙襪子還保留著孩子可愛的小腳形狀，比尚萬強的手掌長不出多少。所有衣物都是黑色的，是他帶到蒙菲郿，給珂賽特穿上的。他一件一件取出來，放到床上，一邊回想追憶。那是冬天，是嚴寒的十二月份，珂賽特衣衫襤褸，半裸的身子凍得直打顫，可憐的小腳在木鞋裡凍得通紅。正是他，尚萬強，讓她脫掉破衣爛衫，換上這身孝服。母親在九泉之下，看見女兒給她戴孝，尤其看見女兒穿得暖暖和和，一定非常高興。他想到蒙菲郿森林，他和珂賽特一起穿過去，想到那天的天氣、沒有葉子的樹木、沒有鳥兒的樹林、沒有太陽的天空，儘管如此，那一切還是非常美好。他把小衣服擺在床上，頭巾放在短裙旁邊，長襪放在鞋子旁邊，緊身衣放在連衣裙旁邊，一件一件細看。當時，她只有這麼點高，懷裡抱著大布娃娃，她把那枚金幣放在圍裙兜裡，笑得合不攏嘴，二人手拉著手往前走，她在這世上只有他一人。

想到這裡，他那白髮蒼蒼的頭倒在床上，這顆堅忍的老人心碎了，他的臉差不多埋在珂賽特的衣服裡。此刻，誰若是經過樓梯，就會聽見淒慘的哀號。

四·「不死的肝臟」[19]

Immortale jecur

以往，我們目睹了幾個階段的劇烈搏鬥，現在又開始了。雅各和天使摔角，較量了一夜。唉！我們見過多少次尚萬強在黑暗中被自己的良心抱住，還拚命地與良心搏鬥。

聞所未聞的搏鬥！有時腳下打滑，有時地面塌陷。多少次狂熱向善的良心把他抱緊並壓倒！多少次毫不容情的真理用膝蓋壓住他的胸膛！有多少次他被光明打翻在地，高聲討饒！多少次在他希望閉目不視的時候，主教在他身上和內心點燃的這無情的強光，把他的眼睛晃花！多少次他在搏鬥中又站起來，抓住岩石，依靠詭辯在塵埃中滾打，時而將良心壓在身下，時而又被良心壓住！有多少次，他含糊其辭，從自私的心理出發，進行似是而非的狡辯之後，便聽見良心在他耳邊怒斥：耍陰謀！無恥之徒！有多少次他這倔強的想法在面對職責時，氣急敗壞地掙扎！抗拒上帝！流著淒慘的冷汗！有多少次他受了暗傷，惟獨自己感到身上正涔涔流血！他悲慘的一生受了多少創傷！有多少次，他受了致命傷，被打垮了，鮮血淋淋，可是他又站起來，即使內心痛苦絕望，卻因得到啟示讓靈魂沉靜安寧！他雖然戰敗，卻感到勝利了。他的良心百般折磨，把他搞得

---

[19]·原文為拉丁文，是維吉爾《伊尼德》中一句詩的開頭。詩人在一節中講述提提俄斯被其父宙斯打入地獄，不停地由可怕的鷲啄食肝臟。古人認為肝臟是人感情的居所，猶如今日的「心」。故也可譯為「不死的心」。

骨斷筋折之後，就踏在他身上，顯得無比威嚴，光芒四射，平靜地對他說：「現在，去過安寧的日子吧！」

經過這樣一場淒苦的搏鬥，唉！這是多麼悲慘的安寧！

然而這一夜，尚萬強卻感到這是最後一場搏鬥。

出現一個令人肝腸寸斷的問題。

天命並不是筆直的，在一個命定的人面前，不會像一條溜直的林蔭大道那樣伸展，還有不通的支線、死胡同、幽暗的彎道、令人不安的好幾條岔道口。此刻，尚萬強就停在一個最危險的岔道口上。

他來到最關鍵的善惡交岔路口。幽暗的交岔點就在他眼前。這次跟從前碰到的痛苦波折一樣，有兩條路擺在他面前：一條誘人，一條可怕。走哪條路呢？

可怕的一條路是當我們每次注視黑暗，就能見到一根神秘的手指在向我們指路。

尚萬強再次面臨選擇：一邊是可怕的避風港，一條是喜人的陷阱。

據說，靈魂可醫治，命運則不行，果真如此嗎？一種無可救藥的命運！這件事真可怕！

面臨的問題是這樣：

尚萬強以什麼態度對待珂賽特和馬呂斯的幸福呢？他們幸福是他的意願，也是他一手促成的，是他整個心血的產物。此刻，他審視這個成果，所能感到的滿意程度，恰如一名鑄劍師從胸口拔出的血氣騰騰的刀上，認出自己鑄造的標記。

珂賽特擁有馬呂斯，馬呂斯擁有珂賽特。他們什麼都有了，甚至有了財富，這是他的成果。

不過，這種幸福既已擺在面前，他尚萬強又該如何對待呢？他要把自己強加給這幸福嗎？要把這幸福看成是屬於他的嗎？自不待言，珂賽特已歸屬另一個人，但是他尚萬強，還能保持維繫他與珂賽特的全部關係嗎？時至今日，他被視為父親，受到尊敬，現在他還能保持這種身分嗎？他能心安理得地進入珂賽特家中嗎？他能隻字不提，將他的過去帶進這種未來生活嗎？他是否認為他擁有這種權利，可以戴著面具，前去和這個光明的一家人坐在一起嗎？他能含笑拉起兩個純潔孩子的手，握在他悲慘的雙手中嗎？他能把拖著被法律懲罰的陰影的雙腳，坦然地放在吉諾曼家客廳壁爐的柴薪架上嗎？他能過去與珂賽特和馬呂斯分享好運嗎？難道他要加厚自己額上的黑影，也加厚他們額上的烏雲嗎？難道他要把他的災難摻入他們二人的幸福中嗎？他還要繼續保持沉默嗎？一言以蔽之，他能在這兩個幸福的人身邊，扮演著命運陰慘的啞巴嗎？

這些可怕的問題一旦赤裸裸地擺在面前，除非習慣於這種命運和這類遭遇，我們才敢正視這類問題。這嚴厲的問號後面便是善惡。你打算怎麼辦呢？斯芬克司這樣問道。

尚萬強已久經考驗，他定睛看著斯芬克司。

他從各個面向審視這個殘酷的問題。

珂賽特，這個可愛的生命，是這個溺水者能抓住的木筏。怎麼辦？緊緊抓住，還是放開手呢？

他若是抓住不放，就能脫離絕境，重新浮起來，再見天日，讓衣服和頭髮上的苦水瀝乾，他就得救，就能活下去了。

他若是放開手呢？

那就是深淵。

他就是這樣痛苦地捫心自問。更確切地說，他展開搏鬥，他憤怒地衝入自己的內心，時而對付自己的意願，時而對付自己的信念。

能哭出淚來，對尚萬強來說倒是一種幸福。哭一哭，心裡也許能清澈一點，然而這種感覺來勢兇猛，如一場暴風雨在他內心突然爆發，比起將他推向阿拉斯的那場暴風雨還要猛烈。過去的經歷又回來與現在面對面，他一比較今昔，便失聲痛哭了，眼淚的閘門一打開，這個悲痛欲絕的人便哭得直不起腰來。

他感到進退維谷了。

我們在這場私心和責任感的激烈搏鬥中，在我們堅定不移的理想面前步步後退，便會失去理智，因後退而氣急敗壞，又寸土必爭，渴望逃脫，尋求一條出路。唉！在這種情況下，背後卻是一堵牆，退無可退，這該是多麼突然而兇險的阻礙啊！

他感到神聖的影子在阻礙！

無形而又無情，這是何等困擾！

因此，天地良心，永不完結。布魯圖斯，死了這份心吧；卡通，死了這份心吧。良心無底，因為良心是上帝，一生的事業，都要投進這深井，家產投進去，財富投進去，成就投進去，自由或祖國投進去，享樂投進去，安逸投進去，快樂投進去。還有！還有！還有！把罐子倒空！把壺傾倒！最後還要把自己的心投進去。

在古老地獄的迷霧中，某個角落就有這樣一個桶子。

最後拒絕這麼做，難道就不可原諒嗎？難道就不能有永無止境的權利嗎？無休無止的長鏈，難道不是超越人力嗎？如果薛西弗斯和尚萬強說：夠啦，誰會譴責他們呢？

物質服從外力，要受摩擦的限制，要靈魂服從，難道就沒有一個限制嗎？如果永恆的運動不可能，難道就可以要求永久的忠誠嗎？

第一步不算什麼，最後一步才最難。比起珂賽特的出嫁及其結果，尚馬秋案件又算什麼呢？比起進入虛無狀態，重入牢房又算什麼呢？

將要走下的第一個臺階，你多昏暗啊！第二個臺階，你多黑暗啊！

這一次，怎麼能不回頭望望呢？

殉難者是高尚的化身，是一種能侵蝕的高尚，這是讓人聖化的一種磨難。開頭還可以忍受，繼而，要坐上燒紅的鐵寶座，戴上燒紅的鐵王冠，接受燒紅的鐵地球，拿起燒紅的權杖，此外，還要穿上火焰外套，難道就沒有悲慘的肉身起而反抗，從而免除刑罰的一刻嗎？

尚萬強十分沮喪，終於平靜下來。

他斟酌，思考，衡量光和影那神秘天秤的起落。

將他的勞役強加給這兩個光輝奪目的孩子，或者獨自完成他這不叫挽回的沉淪。一方面犧牲珂賽特，另一方面犧牲自己。

他會採取什麼解決辦法？他會作出什麼決定？他最終如何在內心裡回答命運不可動搖的審問？他決定打開哪扇門呢，他決定關閉封死他生活的哪一邊呢？陷入所有這些深不可測的絕壁的圍困，他究竟要如何選擇呢？他能接受什麼樣的極端呢？這些深淵，哪一個他首肯呢？

他胡思亂想了一整夜。

直到天亮，他還保持原來的姿勢：唉！也許被巨大的命運壓垮倒還好，他佝僂著身子，匍匐在床上，緊握著兩個拳頭，兩臂伸成直角，就好像剛從十字架上卸下來的一個人，臉孔朝地扔在那，他足足待了十二小時，漫長冬夜中的十二小時，渾身凍得冰冷，沒有抬一下頭，也沒有說一句話，紋絲不動，猶如一具死屍。可是，他卻思緒翻騰，時而在地上打滾，時而升空飛翔，時而像九頭蛇，時而像雄鷹，看他這不動的姿勢，真像個死人。猛然，他驚抖一下，貼在珂賽特衣服上的嘴唇連連吻起來，這時，別人才會看到他還活著。

別人？誰？尚萬強獨自一人，旁邊不是誰也沒有嗎？

這個「人」，身處黑暗之中。

第七卷：最後一口苦酒
La dernière gorgée du calice

一・七重天和天外天
Le septième cercle et le huitième ciel

公元二世紀托勒密創立地心說，每個行星為一重天，最遠的行星為七重天，第八層則為恆星天。

婚禮的次日很冷清，大家都尊重幸福之人的靜思，因此都起得晚些。來客賀喜的喧鬧聲要稍微延後。二月十七日剛過中午，巴斯克腋下夾著抹布和雞尾撣子，正忙著打掃「他的候客廳」，忽聽有人輕輕敲門。來人沒有拉門鈴，在這種日子，這樣做相當知趣。巴斯克打開門，見是割風先生，就把他引進客廳。客廳裡一片狼藉，就像昨晚歡樂的戰場。

「天哪，先生，」巴斯克趕緊說明，「我們起床晚了。」

「您的主人起床了嗎？」尚萬強問道。

「先生的手怎麼樣？」巴斯克反問道。

「好多了。您的主人起床了嗎？」

「哪一位？老的還是新的？」

「彭邁西先生。」

「男爵先生？」巴斯克挺直身子說道。

男爵頭銜，對他的僕人來說，特別被看重。有些東西是屬於他們的，他們就擁有哲學家所說的頭銜的餘暉，為此得意洋洋。順便說一句，馬呂斯是共和鬥士，並以行動證實這一點，現在他卻不由自主地做起男爵來。在這一頭銜上，家裡也發生一場小小的革命，現在是吉諾曼先生堅持，馬呂斯反倒不以為然了。不過，彭邁西上校既有遺言：「吾兒理應繼承我的爵銜」，馬呂斯也就聽命了。再說，珂賽特開始轉為少婦，也樂得當男爵夫人。

「男爵先生？」巴斯克重複道，「我看看去。我去告訴他，割風先生來了。」

「不，不要告訴他是我來了，只對他說，有人要單獨跟他談談，不必報姓名。」

「啊！」巴斯克詫異道。

「我要給他個出其不意。」

「啊！」巴斯克重複道，這第二個「啊」似乎是前一個的注腳。

於是他走出客廳。

尚萬強獨自留下。

剛才說過，客廳裡一片狼藉。如果側耳細聽，恍惚還能隱隱聽見婚禮的喧鬧聲。地板上有各色從花冠和頭飾上掉下來的花朵，燃盡的蠟燭將水晶吊燈增添了蠟質的鐘乳石。沒有一把椅子擺在原來位置，幾個角落裡，都有三、四把椅子構成一圈，彷彿有人還在繼續聊天。整個場景是歡快的。逝去的節慶還留下幾分美意，這是曾經盡情歡樂的場面。搬亂的座椅、枯萎的花朵、熄滅的蠟燭，都令人想到歡樂。陽光接替大吊燈，歡快地進入客廳。

幾分鐘過去了，尚萬強沒有動彈，仍在巴斯克離去時他所待的位置。他臉色慘白，雙眼因一夜未眠而深陷，幾乎埋藏起來了。他那黑禮服因穿著過夜而起了皺紋，臂肘呢子與床單摩擦沾了絨毛而發白了。尚萬強望著太陽在他腳下地板上畫出來的窗框。

門口有響動，他抬頭望去。

馬呂斯走進來，他高昂著頭，嘴角掛著微笑，滿面春風，臉上煥發特殊的光彩，目光充滿得意的神色。他也一樣，通宵未眠。

「是您啊，父親！」他見是尚萬強，便高聲叫道，「巴斯克這個蠢貨，還裝出一副詭秘的樣子！您來得太早了，才十二點半，珂賽特還睡著呢。」

馬呂斯叫割風先生一聲「父親」，顯示他幸福到了極點。要知道，他們之間一直存在著要打破或融化的堅冰，冷淡和拘謹，馬呂斯陶醉在幸福中，致使隔絕消平，堅冰消融，他也像珂賽特那樣，把割風先生視為父親了。

他有滿腹的話要說，這是聖潔的喜悅達到頂峰的特點，他繼續說道：

「見到您真高興！您哪知道，昨晚我們多渴望您在這啊！早安。父親。您的手怎麼樣啦？好些了吧？」

他對於自己的自問自答頗為滿意，又接著說道：

「我們兩個都在談論您。珂賽特多愛您啊！您不要忘記，這裡有您的臥室，用不著武人街了，根本用不著了。當初，你們怎麼會搬到那樣一條街去住呢？那條街病懨懨的，總發怨言，又醜陋不堪，一邊還有鐵柵欄堵死，那裡又冷，簡直沒辦法進去。您住到這來吧，今天就搬來。否則，您怎麼向珂賽特交代？我可事先告訴您，她要牽著我們所有人的鼻子走。您見到您的臥室了，緊挨著我們的房間，窗戶對著花園，門鎖已經叫人修好了，床也鋪好了，什麼都齊備，只等您來住了。珂賽特還在您床前擺了一張老式安樂椅，是烏格勒支絲絨包面的，她對椅子說了一句：『向他伸出雙臂』！每年春天，您窗前的槐樹叢中，總要飛來一隻夜鶯，過兩個月就見到了。夜鶯的巢在您的左邊，而我們的小窩則在您右邊。晚上夜鶯唱歌，白天珂賽特說話。您的臥室朝正南方向，珂賽特會把您的書擺進去，有您那部庫克上尉旅行證，還有旺庫維的遊記，您的物品全都放進去。我想，您還有一個特別珍視的小提箱，我也安排了一個好位置。您贏得了我外祖父的好感，很對他的脾氣，我們一起生活吧。您打惠斯特牌嗎？您若是會打，就更合外祖父的心意了。我去法院的日子，您就帶珂賽特去散步，讓她挽著您的胳臂，您知道，就像從前去盧森堡公園那樣。我們可下定了決心，要生活得非常幸福，您要分享我們的幸福，聽見了嗎？父親？哦，對了，今天，您會跟我們共進午餐吧？」

「先生，」尚萬強說道，「我要告訴您一件事：從前我是勞役犯。」

尖厲的聲音，可能超過耳朵所能接受的限度，對思想來說也有一樣的狀況：「從前我是勞役犯」這幾個字，從割風先生口中講出來，進入馬呂斯的耳朵，超過了他能聽到的限度。馬呂斯沒聽見，剛才好像對他說了什麼話，但他不知道是什麼。他一時間目瞪口呆。

這時他才發現，跟他說話的人神態可怕，他在幸福中心醉神迷，直到這時才注意對方臉色慘白得嚇人。

尚萬強解下吊著右胳膊的黑領帶，打開包紮手的布條，露出拇指給馬呂斯看。

「我的手一點事也沒有。」他說道。

馬呂斯注視這根拇指。

「這手指根本就沒有受傷。」尚萬強又說道。

手指上確實沒有一點傷痕。

尚萬強繼續說：

「我不宜參加你們的婚禮，因此盡量迴避。我推說受傷，以免做假，以免簽字，以免往婚約裡摻進無效的東西。」

馬呂斯結結巴巴地問：「這究竟是什麼意思？」

「這就是說，我服過勞役。」尚萬強答道。

「您簡直要讓我發瘋了！」馬呂斯驚恐地嚷道。

「彭邁西先生，」尚萬強說道，「我在勞役場關了十九年。因為偷竊。後來，我被判無期徒刑。因為偷竊。因為累犯罪。現在，我是潛逃犯。」

在事實面前，馬呂斯徒然逃避，無視真相，拒不承認明顯的事情，最後還是得投降。他開始明白了，而且明白過了頭，碰到這種情況總有這樣反應。他顫抖一下，內心掠過一道醜惡的閃電，一個令他顫抖的念頭穿過他的思想。他隱約望見他的未來是一種畸形的命運。

「全說出來吧！全說出來吧！」他嚷道，「您是珂賽特的父親！」

他向後退了兩步，那動作表現出了無以名狀的憎惡。

尚萬強又揚起頭，神態無比莊嚴，形象彷彿一下子拔高到了天棚。

「先生，在這一點上，您必須相信我，儘管我們這種人的誓言，法律並不承認……」

說到這裡，他沉吟一下，繼而，他以陰沉、至高無上的權威口吻，每字都加重語氣，緩慢地補充道：

「……您會相信我的。我，珂賽特的父親！在上帝面前起誓，不是。彭邁西先生，我是法夫羅勒那地方的農民，靠修剪樹木為生。我不叫割風，而叫尚萬強。我與珂賽特毫無關係。您就放心吧。」

馬呂斯吶吶問道：「誰能向我證明？……」

「我。既然我這樣說了。」

馬呂斯注視這個人，只見他神情慘然而又沉靜。如此平靜，絕不可能說謊。冰冷的神態是真誠的。這墳墓般的冷峻，令人感到真實。

「我相信您。」馬呂斯說道。

尚萬強點了點頭，彷彿記下這一點，他繼續說道：

「我是珂賽特的什麼人呢？一個過路人。十年前，我還不知道有她這麼個人。不錯，我愛她，自己老了，看見一個小孩子，總是喜愛的，覺得是所有孩子的爺爺。這樣看來，您盡可以推想，我還有類似一顆心的東西。她無父無母，她需要我，這就是為什麼我喜愛上她了。孩子，那麼弱小，隨便什麼人，甚至像我這樣一個人，都可能成為他們的保護人。我對珂賽特盡了這種天職，我並不認為，這點小事真的能叫做善舉，但如果是善舉的話，那麼就算我做了吧，請您記下這個可以減免我罪咎的情節。今天，珂賽特離開我的生活，我們兩條路分開了。從今以後，我跟她再也沒有什麼關係了，她成為彭邁西夫人。她的保護人換了，而她也從這替換中獲益。萬事如意，至於那六十萬法郎，您雖未提起，我卻想先告訴您，那是寄放的一筆錢。寄放的錢如何到了我手裡？這還有什麼關係？我既然已把錢交出來，別人就不該再要求我什麼了。我交出這筆錢，並說出自己的真名實姓。道出姓名，這還是我個人的事，是我執意要您知道我是誰。」

說罷，尚萬強直視馬呂斯。

此時，馬呂斯只覺得心亂如麻，感慨萬端。命運之風有時驟起，在我們的心中捲起這樣的驚濤駭浪。

我們每人都經歷過這種時刻：思緒紛亂，全都支離破碎，而我們說出最先想到的話，又不見得正是我們所要表達的意思。有些叫人難以承受的事情突然被揭發，就像毒酒一樣令人昏迷。他一時驚愕，不知如何對待這突如其來的新局面，因此說起話來，就好像要怪罪這個人供出真相。

「可是，您究竟為什麼要全告訴我呢？」他高聲問道，「有什麼逼迫您這樣做呢？您完全可以把這秘密埋藏在心裡。您不是沒人告發，沒人跟蹤，也沒人追捕嗎？您一定有什麼原因才這麼做，才從心裡樂意披露出來。把話說完。還有別的緣故。您供認這件事是何用意？究竟出於什麼動機？」

「出於什麼動機？」尚萬強回答，不過，他的聲音十分低沉，真像自言自語，而不是對馬呂斯說話。「是啊，這個勞役犯來跟你說：我是個勞役犯，究竟出於什麼動機呢？是啊，不錯，動機太怪了，這是出於誠實。要知道，有一根線緊緊牽著我的心，該有多麼痛苦。人尤其老了的時候，這些線特別牢固，周圍的生活全垮了，這些線卻扯不斷。這條線，假如我早能扯去，拉斷，解開疙瘩或者斬斷，走得遠遠的，我就得救了。我一走，就一了百了，在布洛瓦街就可以搭公共馬車了。我離開，讓你們過幸福日子，因此我試圖割斷這條線，我使勁拉，但這線非常結實，怎麼也拉不斷，卻幾乎把我的心拉出來了。於是我想道：『我只能留在這兒，到別處活不下去。我必須留下來。』不錯，就是這樣，您問得有理，我是個愚蠢的人，為什麼不痛痛快快留下來呢？您在這家裡幫我準備了一間臥室，彭邁西夫人很愛我，她對這張安樂椅說：『向他伸出雙臂』，您那外祖父也巴不得有我陪伴，我合他的心意，我們住在一起，同桌吃飯，我讓珂賽特……對不起，說順嘴了，讓彭邁西夫人挽上我的手臂……我們同住在一個房頂之下，同桌吃飯，同守一爐火，冬天圍著同一個壁爐，夏天一同散步，這就是快樂，這就是幸福，這就是一切。我們像一家人那樣生活。一家人！」

說到這幾個字，尚萬強變得粗暴了，他叉起胳臂，凝視腳下的地板，彷彿要挖出一個深淵，他的聲音也響亮起來：

「一家人！不對。我根本沒有家。我也不是你們家的人。我不屬於人類的家庭。在每家每戶的屋子裡，我是多餘的。世上有多少個家庭，但是沒有我的。我是不幸的人，流離失所。當初，我有父親，有母親嗎？我幾乎有點懷疑。我把這孩子嫁出去的那天，這一切就結束了，我看見她幸福，看見她跟心愛的男人在一起，這裡還有一位慈祥的老人，一對天使共同生活，美滿快樂，這樣很好，於是我告誡自己：『你呀，不要進去』。不錯，我可以說謊，欺騙你們所有人，繼續當割風先生。只要是為了她，我就能說謊，但現在是為我自己說謊，這就不應該了。不錯，只要我不說出來，一切就還會照往常一般。您問我，是什麼迫使我講出來？說起來也怪，是我的良心。閉口不說，其實這很容易，一整夜我都力圖說服我自己。您要我和盤托出，而您確實有權瞭解我對您講的這些極不尋常之事，是的，我一整夜都在為自己找理由，甚至找出非常充足的理由，唔，我已經竭盡全力了。然而有兩件事我辦不到：即割不斷拴住我的一條線，這條線把我拴在已經固定、攏岸並在這裡得到確認的一顆心上，但又封不住一個人的口，每當我獨自一人時，那人就輕聲對我說話。因此，今天我來向您承認一切。一切，或者近乎一切，還有的只牽涉我一個人，講出來沒什麼意義，我就存在心裡了。主要的狀況您已瞭解了，就這樣，我帶著自己的秘密給您送來了，我決心在您面前剖開我這隱私是不容易的。我為此搏鬥了一整夜。哦！您以為我沒有想到，這根本不同於尚馬秋案件，我隱姓埋名並不損害任何人，而割風這個姓名，也是割風本人為了報答我才給我的，我完全可以保留，我住在您提供給我的房間，會生活得很快活，我待在自己的小小角落裡，什麼也不妨礙，您擁有珂賽特，而我也總想著跟她住在同一所房子裡。各得其所，享受應該得到的幸福。繼續當我的割風先生，什麼問題都解決了。是啊，只差我的靈魂。我的全身無處不快活，但靈魂深處仍然黑暗，這樣的快活還不夠，必須心滿意足才行。我繼續當我的割風先生，這樣一來，我就得掩飾我的真面目，這樣一來，你們心花怒放的時候，我在面前卻藏著一個謎，這樣一來，在你們的正大光明之中，我還要保留著黑暗，這樣一來，我也不警告一聲，貿然將勞役監牢引入你們家中，而我和你們同桌用餐，心裡卻要嘀咕：你們一旦知道我是什麼人，一定會把我趕走，我讓僕人侍候我，他們一旦知道我是什麼人，也準會說：太不像話啦！我的臂肘要碰著您，而您有權避免這種情況，我還可以騙取您的握手！可敬的白髮和枯萎的白髮，在這家中分享你們的敬重，在你們最親熱的時刻，人人都以為相互敞開了心扉，當我們四個人，您外公、你們二人和我在一起的時候，這中間就有一個陌生人！我若是在你們身邊生活，就老要想著，千萬別掀開我那可怕的井蓋。我一個死人，卻硬要擠進你們活人堆裡，我終身都得過這樣的生活。您、珂賽特和我，我們三人就要同戴一頂綠色囚帽！難道您不發抖嗎？我無非是被壓到最底層的人，因此，本來也可以成為最兇惡的人，我每天都可能會重犯這種罪行！每天都要重複這種謊言，每天都會戴上這副黑夜面具！總之，我每天都會把我的恥辱分一部分給你們！每天！給你們，我親愛的人，給你們，我的孩子，給你們，我的純潔的人！絕口不提不算什麼？保持沉默很簡單？

不對，這並不簡單，有時候緘默就是說謊。我的謊言、我的作弊行為、我的卑劣、我的懦弱、我的背叛、我的罪過，我就要一滴一滴喝下去，我還要吐出來，吐出來再吞下去，半夜吞完，中午再周而復始，我道早安就是說謊，我道晚安也是說謊，我得睡在謊言上，將謊言和麵包一起吃下去，我就要面對面看著珂賽特，用囚徒的微笑回應天使的微笑，我就是十惡不赦的大騙子！為什麼這樣做？為了幸福，為了我的幸福！難道我真有權得到幸福嗎？我早已被生活排除了，先生。」

尚萬強住口了，馬呂斯一直聽著。這樣連續不斷的思慮和憂懼，是不宜打斷的。尚萬強又壓低嗓門，但不再是低沉的聲音，而是淒厲的聲音。

「您問我為什麼要說出來？您說，我沒人告發，沒人跟蹤，也沒人追捕。不對！我被告發啦！不對！我被跟蹤！不對！我被追捕！被誰呢？被我自己。是我擋住自己的去路，我拖住自己，推著自己，抓住自己，處決自己，一個人若是自己抓住自己，那是絕對跑不掉的。」

說著，他抓住自己的衣服，朝馬呂斯拉過去。

「瞧瞧這個拳頭，」他繼續說道，「您不覺得，它這樣一揪住領子，就不會放開嗎？沒錯！良心，也是一個拳頭！先生，一個人若想幸福，就永遠也不要領悟天職，因為一旦領悟了，天職就絕不容情，就好像因為您領悟而懲罰你。但其實不然，它是酬謝你，把你打入地獄，讓你感到上帝就在身邊。人剛一嘗到撕肝裂膽的痛苦，就跟自己的內心相安無事了。」

接著，他又以慘痛的聲調補充道：

「彭邁西先生，這不合常理，我是個誠實的人，我在您的眼前貶低自己，是要在我的眼中抬高自己。這個情況我碰到過一次，但是沒有這樣痛苦，那還不算什麼。對，一個誠實的人，假如因為我的過錯，您還繼續敬重我，那麼我就不是個誠實的人了。現在，您鄙視我，我才是誠實的，這是命裡注定，我只能騙取別人的尊重，而在我內心，這種尊重令我自卑，令我沮喪，因此，我要自尊，就得承受別人的蔑視，這樣我才能重新挺直身子站起來。我是個講良心的勞役犯。我完全明白，這不大令人信服。可是，我又有什麼辦法？事情就是這樣，我對自己許下諾言，就要履行諾言。有些機遇將我們拴住，但又有些偶然事件將我們拖到責任上。您看到了，彭邁西先生，我一生遭遇的事情可真多呀。」

尚萬強又停頓一下，用力咽了咽唾液，就好像這番話留下了苦味，他繼續說道：

「一個人背負這樣可怕的經歷，就無權讓別人在不知情時來分擔，無權將自身的瘟疫傳染給別人，也無權讓別人在毫無覺察中從他的絕壁滑下去，無權把自己的紅囚衣給別人穿上，也無權偷偷用自己的苦難去妨礙別人的幸福。自身帶著無形的癰疽，暗中靠近並接觸別人，這種行徑多麼醜惡啊。割風把姓名借給我也無濟於事，我還是無權使用；他能給我，我卻不能接過來，一個名字，就是本人。您瞧，先生，我儘管是農民，還是懂得思考的，讀過點書，明白點事理。您也看到了，我表達思想還算得體，我是自學的。是啊，騙取一個名字，放在自己頭上，這就不誠實了。字母也像錢包或懷表那樣可以竊取，簽一個有血有肉的假名，一把有生命的假鑰匙，撬開門進入正派人家，再也不敢正視別人，只能側目斜視，從內心感到自己可恥，不行！不行！不行！不行！還不如受罪，流血，痛哭，用指甲摳破自己的皮肉，整夜惶恐不安，捶胸頓足，噬食自己的靈魂。這就是為什麼，我來把這事全告訴您，正如您說的，我打從心裡樂意。」

他呼吸困難，又拋出最後一句話：

「從前，為了生活，我偷了一塊麵包；今天，為了生活，我不願意竊取一個名字。」

「為了生活！」馬呂斯截口說道，「您生活不需要這個名字吧？」

「啊！我明白自己要說什麼。」尚萬強回答，他緩慢地抬頭又低下，反覆數次。

場面一時冷了下來。二人都沉默了，每人都陷入沉思。馬呂斯坐在桌子旁邊，蜷曲一根指頭頂著嘴角；尚萬強則來回踱步，最後停在一面鏡子前，半晌未動，他視而不見自己在鏡中的影子，彷彿在回答內心的推理，說道：

「然而現在，我如釋重負！」

他又開始踱步，走到客廳的另一端，回頭發現馬呂斯在注視他走路，就用難以形容的聲調對他說：

「我走路有點拖著腿，現在您明白為什麼會這樣。」

接著，他完全轉向馬呂斯：

「現在，先生，您可以想像一下：我什麼也沒有說，還是割風先生，我搬到您家來住，成為你們家一員，睡在我的臥室，早晨，穿著拖鞋來用餐，晚上，我們三人一起去看戲，我陪彭邁西夫人到土伊勒里宮花園和王宮廣場散步，我們在一起，您以為我和你們是同類人，可是有一天，我在這，你們也在這，我們談笑風生，突然，你們聽見一個人喊這個名字：尚萬強！接著，警察這隻可怕的手從暗地裡伸出來，一把摘下我的假面具！」

他又住口了。馬呂斯顫抖著站起來。尚萬強又問了一句：「您有什麼感覺？」

馬呂斯默然不答。

尚萬強繼續說道：

「您現在明白了，我沒有保持沉默是有道理的。好吧，願你們過幸福的日子，待在天堂裡，當一個天使的天使，沐浴著燦爛的陽光，就此滿足吧，不要管一個可憐的受苦人如何敞開胸懷，履行職責。在您面前的，先生，是一個悲慘的人。」

馬呂斯緩慢地穿過客廳，走近尚萬強，並向他伸出手去。

尚萬強卻不伸出手，只是聽任他握住自己的手；馬呂斯覺得握住的是大理石雕像的手。

「我外祖父有些朋友，」馬呂斯說道，「我可以爭取赦免您。」

「沒必要，」尚萬強答道，「別人以為我已經死了就足夠了。死人就不受監視了，讓人以為我在慢慢地腐爛。死了，跟赦免是同樣的意思。」

他把手從馬呂斯的手裡抽回來，以凜然難犯的尊嚴補充一句：

「況且，盡天職，天職才是我應該求救的朋友。我只需要一種赦免，就是我良心的赦免。」

這時，客廳另一端那扇門輕輕開了一條縫，珂賽特的頭探進來。只見她那張溫柔的面孔，頭髮蓬鬆得美妙，眼皮還飽含著睡意。她做了個小鳥從巢裡探頭的姿勢，先瞧瞧丈夫，再望望尚萬強，那粲然的微笑像從玫瑰花心飄逸出來的，她對他們高聲說：

「我敢打賭你們準在談論政治！這真是太傻了，竟然不和我待在一起！」

尚萬強打了個寒噤。

「珂賽特！……」馬呂斯結結巴巴地說。他隨即又住了口，他們真像兩個罪犯。

珂賽特卻洋溢著喜氣繼續輪流看著他們二人，她眼裡閃著天堂透出來的光芒。

「你們讓我當場抓到了，」珂賽特說道，「剛才我從門外聽見我父親割風說：『良心……盡他的天職……』這就是政治呀，我可不要聽。總不能第二天就開始談政治，這不公平。」

「妳弄錯了，珂賽特，」馬呂斯說道，「我們在談生意。我們在談妳那六十萬法郎，如何投資最好……」「不光是這個，」珂賽特插嘴說道，「現在我來了，要我待在這嗎？」

她說著，乾脆進門到客廳裡。她穿一件白色寬袖百褶便袍，從脖子一直垂到腳面。在哥德古老繪畫中金光閃閃的天空上，就有這種能裝進天使的美麗寬袍。

她走到一面大鏡子前，從頭到腳打量自己，然後喜不自勝，突然高聲說道：

「從前，有一位國王和一位王后。哈！我太高興啦！」

說罷，她就向馬呂斯和尚萬強行個屈膝禮。

「好吧，」她說道，「我就挨著你們坐在長沙發上。再過半小時就吃飯了，你們想談什麼就談什麼，我就知道男人要談事情，我會老老實實地待著。」

馬呂斯拉住她的手臂，深情地對她說：「我們在談生意。」

「對了，」珂賽特回答，「剛才我打開窗戶，看見園子裡飛來一大群麻雀。今天開始封齋，那些小丑不戴假面具，可是小鳥也不過封齋節呀。」

「跟妳說了，我們談生意，去吧，我的小珂賽特，給我們一點時間。我們談數字，妳聽了會厭煩的。」

「你今天打的領帶真漂亮，馬呂斯。您還挺愛打扮，大人。不對，我不會厭煩的。」

「我敢肯定，妳會厭煩的。」

「不會的。這可是你們談話。我聽不懂也聽著。聽見自己所愛的人的聲音就行了，沒必要明白講的是什麼。待在一起，我就只有這點要求。哼！我要留在你們身邊。」

「不行的，妳是我的心肝寶貝。」

「不行！」

「對。」

「好吧，」珂賽特又說道，「本來，我要告訴您新聞。本來要告訴你們，我的外祖父還在睡覺，您的姨媽去做彌撒了，我父親割風臥室的爐子冒煙了，是妮科萊特找來通煙囪工修好的，還有，都聖和妮科萊特已經開始爭吵了，妮科萊特嘲笑都聖說話結巴。好吧，您什麼也不會知道。噢！待在這裡不行？我也要說，您等著，先生，我也要說：這不行。看看哪一個會上當？求求你了，我的小馬呂斯，讓我跟你們倆待在這吧。」

「我向妳保證，我們真的必須單獨談話。」

「那麼請問，我是外人嗎？」

尚萬強一聲不吭，珂賽特轉向他：

「首先，父親，我要求您過來吻我。您在這兒怎麼一言不發，幹嘛不幫我說話？是誰給我這樣一個父親？您瞧見了，我在這家裡很不幸，我丈夫打我。好了，馬上過來吻我吧。」

尚萬強走近前。

珂賽特轉向馬呂斯。

「對您嘛，我給您個鬼臉。」

接著，她把額頭伸給尚萬強。

尚萬強朝她走過去一步。

珂賽特卻往後退。

「父親，您的臉色這麼蒼白，是您的手臂疼嗎？」

「傷治好了。」尚萬強答道。

「您沒有睡好覺？」

「不是。」

「那麼您傷心啦？」

「不是。」

「吻我吧。如果您身體健康，如果您睡得好，如果您高興，那麼我就不責備您了。」

她再次把額頭伸給他。

尚萬強在這映現上天光彩的額頭吻了一下。

「您笑笑。」

尚萬強服從了，但這是一個幽靈的微笑。

「現在，幫助我對付我丈夫。」

「珂賽特……」馬呂斯說。

「您對他發火吧，父親。對他說我必須留下來。你們在我面前盡可以交談，難道您覺得我就那麼愚蠢嗎？你們談的事就那麼驚人，生意，把錢存入銀行，這可真是大事！男人動不動就鬼鬼祟祟的。我就要待在這。今天我非常美麗，瞧瞧我呀，馬呂斯。」

她看著馬呂斯，曼妙地聳了聳肩膀，那種賭氣的神態妙不可言。二人之間好像有一道閃電。有人在旁邊，但也顧不了這許多。

「我愛妳！」馬呂斯說。

「我更愛你！」珂賽特說。

於是，二人不由自主地抱在一起。

「現在，」珂賽特拉拉便袍的一道裙紋，得意地噘著小嘴說，「我就留下了。」

「這可不行，」馬呂斯以懇求的口氣回答，「有點事，我們必須談完。」

「還是不行呀？」

馬呂斯聲調嚴肅起來：「我向妳保證，不行就是不行。」

「噢！先生，您拿出男子漢的腔調來了。好吧，人家走開。而您呢，父親，您也不幫我說說話。我的丈夫先生、我的爸爸先生，你們都是暴君。我去告訴外公，你們若是以為我還會回來跟你們說好話，那就完全錯了，我可是有自尊心的。現在，我等著你們求我。你們很快就會發現，沒有我在，你們要煩悶的。我走了。是你們自找的。」

她果然走了。

可是，過了兩秒鐘，門又打開了，她那鮮豔紅潤的面孔再次出現在兩扇門之間，她對著他們嚷了一句：「我非常生氣。」

門又關上了，客廳裡重新回到一片黑暗。

就像一束迷途的陽光，無意之中，突然穿過黑夜。

馬呂斯過去看了看，門確實關緊了。

「可憐的珂賽特！」他喃喃說道，「她若是知道了……」

尚萬強聽了這話，不禁渾身發抖，他那驚慌的眼神注視著馬呂斯。

「珂賽特！哦，對了，這件事，您當然要告訴珂賽特了，這是正常的。咦，我卻沒有想到這一點。人有勇氣做一件事，卻沒有勇氣做另一件事。先生，我請求您，我懇求您，先生，向我作出最神聖的許諾，不把這事告訴她。您知道了，難道還不夠嗎？沒人強迫，我能主動說出來，告訴全世界，告訴所有人，我都覺得無所謂。然而她，她一點也不懂，聽到這事件會嚇壞的。什麼！一個勞役犯，還得向她解釋，對她說：就是一個在勞役場服刑的人。有一天，她看見鎖在長鏈子上的一夥囚犯經過。噢，上帝啊！」

他一下倒在圓椅上，雙手捂住臉。雖然聽不見聲音，但是看他雙肩抽搐就知道他在哭泣，無聲的淚，斷腸的淚。

他哭得喘不上氣來，一陣痙攣，仰身靠著椅背，好像要喘口氣，胳膊垂下去。馬呂斯看見他淚流滿面，還聽見他說：「噢！真不如去死啦！」但是聲音非常低沉，彷彿來自深淵。

「放心吧，」馬呂斯說道，「我一定會保守這個秘密。」

馬呂斯動了心，也許還沒有產生應有的憐憫，但是一小時以來，他不得不接受這個可怕的意外情況，看到一個勞役犯在他眼前，逐漸和割風先生重合，一點點被這悲慘的現實所打動，並且順著形勢的自然斜坡滑下去，確認他和這個人之間剛剛產生的距離，於是他補充道：

「關於那筆款子，您如此忠實地保管，又如此誠實地交出來，我不能不向您提一句，這的確是非常正直的行為，理應給您報償。您自己說個數目，一定點給您，不要害怕把數定得很高。」

「謝謝您，先生。」尚萬強輕聲答道。

他沉思片刻，機械地將食指尖放到拇指的指甲上，接著提高嗓門說：「事情差不多了結了，我只剩下最後一個念頭……」

「什麼念頭？」

尚萬強似乎猶豫到極點，幾乎無聲無息地說道：「現在您既然知道了，您可以做主。先生，您認為我不該再來看望珂賽特了嗎？」

「我想最好不要見了。」馬呂斯冷淡地回答。

「我再也見不到她了。」尚萬強咕噥一句。

他朝門口走去。

他的手放到球狀門把手上，已經擰動，門開了一條縫，只夠身子擠過去的，可是，尚萬強停住了，隨即又把門關上，轉身面對馬呂斯。

他的臉色不是蒼白，而是青灰了，眼中沒了淚光，只有一種淒慘的火焰。他的聲音又變得異常鎮靜。

「這樣吧，先生，」他說道，「如果您同意，我就來看看她。老實說，我非常渴望見她。要不是堅持與珂賽特見面，我早就一走了之，不會跑來向您承認這件事了，既然要留在珂賽特居住的地方，繼續和她見面，我就不能不全部如實地告訴您。你能理解我的考慮，對吧？這是可以理解的事。您想想，她在我身邊生活了九年多，起初住在大馬路旁的破房裡，後來進了修女院，再往後搬到盧森堡公園附近。您就是在那裡頭一次見到她的，您還記得她戴著藍色長毛絨帽子。後來，我們又搬到殘廢軍人院街區，那裡有一道鐵柵欄，有座花園，就在普呂梅街。我住在小後院，在那裡聽得見她彈鋼琴，這就是我的生活，我們從不分離。這種日子持續了九年零幾個月，我就跟她父親一樣，她是我的孩子。我不知道您能否理解我，彭邁西先生，不過，現在就離開，再也見不到她，再也不能跟她說話，什麼也沒了，這就太難為人了。如果您覺得沒有什麼不好，我就每隔些日子來看看珂賽特。我不會常來的，來了也不會待多久。您可以安排在樓下小屋接待我，就在一樓，我也可以從僕人走的後門進來，不過，這樣也許會叫人奇怪。我想，最好還是從大家走的正門進來吧。真的，先生，我還是渴望能見見珂賽特。可以照您的意思，次數盡量少些。您設身處地想一想，我只有這麼一點要求了。再說，也應該要想到如果從此我不再來了，會引起不良後果，別人也會覺得奇怪。我可以，比方說，等天色要黑了的傍晚時刻來。」

「您每天晚上來吧，」馬呂斯說道，「珂賽特會等著您的。」

「您是好人，先生。」尚萬強說道。

馬呂斯向尚萬強鞠躬送客，兩個人分手，幸福將絕望送出門。

二・在披露的事物中有晦暗難解之處

Les obscurités que peut contenir une révélation

馬呂斯心亂如麻。

他對珂賽特身邊的這個人總有一種疏離感，這下子得到解釋了。他接受本能的警告，覺得這人身上不知有什麼謎。這個謎，就是最見不得人的恥辱：勞役。

割風先生就是勞役犯尚萬強。

在自己的幸福中，猛然發現這樣一個秘密，就好比在斑鳩窩裡發現一隻蠍子。

馬呂斯和珂賽特的幸福，難道從此注定要伴隨這個秘密？難道這是既成事實嗎？接納這個人，難道是締結這樁婚姻的組成部分？是不是無可挽回了呢？

難道馬呂斯也同時娶了這名勞役犯？

頭上戴著光明和歡樂的冠冕，嘗到一生最得意的時刻——美滿的愛情，也是徒然，碰到這種震撼，即使狂喜中的大天使，即使輝光中的神人，也都要不寒而慄。

凡是情況發生急遽變化，人總要反思，馬呂斯也不免考慮是否應該自責？他是否缺乏預見性？是否有失謹慎？是否魯莽行事還不自覺？也許有那麼一點。他是否考慮不周，沒有把各方面的情況瞭解清楚，就墜入情網，就和珂賽特結婚呢？他觀察到，須知人正是透過一系列的自我觀察，才逐漸在生活中矯正自己，他觀察到他天性中夢想和虛幻的一面，而這種雲山霧罩的狀態，是許多人的內在特點，當戀情和痛苦達到極點時，這種雲霧就瀰漫，改變靈魂的溫度，侵佔全身，把人完全變成一種飄浮在雲霧中的意識。我們不止一次指出馬呂斯個性中的這一特質。他回想在普呂梅街那六、七週，他沉醉在愛情中，簡直是神魂顛倒，竟然沒有向珂賽特提起戈爾博破屋那件慘案，而那慘案是個謎，受害者行為十分古怪，在搏鬥中一聲不喊，後來還潛逃了。他是怎麼回事，為何一個字也沒有向珂賽特提起呢？尤其是他遇見愛波妮那天，那兇案剛剛發生，又十分可怕，他是怎麼回事，連德納第的名字都沒有向她提起？現在，他幾乎無法解釋他當時的緘默，其實他心裡是明白的。回想當初，他迷戀珂賽特，心醉神迷，什麼都圍著愛情轉，彼此把對方劫持到理想境界中，心靈這種癡情的美妙狀態，也許還摻雜一點不易覺察的理智成分，即一種隱隱約約暗中萌動的本能，想隱瞞並從記憶中消除這一可怕的遭遇，他害怕觸及，只想逃避，不願在這事件中擔當任何角色，心知無論當敘述者還是證人，她都不可避免地成為控告者。況且，幾週時間猶如閃電，一晃就過去了，他們一心相愛，無暇他顧。他全面衡量，反覆檢查思考之後，還是認為，即使他把戈爾博老屋的綁架案告訴珂賽特，對她講出德納第這姓名，又會有什麼後果呢？即使他發現尚萬強是個勞役犯，這會改變他馬呂斯嗎？會改變珂賽特嗎？他會退縮嗎？就會不這麼愛她嗎？就可能不娶她嗎？不會。所做的事情會有什麼改變嗎？不會。因此，無須後悔，也無須自責，一切都很正常。人稱戀人的這些醉鬼有個保護神，馬呂斯盲目走的路，也是他清醒時所要選擇的路。愛情蒙住他的雙眼，要把他引到哪裡？引上天堂。

然而，這個天堂又連著地獄，從此有了累贅。

對這個由割風變為尚萬強的人，馬呂斯從前只是疏遠，現在又增加了厭惡情緒。

不過也應該指出，這種厭惡中有憐憫的成分，甚至包含某種驚奇。

這個竊賊，這個慣犯，交出一筆託管的款項。多大的款項啊？六十萬法郎。他是惟一知道這筆秘密款項的人。他本可以據為己有，但是他全部交出來了。

此外，他還主動披露了自己的身分。根本沒有迫於什麼壓力。如果有人知道他是誰，那也是他本人透露的。這樣透露自身底細，不僅要承受恥辱，還要冒巨大的風險。對一個判了刑的人來說，一副假面具不止是假面具，還是一個避難所，一個假名就意味著安全。然而，他拋掉了這個假姓名，他這個勞役犯，本可以在這清白人家永遠藏身，他卻抵抗了這種誘惑。出於什麼動機呢？就是良心。他本人解釋了這一點，那真情實語的聲調是不容置疑的。總而言之，不管尚萬強是什麼人，但毫無疑問，他有一顆覺醒的良心，那良心裡似乎開始一種恢復名譽的神秘行動，而且，種種跡象表明，這種顧忌早已主宰了這個人。如此向善並崇尚正義，絕非普通人所能為。良心的覺醒，便是靈魂的偉大。

尚萬強是坦誠的。這種坦誠看得見，摸得到，也無可懷疑，它給他造成的痛苦就是明證，不需調查就可以完全相信這個人所說的每句話。說來也怪，在馬呂斯看來，這時割風先生和尚萬強的位置顛倒過來了。割風先生給人什麼印象？懷疑。從尚萬強身上又得出什麼結論？信任。

馬呂斯冥思苦索，給這神秘的尚萬強作個總結，他試圖看到他的正面和負面，力圖達到一種平衡。然而，這一切又似乎席捲在一場風暴裡。對這個人，馬呂斯極力要得到一個明確看法，可以說一直追蹤到尚萬強的思想深處，在命定的迷霧中，那蹤影又失而復得。

託管的錢如數交出，直言不諱地承認自己的身世。這是好的一面，是烏雲中露出的晴空，繼而烏雲又彌合而一片漆黑了。

馬呂斯的記憶雖然十分混亂，但還是能浮現一些影像。

容德雷特破屋的那場歷險，究竟是怎麼回事呢？為什麼警察一到，這個人非但不控告歹徒，反而潛逃了呢？現在，馬呂斯找到了答案：原來此人是在逃的累犯。

另一個問題：這個人為什麼來到街壘？要知道，馬呂斯現在又清清楚楚看見當時的場景，這種記憶在人激動時，就像隱形墨跡靠近火那樣，重新顯現出來。這人來到街壘，卻沒有參加戰鬥，他來做什麼呢？面對這個問題，一個幽魂站起來，給予回答，沙威。尚萬強將捆著的沙威拖出街壘的慘景，現在他還記得一清二楚，他又聽到蒙德圖爾小街拐角那邊可怕的手槍聲。這密探和這勞役犯之間大概有仇，一個妨礙了另一個，尚萬強來到街壘是為了復仇。可能是因為知道沙威已經被囚在這裡，他才來得晚。科西嘉式的復仇在社會底層深入人心，成為他們行為的準繩。這種復仇極為自然，就連那些五分向善的人也不會引以為奇，這類人的心天生如此，雖然走上悔罪之路，對於盜竊可能有所顧忌，但是為了報仇就會放開手腳。尚萬強打死了沙威。至少，這是顯而易見的。

最後還有一個問題，但這次沒有答案，馬呂斯感到這個問題像把鉗子。尚萬強怎麼會跟珂賽特一起生活了這麼久？讓這個孩子跟這個人接觸，這是上天開的一場什麼可悲的玩笑？難道上界也鑄造了雙人鏈，上帝就高興得將天使和下地獄的人鎖在一起？一種罪惡和一種純潔無瑕，難道就可以同室為友，在苦難的神秘牢獄中相伴？在所謂人類命運的刑徒長列中，一個天真的人和一個可怕的人，一個披著曙色的神聖白光，另一個則被永恆的閃電照成青灰白，難道這樣兩個額頭可以挨得如此近？誰能決定這樣莫名其妙的搭配？這個聖潔的女孩和這個老罪犯，二人的共同生活是以什麼方式確定的？又是什麼奇蹟所引起的後果？誰把羔羊拴在狼身上？更加令人不解的，又是誰把狼拴在羔羊身上？須知狼愛這羔羊，須知這野蠻人寵愛這弱小生靈，須知這九年間，天使的生活依靠著這魔鬼。珂賽特的童年和青少年，她無論出世，還是向著生活和光明發育成清純少女，都依賴這畸形人的忠誠護佑。想到這裡，問題可以一層一層剝開，化作無數的謎，深淵敞開，底下又出現深淵，而馬呂斯俯視尚萬強，不能不產生眩暈。這個一生為懸崖峭壁的，究竟是什麼人呢？

〈創世紀〉中的古老象徵是永恆的。在現存的人類社會中，總有兩個人，有天壤之別，一個是向善的亞伯，一個是從惡的該隱，這種情況要持續到巨大的光明改變人類社會的那一天。然而，怎麼會有這樣溫情的該隱呢？怎麼會有這樣虔誠地寵愛一個貞女的強盜呢？這個強盜不但看護她，扶養她，守衛她，賦予她尊嚴，而且他這本身不潔的人，卻用純潔將她包裹起來。這樣滿身污穢的人，怎麼會尊重這潔白無瑕的人，沒有給她留下一個污點呢？怎麼會由尚萬強教育珂賽特呢？怎麼會由這個黑暗的形象一心排除烏雲和陰影，保證一顆星辰的升起呢？

這就是尚萬強的秘密；也是上帝的秘密。

面對這雙重秘密，馬呂斯退卻了。可以說，一個秘密使他對另一個秘密放了心。在這場奇遇中，上帝和尚萬強一樣顯而易見。上帝有自己的工具，可以隨意使用哪件器物，無須對人負什麼責任。我們能瞭解上帝的做法嗎？尚萬強在珂賽特身上盡了心，也多少塑造了她的靈魂，這是不容置疑的。既然如此，又有什麼可說的呢？即使工匠猙獰可怕，但作品卻巧奪天工。上帝創造奇蹟也是隨心所欲，祂創造出這個可愛的珂賽特，為此使用了尚萬強，祂高興挑選這個奇特的合作者，我們有什麼可責問祂的呢？糞肥幫助春天催放玫瑰花，難道這是破天荒第一次嗎？

馬呂斯自問自答，並且自認為答得好。在我們所指出的每一點上，他都不敢過分深究尚萬強，但是內心又不敢承認。他迷戀珂賽特，擁有珂賽特，而珂賽特的純潔又那麼超群絕倫。他應該心滿意足，還需要弄清什麼呢？珂賽特就是一種光輝，難道光輝還需要照清楚嗎？他什麼都有了，還能渴望什麼呢？應有盡有了，難道還不夠嗎？尚萬強個人的事與他無關。他要俯瞰這個人的不幸陰影，就可以緊緊抓住這個不幸者的莊嚴聲明：「我跟珂賽特毫無關係，十年前，我還不知道有她這個人。」

尚萬強是個過路者，這是尚萬強親口對他講的。好哇，他走過去了。不管他是什麼人，反正他的角色演完了。從今以後，該由馬呂斯保護珂賽特了。珂賽特來到天空，找到她的同類，她的情人，她的丈夫，她在天上的男性。珂賽特長出翅膀蛻變了：飛上天空，把尚萬強，她那醜惡的空殼留在地面上。

馬呂斯無論在什麼想法中轉圈子，總要回到對尚萬強一定程度的厭惡上。也許是摻雜著神聖色彩的厭惡，因為他在此人身上感到「某種神聖」。然而，他無論怎樣考慮，無論找出什麼減罪的情節，最後還要落到這一點：他是個勞役犯，即處於最後一級之下，在社會等級中連個位置都沒有的人。末等人之後，才輪到勞役犯。可以說，勞役犯不是世人的同類。在勞役犯身上，法律已將人格剝奪殆盡。馬呂斯雖是共和派，但在刑罰問題上，他還維護嚴酷的制度，頭腦裡還裝滿法律的全部思想，並以此對待法律所打擊的人。說到底，他還沒有走完進步的全部過程。他還不能區分人的決定和上帝的決定，法律和人權。他根本沒有審視和掂量一下，人處理不能挽回和不能補贖之事的權利。他也沒有起而反對「制裁」一詞。他認為違反成文法的某種行為，自然要受到終生的懲罰，因此，他把社會將人打入地獄視為文明的手段。他還停留在這一步，不過以後必然還要前進，因為，他天性善良，內心孕育著進步。

一進入這個思想範疇，他就覺得尚萬強變態而討厭了。這是排除在社會之外的人，是勞役犯。他一聽到這個詞，就像聽見末世大審判的號角。他長時間審查了尚萬強，最後的動作是扭過頭去：

「撒旦，離開我的身。[1]」

應該承認，甚至應該著重指出，就在尚萬強對他說「您在讓我招認」的時刻，馬呂斯雖在盤問他，但並未提出那兩三個關鍵問題。這些問題，並不是沒有出現過在他腦子，而是他害怕提出來。容德雷特破屋？街壘？沙威？誰知道事情會被揭露到什麼地步？尚萬強不像個好退縮的人，誰知道馬呂斯追問之後，是不是又希望煞住尚萬強的話頭呢？在一些性命攸關的場合，提出一個問題，又捂住耳朵不想聽到回答，我們每人不是全碰到過這種情況嗎？這種懦弱行為，在戀愛期間尤為常見。過分追究不祥的境況是不明智的，尤其牽連到我們自己生活中萬難割捨的一面。尚萬強在痛苦絕望時所作的解釋，很可能露出點可怕的亮光，誰知道這醜惡的光會不會反射到珂賽特身上呢？誰知道在這天使的額頭上，會不會留下這種地獄之光呢？一道閃電濺出的火星，還是霹靂。這種關聯乃是天數，由於染色反光律的副作用，清白本身會染上罪惡的色彩，最純潔的面孔也可能永遠留有接近惡人的映象。不管對錯，當初馬呂斯確實害怕了。他已經知道得太多，現在只想睜隻眼閉隻眼，不想弄清楚了。他在神魂顛倒時抱走珂賽特，閉眼不看尚萬強。

這個人屬於黑夜，屬於活生生可怖的黑夜。怎麼敢追究他的底細呢？盤問黑影是一種恐怖的事。誰知道黑影要回答些什麼？曙光可能永遠被它玷污。

馬呂斯處於這種思想狀態，一想到這人今後還要跟珂賽特接觸，就不免驚慌失措，憂心慘切。這些可怕的問題，很可能毫不容情地導致一個徹底的決定，但是他退卻了，現在幾乎責備自己沒有提出來。他覺得自己心腸太善，也太軟，說穿了，就是太軟弱。正是這種軟弱的性情拖著他貿然讓步。他聽人一講心就軟了，實在太傻了，本應當機立斷，拋掉尚萬強。這個家必須擺脫這個人，就好像在火災中，為了保全周圍，尚萬強是應該捨棄的部分。他怪罪自己，也怨恨這場感情衝動的旋風來得太突然，他被捲進去，腦袋發昏，眼睛完全被蒙蔽了。他很不滿意自己。

現在怎麼辦呢？尚萬強前來探望，便會引起他內心深處的反感。這個人何必到他家來？怎麼辦呢？想到這裡，他昏頭脹腦，不願深挖，不願深究，不願探測自己的內心。他已經許諾，他不由自主地答應了。尚萬強得到他的許諾，即使對一名勞役犯也不能食言，尤其對這名勞役犯更不能食言。然而，他的首要責任還是珂賽特。總而言之，他的厭惡情緒支配了一切。

紛亂的思緒，在他頭腦裡翻騰流轉，攪得他意亂心煩。由此產生內心的煩惱，在珂賽特面前不容易掩飾，不過，愛情富有才華，馬呂斯終於做到了。

儘管如此，他還是裝作無心，向珂賽特提了幾個問題。珂賽特天真無邪，像白鴿一樣純潔，始終毫無察覺。他問起她的童年和青少年，越聽越深信，一個人所能具有的善良、慈愛和可親可敬，這名勞役犯都傾注到珂賽特身上了，馬呂斯隱約看出和推測的全是真實的。這棵兇險的蕁麻疼愛並保護了這朵百合花。

①．原文為拉丁文，是耶穌對誘惑者講的一段話的開頭。見《聖馬可書》。

第八卷：人生苦短暮晚時
La décroissance crépusculaire

一．樓下房間
La chambre d'en bas

次日黃昏時分，尚萬強去敲吉諾曼家的大門，迎接他的是巴斯克。巴斯克這時待在院子裡，彷彿按指示辦事，這是常有的事，主人吩咐僕人：「某某先生要到了，你去迎候一下。」

巴斯克未等尚萬強走近前，就問道：「男爵先生叫我問問先生，是要上樓還是待在樓下。」

「待在樓下。」尚萬強回答。

巴斯克倒十分恭敬，打開樓下廳室的門，說道：「我去稟報夫人。」

尚萬強走進的這間一樓廳室，有時當酒窖用，裡面潮濕昏暗，天棚呈拱頂，雖然臨街，卻只有一扇裝了鐵欄的紅玻璃窗透進點光線。

這間屋不是拂塵、撣子和掃帚經常光顧的地方。灰塵在這裡靜靜地積累，也沒有組織剿滅蜘蛛的行動，一張鑲飾著蒼蠅的精緻的大蛛網，堂而皇之地鋪展在一塊窗玻璃上。房間又小又矮，牆角有一大堆空酒瓶，牆壁刷成赭黃色，灰皮大片大片剝落，裡端有一個漆成黑色的木架壁爐，爐臺極窄，爐中生了火，顯然已經料到尚萬強必定回答：「待在樓下。」

壁爐兩角放了兩張安樂椅，椅子中間鋪了一塊床前腳墊，權充地毯，但是墊子的絨毛幾乎磨光，露出粗繩了。

房間的照明，是借壁爐的火光和窗戶透進來的暮色。

尚萬強疲憊不堪，一連幾天，他不吃也不睡，進來便仰倒在椅子上。

巴斯克又返回來，將一支點燃的蠟燭放到壁爐臺上，又退出去了。尚萬強腦袋垂到胸前，既沒有看見巴斯克，也沒有看見蠟燭。

突然，他彷彿受到了驚嚇，忽地站起來，珂賽特就在身後。

他沒有看見來人，但是他感到珂賽特進來了。他回過身端詳她，珂賽特真是光豔照人。不過，尚萬強以深邃的目光注視的是靈魂，而不是美貌。

「好啊，」珂賽特高聲說道，「您還真想得出來！父親，我知道您古怪，可也萬萬沒料到會來這一手。馬呂斯對我說，是您要我在這兒接待您的。」

「不錯，正是我。」

「我就料到會是答案。您準備好了，先說在前面，我可要跟您大鬧一場，現在讓我們從頭開始來，父親，先吻我吧。」

說著，她把臉蛋伸過去。

尚萬強一動不動。

「您一動不動。我看到了，這是有罪的姿態。不過算了，我饒過您。耶穌基督說過：『把另一邊臉蛋伸過去。』給您。」

尚萬強還是不動，雙腳彷彿釘在地面上。

「這可嚴重了，」珂賽特說道，「我怎麼得罪您啦？我宣布我們鬧翻了。您得來主動跟我和解，跟我們一起進晚餐。」

「我吃過了。」

「這不是真話。我要讓吉諾曼先生來訓斥您，祖父在世就是為了訓斥父親。好了，跟我上樓去客廳，這就走。」

「不行。」

這時，珂賽特沉不住氣了，她收住命令的口氣，轉而提問了：

「究竟為什麼呀？您挑選這樓裡最醜陋的房間來跟我見面，這裡真不堪入目。」

「妳不知道……」

尚萬強立即改口道：「您知道，夫人，我這人很特別，常常有奇怪的想法。」

珂賽特連連拍小手：「夫人！……您知道！……又冒出新鮮事了！這是什麼意思呀？」

尚萬強對著她苦笑，有時不得已，他就往往擠出這種笑臉。

「您要當夫人，現在是了。」

「在您面前不是，父親。」

「別再叫我父親了。」

「怎麼了？」

「叫我尚先生吧，直呼尚也行。」

「您不是父親啦？我也不再是珂賽特啦？尚先生？這是什麼意思呀？這簡直是鬧革命了！究竟出什麼事啦？您倒是正面看看我呀。您不願意和我們住在一起！您也不肯要我為您準備的房間！我怎麼得罪您啦？我怎麼得罪您啦？究竟出了什麼事？」

「沒什麼事。」

「那又是為什麼？」

「什麼都跟往常一樣。」

「您幹嘛改名字？」

「您不是也改了嗎？」

他又苦笑了一下，補充道：

「既然您能叫彭邁西夫人，我也可以叫尚先生。」

「我一點也不明白。這些全是蠢話。我要問我丈夫，是否准許我叫您尚先生，我希望他不同意。您叫我好難受啊。有怪念頭可以，但是總不該讓小珂賽特傷心呀！這樣可不好。您多麼善良，沒有權利變兇狠的。」

他不回答。

她猛地抓起他的雙手，以不可抗拒的動作，將那雙手拉向自己的臉，按在自己下頦底下的脖子上，這是極為深情的一種舉動。

「噢！您還是好一點吧！」她對他說道。

她又接著說：

「我所說的好，是指要和氣，搬到這裡來住，恢復我們小小愉快的散步，這裡跟普呂梅街一樣有鳥兒，要跟我們一起生活，離開武人街的那個洞，別讓我們猜謎了，要跟所有人一樣，跟我們一起吃晚飯，跟我們一起吃午飯，當我的父親。」

尚萬強將手抽回去。

「您有了丈夫，不需要父親了。」

珂賽特發火了：「我不需要父親！這種話真不近人情，簡直信口胡說！」

「都聖若是在這，」尚萬強又說道，他那搬來權威嚇人的口氣似要抓住救命稻草，「她會第一個承認，我確實總有自己的一套做法。什麼情況也沒有，我一直喜愛我那黑暗的角落。」

「這裡挺冷的，又看不清楚，還要當什麼尚先生，真是討厭極了，我也不願意您總用『您』

來稱呼我。」

「剛才來的路上，」尚萬強答道，「我在聖路易街木器店裡看見一樣家具。我若是一位漂亮的女人，就買下那件木器。那是個非常精緻的梳妝臺，樣式新穎。我想，就是你們所說的香木，上面鑲嵌了花，一面相當大的鏡子，有抽屜，很好看。」

「嗚！老狗熊！」珂賽特回敬一句。

她又拿出十分嬌嗔的神態，齜牙咧嘴的朝尚萬強吹氣，這是美惠女神在模仿一隻小貓。

「我惱火極了！」她又說道，「從昨天起，你們一直讓我火冒三丈。您不保護我，去對付馬呂斯，馬呂斯也不幫助我對付您，我完全被孤立了。我精心布置了一間臥室，如果能把仁慈的上帝請進去，我也會把祂安置在裡面。可是，你們卻把那個房間丟給我，我的房客逃走了。我吩咐妮科萊特做一頓可口的晚餐。『人家不用您的晚餐，夫人。』我父親割風要我叫他尚先生，還要我在這不堪入目的破舊地窖裡接待您，這裡發了黴，牆壁長了鬍子，空酒瓶充當水晶器皿，蛛網充當窗簾！就算您古怪吧，這是您的個性，但是對待剛結婚的人，總得暫時休戰啊。您真不應該馬上就古怪起來，您居然還願意住在那可惡的武人街。可我在那，曾經痛苦絕望過呀！您為什麼跟我過不去？您給我造成多大煩惱。呸！」

突然，她又斂容正色，定睛看著尚萬強，補充一句：

「您這麼怨恨，是不是因為我幸福了？」

無心說出來的天真話，往往能鞭辟入裡。這個問題，珂賽特看似簡單，對尚萬強卻意味深長。珂賽特本只是想搔搔皮膚，沒想到成了揪心挖肝了。

尚萬強臉色慘白，一時無言以對，繼而才以無法形容的聲調，彷彿自言自語那樣咕噥道：

「她幸福了，這本來是我的生活目的。現在，上帝可以把我打發走了。珂賽特，妳幸福了，我這輩子也就過完了。」

「啊！您對我稱呼『妳』啦！」珂賽特叫起來。

她隨即撲過去，摟住他的脖子。

尚萬強一時忘情，狂熱地將她緊緊摟在胸口，幾乎覺得她失而復得了。

「謝謝，父親！」珂賽特對他說。

在尚萬強身上，這樣欣喜若狂又要轉為肝腸寸斷。他緩慢擺脫珂賽特的手臂，拿起帽子。

「怎麼啦？」珂賽特問道。

尚萬強回答：「我走了，夫人，他們在等您。」

他走到門口，又加了一句：「剛才我對您稱了『妳』。去告訴您丈夫，我再也不會這樣了。請原諒我。」

尚萬強走了，而珂賽特愣在原地，對這種告別簡直莫名其妙。

二・又退幾步

Autre pas en arrière

第二天，尚萬強又在同一時刻來訪。

珂賽特不再問他，不再表示驚訝，不再叫嚷她發冷，也不再提去客廳了。她避免叫他父親，但也不稱尚先生，而且隨他怎麼稱「您」或「夫人」，她歡樂的情緒減了幾分，如果可以的話，她還會顯得憂傷。

很可能她跟馬呂斯談過，而在這種談話中，愛人滿足了愛妻，講了想講的話而不作任何解釋。相愛之人的好奇心，離開愛情不會走多遠。

樓下這間屋稍微清理了一下。巴斯克將空酒瓶搬走了，妮科萊特則把蛛網清除掉。

此後，尚萬強天天按時前來，但是完全照馬呂斯的話去做，沒有勇氣稍微違拗。馬呂斯則設法總在尚萬強來時出門。對割風先生的這種新做法，一家人也漸漸習以為常。都聖幫著解釋，一再說：「先生從來就是這樣。」外祖父一言以蔽之地作出這樣的判斷：「這是一個怪人。」況且，對於一個九旬老人，各種習慣都已養成，再也沒有空位置了，什麼都格格不入，一個外來人就增添不便，不可能再有什麼交往。什麼割風先生，切風先生，吉諾曼老頭巴不得擺脫「這位先生」。他還說：「這種怪人太常見了，他們做出各種各樣古怪的事情。什麼目的，毫無目的，德．卡納普勒侯爵還要更怪，他買了一座公館，自己卻住在閣樓上。這類人就有這種怪誕的表現！」

誰也沒有看出一點這可悲的謎底。況且，誰又能猜到這種事情呢？印度就有這類沼澤，水面好像很特別，無法解釋，無風卻生漣漪，該平靜時卻起波浪。人們但見水面無故翻騰，卻看不到水底有九頭蛇游動。

許多人都如此：有一個秘密的怪物，有一種他們餵養的病疾，有一條噬食他們的惡龍，有一種使他們夜間總是不得安寧的絕望。這樣的人跟普通人一樣，來來往往，別人不知道他懷抱著可怕的痛苦，但這不幸的人身上卻寄生著致命的千齒怪物。別人不知道這人是個深淵，看似靜止的死水，但卻深極了，水面時而騷動，令人感到莫名其妙，忽然蕩起一圈神秘的波紋，平復了又出現，升上來一個氣泡破滅了。事情不大，但很可怕，那是不為人知的怪物在呼吸。

有些習慣很奇特：在別人走的時候到來，在別人炫耀時隱避，無論什麼場合，總穿著所謂牆壁色外衣，專走僻靜無人的小路，專去沒有行人的街道，絕不參與別人的交談，躲避人群和節慶，看似富裕又過窮日子，不管怎麼富有也總把鑰匙揣在兜裡，燭臺交給門房，從角門進去，走隱蔽的樓梯，所有這些微不足道的古怪行為，就像漣漪、氣泡、水面瞬間的波紋，往往發自可怕的深處。

幾週時間就這樣過去。新生活漸漸支配了珂賽特：拜訪婚後建立起來的社交關係、操持家務、娛樂等，這些都是大事。珂賽特的娛樂並不花錢，主要就是一種，和馬呂斯在一起。跟他一起出門，跟他廝守在家裡，這是她生活上的主要活動。他們怎麼也做不膩的一項活動，就是挽著手臂上街，單獨兩個人不躲避地走在大街上，迎著太陽，迎著所有人。珂賽特只有一件事不順心：都聖跟妮科萊特合不來，便走人了，要讓兩個老處女融合是不可能的事。外祖父身體康泰，馬呂斯有時接接案子，出庭辯護，吉諾曼姨媽在新婚夫婦身邊平靜地生活，滿足於配角的地位。尚萬強每天來一趟。

「妳」的稱呼消失了，只用「您」、「夫人」、「尚先生」。由於這種變化，他在珂賽特心目中也成了另一個人。他讓珂賽特疏遠他的苦心已見成效，她的快樂日益增加，而溫情卻日趨減少。然而，她一直非常愛他，他也能感覺出來。有一天，珂賽特忽然對他說：「原先您是我父親，現在不是了，原先您是我叔叔，現在不是了，原先您是割風先生，現在是尚先生了。您究竟是誰呢？我可不喜歡這樣。我若是不知道您特別善良，見了您還真會害怕呢。」

他一直住在武人街，還下不了決心遠離珂賽特居住的街區。

起初，他只和珂賽特一起待上幾分鐘就走了。

後來，他探望的時間由短漸長，而且養成了習慣，就好像藉著白晝延長的機會，他早來點晚走點也是正常的。

有一天，珂賽特脫口叫了他一聲父親。尚萬強那張憂鬱蒼老的臉上，掠過一道快樂的閃光，但他立刻制止她：「還是叫我尚吧。」「哦！對了，」她格格笑著回答，「尚先生。」「這樣才好。」他說道，隨即轉過身去，免得被珂賽特看見他擦眼睛。

三．他們憶起普呂梅街花園

Ils se souviennent du jardin de la rue Plumet

這是最後一次了。最後一道閃光掠過，就徹底熄滅了，再也沒有親熱的表示，見面問好再也不伴隨親吻，再也聽不到「父親！」這個深情的稱呼了。他是按照自己的要求，跟自己串通好，陸續把自己從他們的這些幸福旁邊趕走。他經歷這場苦難，不但在一天之內喪失了整個珂賽特，而且還要再一點一點失去她。

久而久之，眼睛也習慣了地窨的光線。總之，每天能見上珂賽特一面，他就心滿意足了。他全部生活就集中在這一刻。他坐在珂賽特身邊，沒沒地凝視她，或者跟她談談從前的歲月，講她的童年、修道院、講當年的小朋友。

有一天下午，時值四月初，早晚雖然還有點涼，但是天氣轉暖了，陽光十分明媚，馬呂斯和珂賽特窗外的花園已經甦醒，欣欣向榮。山楂花即將放蕾，紫羅蘭在老牆頭展示寶石，粉紅的狼嘴花在石頭縫裡打著呵欠，小白菊和金毛莨開始在芳草中搔首弄姿，今年的白蝴蝶剛剛羽化成蝶，春風，這個永恆婚禮的吹鼓手，在樹木間試奏曙光大交響曲，即老詩人所稱的「萬象更新曲」。馬呂斯對珂賽特說：「我們說過，要去普呂梅街，看看我們的花園，說去就去，可不該忘恩負義啊。」於是他們就猶如飛向春天的兩隻燕子飛去。在他們心目中，普呂梅街那座花園就像是他們的黎明，他們身後已經留下類似他們愛情春天的東西。普呂梅街那個宅院租期未滿，還屬於珂賽特。他們到了花園，進了小樓，二人舊地重遊，留連忘返了。傍晚，尚萬強又按時來到受難會修女街。「夫人跟先生出門了，還沒有回來呢。」巴斯克對他說。他沒沒坐在那裡等了一小時，珂賽特還沒返回，他只好低下頭走了。

這次「他們的花園」之行，珂賽特心醉神迷，能「一整天生活在她的過去中」，她簡直樂不可支，第二天也不談別的事情，甚至沒有發覺她沒見到尚萬強。

「你們是怎麼去的？」尚萬強問她。

「走去的。」

「怎麼回來的呢？」

「坐出租馬車。」

這段時間以來，尚萬強注意到年輕夫婦的日子過得非常簡約，他不禁為之煩惱，馬呂斯很嚴格地施行節儉。尚萬強覺得這個詞有其絕對意義，他試探著問一句：「為什麼你們不自備一輛馬車呢？你們租一輛漂亮的轎車，每月只花五百法郎。你們有錢啊。」

「我不知道怎麼回事。」珂賽特回答。

「還有都聖這件事，」尚萬強又說道，「她走了，你們也不找個人替她。為什麼呢？」

「有妮科萊特就夠了。」

「可是，您應該有個貼身女僕呀。」

「我不是有馬呂斯嗎？」

「你們應該有自己的住宅、自己的僕人、一輛馬車、劇院裡的包廂。對您來說，擁有什麼東西都不算過分。你們富有，為什麼不享用呢？財富，能增添幸福啊。」

珂賽特默不作聲。

尚萬強來探訪的時間沒有縮短，反而拖長了。一顆心從斜坡滑下去，中途是不會停下的。尚萬強想延長探望，並讓人忘記時間，他就對馬呂斯讚不絕口，認為他是美男子，神態高貴，又勇敢，又有智慧，口才也好，心腸也好。珂賽特再往上加碼兒。尚萬強又周而復始，你一言我一語，有說不完的話。馬呂斯這個名字，就是取之不盡的話題，闡發這幾個字，就足夠能寫出幾大部頭著作。這樣一來，尚萬強就能多留一陣子。看到珂賽特，在她身邊忘記一切，這對他來說無比甜美！這等於包紮他的傷口。有好幾次，巴斯克來請示兩回：「吉諾曼先生派我來提醒男爵夫人，晚餐已經擺好了。」

這些日子，尚萬強回到家裡後便心事重重。

馬呂斯曾想到蛹殼，看來這個比喻相當準確吧？尚萬強果真是一個蛹殼，還執意來探望從這蛹殼生出的蝴蝶嗎？

有一天，他比往常待得還要久一些。次日，他注意到壁爐裡沒有生火。「咦！」他心中暗道，「沒生火。」他又向自己作出這種解釋：「這非常自然。都四月了，天不冷了。」

「上帝呀！這裡真冷啊！」珂賽特一進來就嚷道。

「不冷啊。」尚萬強說道。

「是您不讓巴斯克生火的嗎？」

「對，馬上就到五月份了。」

「可是我們直到六月份還生火呢。在這地窖裡，爐火終年都不能斷。」

「我原以為不用生火了。」

「怪不得，又是您的主意！」珂賽特又說道。

次日，爐火倒是又生了，但是兩把扶手椅卻移到屋子另一端，擺在門口。「這是什麼意思呢？」尚萬強思忖道。

他又把椅子搬到火爐旁邊。

重新燃起的爐火又讓他增添勇氣。他的話多起來，交談的時間又比平常拖長了一點兒。他起身要走時，珂賽特對他說：「昨天，我丈夫向我提起一件怪事。」

「什麼事？」

「他對我說：『珂賽特，我們共有三萬利弗爾年金，你有兩萬七千，外公給我三千。』我回答：『加在一起正好三萬。』他又說：『你有勇氣只靠三千法郎生活嗎？』我回答說：『有啊，只要和你在一起，沒有錢也行。』後來我又問他：『你幹嘛對我說這個？』他就回答我：『隨便問問。』」

尚萬強啞口無言。大概珂賽特想讓他解釋解釋，而他卻神色黯然，只管沒沒地聽著。他回到武人街，還是全心在思考想這件事，竟然走錯了門，進入旁邊的一棟樓，登上三樓才發現走錯了，又返身下來。

他陷入各種猜測，精神非常苦惱。馬呂斯顯然懷疑這六十萬法郎來路不正，怕是不義之財，誰知道呢？也許他已經發現，這筆錢財原是他尚萬強的，既然可疑，他就有所顧慮，不願意接受，寧肯和珂賽特一起過窮日子，也不願接受這不義之財。

此外，尚萬強也開始隱約感到，主人有逐客之意了。

第二天，他走進樓下那間屋，不禁打了個寒噤。安樂椅不見了，甚至一把普通座椅都沒有。

「怎麼，」珂賽特一進屋就嚷道，「扶手椅沒啦？扶手椅搬到哪去啦？」

「搬走了。」尚萬強答道。

「這太過分啦！」

尚萬強吶吶說道：「是我讓巴斯克搬走的。」

「總有個原因吧？」

「今天我只待幾分鐘。」

「只待一會兒，也沒有理由站著啊。」

「我以為巴斯克需要將扶手椅搬到客廳去。」

「為什麼？」

「今天晚上，你們一定有客人。」

「一個客人也沒有。」

尚萬強再也無話可說了。

珂賽特聳聳肩膀。

「叫人把座椅搬走！那天還叫人熄掉爐火。您也太古怪啦！」

「別了。」尚萬強咕噥一句。

他沒有說：別了，珂賽特。但他也沒有勇氣說：別了，夫人。

他心情沮喪，走了出去。

這次他懂了。

隔天他沒有來。到了晚上，珂賽特才發覺。

「咦，尚先生今天沒有來。」她隨口說了一句。

她心中微微有點悵然，但是感覺並不明顯，被馬呂斯用一個親吻就給化解了。

第三天，他還是沒有來。

珂賽特並沒有留意，晚上該做什麼、就做什麼，該睡覺、就睡覺，一如往常，早晨醒來才想起這件事。也難怪，她太幸福啦！她急忙打發妮科萊特去尚先生家，看他是不是病了，昨晚為什麼沒有來。妮科萊特轉達尚先生的答覆，他一點病也沒有，他很忙，很快就會去的，儘早前去。再說，他要有一趟短途旅行，夫人想必還記得，他隔段時間就要出趟門，這是他的習慣，不必擔心，也不必掛念他。

妮科萊特走進尚先生家時，向他重複了女主人的原話，說是夫人派她來問一問，「昨晚尚先生為什麼沒有來。」「我有兩天沒去了。」尚萬強輕聲說道。

然而，他婉轉糾正的這一點，妮科萊特根本沒有向珂賽特轉達。

四．吸力和止息

L'attraction et l'extinction

一八三三年春夏之交，瑪黑區寥寥的行人、店鋪商人、站在門口的閒人，都注意到有個身穿整潔黑禮服的老人，每天一到黃昏時刻，就從武人街靠布列塔尼里聖十字架街一側出來，經過白斗篷街、聖卡特琳園地街到達披巾街往左拐，再走進聖路易街。

到了聖路易街，他就放慢腳步，腦袋往前探，什麼都視而不見，聽而不聞，眼睛總直勾勾地凝視一點，對他來說是明顯目標的那一點，無非是受難會修女街的拐角。他離那街角越近，眼睛就越亮，眸子裡射出喜悅的光芒，猶如內心升起的曙光，他那神態彷彿受了迷惑並十分動情，他的嘴脣微微翕動，就好像在對一個他看不見的人說話，他隱隱現出笑容，而腳步卻盡量放慢，就好像他既盼望到達，又怕走到近前的那一刻。再過幾棟樓房，就走到似乎吸引他的那條街，他的腳步十分緩慢，有時好像不走了。他的頭晃悠，而眼珠卻不動，酷似在尋找兩極的指南針。他再怎麼拖延時間，最終也走到了，一到受難會修女街，他就站住，渾身抖起來，一副憂傷而膽怯的樣子，探頭眺望最後一棟樓房的角落那邊，而他張望那條街的淒惘眼睛裡流露出來的神色，類似對不可能得到之物的讚歎，也類似天堂閉門逸出的反光。繼而，他眼角慢慢聚積一滴淚水，積大了就掉下來，順著腮流到嘴角，有的還在嘴角停留片刻，老人嘗到了淚水的苦味。他就像石頭雕像一樣，在那裡佇立了幾分鐘，然後又以同樣的步伐原路返回，越走越遠，目光也黯淡下來了。

久而久之，老人不再走到受難會修女街的拐角，在聖路易街的中途就停下，有時多走幾步，有時少走幾步。有一天，他停在聖卡特琳園地街的拐角，遠遠眺望受難會修女街，繼而沒沒地左右搖搖頭，彷彿拒絕內心的一點要求，又沿著原路回去了。

又過不久，他連聖路易街也走不到了，只走到鋪石街，搖了搖頭，就往回走了，後來不超過三亭街，最後連白斗篷街也沒走到，好比沒有上發條的掛鐘，鐘擺的擺幅越來越小，直至完全停止。

他每天還是按時出門，走同一路線，但是不再走到底，也許他沒有意識到自己不斷在縮短距離。他臉上的神情完全表達出這惟一的想法：何苦呢？眼睛沒神了，臉上沒有光彩了，就連淚水也枯竭了，不再聚積在眼角上：這沉思的目光是乾澀的。老人的頭還是往前探，下頦有時會擺動，脖子瘦得皮都皺了，叫人看了難過。在天氣不好的日子，他有時會在腋下夾把雨傘，但是從不打開。那個街區的老太婆都說：「他是個傻子。」孩子們跟在他後面哄笑。

第九卷：最終的黑暗，最終的曙光
Suprême ombre, suprême aurore

一．憐憫不幸者，寬宥幸福人
Pitié pour les malheureux, mais indulgence pour les heureux

有了幸福是件可怕的事！他們多麼的心滿意足！他們多麼耽美的覺得這已足夠！他們達到幸福這人生的虛假目的，又多麼容易忘記天職這個真正目的！

不過，平心而論，也不應責怪馬呂斯。

我們解釋過，馬呂斯結婚之前，沒有問過割風先生，後來又怕追問尚萬強。他一時心軟就答應下來，但事後又反悔了，心裡總嘀咕他不該因對方痛不欲生就作此讓步，只好逐漸地把尚萬強從他家打發走，盡量把他從珂賽特的腦海中抹掉。他總是有意地插在珂賽特和尚萬強之間，確信她既看不到尚萬強，也就不再想了。這是遮蔽覆蓋，比抹掉還有效。

馬呂斯所做的，是他認為必要而正當的事情。他排除尚萬強，沒有採取強硬的態度，但是也不手軟，他認為有重大理由這樣做，有些前面已經講了，還有一些下面會談到。在審理一樁他擔任辯護律師的案件中，他偶然遇到從前在拉斐特銀行幹事的一名職員，他沒有進行調查，就瞭解到一些秘密情況，而這些情況，他也確實不可能進一步追究，一則他要恪守保密的諾言，二則也要顧忌到尚萬強的危險處境。當時，他認為必須盡一項重大責任，就是極其謹慎地尋找原主，歸還那六十萬法郎。首先，他絕不動用這筆款。

至於珂賽特，她根本就不知道這些秘密，要責備她，也同樣太苛求了。

從馬呂斯到珂賽特，有一種極強的磁力，由於這種磁性，她總是本能地，幾乎機械地按照馬呂斯的心願行事。她感到對「尚先生」那一邊，馬呂斯有個不可違背的規定，她順應就是了。她丈夫那未言明的意圖對她產生的無形壓力也很明顯，對她說什麼，她就盲目地服從了。這裡所說的服從，就是不去回憶馬呂斯忘卻的事情。她無須費力就做到了，自己也不知道為什麼，也沒有什麼可指責馬呂斯的，須知她的心靈已經化為她丈夫的心靈了，馬呂斯的思想出現陰影，她的思想也要隨之黯淡下來。

然而，我們也不能說得過頭，關於尚萬強，這種忘卻和消除只是表面現象。她是一時疏忽，而不是遺忘，其實，她還深深愛著她長久稱做父親的那個人。不過，她更愛自己的丈夫，這就有點偏心了，這顆心的天秤向一邊傾斜。

有時，珂賽特提起尚萬強，不免感到詫異。於是，馬呂斯就勸她放心：「我想他出門了。他不是說過要去旅行嗎？」「不錯，」珂賽特心想，「他是有這種習慣，時而出門一趟。可是，不會去這麼久啊。」她也叫妮科萊特到武人街去過兩、三趟，問問尚先生旅行回來了沒有，每次尚萬強都請她回覆說還沒回來。

珂賽特沒有再問什麼，她在世上惟一需要的人，就是馬呂斯。

還應補充一句，馬呂斯和珂賽特也出過遠門，他們去過維爾農。馬呂斯帶珂賽特去替他父親上墳。

馬呂斯一點一點讓珂賽特擺脫尚萬強，珂賽特則任其擺布。

話又說回來，在某些情況下，未免過分苛責子女忘恩負義，其實並不總像人們所想的那樣值得責備，這是自然的忘恩負義。我們也說過，自然，就是「向前看」。自然把世人分為到來者和離去者，離去者轉向陰暗，到來者面向光明，從而產生間隔，這種狀態，在老人這邊是命中注定，在青年這邊則是無意識的。這種間隔，起初不顯眼，後來逐漸擴展，如同樹木分杈。枝杈不同在一個樹幹，卻越長相距越遠。這不是他們的過錯，青年趨向歡樂、節慶、五光十色和愛情，老人則趨向終點。相互還會見面，但不再擁抱了。年輕人感到生活的炎涼，老年人感到墳墓的炎涼，不要怪罪這些可憐的孩子。

二．最後閃亮燈油盡

Dernières palpitations de la lampe sans huile

有一天，尚萬強下樓，在街上走了幾步，便坐到石樁上。六月五日那天夜晚，他正是坐在這個石樁上沉思，遇到伽弗洛什。他只待了幾分鐘就回樓上了，這是鐘擺最後一下襬動。隔天他沒有出房間，第三天他沒有下床。

門房老太婆幫他做點簡單的飯菜：一點白菜或幾個馬鈴薯加點豬油，她回頭來看看棕色瓷盤，叫道：「怎麼回事！昨天您沒有吃飯，可憐的好人！」

「怎麼會沒吃呢。」尚萬強回答。

「盤子裡還滿滿的。」

「瞧瞧水罐，已經空了。」

「這表示您喝了水，並不表示您吃了飯。」

「那麼，我要是只想喝水呢？」尚萬強說道。

「這叫作口渴，如果不同時吃飯，這就叫作發燒。」

「我明天吃。」

「或者等到三聖節再吃。幹嘛今天不吃呢？說一聲：我明天吃！就連碰也不碰，一盤菜全給我留著！我煮的燉馬鈴薯香極啦！」

尚萬強抓住老太婆的手：

「我答應您吃掉。」他和藹地對她說道。

「我可對您不滿意。」女門房回了一句。

除了這個老太婆，尚萬強也見不到什麼人。巴黎有些街道從來沒人經過，有些房屋從來沒人拜訪。他就住在這樣一條街上，住在這樣一個房屋裡。

他還能出門的時候，到鍋匠那裡，花幾蘇錢買了一個銅十字架，回來掛在床頭釘子上。看看這個絞刑架總有些益處。

一週過去了，尚萬強沒有在屋裡走動一步，一直臥床不起。女門房對她丈夫說：「樓上那老頭不起床了，也不吃東西了。看樣子他活不久了。他看起來很傷心，我總覺得，他女兒嫁得不好。」

門房則以丈夫的權威口氣答道：「他有錢就可以請大夫來，沒錢就請不了大夫。請不了大夫，他就等死吧。」

「如果請到大夫呢？」

「那他也得死。」

看門的女人用一把舊刀，蹲到她稱為她的鋪石路上，開始將石縫中的雜草摳出來拔掉，她邊做邊咕噥：

「真可惜，多好的一個老人！他就像小雞一樣潔白。」

她瞧見本街區的一名醫生經過街口，就自作主張請他上樓去。

「就在三樓，」她對醫生說，「您進去就是了。那老人躺在床上動不了，鑰匙就插在門上。」

醫生瞧了尚萬強，問了問情況。

等他下樓來，門房女人問道：「怎麼樣，大夫？」

「您這病人病得很厲害。」

「得了什麼病？」

「什麼病都有，又什麼病也沒有。看樣子，他失去了一個親人，這是要命的事。」

「他有對您說些什麼？」

「他說他身體很健康。」

「您會再還來嗎，大夫？」

「會，」醫生回答，「不過，應該回來的不是我，而是另一個人。」

三．割風當年扛得起馬車，如今羽毛管筆也嫌重

Une plume pèse à qui soulevait la charrette Fauchelevent

一天傍晚，尚萬強艱難地用臂肘支撐起身子，自己把把脈，卻找不到脈息。他呼吸短促，不時停頓，這才承認身體從來沒有這樣虛弱過。這時，他無疑受到最後心事的催促，強打精神坐起來，穿上衣裳。這次他穿上了舊工作服，反正沒有要出門，就重新換上他所喜歡的勞動服。他單單穿件衣服也不得不停下好幾次，僅僅伸袖子就累得額頭流下汗水。

他獨自生活以來，就把床搬到前廳，以便盡量少佔用這空蕩蕩的房間。

他打開手提箱，從裡面拿出珂賽特的舊衣物。

他把這些衣物攤在床上。

主教的兩支燭臺仍擺在壁爐臺上。他從一個抽屜裡取出兩根蠟燭，插進燭臺裡，並且點燃，儘管這是夏季，天還大亮。只有在停屍的房間，有時會看到大白天還這樣點著蠟燭。

他從一件家具移動到另一件家具，每邁一步都得耗盡全身的力氣，不得不坐下來，這絕非一般的疲勞，消耗的體力能再恢復，而這是僅餘的一點動力，是衰竭的生命，正一點一滴耗散在不能復始的撐持中。

他挪到鏡子前，便倒在一把椅子上。這面鏡子，對他是不祥之兆，而對馬呂斯則是天賜之物，他曾在鏡子裡認出印在珂賽特吸墨紙上的反體字跡，現在卻認不出自己的相貌了。他年已八旬，但是在珂賽特和馬呂斯結婚之前，他看上去也只有五十歲，這一年就等於過了三十年。額頭上的已不是年歲的皺紋，而是死亡的神秘印跡，令人察覺到那摳進去的無情指甲。他兩肋塌下來，面容如埋進土裡的顏色，嘴角向下撇，酷似古人刻在墳墓上的面具。他的目光凝望半空，流露出責備的神色，他那樣子，真像一個悲劇主角在怨恨一個人。

他停留在這種狀態，頹喪到了極點，痛苦不再傾瀉而出，可以說已經凝結了，絕望在心靈上凝聚成硬塊了。

夜色降臨。他十分吃力地將桌子和舊扶手椅拖到壁爐旁邊，又將紙筆和墨水放到桌子上。

他做完這些事，便一陣昏迷，等甦醒過來，又覺得口渴。他提不起水罐，就非常艱難地將水罐搬傾斜了，對著嘴喝了一口水。

接著，他轉回床鋪，因為站不住了，就一直坐著注視黑色小衣裙和所有心愛之物。

這樣靜靜的觀看持續了幾小時，但恍若只過了幾分鐘。突然，他感到寒氣襲來，打了個寒顫。他兩個臂肘撐著桌子，在主教燭臺的燭光照亮下，他拿起筆。

但是他很久沒寫字了，羽毛管筆尖彎了，墨水也乾了。於是，他又要起來，往墨水缸裡添幾滴水，這下子他又得停幾下，坐下兩、三次，拿起筆後也只能用筆尖輕輕的寫字，還得不時擦擦額頭的汗。

他的手發抖，緩慢地寫了以下數行文字：

珂賽特：我祝福妳。我要向妳解釋。妳丈夫示意我該離去，是有道理的，做得對，但有點誤會。他是個傑出的人，等我死後，妳要永遠愛他。彭邁西先生：你也要永遠疼愛我心愛的孩子。珂賽特，妳會發現這張紙的，下面就是我要對妳說的話，妳會看到數字，如果我還能想起來的話，聽我說，這筆錢的確是你的，整個事件是這樣的：白墨玉產自挪威，黑墨玉產自英國，人造墨玉產自德國。天然墨玉較輕，更珍貴，成本也高。我們法國也能像德國那樣仿造，只要一個兩寸平方的鐵砧，以及用來熔化蠟質的一盞酒精燈。這種蠟從前是用樹脂和黑煙灰製成的，成本要四法郎一市斤，我發明了一種製法，用蟲膠和松脂作原料，成本就降到一個半法郎，而品質卻大大提高了。扣環是紫玻璃用這種蠟膠鑲在黑色小鐵托上。鐵托配紫玻璃，金托配黑玻璃。西班牙大量進口這類飾品，而那是墨玉的國度……

寫到這裡就斷了，筆從他手指間滑落，他再次從心底發出悲痛欲絕的長嚎，可憐的人雙手抱住頭，陷入沉思。

「噢！」他在內心中嚎叫（這種淒慘的哀嚎，惟獨上帝聽得見），「這下完了，我再也見不到她的面了。她是在我臉上掠過的一絲微笑，我未能再看她一眼就進入了黑夜。噢！哪怕只見一分鐘，一剎那，哪怕聽聽她的聲音，摸摸她的衣裙，哪怕只看這天使一眼！然後就死了也甘心！死也無所謂，可怕的是，死之前不能見她一面。她會對我微笑，會對我說兩句話。難道這會礙著什麼人嗎？唉！這下完了，永遠見不到她了。我只有孤單一人。上帝呀！上帝呀！我再也見不到她啦！」

恰巧這時，有人敲門了。

四・墨水卻還人清白

Bouteille d'encre qui ne réussit qu'à blanchir

就在同一天，說得更準確些，同一天晚上，吃完晚飯，馬呂斯剛回到辦公室要審閱一份案卷時，巴斯克就送來一封信，並說：「寫這封信的人就在候客室。」

珂賽特挽著外祖父的手臂，在花園裡散步。

信如其人，也會有惡俗的外表。紙張粗糙，折疊笨拙，這類信一看就令人反感。巴斯克拿來的就是這樣一封信。

馬呂斯一接近信，就聞到一股菸葉味，一種氣味比什麼都更能喚起人的記憶。馬呂斯記想起這種菸味，再看封面上寫的：「呈送先生，彭邁西男爵先生啟。他的公館。」他辨認出菸味，也就認出筆跡了，可以說，驚詫能產生閃光。就是這樣一道閃光，馬呂斯豁然開朗。

嗅覺，這神秘的備忘錄，一下子就在他身上喚起一個天地。正是這種紙張、這種折信方式、這樣淡淡的墨水，正是這熟悉的筆跡，尤其是這菸味，他眼前就出現了容德雷特的破屋。

這真是天緣湊巧！他百般尋找的兩條線索之一，最近還花了許多力氣，以為永無蹤跡了，現在卻自動送上門來。

他急不可待，拆開信念道：

男爵先生：

如果上帝給我才能，我本可以成為克（科）學院院士、德納男爵①，然而我不是。我僅僅和他同姓，提起此人，我如能得到你的照佛（拂），那就不剩（勝）心（欣）喜。您對我的會（惠）顧必得回報。我掌握一個人的秘密。此人又與您有關。我打算將這秘密提共（供）給您，希望能有幸對您有所幫助。我向您提共（供）這一簡便方法，將此人從貴府赴（趕）走，此人無權住在貴府，男爵夫人出身高貴，道德的聖地長期和罪惡共處，就不能不糟（遭）受捐（損）害。

我在候客宮（室）等侍（待）男爵先生的命令。

恭頌

大安

這封信署名為「德納」。

署名不假，只是縮短了。

此外，信中不知所云，又別字連篇，終於將身分暴露無遺，證據已經齊備，無可懷疑了。

馬呂斯異常激動。他先是一驚，後又一喜。但願現在能找見他所尋覓的另一個人，他馬呂斯的救命恩人，他就別無希求了。

他拉開寫字臺的抽屜，拿出幾張鈔票，推上抽屜就拉鈴。巴斯克將門打開一條縫。

「讓他進來。」馬呂斯說道。

巴斯克便通報：「德納先生。」

一個男子走進來。

馬呂斯又是一驚：進來的人完全是陌生的。

此人不僅年老，還長了個大鼻子，下巴插在領帶裡，戴一副綠色眼鏡，還加上雙層綠綢的遮光簷。頭髮光滑，直齊眉梢，頗似英國「上流社會」，他的頭髮已經花白，從頭到腳一身黑色穿戴，相當破舊，但是很乾淨。一條帶小裝飾物的鏈子從外套兜裡出來半截，令人猜想那兜裝著懷表。他手裡拿著一頂舊帽子，走路駝著背，深深一躬下去，背彎得更厲害了。

見面最初的印象，就是這人衣裳太肥大了，雖然將鈕扣整齊扣上了，還是不合他的身。

這裡有必要講幾句題外話。

巴黎博特萊伊街兵工廠附近，有一個惡名昭著的舊宅子，當時住著一個精明的猶太人，他的行業就是將一個壞蛋裝扮成好人，不能花太多時間，否則壞蛋會感到難堪。換上一套類似體面人的服裝，外表明顯變了，每天付三十蘇錢，可以喬裝打扮一兩天。這個出租服裝的人名叫「變換商」，巴黎扒手們不知他的真名實姓，就送給他這個綽號。他的化粧室服裝相當齊全，給人喬裝打扮的衣裳也還像樣，適合各種職業和等級，分別掛在店鋪的釘子上，雖然已經破舊了，卻能代表一定的社會地位：這套是行政長官的服裝，那套是神父的教袍，那套又是銀行家的服裝，在一個角落裡掛著退伍軍人的便服，而另一處則是文人的服裝，再遠一點有政界人士的服裝。此人是在巴黎演出大型騙術的服裝師，他的破屋正是竊賊和騙子上下場的後臺。一個衣衫襤褸的壞蛋走進來，放下三十蘇，按照他今天要扮演的角色，挑選一套服裝換上，再下樓時，壞蛋便搖身一變成為大人物了，第二天，一套行頭又原樣送回。這個「變換商」什麼都可以交給竊賊，卻從來沒有被拐跑過。這些服裝有一個缺陷，大小都「不合身」，既然不是訂做的，穿上去不是太瘦就是太肥，沒有一個人穿起來合身的。凡是比普通身材高大或矮小的壞蛋，穿上「變換商」的衣服都會感到不舒服，不能太肥，也不能太瘦。「變換商」只考慮普通身材，他隨便找一個既不胖也不瘦，既不高也不矮的乞丐來量體裁衣。因此，要求合身有時很難，「變換商」的那些主顧就只能盡量將就了。特殊身材，那就活該倒楣！就拿政界人士的服裝來說，上下湊一套，倒是合乎規矩，

①．德納男爵（一七七七—一八五二）：實有其人，法國化學家，一八一〇年當選為科學院院士。

然而皮特②穿上嫌太肥，加特爾西卡拉③穿上又嫌太瘦。在「變換商」的目錄中，稱之為政界人士服裝的說明，我們抄錄如下：「黑呢上衣一件、黑呢皮褲一條、絲綢外套一件、皮靴和襯衣。」旁邊還注明：「從前的大使。」還有說明，我們也照錄出來：「在另外一個盒子裡，裝有一副燙得整齊的假髮、一副綠色眼鏡、一條帶小飾物的表鏈、兩根裹著棉花的羽毛寸管。」這一套行頭符合政客，從前大使的身分。可以說，這套服裝相當舊了：縫線已發白，隱約可見臂肘有個扣子大小的破洞，而且，胸前還缺一顆扣子，不過，這只是小事，須知政客的手總放在胸前，就是要遮住禮服上缺扣子的地方。

如果馬呂斯熟悉巴黎的這種神妙的變身術，他就會立即看出，巴斯克帶進來的客人那身政客裝束，正是從「變換商」那裡租來的。

馬呂斯看見來者並非他所期待的人，不禁感到失望，態度便轉而冷淡了。就在來客深深鞠躬的時候，馬呂斯從頭到腳打量他，口氣生硬地問道：「您有什麼事？」

那人回答前先張大嘴媚笑一下，酷似鱷魚的諂笑：

「我覺得在社交界，我已經跟男爵先生見過面，不可能無此榮幸。我想，尤其應該提到幾年前，我們在巴格拉西翁王妃府上，以及在法蘭西貴族院議員，唐勃雷子爵大人的沙龍裡見過面。」

這是無賴慣用的伎倆，裝作認識一個不相識的人。

馬呂斯注意聽這人講話，捕捉他的口音和動作，但是更加失望了：這濃重的鼻音，跟他預期的尖刻嗓音截然不同，他如墜五里霧中。

「我既不認識巴格拉西翁夫人，也不認識唐勃雷先生。」他說道，「我從未踏進過這兩位的府門。」

回答沒有好口氣，那人仍然媚態可掬，堅持說道：

「那就是在夏多布里盎的府上，我見過先生！我跟夏多布里盎過從甚密。他非常和氣，有時對我說：德納，我的朋友……您不想跟我乾一杯嗎？」

馬呂斯的神情越來越嚴峻：「受到夏多布里盎先生的接待？我從來沒有這份榮幸。簡單說吧，您有什麼事？」

那人聽這口氣更加生硬，就又深鞠一躬。

「男爵先生，請耐心聽我說。在美洲巴拿馬附近的地方，有個叫若雅的村子。全村只由一座房子構成。一座四層的方形大樓房，用太陽曬乾的土坯建造的，每一邊五百尺長，每上一層縮進十二尺，這樣，每層周圍都有平臺，正中是內院，囤積糧食和武器，沒有窗戶，但有槍眼，也沒有門，但有梯子，爬梯子從地面上到二層平臺，再從二層上到三層，從三層上到四層，然後再順著梯子下到內院。房間沒有門，只有翻板，房子裡沒有樓梯，只有梯子，夜晚關死翻板，撤走梯子，土槍和馬槍都架在槍眼上，根本無法進入。白天是一座房子，晚上是一座堡壘，全村八百居民，就是這樣生活。為什麼這樣小心呢？因為那是一個危險的地方，有許多吃人的人。那麼，人為什麼要去那種地方呢？因為那是寶地，能開採出黃金。」

「您究竟要說什麼？」馬呂斯從失望到失去耐心，打斷他的話。

「是這樣，男爵先生。我這個幹累了的老外交官，厭惡了陳舊的文明，想過過野蠻人的生活。」

「這又怎麼樣？」

「男爵先生，自私是人世的法則。無產的雇農看見驛馬車駛過，就要回頭望去，但就不回頭看看在自己田裡工作的農婦。窮人的狗對富人叫，富人的狗對窮人叫。人人為己嘛，財貨是人追求的目的。黃金，就是磁石。」

「還有什麼？快點收尾。」

②・皮特（一七〇八—一七七八）：英國政治家。

③・加特爾西卡拉：那不勒斯王國駐巴黎大使，一八三二年死於霍亂。

「我很想去若雅那裡去落腳。我們一家三口，我妻子和女兒，那是個很漂亮的姑娘，旅途很長，旅費又貴。我缺點錢。」

「這跟我有什麼關係？」馬呂斯問道。

陌生人從領帶裡探出脖子，極像禿鷲的動作，他又加倍微笑回答道：「怎麼，男爵先生沒有看到我的信嗎？」

這話說中了幾分。信的內容，還真從馬呂斯眼前滑過去了，他只顧注意筆跡，卻忽略了寫的是什麼，幾乎想不起來了，這下子，一個新情況又喚醒他，引起他的注意：我妻子和女兒。他以敏銳的目光審視這個陌生人，比法官看得還仔細，簡直不放過一絲一毫，他只是回答一句：「說明白點。」

那陌生人將兩手插進外套兜，抬起頭來，但是並不挺起脊背，他那綠眼睛也透過眼鏡端量馬呂斯。

「好吧，男爵先生，我說明一下。我有個秘密要跟您兜售。」

「一個秘密！」

「一個秘密。」

「跟我有關？」

「有點關係。」

「什麼秘密？」

馬呂斯聽那人說話的時候，越來越注意觀察他了。

「我先無償提供點情報，」陌生人說，「看看能不能引起您的興趣。」

「說吧。」

「男爵先生，貴府有個盜賊和殺人兇手。」

馬呂斯驚得抖了一下。

「在我家裡？不可能。」他說道。

陌生人鎮定自若，用臂肘撣撣帽子，接著說道：

「殺人兇手和盜賊。要注意，男爵先生，我在這裡說的不是過時的、失效的舊事，不是在法律面前一宣布，在上帝面前一懺悔，就能一筆勾銷的，我說的是近來的事，目前的事，此刻還沒被司法發現。我說下去。這個人溜進您的信任圈裡，幾乎溜進您的家庭，他用的是假名，真名我可以告訴您，而且分文不取。」

「我聽著呢。」

「他叫尚萬強。」

「我知道。」

「我還要無償告訴您他是誰。」

「說吧。」

「他是個老勞役犯。」

「我知道。」

「您是因為我有告訴您的榮幸才知道的。」

「不是。我早就知道了。」

馬呂斯冷淡的口氣和兩次「我知道」的回答，都簡短而顯得不願交談，這不免煽起陌生人的一點暗火。他那悻悻的目光偷偷瞥了馬呂斯一下，隨即又熄滅了。這種目光不管多麼短促，只要見過一次的人就能認出來，自然也沒有逃過馬呂斯的眼睛。某種火光只能發自某些靈魂，而思想的通風口——眼珠就會燒紅，眼鏡根本遮掩不住，無異往地獄門前放一塊玻璃。

陌生人微笑著又說道：

「我不敢駁斥男爵先生。不管怎麼說，您應該明白，我是瞭解內情的。現在我要告訴您的情況，惟獨我知道。這事關係到男爵夫人的財產。這是一個異乎尋常的秘密，準備出售，首先找您這個買主，價錢很便宜，只要兩萬法郎。」

「這秘密跟其他秘密一樣，我全知道。」

那人感到有必要降點價：

「男爵先生，給一萬法郎吧，我就說出來。」

「再說一遍，您沒有什麼可告訴我的。您要說什麼我都知道。」

那人眼裡又掠過一道閃光，他高聲說道：

「今天我總得吃晚飯啊。告訴您，這可是個異乎尋常的秘密，男爵先生。我說了，給我二十法郎吧。」

「我知道您這異乎尋常的秘密，就像我早就知道尚萬強這個名字，也像我知道您的名字一樣。」

「我的名字？」

「對。」

「這並不難，男爵先生，我榮幸地在給您的信中署上，還當面對您說了：德納。」

「第。」

「什麼？」

「德納第。」

「他是誰？」

碰到危險，箭豬會渾身豎起尖刺，金龜子會裝死，老看守會拉開架勢，而那人卻哈哈大笑。

接著，他又用手指彈去衣袖上一點灰塵。

馬呂斯繼續說：

「您也是工人容德雷特，戲劇家法邦杜，詩人尚弗洛，西班牙人唐．阿爾瓦雷茲，又是婦人巴厘紮爾。」

「什麼婦人？」

「您曾在蒙菲郿開過小客棧。」

「小客棧！絕沒有這件事！」

「我告訴您了，您就是德納第。」

「我否認。」

「您還是個無賴，拿著。」

馬呂斯說著，從兜裡掏出一張鈔票，摔到他臉上。

「謝謝！對不起！五百法郎！男爵先生！」

那人大驚失色，急忙鞠躬，抓住鈔票看個仔細。

「五百法郎！」他驚訝地又說道，隨即又結結巴巴地咕噥一句：

「一張真的大鈔！」

然後，他突然又提高嗓門：「好吧，我們就放鬆、放鬆吧。」

說著，他像猴子一樣靈活，把頭髮往後一拋，摘下眼鏡，從鼻孔裡拔出兩根羽毛管，收了起來。這兩根羽毛管，我們在本書的另一頁已經見到。他就像摘下帽子一樣摘下面具。

他的眼神亮起來，起伏不平，滿是疙瘩的額頭也露出醜陋的皺紋，鷹鉤鼻子又恢復原狀，這個悍匪便現出兇殘狡詐的真面目。

「男爵先生真是明察秋毫，」他說道，而聲音當即清晰，毫無鼻音了，「我就是德納第。」

他那駝背也伸直了。

確實是德納第，他詫異到了極點，如果可能的話，他還會驚慌失措。他前來是要讓人大吃一驚，不料自己卻吃了一驚。他丟了面子，也得到五百法郎的補償，不管怎樣，他認栽了，但他還是大惑不解。

儘管他化了裝，且還是第一次見到彭邁西男爵，卻讓彭邁西男爵認出來，而且被人完全掌握了底細。這位男爵不僅瞭解德納第，似乎還瞭解尚萬強的情況。這個還沒有怎麼長鬍子的青年，究竟是什麼人？他如此冷淡，又如此慷慨，他知道別人的名字，知道別人所有名字，能夠慷慨解囊，痛斥騙子儼如法官，而賞給他們的金額又像上當的傻瓜。

我們還記得，德納第雖然曾與馬呂斯為鄰，卻從未見過他，這在巴黎是常有的事。當初，德納第恍惚聽女兒提起過，樓裡還住一個很窮的青年，名叫馬呂斯，我們知道，他還寫信給那青年過。然而在他的腦子裡，怎麼也不可能將那個馬呂斯和這個彭邁西男爵扯在一起。

至於彭邁西這名字，我們還記得在滑鐵盧戰場上，德納第只聽到最後兩個音，他一直輕蔑這簡單的一聲道謝④，也是理所當然的。

不過，二月十六日那天，他叫阿茲瑪跟蹤新娘夫婦，還親自搜索，終於瞭解不少情況，從他那黑暗的深處抓住不止一條秘密線索。他用盡手段才發現，至少極盡推理才推測出，那天他在大陰溝裡碰到的是什麼人。他很容易猜到他的名字，他知道彭邁西男爵夫人就是珂賽特，但在這方面，他還是要謹慎從事。珂賽特是誰呢？他還說不準，彷彿是個私生女，他總覺得芳婷的身世可疑，可是何必講出來呢？他保持沉默希圖報酬嗎？這算什麼？他掌握，或者自以為掌握賣價更高的秘密。可想而知，毫無證據就跑來向彭邁西男爵披露：「尊夫人是私生女」，這樣的告密者，只能招來那位丈夫的一頓拳腳。

德納第認為，他與馬呂斯的談話還沒有開始。剛才他不得不退卻，改變戰略，放棄一個陣地，換個戰線。其實，主力還沒有損失，他兜裡已經有五百法郎墊底了。再者，他還有舉足輕重的話要講，即使對付深知內情又全副武裝的彭邁西男爵，他也感到自己是強者。在德納第這類人看來，任何對話都是一場較量，在即將展開的這場較量中，他的處境如何呢？他不知道談話的對手是誰，但是知道自己要談的事情。他在心中迅速地檢閱了自己的力量，說了一句「我就是德納第」，便等待對方的反應。

馬呂斯還在思考。他終於抓到了德納第。他萬分渴望找到的這個人，現在就在眼前，他可以履行彭邁西上校的遺囑了。這位英雄欠了這個匪徒的情，馬呂斯感到恥辱，而且至今沒有兌現他父親從墳墓裡開給他的匯票。他面對這個德納第，腦子裡也處於複雜的狀態，他認為上校不幸被這樣的壞蛋所救，在報恩的同時也應為上校雪恥。不管怎樣，他還是高興的，終於能使上校的幽魂擺脫這個卑鄙的債權人，他也覺得能將對父親的懷念從債務的牢籠裡解救出來了。

除了這一職責，他還有一個責任，如果可能的話，要弄清珂賽特財產的來源，機會似乎擺到面前。也許德納第瞭解一點內情。有必要從這裡下手，探探這個人的底子。

德納第將「大鈔」深藏到外套兜裡，幾乎帶著幾分溫情注視馬呂斯。

馬呂斯打破沉默：

「德納第，我說破了您的姓名。您掌握的秘密，您來告訴我的事情，但我也有我的情報，現在要我對您說一說嗎？您馬上就會看到，我瞭解的情況比您多。尚萬強，正如您講的，是個殺人兇手和盜賊。說他是盜賊，是因為他搶劫了一個富有的廠主馬德蘭先生，把人家弄破產了。說他是殺人兇手，是因為他殺了警察沙威。」

「我不明白，男爵先生。」德納第說道。

「我這就讓您明白，聽著。大約在一八二二年，在加萊海峽省的一個地區，有個叫馬德蘭先生的人，以前跟司法機構有點過節，後來改過自新，恢復了名譽。這個人成為一個十全十美的義人。他靠技藝生產人造墨玉，使整個城市富起來。當然，他本人也發了財，但這是附帶的，可以說是偶然的。他是窮人的衣食父母，他創建醫院，開辦學校，探望病人，給姑娘嫁妝錢，救濟寡婦，收養孤兒，他就像那地方的監護人。他謝絕了授給他的勳章，他被任命為市長。一個刑滿釋放的勞役犯知道這個人從前判過刑的隱私，便揭發了他，並叫人把他抓起來，然後乘機來到巴黎拉斐

④．「彭邁西」後兩個音「邁西」，法文中與「謝謝」同音。

特銀行——這是出納員本人向我提供的情況——模仿簽字，冒名取走了馬德蘭先生的五十多萬法郎的存款。竊取馬德蘭先生錢財的勞役犯，正是尚萬強。至於另一件事實，您也沒有什麼可向我提供的，尚萬強殺了警察沙威，他是用手槍把人打死的。我敢對您說這話，因為當時我在場。」

德納第瞥了馬呂斯一眼，那神氣就像一個戰敗的人又抓住勝利的機會，轉眼間把喪失的地盤奪回來。而且，他又立刻恢復笑臉，但是像下級對上級那樣，得意的神情有所節制，德納第只對馬呂斯說了一句：

「男爵先生，咱們走入歧途了。」

他要強調這句話，特意將身上飾物的鏈子轉了一圈。

「什麼？」馬呂斯又說道，「您想反駁嗎？這可是事實。」

「這是幻象。我有幸得到男爵先生的信任，就有責任指出這一點。首要的是真相和正義，我不願意看見不公正地指控別人。男爵先生，尚萬強根本沒有竊取馬德蘭先生的錢財，尚萬強也根本沒有殺害沙威。」

「豈有此理！怎麼這麼說呢？」

「這麼說有兩個原因。」

「哪兩個？說吧。」

「第一，他沒有劫奪馬德蘭先生，因為，尚萬強本人就是馬德蘭先生。」

「您說什麼呢？」

「第二，他並沒有殺害沙威，因為，殺死沙威的人，正是沙威自己。」

「您要說的是什麼？」

「我說，沙威是自殺的。」

「拿出證據！拿出證據！」馬呂斯怒不可遏地嚷道。

德納第又一字一頓說了一遍，就像朗誦十二音節的古詩：

「警—察—沙—威—被—發—現—溺—死—在—兌—換—所—橋—一—條—船—下。」

「拿出證據來！」

德納第從外套大兜裡掏出一個灰色大信封，裡面好像裝有一些折疊成大小不等的紙張。

「我也有資料。」他平靜地說道。

他又補充說道：

「男爵先生，為了您的利益，我深入調查了我那位尚萬強。我說尚萬強和馬德蘭是同一個人，還說沙威除了他自己，沒有別的殺害他的人，我這樣說，全有證據。不是手寫的證據，手寫的材料是可疑的，是為了幫忙特意定的，我這證據是印刷品。」

德納第邊說邊從信封裡掏出兩份破舊發黃、有刺鼻的菸草味的報紙。其中一份顯得更舊，折紋全裂開了，還往下掉碎片。

「兩件事實，兩個證據。」德納第說著，就把兩份打開的報紙遞給馬呂斯。

這兩份報紙讀者都知道。一份較舊的，是一八二三年七月二十五日的《白旗報》，我們在本書第三卷第一百四十八頁⑤看到的報導，證實了馬德蘭先生和尚萬強是同一個人。另一份是一八三二年六月十五日的《公報》，上面登了沙威自殺的消息，還援引了沙威向警察署長所作的口頭彙報，說他在麻廠街街壘裡被俘，但是多虧一個暴動者的寬宏大量才保住性命，那人把他押出去執刑，並沒有瞄準他的頭，而是朝天開了一槍。

馬呂斯看了報。事情很明顯，日期確切，證據也確鑿無疑，這兩份報紙並不是特意為了證明德納第的說法印出來的；而且，《公報》上所刊登的消息，又是警察總署官方提供的，馬呂斯無法懷疑。那個出納員所提供的情況是假的，他本人也弄錯了。尚萬強赫然變得高大起來，高出雲

⑤・這裡指本書初版的頁數。事見第二部第二卷第一章「二四六〇一號變成九四三〇號」。

端。馬呂斯禁不住歡叫一聲：

「這麼說來，這個不幸者是個令人敬佩的人！這筆財富的的確確是屬於他的！他就是馬德蘭，是一方的保護人！他就是尚萬強，是沙威的救命恩人！他是個英雄！一個聖徒！」

「他既不是聖徒，也不是英雄！」德納第說道，「他是殺人兇手，是盜賊！」

他講話的語氣帶點權威了，還補充一句：「咱們得冷靜下來。」

馬呂斯以為盜賊、殺人兇手這些字眼消失了，不料又捲土重來，就像一盆冷水澆在他頭上。

「怎麼又來啦！」他說道。

「這是躲不開的，」德納第又說道，「尚萬強沒有劫奪馬德蘭，但照樣還是盜賊；他沒有殺害沙威，但照樣還是殺人兇手。」

「您是不是指四十年前那件可悲的偷竊案？」馬呂斯問道，「就從您這報紙也能看出，他一生痛悔，克己利人，修德贖罪了。」

「我說的是殺人和搶劫，男爵先生，我再重複一遍，我指的是近來的事。我要向您透露的情況，絕對沒人知道，也從未聽說過。也許您能發現，尚萬強以高明的手段贈給男爵夫人財產的來源，我說手段高明，就是因為他透過這樣的贈款，就鑽進一個高貴的家庭裡來享福，享受搶來的錢，隱藏起自己的罪惡，隱姓埋名，為自己建起一個家庭，這種做法不能算太笨拙。」

「我本可以在這裡打斷您的話，」馬呂斯指出，「不過，您還是講下去吧。」

「男爵先生，我全告訴您，酬勞多少全憑您賞賜了。這個秘密可值大量黃金呢。您會問我：『為什麼你不去找尚萬強？』這原因很簡單，我知道他放棄了這筆錢財，轉交給您了，我覺得這件事策劃得很巧妙，可是他一個銅板也沒有了。我去找他，也只能看到一雙空手，然而，我前往若雅需要旅費，找他還不如找您，他一無所有，而您什麼都有了。我有點累，請允許我坐下。」

馬呂斯坐下，並示意他也坐下。

德納第坐到一張軟墊椅子上，拿起那兩份報紙，又裝回信封裡，同時用指甲敲著《白旗報》，小聲咕噥道：「這一份，我可是費了九牛二虎之力才弄到手的。」接著，他往椅背上一靠，蹺起二郎腿，這種姿勢正是說話把握十足的人所特有的，然後才進入正題，一本正經又字字加重語氣地說道：

「男爵先生，大約一年前，一八三二年六月六日，在暴動的那天，在巴黎大陰溝裡，就是在殘廢軍人院橋和耶拿橋之間，大陰溝在塞納河的出口處，有那麼一個人。」

馬呂斯突然把椅子往德納第這邊靠了靠。德納第注意到這個動作，於是他慢條斯理，就像一個能言善辯的人抓住對方的注意力，並感到對方聽著他的話時的悸動：

「這個人不得不躲藏起來，但不是政治原因，他把陰溝當作住所，並且還有一把門鑰匙。我再說一遍，那天是六月六日，大約晚上八點鐘，這人聽見陰溝裡有響動，他十分詫異，便蜷縮在角落裡窺伺。聽起來像腳步聲，黑暗中有人朝他這邊走來。真怪！這陰溝裡除了他，另外還有一個人。陰溝出水口的鐵柵門離此不遠，他藉著從門口射進來的一點亮光，看見來人背著東西，彎著腰往前走。彎腰走路那人從前是勞役犯，他肩頭背的是一具死屍，一個不折不扣的現行殺人犯。至於搶劫，那是不言而喻的，誰也不會無故行兇。那個勞役犯要將屍體投進河裡。有一點需要說明：那勞役犯是從陰溝遠處來的，肯定遇到了可怕的泥坑，才來到這鐵柵門口，因此，他本可以將屍體丟進泥坑裡，可是第二天，工人疏通陰溝，就可能在泥坑裡發現遇害者，兇手不願意發生這種情況，寧肯背著重負涉過泥坑，他一定賣了命，冒了極大的生命危險，至今我也不明白，他是怎麼從那裡活著走出來的。」

馬呂斯的椅子又靠近一點兒。德納第趁機長出了一口氣，又繼續說道：

「男爵先生，一條陰溝可不是演武場，那裡什麼都缺，連地方都缺。兩個人在裡面，就得狹路相逢。這情況果然發生了，住戶和過路人雖不情願，還是不得不彼此問好。過路人對住戶說：『你瞧，我背著東西，總得出去，你有鑰匙，給我用一用。』這個勞役犯力大無比，可不敢拒絕他。不過，拿鑰匙的人討價還價，只為了拖延時間；他察看死者，但是看不清楚，只能看出那是個青年，穿戴講究，像個富人，滿臉是血，面目模糊了。他一邊談話，一邊設法撕下死者外衣的一塊後襬，而沒有讓兇手覺察。一個物證，您明白吧，用這可以重新抓住線索，證明兇手有罪。他將那個物證揣進兜裡，然後打開鐵柵門，放出那人及其背上的重負，又關上門就逃開了，他不想進一步牽連到這個案件中，尤其不想在兇手往河裡扔屍體時成為目擊者。現在您應該明白了，背死屍的人，正是尚萬強，而有鑰匙的人，此刻正在跟您談話，撕下來的那片衣襟……」

德納第說完這番話，便用雙手的拇指和食指，從衣兜裡掏出布滿暗斑的黑呢布片，舉到與眼睛同高。

馬呂斯站起身，他臉色蒼白，幾乎停住呼吸，一言不發，眼睛盯住黑呢布片，一步步退至牆角，右手伸到身後，摸索牆壁，尋找壁爐旁邊櫃櫥鎖眼上插的鑰匙，摸到鑰匙便打開櫃櫥門，不用看就將手臂伸進櫥櫃中，而他驚愕的目光始終不離德納第抖開的布片。

這時，德納第繼續說：

「男爵先生，我有充分理由認為，那個遇害的青年人是個外國闊佬，攜帶鉅款，被尚萬強誘入圈套。」

「那青年就是我，衣裳就在這裡！」馬呂斯嚷道，把一件血跡斑斑的黑色舊衣服扔到地板上。接著，他一把奪過德納第手裡舉著的布片，蹲下來，將布片拼在衣襬的缺口上，裂縫完全吻合，正好拼成一件完整衣服。

德納第呆若木雞，他心中暗道：「這下我蝕老本啦！」

馬呂斯站起來，他渾身顫抖，既汗顏地無地自容，又喜形於色。

他氣憤地走向德納第，同時伸手摸摸衣兜，抓出一把五百和一千法郎的鈔票，握成拳頭舉到他面前，幾乎碰到他的臉：

「你這無恥的傢伙！你說謊，誹謗，無惡不作。你來誣告這個人，反而為他洗脫罪名；你要陷害他，反而讚揚了他。你才是盜賊！你才是兇手！我見過你，容德雷特．德納第，就在濟貧院環城大道的那間破屋裡。至於你，如果我願意的話，依我所瞭解的情況，就足以把你打發到勞役場，甚至更遠的地方。這是一千法郎，拿著，你這惡棍！」

他說著，就把一千法郎的鈔票擲給德納第。

「哼！容德雷特．德納第，你這狗東西！這回讓你好好受一次教訓，出賣機密的舊貨販子，兜售秘事的奸商，專門搜尋黑暗東西的傢伙，無恥之徒！拿著這一千五百法郎，從這裡滾出去！滑鐵盧救了你。」

「滑鐵盧！」德納第咕噥一聲，他將五百和一千法郎塞進兜裡。

「對，殺人兇手！你在那裡救了一位上校的命……」

「是一位將軍。」德納第說著，又揚起頭來。

「一位上校！」馬呂斯又怒氣沖沖地說，「若是一位將軍，我一個銅板也不會給你。你來這裡，專門血口噴人！告訴你，什麼罪行你都犯過了。滾！滾得遠遠的！但願你能幸福，這是我的全部希望。哼！魔鬼！這裡還有三千法郎，全拿著。明天你就動身，帶你女兒去美洲，其實你老婆死了，可惡的騙子！強盜！我要監視你啟程，到那時，我再給你兩萬法郎，滾到別的地方找死去吧！」

「男爵先生，」德納第一躬到地，說道，「一生感謝不盡。」

德納第告辭出來，心中莫名其妙，但全身卻受到這金錢的甜美壓力，頭頂受到鈔票的轟擊，他真是又驚又喜。

他真像遭了雷擊，暈頭轉向，但也心甘情願，如果頭上有個避雷針，他反倒深感遺憾了。

還是馬上把這人的事情交代完畢。上述事件發生之後兩天，在馬呂斯的安排下，他更名改姓，帶著到紐約兌現的兩萬法郎匯票，帶著阿茲瑪啟程去美洲去了。德納第這個失意的資產者道德淪喪早已無可救藥了。他從歐洲到美洲，依然故我。跟一個惡人打交道，好事往往做成壞事，德納第用馬呂斯這筆錢去販賣黑奴了。

等德納第一走，馬呂斯就跑到花園，見珂賽特還在散步。

「珂賽特！珂賽特！」他喊道，「來！快來！一起出去。巴斯克，叫一輛馬車！珂賽特，來呀，噢！上帝啊！是他救了我的命！一分鐘也不要耽誤，快戴上妳的頭巾。」

珂賽特以為他瘋了，但還是順從了。

他喘不過氣來，用手捂住心口想抑制心跳。他大步走來走去，抱住珂賽特親吻：「噢！珂賽特！我真是個不仁不義的人！」他說道。

馬呂斯萬分激動，他恍惚看見，尚萬強變得無比高大的悲苦形象。一種前所未聞的美德在他眼前顯現，至高無上而又十分溫和，高大中又透出謙卑。這名勞役犯聖化為基督了。馬呂斯被這奇蹟弄得眼花繚亂，他說不清楚看見了什麼，只知道非常偉大。

沒過多久，出租馬車來到門前。

馬呂斯扶珂賽特上了車，自己也跟著跳上去。

「車夫，」馬呂斯說道，「武人街七號。」

馬車出發了。

「啊！太叫人高興啦！」珂賽特說道，「我都不敢向你提這件事了。我們去看望尚先生。」

「是妳父親，珂賽特！他比以往任何時候都更應該是妳的父親。珂賽特，我猜到了。妳對我說，妳根本沒有收到我派伽弗洛什送給妳的那封信，信肯定落到他手中了。他去街壘就是為了救我，他既然發願要修成天使，也就順便救了別人，他救了沙威。他把我從深淵裡拖出來交給妳，他背著我走過可怕的陰溝。噢！我是個忘恩負義的小人。珂賽特，他保護了妳，然後又保護了我。想想看，那陰溝有一段可怖的窪地，有上百條命都可能淹死在泥水中，珂賽特，他卻把我背過去了。當時我昏迷不醒，既看不見，也聽不見，一點也不知道自己處於什麼危險境地。我們去接他，接回來和我們住在一起，不管他願意不願意，也不能再離開我們了。但願他在家裡！但願我們能找到他！從今以後，我要終生敬重他。對，事情就應該這樣，明白嗎，珂賽特？伽弗洛什把信交到他手裡了，這下全都弄清楚了，你明白了吧！」

珂賽特一句也沒聽明白。

「你說得對。」珂賽特別對他說。

這時候，馬車繼續行駛。

五．黑夜後面有光明

Nuit derrière laquelle il y a le jour

尚萬強聽見有人敲門，就轉過頭去。

「進來。」他聲音微弱地說道。

房門打開了，珂賽特和馬呂斯出現在門口。

珂賽特衝進屋。

馬呂斯站在門口，身子靠著門框。

「珂賽特！」尚萬強叫了一聲，他從椅子上直起身，顫抖著張開雙臂，只見他神情惶恐，臉色慘白，樣子可怖，但是那目光卻充滿無限的喜悅。

珂賽特因激動而透不過氣來，她倒在尚萬強的懷裡。

「父親！」她叫了一聲。

尚萬強心慌意亂，結結巴巴地說：「珂賽特！是她！是您，夫人！是妳呀！上帝啊！」

他被珂賽特緊緊抱住，高聲說道：「是妳呀！妳來啦！妳原諒我啦！」

為了怕眼淚流下來，馬呂斯垂下眼瞼，他上前一步，嘴唇因強忍哭泣而抽動，只是輕輕叫了一聲：「我的父親！」

「您也同樣原諒我啦！」尚萬強說道。

馬呂斯一句話也說不出來，尚萬強則補充一句：「謝謝。」

珂賽特拉下披肩，連同帽子扔到床上。

「這東西真礙事。」她說道。

她坐到老人的膝上，以嬌憨的動作將他的白髮分開，親吻他的額頭。

尚萬強精神恍惚，任由她擺布。

珂賽特加倍親昵愛撫，就好像要替馬呂斯還債，但她只是模模糊糊明白一點。

尚萬強吶吶說道：

「人多傻呀！我還以為再也見不到她了呢。您想想看，彭邁西先生，就在你們進樓的時候，我還在想：完了，這就是她的小衣裙，我真是個不幸的人，再也見不到珂賽特了。我這樣想的時候，你們正上樓梯。我有多愚蠢！人就是這麼愚蠢！考慮問題不想著慈悲的上帝。慈悲的上帝說：你以為別人都把你拋棄了，傻瓜！不會的，不會的，事情不會是這樣。喏，這裡有位可憐的老人需要天使，天使就來了，又見到自己的珂賽特，又見到自己的小珂賽特！噢！這段時間我真痛苦啊！」

他說不下去了，停了半晌才繼續說道：

「我真的需要隔段時間看看珂賽特。一顆心，總得有點寄託。然而，當時我又感到我是多餘的人，我找理由說服自己：他們並不需要你，還是待在你的角落裡吧，誰也沒有權利總賴著不走。啊！感謝上帝，我又見到她的面啦！珂賽特，妳丈夫很漂亮，妳知道嗎？嘿！妳這繡花領子很美，好極了，我喜歡這種花樣。是妳丈夫挑選的，對嗎？還有，妳應該多預備幾條喀什米爾圍巾。彭邁西先生，請讓我稱她『妳』吧，這不會有多久了。」

珂賽特插嘴說：

「您就這樣丟下我們，也太狠心啦！您究竟去哪啦？為什麼去這麼久？從前您每次出門頂多三、四天。我叫妮科萊特來問，回去總是這句話：他不在。您是什麼時候回來的？為什麼不告訴我們呢？您知道您變化很大嗎？噢！討厭的父親！他生了病，還不讓我們知道！喏，馬呂斯，摸摸他的手，有多涼啊！」

「你們總算來啦！彭邁西先生，你原諒我啦！」尚萬強重複道。

馬呂斯又聽見尚萬強這樣說，心中洶湧的話語便像找到了個出口，奔瀉出來：

「珂賽特，妳聽見了嗎？到了這種程度他還要我原諒他！珂賽特，妳知道他是怎麼對待我的嗎？他救了我的命。不僅如此，他還把妳給了我。他救了我之後，把妳給了我之後，珂賽特，他又是怎麼處理自己的呢？他犧牲了自己，他就是這樣的人。而對我這樣一個知恩不報的人、忘恩負義的人、無情的人、有罪的人，他還要說：謝謝！珂賽特，我一輩子匍匐在這人腳下也報答不完。那街壘、那陰溝、那熔爐、那污泥坑，他全闖過去了，為了我，也為了妳，珂賽特！他背著我，通過所有那些絕地，他冒著生命危險，將死神從我身邊推開。所有勇敢、所有美德、所有英雄精神、所有聖潔，他無不具備！珂賽特，這個人，就是天使！」

「噓！噓！」尚萬強悄聲說，「為什麼要提這些呢？」

「可是您呢！」馬呂斯懷著敬重的心情生氣地說，「為什麼您不提這些呢？這也是您的過錯。您救了人家的命，卻瞞著人家！您尤其不應該藉口揭露自己的過去，就大肆誹謗自己，這太過分啦。」

「我講了真話。」尚萬強回答。

「不對，」馬呂斯又說道，「要講真話，就得將全部說出來，而您沒有做到。您就是馬德蘭先生，為什麼沒有講呢？您救了沙威，為什麼沒有講呢？您也是我的救命恩人，為什麼沒有講呢？」

「就因為我跟您想得一樣，當時我認為您有道理，我確實應該離開。您若是知道了陰溝這件事，就肯定要把我留在你們身邊，因此我應該緘口不言。我若是講出來，就礙事了。」

「妨礙什麼！妨礙誰？」馬呂斯反駁道，「難道您還想留在這裡嗎？我們要把您帶走。噢！

上帝啊！真想不到，我還是偶然得知這些情況的！我們要把您帶走。您是我們家的一員，您是她的父親，也是我的。在這破屋裡，您一天也不能多待，不要以為明天您還會在這裡。」

「明天，」尚萬強說道，「我不會在這裡，但是也不會在你們那裡。」

「您這話是什麼意思？」馬呂斯問道，「告訴您，我們不允許您再去旅行，不讓您再離開我們。您是我們的人，我們絕不放您走。」

「這次呀，可是說到做到，」珂賽特幫腔說，「我們雇的車就在樓下。我要把您劫走，必要的話，我就動用武力。」

她笑著張開手臂，做出要抱起老人的動作。

「家裡一直為您留著房間，」她繼續說道，「您哪知道現在花園有多美！杜鵑非常喜歡來到園裡。小徑都鋪上了河沙，沙中有紫色小貝殼。您能吃到我種的草莓，那是我澆水侍弄的。再也沒有什麼夫人，再也沒有什麼尚先生了，我們生活在共和國，大家都以『你』相稱，對吧，馬呂斯？生活的規則改變了。您可不知道，父親，我有過一件傷心事：一隻紅喉鳥在牆洞做了窩，不料被一隻兇狠的貓吃掉了。我那可憐的美麗紅喉小鳥，還把頭伸在窗口望著我！我為牠流了不少淚，真想殺了那隻貓！不過，現在誰也不哭了，大家都歡笑，大家都幸福。您跟我們一起回家。外祖父該有多高興啊！花園裡給您留了一小塊地，由您管理，看您的草莓是否跟我的長得一樣好。還有，我事事都依從您，還有，您得好好聽我的話。」

尚萬強聽而不聞。他只聽見她美妙的聲音，卻未聽出她這番話的意思，只見他眼裡慢慢漾出一大顆淚珠，那正是靈魂的幽暗珍珠。他喃喃說道：

「事實證明，上帝是仁慈的，這下她不就來了嗎？」

「父親！」珂賽特叫他。

尚萬強繼續說：

「一點也沒錯，在一起生活該有多好。樹上站滿了鳥兒。我可以和珂賽特去散步。活在世上，相互問好，在園子裡相互召喚，這有多甜美啊。一早起來就能見面，我們每人侍弄一塊園地。她摘了草莓給我吃，我也讓她折我的玫瑰花。這該有多美呀。只不過……」

他頓了頓，又輕聲說道：「真可惜。」

淚珠沒有滾落，又被吸收回去了，尚萬強代之以微笑。

珂賽特握住老人的雙手。

「上帝啊！」她驚問道：「您的手更涼了，您病了嗎？您不舒服嗎？」

「我嗎？沒有病，」尚萬強回答，「我感覺很好。只不過……」

他又停下了。

「只不過什麼？」

「我就要死了。」

珂賽特和馬呂斯都猛然一抖。

「死了！」馬呂斯驚叫。

「對呀，但是這不算什麼。」尚萬強說道。

他喘了口氣，笑了笑，又說道：

「珂賽特，接著說剛才妳對我說的話，再多說一點，看來，妳的小紅喉鳥死了，說話呀，讓我聽聽妳的聲音！」

馬呂斯驚呆了，怔怔地望著老人。

珂賽特淒慘地叫了一聲：「父親——我的父親！您要活下去，您一定要活著。我要您活下去，明白嗎？」

尚萬強抬起頭，以崇拜的目光望著她：「哦，對，禁止我死吧。誰知道呢？也許我會聽從。你們到來時，我正要死去，人一來就把我叫住。我覺得我又活過來了。」

「您充滿活力和生機，」馬呂斯高聲說，「難道您想像人就能這樣死去嗎？您有過憂傷，今後不會再有了。我要請求您原諒，還要跪下請求！您要活下去，和我們一起生活，要活很久。我們這就接您回去，從今以後，我們兩個在世上只有一個念頭：您的幸福！」

「您明白了吧，」珂賽特淚流滿面，又說道，「馬呂斯說您不會死的。」

尚萬強微笑著繼續說：「彭邁西先生，您接我回去，難道就能改變我的身分嗎？不能。上帝所想的，跟您我一樣，不會改變，我最好還是離去。一死了之，也不失為一種妥善的解決辦法。上帝我們需要什麼，上帝比我們更清楚。現在你們幸福了，彭邁西先生有了珂賽特，青春與清晨結合了，現在，我的孩子，你們周圍有了香花和黃鶯，你們的生活，就像陽光下賞心悅目的草坪，你們的靈魂充滿天堂的喜悅，現在，我沒什麼用處了，應該死去，毫無疑問，這一切都安排得很好。喏，大家要理智一些，現在已無可挽回了，我感到自己徹底結束了。一小時前，我昏過去一陣子。還有，昨天晚上，我喝完了那一罐水。珂賽特，妳丈夫真好！妳跟著他比跟我強多了。」

房門吱咯一聲打開，醫生走進來。

「早安，別了，大夫，」尚萬強說道，「這兩個就是我可憐的孩子。」

馬呂斯走到醫生面前，只說了一聲「先生？……」但那聲調足以表達一個問題。

醫生以眼色示意，代替回答。

「不能因為討厭這種事，」尚萬強說道，「就對上帝不公正。」

大家沒沒無言，每人的心情都十分沉重。

尚萬強轉向珂賽特，開始凝視她，彷彿要帶她前往永生永世。他已深深墮入黑暗中，但是還能出神地凝望珂賽特，蒼白的老臉映出她那溫柔面孔的光彩，墳墓也可能顯露驚奇之色。

大夫幫他診脈。

「哦！原來他是想念你們啊！」他望著珂賽特和馬呂斯，輕聲說道。

他又對著馬呂斯的耳朵，小聲補充說：「太遲了。」

尚萬強幾乎目不轉睛地望著珂賽特，也沉靜地審視一下馬呂斯和大夫，只聽他嘴裡極輕微地說出這樣一句話：「死不算什麼，最慘的是不能活了。」

他忽然站起身。體力再現往往是臨終的信號，他推開要攙扶他的馬呂斯和醫生，穩步走向牆壁，摘下掛在牆上的耶穌受難小銅像，返回來又坐下，動作靈活，就像完全健康的人。他把受難像放到桌上，高聲說道：「這就是偉大的殉難者。」

然後，他胸脯塌陷，頭搖晃起來，彷彿醉醺醺地要進墳墓，那雙手放在膝上，指甲摳進布褲裡。

珂賽特扶住他的雙肩，泣不成聲，想跟他說話又說不出來，聲音伴隨著悲淒的口水和淚水，只聽她念叨中有這兩句話：

「父親！不要離開我們。我們又見到您，怎麼能又馬上失去您呢？」

可以說，垂危狀態猶如蛇行，折來折去，接近墳墓，又返回生命，在赴黃泉的路上也要摸索。尚萬強昏昏沉沉了一陣，重新打起精神，他搖了搖額頭，彷彿要抖掉幽冥，差不多又完全清醒了。他把珂賽特的袖口拉過來吻了一下。

「他好多啦！大夫，他好多啦！」馬呂斯嚷道。

「你們兩個都是好人，」尚萬強說道，「我這就告訴你們，是什麼事令我痛苦。令我痛苦的是，彭邁西先生，您不肯動用那筆錢，那筆錢確實是您妻子的。孩子們，我來向你們解釋，可以說正是為了這一點，我很高興能見到你們。墨玉產自英國，白玉產自挪威，事情全寫在這張紙上了，到時候你們看一看。在手鐲工藝上，我發明了金屬搭扣，取代焊接的金屬扣環。這樣既美觀，品質又好，成本又低，你們很清楚這能賺到許多錢，因此，珂賽特的財富確是屬於她的。我把具體情況告訴你們，就是要讓你們放心。」

看門的女人上樓來，扒開門縫往裡瞧。大夫要她走開，卻未能阻止那個熱心的老太婆走之前向垂危的人嚷了一句：「您需要神父嗎？」

「我有了一個。」尚萬強回答。

他說著，手指往腦袋上方指了指，就好像他看見那裡有個人。

那位主教大概真的來幫他做臨終聖事了。

珂賽特輕輕地往他後腰墊了個枕頭。

尚萬強又說道：「彭邁西先生，我懇求您，不必擔心，那六十萬法郎確是珂賽特的。如果你們不享用，那麼我這一輩子就白過啦！我們非常成功地製造出玻璃墨玉，跟所謂的柏林首飾競爭。比方說現在，就不能跟德國的黑玻璃抗衡，一羅[6]有一千二百粒打光的珠子，成本只有三法郎。」

我們在所愛的人要去世的時候，目光就死死盯著他，想把人留住。馬呂斯握著珂賽特的手，站在垂危的人面前，兩個人悲痛欲絕而渾身顫抖，驚惶得說不出話來。

尚萬強漸漸衰竭，越來越弱，四周漸漸變得昏暗。他的氣息時斷時續，喉中發出咕嚕咕嚕的阻斷之聲。他的手臂移動艱難，雙腳一點也動不了，隨著四肢麻木，軀幹也越發委頓，靈魂的莊嚴全部往上升，在他額頭展現。未知世界的光亮，在他的眸子裡已隱然可見了。

他的臉漸呈灰白色，同時笑容可掬，臉上有了別的東西，生命卻不存在了。他的氣息逐漸微弱，眼睛逐漸張大。這是一具屍體，但讓人感覺到他長出翅膀了。

他招手讓珂賽特靠近，又讓馬呂斯靠近，顯然這是最後時刻的最後一分鐘，現在，他對他們說話的聲音極其微弱，彷彿來自遠處，中間隔了一道高牆。

「你過來，兩個都過來。」

「我非常愛你們。哦，這樣死了也瞑目！妳也一樣，妳愛我，我的珂賽特。我完全清楚，對我這老人，妳一直是有感情的，剛才在我的後腰放靠墊，就多麼體貼啊！妳會大哭一場，對吧？但是也別太傷心，我不願意妳真的難過，我的孩子，你們應該多多享樂。我還忘記跟你們說，不用扣針的搭扣，這項技術最賺錢了。十二打的成本只有十法郎，卻能賣六十法郎，這確實是一樁好買賣。因此，彭邁西先生，你不要覺得我賺了六十萬法郎奇怪，這是用正當方式賺的錢。你們可以心安理得享用這筆財產，自己應該有一輛車，時不時訂個包廂去看看戲，做幾套漂亮的舞會服，我的珂賽特，妳要舉行盛宴招待妳們的朋友，日子要過得非常快活。剛才我寫了封信給珂賽特，等下就打開來看吧。壁爐臺上的兩支燭臺，我就留給珂賽特，燭臺是白銀的，但對我來說是黃金，是鑽石的，蠟燭插上去就變成聖燭了。我不知道把燭臺送給我的那一位，在天上對我是否滿意，但我已經盡力而為了。我的孩子，你們不要忘記我是個窮苦人，隨便找個角落埋了我就是了，只要放一塊石板當標誌就好。這是我的遺願，石板上不要刻名字。珂賽特能去看望幾次，會讓我覺得很高興的。您也如此，彭邁西先生。我應該向您坦誠，我並不是一直對您有好感，在此請求您原諒。現在對我來說，她和您，已經合為一體，我非常感謝您。我感覺得出來，您使珂賽特幸福了。要知道，彭邁西先生，她這美麗粉紅的臉蛋，就是我的快樂，一發現她臉色有點蒼白，我心裡就憂傷。在五斗櫃裡有一張五百法郎的鈔票，我分文未用，那是要給窮人的。珂賽特，妳的小衣裙放在床上，妳看見了吧？妳還認得吧？算起來，也只有十年的光景。時間過得多快呀！那時我們有多幸福。已經結束了，孩子們，不要哭，我不會走太遠，我會在那裡看著你們的。等天黑的時候，你們只要望一望，就會看到我在微笑。珂賽特，妳還記得蒙菲郿嗎？妳走在樹林裡，非常害怕。我抓住水桶的握梁，妳還記得嗎？那是我第一次接觸妳可憐的小手，冰涼涼的！噢！小姐，您的雙手，那時候凍得紅紅的，現在這麼白了。還有那個大布娃娃！妳還記得吧？妳叫她卡特琳。妳後悔沒有把她帶進修女院！我溫柔的天使，妳常常逗我笑！下雨的時候，妳就把草莖放進水溝，看著它漂走。有一天，我幫你買了一把柳條拍子、一個黃藍綠三色羽毛球。這件事妳忘了。妳小時候真調皮！特別愛玩，妳把櫻桃塞進耳朵裡，都是過去的事了。一個人帶著他的孩子經過的森林、散步的林蔭路、藏身的修道院、各種遊戲、童年的開心笑臉，這些全進入黑暗中了。我原先還以為這些是屬於我的呢，我的想法愚蠢就表現在這裡。德納第那家人非常惡毒，應

⑥・羅：商業用語，一羅等於十二打。

該原諒他們。珂賽特，時候到了，我該把妳母親的名字告訴你了。她叫芳婷。牢牢記住這名字：芳婷。妳每次提到這名字，就應該跪下。她受盡了磨難，她非常愛妳，她的不幸跟妳的幸福成正比。這是上帝的安排。上帝在天上，祂看得見我們所有人，該在祂的大星球上做些什麼，祂也胸有成竹。我要走了，我的孩子，你們要永遠相愛。世上除了相愛，沒有什麼別的東西。你們時而想想在這裡死去的可憐老人。我的珂賽特啊！這段時間我沒有去見妳，我的心都碎了，真的，這不是我的過錯。我一直走到妳那條街的拐角，看見我走過去的人，一定覺得我是個怪人，我就像個瘋子，有一次出門連帽子也不戴。我的孩子，我看不大清楚了。我還有話要說，不過，算了吧。稍微想念我一點，你們是上天保佑的人，不知道我怎麼了，我看見光明，再靠近點吧，讓我幸福地死去。我最親愛的，把你們的頭伸過來，讓我把手放在上面。」

珂賽特和馬呂斯不知所措，雙雙跪下，因為壓抑哭聲而哽咽著，每人都貼著尚萬強的一隻手。可是，這雙可敬的手不再動彈了。

在兩支燭光中，他仰面躺著，蒼白的臉望著上天，任由珂賽特和馬呂斯頻頻吻他的手：他死了。

黑夜沉沉，沒有一點星光，但肯定有一個展開雙翼的大天使，站在黑暗中等待這顆靈魂。

六・荒草掩蔽，雨露沖洗

L'herbe cache et la pluie efface

在拉雪茲神父公墓這座墓城裡，遠離豪華區，遠離那些向永恆展示死亡醜態的所有怪異墳墓，在普通區一個荒僻的角落，沿一道老牆走去，到一棵爬了牽牛花蔓的高大紫杉樹下，就會看到荒草和青苔之間有一塊石板。這塊石板也不例外地受到歲月的侵蝕，上有斑斑剝痕，覆蓋著黴綠苔蘚和鳥糞。雨水使它發綠，空氣把它染黑。它不靠近任何路徑，周圍草長得很高容易沾濕鞋子，因此沒人願意走近。太陽露點臉的時候，蜥蜴卻來光顧。四周野燕麥在風中沙沙作響，春天時節，鶯兒在樹上鳴唱。

這塊石板光禿禿的。當初石匠只考慮鑿一塊墓石，長寬夠蓋住一個人的就行了。石板上沒有刻名字。

不過，在許多年前，不知誰用鉛筆在上面寫了四句詩，但是經過雨水沖刷，塵土掩蔽後，如今字跡大概已經消失了。四句詩抄錄如下：

他活著，儘管命運離奇多磨難，
他安息，只因失去天使才合眼；
生來死去，是人生自然的規律，
晝去夜來，也同樣是這種道理。

Golden Age 024 悲慘世界
（法文直譯｜經典名家全譯本｜星光精裝版）

作者 維克多・雨果
譯者 李玉民

社長 張瑩瑩
總編輯 蔡麗真
責任編輯 徐子涵
協力編輯 吳宜臻、楊意萍、翁淑玲、八米
校對 林昌榮、翁淑玲
行銷企劃 林麗紅
美術設計 井十二設計研究室
版形設計 綠貝殼資訊有限公司
內頁排版 洪素貞

出版 野人文化股份有限公司
發行 遠足文化事業股份有限公司（讀書共和國出版集團）
地址：231 新北市新店區民權路 108-2 號 9 樓
電話：（02）2218-1417 傳真：（02）8667-1065
電子信箱：service@bookrep.com.tw
網址：www.bookrep.com.tw
郵撥帳號：19504465 遠足文化事業股份有限公司
客服專線：0800-221-029

法律顧問 華洋法律事務所 蘇文生律師
印製 呈靖彩藝有限公司
初版首刷 2013 年 1 月
二版 3 刷 2023 年 7 月

歡迎團體訂購，另有優惠，請洽業務部（02）22181417 分機 1124、1135

國家圖書館出版品預行編目 (CIP) 資料

悲慘世界（法文直譯｜經典名家全譯本｜星光精裝版）/ 維克多．雨果著；李玉民譯．-- 三版．-- 新北市：野人文化出版：遠足文化發行，2019.07
面； 公分．-- (Golden age ; 24)
ISBN 978-986-384-361-0(精裝)

876.57 108009494

悲慘世界經典全譯本

線上讀者回函專用 QR CODE，您的寶貴意見，將是我們進步的最大動力。

廣　告　回　函
板橋郵政管理局登記證
板橋廣字第143號

郵資已付　免貼郵票

231
新北市新店區民權路108-3號6樓
野人文化股份有限公司　收

請沿線撕下對折寄回

野人

書號：0NGA1026

姓　名　　　　　　　　　　　　　　　　　□女　□男　生日

地　址

電　話 公　　　　　　　宅　　　　　　　手機

Email

學　歷 □國中(含以下) □高中職　□大專　□研究所以上

職　業 □生產/製造 □金融/商業 □傳播/廣告 □軍警/公務員
□教育/文化 □旅遊/運輸 □醫療/保健 □仲介/服務
□學生 □自由/家管 □其他

◆你從何處知道此書？
□書店　□書訊　□書評　□報紙　□廣播　□電視　□網路
□廣告DM　□親友介紹　□其他

◆你通常以何種方式購書？
□逛書店　□網路　□郵購　□劃撥　□信用卡傳真　□其他

◆你的閱讀習慣：
□百科　□生態　□文學　□藝術　□社會科學　□地理地圖
□民俗采風　□休閒生活　□圖鑑　□歷史　□建築　□傳記
□自然科學　□戲劇舞蹈　□宗教哲學　□其他

◆你對本書的評價：（請填代號，1. 非常滿意　2. 滿意　3. 尚可　4. 待改進）
書名_____封面設計_____版面編排_____印刷_____內容_____
整體評價_____

◆你對本書的建議：